U0895175
FONGHONG

丝绸美人

上

汀洲 著

江苏凤凰文艺出版社
JIANGSU PHOENIX LITERATURE AND ART PUBLISHING, LTD

图书在版编目（CIP）数据

丝绸美人：全2册 / 汀洲著. — 南京：江苏凤凰文艺出版社，2020.7
ISBN 978-7-5594-4017-4

Ⅰ.①丝… Ⅱ.①汀… Ⅲ.①长篇小说－中国－当代 Ⅳ.①I247.5

中国版本图书馆CIP数据核字（2019）第206179号

书　　名	丝绸美人
著　　者	汀　洲
责任编辑	孙金荣
策划编辑	徐　娅
特约编辑	郑嘉期
出版统筹	孙小野
封面设计	金牍文化·车球
出版发行	江苏凤凰文艺出版社
出版社地址	南京市中央路165号，邮编：210009
出版社网址	http://www.jswenyi.com
印　　刷	三河市金元印装有限公司
开　　本	700毫米×1000毫米　1/16
印　　张	45.5
字　　数	760千字
版　　次	2020年7月第1版　　2020年7月第1次印刷
标准书号	ISBN 978-7-5594-4017-4
定　　价	99.60元（全2册）

目录

上册

卷二 云帆远，心茫然，此曲有意无人传

目录

下册

卷三　自君去，尘不断，离愁又引千丝乱

卷四 人间情，几千般，只应离合是悲欢

目录

楔子

丝绸美人

如花美眷，似水流年

万梨苑的第一任主人是民国早年的大军阀穆峻潭，传闻他的爱妾最喜梨花，这园子里的每一棵梨树都是他亲手为爱妾栽种的。九千九百九十九棵，寓意长长久久。

万梨苑的九千九百九十九棵梨树悉数绽放，花簇胜雪，抛下绿叶，独占枝头，却恰遇江南春雨。

梨树阵列是穆峻潭设计的，他熟读兵法与军事书籍，又领兵多年，一出手，九千九百九十九棵梨树便成了麾下卫兵，四处分散亦有独特阵列，依假山傍湖水，楼台亭阁，曲径通幽，枝杈纷杂，仿若迷宫军阵一般。

深秋寒冬，硕果不存，梨花不开，九千九百九十九棵梨树像极了忠诚英武的卫兵。待千树万树梨花开，冰清玉洁，梨花带雨，又像极了柔情女子。穆峻潭说："春日景物芳妍，颠狂柳絮随风去，轻薄桃花逐水流，唯梨花最像锦笙，俏皮冰洁，集刚柔于一身。"他亦蹙眉对锦笙说过："你就算喜欢什么稀罕的西洋花种，我也可命人寻来种一园子，为何偏偏是梨花？梨——离，终归是不太吉利。"

锦笙回他："那些专门供人观赏的花簇不实用，不似桃李杏梨这些果树，春日里可赏花，夏日里可乘凉，秋日里可吃果，冬日里虽只剩了光秃秃的树干，还可挡风遮寒，若遇雪凝妆，亦是不可多得的美景。"

穆峻潭大笑，宠溺地看向她："不愧是双手都能拨算盘的商业奇才，连所喜之物都要计算一下价值，物尽其用。"说着，又低声道，"桃李杏都好，为何偏偏是梨。不吉利！"

锦笙笑他："你是手握数省兵权的大督军，一身杀伐戾气，又曾是日本陆军士官学校保送到德国柏林军事学院的优秀学员，思想怎么如此封建迂腐？你要是担忧，就为我种上九百九十九棵，苍天怜你心诚，便会许咱们久久，久不分离。"

锦笙不过随口一句玩笑，她深知穆峻潭最不信鬼神之说。不想穆峻潭却暂缓军务，与园林师探讨设计方案，又亲自规划方阵，率卫兵栽种了九千九百九十九棵梨树。

待梨树园林建成，他与锦笙携手漫步园中，学着她说话的口吻道："春日赏花，夏日乘凉，秋日吃果，冬日挡风。若敌人来了，还可做迷宫军阵，掩护我方战士，实乃诱敌深入，再瓮中捉鳖的好地方。"

新中国成立后，新主人把曾于动乱年代几经易手的万梨苑重新修葺一番，捐赠给了政府，当作供人观赏游玩的公园。恰逢周末，又是梨花齐齐绽放的日子，万梨苑挤满了赏花游客。

天色溟冷，凝雨笼烟，一簇簇油纸伞绽于梨花海之中。雨丝落在游客所撑的油纸伞上，仿如坠落于初新碧绿荷叶般簌簌动听。

园中有一至乐亭，建于假山之背，林奕赫眼观胜雪梨花，耳听雨打新荷，朝至乐亭而来。将将走进亭间，有三个学生模样的少男少女由假山绕过来，他们在沪海上学，趁着周末由两个本地同学做向导，引着结伴跑来了柳苏城玩。另外几个同学去了别处，安清歌与盛雨濛跟着本地同学钱昊擎来了万梨苑。

钱昊擎撑伞走在前面，正与她们说道："万梨苑的第一任主人是民国早年的大军阀穆峻潭，传闻他的爱妾最喜梨花，这园子里的每一棵梨树都是他亲手为爱妾栽种的。九千九百九十九棵，寓意长长久久。"林奕赫听见"穆峻潭"三字，恍若隔世，不由自主地下石阶跟着那三个学生行走在梨花甬道里。

只听钱昊擎问："你们知道那个大军阀的爱妾是谁吗？"安清歌摇摇头，盛雨濛是京陵人，曾听家里老人提起过，一时间却想不起来了。钱昊擎挪开伞，微探身，压低了声音跟她们说："是咱们学校的第一任名誉校长林锦笙。"安清歌猛骇了一跳，"林校长不是个男人吗？"盛雨濛这时也想起来了，啐了钱昊擎一口，说："你莫要胡说八道诓骗人，是一个叫笙笙的养蚕女。"钱昊擎说："我听一个燕平过来的同学说，他爷爷说林锦笙是个女子，养蚕女的身份是穆峻潭为她捏造的。只因当时穆峻潭手握好几省的军权，在江南几乎一手遮天，有关他和林锦笙的秘闻才未曾传出一丝半点。可是穆老夫人一直不同意，所以那个笙笙才一直是如夫人，但是穆峻潭直到死都没有娶妻。"

安清歌一脸惊奇，盛雨濛一脸不信，故而钱昊擎只朝着安清歌说："我还听说，穆峻潭为救林锦笙而中枪，还差点丧命。纵然穆峻潭待她如此，她还是狠心杀掉腹中孩子，与别人私奔了。"盛雨濛有些气愤："与人私奔的是养蚕女笙笙，你怎可造谣林校长！"

钱昊擎刚要反驳盛雨濛，安清歌却问道："林锦笙私奔成功没有？"钱昊擎说："自然没有，这园子大概就是穆峻潭为讨林锦笙欢心才建造的，不过那个男人逃掉了。几年后正值壮年的穆峻潭突发旧疾身亡，据外界猜测，是被那个男人刺杀的。"安清歌问："那林锦笙呢？"钱昊擎说："穆峻潭的下属岂会轻易放过那个男人，林锦笙退出商界和那个男人逃到了美国，从那以后定居在美国，再无音信。"

盛雨濛再也忍耐不了钱昊擎的胡说八道，绕过他率先朝前走了。安清歌虽本能地追上她，然心底一直默念着"穆峻潭"。第一次听说的名字，却有很深切的熟悉感。以血腥残暴为人所憎恨的军阀里当真有那样痴情的人吗？林锦笙又是一个怎样的男子或女子？学校馆藏里并没有林校长的相片，听闻，自从被赶出燕平林家，因为羞愧，林校长再未在公开场合照过相。而那个英年早逝的大军阀穆峻潭，也已经被滚滚历史尘埃掩埋。

林奕赫望向三个学生隐去身影的那条细窄小道，小道两侧是密密匝匝的梨树，枝上缀满了梨花。一阵劲风吹过，梨花伴雨落在他头发、肩膀上，他随风摊开手掌，掌心落入几朵梨花，俏皮冰洁。他凝视着梨花，仿若看到母亲笑时脸颊浮起的酒窝，便对梨花喃声道："母亲，万梨苑的梨花又开了。只是，游客不知珍惜，今年的花被折走了许多。花枝凋残，您一定很心疼。"

其实，父亲和母亲并未定居美国。当国内改天换地之后，父亲以木竞天的身份重回故土，把家定在了京陵城外一个偏僻小镇上，那时的叶执信已是国民政府军界新贵，父亲在他的帮助下得以进到兵工厂做事，为中国军械发展尽一份心力。

母亲曾说，父亲在哪里，哪里就是他们的家。然而，当日军铁蹄肆意侵入中国时，父亲再次浴血战场。母亲说，国在家方在，父亲自然要誓死卫国。父亲奔赴战场，避世多年的母亲为保丝绸业不被日军毁灭亦再次穿起男装，重回商界。

想至此，林奕赫无奈一笑，过了这许久，父亲母亲为人所记的，仍是少年意气时那段风花雪月。

他蓦然抬首，梨花风雨处，花枝摇曳，仿佛看见了儿时记忆里的父亲母亲。父亲一身青黛色戎装，气势冷峻凌人，母亲仍是男子短发，着月白长衫、古月色马褂。母亲朝他走来，脸颊浮起如梨花般的酒窝，澄澈无杂尘的眼眸盈满笑意。父亲跟在母亲身后，唯有在看母亲时，冷冽眸子才溢有柔情。

三个原路返回的学生惊散了林奕赫眸中的父亲母亲，其中一个少女在问当年与林锦笙私奔的那个男人是谁？林奕赫摇头一笑，父亲、母亲、干爹林清泽之间的纠葛情缘，也唯有亲身经历见过那段陈年往事才能说得清。

卷一

丝绸美人

花梦蝶，暗香浮，入骨相思自不知

林肇聪犹清楚记得，他的一双儿女，锦笙和云笙出生那一日，燕平城云开雨霁。日落时刻，云蒸霞蔚，城中闲暇人皆望见天上红霞幻化成火红麒麟，仿若踏云而至燕平城上空。

第一章 初颠倒，错今生

燕平城内，林家并非世代簪缨的官宦贵族，只在康熙盛世间开始经营绸缎庄，世代相传、人脉扩展，渐次也供奉大内。至列强入侵，国门被迫打开，多处口岸开埠通商，林家又跟随实业浪潮，创办缫丝厂和丝织厂，生意便越做越大。

到锦笙父亲林肇聪这一辈，林家生意已涉足蚕园、缫丝厂、丝织厂、地产、绸缎庄、刺绣品、皮货、钱庄银行等，又垄断了北地柞蚕行业。家财笼统算下来，林家在燕平城已是首富，与张、赵、方三族并称四大财阀家族，为各方割据势力争相笼络。

清晨四点，占据桃源巷大半条长街的林宅还没有开电闸，阖府上下处在溟蒙之中。

林宅的麒麟堂院门前，林家大爷林肇聪垂手站立着。就在昨夜，他六岁的幼子锦笙不堪天花病魔，夭折离世；他亦骤然间老了数岁，背影在月光中佝偻着。

五年前，他被土匪绑票。寒冬十二月，土匪怒极之下，把他捆绑泡在盛满冰水的大瓮中。虽未伤及性命，却泡坏了他的下体，归府大病一场后，本就子嗣稀薄的他更是无望再得子嗣。唯盼着一向体弱多病的独子锦笙长大成人，好替他延续香火。

奈何，天不遂人愿。

林肇聪盯着院门上方所悬的黑底木匾额，稀薄月光下，可见匾额上的烫金大字。麒麟堂三字是林老太爷所书，遒劲有力中透着磅礴飞天之势，仿若这金色的麒麟二字，要幻化成麒麟腾空而飞。

林肇聪犹清楚记得，他的一双儿女，锦笙和云笙出生那一日，燕平城云开雨霁。日落时刻，云蒸霞蔚，城中闲暇人皆望见天上红霞幻化成火红麒麟，仿若踏云而至燕平城上空。

偌大燕平城，火红麒麟不偏不倚，恰巧消散于林肇聪眼前的庭院正房上空。那时，这处院落不叫麒麟堂，尚叫锦瑟苑。

锦瑟苑是林肇聪的妾室赵丹蔻丹姨娘所居的庭院，火红麒麟飞降锦瑟苑那一刻，正是丹姨娘诞下女胎之时。

抱儿子于怀时，林肇聪从窗外仆役口中听闻有祥瑞之兆傍身，便命令赵妈保密，把晚于云笙而出的锦笙，谎称作兄长，应了麒麟儿一说。

古人云：麒麟踏祥云，人间百难消。

燕平城人也只把麒麟祥云及龙凤胎这两件稀奇事当作饭后消遣，闲话两句亦不再提起。

及至两月后，有消息传来燕平城，黄河凌汛并未严重到决堤且已渐融，周遭百姓免去了一场洪水灾害；受旱灾困扰两年之久的西北竟在今年迎来连场春雨灌溉。

外城人自然不晓林家生了个麒麟儿，但燕平城人口耳相传，越传越玄。众人认为，锦笙应着火红麒麟消弭的时刻出世啼哭，定是麒麟幻化而来，实乃真正的麒麟儿，是替人间消难来了。继而传至大内，太后赐赏麒麟儿，又增添许多传奇。

这传奇由外至内，传至林老太爷和林老夫人耳中，二人心中自然是喜上添喜。打林老太爷记事起，林家阖族从未有过这等传奇喜事，喜至盛，则心乱，不免又担忧这龙凤胎自出生就体弱，恐日后会多病多难。从二人的乳母到小厮、丫鬟，林老夫人挑挑选选又斟酌再三。林老太爷更是不敢轻易为这龙凤胎定名，找来了有名的算命先生“算准算”，合着孙子、孙女的生辰八字取吉名。林老夫人在“算准算”所列吉字中选定了“锦笙”“云笙”，她不太懂“算准算”那一套命格之谈，私心里认定“笙”与“生”同音，给那勾魂索命的小鬼听了，也许能糊弄过去呢。

吉字里有“钰”，族里有墨客见林老太爷如此宝贝这麒麟孙儿，曾提议以“清钰”为名。钰，珍宝也，然此钰有金属之硬，绝不似贾宝玉之玉也。

林老太爷虽喜此名，但到底是林老夫人的嫡亲孙儿，他不忍拂妻子之意，想待锦笙长大成人，身子骨硬朗了，再为其更名。

锦，丝绸之上品。林老太爷不知是否名字缘故，他现有的儿孙中，唯有锦笙从周岁抓取志向始，就对丝绸有情感，有莫大的兴趣。他亦不止一次同人念叨，锦笙当真是上天赐予林家的麒麟儿，改名一事，自然就此作罢不念。

“麒麟踏祥云，人间百难消！呵！我不求你消人间百难，你又为何带走我的麒麟儿锦笙？”

回想着麒麟儿带来的荣耀时刻，林肇聪悲咽着一拳捶在麒麟堂大门的门框上，朱红门扉，鎏金辅首，兽口衔着门环。那狰狞有辟邪寓意的兽面，看在他眼中，极具讽刺。

林家二爷林肇泰突然从月亮门那里冒出来，人未到，先传出一句：“哟，大哥，昏昏暗暗的，你站这里念叨什么呢，吓我一跳。”

林肇聪稳定心绪时，林肇泰沿着麒麟堂院门前的小道，踏着淡薄月光投射在石青砖上的暗影来到他身边，阴笑道：“大哥，锦笙和云笙得了天花，在麒麟堂里避痘，我跟爹昨夜里可是听到有女人号哭了好几声，听着是丹嫂子的声音。别是咱家的麒麟儿出了什么事？嘿！你的身子骨早就不中用了，林家祖规又不许过继儿子。如今家谱上可还没落名呢，要是锦笙夭折，你们大房可就绝户了。族谱上，你们大房这根枝儿就折喽！你可得好好照顾锦笙啊！”

当初，林肇聪无法再得子嗣一事，本是林宅家丑，连大夫都被赠了重金，要求守口如瓶。林肇泰与他太太却频频在亲友谈话中透露家丑，说毕要求亲友保密，亲友再透露给亲友时，说毕也要求保密。

如此接连地保密下去，不消几日，林家大爷是半个太监的事就成了街头巷尾的谈资。

街头顽劣之徒曾聚在一处拦截住林肇聪，强行脱下他裤子，要瞧一瞧半个太监和那些个少物件的太监是不是一回事，瞧的结果是：林家大爷比那些个少物件的太监强些，可却是中看不中用，与太监也无甚两样，只委屈了那娇滴滴美艳艳的花魁小妾要守活寡喽。

一时间，又是满城的风言风语。纵使有涵养之人，看向林肇聪的眸光里也带了半分隐忍的笑意或怜悯之意，刺痛着林肇聪的傲气与尊严。

这之后许久，林肇聪都仿若惊弓之鸟，与何人见面，都觉那人是在耻笑抑或怜悯他。纵然别人眼底无半分笑意，他亦会觉得那人是在心里侮辱嘲讽他。

身为男人的尊严被乱马奔腾似的践踏，林肇聪对林肇泰早已不存兄弟之情，只余了憎恨，那股憎恨似杂草般在心里扎根、生长，他虽压抑着、铲除着，却一日旺盛于一日。

林肇聪敛稳神态，语气温和地回林肇泰道："锦笙和云笙都没事，现下痘开始消了，孩子忍不住疼跟痒，哭了几声，你丹嫂子心里受不住，就跟着号了几嗓子。如今孩子睡下，这不，娘儿们也消停了。"

林肇泰一手环胸，一手摸着下巴泛青的胡楂，似笑非笑："得，大哥，你跟丹嫂子也别担心了。你们这一双儿女，可是麒麟脚踏祥云给你们送来的。我去给父亲回一声锦笙没事，省得他老人家担心林家的宝贝麒麟孙子。"

林肇聪敷衍地牵动嘴角，于黯淡光线里别有一番凄怆，他神色淡然地走进麒麟堂，却在关门后浑身发软地倚在门扉上。他猜想，林肇泰定是从寿延斋的仆役那里听说了什么，过来打探虚实。只消等到天大亮，老太爷和老夫人起床，锦笙夭折的消息，便再也瞒不住了。

沿着水门汀地面的甬道，林肇聪佝偻着身子走回了正房。卧房内，被帷幔一分为二室，外边放了一张小罗汉床，上面睡着云笙。前几日里，两个孩子睡在一室。只因锦笙越发不好，怕把病气再过给云笙；也为了方便照顾，林肇聪便让仆役搬进一张小罗汉床，让云笙单独睡在帷幔外面。

昨夜，云笙被母亲赵丹蔻的哭叫声吓到，赵妈哄了许久才睡着。

林肇聪仿若瞧不见云笙，径直撩开槐黄色帷幔，朝里走了两步。这边是正经卧房，红木雕花架子床上的珊瑚色床幔被金钩钩着，林肇聪不走近，亦可看到床上的赵丹蔻和锦笙。

那红木架子床雕刻的图案是百兽拜麒麟，林肇聪着意让工人们算着工时，把百兽拜麒麟刻了百日，处处都合乎"百"字，就是想锦笙能够长命百岁。

赵丹蔻手脚被捆绑着，嘴巴里也被塞满了锦帕，那嘴巴鼓胀的神态像是寿延斋里任人捉弄玩耍的猴子，滑稽悲戚。她倚靠在架子床的雕花围栏上，脑袋正好枕着数朵祥云，凌乱的鬈发遮掩了祥云，落在林肇聪眼里，瑞兽麒麟是断腿腾空的，兽面带着刺眼的诡谲。

锦笙刚夭折时，赵丹蔻扯着嗓子号哭了几声"锦笙"，悲恸尖锐刺破了屋顶，似有冲上云霄之意。

林肇聪悲痛之下的本能反应，便是不想锦笙夭折之事被人知晓，就连同赵妈把赵丹蔻捆绑起来，往她嘴里塞了两大块锦帕。

起初，赵丹蔻还挣扎着大声呜咽，三个时辰过去，她已经挣扎不动，唯余了低低呜咽啜泣，痴痛地望着她儿子。连日来照顾一双儿女，她学着城里洋女人烫的发式已凌乱，乌黑云鬓纠缠打结，乱糟糟地像一堆枯黑杂草，脸上孔凤春的鹅蛋粉经过数个时辰的泪水冲刷，已被清洗掉，苍白的脸颊上留着斑斑驳驳的残妆污渍。

瞧见赵丹蔻如斯样态，林肇聪更是承受不住锦笙夭折的事实，走出帷幔。

临时搬来的小罗汉床上，醒来的云笙半坐着，她迷迷糊糊地用小手揉着眼睛。这小半边卧房中，光线晦暗且复杂。有火炉里的星寥之火，还有从槐黄色帷幔透进的黯淡烛辉。六岁的云笙，眼前一片溟蒙，不知发生了何事。

她白净的面容上只留了四小点的水痘结痂痕迹，算得上完好无损。仿若出生时，她应火红麒麟而生一般，这次的天花也眷顾她。

云笙的黑色头发在头上绾了左右两个圆髻，用粉绒绳缠绕着，身上穿着光滑细软的粉软缎衣裤。大而圆的眼睛，澄澈无杂尘地看向了林肇聪。

云笙与锦笙是龙凤胎，虽然容貌不完全相同，却有七八分相似。

黯淡光晕中，已经有七八分清醒的云笙对林肇聪弯眼笑着，映着罗汉床旁边的海棠花盆栽，笑容纯粹可人。林肇聪有片刻的恍惚，以为是儿子锦笙，呢喃唤了一句“我儿锦笙”，又自觉失言，别过脸去，不理会云笙唤他：“父亲，我不是锦笙，我是云笙。”

林肇聪的一双儿女出天花，中医、西医都请过来折腾了许多日子。虽然他希冀儿女安然双全，但两者若非要取其一的话，他宁愿夭折的是云笙。倏忽间，他竟对云笙有了深深憎恨：就因她是麒麟幻化，她的命就该硬到如此地步吗？枪打中她，她都能活下来，得了天花，又夺取了锦笙余下的寿命偷活。不！该夭折的，理应是云笙！

林肇聪暗暗咬牙攥紧了双拳，心里思忖良久的抉择越来越坚定。他不能缺了儿子，不能让大房绝户，不能再被人戏谑侮辱，不能再被人践踏尊严！

若买来外姓男童谎称锦笙，这是乱了林家血脉，林家祖先断然不能饶恕他，他死后亦无颜面对列祖列宗。可若要云笙女扮男装顶替锦笙而活，云笙虽是女儿身，却终究是林家血脉，又是真正的麒麟儿，他的罪过也可减轻少许。云笙长大，寻一乡野村夫令其有孕，待确定所生为儿子，再想法子打发了孩子生父。云笙的儿子，亦勉强算得上林家血脉。

如此，大房这一支香火，就算是保住了。

林肇聪看向依旧懵懂无知的云笙，双眼紧眯，暗暗道："云笙，并非为父心狠！是你夺了锦笙余下的寿命，你就该替他而活！这是你欠锦笙的！你这一生都要做锦笙的替身！"

林肇聪决然转身撩开槐黄色帷幔，对给赵丹蔻擦脸的赵妈急声吩咐道："赵妈，你立即去找一身锦笙新做未穿的长衫马褂，拿过来给云笙穿上！"赵妈不知林肇聪何意，迟疑须臾，林肇聪便涨紫了脸，低声急吼道："快去！"

"哎！"赵妈应着便迈起三寸金莲，跌跌撞撞地取了锦笙的长衫马褂，又折回来给懵懂不知发生了何事的云笙换好，旋即又按林肇聪的吩咐要给云笙剃发、梳辫子头。

做这些事情时，赵妈已然知晓林肇聪的意图，却并不迟疑违背，他吩咐什么，她便做什么。她和女儿赵丹蔻能够留在林宅里锦衣玉食、仆役伺候，全是靠着锦笙，若锦笙没了，不仅林肇聪绝户，她和女儿是堂子里出来的，也要再次受尽林家下人的白眼。说不准，还有可能被赶出林家。

云笙头上也有结痂的水痘印，赵妈已极力小心翼翼，可还是刮伤了她，痘印处，小滴鲜血冒了出来。赵妈顾不得心疼云笙，若能以云笙为替身，隐瞒下锦笙夭折的消息，她私心里认为，于云笙而言，以后可以像麒麟儿锦笙一样受林家老太爷和老夫人娇惯，亦是一件大幸事。

云笙素来胆子大，只在看到赵妈手拿剃刀以为要似杀鸡般地杀她时，被吓得哭出了声。嘴巴即刻被林肇聪捂严实，哭声透不出半分，她看出赵妈并非要伤她，也渐渐安静下来，任由赵妈为她剃头。

留辫子头、穿长衫马褂的云笙，与锦笙很相似，不细看竟辨认不出，林肇聪堵塞心间的石头也落了半分。

眼瞧着黎明将至，林肇聪不敢再有丝毫耽搁，连忙让赵妈拿出了他平日里出远门用来放大件行李的棕色皮箱。皮箱很大，把锦笙六岁的身体放进去，尺寸刚好。

见林肇聪狠心把锦笙塞进皮箱，赵丹蔻在床上来回扑腾着。赵妈紧紧抱住猛烈乱动的赵丹蔻，赵丹蔻泪眼婆娑地望着林肇聪摇头。

林肇聪不看任何人，只绷紧了下巴颏、锁着眉头，把皮箱立好放在墙角。随后撩开帷幔，唤进了云笙。他坐在床边的梨花木圆凳上，看着穿月白长衫宝蓝马褂的云笙，心里亦是七上八下的。

云笙仍是不知父亲和外婆为何要如此待她，迷惘懵懂间，头上的伤口也隐隐作痛，她抿着嘴唇，脸颊上尚有泪痕，大而圆的眼眸里也凝聚着一层澄澈水光。

林肇聪不敢迎看云笙清澈如一汪静湖的眸光，憎恨云笙命硬克死了锦笙之外，他只余了一分慈父心待云笙，面上带着慈父笑意，柔声哄问："云笙是不是很喜欢听戏？"

云笙眼中有惶恐，轻若不可见地对林肇聪颔首，稚嫩嘶哑的声音里仍带着哭腔，如实答道："云笙好喜欢听戏。"

看到云笙的那一刻，赵丹蔻便猜测到了林肇聪的谋划。罗帐灯昏，她双眼红肿亦难完全睁开，视线模糊。不过数个时辰，一双儿女就已被改了命数。她悲恸到了极点，又无可奈何到了极致，林肇聪的谋划以及问云笙的话，令她耳中轰地作响，像是骤然敲动了震天锣鼓。

云笙进来时撩动了帷幔，帷幔轻舞着，似戏台上青衣甩开的水袖，挥动出缥缈烟霞。烟霞投射在西洋五彩玻璃窗上，伴着跳动的烛辉，令赵丹蔻眼中光影浮掠。不知为何，昏昏默默中，她耳畔传来了咿咿呀呀的唱戏声，仿若又回到了锦笙与云笙百日宴那天。

那日，林宅繁华喧闹的场景犹在赵丹蔻眼前。筵席上，光是王公贝勒就来了十余人。在席宾客不是达官显贵，便是各省富足大户。

南地柳苏城，霓裳锦世家方老太爷带来了方家织锦匠人日夜赶工织出的麒麟踏祥云、凤凰送明珠两扇霓裳锦落地屏风，以此为聘礼，订下了云笙和他孙儿方少尘的婚事。

丝绸之中，锦为上上品，霓裳锦更是寸锦寸金，寻常有钱人亦不可得。明清两朝，霓裳锦乃皇家贡品，只为皇家及王公大臣特供。

纵使图案再复杂，霓裳锦也一向不用绣针，两扇屏风的丝线色彩绚丽至二十余种，全部织锦提花而成。

屏风上，麒麟祥云、凤凰明珠、凤毛麟爪皆奇异变幻，两只瑞兽腾飞如行云，浑然天成。

府院天井中光线绚丽，屏风上的锦缎暗纹、金丝银丝、孔雀羽线与明珠皆透出璀璨光芒，如珍宝荟萃，可与日争辉，引得宾客大为赞叹：果真是“天上霓裳，人间丝绸，此锦只应天上有”，霓裳锦实乃当之无愧的国家瑰宝。

酒酿佳肴，阖府飘香。嘈嘈切切的丝竹声之下，穿插着男人的高声笑语、女人的莺声燕语。

因赵丹蔻回想着百日宴的繁华喧闹盛景，林肇聪和云笙的对话，听在她耳中，变得淡远悠长，带着几分虚幻，仿佛来自迢递他方。

“既然云笙好喜欢听戏，那云笙也扮成别人，来唱一出戏好不好？”

“云笙要扮谁？”

“从这一刻起，你要扮成你哥哥锦笙，并且要扮好，不能被外人发现，对林家的人以及任何外人都要说你是锦笙。包括对父亲和母亲，你都要自称锦笙。你也要告诉你自己，从此以后你是锦笙，不再是云笙！”

“云笙是云笙，云笙不想扮锦笙。锦笙每月总有几日要生病卧床吃苦药，云笙不想卧床吃苦药。”

“你扮成锦笙以后不必卧床吃苦药，还可以像锦笙一样跟随父亲外出，可以进西洋学堂，可以学做生意。并且，你也不用裹小脚，长大后可以骑洋车、开汽车、出洋留学，和父亲一同经营林家生意。只要你扮锦笙，锦笙做的事，你都可以做。锦笙所拥有的一切，也都归你了！”

“真的吗？父亲不骗云笙？”

“当然是真的，这一次，父亲绝不骗云笙。”

“可是，云笙扮了锦笙，锦笙要扮谁呢？”

“锦笙要去扮观音大士跟前的仙童，不过，这是一个秘密，云笙不能告诉任何人。”

“云笙知道，戏词里有天机不可泄露。锦笙是麒麟儿，又成了仙童，定然是天机，倘若别人知晓锦笙成了仙童，观音大士便会把锦笙贬下凡间，咱们林家也会受天谴责罚。父亲，云笙说的可对？”

“对，对。云笙果然聪慧。不，你现在是锦笙！准备好唱这一出戏了吗？锦笙，你要登台了。”

“嗯，锦笙准备好了！”

钦羡锦笙生活的云笙，纯真懵懂，对林肇聪许诺的来日充满了期盼，殊不知这一声“锦笙准备好了”会牵扯她余下的宿命。

她小脸尚有泪痕，却已满面欢喜，扑到赵丹蔻身旁，仰脸对赵丹蔻笑着，露出细小整齐的洁白乳牙，大而圆的眼睛弯成蛾眉月，声音里带着惊奇和欢喜：“母亲，我是锦笙，以后我可以跟父亲外出，可以不用裹小脚，可以去西洋学堂读书，长大后可以骑洋车、开汽车、出洋留学，还可以跟父亲学做生意。锦笙能做的，我都可以做！因为我是锦笙了！”

赵丹蔻浮肿的眼睛里都是水光，视线中，云笙的笑容模糊成幻影。

笑容的幻影像极了锦笙活着时，赵丹蔻坐在五彩玻璃窗前，透过五彩玻璃窗看向庭院，庭院一切恍若虹消雨霁，带着绚丽通透，亦带着虚幻模糊。

锦笙和云笙满脸笑容地从院门沿着甬道向正房跑来，每次都是云笙争强好胜的声音最先传过来：“母亲，又是云笙先到了，云笙比锦笙厉害。”

第二章 惶遽梦，海月斜

秋去冬尽，又是十二春，正值山青花欲燃，锦笙年十八，韶华恰好，风华正茂。

她陪同父亲去英国和法国考察缫丝厂和丝织厂，费去大半年的光景，又在归国的法国邮轮上待了一月之久。

白天黑夜里，波浪涛声听得多了，梦中也是铺天盖地之势的海浪，她睡着，整个人却浮浮沉沉坠入到不见底的噩梦深渊里。

睡梦里拜祭祖先时，遭遇漫天蔽日的飞尘沙砾，狂风粗石破门窗而入。林家祠堂悬挂几百年的祖先画像皆幻化成真人，神情狰狞肃穆，林家宗室里的其他族人连同她的爷爷、二叔、三叔，皆在指责她以女子身担起儿孙担，欺瞒林家祖先、诓骗林家族人。

林氏一族的族长毅然决然要把林肇聪一支从林家族谱除名，爷爷更要彻底收缴林肇聪这一房全部私财，并驱逐出林家。倏忽混沌之间，她仿若又看到自己寿命终结那日，无亲朋好友，无儿女家人，尸身由破烂竹席草草收殓，被抛掷荒野山林，饱狼犬之腹。

锦笙额头缀满大颗汗珠，痛苦呓语着，要从饿狼口中夺回自己的尸身。她双手向前抓着，猛地坐起来朝前一扑，却只拽到了巴黎绸床幔。她用了极大的力气，幸得床幔是系在床四角铁柱子上的，才没有被拽下。

她的男式短发早已被汗水浸湿，汗珠一颗接一颗滑过惨白的面容。锦笙眼神涣散，惊恐地环顾四周。海上月色易被海风吹拂，总带着凄迷，再经由玻璃窗子倾洒进来，就成了半透明色，照得房中朦朦胧胧。

那巴黎绸并不十分通透，锦笙无法瞧仔细周身物什。她眼眶里本就覆着一层水光，配上朦胧月色和藕荷色巴黎绸，视线模糊不清，整个人益发迷茫，迟迟辨不出身在何处。

梦境中，野狼瞪着饥饿凶狠泛绿的眸子，像是仍在暗处盯着她，她婴孩似的蜷缩着身子，蓦然惶恐地攥紧了手中的巴黎绸和蚕丝被，仿若那两样轻飘柔软的物件可以成为她的护身铠甲。待眼中慌乱散去一些，海风吹起床幔一角，她才看到不远处睡在小床上的赤芍，遂欣喜轻喊着："赤芍，赤芍。"

赤芍应声一骨碌爬起，未站稳就紧跑过来，撩开床幔，拿钩子钩住，揉着眯眯瞪瞪的双眼说："五少，您吩咐。"

"我不想睡了，房间里太闷，我要去甲板上吹吹风。"

锦笙说完，赤芍就半清醒半迷糊着转身去捻开灯，锦笙却怔住了，惶惶然地抿着双唇。

赵丹蔻是江南女子，声音细软婉丽，说得一口撩醉人心的吴侬软语，似莺啼燕语。锦笙是北方口音，亦不会吴侬软语，却承袭了赵丹蔻撩醉人心的婉转音色，方才惊魂初定开口的话语，便似鹂鸟鸣叫般清丽醉人。

为了压住锦笙的雌音，她十二岁那年，林肇聪找了四大须生之一的京戏老生徐叔岩，教授她须生唱腔。

学戏并非是要在梨园立足，锦笙亦不过分苛求须生嗓音，音色里尚有几分雌音，中和了老生唱腔的沧桑低沉，恰好是清脆富有磁性的男子音色。

她时刻谨记着拿捏假音，方才噩梦惊魂，却浑忘了。

伺候锦笙梳洗完，赤芍把门窗都关闭紧实，取了长条白布伸展，要为锦笙缠束胸前女子标志。缠束时清凉双手触及锦笙双胸，锦笙便别过了头不看她。

自步入少女时期，一年三百六十五日，锦笙便要三百六十五日与赤芍如此相对，她眉眼颤动，额心拧出浅薄纹路，白净面容似要泣血般红润。

日复一日，从来如此。

凌晨时分，海风凉意甚浓，一身男子西服的锦笙半趴在栏杆上，借着月色，凝视下面被船身挤开的海水，一圈一道凝聚成大浪花，那浪花翻滚后伴着月光成了银白色，她看着看着，没由来地就看到了一身白衣胜雪、孤傲清高的杨灵均。

她绯红着脸颊，逼迫自己不要再看下去，却又贪恋地看了半个多钟头，直到船身激起新浪花升起一丈多高，猛地掐下去，海水珠子四溢，卢柏凌那花枝招展的样子打碎了杨灵均清高孤傲的神情，她即刻收回了自己的目光，半直起身子望向海月。

从孩童长成少女后，锦笙日益畏惧身上逐渐明显的女子特征，林五少表面的风光再也无法全然拢住她的心性。她知晓自己心中最隐秘处住了个小女子，不同于男子外表的富贵乖张，那小女子极其不安分，总要兜转出来滋扰她。小女子的胆子又极小，小到凉风沁入心脾，都能惊扰了小女子。小女子的忐忑难安、诚惶诚恐，她感同身受，却还要压抑、宽慰着小女子。

噩梦余威尚在，锦笙有些压不住私心里那个小女子，就从西服口袋里掏出黑火柴盒和金烟盒。背了风，抽出一根香烟咬在嘴上，点燃后，只用左手的食指和中指夹着，任由香烟自己燃烧。

她并不喜雪茄或香烟的味道，但父亲命令她，必须得抽烟。她就想了这个折中的法子，只看着它们静静燃烧，从不似那些男子般用嘴叼住它吞云吐雾。一星点的火焰慢慢下坠烧着香烟，醇厚的烟草气味缓缓萦绕在她周身，飘逸在她鼻息间，她就能更清晰地意识到，她是林家五少爷林锦笙，是个男子。

烟雾氤氲在海风之中，凌乱地四处飘散，锦笙回想着林肇聪常常耳提面命她的话语。

“你要时刻谨记，你现在所拥有的一切，都是锦笙——林家五少爷的身份赋予你的，一旦失去这个身份，你便什么都不是！你若失掉林锦笙这个身份，天地虽大，你以何身份立足？家族父母，你无名无分又以何颜面相见？若你生前无姓名宗族，死后又该魂归何处？为父母也好，为你自己也罢，你此一生都必须守住林家五少爷林锦笙这个身份。”

这番话语在锦笙耳中百般研磨着，由耳中直痛到心尖上。若真是为她自己，她便不必时常惶恐，被揭穿了身份秘密一走了之即可。可她不能撇下父母独自远走，且父母需要她这个假儿子光耀门楣、养老送终，纵然惶恐，她也必须要把身份秘密守好。

锦笙的近身小厮杜衡同人赌玩了半夜，输光月钱后，也到甲板上吹风，看见锦笙在这里，就凑了过来：“五少，上午就到沪海了，您怎么这个点来吹风，不多睡会儿。”

锦笙收敛思绪，懒懒瞥他一眼："又去赌钱了？仔细大爷知道了令人抽烂你那身皮！"杜衡低头挠耳赔笑道："有五少帮小的顶着雷，大爷哪能知道啊。我打小野惯了，船上跑不开，日子太无聊，一天能当半个月过，赌钱热闹热闹还过得快些。"

锦笙并不理杜衡的嬉皮笑脸，把栏杆上的大衣拿起扔在他脑袋上。对着寥廓岑寂的海面，夹香烟的手指略微倾斜，烟灰即刻就被海风吹散殆尽。

身后传来高跟鞋的声音，节奏很稳，似某人别有一番闲情逸致敲打的音韵。锦笙便斜了身子往后看去，沪海百乐门的舞小姐兰泽端了两杯红酒朝她走来，贴身小衣物外只穿着香雪纱睡裙。

那香雪纱原是做衣服外衬用的，单薄飘逸，若贴身穿，全身肌肤若隐若现。兰泽玲珑丰腴的身材，看得杜衡先是瞪大了眼睛，连忙重新拿大衣蒙住了脑袋，心里直念叨："你心里已有赤芍，莫要对不起赤芍！看了不该看的，眼睛发热，像插了辣椒，眼睛要烂掉了！"

他在英法两国，看见那些大胆开放的女人在大街上就跟人搂抱亲吻，都快生眼疾了。想不到，已到中国地界，还有更大胆开放的女人。

兰泽妖娆袅袅地走近，递了一杯红酒给锦笙，锦笙对兰泽一笑，脸颊两侧的清浅酒窝若隐若现，笑意也被衬得疏离淡漠，与旁人阻隔了一层雾蒙蒙的屏障，显不出过分亲昵来，俨然一副贵公子的高傲样子。

锦笙待女子一向是绅士，可今日噩梦未散、惊魂未定，兰泽却又来纠缠于她，恰好撞在了火山口。

虽接过了酒杯，锦笙却不喝，而是微微挑着眉梢递到了兰泽唇边，兰泽先是一惊，旋即娇笑着撩拨锦笙一眼，张开猩红唇瓣要就着锦笙的手喝高脚玻璃杯里的红酒，锦笙却在其侧杯处递上红酒后，又蓦地松了手，玻璃酒杯碎在甲板上。

兰泽到底是百乐门出身，醉酒闹事的客人亦见过许多，锦笙如此发火并不能骇到她。她掩着被红酒泼湿的胸口，益发矫情地款款撩看锦笙，把自己端着的那杯红酒又递向了锦笙。

锦笙把手指间夹的香烟扔在兰泽端的红酒杯里，火焰与红酒相接触的刹那，滋滋作响。她唇角勾出傲慢，瞥了兰泽一眼，就转身朝船舱走去。

杜衡跟锦笙回去之前，掩着双眼的手开了一条缝，循着兰泽站的方向道："兰泽小姐，我家五少的相好可是江北第一美人白蝴蝶，寻常女子可入不得我家五少的眼。

一路上，你总找着机会勾引我家五少，我家五少耐着性子躲你，不同你生气发作。这都快到岸了，也不消停消停，还闹了一出大的！姑娘家家的，我都替你臊得慌！眼睛疼！”

北蝴蝶，南兰泽，皆有第一美人之称。兰泽虽被拒了多次，仍心有不甘，亦不信白蝴蝶竟有那般手段，能把林五少迷到看不进她兰泽一眼的地步。

从沪海到燕平城的火车上，锦笙不愿再束着身子外出，连用餐都在包厢里。

赤芍、苏叶、杜衡在餐厅那一节车厢吃饭时，正巧碰上了兰泽的贴身女佣。杜衡等那女佣走过去，脑袋凑近苏叶和赤芍，低声把那天在甲板上伤眼睛的事说了一遍，末了啧啧评论道：“咱五少对白小姐可真专情，那兰泽也素有沪海第一美人之称，可咱五少连看都不多看一眼。我也要学五少这般，对我心里那个姑娘专情不移。”说着，瞟了赤芍一眼。

锦笙的三个贴身仆役里，唯有杜衡不是打小跟着的，苏叶和赤芍皆知锦笙是女儿身。只因杜衡虎头虎脑，锦笙觉得他捣蛋又愚笨，甚是可爱好玩，才经常把他带在身边，时间一长，就带成了近身小厮，怕他口无遮拦，也一直对他隐瞒了身份。杜衡亦是缺筋少弦之人，跟着锦笙南来北往地跑，丝毫端倪都未发现。

苏叶和赤芍早可以做到，枪口对着脑袋瓜，也能面不改色心不跳地说五少是男子。听杜衡如此说，也各自附和了几句。赤芍因怕锦笙突然要用人，匆匆吃过饭就回了包厢。

到燕平车站已是次日上午，因在沪海与府邸通过电话，告知了行程，府邸一早就派了汽车夫和仆役在车站候着，见到汽车旁还候着大总管吴松，林肇聪微微惊诧：“吴总管，你怎么来了？”

吴松苦着脸摇头轻叹，眼睛却又放出异样光彩：“大爷，五少爷，您二位可回来了！咱府里出了两件天大的麻烦事！老太爷都气得病倒了！”林肇聪急声问：“何事？父亲他老人家怎么了？”

旅客如潮涌出，搬运行李的运夫，拉客的人力车夫及三轮车夫，一时间，乱糟糟地混在了一处。周围嘈杂纷扰，人语喧哗似波涛猛浪。锦笙耳中残留的波涛声和火车轰隆声杂糅在一起，让她耳鸣不已，忙对林肇聪道：“父亲，还是先上车吧，人多吵闹，不是详谈之地。边回府邸边让吴总管说，也节约时间！”

林肇聪颔首，车门是用人早已打开的，他弯腰进去，锦笙绕到另一侧上了车。

待汽车发动，吴松才说：“大爷，方少爷亲自登门，提出要跟六小姐退亲。”

林肇聪最先的反应是用余光瞥看锦笙脸色，因最初和方少尘订婚的是她，后才换成了买回来的云笙。林方两家是世交，锦笙与方少尘常有往来，且交情不浅，他一直担忧，锦笙会对方少尘存着儿女情长的心思，那便不好控制她了。

见锦笙神色并无异样，他才略安了心，面上却又浮起一层新的担忧。锦笙与总理府的二公子卢柏凌打小玩在一起不说，之前，更是三番五次地去万梨园找男旦杨灵均的麻烦。

女儿家的心思不好猜，林肇聪亦是无法判定锦笙对卢柏凌和杨灵均是何心思。出国考察也刻意带了她出去，想开阔她眼界，肃清她那份小女儿心思。

思忖完锦笙，林肇聪才回吴松：“老太爷就为这事气病了吗？若方少尘当真要退亲，咱们不退，岂不是更难堪！只有方少尘一人来了吗？无长辈随同？”吴松回道：“方家长辈未随同，倒是一个大人物，安系军阀的太子爷陪方少爷来的，还带着卫兵。进咱府门时，我还以为是惹了哪一路的军爷呢。”

锦笙轻笑道：“父亲，方少尘和穆峻潭是发小，看来方少尘和六妹退亲一事，方家长辈不同意，他便找了穆峻潭带上卫兵壮声势。”吴松知晓穆峻潭夜宿白公馆，燕平城内皆在议论林五少被戴了绿帽子，可眼下不是说这等风月事的时机，便接着锦笙的话说：“老太爷给方老太爷打电话商议，方老太爷连声致歉，说是逆孙荒唐，让老太爷莫怪、莫要理会他。”

林肇聪存了另一分心思望向锦笙，沉声问：“锦笙，依你看，方少尘要和云笙退亲这件事该如何解决？”

恰好路过耆德堂林记绸缎庄总店，锦笙眸中掠过一面霓裳锦幌子。耆德堂林记绸缎庄已有木质招牌，那幌子是特意托了方家所织，高悬在店铺门口引人注目。

蚕丝银线作锦面，金线孔雀翎毛提花出字，那面霓裳锦的“耆德堂林记”幌子悬挂于店铺门前，迎着太阳光，益发璀璨奢华，大老远就曲曲折折地投射在客人眼中。许多人为了近观这幌子，绕了远道而来，来了也舍不得空手而回，绫、绸、缎、葛、绒、呢、绡、纱、绉、纺、里，总有能相中带走的。

车子行得极快，锦笙眸子里再掠过其他店铺招牌时，那些招牌便显得俗不可耐，方才那霓裳锦的惊鸿一瞥，飘飘然乎，如绝世佳作。

前朝末了那二十余年，皇家贡品霓裳锦仍是上上品，只因霓裳锦原料除却上等蚕丝外，还有金丝银线、奢华珠翠、稀有翎毛等贵重物品；寸锦寸金，普通富贵人家买不起，国库又入不敷出。织就霓裳锦的原料不足，产量近乎缓滞，再加上洋货冲击市场，霓裳锦销量一落千丈，柳苏、京陵两地的霓裳锦匠人大量转行谋生。

最负盛名的方家有耆德堂林记绸缎庄相助，能把产品卖至蒙古、西藏等地区，因而一直生产着霓裳锦。

及至方老太爷的独子病逝，独孙方少尘尚年幼，方老太爷病倒后，霓裳锦便彻底停产，方家匠人只生产一些寻常丝绸以养家度日。

待方少尘年少可继承家业之时，他却又无心继承祖传织锦技艺。如今，霓裳锦在丝绸行业空有地位，却无市场，销声匿迹于人前。

锦笙在回国邮轮上就有了一个想法，如礁石显露于海面，渐渐浮出，越发清晰，直到方才蓦然一瞥，全然露出："父亲，此次去国外考察厂子，归来途中，我细细忖量过。就算买了西洋的电力织机，就算购进南地最好的桑蚕丝，咱秀林丝织厂织出的绸缎，在国际市场上也无法长久独树一帜。假以时日，洋人的机器再精进更新，咱们在机器技艺上仍是技不如人，还是要落后于洋人。但咱中国的霓裳锦，要由木织机人工织就，图案奇巧多变，工序极其复杂，尤其是那挑花结本的技艺，中国都没多少人能学会，洋人肯定织不出来。只是这些织锦匠人做惯了皇家贡品，既不懂迎合市场，又不懂生产符合当前客人喜好的产品，才让霓裳锦蒙尘匿迹许多年。"

林肇聪弄不明白锦笙为何讲到了丝织厂和霓裳锦上，只眉头微皱看着她，她轻笑一下，眸光自信而笃定："方少尘要退亲，就让他退吧！在邮轮上，我就想把方家霓裳锦归在我秀林名下重新生产，只碍于姻亲关系，方家若不肯相卖，我林家也不好巧取。念及这件事定然不成，我就没细想如何去做。既然他方少尘心高气傲瞧不上我林家，那就以方家霓裳锦为代价吧！"

林五少的身份是她无法挣脱的囚笼，她也只好用这金镶玉的囚笼去做一番事业。

林肇聪素日对锦笙甚为严厉，从不夸赞她，此刻因锦笙与他有同样的意图，不由得欣慰一笑。霓裳锦虽已停产，可到底担着皇家贡品、国之瑰宝的名号，若能把霓裳锦收购到林家名下，由林家传承下去，林家祖宗应当能原谅他以女代儿的荒唐行径。

夺锦一事，林肇聪早已在谋划，并不急于眼前，遂看向吴松："不是还有一件事吗？"

这次，吴松的声音低沉了许多：“老太爷是被第二件事气病的！燕平日本商会不知为何与总理有了过硬交情，总理府秘书室的徐秘书长，竟亲自到府邸找上老太爷，虽是请托，实则暗暗命令老太爷，让咱耆德堂林记绸缎庄在江北十二省的十六间绸缎庄，都必须得卖东洋丝绸！且得给日本人卖好喽！”

因客人需求，耆德堂林记绸缎庄早在许多年前就卖洋货，有英国丝绸、法国丝绸、印度丝绸，还新进了意大利丝绸。可从不卖东洋丝绸，只因有一桩旧年仇怨。

三十多年前，林老太爷带了最宠爱的三姨太去奉城谈笮丝绸的生意。某天晚上，林老太爷喝高了，非要拽着三姨太出来看被称作冰雪之城的奉城。月光倾洒，城中处处银装素裹，两人十分恩爱，说着体己话不知不觉竟愈走愈远，走到了偏僻人少处。

偏偏又遇上两个醉酒的日本浪人，三姨太容貌美身段俏，当着林老太爷的面，那两个日本浪人就把三姨太给玷污糟蹋了。那两个日本浪人是开武馆的，林老太爷虽不是文弱书生，却制服不了两个练武出身的壮汉。

三姨太当晚就自杀了，不知是怨恨日本浪人，还是怨恨在一旁无力挣扎、旁观了整个过程的林老太爷，抑或是怨恨这外寇欺辱到家门口的世道，她只留了一个遗愿，绝不葬入林家祖坟，宁愿一人孤零零地葬在奉城荒野。

林老太爷安葬好三姨太，状告到官府，只那时的清朝已有衰亡之兆，软弱无能的清朝官府本就不敢得罪日本人；尤其是那两个日本浪人深有背景，愈加不敢得罪。只劝林老太爷，此事乃家丑，家丑不可外扬，张扬出去反而对林家名声不好。林老太爷执意要状告那两个日本浪人，官府好言规劝不成，便威胁若要再坚持状告日本人，就要把林老太爷关押起来。

林老太爷状还是告了，官府却不敢真关押林老太爷，只置之不理，避而不见。日本方面也派人多次与林老太爷调和，林老太爷无论如何都寻不到那两个日本浪人，时间一久，只得不了了之。

此事便成了林老太爷心中过不去的一道坎。他把日本人送的四姨太赶回日本，又愤然决然地立下死家规，林氏儿女子孙绝不和日本人做生意，更不许娶日本媳妇、嫁日本女婿。若有违者，动用祖上私刑惩戒！

这几年，日本在燕平城的商会会长渡边次郎多次找上门，想让林家代售东洋丝绸，林家一直断然拒绝。

卢兆祥乃皞系军阀统帅，又是江北内阁的国务总理，他手握军政大权，连现任总统都忌惮他三分，他干涉此事，锦笙和林肇聪都无法立即想出法子，车内忽地沉寂下来，只有车窗外嘈杂声间或入耳。

到林宅府邸门前时，迎面徐徐驶来一辆黑色凯迪拉克。这汽车本是锦笙从美国订购来的，江北只此一辆。订时没仔细看图册画报，待看到实物，她才发现那汽车的车标是郁金香花蕾和镶有九颗明珠的皇冠。

燕平城到底是前朝旧都，虽过渡至民国，可皇权至上的老思想一时无法全部革除。锦笙恐那皇冠招来不必要的麻烦，便把汽车作寿礼送给了卢柏凌，又重新订了一辆车标无皇冠的汽车。

锦笙本以为来者是卢柏凌，下车的却是穆峻潭和方少尘。她不禁哑然失笑，方少尘果然是有备而来。卢柏凌对这汽车甚为珍爱，轻易不开，从不外借。如今连卢柏凌都被逼着外借汽车，可见皞系军阀对安系军阀的拉拢之意。

吴松下车后，忙对二人拱手："穆少帅，方少爷。"

穆峻潭尚在德国求学期间，穆炯明就挑起战端，趁势占领南地半壁江山。江南乃鱼米之乡，最是富庶的沿海一带被穆炯明占领，连带着海运、漕运都被穆家掌控，成为仅次于江北内阁的割据势力，穆炯明亦有了东南王之称。

父亲占地为王，穆峻潭即是太子爷。人在德国的穆峻潭尚未担任职务，因他身份比其他富家少爷尊贵，穆军上下喊穆炯明大帅，便尊他一声少帅，渐次地，南北两地也就叫开了，待他留学归来在穆军中担任了职务，众人也一直未改口。

因穆炯明最初是打着安国保民的旗号，街头巷尾谈起穆军时，便称他们为安系军阀。

锦笙甚少与京陵城帅府打交道，亦未曾与穆峻潭正式会晤过，对方少尘却是再熟不过。生于江南的富家少爷，虽一直念的军事学校，可也有谢庭兰玉之姿态。有些人是不适宜笑容满面的，有些人笑起来，却能令花花世界黯然失色，独占一束荧光，温煦他人。

方少尘正是后者，笑起来极其好看。纵使不笑时，薄薄唇边也盈盈悬着一丝若有若无的笑意。百星不如一月，他或弯唇微笑，或开朗大笑，总能成为浩瀚天空里那一轮明月，耀眼至极。他又极爱穿戎装，一身青黛色安系军装，硬是被他穿出江南水墨丹青的韵味。

锦笙初次见方少尘穿戎装时，私心里还猜想，若他上了战场，敌军看到他，当真忍心打爆他的头，或用枪在他身上打几个窟窿吗？如此温润讨喜的军官，应无人下得去手扣扳机吧。

与方少尘的徐徐清风、皎皎明月相比，一身西服的穆峻潭便被衬成了冰雪，不言不语地立在一旁，寒冷冷地沁入旁人的心骨。

众人在门口略寒暄几句才进了林宅大门，锦笙循着一道别扭的目光，去打量穆峻潭时，恰在影壁处，光线不甚透亮。穆峻潭也正清冷着神情，居高临下地低头打量她，他虽穿着西服，骨子里军官将领的赫赫威严气魄却如影随形。

因锦笙扭过了头，两个人都可以很好地打量彼此。不似方少尘的温润翩翩，穆峻潭整个人都透着一股棱角分明的气势。眉似刀，目如剑，鼻梁高且挺，双唇微抿，下巴线条亦紧绷出棱角来，周身都泛着冷兵器的寒光，俊朗脸庞在影壁遮挡的光影里，显得岑寂肃穆。

锦笙并不敢肆意打量穆军太子爷，只凝看须臾，就为着礼节冲穆峻潭微笑，他却转过了脸、抬正了头，留给她坚毅冰冷的下巴颏儿。

那副傲世独尊的模样令锦笙的笑容戛然僵硬住，抬手就把旁边的方少尘扯到了两人中间。方少尘早注意到穆峻潭在打量锦笙，猜想他是因白蝴蝶才琢磨锦笙的。被锦笙拽了一把后，他眉梢带笑地分散锦笙注意力，压低声音说："他太高了，我也顶不愿和他走在一处。"

锦笙稍微前倾身子看向穆峻潭、方少尘，再看向自己，发现三人恰巧呈楼梯状，由高到低，一路下滑。遂一股郁闷之气猛地蹿上心头，连腮帮子都填充得鼓起来。

因穆峻潭是贵客中的贵客，自是在有朋阁接待他。

有朋阁乃林宅接待贵客的大会客厅，面阔五间，厅内高深宽敞，桌椅皆是大内流出的紫檀木家具，所雕花纹贵气繁复且镶金缀玉。

厅内座椅亦严格按照规制安放，主位一方紫檀桌左右各放一把椅子，乃上座。林肇聪迎着穆峻潭坐在了左边，自己在右边落座。方少尘坐在左下第一位，锦笙便紧挨着林肇聪坐在了右下第一位。

仆役奉了茶，林肇聪与穆峻潭、方少尘仍客套着询问家中长辈身体状况，不待方少尘有机会提起退亲话题，就把招待二人的事情交付给了锦笙，自己个儿托故去了寿延斋，要先探探林老太爷对此事的口风，再斟酌如何应对方少尘。

方少尘知晓林家家事尚轮不得锦笙做主，便同她道：“锦笙，我和竟天本是来探望林爷爷，吴管家既然说他老人家刚服了药不便见人，我二人也不好再叨扰府上。”

锦笙慢呷了一口茶，低声笑着说：“少尘，你我都是血气方刚的男儿，我知晓你是为何而来，可你着实愚笨了。方爷爷那里不同意退亲，我爷爷这里自是无法听你的话退亲。你就非得退亲吗？成亲一事，按旧礼讲不得男女自由恋爱。可现在是民国了，你又在穆少帅手下当着师长，有兵有枪，你不娶我六妹，方家和林家也无法逼着你娶啊。为何非要退亲？你不来娶不就得了，我林家又不能把你如何。”

吴松听完，皱眉低喊了一声：“五少爷！”锦笙眉头一紧，冷瞥吴松，示意他闭嘴。吴松深知自家五少爷是被老太爷和老夫人娇惯大的祖宗脾气，顿时不敢再言语，只又气又无奈地低下头。

锦笙手指夹着盖碗盖子，轻捋着杯口驱散茶雾，看向眉眼微皱的方少尘：“少尘，你若有了心爱之人，尽管成亲。生米煮成熟饭，你爷爷自会认下那门亲事。只要你一成亲，六妹这里，我会劝说爷爷和父亲再给她说一门亲事，咱两家的亲事，自然而然也就作废了，你不必再费事登我林家门！”

方少尘起身道：“锦笙，我与六小姐的婚事，本是两家老太爷订下的，实不该因我一己之私伤及两家世交情分。我与六小姐退亲，也绝非心仪他人。大丈夫不可被儿女私情牵绊，我早决定要以一身戎装报国，并不是要另娶他人。你旅途颠簸，好生歇息，我们先告辞了，改天再聚。”

锦笙轻轻点了点头，亦不再多言语，带着疏离笑意起身，要送穆峻潭和方少尘到林宅大门口。她猜想穆峻潭定是故意的，早不早晚不晚，从她身旁路过时抬手去触碰鼻尖，平端着的胳膊肘蜻蜓点水般地从她脑袋顶飞掠过。放下时，硬邦邦的胳膊肘骨头碰上她脑门。

她扶额顿足，望着穆峻潭瘦高修长、悠哉倨傲的背影，那股郁闷气流窜在体内，直窜得她脚心发痒，想一脚踩在他屁股上，踩他个前趴啃泥。事实上，却不敢惹他，只得暗自思忖自己在何时何地曾惹得这位少帅不痛快。

待送完二人，锦笙刚转过身还未跨进府邸大门，吴松就跟她抱怨道：“五少爷，您就算跟方少爷关系好，也不能胳膊肘外拐着给方少爷出主意啊！亲事是在您和六小姐的百日宴上订的，那次宴会甚是煊赫，这二人的亲事，江南江北的达官显贵谁人不知谁人不晓？方少爷要是真的不退亲就再娶，咱林家的脸可就丢大发了！”

锦笙被穆峻潭气到，心情不佳，清冷着眉眼道：“连安系的太子爷都搬来拿腔作势了，我就算不给他出主意，他这个亲事也退定了。他是个男子，拖下去无妨，六小姐十六岁那年就该出阁了，一直被他拖延着！再拖几年，六小姐就真被拖成老姑娘了！我出不出馊主意，他方少尘都得打我林家的脸！放心，我绝不让林家白挨这一下！”

吴松道：“听方少爷的意思，竟不是为了另娶才退亲的。”锦笙道：“场面上的漂亮话谁不会说，且等着吧。这些个军阀，不娶个三妻四妾都不算完！”

第三章 簇红影，解连环

锦笙大半年前离开中国时，年过古稀的林老太爷尚精神矍铄，这次卧病于床，鹤发鸡皮的模样，倒有了八九十岁命不久矣的病危态。

屋子里探病者来来往往，子孙女眷又轮流伺候，杂乱香味便凝在一室。今日春风和煦，林老夫人就命丫鬟们打开了窗子通风。漫天日光由半丈高的窗子溜进来，也只余了浅浅金辉。林老太爷病态的面容，在一片金辉照耀中更显昏黄枯槁。他握住锦笙的手，念叨着："切记，切记！我耆德堂林记不可卖东洋丝绸！"

这番话，他对林家每个子孙都已念叨过一遍，可其余子孙不是低头不语，便是摇首叹息。三十多年前的世道，已是国力衰微，连太后、皇帝、王公大臣都要受洋人欺辱，何况是百姓。

如今各方军阀势力割据，国家四分五裂，百姓更加无可依附。若实力雄厚的皞系军阀当真与日本人沆瀣一气，世代经商的林家怎抵得过这些拿枪杆子的人。

为着麒麟传闻，林老太爷与林老夫人偏疼锦笙，锦笙这个假孙子对二老亦有愧。当看到爷爷如斯模样，还费力叮咛她时，她心里愧疚泛滥，遂握紧了爷爷的手，坚定回道："爷爷放心，五孙儿锦笙绝不让耆德堂林记卖东洋丝绸！"

林老太爷浑浊双眼微闪着希冀，刹那间却又流下两行泪，喃声道："好孙儿，不枉爷爷疼你一场！当年我已那般对不起她，时至今日，若再对不起她，我……我死后有何颜面见她。好孙儿，待你成亲后，就能懂爷爷心中之痛了！"

锦笙知晓，爷爷口中的她必是被日本浪人玷污的三奶奶。因爷爷提起了成亲之事，她的心蓦然收紧半分，儿女情长牵牵绕绕入她心扉，她悄声问自己：此一生，会有机会和某个男子相伴到白首吗？就像爷爷奶奶，少年携手成夫妻，老来相伴有所依。

她不由得看向了在一旁尽心伺候着的奶奶，纵使留着年轻时的美人轮廓，但如今美人迟暮，半头华发，肌肤边边角角也层层叠叠了不少褶子。有褶皱掩饰，锦笙看不清楚奶奶的细微神情，只见奶奶小心翼翼为爷爷擦拭泪水，擦拭爷爷为别的女人落下的泪水。

锦笙不知奶奶是否心痛，许多年了，枕边人心心念念的只是一个早逝的姨太太，对她没有半点喜爱姿态，只为着正妻地位，与她相敬如宾地对待着。

锦笙出国前，爷爷和奶奶已在为她张罗妻子人选，本已选定了几个，让她挑选，因林肇聪走得急，成亲一事便耽搁下来。爷爷奶奶甚为疼爱她，非要亲眼看着她完婚才安心。娶妻一事，她推托不掉，唯一能做的，不过是锦衣玉食待她妻子。那她将来的妻子，命运不是更加悲惨吗？她已是如此混沌难脱身，却还要害别的女子入火坑。

从寿延斋正房出来，林肇聪把一众成年男子又唤到了议事厅里议事。虽说议事，可坐定后，林肇聪兄弟三人，锦笙与大哥林清慕、三哥林清嘉皆愁眉不展，端着仆役奉上来的茶各有心思。

锦笙端着盖碗，心绪紊乱，看向茶叶的眼神也迷蒙着。她体寒，红茶温补，日常饮茶多为红茶。仆役们记得她的喜好，今日所泡也是林老太爷的珍藏，有红茶皇后之称的“群芳最”。她望着那深棕色的“群芳最”，把水也浸染成了微红色，映着旁边高几上的红纱灯罩子，再折射了玻璃窗子透进的碎金光，茶杯深深，暗红光影簇簇。

三哥成亲时，她因好奇，也跟着三哥朋友去闹洞房。虚渺记忆中，灯光下的新房，隐约也是暗红光影簇簇。那时浑然不觉，只觉喧闹一堂，映红了大家的笑脸，她也跟着乐呵。可此刻，她仔细瞧着深茶盏里的簇簇红影，心里皆是对成亲的恐惧排斥。

林清嘉耐不住沉寂，最先开口，转过脸问锦笙：“老五，你有何法子不卖东洋丝绸？”

锦笙被成亲困扰，心里焦灼不定，便有些口干舌燥，偏偏那茶又是滚烫开水沏的。她一向与林清嘉斗惯了，不遵兄友弟恭那些虚礼，听他问完也只顾吹气，待喝了一口茶水抬首，一厅子的人都在望着她。她只好放下茶盖，觑着眼一笑："我就是想宽爷爷的心，让他老人家好好养病，还没想出法子。"

林清嘉一副"我已猜到如此"的模样冷哼一声，林肇泰顺势埋怨林肇聪道："大哥，你也该管管锦笙了，这什么关头了，他还敢逞强胡闹。东洋丝绸一事，既是你们大房在父亲跟前夸下海口，就交给你们大房解决，我们二房可是不管了。"

林肇聪微怒着看了锦笙一眼，又对林肇泰道："二弟，他少不更事，你莫要同他一般见识。法子都是慢慢想的，你先别着急，咱们一块想。"林肇泰道："不着急？再不着急，日本人的货都运来了！当年被日本人害死的可是我娘！如今，是你们大房跟父亲保证的，若是做不到，父亲一旦被气出个好歹，就全是你们大房害的！我看你们大房跟林家宗族如何交代！"

锦笙闻言，心中再无那些儿女情长，放下盖碗冷笑道："二叔，爷爷还没怎么着呢，您就开始推卸责任了。接下来，是不是就该闹分家了？我看，干脆今日先把家分了得了！省得到时又要说我们大房欺负你们二房，拿了大头！"

林肇泰气得伸手指向锦笙，林肇聪急声呵斥道："锦笙，不可胡说！"林清慕一向看不惯父亲的为人行事，可又无法抱有微词，遂甚少参与商议家事，站起来道："大伯，父亲，三叔，学校还有事，我就先走一步了。"说着看林肇泰一眼，又补充道，"不管你们商议出什么法子，我只支持大伯和老五允准的法子。"

林肇泰闻言，本指向锦笙的手又指向了林清慕，气到声音发颤："你个兔崽子，你到底是谁的种？"林清慕并不理会他，得了林肇聪的首肯就转身离开。

锦笙也心烦气躁，遂说道："父亲，都聚在一起，大家你看着我，我看着你的，也想不出什么来。我等会儿去找卢柏凌打探一下情况，若总理府只是碍着与日本人的外交做做样子，咱们也不必如此担忧。"

林肇德摇头道："锦笙，我觉得这次并非是做做样子，渡边次郎的气焰不同于往日，一副胸有成竹的模样。我去找了启泉，他只提点我，不可为了旧怨，再结下新仇，识时务者为俊杰！我再细问，他却不肯多言一字。"

林肇德提及的启泉是江北内阁新任的外交部总长陆良佐，与林家关系匪浅，陆良佐既提点，又不言明，那便是牵扯了皞系与日本政府的机密。锦笙从卢柏凌那里听说过，皞系军阀里有几个政要是亲日派。可纵是如此，以往渡边次郎通过日本驻华公使馆求助于皞系，卢兆祥也只做做场面功夫，从不威逼林家。

锦笙把玩着手上的汝窑盖碗，凝神想着会是何等机密能牵扯到丝绸生意。林肇聪只略思忖片刻，便点通了锦笙的困惑："连启泉都如此说，看来是皞系和日本政府那边做了什么交易，燕平日本商会想让林家代卖东洋丝绸，才趁机借助了日本政府的力量找上皞系。皞系为了自身利益，方不得不给日本人面子。如今的世道瞬息万变，首任大总统一故去，换了新总统，江北内阁又都把持在卢兆祥手里。咱们若不给总理府和皞系面子，皞系一旦跟林家翻脸，林家生意要继续在江北经营下去，便会举步维艰！"

林清嘉以为自己想了个好法子，得意扬扬道："要我说，咱耆德堂林记也有外国丝绸，又不差日本这一国。卖就卖呗！咱就把那东洋丝绸摆到货架子上，别让伙计卖，到了日期卖不出去，再给它退喽！瞧瞧你们，个个如临大敌似的，至于吗！"

他说毕，厅里的人皆冷眼瞧着他，林肇泰更叱道："小兔崽子！你还有没有良心！那东洋丝绸绝不能摆上我耆德堂林记绸缎庄！日本人害死的可是你亲奶奶！我娘！若她老人家还活着，你至于这么不招你爷爷待见吗！你爷爷库房里那点子好东西，全被别人搜罗走了！"

锦笙、林肇德、林肇聪皆微微摇头，端起各自盖碗低下头去品茶，品的却是林肇泰父子间的争执。

林清嘉嘟囔道："不想卖东洋丝绸，可又推托不了，你们别忘了还有一档子麻烦事！方少尘带着安系太子爷来退亲，那穆峻潭将来可是要接任五省联军总司令的人，咱若是不退亲，就是得罪了安系。这边再不卖东洋丝绸，就是得罪了江北内阁和皞系。若我林家把皞系和安系一起得罪了，这些个军阀一天到晚抢军饷、抢地盘都抢红了眼，若不顾大总统昔日情分，当真对咱林家犯起浑来，咱们只有等死的份。要我说，干脆就同意跟方少尘退亲，还少得罪一方，躲的时候，还能躲到穆大帅的地盘去。"

"方少尘是何时来登门退亲？渡边次郎和徐之卿又是何时登的门？"

锦笙就坐在林清嘉下首，她为了压住自己的雌音，晨间常常会吊嗓子。此刻猛地高声发问，把林清嘉骇了一跳，拍着胸口埋怨她，"老五，你冷不丁地号什么！"

"说！我问你话呢！"锦笙目光凌厉地看着林清嘉，他一怯，眯眼回想片刻，正欲摇头之际，林肇德道："渡边次郎和徐之卿是五日前来的，方少尘和穆峻潭是三日前来的。”

林肇聪拿掉嘴上烟斗，问锦笙：“你觉得他们之间有联系？”锦笙蹙眉凝想片刻，摇头歉意道：“只是觉得有些凑巧，我想不到他们之间有何联系。”

林肇聪眼见今日商议不出什么，遂让大家各自散去。

锦笙的居所不在林宅，另有别院，她学着读书人的雅致，给自己的别院取名一水间。从林宅到一水间，须得个把钟头的汽车路程，远远躲开了林家众人。

林老太爷本不准儿孙在外另立别院，林肇聪一辈兄弟三人皆纳了妾，也都没人在外另立别院，锦笙的三个堂兄也无人敢在外立别院。

若大家长久共居一个宅门，林肇聪恐林家人会发现锦笙的身份秘密，便买通了燕平城最有名的算命先生“算准算”。“算准算”到林宅游说林老太爷，说林五少乃麒麟附体，是麒麟瑞兽在凡间修行的宿主。林宅人多嘈杂，凡气过重，会破坏锦笙体内的麒麟修行，麒麟发怒，锦笙便有英年早逝之险。若想长命百岁，须得另立别院，且别院要立在青山对面，集天地之灵气，吸日月之精华，方增益祥瑞，可保家宅兴旺世代不竭，子嗣福泽万古长青。

那“算准算”说得玄乎其玄，林老太爷并不太相信，但秉着宁可信其有不可信其无，便允准锦笙另立别院，不在老宅居住。

今日刚回燕平城，锦笙本应去给赵丹蔻和嫡母请安，可赵丹蔻每每见到她，总要呜咽啜泣许久。林肇聪耐不住烦躁就会对赵丹蔻呵斥责骂，锦笙虽不满，身为“儿子”却无法斥责父亲的行为举止。久而久之，为着母亲少受责骂，她并不常去麒麟堂。纵使来，也是趁林肇聪不在府邸时。

从寿延斋出来，锦笙顾忌林肇聪在府邸，又值阖府上下烦闷之际，便打消了去麒麟堂的念头，转由苏叶把礼物送去了麒麟堂，自己直接回一水间。路过花园时，云笙在后面喊住了她：“五哥！”

锦笙转过身子，瞧见云笙从鹅卵石小道那头颤颤巍巍地走来，三寸金莲在湖绿百褶裙摆下时隐时现。云笙被买来时，枯黄瘦小，她本是八岁，听得苏武是买六岁女孩，她生父就谎称她六岁了。苏武瞧着模样像是五六岁，也就买了她回来。但她骨骼硬朗，裹小脚已不似五六岁孩童那般容易。

赵妈一双老手，曾裹出许多令封建迂腐男子为之倾倒的小金莲，裹脚手法娴熟，也极为苛刻严厉，硬是给云笙裹出了三寸金莲。云笙受了一番去鬼门关的苦楚不说，也伤及了骨头。素日里就算走在平地上，若走得稍快，三寸金莲不稳，也总是颤颤巍巍的。

锦笙见过婀娜多姿的各式女子，瞧见云笙，总觉得她走路的模样不雅致。那风一扑就能倒地的孱弱模样，又很惹人疼惜。锦笙眸子泛酸，紧着往回走了几步，迎住云笙："怎么了？"

云笙被告知是冒充了死去的六小姐，与林宅里的人接触，向来怯怯懦懦，连丫鬟老妈子都不敢随意使唤。锦笙不常回林宅，回来也甚少去麒麟堂。云笙从丫鬟处听闻锦笙是祖宗脾气，纵使锦笙从未对她发过脾气，又是除赵丹蔻外待她最好的人，她也仍畏惧锦笙。

云笙不敢同锦笙对看，低下头，声音如蚕丝细雨落在湖面，轻不可闻："五哥，你与方家少爷相熟，方家少爷是真的要退亲吗？"

锦笙略一怔，瞧见云笙耳朵泛红，笑着安慰她："退就退呗，咱林家的六小姐还愁嫁吗？五哥再给你找一门好亲事。燕平七少里还有三个没成亲呢！五哥给你挑一个最好的！陆军次长家的三少爷如何？"

云笙双手攥紧上衣下摆的滚边，金线勒紧陷入指腹，她心里忐忑着鼓足勇气望向锦笙，锦笙是一贯的笑意疏离，那疏离让她略迟疑片刻，还是逼着自己说了出来："五哥，我想见一见方家少爷。"她从大嫂秦依斐那里听来了一些新式女子应当有的思想，其余小事也就算了，婚姻大事还是想尽自己最大的努力去争取一番。

她知晓，若不吭声，在这深宅大院里，纵是她被退亲，再跟另外的男子订婚，林家长辈都不会过问她，他们只需要她遵从而已。

闻言，锦笙眉头蹙紧，若云笙和方少尘的婚退不了，两家是姻亲，她仍是无法打霓裳锦的主意，遂语气里带了不悦："你见方少尘做什么？他几次三番要求退亲，你还主动跑去见他，是当真要丢尽咱林家的脸面吗！你是林家长房的六小姐，怎越发不懂得金贵矜持！你私下见方少尘置大房颜面于何处？奶奶不是派了嬷嬷教习你规矩吗？她就是如此教你的？看来，她倒要先受一番调教才能教习你！"

锦笙不过是寻常声调，远不及呵斥仆役的一半，仍是吓到了诚惶诚恐的云笙。云笙深深地低下头，望着墨绿青灰夹杂的鹅卵石。那般深的颜色，直深到她眸子里，把她一颗想追寻自由的心也蒙住了。

在锦笙发问见方少尘做什么时，云笙想回答说：方少爷是受新式教育的，肯定讲究自由恋爱，不愿娶她，或许是因二人不相识，也不了解她。

待锦笙字词越发重，云笙又自己嘲讽自己：方家少爷是国外留学回来的，什么样的女子没见过，纵是见了她，就会愿意娶她了吗？不过是欺骗完自己，再把自己送去给别人嘲笑戏谑罢了，得不偿失，反而会丢了林家六小姐应有的矜持高贵。

云笙连忙万福着身子向锦笙认错："五哥别生气，是我糊涂了，求五哥莫要迁怒他人。五哥慢走，我回麒麟堂了。"

锦笙亦觉方才言语间说得重了，柔和下音色道："去吧！"

离去时，云笙背影依旧是颤巍巍的。锦笙突然想到，两年前，云笙曾无比羞涩地问她要方少尘的相片，她问方少尘要了几张给过云笙。那方少尘连照相都笑意温煦，灿若日月。她猜测，云笙极有可能是只看相片，就喜欢上了方少尘。

鹅卵石小道两侧是花篱样式的栀子花花丛，花大雪白，栀子花香本就馥郁，经风一吹，那香味萦绕在锦笙鼻息间不散。锦笙不由得想起了杨灵均，杨灵均最喜栀子花。她十六岁时，有次曾命仆役买了燕平城所有栀子花，搬运到万梨园。她和杜衡、苏叶坐在二楼的雕花木栏杆子上朝戏台丢栀子花，就为了杨灵均能多看她一眼。

杨灵均台风很稳，任凭她不厌其烦地一朵朵栀子花朝下丢，也稳着唱腔和步伐，一眼都不看她。最后，栀子花层层叠叠在戏台子上铺了好几层，杨灵均每一步都得踏在栀子花上。她那般欺凌戏子的行为成了燕平城街头巷尾的谈资，她亦被父亲拿马鞭狠狠抽打了一顿，命令她不许再到万梨园去。

可她闲下来，仍是寻到机会就偷溜去，只为了多看杨灵均几眼。她最初是想和杨灵均做普通朋友的，可杨灵均太过清高倨傲，从不和富家子弟交友，对她更是唯恐避之不及。她生气，又不知该如何，就想了那个法子，却彻底惹怒了杨灵均。她一直开不了口和杨灵均解释，她本意并非要欺辱他，却越弄越糟。

在外人眼中她是个男子，杨灵均又不愿和她做朋友，她只有欺辱杨灵均，才能接近他。直到杨灵均对她，连寻常的客气都没了，她在他眼中只能看到厌恶。

倏忽间，锦笙感同身受，知晓了云笙心意，不过是想寻找各种机会，离心中那个人近一些，再近一些。尚有微弱希冀，都想要去尝试。如此一想，锦笙竟觉得自己比云笙要幸运得多，云笙只是代她承受了这一切。

一水间是独院式洋楼，临近护城河，周围有葱郁的枫树林和草坪，院子里有两幢中西合璧的红砖白粉墙洋楼，一层半的东楼是闲杂仆役住所连带着车库，两层半的西楼是锦笙及近身仆役的住所。

锦笙从爷爷奶奶那里讨要了不少银钱和价值不菲的物什摆件来装潢自己的别院，故一水间虽名字雅致，内里却极尽奢华，引得林清嘉跳脚不满许久。

锦笙所居的西楼，在二楼杂物室的隔壁有一间小屋子，名为金蚕室，养着锦笙的宠物蚕宝宝。

春蚕到死丝方尽，蚕的寿命极其短暂。待蚕宝宝吐丝结茧后，仆役就会再养育新的蚕宝宝。别院里总存着足够多的蚕种和桑叶，也能养育出足够陪伴锦笙的蚕宝宝，她还给那些蚕宝宝精挑细选了个“奶娘”，又给那丫鬟改名为金蝉。

锦笙心情不好或有问题想不明白时，总爱到金蚕室，有幼小仍在贪食桑叶的蚕宝宝发出啃噬桑叶的声音，沙沙作响；有在吐丝结茧的蚕宝宝，那声音便是微弱不可闻了。

锦笙与蚕宝宝的缘分始于六岁那年，初顶替哥哥时，林肇聪曾带她去过林家蚕园，带她去看了柞蚕，又令工人寻来了桑蚕，指着那些通体白色或白里微泛浅灰色且正在蠕动的蚕宝宝，告诉她：“这是柞蚕，这是桑蚕。咱们耆德堂林记绸缎庄所卖的丝绸和秀林丝织厂所织的丝绸，就是由它们吐丝结茧，咱们再缫成丝后才能织成。记住，丝绸所有的制作工序，都是由这些蚕吐丝结茧而始的。好儿子，你更要记住：且不管洋人的机器如何先进，中国都是桑蚕丝织业的发祥地，中国人都是丝绸的祖先。面对那些洋商，咱们不可盲目骄纵，亦无须妄自菲薄。”

林肇聪的教导过于急切，六岁的锦笙无法全然理解他的后半段话，只满面好奇地盯着那即将被放养在树上的柞蚕，又看看工人所托箩筐里的桑蚕，亦无法理解那些绚丽柔软的丝绸和这些丑丑的虫子有何关联。

直到今时今日，锦笙仍觉神奇，丝绸所有的工序，竟是由蚕吐丝结茧开始的，而老祖先竟连这等奇异事都能发现。因此，但凡心绪郁结或遇到难题，她总喜待在金蚕室。

老祖先能想到把虫子由一道又一道工序转变成柔软丝滑、绚丽多彩的丝绸，她遇到的这些难事又算得了什么，总能想出法子来。

锦笙拿着桑叶喂幼小肥圆的蚕宝宝，不时用桑叶搔搔它们圆滚的身体，它们受惊不食，她对蚕宝宝的情感向来与对丝绸的情感同样深厚，心里不禁泛起无限爱怜。

锦笙由金蚕室出来时，金蝉、赤芍、杜衡和苏叶正忧心忡忡地守在外面，见她神色已恢复如常，忙松了一口气。杜衡道："我的小爷哟，您回来后，午饭、晚饭都不用，在里面都待三个多时辰了。再不出来，那些臭虫子都得被撑死了。"

锦笙接过赤芍递来的揩手帕子，微眯了眼看杜衡，他忙改口道："小少爷们都快被撑死了。不，五少亲自喂它们，它们是荣幸得快晕过去了。"又嘀咕着说，"它们也不用喂呀，直接把足够的桑叶扔进去不就得了，至于待那么久吗！若是饿坏您的身子可如何是好！"

瞧着杜衡虎头虎脑的模样，锦笙唇角微露一丝笑意，旋即躲开他，下到一楼会客厅，打电话到总机，又让总机转到了六国饭店找方家少爷。

听得锦笙邀自己去逛公园，方少尘霎时哭笑不得，再次跟她确认道："锦笙，你确定咱们两个大男人去逛公园？就咱俩？"

锦笙也觉得别扭至极，踢着绣墩，挠着耳后根："对，后天下午，就咱俩，你可别带女子朋友。"怕他会同穆峻潭一起，又嘱咐道，"也别与穆少帅同来，就咱俩，我有要紧事告知你。"方少尘颔首，看向坐在自己对面的穆峻潭道："好，我不与穆少帅同去！"

穆峻潭正在看林清慕送过来的文件内容，听得方少尘提及自己，撩起眼皮朝他望一眼，待他挂了电话，问："什么事？还特意避开我？"

方少尘困惑地耸了耸肩膀，林清慕猜测说："许是和我六妹有关！"

方少尘想到锦笙在有朋阁说的话，明明是赞同他退亲的，猜想着不是为六小姐，可又猜不到锦笙约他去公园是为何，便道："后日就知锦笙是何意了，咱们时间不多，先谈正事吧。"

穆峻潭把纸张扔在金漆几案上，眉心轻蹙："这些文件不够揭发皞系跟日本秘密借款一事，林大少爷，我听闻你五弟与卢柏凌私交甚好，不知他会不会看在你的面子上帮咱们？"

林清慕果断否决道："不可！此事万不能把我五弟牵扯进来！我五弟打小就没进过学堂，一直是我大伯带在身边亲自教养，学的都是生意经和如何扩大林家家业，老五的家族观念很深。这件事一旦见报，卢兆祥抽丝剥茧，就能找到我头上。老五若知道我参与其中，为了林家利益，他非但不会帮忙，反而会给咱们捣乱！并且，他与卢柏凌关系太好，说不准会倒过去帮皞系。"

方少尘点头附和："锦笙本性虽不坏，可他学的东西，一多半都是在政商酒桌上学来的。他天生有股机灵劲儿，一点就通，惯会学以致用，那点子算计人的本领，让你防不胜防。为防万一，这事万万不可让他知道了！他当真会算计咱们的！"穆峻潭瞟了他二人一眼，"你俩是不是都被他算计过？"

瞧见穆峻潭幸灾乐祸的模样，方少尘道："你惹了他的白蝴蝶，给他戴了那么大一顶绿帽子，还是小心点好，他可不是吃闷亏的主！"

一水间这边，待锦笙挂了电话，赤芍呈上一个黑木匣子："五少，这是老宅那边送来的。来人说是三少爷让他送的，可三少爷却带话，说这是穆少帅送给您戴的。"

锦笙微蹙眉，并不接，就着赤芍的手去掀黑木匣子上的黄铜纽扣锁，掀了一半，看清里面是何物，就气吼吼地合上了。

一年前，林清嘉捧红的一个花旦背着他和旁人相好，锦笙令人缝制了一顶绿呢绒盆式帽送给林清嘉。黑木匣子里，是林清嘉送还给锦笙的绿帽子。

次日上午，锦笙在耆德堂林记绸缎庄总店门口碰上了路过的林清嘉，林清嘉在外玩乐一夜正要找个安静地方歇息，见到锦笙，便让黄包车夫停下，扔给车夫一块大洋，转过身笑锦笙："老五，一大早的，你头顶一片碧绿天，滋味如何？"

锦笙旁边是总店周掌柜，他朝天望一眼，以为林清嘉是潇洒一夜晕乎了，便提醒道："三少爷，今儿可是阴天。"林清嘉笑得更甚了，"五少爷的天儿是绿的，五少爷的天儿是绿的。"

周掌柜当了数十年的柜头，伺候过成千上万的客人，脑子甚是活泛，顷刻明白过来，林清嘉是在跟锦笙打趣穆峻潭夜宿白公馆一事，遂不再言语。

锦笙本就有事要寻林清嘉，可今早去林宅请安并未看到他，正发愁无处寻他，他就自己个儿撞上门来。索性并不理会他，清冷着眉眼对周掌柜道："老周，别理他，咱们走！忙正事！"

林清嘉见锦笙带着周掌柜朝对过的茶馆走，后面还跟着两个伙计把绸、缎、绢、纱、绉、葛、呢各抱了一匹，因好奇锦笙是忙什么正事，便跟了过去。早有两个伙计应锦笙吩咐去买了日本的绸、缎、绢、纱、绉、葛、呢，抱到茶馆雅间候着。

锦笙和周掌柜对比着那些绸、缎、绢、纱、绉、葛、呢，虽相互间不言语，可对视之间，心中都有了大致判断。

末了，周掌柜喟叹道："五少，这机器织出的东洋丝绸的确不错，柔软丝滑，色泽鲜丽不杂，颜色多，花样也多。你看这东洋纱，细看时纱孔整齐清晰，稍微隔远一点，就又瞧不见，有那么点子若隐若现的韵味。东洋葛也不错，凸条整齐不乱。”

他放下手上的东洋葛，又叹息一声，碎碎念叨着：“若非有那么档子事，咱耆德堂林记进了这东洋丝绸，能让它占了江北十二省的多半个市场。燕平日本商会非要逼着咱耆德堂林记卖东洋丝绸，怕是也知道这一点！我听说，这东洋丝绸出口英美法等国的数量已超过咱中国的出口数量。唉，丝绸本是我中国技艺，这真是教会徒弟，要饿死师傅了。”

锦笙仔细琢磨着东洋丝绸，顾不上搭腔，林清嘉咬着茶壶嘴，含混不清道：“哎，我说老周，你他娘的是东洋人吗？可着劲地夸东洋货。”他信手一抓，抓了东洋绸和东洋葛，举到周掌柜眼睛跟前：“你是不是老眼昏花了，我瞧着，这和咱耆德堂林记卖的丝绸没啥区别，不就是花色多了一些嘛！回头咱们丝织厂也多进口些染料，染一染不就行了。让管绘图的师傅，也多设计些花样，南地市场咱耆德堂林记管不着，可着江北十二省挤对死这东洋丝绸！”说完气呼呼地随手一丢，便又拿起茶壶灌茶，瞧见锦笙望了自己一眼，方觉自己是玩乐一夜糊涂了，何以气血冲头，说出这样的话。

周掌柜神色略带凝重，摇头反驳林清嘉说：“三少爷，质量上是差别不大。可人家这是电力织机大量生产的，那电机器一开，哗啦啦的，一天能比手拉机多织一倍都多。况且，丝绸是日本的功勋产业，由政府扶持，纳税低，人工用料成本低，卖低价也能获益。咱自产自销的柞丝绸敢降价，可桑丝绸咱敢吗？而且，东洋丝绸有些花样图案，咱的手拉机根本就织不出来。就色泽而言，纵使染料一样，有时候两家厂子能染出两样色儿来，颜色还不一定牢固。您去年不也买了那德国染料吗？染出来的绸子是挺鲜亮，可那一批货咱卖出去，好些个客人洗了两次就褪色儿了，还赔了不少钱，差点砸了咱秀林丝织厂的招牌。”

林清嘉被周掌柜一通话反驳得面红耳赤，把那巴掌大的紫砂壶猛地拍在桌子上，碎壶碴子扎得手心一疼，愈加脸红脖子粗，正欲和周掌柜争辩，锦笙问周掌柜道：“老周，如果是方家丝绸与这东洋丝绸相比，是不是一看一摸就能见高低？”

周掌柜颔首：“必然！”林清嘉见周掌柜如此迅速果断的回答，也忘了发火，红着脸，梗着脖子脱口问道：“为何？”

周掌柜道：“霓裳锦本不是方家独有，明清两朝，柳苏城、京陵城多是织霓裳锦的民间织造坊。可后来，皇宫里派发下霓裳锦任务，织造局首选的民间织户便是方家。方家一脉，已有三百多年的织锦、织罗技艺了。皇家贡品无须考虑销量，只要提着脑袋心无杂念地按时按量完工。给皇家干活，分毫差池就得丢脑袋，工艺上必是精益求精之后再力求革新除弊，渐次地，就算不为皇家命令，此等苛求工艺质量的匠人精神也传承下来了。方家霓裳锦织造坊里都是世代相传的织锦、织罗匠人，远不是咱们这些丝织厂随意招聘的大批工人所能相比的。”

周掌柜看不惯洋货冲击国货，本就存了愤懑，一提起霓裳锦，腹中话语更有连绵不断之势。

锦笙虽张了口，却不忍打断他，只得和林清嘉对看一眼，任由他继续说下去。

“别的不说，咱就单挑染色而言，那方家的染色技艺实乃一绝，霓裳锦丝线配色多达数十种，皆是方家自配植物染料，光是一个青色，由浅至深，就能分出许多色样层次来，同色叠列，就如同作画晕染。而且，方家很注重改良蚕种，那织就蝶翼纱的生丝，极细极轻，织出的蝶翼纱又暗藏提花，迎风一吹，飘飘忽忽，花纹若隐若现，薄而不透，这东洋纱难以望其项背。”

他说毕连连摇头叹息：“只可惜了，只可惜了！那方家独门瑰宝曲径罗已失传，不知霓裳锦会不会失传。洋货大量涌入冲击市场，咱秀林丝织厂也没倒闭呀，还卖出了国门。织造局取缔后，仅存的那几家霓裳锦织造坊，管理者顽固不化，不寻自身原因，只一味抱怨洋货冲击，抱怨皇朝末路内务府不派遣订单，原料不足无法生产，从未想过要让霓裳锦融于市场。最后，霓裳锦织造坊只剩了方家一家，那方家少爷又无心当个织锦匠人，方老太爷亦不把技艺传授给外人。若方少尘肯撑起方家家业，力求变新改良，霓裳锦也不至于败落到于丝绸行业无关紧要的地步！”

锦笙知晓周掌柜对丝绸感情笃厚，如今年纪一大，少不得爱发感慨啰唆，恐他无边无际地说下去，连忙打断他：“老周，若是拿方家丝绸和东洋丝绸比，方家能稳赢吗？”

周掌柜一副我拿性命担保的模样：“稳赢！”可又随即摇头，“也不一定，方家丝绸是木织机和手拉机织的，本身产量小，加之原料上等、苛求工艺质量，故而成本高，售价也高。许多日本丝织厂已转换为电力织机，能大量生产，加之纳税低、成本低，与方家丝绸相比售价也低。若把市场各方面因素都考虑到，方家不一定能比得过东洋丝绸。”

林清嘉思忖片刻，眼睛一亮，问锦笙："老五，你是不是想出法子来了？"锦笙摇头："没，我就是想了解了解这东洋丝绸。"旋即又看向微显困倦的林清嘉道，"三哥，渡边次郎把爷爷气病了，我有个法子可以气气那渡边次郎，不过得需要你的帮忙。"顿时，林清嘉的困倦消了一半："什么法子？"

第四章 琉璃叶，琼葩蕊

锦笙让伙计和周掌柜都先回铺子里，随后低声把计划和林清嘉大致说了一遍，林清嘉直摇头："这种混蛋事，莫说爷爷，我父亲都得先骂我一通！说不准还得抽我几鞭子！"锦笙道："咱林家上下，这种混蛋事只有你做了，渡边次郎才相信。我出国之前，你就和渡边次郎私下见面。昨日为东洋丝绸说话，是拿了渡边次郎的好处没法交差了吧？你如此做，也好跟渡边次郎交差不是吗？你已尽力，他也不能说你拿了钱不办事呀！"

林清嘉脸色一变："老五，你别冤枉人，我何时拿过渡边次郎的钱？"锦笙略挑眉梢道："你在宅院的私账上亏空两万大洋，又挪用了公中一万。这半年，你照常吃喝玩乐，也没节俭，亏空和挪用的钱却都补齐了。你说，这钱打哪儿来的？"林清嘉心里一惊，口干舌燥地灌了几口茶，埋怨道："也就你喜欢算计人，才闲着没事查我的账！"说完，方警惕地问锦笙："老五，你让我做那样的事，莫不是算计我吧？"

锦笙笑道："三哥，上阵父子兵，打虎亲兄弟。事关我林家荣辱，咱兄弟俩应一致对外，我怎会算计你。我知道，你虽拿了渡边次郎的好处费，可心里还是向着咱林家的，方才不是还扬言要挤对死东洋丝绸吗？"

林清嘉细想片刻，不知该如何接话，只摇头道："不，老五，咱俩不是亲兄弟，是堂兄弟。"锦笙白他一眼："不就是不一个爹？！咱俩总一个爷爷吧！"林清嘉回道："何止爹不是一个，奶奶也不一样啊！"

锦笙不耐，站起就要走："你去不去？不去，我回家找老七去，顺便再把你拿渡边次郎好处费的事告诉爷爷和二叔。”林清嘉忙喊住她：“行行行，我去，我去！瞧你这炮仗急脾气，得亏你生在林家，不然谁拿你当祖宗供！”又问道：“那买东西的账记谁名下？”

锦笙一面朝外走，一面说：“自是记你名下，回头我给你现款。你要是不拖拖拉拉，今明两天就办成了，你昨夜里的花账，也转记到我名下！”林清嘉答应着就同锦笙分开而行，叫了黄包车去瑞昌隆绸缎庄。

苏叶和杜衡已办好了差事等在总店铺门前，锦笙上了汽车，问苏叶：“人找好了吗？”苏叶答：“找好了，就是老宅里常跟着三少爷的那两个小厮。等会我也跟着过去，拿上东西就立即回一水间，赤芍和金蝉已领着裁缝在候着了，估摸两三天后，大半个燕平城的乞丐都能穿上东洋丝绸做的衣服乞讨。”

锦笙颔首，又吩咐杜衡：“待衣裳做好后，你带那两个小厮把乞丐聚集到一处，领着那些乞丐去澡堂子洗干净了再穿新衣裳，再带他们去吃顿馆子，让他们把那两句话好好地记熟了。全部以三少爷的名义去做，就说：‘林家三少爷说了，鄙府老太爷身体抱恙，是被登门的倭国邪祟冲撞了，故行善积德，以驱除东洋邪祟。’”

苏叶和杜衡各自领了差事去忙，锦笙便独自开车到了城外秀林丝织厂。一同出国考察的程藕初见得锦笙，先询问了林老太爷身体状况，随后忧心道：“大爷说近日府上事情较多，买机器一事就先搁下来。五少，老太爷这一病，日本人又捣乱，咱的电力织机还买得成吗？”

锦笙宽慰他：“放心，老太爷身体向来硬朗，不过是被气着了，我已想了法子给老太爷消气，待老太爷身子骨一好，日本人那档子事再解决了，咱就能买新机器了。”她说着手拍在手拉机上，目光笃定道：“我林锦笙一定要把燕平的秀林丝织厂扩建成江北最大的机器丝织厂！”

转悠完车间，锦笙回城时，晚霞已沉甸甸挂在天上。想着这个点林清嘉未把事情办妥，好戏开不了锣，一时想不到要去哪儿，思量间，已不由自主到了万梨园。

万梨园外的告示牌上写着“《醉杨妃》杨灵均”，红底黑字迎着晚霞，那杨灵均三字，却像是撒了碎金子般，闪耀耀地直晃锦笙双眸。因车窗开着，依稀有微弱的唱声和锣鼓声飘散到她耳中，她越发控制不住自己的举止，熄了火，下车走进戏园子。

杨灵均是伶界大王，但凡他登台，戏园子皆是满座。

一楼池座已满，楼上包厢也满座，戏园子经理替锦笙去周旋座位，锦笙便寻了一视线最佳的位置站着，看向戏台上的杨灵均。

戏园子是封闭式的，透不进天光来，天花顶上悬着电灯，电灯外罩着琉璃灯罩。琉璃本就透着高贵华美，灯光由晶莹剔透的琉璃照向各处，亮光带了几分琉云璃彩的璀璨奢华。

琉云璃彩的光亮打在戏台上，背景幕布是凉亭春色，花团锦簇，彩蝶飞舞。杨灵均手持青铜酒樽，缓缓摇着步子醉倒，身上的贵妃锦袍，在灯光下灿若云霞。胭脂红由眼皮绵延至鬓发贴片处，越发衬得丹凤眼妩媚，琼瑶鼻雪白高挺。许是脸上涂得过白，对比之下，红艳艳的两片唇，似雨水洗涤后的枝头樱桃，新鲜娇嫩。

他明明是男儿身段，却比女子娇柔，不似弱柳，而像打开了两扇窗，一缕清风悄入，卷起临窗轻纱帘子摇漾，帘子似动非动。瞧上戏台，杨灵均身子似晃非晃，贵妃锦袍裙摆绽开一层层涟漪，及至涟漪散尽，他人已经醉着半倒在戏台子上。丹凤眼顾盼流转于观众之间，微微绽唇，醉笑着扯开了唱腔，醉酒的媚态娇羞，直醉到听戏人的心窝里去，也醉倒了锦笙内心深处那个小女子。

杨灵均是三年前由沪海北上到燕平城的，锦笙因算是梨园前辈徐叔岩的半个弟子，也认识了不少梨园弟子，听过杨灵均的名气，却不曾过多关注。

林清嘉是资深票友，一眼就相中了杨灵均，私挪公中的钱给杨灵均捧场，砸了不少金银珠翠在万梨园。可杨灵均只拿戏园子每月分的包银，林清嘉的钱一分不收，林清嘉送的金银玉翠行头也不收，林清嘉邀了多次，杨灵均连顿饭局的面子都不曾给他。

锦笙知晓后，把林清嘉为杨灵均挥洒千金的事夸大其词地告诉了过门不久的三嫂，她三嫂到万梨园堵截住林清嘉大闹一场，二人又把此事闹到了林老太爷那里，林老太爷得知林清嘉为下九流戏子挪用公中的钱，一气之下把林清嘉关了两月禁闭。

林清嘉是不大和杨灵均往来了，锦笙却和杨灵均牵扯到了一起。外人也只道锦笙是因林清嘉为杨灵均挪用林家公中的钱，才迁怒杨灵均的。

万梨园经理为锦笙寻到一包厢，锦笙直到戏散人走尽，才由二楼下去。

彼时，杨灵均着一身素白长衫，由后台转角处款步而出，衣袂翩然，风姿俊朗。脱去了灿若云锦的贵妃锦袍，摘掉了珠光宝气的贵妃凤冠，亦洗涤了戏台上花旦的浓墨重彩、千娇百媚。

杨灵均面色依旧白皙，眉眼依旧俊美如画，整个人却简约明净、清淡如素水。他身形偏瘦，略显单薄，脊背直挺，周身由骨子里逸散出的清高，让他仿若并不属于凡尘俗世，而是缥缈云烟中人。唯他走近时，把天花顶上的琉璃灯光挡得影影绰绰，让锦笙恍然醒悟，眼前人，是伶界大王，杨灵均。

杨灵均对锦笙视若无睹，锦笙不由得左跨一步，挡住了杨灵均去路。杨灵均眉眼清冷，单手背后，直直看向前方。他比锦笙高，目视前方，眸子里自是看不进锦笙。

锦笙孩子气地抬脚踩上杨灵均膝盖，冷声道："杨灵均，好久不见！"杨灵均受了一脚，连眉都不曾皱一下，身躯依旧挺得笔直，亦不开口理会锦笙。

杨灵均的无动于衷，让锦笙难过却又不知该如何，她心里隐隐作痛，亦知晓，杨灵均现在是能不跟她说话，就不跟她说话。随她怎么欺负、侮辱他，他眼里都看不进她，她是他眼中融不进的那一颗沙砾。

他厌恶她，或许，连厌恶都没了，只余下冷眼相看，在他眼里，她成了戏台上独自唱跳的丑角。

杨灵均绕过锦笙要走，锦笙动作迅捷地阻拦住他，语气蛮横道："杨灵均，你跟本少爷说句话，随你说什么，只要你说句话，本少爷就让你走！"

僵持片刻，戏台子那边聚了一些瞧热闹的同行，杨灵均终于低头看向锦笙，瞳眸深敛，双唇微掀，却终未发出声音。他唱念做打的基本功扎实，单手攀住一旁木楼梯扶手，腾空一翻，就从锦笙头上掠过，站稳后，就快步朝外走。

一出戏的工夫，外间天地早已是满城风雨。春雨似一层薄雾，把万家灯火都笼罩住，朦朦胧胧中透出灯光。悠长街巷，杨灵均在前方走着，锦笙孩子气地追着。从柏油大道的繁芜街巷追到行人车马愈来愈少的胡同，杨灵均对锦笙的执拗倔强无可奈何。

分不清是杨灵均刻意放缓了脚步，还是锦笙畏惧被熟人看到宣扬出去，二人间，总保持着一段不可逾越的距离。

杨灵均不喜坐人力车，一向走路回居所。起初，雨丝稀疏，待走了半个时辰，由大街转到胡同里时，雨线密集，迎面已碰不到行人。杨灵均衣物被浇了个湿透，猜想锦笙应如是，遂寻了一高阔门檐避雨。锦笙与他隔了两扇门的距离，也站在屋檐下，半个身子仍被雨淋着。

锦笙的心思全在杨灵均的一举一动上，也未注意这是中华交通银行行长的府邸侧门。侧门上悬着两盏电灯，灯罩子是雪白的，洒下莹白光亮，把厚重雨雾也照得宛如透明玻璃般。

杨灵均瞧见锦笙半个身子仍被雨淋着，便靠着墙壁右移让自己淋雨。锦笙倔强高傲地微扬着下巴，一双骨碌转的眼眸盯着杨灵均，也随他靠着墙壁右移。

杨灵均小半个身子被雨淋着蹲下歇息，锦笙浑不觉，只是有样学样，也蹲了下来；杨灵均擦额头雨水，她紧盯着他，也不由得抬手用衣袖去擦额头，像一只学人的小动物般。

杨灵均终于忍俊不禁，唇角微勾出笑意，长且秀气的睫毛垂下，在下眼睑映出好看的暗影。锦笙一惊，咬住嘴唇，盯着他的侧颜，脸颊上也渐次泛起笑意，心里雀跃着欢喜。

杨灵均难得对她露出的笑意，把她的傲气乖张都柔化成了水，内心私处里那个小女子冲破男子服饰的樊篱，活泛起来。

她整齐的短发已淋湿垂下刘海儿遮住前额，脸颊一小，益发衬得双眼圆且大，眸子黑白分明、活泛有神，透出七窍玲珑心的那股机灵劲来。雨珠由她额前发丝缓缓滴落下，她忘了擦，睫毛悬雨，也舍不得闭眼，只贪婪看着肯对她露出半丝笑意的杨灵均，傻气地说："杨灵均，你竟然对我笑了。"

如斯音色，杨灵均又开始恍惚迷惘，分不清锦笙究竟是男子还是女子。他以男儿身唱花旦，又得了伶界大王的称号，对雌音最为敏感。而锦笙每每同他说话时，那音色中分明带着几分俏丽细软的，刻意用须生腔压制住的雌音。

杨灵均掏出一方手帕递给锦笙，锦笙不懂他何意，接过手帕伸展，前后边角仔细看了一番，手帕洁净无瑕，只用金线绣了一个"杨"字。她珍爱地折叠整齐，掀起马褂，装到内侧的口袋里，轻拍了几下，拍结实后，用手背胡乱抹去脸颊上的雨珠，依旧盯着他看，透着一股执拗的单纯。

杨灵均唇角笑意更多了几分，想说帕子是给你擦雨水用的。却正巧赵宅的三少爷赵宫铭要从侧门偷溜出来，他早听见锦笙说话，悄悄拉开门栓，又见她接杨灵均的丝帕，两人间透着一股子腻歪劲儿，此刻顽心大起，由门缝里便大喊："林五少，你怎么在这里啊？"

杨灵均恍若被人从幻境里喊醒，已到唇边的话语也蓦然消散，起身就走。

“我……我，我路过避雨！”

门已半敞，锦笙猛地弹起身，对坏笑的赵宫铭胡乱答着。再扭过头看时，杨灵均敏捷的身影已渐渐隐匿在雨雾里，遂对赵宫铭道：“我还有事，先走了，改日到天乐坊聚。”

锦笙不知自己为何还要追着杨灵均跑，方才二人间的距离明明那么近，却被赵宫铭突然打乱。她以为，她追着杨灵均，杨灵均渐次地就不会再厌恶她，还会对她善意地笑。

只顾追着，却来不及思量，就算杨灵均对她善意笑了，又有何意义。

这一次，杨灵均不再放缓脚步任由锦笙跟随，听得锦笙小跑着追他，亦跑起来。转了三道弯，便是他家所在的胡同。

杨灵均的居所在幽静处，小街巷里不似大街处处电灯环绕。只胡同两侧墙壁上方透出百姓家的微弱烛火，在雨雾里泛着虾子红般的光。

杨灵均平日里走这条幽寂小胡同走得熟了，纵使无月光、灯光，他也安然跑着。锦笙却不同，她一双眼睛全盯在杨灵均背影上，不太注意，一脚绊在了某户人家在门口放的大石块上，她“啊”了一声，已朝前趴在地上。顾不得脚腕与膝盖的骤然疼痛，她急于抬头看杨灵均，杨灵均虽未回头，却止住了脚步。

待锦笙爬起来，杨灵均冷声说：“林五少请回，这般追着我，若传出去有损林五少的声誉，我一介贫窭戏子受不起林五少这般追逐。”锦笙扭了脚，伴着雨珠寒意，疼得倒吸着丝丝凉气，寒凉直沁到心间。

杨灵均的话令锦笙骤然清醒了几分，她心里怪责自己，何以做了这样的糊涂事。她是林五少，是个男子，追着他做什么？若传出去，又徒叫人笑话。

她疼起来，分不清是心里的疼，还是脚上的疼。心里有许多话想说，可没有一个合理的身份说出来。杨灵均直挺的身躯立在前方，黯淡光线中也可看出他那股清高，锦笙双手攥拳，唇角颤动，却只低声回了一句“哦”。转身原路返回时，脸颊上辨不清是雨珠还是泪珠。

胡同里，雨声淅淅，风声飒飒，锦笙腿脚微瘸，走得很慢。若当男子看，她身量偏瘦小，身上长袍马褂又是朝大一号裁做的，此刻松垮地挂在身上，衣衫边角在风雨里飞扬着，像是要把主人拽倒。

走到大街上便有黄包车和三轮车，锦笙却不去唤车夫，仍是微瘸着走。唯有脚上的疼痛，才能压抑住她内心私处那个不安分的小女子。

迎面碰上了寻她的苏叶和杜衡，他二人张嘴说着什么，锦笙全然听不到。上了汽车后，还仿若走在一条望不见尽头的风雨胡同里。胡同光线暗沉，两侧是高墙瓦砾，她轻一脚重一脚地踩在湿滑的石板路上，伴着脚上疼痛，走不到尽头。

汽车驶进一水间的盘花铁门，锦笙却哑着嗓子道："去白公馆！"杜衡与苏叶对看一眼，阻止门童关闭铁门，又立即掉转车头，朝白公馆开去。

白公馆是锦笙为白蝴蝶置办的，独门独院，一幢小洋楼外加一个面积小巧的花园子，虽也有围墙和铁门，占地面积却不大。穆军只出动了六十名卫戍兵随扈穆峻潭，就把白公馆围了一圈，还沿着白公馆所在的巷陌，封了路。幸得白公馆附近并无其他人居住，倒也没有扰民。

隔着老远，杜衡就瞧见了巡逻的穆军，咕哝道："什么事嘛！亏得五少对白小姐那么好，白小姐却乐呵呵地伺候这南地来的少帅，给五少戴绿帽子！"苏叶横他一眼："杜衡，别胡说！"杜衡反驳道："燕平城还有谁不知道咱五少戴了绿帽子啊！传得沸沸扬扬的，就是寻常大老爷们也忍不了啊！偏偏人家是安系太子爷，手下有枪有卫兵！若非怕惹了他连累咱五少，我就是拼了这条命，也得打他个满地找牙！"苏叶遏制不了杜衡，只抬着下巴指向锦笙，示意杜衡闭嘴，杜衡骤然想起锦笙心情不佳，即刻缄默不语。

锦笙已在发热，昏沉的头脑袭来阵痛令她无法冷静思考。她本欲让杜衡掉头回一水间，可杜衡嘟哝了这两番话后，她觉得，若不做些什么，在外人看来，她实在算不得大老爷们。心里亦有郁结的烦躁无法发散，那股子贵公子的傲气让她头脑一热一冲动，就吩咐杜衡，依旧朝白公馆开去。

风停雨歇，街巷里幽寂沉沉，偶传出雨珠由绿叶枝条坠落的声响，淹没在卫戍巡逻的脚步声之中。汽车声音由远及近，卫戍队长叶执信领了四个卫兵迎着汽车灯光走来。

车窗是半开着的，锦笙苍白的面容映着玻璃窗，越发冷傲凛凛。叶执信也瞧见了她那副贵公子的样子，到底是在皞系的地盘上，虽不认识她，也不好过于蛮横，靴跟一叩，行了个军礼，客气道："这位少爷，此路暂封，还请另走他道！"

锦笙冷声道："你们穆军所守是本少爷的别院，不知本少爷的别院发生了何事，需出动你们穆军守在这？"叶执信闻言，即刻明白锦笙身份，说："林五少见谅，我家少帅慕白小姐名而来，二人两情相悦，自是要宿在白公馆！”

锦笙微扬下巴看向叶执信：“哦？原是穆少帅在此！本少爷正好有事要见穆少帅，穆少帅却找上我的别院，岂不正好。劳烦这位军爷放行！”叶执信眸光里闪出一抹冷冽：“少帅与白小姐已安歇睡下，林五少此刻要见我家少帅，岂不尴尬？”

锦笙对男女之事并不十分了解，一时未反应过来，开口问：“尴尬什么？”旋即又反应过来，懊恼自己问了句傻话，遂冷笑道：“如此大张旗鼓地占我的别院，会我的佳人，不晓得穆少帅到底在不在白公馆里？可不要借了我的别院和女人当幌子去做其他事，总统府和总理府那边，我无法交代，只好据实禀告！”

锦笙一语中的，叶执信眸子里显出狠戾，手已摸上佩枪，锦笙由车窗看到他摸枪的举动，那抹冷笑更甚：“去禀告穆少帅，我林锦笙要见他！”因得了在北地不可动粗的命令，叶执信咬了咬牙关，皮笑肉不笑道：“林五少稍等，容我去请示少帅。”转身后，眼神示意四个卫兵看住锦笙。

洋楼门前，督军参谋长戴希闵听了叶执信的复述，眉心蹙起：“少帅今日还特意吩咐了，说林五少聪明狡诈，要防着他突然来找白小姐，你定是在他跟前露出破绽了。”叶执信道：“我不过说了几句阻拦他的话，他却全猜中了，少帅回来了吗？”戴希闵颔首：“少帅受伤了，正在包扎，我去回禀一下。”迟了一会儿，便出来吩咐叶执信给锦笙放行。

汽车开进白公馆时，戴希闵亲自来接锦笙，军礼端正，说话也斯文客气：“林五少莫怪，手下人都是武夫，说话行事历来鲁莽。我家少帅不过把白小姐当红颜知已而已，并非坊间那般传闻，还望林五少莫要误会！林五少，请。”

戴希闵说的话一股此地无银三百两的腔调，不过是想把锦笙的注意力引到绿帽子上。可锦笙从小就听惯了这些军政两界的官腔，一听就听出了其中端倪，从苏叶手里接手杖时，瞟戴希闵一眼，微微一笑：“我知道，穆少帅此次北上，是另有要务，岂是为了区区一女子。本少爷自然不会介意误会。”

戴希闵虽心中微诧，神色并无变化，依旧摆着客气的笑容，请锦笙进去。锦笙终是畏惧穆峻潭的太子爷身份，不敢过于嚣张跋扈，未再过多言语。

戴希闵一路反客为主，把锦笙引到了花厅。那花厅本是靠近侧门的，把侧门又凿宽许多，镶嵌了两扇玻璃门，正对着花园。

白蝴蝶素来最喜待在花厅，花厅也收拾得颇为精致干净。沿着墙壁，是各式各样的花束盆栽，中间放着三面紫绒沙发，围着一玻璃茶几，她素日里常常在这里听无线电或者饮茶看书。

花厅内只有一盏琉璃灯，青白相间，又因那梅子青云叶绸的帷幔垂着，光线也隐约透出浅淡青色，把花香四溢的小室衬得清清冷冷。

穆峻潭坐在正对门的那面沙发上，唇角挂着似笑非笑的弧度，锦笙走进后，他就直直地盯着锦笙。他虽唇角弯着弧度，可锦笙最先看到的却是他那一双眸子，幽冷目光散着炯炯神采，神采下是一汪寒冽深潭，让人由心里生出敬畏来。不同于那些半道当兵的人，他打小混迹军营战场，把玩着武器长大，武器冷光已沁入他骨血，如影随形。

恍惚间，与穆峻潭一对看，锦笙便全然清醒过来，从今夜追着杨灵均，再到稀里糊涂招惹穆军，她都像是被邪祟控制了一般。她颇为懊恼，不应该惹了穆峻潭，连皞系军阀都忌惮安系军阀，她何以脑子一热，就招惹上穆峻潭。穆峻潭也不过二十五岁，正是年轻气盛、桀骜不驯之际，若他脑子一热，一枪崩了她亦是未可知。

可骑虎难下，锦笙只得攥紧了手杖缓步走进去。

白蝴蝶走过来扶住锦笙，听得戴希闵禀告说林五少硬要过来，她便不解锦笙为何如此莽撞，细声软语地问道："你怎么了？衣物湿成这副样子，还如此莽撞？"

"林五少，请坐！"穆峻潭虽用了"请"字，但那喧宾夺主的意图昭然可见。

在锦笙看来，会识文断字的地痞流氓，比那些斗大字不识一升的地痞流氓要可怕恼人得多。同样地，国外军事学院留学归来的军阀头子，可比那些草莽军阀头子恐怖瘆人。

锦笙终于从那条望不见尽头的风雨胡同里走出来，整个人不再浑浑噩噩，亦不敢再鲁莽冲动，便任由穆峻潭喧宾夺主。她额头滚烫发热，嗓子也愈加嘶哑，回了一句"多谢穆少帅"，便扶着白蝴蝶的手，在最近的沙发上坐了下来。

瞧见锦笙脸色苍白，又出着虚汗，白蝴蝶掏出手绢，动作温软轻缓地为她拭汗，余光却偷瞄着神色不为所动的穆峻潭，心渐次凉了起来。

白蝴蝶手上的丝帕与杨灵均的丝帕一样，四四方方的雪白。锦笙忽然疲惫至极，想把这一切都当作噩梦，她是在噩梦里追过杨灵均，在噩梦里招惹过穆峻潭。她倦怠至极，身上汗珠连着湿透的衣物越发滑腻，令她很是心烦气躁。她只想回一水间，褪去湿衣物，洗个澡，再好好睡一觉，把这一切都忘掉。

“林五少为何事要见我？”穆峻潭穿着穆军戎装，外套是敞着的，露出白色衬衣。白衬衣为底，青黛色军服外衣仿若江南青山洇湿的墨彩，他整个人显得不那么肃穆，可话语仍是干脆冷冽。

锦笙知道自己躲避不得，强撑起精神思忖如何应付穆峻潭时，叶执信走至花厅门口暗暗打了个手势，只一瞬的工夫，穆峻潭已站起掏出佩枪，“砰砰砰”三声枪响，锦笙所坐沙发背后，盆栽碰盆栽，接连许多个盆栽裂开，瓷器碎裂余音响了好一会儿。

锦笙与白蝴蝶只被最初的声响骇了一跳，旋即镇静下来。穆峻潭却大步走过来，用枪口抵住锦笙眉心。早在枪声最初，穆峻潭的卫戍已涌入，端着长枪，黑洞洞的枪口指向锦笙，神色肃穆戒备。穆峻潭既不下令他们开枪，亦不喝令他们出去。

锦笙可清晰瞧见那黑洞洞的枪口，而穆峻潭的手指是触在扳机上的，只轻轻一下，子弹就会从她眉心飞进脑袋里。她反倒十分镇定，撩起发涩的眼皮看向穆峻潭：“穆少帅行事可要三思，我林家虽不掌军，可也不是好欺负的！”

白蝴蝶虽知晓穆峻潭不会开枪打死锦笙，但九个黑洞洞的枪口皆对着锦笙，难保枪不会走火，她甚为担忧地望向穆峻潭，柔声低唤了一句“少帅”。穆峻潭却恍若未闻，仍冷着神情看锦笙。

不过僵持了两分钟，卢兆祥的下属范志贤已带卫兵闯进洋楼来，口中叫嚷着：“发生了何事？怎会有枪声！”

花厅由内至外已被穆军层层严守，戴希闵令穆军让开道，独“请”了范志贤一人进去。

穆峻潭的枪还抵在锦笙眉心，锦笙本是发热出虚汗到脸色苍白，范志贤却以为是二人僵持争执得久了，锦笙被吓到如此地步。他冷不防瞧见这样的场面，微怔一下，随即一副了然于心的神情，扯开了粗嗓子道：“我听戴参谋说林五少在此，恐穆少帅和林五少闹不快，就赶来劝架，二位可莫要真恼了啊。为了一个女人，不值当，不值当！大丈夫何患无妻！天涯处处是芳草嘛！以你二人的样貌家世，更是随手一抓一大把嘛！”

听到范志贤叫嚷时，锦笙猜测自己是被穆峻潭利用了。穆峻潭方才或许不在白公馆，范志贤带卫兵一路追来，才追到了白公馆。

穆峻潭与锦笙僵持时，范志贤眸光一直紧盯着穆峻潭右胳膊前臂，劝说道：“穆少帅，林家老太爷与故去的大总统乃挚友，大江南北这些叫得出名号的统帅都是大总统的门生，就是现任总统、总理和穆大帅也得给林老太爷三分面子，这林五少可是林老太爷的心肝宝贝孙子，实在是崩不得，崩不得！崩了他，可要崩出无穷的后患来！吓唬吓唬就得了！”

“范师长，你们江北的人惯着这位麒麟少爷，我可没闲工夫陪他逗乐打趣！”

说话间，又一颗子弹蹭着锦笙的耳朵射进沙发的绒面里去，穆峻潭才右手麻利灵活地收了佩枪，还用右臂拽抱起白蝴蝶，丢到自己方才坐过的沙发上，冷瞥向锦笙：“你若识相，就快滚！”又极其不悦地看了范志贤一眼：“范师长深夜到白公馆又是为何事，莫不是与林五少目的相同？”

范志贤忙摆手道：“穆少帅莫要误会，我只是路过，得知林五少来此，又听到枪声，前来劝架而已。既已相安无事，那我就先走一步了。”范志贤急于回去禀告，匆匆带兵退出了白公馆。

待范志贤离去，白蝴蝶扶着锦笙朝外走时，锦笙脚腕已痛到无法触地，她强撑着一口气，攥紧了手杖，那紫檀木手杖上在手握旁用碎小的红晶石镶嵌了“五”字，红晶石坚硬无比，现下，皆烙印在她掌心里，益发疼。手脚齐痛，倒疼得她有一种回光返照的清醒，像是迎着日光，走在云巅里一般。

刚出花厅门，锦笙迷蒙视线里看到卢柏凌正急急走来，忽然松了那口强撑着的气，再也支撑不住，倚着白蝴蝶的身子就倒了下去。幸得卢柏凌动作快，紧跑几步，上前横抱住她。

第五章 紫藤帘，美人雾

赵宫铭的嘴巴极快，到了俱乐部，就把锦笙与杨灵均在他家屋檐下腻腻歪歪的事情，添油加醋地宣扬了一番。

卢柏凌正在打台球，一球杆子挥在赵宫铭脸上，喝令他闭嘴后就到一水间找锦笙问详情。赤芍告知他，锦笙去了白公馆，他一分钟都不敢耽搁，着急忙慌地赶来白公馆。

穆峻潭只带百人近身卫戍到皞系地盘，表面上是受了穆炯明的命令，以晚辈身份前来燕平城、津城拜会与父亲有交的一众长辈，又为着礼节在任职后拜会江北内阁的一府一院。实质上，是穆炯明以独子性命在向江北内阁和全国国民表明心迹，表明自己虽割据五省地盘，却只是以五省联军息割据战火，绝非要联省自治而不遵内阁制度；他穆炯明虽位居五省联军总司令，但依然支持五族共和，支持江北内阁，无意独霸一方为王。

这一明一暗的目的，皆是众所周知的。

可卢兆祥猜测穆峻潭此次北上，定然还有另外不可说的目的，遂早就派了专人盯着穆峻潭一行人，监视他每日的行踪。

得知锦笙归来后，卢柏凌就担忧穆峻潭夜宿白公馆一事，会把锦笙和穆峻潭牵扯到一起，渐次就会被牵扯进皞系、安系、郴系的暗斗里，只还未来得及跟锦笙见面嘱托她。瞧着今日的局面，锦笙和穆峻潭已是明着结了梁子。

抱锦笙离开时，卢柏凌回首望了穆峻潭一眼，眼神凌厉暗含警告。穆峻潭立在花厅门口，纵然睿智，亦是不解，卢柏凌抱个男人回头暗含警告地望他一眼有何用意。

卢柏凌早已淡泊名利，甘做闲云野鹤，不愿被军政争斗束缚，飘然出世，远远躲开了四分五裂的割据势力。

卢兆祥本把卢柏凌送到德国柏林军事学校念军事，卢柏凌却阳奉阴违改学了医。归国后，卢兆祥想让他担任陆军次长一职，还挑了几个得力手下追随他、教习他，他却决然不受，私自进了德国医院做医生，直把卢兆祥气得将他赶出家门。

他找上锦笙，死赖在一水间蹭吃蹭喝蹭住。林肇聪看不过去，便私下里命令锦笙找了住处，委婉地把他请了出去。卢夫人在父子间百般周旋说和，卢兆祥见他心意笃定，直骂他是扶不起的刘阿斗，虽不再逐他出家门，却也不再过问他的事，任由他自生自灭。

锦笙渐渐苏醒，已是次日下午，她发热到昏迷，反倒睡了一个冗长无梦的觉。睡着了还紧攥着某样物什，紧紧抓着，像在波涛汹涌的海面漂摇时抓到了一块硕大的浮木，很是安心。

待清醒后，发现自己所抓是卢柏凌的手，愕然丢开，也未瞧见他手上有深深的攥痕，因长久血液不通已由红到乌青泛紫。

被锦笙攥了手，走不开，卢柏凌只得坐在床边倚着床上的围栏小睡，他亦是从小混迹在军营里，睡觉向来清浅警觉，手被丢开就醒了，一睁眼，就对上锦笙微怒的眸光。他甩着被握到发麻、发痛的手，一副嫌弃样："我吃了莫大的亏，你还生气！就我江北第一美男子的称号，再配上我卢公馆二公子的身份，被人握半夜加一上午的手，怎么着也得五千大洋吧！拿钱来！"

锦笙把枕头砸到他引以为豪的俊脸上，气得嘴角微挑："卢柏凌，你都穷到这地步了？我刚回来，就开始讹诈我！"她说话时环顾了四周，又厉色砸了卢柏凌一下，"卢柏凌，你怎么又把我带回你家！我林五少虽然是个男人，可我的声誉也是很重要的！"

卢柏凌揉着半边脸，冷笑道："声誉？你可知声誉二字怎么写？你林五少先是跟一个男旦在赵家屋檐下卿卿我我、拉拉扯扯，又追着那个男旦跑。嘿！追男旦就追男旦吧，少爷小姐捧戏子也就那么回事了。你倒是一刻都不闲着，追完男旦，扭过头，又大半夜地跑去白公馆跟穆峻潭抢女人，还被穆峻潭拿枪抵着脑袋赶了出来！

今儿一上午，你虽卧病在床，可满燕平城飘的都是你林五少的传奇事迹！”

他唇角挂了一丝戏谑：“林五少，您还能再年少轻狂、放浪不羁一些吗？若不是我把你带回卢公馆，你今儿一早就是被你父亲的鞭子抽醒的！”

锦笙扯着西洋羽绒被半遮面，只露眼睛看卢柏凌：“那些事儿，我真做了？”卢柏凌从鼻尖冷哼一声，起身去给她倒水。赤芍是昨夜就被接来卢公馆伺候锦笙换衣物的，听闻锦笙醒了，就先来伺候锦笙梳洗。

随后，卢柏凌才命丫鬟送了食物进来，按着卢柏凌的吩咐，只送了细软白粥配上四样清淡爽口的下饭菜。受寒发烧极耗费体力，锦笙从胃里到嗓子眼都有灼痛感，那融化了冰糖的细软白粥和小菜很对她胃口。

卢柏凌站在窗棂跟前，侧身倚着窗台，因不能在病人跟前抽烟，心里又聚着挥之不去的烦躁和嫉妒，只把烟咬在嘴里闻那股未燃烧的烟草味，看似翻着窗台上的书，却有意无意地瞟锦笙一眼。

见锦笙低头吃粥，并未注意他，便把烟做书签，书也随意扔在台子上，手插口袋，直直地打量锦笙吃粥。

他背后是一大面的玻璃窗，窗户完全敞开，四周雪白墙壁成了画框，把窗外景色镶嵌成一幅春景图。

窗外是一路延伸过来的园林棚架，迎春开放的紫藤萝沿着木架攀援缠绕，一串串花穗垂着，压弯了枝头，悬若紫藤萝瀑布，淡紫深紫两相宜，灿若紫霞云雾，风吹过，花穗浮动，似花泉般清泠泠。

夹小菜时，锦笙抬起的视线终于落在了卢柏凌这边，先“咦”了一声，又说：“卢柏凌，我就建议了一句，你还真搭了棚架种紫藤萝？还挺好看，回头我让杜衡也在窗子外给我搭一个。”又吩咐赤芍：“赤芍，你等会去摘点紫藤萝，挑好看的摘，带回去让厨子做紫藤糕和紫萝饼。”

因屋子里只有赤芍和卢柏凌，锦笙嗓子受损，用了真音说话。卢柏凌有些失神，只凝望着她，并不搭腔。

偶有春风吹起卢柏凌衬衣领口，他却还是怅然失神的模样，定定地望着锦笙这边。锦笙也定神多看了他一会儿，又垂下眼去吃粥。她虽然嘴上不承认，可心里是承认的，卢柏凌当得起江北第一美男子的称号。

他长相没什么别的特点，就是美而已，美得花枝乱颤。不论看多久，也不会令人眼花缭乱。纵使现在穿个衬衣都不规规矩矩地穿，非要解开脖颈处的三颗纽扣，配着后面的紫藤萝瀑布，却依然俊美如一幅画。

吃完粥，锦笙珍爱地拿着杨灵均给的那方白丝帕，神色隐约跳跃着一丝欢喜。春风递进，偶然吹起丝帕一角，“杨”字赫然入了卢柏凌的眸子。

待丫鬟端了餐具出去，赤芍跟着卢公馆的仆役去摘紫藤萝，卢柏凌关紧了门窗，眉心皱了几下，才说：“锦笙，你往后不要再去见杨灵均。他已成亲，是有家室之人，你再这般追缠着他，找他麻烦，徒然叫人笑话。”

仿若是晴空万里猝然炸响了几声雷，锦笙的心也猝然挨了一刀，直插到小女子的心上，她蓦然攥紧了床单，绸面光滑，抓了几次方抓起：“杨灵均，成亲？同谁？何时？”

卢柏凌踢着一圆凳到床前坐好，近观着锦笙：“也是梨园中人。虽比你年长几岁，却算是你的同门师妹，徐叔岩的女弟子江楼月，你出国不久，他们就成亲了。”

锦笙脑袋一阵眩晕，明明卢柏凌近在咫尺，可她只能听到他说话，连他模样都是模糊的，瞧不清楚。她唇角翕动几次，方发出声音：“好，好，我知道了！”声音不似假音，也不似她自己的音，发颤到走了样，又哑又涩。

她在懵懵懂懂中知道何为喜欢，何为儿女情长。她默默地喜欢杨灵均，张扬地欺负他，只为他能多看她一眼。但她没有机会表明心迹，更没有合理的身份去表明。如今，杨灵均却用与其他女子的成亲，彻底绝了她所有的希冀，让她再无法存着任何一丝幻想。

她心上尖锐的疼意直窜到周身，疼得颤抖恍惚间，却记起，这种湮没她理智的疼痛曾经也有过。四年前，卢柏凌要去德国，并放下狠话，此生再不回国时有过，甚至比之现在还厉害许多。她掩住自己心口的位置，那里混乱、疼痛，由心间直涌向眉心，令她跌入到一片疼痛的狼藉里。她想厘清缠绕在一起的痛意，却如何都管束不住自己。

有一双臂膀把她揽在怀里，她攥紧了卢柏凌后背衬衣，再也忍不住眼泪，任凭眼泪打湿他胸前，一只手使劲打他肩膀，嘶哑着嗓音埋怨：“卢柏凌，你这个废物！你好吃懒做，整天只知道讹诈我！你是总理府的二公子，你父亲有那么大权势，你怎么可以让他成亲，还是趁我不在的时候，怎么可以让他成亲！我不要他成亲，不许他成亲！凭什么你们想怎样就怎样！我林锦笙的身旁，当真由得你们来去自如吗？”

外人看来，燕平首富家的麒麟少爷，出生就含着金汤匙，打小就闪着富贵金光。顶替哥哥身份后，除却有身份的秘密，锦笙也一直活在金玉富贵里。她又生性顽皮倔强，凭着那股子机灵劲儿，从小没怎么吃过亏。

卢柏凌亦知道，她成为锦笙后，外表傲气凌人，却也是为了掩饰私心里那份柔弱惶恐。他看着她长大，很少见她流眼泪。唯有他玩枪走火，打中她那一次，她在他怀里惶恐哆嗦地哭个不停，血与泪浸湿他胸前。

那时她才五岁，小小的身子缩在他怀里哭到奄奄一息，像是他打猎时曾打死的那只柔弱娇小的雪白狐狸，她的眼泪让他慌乱失措到了极致。

隔了十三年，锦笙一哭，卢柏凌仍旧慌乱无措。那眼泪像是被高温烧过般，灼得他心焦，他把锦笙抱得更紧了，俊秀眉心紧拧着："他不成亲，你能如何？你能嫁给他做妻子吗？你能公开你的身份吗？"

锦笙攥在卢柏凌后背的手倏忽间松开，身子微微颤抖，连嘴角都哆嗦着一笑："是啊，我能如何？我不能撇下我父亲、母亲、云笙一走了之，我也不能把我的身份公之于众。不久，我也要娶妻子了，我如何能嫁给旁人做妻子呢？"

她不甘心地又呢喃了一句："可，可我还没有告知过我对他的心意。"

屋檐下，莹白灯光中，伴着雨声，杨灵均对她浅淡一笑的模样还犹在她眼前，可他已是别人的夫君。只能睁眼看着，却无能为力做些什么，直把她折磨得心焦气躁。

略微定了定神后，锦笙把卢柏凌推开，拿他的西洋羽绒被擦眼泪，颇有些尴尬，便扯开了话题说："卢柏凌，我现在才知道。你心爱的人成了你父亲的三姨太，你心里必定不好受，我以后再也不拿这件事取笑你了。"

卢柏凌听得她如此说，眉心又狠狠地皱了皱，迟一会儿才不悦地"啊"了一声，算作回应她。

待她情绪平复了一些，又嘱咐道："穆峻潭在燕平城的这段时间里，你别再去找蝴蝶，尽量避免和穆峻潭接触！"锦笙吸着鼻子道："为何？我林五少的面子都跌到这份上了，我一定要暗中整整那穆峻潭！再说了，穆峻潭那脾气比我都恶，蝴蝶肯定是被他逼迫的，我得把蝴蝶救出虎口！"

卢柏凌白她一眼，说："蝴蝶在京陵城挂牌时接的第一个客人就是穆峻潭，少不得存了旧情在心里，用得着你去救吗！”锦笙一双泛着水光的眸子倏地放出光彩来，卢柏凌恐锦笙当真暗中做些什么，便隐晦提点她：“穆峻潭此行的真正目的尚不明确，你莫要被牵扯到皞系、安系、郴系的争斗旋涡里去！如今你林家还有档子棘手事没解决，穆峻潭又不是好脾气的主儿，你要是再被他拿枪抵着脑袋，他把你崩成豆腐脑我都不会管你！”

锦笙想到昨夜里穆峻潭那副“我乃天下第一恶少”的模样，虽咽不下这口气，但顾忌到其间的利害关系，也不敢再同穆峻潭胡闹，恐他当真发起狠来。

她使劲儿地吸了一口气，压制上涌的啜泣，又把心思移到了另一件新奇事上去，依旧拿卢柏凌最喜欢的西洋羽绒被擦着脸颊上的泪水问：“穆峻潭和蝴蝶当真有那么一段情呀？我怎么没听蝴蝶提起过穆峻潭。”卢柏凌直摇头：“点到为止！把你的好奇心收起来！别多问！”任锦笙如何威逼利诱，他都不再多说，见她身体已无大碍，就把她轰了出来。

回一水间途中，问过杜衡和苏叶，锦笙才知自己被卢柏凌给欺骗了，并无多少人知晓她追杨灵均、去白公馆这两件荒唐事，倒是林清嘉和云笙在会客厅等她。

林清嘉见到锦笙，就大喊：“老五，我按你的计划，顶着爷爷和我父亲的责骂，把衣裳发给家里的丫鬟仆役走了个样子，又暗示仆役把那些衣物都堆在胡同口烧掉，惹了好些个人围观。渡边次郎跑来问我，我好容易才搪塞过去。可渡边次郎问我的数量跟我买的数量对不上啊！我是可着家里一百零八个仆役、丫鬟买的，怎么又多出来三四百人？你打的什么鬼主意？我警告你啊，你别把我算计得里外不是人！你这出的什么馊主意，爷爷不仅没消气，还差点背过气去！”

锦笙扶着赤芍的手，踱步到沙发坐定，用紫檀木手杖阻拦着要凑近的林清嘉：“三哥，少安毋躁！你且等着，再过三四日，爷爷保管得夸你。爷爷不夸你，我夸你。”林清嘉气得鼻子冒烟，一脚踢开她手上的手杖：“你管我叫哥，轮得着你夸我吗？”

锦笙递了个眼神给苏叶：“苏叶，扶着三少爷坐好，小樱桃，给三少爷沏茶！”苏叶虽是扶，却是按压着林清嘉的肩膀逼得他坐在了锦笙对面的沙发上，隔了一张润泽通透的青玉石案几。

林清嘉见得小樱桃奉茶，气也消了三分，拿眼瞟着小樱桃，问锦笙：“你说，渡边次郎再问我，我怎么跟渡边次郎交代？”锦笙笑道：“你这话要是让爷爷和二叔听到了，定然又要骂你。你用得着跟渡边次郎交代吗？你且等着，三四日后，你的好日子就到了，我这次绝不骗你！”林清嘉一副“我要信你就见鬼了”的模样，但锦笙不肯多言，他亦是无计可施，喝了小樱桃奉的茶就气哼哼地走了。

锦笙这才得了机会跟一直沉默不语的云笙说话：“云笙，我昨夜淋雨发烧，在医院住了一宿，就耽搁了。你莫要生五哥的气，五哥再跟方少尘约时间。”云笙点头说：“云笙未生气，五哥身体要紧，云笙一切全听五哥的。五哥好好休息，云笙就不扰五哥清净了。”

云笙说毕站了起来，看着云笙羸弱的模样，锦笙想到已成亲的杨灵均，想到自己的无可奈何，不由得唤住她：“云笙，你放心，你的心意，五哥一定让方少尘知道。可你得答应五哥，若你们相识后，方少尘对你不存那份心思，你不可过于伤心伤身，要懂得割舍。五哥不想既帮了你，也害了你。”

因锦笙欺骗算计林清嘉在先，云笙对锦笙并不大信任，只含糊应着：“谢五哥，云笙会懂得割舍的。”

奈何，方少尘从林清慕那里知道了锦笙约他的意图，断然拒绝了锦笙的再次邀约：“锦笙，我本无心儿女情长，你如此做，只会弄巧成拙，让六小姐难堪。”

锦笙不想轻易放弃，令云笙伤心，忙劝说：“少尘，你还未见过我六妹就跟我六妹退亲，着实对她不公。我六妹样貌百里挑一，且又知书达理、温柔娴静，很是讨人喜欢的。”

方少尘顿了片刻，说：“锦笙，你我交情也不错，我实话告知你吧。倘若日后我当真要结婚，也不会娶缠过小脚的女子……”

锦笙本就心情糟糕至极，方少尘话未说完，她一下子冒出怒火来：“方少尘，你真是不识好歹！裹小脚的女子怎么了？我妹妹也并非自愿裹小脚的！你不就是出洋喝了几口洋海水，瞧不起旧式女子。你等着后悔吧！我林锦笙要让你悔得心肝肠子肺都乌青黝黑！”

她说着就砸下话筒，猛然一下，直把拇指都挤压黑了，气吼吼地也不去理会那由指头连到心上的疼痛。

顷刻间，云笙颤巍巍走路的模样又浮现在她眼前，一想到云笙是替她缠了小脚，方少尘却因此连见面的机会都不给云笙，怒气在她胸腔里游窜，她另一只手上还握着手杖，气汹汹地随手一挥，就把沙发旁高几上的豇豆红釉柳叶瓶给打了下去。

听到清脆的瓷器碎裂声，锦笙也蓦然惊了一下。虽然会客厅里铺着地毯，可那豇豆红釉柳叶瓶摔下来时磕在了高几上，碎了许多瓣，里面所插的雪白梨花也零星散在波斯地毯上。几簇淡白，几片浅红，几瓣淡青，配着色彩繁复的波斯地毯，成了一片刺目的狼藉。

那柳叶瓶是锦笙出国前才从林老太爷那里讨来的，林老太爷百般不舍这个康熙年间的景德镇花瓶，又耐不住自己的麒麟孙子央求，方忍痛割爱。

“绿如青水初生日，红似朝霞欲上时”，瓶身滋润淡雅的釉色堪称美人霁。此刻，价值不菲的豇豆红釉柳叶瓶却成了美人碎。

她眸光带了凌厉，扫看一遍屋子里的六个仆役及两个丫鬟：“谁把它摆出来的？会客厅这样人来人往的地方，竟把它摆出来！跟了我这么久，还分不出东西好坏！白瞎了你们的眼！这瓷瓶有市无价，拿着几万大洋都没处买！我倒要看看，是谁的皮比它值钱！”

赤芍知晓锦笙对这康熙年间的柳叶瓶甚为宝贵，拿到手后又着急出了国，还未来得及好好赏看，眼下就碎了。这瓶本是小樱桃摆出的，可锦笙怒气正盛，赤芍想着自己是贴身伺候锦笙的，锦笙会对自己留三分情面，忙替小樱桃担下：“五少，是我，是我摆出来的。我想着，会客厅新换了豇豆红樱花绸的沙发垫褥，与这颜色相衬，就摆了出来。”锦笙果然只怒看了她几眼，抿着嘴未再说什么，把手杖捣得当当响，微瘸着朝楼上卧房走去。

赤芍连忙跟上去搀扶，待再下来时，发现会客厅聚了八个仆役丫鬟瞧热闹，竟无人敢去动那柳叶瓶碎片。

她去收拾碎片时，小樱桃也蹲下来，凑近她道：“到底是贴身伺候五少的通房丫鬟，打碎了这价值不菲的柳叶瓶，五少都不予计较。换作是我，五少保不齐要令人揭我一层皮下来。五少迟迟不娶少奶奶，莫不是想把赤芍姐姐扶正吧？赤芍姐姐有所不知，你陪同五少出洋的时候，老夫人那边，已为五少选定了少奶奶。咱们一水间，也快要热闹起来了，不知来日的五少奶奶可容得下赤芍姐姐？”

会客厅里的仆役丫鬟瞧着是扭过身子各自忙活，可眼神皆瞄了几下赤芍，那眼神极其复杂。一水间和林宅，因赤芍贴身伺候锦笙，早就把赤芍当作了锦笙的通房丫鬟。可锦笙却未给过赤芍半点名分，只吃穿用度比别的丫鬟好，寻常的富家千金都比不得赤芍的穿戴，但无名无分反倒惹人腹诽，丫鬟仆役们私下里也议论纷纷。

赤芍被小樱桃的阴阳怪调气到，手一颤，就在碎瓷片上划了道口子，却什么都说不出来，咬着嘴唇，只当未听到小樱桃的话。把碎片收拢在匣子里，又用软缎铺垫严实，方交付给杜衡，让他去瓷器店和古董行问问，能否修复嵌牢这柳叶瓶。

杜衡本在洋楼周围转悠着，思考如何搭紫藤萝棚架，得了赤芍的吩咐，抱着木匣子就要去车库房骑洋车，瞧见木匣子上有血迹，连忙拉住赤芍的手看："是不是划破手了？"

赤芍抽回自己的手，捂着伤口处，左右瞧见没旁人，就冲他撒气："你们是不是私下里都在议论我？什么腌臜字眼都对我用过！"杜衡"嘿"了一声："你理他们作甚？五少对你、我、苏叶最好，出洋都带着咱们，少不得有人吃味眼红。"

二人是站在花园子旁的小道上说话，身侧就是一丛芭蕉树，螺旋状的叶子微垂着，被风拂动，滑过赤芍臂弯，舒卷折叠的叶心恰似赤芍一颗心，她望着那鲜翠欲滴的芭蕉叶子，忍不住倾吐了内心愁闷，小声说："杜衡，我只是五少的普通丫鬟，与五少之间，没有他们说的那点子污秽事。你信我吗？"

杜衡点头："我自然信你和五少，若非五少把我从大街上捡回来，我早饿死了。哪有如今吃大鱼大肉、开汽车、出洋的好日子过啊！五少、你和苏叶就是我杜衡的家人。再说了，五少一门心思全在丝绸生意和白小姐身上，哪顾得上你啊！"

杜衡虎头虎脑地说出那番话，赤芍努了努嘴，气不得，喜不得，只嗔道："傻气！"杜衡不认同道："我不傻，五少还夸过我呢，说：'杜衡，你是大智若愚，是个有大智慧却不显露之人，就是四个字里有俩字儿不经常来看你。'"

赤芍心里的郁结彻底消散不见，扑哧笑出了声，抽出腰际盘扣里的手绢掩着嘴，笑道："快去瓷器店吧，大愚！回来还得给五少搭紫藤萝棚架呢！"杜衡应了一声，转身嘟哝道："原来五少是这么个意思，大智若愚，缺了俩字儿，是大愚啊！"

唱戏的道具未剪裁好，锦笙脚腕又轻微扭伤，行走不便，本欲宅居几日，奈何翌日一早，林三少奶奶就寻上门来。

林清嘉生性风流倜傥、挥金如土，惯会讨女子欢心，加之又在法国待了两年，专业课不精通，倒是学了一肚子的罗曼蒂克回国。与林三少奶奶虽有婚约在先，却把念新式学堂、向往自由恋爱的妙龄少女哄骗得服服帖帖，算是半自由式恋爱成亲。婚后，林清嘉也曾立誓专情不移，但时间一久，便恢复了婚前的风流多情。

林家是旧式家庭，林宅的大多数规矩仍按着封建老礼。林辛氏外出多有不便，经常托锦笙代为出面，在风月场合震慑林清嘉。若正值闲暇无聊之际，锦笙也会欣然帮忙，见他夫妻二人争吵不休，自己在旁瞧热闹图个乐呵。

林辛氏到一水间时，锦笙正在卧室的露台吃早饭。林辛氏已不是首次找到一水间，锦笙早已见怪不怪，一边往面包上抹酱，一边听她的哭哭啼啼。

林辛氏虽哭说得不清不楚，锦笙也大致猜出，二人又因林清嘉的风流债吵架，言语上愈吵愈烈，林清嘉许是气极了，说下一句“我明儿就讨第三个姨太太回来”，便两夜未归。

锦笙把一片面包涂抹得乱糟糟，也没了心情吃，扔在碟子上，拿手巾揩着手上酱汁，起身朝洋楼外和花园子望了几眼，在外的仆役丫鬟们皆是各有所忙，但早前关于她们“叔嫂”的闲话，必是从一水间传出去的。

锦笙心知，大宅子里出来的仆役丫鬟，不显山不露水，却不乏鬼精耳朵灵者。她丢了手巾，蹙眉对林辛氏说：“三嫂，我都这么大了，你往后有什么事找我，就打电话说，别总往一水间跑。咱俩是叔嫂，你到我别院哭哭啼啼的；别人还以为我把你怎么着了呢！传出去，惹人闲话。就算传不到外人耳中，你让仆役丫鬟怎么想咱俩？”

霎时间，林辛氏的哭声被扼在喉咙里，她双眼微肿，只余了半分眸光看锦笙。锦笙后倚栏杆逆晨光而立，身着浅灰长衫、象牙白马褂，修长身形虽算不得高大，却终是比寻常女子高挑，只因锦笙长相俊秀显面嫩，她浑忘了锦笙也是在风月场合游走的风流林五少。

锦笙服饰的衣领一向比别的男子要高，又总在男子喉结位置用大颗金银玉石做装饰纽扣，意图遮掩那份心虚和缺陷。今日由白金镶嵌蓝宝石代替了第一颗纽扣。此刻，锦笙神情略严肃，眸子里也透出一股冷森，与蓝宝石的幽冷相衬，益发突出她身上的慑人贵气与冷傲。

林辛氏心里突跳几下，不知是被锦笙的神情冷到，抑或是被锦笙的话骇到，哭声与举止皆板滞了片刻，旋即思忖到今日既来，无论如何都要把想说的话说完，遂止住了哭声，正色道：“五弟，我今儿来，就是想让你转告你三哥，若他当真要纳三姨太，我就当真跟他离婚。他也别躲着我，他要是不见我，我就去找爷爷奶奶做主。”

锦笙不悦道："三嫂，爷爷如今病着，家里又有麻烦事，你就算去找爷爷奶奶，两位老人家何来的精气神给你做主。你一向知礼又善解人意，怎可糊涂行事！"

林辛氏强压在心里的恼意迸出，站起逼近锦笙，凄然发问："你们林家财大势大，就可如此欺人吗！爷爷病着，你三哥可以不着家、可以纳妾，我就不能离婚？你们爷们如何胡闹都是应当的，我们女人家受了委屈说出来，就是不知礼数？"

林辛氏亦是美人一个，从小受旧礼长大，又去念了新式学堂，未念完就嫁作人妇。作新妇时，身上还留有新旧掺杂的气质，穿着中式衣裙，一举一动却有股洋学生的派头。时间一长，也渐次陷入旧式大家族的泥潭里。

这两年，锦笙更加不敢和林辛氏过多接触，只觉她与那几位宅斗不止的婶母越发相似，可她又不愿遵守旧式礼节，有样学样间，却学走了样。眼瞧着林辛氏逼近自己，锦笙手扶栏杆，微瘸着连连后退，不忍看她怒到发颤的红艳艳的唇瓣。

好在林辛氏也顾忌自己的名声，不敢再近前。锦笙稳住身子方开口道："三哥定然是那么随口一说，你借他个胆子，他也不敢在这个节骨眼上纳妾啊！"林辛氏却将身子一扭，背对着锦笙说："我不管，他胡闹，我也不想再替他遮着、掩着，索性大家都敞开了胡闹，闹完一拍两散，算是我辛家高攀不起你们林家。"

林辛氏进门后脱了哔叽斗篷，旗袍恰好勾勒出她丰腴有致的身条。锦笙望着她的背影默然片刻，也揣摩出她的意思来，并非是要离婚，只想寻一个和事佬而已，遂认倒霉地长吁一口气，说："三嫂，你别去找爷爷奶奶，爷爷的身子骨真禁不住你们夫妻俩大吵大闹。你既然来找我，这件事就交给我处理，我去找三哥，让他回家给你赔礼道歉，这样行吗？他若当真要纳三姨太，我首个不答应。"

林辛氏微侧了身子看锦笙，环住双臂，极力敛稳自己的神色说："老五，你既如此说了，我是看你的面子，才把此事托给你去处理。且看你三哥如何跟我赔礼道歉，我再决定原不原谅他。我到底是你嫂子，又是妇道人家，比不得你这个未娶妻的少爷，一水间，我是断然不会再来了。你有了消息，就给我打电话。"说完，自顾走到圆桌案旁，拿起哔叽斗篷和缀有珍珠流苏的手袋离去。

露台上，独留锦笙怅然失神，迎风伫立许久，心里的担忧也愈来愈重。未来的五少奶奶会是何种性情？一旦娶了妻子，她的身份秘密，还能藏得住多久？

随后，锦笙让仆役扯了电话长线，把电话机抱到卧房，让总机接了一圈子林清嘉朋友处，皆说不在。又听说林清嘉可能在幽谧书寓，锦笙恐传到林辛氏耳中，她一气之下，当真会闹到寿延斋。当下也顾不上自己的脚伤，即刻就朝幽谧书寓而来。

风月中人惯会以风雅字眼描绘一些不可说之事、不可说之地，未认识白蝴蝶之前，锦笙不知自己的母亲也出身于书寓，更从未想过书寓这样雅致的词汇竟能成为青楼女子居所的代称词。

在燕平城，若敢悬挂书寓二字，便表明姑娘的姿色、技艺皆为上乘。幽谧书寓，更是响当当的金字招牌。早有花魁赵丹蔻，后有江北第一美人白蝴蝶，皆是色艺惊人，名震大江南北。

许是为着幽谧二字，连规矩都透着一些神秘，幽谧书寓的姑娘在被赎身之前，绝不出局，谁想一睹芳容，都得亲自登门，点了姑娘芳名，还要收上一笔瞻望费，数额视姑娘名气而定。

白蝴蝶最负盛名时，半个钟点的瞻望费就要五百大洋，仅止于观舞听曲，而不可触摸焉。若想在白蝴蝶那儿留宿，费用亦是令寻常富贵者闻而止步。

为着金字招牌，幽谧书寓向来不以次充优。可继白蝴蝶之后，再未能调教出名震江北江南的美佳人。名讳上不敢沾染已是林宅姨奶奶的赵丹蔻，便借了白蝴蝶的名气，推出一个赛蝴蝶充花魁。

锦笙出洋前，曾好奇赛蝴蝶是怎么个赛法，就和卢柏凌掏了半个钟点的钱到幽谧书寓瞻望。只看五分钟，甚为失望，曲子没听完就出了幽谧书寓。但凡名号前冠以赛字，皆是不如前人者，赛蝴蝶亦不过是赛西施、赛貂蝉之流。

幽谧书寓在静谧深巷里，汽车进不得，只能步行前往，别添了一分曲折寻觅的韵味。没有宫灯匾额，只在门前墙壁上悬了一块木牌子，上书“幽谧书寓”四字。简朴的门庭，跨进去，便是一场场噬魂销骨、纸醉金迷的人间风月事。

幽谧书寓管事夜妈妈的卧房设在倒座房里，其檐墙临胡同，靠近大门，门房开了门迎客后，即刻便能唤来夜妈妈。夜妈妈听得是林家五少爷前来，忙不迭地迈着小脚到了门房客室。

锦笙急着找林清嘉，不想听夜妈妈那番恭维话，直接问：“我三哥在不在这儿？”夜妈妈不敢欺瞒锦笙，瞧着她脸色点头：“林三少也是才到，您就来了。”锦笙知道幽谧书寓的规矩，若不点上某位姑娘的钟点，是进不得垂花门的，遂指着墙壁上的姑娘名牌，点了最贵的那一个说：“按赛姑娘的钟点收钱，你带我去找我三哥。”

夜妈妈见锦笙和穆峻潭点了同一人，心中不免突跳一下，因早就听闻穆峻潭夜宿白公馆一事，岂料二人趣味如此相投，争女人都争到幽谧书寓来了。夜妈妈暗自忖度着，一位是游方财神爷，一位是燕平土生的财神爷，得罪了谁都不好。她早就见识过林五少的脾气，发起火来连卢二公子的面子都不给。

夜妈妈不敢轻易得罪锦笙，听闻她按赛蝴蝶的身价给钱，却要去找林三少，便隐瞒下赛蝴蝶已被穆峻潭点去一事，收了钱，亲自引着锦笙去找林清嘉。

第六章 天弄巧，暗结缘

进了垂花门，便是幽谧书寓的第一进院落，是书寓第三等姑娘的接客之处，夜妈妈引着锦笙从东厢房抄手游廊的侧门进到第二进院落，又绕过一个花园子，方是上等姑娘待客之处。借了状元、探花、榜眼三鼎甲的由头，上等姑娘也只有三人，居所清净幽雅。

上等佳人是幽谧书寓特为达官显贵调教的，挣的是那笔天价赎身费用，寻常富贵客人轻易不肯接待，留宿者就更少了，故院落里并无污秽之气。正值春日，绿叶缠满枝条，锦绣花簇隐匿其间，各色花香又阵阵袭面，配着隐隐约约传来的唱词声，令人生出误入红楼幻境之感。

锦笙虽扭伤不严重，可微瘸着走起来也慢得很，游廊上，除她和夜妈妈的脚步声，渐渐传来整齐有力的男子步履声。她扭头朝后望去，身后果然行来两个男子。锦笙佯装扭头观景，瞥了几眼，一人以围巾半遮面，却遮不全由额头蔓延朝下的深深刀疤，亦掩不去眸子里那股偏执狠绝的光芒。另一未遮面的男子，她仿若见过，只不能立即想起是在何处见过。

待那二人匆匆走到锦笙前头，她才猛然记起，未遮面的男子是前夜随从叶执信的卫兵，也就是穆峻潭的近身卫戍之一。另一人，由刀疤和那双眸子，锦笙猜测他是田中周明，皞系日本军事顾问的好友。锦笙去卢公馆找卢柏凌时，曾见过他。饶是她素以胆大自称，乍然撞见，也被田中周明那凶神恶煞的神情给吓得躲避在卢柏凌身后。

身家地位到了穆峻潭这等，与外国人的一举一动都关乎国之大事。锦笙一时忖度不出田中周明为何与穆峻潭会晤，但地点选在幽谧书寓，显然是为了避人耳目。锦笙待二人走远，问夜妈妈："穆少帅也在这里？他点了谁？"

夜妈妈是三寸金莲，猛不防被锦笙如此问，又恰行在石子路上，脚下不稳，忙扶住了身旁树干，敛稳神色才回道："是新挂牌的一位姑娘，林五少还未曾见过。这位可当真与白蝴蝶有得一比，林五少若有兴趣，改日可以点她作陪。今儿，这姑娘被穆少帅给包场了。"

锦笙对姑娘并无兴趣，猜想穆峻潭不过是又拿声色犬马当幌子，私下会晤日本人，遂也懒得再理会夜妈妈。心里却拿不定主意，要不要想个法子去偷听穆峻潭和田中周明的谈话，那田中周明是皞系日本军事顾问的好友，不知会不会出卖皞系军事机密，不知会不会私下勾结安系军阀，掉转头来一块对付皞系。

军阀间抢占地盘、割据势力，锦笙纵使关心谁输谁赢，也多是为着林家生意。可皞系于她而言，中间还牵扯着卢柏凌，卢柏凌终究是卢兆祥的儿子，一旦皞系腹背受敌，他亦无法再安度太平日子。

在锦笙心里，若真要给无关痛痒的军阀排个主次地位，皞系军阀的安危是她最关心的，她不想皞系出事，不想卢柏凌的潇洒日子受滋扰。她想去偷听穆峻潭和田中周明的谈话，但穆峻潭与她之间本就有过节，一旦被发现了，不知穆峻潭会如何对她，倘若被穆峻潭撞破了她的身份秘密，后果不堪设想。

林清嘉所点的风荷姑娘，是三鼎甲里面的探花，纵然姿色最末，长袖善舞的技艺却无人能及。

小巧别致的庭院里，没有种植高大树木，只在青砖地面上摆放了曲折迂回的春兰盆花，浅绿、淡褐黄的花朵掩映在条状绿叶间。春兰气味幽香，吸入肺腑清新怡人，花叶色泽亦令人眼前一亮。

春兰盆花众星拱月似的环绕着石案几，林清嘉独坐其中，风荷为他翩翩起舞。锦笙踏进院门，就挥手让夜妈妈离去，小心翼翼地绕开那些盆花，行至林清嘉身侧坐下。刚欲开口，林清嘉就对她皱眉，"观舞不言乃真君子！"锦笙白他一眼："我林锦笙一向是真小人。"林清嘉又说："你铁定是为你三嫂做说客来了，待会儿再说。"

恰值风荷一个莲波微步跳跃到石案几旁，纤纤柔手呈递数朵春兰在案几上，锦笙望了一眼风荷抬起的三寸金莲，不由得惊叹："她裹了小脚，还能这样撒丫子地来回蹦跳？"林清嘉怜惜地低叹道："这些女子也是可怜得很，为了博个名气，寻个好去处，谁不得练就旁人所不能的技艺。你别瞧她现在跳舞步步生莲，背后的苦楚，我这个男人听了都忍受不住。"

锦笙眼前又浮起云笙的孱弱模样，若云笙与风荷相比较，云笙又是幸运的。当初若不被苏武买回来，也不知要沦落何人之手，极有可能会沦落风尘。

因想起云笙，又被风荷时而露出裙摆的三寸金莲引了注意力去，锦笙倒真听了林清嘉的话，看向风荷，观舞不言，心中却仍在纠结着要不要想法子去偷听。

赛蝴蝶所居的院落是白蝴蝶住过的，夜妈妈调教赛蝴蝶的手法与调教白蝴蝶相同，但各人自有一分天赋，夜妈妈也只能叹赛蝴蝶享不了白蝴蝶那天赐的福气。

东厢房有一间香阁，珠帘隔为两室，田中周明进来后，就两室清空，由叶执信等人严守门外。

室内香雾隐隐绕帘，穆峻潭斜倚在临窗的罗汉床上，用军腰带闲打着靴上马刺，漫不经心地听田中周明讲述田中百惠对他的思念之情。他离开日本多年，对日语已有些陌生，更未曾主动记起过，樱花漫舞下，那个身穿丝绸和服、脚踏木屐，对他含羞柔笑的日本女子。此刻听得百惠二字，连样貌都是模糊的，更想不起是个怎样的女子。

田中周明见穆峻潭对自己的妹妹已无旧情，不由得冷声问："渡部君认为，赛蝴蝶如何？"穆峻潭略一笑："东施效颦罢了，没什么看头。倒是田中君，大费周折地约我见面，就只为聊女人？"

田中周明习惯跪坐，在罗汉床上，与穆峻潭隔了一张小案几仍跪坐着，他撑住双膝，漠然笑道："女人不过是男人的陪衬，是男人闲暇时的消遣和玩物。纵使百惠是我的亲妹妹，也不值得我为她费心到如此地步。我是为了渡部君而来，如今，渡部君的家族占据中国五省地盘，可渡部君是我大日本帝国培养的军事人才，偌大中国，渡部君安于五省土地，实在屈才！"

穆峻潭持军腰带的手停住，望向田中周明，只略挑高眉梢并未开口，田中周明已懂他之意，端起茶盏泼下一摊茶水，晕开绘出南方所有土地版图。他收了手指，眸子里的偏执狂热尽露，对穆峻潭胸有成竹一笑："老师与我，会竭尽全力相助渡部君，金钱、军火，只要渡部君开口。"

穆峻潭唇角带着寡淡笑意："弹丸之地，我的胃口可没那么小！"他抬手在田中周明所绘的南地版图上补绘出北方土地版图，又把蒙古及日本的侵占地都绘了上去，俨然完完整整的中国版图。

田中周明眸子里骤显阴鸷，又旋即收敛，对穆峻潭笑道："果然是帝国培养的人才！老师若知渡部君有此雄心大略，必然欣慰。"穆峻潭微微一笑道："说说你们的条件吧！"田中周明道："还望渡部君不要急功近利，中国太大，一时吞噬不了，恐有扼喉之灾，我与老师会先助渡部君拿下南地，成立一个可与江北内阁相抗衡的新政府，再由参谋本部派人协助渡部君管理新政府。等渡部君的政府获得国际认可，尽揽中国外交事宜，江北内阁也就毫无价值。"

穆峻潭在日本时，曾受教于坂西直次这个被日本参谋本部奉为"中国通"的特务巨头。他清楚坂西直次一党的对华政策，他们畏惧中国渐渐觉醒的民族意识，担忧中国国民有朝一日会齐心协力，更不希望中国南北统一，想要把中国分裂打散成块，再逐一吞噬。欧美列强在中国掠夺了许多资源与利益，日本参谋本部急于扶持听命于日本的傀儡政府，以更正当的理由，让日本在中国获得最大利益，更想在幕后操控中国，让中国沦为日本的附属国。

穆峻潭笑着望向田中周明："建立了新政府之后呢？还需要我这个傀儡政府首领做什么？"他虽在笑，田中周明也觉察出他是在讥讽发笑，不觉脸色一变，厉色道："渡部君，你当初脱离坂西公馆时，已表明你志在护卫中国的决心，你既以中国人自称，必然知道中国有句古话，一日为师终身为父。大日本帝国的军校保送你去柏林军事学院，是想让你成为一名优秀英勇的军官将领，为大日本帝国效力。如今老师已退让，要竭力相助你统一南地。你若再拒绝老师好意，后果自负！"

穆峻潭神色里的讥讽更甚："后果便是你们资助皞系来打我安系吗？安系一败，郴系一方兵力可挡不住卢兆祥的野心。若坂西先生想看到卢家父子统一南北，我到底曾受教于他，就遂了他的心愿，也不枉我与他师徒一场。田中君应当比我更清楚，不论是我安系，还是皞系，一旦统一中国，腾出手来就是要收拾你们这些欺负中国已久的西洋人和东洋人。"

田中周明脸色遽变，那由额头蔓延至下颌的刀疤更显狰狞，他双眼圆鼓似要迸将出，微咬牙道："安系地盘是你父亲打下的，岂是渡部君说还师情就还师情的！"

穆峻潭这次倒不再讥讽，笑意却更让田中周明恼火不已："家父与我不同，对日本颇为恼怒。他认为日本蕞尔小国，国小人矮，却不安分守法，遂决定以夷制夷，以利益制利益，联合英美，对付日本。毕竟，与欧美那些国家相比，日本离中国太近，是近忧。”

田中周明扶在双膝上的手猛然拍在案几上，震得茶盖一跃，跌下茶盏。瞬间的工夫，他由大怒转为无奈发笑：“老师曾在中国生活二十余年，只为知己知彼。他将毕生所学，悉数教授坂西公馆的学生，却没料到混进一个中国人。费尽心思，倒让你这个中国人知己知彼！你知道老师的对华政策，也知道我们的目的，如今你的家族占据南地半壁江山，对付起我们来，更加游刃有余！”

穆峻潭端起被震落茶盖的茶盏啜了一口，待田中周明平稳了情绪方说：“田中君若没其他事，我就先走了。”田中周明却道：“你不想念百惠，也不想念你们的儿子吗？他已快五岁，与渡部君神似，也很想念他的父亲。”他说话时紧盯着穆峻潭的神情，见他动作停滞，先是面容略显惊诧，旋即又沉思不语，香阁内便沉寂了半分钟。

正是这沉寂到呼吸声可闻的半分钟，穆峻潭和田中周明都听到了东面墙壁上传来的微弱异响。二人很有默契地悄声起身，墙壁上本悬着一大幅寒梅图，穆峻潭从腰间拔出一个短匕首，循着传来细碎声响的位置，动作轻缓地划开了一小块寒梅图，赫然瞧见少了一块石砖，放着碗底粗的空心竹作听筒。

穆峻潭与田中周明被这拙劣的偷听手段逗得默然一笑，穆峻潭心中坦荡，并不怕被人偷听了去。田中周明与穆峻潭商议不成，反倒希望被皞系的人偷听去，令皞系和安系生疑不和。遂二人皆不在意偷听者。

再次转回窗牖跟前时，穆峻潭只为拿自己的军腰带，顺便回复田中周明：“你既说女人是男人闲暇时的消遣和玩物，也就不必在意那个孩子。我父亲与母亲皆不会认流有日本血液的孙子，交由田中君自便吧。你跟坂西先生资助的金钱和军火我都不要了，好好待那孩子一日三餐即可。”

他说完也不等田中周明回答，就出了香阁，领着随从卫兵离开赛蝴蝶的居所。又寻着方位找到风荷的院落来，要看一看是哪一方的人物派了这么愚笨的偷听人员。

锦笙观舞到一半，卢柏凌心灰意懒宛如行尸走肉的模样闪现眼前，令她顾不得招惹穆峻潭的后果。打听到穆峻潭是点了赛蝴蝶，而赛蝴蝶的居所就在隔壁，穆峻潭和田中周明是在香阁会晤。

风荷更说出一个秘密，为锦笙提供了便利。

赛蝴蝶居所的东厢房乃昔日名妓容姝的居所，首任大总统为了暗中监控一个革命将军，曾在墙壁上动过手脚。后来重新修葺时，墙壁也未全然封死，有几处空了砖头，以备不时之需。

那边香阁与风荷的卧房恰好共用一面墙壁。

穆峻潭轻声推门悄然进来时，锦笙、林清嘉、风荷都还凑在床上，耳朵贴近空心竹筒。那床是月洞门式罩子床，藏有玄机的一面墙壁就在罩子床后，须得钩起床幔，才能看到。

此时，锦笙盘腿坐于中间，背对着月洞门，林清嘉和风荷半跪在她左右，三人皆是凑了一只耳朵靠近听筒。因顾虑着自己是女子，风荷坐得不如锦笙和林清嘉大大咧咧，较为靠后。她最先看到穆峻潭，忙扯住林清嘉的衣袖。林清嘉顺着她所指，看到了走近床边的穆峻潭，脸色一变，二人皆腿脚麻利地下了床。

林清嘉见锦笙还盘腿稳如山地在偷听，忙低声提醒她："老五，别听了！快下来！"锦笙习惯性地把竹筒当电话筒了，掩住竹筒，皱眉低声道："三哥，你别捣乱，都听不清了。"随后，又放开竹筒，把耳朵凑了上去。

穆峻潭闲倚住床围栏，学着她低声道："人都走了，你当然听不清了。"锦笙益发不悦，又压低了一些声调道："你别说话了，还在哼日本歌呢……"蓦然回首看到穆峻潭冷无生气的脸，吓得猛一哆嗦，丢了空心竹筒，先是僵愣片刻，方稳住心神，半转过身子来，浓浓地堆起一脸笑意："穆少帅，好……好巧呀，你也来找风荷姑娘啊。"穆峻潭勾了勾唇角："我不找姑娘，我找你，你可比姑娘有意思。"随后对林清嘉和风荷道："不关你们俩的事，你们俩可以走了。"

林清嘉松了一口气，临跑路前对锦笙小声说："老五，三哥不是不管你，你等着啊，三哥给你搬救兵去。"说完，就拉着风荷急急出了门，叶执信等人也收到穆峻潭的指示，把两扇门紧紧掩上，守候在门口。

平日里，跑路这等事，锦笙更为麻利，可今日腿脚不便，只得眼巴巴瞅着林清嘉跑掉。她散开盘着的腿，后倚住墙壁，眼看着穆峻潭坐上床，明知跑不掉，只得暗暗警告自己要稳住心神，以不变应万变。穆峻潭坐定后，斜睨着她，问："说，都偷听到什么了？"

锦笙跟方少尘学过一阵子日语，方少尘回南地后，她又在燕平大学跟教日语的老师学了半年。日本字尚且还认得准，听说能力就不行了，况且又是从一半偷听，更加云里雾里，不知道自己都听了些什么。她把田中周明和穆峻潭的话听得一知半解，根据假冒哥哥的经历，按着自己的理解猜出个大概。

眼前的穆峻潭并不是穆峻潭，是个叫渡部什么的日本人假冒的，在日本有妻有儿、有房有地。锦笙揣测，极有可能是因为渡部什么和穆峻潭长得像，日本人才弄了这个阴谋诡计，让他假冒安系军阀的太子爷，要吞噬中国土地，还要在中国地盘上跟英美打仗。说不准，真的穆峻潭在日本念书时已经被日本人杀掉了。

但是，自己所猜到的这些，锦笙是不会告诉穆峻潭的。她要告诉方少尘和卢柏凌，她要戳穿日本人的阴谋诡计。

方才只顾偷听，锦笙来不及细想，如此一想，眼前神情冷漠、眸带寒光斜睨她的穆峻潭益发显得心怀叵测了。她隔着床幔抓住床围栏，佯装观察床幔图案，实则借力，嘴上淡淡回道：“你们说的日本话，我听不懂。”

察觉锦笙有慢慢起身要离床的趋势，穆峻潭抬脚踢上另一侧床围栏，以自己的长腿作拦路障碍阻了锦笙去路，好整以暇地看着锦笙：“别跟我耍滑头，我知道少尘教过你日语。”

锦笙学戏时，也学了不少武生和猴戏的功夫，本想不顾脚伤，奋力跳下床跑路，此刻，瞅了瞅穆峻潭的长腿，只得老老实实靠回墙壁上，没好气地瞥他一眼，闷声道：“没学会。”

穆峻潭掏出佩枪，在手上转悠着，冷声威胁：“我可没少尘那么好的脾气对你，再不说，我就崩烂你的脑袋！”锦笙拿床幔掩住自己半个身子，冷声道：“我也不是那么好吓唬的！你既然放我三哥走，就说明你还知道不能杀我灭口。”穆峻潭抓住她话里字眼：“我为什么要杀你灭口？莫非你都听到了？”他刻意咬重了“都”字。

锦笙自觉失言，旋即又更加印证了自己的猜想，眼前的穆峻潭是日本人假冒的，怕她泄露他的秘密。可田中周明定然会与他狼狈为奸，所以他想要得知她究竟偷听到了什么，好商议对证的措辞。

锦笙迎着穆峻潭的冷冽眸光，不急不缓道：“我不知道你和田中周明说了什么，我只知道你不会杀我。你此次北上，是替穆大帅向江北内阁和国民表心迹，表明安系支持五族共和，支持江北内阁，无意自立为王。皞系军费来源之一就是我林家所掌控的商会，你若杀了林家五少爷，在外人看来，就是挑衅皞系、藐视江北内阁，此举与穆大帅的初衷相背离。你绝不敢杀我！”

穆峻潭眸子微眯了眯，倒也不怒，反而一笑：“早就听闻麒麟少爷牙尖嘴利，倒不知你还喜欢自作聪明。是，我不敢杀你，可我有的是法子对付你。”他说着起身，动作极其迅猛地以一手扣住锦笙双手手腕向上束起，用军腰带捆束结实。

“穆少帅，你！你别乱来！”

“穆少帅，你放开我！”

穆峻潭对锦笙的叫喊充耳不闻，纵然他右臂受伤，锦笙亦挣扎不过，被捆绑后，又随即被拽下床。风荷卧房里的床比寻常罩子床架高了许多，穆峻潭以眼度量估算距离，把军腰带的另一端绑在了罩子床的月洞门顶上方，恰够锦笙双脚脚尖触地。

锦笙受伤的脚腕发痛，只能一脚触地支撑，半金鸡独立地站着。早在穆峻潭拽她下床时，她就不敢肆意大动，双手被朝上捆绑着，不由疑心束胸的裹布开了缝要散开，虽然她总让赤芍缠紧实又缝了线。

忙活完，穆峻潭姿态悠哉，单手垫在脑后靠在枕头上，望着锦笙：“你若当真聪明，就少费些口水呼救，外面都是我的人，除了卢二公子闯进来，没人能救得了你。”锦笙抿唇不看他，待确定裹胸未散开，才敢跟他叫嚣：“你讨厌我的牙尖嘴利，又不讨厌我手脚麻利，你有本事封我口，干吗捆我手！”

穆峻潭把锦笙由上至下打量了一番，她抿唇恼羞、瞪圆双目的模样秀气十足，让人无法与长相夸张的瑞兽麒麟联想到一处去。他忽地就想起卢柏凌抱锦笙离开白公馆时那一记眼神，早就听闻燕平捧男戏子的少爷之间总有些乌烟瘴气的腻歪事，猜测锦笙与卢柏凌也定然存着猫腻，不由眉梢微挑着笑道：“我只给女人封口，对着男人下不去嘴。”旋即，笑意转为戏谑。

锦笙恼羞成怒，抬脚就朝穆峻潭脑袋踢过去，穆峻潭抓住她脚腕，厉色道：“林锦笙，你老实点，别打扰我睡觉！你这只脚是扭伤，你要再敢乱扑腾，我就给你扭断！”

锦笙咬了咬牙，撤回自己的脚，继续半金鸡独立，死盯着悠然阖目的穆峻潭，思忖他到底要做什么。他在北地虽没有紧要军务，可也不至于闲暇到拿大把时间整蛊她。光是北地权贵流水似的宴席，他都应付不完，何故与她僵持在一室之内。

锦笙顾忌身份秘密，不敢大肆和穆峻潭对抗。穆峻潭发起狠来，总是不管不顾，别说留洋贵公子的绅士做派，他连儒雅温润的边都挨不上。从小到大，还没人敢如此不由分说地碰她。若再生出什么刑罚的法子，她怕纠缠起来保不住身份秘密，只得不甘心、不情愿，却也敢怒不敢言地被半吊着，瞪着闭眼的穆峻潭。

穆峻潭一连两日两夜未休息好，亦有些倦怠，警告完锦笙，想不到她当真安静下来，假寐着却小睡过去。

锦笙在心里把穆峻潭诅咒詈骂数遍，可穆峻潭反倒越睡越熟，她自觉无趣，亦不再咒骂他。穆峻潭系的虽不是死结，却是德国特种兵惯用的手法，锦笙仰头望了许久，都研究不透他打的结。

午后日光不似正当头那般强烈刺眼，像是在金灿日光上覆盖了一层蝉翼纱，半掩金辉，晶莹而璀璨，由窗棂照入，洒在穆峻潭俊朗刚毅的轮廓上，愈加衬得他雍容贵气。他虽睡着，微曲双臂的姿势仍给人有条不紊的感觉，仿若一受外界滋扰就能即刻弹坐起来迎敌，满是戒备感，让人不敢轻易冒犯。

望着穆峻潭安睡的面庞，锦笙不由得把他与白蝴蝶的容颜联想到了一处，若非心底对穆峻潭厌恶至极，她亦觉二人十分般配。威严赫赫、权倾一方的戎装少帅与倾国倾城、善歌善舞的美人，实乃一段佳话。忽而又想到穆峻潭极有可能是日本人，遂摇了摇脑袋，不想把白蝴蝶与日本人凑到一处去。

恰好钟声响起，锦笙神色凄苦倦怠地扭头望一眼高几上的座钟，光钟点都已敲响过两次了。

锦笙对林清嘉所言的搬救兵，由不信到抱有微弱希冀，再到全然绝望。她看着已经破皮渗血发红的手腕，既庆幸又神伤，庆幸林清嘉还没糊涂到去找卢柏凌。卢柏凌知晓后定然会来，来了之后，便会陷入两难之地，说不准还会越牵扯越多，这大抵也是穆峻潭乐意看到的。

锦笙虽有戏台功夫的底子，可许久不练，也快成了假把式。她实在忍不了半吊着的苦楚，便把军腰带上的扣环磕在月洞门上摩擦，发出刺耳噪声。

钟声敲响，穆峻潭便醒了，只不愿睁眼，听到锦笙搞小动作，便皱了皱眉头，叱道："林锦笙！"锦笙抿了抿嘴，回道："穆少帅，我都被吊两个钟点了。手腕快断了，脚也麻了，你这样吊着我也没什么意思啊，不过是浪费你我的时间。你把我放开，咱俩有话好好说。"

穆峻潭睁开眼眸，神色凝滞片刻，敛尽眼中迷蒙才看向锦笙，"你说，都偷听到了什么？说了，我就放你下来。”锦笙即刻回道：“你继续睡吧，我手不疼、脚不麻了。”穆峻潭轻笑：“长得贵气娇弱，倒还是个硬骨头！”旋即便翻了个身，背对锦笙而睡。

锦笙怒气昭然地抬起脚，在他后脑勺的位置比画着，他不急不缓道：“你把握好力度，要是碰到我，我反手就给你扭断！”他语气虽平缓，威慑力却不减。锦笙也知道，这恶少说得出做得到，又比画两下才收了脚。

骨子里的执拗劲儿上来，锦笙反倒想要和穆峻潭耗着，燕平城到底是皞系地盘，她倒要看看穆峻潭有多少闲暇时间同她耗在风尘女子的闺房里。心里虽是如此想的，但当听得门外卫兵叩脚跟行礼的声音，又听得几声“方师长”，锦笙亦不免眸光一亮，无比殷切地望向了门口。

她平时就觉得方少尘灿若日月，今日更觉得，他仿佛身背万丈光芒，踏着一轮金灿灿的太阳而来，连昨日刚跟方少尘发过火也给忘掉了。反正方少尘是不会生她气的，只要她不生气，方少尘就会习惯性地忘掉她发火时说的话，如常待她。

因分隔起居室的帷幔被铜钩钩着，方少尘进门就望见了被悬在月洞门上的锦笙，无奈地蹙了蹙眉，走过来一面帮锦笙解开军式结扣，一面对坐起身的穆峻潭说：“竞天，你这次过分了。”

穆峻潭满不在乎地耸耸肩，递了个眼神，已知方少尘把事情办妥了。锦笙只顾活动着发酸发疼的手腕，并未注意到二人间的神色交流。

方少尘在二人间调和安抚几句，就要同穆峻潭离开，锦笙忙喊住了他，称有事要单独同他说。穆峻潭大概猜到她要说什么，眉梢微抬着看她一眼，唇角闪过讥笑就出了门去。

风荷卧房里只剩了锦笙和方少尘后，锦笙把自己的猜测告知了方少尘。方少尘听完，沉默凝视她几秒钟，本不想笑，但着实绷不住，用拳头掩着嘴，低声笑了起来。他一笑，锦笙蒙了，睁着大眼睛问：“方少尘，我讲的是一件很严肃的国家大事，你笑什么？”

方少尘强忍住笑，说：“我知道你听说日本话的能力差，早让你多练习听说能力，你总狡辩说看懂日本字就行了，这不就闹出笑话了。也亏你能想得出来，连假冒这样的计策都想出来了。到哪里去找这样的人才假扮竞天，还不被我和他的家人发现？”

他见锦笙脸上红一阵白一阵，双唇愈抿愈紧，眼眸微眯也掩不住怒火，显然是要大怒了，忙把事情原委简要说了一番。

原是穆炯明曾在日本学军事，觉得日本人并不尽心教中国人，又为了知己知彼，想弄清楚日本蕞尔小国，如何能一跃欺压在中国头上，遂在穆峻潭十四岁时，就把他送到日本，并给他假造了个日本身份。那时候，穆炯明还没有如今的地位，外界对穆峻潭的关注度并不高，直到穆峻潭由日本的军校被保送到柏林军事院校留学，才表明了自己的身份，并脱离坂西公馆，学成回到穆军里任职。

方少尘简略说完，宽慰锦笙道："这件事，虽未刻意隐瞒，但所知者也甚少。坂西直次一党觉得此事不光彩，并未外传。大帅亦不想让外界过多知道，竞天曾和日本方面那般密切相连，甚少让人提及此事，亦难怪你会误会。"话语上虽给了锦笙台阶下，可锦笙仍觉是被穆峻潭给耍了，怒意和羞愧涌上面庞，厉声道："那我还听到他在日本有妻子有儿子呢！"

方少尘微怔，"这倒没听他说过。"锦笙忙说："看吧，穆峻潭就是有秘密瞒着你，他肯定是在日本待久了，跟日本人有了感情，现在伪装成穆军少帅，其实是要害中国。"

方少尘笑道："你别乱猜了，他虽然在坂西直次与田中周明的主持下和田中百惠订过婚，但对田中百惠并无感情。孩子的事，应当是怕大帅和夫人不接受日本女人生的孩子才瞒着的，回头我问问他。锦笙，我还有事，要先走了。林三少让你先回林宅，他等着你呢。"说毕，就匆匆离开，一路疾走着出了幽谧书寓。

坐上汽车后，方少尘和穆峻潭说话，语气里带着怪责："你怎么又把锦笙扯进来了？他虽聪明，却不从政，对很多事并不知情。眼下林家和东洋丝绸的事还没解决，你这样做会害了锦笙，祸及林家的。"

穆峻潭面带无辜道："那天晚上是他自己找上门来的，非要见我。今天，又是他偷听我和田中周明说话，我才逗逗他。本想卢柏凌来救他，可林清嘉看着糊涂，倒也不笨，把你给找来了。你们说林五少多会算计人，多嚣张，不过是个欺软怕硬的纸老虎。他都跟你说什么了？"

方少尘怕穆峻潭知晓锦笙闹的笑话后，更要取笑锦笙逗乐，便不提那段插曲，只眸带探究地看他一眼："说你跟田中百惠有个儿子。"

穆峻潭冷嗤："林锦笙还骗我说听不懂日本话，我把他吊那么久，他都不说偷听到什么，原是要说给你听。胡扯！我碰都没碰过田中百惠，她能给我生出儿子来，那她的本事可是比她哥还大！”

方少尘略一笑便不再多问，猜想田中周明也是误会了穆峻潭和田中百惠之间的事，才扯出这么不着边际的谎来。

锦笙出了幽谧书寓，却没回林宅，喊了辆人力车就朝德国医院而来。卢柏凌并未在办公室，问了护士，说是在病房。锦笙就坐到他办公桌上等待，抱着手杖，对于在幽谧书寓发生的事，越想越气，可说到底是自己胡乱猜测闹出了笑话。若当真能完全听懂穆峻潭和田中周明的对话，也不至于被穆峻潭趁机耍玩一番。

世间最妙的丹青手，怕是也绘不出她此刻复杂、苦涩、气愤之心境。如此愚蠢、惹人嘲讽的事，竟是她林五少做出来的。遂愈气愈想，愈想愈气。

卢柏凌进门后，被锦笙脸上的浓浓怒气骇了一跳，走过来两手撑在她左右，弯腰凑近她笑道：“我仿佛记得，我今天没惹你啊！”锦笙敛不住脸上怒意，怒看他一眼，没好气道：“不是你惹我的，我有事要告诉你。”随后把自己偷听理解错那一段丢人事略去不谈，只告知说田中周明与穆峻潭私下会晤，并把穆峻潭与日本人的渊源说了一遍。

不料，卢柏凌听后并不震惊也不感兴趣，只怒声叱道：“林锦笙，我不是不让你去招惹穆峻潭嘛！小不忍则乱大谋！你再这么自以为是，连累了你们林家，我可帮不了你！”

总统本为郴系军阀统帅，地盘和军队都在沿江一带。到皞系的势力入驻内阁任总统，他们的军队和地盘一再被卢兆祥裁减收编。又因责任内阁制限制总统权力，卢兆祥行事素喜架空总统府，总统府和以卢兆祥为首的国务院内斗由来已久。

郴系本想借机联络穆峻潭，好与安系联合结为盟友打压皞系，逼卢兆祥及其下属一同下野，再组建新内阁。

安系有五省联军之名，军队自然也驻防五省，兵力过于分散，恐内部生乱，轻易不肯对外作战。若集合分散兵力与郴系一同打皞系，打赢之后，利益地盘如何分配？郴系在内阁的地位虽不如皞系，却也举足轻重，安系费力出师，纵然打赢了也极有可能是为他人做嫁衣。

故而，对总统的多番暗示拉拢，穆峻潭只佯装不解。

今日中午，穆峻潭本该去总统府邸赴私宴。若解释时，言语间提及是和林五少发生不快才耽搁不去的，总统府的一班参谋秘书，由林卢两家的关系，即刻就能想到是卢兆祥在背后操控。

可此事并非卢兆祥所示意，卢兆祥亦会疑心林家此举的动机，是不是在报复东洋丝绸一事。

林家因私人恩怨执意不卖东洋丝绸，已让卢兆祥夹在中间多次为难。

按卢兆祥的性格，又当了这许多年的独裁军阀，本该牛不喝水强按头，却一直为林家着想不曾严令威逼，可心里终究存了对林家的不满，觉得林家不识大体。但与林家的关系却是不得不维持的，若有朝一日与日本人的借款中止，以林家在江北商界的地位，竭力为卢家筹措大量军费亦非难事。

如此一来，若穆峻潭的推托之词提及锦笙，就把林家推入了两疑之地。由古至今，政权斗争，总要牵连许多无辜牺牲者。军阀之间，若怕国人舆论谴责，不想明枪明刀地打，就只能借刀暗斗，伺机砍掉敌方盘根错节的支持力量，一步一步地削弱敌方实力。

事到如今，卢柏凌也只能寄希望于方少尘，希望他会顾及与林家的世交情分，在旁阻止穆峻潭，让他不要拖锦笙下水。

卢柏凌甚少如此大声发火，把锦笙震慑得蒙了片刻，她虽是为了卢柏凌才去偷听的，还让穆峻潭逮了机会要她两个多钟点，可让她承认自己是为了卢柏凌，远比她被卢柏凌误会更难受别扭。她不愿承认自己是为了卢柏凌，也不加以解释，只环臂抱紧了手杖，别过头不看卢柏凌，高傲地微抬下巴，抿紧双唇不言不语。

卢柏凌见锦笙如此固执不化，心里益发气恼，拿过桌上烟盒和火柴，到玻璃窗下抽烟，眸子微怒地看着她的侧影，也不开口理她，二人虽偶尔怒目相看几眼，却都不言语，伴着消毒水及淡巴菰味道，气氛就僵持了下来。

卢柏凌今早从范志贤那里听闻，昨日，方少尘对外以接堂妹方桑宜为由，离开燕平城去了津城。可方桑宜、兰泽是与锦笙一趟火车到燕平城，旋即又坐了汽车离去，兜了个大圈子又到津城去。

日本人资助皞系的新一批军火，是在津城交接。虽未抓到现行，卢兆祥这边也猜测到，方少尘带人去津城，是为了去港口交接地，查勘日本人资助皞系的军火数量。穆峻潭本可在燕平城拜访一圈就回京陵城，但俄延不去，应是为了这批军火。

卢柏凌虽不认同父亲向日本人借款，可身为人子，他亦知晓父亲不过是在借日本人的资助壮大皞系的军队。待养精蓄锐、壮大军事实力后，再逐个剿灭四方割据的军阀势力统一中国，转而腾出手就要收拾这些欺压中国已久的外寇。

他无法断言父亲的做法是对是错，但以国家利益换取军阀私人军队的利益，一旦被揭发出来，国人是决不能容忍和接受的。身处乱世，爱国之士都在想法子救国，面对千疮百孔的局面，谁都不知该如何下手，都在摸索着前行。

卢柏凌对江北内阁和各路军阀都已失望至极，如今，在竭力相助南广革命党以外，只想好好守着锦笙，守着她安然无恙。身为人子，他无法跟锦笙言明皞系向日本人借款一事，更不愿看到林卢两家有朝一日会有隔阂，甚至为利益反目。他知晓，锦笙心中对林家有愧，维护家族安危的观念也很重，一旦林卢两家反目成仇，他与锦笙之间，不管是什么样的情感，都会湮灭融化在仇怨中。

喟然低叹一声，卢柏凌掐灭手中的烟，他知晓锦笙性子，他若不开口说好话，凭她的执拗顽固，她能稳如山地和他僵持到明天，遂缓和神色走到锦笙身侧，柔和下声音，笑道："好了，别生气了，我刚刚不该发火的。"说话时，余光瞥到锦笙手腕的伤痕，旋即厉色发问："你手腕怎么了？"

锦笙听得卢柏凌认错，气恼还未来得及散，就听得卢柏凌的发问，已遮掩不及，索性不去遮掩，搪塞道："练把式时为了练臂力吊水桶吊的！"卢柏凌撩起她袖口，把她前臂检查一番，臂上肌肤洁白无瑕，唯有两手腕有伤痕，遂问道："别人练把式拿绳子缠胳膊悬水桶，你练把式拿皮带缠手腕悬水桶？"锦笙抽回胳膊，捋着袖筒道："本少爷乐意这样练，要你管！"

卢柏凌扶着她坐到沙发上，拿了清火散瘀的药膏帮她涂抹，发问语气甚为冷冽："是不是穆峻潭干的？"

痛意焦灼得锦笙心里烦躁，清凉药膏涂抹在伤患处，虽疼意不减，可那股焦灼感减了不少。她心中本就存着委屈，见卢柏凌神情里都是对自己的关怀，一时忍不住，就扁嘴闷声道："是，他把我绑床上绑的。"卢柏凌动作滞住，震愕地抬眸看她，声音里有辨不出的情绪："他，他把你绑床上，然后呢？"

锦笙见卢柏凌动作滞缓，就自己动手涂抹药膏，头也不抬地气吼吼回道："然后他就睡觉了啊！他怡然悠哉地睡了两个钟点，可疼死我了。手也疼，脚也疼，现在气得浑身都疼！"

卢柏凌仿佛猝然挨了一记迎头棒，接连胸腔心室里都挨了一刀，呼吸起来亦怒疼交加。只片刻的工夫，他心中纷杂不堪，许多想法都冒将出来。什么安系皞系郴系，什么和平共处都抛之脑后，第一个想法便是要杀了穆峻潭。可旋即又恐自己误解锦笙话意，想问清楚，又怕真有其事，会伤害到不甚解男女事的锦笙。他知晓锦笙不同于寻常女子，大大咧咧地或许并不把贞节看得重，他亦想告知她，他不会在意，依旧会如常待她。但他在锦笙心里是发小、是兄弟，没有正当的身份可说出自己不在意她贞洁这等话来。

故而，卢柏凌思绪混乱，嘴巴微张，皱眉凝视着锦笙，双拳紧攥，不知首先要说什么问什么。锦笙涂抹完一只手腕的药膏，换手时，恨恨地发誓："等着吧，早晚有一天，本少爷也要把穆峻潭吊在月洞门上，吊他四个钟点！不，吊他个一天一夜！让他尝尝金鸡独立、脚不挨地的痛苦！"无意间抬眸瞥见卢柏凌一脸的晦涩复杂又松了一口气的神情，不由得皱眉问道："你想什么呢？脸都皱歪了。"

"哦，在想穆峻潭金鸡独立是什么样子。"

敷衍回答后，卢柏凌旋即低下头去帮锦笙涂药膏，长长地吁了一口气，暗自庆幸自己没立即开口问什么、说什么，若让锦笙知道他刹那间的龌龊污秽思想，怕是得半年不理会他。

权衡利弊之后，为林家面临的东洋丝绸麻烦着想，又恐锦笙与穆峻潭接触多了会暴露身份秘密，卢柏凌只能劝锦笙忍耐下此事，也恐穆峻潭再趁机对锦笙发难，把林家牵扯进皞系、安系、郴系之间。

他也猜到，穆峻潭对锦笙感兴趣，麒麟少爷的传闻是一方面，另一方面，是因他与锦笙交好。若他再为锦笙出头，穆峻潭对锦笙的兴趣会更大。遂为了顾全大局，为了保护锦笙的秘密，纵然对穆峻潭气愤至极，他也只能隐忍不发。

第七章 施小计，斗冤家

撞到手的机会，穆峻潭乐而受之，本想趁机由锦笙再把林家扯进来，向总统府解释的同时，再放出消息给卢兆祥，令卢兆祥对林家起疑心。他要逐渐离间林卢两家的关系，以防来日，皋系溃不成军后，林家会动用商会的财力及商团的兵力帮助皋系东山再起。

可方少尘坚决反对，穆峻潭只得给方少尘这个面子。他与锦笙在幽谧书寓发生的事，也并未传出，当个乐子就搁浅到脑后忘却。

赤芍、金蝉等人已快要把衣裳做好，丝织厂和绸缎庄里，锦笙亦有诸多事要忙活，就暂且放下了与穆峻潭的个人恩怨，私心里却提醒自己，定要伺机一雪前耻。

三日后一早，在锦笙的指挥下，仿若一夜春雨浇灌出了春笋，燕平城大大小小数百号乞丐身着东洋丝绸那几样独有的花色图样做成的衣裳出来乞讨，间或念念有词："东洋丝绸柔顺滑，乞丐富人都得夸。"

不同于寻常棉纱布料，丝绸价贵，多是家有盈余者才穿得。可如今遍布大街小巷的乞丐都穿着崭新的东洋丝绸衣裳，还振振有词念着两句顺口溜，听在那些老爷少爷、太太小姐耳中，刺挠至极。

那穿新衣的乞丐早被杜衡及林清嘉的小厮调教了一番，让他们专门挑着与自己衣物花色样式相同的人去乞讨。他们还言明，会在暗处观察，表现佳者，一天赏一块大洋。有新衣穿，有大洋拿，有馆子吃，自然要使出当乞丐的十八般武艺去缠磨那些老爷少爷，太太小姐。

衣着鲜亮的老爷少爷戴着盆式帽、墨镜，扶着手杖走在街上，被乞丐拽住胳膊或者裤腿，回头一瞧，那乞丐同他穿着一样花色款式的长袍马褂，只满脸污垢，张开干枯唇瓣，露出黄腻的牙齿，说上一句：“大老爷小少爷行行好，赏点钱吧！”

香粉扑面的太太小姐拎着花俏手袋，步履袅娜，结伴行着或上黄包车、三轮车时，雪白的胳膊或西洋丝袜被脏手抓住，蓦然惊一跳，要娇嗔发怒时听得一句：“太太小姐行行好，赏口吃的吧！”

仔细一瞧，那女乞丐身上的新旗袍料子与自己无异，下身配的不是丝袜，而是脏兮兮的粗布衬裤，脏乱刺眼。若同行女伴亦穿东洋丝绸，大家面面相觑，各自尴尬也就罢了。若同行女伴穿的非东洋丝绸，那女伴再撇过头，拿干净素白的手绢掩唇一笑，着实令人恼怒尴尬不已。

素日里名媛小姐太太们聚会，穿着打扮上颇为忌讳穿了同样的，若丝绸料子一样，总要在款式上费些心思，再不然，加些配饰与旁的女伴区分开。如今撞衣裳，竟撞到了乞丐身上，向来娇嗔傲气惯了的太太小姐们自是受不住。

又有五六个乞丐专门在卖东洋丝绸的绸缎庄门口转悠乞讨，接连两日，不光日本洋行的东洋丝绸鲜少有人问津，就是代卖东洋丝绸的那几家绸缎庄也无人来问津东洋丝绸。

皇帝才没了几年，把人划分三六九等的陋习尚存。衣食富足者与乞丐穿得一模一样，岂非笑料。原本买了东洋丝绸的也不再穿出来招摇过市，更有甚者，直接扔了东洋丝绸做的衣裳，乞丐军又壮大一番。

趁着日头暖和的正午，锦笙让仆役和丫鬟把林老太爷抬进汽车里，缓缓地把燕平城的大街小巷都转悠了一圈。

看到如斯场景，又听得东洋丝绸在燕平城销路凝滞。此事虽行得不体面，可人愈老孩子气愈重，林老太爷孩童似的也不管不顾起来，倏忽间，郁结心里的那口气散了一半，气色也渐次红润起来。知晓是林清嘉私下派人做了这样的事，竟还夸赞他一番，又奖赏给了他五千大洋。

游荡在大街小巷的乞丐军已成新奇景点，唯有居住在燕平城的日本人会呵斥驱赶。

耆德堂林记绸缎庄总店对过的茶馆二楼，一扇临街窗户大敞着，沪海三井洋行的大班佐藤信长与在三井洋行任职的中国总买办邓立耀对坐着。耳畔响过乞丐大军的喊叫声，二人不免隔着袅袅茶雾对看片刻，心中却各有所思。

邓立耀是三井洋行的华经理，佐藤信长是三井洋行新任职的大班，职称是大班，其职务性质等同于经理。二人皆算是经理，地位却不相等，甚至天差地别；在三井洋行之中，日方经理是主子，华人经理是奴才。

佐藤信长头发近乎全白，偶有几簇黑发，倒显得格格不入。二人皆穿中式长衫马褂，却用日语交谈，房间里的氛围又添了几许别扭。

邓立耀面带为难道："佐藤先生，为了贵国丝绸，我已在北地周旋一年之久。但林家是北地的丝绸业巨头，早前在同业中放话抵制贵国丝绸，那些看林家脸色的绸缎庄自然要给林家面子。纵然有代为销售贵国丝绸的绸缎庄，也是销量不佳，自身都无法与耆德堂林记竞争，更是无法为贵国丝绸打开北地市场。细算下来，耆德堂林记绸缎庄，已有两百余年的口碑。且曾供奉皇族显贵，在北地人心中，虽是同等价格的丝绸，可由耆德堂林记买回去，再穿到身上，方能显出身份的尊贵来。买丝绸者，多是银钱富足，有耆德堂林记这块招牌加身，更有面子。"

佐藤信长对耆德堂林记的了解不比邓立耀少，只端起茶盅慢饮，并不接话。

邓立耀便又说道："不管是林家的柞丝绸还是林家由江南购进的桑丝绸，销售方式和门路已然成熟固定。林家的销售渠道不只他们自己的绸缎庄，大到城县，小到村镇，批发或零售，北地大大小小的绸缎庄或估衣店，都和林家有生意往来。在北地的丝绸市场，林家的生意就像一张大网，一环扣一环，紧密相连。虽有漏网之鱼，可也都是小鱼了。大鱼全在林家那张网里！"

邓立耀边说边窥探佐藤信长的脸色，见他依然是面色如常，心中隐约有些嘀咕，不觉就加快了语气："迎着林家的这张大网，我与渡边先生跟瑞昌隆的掌柜忙活一年，好容易销量升上来了。本想让您看一看这喜事，却让您看了这闹心场面。唉！林家指使着乞丐闹了这么一出，还见了报纸，那些记者和学生的言辞更是犀利，把贵国丝绸污蔑诋毁了一番。短时间内，有身份的人都不敢再穿贵国丝绸了，穿了贵国丝绸就等同于地痞流氓乞丐了。这件事所影响的还不止燕平一城，贵国丝绸在北地的销路实在堪忧啊。让耆德堂林记代卖贵国丝绸一事，我本以为皞系介入，定然能成。现在看来，有林肇聪父子在，此事绝非易事。"

啰唆地讲明难处，推卸完责任，邓立耀才试探着说道："佐藤先生，短时间内，林家是不会代卖贵国丝绸的。那咱们和贵国国内丝织厂签订的订单要不要立即终止？若按订单数量运来，又不能及时批售出去，丝绸娇贵，存放费事；白掏了运费不说，码头仓库费也是一笔不小的数目。这一单生意，若货物积压在你我手上，赔一笔巨款事小，咱们又该如何跟三井先生交代……”

“砰！”

不待邓立耀说完，佐藤信长重重地放下了茶盏，他望向窗外迎风轻舞的“耆德堂林记”霓裳锦幌子，再看向邓立耀时，浑浊眸光显出狠厉：“我大日本帝国的丝绸已不是三十余年前那般！中国的生丝和丝绸在国际丝绸市场早已没有了当初的垄断地位，我大日本帝国的生丝和丝绸，才应该垄断国际丝绸市场。中国近几年出口欧美等国的数量已渐渐不及我大日本帝国。怎么？就因为中国是丝绸的故乡，我大日本帝国的丝绸就不能占据中国市场吗？丝绸是大日本帝国的功勋产业，占据垄断丝绸的故乡是帝国荣誉。你是中国人，不想维护我大日本帝国的荣誉，三井君自然会理解我的做法。”

佐藤信长并无十足把握，三井洋行的真正掌权人会舍弃金钱利益，理解支持他的做法。但他自认为是在做有利于帝国功勋产业的事，遂信心十足，毫无担忧。

听了佐藤信长一番话，邓立耀虽心疼自己的十万大洋保证金，面上却依旧赔笑，表示自己的信任和遵从。

邓立耀的心中并没有国家荣誉和利益，他只看重个人金钱利益。

在诸多国人眼中，外国洋行所雇用的中国买办虽名义上不是汉奸，所行之事却与汉奸无异。他们懂洋话，是外国资本家与中国人生意往来的桥梁，他们帮着洋人推销洋货，帮着洋人掠夺中国原料。在外国资本势力对中国同胞实施种种剥削和不平等交易的过程中，洋行买办便是中间人，是促进者和推行者。

许多买办为了外国洋行所给的佣金和进出口提成，不惜与洋商勾结，欺压中国商人。

买办中不乏爱国者，亦不乏为中国商业与外国资本家斡旋者，却被邓立耀这等只顾个人金钱利益者所连累。不论是爱国买办，还是走狗买办，名声都是同样狼藉。

遂民国成立后，一些买办不想担走狗汉奸骂名，要求把职位名称由“买办”改为“华经理”。换汤不换药，职位名称不同了，可行的还是买办制度。各国洋行的华经理中，还是不缺邓立耀这等为个人金钱利益，以中国人之便而欺诈中国同胞者。

佐藤信长不便露面，诸多事需要邓立耀代为出面处理，虽用他，心中却蔑视他这种为了个人金钱利益而践踏自己民族尊严的奴才相。

面对邓立耀的附和赔笑，佐藤信长冷嗤道：“林家要不要代为销售我大日本帝国丝绸一事，我国总领事先生已全力相助，有皞系给林家施压，无须你这个中国人担忧，你只要做好你分内的事即可。用你们的话来说，小不忍则乱大谋！至于这些满大街侮辱我大日本帝国丝绸的乞丐，比下等支那人还要下等，用不着三井洋行出面。是林家在背后操控这群乞丐，等林家代卖我国丝绸那一日，由林家自食其果，今日的麻烦也由林家去善后！今日把我国丝绸踩在脚下，待来日又要高高摆在耆德堂林记绸缎庄的柜台上，到那一日，林家人的脸色定然会如同染料缸。哈哈……”

他仰天长笑还有其他的原因，让耆德堂林记绸缎庄代卖大日本帝国丝绸，只是他计划里的第一步，也是至关重要的一步。然而，更宏大的计划，没必要让这个他瞧不起的支那人所知晓。他笑容满面，皱纹抖动得如同石子飞进湖面激起的混乱漩涡，在看到邓立耀笑着连连称“是”时，那笑意更是夹杂了深深的轻蔑。

二人行至茶馆门前，渡边次郎的汽车恰好停在耆德堂林记绸缎庄门前。邓立耀本欲上前询问渡边次郎要做什么，却被佐藤信长阻拦，他不想引起旁人注目，更不想让林家人知晓他的存在。

乞丐大军的明夸暗讽之举，燕平日本商会当日便想了应对之法。其认为最有威慑力的方法，是把这件损坏日本商品尊严之事扩大成两国外交。陆良佐避而不见，日本驻华公使馆的总领事便找上陆哲峰，说中国乞丐在侮辱大日本帝国的丝绸，破坏中日两国平等友好的商业往来。

陆哲峰年纪虽不大，却是外交老手，让日本翻译把那两句顺口溜翻译成日本话，自己张口就翻译成了英国话、法国话和德国话，最后，颇为无奈地看着他：“这话传到哪国，哪国都不觉得是在侮辱贵国丝绸。若这等商业小事都要劳烦贵国领事，贵国商人亦未免过于小题大做了。”

于一个驻华公使馆而言，此事的确是小事，无法名正言顺地摆上外交渠道，总领事只得冷脸而回，出门就把气撒给了渡边次郎。

燕平日本商会求助公使馆不得，在中国国土上又不能公然对数百个乞丐动武，便想要买通他们，让他们偃旗息鼓。

可乞丐大军里有一个前清秀才，科举屡试不中，心灰意懒、悲愤交加之下，未曾挑选地点，就近由客栈二楼跳下。楼层过低，求死未遂，只摔断了一条腿。家中无良田产业，亦无亲族父母，便流落了街头。

六岁入私塾念书，十八岁考中秀才，一场场科举考试，散尽家中钱财，连累双亲病死。年方三十，书得朗朗八股文，写得妙笔生花字，却别无他长，拖着一条残腿，更是生计无门，终于食不果腹，沦落乞丐窝。

时间一久，因识文断字，亦颇受众乞丐尊重，在燕平城的大小乞丐中，说话极具分量。他虽乞残羹冷炙，文人清高尚留存少许，躺在脏乱的乞丐窝里，望向洁净湛蓝的天空，内心常常纠结“饿死事小，失节事大”这句古人言到底对否。

看了丢弃路边的报纸，知晓穿东洋丝绸一事是在打击日货，亦算是为国货做了贡献，遂鼓舞劝说其余乞丐：“国遭遽变，外寇入侵，欺我国民。吾等虽是贱民乞丐，然，受嗟来之食，实属无奈。今日以贱民之身，痛洋人之眼，吾心快哉。受倭贼三五大洋，饱腹多时总成空，却不及饿体肤，一身爱国之气留人间！”

自然，那些乞丐不甚解他话中之意，只是习惯听他的话。加之有杜衡、苏叶等人在背后支撑，短时间内，他们无须饿体肤。除了少数人脱下了东洋丝绸衣裳，多数人都跟着老秀才，不接受燕平日本商会的收买。

事发当天一大早，渡边次郎就质问过林清嘉，林清嘉果断否认，推给了锦笙。啃不下乞丐大军的硬骨头，渡边次郎就到耆德堂林记绸缎庄总店铺的二楼小茶室找锦笙，气冲冲地教训道：“林五少卑鄙行事，有违商业道德。”

那茶室本是间小杂货室，锦笙却发现它位置极其好，令人凿开一扇窗户后，既能瞧见瑞昌隆绸缎庄店铺大门，也能瞧见丰利棉纱庄的店铺大门，一低头，又能瞧见街上熙攘行人。

锦笙无事时，总爱趴在窗台上往外瞧，瞧瞧进瑞昌隆和丰利的客人都是什么样的，瞧瞧他们买了什么，再瞧瞧街上行人都穿了什么。

锦笙本趴在窗台上瞧街面情况，伙计未禀告时，就从街道上看到了燕平日本商会的汽车。听得渡边次郎说话，缓了一会子才扭过头斜睨着他。他是当真被气着了，那一撇修剪得整整齐齐的小胡子也微抖着，锦笙直接乐了：“呵！小狼，大半年不见，你这中国话说得越来越利索了。到底是外来人口，在我中国的土地上水土不服吧！耳朵不通透也就算了，认人的眼神也不好了。大街小巷里都说了，这是我三哥做的，你气冲冲地找我作甚？”

渡边次郎冷笑道：“我早已问过林三少，林三少说，这种算计人的卑鄙法子，他想不出来。林五少既然敢做，为何不敢认？”

锦笙眉眼里拢着冷意，把手上玩的窗幔流苏一丢，冷声回道：“你这是只带了四肢出国，把脑子留日本了吗？你没听到满大街的乞丐都夸你们东洋丝绸呢！我林五少出手，还给你们东洋丝绸编两句顺口溜打广告？再找这么多的人可着四九城地给你们吆喝宣扬？这种赔本给别人赚吆喝的事，我林五少可不做！保不齐是你们燕平日本商会自己做的，反倒寻了这么个由头来找我！”

“林五少！”

渡边次郎咬紧牙关，居高临下地盯着坐回沙发上的锦笙：“我奉劝林五少，再有一月，我国丝绸就会大量运往中国北地，为了我们的友好合作，为了中日商业共荣，林五少还是不要再从中捣乱的好。”

锦笙下巴颏抵在手杖扶手上，不屑地撇了撇嘴：“中日商业共荣？我们中国人同意了吗？你们就送上门来要跟我们共荣！你们日本人怎么尽爱干些一厢情愿的事儿！别的行业我是不知道，可我林家不和你们燕平日本商会合作，也荣得起来。倒是你们燕平日本商会，脸皮比你们那东洋呢绒还厚，狗皮膏药似的，非要黏着我林家！”

见渡边次郎恼意更重，她又轻笑了一下：“嘿！还生气了，瞧你那小家子气的模样！”渡边次郎咳嗽一声，正色道：“我知道这些乞丐是受控于林五少，还请林五少让他们立即停止！”

锦笙虚伸出手客套道：“小狼，你坐。其实啊，你年纪比我大那么多，我不该如此称呼你。可我三哥总说，这中国跟日本啊，是外祖父和外孙子的关系。呵！你也知道，我还没成亲，不好占你便宜。可外祖父的辈分在这摆着，我也不好过分欺负你不是！小狼啊，这件事真不是我做的。我要做的事儿，还在后面呢。你且小心提防着我，我可不像我三哥，要跟你这般小打小闹。没意思！”

渡边次郎随着锦笙的招呼本要坐下，听得她说外祖父与外孙，又霍地站起来，瞪圆了眼珠子看锦笙。

事发当天，林清嘉只觉自己是被锦笙算计了，那日幽谧书寓丢下锦笙跑路的少许愧疚霎时便烟消云散，面对渡边次郎的质问，直接供出了锦笙。待从宅子账房里领到那五千大洋也不觉得有什么，倒是活了二十多年，打记事起，一年挨上百次骂，却头次被林老太爷夸奖，少不得存了一股异样兴奋在心里。

林清嘉品了又品，越发觉得被人夸奖的滋味不错。除却秦楼楚馆里的女子谄媚地夸赞他，宅子里还有几个年轻俏丽的小丫鬟眸带崇拜地瞧着他，那番除却金钱傍身被人瞧得起的感觉，比之千金买一笑更令人身心通畅。

他到总店茶室来找锦笙，推开门瞧见渡边次郎也在这里，锦笙坐着，他站着，且双手攥拳地对锦笙吹胡子瞪眼睛，恶狠狠地喊“林五少”。

林清嘉那股兴奋自豪还在，不免显出做兄长的气势，走到渡边次郎身边，不悦道：“渡边先生，我林宅管家业的子孙里，就老五最小，现在还是半个瘸子，怎么着？你这是挑软柿子捏呢？那么多大人不找，跑来欺负我家老五？你都多大岁数了，我家老五才多大点儿，你也不怕吓着我家孩子！渡边先生，我实话告诉你，这件事跟老五无关，是我做的！你别再找老五麻烦！”

锦笙忍住笑，用手杖指了指渡边次郎，对林清嘉道：“三哥，小狼刚刚可凶了！快吓死我了，幸好你来了。”林清嘉冲她一挑眉梢：“老五，别怕，有三哥在呢！他不敢欺负你！”

渡边次郎指着林清嘉，冷笑连连：“林三少，你可真是比无赖还无赖！你别忘了，你收过我们燕平日本商会的钱！竟然还做出这样有损合作的事！你们耆德堂林记是几百年的老字号，这就是你们耆德堂林记的信誉吗？堂堂林家人竟连这点诚信都没有！可真是令人不齿！”

林清嘉“嘿”了一声，说：“你们日本人跑到我们中国地盘弄商会推销东洋货，我收你点保护费怎么了！诚信？你们东洋丝绸销量不佳，我拿自己的私房钱买了这么多东洋丝绸，增加你们的销量，这不就是在诚信行事嘛！而且，我们林家议事的时候，我可是帮东洋丝绸说话了！渡边先生，你有所不知，但凡碰上正经事，我在林家说话跟放屁似的，臭一会儿也就散了，没人会听我的。这你不能怪我啊！你当初就不该找上我，应该找我家老五！”

他瞥见锦笙憋笑的模样，瞪她一眼，又对渡边次郎道：“再者说，我可是秉着诚信原则，才好心给你们东洋丝绸打广告的，你听听窗子外面，那乞丐喊得多响亮，‘东洋丝绸柔顺滑，乞丐富人都得夸’，多好的广告语呀！你们这群东洋人想得出来吗？我没问你多收钱就够意思的了！你有事没？没事赶快离开我们耆德堂林记！别脏了我林家的地！我爷爷身体这才刚见好，别又被你们东洋邪祟给冲了！”

渡边次郎的中国话不如林清嘉利索，张口多次，却一个字都插不上，只在林清嘉说完，才咬牙连说了两个“好”，却又笑道：“林三少私下里也没少‘夸’林五少，我应当告知林五少。”

林清嘉脸色一变，扶住他肩膀朝外推：“你胡说八道什么呢！赶紧走，别耽误我们兄弟谈正事！”关好门之后，又扭过头对锦笙说：“老五，上阵父子兵，打虎亲兄弟，咱兄弟俩可得一致对外！你改天就算听了渡边次郎胡说八道，也别信！他这是离间咱兄弟俩呢！”锦笙对他扬了扬下巴，说：“三哥放心，我怎会信日本人说的话！”

如此一番对质，渡边次郎与林清嘉算是彻底闹翻，再不对林清嘉存半分信任，林清嘉也并不放在心上。

晚霞一散，天地间便显出昏落落来，各店铺灯火初亮，与黄昏相伴。锦笙跟着林清嘉出店铺门时，恰遇瘸腿老秀才领着五个乞丐弟子从门前走过，她已从苏叶口中知晓老秀才的事，不免多望了老秀才一眼。发给乞丐的衣服都是随意的，老秀才的长袍并不合身，头发长且乱，太过油腻，迎风也飘不起来，只随着瘸步伐微晃。锦笙看不准他剪没剪辫子，只觉与她儿时见过的秀才并不一样。

上了汽车后，锦笙吩咐苏叶：“交代下去，让他们都散了！从明日起，决不能再满大街地喊叫那两句话，这件事就此作罢！”

林清嘉阻拦苏叶下车，不解道：“老五，这挺热闹的，为什么不喊了？不行，得接着给我喊，出出我心里的恶气。”

锦笙轻笑道：“三哥，甭管是好风头，还是坏风头，这几日，东洋丝绸算是出尽风头了。闹了这几日，该知道怎么回事的，也都已经知道了。此等雕虫小技，若不适可而止，便会适得其反。待日本人忖度出应对之策，咱们就真的是以耆德堂林记的名义给东洋丝绸打广告了。”

林清嘉还未想明白锦笙此话何意，锦笙倒又想起一件事，对苏叶道：“我听杜衡说，那个瘸腿老头的字写得很好。办妥这件事后，你给那老头寻一个合适的差事，不要那种来回走的苦力差事。就说是我安排的，让他们善待那老头，别欺负他。去吧，眼瞅着天就黑了，别耽搁时间了。”

苏叶是直接听命于大房的，得了锦笙两次命令，也不待林清嘉再说什么，便直接下车离去。

锦笙回来还未与一班酒肉朋友正式会面，就跟林清嘉提议去天乐坊，林清嘉忖度后觉得锦笙所言在理，遂不再坚持让乞丐大军继续闹，点头应允着同去天乐坊。

乞丐大军溃散在即，坊间并不缺新奇事，不消几日，东洋丝绸与乞丐的这件新奇事就会湮没在其他新奇事之下。只众人偶然看到身穿东洋丝绸的乞丐，有所顾虑，亦不敢轻易去买东洋丝绸。

天乐坊本是林家名下一处三进四合院，最先被林清嘉当作玩乐场所，与一众狐朋狗友聚在此处，捧戏子、电影明星，票戏，抽大烟，厮混胡闹皆在此处。林老太爷摸准了林清嘉的习性，派来的仆役总能在此逮住他，林清嘉渐次也不敢来得频繁，找了新的秘密玩乐处。

林肇聪在背后指导着锦笙把天乐坊接了过来，命人重新修整一番，添了舞厅、网球场、台球案等，弄成了俱乐部形式。要在天乐坊挂名的少爷，每月须得缴纳一定费用，用以雇用仆役管理天乐坊。又规范了章程，严令不许在此行污秽之事，亦不许在此聚众抽大烟，肃清了天乐坊的乌烟瘴气。

渐次地，天乐坊便成了贵少爷们的玩乐处，或邀了花旦名角、电影明星来此相聚，或借场地请客玩乐消遣，实乃扩充人脉、联络朋友感情的最佳去处。

为防那群富贵少爷们被身份杂乱的生客叨扰，天乐坊并非有钱者就能进，远来贵客须得有熟人相带才能进。故，天乐坊门庭前的巷子里整日车水马龙，却不似舞厅书寓那般喧哗吵闹。

因有白蝴蝶陪同做戏，锦笙也逐渐出入娱乐场合，与一众五陵年少玩得热络，“玉面风流林五少”的名号算是落实了。

今日，她顾忌着卢柏凌的嘱咐，没有打电话唤白蝴蝶来天乐坊。及至天乐坊的舞厅才知晓何为冤家路窄，且那“恶少”穆峻潭身旁的佳人已换了新。

东厢房打通了两间屋子作舞厅，至多可容纳六七十人共跳交际舞。顶上四周天花板里隐藏着充满氖气的灯管，用以烘托舞厅的气氛，甚为迷离多彩。舞厅内的五彩玻璃、壁炉、地板砖及酒水室、更换室的设备，皆是卢柏凌托了法国朋友运过来的。

因两位少东家一同前来，仆役早已争相上前接了二人的大衣与帽子放置到更换室的储物柜子里。

今日的舞厅内，只聚了二十余人，显得格外敞亮。锦笙和林清嘉进来时，乐队刚开始奏乐，想要跳舞的人也各自牵了舞伴朝舞池走去。林清嘉坏笑着伸手，揽住了电影明星贺青青的腰肢，也不问是否愿意做他舞伴，揽着人家就朝舞池中央走去。

为着跳舞方便，许多沙发茶几都是溜着墙边安放，供大家安坐歇息。锦笙脚伤已好得差不多，不想与其他女子跳舞，遂以自己是半个瘸子为掩护，远远躲开了喧闹舞池，在两面墙对角处的沙发上安坐。端了仆役送过来的咖啡慢呷着，一只胳膊搭在绿绒沙发靠背上，曲起食指抵着下巴颏，瞧着那些成双成对的男女。

男子西服款式大致相同且纯色居多，女子衣物则样式奇巧多变且颜色绚丽，松绿、湖蓝、大红、雪白、鹅黄……直把舞池映衬得如万花园般，绮靡奢华，占尽春光。

男人也就罢了，没有光膀子露腿的西服。倒是好些个女子，雪白的胳膊露着，旗袍下摆或者洋裙下摆都短到了膝盖处，一双缎面闪光嵌了亮钻的跳舞鞋露出不说，珠圆玉润的双腿被丝袜包裹，跟着乐律舞动，极富挑逗性。

锦笙把舞池里的女子都打量了一遍，美倒是美，却替她们的脖子、胳膊、腿冷，不由把自己衬衣里面的丝巾又朝上扯了扯，护住整个脖子。

这几年，她眼瞧着女子衣服由长袖变无袖，有些款式的旗袍，下摆已短到了膝盖处，抑或，那长旗袍已开叉到大腿根。锦笙曾和卢柏凌探讨过，这女子的衣裳露到如此地步，再露该露些什么，实在有伤大雅。卢柏凌哈哈笑她，吃不到葡萄说葡萄酸。她当时脸就红了，嘟囔着回答，我林家是做丝绸生意的，眼瞧着她们的衣裳用料越来越少，担心我林家生意而已。顶替哥哥身份以后，她就再未穿过女装，偶尔生出好奇，却从不敢偷着尝试。

共舞的穆峻潭和方桑宜，移着舞步撞入锦笙目光里，锦笙才意识到，有实无名的少帅未婚妻也来燕平城了。那，白蝴蝶呢？

北林南方，西赵东张，这四大财阀家族间亦有生意往来和交际，锦笙自然认得方家二小姐。曾听人说起过，穆大帅和穆夫人对方桑宜甚是满意，只待穆峻潭点头，这少帅未婚妻的身份才算是落到了实处，只穆峻潭那下巴颏子像是被无形的力量撑住了，就是点不下来。

出洋大半年，锦笙所管理的几间铺子有许多说要紧不要紧，却早晚得处理的事情，她一面处理铺子里的事，一面还得装模作样地与家里人商议如何解决东洋丝绸一事，这几日也就没顾上打听白蝴蝶和穆峻潭的事。

眼下瞧着方桑宜和穆峻潭跳华尔兹的样态，一身银白洋绉裙的方小姐已然化身藤萝，只差上上下下绕穆峻潭三匝。十有八九，白蝴蝶已再次沦为旧人。

锦笙收回目光，放咖啡杯在茶几上时，卢柏凌从沙发座位穿插绕着走过来，在她右手方位的短沙发上坐下，抬脚轻踢在她尚贴着膏药的右脚上，怪责道："你扭伤的脚还没完全好，这几天去一水间找你好几趟都找不见，让你给我回电话，你也不回，你一天到晚瞎跑什么呢？"

锦笙脚伤已无大碍，被踢后还是紧紧蹙起了眉心。只因见到卢柏凌，就想起那日离开德国医院时，卢柏凌本说要一同去儿时喜爱的小店吃蟹壳黄烧饼和小馄饨，刚出医院大门就碰上了他三庶母。卢柏凌二话不说，撇下她就跟三庶母走了。

锦笙本来压制着那股怒气，不想承认自己生气，躲避着几日不见卢柏凌，乍一见他，还是压不住怒气，遂两手操起手杖对他左膀子狠抽了一下，"梆"的一声闷响，锦笙也不顾卢柏凌痛得拧在一起的眉毛，探着身子低声问他："方桑宜怎么也来燕平了？"卢柏凌捂着胳膊，只说了方桑宜此行的目的之一："少帅夫人的位置还没坐稳，定然怕被人半道截胡，可不得步步紧跟着嘛！"

锦笙不再多问，穆家家事，如何都轮不到她干涉。白蝴蝶的出身，就算穆峻潭不薄情于她，她也只能做姨太太。那穆大帅有六房姨太太，某些恶习最易父传子。

锦笙心里思忖事情呷咖啡时，舞池里有好些个女子的衣裙旗袍用亮晶水钻滚了边，在淡淡虾子红的氖气灯管光芒里灿烁着。锦笙蓦然一瞥，有几缕浅银光从卢柏凌俊美的脸上闪过，他还在严肃着面容痛皱着眉心，锦笙方意识到自己打重了。于是倒拿手杖，用扶手去钩卢柏凌西装上方的小口袋，因是单手拿，力道不足，一次没钩住，钩下了口袋里折叠整齐的赭色方巾，卢柏凌抬手抓住了手杖，不解地看她，听到她问："还疼着呢？"卢柏凌唇角微扬了扬，抓着手杖顺势起身，与她肩膀紧挨着坐下，侧着身子凑近她，低声说："你帮我揉揉就不疼了。"

锦笙双唇一抿，刚要发火，恰好那边一曲终了，林清嘉有意在贺青青跟前显摆，嚷嚷道："这奏的什么玩意儿啊！明儿叫六国饭店那班子俄国乐队来奏乐！"

二人被引得同时扭头朝后看，许是方才朝着穆峻潭看了一会儿，锦笙的目光又自觉地落在了穆峻潭身上。陆军次长家的二少爷薛明喻、外交总长家的四少爷陆哲峰、警察厅厅长家的少爷童逸勤、沪海永新百货公司的大少爷古祯、津城鑫大精盐公司的二少爷宋泱澄等，三三两两地正围着穆峻潭在说话。方桑宜挽着穆峻潭臂弯，亭亭玉立如一束水仙花，只娴静温婉地陪衬着微笑，并不胡乱插话。

锦笙又左右逡巡了一番，扭过头对卢柏凌低声笑道："原先倒没发觉，怪不得好些个人费尽心思要入我这个俱乐部。今日并未有什么聚会的由头，可放眼看过去，随便拎一个出来，都是家世雄厚的少爷，非富即贵。你皞系要是冲进我这天乐坊，那些官宦少爷暂且不提，光把那些家里经商的少爷绑了去，皞系的军费也就够用四五年了。”

卢柏凌斜睨她一眼：“你还真把军阀当土匪了！”锦笙撇嘴道：“土匪是二话不说就开抢，或者绑了人勒索。你们这些军阀总要找个秘书或者幕僚，发些告示公文什么的，纳捐纳税，啰唆地明着抢！军阀与土匪，也就这些个差别了。”

卢柏凌从锦笙手上端过咖啡，趁她未反应过来时，饮了一口又还给她，低声说：“这个俱乐部，可是你父亲一手促成的，凭他那股子老谋深算，莫不是打的绑票主意。”

锦笙耳根泛红，面容带着十分的嫌弃，把咖啡杯放到茶几上，从鼻息间哼笑了一声：“再愚笨的人也不会这样明目张胆绑票吧！”

她说话时看到三个托着银托盘送饮料啤酒红酒的仆役，不由怔了一下，倏地想到了一水间那些仆役和丫鬟。她知晓，除却赤芍和杜衡未完全被父亲掌控，其余的，包括苏叶，都是父亲安插在她身边的耳报神。平日里，何人到访了一水间，她在会客厅打电话说了什么话，她带着苏叶、杜衡外出都做了什么，父亲皆能知晓。

而天乐坊的仆役，都是父亲一手挑选安排的。细想起来，父亲当时刻意选了识字且记忆力好的年轻人作天乐坊的仆役。外人看来，天乐坊是她和三哥为了与朋友相聚方便，才弄成俱乐部的。一众五陵年少常来天乐坊相聚玩乐，也都是她和三哥引过来的。旁人并不知晓，她是按着父亲命令行事的，连三哥都未告知过，只谈话时，不小心透漏给了卢柏凌。

一众五陵年少聚在一处，虽议论如何找乐子消遣的时候多，可言语间绕来绕去，总能绕出几句正经话来。随口透漏出的信息，有时也能派上大用场。

锦笙走神的空当，穆峻潭已从簇拥人群里抽身，朝这边走来，卢柏凌礼貌性地起身，与他客套地握了握手。不经意间察觉到穆峻潭右前臂中间位置有银圆般大小的湿润，虽是黑色西服不太明显，可卢柏凌能瞧得出来，那是血迹，是穆峻潭的伤口裂开渗血了。

卢柏凌到底没能忍下穆峻潭伤害锦笙的那口恶气。昨日上午，知晓大哥装模作样地带穆峻潭去了皞系在燕平城的驻军兵营巡看，也连忙赶了过去，借机在校场与穆峻潭较量一番。知道他右手受伤，便着意对他右手出招。虽明知非君子所为，可卢柏凌亦向来不以君子自居，赶过去，就是伺机为锦笙出气的。

皞系军纪严明，驻防兵营里的事向来不外传，穆峻潭与卢柏凌较量完就虚情假意地握手言欢，也如常客套相处，连未曾相随的方少尘亦不知军营发生之事。

方桑宜捕捉到卢柏凌在穆峻潭渗血衣物上一瞥的眸光，便立即温婉笑着对穆峻潭道："方才我不小心把红酒洒你胳膊上，劝你去换一身衣服，你偏偏不在意。如今，被二公子看到衣袖上的酒渍，岂不失礼。"卢柏凌微微一笑："方小姐言重了，我倒没注意。"

从昨日卢柏凌对自己右臂下狠手，穆峻潭就知晓卢柏凌知他受伤一事，此刻与卢柏凌相看，四道眸光都带着旁人不可察觉的敌意，又转而皆逝去，相互客气一笑。

穆峻潭语气淡然地回方桑宜道："男人可没有你们女人这般心细入微。"随后就在卢柏凌、锦笙对过的长沙发上坐定，转而看向锦笙，拿酒杯之际，不经意地晃了晃自己的手腕，看向锦笙的眸光也聚了意味深长的笑意，唇角略带戏谑。

锦笙后倚在沙发上，神情冷漠着不语，只顾自己跟自己生闷气，也未注意到卢柏凌和穆峻潭的眼神交锋。她自觉丢人至极，严令方少尘不得外传幽谧书寓一事，连林清嘉问起穆峻潭把她如何了，她都隐瞒不提。

这几日事忙，本暂时忘却了那日的丢人事，可一见穆峻潭这副调侃模样，锦笙心里的怒气像是大火浇了油，腾地蹿起。强忍怒火低下头，却又看到自己手腕处的伤痕，虽颜色变浅，可依然在提醒她，她被穆峻潭羞辱过。

因知晓穆峻潭归期将至，卢柏凌恐锦笙隐忍不住，遂把咖啡端给她，顺便递眼色提醒她不要暴躁。锦笙别着脑袋不看穆峻潭，气吼吼地接过咖啡杯，也不同方桑宜客套寒暄。

卢柏凌与穆峻潭都在德国待过，不免闲谈起与德国有关的话题化解尴尬气氛，省得看在旁人眼中，疑心皞系、安系不和，再传出去。方桑宜在穆峻潭身侧，一向不随意插话、不干涉男人的事情，只温柔娴静地陪坐在一旁。

锦笙闷闷不乐地坐在卢柏凌身旁，虽知晓他和穆峻潭谈笑风生是顾全大局做给旁人看的，却也怪责他当着她的面，就背叛二人的"兄弟"情义，竟然与敌军魔王友好相处，实乃叛徒，叛徒，叛徒！

她把手杖压在卢柏凌的皮鞋上，用力按下，见他眉头紧蹙，痛到脸变色，还强装镇静地和穆峻潭说话，那股憎恨叛徒的怒意才略微消减。

虽心中已有了要灭穆峻潭威风的法子，锦笙却拿不定主意要不要实行。正如那日卢柏凌劝她所言，她若没有身份秘密，也不必如此退让穆峻潭。卢柏凌还告诉她，穆峻潭最不信牛鬼蛇神，对外界传言她是麒麟转世的说法很是不屑，对她的兴趣应是想捉弄"麒麟五少"。

思忖再三，锦笙怕自己的反击会惹来穆峻潭新的捉弄法子，遂决定隐忍不发。又实在受不住卢柏凌与敌军魔王友好谈笑，刚想离开，赵宫铭就端杯啤酒走了过来，先喊了一声"二公子，穆少帅"，而后对锦笙道："林五少，你这趟出远门回来，一直忙着不见我们。我们可还没给你接风呢，去哪家饭店？"又对穆峻潭道："穆少帅，说了比喝酒，咱可还没比呢。你也一起去？"穆峻潭轻轻点了点头，算作应允。

听得赵宫铭还邀请穆峻潭，锦笙满脸怒气，呷着冷咖啡本不想理会赵宫铭，旋即计上心头，就再也忍不了那油烧的怒气。思忖片刻，放下咖啡杯时，唇际漾开笑意，微侧脑袋看向赵宫铭："不管是燕平饭店还是六国饭店，也不过是吃饭跳舞之类的，今儿，咱玩点别的。"赵宫铭道："行啊，你点子多，又是给你接风，想玩什么，我们奉陪就是了。"

锦笙在法国，曾见过他们的贵族少爷驱车竞赛，就像赛马一般，还有人下赌注，当时就觉得十分有趣，燕平这些家里有汽车且自己会开的少爷们定然会欢喜。她扶着手杖起身，说道："四九城咱们再熟不过了，找上两条宽敞的大道，咱们比谁汽车开得好、开得快。想比试的就比试，不想比试的，就小设赌局押注。怎么样？"赵宫铭忙不迭地点头，"这倒有趣得很！你等着啊，我去问问他们是怎么个意思。"说话间把啤酒杯递给路过的仆役，快步走着，把小聚在一起的几个圈子转悠了一遍，又走回锦笙这边。

童逸勤、林清嘉、宋泱澄、陆哲峰、薛明喻也跟着走了过来，顷刻间，舞厅里还剩余的人皆以这三面绿绒沙发为中心，围将了起来，有细碎的低语交谈声不时传出。童逸勤说："林五少，你这点子不错，若是在城外跑得开，就甚为好玩。但是在城里，眼下已入夜了，就算警察厅那班子臭巡警不敢阻挠，若撞到人，也是麻烦得很。"锦笙笑道："把路封了，不就行了嘛。"

赵宫铭眼睛一亮，就要看向卢柏凌，锦笙忙说道："封路这种事，须得手下有兵，二公子早已不在皞系里任职，若再去联络旁人，岂不浪费时间。穆少帅既带了这么多的近身卫戍，何不借我们一用。”她说着眸光溜了一下方桑宜，又继续道：“各位也知道，前几日，我别院白公馆的那条胡同是常被封着的，连我都进不得。唉！不承想，有朝一日我林五少想会自己的佳人，都难得很！今日，就劳烦穆少帅再帮我们封锁两条道路吧！”

卢柏凌沉声叫了一句“锦笙”，锦笙冷瞥他一眼，再看向穆峻潭的时候，唇际带着疏离笑意，似笑非笑：“不知穆少帅可否帮我们这个小忙？”又悄然对赵宫铭递了个眼色，赵宫铭立刻把目标转向了穆峻潭，“穆少帅，怎样？这点子且得乐呢！就让你那些卫兵封上两条道儿，咱比试比试。”

赵宫铭一附和，那些个想要跟他攀关系借银行贷款的少爷也跟着附和起来，“穆少帅，您就封两条路吧！”

瞬间，十余人各怀心思地望向了穆峻潭，目光带着期待。

穆峻潭依旧安然端坐着，只撩起眼皮望向锦笙，锦笙带着疏离笑容，两只手叠加按在手杖上，大而圆的眼眸凝看着他，尽是精怪灵气，且眼眸弯弯、酒窝浅浅。

望着锦笙精灵傲气的笑模样，穆峻潭不觉有些走神，这样的笑容仿若见过一次，可到底在何处见过，已然浑忘了。若非他对这个白白净净的麒麟五少有偏见在先，大约也会觉得这个麒麟五少精灵讨喜。想起麒麟五少被吊在月洞门上的狼狈模样，仿若成了他独观的景色。这里诸多人，大约都没见过那般狼狈的麒麟五少，倒也是一件乐事。

卢柏凌、陆哲峰、童逸勤、薛明喻等，这些官宦子弟都猜出锦笙是想让穆峻潭下不了台面。且不论燕平城是皞系军阀的地盘，尚还有一个国际上承认的民国政府中枢在此呢。安系军阀的太子爷身家性命无价，近身卫戍封一条小胡同尚在情理之中。穆峻潭若动用近身卫戍，明目张胆地封两条燕平城的大道，传出去，不光政客会在报纸上百般评议、议论纷纷，卢兆祥会作何想亦是未可知，郴系和其他军阀更会猜测纷纷。

眼下，锦笙和赵宫铭已于无形中煽动了许多人跟穆峻潭开口请他帮忙，若他不帮，于面子上着实下不了台。

卢柏凌更加了解锦笙，他知晓，锦笙猜准了穆峻潭顾全大局不会封路。下一步，她就会把他搬出来，让他封路。区区两条大道而已，皞系的二公子封得，安系太子爷却封不得。燕平城里的世家少爷，小时候斗蛐蛐的对手不乏王公贝勒，任凭多大的官儿都见过，不消锦笙多说些什么，各自心中皆有度量，亦会对穆峻潭多几分蔑视之意。

穆峻潭与锦笙对看须臾，锦笙又笑着说："区区两条道路而已，穆少帅须得想这般久吗？我可听闻，穆少帅杀伐决断，手腕向来强硬！我们这么多人都开口求穆少帅帮忙了，穆少帅还能驳了我们的面子不成？各位说，是也不是？"

穆峻潭只觉锦笙的笑意令他晃神，稍微转了眸光，语气淡淡道："恐怕要扫了林五少的雅兴，在下虽是一省督军，以辈分交情论，穆某于总统府和总理府都是晚辈，以职务论，穆某归江北内阁调遣，比不得二公子在皞系的地位。虽只是区区两条道路，穆某却封不得。"

说完，人群中一阵低声哗然，细细碎碎，乱人听闻。

穆峻潭年轻气盛，在一众五陵年少跟前也要面子，但又不得不顾全大局。他与卢柏凌不同，卢柏凌是众所周知的闲云野鹤，封路一事，外界知晓了，顶多评议卢柏凌依仗父兄权势胡闹。但他父亲是安系统帅，他又是一省督军，但凡用兵，行为举止都有多方瞩目且会猜测他的用意，他不能无所顾忌地跟着这些富家少爷胡闹玩乐。

侍立在沙发背后的叶执信怒目而视，锦笙冷瞥他一眼，略挑眉梢道："将在外，军令有所不受！江北内阁当真能调遣得动您吗？穆少帅何须打官腔，用这种官话搪塞我等，莫非真把我等当无知孩童了？"

穆峻潭再次看向锦笙，虽不言语，眸子里射出的寒光终还是锐利了几分。他不知麒麟五少是年少无知，还是愚蠢至极。他已对林家手下留情，却又来惹他。

锦笙全然不顾穆峻潭眸子里暗含的警告，扭头对赵宫铭等人道："白公馆的胡同，穆少帅为夺佳人，那般轻易就封了。我们这些人如此求着穆少帅，穆少帅都不愿相帮。各位，看来咱们的面子不够啊！"人群里窸窸窣窣的声音更大了，锦笙眸光瞥过镇静优雅的方桑宜，刻意对她无奈地耸了耸肩。她虽优雅从容一笑，却收紧搁置在双膝上的手，把裙摆攥走了样。

锦笙注意到方桑宜的手和穆峻潭的冷森面色，心里越发畅意，转而看向卢柏凌，弯眼一笑："二公子，穆少帅只给佳人面子，不给我等面子，此事还得您来。"

卢柏凌虽面色如常，锦笙也知晓他生气了，却不去管他，扭头看向童逸勤："逸勤，华安大街一拐角就是福全大街，这两条街离城门不远，入夜以后，几乎没有行人。劳你打个电话，调些巡警来，肃清一下街道。”

赵宫铭亦拍着童逸勤的肩膀，中肯地说道：“逸勤，这事还是你来办，穆少帅到底多有不便。”他话说得中肯，听在不同人的耳中，便有了不同意思。

童逸勤踌躇着看向了卢柏凌，锦笙面色如常，用手杖暗地里捣了捣卢柏凌的皮鞋。卢柏凌亦对锦笙无可奈何，一早料到她若是与穆峻潭见面，那股怒气便再也忍耐不住了。遂起身，先瞪一眼锦笙，方对童逸勤说道：“去吧，若怪责下来，就推到我头上，我给你们顶着！”

这里好些个人都是打小一起斗鸡、斗鹅、斗蛐蛐儿、跑马、跑狗、跑骆驼，如此结伴玩着长大。锦笙只简单一说，大家互相一聊，便很有默契地知道该如何做。童逸勤和陆哲峰一同去打电话调度封路人员，随后就先去了华安大街指挥巡警如何肃清道路。

林清嘉本担心锦笙方才会得罪穆峻潭牵连林家，瞧着这么一件乐事要来了，也顾不得想其他，和赵宫铭忙着安排起来。打电话招呼了今日没到的朋友，让他们直接开上自家汽车去华安大街，把想要比赛和下注的名单分列开，交给两个仆役管理。又点了七个仆役随行，搬了汽水、啤酒、干果点心之类的，由汽车拉到华安大街街头的茶馆子里。

本就宽敞空旷的舞厅，因不断有人离开，渐次归于宁静，也有几个家里未有汽车，且不愿外出凑热闹的，尚留在这里喝咖啡聊天。锦笙临离开前，又走回到绿绒沙发这边，笑望着闲聊的穆峻潭、古祯、宋泱澄：“穆少帅不去吗？”

穆峻潭垂着眼皮并不搭理她，古祯笑道：“我和少帅约了牌搭子，等着打八圈呢。”锦笙又问：“泱澄，你也不去？”宋泱澄道：“你们这次玩得忒大发了，还闹到要封路，别回头再闹出祸事来。我等着看你们玩的结果，若这点子当真好玩，你们肯定玩第二次，我下次再去。”

锦笙虽不想再有人陪着穆峻潭，可也无可奈何，冷看他一眼，就走了出来。沿着抄手游廊快到垂花门时，古祯疾行出来，跟着她走到垂花门外，方低声说：“锦笙，你今日何必让少帅下不了台。以后，你就不到南地去了？你们林家的货物出口不得从沪海上船吗？白蝴蝶的事，你已忍了许多日，再有两日，少帅也就回京陵城了。你这不是与他结怨嘛！”古祯并不太清楚锦笙与穆峻潭的那些恩怨，只以为是为了白蝴蝶。

锦笙也不多解释，右手按着手杖，冷声说：“穆峻潭从第一眼看到我，就找着茬子戏谑我。这还是在燕平城，我若不还击还击出口气，待到了穆家地盘，只有挨枪子儿的份！舞厅场子里的事，你来我往也就那样了，谁没出过糗？他堂堂少帅莫非还记仇到要为难我林家生意？他若当真为难林家生意，那是跟钱过不去。大不了，我林家的货物多拐个道，从别的港口朝外运，把纳给穆家的税纳到别家去！”古祯欲再说些什么，卢柏凌走过来，他便噤了声。

第八章 牵绪乱，横祸起

天乐坊门口牵了电灯线，因电灯泡由松香色灯罩子罩着，散出的光芒也带了松香色。暖暖的色泽，合了锦笙出气顺畅后的心意，她扶着手杖，酒窝浅浅、眼眸弯弯的笑模样让卢柏凌移不开目光。亦觉得，见她如斯笑颜，陪她胡闹到何种地步，他都心甘情愿。

先前因门口汽车多，杜衡把车子停在老远处，等杜衡开车过来的空当，卢柏凌凝看着她浅笑的模样，有些吃醋道："你何时跟古祯那么熟了？熟到他那般关心你？"

锦笙没听出卢柏凌的吃醋，只无奈地撇嘴一笑，待上了汽车才答复他："我奶奶相中了古祯的妹妹古琦做林家五少奶奶，古祯关心的并非是我。"她说完，面容上的浅笑不见，酒窝亦消失，弥漫上一层无奈和凄苦。汽车行在煤气路灯不规则的街道上，透进车窗里的光也忽明忽暗，她光洁饱满的额头偶尔迎着淡淡光芒，益发衬得神情凄楚。

卢柏凌唇角重重地沉了沉，当着杜衡的面，却不好说什么做什么，便笑问道："等会你预备在我身上押多少注？"

锦笙这才注意到，杜衡也没问去哪儿，就直接朝华安大街开去了。她两只手按住手杖，低头俯在前臂上，闷声吩咐杜衡道："杜衡，你先把我送回一水间，再跟二公子去华安大街。"

杜衡还兴奋着，说："五少，我刚刚跟着三少运东西，好多人和汽车都涌在华安大街呢。三少嫌煤气路灯不亮，还特意从咱林记汽车行调了四辆汽车，开了车灯当电灯使，半条大街亮得跟白天似的，特热闹，咱去瞧瞧呗！”锦笙冷声道：“别废话！等把我送回一水间，你接上赤芍去瞧热闹，我倦了，要回去歇着！”杜衡嘿笑了一声，忙点头：“是！五少。”

卢柏凌本就不喜锦笙往男人多的地方去，听她如此安排，便任之，也不提其他想法，恐锦笙再生变卦。黯淡光线里，卢柏凌抬手覆在了锦笙双手之上，觉察到她双手微凉，便用了力道包裹住。锦笙不解，微抬头侧过脸望向卢柏凌，因方才合目，倏地一睁眼，眼前有些黢黑，片刻后才借着窗外淡淡月色看清了卢柏凌。他亦在凝看着她，神情温煦安定，因他掌心温热，她的手也渐暖，是很熟悉的温暖和力道。

不知为何，锦笙忽地想起，五岁那年，三哥、童逸勤、陆哲峰、薛明喻、宋泱澄和卢柏凌偷拿了枪支要出城打猎，她以告状为由，要挟三哥带她一块去。出了城，钻进西山的狩猎林子里，男孩子们野马似的就散开了，三哥儿时出奇的贪玩，更顾不得管她，唯有卢柏凌又嫌弃又不情愿地带着她。

她与卢柏凌同骑一匹马，怕摔下来，只得抱紧了卢柏凌的腰。卢柏凌虽只有十三岁，却戎装披身，立志要保家卫国。他军腰带上的铁扣子本是冰凉的，也被她给焐热了。

下马后，她去抱那只中枪的雪白狐狸，却被卢柏凌误伤。血由她身体里朝外渗着，染红了她的银白软缎上衣。她觉得自己变成了那只雪白狐狸，鲜血染红了皮毛，命不久矣。那时，她无助地攥紧了卢柏凌的手，像抓灵丹妙药一般地紧抓着。后来的许多次，她生病，卢柏凌守在她旁边，握着她的手，都是带着暖意的温度和触觉。

风云变幻，由清朝至民国，她由云笙变到锦笙，卢柏凌手掌里的温暖，却从未变过。这股暖意一直暖到锦笙心中，她唇角刚要弯起笑意，却又记起卢柏凌曾说过的话。

“燕平已没有值得我留恋的人或事，我不会再回来了！”

“我是为了我心爱之人才回来的！”

那日黄昏，他为了他三庶母，二话不说就撇她而去的场景也浮现眼前。

随即，她扯开卢柏凌的手，扭过头不去看他，平静的心湖仿若不间歇地落入碎石子，涟漪不断，送卢柏凌去德国时的痛楚也挤进心湖来。她知晓，他是多情惯了，握手算不得什么亲昵举止，代表不了他的心意。她知晓，他心爱之人，是他父亲的三姨太。她知晓，卢柏凌今日生气她狐假虎威借他二公子的名号去给穆峻潭难看，所以，卢柏凌是在捉弄她。

可是，她不知晓，自己喜欢的明明是杨灵均，为何想到杨灵均与江楼月成亲一事，远远不及想到卢柏凌喜欢他三庶母心痛。

卢柏凌望着锦笙侧颜，见她努嘴生气，眉眼间也聚了怒意，冷声道："林锦笙，你以后当着我的面，少去想杨灵均！"每次胡闹，都是他陪她，她却当着他的面想那个男戏子。如今，为那个男戏子，都快跟他"相敬如宾"了。

锦笙心乱如麻，只抿唇不语。汽车已开进一水间，沿着汽车过道在花园子里穿行，模糊的月光被阻隔成斑驳树影，锦笙的一颗心也模糊难辨。待杜衡把车停在洋楼石阶前，便有仆役疾走过来打开了车门，锦笙下了车，头也不回地说："卢柏凌，本少爷的事，你少管！"反手就从仆役手中夺过车门，"砰"一声关上，气恼地疾步上了台阶。

卢柏凌追下来，杜衡忙凑到跟前，把卢柏凌阻在洋楼露台下的石阶跟前，小声道："二公子，我家五少已经生气了，您就别再进去了，别气坏了我家五少。五少这几日常常忙到半夜，睡不好，饭也吃得不香。再说了，回头吵起来，五少那脾气又不肯认输服软，你们僵持个几日，不还得您低头道歉吗？"

卢柏凌闻言，虽扶着车门不再向前，一时半刻却消不掉心里的妒忌和怒气，问杜衡道："呵！你连步骤都这么清楚了，我给你们五少服过几次软？我那是看她年纪小，让着她，你觉得每次都谁对谁错？"

杜衡嘿嘿一笑："这也不用数，从我跟着五少开始，你俩吵过多少次架，您就服过多少次软呗！甭管谁对谁错，不都得您道歉吗？哪还用得着管谁对谁错呀。"卢柏凌冷瞥他一眼，为了不给锦笙道歉，直接扼杀掉吵架机会，转身坐回了汽车里。

因赤芍跟着杜衡去瞧热闹了，回到卧房后，锦笙自己洗漱好躺到床上，却翻来覆去地睡不着，便把那紫棠绸床幔又扯又蹬，像是大风刮过似的鼓将起来。视线中，靠墙高几上的花瓶里插了几束虞美人，花瓣透薄如绫绸，雪白与大红，似天空白云里的红霞。

锦笙昏昏欲睡时，窗子吹进的夜风依旧吹拂着床幔，她全然闭眼前，眸子里还是那浸透白云的红霞。不知是不是新晒了被褥的缘故，她睡着后，仿若躺在柔软的云朵里，梦里模糊着映出《醉杨妃》里杨贵妃的面孔，惊艳绝美，却辨认不出是谁。

前几日忙着店铺和丝织厂的事，好容易闲了下来，锦笙这一觉睡得极沉。次日早上，她人虽醒了，却倦怠着不愿起床，睁眼后拿蚕丝被遮住脑袋，翻了身依旧赖着，待听得西洋座钟敲了七声方坐起来。坐起后，又抱着蚕丝被，撑住脑袋，迷糊着发了会儿呆。她听得外面窸窣作响，是赤芍、杜衡、苏叶和金蝉乱哄哄的话语，遂清了清嗓子，拿捏起假音生气道："一大早的，你们在我房门口吵吵什么呢！"

大约是早就在等着喊人，只一声，赤芍就让其余三人散去催早茶和早饭，推门进到卧房来，又关上了门，伺候锦笙洗漱。

锦笙从赤芍手上接过牙粉和漱口杯，见赤芍神色憔悴，眼圈泛着淡淡乌青，先问了一句"你们昨夜里闹腾到多晚才回来？好玩吗"，才开始刷牙。赤芍小声说："五少，昨夜里出事了！"锦笙话语有些含糊，赤芍也猜到她定是在问什么事，直接回答道："昨夜里，三少开的汽车，在福全大街和日本人开的汽车撞上了。我和杜衡是等在华安大街的，也不清楚到底发生了何事。只听一些少爷小姐说，双方吵着吵着，三少就恼了，跟童少爷和薛少爷他们就把那三个日本人给揍进医院了。"

锦笙紧赶着漱了口，连金蝉送进来的早茶也顾不得喝，一面朝外走一面问："这件事可曾惊动老太爷？"赤芍道："没敢惊动老太爷，昨夜里只惊动了大爷和二爷。"锦笙微怒："为何不叫醒我？"赤芍回道："我和杜衡想回来叫您的，可二公子说，你前几日总忙到半夜，既已睡下，就不必叫醒你，由他处理即可。二公子如此说了，大爷也不好说什么，只吩咐我们今早告诉您，让您起床后立刻回老宅。"

得知锦笙醒后，苏叶就把汽车开到台阶下预备好了。锦笙坐上车后，又问苏叶和杜衡："到底是怎么个情况？又是如何处理的？"苏叶和杜衡你一言，我一语，也就把事情说了个大概。

昨夜里本已肃清了道路，但燕平城的胡同口与巷子颇多，夜深瞧不仔细，就漏掉了把守。凭空里，黑黝黝的胡同口照出一束灯光，旋即钻出一辆汽车上了福全大街，与林清嘉的汽车撞了个正着，幸得双方的人都没撞伤。

童逸勤和林清嘉本不想把事情闹大，封路一事传出去，少不得要受长辈责骂，还得连累这班子巡警。可那日本司机一下车，见到一群中国人，张口就骂了一句"支那猪"！

林清嘉一向不想惹日本人，嫌他们总是不依不饶过于较真，烦腻得很！今日念及是自己这群人玩得大发了，听了一声咒骂，也不去计较，只想快些息事宁人。可那日本司机嘴里依然叫嚷着“支那猪”，要拉了林清嘉等人去日本驻华公使馆讨说法。

林清嘉被扯开了领带，耳朵里又连灌了几声“支那猪”，脸一黑就真的恼了，直接挥拳抬脚把毫无防备的日本司机给揍翻在地。

汽车里还坐着两个日本人，其中有一个倒是武馆出身，打伤了两个中国人后，却禁不住群殴。场面一度失控，混乱至极，还是陆哲峰让巡警把林清嘉、薛明喻、童逸勤等人拉开控制住，才略压住了场面。双方被拉开后，陆哲峰立即与为首的日本人调解协商，亲自带人把受重伤的日本司机和另外两人送到了德国医院。

卢柏凌昨夜里从一水间出来就没去凑热闹，直接回了卢公馆，半夜里接到电话即刻就赶去德国医院。他极力压制着不往上面传，偏偏其中为首的佐藤英武，与渡边次郎、日本公使馆的总领事都相熟，也就半个时辰，警察厅、日本驻华公使馆、卢公馆、林宅就全都知道了。

卢柏凌恐牵扯到锦笙，与守在德国医院里的人商议好，就说这胡闹点子的发起人是他。面对卢柏淞与陆良佐的询问，大家众口如一，皆把矛头指向了卢柏凌。林肇聪虽从林清嘉那里听闻罪魁祸首是锦笙，也只当作不知晓，亦嘱咐他不要对旁人说起。

林肇聪最善于放长线钓大鱼，若遇到急变时，处事手腕也历来果决。恐林清嘉打伤日本人一事被燕平日本商会拿来大肆做文章，遂找了一间空病房，与卢柏淞、陆良佐、童立夫商议：“此事可大可小。若只是巡警闯了祸，这就是小事，可牵扯到二公子、童少爷、薛少爷，还有我林家的三小子，此四位若被供将出来，再见了报纸，少不得有多事人要往深处想，日本人也定会借此大做文章，还会牵扯出这四人的家世背景。可事实上，不过是一群孩子嬉戏胡闹，与人发生了口角。撞车一事双方都有错，最先开口骂人的也是那日本司机，这群孩子一气之下才出手打了人。国逢多事之秋，若不妥善处理，便会滋生出许多无辜事端。”

卢柏淞、陆良佐、童立夫是何等聪明之人，权衡利弊之后，方决议，由童立夫抓了四个巡警，叮嘱命令一番，把此事担了下来。

今晚参与之人，皆见过大世面，深明局势利害，亦知晓此事若处理不妥善，会衍生出许多祸患来，便自觉地缄默其口。卢柏凌跟着自己大哥一回府，卢兆祥就令卫兵把他抓起来关了禁闭，再不许外出。

锦笙赶到林宅时，林清嘉正跪在寿延斋的院子里打盹。锦笙亦自觉地走到林清嘉身旁跪下，倒把林清嘉给惊醒了，眯瞪地眼看着她："老五，你干什么呢？又没罚你。"锦笙愧疚道："这坏点子本就是我出的，一切都因我而起，我不能让你替我受过啊！"

林清嘉打着哈欠，呵斥道："小点声！"复又低声说："这件事，卢柏凌说点子的发起人是他，组织上街胡闹、调遣巡警封路的也是他，大家伙也都是如此说的。虽然卢大公子明知是你起的头，但众口如一，他也不得不出面处理。这件事若不牵扯住卢家，卢家来个冷眼旁观，咱林家和日本人如何能纠缠得清。就这样吧！爷爷也知道人是我打的了，现在非要送我去坐牢，大伯正在里面劝着呢。你就躲远点，别跟着瞎掺和了！掺和的人越多越麻烦！我要是几天不让爷爷生气，爷爷心里肯定得别扭。他生我气生习惯了，也就不那般气了。你要是让他生气，可真能气着他。快站起来，跟爷爷请安去吧！"

见锦笙迟疑着不愿起身，林清嘉又皱眉道："老五，听话！快起来！你去里面宽慰宽慰爷爷，我再眯一会儿。昨夜里折腾了一宿，可困死我了。"说毕，下巴颏垂在锁骨位置，就眯起眼晃悠悠地打盹了。

锦笙忖度着林清嘉的话在理，刚起身，林肇聪从上房里走出来，看见她，神情里敛着浓浓怒意，厉色吩咐道："给爷爷奶奶请完安，到麒麟堂的书房来！"锦笙拱手回了一声"是"，就给林肇聪让道，恭送他离开。立在门口打门帘的丫鬟，待锦笙走进去才放下，互相递了个眼色，抿唇笑看林清嘉打盹的模样。

林老太爷面色沉重，只与锦笙说了几句家常话，便让她离开。她出来，见丫鬟们隐忍笑意，猜到是在笑林清嘉。她一向不愿理会林宅里的闲事，可今日林清嘉受罚是她之过，她于心不忍。这虽是在上房，她亦厉色看了两个丫鬟："胡妈没教你们规矩吗？见少爷受罚，不当作没瞧见，竟还笑红了脸。若再如此没规矩，我就禀了老夫人，把你们赶出上房，去做粗活！"

两个丫鬟里有一个叫秋桂，与赤芍关系很好，壮着胆子回道："五少，我们不是在嘲笑三少，只觉三少如此睡姿，既憨厚，又带了一股子婴孩气，很是讨喜。"锦笙闻言，也朝林清嘉看去，秋桂的话倒是不假，她唇角微抿，抬了下巴颏，示意秋桂摘了几片绿叶子过来。

晨起花匠刚洒过水，叶子上还泛着晶莹水珠，锦笙蹲下来，探着脑袋，拿细长的叶子搔了搔林清嘉的鼻子。一股凉意与痒意袭来，林清嘉抬手揉了揉鼻子，眼皮沉得抬不起来，只哼一声，复又睡去。及至痒得受不住，才半睁开眼睛，见锦笙大且圆的眼睛里带着坏笑，没好气道："滚蛋！"

锦笙丢了绿叶子离开，眼里那笑意直到麒麟堂书房才散去。林肇聪经常见锦笙的书房，是书房中的暗室，四面石砖墙壁，只有一门与外间相通，一旦关上，由苏武把门，当真是连只飞虫都进不来。那书房是林肇聪遭难后修的，用以躲避外界的嘲讽怜悯，他曾在里面待过两月之久，黑暗不见天日，把自己束缚在浓黑烟雾中，烟雾侵蚀着他的毛发肌肤与五脏六腑。

待那件事不再被人谈起，这间书房又成了他训令锦笙的密室。

无窗棂透进日光来，只靠高几上一盏电灯照明。林肇聪端坐在紫檀木太师椅上，一半脸亮着，一半脸黯淡着，一双锐利微透着阴鸷的眸子盯着锦笙。后面墙壁上悬挂着一巨幅黄山奇松画，悬崖峭壁，古松挺立于绝壑之中，枝干苍劲挺拔，映衬得林肇聪神情亦带些阴冷神秘。

锦笙与林肇聪对看一眼，便低头走到书案跟前，端正了男音，拱手说："儿子见过父亲！"

一直以来，林肇聪恐学堂人多，会识破锦笙的身份秘密，又恐她在学堂学了那西洋式的思想，像林清慕一样要求思想独立、经济独立，年少又热血愤慨，不好控制，遂一直未让她进过学堂，他亲身所教授的都是与利益二字有关。

不同于那些由学堂步入社会，一点点褪去纯真稚气的学生，锦笙身心里那股稚气未来得及褪去，便被林肇聪这种少年老成的教育模式给强行压了下去。偶尔，那股子稚气滋扰锦笙，她凭着孩子心气做出许多让人捉摸不透的事情，林肇聪百思不得其解，却也拿她无可奈何。

但于林肇聪而言，锦笙夜追杨灵均，又在卢柏凌那里过夜，此等事情，已不是稚气未脱那般简单了。林肇聪忧虑重重，若锦笙当真萌生情意，与某个男子私订终身，后果实在不堪设想。他放在扶手上的双手紧攥着，竭力压抑着怒火。

锦笙回国后所做的荒唐事，他虽件件知晓，却为着东洋丝绸和霓裳锦隐忍不发，想待这两件事处理完后再与锦笙算账。无奈，锦笙却一而再再而三地过分行事，竟为了与穆峻潭赌气争面子，惹下那般大的乱子。他需要一个优秀到可以独当一面的

“儿子”，同时，他也知道，把锦笙栽培得愈优秀，她翅膀会愈硬，直到他不能再掌控。他已迫切地需要想个一劳永逸的法子，来解决这件以女代儿的麻烦事。

怒火横生，又恐激起锦笙的逆反脾气，林肇聪一时间竟不知该如何训斥她，只竭力平缓了语气，一件一件地同她算账：“让乞丐穿着东洋丝绸满大街乞讨一事，是你办的吧！既给东洋丝绸一点颜色瞧，又断了清嘉和日本人的私交。看似一箭双雕，却是雕虫小技！我多次提点过你，不可急躁，不可急躁！你却还是耐不住性子莽撞行事。你以为日本人就真的不会疑心你吗？只是在他们眼中，林三少也好，林五少也罢，都是林家人，是在背后操控的人。你此番打草惊蛇，是在帮着燕平日本商会提高戒心！糊涂！”

一水间有林肇聪的耳报神，虽不能完整报告锦笙的计划，但知“子”莫若父。林肇聪猜不透锦笙的小女儿心思，却对她那点商业手段了如指掌。事发前，他已知晓，却到此时才责备锦笙。

锦笙即刻想到，父亲定然知晓她追杨灵均扭伤脚，去白公馆被穆峻潭赶出来，又在卢公馆过夜等事，也知晓昨夜祸端是她引起的。父亲虽在责问东洋丝绸一事，但真正气恼的是她那几件荒唐事。

她窥探着林肇聪脸色，小心翼翼道：“请父亲听儿子解释，儿子并非莽撞行事。三哥私下里多次和渡边次郎来往，我恐他被渡边次郎蛊惑，坏了咱们的大事。就算我不做出此事，日本人也会戒备咱们的，更会利用三哥躲在暗处捣乱。并且，若爷爷知道三哥和日本人往来，又得生气伤身了。爷爷已过古稀，横不能再气着爷爷。爷爷受气卧病在床，我是爷爷最疼爱的麒麟孙子，就使了点小计谋宽一宽爷爷的心。”

言语间不经意地把老太爷搬出来，父亲纵有其他怒气，也不好再以此事发作。忙又开口，把话题转到了商业上，为父亲搭一个台阶：“父亲，自‘二十一条’事件后，洋货之中，日货最易受抵制。但事情过去了几年，没有学潮和工人罢工，抵制之声也有所消减，怕是江北内阁已忘了国民对日货的抵触。儿子布局，令乞丐穿东洋丝绸一事，虽未闹到群情激奋，却也掀起了不小的风浪，更把东洋丝绸推到了浪尖上。一连许多日，报纸上都有爱国记者和学生的愤慨文章，言辞很是犀利。有民情如此，咱们再按着计划和皞系交涉时，也好有所依据。否则，仅凭我林家和日本人的私仇，卢总理若能理解，尚可。卢总理若不再理解我林家，强压威逼，咱们和日本人的私仇已不能作为理由。”

怒气生生地被堵在了喉咙间，林肇聪才意识到为何外人总要说林家五少爷能言善辩、牙尖嘴利。也罢，东洋丝绸和霓裳锦的事情未解决，尚不是责罚她之时，便沉声道：“你既早有打算，也要切记不可急躁行事！时间不多了，方少尘那里，你又有多少把握？若没有方少尘，你的计划和一番心血算是白费了。”

锦笙微怔，因回国后琐碎事繁多，又被与穆峻潭的私人恩怨占了些心思，她竟把与方少尘详谈一事给浑忘了。面上一窘，再开口时，声音微低：“禀父亲，回来不久，许多事情未处理妥善，儿子还未有时间找方少尘详谈，暂时不知他是何意。”

林肇聪冷笑一声，说：“许多事情未处理妥善？好儿子，你如今竟也跟父亲用起了场面话。霓裳锦是头等要事，你且一心先顾霓裳锦，其余琐事，父亲可为你代办。你且说来，还有什么未处理妥善的事？为父毕竟比你见多识广，好为你出谋划策，尽快处理掉！”

锦笙心中发虚，拱着的手霎时酸麻不已，微抖着放下，勉强一笑，仍低头道：“不敢叨扰父亲，皆已处理完，儿子等会就去找方少尘详谈。父亲不必忧心，不管方少尘愿不愿意重新撑起方家霓裳锦织造坊，儿子都会想法子令他重回霓裳锦织造坊的。”

林肇聪的怒气最终还是找到了话语突破口，遂冷声道：“不必忧心？呵！若你哥哥还活着，岂会让为父忧心至此！你夺了你哥哥的命，却不珍爱，反倒胡乱糟蹋度日！整日儿女私情缠心，弃大事于不顾！若你哥哥活着，你哥哥会如此堕落不争气吗？”他越说，越压不住内心火气，突然发出火来，猛拍了一下桌子，厉声道：“枉你自诩争强好胜，你争了什么，强了什么？全用在雕虫小技和儿女私情上！给了你林五少的身份，你却上不得正经台面！我为你百般谋划，你却在这紧要关头胡闹惹事，若非我昨夜赶去处理，岂不又添一层乱子！”

夹枪带棒的斥责迎面扑来，且父亲又提到了哥哥，锦笙抑制不住那股由心里泛起的冷意和疼痛，身子微抖着站立不住。她紧咬住嘴唇，却连嘴唇都哆嗦得厉害。她一直竭力想做到令父亲满意，可在父亲心中，她如何都比不得哥哥。更能看出，父亲心中有一股愤恨，同出天花，为何活着的是她，而不是哥哥。

林肇聪这股怨恨执念在心里积压得久了，仿若有了蛊惑人心的妖力，亦让锦笙觉得，她就是夺了哥哥的生命才存活下来。

书桌案头有一只饕餮纹三脚的古铜香炉，炉子内插着龙涎香香棍，半个小拇指长度的香灰霍然倾塌，锦笙又想起了在邮轮上做的噩梦，那个噩梦里也弥漫着香灰和飞尘沙砾。她又坠入在那个噩梦里，竭力想往上攀爬逃出来，父亲却在下面拼了全力拽她下滑。

林肇聪见锦笙脸色惨白，满额细汗又沉默不语，便更加笃定地认为，是戳穿了她心思。他突然想起了与英国海军军官私奔后再无音信的四妹，眸前亦立即浮现出四侄女与情郎私奔由火车站被抓回后的歇斯底里；那段时间，林家四姑奶奶与洋人私奔一事重被谈起，府邸下人直传是洋人用洋邪教给林家小姐下了降头。不然，两辈之间，林家如何会出了两位与人私奔的小姐？

念及此，林肇聪虽不信洋邪教之说，却恐逼急了锦笙，锦笙亦会与人私奔，便忍住余下的火气，拿出烟斗燃着烟丝，抽了一口才说：“你虽不如你哥哥，可终究也没令父亲过分丢脸。你且记牢，你现在所拥有的一切，是林家五少爷这个身份带给你的，一旦失去林五少这个身份，你便什么都不是！想想云笙吧，婚姻大事不还得由为父做主吗？为父已决定答应方少尘的退亲，然后把云笙嫁给唐义哲做续弦夫人。若你不是锦笙，这就该是你的命数！”

锦笙愕然抬头，额头细汗由鼻骨滑落，迟了好一会儿才喃声问：“唐义哲？穆炯明手下第一虎将，樟西督军唐义哲？”林肇聪只抽烟，并不搭腔。锦笙稳定住纷乱的心绪，急声道：“父亲，那唐义哲都四十多岁了，您怎么可以把云笙嫁给他做续弦夫人！”

林肇聪眸光阴郁，冷声道：“我若不如此，恐你依旧认不清现实，收不好心思去做正经事。你既想顶着林五少的身份受人敬仰追随，又想揣着女儿心思与男人为妻。天下之事，岂有全然如你意的道理。十二年了，为父在你身上耗费了那般多的心血，又岂能容你一已之私毁于一旦！”

他把烟斗在古铜香炉边缘磕了磕，复叹着气沉默不语。良久，把眼眶里的泪水擦去，说道：“你是有一股聪明劲儿，你爷爷奶奶也宠着你惯着你，为父亦觉得你艰辛，一向不轻易苛责你，你却越发不知天高地厚。为父已不止一次提点过你，要远离杨灵均，远离卢柏凌，想必你也自以为是惯了，没听到心里去。你翅膀逐年硬朗，为父与你母亲逐年老去。为人父母，岂能不为儿女考虑，若你当真要弃我与你母亲的后半生不顾，为父也不能强逼着你。若你当真要自私自利由着性子胡来，我与你母亲也活该有此劫数……”

锦笙早在看到父亲拭泪时，内心里便愧疚不已，父亲话未说完，她即刻跪倒在地，眸子里泛起一层薄薄水光，攥紧双拳，沉声道：“请父亲莫要如此说，是儿子愚钝不孝，令父亲忧心操劳。请父亲明鉴，儿子现在没有儿女情长的心思，以后也不会有儿女情长的心思。此一生，我都会是父亲与母亲的儿子，保父亲母亲后半生安乐无忧。我是云笙的兄长，也会竭力护她周全。此一生，我都会是林家五少爷林锦笙，保林家产业兴盛不衰！”

林肇聪微微点了点头，走过来把锦笙扶起，缓声道：“你是个好孩子，你的孝心，为父知道。你存的那份心思，为父也理解，只现在尚不是时候。把东洋丝绸和霓裳锦的事情处理好了，咱们再好好谈谈你的终身大事。你先去忙吧，昨夜里的事不必放在心上，若再生变数，为父会处理好的。你且把全部心思放在霓裳锦上，记住，霓裳锦，我大房必须得到！”

锦笙想解释，却觉得再解释下去反倒是此地无银三百两，徒令父亲疑心忧虑。遂点头，应了一声“是”，又看着林肇聪脸色道：“父亲，让云笙给唐义哲做续弦夫人一事，可否作罢？”

林肇聪道：“这件事得看你争不争气，你若给大房好好争口气，为父何须委屈云笙与安系的督军联姻。你若不争气，为父只能让云笙给你当垫脚石铺路！我与你爷爷、二叔、三叔都详谈过了，东洋丝绸一事，卢总理如此强压，便是个不好的兆头，咱们与卢家的世交情分恐要生变数。你二哥早就在走安系和东北军的路子，你三叔一直与郴系的督军私交甚好。好在为父未雨绸缪，早就在为你铺南地的路子。咱们林家毕竟只是商人，不求与卢家争个高低输赢，只求平安无事地把林家生意经营下去。”

见锦笙神色有异，恐她女儿心作祟误事，又补说道：“不过，咱们与卢家的情分也不是说断就能断的，毕竟林家生意都在北地，南迁不易。你去忙吧。”

“是，儿子告退！”

锦笙转身，神情松弛下来，却觉得肩上担子愈来愈重，压得她胸闷喘不上气来。出了书房，她由抄手游廊绕到西厢房云笙的房间外，因窗子是半敞着的，可望见赵丹蔻正在给云笙盘晚清时期的繁复发髻作乐打发时间。

锦笙想起，六岁以前，母亲也经常变着花样给她梳发髻。屋子内，赵丹蔻揪着云笙的一缕头发向上盘绕，她不由得也抬手揪住了自己短之又短的头发，旋即苦涩一笑，放下手时，瞧见了食指上那枚硕大的麒麟白金戒指。兽头上一颗大钻石，麒麟身上又镶嵌了许多颗碎小钻石，张扬而贵气。因卢柏凌是找中国画匠绘图纸，托朋友拿去法国定制的，那麒麟有些走样，倒有点像西洋画报上希腊神话里的神兽。

她左右手食指上各戴了一枚如此的戒指，几道璀璨奢华的光芒从眸子里闪过，她唇角笑意愈加苦涩，把手背在身后便出了麒麟堂。

密室内，因林肇聪抽了许久的烟，空气里除了龙涎香的味道还有烟草味。雾气缭绕，一时间也分不清何为香雾，何为烟雾。苏武虽四十有七，但长年习武，身板仍硬朗如铜墙，站在书案前，如石像般坚毅稳固。

林肇聪算着锦笙已出了宅院，方对苏武说道："我今日就做主把锦笙许配给苏叶了，原是你跟着我，舍命护我周全。苏叶也打小就忠心护主，那般维护着锦笙，他对锦笙的心思，我也能看明白几分。这件事，再没有比苏叶更合适的人了。你暂且告知苏叶，让他心里有个谱，但是，此事万万不能令锦笙知晓。她向来吃软不吃硬，凡事不能逆着逼她。"

苏武觉得自己儿子是癞蛤蟆吃了天鹅肉，可林肇聪说得又极对，此事苏叶乃是最合适的人选。莫说苏叶喜欢锦笙，苏叶就算不喜欢锦笙，他为报恩，也得逼着苏叶就范帮大爷这个忙。一时间，他不知该点头还是该摇头，脖子僵着说："大爷，五少能愿意吗？别再闹出什么事来。"

林肇聪道："她愿意就容易得多，若不愿意，总有法子令她就范。我看她的小女儿心思也愈来愈重，待有了苏叶的骨肉，再把孩子生下来，她也就对苏叶死心塌地了。你万万要提点苏叶，让他这辈子都对我大房忠心耿耿，来日的儿子，必须得姓林。届时，趁我尚康健，把孙子教养好，替了她，再把她囚禁起来，我这心就踏实了。她主意硬、性子烈，我有预感，待她再长大些，我便无法掌控她了。我一番心血，极有可能毁在她手里。哼！她连我儿子的命都夺走了，还有什么做不出来的。"

苏武不知该应着哪一句话说，只连说两遍："属下和苏叶定会对大爷和五少忠心耿耿的！"

林肇聪轻轻点了点头，对于苏武父子的忠心，他从不疑心，又交代道："你此番跟随锦笙南下，顺便打探一下安系如今是什么情况，弄清楚唐义哲在安系的地位。云笙倒没什么价值，嫁给谁都无所谓，但我若押错宝，恐生出麻烦来！我与唐义哲交好这么多年，若唐义哲真能夺得东南五省联军总司令的位子，我耆德堂林记的生意也就能重回南地了。”他皱着稀疏的眉毛，望向那淡淡的龙涎香香雾，因身体骤然泛起一阵不适，当年受的侮辱和嘲笑，又如顽固的肉刺一般生了出来。

锦笙到六国饭店找方少尘，恰逢他有事外出，便吩咐了西崽，让他回来打电话到一水间。

回一水间途中，杜衡问锦笙，要不要去瞧瞧关禁闭的卢柏凌，或者想个法子把他救出来。

汽车虽走在平道上，却有些微晃，晃得锦笙一颗心也乱起来。她念及父亲方才对自己的一番教诲，内心挣扎不已。虽想置之不理，可私心里却有个声音在说，卢柏凌是代她受罚，她理应去看他，去救他。况且，她与卢柏凌是兄弟情义，又不是儿女情长，没什么可避讳的。

锦笙自我挣扎时，杜衡已拐弯朝卢公馆开去。她一惊，才意识到自己走神的空当，已浑浑噩噩地吩咐杜衡去卢公馆。

锦笙刚下车，正好碰见一同出来的卢柏凇与穆峻潭。卢柏凇看到她，便知她来意，指头不住地朝她点着：“小家伙，我知道你为何而来，你且打消要见那臭小子的念头，家父这次下了严令，要收一收他那野脾气。昨夜里的事，日本总领事那里可还没完呢，一直在给我施压，非要揪出元凶！你俩且消停着，别再凑到一起惹事了！你年纪小，尚有情可原，他比你大八岁，还一天到晚不长脑子地跟着你胡闹！”

锦笙尴尬笑着，没由来地受了一通教育，也不好再开口说要见卢柏凌。瞧着卢柏凇生气的程度，就能猜到卢柏凌肯定没少受训斥。

因卢柏凇有急事，也只说了这几句话，就匆匆上了汽车离开。锦笙也随后上车要回一水间，拐了两条街，穆峻潭的汽车却追上锦笙的汽车。叶执信由车窗里扯着嗓子喊：“林五少，少帅有事跟您说，请您停一下车。”方才在卢公馆门口，锦笙早瞥见了穆峻潭唇角挂的嘲讽笑意，知道他说不出好话来，一脚踩上杜衡座椅，吩咐道：“别停！油门踩到底给我跑！跑不过穆峻潭的卫戍队长，少爷我把你关一个月，闷死你！”

杜衡亦是一天到晚没事找事闲不住的性子，当即回了一声“遵命”，就别着叶执信开的车朝一水间狂奔。叶执信对燕平城的胡同路不熟，很快就被甩出很远。好在开得起汽车的人并不多，远远地也能跟着杜衡。

锦笙回头望了几眼，本以为甩掉了穆峻潭，奈何那穆峻潭也是不肯善罢甘休的主，直追到了一水间。

第九章 抛竹马，窥端倪

眼见甩不掉穆峻潭，锦笙就让杜衡把车停在盘花铁门外。片刻后，叶执信走过来，啪地立正行了个礼，方说道："林五少，少帅有事跟您说，请您过去一下。"

锦笙考虑到自己就要到南地了，虽只是到唐义哲的管辖区，可到底是安系地盘，自己和穆峻潭的私人恩怨也不好一直僵持下去，便下来走到汽车车窗跟前，对坐在汽车里的穆峻潭敷衍笑道："穆少帅到访我一水间，不知所为何事？若有需要在下效劳之处，在下必当尽全力，请穆少帅尽管吩咐便是。"

穆峻潭见锦笙眼底并无笑意，许是因眼睛过大，连厌恶和怒意都藏不住。他不太喜锦笙这副笑模样，忽地就想起锦笙昨夜里酒窝浅浅、眼眸弯弯的模样来，别过脸不看她，说："你若要救卢二公子出禁闭，我可以帮你。我虽不能帮你封路，但在卢总理跟前，让卢二公子作陪外出的面子还是有的。林五少可需要穆某的帮忙？"

锦笙皮笑肉不笑地说："不劳烦穆少帅，我没想过要救卢柏凌，他被关禁闭，我耳根子倒是清净得很！"穆峻潭微沉了沉嘴角，说："你俩倒有趣得很！如影随形、打来斗去，不像兄弟，倒像一对冤家！燕平城果然乌烟瘴气，什么污秽事都有！"随即就吩咐叶执信掉转了方向离去。

锦笙望着汽车遗留的烟尘，咂摸了一会儿穆峻潭的话，才醒悟过来，穆峻潭是指她与卢柏凌有龙阳之好。气咻咻地转过身，杜衡却不解地问她："五少，既然穆少帅能救二公子出禁闭，您为何不让他救啊？"锦笙没好气道："大愚大愚！你是真愚啊！你看不出他是来嘲笑我的啊！堂堂少帅还那么幼稚记仇！追本少爷一个多钟头，就为了讥讽本少爷两句。幼稚至极！小人！”

杜衡小声嘟哝道：“若您开口，保不齐穆少帅也就真救二公子了啊。”锦笙被杜衡气得冲天翻了翻眼：“杜衡，你能不能长点脑子？你当穆峻潭是菩萨啊！普度众生！且不论穆峻潭是怎么个救法，他把卢柏凌救出来，你让卢柏凌那总理府二公子的面子朝哪搁，卢柏凌出来后还不得跺死我！”她一面说，一面要上车，杜衡又道：“五少，那您就不管二公子了？往常您出点小事，二公子都急得跟烧了屁股似的，坐立不安。”

锦笙想了片刻，回答杜衡，也说服自己：“不管了！关就关着他吧。又不是被关在监狱里了，他是被关在家里，仆役丫鬟好吃好喝地伺候着他，谁还能委屈他不成。”

在洋楼门前下车时，锦笙碰上了朝外走的苏武，跟在苏武之后的苏叶一看到她，连忙低下头去，耳根红到通透。锦笙无奈地笑了一下，待苏武走后，她把苏叶唤到书房，说：“苏叶，你不必觉得愧对我。我知道，老苏是你父亲，你不好不当这个耳报神。早就告知过你，我林锦笙行事光明磊落，不怕你跟大爷禀告。只是，有些事情，我本是无意之举，你告知了大爷，大爷一多想，反而会徒增忧虑。你可懂我的意思？”

苏叶高且壮实，古铜色的皮肤由脸红到脖子根，倒显出一股孩子般的拘谨扭捏。锦笙说话时，他悄悄撩起眼皮看她，她拿了描金乌漆四格糖盒在挑选糖果，待说完话，才捡出一颗红糖纸包裹的糖果，把糖含在嘴里，又把红糖纸拍整齐，压在了放糖纸的书里。

察觉到锦笙的目光要朝自己看过来了，苏叶慌忙低下头去：“五少放心，属下懂得分寸！”锦笙点头道：“好，我信你。你也放心，我待你跟赤芍、杜衡的心是一样的，不会疑心你，也不会把你当外人。没其他事了，你出去吧。”苏叶刚一转身，又被唤住：“我心里烦躁得很，你去给我买两串糖葫芦来，要串了大红果的那种。”苏叶笑着望了锦笙一眼，应着离去。

锦笙又吩咐了赤芍和杜衡收拾行装，预备着南下。方少尘与程藕初来找她时，她正坐在花园子的遮阳伞下吃糖葫芦，身后是几株芭蕉树。方少尘远远瞧着，她手上的大红果与芭蕉映衬，倒像融为一体似的。绿叶红果，清新醒目，不免笑道：“你还是这么爱吃糖。”锦笙把糖葫芦放在洁白瓷盘上，顺手拿手绢擦嘴，反驳道：

“这是糖葫芦，不是糖。”伸手招呼着二人坐下，又唤来了仆役，问二人道：“要喝什么？”

仆役听说二人是要咖啡，就连忙去了。锦笙又问道：“你们俩是碰到一起的，还是本就一起来的？”方少尘微微一笑，说：“这些无关紧要，给你看样要紧的东西。”他从档案袋里掏出一沓文件递给锦笙，锦笙困惑着接过来，先是不经意地翻看，眸光却突现锐利，又从头细细看。

文件里有程藕初整理的近两年来中日生丝出口英法美意朝鲜的数量对比，文件中还涉及日本人在东三省所建立的蚕丝业，其以移民开发和投资办厂的形式，吞噬掉了中国许多产业和资源。

锦笙细细看着那些数据和商号、工厂、公司，眼眸微眯，手指不觉收紧了许多。锦笙还未出生时，林家在日本侵占地的产业就频频受日本方面强行干涉，林家管家业的人商议过后，决定退出日本侵占地的市场，至今只留了两家绸缎庄。

日资在华的商号、工厂、公司，除了少部分是普通日本商人所成立，其余的，背景都很是复杂。有日本财阀所成立的，还有日本军方操控侨民所成立的。

林家在东三省的势力不如以前，锦笙虽想要去了解那边的市场，却从没得到过如此准确详细的资料。浑然不知，东三省的桑蚕丝业竟被日本人控制了大半。以物产富饶为豪的东三省，竟有一多半沦为日本人的原料供应地，任由日本人肆意掠夺，压榨中国工人成为廉价劳动力。

锦笙稳住怒气，才想起忖量方少尘和程藕初的用意，她面色如常地抬头看二人：“你们给我看这个做什么？”方少尘对程藕初笑着说：“我猜对了吧，不管你们五少爷心里惊不惊讶，气不气恼，第一句话，绝对是要问咱们的企图。”

锦笙拿着冰糖葫芦竹签子，无节奏地在瓷盘上敲着，大红果外的糖衣被她敲落许多，笑着说：“你方少尘是军人，并非我们丝绸行业的人。平白无故地跟我的丝织厂经理凑到一起，还拿了这样的文件给我看，我还不该问问你的企图吗？”

方少尘略一笑，旋即神色凝重地说：“我的确有企图，企图就是，不想让你们耆德堂林记绸缎庄卖东洋丝绸，也不想让你们林家人和日本人合作。”锦笙道：“贵府上与鄗府乃世交，知道林家和日本人有旧怨，也知道我爷爷下了死命令，怎还会说出这样的话来！得了，你别跟我绕弯子了，直说来意吧。”

方少尘笑而不语，程藕初回答锦笙道：“五少，少尘的确是这个意思，您看了这些文件，还弄不清楚日本人一直让林家卖东洋丝绸的企图吗？”

锦笙以前的确没想那么深远，可看了日本人在侵占地对各行各业的所作所为后，已大致明了日本人的企图。

国际丝绸市场上，日本早已把中国当作出口劲敌，而丝绸行业又是日本的功勋产业，是能大量挣外国钱的行业，对日本意义重大。日本想了各种法子在国际市场上挤压中国生丝和丝绸出口，奈何中国地大物博、资源丰富，日本想要彻底消灭中国这个竞争对手是极其困难的。

彻底消灭行不通，于是又另想了法子。如今在侵占地的所作所为，目的昭然若揭。他们想把中国由丝绸出口国变为日本的原料产地，侵占中国丝绸市场，再掠夺中国蚕茧生丝原料，完全掌控中国的丝绸行业，让中国丝绸行业沦为日本丝绸行业的殖民产业。

以日本人在东三省的行事方法推测，燕平日本商会让林家卖东洋丝绸，只是干预林家生意的第一步，若这一步走成了，他们也不会止步于此，接下来，更会干预林家的蚕园、缫丝厂、丝织厂等生意。

北地的丝绸行业，林家一直是执牛耳者，依附林家的丝绸商人数不胜数。一旦林家生意被日本人掌控，于北地十二省而言，丝绸行业的命脉便要暗暗操控于日本人之手。

方少尘知晓锦笙已在心中忖量出后果来，直看向她：“锦笙，洋人对中国的军事战争，祸害显而易见。可商业战争，却能让中国在不知不觉中衰败，沦落外敌之手。若有朝一日，我中国经济命脉尽掌控在外敌之手，后果不堪设想。商业战争比军事战争更防不胜防，祸害也不容小觑。依日本在东三省的行事来看，他们在中国的一切商业活动，并不全是为了挣中国的钱。燕平日本商会的背后势力是关东州铁道株式会社的总裁野村雄次郎。”

锦笙皱眉道：“关东州铁道株式会社？野村雄次郎？怎么又来了个小狼。”

方少尘道：“他可不是只小狼，是半个狼王！关东州铁道株式会社是日本财阀、皇族和政府入股成立的，现在拥有近八十家的关联企业股权，不仅掌控了日本侵占地的铁道、水运、航空等运输业务，矿业、电气、农林、盐业、丝绸业等产业他们也都涉及了。实力不可小觑，野心更是不可小觑。这一场经济掠夺战，日本要是打赢了，威力不比军事侵略战小多少，那时的中国不是日本殖民地，也与殖民地无异了。”

锦笙虽也觉得方少尘的话很在理，但商战到底是无形的，不似军事侵略，可眼见大军压境黑云低垂。军事战争战线一长，都得打上许多年，商战本来就慢，更何况是日本人这样撒网似的打经济侵略战，网撒得大了，收起来费劲不说，保不齐某些部位就被意外戳破了。

因短时间内无法彻底破坏这张大网，只能慢慢地与对方斗智斗勇。锦笙心里倒没那么忧虑在意，瞧见方少尘那忧国忧民的模样，便笑了："少尘，怎么就说得如此严重了？倒像是商人比军人更重要似的，那织锦匠人岂不更重要？你为何舍弃方家霓裳锦，去做军人？"

方少尘面容仍温煦，却盈满了愁绪："一个国家，不能全是商人和军人，对国家而言，每个人都同等重要。织锦匠人也重要，更需要一分清净无杂尘的心去织锦，只是我已无心去继承这份技艺了。白白耗在那里，也只是徒劳无功。"

锦笙道："可方爷爷只愿把此技艺传给你，不传外人，若你不继承下来，霓裳锦就要失传了。"她观察着方少尘的细微神情和动作，见他眉宇间显出痛色，却又苦笑一下："从古至今，中国失传的技艺已太多了。如今国不保夕，甚至有可能落入外寇之手，保留住霓裳锦又有何用？它终究只是一门技艺，一门需要在闲暇时欣赏的技艺。"他缓和一下心里痛意，又说："锦笙，霓裳锦失传的后果远不比你们林家和日本人合作。若你们林家沦为日本人的爪牙，中国的丝绸行业也就岌岌可危了。"

观得方少尘的神情语态，锦笙已决定不多费唇舌劝他回霓裳锦织造坊。当初方老太爷下跪求他，他都能舍下霓裳锦，又岂是她一番劝说就能把他劝回去的。说的不行，只能按计划做了。

锦笙慢悠悠地从瓷盘里捡出一块碎糖片含入口中，说："少尘，你直言告诉我吧，我林家哪个人让你如此担忧？我知晓你的为人，你若不十分确定，也不会拿这些文件来找我。那个人在我林家的地位，必定举足轻重，竟能动摇林家根基，使林家沦落为日本人的爪牙！"她又拿起桌上文件扬了扬，说："我父亲在日本侵占地托了许多人，都没弄来这些详细资料。你跟藕初没少费工夫吧？你若再不说实话，我可就送客了！"

程藕初与方少尘对看一眼，冲他挑眉道："来之前就劝你直话直说，你非要绕这么大弯子，讲这么多废话！我们五少那心眼可是山路，弯弯曲曲盘旋而上，你能转过他吗？"

既已至此，方少尘无奈一笑，直言道："你出洋前，跟我提过想要这些资料和数据，我就托了朋友去收集调查。我本不想参与你们的家事，亦是看完这些，才决意告诉你的。沪海的兴亚丝织厂，林清菽以假名占了两股，我堂哥方少泉占了两股，其余六股是日本人。"

锦笙惊诧住，万万料想不到二哥会不顾家规，和日本人合作建厂。她后倚在椅背上，拿糖葫芦竹签的手不觉抬起，抬到一半才觉不妥，又扔了回去，问："大股东是谁？"

方少尘道："两个日本商人。但兴亚丝织厂规模太大，绝对是日本财阀在暗中操控。那两个日本爪牙，其中一个你也认识，就是林安和。"

锦笙知晓林安和，林安和在方老太爷身边待了十多年，取得方老太爷的信任，收他做了关门弟子，要把方家霓裳锦技艺传授给他，但传授一半，竟发觉他是日本人。

方老太爷也是一朝被蛇咬，十年怕井绳，自此以后，除了亲孙子方少尘之外，再不把霓裳锦传给任何人，宁愿霓裳锦失传，也不愿霓裳锦技艺被洋人学去。

此事一出，因林安和给自己冠的中国姓是林，方老太爷对林家人心存芥蒂很久，若非有云笙和方少尘的婚事在先，方老太爷大抵就要同林家人断绝往来了。

锦笙轻轻点了点头，嘱咐道："少尘，我二哥既用的假名，你就暂时装作不知道吧。容我和我父亲商议一下，再决定如何处理。眼下，我爷爷身体抱恙，若再有这档子事，我怕他老人家受不住。"方少尘道："我知道，这是你们林家家事，如何处理由你决定，我不会干涉的。"

锦笙又浅笑着问："少尘，你这机密资料哪儿来的？要是在那边有什么人脉，我总得还他这份人情，何不介绍一下？"方少尘心知锦笙打的什么主意，笑着回她："不用还，他已算在我身上了，他也是朋友托朋友。并且，我那位朋友知道你林五少的大名，十分不愿意跟你交朋友。"锦笙撇了撇嘴，"别以为我不知道你打的什么主意，你不过就是怕我越过你，以后直接跟他联系，就欠不着你人情了。得！方少尘，你这个人情，我林锦笙记下了！"

方少尘无辜道："非也，是你跟我那位朋友积了怨，他不愿和你深交。"锦笙凝神想了片刻，方少尘朋友中与她积怨的……倏地"穆峻潭"三字冒上心头。她与方少尘对看时，见他唇边盈着一丝笑意，便手握拳掩口，尴尬地咳嗽两声，说："你这位朋友施恩不图报，可真是有大智慧之人啊！只是别再存着什么坏心思算计我，我若吃了亏，可是会恩将仇报的！”见方少尘笑意渐浓且不语，立即岔开了话题说：“你们俩就在我这里用午饭吧！我的厨子可是以前的大内御厨，也让你尝尝宫廷菜。”

方少尘笑道：“你的鸿门宴我可不敢吃，回头见了不该见的人，我若再得罪了她，怕是你当真会让我把心肝肠子肺都悔得乌青黝黑。”锦笙白他一眼，没好气道：“近墨者黑，越来越记仇了！”因的确打了要把云笙接来一块用午饭的主意，被戳穿后，锦笙也不好再强留方少尘。

送走了方少尘和程藕初，锦笙在金蚕室待了良久，虽不知父亲的耳报神听了多少去，仍决定暂时不去禀告父亲，待南下找时间去兴亚丝织厂考察一番，心里有点数后，再告诉父亲。

苏叶买了明日上午的火车票，以前出门，锦笙从未细看过火车票或者船票。不知为何，今夜从苏叶那里要了一张车票，趴在卧房外的露台栏杆上看着。就是这张横躺于掌心的寸长车票，把她由一个地方载往另一个地方，两处都是虚的，唯有这车票是实的。

渐渐地，满天的星星，一颗一颗地亮起来，她把车票握在手心里，托着下巴看星星。她心里拿不定主意，数着星星算计要不要想法子救卢柏凌出来。纵然她对数字异常敏感，可满天星斗仍是让她数乱了，脑子也愈加糊涂。

她撩开袖口，看向手腕的浅伤痕宽慰自己，她都被穆峻潭吊在月洞门上了，卢柏凌还能当她面跟敌军谈笑风生，她不管不顾卢柏凌，也在情理之中。卢柏凌不能拿她的错，谁让卢柏凌最先当叛军、叛变兄弟情义的。

但转念一想，此去南地，可能半年内都回不来，也不知卢柏凌要被关到何时。连卢柏凇都动了气，可想而知总理那边，肯定是新账旧账都一块跟卢柏凌算了。卢柏凌劣迹斑斑，今朝被关禁闭，当真是除了穆峻潭的面子，她再没有其他法子能救卢柏凌出来了。方少尘和穆峻潭是后日的专列回京陵城，明日一大早去找穆峻潭，时间尚且来得及。

每当她决定要救卢柏凌出来时，脑子里就会浮现出穆峻潭那冷笑讨人嫌的嘴脸。她纠结万分，双手捂着脑袋，下巴颏抵在清凉的玉石栏杆上，只觉卢柏凌和穆峻潭已在脑子里打起来。

“林锦笙，你竟然对我不管不顾，枉我以前为你的事鞍前马后！费心费力！你没心没肺！无情无义！”

“林五少，你果然还是来求我了，早知今日何必当初呢！”

最后，穆峻潭那冷笑讨人嫌的嘴脸赢了，她决定不去管卢柏凌。待卢柏凌出来，若真要拿她的错，她就委屈一点，认打认罚给他赔罪，谅他也不敢过分罚她。为了减轻自己的罪恶感，临睡觉之前，她还暗自念叨着安慰自己，卢柏凌那死要面子活受罪的性子，也肯定不想穆峻潭救他出禁闭，她是为了卢柏凌的面子着想。

不承想，一觉多梦，卢柏凌和穆峻潭直打到她梦境里。

锦笙此次南下，真实原因不敢让林老太爷知晓，只说想了解林家在南地的桑丝绸采办情况。早许多年，生意上的诸多事就移交给了儿孙，林老太爷只过问大事。眼下，身体尚未全然复原，林老太爷更不愿多管事，也未多问就允准了。

临出发的一早，去寿延斋辞行时，林老夫人照旧唤来了随行仆役，百般叮嘱，要细心照顾锦笙衣食冷暖。因此次出门，林肇聪不随行，林老夫人又严令了年长的苏武等人，不可教唆锦笙去秦楼楚馆等地胡闹厮混。

火车在津城停站时，锦笙刚用完午餐，因昨夜梦里被人打架滋扰，餐后正欲小睡一会儿，却有茶房从津城站上来敲包房门，说是林三少给津城站打了电话，家里出了急事，让林五少赶快回去。

那茶房不像说谎造次的样子，锦笙就半信半疑地吩咐赤芍等人收拾行李下了车，连站也没出，直接用车站的电话给林清嘉院子里拨了电话，林清嘉听说是锦笙，火急火燎道：“老五，我揍的那个日本司机死掉了，你别瞎跑了！赶快回来！”

锦笙知晓那日本司机只是左腿骨折，身上还有几处外伤，远不到丧命这般严重，可林清嘉的语气又不像是胡闹玩笑。锦笙给麒麟堂拨了电话，仆役说大爷有急事外出了。锦笙便连电话也不挂，吩咐那仆役去打听，仆役打听了一圈，从林肇德那里得了准信。

锦笙当下不敢有所耽搁，雇了三辆汽车从津城回燕平城，赶在城门关闭之前进了城。赤芍跟行李坐了一辆汽车回一水间，锦笙带着苏武苏叶杜衡等人回了林宅。

先去了麒麟堂，听仆役说大爷去了议事厅，她又匆匆赶到了议事厅，尚只有林清慕、林清菽、林清嘉坐在里面，皆沉默不语着。林清慕对她点了点头，算作打招呼，林清嘉见到她，眸子一亮，因有了难兄难弟，惶恐不安的心略安了几分。

倒是锦笙看到林清荻略带惊诧，不由问道：“二哥，你怎么回来了？”林清荻冷冷一笑：“怎么？我是外人？家里就如此容不得我吗？我就理应耗在蚕园里见不得人，由着你们在燕平城享清福？胡闹惹祸了，还得我跟你们一起担着！”锦笙想到林清荻和日本人合资一事，也冷笑道：“二哥可真是得了便宜还卖乖，我做梦都想耗在蚕园里。要不，咱俩换换？爷爷生病都请不回来二哥，二哥此番回来，是有所求？还是有所图啊？泰滩的蚕园、缫丝厂、丝织厂、绸缎庄都给你管了，这次，你莫不是请了蓬莱仙岛的神仙来搬老宅？”

林清荻刚张口，林清慕就厉色呵斥道：“什么时候了，还斗嘴！老二，你是兄长，明知道老五不肯吃亏，你也在他嘴巴里讨不到便宜，就不能让着他！”锦笙眉毛还没挑起来，林清慕就教训她道：“老五，收收你那性子，少说两句！”

锦笙努了努嘴，正好林清嘉在招呼她，她就在林清嘉旁边的椅子坐下，与林清慕、林清荻隔着大厅相对。林清嘉脑袋凑近她，低声道：“老五，够意思啊！三哥平日里没白疼你！你爹、我爹、咱三叔，去寿延斋请示爷爷了，尚不知道是个什么情况呢。咱俩现在可是一根绳上的蚂蚱，你可记住了啊，打虎亲兄弟，别窝里反地算计我。”

锦笙抿唇一笑，低声说：“三哥，咱俩不堂兄弟吗？又不一个奶奶，也不一个父亲。”林清嘉脸色一变，厉色低声道：“胡说八道！咱俩可是一个爷爷的亲兄弟！”锦笙含笑不语，林清嘉又说道：“你得想个法子把卢柏凌弄出来，没他，咱好些个事都办不成。这件事想查清楚，也不好去查。”

锦笙连连摇头：“我可没法子弄他出来，那天去卢公馆看他，人没见着，倒是被卢大公子迎头教训一通。总理铁了心要罚他，哪会轻易放他出来？到底怎么个情况啊？”

林清嘉刚要详说，有仆役抱着软垫与腰枕走向主位安放，随后三间六门全被仆役打开，锦笙四人连忙起身，迎了出去。

宅院里虽扯了电线，多处装了电灯，但林老太爷身子骨刚见好转，林肇聪恐抬轿辇的仆役看不清脚下，晃了林老太爷，又令六个仆役分列左右，提了大宫灯打前照路。

议事厅也是面阔五间的大厅堂，院落虽高深阔远，却横平竖直，方正规矩。一条水门汀甬道由院门直通向正房走廊石阶下。甬道两侧栽种了成林的金镶碧嵌竹，一眼望去，金黄竹竿上，每节生枝叶处皆有碧玉般的一道浅沟，黄绿相间。满眼金镶玉更显庭院深深，富贵奢华。

锦笙四人迎出院门，院门前道路上光束混杂，待走近了才发现林老太爷和林四老太爷各乘一顶轿辇而来。锦笙低声问林清嘉："三哥，四爷爷怎么也来了？这事该不会闹到泰滩祠堂去吧？那可就真闹大发了。"林清嘉皱眉道："四爷爷是跟老二一块来的，尚不知道老二是为什么来，肯定没安好心。"

林肇聪见到锦笙，心中不悦，当着众人面不好说些什么，只慈和道："赶回来了就好，四爷爷前面还在问你呢。"锦笙对林四老太爷拱手一笑，说道："孙儿锦笙给四爷爷请安！"林四老太爷亦对她慈爱一笑，点了点头。

旋即，子孙与仆役一阵井然有序的忙碌，才把林老太爷和林四老太爷迎进了议事厅主位落座，其余各人也都按长幼顺序在左右入座。

主位后面墙壁上横悬着近四米长的巨幅丝绸工序绢本画，由养蚕到丝绸成匹入柜，每道工序都配有时代背景，亦代表了林家家业由小到昌盛。那画作是道光皇帝时期的画家所画，一直找懂画的人小心打理着，后来林四老太爷从洋人那里知晓了玻璃装裱镶嵌的工艺，又把此画运到法国，镶嵌好，再运了回来。

如今，这幅巨幅绢本画绢底如初，桑田、青山、街市林立的画色在灯光下微微泛旧，古风甚浓。

仆役奉完茶，便关好六扇门退了出去，留有吴松在林老太爷身旁伺候着。林老太爷精神已好了许多，没了在病榻上的羸弱与慌乱无措，但肤色仍透着暗黄，映衬着白色眉须。他眉眼细长，少壮及中年时，微眯双眼，给人以高深莫测之感，像是蕴藏着无限智谋。如今年迈，倦怠着半眯眼，那股高深莫测犹存，令对视者不敢轻易撒谎造次。

他小饮了一口茶，看向林肇德道："把八孙儿、九孙儿都喊来旁听，他二人也十五六岁了。你大哥十三岁就开始跟着我管生意，小小年纪就是一把好手。八孙儿、九孙儿也不能只顾念书，以后，家事还是要参与的。他们终要独当一面，尽早学着点吧！"略迟疑了片刻，又补充道，"把清森也叫过来吧！"林肇德应着走出门，吩咐石阶下的仆役跑去唤来了七少爷林清森、八少爷林清淼、九少爷林清焱。

待三人在林肇德身后站定良久，林老太爷才把手上用来舒筋活络的按摩玉石放在紫檀木矮几上。厅堂内气氛本就压抑肃穆，忽的一声，众人都望向了林老太爷。

他直看向林清嘉，声音虽不硬朗如初，却透着威严：“三孙儿，你跟爷爷说实话，那日本人是不是你打死的。”林清嘉连忙站了起来，拨浪鼓似的摇头：“爷爷，大伯和我父亲前夜里都赶过去了，他们二位也都看到，那个日本司机就腿断了，身上虽有几处轻伤，也不到丧命那般严重。”

林老太爷颔首示意他坐下，目光巡看了一遍，说：“你们兄弟三人，他们兄弟七人，都商量商量，这件事该如何解决，还有东洋丝绸那事该如何解决。横不能再拖下去了，再拖下去，不知还要生出什么变故来。你们说吧，我与四老太爷听着。”

林肇聪与其余两个兄弟商议时，已把解决方法不经意地透漏给林肇泰，此时，林老太爷发问，他身为长房，却并不言语。

林肇泰见大房不开口，便只能自己出头：“父亲，四叔，清嘉并未伤及那日本人性命，定是渡边次郎和佐藤英武有意陷害林家，此事若不牵扯到清嘉还好，若一牵扯到清嘉，麻烦就大了。警察厅那边，我已与立夫通了电话，先从被抓的四个巡警里找一巡警出来顶罪。若日本人当真要一命换一命，那巡警家眷的日后花销费用，皆由我二房负责。”林清嘉忙附和道：“爷爷，四爷爷，我父亲说得对，此事若牵扯到我，燕平日本商会定然会借机逼着咱林家卖东洋丝绸的！”

林清慕听完自己父亲和三弟的话，虽竭力压抑怒气，声音里还是怒意满满：“那巡警何罪之有？打人的不是他，杀人的也不是他，却要无辜丧命！你们这样做，与杀人凶手有什么两样？眼下，不想着如何调查清楚，揭穿日本人的阴谋，却在议论着找人顶罪！”

林清嘉万万想不到自己同父的亲兄弟会说出这样的话来，当即不悦道：“大哥，渡边次郎和佐藤英武害死他们的司机就是冲我来的，冲我来不就是冲林家吗？他们就是想逼咱林家卖东洋丝绸。调查清楚？你说得容易，人家存了心陷害，你倒是出去调查了，可连尸体的边都没摸到，你想调查清楚揭穿日本人的阴谋，你去调查，别扯上我！”

林清菽也说道：“爷爷，四爷爷，我和大哥意见相同。咱们耆德堂林记，岂能做出此等移花接木、伤天害理之事。错在老三，焉能嫁祸他人。若要坐牢，理应老三去坐！”

两个同父异母的兄弟同时为难自己，林清嘉即刻就恼了，霍然起身，怒声道：“大哥，老二，你们俩这是合起伙来想置我于死地啊！我他娘的没杀人！何错之有！”

锦笙刚要开口，收到林肇聪的一记眼神，只得沉默不语。林肇德看不下去，对林肇泰说："二哥，你管管他们兄弟三个，还没怎么着呢，兄弟之间倒先急了！当着父亲和四叔的面，成何体统！"

林肇泰亦没想到自己的三个儿子先意见不统一吵将起来。因是林清慕先有反对之声的，遂先呵斥他："我就瞧着你小子脑后勺有反骨，一天到晚地闹运动闹革命，你是非得革了你三弟的命你才满意是吗？"

林清慕脖颈微泛青筋，急声道："老三的命是命，巡警的命就不是命了吗？这件事本就是老三他们胡闹引起的，找乐子的是他们，出了事，挨罚受罪的却是巡警。害了四个巡警去坐牢不说，现在还要害别人无辜丧命。你们于心何安？日后，我林家还有何颜面再悬挂带有耆德堂三字的招牌！"

林清嘉此刻的恼怒点已不是找不找巡警顶罪，而是同父的两兄弟竟然都想置自己于死地。他气得朝前迈了好几步，与林清慕、林清葳争吵不休。

锦笙听得二房同父异母的三子起争执，心里很是沉重，她往常和二哥、三哥也唇枪舌剑，可她跟他们到底不是同父。此刻方知，原来同父的人也会吵得面红耳赤，并且事关生死都不能同心。

她闷闷不乐地望着墙壁上的巨幅绢本画发怔，眸光定在大花楼织机上，上面有寥寥数笔勾勒出的丝绸匠人，她心里感慨着，丝绸商人和丝绸匠人到底不同，没有那种纯粹至极，一心织出好丝绸的工匠精神。

林老太爷咳嗽几声，遏制了林清慕兄弟三人的争执，看向锦笙："五孙儿，你今天倒是安静得很，可是又在琢磨什么点子？"

锦笙起身，林清嘉扯扯她马褂袖子，只用口型无声道："亲兄弟！"锦笙对他眨了眨眼，转过身，不再顾及林肇聪示意她少言的眼色，面朝林老太爷和林四老太爷道："爷爷，四爷爷，五孙儿觉得大哥、二哥说得在理，可二叔和三哥说得也在理。为何不折中处理？日本司机不是三哥杀死的，更不是那巡警杀死的，但兹事体大，不牵扯到我林家人为妙。先暂时委屈那巡警坐牢顶罪，由我林家出钱出力调查真凶，再还那巡警清白不就行了？何须在此争执到底谁该死？人并非我中国人杀的，我中国人一个都不该死！"

林清嘉对锦笙扬了扬下巴，"老五，三哥没白疼你！"

林清慕冷声道："老五，你说得好听。若是老三坐牢了，咱们林家会尽全力查明真相还老三清白，警察厅也不敢轻易处死老三。一旦那巡警顶罪，你们会尽心尽力去救巡警吗？日本人一紧逼，警察厅对那巡警还会有所顾忌吗？定然会草菅人命了事！你和老三，根本就是沆瀣一气！”

锦笙也有些怒了，连林肇聪的轻声咳嗽也不顾，急声道：“大哥，你把林家当什么了？小门小户的恶霸地主吗？只为逃脱罪责才找人顶罪？你有想过三哥入狱的后果吗？日本人一直觊觎耆德堂林记在北地十二省的丝绸市场，这根本就是他们趁机布的局！你让三哥去顶罪，就是入了日本人的局！入了这一局，不知还有什么招数等着林家，你难不成想让林家卖东洋丝绸吗？”

林清慕拿出兄长威严，厉色道：“与日本人有旧怨的是林家，我们怎可再伤及无辜的人！日本人既已布下此局，就定然会考虑到我们找人顶罪，何苦再多害一无辜人！”

锦笙还要反驳，却听得林老太爷一声喝止：“好了！”旋即，气怒怒地看了林清慕一眼，也不再开口。

林老太爷面色微泛红，身子靠在软垫上，平稳一会儿气息，方看着锦笙问道：“五孙儿，你明知陷害你三哥的是燕平日本商会，为何要找巡警顶罪？为何不与燕平日本商会相抗衡？你压迫欺负巡警，此举，与欺辱中国人的日本人又有何两样？”锦笙脸上一红，立即拱手回道：“爷爷，五孙儿并非是对那巡警不闻不问，只是为着大局考虑，不想连累咱林家。请爷爷放心，五孙儿会调查清楚还巡警清白的！”

林老太爷眸光锐利，看向锦笙，逼问：“你怕了？你怕日本人？”锦笙果断道：“五孙儿为何要怕日本人？孙儿乃林家五少爷，区区几个日本人，有何畏惧！”林老太爷又逼问道：“若你不是林家五少爷，你遇到这样的事该如何处理？”

第十章 莺语乱，似故人

若你不是林家五少爷？

主位两侧高几上放着槐黄色的宫灯纱罩，那泛黄的电灯光，令林老太爷的神情多添了几分威严肃穆。锦笙怔怔地看着爷爷，她不解爷爷何意，一颗心扑通扑通地蹦跳起来，接触到爷爷细长带有威赫的眼眸，吓得脸色瞬间惨白。她不敢再与爷爷对视，立即求助地望向林肇聪。

林肇聪虽面色如常，心中也慌乱起来，望向林老太爷："父亲，您这话何意？锦笙一向胡说八道惯了，您别跟他一般见识。"

林老太爷并不理会林肇聪，而是看向了林清嘉："三孙儿，人不是你杀的，你为何要怕？又为何要逃避？" 林清嘉苦着脸说不出话来，连老五都频频受了质问，他更是不敢轻易开口。

林老太爷拿起椅子旁的虎头拐杖要站起来，除了林四老太爷没站，其余人皆在他之前站了起来。他起身后，抬手轻挥，示意众人又坐回去，慢慢踱步道："孙儿们，爷爷活到这把年纪，算是什么都经历全了。皇宫大内进过，太后皇上也见过，跟首任大总统成了挚友，又亲眼见着首任大总统的这些旧部四分五裂地闹割据，把中国弄得七零八碎。士农工商，商虽是贱民，可爷爷贱过，也贵过。

"孙儿们，爷爷知道，你们心里面觉得爷爷是老顽固、老古董，你们上了新式学堂，学了新式思想，你们口口声声要救国救民、强国富民。可你们真的知道什么是'国强民贵，国弱民贱'吗？你们不知道！你们出生在弱国的富贵之家，你们衣食无忧、富贵安乐，甚至于少了仆役丫鬟伺候，连件衣裳都穿不好。爷爷也很欣慰自豪，我的孙儿们、重孙儿们在这乱世，能有林家庇佑着，富贵平安地长大。”

林老太爷把虎头拐杖在地上敲了两下，猛然提高音量：“但爷爷不希望你们在平安富贵中骄奢淫逸、仗势欺人、为非作歹！”

他恰好走到林清嘉和锦笙跟前，微眯起细长眸子看他们俩，音量低了下来，沉声道：“素日里，你们这群猴儿小打小闹，爷爷只当作未瞧见。古往今来，圣贤者寥寥无几。人这一辈子太长，长到谁都无法保证一辈子不犯错。犯错可以，但你们必须要有底线和原则。犯错可以改正，可以被原谅，可你们若是踏着底线和原则犯错，那便是犯罪，犯罪是不能够被原谅的！也不值得给你们改正的机会！”

他说着话就从锦笙和林清嘉跟前走过去了，锦笙满额细汗，却不敢抬手去擦。双手抓紧了椅子扶手，才抑制住身子连连泛起的哆嗦。她貌似听懂了爷爷的话，又貌似没听懂，脑子乱作一团，云里雾里地忐忑不安。看向林肇聪时，林肇聪泰然坐着，并无半分异样，她的心才略安了些。

林清嘉劣迹斑斑，直接领了这份教训，倒也坦然。见锦笙一头汗珠、脸色惨白，低声道：“老五，别紧张，爷爷那话是对我说的。”

“跪下！”

林老太爷走到主位跟前，命令了一声，所有子孙还未反应过来时，锦笙首先瘫软着趴跪了下来。林清嘉见锦笙失魂落魄地跪下，略一怔，也连忙跟着她跪了下来，只须臾工夫，屋子里的子孙都跪了下去。

锦笙仿若从高处瞬间跌落了十来丈，眩晕慌乱，周遭的人与事，她虽有意识，那意识却十分浅薄，她抓牢椅子腿半靠着，曾经做过的噩梦纷至沓来。四爷爷捋须沉寂不言，暗黄的灯光，泛旧的画作，因她心里波荡不静，虽无风，眼前的一切事物却快速移动起来，直转得她眼花缭乱。

林老太爷扶着拐杖，掷地有声地开口，每一个字都像是铙钹轰鸣在她耳中，却过耳不留，只余一阵强过一阵的铙钹轰鸣。

“听着！我林家子孙，可因家世背景引以为豪，但绝不能因此恃强凌弱、遗祸他人。你们可与旗鼓相当的对手、敌人斗智斗勇，但绝不能以自身富贵欺凌弱者。乱世之中，我虽盼你们富贵平安、一世无忧无恙，但绝不容你们兄弟阋墙、同根相煎、手足相残，也绝不容你们做国之蛀虫，更不容你们勾结外寇欺辱同胞！”

林老太爷说毕，因气息不太匀畅，脸已红起来，仍强撑着看向林肇泰：“给立夫打电话，让他放了无辜人员，来林宅抓人。若他不来，我就大义灭亲给他送去！”林清嘉瘫软在地，低唤了一声“爷爷”。林老太爷扶着吴松的手坐回主位，半靠着软垫，缓和一会儿，才对林清嘉道：“三孙儿，你若无罪，爷爷不会容人欺辱陷害你的！你若有罪，爷爷也绝不姑息养奸！”

林老太爷的决定自是无人敢反对，因情绪激昂地说了这么久的话，林老太爷身体支撑不住，只商议了这一件事，就得回去歇着。

送林老太爷出议事厅时，锦笙身上满布的虚汗经风一吹，冷意连连，打了好几个战栗。有竹叶拂过她脖颈惊得她踉跄几步，扑倒在地。林肇聪本在前面，立刻折回来，扶起她厉色呵斥道：“冒冒失失，成什么样子！”复又低声道，“不可胡乱猜测，不可自乱阵脚！”锦笙也不答，只神情慌乱地点了点头。

在庭院里耽搁的工夫，吴松等人已护送着林老太爷和林四老太爷离开，林清菽对林肇聪道：“大伯，我听父亲说，那夜老三打人之后，让巡警去顶罪的主意就是您出的。今天让巡警顶罪代死的主意也是您给我父亲出的，您这是设局害我们二房啊！”

林清嘉厉色道：“老二，有你这么跟长辈说话的吗？大伯那是为我着想，为林家着想！人的确是我打的，大伯难不成能掐会算，算到我要打人？”林清菽冷笑道：“蠢货！活该天天挨骂挨算计！”林清嘉早对林清菽窝了一肚子火，脱口反击道：“呸！下贱！婊子养的庶子！娘还是个淫妇！”林清菽双手攥拳，怒目相视，霎时青筋暴起，咬着牙问：“你这话是骂我还是骂老五？”林清嘉道：“从奶奶那算，老五可是长房嫡孙，又是麒麟转世，就你也配跟老五相提并论！”

林清慕和林肇泰已跟着林老太爷离开，林肇德与自己的三个儿子听到林清菽和林清嘉兄弟俩的对话，厉声呵斥道：“你们兄弟俩这说的是什么话！当着大伯、叔父的面，一点晚辈的规矩都没有！当着几个弟弟的面，一点兄长的样子都没有！”林清菽强压着怒火，对两位长辈敷衍一拱手，说道：“侄儿先走一步了。”

林肇德点着林清菽背影，又对林肇聪道：“大哥，您平时就是对他们太好脾气了，才由得他们在你跟前胡说八道。”林肇聪略微一笑：“都是孩子，在各房里被骄纵惯了，一时有口无心，我身为大伯，还能跟他们较真吗？”

林清嘉气不过，扯着锦笙胳膊：“老五，你平日里挤对我口齿那么伶俐，老二都骂丹婶母了，你怎么一声都不吭？”锦笙脑子里一直回想着爷爷质问、逼问她的话，像是扯线木偶似的，身子重心不稳，差点被林清嘉扯倒。林肇聪唤来了院门外候着的苏叶，吩咐道：“五少爷累了，送五少爷回一水间！”

锦笙被苏叶搀扶着朝宅院大门走，说是走，因不断想起噩梦里的场景，双腿已发软，整个身子都靠在了苏叶身上，几乎是被苏叶半抱着出了宅院门，上了汽车。

回一水间途中，离开了压抑深阔的林宅，思绪方渐渐回转。她宽慰自己，或许是自己做贼心虚，爷爷不过是话赶话，并不是针对谁，可一颗心还是扑通个不停。

噩梦终归是梦境，她做过许多次身份被揭穿的噩梦，亦会慌乱无措，却不会长久的六神无主。从不似今夜，受了爷爷质问，直到现在，她的三魂六魄还仿若游离在外。

她脑袋倚着车门玻璃，由窗幔余留的一丝缝隙望向窗外，一弯纤细的月亮悬在黑夜里，因街市电灯通明，月色变得益发浅淡。路面上被照出一层薄薄的银光，仿若是冬日结冰的湖面。她凝看着那一层单薄银光，偶有树影投射其中，更觉那一层薄银光路就像是她正在走的道路，如履薄冰，愈走冰面愈薄，显出裂纹来。不知何时，扑通一声，她就会掉进冰窟窿里，下面是深不见底的万丈湖水，淹没吞噬她于无形。明明有法子离开，可她肩上的责任令她不能离开这条薄冰路，只得硬着头皮走下去。

她疲倦极了，无助极了，可又不知该依靠何物何人，只攥紧了车窗上悬挂的抽纱蕾丝窗幔。那窗幔不经扯，忽地灯光乍泄般涌进来，让她躲避不及。

因方桑宜的到来，穆峻潭也未再去过白公馆，锦笙知晓自己回一水间后仍要失眠，就吩咐朝白公馆开去。

白蝴蝶的女仆阿圆，见到杜衡掀大铁门的铃，像见到了救世菩萨一般，待车停在洋楼与喷泉间的汽车道上，隔着车门就对锦笙欣喜道：“五少，您可来了，快进去救救白姐姐吧！”

锦笙走下来问：“蝴蝶怎么了？”阿圆压低了声音道：“方小姐、兰泽小姐这几日总是约了不同的人来这里打牌，有时让白姐姐当牌搭子，有时却把白姐姐使唤来使唤去。更可气的是，牌桌上夹枪带棒的，什么难听话都对白姐姐说尽了。”

锦笙本是满腹惶恐愁绪才来此找白蝴蝶聊天解闷的，显然此处也不是安宁之地。但来都来了，她亦不能弃白蝴蝶于不顾，遂扯了扯身上的长袍马褂，尽力稳住心绪，方抬脚上了石阶。

麻将桌摆在花厅里，正对着一盏莹亮的琉璃灯，照着众女子的衣物首饰，益发璀璨耀眼，配着满室盈香。

锦笙走到花厅门外时，恰听得里面有女子在说："林家不过虚有家财万贯，宅院里有许多腌臜事，乱伦之事亦有之，姨太太与人私通之事亦有之，后院禁地那口大井不知埋葬了多少芳华女子！林家的四姑奶奶，嫁了人却与一英国军官私奔，气死了夫婿！这门亲事，古大少奶奶可得仔细些。"

锦笙闻言欲要发作，听得身后有高跟鞋声，回头见白蝴蝶端了银托盘，银托盘上放着珐琅茶壶茶盏，有花茶香甜气味扑来，便知晓里面的人是趁白蝴蝶不在，才非议林家。

早从阿圆口中得知今日人少，只有方桑宜、兰泽、古大少奶奶、薛二少奶奶。锦笙心里冷冷一笑，指头伸在白蝴蝶丰润红艳的双唇边，阻止她说话，而后从银托盘上拿了一只珐琅茶盏，倒了盏茶，摩挲着上面的冬梅掐丝温手。

听得古大少奶奶问："当真如此吗？"想是迟疑踌躇了片刻才相问，又放低了声音说："林五少到底年轻，我听闻，至今也不过只有白小姐一人而已。若成了亲，还不能收心，以林家的财力家世，把白小姐收为姨太太也是不为过的。况且，白小姐还是和林五少的生母出身于同一个书寓。只我那妹妹新式思想重，怕是容不得丈夫纳妾。"先前非议林家的女子又说："古大少奶奶想的可真简单，林五少独居别院，您如何就能确定只有白蝴蝶一人呢？那么些个丫鬟，不且得乱呢。我还听说啊，林三少奶奶也总到一水间跟林五少哭哭啼啼呢。"想是掩唇发笑，笑意也带些遮掩，"你们说，这叔嫂之间，嫂子为何要跟小叔子哭哭啼啼啊！"

薛二少奶奶连忙好言止住道："瞧你，越说越过了。"继而又柔笑着说："你也刚到北地不久，是打哪里听来这些没影子的话，再吓坏了古大少奶奶。"古大少奶奶却执意相问："兰泽小姐再说详细些吧，毕竟有关舍妹的终身大事。"

锦笙丢了冬梅掐丝珐琅茶盏，冷声道："是啊，兰泽小姐还是说详细些吧，本少爷也想知道知道呢！"那玻璃门是半虚掩着的，经她猛推，与墙壁相撞"砰"的一声响。

花厅里的麻将桌支在了沙发旁，早先是有花架支在那里的，被穆峻潭一阵噼里啪啦打碎了许多花瓶盆栽，白蝴蝶就撤了下去，还未想好做什么样式的新花架，方桑宜就开始到白公馆打牌。

锦笙坐在沙发上，胳膊搭住靠背，冷下面容斜睨着兰泽。花厅里的女客早已被她的高声发问惊了一跳，此刻兰泽侧对着锦笙，脸由红渐白，又红了起来，堆起满脸笑:“林五少，您消消气，我不过是胡诌了两句。方才酒喝得多了，您别跟我一般见识。”求助似的望向了方桑宜，方桑宜扭过身子对锦笙笑道:“锦笙，你不是去沪海了吗？怎么又回来了？二哥今日还跟竟天说，若知你去沪海，就劝你缓一日，同我们一起坐专列，也方便些。”

锦笙因方桑宜欺负白蝴蝶，不爱搭理她，仍看着兰泽说:“回来听一听我林家到底有多少腌臜事啊！兰泽小姐别谦虚，说罢，我竟不知我林家已不堪到如此地步。”她语气渐重，“说！何人乱伦，何人私通，又是何人私奔，本少爷的一水间又乱到了何种地步！说！”

薛二少奶奶知道锦笙的脾气，较起真来，后果不堪设想。可有古大少奶奶在场，也不好说些玩笑话打圆场，一时就僵愣住了。

方桑宜又转过身子，对其余三人笑道:“林五少来会佳人，自然不想咱们在这里碍眼碍事，今日便散了吧。”薛二少奶奶点头前看了一眼古大少奶奶的脸色，因古家与林家的亲事并未说定，古大少奶奶亦不好说些什么，只能点了点头。

以锦笙往常的性子，是不肯轻易放过兰泽的，今日心神慌乱又倦怠至极，也就冷着脸任由兰泽离开了。

方桑宜临走前，握住了白蝴蝶的手，粲然笑道:“妹妹与白姐姐一见如故，叨扰了白姐姐这么多日，明日我就要陪竟天回去了。若来日白姐姐南下，可要到京陵城，好让妹妹也尽尽地主之谊。”白蝴蝶只淡然一笑，并不答话。

送完四人，白蝴蝶回到花厅，锦笙把皮鞋在茶几上磕得“砰砰”响，怪责道:“你傻不傻？明知道方桑宜不安好心，你直接不让她们进来不就行了！还巴巴地伺候她们！”白蝴蝶挨着她坐下，说:“我傻，方桑宜更可悲，连敌人都认错了。招了一班子人在白公馆，自以为处事说话游刃有余，讨尽便宜，到头来机关算尽，原是连对象都弄错了。可怜可悲！她自愿作跳梁小丑，我也只当看了一出戏。若公然拒她于门外，她也会想其他法子的，闹僵了，反而不好。”

锦笙根本听不懂白蝴蝶的话是何意，一侧身，躺在白蝴蝶腿上，双手捂住了脸，无力道:“蝴蝶啊，你就别再跟我打双关语了。我今晚上听了许多如此的话，猜不透啊猜不透！”白蝴蝶替她正了正脖颈处的宝石装饰，笑着说：“你呀，脑子里要么想着如何当丝绸大王，要么想着怎么算计别人。女人间的细碎小心思，你怎会懂？”

梳洗后，二人就寝，锦笙趴在枕头上，把爷爷在议事厅说的话复述了一遍给白蝴蝶听，白蝴蝶宽慰她：“我倒觉得林老太爷只是话赶话，并不是你担心的那层意思。就像今晚上兰泽非议林家的那些话，许是见我不在，话赶话说到那里了。旁边还有薛二少奶奶，她若不是话赶得急了，有口无心，怎敢说那样的话？她到底是舞小姐出身，什么样钩心斗角的场面没见过，定然能瞧得出来薛二少奶奶与林家更亲近些。”

见锦笙眉心仍是紧蹙着，白蝴蝶抬手替她抚平，说：“你别担心了，这件事，林大爷定然比你焦急万分，你且听他的话，不要胡乱猜测了。待明日，听听林大爷如何说吧。若当真被林老太爷发现些什么，你愁也没用。你身上藏的这个惊天秘密，一旦被发现，便再没有迂回的法子了，只能去面对现实。”

锦笙亦觉得白蝴蝶的话在理，闺房内熏着薰衣草香，香味浓郁。不知是眩晕，还是疲倦，她偎着白蝴蝶沉沉睡去。

六国饭店的第五层被穆峻潭的近身卫戍戒严，等闲人到不得，故长廊寂寂，卫兵来回巡逻时，踏在地毯上的脚步声也格外清晰。

方桑宜洗浴后，倒了满满的两杯红酒，像豪爽大汉喝大碗酒似的灌进腹中，才稍稍平复了心里的气恼烦躁。她不知自己为何要去白公馆见白蝴蝶，不见白蝴蝶，心里憋闷至极，见了白蝴蝶，回来之后仍是不痛快。

酒刚入腹，只像是喝了水一般，毫无感觉。她裹紧了身上的绒睡衣立在窗前，妃红绸窗幔半开半合，可望见一轮似钓钩的弯月。倏忽间，她觉得自己像是一尾上钩的鱼，穆峻潭手上的钓钩已钩住了她喉咙，她不能扯着鱼线远离穆峻潭，那样必死无疑，她只能忍着痛跃向穆峻潭，只有穆峻潭才能救她。可偏偏，穆峻潭根本就不知他自己手上有鱼线钓钩在牵扯着她，他或寡淡冷漠，或露出半丝温情，都是无心的，于她却是生死攸关的。她知道，穆峻潭从年少到如今，拒绝过的诱惑太多，一颗心早已冷硬无比。

她一头乌黑鬈发似瀑布般悬着，半湿半干，凝神想得久了，滴坠的水珠浸入睡袍冰凉了她的肌肤，酒意也在扩散，渐次涌向大脑，一凉一热，冰火两重天似的煎熬着她。她下唇咬出深痕，也抑制不住冲击理智的醉意，反而决计听兰泽的话，要舍弃掉方家小姐的矜持高贵。遂换了薄绸睡衣，外面也只穿了一件烟蓝哔叽斗篷。

方桑宜与穆峻潭的房间相邻，只走数步，却耗费了她大半的勇气。卫兵见到她，先恭敬地行了礼，才去禀告。

卫兵禀告时，方少尘、戴希闵还在与穆峻潭商议是直接回京陵，还是找缘由在津城再待几日，观察静候着皞系与日本人的举动。穆峻潭允准方桑宜进来时，三人的谈话方向就转为了其他闲事。

方桑宜虽已微醉，骨子里的高贵教养，让她仍能像往日般温婉知礼，只充当陪衬花束，盈盈走到穆峻潭身旁坐下也不言语。沐浴后的女子自是别有一番韵味在其中，方少尘抬头无意看了方桑宜一眼，便与戴希闵递了个眼色，说："竞天，还有些事，明日到了专列上再说吧。我今日累了，先回去休息了。"戴希闵也附和道："少帅，我也还有事，就先回了。"穆峻潭知晓二人误会了，心中隐约好笑，却不好当着方桑宜的面显露，只略微颔首，二人就起身离开了。

穆峻潭把身子侧过来，离方桑宜近了些，见她发梢末端悬着水珠，就抬手挤去，随口问道："有什么事？"方桑宜脸颊酡红，抓在手心里的斗篷也已攥得不成样子。她微微仰起脸看向穆峻潭，穆峻潭心中的方桑宜一直都是矜持高贵优雅的，他想不到她此刻存的心思，又因心里烦闷此行不达目的，神情里除了寡淡冷漠，还有丝薄怒。

穆峻潭闻到了她身上的酒味，见她抬手解自己斗篷纽扣，也只以为她是热了要脱外衣，及至发现她只穿了吊带薄绸睡衣，勾勒出曼妙曲线，方骤然醒悟到她的意思，皱眉不悦道："桑宜，穿好衣服回你自己的房间。"

方桑宜羞到身上各处肌肤都红起来，羞愧至极，倒生出一分不甘心来，眸子里半溢着水光："田中百惠、兰泽、朱潇潇、白蝴蝶，我竟不如她们？"穆峻潭深深看她一眼，神情里的不悦更重了："你与她们不同！"

终是强撑，亦有泪珠由眼角滑落，她痛声问："有何不同？我长相不如她们？家世不如她们？"穆峻潭见她较真起来，嘴角沉了沉，说："她们不求结果，你也可以不求结果吗？"方桑宜愕然，眼泪更是钻了空子，簌簌地朝脸颊滚滑着。她们不求结果，她却是求结果的。她舍弃方家小姐的矜持高贵，是想用身体收了穆峻潭的心，困住穆峻潭的人。她想成为穆峻潭的女人，成为名副其实的少帅夫人。

可此时此刻，方桑宜觉得自己已没有了退路，若当真离开，只会输得更狼狈不堪。她悬着眼泪粲然一笑，仰脸看向穆峻潭：“我可以不求结果！”穆峻潭微怔，仔细凝看她片刻，说：“桑宜，你喝醉了，若想在这里睡，就在这里睡，不想在这里睡，就回你房间。”说完便起身，到了方少尘房间。

方少尘早前从方桑宜和兰泽那里听闻锦笙突然回来，就打电话去了白公馆，想问问林家的事是什么情况。接电话的阿圆却说五少和白小姐已歇息，若有急事，就上去喊五少，方少尘不想搅人春宵好事，便回说不必上去打扰。他刚放下电话，穆峻潭就进来了，不由笑道：“我可不想担一个耽搁你们春宵的罪名。”

穆峻潭在他对过坐下，说：“与方家小姐共度春宵是要负责任的，我现在还不想负那个责任。”方少尘认真道：“桑宜是最合适的少帅夫人。”穆峻潭微微叹了口气：“合适不合心，她憋屈，我委屈，何必呢。再等两年吧，若当真遇不上合我心意的，也就她了吧。”

饭店餐厅送来了方少尘点的夜宵，穆峻潭跟他一块吃的时候，忽然就想起来问他：“你见过林家六小姐没？”方少尘摇头又点头：“算是见过吧，好像是她五岁那年，卢柏凌带她出去打猎，倒把她给打伤了，正好我和爷爷在燕平城，爷爷就带我去医院探病，见了她一面。”

穆峻潭唇角漫了笑意：“卢柏凌与那麒麟五少凑在一起，若不是二人有龙阳之好，那便是醉翁之意不在酒。你说，卢柏凌会不会看上林家六小姐了？”见方少尘不为所动的模样，倒无趣再笑他，又问：“我见过双胞胎长得像，这龙凤胎长得像吗？”方少尘凝神想了片刻，小时候的云笙和锦笙长相的确相似，纵是记忆里的小云笙和现在的锦笙也有几分相似，遂回道：“小时候二人挺像的，就是锦笙现在，也跟云笙小时候有几分相似。”

穆峻潭颔首：“既然小时候像，按一个路子长也野不到哪里去。”旋即，又笑着说：“幸亏你跟林家的亲事是退成了，要是没退成，回头大舅子跟自己的夫人长得相似，你白天见了林五少，晚上回去再看你夫人，那滋味可真是一言难尽。”饶是方少尘脾气温和，听了穆峻潭这番话，也没好气道：“你别再往下说了，回头我再见到锦笙，心里该别扭了。”穆峻潭笑得更甚：“该别扭的是卢柏凌，你别扭什么。”

虽是如此说，穆峻潭脑海里却显出锦笙笑容，脸庞小小、眼眸弯弯、酒窝浅浅，精灵而傲气。忽然就记起，那时还是前清，尚是前清重臣的首任大总统解职归隐，一众手下门生聚在燕平城商议应对法子。为避人耳目，把地点选在了林宅。他在林宅花园等候大人们谈话时曾见过锦笙和云笙，兄妹二人都是那般相似的笑容，多笑一分是精灵讨喜，少笑一分就成了精灵傲气。只儿时的锦笙没有云笙大胆活泼，锦笙是精灵傲气，云笙是精灵讨喜。

云笙缠着他，要他用佩枪打鸟。可还没等到有鸟飞来，跟随锦笙和云笙的老妈子就发现微微发热的云笙像是出了天花，禀告了林老夫人后，一众仆役丫鬟就忙活着准备避痘，把云笙和锦笙都抱走了。

再后来，他顶着造假的日本人身份到日本念书，连家里都很少回，也再没有见过锦笙和云笙，自然就把这个小插曲浑忘了。再次看到锦笙那般精灵讨喜的笑容时，才记起脑海里存留的模糊笑容。

只片刻间，穆峻潭收敛起思绪，与方少尘谈笑着用完夜宵。本就是为了躲方桑宜才离开自己房间，又有事与方少尘商议得晚了，穆峻潭就在沙发上凑合着睡了。

暖帐外薰衣草香黎明才燃尽，白蝴蝶愁思百转，一夜昏昏沉沉辗转反侧，被穆峻潭要回京陵城一事所困扰。待西洋钟敲了六声，锦笙依旧孩童似的安睡着。白蝴蝶起床后帮锦笙把胳膊放在蚕丝被里，又帮她扯了扯四周被角，才去洗漱。

林肇聪到白公馆时，白蝴蝶已妆容精致地在花园子里侍弄花草。因林肇聪不愿进到洋楼里面，也阻止了去喊锦笙，白蝴蝶便心知林肇聪是有话要对她讲，就让阿圆把茶奉到了花园子里来。

林肇聪端着茶，却不饮，慈和笑道："犬子这几年，有赖白小姐照顾。知晓白小姐是识大体知轻重之人，故前段时日穆少帅在此，我也未派人来叨扰白小姐。今日凑巧了，便啰唆着想提点白小姐几句，有些话，若白小姐说出去，引起无穷后患，于白小姐也是百害无一利。"他虽笑意慈和，眸光里却透出阴冷来。

白蝴蝶依旧是冷淡孤高模样，只略微扯了扯嘴角："林大爷多虑了，白蝴蝶虽是下九流，可也明白谁是真心待我好。真心待我好之人，我亦会真心护她周全，把她当家人。"林肇聪轻声一笑，说："真心相报，这点不错，有侠义风范。家人便算了，犬子是林家五少爷，白小姐这门亲戚，我林家是不能认的。待犬子醒来，劳烦白小姐转告一句，'昨夜乃误会，切勿庸人自扰之'。"说毕，阻止了白蝴蝶起身相送，便带着苏武离去。

有风迎面吹来，白蝴蝶别过了头去，满眼的春日乱花，竟迷得眼睛微湿。走回洋楼时，路过短短的石子路，矮丛绿叶上的春日朝露沾湿了她旗袍下摆，凉意顺着腿肚子直往下爬，凉意一重，连步履都沉了许多。

阿圆正从二楼下来，与白蝴蝶迎面："白姐姐，您快上去吧！五少醒了，在喊您呢。"白蝴蝶点了点头，收敛起混杂的心思回到卧房。

帮锦笙缠束双胸时，白蝴蝶逗她道："根本不用把布条缠这么紧，总勒着不好。你的这么小，宽绰衣物一穿，根本就瞧不出来有。平平坦坦的，看着与男人没什么两样。"锦笙本就满脸通红，听她如此玩笑，身上肌肤又涨红了几分。扭过头瞪她一眼，瞧了瞧她高耸的胸部，气吼吼地紧绷着下巴颏，也不理她。

穿好长衫马褂，锦笙指着香灰散落的牡丹香炉，找茬儿道："你点的什么东西？害我一觉睡到这么晚，往后别点这个！"白蝴蝶知道她是生了方才的气，可又羞涩不好发作，遂也不去理会她。

听白蝴蝶说了林肇聪嘱托的话，锦笙一颗心暂时安定了下来。吃早餐时，又听杜衡说林老太爷一大早就把林清嘉送到了警察厅的监狱里，思忖再三，猛然意识到卢兆祥雷厉风行地把卢柏凌关禁闭，是不想让卢柏凌再牵扯到这件事中。眼下林家入了日本人的局，卢家也可撇清关系，不再插手此事。

锦笙把手上的夹心面包一丢，就赶紧打了电话到六国饭店，听经理说穆峻潭一行人已离开，又紧赶着出门要去火车站。

杜衡打开汽车门，锦笙刚要弓腰进去，白蝴蝶突然小跑着追出来说："锦笙，把我也带上吧。等你忙完正事，再顺道把我送到你们绸缎庄总店，我想挑几样丝绸做春衣裳。"锦笙应允着就上了汽车。

赶到车站时，专列未发动，月台上的卫戍也还未撤。卫兵禀告叶执信后，叶执信又去请示了穆峻潭，再回来时，就是叶执信引着锦笙朝穆峻潭的包厢走去，白蝴蝶和杜衡、苏叶都留在了外面等候。与叶执信同走，锦笙发现他原是高个子，只平时随行穆峻潭左右，显不出他的个头。锦笙估摸着叶执信应当与穆峻潭年纪相仿，不然也不会如此沉不住气，嘴角都咧到耳朵根后面去了。

每个车厢门口都守着荷枪实弹的卫兵，锦笙眸中掠过一张张严肃冷漠的脸，纵是对叶执信不满，也不敢生什么整蛊他的心思。

穆峻潭所在的车厢不光有卧房、洗漱室，还设了一个小会客厅，叶执信把锦笙领到了小会客厅里。穆峻潭姿态随意地坐在沙发上，斜睨着锦笙。他少年老成惯了，虽猜中了锦笙来意，仍旧严肃着脸说："我与林五少的交情还不到让林五少风尘仆仆赶来车站相送吧！”他说着示意锦笙坐到沙发上，心知锦笙喝不进茶饮，也懒得让副官去忙碌。

锦笙在汽车上已练习了多次，此刻违心地堆起一脸笑：“少帅应当能猜到我是为何来的，不知……”她未说完，穆峻潭已显不耐：“怕是让林五少白跑一趟了。我与总统府、总理府都已辞别，送别宴都吃过了，岂有再回去之理？”锦笙堆起的笑意僵硬住，穆峻潭却唇角上扬，说：“早知今日何必当初呢！我那日追了你那么久，你言之凿凿地说不用我救，今日却又找上我。但良机已失，恕我无能为力。”

锦笙气闷至极，早料到穆峻潭不会轻易帮忙，抱着一丝希望赶来尝试，可穆峻潭找的借口很圆满，他连送别宴都吃过了，如何还能再回总理府，平白无故地惹嫌隙。若他想救，也生不出多大的乱子，只他是真心地不愿救卢柏凌出来。

锦笙踌躇间，方桑宜领着白蝴蝶走了进来，温婉笑道：“锦笙，你既领着白姐姐来了，怎好让白姐姐苦等在外面。”

沙发一长一短，穆峻潭坐的长沙发，方桑宜走过去挨着他坐下，白蝴蝶就只能站立在短沙发旁。她自己都说不清是为何，心里无助极了，就把手搭在了锦笙肩膀上。锦笙回望她一眼，脑袋发蒙好一会儿，觉得懂了她早前追着自己出来的心思，却又不太懂。锦笙余光瞥向穆峻潭，他脸色微变，在揉着眉心。

白蝴蝶看着方桑宜和穆峻潭坐在一起的画面，虽明知穆峻潭不爱方桑宜，心里仍是泛起疼痛。她知道，自己是疯了，才会跟着方桑宜进来。只是，若不跟着方桑宜进来，她以后怕是更没有机会见到穆峻潭了。她不顾方桑宜故意做的戏，只眼睛紧紧凝看着不与她对看的穆峻潭，想把他的音容笑貌刻在脑海里，供余生回忆。

穆峻潭念及自己昨夜里让方桑宜丢脸难过了，见她如此胡闹，只管冷着脸，也不好责备她。锦笙与穆峻潭面面相觑着对望片刻，穆峻潭把下巴颏对锦笙微扬了扬，示意她带着白蝴蝶离开。锦笙不想如此放弃，方桑宜却倏地站了起来，柔声开口：“哟，瞧我，怎能让白姐姐站着。”说着就朝穆峻潭身旁的位置做了个请的手势。穆峻潭望方桑宜一眼，脸色瞬间冷漠几分。

白蝴蝶搭在锦笙肩膀上的手紧了紧，锦笙也气得闭了闭眼，若再耽搁下去，不知方桑宜还会如何让白蝴蝶难堪。她起身，对穆峻潭抱拳：“穆少帅一路顺风，锦笙就相送至此。咱们就此别过，后会无期！”说毕，转身拉着白蝴蝶的手，也不顾她是不是愿意，就大步朝外走着。

在车厢门口不远处碰上方少尘，锦笙没好气道：“少尘，你回头多买几把椅子放穆少帅车厢，省得你们去议事的时候还得蹲着！”方少尘一头雾水，不免好笑道：“可以站着啊，干吗蹲着？竟天让你蹲着了？”锦笙懒得多说，推开他，就步履嗒嗒地拽着白蝴蝶出了车站。

等上了汽车，锦笙很生气地说：“蝴蝶，你怎么回事？不好好在汽车里坐着，怎么能跟方桑宜进去呢？你坏了我的事！”白蝴蝶道：“你可以只谈你的正事，不用理会我。”锦笙急声道：“你难道看不出来方桑宜把你领进去，就是为了让你难堪吗？”白蝴蝶凄然一笑：“她有所图，我有所求，不过是各取所需罢了。”锦笙只觉白蝴蝶是脑子坏掉了，气吼吼不愿再和她多言，吩咐杜衡去总店，就不再看她。

第十一章 献良策，苦情绝

汽车行了一会儿，锦笙对白蝴蝶的气也渐渐消散了，余光不由得斜睨到她身上去。她正斜看向窗外，睫毛微垂着，在白皙面容上映着密密的一层暗影，辨不清是何神情。

相识五年，锦笙一直描绘不出白蝴蝶是何等的美貌。她在交际场上也见过诸多貌美女子，许是有一二女子比白蝴蝶貌美，但时间一长也就忘记了那女子样貌。美人是不会轻易被遗忘的，白蝴蝶的美，更是令人过目不忘。

江北江南皆有传闻，只要见过白蝴蝶且看清她容貌的人，都会把她的美貌深深刻在脑子里，经久不忘。

美人在骨不在皮，白蝴蝶打幼年学的就是如何取悦男人，如何在风月场里博得花魁之名。媚态妖娆的是那张美人皮，美人骨里却有着隔绝于人间烟火之外的独特气质。她身处花柳污泥中，妖媚气质里总带有一丝出淤泥而不染的气息。

许多男人深深迷恋的，便是白蝴蝶身上那股似妖非妖的气质。

锦笙亦了解白蝴蝶，她为穆峻潭低头到如此地步，怕是真的动了情，且是情深不移。

因没能让穆峻潭回来救卢柏凌出禁闭，锦笙把白蝴蝶送到总店后，让老周打电话打听大爷现下何处，打听到是在麒麟堂，就坐汽车回了林宅。

林肇聪正在书房里给苏武安排差事，锦笙进来时，只听得嘱咐说，要大小个头匀称，苏武便应着离开了。锦笙深知，许多事父亲愿意让她知晓自会告知，不愿让她知晓，纵然问也白问，故心里虽好奇，却也不问，只说："父亲，三哥坐牢，我也不好离开，要不然就先让老苏或者苏叶跑一趟。等晚些时候，我再过去。"

林肇聪道："那终究是二房的事，挨不着咱们大房。你跟我去趟寿延斋，把你如何处理东洋丝绸的法子，告知你爷爷。"锦笙略惊："父亲，儿子这个法子本是想一举多得，若提前告知了爷爷，霓裳锦怎么办？爷爷定然不允许咱们夺霓裳锦。"林肇聪道："依你那个法子所定的计划，夺霓裳锦本就是走暗路子，要巧取。有东洋丝绸这个麻烦作掩护，你不提夺锦，你爷爷绝想不到咱们还有夺锦的计划。而且，你那个法子虽好，明面上的计划实行起来也慢得很，江北内阁这边能不能同意还没有十足把握。若能同意，这边有为父处理，你还依旧去南地。南地那边的路子，我已替你打点好了。"

锦笙虽不十分愿意，仍旧得跟着林肇聪去寿延斋。因有林四老太爷在，林老太爷并不长卧病榻，两个老人坐在起居室的罗汉床上，各自靠了软垫腰枕说话。

"父子"二人向两位老人请过安后，林肇聪在罗汉床下方的圆凳坐定，锦笙垂手站着，由林肇聪先开了头："父亲，四叔，锦笙想了个法子应对东洋丝绸，我觉得还可行，就带了他过来，让他说给您二位听一下，看是否可用。"林老太爷颔首："五孙儿，你且说来。"

那罗汉床是临窗而设的，窗棂子开着，正午日头暖煦，把两位老太爷的白眉毛白胡须照得银光闪闪，他们还穿着旧款式的长袍马褂，捋须喝茶，就像是画上神仙似的。锦笙恍惚间，仿佛进了严肃威严的寺庙殿堂。又念及昨夜里的惊心动魄，锦笙仍畏惧着林老太爷，清了清嗓子，略沉思一会儿，才把自己的法子条理清晰地说了出来。

锦笙之意，是由林家倡议各界商会，在中国效仿外国举办万国博览会。

若能说服卢兆祥由政府作为发起人，联合各省各产业的商会办成万国博览会，那是最好不过的。

若不能举行万国博览会，就退而求其次，只作中国商业间的相互竞争比较，取长补短以求工商业繁荣进步。因前清已有官员举办过这等规模的博览会，称作劝业会，锦笙也预备效仿其名，唤作劝业会。在劝业会馆内，再特设日本馆和西洋馆展览洋货，与舶来品的竞技，更能激励民族工业的求胜求优之心。

欧美工商业之盛，与彼此间的比赛激励也有关。若当真能举办一次这样大型的劝业会，激励中国工商业发展，于江北内阁而言，也不失为卓越政绩。

再由林老太爷同卢兆祥尽力交涉一番，由卢兆祥出面说服燕平日本商会，让燕平日本商会同意与中国丝绸来一场比赛，若他们引以为豪的东洋丝绸能胜过中国丝绸，耆德堂林记就代售东洋丝绸。

林四老太爷听完，摇头道："纵然办一个劝业会，在规模上比不得万国博览会，各行各业统筹起来，也是麻烦得很，没个一年半载都开不了馆。就算江北内阁这边同意，能不能办得成还得另说。费时费力，不是个好法子。"

锦笙道："四爷爷，说到底咱们与日本人是私仇，且那两个日本浪人现下生死未可知。卢总理若强行下令，咱们能舍弃林家这么多产业，宁为玉碎不为瓦全吗？五孙儿以为，若筹办下来，劝业会不成功，咱们也可拖延个一年半载，其间另想他法。"

林老太爷问："五孙儿，咱们林家的主要生意是丝绸，你既要在劝业会上与东洋丝绸比试一番，为何不只办一次斗丝绸比赛？"锦笙连连摇头道："爷爷，不可。燕平日本商会并不只负责丝绸行业，还须得管理其他东洋货，劝业会展览的产品种类纷杂，燕平日本商会无法全心全力应对丝绸比赛。若咱们只办斗丝绸比赛，燕平日本商会和他们的丝织厂就能合力对抗我林家，我林家并不一定能赢得过。"

林老太爷又问："五孙儿，你跟爷爷说实话，你私心里是不是还打了另一番小算盘？"锦笙摇头道："五孙儿不敢，只是牢记爷爷说的那句'国强民贵，国弱民贱'，五孙儿才疏学浅，但也跟着想了个横批，'商战救国'。爷爷，不光丝绸，其他国货也狠遭了一番洋货冲击。五孙儿这样做，不单只为了我林家，也是为了国货发展。"

林老太爷忖量许久，才回道："五孙儿，这个法子很好，也能激励国货发展，但江北内阁是一定不会同意的。你到底是没见过万国博览会和前清办的劝业会，对万国博览会和劝业会的情况不十分了解。博览会和劝业会都需要大量资金作后盾，盈不盈利还说不准。且不说政府愿不愿出资，就算由中国各界商会集资，江北内阁也不会做发起人。眼下军阀四方割据，办博览会或者劝业会，人流涌动混杂，需出动大量警察卫兵维持秩序。若某一方军阀不怀好意趁机挑起祸端，局势大乱不说，也会害苦那些参观者。"

他略顿了顿，又沉声道："但是，若我舍下这张老脸去找卢兆祥，由万国博览会，退而中国劝业会，再退而求其次要求办一场丝绸比赛，事不过三，卢兆祥回绝我两次，应不好再拒绝我第三次。"

锦笙赧然一笑，抱拳躬身道："爷爷，孙儿正是此意！待爷爷退步到与日本人进行丝绸比赛，卢总理还如何再开得了口拒绝？若卢总理不能拒绝，日本人那里愿不愿意比赛，都由得卢总理去周旋。咱们顾忌的不过是卢总理的面子，若卢总理与日本人周旋不来，也不好再回过头压迫林家。卢总理放任不管，林家何须再有所顾忌，任凭渡边次郎威逼利诱，林家自岿然不为所动，他们也奈何不了林家。"

林老太爷微眯的双眼掠过林肇聪，见他面色平缓，当即暗叹自己果真是老了。知子莫若父，儿子事事不肯轻易冒险，若非思虑周全，是不会引着孙子前来献策的。林老太爷心中早已做了打算，但念及此法子是儿子思虑过后的，便闭口不提自己的法子。须臾的工夫也来不及细细思虑孙儿的法子是否可行，又因早已决定了要放权与儿子，便决定让儿子带着孙儿去应对解决此事，成与不成，都是一番锻炼。

片刻后，他中气不足地笑了两声，把玩星月菩提串的手点了几下锦笙，对林四老太爷道："四弟啊，我这个五孙儿是给咱们俩老家伙下了个圈套啊。这一步一步地，若他直接来说举行丝绸比赛，咱们应会觉得丝绸比赛不是个好法子。如今由大及小，我竟觉得是个好法子了。"

锦笙被戳破心思，羞涩一笑："爷爷，我给父亲说的时候，父亲也直接拒绝了丝绸比赛这个法子。父亲说，丝绸这种产品，没有规定的评定标准，若两样产品相差不大，很难分出胜负来。我虽竭力保证一定能赢，父亲还是觉得不妥，我又提了博览会和劝业会，父亲倒又觉得只有丝绸比赛能行得通。故，我方才就先倒着说了。其实，办劝业会激励中国国货发展才是我心中所求，但我也知眼下中国局势混乱，只能退而求其次，先解决东洋丝绸这件麻烦事。"

林老太爷神情里带着欣慰："好孙儿，你有激励国货发展的想法，爷爷很欣慰。你是长房独子，是你父亲唯一的帮手，你父亲不愿你去学堂念书，总亲自教习你，爷爷还担忧会把你教得只认商业利益，不顾民族大义。看来，是爷爷多虑了。"锦笙到底心虚，只陪着一笑，并不答话。

林老太爷又问："你方才也说了光是斗丝绸，日本商会联合丝织厂对付咱们，咱们胜算不大，那你可有什么稳赢的法子？"锦笙道："爷爷，孙儿如此说，想必卢总理跟渡边次郎由博览会讲到丝绸比赛时，渡边次郎亦会觉得光是丝绸比赛，他们日本赢的概率很大，会更容易答应比赛。日本人忘了中国有霓裳锦，咱中国人可不能忘。届时，咱们劝说方爷爷生产些符合当前市场的产品，霓裳锦一摆出去，咱想输也输不了啊。”

林老太爷对现在的东洋丝绸了解不深，脑海中却能即刻浮现出霓裳锦的璀璨光芒来。虽对锦笙的话半信半疑，但既然已决定放权，便带着慈爱笑意点了点头。

林四老太爷眼瞧着林老太爷默许，不由笑着说：“大哥，锦笙倒还真有肇聪年少时的样态，睿智大气，点子也多。不过，比肇聪灵泛，肇聪当年一板一眼的，严肃老成，比不得锦笙活泼讨喜。”说着又望向林肇聪，“肇聪啊，这雏凤清于老凤声，你这个父亲快要退居幕后了吧！”

一直沉默旁观的林肇聪苦笑着摇头道：“四叔啊，您就别夸他了。父亲母亲惯着他、纵着他，与他打交道的叔叔伯伯们也都客气着夸赞他两句，他却当真，越发不知天高地厚起来。您如今再一夸他，他更要觉得自己本事大了。”

说笑着到了午饭点，饭后众人又详细商量了一番。下午，林老太爷亲自给卢公馆打了电话，约了明日一早亲自去卢公馆拜会卢兆祥。

次日，锦笙陪同着前去的路上，在汽车里跟林老太爷商量道：“爷爷，卢柏凌被关禁闭了，等会说完正事您能不能跟卢总理说说好话救他出来？卢总理肯定不会驳您面子的。”林老太爷道：“胡闹！人家管教儿子，我能插手吗？”锦笙挠了挠耳朵根，又严肃了面孔说：“爷爷，卢柏凌是医生，跟我关系好，不会坑咱们。我想让他去给那日本司机再验验尸，我信不过德国医院和法国医院的医生。”

林老太爷道：“你舅舅也是大夫，他不是去验过了吗？是窒息死的，只渡边那小子非咬着清嘉不放。”锦笙连忙说：“我舅舅那人不着四六，又是中医出身，不会西医那套开膛破肚的招式。保不齐那日本司机是日本人灌了什么洋药毒死的呢，岂不得划拉开那日本司机的肚子，把肠子什么的拎出来找证据。卢柏凌是学西医的，会切肚子也懂洋药，更不会坑咱们家。”

锦笙神情虽严肃认真，林老太爷却不信这猴孙儿说的话。心里忖度一番，觉得此事还是牵扯到卢家人为好，省得卢兆祥推脱干净，再和日本人沆瀣一气欺负林家。有卢柏凌在中间牵扯着，卢兆祥总不好无所顾忌地和日本人联手，也就顺着锦笙的意思应允了，又说：“爷爷不能开这个口，你想个点子。”

锦笙就等着林老太爷发问，张口就说道：“爷爷，您见到卢总理后，要表现出身体不太好的样子。等会说完正事，五孙儿给您使个眼色，您直接装昏倒，接下来，看五孙儿的。”林老太爷捋着胡须，冷哼一声：“你又给爷爷设了套子钻！”锦笙嘿嘿一笑，也不敢狡辩。

卢兆祥有时会在公馆里办公，却没有在接见幕僚、同僚的客厅或者书房里接待林老太爷和锦笙，而是由徐之卿引进了后院常接待亲友的客厅里。把林家人当亲友是一个原因，因知晓林老太爷来意，秉着不摆在官面上，想把公事私办也是一个原因。

林老太爷与卢兆祥同坐在主位，锦笙在林老太爷邻近的下位坐着。本就惦念着救卢柏凌一事有些急躁，更是低估了自己爷爷的啰唆程度。

只听得林老太爷轻唤了一声“正亭啊”，就开始与卢兆祥闲话。二人从甲午战争讲到八国联军，又讲到了辛亥革命，其间频频提及已故大总统，说话间又讲到了当前军阀四方割据的局面。

锦笙撩开长衫袖子，悄然看了一眼手表，二人共同回忆了近一个半钟头，林老太爷才说到了正题。提到万国博览会，卢兆祥立即否决了。劝业会，卢兆祥稍迟疑了片刻，也直言说不行，恐规模太大，闹出大乱子来，于中国当前局势不利。

待讲到以博览会的形式办一场丝绸比赛，卢兆祥多迟疑了一会儿。先前乞丐穿东洋丝绸满大街吆喝一事，他也看了报纸上的激烈言论，知晓学生和进步人士对日货的抵触并未全然消减。若真的强迫林家代卖东洋丝绸，林家除私人恩怨外也有了正当的拒绝借口。

加之，林老太爷方才提了许多陈年旧事，虽没有提情分，卢兆祥却渐渐念起林老太爷对自己的恩情。首任大总统在世时，自己几番遭贬降职，都是林老太爷在旁美言提携。领兵驻防在外时，留守燕平的家眷也没少麻烦林家照看。

林老太爷虽未直言，可卢兆祥是个念恩之人，先前实属气愤冲头，才狠了心把东洋丝绸一事交给徐之卿去办。

往日恩情眷顾浮上心头，又已拒绝了林老太爷两次，须臾间，卢兆祥不顾徐之卿频频递来的眼色，一拍桌子道：“林老，咱们卢林两家是世交，先前我事务繁忙，把此事交给了小徐去办。也不知小徐是如何跟您说的，倒把您给气病了。今日您亲自登门，就托正亭这件小事，正亭如何能不应。林老且放心，这件小事，正亭一定给您办妥！正亭也相信，林家经营了上百年的丝绸生意，定能赢过东洋丝绸，好好地给咱中国丝绸争口气！”

林老太爷连声致谢，片刻间，二人话语一转，竟又转到上次没下完的那盘棋局上了。

锦笙见正事已说定，提着的一颗心降了半寸，还有半寸是为卢柏凌悬着的。两个人话语停顿的空当，锦笙也顾不得失礼于长辈跟前，低声对林老太爷说道："爷爷，您说了这么久的话，身体可还好？"林老太爷年纪一大，玩心也重，点了点头："好，好，好着呢！"

锦笙怔住，尴尬地扯了扯嘴角，卢兆祥这才把注意力放在锦笙身上，笑道："你这小家伙，以前隔三岔五地到这里来，我把我那二小子一关起来，总也不见你来了。"锦笙尴尬一笑，耳朵根先红了："您总说晚侄是跟二公子穿一条裤子为祸人间的，他闭门思过，晚侄不得避嫌嘛。"卢兆祥哈哈大笑了两声："你这机灵鬼，哪是避嫌，你是避骂！我那两日在气头上，你若敢来，我得替你父亲好好教训教训你。"

林老太爷也跟着笑了两声，"这俩猴儿该教训，该教训！"复又说道，"正亭，为了这点子小事耽误了你这么长时间。你日理万机，我祖孙二人不好再叨扰下去。"说着起身，猛然间又弓着身子，喉咙里发出"呃"的一声，扶住椅子扶手，重重地跌坐回去，身体沿着椅子边朝下滑。林老太爷手上一向把玩着的两个圆滚滚的玉石，此刻也滚落在地。

老人家那一声跌得极重极响，伴着玉石落在地面，有溜溜滚动不停的声响，也能听到略低的闷声。

在老太爷躬身时，锦笙本以为是在演戏做样，却也赶紧上前扶林老太爷，可林老太爷身子骨架大，比她重了许多，她一下子没扶稳。林老太爷半跌在椅子上，她方觉察到不对劲。

也不过须臾的工夫，卢兆祥一步跨过来，扶起林老太爷帮他坐回椅子上。可林老太爷的胳膊无力地随意耷拉着，双眼闭着，头也歪着，一副昏厥失去意识的样子。

锦笙意识到爷爷是真昏厥过去了，扶住林老太爷的胳膊大叫道："爷爷，爷爷，您怎么了？"林老太爷面色泛红，又渐渐白了下去。锦笙摸了摸鼻息，仿佛连气息都微弱了，遂双手发颤，也不敢晃林老太爷。霎时间六神无主，把救卢柏凌的事也抛之脑后，大喊着："爷爷，您别吓五孙儿啊！爷爷！爷爷！"旋即看向卢兆祥，眼眶都吓出水光来，音色也微破着："医生，快叫医生啊！"

卢兆祥也被吓了一跳，且不说他自己也担心林老太爷的身体。若林老太爷在卢公馆出了事，该如何跟林家人交代都成问题。念及找医生太慢了，连忙高声唤来了门口卫兵："赶紧把二公子放出来，让他先来给林老太爷诊断！"又吩咐了徐之卿，

“打电话把常来府上的德国大夫和法国大夫都叫来！”

卫兵见总理吩咐得急，一溜烟小跑着就到了卢柏凌的院子里。因是总理的近身卫兵，看守卢柏凌的二十余卫兵也不敢有所怀疑，就拿钥匙打开了房门。卢柏凌听闻林老太爷昏厥过去，拎了屋子里的医药箱就大步朝会客厅跑来。

卢兆祥已吩咐卫兵，小心翼翼地把林老太爷抬到了里间的软榻上。锦笙跪在榻前，身上早已被吓出了一层冷汗，小衣物凉飕飕地贴着肌肤，更令她心里发慌。七八分钟的工夫，见到卢柏凌，忙抓住他的手，也不顾卢兆祥在跟前，像往常般直呼他大名：“卢柏凌，你快看看我爷爷，快！”说着放开他的手，把他朝软榻跟前推。

卢柏凌翻了翻林老太爷的眼皮，拿听诊器听了一番，又活动了几下他的手指、胳膊，初步判断着不是中风。便猜测着是不是锦笙找了林老太爷来救自己出去，就半扭过身子对卢兆祥说：“林爷爷本就有病在身，这次突发症状，又昏厥着毫无意识，还不能断定是不是脑出血。”

卢兆祥俯看着林老太爷一动不动的昏厥模样，恐林老太爷在卢公馆过世，连忙说：“先送医院吧，不知能不能移动林老太爷？”卢柏凌点了点头：“可以，我跟着去，路上若有突发状况，我也好紧急处理。”到了此时此刻，卢兆祥也只能派卢柏凌跟着。若林老太爷当真不行了，卢家尽了心意，林家也不好过于指责卢家。

想要装病的人进了医院，不必说自己得了何种病，五花八门的，医生总能给他想出病症的名堂来。像林老太爷这般年纪，骨头都酥脆了，摔不得，碰不得，纵然没病，稍微一哼哼都有病逝的危险，那也算是病症了。

待林老太爷进了医院病房，怕人多打扰大夫问诊，徐之卿领着卫兵候在了病房外。林老太爷悄悄半睁了眼，看到只有吴松、卢柏凌、锦笙和一个德国大夫在此，便长叹一声：“五孙儿，下次再有这种事，可别找爷爷了。爷爷这一身的脆骨头，可经不得摔哦！”

锦笙本来在听那德国大夫汉斯叽里咕噜地跟卢柏凌说什么，她听不懂，一颗心急得火燎一样也没辙，只能干等着卢柏凌听完给自己翻译。猛然间听得林老太爷说话，强撑着镇静的一口气倏地散尽，扶着病床腿瘫软在地，捂住心口道：“爷爷，你，你吓死我了！”林老太爷笑着说：“你当正亭是好骗的？不吓死你，正亭能信吗？他不信，你能把柏凌救出来吗？”

林老太爷开口说话，卢柏凌也没有再和汉斯讨论病症的必要，汉斯虽不懂他们是什么情况，耸耸肩也识相地离开了。

候在卢公馆外厅的吴松，跟着到医院后，就通知了家里，家里又通知到各房。林肇聪、林肇泰、林肇德都先后急匆匆地赶来，见林老太爷没事，以出院静养为由，就阵势浩荡地迎回了林宅。

徐之卿心知是被骗了，可面对一个七十多岁的老人家，没病都算是病三分，先前又曾被自己给气病了，眼下也不能指责老人家装病，只得作罢。回去跟卢兆祥禀告时，只说林家人嫌医院不方便，带了医生回家看。

林老太爷被接回林家，更牵扯不到卢家了。听闻未伤及性命，尚且安好，卢兆祥也并不多问其他。至于卢柏凌，放他出来那一刻，就料到无法再关回他，也就任他去，索性不管不顾这个孽障。

回一水间的途中，锦笙挑着眉梢问卢柏凌："救你出禁闭，你怎么谢谢本少爷啊？"卢柏凌绽唇一笑，凑近她，扯着走调的戏腔："林五少大恩大德，奴家无以回报，唯有以身相许，还请林五少收了奴家吧！"锦笙只当他在说笑，便顺着他的话屈指挑了挑他下巴，说："好啊，本少爷就收了你这矫情的东西！你以后可得对本少爷守身如玉，不能给本少爷戴绿帽子！"

两个人的另一只手是并排闲放着的，卢柏凌突然间就握住了锦笙的手，收起玩笑模样，看着她认真说："好！以后我卢柏凌就是你的人了，我会为你守身如玉，专情不移！你也必须要为我守身如玉，不能给我戴绿帽子！"

锦笙愕然微怔，卢柏凌攥得紧，她一时间抽不回自己的手，还不知要作何反应时，开车的苏叶先是心情烦躁地错踩了油门，车子猛行了一段路，快要碰上行人时，他又猛地反应过来踩了刹车。加速与骤停的工夫，愣怔的锦笙因惯性朝前扑去。卢柏凌伸手护住了她，前方倒座的椅垫蕾丝上插着她吃完的糖葫芦竹签，锋利尖锐的一头恰朝外。纵然是木头，猛然受力也十分锋利，扎进卢柏凌左手腕处，拔出来后，留下一个小血洞，鲜血汩汩直冒。

锦笙也顾不得想卢柏凌方才那番话是何意，连忙拿了手帕替他缠绕伤口止血，卢柏凌凑近她脸颊，笑着问她："心疼吗？"锦笙脸色微变，瞪他一眼，也不答话，远离他，呵斥苏叶道："苏叶，你喝酒啦？要碰死本少爷啊！"苏叶扭过身子半俯了俯，板着面孔认错道："五少，对不起，您罚我吧！"锦笙蹙了蹙眉心："别横在大路中间了，回去！"

回到一水间，赤芍拿了医药箱到会客厅，帮着卢柏凌处理伤口。卢柏凌摆手示意不用她帮忙，另外吩咐道："赤芍，你去帮我收拾个客房出来。"一旁跷着二郎腿旁观的锦笙警惕道："收拾客房做什么？我可没允准你住在一水间，你自己找地方住去！"

卢柏凌看向她，冷勾着唇角："你别以为我不知道你救我出来的真实目的，你要是不让我住一水间，好吃好喝地待我，我可就回我自己家，再也不出来了。我父亲不关着我，我也大门不出二门不迈，避不见客，只为你林五少守身如玉。我看你怎么跟林爷爷交代！"

锦笙微努着嘴，抬脚就踢翻了他眼前的药箱，纱布器具，药水瓶子皆撒在地毯上，怒说了两个字："卑鄙！"卢柏凌也不恼，捡起纱布，消了毒继续用，顺带得意笑道："彼此！"

锦笙气呼呼地出去了，因也生苏叶的气，就唤了杜衡当汽车夫出门。到丝织厂待了一下午，赶着城门关闭的时间回了城，也不想回一水间见卢柏凌，就吩咐杜衡朝西城的监狱开去。

暮色沉沉，只远远地瞧见那高墙铁门，就令人心中压抑。锦笙还是第一次来监狱，正踌躇着要不要进去时，童逸勤和薛明喻也来看林清嘉。守门狱警虽不大认识锦笙和薛明喻，却把童逸勤认得清，恭敬着，一路畅通无阻地领了三人到林清嘉的牢房里。

林清嘉的牢房宽敞整洁，一看就是让人特意打扫了的，连褥子床被都是家里拿来的。牢房铁栅栏也没上锁，门半敞着，林清嘉正把一个狱警使唤得团团转，又拿酒盅，又摆林辛氏送过来的晚饭，卢柏凌竟也在。林清嘉隔着铁门笑道："哟，你们是约好了来看我？都能凑一桌麻将了。"又对狱警说："老何，再去拿几个酒盅来。"

锦笙是在童逸勤和薛明喻后面进去的，正好四个长条凳，全被占了，林清嘉拍着自己的长条凳："来，老五，跟三哥坐！"卢柏凌抬手就把锦笙拽到自己的长条凳上，说："你杵着跟竹竿似的，挡道！"锦笙因手被他攥着有些别扭，只瞪他一眼，也不吭声。

见惯了两个人斗来斗去，其余三人也都不理会。林清嘉环看一圈，无限感慨道："弟兄们，真想不到咱们有朝一日能聚在这里喝酒。真是俯仰之间，瞬息万变，我林清嘉竟也有锒铛入狱的一日啊！"

童逸勤白他一眼：“林老太爷今早晨送你那阵仗，直把我父亲的秘书都吓怔住了，说，‘这哪是送犯人啊，这是送爷爷来了’。你在里面和在外面也没什么两样，倒过得比我们还潇洒。我和明喻、哲峰为了你的事都跑一整天了。到现在，连口水都没顾上喝，你倒还有雅兴饮酒。”

林清嘉端起自己的酒杯和他碰了碰，摇头叹息道：“我在这里面也没闲着啊，这里面太静了，看着那些狱警真糟心，我都开始思考哲学问题了……”锦笙刚喝了一口酒，就扭身喷将出来，她素日里最见不得林清嘉正经说话的样子。经锦笙一捣乱，林清嘉也说不下去了，木着脸说：“喝酒，喝酒！”

因长凳是只容两人坐的，卢柏凌又存了心，锦笙已半坐在边缘，他还伺机朝这边靠。两个人胳膊挨着胳膊不说，他还把手搭在锦笙膝盖上，锦笙一惊，本能地朝前踢了一脚，却踢到了薛明喻的小腿上。薛明喻被酒呛了一口，看一遍其余四人：“谁踢我？”锦笙面不改色地拿筷子指了指卢柏凌，卢柏凌漫不经心地耸了耸肩。薛明喻已猜到是锦笙，也知道卢柏凌护锦笙有股护犊子劲儿，恰好林清嘉又发起碰杯，这件事就略过不言。

卢柏凌仍与锦笙愈挨愈近，他衣裳上有股子栀子花香，锦笙猜测是在一水间拿她的栀子花香薰熏过，让她一颗心也跟着乱起来。讲不清楚为何乱，就是乱颤着不肯老实。她从小就喜拿栀子花熏衣物，是因为赵丹蔻最喜拿栀子花熏衣物。此刻只闻其香，不见其花，连锦笙都未意识到，自己竟没有想起杨灵均，只被卢柏凌扰得心烦意乱。

喝了三盅酒，锦笙就红了脸，分不清是酒意还是其他，只觉脸烧得难受，故不愿再和卢柏凌挨这么近地坐着。可又不好和其他人坐一条长凳，遂端起酒杯，对众人敬了一圈，推说有事就离开了。

走到门口，林清嘉对她客气道：“老五，三哥就不送你了，常来啊！老何，替我送送我们家五少爷。”老何应着就跟锦笙朝外走，走到牢房大门口时，锦笙从口袋里掏出准备好的钞票递给老何，说：“我瞧着你和我三哥投缘，我三哥也满意你，就劳烦你多照顾照顾我三哥。”

月已高升，牢房门前又悬着电灯，老何看了一眼，就猜到大概有多少钱，忙摆手说：“三少奶奶已经给的不少了，小的不敢再收五少爷的钱。”锦笙把钞票塞到他衣袋里，说：“拿着吧，算是五少我的心意，给你们弟兄分分。我三哥打小没吃过苦、没遭过罪，生活上的琐事，别委屈了他。我三哥爱干净，你们腿脚勤快着些，把他牢房周围也收拾收拾，别让他看着糟心。”老何连声应着：“五少爷放心，小的等会就领人去收拾，也一定伺候三少爷周全。”

“老五，爷爷可是昨夜里才训令过子孙。怎么，今天你就摆起林五少的架子了？”

由监狱大门走到牢房门的小道上，锦笙看到林清菽逆光而来，一轮清月照得他神情越发阴冷。忽地想起昨夜里自己母亲被林清菽连罪着挨骂一事，冷笑道：“我摆架子，是因为我有架子摆。不像二哥，到底是底气不足，早些年，你不也怀疑自己不是林家子孙吗？不敢出门见人！”林清菽一把抓住了锦笙的肩膀，把她猛地推到墙上，喝道：“你跟老三还真是一丘之貉！虽说是长房嫡孙，可你也是庶子，你母亲也是窑子出身，就为着个什么破麒麟传言，被全家人当作宝贝，你倒是变个麒麟给我瞧瞧啊！”

老何一听话音不对，早已掉转身子躲进了牢房大门里，装作什么都未听到就走远了。锦笙扯开林清菽的手，整了整长衫马褂，见他恼了，反而不再生气，笑道：“麒麟我变不出来，耆德印倒是能给你变一个。”

林清菽惊道：“爷爷把耆德印传给你了？”锦笙瞥一眼林清菽紧张微怒的模样，垂眸转着自己的麒麟戒指笑道：“你还真是为耆德印回来的。”林清菽自觉上当，反驳道：“胡说！”锦笙啧啧道：“爷爷生病你都不回来，现在连四爷爷都请了过来，不为耆德印，难道真为了看我变麒麟？得，变，我是真变不出来，明儿我找人给你画一个。”说着就对他学西洋礼节挥手再见，转身朝监狱大门走去，麒麟戒指上的钻石在月光里闪过一道流星似的璀璨光辉，转瞬而逝。

为着避嫌，锦笙晚上去了白公馆睡觉。本就心里烦乱，见了白蝴蝶如今的模样，心里更是烦乱了。以前的白蝴蝶，虽不爱笑，可心如止水，令观者也心宁神定。现在的白蝴蝶心如死水，令观者也自觉生无所恋。

林清嘉的事有一众燕平朋友帮忙奔走，林家反倒找不到地方出力，只能在一旁干瞧着。因林老太爷让锦笙拟一份丝绸比赛的详细计划书和宣告各商会的文章，锦笙南下一事便暂且搁浅。

那日本司机的确是窒息而亡，但找不到凶手和证人，燕平日本商会又咬住林清嘉曾打过他不放，这件事就僵持着。渡边次郎告一天林清嘉，林清嘉虽不至于真的受刑抵命，也得坐一天牢。

渡边次郎曾找上林肇聪说，若林家十六间店铺肯卖东洋丝绸，便不会再告林清嘉。林肇聪虽知晓林老太爷不会轻易妥协，为着避嫌，仍把此话禀告给了林老太爷。林老太爷当即命人连夏、秋、冬衣裳都给林清嘉送去了，又写了一封亲笔信，嘱托他安心住着。

锦笙怕林清嘉住着闷，想到他本来想当翻译家，却被爷爷给喝令阻止了，又知道他以前曾留恋法国不愿归，也素爱看法国小说，就从陆哲峰太太那里借了很多法国小说，给他送了过去，让他翻译着打发时间。

渡边次郎和佐藤英武去看林清嘉时，只见林清嘉清心寡欲地住着，竟还伏案看起书写起字来，倒也惬意，大有在里面安家之势。虽不信林清嘉能把牢底坐穿，可也不想他过得如此安逸自在。

燕平城不是日本侵占地，渡边次郎没法借助日本军部的力量，便集合了一些日本侨民到日本驻华公使馆游行示威请愿，要严惩杀害日本同胞的凶手，再由日本驻华公使馆通过外交手段给江北内阁施压。警察厅还没有找出杀人凶手，林清嘉又是唯一嫌疑人。童立夫虽不对林清嘉严刑逼供，可也不敢轻易放他出来，恐落日本人口实，更让他们得了借口，给警察厅扣上徇私枉法的帽子，把事情往大了去闹。

日本人在外面闹，林家宅院里也不平静，林清菽为着耆德印而来，只提到“耆德印”三字，罗汉床上的林老太爷就怒得直挺坐起：“你三弟在坐牢受苦，你在想耆德印。我这把老骨头还没散架，你们就想着要拆家了！是不是嫌我这个糟老头子太能活，碍着你们分家财了？我告诉你们，老头子我不仅要活过八十，我还要活他个一百整，让你们散不了伙！就算你们心里不痛快，也得年年拜着我！给我磕头！”林老太爷发怒，自是众人都讨不到好，子孙女眷仆役丫鬟诚惶诚恐地跪了一地给他磕头。

锦笙素日里虽敢跟林老太爷胡闹撒娇，可林老太爷当真发怒时，却是半个字都不敢说。当即，连林四老太爷都说要回泰潍城。

送完林四老太爷，回到麒麟堂密室，林肇聪引了林清菽的例子教育锦笙：“现在知道年轻气盛沉不住气有什么后果了吗？前几年，清慕任性，清嘉胡闹，孙儿辈里只有清菽可堪重用，倒把他惯得不知天高地厚。如今为父把你扶持起来，有为父在你背后指点着，他竟还不知道自己有几斤几两重。”

锦笙笑而不语，林肇聪又说道：“不过，二房已在绸缪分家一事，咱们大房也不能不有所行动。你爷爷到底年岁大了，吾等虽不想他老人家有那么一朝，可终究会有那么一日的。只大房子嗣单薄，若分起家来，咱们总要吃亏。三房倒还好，老八、老九年岁尚小，派不上用场。只二房的三个儿子，尤其是你二哥，心思颇重，行事又狠，不得不防。”

锦笙道：“父亲，纵然有分家的那一日，也是由宗族长辈合算资产后，公平分配，咱们没法子多得，绸缪了也没用。小打小闹也就算了，难不成自家人还要争个你死我活吗？咱们与二房、三房终归是一家人啊。”

林肇聪冷笑道：“幼稚！当初，你爷爷和你二爷爷、三爷爷、四爷爷也是一家人，如今呢？只是宗族里的近亲而已。纵然亲兄弟，可一房是一房，相互间连着亲，却隔着心！记住，咱父子俩才是一家人。若你有其他兄弟，待为父死后，你们俩也终要成为两家人的。”他话说完，脑袋轰地一响，仿若凭空挨了一记闷雷，轰得脑袋嗡嗡作响，想到自己惨死的儿子，他霍然离开椅背，胳膊肘撑在桌子上怒望着锦笙。

锦笙只觉林肇聪的一番话很是刺耳别扭，一时间不知该如何接话，低眼把玩着茶盖子，也未瞧见林肇聪对她的那股子恨意。

谎话就是谎话，假象就是假象，到底成不了真。那份恐惧真相与事实被发现的情愫，就像冬眠的小蛇，在人情绪波动得极为厉害时，也会破冰而出，裹着恐惧外衣肆意游走，滋扰人心。

缓和须臾，林肇聪又缓缓靠回了椅背，把烟斗在香炉沿磕了磕，沉声道：“这几日，你没住在一水间，倒是很好。看来，为父的话你也听进心里去了。你的孝心，为父知晓了。回去吧，把你爷爷让你写的东西，尽快写出来。南地的事，也得尽快办成了。清嘉的事，你不要再掺和，由着你二叔去周旋，到底是他儿子，能不能救出来，就看他的本事了！”

锦笙站起后，林肇聪忽又想起什么，唤住她，蹙眉吩咐道：“你的孩子心性太重了，要时刻提醒自己收敛着，别动不动就贪图好玩，干些没实际用处的事。清嘉坐牢，就是你惹出的麻烦，好在清嘉一直没开口提你，你爷爷不知道这件事你也参与其中。还有，别那么爱吃糖，你见谁家的少爷跟你一样，随从仆役的口袋总给你装着糖果？以后要抽烟！把吃糖的毛病戒掉！改抽烟！”锦笙虽不愿听吩咐照着做，可也不敢直接违逆，应着说：“是，儿子知道了。”

第十二章 青梅酒，困痴心

由麒麟堂到宅院大门时，锦笙又路过那条鹅卵石小道，旁边凉亭的飞檐下悬了电灯，杏子红百褶绸作灯罩，把一片灯光都影出浅浅杏红。香味扑鼻的栀子花，亦不再是纯洁雪白，而显出浅红来。

她停住脚步，随手摘了一朵栀子花，有熙攘笑声隐约传来，她循着笑声望去，是林清慕把他女儿陶陶驮在脖子上，与妻子秦依斐并肩而来。三岁的陶陶远远瞧见她，挥着两只小肉手唤道："五叔叔，五叔叔，花花给陶陶。"

锦笙在老宅是出了名的祖宗脾气，又因孩子总要让人抱在怀里，她不敢与小孩子太过亲近，家里的小辈孩子都怕她，唯有这小侄女，胆子颇大，与她幼时脾气秉性相同，并不畏惧她。

待林清慕驮着陶陶走近，锦笙唤了一声："大哥，大嫂。"随后把手上的栀子花递给陶陶，虽刻意显出和气，却仍带了疏离冷意，笑问她："去哪儿贪玩了，这么晚才回来？"

陶陶把花朵放在林清慕头上，一边玩，一边回道："和母亲去学校接父亲了，五叔叔，陶陶还想吃果果。"

锦笙不解："什么果果？"秦依斐笑道："五弟刚回来时，让赤芍送来的法国糖果，五颜六色，甚是好看。老妈子一个没看住，被她全泡在水缸里玩了。没得吃，她又哭闹起来。我在百货公司没找到那种糖果，写着外文的盒子一早就扔了，我也没记住名字，没法和他们订。"

回国带的礼物虽然都是赤芍和苏叶经办的，但锦笙问了一番那盒子是什么颜色什么样式，就知道是何种糖果。刚受了一番教育，也不好开口说自己知道，便说道：“大嫂不用麻烦，我找人买好了再给陶陶送过来。”秦依斐道：“那就麻烦五弟了。”

秦依斐想教着陶陶说“谢谢五叔叔”，可说话的工夫，陶陶已下巴抵在林清慕脑袋上，小脸埋了一半在栀子花里睡着了。秦依斐对林清慕轻声道：“哟，陶陶睡着了，夜里还是有些凉意，咱们回去吧。”

林清慕本有话对锦笙说，却觉得此处不是长谈之地，就把陶陶由脖子上取下来交给秦依斐抱着，对锦笙说了句：“老五，你回去路上慢点。”

锦笙应了一声后，望向他夫妇二人的背影。秦依斐抱着陶陶，林清慕揽着秦依斐肩膀，二人不时相视说些什么，那副相依偎的模样，宛如一幅神仙眷侣要携手至白首的画作。

锦笙微攥拳的右手掩在心口位置，那里有一股子不安分的气流游窜，窜完以后就空虚得厉害。她每走一步都像是走在乌篷船里，船身很小，在湖面摇曳，摇得一颗心涣涣散散。许久，她才能压抑住那股不安分。

林清慕在大学教书，每月工薪三百多大洋，是林家唯一一个娶了妻，却未纳妾的男子。虽住在林宅里，但夫妇二人一向可着林清慕的工薪过活，日子过得还不如吴松这个林家大总管奢侈。

锦笙却觉得，林清慕是林家活得最幸福安乐的一个。做着自己喜欢的工作，有一个温顺贤淑的妻子，生了两个聪明可爱的孩子。儿女承欢膝下，夫妇琴瑟和鸣。林清慕也常说，此一生，已别无他求，唯一腔热血献于家国。

锦笙偶尔去燕平大学找林清慕，那是一个完全不同于她生活的世界。没有交际名媛，没有戏子花旦，没有霓虹琉璃里的觥筹交错，没有珠光宝气下的纸醉金迷。

虽学生的年岁比她都要大，可学生们稚气未脱，浑身都是那股未经社会染缸浸染过的纯真。他们引经据典，又读得懂外文书籍，热烈讨论学术问题，直言不讳，争得面红耳赤，又顷刻间握手言欢，相视一笑，亦不记仇。

锦笙羡慕学校的生活，也羡慕大哥、二哥、三哥都能出洋留学。

那股不安分仍在体内游窜，她不知晓自己到底不安分什么，大抵是不太喜自己现在的生活，可又频频告诫自己：人要懂得知足，现在的生活已是够令人钦羡的了，不可再得陇望蜀，贪得无厌。

锦笙读书不多，好些文绉绉的古人语都记不住，大概记得是在哪本书的第几页纸上，故而又得回到一水间，在书房里写东西。

这日写到文思枯竭，已是夜里三点多钟，便懒得再坐汽车颠簸去白公馆。许是咖啡喝太多，身心疲倦却不困。洗完澡，在床上翻来覆去，仍旧睡不着。忽又想起曾和猴戏师傅学的筋斗云，便唤醒赤芍移开桌椅腾出空间，活动完筋骨摆起架势，一连翻了好几个，益发精神了。

待喜滋滋地转身欲问赤芍，自己方才那筋斗云翻得像不像齐天大圣孙悟空，才发现一旁作观众的赤芍，下巴颏抵着椅子背，早已昏昏睡去。锦笙极其不悦，走到赤芍跟前，大声道："赤芍！" 赤芍从椅子上跌下来，半清醒半眯瞪地说："五少，您吩咐。" 锦笙扔了金箍棒，皱眉道："少爷我睡不着，难受得很。你去把卢柏凌喊起来陪我喝酒。"

去岁春时，锦笙和卢柏凌一言不合就开打，看她真的恼了，卢柏凌身姿矫健地躲在花园子里的青梅树上不理她，也不下来。她让杜衡和苏叶拿了海碗粗的木梁子撞青梅树，撞下来许多果子。赤芍觉得可惜，就跟一水间的丫鬟清洗干净，讨来酿酒的法子，酿了青梅酒。

卢柏凌却说，这青梅果子酒能酿成，他有一多半功劳，他要是爬到那不结果的树上，杜衡和苏叶也撞不下这般多的果子酿酒。先前未入住一水间时，已提了几次要上门讨青梅酒喝。

青旗沽酒趁梨花，正是梨花骨朵儿俏枝头的时节，锦笙让丫鬟把青梅酒取了出来。

赤芍她们酿酒技术不佳，那青梅酒如同汽水般酸酸甜甜，半点酒味都没有。锦笙又让小樱桃端了洋酒来，卢柏凌自己喝爱尔兰威士忌，却只准锦笙喝汽水。

锦笙知晓，卢柏凌素来随性温和，可若强势起来，那股子霸道欺人的二公子脾气就上来了。醉翁之意不在酒，自己大半夜滋扰他，本就不是为喝酒，而是失眠难受，要折腾他，让他也不得安睡而已，遂听了他的话。

书房里的大灯离窗棂较远，窗下便被浅淡的月光钻了空子进来。月影姗姗倾洒，盈满窗内。锦笙趴在窗台上，可望见花园子里的斑驳树影，月光照下去，便融在了电灯光影里不可寻。

卢柏凌后倚在窗台上，端着酒杯，却一直扭头凝看着锦笙。因她新换的衣物拿栀子花香薰熏过，那股香气盖过酒味直往他鼻息里钻。

锦笙捧着玻璃酒杯，朝里面的汽水吹气，打乱酒杯里的一小圈月色，待汽水面平稳，她再朝里面吹气，汽水仍旧会激起小小碎碎的气泡，漾开波纹。等待汽水面平稳时，锦笙抽空看了卢柏凌一眼。他一向讲究留洋贵公子的时髦派头，甚少穿长衫，今日许是被叫醒时还迷糊着，竟穿了古月色长衫而来。夜风吹得他衣角轻扬，趁着淡淡月色，气度萧萧肃肃，清隽洒脱，令她没由来地想起了杨灵均。

她与杨灵均的生活交际并不多，杨灵均虚交的朋友很少，亦从不跟富家子弟来往胡闹，故而他们之间也没有朋友连着朋友。她若不刻意派人去打听杨灵均的消息，就半点都不知晓他的近况。近来事多扰心，锦笙不敢去打听杨灵均，怕自己乱糟糟的心愈加乱了。

昨日里派杜衡去打听了一番，原是杨灵均受了邀请，领着他自己的剧团出洋演出了。杜衡打听到的路线是由日本到加拿大，然后还要去美国。一直以来，锦笙虽未轻视戏子为下九流，更未轻视过杨灵均，却也没料到他竟有如此大的本事，能把中国京戏带出国门。伶界大王的称号，当真不是白得来的。

锦笙分不清心里是苦涩还是为杨灵均自豪高兴，可又觉得不该自豪，毕竟，她算不得杨灵均的什么人。

卢柏凌的目光一直未离开过她，连喝酒倒酒，都有几丝余光在瞧着她。她心神杂乱着，也不由得地多看了卢柏凌几眼。

卢柏凌眸光里凝聚着一层如满月般浓厚却远隔天涯的情意，锦笙不知卢柏凌这副模样是未清醒，还是喝醉了。玩腻了汽水，心里愁绪又成倍增加，她脸一侧，歪在前臂上，回看着卢柏凌："卢柏凌，以后，我会有更多的钱养活你了。我父亲虽没有明确告知我，可我猜测着他的意思，是想把林家诸多产业都争到大房名下。以后，就不会再有人同我捣乱，我可以放手去做一番事业了。本少爷成为丝绸大王，指日可待！真好。"

她说着"真好"，语气里却无半点喜悦之意。抬手与卢柏凌手里的酒杯碰一下，仰头饮尽玩了一阵子的汽水，把玻璃杯放在窗台上，不再去倒汽水。心里苦涩加之五味杂陈，那汽水味道亦是混乱的，不好喝。

卢柏凌也随着她饮尽杯中酒，放下酒杯，笑着说："那我一辈子跟着你混吃等死，你可别嫌我。"

锦笙头发微湿，她拨拉着一头短发甩水珠，抽空对卢柏凌撇嘴一笑："看你的造化吧！若你来日不是总理府的二公子了，我还养着你何用？"

卢柏凌屈起一根手指，用指节点着自己脸颊上被锦笙甩到的水珠，鼻息间满是锦笙身上的香气，遂有些心不在焉地轻笑道："你养了我这么久，我也没帮过你什么忙啊，你不照样好吃好喝地待我。"

他虽与锦笙说笑着，心思却迢远地想到了别处，锦笙忽然又问他："卢柏凌，你有想过你的以后吗？你打算就一直这样过吗？三姨太已然是你庶母，你当真为了她终身不娶妻吗？你都二十六了，按着旧规矩，早已是儿女承欢膝下的年纪。我大哥比你年长两岁，已是儿女双全。"

无旁人时，她在卢柏凌身侧说话，为了护嗓子，向来喜用真音，又恐被人听了去，便把嗓音压低，二人离得很近，那萦萦绕绕的婉丽音色，伴着扑鼻的花香气，撩拨着卢柏凌，让他益发失神。她站得累了要往后倚，卢柏凌就把一只胳膊当肉垫隔在她后背与窗台之间，恰好把她半圈住。她觉得别扭，要往一侧移开，卢柏凌就揽住她腰，凑近问她："你刚刚说了许多，声音太低，我没听清。"

锦笙衣物素来朝大一号做，看着人瘦小，揽上她腰身，卢柏凌才发现，出洋一趟，她又清瘦了许多。及至锦笙复述了一遍，他却不回答她的一串问题，与她四目相对，费了劲儿掩饰，语气里还是带了疼惜："你呢？你想过你的以后吗？就一辈子当个男人？"

锦笙被问住，失神落魄地看着卢柏凌近在咫尺的脸庞，心里喃声问了自己一遍，当真要一辈子都当个男人吗？

旋即，又答复了自己：不当一辈子又该如何，总不能撇下父亲、母亲与云笙，独自远走高飞，潇洒人间。她本就不如哥哥让父亲省心，怎可再一走了之，让父亲愈加忧心费神。纵然有一日双亲不在，她亦不能公开身份，令父亲蒙羞。

可不是，要一辈子当个男人吗？

不，连死后都得是个男人身份。

她对卢柏凌勉强一笑，像是说给他听，又像是说服自己："对，我这一辈子都要当个男人，为我父亲、母亲光耀门楣。死后，为保大房名誉，也得是个男人。"可，死后的事情，她如何能掌控得了。

卢柏凌终究有些醉了，未体会到锦笙勉强一笑的心酸，只想起那日锦笙为杨灵均哭泣一事，问道："若杨灵均不娶妻，你会如此心灰意懒吗？"

锦笙努了努嘴，说不出一个字。若杨灵均不娶妻，她也不能表明身份和杨灵均成亲，她要一辈子当个男人并非是心灰意懒，更与杨灵均无关。她不知该如何解释，遂保持了沉默。

可，卢柏凌曲解了她沉默的意思，微怒道："林锦笙，只因杨灵均，你就要心灰意懒？一辈子当个傀儡男人？你眼里就看不到其他人吗？"他愈说愈急，揽在锦笙腰侧的手猛一用力，就把她搂在了怀里。

卢柏凌温热带酒味的气息，扑在锦笙耳郭、脸颊和鼻息间。她被他搂紧在怀里后，心情由低落悲凉转为慌乱失措，心里乱到身子微抖，又挣脱不开，只愣怔着仰头看他。他眸子里有一股化不开的情意凝看着她，近在眼前的容颜迎着月光，愈加俊美过人。她扭过了头，紧张又推不开卢柏凌，慌乱地僵持着，浑身抖得令卢柏凌费了好大力气才抱稳她。

卢柏凌闲着的另一只手捧住她脸颊，逼她直视他，他积攒的太多情感一时涌出来，嗓音亦带了几分沙哑，低声道："锦笙，我爱的人不是什么三姨太。那时候，你那般求我，还提到死，我怕你父亲当真会杀了你掩盖事实真相，才伪造了我与庶母私通的证据交给你们。我也不是为了什么三姨太回来的，我是为你回来的。我为了你又回到这争斗旋涡里，可你怎能趁我不在，就把心给了杨灵均！"他把锦笙揽得更紧，与她眼眸咫尺相隔，沉声而笃定道："你是我的，从我打中你那一刻，你就是我的猎物了！我绝不许你落入旁人之手！"

锦笙头脑一阵接连一阵地发蒙，只心慌神乱地看着卢柏凌，他眼眸里的情意益发浓厚起来，神情沉着笃定。

当初，父亲为了掩饰好她的身份，以扩展林家生意为由，带着大房一支去了外地暂住七年，只偶尔带着她回林宅看望爷爷奶奶，从不令买来的云笙回来。

待她十三岁时，才把大房举家搬回燕平城。那时，她与云笙的五官都长开不少，与儿时瞧着不太一样。加之，买来的云笙又与她的长相有三分相似，因着孩子长相易变的常规，倒也没人生疑。

零零散散地回来，与卢柏凌的相处便似蜻蜓点水般，短暂且少。再次定居在燕平城后，锦笙随同父亲去卢公馆赴宴。宴会完毕，林肇聪与卢兆祥有要事商谈，卢柏凌就带她逛着玩，在花园子里瞧着左右没人，方低声问她："云笙，你哥呢？你怎么假装你哥出来了？”

她狡辩说自己不是云笙，卢柏凌就拎着她到凉亭的水池那里，威胁说，若不说实话，就把她扒光衣服丢进去。她只得求饶，悄悄对卢柏凌说了实话。说完，拽着卢柏凌的军装腰带，身子哆嗦到仿若没有骨架，倔强而惶恐地低声央求他：“二公子，求你不要告知别人。我父亲说，一旦别人知晓我的身份秘密，我只有一死，把尸体烧成灰，才能掩盖事实、保住秘密。我还不想死，求求你了。”

卢柏凌承诺说不会告知旁人，见她仍惶恐不安，也就告知了她一个秘密，作为交换。他爱他父亲新纳的三姨太，等他兵强马壮了，要把他的三庶母抢过来。怕锦笙不信，第二日一大早，还把他给三姨太写的缠绵情信，以及三姨太曾写给他的信交给了锦笙。

按卢柏凌所教，锦笙把那些情信都交给了林肇聪，还欺骗林肇聪说是她在卢柏凌书房里偷拿到的。林肇聪亦觉握有了卢柏凌私通庶母的证据，便亲自找他做交易。卢柏凌接了林肇聪给的一大笔钱，还签字画押写了收条，保证会好好帮锦笙保守秘密。

如此，手里握有卢柏凌私通庶母的证据和收条，林肇聪虽仍对卢柏凌心存芥蒂，但观察许久，见他未有要透漏锦笙身份秘密的迹象，也就逐渐放松了对他的戒备。

后来，锦笙和卢柏凌相熟了，问他，为何能认出她不是哥哥。卢柏凌笑道：“你那天看我的眼神躲躲闪闪、羞羞怯怯，就像少女看情郎哥哥似的。你说，你是不是在偷偷喜欢我？”

锦笙恼羞成怒，追着他从西山一路打下来，他见锦笙不依不饶，才说了实话：“你跟你哥哥虽然很相似，可你右眼外眼角那里有一颗小小痣。那次枪走火打中你，你昏厥过去，我怕你死了，回城的路上，老是扒拉你眼皮给你撑着，就发现那颗小小痣了。那痣原先很小，像细沙粒一般，你睫毛密，有睫毛遮着，不仔细看，根本看不到。我好奇龙凤胎的相似程度，特意看过你哥哥，你哥哥双眼周围都没有痣。你一长大，那颗小小痣也跟着长了一点，那天吃饭时，你挨着我坐，我无意间看到了，就知是你。当时只好奇，你父亲觉得你哥哥身体弱，是被你所克，一向不怎么喜欢你，为何会让你假扮你哥哥跟他外出应酬。”

锦笙出神的片刻，唇齿间晕开酒味。待回神，是卢柏凌已把压抑不住的情感付于了唇间。卢柏凌很温柔，她却受到了偌大的惊吓，哆嗦着用猛力推卢柏凌。可卢柏凌早防备她反抗，力道上并未给她挣脱的机会，只趁势抱着她一转身，把她抵在了墙壁上，由浅吻变深吻。

四年前，卢柏凌要离开中国的两天前，她去书寓找颓废荒唐的卢柏凌，把那些灌卢柏凌酒的姑娘都赶走后，醉酒的卢柏凌曾把她当书寓的姑娘，这样对待过。只那晚的酒味比今晚更浓厚杂乱些，她也更慌乱无措许多，僵愣在那里。

待卢柏凌睡倒在她膝盖上，她还僵硬着身子，许久缓不过神来。直到听得卢柏凌呢喃“秀秀，你说话的口吻和父亲愈来愈像了”，她才回过神来。自得知卢柏凌私通他三庶母以后，她就知“秀秀”是他三庶母卢魏氏的闺名。

又是如此的接触，锦笙反应过来后，除了慌乱无措，就是愤怒。她用力咬下去，唇齿间晕开血腥味，卢柏凌虽吃痛，却仍不放开她，箍住她腰身，力道更粗鲁了些。她摸到卢柏凌放在窗台上的酒瓶，握住瓶颈上扬时酒洒在她和卢柏凌身上，随即是“梆”的一声，然后就是玻璃碴子落地的零碎声响，卢柏凌方吃痛放开了她。

卢柏凌捂着脑袋发晕地看锦笙，只片刻间，便有血沿着他额头缓缓流下。他肤色白皙，在月光下有一道道纤细的血河从脸上流淌而过，凄楚不已。

卢柏凌痛得咝咝连吸了几口凉气，抹了一把额头和面颊，蹙眉瞧着手指上的血。锦笙不知该作何反应，躲闪着不看卢柏凌的凄惨模样，惊恐眸子里泛起水光，她扯住窗幔，把自己卷在里面，身子仍是抑制不住地发抖。虽强装镇静，唇角却哆嗦着：“卢柏凌，我知道你与其他女子厮混惯了，可你不能拿这等事捉弄我。你离开一水间，方才的事，我权当你醉酒失态。日后相见，我会当作什么都没发生过，还以兄弟身份待你。”

卢柏凌在痛意中，酒也醒了多半，知晓自己是酒气作祟冲动行事，吓到了锦笙。他把悬在睫毛上的血擦去，本想走近锦笙，见她身子哆嗦得厉害，泛水的眸光带着惶恐和凌厉，很是畏惧他近前，便止住步子说：“你不用当作什么都未发生，以前你年纪小，我不说，你可以不知道。我既已表明了心意，你就必须得当真！锦笙，记住我跟你说的话，从我打中你的那一刻，你就是我卢柏凌的猎物了，你只能是我的！”

锦笙把自己往窗幔里蜷缩得更甚了，脑子里乱糟糟的，就像蚕茧初缫丝时，千丝万缕缠绕在一起，直缠乱得人心惶惶，却仍执拗着说：“就算你拿枪把我打得千疮百孔，我也不会是你的猎物。卢柏凌，我再说一次，你离开一水间！否则，我这辈子都不会再理你！”

她在窗幔里倔强地抬起颤抖的下巴，眸光惶恐而固执，卢柏凌终还是认输，他知晓她性子里有股狠劲，或许当真会一辈子都不理他。遂眸带无奈地望她一眼，边捂脑袋，边擦血转身离开。

下楼时碰到赤芍，赤芍见他受伤，忙拿了医药箱跟到会客厅。在他的指挥下，把他伤口周围的头发剪去许多，折腾了大半个钟点，才把玻璃碴子尽数挑出来，消毒缝伤口。

卢柏凌换下染血衣物也耽搁了些时间，待锦笙由书房窗棂望着苏叶送他离去时，已临近拂晓。

花园子里，灯辉初灭，拂晓光浅，照不亮春日满园的碧色嫣红。锦笙立在卧房露台上，有晨风吹过，她拢了拢单薄长衫，趁着不太亮的光芒，依旧盯着手上相片，是卢柏凌曾经扮的杨妃花旦。不知是她的心模糊，还是光模糊，只觉相片上的人也模糊不清，分不清是杨灵均的扮相还是卢柏凌的扮相。忽记起，卢柏凌离开后，她第一次在万梨园见到杨灵均所扮的杨妃，难以掩住心中的万分欣喜。

卢柏凌离开一水间后，锦笙也不再避嫌住到白公馆。林肇聪虽知卢柏凌受伤被驱逐一事，却不知原因，便猜测二人间有了越礼之举。因此事难以启齿斥责，只得寻了几件无关小事对锦笙斥责打罚，又命令苏叶更为密切地监视她的行为举止。

待锦笙把写好的东西呈递给林老太爷阅览后，林肇聪就催促她，尽快把手上的事情处理好南下。

在议事厅传阅时，林清菽看完锦笙的计划书，虽顾虑方家丝绸到底能不能赢过东洋丝绸，却也不跟林老太爷说明，面上不动声色，心里冷笑连连。他要和渡边次郎等人联手让东洋丝绸赢了中国丝绸，待大房办砸了这件大事，失信于林老太爷，他得到耆德印的机会就更大了。

燕平日本商会会馆虽是中式建筑，内里装潢却是日式。包裹严实的林清菽被仆人引进一间会客室，绕过樱花白纱木屏风，抬眸可见墙壁上所悬的鸟羽浮世绘。

渡边次郎、佐藤信长、佐藤英武早已在饮着清酒等林清菽，伴着大和民族的特色歌舞，东洋韵味甚浓。

林清菽摘掉帽子围巾，因不习惯日本人的坐姿，只随意半坐着。应着乐声回头看了一眼那两个挥扇曼舞的日本艺伎，不由想起林清嘉说过的，“这么一张惨白红唇的脸跟我进了屋子，灭了灯该办事也就办了。等不经意间迎着月光一看，披头散发，保管得把我吓得中看不中用”。

林清菽没由来地就想乐，为了抑制住自己的情绪，忙把由家里私下誊写的文件扔在桌子上。

渡边次郎三人传阅完锦笙呈递给林老太爷的计划书，互相对看一笑，佐藤信长道：“林老太爷到底是老了，竟听任一无知少年的话，要与我大日本帝国较量丝绸。”林清菽道：“你们不要轻敌，老五年少，我大伯却不糊涂，这个法子能让他同意，就说明他父子二人还留了一手，没告知我爷爷。”

佐藤英武即是林安和，对方家丝绸甚为熟悉，也知东洋丝绸与方家丝绸相比，技艺上还差那么一截，遂道：“不管结果如何，借助林家的名气办一场比赛，于我大日本帝国丝绸在中国丝绸市场是有好处的。假如真赢不了方家的丝绸，也可借此增添我国丝绸的……”他话未说完，佐藤信长便厉色呵道：“混蛋！没有假如，我国丝绸必须赢过中国丝绸！支那人不过是一群东亚病夫，被奴役惯了，挨打惯了，也输惯了，可我大日本帝国不一样。我大日本帝国必须得赢，必须得赢过这些下等支那人！不能令天皇蒙羞！”佐藤英武噤声片刻，连声说“是”。

林清菽与日本人合资建厂，不过是因为中国早已有诸多家中日合资的厂子，佐藤英武和方少泉找他时，为着多赚钱，也就同意了。这次的中日丝绸比赛，因这个点子是锦笙想的，他想让大房出糗，想让林老太爷对锦笙失望，好让自己继承耆德印的概率更大些，才和日本人站在一个阵营里。

听了佐藤信长的话，纵然他是个以利益为重的人，身体里那点子热血也被激出来了。他把酒盅猛然扣在矮桌几上：“佐藤先生，你那么大年纪了，说话注意些，别他娘的满嘴嚼蛆！西洋人说东亚病夫也就算了，你们那弹丸小岛也在东亚，你这话骂谁呢？等你们东洋人的本事大到能把你们那弹丸小岛连根漂移到欧美去，你们才不是东亚人！”

瞥见佐藤英武要开口，他神情里的阴冷不减：“我是为了得到我林家耆德印才跟你们合作的！你们若是再侮辱中国人，别怪我翻脸不认人！我一旦跟我大伯联手，你们在日本侵占地有军部撑腰，我不敢夸那个口。其余的地方，保管能让在中国的东洋丝绸商人，破产到连张回日本的船票都买不起！”

林清菽发完火就离开了，佐藤信长虽气愤轻蔑他，却仍保持慈和外表。待林清菽一离开，三人亦不再讲他们瞧不起的中国话，而是讲起深以为豪的日本话。

渡边次郎亦觉东洋丝绸不能输给中国丝绸，对佐藤信长道："老师，您说得很对，我大日本帝国的丝绸绝不能输给支那。这次比赛，咱们不能轻敌，一定要好好计划，也要利用好这次比赛。国内和支那的供货丝织厂，我会尽力去调解，在个人利益和帝国荣誉之间，希望他们能暂时抛下个人利益，以帝国荣誉为首要。"

佐藤信长点了点头，又对佐藤英武道："霓裳锦，你还需要继续钻研。我们能不能重振佐藤织物会社在西阵织的昔日光辉，就靠霓裳锦了。一旦你掌握全部的霓裳锦技艺，川岛、龙村这两家织物会社又算得了什么。我佐藤织物会社的技艺，才是最能代表大日本帝国的织物技艺！是大日本帝国的瑰宝与荣耀！"

佐藤英武颔首应了一声"是"，又问道："林清嘉该怎么办？不论我国侨民如何请愿，拿不出确凿证据，又有林家撑腰，警察厅是不敢杀他的。"佐藤信长道："起初，我只想让林家找人顶罪替死，再透给支那的报社，掀起舆论，让支那人去对付林家。支那学生游行示威的力量，我见识过，一群热血激愤、不怕死的年轻支那人，力量不可小觑，光是这些年轻支那人的舆论谴责，就能灭掉林家上百年的耆德堂招牌。"

他心中无奈，只得冷冷一笑："不承想，林甫鄞虽在病中，却还不是老糊涂，能大义灭亲，把自己的亲孙儿送到监牢里。如此一来，此计已行不通。可我也不想林家人好过，林清嘉于林家的丝绸生意无关紧要，不要再费心思管林清嘉了。是他爷爷把他送到监狱里去的，就让他住着。偶尔还是要让我国侨民去日本公使馆游行示威，让林家不要那么轻易地把林清嘉救出来。"

在佐藤英武颔首说"是"时，他缓缓饮了一杯，眸光变浑浊了几分，语气也变得悠长："林清菽不敢让林家人知道他与日本人来往一事，林甫鄞和林肇聪也定然不知道你们的背后是我，若知是我，许多事情就要多防备一手了。待我国丝绸赢过中国丝绸的大喜之日，我会带你去林宅看望林甫鄞，把与他子孙合资办厂一事告知他，不知林甫鄞如今的身体能不能受得住这个好消息。哈哈……"

他仰首大笑，清新雅致、幽旷空灵的大和民族乐声亦难以遮掩他笑声里的张狂。

燕平的秀林丝织厂本是交由锦笙和林清嘉共同管理，因林清嘉还在监牢里，锦笙临出发的前一日，到丝织厂给各车间管事开了小会，把丝织厂的事宜暂且交由程藕初做主。又叮咛了程藕初，若有拿不定主意的事，去找大爷或三爷，不必去找二爷。

因程藕初在改良织机，锦笙跟着他捣鼓了一下午，后来赶着城门关闭的时刻才回城。到一水间后，已是灯半昏、月半明，过来开汽车门的仆役告知白小姐在会客厅等她。近日白蝴蝶心情不好，她本来是换了衣物就要去白公馆辞别的，这样一来倒省了一趟折腾。

会客厅的大盏琉璃灯虽开着，可白蝴蝶背对锦笙站在落地长窗前，分不到些许光亮，俏丽身姿隐在半明半暗之中。她身穿银白辛夷花缎旗袍，明明窄肩细腰，身段却丰腴饱满。

那落地长窗相当于通向花园小道的侧门，一整面皎月色桑波缎窗幔垂着，也瞧不见那扇玻璃门。许是窗子开着，有风递进，桑波缎随风而舞，暗纹梨花亦银光闪闪。窗幔旁有一高几上摆了一盆含笑花，花开时节，苞润如玉，香若幽兰。含笑花素来开而不放，似美人含蓄矜持、笑而不语的娇羞模样。

美人花簇交相映，爱美之心人皆有之，锦笙亦觉白蝴蝶揪花的模样很赏心悦目。

会客厅里铺了寸厚地毯，锦笙的皮鞋落地无声，及至走到白蝴蝶身后，她才扭过头来，蹙眉娇嗔道：“你怎么不出个声，倒吓我一跳。”

她娇嗔顾盼回眸之间，眉眼晕着女人媚态，眼神又极其冷傲。锦笙笑着抬眸，因离得近，可看到她高挑鼻梁上那一小点美人痣，小到不近观不可见。虽说美玉无瑕才价值连城，可白蝴蝶这颗美人痣却为她添了万种风情。

锦笙见白蝴蝶眉心拢着浓浓愁绪，下巴指了指高几和地毯上零零散散的花簇，笑着说：“你若再揪，这盆花可就只剩盆儿了。”

白蝴蝶低头，看到自己的确揪了许多花叶下来，冷看锦笙一眼，假怒说：“莫不是有了新欢，如今连盆花都舍不得让我揪了！”

“你若喜欢，明日我命人把四九城的含笑花都送到白公馆给你揪，你若是舍得你那双玉手和那水葱似的指甲，随便揪。”锦笙说笑间，从高几上拿出一朵花要簪到白蝴蝶鬓发上，手刚伸到她脸颊位置，她嗅了嗅，掩着口鼻后退：“你身上这是什么味？一股子人力车夫的酸臭味，你这手，五颜六色地还敢碰我头发！”

锦笙丢了花，扯着马褂上下仔细闻了闻，不在意道：“你们这些美人儿还真是娇滴滴，这点子味道就受不住了。手在厂子里拿肥皂洗了好几次呢，这是油污和染料，不好洗。”白蝴蝶嗔怪道：“堂堂的林五少，竟连香水也不用吗？好歹拿香水遮一遮啊！”

锦笙无奈地看她一眼，一面扯开窗幔，一面说："你当我和你一样，只用喝茶吃点心逛电影院进戏园子吗？我这衣物拿栀子花香薰熏过的，出门前也用了香水。正巧程经理在改良织机，我跟他忙活了一阵，又在车间里和工人们聊了会儿天，许是出汗沾了味。"

白蝴蝶拿手绢擦着她手上的油污、染料，瞧见手指肚还被蹭掉了一块皮肉，很是心疼道："你跟你三哥一块管丝织厂，除却他坐牢，从来也没见他像你这般狼狈过。"

锦笙一笑："我要也跟我三哥一样，端着少爷姿态在厂子里吆五喝六，我秀林丝织厂就等着封厂倒闭吧！嘿，你不说，我倒不觉得，闻了你身上的香味，我也受不住我这一身怪味了。你等我会儿，我去洗一下，换身衣裳再下来和你说话。"

锦笙说完就脚步极快地上了楼，待换好衣物下来时，周掌柜竟也等在会客厅。锦笙疾步走过来示意他坐下，问道："出什么事了？你竟这时候过来。"

周掌柜把南地几处采购分庄负责人的电报递给锦笙："今儿下午接到采办的电报，有点拿不定主意，就赶来问问五少，想着您马上要南下，若是要处理这件事，也方便些。"

白蝴蝶就坐在锦笙旁边，手搭在她肩膀上，她肩窄，为了衬起男子西装，在里面填了一层丝棉垫撑衣服，远远瞧着肩宽似男子，可丝棉经不得外力压制，易变形。

锦笙眉头微锁，认真盯着那电报，别有一番魅力在其中。十三岁就当清倌人，白蝴蝶自是知道自己容貌有多惊为天人，纵是风尘女子，在那些千金小姐跟前也未自卑过，可在锦笙跟前，她却感到自卑。锦笙小小年纪便可独立在丝绸行业撑起一片天，她却连一小半都做不到。锦笙身上那股时而精灵傲气时而邪魅俏皮的气质，也是她学不来的。

白蝴蝶低眉时瞧见了那报价，因陪着锦笙这几年，了解了很多关于丝绸的事情，不由问道："怎么又涨价了？"

锦笙盯着那报价单，脑海中计算着成本和利润，算完又在与上次订单做比较。听得白蝴蝶发问，微微侧头看她一眼，却腾不出心思回答她，便吩咐周掌柜："你给她解释！"

第十三章 陌上柳，逐君转

锦笙随口一吩咐，周掌柜却娓娓道来。

耆德堂林记十六间绸缎庄所卖的丝绸，除了自产自销的柞丝绸外，还有桑丝绸，而桑丝绸皆来自南地。自民国后，随着南地中小型丝织厂遍地开花，耆德堂林记绸缎庄采办桑丝绸的模式也愈加正规有序。

耆德堂林记会根据销售状况，由秀林丝织厂的绘图师傅绘制图案小样，再交由南地采办，采办则到自己负责的丝织厂内，让厂子依样织造，且在每匹丝绸头部位置织上“秀林”字牌，同时规定，接受定织的丝织厂不得再为其他客户生产与“秀林”相同的丝绸，更不得用“秀林”做字牌自行生产。

如此一来，产品便成了林家独有品牌“秀林”生产的，采办们再把零散的丝绸集中起来运回北地，由耆德堂林记绸缎庄出售，抑或批发给代理的小绸缎庄和估衣铺。

林家在南地虽没有丝织厂，但有过生意往来的中小型丝织厂多达数十家。

有关耆德堂林记绸缎庄的桑丝绸货源，白蝴蝶是听锦笙说起过的，因不好打断周掌柜，待周掌柜说完才道：“周掌柜，这些我知道，可为何丝绸这两年的价格总飘忽不定啊？”

周掌柜亦意识到自己又啰唆了，微顿了片刻才说：“还是原料问题，洋人大量抢购蚕茧和生丝，隔一段日子，总要来上这么一阵子，把中国的丝绸市场弄得是乱七八糟。更有甚者，那外国洋行买了咱中国原料，抬高价再回卖给咱中国丝织厂。

丝价上涨，成本一高，丝绸的价格也就跟着涨。这两年，那洋丝绸慢慢地都改成了电机器生产，批量生产，税也少，愈来愈压着国货。采办们说，如今的南地也是洋货盛行，出口也不如前几年了，咱中国丝绸的销路眼见着越来越窄了！”

白蝴蝶随口一问，没想到周掌柜由耆德堂林记绸缎庄的桑丝绸来源讲到国货，情绪益发激动。她看一眼锦笙，锦笙早已计算完、对比完，不再看电报，跷着二郎腿，唇角挂着微微笑意，带着孩子气的顽皮，等着看白蝴蝶如何应对啰唆的周掌柜。

锦笙敬重周掌柜，且周掌柜平日里对白蝴蝶也颇为客气有礼，白蝴蝶不好不予理会，只得回答道：“周掌柜莫忧心，你们店铺里的丝绸款式是最多的，洋货摆上架子也很难出彩的。”

周掌柜摇头道：“白小姐有所不知，那是老太爷有命令，林家所有绸缎庄必须边卖边压着洋货，洋货在耆德堂林记才没有出彩。唉！真不晓得，以后还会有多少人穿国货。说不准，若干年后，我中国土地上，满大街都是穿洋货的中国人。真是可笑可悲啊！”

白蝴蝶笑道：“周掌柜莫不是上了那些学生办的爱国夜校班？说话的腔调越来越像那些学生，整日地忧国忧民。你且放心，你们五少同你一般，对丝绸有股子热爱劲儿，不会置之不理的。”

周掌柜勉强一笑，叹息道：“让白小姐见笑了，我一把年纪，哪比得了学生，懂那么多的知识，还会讲外国话。我会走路时就混在丝绸堆里，八岁就当学徒跟着师傅迈进丝绸行的门槛里。四十年喽，眼看着中国丝绸由盛转衰，人老了，越发管不住嘴巴，就爱啰唆。大爷也训斥过我多次，可我每次看到客人们来买洋丝绸，面上欢喜地伺候着，心里着实不好受啊。”

白蝴蝶已不知要如何与周掌柜再说下去，佯装弄头发时，悄然嗔怒着看锦笙一眼，暗示她不要再旁观。

锦笙对她眨了眨眼，把电报扔在茶几上，正经了面孔道：“老周，我这次去南地，顺便去缫丝厂那里考察一番。若能找到价格合适的缫丝厂，以后，生丝原料由咱们提供给那些丝织厂，比他们零散着买要合算些。也可杜绝那些采办和丝织厂老板合起伙来虚增成本，背地里却中饱私囊！”

周掌柜点头又摇头：“如此的话，在生丝成本上是合算了。可咱的订单量大，订的丝绸里有生货、有熟货，又得加一道染丝坊的麻烦工序。若把桑蚕丝弄好再分发，如此一折腾，中间又要多上几道程序，费时费力，更给了采办、染丝坊、丝织厂中饱私囊的机会。”

锦笙后倚在沙发上，眉心蹙起，转着自己食指上的麒麟戒指，沉声问：“咱的货能撑到春茧下来吗？”周掌柜道：“咱总店里的撑不到，倒是大爷、二爷、三爷、三少店里的货还积着。二少那边，一向是单独进货卖，不让咱总店干涉。”

锦笙眸光又飘到电报上，旋即笑道：“老周，咱俩也别兜圈子了。你这么晚赶来找我，应该也是觉得这份报价单高得离谱了。进货一事先不急，老太爷、大爷、二爷、三爷、三少那边，我去说。总店的货接不上了，就先从分店调，我会尽快弄清楚这些采办们都是怎么做事的。”

周掌柜笑着颔首之际，锦笙忽地就想起林清菽与日本人私下合作一事，眉梢略沉了沉，问：“老周，你有没有听爷爷提起过，来日这十六间店铺如何分？是否还要还给三爷爷、四爷爷他们？”

周掌柜道：“耆德印在老太爷手上，当初既已把这些店铺收过来，便不会再还给三老太爷和四老太爷了，只会在老太爷这一脉子孙里分。早几代林家人丁单薄，祖宗定下规矩，产业要隔代分。若遵着旧规矩，绸缎庄得依着您这一辈的少爷们分，但老太爷很喜欢两位小少爷，目前，老太爷的心思我还猜不准。若来日老太爷也属意小少爷们，那以林家现在的子嗣算，除掉七少爷，再加上大少爷房里和三少爷房里的两位小少爷，大房应得两间绸缎庄。”

听得周掌柜把老七排除在外，锦笙心中起了嘀咕，周掌柜是遵规矩的人，爷爷却是能改规矩、定规矩的人。府邸上下都心知老七生父是个红毛绿眼的洋鬼子，但上房严令不准各房嚼此舌根，故而锦笙也不知老七身世详情，只眼瞧着他长相就不是纯粹的中国人。细思爷爷奶奶对待老七老八老九，慈爱温和，从未有过偏心不公，然而阴沉话少，素来心事沉重的老七，再长大些，定然比二哥还难对付。

脑海中浮现出老七那半洋鬼子的长相，锦笙也就顺着周掌柜的话语，暂且不把老七列入竞争者了，她略收神，笑道：“大哥无心生意场，三哥贪玩，二人又如何能管得好那八间分店。”

周掌柜亦回笑道：“林家规矩在此，好与不好，就是那八间店铺的造化了。原先，耆德堂林记在北地有二十五间分店呢，南地也有分店。那时候，天南地北，只要你买丝绸，就一定听过耆德堂林记的名号。也是一辈一辈分家闹腾的，到现在只剩了这十六间。就这，还是从三老太爷、四老太爷手上买来了几间分店，其余的都被倒腾着卖了。店铺门面被改成其他买卖的有，被拆掉的也有。”

锦笙面上挂着淡淡笑意，接过白蝴蝶剥好的橘子，似无意问道：“那爷爷有没有跟你提过耆德印一事？”

周掌柜笑道：“五少，您不是首个跟我打听此事的人，大爷、二爷、二少、三少都跟我打听过此事。那耆德印虽是我管着，可老太爷从未跟我提过这耆德印将来要传给哪一房。”

锦笙咀嚼着橘子，也略微一笑：“到底是我年纪最小，打听得最晚。再过两年，老八、老九也得跟你打听。”周掌柜笑道：“五少虽说年纪最小，可四年前跟着大少、二少、三少分店铺抽签时，不也坑了三少一次吗？好些日子前，三少还跟我抱怨，说明明是他分到了总店铺，却被五少给骗走了。”锦笙跟着一笑，“你不说，我竟浑然不觉，你已跟着我四年了，我辨认丝绸种类和好坏的功夫还是你耐心教出来的。老周，你可莫要弃我啊！”

周掌柜略怔须臾，才说道：“五少，若您得了耆德印，我周家一脉，自然跟着您，唯您马首是瞻！”

锦笙手上掰着橘子，指节微攥了攥，唇角依旧挂着那疏离笑意，看向周掌柜：“嗨，这都是后话了，你跟不跟着我，还能离开我林家不成，我林家可舍不得你们周家的这些人才。我今儿就是忽然想起来问了这么几句，天儿不早了，你如今年纪大了，比不得以前那般耐劳累，先回去歇着吧！采办桑丝绸这件事你别忧心，我到南边以后，找那些采办商议商议，待我做了决定打电话告知你一声。”

周掌柜应着离开一水间，锦笙闭了眼，把橘子随手扔向茶几，橘子把果盘里的葡萄砸出几颗，滚在地毯上，闪着晶亮水珠。

白蝴蝶捡着葡萄，说：“那耆德印是什么物什？我只听外人提过，以为是个普通印信之类的。你们林家人都这般上心，倒像是传国玉玺。”

锦笙揉着眉眼，心不在焉并未听到白蝴蝶相问，而是迟了片刻，睁眼问白蝴蝶：“赤芍说你等了我两个多时辰，找我何事？”白蝴蝶以为是林家机密事不便告知外人，遂也不再提及耆德印，只浅笑道：“我是受人之托，来跟你道歉的。虽不知是为何事跟你道歉，他隔三岔五总要跟你道歉，我也不稀奇了。他找你，你不准他再进一水间，打电话，你亦不去接，真不知你俩这是又闹什么呢。”

锦笙想到卢柏凌那夜的行为，不由抿住了双唇，本压抑好的纷杂心境又被白蝴蝶给激出来了，便皱眉道：“若是与卢柏凌的事有关，你不用再讲。”见白蝴蝶又要开口，忙说道：“蝴蝶，我今天倦得很，你别再给卢柏凌当说客了。我明天动身去沪海，这次虽不是出洋，可也得小半年才回来。你一切花销，依旧记我账上即可。心情不好，就约你那些小姐妹打打牌、喝喝茶、逛逛街……”

她话未说完，白蝴蝶忽而抓住她袖子，秀眉紧蹙，像是鼓足了极大的勇气，说：“除了二公子的事，我也有事托你。你南下可否带上我，我想见穆少帅。”在锦笙震愕之际，她顿了顿，又说：“锦笙，我从未开口求过人。今日舍下这张脸开口求你，你可否帮我想个法子，让我进到帅府伴他左右？”

白蝴蝶知道，锦笙一直把周掌柜当自己人，心里把他当师傅尊敬。但周掌柜方才的话语表明了，他是忠心于耆德印的，一旦锦笙得不到耆德印，周掌柜就会转而追随耆德印的新主人。锦笙最讨厌自己人离去，她此时此刻提出离开，锦笙震愕之后，定会生气。

汽车行在入夜后的街巷，先有单调的煤气路灯照耀着，及至繁华处，红的、橘红的、幽蓝的、昏黄的，颜色杂乱的霓虹灯都搅和在夜色里，似一个五彩大染瓮，要把每个行人都吸溺在里面。

白蝴蝶眸子里掠过那些诡谲艳丽刺眼的色调，内心肆意翻滚着痛意。

在父亲未染上大烟瘾之前，也总叮嘱她：“好孩子，太阳落山之前要尽快往家赶，世道乱得很，走夜路时要绕过那红灿灿和五颜六色的门厅。”

父亲口中红灿灿的门厅是夜里高悬红灯笼的妓院，五颜六色的门厅是那时为数不多的舞厅。她由妓院清倌人到红倌人，再转到舞厅当舞女、陪酒女，夜夜出入的都是浓艳诡异的门厅。

父亲以五十大洋卖了她，纵是她日后出入花园洋楼，穿金银戴珠翠，生活奢侈比肩富家太太小姐，也只让他得了那卖女儿的五十块大洋而已。

后来，父亲亦曾拖着新家眷，对她痛哭流涕说后悔卖了她，更不应这么多年对她不闻不问。为了弥补当日过错，希望与她同住一处，想让她有亲人、家人，却从未说过一句让她从良，过清清白白的生活。

她是妓院和舞厅里出来的，岂会看不破她父亲新妻的心思，他们不过是看她风头正盛，想把她当成一棵人肉摇钱树。待她身躯烂透，再摇不下钱财来，仍会把她弃如敝屣。

她坚信，每个人既然做出了选择，就必须要承受选择带来的后果，由不得后悔推翻重来。

她见惯了人情冷暖，见惯了那些男子为了她，对家里妻子薄情寡义。她亦对锦笙说过，此一生不为任何男子折腰低眉，只相伴锦笙身侧做戏，护锦笙周全。

不承想，老天却与她开了偌大的玩笑，七年前的日本少年，由她思念缠绕的梦中一脚踏进现实来。

只穆峻潭早已忘了她，忘了那个因他由清倌人成为红倌人的少女清歌。可她从未忘却，一夜红绡暖帐，她由阁楼窗棂俯看，陌上杨柳依依，少年离去的背影，漠然不带半丝留恋。

锦笙听闻她想去帅府陪伴穆峻潭，震愕生气过后说，若她执意去帅府，穆峻潭还未娶妻，他若不主动开口，锦笙亦没资格给堂堂安系少帅送姨太太上门，只能以送丫鬟的名义，把她当礼物送入帅府。

但锦笙会尽力劝说林老夫人收她做干孙女，让帅府的人不好把她当普通丫鬟看待。若来日穆峻潭给她姨太太的名分，亦会为她备下一份丰厚嫁妆，让她风风光光地做少帅姨太太。

她笑了，只是当着锦笙的面无法说出原因来。她笑锦笙在商场上精明有余，在爱情里却单纯到近乎愚钝。

锦笙定然以为，穆峻潭也喜欢她这个江北第一美人，纵然日后会被薄情，此时也算得两情相悦。可她知道，穆峻潭对她不存半分感情，日后也不会对她生半分感情。

她与穆峻潭是同样的人，拒绝了太多情感诱惑，心志也变得坚定无比。不爱则已，若爱了，就会镌刻在骨头上，融化在血液里，这是一种近乎疯痴、磨灭不掉的烙印，若想再爱其他人，只有挫骨扬灰，期盼来世。

但如此深刻的烙印，来世就能全部泯灭掉吗？

七年前的暖帐春宵，七年后的逢场作戏，穆峻潭皆不曾对她动过半分真情。她亦知晓，就算伴穆峻潭一生，穆峻潭也只会觉得她是个情感累赘而已。

于她而言，爱无关乎利益与肉体，是一种沉浸在骨血里，再由心散发出的情感。

她早已看透一切，断然拒绝了锦笙好意，不愿做林老夫人的干孙女玷污林家门庭，宁愿以风尘女子的身份到帅府做丫鬟。

丫鬟好，丫鬟比姨太太好，丫鬟不必在意他今日去了谁房中，丫鬟不必只为床上的片刻欢愉，在凉夜里细数钟声，望穿秋水独等到天明。

贱妾茕茕守空房，忧来思君不敢忘，不觉涕下沾衣裳。

穆家占据南地半壁江山，帅府里自是数不尽的只闻新人笑，不见旧人哭。今日的新宠姨太，保不齐明日就被抛诸脑后，再拥旁的佳人入怀。

姨太太表面上看着比丫鬟鲜亮风光，可在她眼中，骨子里是低贱的，低贱到要用身子去讨好笼络住一个心思未可知的男人。如何保证，倾覆所有情感与他肉体缠绵时，他脑子里不会想到其他女子。若有了妻妾之名，这是何等的侮辱蔑视。可笑的是，欢愉过后，得了他赏赐，还要无知地心里欢喜，人前炫耀。

她怕，怕自己会渐渐沉沦在那种低贱不自知的日子里，消磨掉心中最纯洁的爱意。她曾是红倌人，身体的每一处都是肮脏的，唯有装着穆峻潭的那颗心是洁净的，她不忍再玷污了它。

她宁愿做一个丫鬟，既可知他消息，也可偶尔望见他，如此便足以。

她有过太多肉体上的缠绵纠葛，爱上一个永远不会爱上自己的男人，她不想再用肉体欢愉去拢住他的人，只想洁净如素水地远远看着他、伴着他。

起码，她自认为，如此的爱意是单纯澄净的，不会自己个儿瞧不起自己。

只一个电话，卢柏凌深夜踏月而至白公馆。

听着那绷冬绷冬、叮叮当当的钢琴声，卢柏凌倚在钢琴上，揉着太阳穴无奈道："蝴蝶，你大半夜把我招过来，说是有信儿给我，就是让我听你这不成调子的曲子吗？你能不能照顾一下头破心伤的病人！"

钢琴上摆了一盆晚香玉，未到花期，只绿油油的叶子映在一盏孤灯下，翠绿亦被影成了深深的墨绿。白蝴蝶落寞冷淡的神情也覆着了一层幽绿，辨不出是凄楚还是伤怀。

她抿唇一笑，宛如一现昙花："你连这会工夫都耐不住等，枉费锦笙那么多眼泪。"卢柏凌一怔，随即一怒："她又哭了？为杨灵均？"

白蝴蝶停止了乱按琴键，弹出的音波还萦绕在室内，她趁着杂沓的余音望向他："二公子，你只知锦笙为杨灵均哭了一会儿，你可知锦笙为你哭了多久？"

卢柏凌站直了身躯，他背着会客厅的灯，唇角紧抿下沉，心中后悔那晚不该举止荒诞，吓坏了锦笙。白蝴蝶垂了眼眸，也不去细看他："四年前，你要离开中国时，我与她去车站送你，她问过你什么？你又是如何回答的？"

卢柏凌凝神想了片刻，心里骤然泛着痛意，缓声答道："她笑着问我，还回来吗？我说，不会再回来了。然后，她什么都没再说，扭头就跑走了。我那时是真的心灰意懒了，她又小，我没对她动那份心思。到德国以后，总是会想起她。想她长大后是什么模样，心疼她要承受林肇聪给她的压力，还要承受守护身份秘密的惶恐。忧虑如此诚惶诚恐的日子，她一个人要如何面对。"

白蝴蝶并不理会卢柏凌语气里的感伤："跑出车站后，她推下汽车夫，自己开汽车，一路开到城外，沿着铁路线跑了很久，直把汽车跑到没油。林大爷让警察厅厅长动用了许多警察，城内城外找了一夜才找到她。领回家后，好一顿的鞭子抽。不知是被打疼了，还是心里疼，她哭着睡去，醒来依旧哭，三四日才敛住情绪。直到你回来之前，她口中从不提卢柏凌三字，纵然旁人提起，她也仿若从未认识过你。"

卢柏凌的伤口明明在头上，却掩着心脏位置，他虽然未见锦笙挨鞭子，可此刻却像是有鞭子抽在他身上。他想问，一时间却不知该问什么，他向来知道锦笙性子里有股狠劲儿。

白蝴蝶问他："二公子有没有见过杨老板唱戏时的扮相？尤其是《醉杨妃》。"卢柏凌本就心情疼痛混杂，听得杨灵均的名字，神色极其不悦："我平白无故地去给个戏子捧场作甚！没见过！"

白蝴蝶浅浅一笑，说："你可还记得，你与锦笙曾因某件事争执不休而打赌，你输了，她让你扮的就是杨贵妃。我前半年还在她书房的相册里瞧见你那张相片呢，你虽不是正经的花旦，可那扮相却和杨老板有得一比。"

卢柏凌先是怔住，随后微喜："你的意思是，锦笙是因为我才喜欢了杨灵均，只不过把杨灵均当我不在的替代品，却不自知？"

白蝴蝶摇头："我不知道。锦笙自己都分不清的事情，我如何能替她下决断，我只这般猜测而已。她本身就是矛盾的，又有林大爷的监视引导，许多事情都容不得她去分清。我猜想，你骗她心中有所爱，她方不敢承认对你的感情，可是那份少女心思已动，你又说下那般决绝的话离开。认识杨灵均以后，她方悄悄欺骗自己，转移给了杨灵均也未可知。毕竟，感情的事，细微部分只有自己知晓，旁人只能猜测，而不能作定论。”

她合上琴盖，纤细白净的手轻轻拂过光滑的黑漆面，喃声道：“二公子，四年前，你托我照顾锦笙、护她身份周全，我终是不辱使命。今日，是该交差了。且要拜托你，要替我好好照顾锦笙。她是真心把我当姐姐对待，我私心里也把她当作了妹妹。高攀了你和锦笙，在我心中，你、锦笙，还有阿圆，皆是我的家人。”

卢柏凌本兴奋难掩地扭过身，要去一水间找锦笙，到底还存着一分理智，又扭头看向白蝴蝶：“蝴蝶，我都回来这么久了，你为何才告诉我这些？又说了一番像临终遗言的话，你要做什么？”

白蝴蝶笑道：“我的心思告知了锦笙，她以为我同穆峻潭是戏词唱的那般两情相悦，故提议让林老夫人认我做干孙女，可林家门第观念那般重，我不想令锦笙为难。已决定要以燕平名妓白蝴蝶的身份，去帅府做丫鬟。”

卢柏凌闻言默然一会儿，转正了身体，神情凝重地看着白蝴蝶：“蝴蝶，穆炯明有那么多姨太太，至今就穆峻潭这一个儿子，可见穆夫人的手段非同一般。她亦最痛恨风尘女子，且穆峻潭的正室夫人十有八九就是方桑宜了，方桑宜也不是什么善茬。你当真想好了？”白蝴蝶眸光里透出不改初衷的坚定：“想好了！不管来日如何，我心已决！”

卢柏凌叹息着点了点头，无奈道：“好，你既已决定，我也就不多劝你了。你和锦笙不同，她于儿女情长上懵懂无知。你却是滚滚红尘里来往多年，又一向不撞南墙不回头。我只送你一句话，踏入京陵帅府，望你日后可得善终！”

白蝴蝶粲然一笑：“借二公子吉言！”

晨曦，白蝴蝶拉开了珍珠绫窗幔，天色晦暗不明，像是有一场暴风雨兜在云层里，要随时倾泻而下，湮没天地山川与行人。

她纵然活得再透彻，私心里还是存了女子脾性。昨夜里，她在一水间时，本还存着一丝侥幸，及至卢柏凌那句“望你日后可得善终”，她那丝侥幸便没了。

她知晓，卢柏凌远比她要了解穆家。而她，更像是一只愚蠢盲目的飞蛾，四处飞着，稍有不慎，就会撞在火焰上。但她仍是隐隐期盼着，她闯入的天地，是用电灯，而不是燃火烛的。

阿圆打开铁门，迎了汽车进来。锦笙上来接白蝴蝶时，她又最后看了一眼自己的衣橱。她名义上是林家五少爷的相好，所穿衣物自是最好的丝绸料子。霓裳锦、绫、纱、绉、葛、素缎、软缎、花缎，一个衣橱间就相当于小小的丝绸铺子。

洋装旗袍、哔叽斗篷、外套披肩、酒宴礼服、舞会礼服、睡袍浴衣，喝下午茶的礼服……各式各样的花色款式，各有各的用途。许多崭新的旗袍、洋装，只裁缝送来时试了试尺寸合适与否，竟一次都未穿出去过。

锦笙见白蝴蝶扶着衣橱门出神，便笑道："别恋恋不舍了，只用带几身换洗即可。沪海洋人多，比燕平要摩登时髦许多。燕平许多款式在沪海那边都不怎么时兴，你带过去也得丢，徒增麻烦，去了再给你置办新的。"白蝴蝶合上门，对锦笙莞尔一笑。

藤箱和皮箱是苏叶、杜衡一早就拎下去的，下楼时，白蝴蝶还是习惯性地挽住了锦笙臂弯，见锦笙眼下有淡淡乌青，猜想她是又气又怒到一夜未睡好，柔声问她："你可怨我？明明说好要一辈子陪着你的。"

锦笙生气她明知故问，只苦涩一笑道："我最讨厌身边人离开，你弃我而去，我自然怨你！待你来日做了少帅如夫人，我就去南地建丝织厂，你多给穆峻潭吹吹枕边风，让我的厂子别纳重税，我就不怨你了。"白蝴蝶嗔道："你可真是三句话不离本行，脱不掉你那身铜臭味！"

旋即二人相视一笑，亦不知再说些什么，一路沉默着到了火车站。

汽笛声响，火车徐徐启动，白蝴蝶却半个身子都探出了车窗外张望。锦笙在她对过的床铺上看书，撩起眼皮望她一眼，只当她是不舍生活了这么多年的燕平城，也并未多想。

火车驶出燕平车站，白蝴蝶才坐回来，私心里感叹昨日那番话是白对卢柏凌说了。但转念一想，或许卢柏凌沉得住气，要待锦笙回来亦未可知。

火车行了一阵子，白蝴蝶看看小说，又摆弄一会儿巴黎新出的那几款胭脂，见锦笙拿着钢笔写写画画，额头拧得眉毛都快连在一处了，便托腮俯在小桌几上，问锦笙："你在看什么书呢？那般严肃。"

锦笙正在翻阅对比手上两本书里的资料，迟了片刻，才回答她："程经理托朋友从日本弄回来的书，专门调查咱中国蚕业的书。这本是《支那之柞蚕》，这本是《支那蚕业视察报告书》。"白蝴蝶不解道："日本人为何调查咱中国的蚕业，你看他们的调查作甚？他们远在东洋，还能比你知道得多？"

锦笙略放了放书册，蹙眉冷笑道："程经理是日本留学回来的，我在他那里看到了很多日本对中国蚕业、丝织业的调查报告，中国的蚕茧种类与产地、生丝种类与产地、出口量统计、缫丝厂统计、丝织厂统计等等，调查项目繁多，许多东西比我们这些丝绸行业的人都清楚。从中国开放通商口岸，生丝大量出口欧美和日本竞争，他们就开始调查咱们的蚕业、丝绸业，中国这些个蚕区、丝绸产地，被他们实地调查了个遍。丝绸业是能替日本国赚取他国金钱的行业，日本国不仅把丝绸业当作功勋产业，政府还大力扶持。可咱中国呢，虽没了一个皇帝，却冒出诸多山大王。我秀林的柞丝、柞丝绸出口，在北地纳税，由沪海朝外运时，还得再给穆家纳税。呵！都是吸血虫啊！”

她愈说愈来气，闷声道："得，不说了，越扯越乱，越说越啰唆，我都快赶上老周了。”她复而重新打开书册，火车却愈行愈缓，似有要停下来的趋势。她未曾抬头，问白蝴蝶："怎么突然慢下来了，到哪个站了？”白蝴蝶探着身子朝窗外望一眼，笑意隐在唇角："没到站啊！怎么就停了呢？”

待火车在漫天荒芜的野地里停稳，锦笙把书搁在床铺上，由窗子探身一望，不由怔住了。

车窗子外是荒地，杂乱无章的野草肆意横生着，及至人腰处。杂草中有一废弃界石，高高耸立着，许是以前的地界石，早已废弃不用，上面的字迹也模糊不可认了。

锦笙虽隔得远，却也对那块界石知之甚详。只因她四年前开汽车追火车时，恰好没油停在了这界石跟前。

此刻，卢柏凌站在界石上，一身银灰西服，头顶盆式帽，扶着手杖。天色昏沉，他却张扬、贵气、时髦，且俊美到花枝乱颤。

锦笙又朝车头方向望去，上百名皞系卫兵还阻拦在铁路中间，定然是卢柏凌带领他们逼停了火车。

车窗子本是敞着的，当卢柏凌走来时，锦笙却猛地关紧了窗子。任凭他用那镏金象牙手杖敲打玻璃窗，就是不理他，不看他。白蝴蝶笑着说："你要是跟他这般僵持，火车什么时候能开啊？”

锦笙骤然想到，此次出行，父亲派了苏武跟随她，说是保护，实则监视。可是，卢柏凌已不见了踪影，她方暗叫了一声“不好”，包厢门就被敲响了。

白蝴蝶打开了门，卢柏凌身后还跟着范志贤，他扭过头对范志贤耳语了几句，范志贤就带手下卫兵推搡着苏武、苏叶、杜衡离开。

锦笙对关包厢门的卢柏凌冷声道："卢柏凌，你乃皞军闲散人员，还能使唤得动范师长？"卢柏凌关紧包厢门后，笑着说："你何须为我操心这个，我自有我的法子！"他说着在锦笙旁边坐下，要捉她手腕。

锦笙甩开手，坐正身体，理了理自己的西服，冷瞥他一眼，警告道："卢柏凌，你自重一点，本少爷可是个男人！"卢柏凌笑道："巧了，本公子就喜欢男人！"

锦笙瞪向卢柏凌，却未想到他色胆包天，竟当着白蝴蝶的面就把她抱在怀中，她半个身子都被抱得腾空起来，唯有揽住卢柏凌的脖子，后背靠在卢柏凌腿上才能落在实处，保持平稳。

卢柏凌钳制着她双手，凑近她脸庞低声说："乖！别闹了！我来就是想跟你说几句话。你听好，我卢柏凌回来了，你无须再找旁人替代我在你心里的位置。那日，你在界石前的无助和恼意，我都理解了。记住，纵是山崩川竭，我亦不会再离你而去。"

短暂的五分钟后，火车重新出发。

锦笙倚在车厢墙壁上，神思又开始混乱，耳边一直回想着那句"纵是山崩川竭，我亦不会再离你而去"。

卢柏凌后来还说了话，仿若是"这一次换我等你，我在燕平城等你回来。记得多看看江南水乡，把心里那个姓杨的给溺毙在湖水里，我等着上岸呢！"

锦笙望向白蝴蝶，她方才的俏皮笑容顷刻便散了，此刻摆弄"桑子红"胭脂的神情依旧是孤冷的。

耳边复又响起父亲失望而带有怒意的话语："二房对家业已虎视眈眈，你竟还不知所谓，白费了我对你的一番栽培！若你哥哥还在世，定然不会让我忧心至此！枉你自诩争强好胜，你争了什么，强了什么，全用在雕虫小技和儿女情长上！上不得正经台面！"

锦笙迷离惝恍，如梦初醒，仿若卢柏凌根本就没有逼停过火车。她着急忙慌地拿起床铺上的两本书，趴在小桌几上，盯着那些数据，先是模糊，渐渐也就清晰起来。

白蝴蝶见她如此样态，也只悄然抿唇一笑，打开随身的杂物小藤箱，要替锦笙泡枸杞子菊花茶。忽记起锦笙舅舅赵丹青说过，若添秋桑，清肝明目的功效会更甚。便到赤芍和阿圆的包厢，问她们有没有带秋桑。

因林肇聪不会同意锦笙把白蝴蝶送到帅府去，最初带白蝴蝶到火车站时，锦笙只对苏武说是为了应酬方便，并不敢告知苏武实情，恐传到父亲耳中，会生出变故。

到了沪海，锦笙念及天高皇帝远，又怕唐义哲问父亲，父亲无法应对，才敢在电话里告知父亲实情，带白蝴蝶同行，是为了进献江北第一美人给安系少帅。

林肇聪、林肇泰、林肇德要和燕平日本商会商榷比赛地点一事，燕平日本商会坚持要在远离林家势力范围的沪海，借口沪海有租界，洋人多，对双方都公平。

林肇聪和锦笙所计划的地点是柳苏城，但与渡边次郎等人相争时，只说要在燕平城抑或林家老家泰滩，燕平日本商会自然不从，双方就僵持了下来。林肇聪要与燕平日本商会僵持几日，慢慢把他们往柳苏城上面引。如此，日本人才不会起疑心有防备。

林肇聪正脱不了身离开燕平城，听得锦笙的先斩后奏，只得在电话里对她怒声呵斥阻拦。锦笙听得心惊胆战，只口头答应说不会胡来。

因时间紧促，锦笙到了沪海后，就顾不得陪白蝴蝶，由杜衡、赤芍、阿圆陪同她去逛街游玩。锦笙则和苏叶、苏武、伙计何靖四处转悠，找适合开绸缎庄和办丝织厂的地方。

转了两日后，看好地理位置，锦笙才和苏叶、苏武去拜访有着“沪海皇帝”之称的黑道大哥杜江城。因苏武与杜江城有过命交情，杜江城对锦笙也颇为客气。

杜江城近日新纳了四姨太太，四姨太太不愿住在杜公馆，又因恩宠正盛，杜江城也就陪着她住在小公馆。

一路上，淅沥沥的细雨缠绵不绝。锦笙最喜小雨，似薄雾纱幔，把一切景物都朦胧住，瞧不真切。不似大雨滂沱，把人浇得落汤鸡般躲避不及，亦不似烈日当空，仿若要把一切秘密都摊开来晒出二两油水。

汽车行至小公馆，苏武下去递了名帖，盘花黑漆铁门才缓缓打开。那栋二层中式石库门楼房与喷泉间隔了一条汽车道，锦笙下车时，苏叶早已撑好一把黑伞候着。仆役迎上来，要把她往花园子那边引，她略微整理了一下身上的薄呢大衣，才跟着仆役走。

前面有一女子后靠在藤椅上，双手绞着手绢，似无意却有意地打量着缓步走来的锦笙。因与杜江城对看，锦笙带了疏离笑意，精灵而傲气，清风霁月之姿里蓦然带了几分邪魅之气。

遮阳伞下是一张长方形白漆桌，杜江城与四姨太并肩而坐，经杜江城起身一招呼，锦笙只得在那女子旁边坐下。仔细瞧了一眼，锦笙浑身都僵硬片刻。奶奶给她看过这人的照片，正是她的“未婚妻”人选——古琦，爷爷奶奶对这位永新百货公司家的三小姐甚是满意，心里默认了她是林家五少奶奶的首选。林家与古家也心照不宣，只待林家度过东洋丝绸这次劫难，就会向古家提亲。

可锦笙并不想让古琦做五少奶奶，光看照片，就能看出这个女子冰雪聪明又带着新式女性的那股子不安分劲儿。若相处久了，定然十分难欺骗。且又听奶奶说，古琦是在美国待了六年才回国的，叽里咕噜地还会说英语和法语，就更加不好对付了。

待仆役端上茶饮后，杜江城对锦笙道：“小老弟，上次你和林大爷从沪海路过时，因你身体不适，也没得机会见面。这次可要给兄长一个机会，让为兄领你在沪海多玩几天。”

锦笙笑道：“怕是要辜负杜大哥的一番盛情了，此次出行，本是到柳苏城有紧要事办，但既来南地，岂有不先拜会杜大哥之理，遂先来了沪海。不瞒杜大哥，小弟去柳苏城之前，还得先去趟京陵城，时间略紧，咱们兄弟是自己人，小弟就不和杜大哥讲虚礼了。”

杜江城“哦”了一声，仅沉思片刻，立即说道：“应当，应当！理应去拜访穆大帅。”

锦笙眸光不经意地从古琦身上流转而过，苦笑着摇头：“非也，小弟是为另一档子事。在燕平城时，穆少帅瞧上白蝴蝶，小弟我少不更事，因护佳人心切，与穆少帅有了一番冲突，差点让他一枪崩了我。小弟只好忍痛割爱，此行特意带了白蝴蝶南下，献于帅府赔罪。”

杜江城未来得及答话，古琦就冷笑着道：“白蝴蝶跟林五少也快两年了吧！说送给其他男人就能即刻双手奉上，林五少可真是大方得很呢！”锦笙看向古琦，唇角弯起笑意：“这位小姐可错怪我了，我也是万般不舍啊！只因家里要为我说亲事，又听闻那千金大小姐是留学回来的，讲究什么一夫一妻。我恐她容不得蝴蝶，且穆少帅也喜欢蝴蝶，我只好忍痛割爱了。”

古琦不顾杜江城丢来的眼色，依旧冷冷看向锦笙：“早就听闻林五少口舌伶俐，能颠倒是非黑白，还真是如此。你们林家尚未提亲，就要来日的五少奶奶为你的薄情寡义、喜新厌旧顶罪吗？要娶新妻，就非得把旧爱赠予他人吗？白蝴蝶就算不依靠着你林五少也能活！何必你做人情，充好人，糟蹋我们这些女性！像赠物件一般送给其他男人讨人情！”

锦笙仔细瞧古琦片刻，微露震愕，旋即笑道：“相片就够好看了，不承想，真人比相片还好看。哥哥眼拙，倒是没认出来，原是古琦妹妹。唐突了妹妹，妹妹莫怪。”古琦也未去想锦笙是否假装，只管把眉毛一扬：“林五少莫要哥哥妹妹叫得热络，你没看相片背面的生辰八字吗？我可比你年长三岁！”

锦笙侧身，胳膊搭在椅背上，摸着下巴，看向古琦笑道：“相片上的人儿那般漂亮，我哪还有心思去瞧背面的生辰八字啊！真人又长得如此水灵，可真瞧不出比我年长三岁，倒像是比我小三岁。妹妹如斯模样，就是大我三岁又何妨，女大三，抱金砖，妹妹定然会为我带来财运。”

杜江城与古家私交甚好，苏武打电话说锦笙要来拜访时，恰好古琦也在，就说要见一见锦笙。他念及二人婚事已是两家内定的，早晚要见面，也就随了古琦。

先前听古琦语气那般不善，杜江城已心中暗道“不好”，及至锦笙说了这番话，忙接着笑道：“到底是林五少，同样的话由你嘴里说出来，倒像是抹了蜜般。古祯早前还在同我啰唆，说琦琦比你年长三岁，不知你会不会介怀于心。这下，我得告诉古祯，把心好好地放肚子里，人家林五少拿琦琦当十五六岁的妹妹看呢！”说毕看古琦一眼，沉声道：“琦琦，不可再胡言乱语了！林五少让着你，你也不能这般使小性子！”

古琦被锦笙这副纨绔少爷的腔调及姿态彻底激怒，抿了抿嘴，拿上手袋就起身，要走之前说道：“林五少有得是十五六岁的妹妹，我这个姐姐就不去凑热闹了！杜大哥，四嫂嫂，我还有事，先告辞了。”

杜江城恐古琦又要胡说些什么，反而不如走了省事，让四姨太太去送她，自己只管安抚锦笙：“小老弟莫要介怀，这女人啊，就不能让她们识字念书。尤其是这琦琦，在美国念了六年的书，学了一肚子的女权啊独立啊，还说什么要一夫一妻制才男女平等。女人出嫁前靠父亲养，嫁人后靠丈夫养，一辈子都得靠男人养，还想跟男人平等，这便宜倒都让她们占尽了。小老弟莫要跟琦琦一般见识，她啊，还是年纪小，被家里宠坏了，不懂事。等嫁人后，认清现实，知道凡事得靠着丈夫，也就不闹什么独立平等了。”

锦笙初见识了古琦的厉害，只觉心里越来越没底。对杜江城略微笑笑，就让苏武把礼物拿了上来，又找借口推辞了杜江城盛情相邀的午餐和晚宴。

卷二 丝绸美人

云帆远，心茫然，此曲有意无人传

梨花雪，不胜凄断，杜鹃啼血。他也跟着她不胜惶恐，却又迷惘着，究竟是多大的哀怨思念，又是多深的依赖爱恋，才能令杜鹃啼血染红梨花。

第十四章 流云散，再结缘

及至锦笙走后，四姨太太摩挲着箱子里的二十个黄澄澄大个黄金梨，因是一个模子里出来的，个头均匀，甚是豪气精致。她眼中金光一时没法退却，问杜江城："爷，这林家到底是多有钱啊？上次林大爷平白无故地就给我送了一份见面大礼，如今就开绸缎庄和丝织厂这点子小事托您照看，又送这么大的礼。"

杜江城依旧看报，并不去看一箱子的黄金梨，前后翻着报纸说道："你不是最爱算账吗？你自己算算，我中国有四万万人口，若一年，每人仅花一块银圆买丝绸，那是多少钱？况且，你身上这件丝绸旗袍，是六十大洋做的吧？莫说一年，一月都得做上好几身吧。从蚕园、缫丝厂、丝织厂再到绸缎庄，林家快要霸占了整个北地的丝绸市场，去年柞丝绸出口国外，林家占了六成。除却丝绸，林家还有钱庄银行、地产、皮货庄、刺绣庄、汽车行、典当行这许多零散产业。你可能算得出林家有多少钱？"

瞥见四姨太太吃惊不已的模样，杜江城轻笑一下，又叮嘱道："琦琦和你投缘，你没事要多劝劝她。林锦笙是林家长房独子，又是嫡孙，林老太爷和林老夫人把他当宝贝疙瘩似的。他也并非浪荡纨绔、吃喝嫖赌之辈，我听说，林家长房这两年的生意，多数都是他在管。和他打交道的人也都评议说，颇有林大爷年轻时的处事手段和风范。男人嘛，谁在外没一二红颜知己。古家好不容易攀上了这门亲事，让琦琦莫要任性！"

四姨太太点头，又缓过神来，喃声叹道："林家如此有钱，亦难怪林家大爷把金子当铁疙瘩使呢。"

杜江城放下报纸，微微摇头道："你错了，林肇聪此人最是精明，花掉的每一分钱都是有用处的！这两三年里，逢小事托我，出手就十分阔气。林肇聪惯会放长线钓大鱼，若不是有进驻霸占南地市场的打算，也是在策划着什么大事。小打小闹就赠重金，待来日有大事要托我，我却是不好回绝的，况且又有武爷的人情面子在。方才听林五少说要把白蝴蝶送到帅府，不知这父子俩又在打什么主意。"

因有杜江城的相助，买店铺与厂地的手续以及注册商标两件事办得甚为快速。待把计划详细吩咐好，锦笙留苏武、苏叶、何靖在沪海招伙计、处理后续事情，自己则要带白蝴蝶前往京陵城。

苏武极力劝阻，也搬出了林肇聪来阻挠锦笙，但将在外君命有所不受，苏武到底是下人，亦拿锦笙无可奈何。

到了素有九省通衢之称的京陵城，锦笙一行先到了京陵第一高楼福泽饭店，众人客房皆在第六层，视野甚为开阔。

白蝴蝶本就是京陵人士，今日重归故土，诸多往事都浮上心头，心里滋味掺杂，神情也益发冷淡，只一人待在房间里也不怎么外出。

锦笙房间的窗户正对大街，刚入夜时分，喧阗不减，繁华正盛。俯视着街巷里来往的行人车马，锦笙的心也杂乱起来。

她不知道自己拂逆父亲命令，一意孤行会迎来何种后果。近两年，穆大帅的眼疾越发不好，不知何时，就要卸任总司令一职。为着林家生意，父亲一直与唐义哲暗中来往，自然是要把继任东南五省总司令的宝押在唐义哲身上。

论带兵打仗，唐义哲的"虎威上将"并非浪得虚名。论资历，穆峻潭在穆军中的威望，更是比不上唐义哲。那些听命于穆炯明的旧部，一半都听命于唐义哲，若唐义哲不俯首称臣，穆峻潭就算接任总司令的位子，也难以安坐。

她猜测，父亲重金笼络杜江城，除了为林家生意，还有一部分原因，是要暗走杜江城军火买卖的路子，为唐义哲夺得总司令位子作准备。

可她此番献美人于穆峻潭，算是打乱了父亲一步一步谋划好的棋路。唐义哲首先就要对父亲起疑心，明着讨好穆峻潭，暗中讨好他，莫不是在做墙头草观望两边，迎风势而倒。

但诚如蝴蝶所言，舍下脸求她这一次，她如何能拒绝蝴蝶，如何能不尽心帮蝴蝶。为今之计，必须解决掉东洋丝绸的麻烦，再继续维系好与皞系的关系，让林家不要摊上家业南迁的危机。不然，她又如何对得起父亲数年来的苦心经营，还极有可能会害云笙嫁给唐义哲做续弦夫人。

锦笙方十八岁，所交朋友不多，每次到南地，几乎都是跟着父亲，所走人脉关系也都是父亲那边的。父亲的朋友尊她一声“林五少”，高看她几眼，都只是看在父亲的面子上而已。这次惹怒父亲，独自行事，又是第一次到京陵城，锦笙的熟人还没白蝴蝶多。只白蝴蝶的旧熟人，不仅帮不上什么忙，亦是白蝴蝶想忘却不再联系之人。

一夜未睡好，锦笙一早就让西崽叫了汽车来，要去看一看只听过却从未见过的帅府。

汽车行驶到帅府所在那条街巷斜对过，汽车夫就不敢再往前。帅府加上卫戍司令部、侍从室，占据了前后两条长街。高耸的墙壁上还牵了铁丝网，墙下更是五步一兵，皆荷枪实弹，东方泛白的红日也掩不住枪身泛出的冷冽。

帅府是前朝的王府扩建而来，在富丽奢华的中式建筑基础上又添了许多西洋建筑。除了外出作战或巡防，穆炯明办公、安寝皆在帅府内，中路和东路是办公场所，西路及后花园一带，便是穆炯明及妻妾子女的居所，称为西院。西院内的家事，一向由穆夫人主持。

锦笙不敢贸然拜访穆夫人，说要把白蝴蝶送进西院。若穆夫人首先轻贱白蝴蝶，帅府的仆役丫鬟更会看轻白蝴蝶。她想让穆峻潭领着白蝴蝶进帅府，虽无名却有实，亦不会被人过分看轻苛待。

锦笙在安系只与方少尘交好，想见堂堂安系少帅，也只有这一条路子可走。

方少尘的老家在柳苏城，因未娶妻，也未费心置办府邸，只随便买一栋洋楼当公馆，离帅府很近。

命令汽车夫开往方公馆时，锦笙又回头望了望背枪而立的卫兵，以及高耸的墙壁，忽想起那句“侯门一入深如海，从此萧郎是路人”，心里不由浮上凄怆。一旦蝴蝶进到帅府，以她与蝴蝶的关系，自然就成了蝴蝶的萧郎，为了避嫌，就不能再与蝴蝶见面了。

方公馆书房内，方少尘眸子不聚焦地凝看着坐于对面椅子上的锦笙。因昨夜里开会至天亮，到家刚睡两个钟点，就被登门的锦笙给闹起来了。又听见锦笙要把白蝴蝶送到帅府做丫鬟，他不由恍惚着，以为自己还没醒，连锦笙都是做梦梦到的。

他揉着太阳穴，直到锦笙不悦地唤了他一声，他才回神道："锦笙，你又不是一天闲着没事干的人，跟竟天斗什么斗！现在还跑到安系的地盘上！你虽是炮仗急脾气，竟天可是机关枪脾气，还是德国造！在燕平的时候，那是压着性子的，绑你、吊你已经算是小打小闹了，你别再去惹他了。我爷爷为了你们林家和日本的丝绸比赛，连下了好几次命令让我回家。我以为你直接去柳苏了，本想着把这边的事情尽快处理一下，就回家去。正好，你再等我一天，咱们俩一块回。"

锦笙趴在书案上，对方少尘虚假一笑，"我没跟他斗，人在屋檐下不得不低头。我这不是到了他的地盘，给他送礼吗？"方少尘也假笑道："若是送礼，你不用给他送女人，他自己会找。你给他送金条吧，实用！"锦笙继续假笑道："送金条多俗气啊，配不上穆少帅那身傲气、那世间唯我独尊的霸气！送美人就不一样，高雅！自古美人爱英雄，英雄美人，多般配啊，又是一段风流佳话！"

方少尘啼笑皆非："白蝴蝶到底是不是你相好？你千里迢迢地把自己女人送给他，只为成全他的风流佳话。你是当他傻，还是你真傻，抑或把我当傻子？你来找我，无非就是你不敢出面见竟天，想让我帮你把这件事办成。你别跟我耍你那小心思了，我是不会帮你的！你既然这么能说，我带你去找他，你自己跟他说，看他收不收你这高雅的礼物！"

方少尘说着就要起身，锦笙忙招呼他坐下，不高兴道："你着什么急啊！又不是给你送！我不了解帅府的情况，这不是跟你商量吗？"方少尘道："那你跟我说实话，你打的什么主意？"

虽顾虑到白蝴蝶是个女孩子需要矜持，可看方少尘的态度，若不说真话，他是不会相帮的，遂说了实话："谁让穆少帅到处留情的，惹了人家女孩子的心，人家女孩子想陪着他。你以为我舍得啊！我的心也跟刀子剜似的！"

方少尘突然问："锦笙，你父亲和唐督军的交情如何？"锦笙心中一惊，旋即就回道："谈不上交情，我父亲为着林家生意送礼，他收礼呗，吸血虫似的！我林家生意多数不在南地，与帅府维系的，还是我爷爷那一辈的情分。眼看穆家起高楼，我林家已高攀不起，为了林家货物的出口，只能拜拜小庙了。你为什么这么问？"

方少尘见锦笙神色无异，不像撒谎，才说："竟天四天前以正军法为由，把唐督军的三个近亲给革职查办了。你这时候给竟天送美人，若不是唐督军在背后指使，传出去也是给了唐督军契机。纵然没这档子事，往后的时局也让竟天没儿女情长的心思了。虽是送丫鬟，可话都是人说的，到了幕僚门客那群文人嘴里，再传到大帅跟前，不一定要变成什么呢。不管竞天喜不喜欢白蝴蝶，他都不会收的。”

锦笙怔住，怪自己到底年轻，未曾考虑这一层。原以为父亲发怒，是不想被唐义哲认为是墙头草。可父亲应当很清楚安系内部的形势，也能跟唐义哲解释清楚。或许父亲最担忧的，是白蝴蝶会透露她的身份秘密。

她不担心白蝴蝶会泄露她的身份秘密，所以，一开始就想错了方向。

沉思间，听得一阵急嗒嗒的军靴声传来，片刻间，门就被人踢开了。穆峻潭阴气沉沉地大步迈进来，见到扭头朝后看的锦笙，不由怔住，问方少尘：“他怎么来了？”

方少尘虽未瞧见锦笙递来的眼色，为了少生事端，也说道：“是为了林家和东洋丝绸比赛的事，我爷爷不还下了好几次命令，让我回去呢？”穆峻潭未作他想，径直走到沙发跟前坐下，“砰”一声，把军靴磕在茶几上，铁青着脸。

锦笙看出穆峻潭是有事要同方少尘讲，穆峻潭又是冷睨她的样态，她知晓打招呼也得不到好脸色，遂也不与他客套，只对方少尘说：“少尘，我先回了。我就住在福泽饭店，你走之前去接我。”方少尘点头，唤了副官送她出去。

回到福泽饭店，阿圆说白蝴蝶出去了，锦笙本忧心白蝴蝶相问而悬着的那一颗心，微微落下。旋即也不再强装轻松，坐在房间沙发里，望着墙上的美女月份牌发怔。她无意识地把盆式帽打着圈在手上转悠，虽眼盯着那柳叶细长眉、额前虚虚垂着几缕刘海儿的旗袍女子画，心神却全不在。

那夜白蝴蝶求她，她因第二日上午就要南下，没来得及细思谋划就答应了白蝴蝶。想着方少尘这条路子走得通，不承想，恰遇上穆峻潭和唐义哲公然闹不和。旁观的明眼人都能瞧出穆峻潭于总司令一位并无十足把握，他自己定然也知。眼下他没工夫儿女情长，更不愿因此落人口实。

锦笙本以为穆峻潭对白蝴蝶有意，二人算得上郎情妾意，只需走方少尘的路子，从中一撮合，给穆峻潭个台阶下，这事就成了。就像父亲曾顾虑唐义哲正妻的面子，以送丫鬟的名义给唐义哲送小妾，唐义哲又以不好伤人情面为由，半月后就把那丫鬟抬成姨太太了。父亲此举，既照顾了唐夫人的面子，又合了唐义哲的心意。当时只觉父亲这件事办得漂亮，可到了自己这儿，办起来怎么如此难呢！

听了方少尘那番话，锦笙知晓，纵然穆峻潭对白蝴蝶有情，眼下也不敢要白蝴蝶。江北第一美人、燕平名妓白蝴蝶，纵然是到帅府做丫鬟，也难掩安系上下的悠悠众口，定会有人私下非议穆峻潭和白蝴蝶的关系。

她转悠累了盆式帽，双手捏着帽檐，后仰在沙发靠背上，拿帽子盖住脸，怅然地连叹几声，当真不知该如何是好。儿女情长于她而言，比生意买卖上的事难办多了。她不敢去想卢柏凌醉酒后的话语和行为，也不敢去想卢柏凌突然的转变是为何。剪不断，理还乱，乱风翻雨也不可名状她如今对卢柏凌的心思。

自己的心思都说不透、看不明白，她更不知该如何处理白蝴蝶和云笙寄托在她身上的希冀。对于竞争对手，或利用，或算计，该怎么着就怎么着了。虽然她讨厌穆峻潭至极，可她不想伤了蝴蝶，抑或害了蝴蝶一生。这一步，着实难走。

在锦笙低叹时，白蝴蝶已开门进来，只她沉浸在愁闷之中，未听到声响，帽子挡着脸也未看到白蝴蝶袅袅走来。及至帽子被人拿开，她才猛然一惊，看清是白蝴蝶，连忙敛尽面容上的愁闷，笑问道："重归故土，都干什么去了？你到底对这里熟悉，下午带我去转转。"

白蝴蝶半含笑点头，随即眸光如水地看着她，说："锦笙，这件事是不是很难办？很令你为难？你那么忙，本不用来京陵城一趟，却为了我而来。"锦笙立即道："不难办，我只是想等一个好时机而已。你想多了，若不为你，我也想来京陵城看看呢，还是托了你的福。"

因锦笙在浅笑，白蝴蝶亦对她笑道："不用等什么好时机，我下午就要去帅府了。"锦笙一怔，脸上笑意僵硬住，白蝴蝶又道："锦笙，我去找了方桑宜。穆夫人身体抱恙，就让方桑宜帮她在帅府主事，方桑宜已应允，下午就派人来接我去帅府。"

如她所料，锦笙当真霍然起身，怒色道："蝴蝶，你疯了！你怎么能去找方桑宜！你这入府的第一步都没走好，以后在帅府的日子怎么过？难不成真想仰人鼻息过活吗？再说了，你跟着方桑宜进府，她若趁机低贱你，你让帅府的丫鬟仆役怎么看你？"白蝴蝶凄然笑道："锦笙，我是妓女，再低贱能比这个身份还低贱吗？妓院、舞厅、书寓，我都待过，活了二十四年，什么样的眼神没受过？若在意别人怎么看我，早在遇到你跟二公子之前，我就难过到死上百次了。"

听了白蝴蝶那"妓女"二字，锦笙霎时气得说不出话来，抬脚踹翻了桌上果盘与电话机，跟自己发脾气。到底是她没用，没法帮蝴蝶达成心愿，蝴蝶才去找了方桑宜。瞬间，也忘了这是自己房间，气吼吼地就要朝外走，忽地顿住了脚，扭过身子问白蝴蝶：“让你去找方桑宜，是不是卢柏凌给你出的主意？”

卢柏凌明知道她带白蝴蝶南下是要送到帅府，到帅府就会见到穆峻潭，可逼停火车后，卢柏凌只字未提此事。原先不觉蹊跷，此时想来，卢柏凌连一句嘱咐话都未说，实在奇怪。

白蝴蝶如实答道：“我起初就有此意，说给二公子听后，他说若方桑宜肯同意帮忙，也只有这法子行得通。二公子说，方少尘并不一定会帮你，你和穆少帅又曾闹过不快，若接触多了，怕穆少帅会发现你的身份秘密。锦笙，我已拖累你太多了，不想再徒增你的麻烦。”

锦笙听完，就快步走了出去。她虽不愿多想，可还是想多了。白蝴蝶心意已决，卢柏凌阻拦不了她，也利用了她。若只是白蝴蝶单纯找上方桑宜，便不会有进献美人这一说法，帅府可悄无声息地增添一个丫鬟抑或姨太太。

可白蝴蝶是锦笙带到京陵城的，不管是以哪种方式进到帅府，不管进到帅府之后的身份是什么，名义上都是锦笙送的，穆峻潭亦摆脱不了仗势夺爱、接受进献美人、风流荒唐之名。唐义哲及其党羽肯定会借机扩大事态污蔑攻击穆峻潭，影响穆峻潭在安系上下的声誉。

而锦笙，只需在白蝴蝶入帅府后，离开京陵城即可。柳苏城属于樟西省，属于唐义哲的管辖范围内，穆峻潭纵然是少帅，也不能公然把她如何。

如此一来，既遂了白蝴蝶的心愿，又避免了锦笙和穆峻潭过多纠缠，还能在安系间闹出对立不和的动静，搅乱一池静水。

锦笙走完长廊，方觉是走出了自己的房间，因一时间无处可去，便立在长廊窗户下，哑然苦笑着。二公子依旧是当初那个二公子，总能给予别人想要的，保护住他想保护的，再从中得到他想得到的。

锦笙亦知，这件事从一开始，她就没有谋划好，才一步步地走到了绝路。如果白蝴蝶不去找方桑宜，她眼下也无办法帮白蝴蝶达成心愿。

她怪卢柏凌乘人之危，利用白蝴蝶，也怪自己没用，在人生地不熟的京陵城，少了父亲相助，林五少这个身份，所有光芒都被穆峻潭给遮掩了。

听到高跟鞋的声音，锦笙看向白蝴蝶，在一切尘埃落定之后，猜想她定然是对方桑宜耍了手段。白蝴蝶不知安系内部是什么情况，可方桑宜明知还同意了。两个冰雪聪明的女子会面，想必也是极为精彩的一出好戏。只锦笙无心去探究那一场好戏了，她把白蝴蝶又拉回自己房间，交给白蝴蝶两张存款折子。

白蝴蝶不解地看着锦笙，锦笙无奈笑道：“这是今儿上午顺道办的，没想到时间上也办对了。法国汇理银行支行和美国花旗银行的支行，各给你存了两万块，以备你来日有急用。这里比不得燕平城，大小店铺都认我林五少，你分文不带，一切花销记我账上即可。除了方少尘这个墙头草——还老是往穆峻潭那边倒，其余的，我在京陵城连个靠得住的朋友都没有，若你遇到紧要事，我怕是不能及时帮你。有钱能使鬼推磨，遇事别舍不得用大钱。用没了，你想法子告诉我，我找人给你送。”

白蝴蝶捏着存款折子抿唇浅笑时，眸子里泛起浓浓的水光。她未与穆峻潭重逢之前，所想的日子，便是一直陪着锦笙。锦笙亦有的是钱，供得起她锦衣玉食、奢华富贵，并且，锦笙也很需要她在人前做戏掩饰身份秘密。她如今离开锦笙，锦笙若想与一群酒肉朋友相聚做戏，便不似那般简单了。

白蝴蝶的前路未可知，锦笙的前路却是能料到的。她心知肚明，方桑宜和白蝴蝶到底是女子，穆峻潭虽会生气被两个女子摆了一道，却不会把她俩如何。毕竟都是他的女人，不想疼爱也不能打啊。掉转头来，只会把这笔账全算到林五少的头上，故她都等不到方桑宜带着帅府的人来接白蝴蝶，就赶紧跑路了。

待火车发动，驶离了京陵车站，锦笙一颗蹦蹦跳的心才安下，并暗暗发誓道，待解决了东洋丝绸，得到了霓裳锦，她这辈子都不要再踏入穆家地盘了。

可，锦笙和卢柏凌都低估了穆峻潭那德国造的机关枪脾气。

锦笙见识了皞系二公子带卫兵逼停火车，也见识了安系少帅的人直接给京陵车站下两个车站打电话，拦截火车停下，等他的专列。虽心里把这些霸道的军阀头子骂了一通，但为了避免不必要的冲突，锦笙只好带着赤芍、杜衡下车，改走水路，坐船到了柳苏城。

拦截火车、不许任何人下车离开的命令是穆峻潭让方少尘去下的，方少尘下命令时，只说了拦截火车。等再追补了命令，穆峻潭的人在两列前往柳苏城的火车上，都未搜到锦笙。

两日后的傍晚，穆峻潭怒冲冲地追到方宅时，锦笙已在柳苏城转悠了大半日，又回到方宅陪着方老太爷吃茶聊天。她素日里闲了，也总喜陪爷爷奶奶聊天解闷，口齿伶俐、说起甜话来惯会讨老人家开心。

与方老太爷请过安后，方少尘本要挨着锦笙坐，被穆峻潭一把拉开。方少尘无奈笑笑，就坐到了二人对面。

穆峻潭紧挨着锦笙坐下后，唇角带着森冷笑意斜睨她，俊朗眉眼间隐隐带着杀气。锦笙心中已大致有了对策，又知晓穆峻潭不敢在方老太爷跟前乱来，故也不惧他此刻的样态，对他眨眼一笑。见他被调侃后愈加愤怒，反而不管，坐直身板，扭头看向了方老太爷。

因想把方少尘的心思渐渐拽回丝绸上来，方老太爷对方少尘道："少尘，我如今老眼昏花，身子骨也撑不住了，更不懂你们年轻人讲的时髦是什么东西，锦笙拿了许多图样子给我看，我也不太懂。正好你回来了，你们俩商量着办。然后，你领着锦笙到织造坊里去找方鹤，让他组织匠人们，尽力按锦笙的要求织出样品。这次，虽只是林家一家和日本人比，可咱中国的丝绸不能输，你要尽力帮锦笙。"

方少尘猜到方老太爷接下来的用意，但中国丝绸不能输给东洋丝绸，也是他心中所想，遂并不拂逆方老太爷的命令。只是，赢了这场比赛后，他依旧不会再管丝绸行业的事。

直到用完晚饭，方老太爷才离开三人，回到自己的院子里歇息。方老太爷一走，丫鬟们还在撤餐具，穆峻潭就按捺不住猛地起身，绕着大圆餐桌朝锦笙大步走来。

锦笙虽必须得练老生腔，可她最喜练猴戏，一跳，就跃到了刚起身的方少尘身后。方少尘一脸无奈地拦在二人中间，对穆峻潭道："竟天，锦笙年纪小，做事冲动不考虑后果，你让着他点，别跟他一般见识。我跟他还有事情到书房商量，你先回你别院吧。"穆峻潭不搭他的腔，越过他肩膀望向锦笙，冷声道："林锦笙，你有胆子给我送女人，我都还没谢你，你跑什么！"锦笙躲在方少尘背后，回呛道："穆少帅言重了，大恩不言谢，你记得就好，不用这么着急地赶来谢我。"

穆峻潭脸色更冷冽了几分，威胁锦笙："你等着，一旦你跟少尘分开，你看我怎么收拾你！"锦笙抓着方少尘的军外套，踮脚探着脑袋回道："穆少帅，你少吓唬我，我知道你为何追着我到柳苏城来。你既然要利用我，就好好对我，你要把我吓跑了，还得费心思另找借口。"她说完，穆峻潭和方少尘虽神色无异样，方少尘却扭头问她："锦笙，你这话何意？"

锦笙背了手，悠哉坐下，缓缓道："柳苏城虽不是唐义哲督军府所在，却是两江交口要塞，与衢江省接壤，与芜徽省隔湖相望，又有柳苏河通向沪海，水上交通最为便利，不仅运货方便，运兵也方便。唐督军表面上安排了廖师长镇守，可一个师的兵力却多达五万。看来，唐督军很看重柳苏城，才如此重兵驻防。重兵驻防之下，能做些什么？鸦片？军火？拥兵自重？这我就不知了。江北内阁自然比我好奇担忧，由内阁派遣的樟西省省长赵立铭，不去督军府所在的京陵城，反而到柳苏城设政府办公机构。”

她目光掠过坐回原位的穆峻潭和方少尘，停顿片刻，小酌了一口茶水润喉，复又说道：“驻防的重兵归在安系门下，挂着穆家的名，用着穆大帅发的军火军饷，可与穆大帅的关系，就像安系军阀跟江北内阁无异。表面上是归属穆大帅调遣的，也不知穆大帅能不能调遣得动。抑或，唐督军想自己割据为一方军阀势力也未可知。穆少帅和少尘自然比我懂军政，赵立铭到柳苏城是试图分割唐义哲的政权也好，还是监督唐义哲的动静也罢，说不准还有可能是江北内阁设下的一颗棋子，要帮唐义哲脱离安系，独立割据。这些你们肯定都想到了，那柳苏城对京陵帅府而言，实在是重要得很呢！”

柳苏乃江南水乡城池，此时又是春日时节。夜幕下，莺燕归巢，餐桌临近的帘栊外，绿荫树影繁芜，有清风伴奏，莺燕低鸣。锦笙适时地止住了话语，恐假音连串的话说得久了会破音，便唇角挂着疏离笑意，转动着自己的麒麟戒指，余光打量着穆峻潭和方少尘，故作深沉地默然了一会儿。

她心中庆幸连连，幸亏到柳苏城后，打电话臭骂了卢柏凌一通，卢柏凌给她讲了这番话，又给她支了对付穆峻潭的招儿。不然，她当真不知该怎么应对机关枪脾气的穆峻潭。

穆峻潭和方少尘皆侧目看着锦笙，默然不语，他们想看她能说出多少来，想判断她到底知道多少，卢柏凌只会比她知道得更多。

眸光流转之间，锦笙又岂会不知二人之意，咳嗽两声，调整假音，再次开口，关于唐义哲的话题却止住了：“穆少帅下令时，应该是故意下给了少尘吧！少尘知道我定然会偷溜下火车，如此，穆少帅也好一路追着我到这里来。”

“卢柏凌就告诉你这些？仅是这些，又不是什么机密事，在皞系和安系内部稍加用心就能打听出来，还不值得我利用你。”

此话乃穆峻潭所说，餐桌是圆的，锦笙与穆峻潭对面而坐，一盏电灯偏悬在他身后几寸。高大的身影挡去半片光亮，清辉迷蒙，他眸光亦深敛。锦笙迎看向他，笑道："仅知道这些，就够我和穆少帅做交易了。我不必知道太多，知道的多了，没好下场，我还想长命百岁呢！"穆峻潭道："林锦笙，只要安系支持共和一天，就得归顺江北内阁一日。只要唐义哲一天不敢割据自立，就得归顺京陵帅府一日。你现在，还在我穆家的地盘上，你有什么资格跟我做交易？"

锦笙酒窝微显，笑意莹然："我的资格，就是陪你演一场戏，帮你在你们穆家的地盘上站稳脚跟。虽然你有堂而皇之的借口跟我耗在柳苏城，但前提是我得在这儿。若我回燕平城，由我林家其他人来盯着订单样品，你再找借口留在这里，不就太刻意了吗？赵立铭和唐义哲是何等聪明之人，岂会不知你的意图。况且，就这么件小事，你能跟我耗多少日？耗个三五日，唐督军从中做和事佬，你还能跟我继续耗下去吗？"

她眸光溜到方少尘，在桌下暗踩他军靴，他虽面庞温煦未动声色，心底已然失笑。知己知彼，百战不殆，果然是旷古真理。锦笙不全了解安系这边的情况，穆峻潭对林家的情况知之更少。

方少尘不知锦笙还打着霓裳锦的主意，却猜测到，林肇聪不跟随锦笙，原因之一，是想让林家那几位老太爷看到锦笙能独当一面。林家大房于子嗣数量上，已然不及二房、三房，林老太爷定然忧心大房福薄，怕锦笙子嗣也不繁盛，无法传承耆德印。锦笙此次，与文官需要政绩、武官需要战功无异。锦笙需要累积功劳，好有更大的机会得到耆德印，不到万不得已，是不会让二房或者三房的人替代的。

从方桑宜那里得知锦笙把白蝴蝶以送丫鬟的名义送入帅府时，穆峻潭当即怒意昭然地下令拦截锦笙，却被方少尘从中捣鬼，没拦成便要作罢，想有机会了再好好收拾那个麒麟五少。

帅府的部分幕僚及参谋得知后，当即在穆大帅跟前夹枪带棒、引经据典地把穆峻潭暗讽了一通。穆峻潭怒火攻心，戴希闵却说此机可利用，让穆峻潭趁机到柳苏城来，以名誉受损为借口，把与林五少的矛盾逐渐扩大。林肇聪与唐义哲多次礼尚往来，虽非挚友，也算是有交情。林肇聪早已是半个太监，唯有这一子，自是宝贝如命。为了独子安危，少不得要去麻烦唐义哲。看是否能在与林五少的矛盾中，把唐义哲的手下牵扯进来。若能借机换掉廖师长，把柳苏城的驻防军掌控在穆家嫡系军官手中，就如同砍去了唐义哲的右臂。否则，一旦唐义哲兵变，皞系再暗中支持，安系五省疆土再难保全。

穆峻潭沉思片刻，问锦笙："和我做交易，你的条件是什么？"锦笙旋即道："待你达成心愿后，你我就安然共处，谁都不再欺负谁。还有，你要好好对蝴蝶，不能由着方桑宜欺负她。"穆峻潭道："你帮我一个忙，却跟我讲两个条件，二选一，你希望我好好待你，还是好好待白小姐？"锦笙暗自咬了咬牙，辩驳道："我帮你的是大忙！"穆峻潭倨傲一笑："我想留在这儿，不是非得你帮我，但你不同，只要你在我穆家地盘，我就能让你不得安生。你若不选，咱们就不做交易。"

方少尘听得二人对话，温煦面庞微漾起一丝笑意，连忙低头饮茶掩饰。这场交易，二人都是必做不可，嘴上，却是一个比一个硬。

到底是不太懂军政，又年纪轻，卢柏凌虽告知锦笙要稳住，穆峻潭一定会同意跟她做交易的，但她见穆峻潭倨傲自信地说出这番话来，又念及在穆家地盘上，便信心不足地犯起嘀咕，默然嘀咕片刻，瞪着穆峻潭，厉声道："你好好待蝴蝶！别辜负了她！"穆峻潭挑眉颔首："好，你林五少忍痛割爱，我自好生相待。"

这世上，若说有人比锦笙更担心身份秘密暴露，那便是林肇聪了。锦笙打电话告诉林肇聪，穆峻潭一气之下追她到柳苏城来，非要收拾她；林肇聪怒火攻心，也只能把锦笙呵斥责骂一通，骂完却不得不亲自打电话给唐义哲。

唐义哲本就不想锦笙与穆峻潭的矛盾愈演愈烈，给穆峻潭逗留多日的借口，恐时间长了，被穆峻潭寻着机会留在柳苏城分军权。政权上已有赵立铭这个中央政府亲派的省长在干扰唐义哲，他岂能再容忍军权旁落。但他名义上还在安系门下，只要不公然撕破脸，诸事就不得不受京陵帅府牵制。

挂了林肇聪的电话，唐义哲即刻亲电驻防柳苏城的廖师长。让廖师长亲自接了锦笙到廖府暂住，避免与穆峻潭发生冲突导致矛盾扩大。

次日中午，廖师长在唐义哲的授意下，设宴邀请穆峻潭、方少尘，要给锦笙和穆峻潭作和事佬，调解穆林之间的矛盾，好让穆峻潭尽快回京陵城去。但锦笙来了，穆峻潭却让叶执信来敷衍了事，宴会只得作罢。

第三天，廖师长再次设宴，穆峻潭与方少尘来了，锦笙却赌气不至。廖师长只好又亲自到客房，费了许多口舌才把锦笙请来。

酒宴设在廖府的大会客厅，偌大的圆宴桌上拢共坐了四人，锦笙挨着方少尘，方少尘挨着穆峻潭，穆峻潭又挨着廖师长。廖师长左手穆峻潭，右手锦笙，两人又是怒目而视，一人比一人的眼睛大。廖师长夹在中间，连拿银箸的手亦变得沉甸甸，暗自叫苦摊上了这么个差事。

春暖日丽，暖煦日光由窗棂照进，却在穆峻潭的脸上凝霜。廖师长虽是唐义哲手下，可对着安系太子爷也怯得很。入座之后，客套寒暄一番，锦笙曾在廖师长的示意下，接连三次端起酒杯给穆峻潭敬酒，可穆峻潭只冷面相看，并不端自己的酒杯。锦笙怒气满面，砰地放下了酒杯，冷怒着端坐不语。

廖师长尴尬之际，与同样尴尬的方少尘对看一眼，只得夹菜堵住了自己的嘴，咀嚼着，侧目观察冷脸的二人。过后，放下沉甸甸的银箸，只得挑软柿子捏，先从锦笙这里开口："林五少，记得那一年为了首任大总统的事，我跟着大帅到林宅，那时候，你还缠着少帅要打鸟呢，你二人也相处得颇融洽。转眼间，十二年过去了，林五少已是风流倜傥的少年郎了。"本是提起往事攀交情，廖师长倒不由得自己先内心感慨了一番，记得那时，自己也不过是个近身卫戍兵，后来跟了唐督军，才一路升到了师长。

穆峻潭冷冷开口纠正："缠着我打鸟的是他妹妹，不是他。"方少尘神情微怔，不知穆峻潭还与云笙有这段渊源。

第十五章 晓真身，缘相误

锦笙内心微诧，十二年前的云笙就是自己，可已不记得见过穆峻潭了。当下也来不及细思，只顺着廖师长的话道："那时，穆林两家也算得友好，倒不似今时今日，我堂堂的林家五少爷，还要被人欺负到如此地步。为避免和穆少帅起冲突，我已走了水路，穆少帅却还要穷追不舍。我劝穆少帅，穷寇莫追，兔子急了还咬人呢！"

穆峻潭道："林锦笙，你让我在燕平城那群少爷跟前颜面尽失，我已不和你计较，你却还拿送女人这招败坏我名声。"锦笙冷笑连连，"你名声什么样，你自己心里不清楚吗？还用得着我败坏？"

"林锦笙！"

拍案刹那，二人已是剑拔弩张地起身，只锦笙身板瘦弱，起身瞬间已显劣势。身高不及人，锦笙却声高过人："请穆少帅不要欺人太甚，你在燕平城睡我公馆，夺我佳人。如今我给你送到帅府去，你又说我坏你名声，为表自身清白追我到柳苏城来。东南五省，你们穆家一手遮天。穆少帅虽位高权重，可也要懂得适可而止，不要得了便宜还卖乖。既要当婊子，还想立牌坊。你是什么秉性，你们安系的将领皆心知肚明，又不是什么洁身自好的人，还想要名声！你追我到天涯海角，也不过是此地无银三百两，徒惹人耻笑！穆大帅讨六房姨太太，也不似穆少帅这般磨叽扭捏、欲盖弥彰！堂堂安系少帅，敢做不敢当，一点魄力都没有，亦难怪至今不能令众手下将士敬服！"

她声调朗阔，口齿清楚，吐字极快，方少尘是装怔，廖师长是真吓怔住了，看着锦笙的嘴，自己的嘴巴也不由得微张着。早前只听闻过林五少牙尖嘴利，未得亲见，此番身临其境，直刮得他耳根子生疼。待他反应过来看穆峻潭，穆峻潭亦是在一阵发眩中回过神来，怒得脖颈青筋暴起。

廖师长与方少尘伸手阻拦时，隔着圆餐桌，锦笙右脸已生生挨了穆峻潭一拳，来不及捂脸，已立不稳，撞翻椅子倒地。

廖师长与方少尘嘴上说着“少帅别生气，林五少到底年纪小”，“竟天，你别跟锦笙一般见识，他年纪小，口无遮拦”，一边赶忙起身，要阻拦走近锦笙的穆峻潭。可穆峻潭极高，二人抱他不牢，在锦笙还未来得及起身时，他已抬脚踢上锦笙后背，把锦笙踢开两米远，致其爬不起来。

廖师长与方少尘合力抱住了穆峻潭，穆峻潭虽不能再到锦笙跟前，却掏出自己的佩枪，上了膛，要瞄准锦笙。方少尘大声道：“竟天，你别胡来！”说着握住了穆峻潭拿枪的手腕，他情急之下，用了全力夺枪，脖颈、手背都暴起青筋。

方少尘与穆峻潭为夺枪纠缠在一起，枪口就胡乱地在屋子里扫来扫去。

廖师长见瘦瘦弱弱的林五少被打得爬不起来，也不免觉得自家少帅过分了。本想靠近穆峻潭要竭力阻拦，此刻见手枪上了膛，黑洞洞的枪口又满屋子地扫射，唯恐避之不及，便要远远地躲开。可穆峻潭与方少尘争夺之时，一声枪响，正中廖师长的右小腿。廖师长还没来得及喊叫，穆峻潭与方少尘只顾夺枪，又是一声枪响，正中廖师长左大腿。

为着说话方便，穆峻潭三人的副官及卫兵都在门口侍立。

叶执信把门外的副官及卫兵都聚在假山下一起抽烟聊女人，因离得远，第一声枪响后，都来不及冲进来。待第二声枪响，伴着廖师长一声悠长连绵的惨叫，廖府卫兵、穆峻潭的近身卫戍、方少尘的随行卫兵齐齐涌了进来。副官们持着手枪，卫兵们端着长枪，因屋子里都是上级军官，一时间也不知该把黑洞洞的枪口对着谁。

因两声枪响及惨叫，穆峻潭与方少尘停了夺枪，才反应过来发生了何事。

廖师长的副官及廖府卫兵扶着廖师长，因廖师长知道是穆峻潭与方少尘夺枪误伤，既不必抓行凶者，也不能斥责行凶者，只惨痛吩咐道：“去医院，去医院啊！”

廖府卫兵一阵慌乱地把廖师长抬了出去往医院送，穆峻潭很是歉意，派了叶执信跟随。廖府的宋参谋长情急之下还未失分寸，虽内心气愤，但他的级别还不足够质问穆峻潭和方少尘，只得称府上混乱，不好再招待二人，请二人先回去。

在大家围着廖师长陷入混乱时，锦笙独自缓缓地站了起来，扶着墙壁，龇牙咧嘴、倒吸凉气而立。待方少尘和穆峻潭出宴客厅后，锦笙对宋参谋长道：“宋参谋长，府上的事，皆由我而起，我实在抱歉，也不好再叨扰府上，就先到饭店去住了。”穆峻潭那一拳隔着桌子，到锦笙脸上虽已威力骤减，锦笙的半边脸仍肿起，嘴角裂开，一直在朝外渗血。她弓着腰抚着自己的后背，虽极力不想哭，可疼痛难耐，眸子里的泪水止不住地垂下几滴。

宋参谋长眼见瘦弱的林五少如此狼狈凄惨，亦是无法怪责此事因林五少而起。林五少本不想赴宴，是自己和廖师长极力游说来的，宴席上白白地遭了安系少帅毒打，更是有理没处说，遂说道：“林五少，此事，我会如实禀告给唐督军，再禀告给大帅。到时，还请林五少如实说出今日事，还我家师长一个公道，也还林五少自己一个公道。”

锦笙颔首，龇牙咧嘴地竭力不破音道：“宋参谋长，今日屈辱，我林锦笙也不会善罢甘休的。说句不好听的话，我爷爷终究算是穆大帅的长辈，昔年也未少相助穆大帅。穆少帅不顾我林家与穆家的旧情分也就罢了，今日连唐督军和廖师长的情面都不顾，打了我，误伤了廖师长，还请宋参谋长一定要告诉唐督军和穆大帅，还我和廖师长公道。”宋参谋长颔首：“林五少伤得也挺重的，我这就派人送你去医院。”

锦笙摆手道：“廖师长那里才是头等重要事，柳苏城的驻防师长竟被少帅打伤，宋参谋长也定然有很多公务要去处理。我就不麻烦宋参谋长了，你赶快去医院看廖师长吧。请代我致歉，我晚些时候再去看廖师长。”

宋参谋长更觉林五少通情达理，其与安系少帅的麻烦，不过就是安系少帅暴戾乖张、仗势欺人而已。他应着跟锦笙一块往外走，他朝府院大门走，锦笙就走回了自己所住的客房。她强撑着一口气，吩咐赤芍收拾东西要去饭店，又吩咐杜衡去叫黄包车到门口等着。

杜衡双唇紧闭，转身之际，拿袖口擦了擦眼泪。若非五少让赤芍看着他留在客房里，他如何都不会让五少伤成这副模样。又早得了五少命令，不管看到五少如何狼狈回来都不得冲动。若非有五少命令在先，他真愿拼着这条命给五少报仇。

柳苏城有许多前街后河的建筑，屋子临水而建，底层潮湿一般不住人，多居在二层和三层，故一层只有半层的高度，等同地基。

美新饭店临河客房亦是如此，由二层客房里朝外打开窗子，低头可见碧绿河道，还有船夫摇着乌篷船由河上漂过。为了检查锦笙身上的伤，赤芍把门窗都关死了，只能或远或近地听着模糊的摇橹声或歌声。

未料到穆峻潭下手这么狠毒，锦笙也没让赤芍和杜衡提前准备药物。赤芍学过简单的医护，又从卢柏凌那里学了很多医学知识，匆忙间写了一些药物名称，让杜衡拿着去西医的医院或诊所购买。

今早晨，锦笙让赤芍把自己的裹胸布和领口都缝死且缝了密密的很多匝，领口外戴了一枚红宝石纽扣掩饰针脚，此刻红宝石纽扣虽半掉着，高耸的领口却连缝都没开。赤芍要把锦笙的衣物脱下来，还须得用剪刀剪开线。

顾忌是在柳苏城的饭店，不是在自己的一水间，锦笙得知后背伤处不用拆开裹胸布，便依旧裹着。

河岸栽种了柳树，柳枝万条垂下，如翠绿丝绦，偶被春风吹拂，扫上窗棂。有柔煦春光漏过软无力的柳条间隙，经由洁白蕾丝窗幔，照在锦笙后背，愈加衬得她雪白肌肤发着莹光。对比之下，一大片的瘀青红肿更是触目惊心。她胳膊上还有被踹后的摩擦伤，虽未渗血，却血痕连连。

赤芍含泪，拿着毛巾在锦笙后背轻轻擦拭，擦掉一些血迹，终是忍不住抱怨："五少，为何非得让穆少帅打您啊，还打得这么狠。"

锦笙痛得头脑眩晕，咝咝地倒吸了几口凉气才回道："我坏了父亲的行事计划，尚不知父亲那边需费多少心思才能修复如初。这次不帮穆峻潭，他总会逮着机会找我麻烦，若再被他撞破我身份秘密，后果不堪设想。我帮他一次，他多少欠我人情，不会再肆意找我麻烦。现在，柳苏城对于内阁、穆家和唐义哲，都很重要，不知道会生出什么变数。我不能让唐义哲知道我在帮穆峻潭，连累父亲不好跟唐义哲交代，只能让穆峻潭打我一顿，届时唐义哲责问父亲，我跟父亲也好开脱。"

赤芍要为锦笙披上外衫，可外衫触及伤处，锦笙不由疼得哆嗦几下，赤芍念及等会还要擦药，就把衣衫放在一旁，不再给锦笙披上。赤芍清洗了毛巾，绕到锦笙正面，为她擦拭嘴角血痕和脸上尘土。她短发已散乱微垂，短短的刘海儿，虚遮了小半额头，益发显得脸庞年少小巧。

锦笙不顾裂开的嘴角，恨恨地咬牙道："穆峻潭这个卑鄙小人，肯定是趁机报私仇。这一拳下来，要不是隔着桌子，他离我远，我的牙都得被他打掉。"说话间，又疼得滴下几滴眼泪。

赤芍也跟着流眼泪道："都怪白小姐，好好的荣华富贵、安稳日子不过，非让您带着她来找穆少帅。要不是她，您何须到京陵城惹上穆少帅。除了大爷罚您和学猴戏受伤，您何时遭过这等罪。要是让老太爷和老夫人看见您的脸，指不定得多心疼呢！"锦笙已疼得严肃不了面孔："赤芍，别这么说蝴蝶。不怪她，这件事是我没计划好，匆匆忙忙地就带她去了京陵城，还惹上了这么一摊子事。还不知以后她的日子要怎么过呢。"

低叹之时，有人敲门，二人都以为是杜衡。

锦笙本能地要快速站起来，却牵动了背上的伤，疼得倒吸凉气咧嘴时，扯开了嘴角，又是一股血腥味弥漫唇齿。赤芍连忙为她披上外衫，把她扶到床上，放下葵黄留香绉床幔，待床幔不晃，縠纹平稳，才应着敲门声说："来了。"

说着已走到门口，打开门却刹那怔住，旋即就要关门。穆峻潭拿胳膊肘挡住一扇门，说："你这丫头，怎么见到我跟撞了鬼似的，吓得脸都白了。你关什么门，我来看林五少。"说着朝房间里望一眼，问，"你们五少呢？"

赤芍为掩突突的心跳声，也为了给锦笙听到，加大音量道："穆少帅，你把我们五少打成那副样子，五少不愿意见你，你走吧！"

因周围已被卫兵肃清，穆峻潭也不再遮掩，好笑道："真是林五少的贴身丫鬟，一模一样地喜欢颠倒黑白。是林锦笙让我打他的，怎么又怪我？"他说话时，就要往里走，赤芍伸开双臂阻拦他："五少不在，跟杜衡去医院了。"

方才说不见，现下又说不在，显然是有什么古怪。穆峻潭看赤芍一眼，应着"哦"转身要离开，却又一个转身，就闪进门里去，打了个手势，让卫兵劫持住赤芍。嘴上说着"林锦笙，你又搞什么鬼呢"，在房间里巡看一番。

房间门正对会客室，一短两长的沙发围了三面，围住一张长茶几。临近沙发有一扇大玻璃窗，白蕾丝窗幔垂着，因有柔柳拂窗，把房间内的日光也扫得斑驳零星。穆峻潭眸光巡看过衣橱、半敞门的洗浴室，目标锁定在床幔垂地、绉沙映光的床上。

葵黄留香绉不怎透光，溶溶泄泄、零零散散的光，仿若把锦笙囚禁在闷室之内。隐约听得穆峻潭的说话声，她的恐惧不安压住了周身疼痛，双手麻木而迅速地扣长衫纽扣。飞速间，暴尸荒野的噩梦，为保秘密要烧化尸身成灰的命令，在锦笙脑海中纠缠着，纠缠成一团无头绪的蚕茧，无处下手可缫。

她的心几乎跳到了喉咙位置，噎得喉咙肿胀难忍，委屈说不出，疼痛也喊不出，惶恐不安亦令她颤抖不止。她想过很多次，除了知晓她身份秘密的人，她的身份又会在何种情况下，暴露在何人跟前。暴露之后，她要如何？如何面对父亲？如何面对林家上下？

床幔被穆峻潭猛地扯开，锦笙正面朝内，侧身盖被而睡。他居高临下，可望见她半边脸的红肿，遂坐了下来："林锦笙，你先别睡，我带你去医院。你当时说那番话真气着我了，我就稍微用了力。"锦笙放在被子下的手攥紧了被里，只微睁眼，亦不看穆峻潭，冷声道："你刚打完我，我就跟你去医院，我这打不白挨了吗？穆少帅，你别如了自己的意，就来害我。待你跟我赶过去，廖师长的手术大抵也要做完了吧，你我正好与廖师长的手下碰个凑巧。"穆峻潭笑道："不愧是林五少，脑子转得不慢。可你别想挨顿打就推托干净，好左右逢源。是我打的你，我得对你负这个责任，走，我带你去医院。"

他说着就下手去扯床被，锦笙的手在下面攥着床被，他受阻便猛地一用力，就把被子扯开扔掉。旋即，就伸手拽住锦笙后背长衫，想要把她扯起。

从穆峻潭与赤芍在门口对话，及至穆峻潭掀开床幔，也不过两分钟。锦笙坐在床上不敢动作过大，偏偏披的又是长衫，纽扣由领口到胸前，又由右侧一路往下。慌乱间只套上一条袖子，就听得穆峻潭的军靴踏进房间，情急之下，只扣了领口纽扣，盖被子装睡。

穆峻潭拽锦笙后背长衫把她拽得半起，她挣扎着拉半敞的长衫时，他隐约看见了束胸白绸布。朱潇潇女扮男穿他军装时，曾如此过，他当时还调侃戏谑过朱潇潇的束胸布。眼下见了锦笙的，他脑子发蒙发晕，仿若知道这意味着什么，仿若又不太知道。下意识地就箍住锦笙双手，扯开她只穿了一袖的长衫，盯着她整个后背看了个究竟。

穆峻潭扯掉床被时，锦笙就陷入了绝望，挣扎亦不过是垂死挣扎，此刻被他箍住双手，认命地紧闭了眼，背对着他，通身由苍白到红透。

半分钟，锦笙却仿若过了十二年之久，恍惚漫长，却又是弹指之间。她微扭头，见穆峻潭还在盯着她后背发怔，震愕弥漫在他素来寒气满满的面庞，冷眸深深，不知在想些什么。她益发面红耳赤，身上肌肤又红了许多，皱眉厉色道："穆峻潭，你还要看多久？你转过去！"

说话又是个男子声，穆峻潭不想仅凭在胸前束白布条就认定林五少是个女人，脱口道："林锦笙，你转过来！"他动作与话语同步，抱住锦笙腰肢扳正她身体，手也触上那束胸白布，想扯掉，看看到底是不是个女人。

锦笙虽觉受辱，却不敢喊叫，只紧紧抓住穆峻潭手腕，要把他的手往外扯。那白布是特意用针线缝合的，轻易扯不下，穆峻潭刚想用蛮力时，看到锦笙冷冽怒然又夹杂着惶恐的眸光，他方意识到自己在做什么，遂动作顿住，目光下垂，又见她红肿渗血的嘴角，霎时，全然松开她，连连后退了几步。

穆峻潭心中浮起一丝愧意，不知自己在追究什么，她虽不如白蝴蝶、朱潇潇、兰泽、方桑宜这些女子丰腴，可没有任何衣物遮掩，也能辨出女子标志。但他太过震愕，无法亲眼见证，很难相信，被自己连打带踹的林五少竟是个女人。

葵黄留香绉床幔又徐徐垂下，穆峻潭盯着那微晃的床幔，有日光照在上面，光影流离之间，也认不准里面是否有人。迷蒙间，以为自己是遇上了聊斋奇事，成了被狐妖捉弄的书生。若非妖精，怎能欺骗过这么多人？他转身走到门口，抬手令卫兵放开了赤芍。

赤芍早在被挟持住、架到门口时，就暗叫不好。但林肇聪早已嘱咐过他们多次，若遇到了突发情况，不可急躁，要以不变应万变，先稳住。若当真被人发现端倪，待知晓确实暴露后，再想法子尽力善后。切不可庸人自扰，先乱了阵脚。

门口离床边还有一段距离，且角度不对，无法看到那边发生了何事，只听得屋子里发出一声命令："赤芍，别让穆少帅离开！"赤芍得了自由，即刻伸开双臂阻拦穆峻潭，穆峻潭震愕未消，不觉循着声音来源，扭头朝后望，也望不见床，便又扭过来对赤芍道："我不走，你进去吧，我在外面等着。你们收拾好了，再叫我。"

听得此话，赤芍猜测穆峻潭是知道了，却因为不确定，不敢露出马脚，低头进门，又把门关紧。

穆峻潭恍惚着，向后倚在近门的墙壁上，伸手摸了烟盒出来，点烟时，又命令卫兵离远点，且彻底肃清了道路，不准有人在门前走动路过。

待吐出第一口烟雾，烟雾袅袅，眼前猛然就闪现出方才半分钟里看到的画面。除却那一匝又一匝的束胸白绸布，如骨瓷洁白光滑的肌肤上，还有大片红肿瘀青，不及他巴掌大的脸颊也肿了一小半，还都是他揍的。不承想宽绰衣物下，腰肢是那般纤细，只觉一用力就能握断，他竟然还下脚去踹了。他难以相信自己动手打了女人，更难以相信林五少竟然是个女人，可两样事实都摆在眼前，由不得他不信。

约莫两分钟的工夫，门就被重新打开，赤芍对穆峻潭低声道："我家五少请您进去。"穆峻潭神情虽冷漠寡淡，行动上却很顺从，扔了烟蒂，就跟着赤芍进了房间，赤芍在他身后又重新把门关紧。

太阳渐渐西移，仿佛就在一瞬间，屋子里的光就不均匀了。穆峻潭只管循着光束最亮的方向看，锦笙坐在小会客室的沙发上，头发未用发油梳上去，有些微乱地遮着小半额头。但长衫马褂已穿整齐，披了薄黑呢大衣，身板端正，以贵气沉稳的姿态掩饰自己的惶恐不安。他走过去，隔了茶几与锦笙对面而坐。他怎样也管不住自己的眸光，总想朝锦笙平坦的胸部望去，于是稍侧了头。

对坐的二人皆不知第一句话该说什么，各怀心思不敢直视对方，皆微微侧目。赤芍倚着门扉，亦不敢开口，房间的气氛幽谧而令人窒息。

"云笙，你是云笙吧？"

穆峻潭低沉的声音最先打破了沉寂，锦笙惊诧地望向他，她酝酿在喉咙间的第一句话是"穆少帅，我们做交易吧，只要你能保密"。丝绸比赛在即，她不能暴露身份秘密，给日本人以舆论利器，令父亲蒙羞，令林家陷入外人的议论嘲讽中。方才，只短暂的几分钟思考，她已顾不得耆德印，顾不得霓裳锦，唯愿先解决这次的东洋丝绸麻烦。她甚至已决定，若穆峻潭当真要宣扬出去，她宁愿死无对证，也要保全父亲颜面，更不能让林家遭人非议耻笑。

仓促间，她揣测了穆峻潭会提的要求，江北第一美人已送入他府中，余下的便是金钱或军火。

穆峻潭把她当云笙，远远出乎她所想范围。龙凤胎虽有长相相似的，现在的云笙也与她有几分相似；但见过其他龙凤胎的老者说，龙凤胎到底不似双胞胎，一男一女，待长大，容貌便不似幼时那般相似。不然，一个娶妻，一个嫁夫，同一张脸，一个当丈夫，一个当妻子，两家人还不乱套了。

这话虽是有事实可依，但林肇聪素来谨慎惯了，为确保万无一失，仍不经意地安排人先在仆役、丫鬟、老妈子跟前传出，继在林宅暗下传开，再传至了坊间有心人耳中。及至后来，林宅里好奇锦笙、云笙样貌相似度的人，因先入为主的思想，亦觉长大后的二人，样貌不完全相似也是理所应当。

林宅规矩守旧，又甚为重男轻女。小姐不被允准经常外出，莫说外间人鲜有见过云笙者，除了麒麟堂的丫鬟仆役老妈子，其他院落的下人也不常见云笙。对林宅而言，云笙只是麒麟五少的陪衬，陪着麒麟五少演绎了麒麟送龙凤胎这一稀罕事。虽享受着千金小姐的荣华富贵，却不被林家长辈重视，最大的价值便是联姻。

锦笙本就处在惶恐不安中，听得穆峻潭误解自己是云笙，更是无法立即想明白，穆峻潭何以如此误会。

穆峻潭神情冷静，极有耐心地在凝看她，她不知该如何回应，无助之下，竟看向了赤芍。赤芍忙不迭地对她猛点头，她像是掉落在浩瀚大海，于滔天波浪中遇到了一块浮木，极其无助之下，把浮木当作救命小舟，也顾不得细想这救命小舟能在大海中漂浮多久。便顺着赤芍点头的动作，对穆峻潭点了点头。

从再次进门后，穆峻潭对锦笙的态度已不似先前那般恶狠无礼，反倒显出绅士样态，唇角轻弯："你是为了少尘，才扮成你哥哥的？"见锦笙只用黑白分明的大眼睛望着自己，却不答话，他又笑道："你哥哥打电话想让少尘和你见面的那几次，我都在少尘旁边。"

锦笙点头承认自己是云笙后，便知自己又陷入了另一个谎言中。她说了十二年的谎，深知，为了维系一个谎言，得说无数的谎。遂不敢多言，只攥紧了双手，抑制身体颤抖，缄默不语地望着穆峻潭。

穆峻潭看向锦笙红肿的脸和渗血的唇角，他从未打过女人，一时间不知该如何解释，也不知该如何做才能弥补挽回。而锦笙还在静静地看着他，眸子澄澈无杂尘，可见里面的惶惶不安。他不由愈加自责愧疚："你伪装得太好了，我若知道你是云笙，绝不会打你的。"

锦笙又听得一声"云笙"，心里越发慌乱内疚，抬手一面擦嘴角的血，一面迅速想着欺骗措辞。低头良久，知道可以利用穆峻潭此刻的愧疚与自责，遂仰脸望向也在组织语言的穆峻潭，不假音色道："穆少帅猜得极对，我的确是为少尘而来。我哥哥临行前突发疾病，又念及我多次想与少尘见面不成，遂欺瞒了众人，让我假扮他。此事，只有我、赤芍和我哥哥知晓，还请穆少帅帮我保密。少尘已与我退亲，我不想多生事端。若宣扬出去，惹我父亲与哥哥不快事小，还要使我名声受损，同时连累我林家名声受损。拜托了，穆少帅！"

窗外柳枝有黄鹂鸣叫，锦笙真音婉转清丽，穆峻潭听她说话时，略走神，一会男声，一会女音，他愈加觉得自己是撞见狐妖的书生。忽地，心里泛起一丝向往，向往自己被眼前狐妖魅惑，旋即又遏制了自己的想法，回复锦笙道："我会为你保密的！"

锦笙与赤芍对看一眼，悬着的那口气刚要落一分，又听得穆峻潭道："但是，我得告诉少尘，你为了他如此费心思，又受了伤。这份心意，我必须要替你转告给他，也算我对你的一丝弥补。"

锦笙霎时就慌了，半捂着被撕扯疼的唇角，急声说："穆少帅，你与少尘是发小，我又曾是少尘未婚妻。少尘都没发现是我，若少尘问你如何发现的，你要怎么答复？兄弟妻不可欺，虽然我只是被毁了婚约的未婚妻，可你也不能糟蹋我清白名声啊，你让我以后怎么见少尘！又有何脸面见人！"

穆峻潭想到自己方才的举止，便尴尬不已，情急之下，都没想到她会是云笙，如何能顾虑到兄弟妻这回事。此刻听得一个"兄弟妻不可欺"，除了尴尬，心里略为堵塞。有"兄弟妻"梗着，纵然他对这个狐妖再有兴趣，也不能对她有任何想法。虽神色无异，语气里却带了一丝沉闷："你放心，我不提方才的事情，也能跟他说清楚，我相信，他也会为你保密的。"

他说着就起身，锦笙顾不得背上疼痛，连忙起身疾走到他跟前，抓住了他手腕拦他，一时间说不出阻拦他的理由，只连声说"不可"。她知道穆峻潭对林家的事了解不多，骗骗他还行，若骗到方少尘那里，她不知又得说多少谎话才能圆了"云笙"这个谎。

她仰脸看着穆峻潭，穆峻潭也止住了脚步，低头看着她。她绞尽脑汁，却一时间想不出怎么骗下去。

编不出骗人的话，着急慌乱到极致的倏忽间，她看向穆峻潭的双眸里溢满水光，她忽然厌倦了谎言，厌倦了骗人。身上伤处的疼，心里的惶恐不安，肩上的责任与担子，都让她喘不过气来，像是有一双无形的手握住她脖颈，令她喘息不了。

她猛地甩开穆峻潭的手，坐回沙发上，低头苦笑，眼泪却扑簌朝下落："你去说吧！我知道，早晚要有这一日的。错的，从一开始就错了。假的，永远都成不了真的。是我自以为是、任性妄为，才惹了这么大的祸，是我对不起哥哥，对不起父亲，对不起爷爷！是我让林家蒙羞了！"

锦笙一哭，穆峻潭稍显慌乱，看向赤芍，赤芍也是两行不断的清泪。他虽一直念西学，但也知晓旧礼对女子的管束，旧礼中，女子连脚都不能轻易给男人看。他方才那般对她，对受旧礼约束长大的女子而言，这等羞辱定是不能忍的。若非现在是民国，他这般看了、碰了林家六小姐，也唯有娶了她，才能保全六小姐的清白名声。否则，六小姐嫁给别的男人，是会遭轻视侮辱的。

如此一想，穆峻潭就理解了锦笙的担忧和恐惧。他走到锦笙旁边坐下，耐心哄她："你既然如此担忧林家名声受损，我不告诉少尘了，谁都不告诉，好不好？你别哭啊！"

殊不知，锦笙这一哭，就再也压制不住自己的情绪。她仿若没听到穆峻潭的话，依旧泪珠不断，双肩颤抖到大衣脱落，她双手在双膝上微攥拳，声音低婉地啜泣连连。穆峻潭没有带手帕的习惯，用手帮她拭泪，手都抬酸了，她还在哭，哭到身体颤抖不止。泪珠滑过唇角，血泪滚落，她疼起来索性不管不顾，只想把哽在心里、哽在喉咙里令她窒息的难受都哭出来。她不知谎言被戳穿后，自己将要面对什么，她害怕到了极致，害怕面对父亲的震怒失望，害怕面对爷爷奶奶的震愕悲痛，害怕面对林家族人的责问驱逐，害怕有朝一日，她会孤零零地暴尸荒野，饱狼犬之腹。

这一次，再无卢柏凌那次的侥幸了。不管穆峻潭告不告诉方少尘，穆峻潭都已是固定的威胁。一旦他得知真相，离谎言被拆穿那一日也就不远了。

是的，早晚都要有那一日。而那一日，也快到了吧！

她后悔了，后悔她的任性妄为，后悔她的自以为是，后悔她没有事事都听从父亲的话。

她突然很想卢柏凌。卢柏凌说，他爱的人不是他三庶母，而是她，他也是为了她回来的。她仿若也认清了自己的心，不是杨灵均，那般追缠着杨灵均，不过是因为他有几分像卢柏凌而已。她把没法给卢柏凌的情感，都错付到了杨灵均身上。

这一刻，她突然很想做卢柏凌的猎物，猎物不用面对这么多，也不用承担这么多。她虚弱得仿若肩膀都要断裂，承载不了如此多的压力和责任，而卢柏凌会好好保护照顾她这个猎物。如果卢柏凌在，肯定会帮她想办法，也无须叨扰父亲，不用听父亲失望愤怒至极的责骂。

她一个人不知道该如何是好，也认清自己没有自己所认为的那般强大，她挨打受伤了会痛，被逼到绝路也想要哭着发泄，而仅存的理智也在渐渐被无助惶恐淹没。

她扭头看向给她擦泪的穆峻潭，打掉他的手，眸光被一片水雾遮住，也看不清他是什么神情，抽噎道："穆峻潭，我竟然毁在你手里了！我不甘心！不甘心！"

穆峻潭本眉心轻蹙着给低头的锦笙擦泪珠，被她打掉手，又听她说了这话，手上湿漉漉的，心里反而生出一种莫名的怜惜。他自然觉得，是在怪他看了她、碰了她，令她的清白蒙羞。她已哭得颤抖不已，骨架都仿若要散开，穆峻潭心中动容，下意识就伸手把她揽到自己怀里，不敢用力抱她受伤的后背，只虚虚地环着她。

他太高，她太瘦，倒在他怀里过于娇小，令他不由得加了一分小心翼翼、疼惜呵护。穆峻潭只觉如此哭泣的她，没有其他女人的娇嗔娇气，唯像一只受伤的小动物般，又透着孩子气，惶恐不安到惹人疼惜。

方少尘每次劝他不要和林五少较真时，总要说林五少年纪小。他当时不觉林五少年纪小，现下抱着与林五少同日而生的妹妹，他方意识到，十八岁，的确是年纪还小。他不知，是因为自己打了她，才对她生出很强烈的保护欲，抑或是其他……

锦笙不想被穆峻潭抱在怀里，可她连哭带疼已没有多余力气，倚在他胸前哭倒舒适。忽听得一句“不要再害怕了，若你很在意被我看了、碰了，我娶你”，吓得她立即止住了哭声，穆峻潭本就是虚虚地环着，她拼尽仅存的力气，倒也推开了他。待看到他，神情也略带震愕惊诧，显然是被自己的话给吓着了。

赤芍本倚着门、守着门，防止杜衡突然闯进来把事情闹得更大，听得穆峻潭的话，直吓得半蹲在地。

穆峻潭被锦笙哭得心慌意乱，未多加思虑就说出了如此的话。“兄弟妻”姑且不谈，中午，他把她打到爬不起来，太阳偏西，就说要娶她。不仅唐突仓促，还毫无诚意。并且，冲动下说出的话，也无法代表他心意。见锦笙不再哭，他也就不接方才的话茬，仿若自己没有说过那样的话。

锦笙也坐正身子，仿若没有听到过那句话。大哭一场，窒息感减弱许多，她大脑也逐渐恢复了正常思考。

有卫兵敲门，说是林五少的小厮在一楼跟卫兵打架，穆峻潭看向锦笙，征询她要如何处理。锦笙知道是杜衡回来了，就让赤芍去处理，自己咳嗽一声，缓解了尴尬气氛，看向和自己并肩而坐的穆峻潭，问：“穆少帅，你前面说不告诉少尘，要替我保密，可当真？”

穆峻潭也扭头看着她：“不敢不当真，怕你再哭得像是决堤似的，我不善治理洪水。”锦笙尴尬一笑，扯动唇角，又疼得连吸凉气，龇牙道：“那就多谢穆少帅了，我哥哥病重，怕是处理不了我林家和日本人丝绸比赛的事，接下来的几个月，都得我替代我哥哥。咱们俩能和平相处吗？穆少帅今日虽只用了小力气，可我这身板，实在是挨不了第二次了。”

穆峻潭听得她要在南地待几个月，不觉心中微漾，及至又听得她后面几句话，尴尬地笑着点头，并不开口回话。

第十六章 觉情滋，藏心迹

回别院的路上，穆峻潭望着飞掠后退的粉墙黛瓦、小桥流水，跟前没了哭泣的锦笙，识破锦笙女儿身的震愕方渐渐散去，被她哭蒙的理智也渐次恢复了正常。

隐约觉得这件奇事透着古怪，究竟何处古怪，他一时间也想不透。因答应了不告知任何人，他一肚子的困惑也没人可问，更不好派手下去调查，只好暂时搁浅，看事态的后续发展。

继廖师长作穆林和事佬被误伤后，方少尘就到医院给穆廖作和事佬。廖师长虽表面通情达理，说知道穆少帅误伤，但仍坚持此事还是要告知唐督军、穆大帅为好，遂装模作样地吩咐宋参谋长，打个报告上呈给唐督军、穆大帅。宋参谋长口头上虽应着，但其实早已禀告给了唐义哲。唐义哲及其幕僚参谋，更是借此事，激起了安系各部大小军官对穆峻潭的不满。穆大帅果然震怒发威，喝止穆峻潭前往京陵帅府辩解，亦不听信他在电话里的任何狡辩之词，以一封教训儿子的信件通电五省。

逆子峻潭：

你枉承父荫庇佑，正值少壮之年，不思进取求上，竟以少帅之名暴戾乖张、骄奢淫逸、仗势欺人，以大总统所发枪弹，伤大总统之将领，令民国内阁蒙羞，丧政府名望信誉于国民之心。为父教导无方，愧对内阁信任，愧对五省百姓期望。念，仅你一子，不忍弃之。唯有托付义哲兄，仰赖虎威上将之名，代吾震慑逆子。

一封简短通电信，卢兆祥啼笑皆非，唐义哲叫苦不已。

只因，穆炯明以廖师长需养伤为由，把穆峻潭由一省督军贬为柳苏城驻防师长，成为唐义哲部下，劳烦唐义哲代为管教逆子。唐义哲亦非善类，接过管教大旗，名正言顺地把廖师长的参谋长派给了穆峻潭，让宋参谋长继续当驻防军的最高军事指挥。

卢兆祥也以江北内阁要护卫百姓之名，派遣一千嫡系兵南下，替换了柳苏城的二百余警员，为赵立铭所用。

因不确定穆峻潭会不会宣扬出去，锦笙不敢告知林肇聪被穆峻潭发现女儿身一事，想赌上一次。便只告知了因穆峻潭纠缠不休、仗势欺人，自己被打一事。林肇聪近日来已气得不想再骂她，派了几个人赶到沪海接管苏武、苏叶的事，让苏叶、苏武到柳苏城保护她。

穆峻潭打伤廖师长一事已闹到通电五省，通电五省也就等于全国大小军阀都知晓，锦笙被打一事便不再显眼，连唐义哲都顾不上询问林肇聪。

安系内部闹得沸沸扬扬、混乱不堪这几日，锦笙顾忌脸肿，甚少外出，把订单的事多数都托付给了方少尘。又派了杜衡、苏武、苏叶乔装一番，去与林家合作的丝织厂和缫丝厂打探情况，查一查那些采办们到底私下收了多少钱。

而穆峻潭忙着挨训挨骂，忙着与廖师长交接军务，只每日派叶执信来问一问她伤势恢复情况，也顾不得亲自过来。

每日十点钟，叶执信必定敲房间门，把锦笙闹得一到九点半过后，就开始紧张兮兮，听力也变得特别灵敏。

这日，刚到九点半，就听到卫兵齐刷刷在房间外走廊跑步的声响，又整齐地销声匿迹，往日没有这么大动静，锦笙猜想，应是穆峻潭来了。

赤芍苦着脸把门打开，又连忙低下头去，等穆峻潭进来后，她望了望那些挎枪守在一米开外的卫兵，连忙关上了门。

穆峻潭走进后，一眼就看到坐在会客厅沙发上的锦笙，她双腿交叠，双臂闲适地放在短沙发两侧的扶手上。三七分短发梳得整整齐齐，古月色长衫马褂，高高的衣领外配了一枚绿宝石纽扣，黑白分明的大眼睛带着一丝戒备望向他，俨然一个贵气倨傲的小少爷。与那日大有哭倒长城之势的惶恐柔弱女子，判若两人。

穆峻潭交接完军务后，因想趁机给驻防军来一次大换血，打他们个措手不及，连续忙了两日两夜都没休息。可树易伐，根难除，尚不到和唐义哲撕破脸的时候，短时间内，他没法完全掌控这支庞大的部队，只能从缓计划。

今日上午得了闲，叶执信又不止一次回禀，说林五少想见他，他心中也隐约跳动着想看看她的念头，便借用休息来看她。

本来军务缠心、休息不足，此刻见到她这副贵少爷模样，益发晃神发蒙。不觉顿住脚，朝她平坦坦的胸前望去，想极力辨认出她的女子标志。锦笙亦发觉他目光的方向，脸微红，轻咳嗽一声："穆少帅，请坐。"

听得是个女子说话声，穆峻潭暗自松了一口气，若再听得男人说话声，他真要怀疑那日识破林五少女儿身是梦中事。他走到临近她的位置坐下，问："连着好几日，叶执信都说你要见我，有事吗？"

锦笙看见他神色倦怠，双眼布满红血丝，也并不在意，只低声道："我说让叶队长别来，他说军令不可违，你能不能别让他每天都过来？咱俩连朋友都算不上，别人都知道你我不和，你如此做，会令有心人注意到我的。"

穆峻潭在她脸庞上巡看一番，虽不似上次见面那般红肿流血，可伤痕仍在，"我不知你恢复得如何，又顾不上来看你。听叶执信说，你一直都待在房间里也不外出，是不是身上还有其他地方不舒服？"

锦笙又压低了声音说："穆少帅，我没那么娇气。我不出去，是因为我脸上有伤，不好意思出门见人，也不想太过引人注目，怕别人盯着我的脸看。你不用觉得我是个女子，打了我就内疚。咱俩当初是做了交易的，交易必然有得失。我帮你这个忙，你也答应了要好好待蝴蝶，不让方桑宜欺负她。你若当真内疚，就给蝴蝶个名分吧。虽然她不看重名分，但无名无分地在帅府，日子必定不好过。你要在柳苏城常住，什么时候把蝴蝶接过来啊？"

穆峻潭听了锦笙后面几句话，只觉心里不太舒服，面上却轻笑道："我遭贬的原因之一是骄奢淫逸，挨着骂来这里当师长，再接了白小姐过来，跟我一块挨骂吗？"

虽知道这是穆家父子合演了一场戏，但穆峻潭若当真接蝴蝶过来，蝴蝶也少不得背负红颜祸水的名声。锦笙本以为穆峻潭在柳苏城任职，就可以见到蝴蝶了，好多话想和她说呢。但听了穆峻潭的话，她也只得打消这个念头，神色里不免显出失望。

穆峻潭却突然问："你把白小姐送到帅府，是你哥哥的意思，还是你在捣鬼？你该不是瞒着你哥哥，把白小姐偷了出来吧？会不会哪一天，你哥哥就跟我要人？那可就热闹了。”

锦笙神色一顿，霎时恨不得咬掉自己的舌头，怎么能跟他提蝴蝶呢。因不能立即想出该如何作答，便掩着自己受伤的半边脸，先使劲晃了晃脑袋，又歪下脑袋，边敲着耳朵根，边说：“怎么又开始响了？哐当哐当的，像是火车轮子声，好疼呀！赤芍，你快给我掏掏，我别再聋了。”赤芍反应也极快，嘴上说着：“今早晨掏完，我忘记把挖耳勺放哪儿了。五少，您先坚持会儿。”手上麻利地在柜橱那里翻找。

穆峻潭来不及多想，就动作极快地来到锦笙旁边，半蹲半跪在她跟前，双手轻轻地捧住她的脑袋，仔细检查着她受伤的地方，说：“还是找军医给你仔细检查一下，你到底是个女孩子，我下手虽不算重，你也是吃不消的，别再留下什么病症。你别担心暴露身份，我会严令军医保密的。”

“不麻烦穆少帅了，等我回家再检查。”锦笙说着就想把自己的脑袋从穆峻潭手上移开，但他却稍加用力，让她动弹不得。他把她耳朵及伤处又仔细检查了一番，仍看不出她耳朵有什么问题，猜想是用拳头打她脸时震伤了里面。这时他突然发现，她不仅头发是短之又短，耳垂上连个耳朵眼都没有，心中顿时就起疑了。

锦笙余光瞥到穆峻潭在望着自己的耳朵走神，也不知他在想什么。近距离看，才注意他面庞上浓浓的倦意，便小心翼翼地抓住他手腕，把自己的脑袋从他手上移出来，看着他说：“穆少帅，你这么累，赶快回家休息吧。这些驻防军都是唐督军的嫡系，你想收到自己麾下，以后还有的忙呢。还有，别让你那个卫戍队长再来看我了，我本来挺好的，就是被他吓得不好了，饭也吃得不香。”穆峻潭望一眼被抓住的手腕，点头：“好，那我先回去了，你若身体上再有什么不适，一定要告诉我，我给你找军医。”

待穆峻潭走后，锦笙仍保持着方才的坐姿，对关好门的赤芍道：“赤芍，你快过来，蹲到这儿，仔细看我，看我有什么不对劲。”赤芍按着锦笙所指，蹲在穆峻潭蹲过的地方，仔细观察着锦笙的半边脸以及她的长衫马褂，复又看向脑袋，突然大惊失色：“呀！五少，您没耳朵眼，还有，这短头发也是真的。都知道咱林宅是旧式家庭，怎会允许六小姐剪这么短的头发，还不扎耳朵眼。穆少帅肯定起疑心了！”

锦笙挺直的脊背瘫软后倒在沙发上，她垂头默然良久，低声叹道：“赤芍，我大约是做了好几辈子的老实人，前几世一句谎话都没说过。在这一世，才会活在一个又一个谎言里，净对人说谎了。”

穆峻潭回到军营的办公室，即刻摇了电话到帅府，让接电话的仆役喊来方桑宜，略显急切道：“桑宜，你有没有见过林家六小姐？”方桑宜细眉略皱，回道：“我很少去北地，去了也多是见林四小姐，从没见过林六小姐。”穆峻潭道：“你在北地相熟的太太小姐里，有没有见过林六小姐的？”方桑宜忍耐不住，柔笑着问：“竟天，你怎么问起林六小姐了，语气还如此着急？林六小姐不是少尘哥的未婚妻吗？虽然退亲了，他们应该见过的啊。”

穆峻潭略怔，知道方桑宜误会了，却也懒得解释，加重了语气：“到底有没有？”方桑宜双手握紧电话筒，语气平缓道：“从未聊到过林六小姐，我也不知道她们有没有见过林六小姐。我只知道，从林家四姑奶奶跟英国军官私奔后，林家对府上的小姐们管束甚严，尤其是林大爷对林六小姐，管得更是严厉，从不允准她外出交际或赴宴。”穆峻潭道：“你想想办法，帮我要一张林六小姐的相片。如果没有相片，你就找一个曾经见过林六小姐的人，我会派人把他接到柳苏城来。”

方桑宜后靠在高背沙发上，虚虚地勾了勾唇角，笑道：“竟天，我跟夫人还没想好怎么安置白小姐，你怎么突然打听起林六小姐了？”穆峻潭复又想起来锦笙的嘱托：“你不说我倒把她给忘了，你好好待白小姐，她虽然身份听起来不好，但跟着林五少也没受过苦，别委屈了她。”方桑宜自嘲一笑：“我也是名不正言不顺地待在帅府里，有什么资格委屈白小姐。我不过是到帅府帮夫人处理一些琐碎杂事，若来日白小姐成了少帅夫人，我不还得上赶着讨好她吗？”

穆峻潭最烦应付家事，打小见母亲跟庶母之间钩心斗角，早就厌烦了女人间的争斗，此刻听得方桑宜如此的话，不耐烦道：“你明知道我母亲把你接到帅府管家事的用意，也知道白小姐成不了我夫人，更知道我和她之间没那种事，你何故说这样的话！你别多想了，我现在一大摊子事，没工夫想怎么安置白小姐，等我闲下来再说。林六小姐的事，要尽快！”

电话那端已然挂了许久，方桑宜仍紧攥着电话听筒，心一点点地沉了下去。如落日沉在海面，一寸一寸地被海水淹没，直到晚霞染红蔚蓝海面，似火烧一般。

方桑宜黯然自嘲，白小姐刚接到了帅府，转眼又要忙林六小姐的事，以后还会有朱五小姐吧。她明明是国外留学回来的女大学生，却为穆峻潭卑微到了如此地步，以后还不知要同多少如夫人共有一个丈夫。她憎恨中国的一妻多妾，可外国那些一夫一妻的贵族，不都是一个妻子在内，多个情妇在外吗？不管在中国还是外国，男人都不甘心一生只拥有一个女人，罢了。

燕平城，薛公馆，薛明喻院落的会客室内。卢柏凌把得来的甲骨拿给薛明喻，薛明喻如获至宝，当即拿了放大镜，要先仔细观摩一番，竟把卢柏凌晾在一边不管不顾。卢柏凌虽知甲骨珍贵，但不感兴趣亦不懂，喝茶无聊之际，会客室安静，卧房那边，薛二少奶奶打电话说的话就多多少少能听见一些。

这会客室与卧房就隔了一间起居室，虽听不大清，卢柏凌也隐约听到薛二少奶奶说的词汇，“方小姐”“林六小姐”重复出现了多次。

待薛二少奶奶打完电话到会客室，因与薛明喻交情匪浅，卢柏凌也并不顾忌，直接问她：“二少奶奶是在跟方桑宜小姐打电话吗？怎么一直提到云笙？”薛二少奶奶道：“我也觉得纳闷呢，从来没提过林六小姐，今儿方小姐一直打听林六小姐，问我见没见过林六小姐，还问我有没有林六小姐的相片。林六小姐我倒是见过，可我和林六小姐的交情，远不够有她相片。二公子，您和林五少关系好，不知有没有林六小姐的照片？我曾欠过方小姐人情，答应了这件事，也不好不给她办妥。”

卢柏凌随口问：“她要云笙相片做什么？她堂哥不都跟云笙退亲了吗？并且锦笙就在南地，她直接问锦笙要就得了，怎会又找到你这儿来。”薛二少奶奶还未答话，薛明喻鄙夷道：“你这问的什么蠢话！穆峻潭把林五少的牙都打掉了，方桑宜又是穆峻潭的女人，这时候哪会找林五少啊！”

卢柏凌急声问：“穆峻潭把锦笙的牙打掉了？”薛明喻把放大镜拿掉：“你不知道？也是。安系内部闹出那么大乱子，光穆家和唐义哲之间就云谲波诡了，林五少在安系地盘上，虽挨一顿打，林家却不敢在这时候掺和安系的事，只能吃个闷亏了。”

卢柏凌问：“你听谁说的？”薛明喻道：“我父亲这些老将们跟总理分析安系形势时，总理喊了我们一干小将在旁听着学习，他们无意间提了一句。你跟林五少那么熟，我以为你知道呢，就没告诉你……”他话没说完，卢柏凌就一阵风似的走了出去。他无奈地摇摇头，又拿起放大镜，指着卢柏凌消失的方向，跟薛二少奶奶说道：“每每林五少出事，他比林家人都着急，真是皇帝不急急死太监。他俩都别娶妻，凑合着过得了！”薛二少奶奶掩唇笑着，并不接话。

因薛公馆离德国医院近，卢柏凌就到德国医院自己的办公室给美新饭店打电话，让接到锦笙房间，只听得锦笙“喂”了一声，就口气恶劣道：“林锦笙，你到底有多少事瞒着我？你为了左右逢源，连你自己的牙都豁出去了！”

锦笙当时没告诉卢柏凌，她要维系父亲和唐义哲的关系，后来见卢柏凌并不知她被打一事，也就没告诉他，听他提到牙，便料想是被打一事传话传走了样。这时候正在忧心穆峻潭起疑心一事，又听得卢柏凌如此恶劣的口气，锦笙也口气不善道：“你冲我吼什么吼！全是你的错！你要是不趁机利用蝴蝶给安系闹乱子，我至于挨打吗？”

卢柏凌道：“你别跟我胡搅蛮缠！你挨打是你不敢让唐义哲知道你在帮穆峻潭演戏！你以为帅府是大戏院吗，买票就能进？没有燕平林五少送美人这个威胁在先，以方桑宜的身份地位，理都不会理蝴蝶！任凭蝴蝶在京陵城怎么斡旋，她连帅府护卫兵那一关都过不了。”锦笙反驳道：“那我可以想其他法子啊！”卢柏凌冷笑：“那你怎么不留在京陵城想法子？跟兔子似的，哧溜就跑了。哦，对了。看来你父亲跟唐义哲关系匪浅，你可以去找唐义哲，看看走唐义哲路子送上门的女人，穆峻潭会把她如何。说不准，安系又是另外一种闹法。”

听得卢柏凌的嘲笑，锦笙更气闷了，努努嘴，气势弱了下来：“卢柏凌，你别嘲笑我了，我现在遇上一件致命的麻烦事。”卢柏凌也立即严肃起来：“什么麻烦事？”锦笙长长地吸了一口气，把自己被发现女儿身以及冒充云笙，然后穆峻潭有可能起疑心的事都告知了卢柏凌。

卢柏凌把方桑宜打听云笙、要云笙相片的事也告诉了锦笙，二人都确定，穆峻潭确实起疑心了。电话筒两端默然片刻，卢柏凌突然问：“穆峻潭怎么发现的？你的一切生活习惯和言谈举止，比少爷都少爷。就你那身板，穿着衣裳，但凡长眼睛的人都看不出你是个女人……”他话没说完，就怔住了，电话两端，又陷入了长久的沉默。他怒得脸涨红，锦笙羞得脸绯红。锦笙默认不言语，他脑子里便野马脱缰似的胡思乱想下去，愈想愈不敢问锦笙。

许久，卢柏凌才说：“穆峻潭已然是固定的威胁了，你也不能杀他灭口。为今之计，你只有先慢慢试探着方少尘的意思，慢慢地把实话告诉方少尘。方少尘这个人值得深交，也值得信任。若他答应帮你保密，穆峻潭那里，由他去帮你说，穆峻潭会给方少尘面子的。若这个秘密实在隐藏不下去……”

他没有再说下去，锦笙静等一会儿，问卢柏凌隐藏不下去要怎么样啊，那边却还是没有答复。锦笙以为是电话听筒坏了，晃了晃听筒，恰听得里面说："锦笙，你不要怕。若这个秘密隐藏不下去，不管你愿不愿意，我都要以我之姓冠你之名，带你远离这些纷扰杂事，带你去游览世界风景。等我们老了，走不动了，就选一处你最喜欢的地方定居。锦笙，我上次说错了，我不应该说你是我的猎物，其实，我是你的猎物。我被你捕获了，这辈子都没法逃离你的掌心。"

对着穆峻潭大哭时，锦笙已看清了自己的心，却只能隐藏得更深，不敢对卢柏凌表露一分。此时听得他说这样的话，心间暖暖有如温泉淌过。父亲对她的教导，一直都是要宁可玉碎也要保全身份，宁愿化为一堆灰烬，也不能留有证据。她大多时候都是怕死的，她还未到双十年华，这世间的很多稀罕奇怪事，她都没看够，她不想死。对于暴露身份秘密，她一直惶恐不安、畏惧万分。到了这时候，她才蓦然发现，原不用化为一堆灰烬，她也是可以活得潇洒安逸一些的。从懂事后，第一次，她对暴露身份秘密有了小小期待。

她脸颊晕出绯红，高傲地抬了抬下巴，问："那，你是我的猎物，你敢不敢到南地，到穆家的地盘来找我？"卢柏凌听她不反驳自己，心中欢喜雀跃，认真问："你是开玩笑？还是认真的？"

锦笙考虑到现下局势，卢柏凌虽不在皞系任职，但若被人暗杀，卢兆祥也定不会轻易罢休。有太多的人想搅乱当下的中国，再从中牟取自己的利益。眼下安系内部尔虞我诈不断，卢柏凌若到南地来，极有可能会成为某一方用来暗杀嫁祸他方的目标。当初，他从沪海下邮轮转火车时，就曾遭人暗杀，这事至今还是一桩悬案。

锦笙想起卢柏凌在病床上昏迷的画面，不免心有余悸。若非初重逢他已昏迷不醒，她也不会那么轻易原谅他，跟他和好如初。她对着空气猛地摇头："不开玩笑，也不认真，我只随口一说，想要检验你是猎物这句话的可信度。我这么忙，才不想见到你呢！不说了，我要去找方少尘，看订单进度。"

望着已没了锦笙声音的电话筒，卢柏凌浅笑，俊美眉眼间都是光彩："口是心非、死爱面子的小家伙，肯定知道心里喜欢的人是我了，想见我却不好意思说。"

挂了电话，锦笙思忖再三，觉得不能按卢柏凌的法子来，纵然方少尘会帮她保密，但她还有夺霓裳锦的计划，一旦那个计划大白于天下，她与方少尘必定会反目成仇。不到万不得已的时候，她不能暴露致命弱点给方少尘。

于是乎，锦笙决定先发制人。

找到穆峻潭别院，得知他并未回来，一直都在军营里，锦笙又让汽车夫朝柳苏城外的军营开去。

锦笙迎着日头出城，又在军营外等着卫兵层层禀告，待跟着叶执信进军营时，日头已偏西，落日融融，把四周种植苍翠树木的校场也映出了淡淡红晕。

因为卢柏凌的缘故，锦笙不喜军营，甚至恐惧。至今她仍清楚记得，四年前，卢柏凌跟着卢柏淞前往南地剿灭“逆军”，那是他第一次参加大规模实战。

去时的他身着浅灰戎装，志存高远，意气风发，俊美倜傥。西服与长衫向来压不住他的俊美气质，唯有戎装能为他增添威严气势。

火车站月台上，风轻扬着他戎装外的黑大氅，他对来送他的锦笙自信笑道：“小家伙，等本帅凯旋！”旋即便转身，踩着军靴离开锦笙视线，上了运兵的列车。

因有卢柏凌到前线参战，锦笙希望皞系、郴系、安系能赢。皞系和郴系代表着江北内阁，江北内阁是西方列强承认的民国政府，是中央政府。

从晚清到民国，皞系和郴系的卫兵不仅受过正规训练且身经百战，从装备到作战素质都是南广那群秀才兵所不能及的，且又有安系听从内阁调遣派兵增援，还给皞系和郴系借道运兵。

锦笙有意无意，跟很多官场的叔伯打听过。大家皆认为，秀才造反，十年不成。如今是武人当国横行的世道，那些握惯笔杆子的文人如何赢得过枪杆子。南广那群秀才兵输定了，也定然成不了气候。

事实证明，握惯笔杆子的手的确硬不过握惯枪杆子的手。但是，三大军阀联手，却只打断了南广秀才兵的笔杆子，没能折断他们的腰杆子。他们仍撑着那口精气神，退回根据地南广，为建设真正意义上的民主国家而努力着。

十四岁的锦笙并不能完全理解南广秀才兵在报纸上的言论，也并不懂他们口中理想的新中国到底是什么模样，她只关心卢柏凌是否安好。因知晓她与卢柏凌关系甚好，皞系卫兵也给了她特权，允准她在火车站迎接凯旋的皞系兵将。

那日的天气很好，晴空万里，天空湛蓝，令望者心生宁静。运兵的列车徐徐进站那一刻，轰然打碎了那片湛蓝宁静。

大家都沉浸在胜利喜悦中，而卢柏凌的阴沉愤怒却尤为明显。他对面带笑容的锦笙视若无睹，只木讷失魂地指挥着自己手下的卫兵，把弟兄们的尸体运回皞系军营。锦笙担心卢柏凌，在一阵熙攘乱哄中，瘦小身躯极其灵敏矫健地钻进了卢柏凌的汽车里，带着对尸体的恐惧，紧紧攥住他染血的衣袖，跟他一起去了皞系军营。

到军营后，卢柏凌又令人把卫兵尸体一一抬到校场，在洋溢着胜利喜悦的校场上，他指着自己牺牲的弟兄，怒声质问卢兆祥："明明可以议和，为什么一定要用武力和兄弟们的鲜血打出胜利？为什么中国人打中国人还要赶尽杀绝？为什么一定要让别人骂你是血腥军阀？为什么一定要让别人指责你武夫误国？为什么啊！"

卢柏凌的质问似还萦绕在锦笙耳畔，伴着她走过穆峻潭管辖的校场，卫兵们训练的动静和气势，仿若令地面也发着震，让锦笙不似走在平地上，脚腕微微发颤，双腿发软。

锦笙好容易走过又宽又长的校场，来到军官们办公的三层白粉墙楼门口。此刻，因穆峻潭出来，由里至外的卫兵，齐刷刷叩响鞋跟，高声道："少帅！"

锦笙本就心思紊乱，由校场穿行时，头脑中一点点回闪过那些穿浅灰色军装的尸体。有被炸得血肉模糊的，有缺胳膊少腿的，有缺了半个脑壳的，还有只捡了躯体没找到脑袋就运回燕平的，一排一列的，在金灿灿的太阳光下，毫无生气地躺在校场上。象征着光与热的太阳，却无法赋予他们新的生命，只能照亮他们的死亡。

此刻，锦笙沉浸在皞系卫兵的死亡与卢柏凌的失望愤怒中，冷不防地被身旁安系卫兵的跺脚高喊声骇了一大跳，发软的脚腕即刻不支，跌倒之际，被穆峻潭一把拉住，半扶在怀里。

身体有了支撑，锦笙才全然从四年前的凄惨记忆里走出，心却依旧突跳个不停。她很想自己站起来，可脚腕和小腿发软到使不上力。穆峻潭背对远方晚霞，冷峻神情处在暗影里，更令她心生畏惧和烦躁。穆峻潭朝远处校场上打枪的卫兵望了一眼，轻声笑问她："被枪声吓着了？走吧，我办公室离得远，枪声弱。"

锦笙摇头又点头，努力想靠自己站立，却又不得不放弃，低声为难道："穆少帅，我……我腿软，使不上劲儿……"穆峻潭并不知她真正害怕的是什么，只以为是被军营的肃穆和枪声给吓得腿软走不动，旋即唇角漾开更大的笑意，朗音笑了几声，笑她胆子小。见锦笙蹙眉羞愧又似要发怒的模样，方收敛笑意，左右环顾了一圈那些卫兵，思忖之下，已是没了其他办法，就弯腰把锦笙横抱起来，朝自己的办公室走去。

锦笙拘谨别扭不已，可自己的腿又不争气。她红着脸，半环着穆峻潭的脖颈，深深低头，脸颊靠着他的胸膛，军装微微发凉。穆峻潭觉出她身子僵硬至极，扭头见她半面脸颊和小小的耳朵都红到通透，不觉唇角笑意漾开，一路沉默着把她抱到了三楼办公室。

若说沿途卫兵见少帅横抱男人，有心生诧异者，最惊奇的莫过于叶执信了，他一路嘴微张着跟随穆峻潭。因怀疑卢柏凌跟林五少有龙阳腻歪事，且这段日子，自家少帅又突然对林五少改了脾气，叶执信不免疑心自家少帅换了口味。

把锦笙抱到沙发上，穆峻潭就把跟随进来想一瞧端倪的叶执信驱逐出去，令门口卫兵也走远两米守着，才关紧了门，又走回到锦笙旁边坐下，问："身体不舒服？还是找我有事？"

锦笙捏着自己那不争气、发麻酸软的腿。在她的计划中，她应当是怒气冲冲地到穆峻潭办公室，一拍桌案，高声对椅子上的穆峻潭道："穆少帅，你竟然不信任我？还派人去燕平城要我的相片？你是想害死我吗？你做人怎么如此不讲诚信，明明答应了我，却在背地里捣鬼！你枉费我对你的信任！枉费我挨一顿打，帮你留在柳苏城！"发完脾气，转身，挺直腰板，端着林五少的风采傲然而去。

这，方是锦笙所计划的先发制人。至于穆峻潭后续还要如何，一切都看命吧。当真有被戳穿的那一日，她就带上父亲、母亲、云笙跟卢柏凌去游览世界。

但忽然想起那件事，反而令她大脑清醒了很多。抛下一切，去游览世界，是她和卢柏凌最坏的打算。她是林家五少爷，卢柏凌是皞系二公子，背后都有庞大的家族。就算有游览世界的那一日，卢柏凌虽不在皞系任职，却也要背负抛下父母独自远游的罪恶感。隐藏不下秘密的她，怕是已与族人决裂反目、被驱逐出林家，如何有心情去游山玩水。

父亲更不会跟她走，父亲不走，母亲也不会走，她又如何能抛下无儿养老送终的父母，和卢柏凌去游览世界。人，生来就是要承担责任的，她与卢柏凌都不能卸下肩头的责任，自私地潇洒远行。可她又觉得自己是幸运的，在无助的时候得知，卢柏凌会在她被族人指责驱逐时，护她离开。

有君如此，她复何求。

锦笙望向穆峻潭，他双眸比今儿上午见的时候更红了，应是长时间熬夜，虽短暂休息了却没休息够的缘故。锦笙的情绪在回忆里经历了一场劫难，声音也变得低沉很多："穆少帅，你为什么让方小姐去要我相片？"穆峻潭微蹙眉道："你别用这种腔调和我说话好不好？很是别扭。"闻言，锦笙低了头，也不开口，穆峻潭便直言说："我怀疑你。"

锦笙长长地吁了一口气，再开口，就按穆峻潭的要求，用自己的本色嗓音道："穆少帅，你怀疑我是对的。但是，请你不要再去打听我了，我的确是云笙。"她凝看着穆峻潭，心里呢喃着，是的，她的确是云笙，至少曾经是，这不算欺骗，她说了一部分的实话。

她凝看着他，语气认真却也带着哀求："穆少帅，每个人都有自己想守护想藏好的秘密，我相信你也有。你追查下去，为了守护我的秘密，我会欺骗你更多的。我知道，你容不得别人欺骗你，可我欺骗你与你无关，我原不用欺骗你的，只是巧合使然。你是军人，我是商人，你保家卫国，我经商纳税。就算我有秘密，也于你无害，不是吗？待我离开柳苏城，你我就很少再有交集了。"

落日消匿，沙发离窗棂较远，光线弱又没有开灯，昏昏暗暗。穆峻潭看不太清锦笙的神情面目，唯一能看清的，便是锦笙那双大而圆的眸子，里面有了杂质，太多的杂质，复杂到无法细辨。他没法透过她的眸光判定她的情绪，料想她情绪也是极为复杂的。

穆峻潭才睡了三个钟点，叶执信就禀告说林五少有急事见他，他担心她是否身体有恙，便赶紧起来了。办公室内晦暗不明，令他陷入梦寐的惝恍迷离中，对锦笙也愈加不解。诚然，他也有秘密，他也理解守护秘密的那份心情。可他好奇她，觉得她是狐妖，又像是日耳曼神话里的发光精灵，聪明俏皮，又带着神秘。但他最不信牛鬼蛇神，方生出要撕开她伪装面纱的执念。

他对有兴趣的女人，或追求或直接占有，兴趣没了，也就散了。但她不同，她明明身份可疑，却说自己是云笙，不管她是不是真的云笙。云笙曾是方少尘未婚妻倒是真的，他不能觊觎云笙，不得不保持礼仪。

屋内光线益发晦暗，穆峻潭亦愈加如跌幻境，他朝前微倾了倾身体，离锦笙面颊近些，想把她看得更清楚些，说："我可以不再调查你，但我有一些问题想问你。"锦笙摇头："穆少帅不必问我，我懂得言多必失的道理，有关我身份的任何问题，我都不会回答的。穆少帅是聪明人，问我几个问题，就能理出头绪来。如果穆少帅不能当作什么都不知道，那就请半年后再调查我。在此期间，穆少帅有什么需要吩咐我做的，我定然会竭力去做的，只要穆少帅能再给我半年的时间。”

她眸子透着坚定，在黯淡的黄昏后，对他回眸一笑，没有往日的疏离灵气，倒透出凄然绝望及一分抛不掉的坚定。因见过她脆弱哭泣的模样，便更加知晓她撑起坚强有多艰辛。黄昏后，夜幕未至时，似暗不暗，如深灰色浓雾弥漫，最易扰乱人心。他极力，才忍住了不捧她脸，不揽她入怀。

第十七章 情如钩，百种愁

燕平城，粤菜馆畅春楼二楼雅间内，林肇聪、林肇泰与渡边次郎、佐藤英武因比赛地点僵持不下。

这已是徐之卿奉卢兆祥之命，第三次给双方作中间人。总理府亦有诸多公事要办，前两次，徐之卿只给了双方半个钟点，这日已超出半个钟点，他神色里显出浓浓不耐：“林大爷，林二爷，渡边先生，佐藤先生，今儿，无论如何，得把地点定下了。若再定不下来，这事我就不管了，随你们自己折腾去吧。”

燕平日本商会这边商量的最佳地点也是柳苏城，怕一开始说出柳苏城来，林家人会反对，就不好迂回了。遂折中先说了沪海，已僵持过两次，渡边次郎便显出无奈让步样态：“林大爷，林二爷，泰潍是林家祖根，林氏族人众多，于我大日本帝国实在不公。燕平城又是林家众多产业所在地，人脉关系错综复杂，若我等能打通在燕平城的人脉关系，也不必多次上门相求林家代卖我国丝绸，于我国还是不公。既然林大爷和林二爷觉得沪海洋人多，中国人容易受欺负，那我燕平日本商会再退一步，选在柳苏城！这是我燕平日本商会的底线，绝不再退让！”

林肇聪蹙眉看向林肇泰，林肇泰被渡边次郎选的地点气到猛拍桌案，把临近他的芙蓉虾震飞一尾，又掉落在鸳鸯膏蟹里，伴着他的怒声：“渡边先生，你是听说我那五侄儿在柳苏城被安系少帅给打了，才选了柳苏城吧？况且柳苏城又有你们日本的租界，你们这是要把我林家坑到柳苏城去啊！”

渡边次郎面带温煦笑意，向徐之卿道：“徐秘书，燕平日本商会已经让步，林家还是不从。看来，林家并没有诚意。不管我燕平日本商会把地点定在何处，林家都会反对，想以此令这次比赛作罢。不知，卢总理在和总领事先生说此事时，是不是也被林家欺骗了。我看，此事还需要再禀告给卢总理和总领事先生，由他们定夺。”

林肇聪拉住发怒的林肇泰，徐之卿看向他二人，极其不悦道：“林大爷，林二爷，我是真没工夫陪着你们玩拖延。”他混迹军营多年，为人又一向嚣张无耐心，不免眸带阴鸷冷声道：“地点就定在柳苏城！林家想玩拖延战术，总理府可没时间作陪！”柳苏城如今可是重地，由中日丝绸比赛闹腾出混乱，对皞系有利无弊。虽卢兆祥特意吩咐要偏袒林家，但徐之卿还是和渡边次郎站在了一起，且态度强硬地要把地点设在柳苏城。

在林肇聪的计划里，便是要在这次商榷时提出退让到柳苏城，但渡边次郎先提出了，他心中一时忖度不出日本人定在柳苏城是为何。然而，他与锦笙的所有计划都须得定在柳苏城才能实行。对于日本人的企图，唯有走一步看一步，见招拆招了。

林肇聪虽心中犯疑，面上却显出万分为难，闭了闭眼，握拳下决定道：“好，既然如此，那就柳苏城吧！不过，我林家有一个条件，会场绝不能设在日本租界内！”渡边次郎与佐藤英武对看片刻，才对徐之卿点头道：“燕平日本商会可以接受这个条件。”旋即，对林肇聪伸出手，“林大爷，提前祝我们合作愉快！”林肇聪并不伸手，冷声道：“渡边先生，等你们东洋丝绸赢了我国丝绸，我林家才会代卖东洋丝绸，那时候再说合作这件事吧！”佐藤英武笃定道：“我大日本帝国的丝绸赢定了！”

林肇聪与林肇泰相看，皆蔑视一笑。渡边次郎与佐藤英武相看一眼，方块胡须微抖，脊背直挺，脸上皆带着必胜笑意。

虽同在柳苏城，锦笙与穆峻潭的交集却不多。自锦笙由军营离去，连着五日，穆峻潭都没派叶执信去饭店问锦笙的身体状况。他忙起来也就抛之脑后了，这日方桑宜打电话来说，问了诸多人，虽有不少见过林六小姐的，却都没有相片，那林六小姐素来不爱照相，照了也从未送过人。那些见过林六小姐的人，身份地位亦不是等闲之辈，贸然派人去燕平城接，少不得惹人注意生出嫌疑来，她会慢慢寻着机会，接上一位来柳苏城。

因穆峻潭不相告为何突然关心林六小姐，且薛二少奶奶又在电话里给方桑宜说了诸多敲边鼓的话，方桑宜益发疑心穆峻潭是在林六小姐与方少尘退亲后，打与林家联姻的主意，谋划着有朝一日安系打到燕平城后，好有林家相助，在政商界树立威望。细思之后，浑身发颤冰冷，对此事并不上心。

不管锦笙的真实身份是何，对于穆峻潭的影响都不大，更谈不上威胁。加之锦笙在军营与他摊牌商谈过，方桑宜此番话，穆峻潭自然想到是锦笙在捣鬼，遂告知方桑宜，不必再办此事了。

搁浅忙碌几日，对锦笙本已不是最初那般好奇，倒是方桑宜这通电话，让穆峻潭脑海里又浮现出锦笙的模样来。遂在心里问自己：不知，她又在忙什么？

锦笙的确没闲着。

因穆峻潭承诺一切如旧，再不调查她，她的心也安了许多。虽然诸事皆会有变数，但她不想杞人忧天，便劝服自己，姑且信穆峻潭一次。

她第一次在柳苏城待这么久，且没了父亲不时的呵斥责骂，就像孙悟空没了紧箍咒。且柳苏城到周边城池以及水乡小镇的交通甚是方便，新奇好玩的事物数不胜数。于是，她除却与那些采办们较劲，其余时间全用在了玩乐上。一天忙活下来，洗漱完躺床上就睡着了，连想卢柏凌的工夫都没有。

这日早晨起得晚了。

锦笙原本租了大游船要游湖游到渭州，看沿途山水风景，还雇了唱昆曲的姑娘和调弄管弦的乐师。昨夜里已让赤芍把换洗衣物都收拾好带上，现在赶忙晨起洗漱好，连早饭都来不及吃，让杜衡喊上姑娘和乐师，领着一班子人急匆匆地就往外走，却被不约而同来找她的方少尘和穆峻潭迎面堵在了石桥下。

美新饭店格局与园林相似，店门面街，进到门后，要走几米远的回廊，穿行短暂曲径，再走过一座拱形石桥，方是庭院及客房所在。

穆峻潭一身戎装，比方少尘慢后两步。方少尘着沉香色长衫由石桥上风度翩翩地走下，留了几个石阶，背手而立，居高临下地截住锦笙，倒有了林清慕那般的兄长气势，他问满脸精灵笑意的锦笙：“你去哪儿？不是身体一直不舒服没时间管订单样品的事吗？怎么跑这么快？”锦笙镇静道：“我舅舅说，我总憋在房间里，容易失调，对身体不好，让我出去走走。”

方少尘目光掠过锦笙身后的乐师，边数边说：“胡琴、二胡、月琴、鼓拍板、铙钹、长笛，行啊，林五少，你这都能凑一个昆曲班子了。”又拿假话羞她，“你今儿在哪儿登台票戏？我给你捧场去。”

石桥下流水泠泠微响，清风拂过绿竹吹起方少尘长衫一角，他灿若日月的笑容敛着，神色平静地凝视锦笙。锦笙不好意思地挠了挠短发，对方少尘笑道：“我是去坐游船，带着他们唱曲儿解闷儿，不是到戏园子票戏。我也算是半个梨园弟子，要听曲儿，乐器不好不弄得齐全些。”

方少尘脾气温和，纵然生气，也只是不带笑容，语气却愈来愈重道：“林五少，你来这里是干什么的？你是为了喝花酒、听小曲儿、坐游船吗？前段日子，你受伤不便出门，我帮你盯着订单样品。这几日，你见天儿地往外跑，到处花天酒地，全然不顾订单样品。你要是再如此不务正业，我就把你在柳苏城的所作所为都告诉林大爷。”

锦笙辩驳道：“我没喝花酒，你别冤枉人！”方少尘道：“你游花船的时候，没叫书寓里的姑娘？”锦笙解释道：“那是一整条河的花船上都有姑娘，我不叫，你们柳苏城的那群少爷还以为我堂堂燕平林五少连个姑娘都叫不起呢。”说着不由得意一笑，“我就抢了仨头牌，把钱少爷气得脸都绿了。可我没干别的，让她们唱唱曲儿，游完河我就回来睡觉了。”

她解释的时候，瞥见穆峻潭一脸晦涩难明地望着她，大约是匪夷所思，想笑又笑不出，憋得很，脸色也有些难看。她霎时觉得面子上很过不去，耳根微红，吼方少尘道：“方少尘，你天天待在你们方家的织造坊里，怎么知道我的事？你是不是派人跟踪我？”

方少尘没好气地看她一眼：“你燕平林五少都跟我们柳苏城本地的少爷抢姑娘了，我想不知道都难！”又微叹了口气道，“你收敛着点！林爷爷把你托给我爷爷管，就是怕林大爷不跟着你，你无法无天地胡闹。你要是再整日花天酒地，你让我爷爷怎么跟林爷爷、林大爷交代。你既然已经没事，从今天起，订单样品你去管，我还有事，得回京陵城了。”

锦笙见他要转身，忙拽住他衣袖，“少尘，我不游船了，我跟你去盯订单样品。你不能走，你一走，你们织造坊里的匠人又都不认识我，不好好做工怎么办！”方少尘道：“你以为我们的匠人跟你林五少似的，不务正业。你还好意思说这话，早几日就要带你去织造坊里，让他们认认你，你却不想脸上带伤见人。待伤好得差不多了，你又开始玩乐。”锦笙道：“少尘，你别生气了。你也知道，我打小，父亲到哪儿就把我带到哪儿，一直管着我。这次好不容易，我单独外出，一玩就收不住了。你放心，打今儿起，我老老实实地，跟你一块去盯订单样品。”

方少尘脸上严肃渐散，温和一笑："锦笙，我是真有急事要回京陵城。订单样品那里你不用担心，我在那里盯着也帮不上什么忙。我虽然懂丝绸，但好些东西也不太熟悉了。一直都是你带来的丝织厂的师傅在跟我们织造坊里的匠人磨合工艺，不管你还是我，待在那里只能干看着。我盯在那里，是怕我方家匠人不容易接受新事物，互相商量确定图样子的时候，会和你们秀林的师傅起冲突。"锦笙眼眸一亮："那也就是说，我不用去喽？那我就走了，我船都租了，路线也计划好了。"

方少尘脸上的温和收了一半："你不用去盯订单，也不代表你可以再花天酒地。"他撩起袖口，看一眼手表，声音里带了急切，"锦笙，你老老实实待在柳苏城，不能出远门。万一织造坊那边起冲突了，你得立即赶过去，我爷爷如今年纪也大了，不能过于思虑操劳。有什么事，你先想法子压着，等我回来处理。我时间紧，先走了。"又转头看向穆峻潭："竞天，你帮我看牢锦笙，别让他再花天酒地，也别让他离开柳苏城，我走了。"

方少尘说完就转身疾步走过石桥，锦笙明知他是为军务而走，拦他不住，只颓然叹口气，吩咐杜衡："把唱曲儿的姑娘和乐师都送回去吧，船也退了，少爷我不能离开柳苏城。"这时，才又注意到穆峻潭身上，他也站在石阶上，似擎天长柱般立着，仍是用那种匪夷所思、似憋笑又似不笑的神情居高临下地看她。

若非他偶然间发现她的女儿身，她的行为举止当个少爷看，再正常不过了。燕平林五少年少风流，曾有江北第一美人做相好，也会为了争面子，抢妓院姑娘作陪喝花酒。锦笙自然不会让姑娘贴她身，既显风流，又显倨傲贵气。生意上，一直有林大爷在旁栽培教导，走的人脉关系，也都是林大爷的路子。素日里与人往来交际，年龄小占着优势，偶尔透出的孩子气，只令人觉得林五少调皮精灵，不会怀疑到林五少是女儿身。

她能做到滴水不漏，显然这替身局是早就开始的。可到底是从何时开始，又是为何开始的，他答应了她，半年之后，若她不实话告知，他到时便会派人调查。这半年的时间，他只能猜测却无法得知真相，也只好把满腹疑问都封藏起来。

到底是女儿身已被知晓，面对穆峻潭便不似面对方少尘那般洒脱随意。锦笙与穆峻潭相距一米多距离，也并不近前，只摘下盆式帽向他微微颔首弯身行了礼，也不多说话，只当他是跟方少尘一起来的，客气地说了一句"穆少帅慢走"，就掉转身子朝客房走去。

方才锦笙与方少尘说话的时间，穆峻潭已仔细看了她脸上伤处，只唇角还余了浅浅青紫。既然都能跟人抢姑娘、喝花酒、游花河了，想来背后的伤也已无大碍。

虽特意为见锦笙而来，此刻见她急着避开，穆峻潭也没有再追上去。待上了汽车，穆峻潭似自语，又似对叶执信道："杨灵均能把女人演得以假乱真，已是绝了。想不到这世上还真有花木兰、祝英台这等人物，能让人辨不出雌雄来。"

叶执信问："少帅是在说江老板吗？"穆峻潭略回神，问："哪个江老板？"叶执信说："江楼月啊，江老板的《游龙戏凤》和《击鼓骂曹》我听过，她唱的正德皇帝和祢衡也是绝了。一个娇弱女子，能唱出浑厚的男人嗓音来，还唱得无一丝雌音。戏装一扮上，髯口再一戴，迈着那台步，嗬！若非事后有人告诉我，我绝想不到她是个女人。听闻江老板早些年以男装示人，也能瞒住那些不知她女儿身的生人。"

穆峻潭是知道江楼月的，也听过她的戏，戏台上的确让人辨不出是个女人。可那是在戏台子上，总有戏散下场的时候，散了戏，下了场，她还是个女子。此番推敲起来，锦笙的生活应就是她的戏台，她轻易下不了场，也散不了这场女扮男的戏。

比赛地点既已定在柳苏城，燕平日本商会自是由渡边次郎亲自领人前来。林家这边，林清菽料定林家必输无疑，让林肇泰不要过多参与。林家二房，林清慕向来不参与生意的事，林清嘉又在监牢里，二房便以生意事忙、人手不够为由，整个推托干净。

林家三房因八少爷、九少爷年少，三房监管的生意都要林肇德照看，亦是走不开。林肇聪手下得力人不少，倒是十分走得开，但他不愿去得过早，怕自己一去，抢了锦笙风头，就显不出锦笙独应大局的魄力和才能。遂也以事忙为由，不到柳苏城来。

商议斟酌过后，林老太爷把周掌柜和程藕初、范岳、秦达竑派到柳苏城帮锦笙，林肇聪又选派了几个得力老掌柜同来，且令这一行人皆要听从锦笙调遣。

林肇聪在电话中跟锦笙说明了情况，锦笙握着话筒十分紧张："父亲，您真的不来吗？我怕我应付不了。还要与赵省长、霓裳锦织造坊和丝绸同业会交涉，并且，这边的好多叔伯长辈都不认识我。我年纪又小，怕他们不把我放在眼里，我说什么，他们也只当孩子话听。"京陵城一行，让她充分体会到人脉关系的重要性。父亲不来，她独自面对一些政商长辈和那群嚣张的日本人，不免心生怯意。

林肇聪显出慈父语调："你担忧自己做不到，也是眼下旁人对你的直觉判定，他们更觉你做不到。好儿子，凡事，你先认为自己做不到，在气势和准备上就已是输了一截。记住，遇事绝不可先自否。纵然心怯，也必须稳住心神，大胆去做。做不到，再去应对做不到的局面，不可事前就杞人忧天。这次的法子是你想的，为父只充当你的帮手，大胆去做，为父会在幕后为你掌控大局的。”

锦笙听着温和的慈父语调，只觉心安，不免孩子求鼓励似的问了一句：“父亲，您相信我吗？”林肇聪道：“为父相不相信无关紧要，重要的是你要自信。大房本就子嗣单薄，你没有兄弟跟你一起承担，不过，这于你而言，倒也不是坏事。纵然有兄弟跟你一起承担，将来也少不得为分家反目。你切记不可再像孩子般心性重，在柳苏城好好表现！这件事，泰滩那边已经都知道了，若你能把此事办好，你十太公和四爷爷那里，也能给你记上一笔不小的功劳。”

握着电话筒，林肇聪也不免有些晃神，他虽不想承认，却也不得不承认，若非锦笙扮得如此好，他也不至于入戏太深，常常就把她当作未死去的儿子看，才一直犹豫着，失去了让她生子隐退的先机。待面临东洋丝绸和霓裳锦这样的大事，她想出了一举多得的应对法子，他也存了一口气，要把她高高地捧在众人眼前。好让那些嘲笑侮辱过他的人都看看，他这半个太监教养出来的儿子，年方十八，已是贵气凛然、魄力过人。

“是，儿子谨遵父亲教诲。”

挂了电话，锦笙凝神许久，听了父亲最后一番话，本安下的心又忽然发堵。她早就觉出，父亲对自己的某些教诲与爷爷对儿孙的教诲背道而驰，心里说不上来的古怪，混乱懵懂之间，有些分不清对与错。

爷爷说，不可兄弟阋墙、同根相煎、手足相残。

父亲说，宗族间，连着亲，隔着心。从古至今，皇子夺嫡，富人分家，无不彰显人心的险恶与冷漠，只有用尽手段得到的方是自己的。纵然在亲人手上，那也是别人的。

有分歧的教诲太多，锦笙愈来愈分不清爷爷对还是父亲对。在争家产这件事上，便把二人的教诲综合了，她会用尽手段得到一切，也会兄弟阋墙，但不会手足相残。

柳苏城六和饭店，是一家上百年的老字号饭店。与其他兼住宿、西餐、咖啡厅的新式饭店不同，六和只经营菜肴，且只供中菜中饮，洋酒、洋饮料皆不供。由门外木招牌到店里一桌一椅，半点洋气不占，木纹泛了旧，装修土得掉渣，倒生出那么一股子复古浓味。许是冲着这顽固不化的老骨头劲儿，倒宾客盈门。当然，最值得一提的，还是上佳的菜品。

穆峻潭略过宋参谋长，请军营里廖师长的一帮下属军官在六和饭店吃饭，因新上任，不想留下仗势扰民的名声，加之想拉近自己和那些军官之间的距离，不仅自己一身长衫略显儒雅，还命随行的两个卫兵也穿了便衣。

他中途出去一趟，再回雅间时，路过的雅间里有粗鲁声高叫了一句“林五少”，他抬手示意身后的叶执信顿住脚，轻轻地把未关好的雅间门又推开了一些。从门缝里瞧过去，只看到了站立的杜衡，许是受了命令，正一脸怒狠地看着某个方位隐忍不发。他轻移脚步，掉转了方向，才看到坐着的锦笙。

圆圆的墨镜架在她小巧鼻子上，把一张本就小的脸又遮去小半，短发用头油梳得乌亮整齐，益发像一个五官没长开的小男孩。酒窝浅浅，唇角挂着精灵傲气的笑意，也不知眸光在看向哪里，只用右手大拇指的翡翠扳指有节奏地轻叩着桌面。那有了年头的翡翠扳指与她十分不相称，时而和食指上的麒麟戒指碰在一处，撞声闷闷。而此刻的锦笙看着就像学大人似的小孩儿，故作高深。

苏叶把陈采办强压在座位上，他挣扎不动，声音又高了许多：“林家是没管事的人了吗？派了这么个小孩子来查我们的账，竟然还想查这三年来的账。我父亲可是跟着林老太爷做事的采办，到我这辈儿，我老陈家也伺候你们林家几十年了。林五少既然想查账，要不要把我父亲的账也一并查了，看看我老陈家到底黑了你们林家多少钱？又帮你们林家挣了多少钱？想卸磨杀驴就直说，别整那些虚头巴脑的！”

他吼完只管看着锦笙，锦笙却拿起筷子，停在一道菜的盘子上，问邻近座位的孙采办：“老孙，你刚刚说这道菜叫什么来着？”孙采办道：“佛手观音莲。”这佛手观音莲是以白菜做主料，做成了佛手与莲花状，因形象而定名，锦笙却明知故问道：“可是有什么讲究？”

孙采办不知锦笙究竟何意，便笑着老实回答道：“没什么讲究，就是看菜的模样给起了这么个雅名。”锦笙也笑道：“哟！名字一雅，大白菜也值钱了。我爷爷曾说过，人啊，这辈子就为个‘名’活，名字、名声、名誉、名气、名门、名贵，别看许多人能占好几个‘名’，却很少有人能活明白。”她本是面向孙采办的，却突然问孙采办旁边的李采办：“老李，这里你年纪最大，你说，我爷爷说得在不在理？”

因她戴着墨镜，六个到场的采办都不能清楚知道她到底在看哪里。突然被点着名问，李采办有些慌，忙答道："是，是，林老太爷的真言，一向都是在理的。"

锦笙含笑不语，把靠近自己这边的佛手观音莲推给了对面的秦采办，说："老秦，这道菜，你得多吃，百菜不如白菜，清热利水肿。我爷爷每次涮羊肉，能涮一大棵白菜呢。"

秦采办忙问道："林老太爷身子一向可好？"锦笙摇摇头："起初挺好的，这不，让那群日本人给气着了，还没缓过劲儿来呢，可是不能再受气了。"秦采办说："对，对，林老太爷已是七十三的高寿了，横不能再受东洋人的气。"

锦笙笑着颔了颔首，旋即，脑袋微转，边巡看在座的采办们，边说："洋丝绸仗着纳税低、成本低挤对中国丝绸，这江南丝绸还眼瞅着价格上涨。可我派出去的伙计也问了好多家缫丝厂，生丝价格也没涨那么多。你们六位联合起来的报价，不管哪一种丝绸，一匹的价格怎么能比成本高出九块、十块，甚至十一块大洋呢？这次的订单数是三万匹，你们给我林家的报价，太过分了吧？嗯？"

说着又微微一笑："老秦、老李，你二位跟我们绸缎庄的周掌柜相熟，知道他这两年身体也不好，就这次的报价单，差点没把周掌柜给吓昏过去。我都不敢给我爷爷看，真能把我爷爷给吓得连大白菜都嚼不动了。好家伙，还以为安系又打仗了呢，物价涨这么多。"

陈采办也才二十四岁，正是易冲动好面儿的年纪，又是这次抬高报价的发起人，一直被锦笙冷落着面子下不来台，此刻讥讽着接话道："林老太爷什么阵势没见过，能被这吓住，林五少莫要说这些没头没脑的话唬我们！"

锦笙道："我爷爷什么阵势都见过，就是没见过如此明目张胆，把我林家信任踩在脚下的人！"随着提高音量，他也把墨镜摘了下来，眸光锐利地环视着在座的采办。

"最初签的契约，除了佣金，每匹丝绸还给各位采办提五毛，后来又给涨成了八毛。知道各位采办还有其他营生，也不是天天忙我林家进货这点子事，可还是觉得给各位添麻烦了。以前偶尔虚报个几毛，我爷爷和父亲睁一只眼闭一只眼，权当给各位买茶水了。怎么着？这是把我林家当傻子骗钱呢，还是办完这次订单就跟我林家一拍两散找下家了？"

知道陈采办是始作俑者，只看向他："陈采办新接手我林家的采办订单，就忙着捞钱，是想乘人之危吧！知道我林家为了东洋丝绸发愁呢，定然无暇顾虑到订单。

陈采办没经手过丝绸，我林家却和丝绸打了两百年的交道，眼里揉得了沙子，却容不得这么大的猫腻！”

陈采办讥讽道：“林五少对书寓的姑娘花大钱眼都不眨一下，我们辛辛苦苦给林家忙订单，就这点子辛苦钱，林五少死揪着不放，可真给林家掉面儿！”锦笙略挑眉道：“你们这是在把我林家人当傻子骗钱，被你们骗去了，我林家才掉面儿！本少爷给姑娘花钱，那是因为姑娘把少爷我哄高兴了，赏给她们的。你若也能把少爷我哄高兴了，少爷我也赏你，且给你个大赏！”

“林锦笙，强龙不压地头蛇，你还当这是在你们北地吗？”苏叶的手极快极狠，扣住陈采办的肩膀，就把怒到起身的陈采办给压了下来。

锦笙冷眸一笑：“说到辛苦，说到地头蛇，我林家找各位，也是因为各位都是当地人，熟门熟路，办事方便。每次分下来订单，只需要各位把图样子交给丝织厂的负责人，再时不时地检查一下进度，待完工之后，点检货物运走。走水路，有码头工人；走火车，有铁路工人，搬运费用也是林家出。让你们采办，是累着你们搬运货物了，还是累着你们跷二郎腿在丝织厂喝茶了？”

她说着就站了起来，戴上最喜欢的小圆墨镜，眼前光线忽然黯淡了。锦笙看什么都带着朦胧迷离，想来别人看不到自己的眼睛，也会觉得自己的神情带些神秘莫测，又忽地想起年节里陪奶奶到寺庙里参拜的佛像，高高地坐在神坛上，威严的面容上又带着神秘虚渺的笑意，躲在金身里窥着芸芸众生。她不敢把自己与佛祖菩萨相比，只因小圆墨镜带来的神秘感能压制住年龄上的稚嫩，便益发喜欢小圆墨镜了。

“咱们要是还能合作，各位把订单报价修改一下再给我，佣金和提成方面，契约上怎么写的就怎么来。我不像我爷爷、我父亲、我叔父，年纪大了容易心软，凡事求个和气。合作不来，咱们就好聚好散。你们另寻高枝，少爷我另请他人！”

陈采办阴沉道：“林五少，别的地方我管不着，可林五少要是真把事情做这么绝，林家的货就别想从滑州离开。”

锦笙轻蔑一哼：“少爷我人就在江南，抛开滑州一城，我就进不到桑丝绸了？你们不跟我林家合作，就得少一项收入，我林家再换其他采办就行了。孰轻孰重，你们自己考虑。”

她说着走到了陈采办跟前，拿他的筷子夹了一小片大白菜到他碟子里，冷笑道：“佛手观音莲，名字再雅，它也就是大白菜。还真以为上得了席面，就是个人物了！

难不成，离了一棵大白菜，本少爷就没法办宴席了？”

杜衡已先走几步打开了门，锦笙丢了筷子，冷笑着走出去，却一眼就望见穆峻潭立在栏杆处，神情是惯有的寡淡冷漠，锦笙与他相熟了一些，便知晓他这副神情，已算是内心平和，没有情绪波澜。

第一次见他穿长衫，身形被衬得益发修长，锦笙目测了一下高度，快有赤芍用惯的晾衣竹竿那般长了。发型与她一样，也是梳得整整齐齐，点头打招呼颇有儒将风采。

墨镜里瞧不出长衫是什么颜色，锦笙微抬起墨镜，才看出是浅灰色，大哥那个教书先生穿惯的颜色，可气质却不相同。常言道，佛靠金装，人靠衣装。其实不怪世人肤浅，有些人的气质就是芸芸众生无法相与比较的。

听到身后雅间里的采办们在低声商谈要如何应对，做戏要做足，她不想让采办们觉得她的决定是有讨价余地的，遂只耽搁了不到半分钟，就对穆峻潭抱拳：“穆少帅，在下有急事先走了，回见。”

锦笙匆忙走过长廊下了楼离开，并未把这次偶遇放在心上，也不曾觉察，二楼栏杆处，有一双眼睛注视着她，直到被两扇门阻断。

锦笙脑子里要思忖谋划的事情太多，匆匆一次偶遇，出门即当寻常事忘记。穆峻潭却不想轻易跟她错过，知晓她是女儿身后，她带给他的不是惊愕就是惊吓，从不让他有机会把她当正常女子看待。总之，她手上牵了根鱼线，弯钩钩住了他，让他不由自主地受力拉扯，到她身边去，她却不自知。

宴席上皆是军官将领，有些人比穆峻潭还年长许多，酒过三巡，就不再拘束，穆峻潭也被灌了不少。结束宴席后，穆峻潭似醉非醉，自持力却差了，益发约束不住自己，就吩咐属下开车去了美新饭店。

赤芍开门后，穆峻潭身姿稳健地立着，也显不出醉酒样态，赤芍却能闻出他身上还未散去的烟酒味。

穆峻潭并不看赤芍，走进门后，眸光只顾找锦笙。温暖的浅黄灯光下，她正蜷在沙发里，把膝盖当桌板，写写画画，一脸的认真。

轩窗临河，此时细雨打在半开的玻璃窗上，也能听见细雨坠落河面的细微声响。由半扇窗望去，河对岸人家的电灯，也朦胧在一片雨雾中，透着绮丽，照得那白粉墙愈加惨白，妖娆投射着跳跃的灯辉，似戏子下了台，脸上粉墨胭脂半褪不褪，疲愈迷惘着，分不清演戏与真实。

穆峻潭蓦然止了步，单手背在身后，趁着盈盈一束台灯，静望着锦笙。料峭春寒逢细雨，交加避雨莺啼，窗外千丝柔柳，不免牵出一寸柔情。他望向锦笙的眸光，渐次浮起温柔。

锦笙却两耳不闻窗外事，对周遭的感应也滞缓着。

她在默记江南几省里地位重要的政商名单，及他们的喜好、事迹与家族琐事。父亲早就找人着手调查了，现送过来嘱咐她记牢。只有把这些深深地印在脑海里，才能在见面时，仿若旧相识，不会过于生分露怯。

再有，他们都是上了年岁的人，不管在商界还是官场，都是老油条了，说话做事，总不直来直去，喜欢走场面打官腔。若不对他们有所了解，更不容易听懂、看明白，他们场面下的真实意思为何。这些人本就把她当乳臭未干的毛孩子看待，要是再被他们给绕到场面外去，她就更加被看不起了。若是如此，既违背父亲用意，也对不起父亲的苦心栽培。

这一次，父亲让她独立应对，她肩负林家声誉，又要与那群日本人斡旋，还要为夺得霓裳锦后的经营打基础，一丝一毫，容不得半分差池。她虽表面能镇定自若，心里却总是安定不下。

赤芍开门后禀告来人是穆少帅，她虽"唔"了一声算作知道，可心思全在要记牢的东西上，瞬间就给忽视过去了。这沓资料，父亲给得晚了，人数太多，时间紧迫，容不得她过度分心。她是半蜷缩的姿态后倚在沙发扶手上，直到穆峻潭在她双脚旁坐下，她无意识地抬头看去，才意识到是他来了，拘谨着坐直身子问："穆少帅，你怎么来了？"闻到他身上酒气，心里嘀咕着，莫不是喝醉酒，想起以前仇怨，跑来找她撒酒疯打架的？

穆峻潭坐下时注意到了她的脚，穿着白袜子，不像是缠过的样子，却也不大。他不免看向她甩在沙发前的男人皮鞋，脚与鞋根本不匹配，鞋子前头定然塞了东西。

锦笙注意到穆峻潭看了她的脚，只觉脚小鞋大很尴尬，就连忙趿拉上鞋，对穆峻潭牵强一笑。穆峻潭这才回答了她方才所问："我在你隔壁摆了场杯酒释兵权，你在我隔壁摆了场鸿门宴，我没有你摆得好，来跟你取取经。"

锦笙背东西背得脑子有点发蒙，神情顿住，极力想他这句话是不是在跟自己打官腔，那真实意思又是什么？先张口回道："穆少帅言重了，我那哪算是鸿门宴啊，跟穆少帅要忙的事相比，简直不堪一提。”

虽锦笙背过纸面遮掩了手上资料，但穆峻潭早已瞥见，也猜到她是在做什么。因他回国后，做过相似的事，方在短时间内把安系上下及国内局势了解透彻。

女人在他心中，都是需要男人保护的。听方少尘说，林家老太爷不堪路途劳累，林家三位爷又皆忙到无法兼顾，林家与日本人丝绸比赛一事，就全盘交付给了锦笙独自应对，穆峻潭倏忽间很是疼惜要独当一面的她：“别想了，我来找你没什么重要事，不值得你费神想我的真实用意。”想见她，如此简单的真实用意，就算醉酒也说不出口。她有可能真是“兄弟妻”，他不能染指兄弟妻，却没能管住自己来找她。

以前和别的女人在一起，总是她们缠着他说个不停，她们有太多事情想他陪着去做，听戏、看电影、逛百货商场、跳舞场、跑马场……总有翻新的花样。

可她不同，她有自己的事情要忙，想要和她扯上交集，还需要费心想一想。穆峻潭第一次为女人这么费心，又不想显得过于刻意，想不到有什么理由可以堂而皇之地跟她多待一会儿，他霎时就凝看着她怔住了，带着一点无可奈何的神情。

锦笙坐正身体，垂了眼皮不去看穆峻潭。她猜不到穆峻潭到底是为何而来，更不知他此刻内心挣扎着“兄弟妻，不可欺”，只觉他最近一段时间对她的态度变得很奇怪。知道他是以绅士对女子的方式对待她，可她受不了他这种绅士态度，反倒希望他能像以前一样对自己恶声恶气。如此相敬如宾、礼遇有加，倒让她有一种口蜜腹剑的发怵感，总担心不知何时，穆峻潭就给她致命一剑，但又不能直说，说了不就等于承认在燕平城跟他结仇怨的是自己吗？

第十八章 谜语情，恰逢君

屋子里静谧无声，小雨声就格外凸显，及至有船行过，都能辨出细雨打在乌篷帆布上的声音。

“我可以帮你。渭州运货一事，我可以帮你解决。林家和日本人的丝绸比赛我也可以帮你赢。”

他到底是醉了，想了这般久，才想到这个话题，却见她满脸拒绝，脑袋似拨浪鼓摇着，连声说：“不劳烦穆少帅，不劳烦穆少帅。”他想起那日她跟方少尘的亲密，她拉着方少尘衣袖，不让方少尘离开柳苏城。

他不是好脾气的人，清醒时，还可以极力压制性子，对她用尽耐心，此刻有些压制不住火气，猛地捉住她手腕，冷声道：“你缠着少尘帮你，我主动要帮你，你却连想都不想就拒绝。不管你是不是云笙，少尘都跟云笙退亲了！你这样费尽心思地接近他，就不怕败坏了你们林家的门风和名声吗？”

“穆少帅，我没有费尽心思接近少尘！”

锦笙解释挣扎时，被他箍住肩膀抵在了沙发背上，他眸子里弥漫了一层极薄的痛色，仅存的理智也只能保证他不会再进一步冒犯她，却仍不放开她。本在门口的赤芍连忙跑过来拉扯穆峻潭的胳膊：“穆少帅，你放开我家五少，放开！”

穆峻潭一挥胳膊把赤芍甩开，赤芍跌碰上茶几，他再次箍住锦笙肩膀把她抵在高背沙发上，眸光里痛色不见，凝聚了锐利，问：“五少？那夜去白公馆的是不是你？被我吊在床上的是不是你？在天乐坊煽动那群少爷起哄，让我下不了台的是不是你？我在燕平城每次见的林五少，是不是你？说！”

锦笙见赤芍站稳后又要来揪穆峻潭胳膊，怕她再被甩开，连忙喝止：“赤芍，边儿待着去！”转而又看向穆峻潭，生气道：“穆少帅，你已经答应过，给我半年时间，这半年内不问任何有关我身份的问题，你怎么出尔反尔？”穆峻潭自知理亏，不由加重了力道：“你告诉我实话，我绝不告诉任何人！”他不想再当一条鱼，被她扯着鱼线引到她身边。或许，等对她不再好奇了，他就能恢复到以前那般对女人的心态，若有若无，没人占得了他心里的半寸位置，不似如今，被她牢牢地吸引住，缠磨得心里异样难受。

锦笙放弃了挣扎，说：“咱们才说定了几日，你就反悔，你的诺言当真靠得住吗？我不相信你。”穆峻潭说：“我原可以不问你，把你是女子的事情宣扬出去，再派人大肆去燕平城调查，也能得到我想要的结果。”锦笙说：“那我要考验考验你，再告诉你。等我确定你能经得住考验，我再告诉你实话，可以吗？”

穆峻潭以点头示意妥协，锦笙蹙眉说：“那你先放开我，你抓得我肩膀疼。”闻言，穆峻潭神色略尴尬，连忙松开了手。只他心里还没有泛起愧疚，就听得锦笙张口大喊：“救命啊！有刺客！叶执信，快进来保护少帅！”她音调本就极高，此刻把对穆峻潭的气愤都铆足劲儿化作了喊声，接着又连忙半扑到他身上，一手扣住他后脑勺，一手捂住他的嘴，低声在他耳边说：“你别动！这是考验！考验你在危急混乱情况下，会不会露出破绽！”

叶执信虽离门口有一米多远的距离，但隐约听见男子音的救命二字，又听得喊他，连忙招呼随行的两个卫兵就冲到门口，门是由里面反锁的，他护主心切，一下就撞开了。

三人紧张警戒地举着手枪跑进来，锦笙对叶执信急声道：“刺客从窗户那里跳下去了，你看，把穆少帅都给吓坏了。”

叶执信看向穆峻潭，穆峻潭仍被捂着嘴，脸上神色已由震愕气怒转为平静。他并非君子，两手早已拖住了锦笙的腰，纤细到盈盈一握，不堪用重力。锦笙只顾应付叶执信，全然没意识，又对叶执信说道：“你们少帅醉了，又受了惊吓，赶紧把他送回去歇着吧。再派个人，去追刺客。”叶执信看到落地的果盘和花瓶，他不知是赤芍方才碰下来的，心里怀疑锦笙的话，却仍旧举着手枪戒备，对锦笙说：“林五少，您能不能先松开少帅，让他说句话。”

锦笙傲气地说："我说的就等于你们少帅说的。"说完，求认同地看向被捂嘴的穆峻潭，"对不？"穆峻潭凝看着她，醉眸深深，重重地点了点头。叶执信自然瞧得出来，穆峻潭是纵着林五少，顺着林五少，否则就林五少的小身板，还能捂他嘴？他反手就能给林五少几个大嘴巴子，拎崽子似的把林五少由窗户扔到河里。看到他点头附和林五少，叶执信不免有些哀其不争。

穆峻潭见叶执信并不传达命令，也无所行动，便含混不清地对锦笙说："你放开我，我跟他说。"锦笙试探着放开，他的命令便清晰地发了出来："打电话调人来，封锁整个饭店，不准任何人进出，周边两条路也封了！抓刺客！"

叶执信立即挺直身板，靴跟一叩："是！"旋即就命那两个卫兵跳下窗子追刺客，又疾走过来，拿起高几上的电话，拨到城内的城防营，调了卫兵过来。

锦笙只是想捉弄穆峻潭，再让叶执信把醉酒的他带走，听得他要封锁美新饭店，还有那两个卫兵扑通扑通跳到河水里的声响，皆让她瞬间苦了脸，低声道："我跟你闹着玩的，你别把事情闹大了。"

锦笙已不再捂他嘴，后退要与他分开时，却被他单手搂住后腰。他一用力，她便扑跌在他胸膛上，她只好两手扶住他肩膀，以保持跟他的距离，他附在她耳垂边，低声说："你放心，我经得住考验！"

他把"考验"二字咬得略重，锦笙觉得和她说的考验并不一样，也不去细想他的"考验"是什么。锦笙很生气，就更不想直面他，纵使不看他，也知道他唇角带笑，是在笑她。

想要请示下一步行动的叶执信，看到二人挣扎"相拥"这一幕，一个不从，一个强逼，强逼人的又是他家少帅。他抬手掩住半张脸，别过头龇牙咧嘴地不忍看，睁一只眼闭一只眼，见赤芍也是龇牙咧嘴的模样，低声问她："赤芍，你是牙疼吗？"赤芍摇头道："叶队长，我牙不疼，你是眼睛疼吗？"

二人的胡闹还是惊动了杜衡、苏叶、苏武，在杜衡喊着"五少，我来了"最先一溜烟跑进来后，穆峻潭不得不放开锦笙，锦笙立即趿拉着鞋坐到他对面去，气冲冲地垂眸不语。

苏武最后进来，不动声色地把房间各处打量了一番。随后，眸光收如深渊，就与苏叶、杜衡侍立在锦笙所坐的沙发后。

本无刺客，再封锁、再搜查也是无用。卫兵熙攘吵闹到半夜，来来回回直差把假山树木都翻倒过来。穆峻潭见锦笙已困意甚浓，也就带人撤走了。

上了汽车，穆峻潭问叶执信："如果你喜欢的女人曾是你好兄弟的未婚妻，但你好兄弟已经跟她退亲了，你会如何做？"叶执信是个武夫，脑子转的弯路少，今日见了穆峻潭强扭着林五少的场景，是真怕闹出伤风败俗、惹人耻笑的腻歪事情来。

这时候听穆峻潭如此问，便猜测他可能是瞧上林家六小姐，才开始对林五少转性子，连忙道："少帅要是真喜欢，就尽管去抢。方师长已经跟林六小姐退亲了，这说明方师长压根就不喜欢林六小姐。林六小姐不归您，也得归其他男人啊！"穆峻潭觉得他的话很中听，却正色呵斥道："我是在问你，你怎么就扯到我跟方师长身上了！别胡说了！回别院！"

待美新饭店重归沉寂已是凌晨，除了饭店西崽必须得按时早起，客人们多数都起晚了。锦笙亦中午才起床，稍微收拾洗漱后，脸泛红、神色不自然地坐在沙发上看资料。

赤芍整理好床褥及被单，抱着脏床单走过来禀告说："五少，对不起，是我没算好日子。床单我洗一洗再扔吧，免得被人发现端倪。"锦笙依旧垂眸盯着手上资料："不怪你，每次都不准。别洗了，你拿个火盆来，直接烧了。"又立即摇摇头，"床单这么大，烧起来，别人还以为我房间着火了呢。你洗干净悄悄拿到你房间再扔。"赤芍点点头，就转身去了洗浴室。

锦笙身体不舒服，傍晚用了饭就早早睡下。翌日起床后，因知晓程藕初和周掌柜他们上午就到，纵然肚子痛，也强撑着佯装无事，依旧洗漱好穿戴整齐。

锦笙今日穿了黑绸长衫，不想看起来老气横秋，就配了朱砂红缎马褂。为着麒麟转世的传说，她的衣饰中有许多都以麒麟为设计图案。这件朱砂红缎马褂背后缎面光滑发亮，玄机全在前面，绣娘用金丝银丝搭配青蓝黑白四色绣线，绣了简单的麒麟图案，既不过于肃穆威严，又添了几分气势。虽然平日里她的衣物以素浅色为主，可她喜欢各色丝绸。

赤芍给锦笙整理脖颈处的金镶玉装饰时，锦笙笑着问她："少爷我像不像新郎官？"赤芍凝看她片刻，点点头："像，就是这红色不太正，若正些，就更像了。"

伴着敲门声响起，杜衡在外面道："赤芍，你的粥好了，我已经端到你房间了。"

早起，赤芍以自己要喝为由，吩咐厨房熬了补气血的八珍粥，又怕饭店的厨子不如家中厨子做得干净，就让杜衡去盯着那厨子。

赤芍疾走到门口，打开门本想说“你再端到五少房间吧，等会，我还得伺候五少用早饭”，却见杜衡手上端着托盘，托盘上放着一个瓦罐，正煨着滚烫的八珍粥。

杜衡示意赤芍让开道，端着托盘就朝锦笙走来，说：“五少，赤芍今早晨让厨子熬了甜粥，我偷尝了尝，可甜了。您喜欢吃甜食，肯定爱喝。”赤芍和唇角微扬的锦笙对看一眼，在杜衡背后抿唇笑了笑，又假意生气道：“你为了邀赏，把我的粥给五少，那我喝什么？”杜衡笑她：“瞧你这小气样，一碗甜粥都不让五少喝。我盯着厨子熬了好几海碗呢，够你喝一天了。”

赤芍走过来，把瓦罐盖子掀开，盛了一小碗在外面凉着，复又盖紧盖子，才端起那小碗粥搅动着散热。锦笙和杜衡都看向温柔细心的赤芍，她是鹅蛋脸，黛眉绘得细长，头发是鬈的，有几缕发丝垂在耳畔，绕着珍珠耳坠子，与娇小唇瓣上的红润胭脂映衬，别有一番俏丽柔情在其间。

锦笙突然玩心大起，唇角带笑地问杜衡：“杜衡，我今儿穿得喜庆吗？”杜衡点头笑着回答：“喜庆，跟新郎官似的。”锦笙道：“少爷我今儿有喜事，要纳妾了。”杜衡眼睛蓦地就亮了：“哪个姑娘？是上次跟咱游花河的菁菁姑娘吗？那么多姑娘里，菁菁姑娘长得最好看。”锦笙摇了摇头，笑说：“赤芍姑娘。”

杜衡脸上笑意未散，刚想问“赤芍姑娘是哪个书寓的”，就怔住了，旋即脸也变了色。赤芍亦惊得汤勺滑落，要怒不敢怒地看着锦笙叫了一声“五少”！

杜衡怒得快要哭了，说：“五少，您不是说过您不喜欢赤芍吗？您还说将来要当我跟赤芍的主婚人，兔子还不吃窝边草呢，哪有对自己丫鬟下手的！再说了，您怎么能不经老太爷和老夫人同意，就在外私自纳妾，名不正言不顺地，你让咱林宅的下人怎么议论赤芍啊？您这不是委屈赤芍吗？”

锦笙见杜衡双眼泛水光的模样，亦觉自己玩笑开大了，遂道：“瞧把你吓得脸都白了，逗你玩呢。你还长本事了，敢指责我！这个月月钱扣一半！让你天天想着娶媳妇！扣光你月钱！”杜衡擦掉眼睛里的泪，绷着脸，知道被耍了，有气也不敢撒，“唰唰”地把褂子两个口袋的糖果都掏出来，放在锦笙跟前的茶几上，闷声道：“以后出门，我再也不给您装糖了！”然后就快步走出锦笙房间，把门关得“砰砰”响。

“嘿！反了他了！他竟然敢冲本少爷发脾气！”

锦笙这话是对赤芍说的，可赤芍也既哀怨又发怒地看着她，气她和杜衡竟然私下里都说到主婚这等事了，也不知有没有说其他的调侃话。霎时，把粥碗也砰地放在糖果旁，忍泪道："您自己凉粥吧！"然后也快步走出了房间，把门关得"砰砰"响。

锦笙本想找个乐子分散腹痛的注意力，可接连两个人跟她发脾气，气得她肚子更疼了，不免也生气道："越来越像两口子了！不给少爷我装糖，省得少爷我牙疼。少爷我就爱喝热粥，暖肚子！等着吧，以后有了好玩的事，少爷我绝不带着你们。"小腹一阵刀绞似的疼，她也懒得端粥碗，靠着沙发扶手生闷气。又恰听得敲门声，更加气不打一处来，猜想是饭店西崽或自己带来的下人，故也不问是谁，就吼道："滚进来！"

敲门的是叶执信，他本就不愿让穆峻潭来找锦笙，听了里面的话，就对一旁从容高雅站立的穆峻潭小心翼翼道："少帅，林五少让您，让您滚进去……"他话刚说完，穆峻潭绅士风度瞬时不见，抬脚就踹开了门，大步迈进去。

锦笙看到来人是穆峻潭，更似见了瘟神，痛得紧皱眉眼："穆少帅，你怎么又来了？"

穆峻潭冷漠地走到她身旁，与她并肩而坐，半个身子朝外的叶执信冲门外一扬下巴，陈采办就战战兢兢地走了进来，站在离沙发还有数步远的位置，对锦笙说："林五少，求您大人不记小人过，是我该死，我不该鼓动其他采办，趁林家正有麻烦时在报价单上弄虚作假。林五少，您放心，我会按丝织厂给出的价格帮耆德堂林记绸缎庄收货的。以后但凡耆德堂林记绸缎庄从渭州的丝织厂进货，全包在我身上。我就算一分佣金不收，一毛提成不要，也会把耆德堂林记绸缎庄的货源弄得妥妥帖帖。"

锦笙记起穆峻潭曾说过要帮她的话，待他走后，她只当他醉酒胡乱许诺并未放在心上，原来，他却是认真了的。锦笙不免忧心忡忡，货源一事就算了，若与日本人的丝绸比赛他也插一手，就会坏了她的全盘计划，错一步，满盘皆乱。

锦笙拿勺子慢慢搅着粥，略思忖片刻，发觉陈采办是个聪明人。他不堪武力压迫，却也不甘就范，一向都说林家的他，却频频提及"耆德堂林记"五字。这是林家的百年招牌，林家的脸面。陈采办定然不知这件事是穆峻潭一厢情愿办的，只当她与穆峻潭军商勾结。若真让这些采办白忙活一场，那点佣金和提成远远不值得付出让耆德堂林记的招牌受辱的代价。

锦笙停了搅粥的动作，也不拿正眼看陈采办："我耆德堂林记绸缎庄一向不亏待有功之人，无须你白辛苦，依旧按契约走。耆德堂林记该给你多少佣金，还给你多少佣金，每匹丝绸的提成也按规定好的给。既是你挑拨的其他采办，也由你去跟他们交涉。待你交涉好了，还按以前的步骤走，图样和各自的订单数是早就安排给你们的，依次开始下订单吧！”

陈采办眸带征询地看向了穆峻潭，穆峻潭对锦笙说：“他不需要佣金和提成，其他采办也不需要。不止这一次不需要，以后皆不需要！”锦笙声音骤冷，说：“穆少帅，这是我耆德堂林记绸缎庄的事，不敢叨扰穆少帅。陈采办，你出去吧，按本少爷说的做！”

陈采办依旧立着不动，小心翼翼地盯着穆峻潭的脸色。锦笙眸光在陈采办和穆峻潭之间溜了一遍，握紧勺子与瓷碗，看向穆峻潭：“穆少帅，你让叶队长也出去吧，我有事和你说。”穆峻潭与她对看一眼，见她也在忍气，便下了命令：“你们俩出去。”

待听得关门声响，锦笙把粥碗慢慢放到茶几上，想起当初出口一事，一切都按海关的相关程序走，该纳的税也都纳了，父亲本没有需要找唐义哲帮忙之处，唐义哲却自己找了件小事相帮林家。唐义哲的举手之劳，醉翁之意不在酒，父亲却只能重金相酬。渐次地，唐义哲府上的账房，就受唐义哲之命，找理由与契机干涉林家生意。

想起唐义哲，锦笙对穆峻潭的印象更差了，虽知道他是正正经经的军校毕业生，受过高等军事教育，可混在军阀堆里，也定然沾染了不少军阀恶习。

锦笙自以为知晓了穆峻潭的深层意思，看向他疏离笑道：“穆少帅，我曾到过你别院，应只是以往客居之处。现在你常住柳苏城，小院子总有些不便。我听少尘说过，芳漱园曾是前朝军机大臣退休后的私宅，重新修建后规模甚是大气，又极为幽静别致。不知穆少帅觉得芳漱园如何？”

穆峻潭凝视着她脸上笑意，心里怒火燃起，冷笑道：“芳漱园？不知道的还以为我要开妓院了。”锦笙笑道：“园林住宅嘛，名字是可以改的，环境和格局才是首要。”穆峻潭脸上冷意更重：“怎么？一个园林住宅就想打发我？”

锦笙早已痛得冷汗涟涟，手脚都渐渐发凉，极度不想应酬穆峻潭，对他又恼又怒，可仍保持着笑意：“一个园林献于穆少帅眼前，实在是上不得台面。但我林家管事的人里，我年纪最小，诸多事不能独断做主。请穆少帅容我向父亲请教一番，定然会令穆少帅满意。”

穆峻潭冷着脸不接话，气氛就僵硬了起来。他心里极度不舒服，因为对疼痛的感知能力与忍耐能力强，他不知道算不算微疼。从没爱过任何女人，很清楚不爱一个女人是什么感觉，却不知道什么感觉才是爱。对锦笙的感觉与对其他女人不同，可他不能确定这是不是爱。他担心目前对锦笙的感情，只是因为她的性格、她的神秘，怕对她的兴趣占多，怕半年后，她把真相告知，一切明了，连带着兴趣也没了，抛之脑后即忘掉。

林家不是小门小户，方家也不是小门小户，又有方少尘与他的兄弟情梗在中间。他要是追求到锦笙，确定恋爱关系，又没有兴趣了，对她始乱终弃，定然会闹出不少麻烦事。

况且，他并不知道锦笙心里对方少尘是什么感觉，在军营的那日下午，他问过，她也回答过，只是好朋友。万一只是女孩子害羞不好告知实话怎么办？

他更不知道锦笙对他是什么感觉，因心里有顾虑，他想暂时不表露心意，慢慢地找机会跟她相处。若确定是爱上她了，那这个女人他非得到不可！若不是，止于礼地来往，也惹不出什么麻烦。但这次贸然地心疼她，帮她忙，又被她误会。只觉在女人跟前，从没如此憋屈过，就愈想愈生气，可又拿她无可奈何。

锦笙也很生气，肚子痛生气，穆峻潭坐在她旁边不吭声赖着不走也令她生气。明明自己都快解决的事情，平白无故地被穆峻潭插一脚进来。送一个园林都填不满他的胃口，他难不成还想要林家生意的年底分红呀！贪得无厌的吸血虫！仗势抢钱的军阀头子！

昨日锦笙心情暴躁，嫌钟声太吵，就把房间的西洋壁钟给砸坏了。两个人都只顾生气地沉默，谁也没心思看手表，少了壁钟的嘀嗒声，也不知生了多久的气。连窗外柳树上外出觅食的老燕子都回来了，两个人还在生气地并肩坐着。

穆峻潭看她一眼，见她冷漠不语的模样，大有耗到天黑再天亮的趋势，咬了咬牙，向她的固执低了头："你父亲那一套，你真是没白看、没白学。我今天帮你，不是要趁机干预你林家生意，也不是要强行从你林家生意里分一杯羹。我前天夜里说了要帮你，并非醉酒，也无须任何回报，我就是想帮你而已。"

锦笙并不看他，依旧半垂着眼眸："天下没有免费的午餐，更没有不求回报的相助，今日我欠穆少帅人情，早晚不也得还嘛。我年纪小，涉世浅，资质笨，穆少帅就直接明示了吧。"

穆峻潭扳过她肩膀，看着她，认真说："我是自愿要帮你的，无所求，无所图。"锦笙身体僵硬着不愿多动，虽极力想稳住语气，终究还是年少浮躁，学不来父亲那份稳重，冷声回答："穆少帅不必难为情，就算做好人善事也是积善行德，想有好报呢。'举手之劳，不足挂齿'这样冠冕堂皇的话，不也是从嘴巴里说出来的嘛。我林锦笙从来不是什么君子，也不信这世间有圣人，活人都有欲有求，无欲无求的是死人。"

穆峻潭被气到极致，无奈地笑了："你这些话都是从哪里学来的？"锦笙打掉他的手，坐正身体道："请穆少帅明示！"穆峻潭气得连说了两个"好"字："既然如此，你陪我去看看芳漱园，若合我心意了再说。"

锦笙道："好。但我还有一事需要穆少帅帮忙。"穆峻潭道："你说。"锦笙缓声而有力道："请穆少帅以后不要再干涉我林家生意，我林家和日本人的丝绸比赛，也无须穆少帅相助。"穆峻潭凝想片刻，起身回道："走吧，去芳漱园。"锦笙坐着不动，问："穆少帅没有听见我说的话吗？"穆峻潭点头："听见了，不愿答应我做不到的事情。本来在你跟前的信誉就挺差，不想再添一件。"

手腕被穆峻潭拉住，锦笙才想起来看手表。算着时间，苏叶已经接上老周他们在朝美新饭店来了，便急忙说："穆少帅，要不，明日吧。我的职员和伙计快要到了，我得给他们安排事情，他们在燕平城耽搁了行程，诸多计划得安排下去。"

穆峻潭说："明天一早我要去唐义哲的督军府，要后日下午才能回来，那就等我回来再去。"锦笙不想再拖下去，怕生出什么变数，忙说："我只给他们交代一番，也用不了多长时间。下午吧，你下午有时间吗？"穆峻潭回了句"那我在芳漱园等你"，就离开了。

锦笙并未多想，自己去餐厅用过早饭，问了饭店大门口的西崽，说是赤芍和杜衡先后沿巷子朝西走了。她便沿着石板路寻他们，小巷子两侧俱是白墙黑瓦的建筑，晨曦下过一阵小雨，此刻雨已停歇，偶有雨珠从屋檐坠落，碎在她眼睫毛抑或是鼻尖，便是一阵沁入心脾的凉意，伴着江南特有的香甜空气。出了巷子，便是沿河街道，商铺与河道相对，店铺的各色幌子在澄明的日光下微扬着。

才是半上午，街道里并不太热闹。锦笙巡看一番，见二人在邻近的石桥附近。赤芍坐在石桥下的石墩上，杜衡隔着三四步的距离蹲在河岸，抓耳挠腮地望着她。尚不到柳絮纷飞的时节，碧绿柔条披风映着石桥流水，偶有莺燕低空飞行，伴着石道街巷与白墙黑瓦的建筑，把二人衬得如同江南水墨画上的人物。

锦笙不近前，也知道怎么回事，赤芍脸皮薄嘴巴硬，杜衡脸皮厚嘴巴笨，二人经常如此僵持。她知道杜衡水性极好，素日见了湖河，没事就喜欢跳进去游两圈，于是便背着手走过去，在杜衡和赤芍看到她都未及起身时，抬脚就把杜衡踢进了河里。溅起的水花正好扑到行过的小舟上，惹得舟上人低声埋怨。

赤芍急得跺脚看她："五少，您这是干什么啊！"又连忙蹲下去，把手伸给朝岸边游的杜衡，拽他上岸。

锦笙负手而立，在赤芍背后恶声恶气道："杜衡，让你给少爷气受！反了你！"却对面向自己的杜衡眨了眨眼。杜衡本来也觉得五少莫名其妙，但意识到生气不搭理他的赤芍，不仅一脸焦急担心地拉他上岸，还拿手绢给他擦脸上的水，就一点都不生气了，虎头虎脑地看着赤芍傻乐。

"你欺负下人的毛病什么时候才能改？"

锦笙背在身后的双手因熟悉的声音而松开微垂，她猜到是谁，却不敢转身，怕是自己想念太深而生出的错觉。及至杜衡指着锦笙身后的某个方向，对赤芍兴奋地说："赤芍，二公子。"声音又高了许多，"五少，是二公子。"

锦笙转过身子，眸中再也看不进任何粉墙黛瓦、石桥流水、各色行人，只有那张俊美至极的面庞。他一身古月色长衫，戴着黑色盆式帽，少有的温润儒雅依旧败给他花枝乱颤的容貌。俊美却不娇媚，清隽里带了一丝邪气，此一神貌恰在他微挑起的唇角间。

四五步的距离，他不上前，锦笙亦不动，静静地互相望着，仿佛他二人并不在纷杂红尘，而在一幅古旧的水墨画里。那画卷历经百年，悬挂在展览室的某一面墙壁上，画中一切都是静谧停止的。春日里，石桥畔，白墙黑瓦木门的商铺悬着布幌子，有长衫男子携了旗袍女子立在商铺门前朝柜台看；石桥上立着观望风景的人，莺燕低空掠过青青杨柳，歇息在树梢上；乌篷船停在河岸旁，有一晚清打扮的贵妇人被两个留大辫子的小丫鬟搀扶着上岸，经由卢柏凌和锦笙身旁，不由驻足看向四眸深深相望的两个男子。

是的，两个男子。一个身穿长衫清隽俊美，唇角邪气笑容带着无可奈何；一个身着长衫马褂精灵贵气，黑白分明的大眼睛里泛起一层薄而清澈的水光。

不会有人能看穿静谧水墨画里相望的两个男子彼此心中藏匿着怎样浓郁翻涌的

情感。如若这是一幅画，他与她可以如此静望下去，十年，百年，千年，画卷不毁，静望永存。时间是静止的，他们眼中只有彼此。

可滚滚红尘不会为任何一对痴男怨女滞缓成画，它需要悲欢离合点缀。

那家商铺没能做成早市的第一单生意，莺燕在柳梢略作停留就飞向了更广阔的山水间，石桥上的各色行人上来下去，晚清打扮的妇人也只向此处看了两眼，便低头朝家里来接她的黄包车走去。

卢柏凌摘下了盆式帽，视野开阔，锦笙也逐渐融入红尘背景中，万绿丛中一点红，益发显得她渺小瘦弱。他很想拥锦笙入怀，就如同寻常恋人久别重逢后的拥抱那般简单。他想把他的“小家伙”拥在怀抱里，轻声告诉她，他有多想念她，可他不能。当着别人的面，他不能。

四人一同回美新饭店的路上，卢柏凌把自己的帽子递给了锦笙，锦笙出奇地温柔乖顺，没给他扔屋顶上。而是紧攥着帽檐，虚掩在心口位置，还能闻到他用惯的香水气息，清淡如菊，蕴着浅浅冷香。

卢柏凌和程藕初他们一起来的，锦笙回到饭店后，其余人暂停收拾行李和歇息。本应聚到锦笙房间里，但锦笙总有些担忧，怕人一多，会在自己房间里发现端倪，就招呼他们都聚到了程藕初的房间里。

人太多，房间的会客室又太小，锦笙就让饭店经理另开一个房间，挪动了房间里的家具，搬来一张大长桌子，布置成了临时会议室的模样。

锦笙坐在长桌子首位，是林老太爷和林肇聪惯常坐的位置，她第一次坐在这样的位置上，只觉肩上压力又大了些。她看看左右手的与会人员，左手边第一个就是闲适地后靠椅背的卢柏凌，卢柏凌侧身坐着，当锦笙的眸光朝他那边扫去，二人就即刻对视上了，他眼中含着浓浓笑意。

锦笙脸微红，立即低了头，佯装整理翻看手上资料，迅速地压抑收敛好自己的心情。本来肚子痛得浑身冷汗涟涟，现在有卢柏凌在一旁，她真怕心烦气躁再加心乱如麻，等会连假音都拿捏不好了。

与会人员，除却有留学背景的程藕初、范岳、秦达竑，还有周掌柜等六个老掌柜专门负责此次比赛的订单货物。

锦笙敛好心神，再次抬头后，后靠在椅背上，默然着，指尖在桌上轻点着。这招是跟爷爷学来的。每次商议家事，当所有人都在看向爷爷，等爷爷首先开口时，爷爷总要先默然凝想一会儿。有几次见卢兆祥给政府官员开会也总是如此，严肃着脸酝酿一时半会儿，让静谧紧张的气氛先把人唬住。

默然片刻，锦笙首先耐不住性子，看向从泰滩来的范岳，“范经理，我二哥最近可好？自他上次被爷爷骂回泰滩后，就没机会见他了。这一忙起来，怕是得过年才能见着了。”

范岳岂会听不懂锦笙话语里的真实意思，回答道：“二少与五少是兄弟，有心总能见着。请五少放心，这次，我是受老太爷调遣而来帮五少的，我懂得什么是大局为重。”

锦笙含笑道：“范经理如此一说，我倒是不懂了。”却不再等范岳回答，就看向了周掌柜，舒心笑道：“老周，你来了，订单的事我就更不用担心了。咱秀林的柞丝绸带来了没有？”周掌柜道：“按五少的吩咐，每个款式每个花色各带了五十匹，苏叶跟另外两个伙计正在盯着从火车站朝方家库房运。”

锦笙点头：“南地这边的几家大丝织厂，你和他们的老板都相熟，由你去联系。若他们还是那般顾虑，怕输而不参赛，你就告诉他们，我爷爷与父亲已答应，他们的展览样品和货物可暂时不缀字牌与商标，输了丢人算秀林的，赢了荣誉算他们的。老周，无论想什么法子，你都要说服他们参加。仅凭我林家与东洋丝绸抗衡，力量有些悬殊。”周掌柜年纪大了，应着把要办的事情匆匆记录下来。

锦笙从跟前的一沓资料里抽出两张，乃杜江城派人调查而得，是中日合资所建的丝织厂和缫丝厂名字及各厂股东名单。她让大家传阅了一遍，方对右手边说：“程经理、秦经理、范经理，你们是留学回来的，笔墨功夫够扎实。商量着写一篇文章，把跟日本人合资建厂的中国人都捅出去，再写点骂人不带脏字还令人羞愧的话，让他们不敢肆意地给日本人供货。到时候，日本人在中国独资建的丝织厂和缫丝厂供货能力不够，渡边次郎就会把供货渠道转一部分到他们日本的缫丝厂和丝织厂，他们的运输成本增加了，货物售价也就涨了。”

她转头的角度是对着程藕初，目光却是看向垂眼皮的范岳，停顿片刻，才说：“不行，一篇文章的警醒力量不够，很容易石沉大海。那些人为了自身利益，还是要给日本人供货的。等我林家和日本比赛丝绸的事情闹到沸沸扬扬时，还得写许多篇，到时还要再把供货给日本人的中国人名单列出来，登在报纸上。让中国同胞都看看他们是怎么帮日本人欺负同胞的，让民众的舆论压迫他们不敢给日本人供货。”

范岳撩起眼皮，气定神闲地与锦笙对看，锦笙对他略一笑，又说：“你们还得去忙其他事，这件事就别管了，我找记者专门负责。”

一直在凝看她的卢柏凌，突然接话道：“交给我吧，林家和日本人在报纸上的舆论战，由我负责去联系报界人士。你们林家需要登报的文章都交由《晨钟报》负责撰稿刊登，如何？”

希望晨曦的钟声，能唤醒在危难里昏睡的中国人。

这便是《晨钟报》的寓意与初衷。

晨钟报社才发刊一年多，一周三期，在江北和南地有很多家分社，报纸连广告都没有，也从不屈服于任何一方军阀势力，保持中立，只为国人利益而发声。故《晨钟报》对学生和进步人士的影响巨大。

林家若能得到《晨钟报》相助，以《晨钟报》对全国学生和进步人士的影响力，这场比赛想不得到国人关注，都是极其困难的。

但是，锦笙不想把卢柏凌牵扯进来，她还没能和卢柏凌好好说话，也不知他这次跟着程藕初他们过来是为何，若被穆峻潭、唐义哲得知，亦不知他会不会有危险，她想让他赶快回燕平城去。

第十九章 莫相离，难自抑

程藕初和秦达竑交谈几句，对卢柏凌道："要是二公子真能把《晨钟报》找来帮我们，我们的胜算又增加不少。《晨钟报》那些编辑和记者，说话真是跟刀子似的，且刀刀可见血，保管能让那些与日本人合资建厂的中国人不敢帮外。"

卢柏凌还未答话，锦笙就说："《晨钟报》的人岂是那么好请的，弄不好，首先就要在报纸上把我林家批评一番。"卢柏凌道："不会的，林家和日本人比赛丝绸，虽因个人恩怨而起，却关乎我国丝绸的名誉，若林家能赢过东洋丝绸，不也是为国争光了吗？"

秦达竑道："五少，二公子的话在理。《晨钟报》最看重国家荣誉与利益，应该会帮林家的。"锦笙回道："这件事先不急，渡边次郎他们迟迟不来柳苏城，也不知在沪海谋划什么呢。目前的比赛馆位置也确定不了，我就先跟你们说一说接下来的大致安排。"

计划是锦笙早就写好的，又让赤芍誊抄了许多份，一一传下去给与会人员后，她略简单解说了一遍。

正事安排好以后，锦笙虽自己心里也很忐忑，却故作轻松地对大家说："这并不是定死的计划，具体事情，咱们到跟前了再商议。日本人不来的这几天里，你们把自己负责的事情安排好，余下的时间就好好玩。来日，如果咱们真的输了，权当来玩了，不要过于有压力。"

除却卢柏凌外，其余人皆不知锦笙心里、肩上的压力有多大。况且，比赛还没开始正式准备，尚不能亲身感受到中日丝绸比赛的民族情感，众人听锦笙语气轻松，也轻松笑道："好，有五少这句话，我们心里的压力也减轻不少啊。"

这些人平日里跟着林老太爷和林肇聪议事养成了习惯，主位的人不离场，他们是不敢擅自离开的。锦笙先离开，卢柏凌起身要跟着她离开时，瞥见了椅子上有一小点血迹，血迹虽不及指甲盖大，在象牙白漆椅面上也尤为明显。程藕初还在跟自己下位的秦达竑低语商讨，注意力未转到这边。

卢柏凌在众人议事时因为无聊把手表摘下来把玩，手表还捏在手上，瞬间从手指脱落，他佯装俯身在桌子底捡手表，趁机用衣袖擦去了椅面上的小血点。

他换好衣服再到锦笙房间时，程藕初和秦达竑已在锦笙对面坐着，听得秦达竑正说："五少的计划没什么大问题，现在就怕日本人大量用人造丝。"

锦笙腹痛如刀绞，靠着沙发扶手，微微蜷缩着身子。卢柏凌坐在她旁边，她也只是倦懒地望他一眼，算作打招呼，就对程藕初和秦达竑说："人造丝？一年前，缫丝厂和蚕丝同业会的人联合抵制过人造丝，据我所知，迄今为止，全国也只有沪海的丝织厂进口了两吨多的人造丝，也不知藏在哪儿，没敢拿出来用。人造丝能织丝绸吗？一点都不柔和，韧性比柞蚕丝都不如，如何能代替桑蚕丝。"

程藕初道："可以织，我专门买了德国和日本洋行里的人造丝实验过。不过，人造丝强度低，作纬线还可以，作经线就不行了，一上织机就容易断。人造丝虽不柔和，可也有它自己的优点，丝线本身的光泽比真丝好，染色之后的颜色也尤为鲜亮，只是少了真丝自带的珍珠柔光，不显贵气。"

锦笙冷笑一声，说："我秀林的柞丝绸已算得上物美价廉，现在这些洋人也是奇了，连丝都能造出来，以后岂不是都不用养蚕了？人造丝的价格比厂丝低两成，如果日本人用人造丝代替厂丝作纬线，首先在成本上就能比咱们低两成，那咱们直接干等着输吧。"

秦达竑道："也不能这样说，咱们是以赛会期间的交易数额、交易金额以及丝绸种类成本为评判标准。低价多售，在总收入上也不一定就能赢过高价少售。丝绸里面掺了人造丝，比全真丝丝绸差了不止一等，也就比花布高等些，老爷太太少爷小姐们还是买全真丝丝绸的多。人造丝少了由蚕养育再吐丝的程序，蚕丝的独特价值又岂是人造丝所能相比的。"

程藕初点头道："五少，为了防止日本人恶意降价抛售，咱们应该请沪海证券物品交易所的中日两方理事长派人做监督员。”锦笙沉思片刻，点头道：“好，我去沪海拜访一下景翁，托一托他。程经理，你是日本留学回来的，日本本土的缫丝厂和丝织厂，你有熟人吗？给燕平日本商会供货的日本本土工厂，咱们也得派人盯着。”程藕初问：“五少是怕渡边次郎他们恶意降价以增加销量，再打着真丝的幌子做假成本的报价？”

锦笙点头，程藕初却摇头：“如果五少是为了这个，渡边次郎应该也能想到。届时，我所熟悉的日本工厂朋友，是不会帮我这个中国人的。在民族荣誉跟前，日本人还是很团结的。”锦笙略失望地低头，忽又想起穆峻潭这个假日本人来，便说道：“你们回去休息吧，我来想想法子。”

程藕初和秦达竑走后，锦笙刚要看向身旁的卢柏凌，他却横抱住她站起来，朝床边走去。锦笙别扭到不敢用力挣扎，只低声吼他：“卢柏凌，你放我下来！”卢柏凌把她放在床上，按住她肩膀逼她躺下去，柔声道：“事情都安排好了，剩下的就该他们去忙了。躺在床上也不妨碍你想事情，你好好躺着，不要再逞强了。”他见锦笙不再挣扎着坐起来，就出了房间。

坐了一上午，锦笙早已倦怠至极，躺着便不想再坐起。因卢柏凌突然出现，她把下午要跟穆峻潭去芳漱园的事也给忘了。

每次腹痛，强撑着也就咬牙撑下去了，她就怕自己会突然软弱下来，就像此时此刻，强撑的精气神没了，连坐起来的力气都没有。她侧身朝外躺着，手指搅上床幔，葵黄丝绸缠上白金钻石，绽出璀璨光芒。痛得迷糊之时，她不由恍惚，卢柏凌是不是压根没来过，一切都是她胡思乱想出来的。

黯然神伤之时，她听到门打开，复又关上。由床幔一角，可望见卢柏凌疾步而来，手上还捧了汤婆子，他坐在床边，把汤婆子由床被下递给锦笙，声音如软绸绕耳：“暖一暖，腹痛会减轻些。”

锦笙虽然温顺地把汤婆子隔着衣物暖在小腹上，却拉扯被子角半遮住红透的脸，也不抬眼和他对看，小声道：“你胡说八道什么呢？我听不懂。”卢柏凌柔声说：“你不用懂，我懂就行了。”他帮她扯了扯被角，又说：“睡一会儿吧。我跟他们说你发烧了，需要休息，缓几日，再跟他们一块吃饭，算作接风宴。”

锦笙最喜架子床，四面都有床柱围栏，会让她有安全感。她每次外出住饭店，除了完全西式的饭店没有中国的架子床，其余的，她都会要求饭店经理给她开有架子床的房间。

卢柏凌倚着床围栏低头看她，她微仰脸看他，点了点头，却不闭眼，问："你来这里干什么？你什么时候回去？"卢柏凌也问："你希望我什么时候回去？"锦笙说："你又不是我的职员或下人，我如何能干涉你的行程。"卢柏凌说："可我是你的猎物，连命都攥在你手里了，我来去不都得听你的嘛。"锦笙说："那你明天就回去吧，趁穆峻潭和唐义哲都没发现你来这里，赶快走。"卢柏凌说："那我现在就走。"

锦笙眸光黯淡几分，却旋即收敛住，点点头："好。"卢柏凌刮了刮她鼻尖，笑着说："我不走，我来这里是有正经事的，不能离开这里。"锦笙辨不清心里是喜是忧，忙问："什么正经事？"卢柏凌说："陪我的恋人啊！"锦笙霎时就急了："你什么时候有恋人了？是谁？"卢柏凌被她的反应给惊住，笑意深深地看她，她也意识到自己的反应过激了，脸愈加红，神色极其不自然地躺正身体，拿床被遮住脸，装睡不理人。

卢柏凌拉住她的手，在她掌心一笔一画、认认真真地写下"林锦笙"三字，随后又握紧她的手，放在唇边，轻吻了她手背，柔声且坚定道："她就是我的恋人。"

他指甲修剪整齐，一笔一画，似鸟喙啄在她掌心。窗外又有鸟鸣声，她倏地想起鸿雁传书，落在她掌心的三个字，因他的话也变得千斤重，仿若飞越杳杳山水，沉甸甸地压来，压住她仅存的力气，让她动弹不得。

情怀何似？已非言语所能表述。盖在脸上的被子被卢柏凌缓缓掀开，明暗之间，卢柏凌的容颜已伴着春光显在她眸前。她方注意到，他不知何时换了西服，绛色方巾代替了领带，与洁白衬衣相映。他在她额头印下一吻，乍凉乍暖，淡菊浓情，竟也十分相宜。

芳漱园大门外，接连停下两辆汽车，其中一辆汽车先下了三人，警戒地望向四周。虽穿着便服，但行动之际腰间微微凸显，有经验之人，仔细一瞧便能辨出手枪轮廓。

江南园林不似北方院落那般周正，园林之内游廊曲折迂回，房屋建筑零落点缀其间，又有多处假山堆砌隔园，极尽曲径通幽之妙。

芳漱园内有流水贯穿全园，春日锦萃掩映着五处样式不相同的小石桥。亭台楼阁、泉池绿水、茂林修竹，相映成趣，尽在一园之内。

看园子的仆役都是穆家老人，叫惯了穆峻潭"少爷"，又许多年不见，蓦然相见，也改不了口。管事的老仆役跟着穆峻潭在园子里转悠，穆峻潭问他："最近有没有人来看过这园子？"老仆役回禀说："回少爷，前几日，燕平林家的麒麟五少来看过这园子，转悠大半日，非要买这园子，可一听主人是个日本人就又不买了。"

穆峻潭问："我也没吩咐你们要卖园子，她怎么找到这来的？"老仆役道："瞧着也是刚到柳苏城不久，说他府上与这园子的上任主人是世交旧识，替他爷爷来看看园子，缅怀先友。我见他年纪不大且长得富贵讨喜，说话也谦逊有礼，就让他进来了。哪承想，他转悠完了，说要买这园子。我说这园子不卖，他出价出到老高，非让我跟园子现主人打电话商量，小孩子似的。但他一听说现主人是个日本人，就走了。"

穆峻潭皱眉道："我不是让你们把这名字给改了吗？怎么还叫芳漱园？"老仆役道："三年前您说要改名，我把那些个好名字列了个单子给叶队长，叶队长也一直没给我信儿，我不知道要改成什么。"叶执信忙道："少帅，我给您了，那几日不是忙着剿匪嘛，您说不急，我就没着急。"

知道叶执信后来也给忘了，穆峻潭冷看他一眼，又问老仆役："林五少转园子的时候都说什么了？"

恰走在竹坞里，老仆役记起锦笙说的话，不免笑着答："听他跟他的下人说，天高皇帝远，老太爷跟大爷再也管不了他了。他要把这芳漱园改叫花果山，他住的院子得叫水帘洞，还要养一群猴子。把咱竹坞里的竹子都砍掉，一边种香蕉树跟桃树，一边种柞树跟桑树，全用来养猴子跟蚕宝宝。这要真被他买了去，山中无老虎，猴子称大王，真成花果山了。"

穆峻潭唇际不由带笑，驻足凝看着眼前竹林，修长的竹竿挺立着，仿若真有猴子跳跃其间。他又吩咐："把你听到的，她说过的话，都讲一遍。"

老仆役听到如此吩咐，一时间想不出锦笙还说过哪些话，怕穆峻潭等得不耐，就一面想，一面扯闲话说："听他提了好几次要在园子里种梨树，好像是他曾经想种，燕平的府上不让种。也是，讲究的大户人家都不会在庭院种梨树。梨就是离，种不好就要妻离子散、家破人亡。"

穆峻潭不信这些，也不答话，只等着听她还说了什么。走到了另一处，老仆役才想起锦笙又说过什么，如此把园子逛了个大半，穆峻潭也听出来了，她是真喜欢这园子。

走到后园，假山环绕其间，有一栋二层绣楼，是前任主人女儿的闺阁，老仆役说："喏，就是这里，林五少说他要住在这里。在前面搭建紫藤架，种一大片紫藤萝，待紫藤花开，就像紫藤帘子似的，和水帘洞的瀑布有异曲同工之妙。"

老仆役见穆峻潭喜听与林五少相关的话，又说："真不知这林五少是怎么想的，非要把好好的一个园子折腾成花果山。那齐天大圣孙悟空哪有他麒麟五少爷的身份自由自在。孙悟空再厉害，也逃不出如来佛的手掌心，还有唐僧那紧箍咒管着，是个不自由的猴儿王。"

穆峻潭听了老仆役的闲话微怔住，听少尘说过林五少喜欢猴戏，喜欢齐天大圣孙悟空。若她这替身局是早就开始的，那林家偌大的家业与泰潍祠堂就是她逃不开的五指山，她父亲是管控她的紧箍咒。林五少的身份看似风光无限，却是她挣不脱的羁绊和金丝笼。

穆峻潭抬手看一眼腕表，已快要四点半了，便吩咐叶执信："去给林五少打个电话，问她什么时候来。"叶执信领命，因对这园子不熟，也不知电话在哪间屋子，便让老仆役领路。

穆峻潭坐在绣楼下的假山石上，想象这里有紫藤帘的画面，倏地记起，曾在何处见过瀑布般的紫藤萝。

燕平城卢公馆，卢柏凌住的院子里，漫天的紫藤萝似瀑布一般。当时卢柏凇带他游览卢公馆时，他心里还暗笑卢柏凌，一个男人竟在自己住的院子里搭紫藤架种紫藤花。

他双眸愈来愈冷，在脑海里把林五少和卢柏凌相关的画面都翻了出来。第一次，卢柏凌把林五少从白公馆抱走；第二次，卢柏凌跑到校场跟他打架，也定然是为了林五少；第三次，天乐坊里，卢柏凌明知林五少是与他斗气，还帮林五少；第四次，林五少追他到火车站，想让他回去救卢柏凌。

在卢公馆门口碰到林五少那一次，卢柏凇对林五少详细说过什么，他已记不太清，只隐约记得是说林五少和卢柏凌经常在一块厮混胡闹。

起初他误会卢柏凌跟林五少有龙阳之好，现下在柳苏城见到是女子的林五少，那便不能再推断说他二人有龙阳之好，卢柏凌百般护着林五少，应当知道林五少是个女子。

穆峻潭已能确定，他在燕平城每次见到的林五少就是柳苏城这个女子。卢柏凌那般护着她，她应是卢柏凌的女人。

她是云笙也是锦笙，只他想不出，她到底是真的锦笙，还是真的云笙。她行事说话都不像久居闺阁的女子，那久居闺阁，别人所见的林六小姐又是什么人？她怕林家人知道她是个女子，她又是如何骗过林家人的？到底有多少人知道她的真实身份？欺瞒得了外人，如何欺瞒得了林家人？林家又如何能容得了长房嫡孙的麒麟少爷是女子？应当早就闹了丑闻出来。所以，还是有真的林五少存在？否则，她连林五少父母那一关都瞒不过去。

到底是谁在背后操控她？她显然是被训练已久，方做得滴水不漏。她的目的又是什么？寻仇？她处事虽聪明，也爱耍手段，却稚气未脱，不像心藏仇恨。

那么，操控她的人是林肇聪吗？林肇聪又为什么这样做？一旦事发，林家族人尊崇孔孟之道，思想顽固守旧，怎能容得如此行为。林肇聪不怕东窗事发被逐出林家吗？

林五少真的是个病秧子，下不得床，出不了门，才由容貌相似的林家六小姐代为出门？所以，她那天告诉他，她是云笙。若真如此，那她的确是云笙，既是云笙又是锦笙。可林五少住在一水间，林六小姐住在林宅，频繁地互换身份，应当早就有人起疑了。林家二房、三房并非善茬，岂会帮着林家大房保密，任由一女子参与管理林家生意。所以，林宅里大门不出二门不迈的林六小姐应当一直就是个女子，才能欺瞒得了林宅里的人，不曾透出半点端倪。

假若林五少是女子，林六小姐也是女子，那么，当年麒麟送龙凤胎的传闻便是假的，双生胎都是女孩。不过是林家在故弄玄虚，为林家生意搞噱头、吸引客源。

不对！林家门庭那般恪守陈规旧礼，儒商风范甚重，是不会欺瞒外人在先，后又允许女人插手林家生意的。

所以，最初的林五少一定是个男胎。另有可能，是真的林五少早就死了，这场替身局的根本，是林肇聪以女代儿欺瞒林家上下、欺瞒外人。是的，目前也唯有如此的猜测说得通，否则这个女子扮得再像林五少也瞒不了林肇聪。

可是，若真的林五少已死，林肇聪为何不弄一个男子冒充林五少？纸包不住火，以女代儿这等事，早晚会东窗事发。

找她假扮林五少的原因又是什么，是因为她与林五少长相相同，还是其他？

而且，这场替身局又是何时开始的呢？林家人究竟是丝毫未觉，还是有意隐瞒纵容？她既不想林家人知道，林家人应当也被蒙在鼓里吧？

如今的林五少和林六小姐之间应当有一个不是林家血脉，到底谁不是林家血脉？若她不是林家血脉，那她最初说她是云笙，就是在欺骗他。

那她的真实身份究竟是什么？若她不是云笙，不是林家人，他便无须再对她顾虑那般多，也无须顾虑少尘和林家。

太多的疑问，太多的疑点，纠在一起缠绕成团，让他无法厘清。

穆峻潭捏了捏眉心，提出一个猜测，再推翻自己的猜测，又重新假设，如此几次，思路已混乱如麻，太阳穴亦跳着痛。可万般猜测都只是猜测。他不敢再想下去，再想下去，又会压抑不住自己想得知真相的那股劲儿。他只顾猜测，浑然不觉，锦笙的音容笑貌竟早已印在他脑海里。

军靴声灌耳，叶执信走近他跟前禀告道："赤芍说林五少发烧了，中午吃完药就睡下了。"他忽地想起，今早见她时，面色就不太好，那时还以为她在生气，原是生病了。自对她拳打脚踢之后，穆峻潭就担心她身体里积了内伤，总要生一场大病，才能发散出来。

穆峻潭一面疾步朝外走，一面吩咐叶执信："你再去打通电话回军营，让一直随行我的王军医到美新饭店，只能是王军医，其他军医都不行！"叶执信领了吩咐去打电话，等他打完电话出来，汽车只剩了一辆，充当司机的卫兵说，少帅等不及已先走了。

叶执信上了汽车，抬手摊开五指，又屈了两根手指，摇摇头："就三分钟，也等不及。逛了半下午园子，就为听林五少说了什么。当初对朱五小姐那般上心，也没到这份上，这是要出大事啊！"卫兵一听要出大事，不由把油门踩得更狠了，冲着美新饭店狂奔而去。

睡梦中也消不去那股烦躁的痛意，锦笙无可奈何，她极力想摆脱掉的这种疼痛，却每月都会找上她。这是一种被火灼烧后留下的不可磨灭的印记，是令她难以启齿的痛意。母亲没有机会教她要如何看待这等女儿事，她所懂得的女儿事，都是蝴蝶细心柔声告诉她的。很多时候，她把不敢付与母亲的情感分散地付与了蝴蝶，可蝴蝶也飞走了，抛下她，飞到了穆峻潭的身边。

似醒非醒之时，耳畔有细碎人语声，她仿佛坠入紫黯红愁里。她挣不脱愁绪和痛意，蝴蝶和卢柏凌却由她身边一闪而过，与她渐行渐远。她嗓子也像被人扼住，发不出声音，明明有意识，身体却动弹不得。

有手掌贴在她额头，微微凉，她极力挣扎着，终于可以支配手脚，忙抓住了覆在额头的手，双手紧紧握住那人的手，睁眼未辨清眼前人是谁时，就急声说：“卢柏凌，蝴蝶走了，你不要再离开我。”她眸光涣散，凝聚着一层浅薄水光，及至眼前一切渐渐清晰，那张冰冷森然的脸庞，即刻令她惊慌失措。

比神情更冷的，是穆峻潭的眸子，冷如寒刀，唇角却挑起讥笑。他在芳漱园的万般猜测，终于可以印证一条，眼前这个女子不管是林锦笙还是林云笙，抑或不是林家人，是卢柏凌的女人总没错了。

穆峻潭来时，是杜衡在给锦笙守门，他非要进来，杜衡死活不让。他制止了身后卫兵动粗，知道燕平城来了好些人，怕打起来惹人注意，锦笙又要生他气。只好让杜衡把赤芍叫出来，他跟赤芍说必须要进去看锦笙是否安好。赤芍思忖片刻，怕这样在门口僵持下去，会惹人疑心，就让穆峻潭进来了。好在大家住饭店，都是进出就关门的，关上门也不显突兀。

她让杜衡依旧守在门口，关好门后，就一步一步地紧跟着穆峻潭，恐他又对自家五少动粗。

已是黄昏后，房间没有开大灯，只有墙壁上亮着三盏橘黄色的小灯，暗影浮动，衬得室内温馨且忧愁。穆峻潭见锦笙眉心紧拧着，额头覆着细小汗珠，因为打过她，又心疼她，很是担忧自责，怪王军医来得太慢。

赤芍在一旁唤道：“五少，五少，穆少帅来看您了。”穆峻潭冷看她一眼，示意她噤声不要吵醒锦笙，她又唤了一遍，才止住。

穆峻潭抬手覆上锦笙额头，倒不觉在发烧，他以为是吃药退烧了，见她神色痛楚，他眉眼亦愈加紧蹙，心里又怪责一遍王军医来得太慢。只是这怪责还未完，锦笙就紧攥住他的手，他心中一动，刚抬手要包裹她双手时，就听到了那般的话语。他当即便怔住，心里像是有尖锐利器在扎，这次可以确定是痛意了，却逼着自己不去相信这是痛意。他更不能容忍，自己极有可能会爱上的女人，早已被卢柏凌染指。

锦笙看清是穆峻潭后，回想自己方才所说，一下子惊慌失措到把穆峻潭的手愈攥愈紧，全然忘记松开。穆峻潭却冷笑一声，“怎么？见我不是卢柏凌，还不打算松开我的手。”

锦笙愕然松开他的手，半坐起来，睡醒后的迷蒙渐散，心神略平复，想到女儿身秘密都已被他知晓，这样的话被他听到，也不是什么可怕的事，便安下心来。又想起把和他去芳漱园的事给忘掉了，便连忙道歉："穆少帅，对不起，我把下午要去芳漱园的事给忘了。"她探头看了一眼灰暗的天色，"真抱歉，天都黑了。"

她的手是温热的，攥得他的手也温热起来。他垂下眼皮看着自己被攥过的手，像是能看到热气由手上渐散，冷却成冰，连声音也似被冻住了："我已去看过，十分不喜那里。"旋即，迎上她眸光，"不管你是林锦笙，还是林云笙，你的秘密我会当作不知。以后，我不会再来找你，你有事也不必去找我帮忙，我是不会帮你的！"

床幔垂落，浅橘黄色的光线里，她额前刘海儿微垂，脸庞憔悴娇小，又带着刚睡醒的懵懂，激起他心中的无限怜爱之情。他极力压制住心中情感，聚精会神地盯着她的眸光及神情，想发现一丝异样，好揣测她是否会因他的话不悦，是否曾对他动过情。她却是露出安心笑意，酒窝浅浅，眸子弯弯，说："谢谢穆少帅，穆少帅这已是帮了我大忙，我不敢再有其他事叨扰穆少帅。"

还未分清是不是爱她，她的心已经给了其他男人，他那些细微的小心思都成了笑话。

他心中痛意隐隐，回她一声冷笑，本想起身就直接离开，又顾及她生病了不敢看医生，那个中医舅舅撇下她，也不知玩乐到了何处，便冷声说："我已经让我的军医往这边赶，等会让他给你检查一番，看是否体内炎症引起了发热。你放心，他嘴巴很严！"

赤芍接叶执信电话时，声音很轻，也没吵到锦笙。锦笙迷蒙，尚不知穆峻潭为何突然出现，她摇摇头，还未说话，赤芍却急切道："穆少帅不必麻烦了，二公子就是医生，已经……"赤芍话还没有说完，锦笙就厉声呵斥她："赤芍！"

却已是无法挽回。

穆峻潭眸光突现锋利，旋即便敛尽，说了一声"好"就利落起身，军靴声由踩在地毯上的软绵渐渐铿锵有力，直到听不见。

中午时，卢柏凌恐惹程藕初他们生疑，不敢在锦笙房间待太久，等锦笙睡着就离开了她房间。却被得知他来柳苏城的赵立铭，给悄悄拉到赵公馆谈话。赵立铭受卢兆祥命令，苦口婆心地劝他回燕平城，别蹚柳苏城的浑水。告知他说，穆峻潭表面看着无所动作，私下里却不知谋划何事呢，唐义哲也对穆峻潭头痛不已，保不齐什么时候二人就开火了。

卢柏凌跟赵立铭东打听西打听，闲谈了半下午，就是不松口要离开柳苏城。赵立铭说让他去沪海住着，也比住在柳苏城安全些，他仍是不听从建议。赵立铭只好从警察厅里选出六个身体强壮、身手敏捷的警察，配上新式手枪，换上便服，随从保护他。

月初显，卢柏凌才从赵立铭那里回来。他刚到锦笙房间门口，恰好赤芍从里面打开门，神神秘秘地把他唤到走廊尽头的楼梯拐角处，左右瞧着没人，也没听到有脚步声，才双手掩着附在卢柏凌耳畔，把锦笙说的那句梦话告知了他。他内心喜忧参半，喜的是锦笙对他的情感益发明晰，忧的是穆峻潭对锦笙的心思也益发明晰。

被赵立铭拉走之前，卢柏凌问过赤芍她们南下后的状况，听完已隐约担忧穆峻潭对锦笙存的心思，虽不能十分确定，却也十之八九了。

到锦笙房间，她正在复习那些政商名人的资料，卢柏凌抽掉她手上资料，对她说："你小心着点，穆峻潭有可能是喜欢你，对你有兴趣。你以后不要跟他过多接触，要躲着他。他对女人，一向是有兴趣就占有，厌了就丢掉。"

在卢柏凌看来，穆峻潭对锦笙的喜欢，也不过是男人对女人一时兴起的那种肤浅喜欢，离心脏还有十万八千里地。

锦笙自然知晓穆峻潭是怎样的风流作风，得了江北第一美人白蝴蝶的身心不说，还有日本女人为他生了儿子。她更听闻过他和朱家五小姐的风流韵事，沪海第一美人兰泽也曾被他金屋藏娇。眼下方桑宜已被接进了帅府，只差一个婚礼就有名有实了。仅这些，还是为人所知的，尚不知有多少不为人所知的。

锦笙似乎能理解穆峻潭对女人的喜欢是什么样的，可穆峻潭频繁地喜新厌旧，又让她无法完全理解穆峻潭的喜欢是什么样的喜欢。

既然卢柏凌说穆峻潭喜欢她，那穆峻潭必然是喜欢她，没错了。但她想不通，穆峻潭是把她当男人喜欢，还是当女人喜欢？

她歪着脑袋凝想，浅浅酒窝慢慢露出来，带了一抹笑，小酒窝里晕了一零星的光点。卢柏凌看着她脸庞的变化，吃惊也吃醋，问她："林锦笙，你笑什么？"锦笙神情里带些游离："我以为我只招女人喜欢呢，竟然还会有男人喜欢我，想想就好奇怪。你说，穆峻潭是把我当男子喜欢，还是当女子喜欢？"说着肩膀微抖着一笑，后靠在沙发背上："我猜想应该是当女子。不过，他竟然喜欢我，那他铁定跟穆大帅一样，有眼疾。"

她有自知之明，除了胸前不太明显的标志和每月的肚子痛，其余的，她都和女子挨不上边。她亦知道，自己没有蝴蝶的倾国美貌，没有魏秀秀的丰腴迷人，也没有云笙的温柔恬静。她自卑过，每每以女子的角度去想卢柏凌喜欢他三庶母，她就很自卑。起初卢柏凌说他爱的人是她，她是不敢相信的，觉得自己并没有值得男人喜欢之处。

现在卢柏凌把她当恋人，又说穆峻潭也有可能喜欢她，鉴于穆峻潭的风流成性、喜新厌旧，她反倒有点不相信卢柏凌对她的感情了，忽然低声问脸色很不好的卢柏凌："你喜欢我哪一点？我风流倜傥？我英俊睿智？我活泼机灵？我可以双手同时打算盘？我会说甜话讨女人开心……"

她这才发现自己也是有很多优点的，说起来简直如数家珍，还没数完，卢柏凌脸色差到了极致，冷声打断她："我爱你与你无关，是我眼瞎！"然后就起身，气冲冲地走了。

锦笙望向卢柏凌生气的背影，很受伤地努了努嘴，也不知他为何生气。她虽从那些学生少爷嘴里听了不少关于自由恋爱的话，也只是听着热闹而已。以她的学识和认知，不太能理解新式自由恋爱里的恋人究竟是个什么身份。没有父母之命、媒妁之言，也没有三媒六聘。大家闺秀、秦楼楚馆的女子、书寓妓院的姑娘，谁都有可能是他的恋人，不是吗？或许，他的恋人也不止一个。这样在手心写人名字，乱人心扉的招数，他不知跟多少恋人用过了。

想到此，她立即让赤芍端了水盆，拿了肥皂过来，直把手心搓红了才罢休。

她的麻烦好在每月只要三四日，不似赤芍要七八日，如此一相比，锦笙又觉得自己是幸运的，比赤芍要幸运。不知为何，她总能找到自己比其他正常女子幸运之处。

无身体上的担忧之后，锦笙见渡边次郎迟迟不来柳苏城，就准备先去沪海拜访虞景廉，顺便看望一下自己的"外孙子"渡边次郎，是不是被沪海的五光十色给迷住了。

去之前，锦笙给方少尘打电话，把想找穆峻潭帮忙监督日本本土工厂成本报价一事，托给了方少尘。方少尘爽快地答应了，他打给穆峻潭，穆峻潭也爽快地回给他一句话："让林锦笙亲自来找我，面谈！"

听了方少尘传的话，锦笙差点被点心噎得背过气去，猛地咳嗽了好几声，声音都变了：“我不是让你别提我吗！他说过了，让我有事别找他帮忙，他是不会帮我的。”方少尘道：“我根本就没提林家，我说完，他就直接这样说。他又不傻，除了你们林家，谁还会这样做？他既然让你去找他，就说明他会帮你的，你去找他吧。”锦笙叹了口气问：“那你什么时候回来？”

方少尘回道：“你是不是真把他给得罪了？我本来明日就可以回去的，可现在贺督军又临时找了个本不该我负责的事情拖住了我。能让贺督军听命的，只有竞天和大帅，大帅不会如此做，那就是竞天在拖住我。”

那夜一本正经地说得那么果断，原来都是谎话。枉她以为穆峻潭一诺千金，原是在暗地里摆了她一道。她跟父亲把大戏台摆到柳苏城，一半原因就是为了给方少尘和方老太爷看。

夺霓裳锦本就只有六成把握，这次若不能把方少尘逼回霓裳锦织造坊。日后，她夺锦一事一旦败露，与方少尘反目成仇不说，林家大房也就彻底没机会得到霓裳锦了。

与日本人的丝绸比赛她都没如此忧心，这一刻，她是真担心穆峻潭会一直托故把方少尘留在京陵城。

思忖再三，事有缓急，锦笙暂时还不想去见穆峻潭。且不管穆峻潭是不是真的喜欢她，她本身就不想与穆峻潭有过多交集，他于她而言，是一个定时半年的炸弹，极有可能会把她炸得粉身碎骨，灰飞烟灭。

由柳苏城到沪海只有不到两个小时的火车路程，锦笙计划着当晚返回柳苏城，故只带了苏叶、苏武随行，因虞景廉是美国留学回来的博士，锦笙自知才疏学浅，不免心怯，还唤了卢柏凌、程藕初陪同，一行人坐了最早的一班火车。

沪海的绸缎庄掌柜一早便雇了汽车到火车站来接，下了火车，就按着地址去虞公馆。

虞景廉是清朝的公派留学生，当年抗拒召回，独立在美国完成了学业。他学成归国后，因家徒四壁无力创办工厂，最初的创业资金乃林老太爷所供。如今虽已是沪海总商会会长，又是沪海证券物品交易所的理事长，成了工商学界敬仰称颂的民族企业家，他却仍以晚生自居，对林老太爷尊敬有加。

虞景廉被选中留学时才十二岁，尚留着清朝辫子，与一群拖着长辫子的同胞少年，漂洋过海到了异国他乡。他们在国内皆没有上过英语课程，语言不通，还有生活习惯的不同，文化的差异，以及大多数洋人的蔑视冷漠，皆给虞景廉带来了巨大的冲击。

等他们学会语言，渐渐融入了美国的生活，适应了两国的文化思想差异，清政府却对他们这批留学生失去了政治上的信任，恐他们信洋教、为洋人所用，强行下令，把他们召回中国。

虞景廉毅然抗召，在没有清政府的公费支持下，自己赚取生活费及学费，独在异国近二十年，完成学业之后才回国。

虞景廉波澜艰辛的前半生，锦笙已烂熟于心，虽也钦佩他，却无法切身体会出身寒门的他独在异国求学的万般心境，也无法全然理解他事业有成后散尽万金，致力于捐资助学的做法。她反而私加揣测，虞景廉乃沽名钓誉之辈。国逢多难之际，许多大的企业家看到教育培养人才亦能强国，都曾捐资助学、兴办教育，燕平城及林家祖根泰潍大大小小的学校都受过林家资助。但把捐资助学做到极致的，唯有虞景廉一人。

锦笙对沪海不熟，又是第一次拜访虞景廉，当汽车由宽阔大道，拐进光线欠佳的弄堂时，她不免疑心汽车夫开错了地方，拥有八家工厂的民族企业家岂会住在这种地方？

这里虽也是洋楼，但都是三四十年前，最早一批洋人建造的，地段还算好，只建筑样式太古旧，也无翻新痕迹。洋楼外墙壁是灰白色水泥壳子，就像是好好的白粉墙，哗啦啦地被大雨浇灌得脱了皮，似灰非灰，也够不上白，破烂而陈旧。

虞公馆所在的弄堂很小，汽车开进去就不好再倒出来，他们就下了车，让小厮仆役都候在汽车里，由一个认路的本地汽车夫领着步行。

铁门上悬了一块铁牌，上面用黑漆刷着“虞公馆”三字。车夫按铃的空当，锦笙踮脚朝里面望了一眼，一栋二层洋楼与大门的距离也只有五六米远，种了一些时令花草，勉强称得上是花圃，围墙更是恨不得贴着洋楼墙壁。因楼前有花圃，里面连一辆汽车都停不下。

锦笙低声问卢柏凌：“咱们是不是弄错了？景翁怎会住在这种地方？”卢柏凌低声笑道：“你是不是没背牢你父亲给的资料，景翁只按董事长的工资从厂子里拿钱，其余的分红都用来捐资助学了，他们一家子的吃穿用度全靠景翁的工资。”锦笙撇了撇嘴，又压低了声音说：“沽名钓誉做到这份上，也是不易。”刚说完，后脑勺就被卢柏凌猛地弹了一下，锦笙捂住头，回瞪他："你干什么！"卢柏凌厉色教育她："你心眼越来越狭隘了！你倒是也学学景翁，也如此沽名钓誉啊！"

洋楼里疾步走出一老汉开门，锦笙怒瞪卢柏凌一眼也不再和他争执。程藕初听到了二人对话，虽对锦笙的话不赞同，但毕竟只是林家员工，不好说些什么，只当作未听到。

第二十章 夜来寒，君折梅

此次拜访是早已在电话中约好的，仆役听说来访者是燕平林氏长房之子林锦笙，就径直引着三人到了二楼虞景廉的书房。

书房内的陈设与装饰十分古雅，正中的墙壁上挂着一幅中堂，是明代画家文徵明的《梨花白燕图》，梨花一枝春带雨，有白燕藏隐枝头。画作给人冰洁晴雪之美，两旁装裱的对子，则笔力苍劲雄浑：

惆怅东栏一株雪，人生看得几清明。

锦笙一眼就认出那是爷爷所书，两句诗也记得很熟，出自苏轼的《东栏梨花》，“梨花淡白柳深青，柳絮飞时花满城。惆怅东栏一株雪，人生看得几清明”。以锦笙的年岁，她只喜前两句，淡淡雪白，郁郁深青，柳絮更似雪梨花，飘飘扬扬于天地间。

靠窗户的左边是一张乌木大书案，案上摆着文房四宝。黄杨木雕刻的笔架悬着各式各样的毛笔，漆黑古砚尚散着墨香，案几上长长的宣纸还在洇墨。

窗户右边摆着一张小高几，几案上摆着一只兽纹三脚的古铜香炉，插着乌沉香的香棍，内里有半炉香灰，在日光下，可见微微浮飞的散粒，与香雾缭绕。

仆役请三人在高几旁的沙发上坐定，恭谨道：“请三位少爷略坐片刻，我家老爷马上就来。”随即，连同奉完茶的女佣一同出了书房。

锦笙细看了一眼，沙发罩着墨灰缎，虽是西式家具，摆在古朴典雅的书房也不显突兀。

书房门是敞着的，有稳健步履声从走廊传来，锦笙并不确定是谁，只扭头朝门口望去。

虞景廉五十岁出头，与林肇聪年岁相仿，却不似林肇聪清瘦文弱，文质彬彬之外还带着病弱忧郁感。他穿着黑绸长衫、石青织锦缎马褂，戴着银边眼镜，没留胡子，少许白发也被满头黑发压制着，显不出老态来，微胖略黑，却显得健康壮实，走起来，步伐坚定，身躯笔直。

虞景廉步履很快，待锦笙三人刚站起，他已走过来，伸出手，与三人逐一相握，随后就招呼着大家重新坐下。行的是握手礼节，这让锦笙感受到一丝书房主人曾在美国生活近二十年的气息。她又注意到他右手还留有小片浅淡墨汁，猜想是方才不小心沾染抑或是打翻了墨汁，洗手耽搁了时间。

虞景廉虽喜中国的典雅文化，却不喜中国人情往来的繁文缛节，更不喜说那些场面话。若是跟官界商界那些老油条打交道，迫不得已要迂回百转，但和锦笙这样的年轻人交谈，他索性连客气寒暄都省略掉，直接对锦笙道："林家和日本人的丝绸比赛非同儿戏，有什么需要我帮忙的，直接说，我能帮上的，一定不遗余力。"

为了能跟虞景廉自如平常、仿若故人般地交谈，锦笙来之前，还跟卢柏凌苦练了好些句英语，此刻皆被虞景廉的爽直给噎在了喉咙里。

锦笙礼貌地说明来意，想让虞景廉和证券物品交易所的日方理事长做监督人，监督此次丝绸比赛，以防燕平日本商会私下作假。

但虞景廉听完，沉思一分钟才说："锦笙贤侄，在证券和物品的交易中，交易所作为中间人，只是向出售者和购买者提供场所促成交易，自然，也要向双方收取一定比例的佣金。交易所有相应的规章制度，正因为大家都遵守规章制度，交易所才能稳定地经营下去，履行监督的责任和义务。交易所监督的物品是期货，包括生丝、棉纱、棉花、金银、杂粮、皮毛等，丝绸不在其列。而且，你们此次的比赛与股票、公债、期货的性质都不相同。"

虞景廉说到此略停顿了片刻，锦笙心中已猜到不妙，待听得他再开口时，便做好了此事不成的心理准备。

"林家和日本商会的丝绸比赛，交易所没有监督权是一回事，就算我能说动日方理事长跟我一同做监督人，我也无法保证他会公平公正。胜负之心人皆有之，一旦这场丝绸比赛摆上证券物品交易所，就是中日双方民族企业与金钱资本的较量，是一场中日贸易战，比赛的性质一变，日本人的求胜心会更重。且没有任何规章制度能保证这场比赛的公平公正，一旦日本的商会、洋行团结一致，你们林家会更吃亏的。丝绸是日本的功勋产业，日本政府很是看重丝绸行业，必要的时候会成为丝绸行业的强有力后盾。咱们中国虽然是丝绸的发祥地，可咱们的政府……”

说到此，虞景廉望了卢柏凌一眼，便把话语顿住了。纵然他没说下去，锦笙也知他意，可咱们中国哪里有一个像样的政府，表面上的政府中枢是江北内阁，但沪海护军府的护军听命于京陵帅府。大大小小的军阀，城头变幻大王旗，你方唱罢我登场。

虽然在许多爱国学生和进步人士眼中，林家和日本人的丝绸比赛是中日丝绸比赛，但本质上，还是林家一家与东洋丝绸的比赛。一旦林家和日本人的丝绸比赛性质改变，成为两国之间的较量，日本政府会成为东洋丝绸的强有力后盾，江北内阁和京陵帅府怕是都不会成为林家的支持后盾。

虽不知卢兆祥前段时间为何突然威逼林家卖东洋丝绸，但诚然如父亲所言，卢兆祥此举，便是个不好的兆头。卢穆这两个握着强有力枪杆子的政权，所屯兵力，都是为了自身的割据权势，为了武力统一中国，他们是不会帮林家的。

以前，在对外出口上，锦笙虽也会觉得内阁混乱软弱、军阀贪得无厌，但凡事都有父亲在前面为她披荆斩棘，她只需听父亲命令行事即可。这次事事都要自己去应对、周旋，她方真正体会到身处弱国乱世的无奈艰辛。

回柳苏城的途中，锦笙不发一言，卢柏凌也缄默不语，他不知该说些什么。虽然他是皞系闲散人员，可在江北内阁做主的是他父亲，他于血缘上撇不清干系，在外人眼中，更是撇不清干系。他很感谢锦笙，逼迫林家卖东洋丝绸的是他父亲，锦笙没有因此事与他生气疏远。锦笙更从未说过一句要把这件事托在他身上，由他去同父亲周旋解决的话。她只是同林家其他人一样，把这件事担在自己肩上，自己想着法子解决。

最初林老太爷病倒，虽明知父亲不会改变初衷，他却也同父亲争执大吵过。他亦不知要如何面对锦笙，明明清楚地知道锦笙回燕平的时间，也没有立即去见她。然而锦笙回来后并没有责问他，没有令他陷入左右为难的境地，与他相处如初，他就更加自责了。

路上有程藕初等人随行，卢柏凌说不得什么，做不得什么。到了美新饭店，大家分开以后，他跟随锦笙刚进房间，就踢上门，从身后抱住了她。

锦笙一惊，用力扯他手要推开他，未推开就听得他在耳边低声道：“对不起，父亲那里，我帮不了你。”锦笙半扭头，看了一眼关好的门，一颗心还是被骇得怦怦跳，声音微乱，压低了说：“卢柏凌，你先放开我。”

闻言，卢柏凌握住她双手把她揽得更紧了，下巴抵在她颈窝处，声似暖煦软绸：“锦笙，答应我。纵然有朝一日，卢林两家关系破裂，你我也不要疏离。你要记住，我是你的猎物，生死全在你手，你若远离我遗弃我，我的灵魂就会消亡，只剩一具皮肉。”

卢柏凌的话，锦笙懂得。在她心中，卢柏凌既是卢兆祥之子，也是独立的人。卢柏凌只是卢柏凌，与他是谁的儿子无关。他是与她自幼相识，在她五岁那年用枪打中她，苦心替她隐藏身份，她所爱、也爱她的卢柏凌。

她爱的是卢柏凌，不是卢兆祥的儿子。纵然卢林两家关系破裂，也不会影响她与卢柏凌的情感。

锦笙扭头看他俊美白皙的侧颜，脸颊上酒窝显露，笑道：“哪有猎物会对猎人有如此深的情感，这个猎物岂不太傻？”卢柏凌抬眸与她对视：“我就是那个傻猎物，以性命相抵，爱上了我的猎人。”锦笙忽地想起什么，笑意消散，眸光也黯淡下去：“终有一日你要娶妻的，猎人也会换成旁人。”卢柏凌附在她耳边，言语铿锵：“此一生，你不嫁，我不娶！我卢柏凌的姓氏，只会冠在你名字之前！”

此一生，你不嫁，我不娶！我卢柏凌的姓氏，只会冠在你名字之前！

窗外春波细水缓流，锦笙立于窗牖前，望着河道。早先有船舟行过，河面初静，她的心却不定。耳畔萦绕着卢柏凌那一句话，她心里蓦然浮现一个名字，卢林锦笙。

卢林氏，卢林锦笙，冠以卢柏凌姓氏的新身份。

屋檐下有金腰燕筑巢，老燕外出，雏燕独留在巢，纵然振翅也只能飞到窗外柳梢略作停留。金腰燕的鸣叫声比之家燕响亮，雏燕叫声也十分悦耳。锦笙心思微波连连，顺着雏燕叫声伸出手，雏燕仿若与她心灵相通，从柳梢飞下落在她手背上。而她笑意未盈，雏燕就已振翅飞回巢穴，却因柔柳拂身坠落，她伸手去抓，只抓了满手春风。

河道与房屋之间，只有一棵柳树的距离，伴着一阵惊恐的鸟鸣声，雏燕掉落在河面上，骤然激起水花涟漪。锦笙愕然回神，连连后退了两步。她猝然清醒过来，林锦笙是她哥哥的名字，她怎敢在林锦笙的名前冠以卢柏凌的姓氏。可家里已有云笙，她到底是谁？

锦笙凄然一笑，自己回答自己：她是哥哥的替身，是林锦笙，林家长房嫡孙，林家五少爷。若不被世人揭穿，这方是她永久的身份。此一生，她只能娶妻，而不能嫁夫。只能以自己的姓氏冠在某个女子闺名之前，而不能在哥哥的名字前冠以旁的姓氏。若被世人揭穿，她将什么都不是，没有姓名身份，没有家世宗族，死后亦不知该魂归何处。

锦笙无奈惶恐一笑，便急声吩咐杜衡到河里捞那只雏燕。待收敛稳住心神后，她方记起要给父亲打电话禀告，于是急忙折回房间，摇了电话到麒麟堂，把虞景廉的分析复述了一遍后，又说道："父亲，景翁还告知我，燕平日本商会的背后势力是关东州铁道株式会社，还牵扯到三井洋行、伊藤洋行、片仓集团等，利益纠缠错综复杂，然而佐藤信长只代表着三井洋行。他们那边是两个阵营，一方本不愿比赛，只想给皞系施压，再让皞系给林家施压，就算比的话，也只想装模作样地比试一番；另一方想要把事态扩大，好好地比试一番，他们认为在丝绸的故乡，东洋丝绸赢过中国丝绸，是至高无上的荣誉。渡边次郎等人暂时不来柳苏城，是他们内部起了争执，在闹矛盾。这样一相比，咱们林家实在是势单力薄，儿子觉得，按目前的事态发展要考虑第二个计划了。"

林肇聪沉思了好一会儿，方叱道："混账！还没开始，你就想着认输了！弄成这个样子，都是你自以为是惹的乱子！若非你把白蝴蝶送到京陵帅府，给了穆峻潭契机，他怎会如此快地到柳苏城去。我与唐义哲维系了多年关系，他多少会顾及情面，日本人再强势，事情也不至于太糟糕。眼下换成了穆峻潭，麻烦一大，即使刻意送重礼，他也不会对我们顾及情面的。"

锦笙理亏，心甘情愿地领了责骂，忽地想起穆峻潭曾说过林家和日本人的丝绸比赛他会帮忙的，遂脱口而出："父亲，穆峻潭说会帮我的。"林肇聪警惕道："他会帮你？他为何要帮你？他想得到什么？"

锦笙哑言，穆峻潭那个小人虽说过要帮忙，但后来也说过不帮忙。穆峻潭说让她去找他，她还没去，故也不知他到底会不会相帮。可话已出口，锦笙不知该如何跟父亲解释。她知晓父亲疑心最重，若言语上有差池，必然又要责骂她不知廉耻，只顾儿女情长，遂欺骗道：“儿子把芳漱园买下来送给了他。”

电话筒那端默然片刻，传来林肇聪阴冷的声音：“小忙也就算了，这么大的事，一个园林住宅你就说动了安系太子爷，是他胃口小，还是你能耐大？”锦笙谎言被揭穿，额头冒出细汗，耳边又听得叱骂，“扶不上墙的东西！事情处理不好，撒谎的功力倒是见长！没能耐跟日本人周旋，倒欺骗起我来了！卢柏凌一去，你还有多少心思是在丝绸比赛上的？你究竟知不知道这场比赛对林家的重要性？”虽是如此呵斥，但林肇聪也心知，有卢柏凌在那边，于一些事情上可帮衬到锦笙。最起码，有卢柏凌在，赵立铭不敢过分为难锦笙。故虽生气也并不责令锦笙想法子驱赶卢柏凌。

锦笙方才的确因卢柏凌分心了好一会儿，父亲的责骂正中她心思，不免骇出满额头的细汗。她抬手擦了擦额头细汗，一开口，又惊觉气息没有拿捏好，若说话再带有雌音会更惹父亲气怒，连忙吐纳两下气息，拿住了假音道：“请父亲莫要生气，儿子知晓此次丝绸比赛的重要性。穆峻潭留在柳苏城，是儿子帮的忙，他总要念及这个人情……”

话未说完，林肇聪便厉声打断她：“渡边次郎等人，最迟后日就会到。届时，赵立铭会跟你们一块商榷比赛馆的地点，尚不知穆峻潭会不会从中干涉。你先跟着方少尘把霓裳锦织造坊的事情打探清楚，其余的，暂且静观其变！有任何异常变动，要立即向我汇报！记住，再有一步差池，你就立刻给我滚回来！我宁愿别人说我林肇聪的儿子平庸无能，也不能让你顶着你哥哥的身份站在众人跟前丢我的脸！”

锦笙的“儿子遵命”只说了“儿子”，那边已挂断了电话。她放下话筒，揉着心室的位置，那里被父亲的话隐隐刺痛，可她警告自己不应该痛。这些麻烦，本就是她当初没计划好引起的，既弄僵了柳苏城的局面，又害了蝴蝶。穆峻潭在柳苏城，蝴蝶一人面对穆夫人和方桑宜，尚不知过的是什么日子呢，可她也没法打电话到京陵帅府询问。

想到穆峻潭，锦笙颓然跌进沙发里，仰面长叹了好几声。还有一个棘手的问题，她未敢告知父亲。方少尘是因穆峻潭故意拖延才留在京陵城的，军令不可违，若穆峻潭一直把方少尘留在京陵城，戏台白设在了柳苏城不说，她也没那个能耐骗方老太爷跟她签下契约。

压住对穆峻潭的怒火，她摇着叶执信曾给的电话号码，打到了穆峻潭的军营办公室，是副官接的，接了也不把电话递给穆峻潭，只在中间传话。听锦笙说要来拜访穆峻潭，约两分钟，副官才回答，显然是模仿着穆峻潭的倨傲劲儿，学话道："明日一早，我在别院给你半个小时的时间。我四点半出门，你算着时间，我是不会等你的！"

人在屋檐下，不得不低头。虽然对穆峻潭心有气愤，可未到三点钟，锦笙就爬起来了，哈欠连天地任由赤芍给自己梳洗完。路过卢柏凌房间时，看到他的便衣警卫不在门口，锦笙心中微诧，卢柏凌昨日下午便说有事外出了，此时还未归，也不知在忙何事。

春半浅浅余寒，雨细风轻，汽车灯照亮的夜色，寂寞幽凄。柳苏城多处都是水路旱路并行，纵然行汽车的旱路，石板也并不平整，微微颠簸，直把夜半起床的锦笙晃得愈加头晕目眩。

那股眩晕直到穆峻潭别院门口才散，又倏然转为不敢撒出来的气恼。有挎枪的卫兵站岗巡逻，别院门口算不上静悄寂然，可一点主人有事外出的意思都没有。

副官盛吉祥在门口等着锦笙，他两点钟就在此等着锦笙，比锦笙睡得晚起得早。但他行伍出身，就算睡了一个钟点，也精神抖擞。

他不失礼貌地对锦笙行了个军礼，微微笑着说："林五少，实在不好意思。少帅本是四点半要出门的，但计划临时有变，昨晚让我通知您，我却给忘了，实在不好意思。"

借着汽车灯光，锦笙可看到盛吉祥的笑意未带半分歉意，她想到是穆峻潭故意捉弄她，遂也不同一个小副官置气，只忍下一个哈欠，皮笑肉不笑地回道："无妨，如此正好，我可与穆少帅详谈一番。"

穆峻潭身旁的琐事，一般都是副官料理，故别院也没有丫鬟，只有一个厨子和两个仆役。

尚不到四点钟，客厅一片静悄无声，锦笙猜想厨子和仆役还未起。盛吉祥在送她到会客厅后，也不知所终。

客厅没开大灯，只有沙发两侧的小矮几上放着一对灯，竹青纺灯罩罩着，灯座下是暗花细白纱桌布，灯罩上所绘图案不清晰地映在了白纱桌布上，淡淡云烟，脉脉青山。

起初只靠两盏小灯取光，后灯光渐渐被窗外亮光所中和。因细雨迷蒙，天色阴沉，客厅光线也不太亮，可终究是九点钟了。客厅里除了锦笙偶尔的脚步声和呼吸声，便是座钟走针的声音，仿若这是一栋空房子，无主人仆役。

客厅的一面墙壁上悬着藏驼色厚呢窗帘，长度垂地，锦笙起初以为其后是落地长窗，拉开窗帘后，方知只有两扇小玻璃窗。由窗子望出去，那些站岗巡逻的卫兵依旧在，却不知穆峻潭在不在别院。许是本就不在，许是由临河那一边走水路离开了。

她本执拗，也是个急脾气，若非父亲昨天那一通责骂，她是等不了如此久的。五个钟点，耗尽、透支了她的耐心，一腔怒火亦快要烧化了她的五脏六腑，无可奈何之下又生出些许心酸。

她气得甩下藏驼色厚呢窗帘，转身欲离去，却望见穆峻潭由螺旋状楼梯缓步走下。他未穿军装外衣，只着一件单薄衬衣，似所有春寒都聚在了脸上，眉眼深敛。要走近锦笙时，又看了一眼手表，锦笙等他的时间恰好比他上次在芳漱园等锦笙的时间多了一倍还多。

锦笙忍下怒火，动动僵硬的面部，浓浓地堆起一脸假笑，迎向双手插口袋、步履悠哉的穆峻潭。穆峻潭不曾抬眼看她，径自坐到了沙发上。未得到主人招呼，锦笙便只能站立着。

穆峻潭从茶几上拿了烟，烟头朝下在手背敲着，要把烟草敲瓷实，冷声问她：“找我什么事？”锦笙微攥了攥拳，笑道：“就是前几日，少尘跟穆少帅所讲的那件事，不知……”穆峻潭突然打断她：“你先回答我一个问题，再说你的来意。”趁着穆峻潭不抬头，锦笙恶狠狠地咬了咬牙，“嗯”一声算作应允。

“你跟卢柏凌什么关系？我问的是你，不是林家的麒麟少爷。若你想骗我，就不必开口了，直接走人即可！”

锦笙迟疑着不愿回答，穆峻潭知道她顾忌被人旁听了去，会疑心她的身份，便说道：“厨子和仆役都有事回家了，房子里只有我和你。”

从下来后，穆峻潭就冷着一张脸都不拿正眼看她，锦笙也不知他究竟何意。虽然卢柏凌说穆峻潭有可能喜欢她，但她觉得一点都不像。纵然不像是喜欢她，她也防备着，不想生出其他情感麻烦事来，便决定如实相告自己的心意。

短时间内思考了一番自己与卢柏凌的关系，对着外人，她说不出爱或喜欢这般的字词。忽又想到昨日卢柏凌的那番话，不免唇角挂了浅淡笑意，用本色嗓音道："若我嫁人，只嫁他。若他娶妻，只娶我。否则，我二人都不娶不嫁。"

穆峻潭是会抽烟的，可点烟之际，斜睨到锦笙带着浅淡笑意的脸庞，第一口就被呛住，他又生生地把咳嗽压了下去。烟明明是入肺的，却游窜到了心里，呛得心生疼。趁着疼意，他脱口问道："你能嫁人吗？"锦笙旋即回道："明明说了只问一个问题的，我也如实回答穆少帅了，请穆少帅遵守诺言。"

穆峻潭是一贯的面目表情少，真实的喜怒哀乐多在一双眸子里，闻言，依旧垂着眼皮，只在唇角挂起了讥笑。锦笙看不到他眼神，以为是在笑她，却不知他是在自嘲。他移开了烟，语气冰冷："林五少来意，少尘早已跟穆某说过，事关你林家与日本人丝绸比赛的输赢，很是重要。如此重要之事，电话中不好说，唯有劳烦林五少登门一趟。原因复杂，穆某就不赘述了，说来亦简单，只一句话：事关重大，牵连甚广，恕穆某无能为力。"

虽方少尘说穆峻潭会帮忙，但锦笙并未有十足把握，也早做了穆峻潭拒绝推托的打算。听得穆峻潭的话，她并不十分愕然生气，平静下情绪，略笑了笑，说："此事的确复杂琐碎，穆少帅军务缠身，自是不敢过分麻烦您，但还有一件事想拜托穆少帅。"她顿了顿，见穆峻潭只顾抽烟，毫无反应，索性接着说了下去，"我林家和日本人的丝绸比赛，若有少尘相助，必定事半功倍。穆少帅可否准少尘几日假，让他回柳苏城。"

穆峻潭沉思片刻，挑眉看向她："少尘对你们林家有多重要？"锦笙观察着他的神情，揣摩着他话里意思，缓声道："很重要。"穆峻潭笑了："本想着会留错少尘，看来是留对了。"

"穆峻潭！"

她怒意昭然，他却笑意扩散，烟草雾气缭绕，朦胧了寒冰似的一张脸。

丹鼎山在柳苏城外，山势峻拔奇峭，又因历来的驻防军营都在山下不远处，故虽山上植被繁茂常绿，风景秀丽异常，却无游人敢随意攀登。

山路上树繁叶茂，缠绵雨珠不似广阔天地间那般紧密。锦笙停歇住脚步，把雨衣的帽子掀掉，略绝望地瞅了瞅杳杳盘旋的山道，叉着腰、喘着粗气问身旁的穆峻潭："穆……穆少帅，你……说话当真算数吗？我陪着你上山看猴子，你让贺督军下军令准少尘回来。"

穆峻潭抬手把帽子给她戴上，说："你陪我上去，或许我会算数，你若不陪我上去，可就连算数的机会都没了。"锦笙脸色早已泛白，虚弱无奈一笑，点了点头："好，好，走吧。"她率先走了几步，却又蹲下去，下巴抵在双膝上，双手抵着额头，头沉沉垂着。

穆峻潭居高临下地看着她，声音冷若冰霜："你不是喜欢猴子吗？带你去看猴子，你还这么磨蹭！"锦笙仍是垂头的姿态，有些气力不足道："许是饿过头了，有点恶心，你先走吧。等我缓过劲儿了，紧走几步，能赶上你。"

冒雨登山，近两个钟头的路程，穆峻潭不是没注意到锦笙的脸色渐次苍白，她是仅靠性子里的倔劲儿在强撑着。

有雨珠穿透茂密枝叶，打在锦笙头顶，碎裂在雨衣帽子上。穆峻潭盯着她微蜷的身子，有些失神，有些心疼，有些气自己，瞬间的工夫，已百转千回。她提起跟卢柏凌的关系时，那笑意太过刺他的眼，似嵌入眼中的钉子，拔不出来。

他早已分不清自己对她的心思，想跟她多待一会儿，可也不想她好过。她折磨了他，他也想折磨她。遂临时起意，冒雨带她来爬丹鼎山。

丹鼎山有他父亲的旧友，一隐逸文士，终日与猴子猴孙、青山诗酒为伴，所养的猴子很有灵气。

穆峻潭是军人，不管是军校实战演习还是实地作战，一整天，甚至两天吃不上东西的情况亦有之。临时放了厨子和仆役两天假，厨子不在，早起没饭吃，也把吃饭一事浑忘了。他问过盛吉祥，锦笙是三点四十到的别院，算来三点钟不到就起了。在别院时，他从二楼偷看过她。想来是心焦气躁、睡意全无，锦笙或在客厅踱步，或坐在沙发上生闷气，反正是没打盹。

已是下午一点钟，因下雨不断，恍若黄昏傍晚。这条山路，穆峻潭走过几次，两个小时不到就能到陈伯那里。今日带着她，走得慢了，两个小时，山路才走了一大半，估算着还要走一个小时才能到。不知是私心作祟，还是为了她能随性一些，穆峻潭并未带副官、卫兵，只有他和她。眼下，没有卫兵随行，诸事不便。他暗中吩咐叶执信明天上午九点来接，就算此时下山，也要徒步到驻防军营，反不如再走一个小时，到陈伯那里歇息。

锦笙蹲了五分钟，还是恶心，头重到抬不起。穆峻潭在她跟前蹲下，轻轻拍了拍她脑袋，说："我背你。这样耽搁下去，天黑了，咱们也到不了陈伯那里。"锦笙托着下巴瞅他，并不认可这个法子，他又说："别磨蹭！等会天色一暗，山路更不好走，上不去，下不来，你要在这里蹲一晚上吗？"说完，身子便转了方向，背对她。

锦笙的确是走不动了，可只有到了山上才能跟穆峻潭讲条件，否则这恶少就更有借口不遵守诺言。当下她也不再过多犹豫，强撑住恶心，爬上了穆峻潭的背。

趴在穆峻潭背上，锦笙虽恶心不减，却保留了力气，便有些气不过地问他："穆少帅，你有什么非得跟我冒雨爬山的理由和动机吗？你究竟跟我有什么过不去的仇怨啊？"

"你不是想养猴子吗？我带你去选猴子。"

穆峻潭答得理所当然，锦笙翻翻眼皮，连生气的力气都没了，只虚弱地问道："你怎么知道我想养猴子？"

穆峻潭神色微变，不再答话。

山中空虚冷清到无半分人间烟火气息，山道上一片寥落幽暗，似雨中黄昏，天地变色，光线黯淡幽凄。沥沥雨声从树荫内隐约传来，连鸟鸣声也轻不可闻。以往穆峻潭单独来的那几次，林茂山幽，也鲜少见日。许是过于幽寂，总让人生出超然尘世的淡然心境。

今日不同，他背上还有一个轻盈软物，他与她一同被隔绝在了尘世之外。广袤的山林中只有他和她，他背着她，她依附着他，彼此相依。

茂林中雨线绵逸，把他背上的锦笙也浸染得湿润柔软。明明无比坚定冷漠的一颗心，却因每走一步都是两个人的步履，亦变得柔软。他也背过方桑宜和朱潇潇，和扛一袋米面没什么不同，只是在负担一个有重量的物体，心中未曾荡起过涟漪，背着锦笙，却神游连连。

他想今后日日都能背她，抑或二人就此生活在这深山之中，像陈伯般亲自劳作，食物自足，偶尔下山一趟采办衣裳杂物。没有什么国之内忧外患，没有那个和她约定不娶不嫁的卢柏凌。只有他和她，她是他穆峻潭的女人。

打小混迹军营，年少时从一个军校到另一军校，穆峻潭谙熟每一种武器，精通各种作战手法，却不知如何才算是爱上了一个女人。

因内心潜意识里抗拒承认自己极有可能爱上了卢柏凌的女人，他辨不清自己对锦笙存的执念，是一时兴起要占有，还是真的爱了。明知得不到她的心，可也无法彻底把她从心里剥离，剥离的刹那有痛意和空虚。

心里情爱的位置从未被填满过，便不知何为空虚落寞，填满再剥离，才能体会那份空虚落寞。然而，穆峻潭是不懂这些的。他只觉锦笙令他心中不快，他就要折磨她，可折磨她的过程中，他也无法开心释怀。

行到一半，又累又困的锦笙便趴在穆峻潭背上睡着了。及至到了陈伯那里，她亦未醒。

陈伯的住所是一古旧的小寺庙，江南多雨，收拾修葺过后，只有一间大殿和两间客房是全然不漏雨的，素日里，陈伯和猴子分别住在不漏雨的两间客房内。今日，让出了屋子给穆峻潭和锦笙，自己与猴子共处一室。

夜半灯昏时，锦笙迷糊醒来过一次，隐约觉得有人坐在她旁边。可她又饿又困又累又冷，半清醒半昏睡，眼皮沉重到睁不开，耳畔听得那人低叹了一声："我该拿你如何是好。"她知此人是穆峻潭，想要避开或者防范他，可她刚冒出这个念头，就困倦地又睡过去了。

次日清晨，锦笙是被两只压在她身上的小猴子吵醒的。她迷迷糊糊一睁眼，两只小猴子也在瞪着大眼睛瞅她。她顿时心中一喜，只还未清醒着坐起，就意识到两只小猴脑袋上顶着她的竹叶纹织金缎马褂。她慌忙在被子下摸了摸自己的长衫，还好，还好，纽扣还扣得紧实。

锦笙穿好马褂出门，古旧寺庙外山雨初霁，景致也为之一新。庭院不远处，穆峻潭正立在一株绿萼梅下与一老者说话，想来此人就是他口中提及的陈伯。陈伯六十岁上下，身穿夹棉长衫，蓄着长长胡须，气质干净洒脱。

簇簇绿萼梅掩映下，青黛色军装更显得穆峻潭身形修长挺拔。因身高优势，他随手折了高枝上的一枝绿萼梅在掌心里细看把玩着。山中春寒郁积，梅花还未零落，萼绿花白，小枝青绿，枝上点滴水珠冰凉。他与陈伯交谈之际，又神游想起了昨日与锦笙相处的点滴。

无意间瞧见了立在廊下的锦笙，又与陈伯说了两句，便朝锦笙大步而来。行至石阶下，他唇角微勾，把那枝绿萼梅递给锦笙，说："城里的梅花都落了，这里才初凋。"

没头没脑的一句话，锦笙冷着脸望了一眼绿萼梅，背着双手，不答话也不接。穆峻潭自觉讨了无趣，顺手把梅花枝递给了蹲在锦笙脚旁的小猴子。锦笙弯腰把小猴子拎起来抱在怀里，从它手中夺过那枝绿萼梅就扔了。

穆峻潭却也不恼，弯腰捡起绿萼梅花枝。石阶是被雨水冲刷过的，还未染灰尘，花簇依旧洁净。他重新递向锦笙，眸中轻敛了冷意：“别人都是过河拆桥，你这河还没过完，就要拆桥了吗？”锦笙暗自咬了咬牙，猛地伸手把绿萼梅花枝接过来。穆峻潭却又说道：“从今日起，我给你的任何东西，你都不能不要！”锦笙垂眼看着自己怀里的小猴子，不反驳亦不做应允姿态。

陈伯怕锦笙养不活，看在穆峻潭的面子上只应允给她一只，陈伯把猴子聚在一起后，让锦笙挑选。事实上，锦笙一只都不想选。她喜猴子，也喜猴戏，但父亲不喜她学猴子跳上跳下、翻来翻去，那样有失林家五少爷的身份，一直严令不准她养猴子。眼下，苏武和周掌柜都在，她又惹了父亲不快，如何敢带一只小猴子回饭店养着。传到父亲耳中，父亲又要生气。

但穆峻潭已说了，他给的东西不能不要，现下又不到过河拆桥的时候，锦笙只得选了一只。就是那只从锦笙醒来，就一直跟着锦笙的小猴子，身体柔软且灵活，身高还不及锦笙手臂的一小半长度。

吃过陈伯做的素斋，锦笙跟穆峻潭就带着小猴子下山了。她抱着小猴子走得慢，穆峻潭走得快。看着几米开外的穆峻潭，她低声跟小猴子说：“给你取个名字，叫峻峻，好不好？你现在长得好看，怕你长大就不好看了。所以，叫你峻峻。”锦笙有些惭愧自己因小猴子不识字而欺骗它，那小猴子极具灵性，眨了两下眼睛，也不知它是不是听懂了。锦笙接着教导道：“峻峻，叫爹。乖，快叫爹！峻峻，以后我就是你爹了。你要是敢给爹气受，爹就踹你屁股！”她话刚说完，穆峻潭就突然转身，疾步朝她走来。

穆峻潭脸色是惯有的冷漠，锦笙被骇了一大跳，连忙跟走近的他解释道：“穆少帅，我无意冒犯你名讳，我给小猴子取的‘俊俊’是英俊的俊，怕它长大变成一只丑猴子，别的母猴儿瞧不上它。”

锦笙话一出口，又不免皱了皱眉。出寺庙时，穆峻潭命令过她，以后都要叫他的表字“竞天”。刚才一着急，她就给忘了，于是连忙极为别扭地补叫了一声“竞天”。

穆峻潭倒是没注意锦笙叫的“穆少帅”，反而被锦笙口中的“峻峻”唤得心神微漾，唇角带笑地问：“你管它叫峻峻？”锦笙不知他为何笑，缓慢地点了点头：“英俊的俊。”

穆峻潭说:“叫起来都是一样的，那你每次叫它，岂不是都要想起我？”他身材太高，阻挡着锦笙的视线。不过，锦笙应付起他来很费心神，也顾不得朝远处看，遂也不知卢柏凌在焦急中看到他俩，已放慢脚步朝他俩走来。

卢柏凌突然停住了脚步，望着十个石阶之上的穆峻潭和锦笙，只见穆峻潭突然把锦笙揽在怀里低了头。他双手攥拳，即刻就想冲上去，步履却似千斤重，又想看看锦笙会作何反应，她是心甘情愿被他拥在怀里的吗?

第二十一章 杀机起，针锋对

穆峻潭的确是突然把锦笙和小猴子拥在了怀里。锦笙抱着小猴子，一只手推不开他，他身躯稳如磐石，忽然附在她耳边低声说：“我重新考虑了一番，你让我帮忙在日本弄详细成本价一事，我愿意帮你。等会儿下了山，咱们先去驻防军营，我给贺督军打电话，让他给少尘放假。直到你们林家的事全处理完了，再让少尘回京陵城。”

锦笙那口气还未松，穆峻潭忽然又说：“我只有一个条件。”锦笙愕然，他眸光柔和些许，下巴指了指她怀里的小猴子：“好好对俊俊，把它好好养大。”他说着便侧开了身子，锦笙看着“俊俊”，有些心虚地点了点头。

锦笙抬眸恰好望见隔着数个石阶的卢柏凌，并未即刻注意到他俊美容颜覆着寒霜，抱着小猴子就跑了下去，惊诧道：“卢柏凌，你怎么来了？”昨日是杜衡陪她去的别院，后来她直接坐着穆峻潭的汽车出城，并未让杜衡随行，连她的近身仆役都不知她在这里。卢柏凌此番找来，她不知是他查到的，还是穆峻潭令人告知的。

卢柏凌并不理会锦笙，锦笙顺着他锐利的眸光看向了身后的穆峻潭。只见穆峻潭礼貌假笑着，对他伸出了手：“卢二公子，好久不见！”

二人在锦笙身旁握手，刹那间，她能清晰看到二人手背上似要爆裂的青筋，可二人面上还带着虚假笑意，那笑意也是寒气凛凛，似要飞出刀光剑影。握了一分多钟，谁都不松手。锦笙不由把小猴子环得更紧了一些，以二人现在用的力道，要是握在她手上抑或是小猴子身上，大抵她俩的骨头就要断裂了。

忽地，小猴子从锦笙怀里跳出去，手臂抓着二人交握的手荡来晃去。锦笙连忙把小猴子抓回来，二人这才猛地放手。卢柏凌的视线转向锦笙，只见他唇角线条紧绷着，俊美眉眼敛着寒霜与怒火，冰火两重之下，令锦笙觉得他有些陌生。锦笙不由得伸手抓住了他的西装衣袖，因手上有汗，也没抓牢，手瞬间就滑了下来，他仿若未睹，对锦笙冷声说了一个字："走！"

锦笙虽不能清楚知晓卢柏凌在生什么气，但他此番模样，让她不想也不忍与他抗争斗气，顺从地朝下走了几个石阶。又听得他在身后冷声对穆峻潭道："穆少帅，她不是你随随便便就能招惹的女人！惹出祸事，你负责不起！以后，请自重！"

话语似千斤重，锦笙顿足，回首看向一米外的卢柏凌，他背对她，身影虽不及穆峻潭修长，却也英姿挺拔，气度凛然不可轻易冒犯。锦笙说不出自己心中是何感觉，只觉卢柏凌身上的凛然气势也环绕着她，保护着她。

她望着卢柏凌的背影，穆峻潭望着她的脸庞，神情严肃道："卢二公子误会了！我没有随随便便招惹，我是认真思虑过后才决定要招惹的。我穆峻潭既惹得起，也负得了责！"他目光又直直地看向锦笙，认真地说："我知道你十分担忧身份暴露！你虽然不愿告知我你的真实身份，但你需要隐瞒一日，我就帮你隐瞒一日。"

卢柏凌不屑地冷笑着，转身走向锦笙。听了穆峻潭的话，锦笙也不知要作何回应，索性装作未听到，连忙转身朝下走。

走了许久，才忖度过来，卢柏凌怒气昭然，是吃醋了。方才与穆峻潭电光石火地那般交锋，莫非是在争抢她？抢她？把她当女人抢？锦笙蹙眉偷瞄了一眼卢柏凌，他脸上寒意未消，见她扭头，即刻眸含警告。她便立即转头，也没敢再看走在卢柏凌身后的穆峻潭，不知穆峻潭此刻是何神情。锦笙理解不了穆峻潭对她的感情，她倒是被女人争抢过，头次被两个男人争抢，只觉怪异又别扭。当真是棘手的麻烦事，她期盼着穆峻潭要快点喜新厌旧才好。

到了山下，候着的除了穆峻潭的卫戍队，还有卢柏凌的便衣警卫队。打着发小的名义，锦笙自然要跟卢柏凌同坐一辆汽车。警卫打开了门，锦笙刚要弓腰进去，穆峻潭突然说："你不跟我走，那就别怪我说话不算数！"锦笙皱了皱眉，只得对立在另一侧车门处的卢柏凌说："卢柏凌，你先回城吧，我有急事，需要跟穆少帅去军营一趟。"卢柏凌冷眸直视她片刻，冷笑道："你什么时候又敢去军营那种地方了？林锦笙，小心玩火自焚。"说着就坐进车里，"砰"一声关上了车门。

锦笙一时间与卢柏凌解释不清，后退数步，看着警卫队上车扬尘而去。有猎猎风尘扑面，她惆怅伫立片刻，便转身朝穆峻潭走去。

到了军营中穆峻潭的办公室，他昔日的参谋长戴希闵竟然也在，见到锦笙似惊讶又似预料之中，噙着一抹笑对锦笙道："林五少，好久不见。"锦笙点头回以微笑。

穆峻潭不知戴希闵为何在此等他，想来是有重要事，说道："等我两分钟，我先给贺督军打个电话。"说着就走到办公桌跟前，摇了电话给贺督军，加上寒暄，拢共说了三句话，就把事情办妥了。一抬眸，锦笙单手背于身后，似怒非怒地看着他，小猴子也跳上桌子，好奇地捣鼓着电话机。他极力敛着神色，不露出任何异样，拎着猴子胳膊，把它丢给锦笙："我和戴参谋长还有事，你是等我一块回城，还是先回去？"

锦笙必然是不会跟他一块回去的。

办公室门又被重新关上，戴希闵看向有些不在状态的穆峻潭："大帅和少帅一直称我为诸葛转世，我却看不懂少帅此举何意？"穆峻潭回道："林五少在燕平城让我下不了台，我也得灭灭她的贵少爷威风，现下威风灭够了。林家和日本人丝绸比赛一事，关乎中国丝绸的名誉，不能过分留着少尘。"

解释也算合理，戴希闵亦不愿深究："我这次来，为的就是林家和日本人的丝绸比赛。"

"哦？此事当真这般重大，连你都要关心？"

戴希闵暂且不回答，只是走过来拿起电话，给唐义哲拨过去后，说了一句："唐督军自己跟少帅说吧。"

穆峻潭不解戴希闵此举何意，却也不疑心他的忠诚，接了话筒后，咳嗽一声表示自己在听。

唐义哲扯着粗嗓子说："竞天啊，你是牛脾气，唐叔是臭脾气，上次你来我这里，咱俩弄了个不欢而散，唐叔先跟你道个歉！竞天，我知道一朝天子一朝臣，如今大帅有退隐之意，你也已早早地谋划。你是留洋回来的，自是看不惯我们这些老将，想重用你们那些留洋的少壮派。你疑心我有反意，可我他奶奶的又不是傻子，你也看到了，我拿得出手的家底子都在柳苏城。就这五万人，只割据樟西一省自立那是轻轻松松，可紧挨着的是郴系地盘，我今儿独立了，明儿大总统的嫡系就得灭了我。就算我归顺郴系，那也是跟了后爹不是？郴系那群嫡系将领不得给我气受吗！我又何必呢？再说了，西南有不安分的杂兵蛋子也就算了，最南边还他奶奶的有南广那群革命小子虎视眈眈。我就算再傻，也傻不到这时候脱离安系，跟他们单打独斗啊！

“咱是一家人，纵然你跟大帅疑心我，那也得关门打架开门和啊，总不能让别人看咱安系的笑话！你打伤了廖师长，别人私底下肯定笑话咱闹分家！过去的事，咱叔侄俩就不提了。现在柳苏城是你说了算，我的家底子都握在你手里了，你怎能还防着我？你应该防着卢兆祥！这次林家跟日本人弄了个什么玩意儿的比赛，也闹到柳苏城来了。林家跟卢家由大总统在世时，就拴一条裤腰带。林家这次到柳苏城办比赛，肯定是受了卢兆祥的指使。他奶奶的！不知道卢兆祥又在搞什么鬼！

“我听说他那个二儿子也到柳苏城来了。竞天，机会难得，要我说，就直接把卢家老二给干掉！柳苏城的日租界虽然大部分都荒着，可也有一个小的日本领事馆，造些日本某个大人物是幕后凶手的证据，正好能栽赃给日本人。你有日本人身份，又曾是坂西直次的学生，做假证据不是容易得很吗？这两年，卢兆祥没少从日本人那里捞好处，不仅装备了以前的部队，还新整出个三万余人的精锐部队，从头到脚全他奶奶的是日式装备。榴弹炮、重机枪这些重武器都给配足了，连训练军官都是从日本请来的。我手上勉强五万人的家底子，根本干不过他那三万带着东洋味的部队。

“竞天贤侄啊，不管你怎么疑心我，咱都是一家人。他卢家老二在江北摆摆架子也就算了，柳苏城是咱安系的地盘，怎能由着他卢家二小子来去自如？干掉他！”

一直不接话茬的穆峻潭突然说：“唐叔，上次在沪海刺杀卢柏凌的人，也是你派的吧？想栽赃给孙先生，最后却没栽赃成。”

唐义哲嘿嘿一笑：“咱是一家人，唐叔就不瞒你了。还真是唐叔派人干的，也的确是想嫁祸给革命党。他卢兆祥在咱北边，这群革命小子要闹腾，不得先打咱们嘛。你说在清朝闹革命也就罢了，可这他奶奶的都民国了，老孙又领着一群人拿着打倒军阀当借口闹革命、闹护法。老子就是个血腥万恶的军阀，他们能把老子怎么着！想打倒老子，得先问问老子的兵崽子跟枪杆子同不同意！惹急了老子，就算报纸上把老子的祖宗十八代都骂了，老子也得领兵平了南广！去他奶奶的民主共和，去他奶奶的三民主义！”他说着呸了一口，继续道：“说起这群革命小子老子就来气，你知道老子当初为什么没嫁祸成吗？卢家老二就是那老孙的人。这件事，办得真是蠢到他姥姥家去了！”

穆峻潭不太信地问道："卢柏凌是革命党？你怎么知道的？"

唐义哲回道："你以为南广那群人就心齐吗？一心闹革命打军阀的那群小子有老孙领着自然心齐，不还有几个靠过去的军阀搅和事嘛！得，提起他们就窝火！咱说回正事，卢家老二这次来南地，就是为了跟南广的革命小子接头。咱们帮卢兆祥干掉这个吃里扒外的儿子，不也是帮卢兆祥清理门户吗？他自己下不去手，咱这是帮了他大忙！"

唐义哲说了半天，穆峻潭只听到一个感兴趣的点，不免冷笑低叹道："卢柏凌，装得倒挺像，原来你不单单是为她来的。"唐义哲问："啥？为谁？你抓到跟卢老二接头的人了？"

穆峻潭冷声回道："唐叔，这不是小事。柳苏城里还有卢兆祥的一千精锐兵，要杀卢柏凌再伪造证据嫁祸给日本人也不是那么容易的。你让我想想，晚些时候再答复你。"电话筒中回了一个"行"，穆峻潭就把电话撂下了，问戴希闵："你怎么看？"

戴希闵道："唐义哲的打算有二。第一，若当真能嫁祸给日本人，皞系就算不跟日本人翻脸，有杀子之仇摆在那儿，日本人也要疑心卢兆祥会不会心存怨恨。日本人若顾忌养虎为患，就会再扶植其他力量，唐义哲就能慢慢搭上日本人的这条路子，脱离安系。第二，若嫁祸不成，事情败露，唐义哲也能拿出你是幕后凶手的证据，一旦卢兆祥对安系发难，唐义哲就算不明着反安系，也会跟卢兆祥里应外合，趁机吞掉或收编穆家嫡系兵力。这两种打算，不管是实现哪一种，他唐义哲就算不能割据五省，也要比现在的一省督军权力大。"

他接过穆峻潭递来的雪茄，置于鼻尖嗅着，说："既然法子是唐义哲想的，何不让唐义哲自食其果？杀子之仇，我还真预测不到卢兆祥会把唐义哲如何了。"

穆峻潭把雪茄盒子反复地合上又弹开，说："唐义哲不了解我，怎么连你都说出这样的话来。"戴希闵道："非常时期，非常手段，别的军阀狠，你只能比他们更狠，否则，如何能镇压收编他们。武力统一，说来干干净净的四个字，做起来，总要见血的。"

他见穆峻潭仍是不认可这个法子的神情，又说道："这两年，南广也在内斗。江北、南地的割据势力虽不少，但平均下来，有些军阀连两个县都控制不了。小军阀依附中等势力，中等势力依附大军阀。说起来是依附，还不都是墙头草，谁厉害向谁倒。大乱没有，小乱不息，偶尔的粉饰太平又有何用，中国不还是一盘散沙，任由外寇欺辱。若不能南北统一，便要一直你方唱罢我登场，永无止境。但是，国民一直反对军阀内战，这时候，谁先挑起战争，谁就要受到舆论和国民的谴责，无法站在正义的立场上。后参战的，就是正义之师，可打着安国保民的旗帜，剿灭叛乱，维护和平，推进武力统一。”

穆峻潭冷笑：“想不到卢柏凌的命如此有价值。”戴希闵道：“都已经不带兵了，他本身并无多少价值，但他这个卢兆祥二儿子的身份就如同炸药上的引线。用炸药伤人，若只想伤害敌人而不自伤，最安全的法子便是点燃引线引爆炸药。而卢柏凌这时候出现在南地，恰好是炸药上加长的引线，足够咱们安然无忧，还能渔翁得利。”

戴希闵点燃了雪茄，穆峻潭陷入了沉思，办公室内只有烟盒打开又关上的声响。

“咔，啪；咔，啪；咔，啪……”

缓缓吐出不过肺的缥缈烟雾，戴希闵应着最后一声啪看向穆峻潭，眸光沉静笃定。他是谋士，向来享受运筹帷幄、决胜千里之外的成就感。伴着柔和日光，穆峻潭双眸深敛且森冷，唇际亦浮起冷峭笑意。

载着锦笙的汽车由郊外驶进闹市，依旧是水陆并行的街巷，店铺幌子迎风招展，行人熙攘。人间烟火气息浓郁，不似丹鼎山那般，有着青山新雨后的洁净澄澈。她昨日凌晨起床到穆峻潭别院，空腹冒雨登山，再接下来的事，都像雨中残梦，只余了一摊湿漉漉的水渍。梦里究竟是何情境，她已记不清。如今，隔绝在丹鼎山之外的纷扰尘事，随着她步入喧闹城区，又重新笼罩回她身上。

锦笙到美新饭店时，卢柏凌竟还未回来。问杜衡与赤芍，赤芍回道，锦笙昨儿一夜未回，但因先前知晓可能回不来，也就未过分担心。只卢柏凌今早一回来，就嚷着有好消息要告知锦笙。他闯进她房间里，得知锦笙跟穆峻潭走了且一夜未回，当即就愤怒地要去警察厅调人寻锦笙。杜衡也跟着急匆匆地朝外走，在门外遇到了叶执信。叶执信附在卢柏凌耳边说了些什么，杜衡也不知，只见卢柏凌脸色仿佛瞬间被寒霜扑了，撇下他，坐上车紧跟着叶执信的汽车朝出城的方向开去。

锦笙虽觉察出卢柏凌的生气程度比以往任何一次都要严重，却不惯低头服输，也不惯去哄他，知道他有警卫队随扈，便任他生气在外，也不命人去寻他。

锦笙在浴室洗澡，赤芍拿了木盆蹲在浴室门口给小猴子洗澡。待锦笙穿着睡衣出来，赤芍抓住不老实的小猴子，问她：“五少，这可是您养的第一只小猴子，该取个什么名呢？”

锦笙本因为卢柏凌生气而情绪复杂低落，经赤芍如此一问，拨着短头发上的水珠笑道：“已经取好了，跟穆峻潭一个辈分，叫峻峻。以后我是峻峻它爹，你就是峻峻它干娘。穆峻潭再给少爷我气受，我就踹他二弟屁股！把猴屁股给它踹黑了！”赤芍看着小猴子，不敢叫出口，小声劝锦笙：“五少，这要是被穆少帅知道了，那还了得。咱可别再惹他了，就安安生生地把事情办好，早点回家吧！您再跟他纠缠下去，非闹出大事不可，大爷可轻饶不了您。”她知道苏武肯定会跟大爷告状，便更加忧心了，生怕大爷会再责罚五少。

锦笙不在乎地摆了摆手，一面朝客厅走，一面说：“没事，穆峻潭高兴当峻峻它大哥呢。不过，我给穆峻潭说的是英俊的俊，你可别说漏嘴了。”赤芍应着拾掇完小猴子，净了净手，伺候锦笙更换衣物。

渡边次郎等人的确如林肇聪所料，今日上午就到柳苏日租界内了，因锦笙不在，双方也没有碰面。因还未和周掌柜他们开会商议，锦笙决计明日再与渡边次郎见面。

周掌柜与沪海、柳苏、京陵、渭州这几座城池的丝织厂大户交涉了好几日，过程不轻松，结果也不尽如人意。

由小厂子到大厂子，都是商界风云里翻滚过来的，惨淡兴盛都经历过，谁都懂得市场对于商品的重要性。林家在北地的丝绸行业近乎一手遮天，这次却把比赛地点定到了南地柳苏城，表面上是日本人要求的，但林家生意传承经营了数百年，什么大风大浪没经过，保不齐会见招拆招，私下里另有一番图谋。

耆德堂林记绸缎庄是百年老字号，所卖丝绸都是自家的“秀林牌”，柜台上除了秀林的柞丝绸，还有南地各种各样的桑丝绸。提起林家卖的桑丝绸，南地这些丝织厂老板更加气恼。林家找了些有能力的当地人做桑丝绸采办，又专门挑那些市场占比小、售货渠道少且质量优，又没有自己牌子的家庭织造坊、小厂子供货，织上秀林的字牌和厂标。

南地这些大丝织厂都有自己的品牌和厂标，所织丝绸根本进不了耆德堂林记绸缎庄的柜台。北地丝绸市场本是大宗，却硬生生地被林家撒了张大网。如今派了个黄毛小子到柳苏城全盘统筹策划这次的比赛，虽这黄毛小子是林家长房嫡孙，林家大爷那个老太监也视如珍宝，但究竟有没有能力胜出，尚是未知数。就算样品不缀自家的字牌和厂标，若在中国的地盘上输了丝绸比赛，这不是打老祖先跟先蚕娘娘的脸吗？日后在中国同行中，还有何颜面立足。

若是比赛赢了，就算林家不独揽荣誉，那他们也是帮着林家的“秀林牌”丝绸在南地出尽了风头。市场就是商品的命根子，占不了北地市场也就算了，岂能连自己在南地的市场都被林家侵占。

乱世之中的商场更加云谲波诡，若不能眼观六路耳听八方，把事情的各种结果都掂量清楚，任凭你有多大的本事，都终将遭败阵淘汰。

南地丝织厂老板的这些顾虑，锦笙早已与父亲探讨过。听了周掌柜汇报说竟无一家丝织厂愿意参赛，锦笙虽理解，却也生气。但因私下里的确另有一番图谋，又不能怪责他们。

困难和拒绝都是暂时的，锦笙预料，就算他们不全部参加，也会有极少人参加的。

锦笙认为，丝绸不同于其他商品，是千丝万缕缠绕织就的美丽，它散发出来的美丽气质亦会牵扯住世人对它的情感。无论是她这样出生于丝绸世家的人，抑或是像周掌柜这样打小混在丝绸堆里当学徒的人，对丝绸的情感都是一丝一缕浸在骨血里的。

正如方少尘，出身于传承三百年的织锦匠人世家，不仅体内流淌着织锦匠人的血液，且由娘胎里就耳濡目染、潜移默化地被影响着。虽然十八岁受穆峻潭蛊惑跳下大花楼织机，毅然跟着穆峻潭跑到了东洋上军校，但他骨血里都是织锦匠人情怀。眼看着中国丝绸与东洋丝绸即将正面交锋，眼看着东洋丝绸在这座孕育过霓裳锦的城池里耀武扬威，方少尘当真能冷眼旁观？当真能不管不顾霓裳锦的存亡？

就算方少尘狠得下心继续不回霓裳锦织造坊，那方老太爷真能狠得下心，仅因家族传承的私心，就宁可霓裳锦失传也不传给他人？

茶几上整齐摆放着方家匠人织出的样品，锦笙垂眸，凝看许久。虽只是素纱、素缎、花纱、花缎及纹织物，但因是方家匠人手工织出的，瑰丽而精致，其高超技艺不是寻常丝织厂工人所能比拟的。

光束浅跃，锦笙眸中又浮现出麒麟踏祥云、凤凰送明珠两扇霓裳锦屏风，眼中渐次有冷厉锋芒露出。她与父亲费了如此大的心血把戏台子摆在霓裳锦故土柳苏城，若方老太爷与方少尘真能狠得下心，那就别怪她林锦笙狠心了。她不能眼睁睁地看着霓裳锦失传。

是夜已至一点，卢柏凌却还未归。九点左右，派去赵公馆打听的杜衡就回禀说，赵省长也不知二公子的去向。

锦笙心中又落寞又愧疚，伴着凌晨一点的钟声出了卢柏凌房间，便回到自己房间准备歇息，好养足精神应对与日本人的交锋。

忽听得敲门声，她都顾不得吩咐正在整理床铺的赤芍去开门，一跃从沙发上弹起疾走着开了门。

然而，转瞬间她眸中光芒尽失，是程藕初有事寻她。看到程藕初，忽然就想起来问："前天下午，你是不是跟二公子一块出的饭店？你可知二公子是做什么去了？"

程藕初一面跟着锦笙朝沙发走，一面说："这个好消息本该由二公子告知五少，可直到这时候二公子还没有回来。明日就要跟渡边次郎他们见面，事关重大，我只好替二公子把这个好消息告知五少了。"锦笙轻笑道："行。你们背着我搞了什么鬼，你只管说，惹了那位公子爷，有我顶着呢。"

程藕初笑着说了一句"如何就那般严重"，方讲到正题："咱们与日本人丝绸比赛期间，东洋丝绸的真实成本，邓立耀会给咱们弄到详细数据。并且，邓立耀能探听到的相关消息都会告知咱们。"锦笙冷声道："邓立耀？藕初，你怎么连他都敢相信？东洋人的走狗，肯定向着他的东洋主子呀！"

邓立耀是何秉性，与他共过事的人皆知晓。程藕初恐简单的几句话，锦笙不会相信，遂详细道来："我们刚到柳苏城那天晚上，二公子就问过我，要是想得知日本人是否在价格上作假，就非得去日本吗？我以为是五少没法子找人去日本，就告知二公子，这件事邓立耀能办成。邓立耀的父亲在日本财阀集团所成立的几家大洋行都当过买办，父子俩与日本人的渊源颇深。虽然日本人对中国买办也一直防范着，但以邓立耀的手段是能弄到东洋丝绸的真实成本价的。后来，您跟二公子都没再提，我以为这件事你们已经弄好了，就没再问。前天下午，二公子忽然叫上我去沪海，从一些日文契约里辨认邓立耀贩卖人口的证据。"

锦笙惊诧："贩卖人口？呵！他可真是什么丧天良的勾当都干。"程藕初冷冷一笑："还不是普通的贩卖，他以招工做掩饰，欺骗穷苦人，让他们在日文契约上签字画押，其实签的是卖身契。这些人一旦被卖到海外当苦力，怕是这辈子都没法再回中国了，所以他的阴谋一直没被揭穿。证据显示，有五百六十人被卖到墨西哥当矿工，还有四百六十人被卖到萨摩亚岛当苦力。第一批人已经走了半个月了，剩下的一百五十人挤在货船底舱，前天晚上被二公子带人救下了。”

风轻云淡的一句“二公子带人救下了”，但锦笙知道事情进行起来远没有这般简单，否则，卢柏凌也不可能今儿早晨才回来。又倏然意识到，在丹鼎山时，她的心思全在卢柏凌的怒气上，忽略了他面庞上怒气满满也遮不住的疲倦。

这几日，锦笙就觉得卢柏凌行为神神秘秘，问他，他只说在做一件重要事，做成再告知她。锦笙当时还猜测，他是不是在暗游江南水乡的秦楼楚馆。殊不知，他当真是在做一件很重要的事。且在穆家的地盘上，都不曾透出半丝风声来，想想便异常艰难。

卢柏凌的房间在锦笙房间对面，锦笙眸光不由望向了门口处。虽两扇门关着，也没听到卢柏凌回来的声响，但她能感受到自己的心在一寸一寸地贴近卢柏凌的心。锦笙眸前现出在丹鼎山时，他与穆峻潭针锋相对，身影挺直，风骨峭峻的模样。

“五少！”

“五少！”

听得程藕初唤了两声，锦笙方从回想中还神，立即垂眸，待敛尽眸中迷蒙，方看向程藕初。程藕初先前说的那段话她也没听清，见他在等自己说话，忙说道：“邓立耀平时干的那些事，虽然为人所不齿，却没有违法，不能拿他如何。但是，政府早就禁止贩卖华工到海外当苦力，他还敢干这种勾当！这一次，他的日本主子也保不住他了。”锦笙问道：“那些证据在哪儿？我要用这些证据好好要挟邓立耀一番，利用完他，再把他交给沪海的护军。”

程藕初看出，显然五少刚走神了，先前那一大段话白说了。程藕初无奈笑道：“二公子让我去，除了让我辨认日文证据，还是为了跟邓立耀谈条件。需要邓立耀做什么，我已经替五少谈妥了。让邓立耀去做，可比咱们派人去日本还要省事，并且得到的消息也更准确。”

锦笙意识到自己的走神令程藕初又多费了口舌，正欲歉意一笑，程藕初又说道：“但是，邓立耀果然十分精明，竟提出要把所有证据都锁在银行的保险柜里。他与二公子各执一把钥匙，如此，就算咱们要卸磨杀驴，仅凭一把钥匙也打不开银行的保险柜，拿不到证据。”锦笙急忙问：“那事后怎么惩治他？”程藕初回道：“不还有二公子救下来的一百五十人嘛。二公子说，邓立耀恶名在外，有人证，就算没有文件证据，以穆少帅的脾气，敢在他的地盘贩卖人口到海外当苦力，穆少帅保管要把他打成马蜂窝。”

这确实是穆峻潭的作风。

程藕初把好消息详细告知后就要离开，锦笙神情严肃地嘱咐道：“藕初，这件事你我知道就可以了，以后就由你和邓立耀接触联络。切记，一定要保密！咱们身边，可也有日本人的眼线呢。邓立耀这把利器，咱们要到最后关头再正大光明地拿出来用。”程藕初颔首：“我明白。”

愈忖量，锦笙愈觉得卢柏凌帮了自己一个大忙。她虽对邓立耀还存着一分怀疑，但这件事交由邓立耀来办更为合适。邓立耀怕暴露自己的身份，一定会秘密行事。穆峻潭到底不完全受她掌控，极有可能会坏事。

赤芍走之前，把屋内的灯都关了。锦笙躺在床上，望着窗外的婆娑树影。清风盈窗，然清风不轻，沉甸甸地兜在她心上。

世间只有情难说。于锦笙而言，并非欲语还休，而是情愁自眉间到心头，到了心头，心头却没多少余闲给儿女情愁。

这场较量，明日就要开始了，怕是除了父亲，再无第二人知晓她意欲何为。她想成为令父亲满意的儿子，也想减轻自己欺骗林家上下的罪恶感。故而，这场较量，她虽有八分胜出的把握，但压在她肩上的担子仍似有千斤重。当着旁人可欢笑，故作轻松，但她暗夜里独自思量，心中亦有一分自己都不想承认的软弱。

次日锦笙晨起第一句话就问赤芍，卢柏凌可回来了。赤芍不语，无可奈何地对她摇摇头。她想好好思量一下卢柏凌生气彻夜不归之事，风静，心却不定，只得作罢，把全部心思都用在今日交锋上。

因穆峻潭也要参与商榷，赵立铭便把锦笙和日本人约在了罗汉斋见面。

罗汉斋算是江南水乡有名的天字号素斋店，起初因素菜中的上品罗汉菜而广为人知，遂舍弃了原店名，更为罗汉斋。

佛语有云，清除心的不净，叫作斋。故赵立铭此举，意在向穆峻潭表明，自己参与林家和日本人的丝绸比赛，不过是在其位谋其政。他身为一省之长，不得不过问中日经济贸易往来事宜，但心无杂念，止步于过问，不会加以干涉图谋。

因柳苏城的军政首长都要来，故雅间外的半条走廊都被肃清，不许闲杂人等靠近。

宴席所在名为莲花室，两扇门上，荷叶翩翩，莲花向着两边开。推门而入，有落地锦屏遮影，屏上鹤瘦松青，与芝兰红日相辉映。锦笙与日方两代表先后进来，绕过锦屏，在宴席落座。算着人已到齐，赵立铭却说："再等一等穆少帅。"

日方两代表是渡边次郎和佐藤英武，锦笙猜测，这二人应是要归在大比一场的阵营里，正中她下怀。待听得穆峻潭还要参与，如此一来当真被父亲言中，她心下不免咯噔一声。

赵立铭是皞系的人，皞系亲日，他自然对日本人客气有礼。席间，赵立铭与渡边次郎、佐藤英武言笑晏晏，锦笙却冷着脸一句不讲，垂眸把玩自己的麒麟戒指，钻石对着艳阳光芒流转。佐藤英武自进来后，就时不时地打量锦笙。锦笙虽有觉察，却倦懒着不愿与其对视。

可左等右等，等了半个钟点，穆峻潭都未至。锦笙心中烦躁，猛地抬眸与佐藤英武对看，冷光骤现，唇角弯起讥笑："小鹦鹉，本少爷脸上是有天书吗？值得你如此费劲钻研。"

佐藤英武比锦笙年长，年龄算得叔叔一辈，听了她此番调侃，却只是笑而不语。赵立铭是赵家老大，年长锦笙十岁有余，算不得长辈，但年龄上当同辈论也有些不合适。他三弟赵宫铭倒是常跟锦笙、卢柏凌混在一处，交情不浅。在渡边次郎冷哼一声后，他笑着开口："你这个小家伙还是这般爱说笑。"至于好不好笑，他都朗声先笑了，笑声未完，门外传来一阵整齐有力的卫兵脚步声，那笑声就适时地收住了。

门被推开，穆峻潭的身影由锦屏后闪现出来。穆峻潭似乎来得很匆忙，神色里亦有些疲倦，抬手制止了众人因他起身。他略过其他人，直看向赵立铭说："赵省长，临时有些事耽搁了，久等了。"赵立铭回道："料想穆少帅事务繁忙，我们也并未等太久。"

穆峻潭点了点头，自顾地拉开锦笙旁边的椅子入座。坐下后，他又低声对身侧的赵立铭说了一句"赵省长，唐督军他"，霎时间眸光环顾在席之人，又顿住不语，而后压低了嗓音对赵立铭道："等会儿完事了，赵省长等一等我，我有紧要事同你私下讲。"赵立铭心中诧异忖度，面上颔首。

在座之人，皆是耳聪目明者，谁都听得"唐督军"三字。穆峻潭此番欲语顿住，更是引起了他们的好奇，言语上虽不过问，但心中皆各有猜测。唯穆峻潭醉翁之意不在酒，并不在意无关人的想法。

穆峻潭的目光似不经意地流转到锦笙身上，一日未见，她已又恢复那般天之骄子的贵少爷样态，闲闲地斜靠椅背，双腿叠加而坐，单手置于桌案上，指上钻石光辉璀璨，神情精灵傲气。一身雪白云纹锦马褂，初看澄净无瑕，细看暗藏纹缕。衣领所缀蓝宝石散发着幽冷光泽，衬得瞳眸冰洁。她端着少爷姿态安然自若，与穆峻潭对视刹那，也不觉垂了垂眸，耳根微红，又随即看向赵立铭："赵大哥，穆少帅既已来了，咱们就开始吧。商议完，心无旁骛，才好推杯换盏，方不辜负这一桌子的素食佳肴。"

赵立铭看向穆峻潭，见穆峻潭颔首，方说道："渡边先生，佐藤先生，你们到柳苏城晚些，我与林五少早前曾看到一处场地，甚为合适。就在这天庆街街尾处，也不知你们来时可曾注意。那里原有一家英国洋行，后来洋行搬去了沪海，房屋就闲置下来，归政府管理。建筑样式也新颖大气，你们若满意，就租与你们作比赛馆。"

天庆街是柳苏城最为繁华的一条街道，名店名品云集。天庆街由最初一条东西走向的小巷，发展为今时今日四通八达的街巷，已不是单纯的一条直向街道，小巷相连，极为错综复杂。周围繁荣街巷虽各有道路名称，也都以天庆街为正式名讳。

罗汉斋所在便是天庆街的老街巷。临近街尾有一家茶馆，从前清时期便是丝绸交易的场所，诸多织造坊、机户都在茶馆内与绸缎庄进行买卖交易。后来工厂概念引进，亦是大小丝织工厂与批发商号集会之地，各地绸缎庄亦经常派人光顾此茶馆。

天庆街名气在外，京陵、渭州、沪海及至北地的丝绸商人也有被吸引来的。茶馆的老、少掌柜换了好几茬，赚了丝绸商人几十年的茶水钱。不知是对丝绸心怀感激，还是为了吸引更多茶客，茶馆新近改了个令人捉摸不透的店名——丝路茶馆。

锦笙在丝路茶馆转悠过两天，也曾叫来掌柜的问为何取这名，感觉生硬不通。老掌柜的回话，那天人多嘈杂，已忘记是听谁说的了。只听那人频频提起丝绸之路，自豪之情溢于言表。老掌柜的不知何为丝绸之路，只觉众多丝绸商人，或走旱路，或走水路，或走铁路，为了丝绸走到他这茶馆来。他便借"丝绸之路"之意，把店名改为"丝路茶馆"，好不枉费丝绸商人走那么多的路，到此喝他一盏茶。

锦笙曾听卢柏凌讲过"丝绸之路"，大意是从汉朝张骞出使西域开始，中国的丝绸及其他商品源源不断地传入中亚、西亚和欧洲，外国货物和文化也随之传入中国，由此形成了一条商品贸易、文化交流的道路，一个德国学者在某本著作里称其为“丝绸之路”。

学者姓甚名谁，卢柏凌翻译过来的字太多，锦笙也没记住，只记住了何为丝绸之路。她虽知丝绸之路是何意，却并不与掌柜的多言，不忍拂了他为丝绸商人奉一盏茶的好心。

第二十二章 赌轻狂，萦红尘

渡边次郎和佐藤英武听闻过丝路茶馆，得知锦笙选在邻近丝路茶馆的地方做比赛馆，便觉其求胜之心显而易见。

二人背后有多家缫丝厂和丝织厂做后盾力量，时刻准备着为日本的荣誉而战，也对胜利志在必得。锦笙选在此处，反而对他们有利，遂不经商量便同时点了点头。

锦笙之前曾对赵立铭说过，不管日本商会派什么人来，丝路茶馆附近都是最佳的比赛馆位置。赵立铭本半信半疑，不承想事情当真如锦笙所料，办得如此痛快，他正要说话，穆峻潭却突然问："你们的比赛时长是多久？何时开始？何时结束？"他问着话，眸光便不受控地寻着锦笙，与她对看。

锦笙不回答穆峻潭，却眉梢微挑着看向渡边次郎："小狼，敢不敢跟外公比上三个月？"渡边次郎怒目看向锦笙："请林五少自重！"锦笙冷嗤一声："你不敢，和本少爷不自重有何关系？难道本少爷自重，你就敢跟本少爷比三个月了？"渡边次郎冷笑："别说三个月，就是半年，我们也敢比！只是林五少，你不过是才十几岁的少儿郎，不要输了之后哭着讨奶吃！"锦笙笑着回道："外孙这就错了！你外公家不是你们那弹丸小岛，什么都缺得很，你吃口奶还得哭着讨。不过，你们日本人不是喜欢切肚子吗？我还真是怕外孙子你输了，要闹着切肚子。男人的肚皮，外公我可负不了责，外公我只对女人肚皮负责。"

言语交锋之间，瞥见穆峻潭蹙眉望着自己，锦笙虽心中别扭不已，仍强端着调侃模样。

渡边次郎怒极，反狡黠笑道：“林五少善于狡辩骂人，我不与少儿郎一般见识。半年为期，林五少敢不敢？若敢的话，就请赵省长和穆少帅做见证人，咱们落实在比赛协议上。为了中日丝绸贸易的友好往来，我方已商议拟定了协议内容，条件并不苛刻。若我方违约或者输了，便再不提与林家生意往来之事。若林家违约或者输了，除了卖我大日本帝国丝绸之外，我们还有两个条件。第一，林家的优等柞丝必须要对我大日本帝国出口；第二，林家有四处柞蚕园，四家缫丝厂，五家丝织厂，必须以一半的价格卖给我燕平日本商会一处柞蚕园，两家缫丝厂，两家丝织厂。”察觉到锦笙眸光愈来愈冷，他笑意愈来愈甚，“还请林五少体谅，我并不是在同林五少商议，以上是我方决定好的条件，不予更改！比赛协议上一定要有这些内容！”

锦笙冷冷地看了渡边次郎片刻，倏地笑了几声，脸上调侃尽收，眸光冷如寒冰：“渡边次郎，这些条件，你在燕平城与我父亲、叔父交涉的时候，为何不提？你在卢总理和总领事跟前信誓旦旦地确定比赛一事，如今到了柳苏城却又跟我提条件。怎么，还真欺负我年少啊？你们日本人未免太狼子野心了！想低价买我林家的蚕园、缫丝厂和丝织厂，痴心妄想！比赛与卖蚕园和厂子是两回事，我做不了主！但不管我林家是谁做主，你们都休想！”

佐藤英武阴柔一笑，说道：“林五少错怪我们了，我们当初并不知道林家派到柳苏城管事的是你，又怎来欺负林五少年少一说。比赛协议上的条件，林五少不同意也行，好在比赛一事还未正式进行，此时停止，于你我双方都没有什么损失。我与渡边君回到燕平城，也会如实跟卢总理和总领事先生汇报。我知道卢总理偏袒林家，但林家接连地不给他面子，令他为难，林家该怎么跟他交代？难道说，林家没有把握赢，所以不签比赛协议？既然没有把握赢，当初又为什么让卢总理在中间作牵线人促成这场比赛。你们是在耍我们日本人，还是在耍卢总理，还是把卢总理和日本人都一起耍了？林家以丝绸比赛为幌子，把卢总理引到圈套里，把我燕平日本商会耍玩到柳苏城来，意欲何为？渡边君，回到燕平城，咱们可要洗耳恭听，听听巧言善辩的林五少，能说出怎样的推脱之词来颠倒是非黑白。”

锦笙看向佐藤英武唇边那丝阴柔的笑意。他胡子尽刮，言谈举止更显儒雅且有风度，文质彬彬之外，亦显病弱神秘。此刻，锦笙方知，咋咋呼呼的渡边次郎不足为患，佐藤英武才是个厉害角色。他温润笑着，就把锦笙不签比赛协议的后果讲明白了。

当初没有比赛这一回事，卢兆祥或许还会对林家留情面。丝绸比赛是林家提出的，爷爷还亲自过府请求。如今，到了跟前儿了，林家却因为怕输不敢签比赛协议，前后言行不一，这不是耍卢兆祥吗？莫说卢兆祥，光是那个徐之卿都要对林家怀恨在心。

锦笙放在桌案上的手微微攥拳，心中念过数遍父亲的教导，遇事不可急躁，不可急躁。她本是易怒脾气，愈压着自己不想急躁，就愈气恼。她是真的做不了主，比赛一事，就算全然信任邓立耀，她勉强才有九分把握，尚有一分的意外。最初谋划时，不论输赢，都能达到她的目的。输也就输了，被父亲责骂一顿后，于外人跟前不过是面子光彩晦暗之差。

但是，她光顾着自己明修栈道暗度陈仓，未料想日本人一直默不作声，会在此时突然提这些条件。

若签订了比赛协议，那就一分意外都出不得。意外一出，林家就要对日本出口优等柞丝，就得贱卖蚕园、缫丝厂和丝织厂。这不是在卖产业给日本人，这是直接啪啪地打林家的脸，她还有何颜面回去面对林家宗族上下老小。

对于渡边次郎等人在沪海谋划什么，她本不屑一顾，却不承想到他们会厚颜无耻到这地步，在比赛前夕狮子大开口提出这等条件。

佐藤英武二人有恃无恐，显然是不签比赛协议，他们就不会比。卢兆祥和小徐那里该如何交代？当初他们让卖东洋丝绸，林家不卖，想出了比赛的法子。他们在中间周旋牵线，日本人同意比赛了，林家却又不签比赛协议。届时，纵然是日本人过分行事，但卢兆祥面子上下不来，如何会站在林家这边？

若最一开始便答应卖东洋丝绸，那是给了卢兆祥面子，卢兆祥还会心存感念。如今掉转回头，再被逼着卖东洋丝绸，那是打完卢兆祥的脸之后再卖，林家就只能哑巴吃黄连有苦不能言。

更有另一层的麻烦事。

林家和日本人丝绸比赛一事，早就通过《晨钟报》宣扬出去以壮声势，引国人注目。一些爱国学生和进步人士，也早已在为林家加油打气，不收薪酬地四处为林家做广告。甚至摩拳擦掌，只待比赛正式开始时，就要为林家出一份力，要为中国丝绸的荣誉尽一份心。

如何能告知他们，因为林家怕输，怕卖产业，不签比赛协议，所以日本人不跟林家比了。他们纵然要责骂日本人狼子野心，可骂完日本人之后，更得骂林家胆小惧输、惜财如命，不敢拿林家产业作赌注，不敢与日本人浴血一战为中国丝绸赢得荣誉。他们会认为，说到底，什么为中国丝绸荣誉而战，不过是林家利用中国同胞的拳拳爱国之心。日本人一施压，林家就显出了贪名逐利的丑陋嘴脸，枉为耆德老人之后，终不过是剥削压迫穷苦人的吸血资本家族。

锦笙不敢再往下忖量，她自认是很善于骂人损人的，但每每看到《晨钟报》引经据典、夹枪带棒地讽刺军阀、官僚、资本家族，都似刀刃般削在眸前。

素斋没有荤腥诱人，其特色全在雕工和摆盘之上，青红白绿，寻常可见的豆腐春笋胡萝卜，亦能摆刻出一园春暖花开。锦笙盯着眼前那盘春笋雕砌的玉兰片，纵然不抬眸，亦知佐藤英武在盯着她温和发笑，不觉间锦笙手脚渐有凉意。

赵立铭与最喜跳上跳下管闲事的徐之卿不同，他把宴席摆在罗汉斋，就为了清心寡欲地做一个牵线人。如今线拉成了，如何商榷，那是林家和日方的事情。柳苏和燕平也不同，燕平是皞系地盘，徐之卿能嚣张跋扈。柳苏是安系地盘，他赵立铭虽有省长之尊，可如今是枪杆子里出政权的年月，穆峻潭这个安系太子爷怎会把他小小省长看在眼里。若像对待廖师长般，突突两枪，事后说是枪走火，抑或说误伤，他又能奈穆峻潭何？有穆峻潭参与其中，赵立铭更是惜字且惜命。

穆峻潭一直把锦笙的各种小神情都看在眼中，包括她朗声笑着说她要对女人的肚皮负责，心中因此话气到发笑，只强忍着才没有显出异色。

锦笙怒意攥拳，他知是被日本人提的条件给气到了，他也觉得日本人的条件苛刻且乘人之危。穆峻潭比之锦笙更易怒，此时隐忍不发，只待日本人把他们胸有成竹的底牌皆亮出。

听得佐藤英武频频提及卢兆祥，穆峻潭断定，林家和日本人的丝绸比赛，并非是林家帮卢家演的一场戏。

在锦笙怒极刚要发火时，穆峻潭率先发作了，冷声道：“我都还没同意你们在柳苏城设比赛馆，你竟然都开始提条件了，是否太不把我当回事了？”他这话是看着渡边次郎说的，渡边次郎一怔，可他在中国人跟前趾高气扬惯了，也不惯低头示弱：“比赛馆设在柳苏城，这是卢总理同意了的！”穆峻潭目光冷峭：“卢总理同意了，你就到卢总理能做主的地方去！柳苏城，我做主！进哪座山，拜哪尊菩萨！拜不对，就滚！”

听了这番话，渡边次郎脸色涨成紫红色，脖颈青筋暴起。佐藤英武笑着对赵立铭道：“赵省长，您前面说那个房屋，政府可否租给我们，不知租半年的话租金是个什么价？”

赵立铭被问住片刻，穆峻潭前面才说柳苏城他做主，让他们日本人拜对菩萨，佐藤英武后面就问他这番话，其用心显而易见。可自己终究是代表着江北内阁，是一省之长，只得含糊道：“你们还是先跟林五少商议比赛协议吧。”

穆峻潭已表明自己的态度，并不把佐藤英武的话听进耳中。因赵立铭敬他一尺，他便回敬赵立铭一尺，不好与江北内阁派遣的省长公然反目对立。

锦笙心绪紊乱，无法体会到穆峻潭那番话是为她而说，只恐事情在穆峻潭这边再生了变数，重重地攥了攥拳，正欲说同意渡边次郎等人的条件，穆峻潭却道：“你们不必再商议什么条件！我也不允准你们把一场小比赛办成劝业会或博览会。场面一大，客商往来，人员杂乱，贼匪便有机可乘，最易滋生事端。你们的比赛馆位置若选在日租界内也就算了，我管不了。若选在其他地方，就以十天为期，十天之后，不管是何种赛果，都必须结束这件事！并且，比赛起因，是林家卖不卖东洋丝绸，输了就卖，赢了就不卖，就这么简单。你们日本人在我的地盘上，若想趁机提什么苛刻条件，在我这个公证人看来，是不作数的。赵省长，你觉得呢？燕平日本商会趁机逼林家低价卖产业，是否该作数？”

皞系纵然亲日，可也不是日本人的走狗，绸缎庄卖丝绸是正常商业往来，逼迫林家半价卖掉产业，那就是欺人太甚了！赵立铭自是不会帮着日本人吞并中国同胞产业，他看向佐藤英武，还击他方才拿自己作盾牌一事，温和笑道：“穆少帅言之有理，逼人低价卖产业，有违商业道德。实不该作数！”语毕，怔然片刻，徐秘书长曾密电过他，让他促成此事，且要把规模办大，好引来邻近省份的杂乱人员。然而，他被穆峻潭给引着站错了立场。

穆峻潭因有事要和赵立铭单独说，就令盛吉祥把锦笙三人请了出去。

罗汉斋门口，锦笙、渡边次郎、佐藤英武三人俄延不去，且眉头紧锁。穆峻潭如此强硬地限定时间，渡边次郎与佐藤英武也颇为不满，虽然方才那般胸有成竹，可在沪海，两阵营的人也是经过一番激烈争执的。

日本几大财阀家族的代表人对此次比赛很是反对，他们漂洋过海到中国来，为的是金钱利益。至于比赛，输赢尚且不定，让他们舍弃大量金钱利益，换取没有把握的帝国荣誉，此等行为太过愚蠢。他们在中国苦心经营十余年的心血，有可能就会随之付诸东流。

经过数日的商谈争执，要大比一场的一方决定舍弃颜面，违背与林家最初的约定，把窃取林家产业的野心提前一步摆在比赛协议上，威逼年少的林锦笙签下比赛协议。如此，财阀家族才放心成为此次比赛的中坚力量，只待全力以赴地赢得帝国荣誉，继而就要瓜分林家产业，进驻北地市场。他们看重的并非只是林家的丝绸生意，还有林家的银行产业，更看重林家在北地商界的巨大影响力。

不论是日本人的明目张胆，还是锦笙的暗度陈仓，都有可能要坏在穆峻潭的一番规定中。

可最忧心的是锦笙，十天为期，打乱了她的全盘计划不说，她要拖垮日本商会的计划乃是长久战，若穆峻潭当真只给十天，那她连八分把握都没有。

门口左边，佐藤英武和渡边次郎正低语交谈，锦笙忧心忡忡地窥见他们那般模样，即刻强令自己镇静下来，一抹得意浮上年少脸庞。她与盛吉祥笑着交谈，问他年岁几何？家在哪里？是否娶妻？佯装对穆峻潭的限令很满意。

锦笙随口问，盛吉祥认真答着："我二十一了，京陵人，还没有娶媳妇。"

佐藤英武与渡边次郎低语完，朝锦笙走来，笑道："林五少，穆少帅下了这样的命令，不知林五少怎么看？"锦笙冷笑道："人心不足蛇吞象，也不怕噎死了。本少爷说比三个月，当即就定下来，不就行了嘛。非要跟我加什么条件！十天就十天，本少爷没什么看法，一切以穆少帅为尊，他怎么说，本少爷就怎么做。"

佐藤英武道："我猜林家也想以此次比赛为契机进驻南地市场。十天，对林家和我们燕平日本商会都毫无意义。林五少就不要再逞强了，还是和我一起说服穆少帅，比赛时间由咱们商定。"

闻言，锦笙心中断定，这次的丝绸比赛，二哥必然是跟日本人站在了一个阵营里。当地点定在柳苏城后，林肇聪为宽林老太爷的心，便把锦笙一举多得里的第二得，当作见招拆招的计划告知了林老太爷。锦笙要借此次丝绸比赛，让林家的秀林牌在南地露露脸，最好再博个耳熟能详，为秀林牌占据南地市场作前期准备。为了防备南地这些丝织厂和绸缎庄从中作梗，这项计划是林家的保密计划。

虽早已预料防备着二哥亲日，但得知事实，锦笙还是心中微寒。二哥为了让她输掉这次比赛，竟与日本人狼狈为奸。她虽不想认同父亲说宗族兄弟隔心的那些话，但事实摆在眼前，由不得她不信。如此重要之事，事关林家百年声誉及家业盛衰，二哥都能与日本人站在一个阵营。她虽不常遵兄友弟恭这等礼节，可也只想跟二哥、三哥小打小闹，不想同根相煎。她一直认为，若遇外敌，他们兄弟几人是可以一致对外的。但此番看来，终究还是她想得幼稚简单了。

心中寒意传至喉咙间，锦笙开口回答佐藤英武时，声音冷若寒冰："和你们一起？和你们一起窃取我林家产业？"

佐藤英武道："林五少，咱们都是商人，在商言商。十天的赛期，不管谁输谁赢，都毫无意义。就以三个月为期，即便林家输了，秀林丝绸也算是打进了南地市场。自然，即便我日本商会输了，也算是借着林家的名气，让中国友人知道了我大日本帝国的丝绸。我国丝绸技艺学师于中国，在丝绸故乡比赛丝绸，输了也不算给帝国丢脸。"

其间利害，锦笙自然能掂量清楚。佐藤英武既给锦笙铺了台阶，锦笙便顺势而下："小鹦鹉，你说话可比小狼中听。咬起人来，也比小狼狠。好，你既如此说，我就与你们一同说服穆少帅。只是，比赛协议，不能那样定。"

佐藤英武道："请林五少体谅，比赛协议，我和渡边君不能做主，我们也是听人命令行事。"锦笙一笑："我不为难你们，只你们的条件过于苛刻，我也得加上两个条件，方显公平。对我林家长辈，我也好有所交代。"佐藤英武颔首："林五少请讲。"

"若你们违约或者输了，第一，三井洋行强行低价订购、意图扰乱市场的那两百吨干茧必须要平价卖给我；第二，我要沪海兴亚丝织厂的八成股份，算在我林锦笙的个人名下。怎样？给你们的条件，可是优厚得很！"

锦笙心怀忐忑，却要用年少轻狂赌这一次。她听外婆说起过，外公也曾是富家少爷，生得俊美倜傥，却嗜赌成性，把富贵之家赌成了破落户，赌到家破人亡、妻离子散。她双手纤细白净，除却麻将牌，从未碰过其他赌博性质的玩意儿，但她身体里也延续了外公的嗜赌血液。除却身份秘密是她的死穴，其余事情，但凡重大危机迫近，或稍有差池就是万丈深渊时，她心里就会生出一股迎难而上的狠绝。畏惧吗？自然是畏惧的，也带着刺激、惊险与兴奋。纵然一步差池，她便无颜回去面对林家宗族上下老小，可她有九分的把握，不是吗？

佐藤英武抬眸看着锦笙唇角轻挑、眸带得意的张扬模样，不由得回想起自己十八岁初踏上中国土地时，也是这般壮志满酬、年少轻狂。

然而锦笙才轻狂了不过半分钟，穆峻潭就由罗汉斋出来，冷声对她说道：“咱俩的账还没算完呢！”不由分说地就推搡着锦笙，把她推进了盛吉祥已打开门的汽车里。

待两边车门都关好，锦笙冷漠地瞥了穆峻潭一眼。因跟他上丹鼎山，卢柏凌生气一夜未归，也不知现在回来没有，故而她口气不善：“咱们俩又有什么账？你是泼皮无赖吗？总跟我算账！”穆峻潭看向她，隐约带些好笑：“没有账和你算，就是想问问你，你要如何对女人的肚皮负责？在下百思不得其解。”

当着汽车夫和盛吉祥的面，锦笙不接穆峻潭的玩笑话，直接请求要把比赛期限延长至三个月。穆峻潭还是那番说辞，不愿在柳苏城引起骚乱。仅复述了一遍，任凭锦笙再如何巧言令色，他都不开口回应此事，只垂着眼皮，静静地聆听。

锦笙一面说一面想着各种措辞要说服穆峻潭，也未曾注意到汽车是朝芳漱园开的。

及至穆峻潭下车，她也跟着穆峻潭跑下来，要继续缠磨说服他。芳漱园是以山水为主的园林，建筑零落四周，其间有长廊相接。走了一会儿，山色湖光影影绰绰地跌进眼帘，锦笙方意识到是跟来了芳漱园，登时环顾左右，发现立于一游廊正中间，右手外是碎石庭道，临着荷花池，因水面开阔，可窥见池水青碧。

锦笙眸光自荷花池转向穆峻潭，只见他双眸冷冽清寒，隐约与青碧池水相似。见锦笙结舌不语，满面狐疑，他宛如深潭清冽的眸底晕着半丝柔笑。顷刻间，不由分说地捉住锦笙手腕，不顾她挣扎，强行拉着她疾跑，一阵风似的把她拉拽到了后院绣楼。

进了绣楼，又半拉半抱地把锦笙带上了木质楼梯，到了二楼。因无任何家具装饰，也瞧不出这是要做什么用的房间。屋内空洞敞阔，唯有似梨花俏皮冰洁的纱窗帘迎风悬坠。绣楼二层窗子镶嵌的并非玻璃，而是吟梅绢，透风且遮影，内层再配以纱帘，宁静雅韵。

穆峻潭松开了气怒挣扎的锦笙，把梨花白纱帘用金钩钩住，全然推开绣楼南边中间的两扇窗子，他把锦笙拉拽过来，捧住她不安分的脑袋朝下看。

他们是从朝北的小门进楼的，锦笙提前并不知南边玄机，被逼着朝下一望，登时有些怔住了。

楼下有太湖石掩映着半边游廊，紫藤萝花架是围附着假山而搭，藤蔓纤结，缠绕游廊，紫藤花穗密实垂坠，紫中带蓝，灿若云锦，如悬着云霞瀑布。有风吹来，花穗慢悠悠地浮动，皱起縠纹。

美中不足，便是这紫藤萝新鲜渐失。

其实从游廊一路走来，意境更美，只这紫藤萝是从别处直接连根拔出移栽过来的，藤蔓都奄奄一息，何况花穗。

锦笙虽未近观，却也看出些许垂败之兆。她跟穆峻潭费了一路的唇舌，嗓子冒火，因他进园子后就屏退了卫戍，便以本色嗓音道："何必呢？这样连花根一起移栽过来，根本就活不了几株。藤萝寿命本来挺长的，这下子全死在你手上了。"

穆峻潭就立在她身畔，缓声说："只要你能有一刻的欢喜，它们活不活又有何相干。我会让人重新嫁接，明年你就能看到似花果山瀑布那般鲜活的紫藤花帘。"

锦笙扭头看向穆峻潭，其实不用问，也已经猜出穆峻潭就是这个园子的主人，那个有日本名字的人。她圆月般的眼眸流转，语气颇有些无奈道："劳你白费心思了！你把时间限定在十天之内，若是从明天开始算，十天后，我就要离开柳苏城了。明年怎能看到？"

穆峻潭黯然失笑地回望着她，如何会不知她的小心思。她那般扭捏不情愿地跟他上来，对于他为她花的心思也全然没有情绪波澜，她根本就不期待明年的花开，更不期待与他共赏。

因半映着日光，他眸中隐有细碎的光芒与情意，迟了一分钟才搭了她的话茬："无妨，花年年都开，总有机会看到。你早些离开这里，我也好安心。不过，我会去看你的。或许不久，我就可以在燕平常住。"

常住，便是安系打入燕平城，他把控内阁之意。锦笙懂他话意，只那时，皞系又该是何种境况，卢柏凌又该如何？乱世，当真要如此乱吗？不给人喘息的时间，变数接踵而至。情愁连缀着丝绸比赛的忧虑，一蓬一蓬地浮上她心尖。

锦笙黯然垂眸，为了让穆峻潭不干涉这次的丝绸比赛，她好话都说尽了，已然词穷。又听得他有可能入驻燕平、掌控内阁，一时间，她真不知该如何厘清缠绕在脑海里的千丝万缕。

她不语，穆峻潭也不语，闲靠墙壁，静静地看着她。她肌肤本就白皙，又从不涂脂抹粉，有日光斜照在她脸庞上，单薄通透，愈加映衬得肌肤如同上等羊脂玉般。她的脸庞不及他巴掌大，玲珑剔透宛如灵玉。纵然他见过"清水出芙蓉，天然去雕饰"

的美人，也比不上她的冰洁灵气动他心魄。

穆峻潭微微失神，想着她一离开南地，南北形势又如此微妙，再与之相见不知是何年何月，禁不住问她：“日后，我到了林宅，该说找谁？林五少还是林六小姐？你是常住那个别院一水间吗？如果我打电话到一水间，能找到你吗？”他问得细致，锦笙却不愿回答，猛然抬眸，不甘心地开口：“穆……竞天，你军务繁忙，为何还要干涉我林家和日本人的丝绸比赛，为何不能让我们自己商定时间？”

穆峻潭的手搭住她双肩，断然拒绝的语气里亦带着诚恳：“你不用再费心说服我，我主意已定，十天之内，这件事必须彻底结束。你放心，我会帮你赢得这场比赛。你也要体谅我，我人虽在柳苏城，可唐督军的五万士兵，我根本无法全部掌控。想要兵不血刃地稳定五省，我和我父亲也很艰难。”

锦笙甩不开他双手，冷笑道：“你莫要欺骗我！自这五省归于安系后，再无战事滋生，也算得稳定无忧。你们要稳定五省并不难，是你们父子野心太大，不光想掌控五省，还想挑起干戈，武力统一南北。你想到燕平当主人，你想掌控内阁！”穆峻潭不予否认：“不然呢？一直这样四分五裂下去吗？一盘散沙似的，任由洋人欺辱中国。”

说了一路好话，锦笙耐心早已用尽，再次被果断拒绝，不免声急语切，如大珠小珠落玉盘：“竞天，我不甚懂军政，我也不想探究你们都有什么尔虞我诈的大筹谋。可是，也请你体谅我们这些商人的难处。我们受完你们这些拿枪杆子人的欺负，还要再受洋人的欺负，天理何在？”

穆峻潭内心里仍是把她当小女孩看待，见她声音急切、眉心蹙起，竟看出半分娇嗔薄怒来，不免笑问：“我怎么欺负你了？你又有什么难处？那几个日本人若是敢欺负你，我绝不轻饶他们。”

锦笙见他曲解自己的意思，心下更是气不打一处来，抿唇片刻，挑高眉梢问：“好，你想知道吗？”穆峻潭颔首，锦笙把他的手重重地甩开，方缓缓开口。

“你一直忙军务，不过问工厂企业的事，定然不晓得我们的难处。别的行业我不知道，单单就丝绸一行，我让你知晓知晓你们这些手握枪杆子的人都是如何欺负我们的。”

穆峻潭颔首，有些宠溺地看她，此时此刻仍把她当作有点能力且骄蛮的小女孩。只听她字词清楚，娓娓道来。

“缫丝厂采购蚕茧，仅原料一项，就有原料税、子口税、厘捐，丝缫出来以后，除非只在本地销售，但凡挪动到另一个城市，更或者由你们这个军阀的地盘销售到另一个军阀的地盘，就要再加几重税。

“这还只是生丝，织成丝绸以后，还有出产税、销场税、通过税，一重又一重的捐税，除非丝织厂的货物都积压在厂子，否则，我们的货物一动，就得缴税。这还只是在国内，货物要出洋的话，还要纳不平等的出口高税。

“而洋货呢，只在海关港口缴纳百分之二点五的子口税，就可以走遍中国的大江南北。

“如此不公平的事情，你们这些用枪杆子掌控军政权的人管过吗？

“你们这些军阀每次下公文命令商会筹措军饷，都说什么为了强兵，为了保家卫国，实际还不是把军队当作你们的私有财产。你们每每出兵，根本不是为了保家卫国，就是为了抢地盘。

“从前清为了鸦片打仗开始，外国资本就渐渐输入中国，日本人对中国进行资本输出，意图经济扩张，这就不算侵略吗？他们在中国建厂，压榨中国工人，掠夺中国原料，扰乱中国市场，却还要在国际市场打压中国生丝和丝绸，意图灭绝中国丝绸产业，这就不算欺辱吗？

“皞系亲日，郴系、安系亲英美，为了军队和地盘打来打去，你们保了谁的家？卫了哪个国？除了内斗，就只会欺负国人。把民主共和当摆设，视民生和国家荣誉、利益于不顾！

“现在，我想跟日本人好好较量一番，你也要横加干涉。我知道，你想坐稳东南五省总司令的宝座，就一定要铲除唐义哲，但你也不能如此穷兵黩武、独断专行、蛮横自私……”

锦笙愈说愈来气，及至穆峻潭脸色愈来愈难看，眸光冷彻，她才猛地闭了嘴。她脸庞上气恼渐散，浮上满满的一层惶恐，眸子瞄过穆峻潭腰间佩枪，对他咧嘴一笑：“竞天，对不起，我不是说你穷兵黩武、独断专行、蛮横自私。我是说……我是说……我就是胡说八道。”

穆峻潭难堪一笑：“到底是生在丝绸世家的人，说起丝绸生意来，妙语连珠！你说得很好，我竟小瞧你了。后面那些话憋一路了吧！跟我说了一路的好话，原都是在心里骂我呢！”锦笙深深地低了头，小声回呛道：“我说了那么多好话，你都爱搭不理，我原不想说这些难听话的。”

穆峻潭是背着手的，看她垂下脑袋，无奈怒笑一声松了手。他手刚要滑过腰间佩枪，锦笙瞥见，立即上前捂住那皮质枪套，连声说：“你别冲动，别恼羞成怒，我都给你道歉了。”

穆峻潭顺手把她紧拥在怀里，揽住她双臂，紧到不给她一丝可挣扎的余地，低下头对她说：“怎么？怕我一枪崩了你？怕死还敢跟我说那些话！记住，责骂军阀的这种话，跟我说说就可以了，在别的督军面前不要再说。你每次生起气来，说话跟连珠炮似的，不给人还嘴的机会，很容易令人恼羞成怒。”

锦笙挣脱不开他的束缚，鼻子被挤压在他胸前的衣扣上，极其不舒服。她把脑袋侧了侧，揣摩他话里的语气，竟没那般生气，便仰起头看向他，再进一步说：“竟天，别的行业我管不着，也管不了。可是丝绸这一行业，我受够日本人的气了。求你了，不要强行下令阻挠我。你给我机会，给我时间。我不敢夸口我林锦笙有能力把日本人在中国建的所有缫丝厂、丝织厂都弄倒闭破产，但我一定可以搅乱日本在中国丝绸行业的资本投入。竟天，你相信我一次，好不好？”

穆峻潭低眸凝看她，她脸庞稚嫩显小，这般话从她口中说出来，总给人儿戏的感觉。然而，她仰着灵玉般的脸庞看他，低语婉丽地求他，眸光带着殷殷期待地等他允准，想让他相信她，他竟狠不下心来再次拒绝她，也不忍说不相信她。情浓至此，他竟不在意她的真实身份是什么了。于他而言，她只是她，拥有如此灵气的脸庞，拥有如此阴晴不定的性格。他爱的是她，只是她，她带给他的心动，与家世背景、身份姓名无关，更无关乎她究竟是谁。

静窗闻细韵，穆峻潭忽然醒悟，她唇瓣发出的细韵之音，早在第一次听到，就留存耳畔。他对她动心思的时间，远比他意识到的时间早。

他忽然觉得小小的她像一束光，待在他身边，骤然亮起，就能立即盈满他心室。她离开他身旁，骤然黯淡，他心室便重归黑暗，黑黢黢的，满是枯寂寒漠。

锦笙又说了一遍：“竟天，你就相信我这一次，行不行？你放心，我绝不会让你这个柳苏城的主人丢脸的。”

他鬼迷心窍似的点了点头，锦笙长长地松了一口气，粲然笑道：“竟天，谢谢你。”他仍是失了一魄地点点头，锦笙这才意识到与他紧紧相拥的姿态过于别扭尴尬，红了脸说：“竟天，你放开我。”他仍是点点头，锦笙见他只点头却不减臂弯力道，不免挣扎着，他却猝然低头吻了起来。

锦笙惊住了，若寻常时候，她还能清晰记起男女有别这个词，为了身份秘密她也向来忌讳跟男人距离过近。方才，她满心想要说服穆峻潭，已然忽略自己是男是女这个问题。

在她费尽唇舌跟穆峻潭交涉时，她仍是下意识地把自己当作肩挑林家长房独子重担的男人。

显然，穆峻潭把她当作了女人。

穆峻潭强势惯了，容不得锦笙有一分反抗。情急之下，锦笙咬破了穆峻潭的唇，可穆峻潭并无半分退缩之意。锦笙伸出右手胡乱摸着，想抓住什么，把他的脑袋敲烂。慌乱摸索之中，她拽下了梨花白纱帘，飘飘悠悠地蒙住了她跟穆峻潭的脑袋。

轻盈飘逸的梨花白纱似款款春风兜住了他们，锦笙的手被穆峻潭箍住，只觉这轻软纱帘似一张密不可逃的网，把她牢牢地与穆峻潭捆束在了一起。锦笙仓皇间辨不出纱帘上的香味是何花香，只觉浩浩汤汤地袭来淹没了她。香气淹没了她，穆峻潭的情感、穆峻潭的强势也逼近着淹没了她，这一切都迫得她近乎窒息，逃离不开，混着血腥味亦逃离不开。

尘网牵萦，缀满的不是灰尘，而是红尘。

第二十三章 凤尾深，情意真

芳漱园的一间书房内，穆峻潭靠在太师椅上，虽戴希闵坐在他对面说不能任由林锦笙去筹划决定这次比赛，又讲明利害关系，但穆峻潭神思遐游，只听不答。

侍立在一旁的叶执信瞅着穆峻潭嘴唇上裂开的血口子。他清楚地知道，从进园子到现在，少帅就跟林五少独处过，他不会闲着没事那般狠地咬自己嘴唇，只可能是林五少咬的，不免冷哼着接茬道：“戴参谋长，您别再浪费口水了，咱们少帅的心，早被蜇嘴巴的蜜蜂给勾走了。”

戴希闵了解穆峻潭，虽正是血气方刚，在情欲上自控不足的年纪，但穆峻潭的自控力一直很好，他一向都知道哪个女人能碰，哪个女人碰不得。更是从未见他为女人分心失神至此，不免笑问道：“不知是哪家的小姐，让少帅连正事都顾不上了？”虽在问，可并不好奇，不过是想把穆峻潭的注意力拉到正事上。

谁知，穆峻潭未开口，叶执信却阴阳怪气地开了口：“这个可不是一般人！”如此一说，戴希闵倒真有些好奇了，又问了一次：“哦？是哪家的小姐？”叶执信早就不满自家少帅一直纠缠着林五少，可这事又不能跟大帅和夫人说。少帅一直敬重戴参谋长，他便想让戴参谋长规劝少帅，遂也不顾少帅递来的冷冽眼神，梗了脖子说道：“哪家的小姐都不是，是林五少！”虽结结实实地被穆峻潭狠踢了一脚，仍大声把话说完了。

戴希闵望着穆峻潭嘴唇上的血口，眉心微皱，纵然有谋士之称，也拿不准叶执信话语的真假。穆峻潭被他看得很不自在，忙说：“老戴，你别听叶执信胡说八道！”

瞥见叶执信还要开口，操起桌上的玉笔筒就砸向了他，厉色道："你给我闭嘴！让你安排人去杀卢柏凌，却把古琦打伤进了医院。这件事的账，我还没跟你算呢！"

叶执信自觉失职，把猛然接住的玉笔筒放回原处，叩响靴跟，朗声道："属下失职，请少帅军法处置！"

穆峻潭不理会他，而是看向戴希闵："老戴，既然卢柏凌逃过一劫，这件事就此作罢。不要再提了！我不喜这样暗杀来暗杀去！"

此事本就是戴希闵安排的，他也最了解穆峻潭，这次不成，是再不允许有下次了。穆峻潭也擅长谋略，但那是军事谋略，他不擅长政治谋略。相比让他仅靠政治谋略跟人尔虞我诈，他更喜亲临战场，领着兵真枪真刀地打。穆大帅的帝王权术，兴许他只继承了一半，但那么多年的军事学院念下来，也仅剩了一小半。

戴希闵颔首，穆峻潭忽然问他："老戴，若此时镇守柳苏城的还是廖师长，你觉得唐义哲会如何应对林家和日本人的丝绸比赛？"

戴希闵沉思片刻，回答道："唐义哲此人行事，历来把利益摆在第一位，并不会遵信守诺，他是顺势而变的。以他跟林肇聪的交情来看，他也会任由林五少去筹划安排此次比赛。但必要时候，为了讨好日本人，他也会全然不顾与林家的浅薄情分。唐义哲如何行事，还要看卢兆祥对此事的举措。但是，无论唐义哲如何行事，他只有两个目的，要么是与皞系暗中结盟对付安系，要么是搭上日本人的路子。"

"你之所以反对林家和日本人的比赛办大，原因之一是怕有人趁机闹事，唐义哲也会趁机策划兵变。"

戴希闵看向穆峻潭的冷冽双眸，不知他这语气是在相问，还是自语，只听得他又说："可是，卧榻之侧岂容他人鼾睡，唐义哲这场兵变不是早晚得有吗！"戴希闵回道："是早晚得有，但是早与晚之间便是天差地别。过早兵变，安系就会失去五万唐兵，还有可能会失掉樟西一省。若唐义哲割据樟西一省，那他在安系的旧部，很有可能会来投靠。毕竟，大帅的眼疾是越来越严重了。以少帅在安系的资历，这场乱子，咱们赌不起。"

穆峻潭说："老戴，我懂你之意。把这次丝绸比赛地点选在柳苏城的虽然是日本人，那也是经过了卢兆祥的同意。唐义哲是为与林肇聪的交情不加以干涉也好，还是暗地里有所图谋也好，都不可不防。早与晚虽有天差地别，但他们岂会好心到等我完全掌控这五万人后再生乱。既然他二人想趁乱牟利，我们为何不也趁乱牟利。

卢兆祥的地盘离这边太远，不管他想生出什么乱子，都是野心够大，力量不足。他只能暗中联络唐义哲，借助唐兵的力量。并且，先发制人，后发受制于人，不管唐义哲何时兵变，咱们都摸不准时间，所以极有可能处于被动。倒不如，这场兵变由咱们来主导。”

戴希闵皱眉：“咱们主导兵变？”穆峻潭颔首：“林家与日本人丝绸比赛一事，早已被各大报社报道得沸沸扬扬，很受关注。届时，为这场比赛来往柳苏城的观客和客商一定不在少数。咱们正好借着人员往来繁多复杂的契机，趁乱移花接木，悄无声息地替换掉其中的两千唐兵。”

戴希闵眉心皱得益发紧了：“两千？这不是朝湖水里扔了个石头，只听一声响，霎时便不见了踪影吗？”穆峻潭轻笑道：“要在五万人里悄无声息地替换两千人，尚且有些犯险，不可再多了。其实，一千余人就可行，由一千人分别去攻打警察厅和赵立铭的府邸，剩余两三百人把我围困起来，足够了。”

戴希闵沉思片刻，赧然一笑：“攻打警察厅和一省之长的府邸，一千人的确是足够了。不，不止一千。这五万唐兵里，有不少是敌视皞系和赵立铭的，由咱们的人在中间起哄，怕是宋连杰这个参谋长轻易也压不住这场乱子。乱子一出，剩下的，就是如何用政治舆论给唐义哲冠以脱离安系独立自治、反叛江北内阁之名。这个，我擅长！”

穆峻潭勾唇一笑，扯动了嘴唇的伤口，又疼又痒，不免笑意加深了，又随即敛住，点头道：“所以，移花接木这件事，一定要策划好，要保密！不能让赵立铭和宋连杰察觉到一点风声。宋连杰和赵立铭一直都密切关注着铁路和水路运输，就是防备着咱们暗中运兵。那些愿意跟随我、为我所用的唐兵，事发前也绝不能让他们得知！这一千余人，不仅要精锐，且必须是咱们的亲兵！先让贺督军把人选好，等来柳苏城看丝绸比赛的人一多起来，就让他们陆陆续续地装扮成观客进到柳苏城。至于怎么替换……”说着一摆手，继续道，“反正避人耳目玩心眼这等事，你最擅长了，你去详细安排吧。”戴希闵颔首，心中即刻开始策划着要如何安排此事，把叶执信说林五少咬伤少帅嘴唇一事当作玩笑避而不谈。

卢柏凌由沪海回到柳苏城，先去了赵立铭那里，待回到美新饭店，已入夜许久。

江南建筑，日间看就别有一番清幽。夜间看，寥落园林，唯有几盏罩着浅黄灯罩的电灯，令卢柏凌心中甚为孤寂凄清。好在饭店人员来往频繁，这孤寂才减少一丝半缕。他到锦笙房间时，见锦笙正在给周掌柜安排事情，便又立即转身回了自己房间。

锦笙急于去看卢柏凌，对周掌柜说话也急切了些："老周，咱们当初好话也说尽了，他们还拿腔作势地不应，想冷眼旁观。你直接告诉大华缫丝厂的老板李复、裕丰缫丝厂的老板朱坚，我赢了，可是要赢日本人两百吨干茧，我不准备运回北地。他们若买，我什么价买的，就什么价卖给他们。他们应该清楚，日本人若利用这批干茧入沪海的市场捣乱，沪海的茧市必乱。这样一来他们俩可也跟着吃大亏。沪海和兴亚丝织厂同等规模的也只有永亨丝织厂和广昌丝织厂，这两家丝织厂是李复和朱坚的老客户，你只需说动李复和朱坚，至于何树德与韩国富，让他们俩去说服。其余的丝织厂就不要去找了，都是当惯老板的人，趾高气扬惯了，又在他们的老巢，肯定什么事都得压我一头！人一多，我反而要分心应付他们！"

锦笙已再无其他吩咐。沙发旁高几上盈盈一束橘黄色的灯，照着周掌柜两鬓的白发，益发显得他苍老，比她父亲还要苍老许多。她不免动容，又温和道："老周，这阵子辛苦你了，一直不得歇地跑这几座城。等忙完回咱燕平了，我看着总店，你好好歇一阵儿。"

周掌柜摆摆手，脸上映着橘黄色的流光溢彩："五少，我不累，为咱中国丝绸能赢过东洋丝绸，跑断腿，我都心甘情愿。挨了那些年的欺负，洋人总瞧不起咱们。咱中国的丝绸要是能让东洋丝绸灰头土脸，也是给咱丝绸行业争脸。咱也算对得起先蚕娘娘啊，没有让缫丝织绸这门技艺蒙羞。"

锦笙笑着点点头："好，回去早点休息，我等你好消息。"她跟周掌柜前后脚出了房间，先到了苏叶和苏武的房间，让苏武托一托杜江城，找找那两吨人造丝的下落，找到后，要秘密地运到柳苏城，以备不时之需。

暂且心无旁骛了，锦笙才到卢柏凌的房间。她不经意间一瞥，发现穿着整齐黑色便衣的守门警卫，有三个生面孔。她知晓卢柏凌的习惯，仆役或者卫兵，一旦起用了，轻易不会换掉。她心生疑惑，却未多想。

卢柏凌的房间和锦笙的房间相对，由锦笙房间开窗可见蜿蜒河道，从卢柏凌房间开窗可见凤尾深深。因是饭店房间，格局和摆设基本相似，仿若是走进了镜中，彼此是相反的。房间内没有开大灯，唯有沙发旁的高几上开着一盏同样的橘黄色小灯。窗子开着，风吹动繁芜竹叶，吟声细细。

锦笙走到床边，卢柏凌已平躺着睡熟。卢柏凌方才进她房间时，那短暂的一对看，逆着灯光，也没注意到，此时细想起来，卢柏凌的眼睛是布满红血丝的。

她轻轻握住卢柏凌的手，就像卢柏凌每次握她手那般。可卢柏凌所睡是西洋样式的床，没有床围栏，她也没法子靠着。她索性席地而坐，趴在床边，把脸颊轻轻地靠在卢柏凌手背上，小声说："卢柏凌，对不起，我以后会尽量离他远远的。不会再有今天这样的事。对不起，对不起，对不起。"

卢柏凌算得上是一连三个晚上都没睡觉，这一觉便睡得极沉。及至清晨，庭院里窸窸窣窣的声响由窗外隐约传来，他方醒来，想抬右手，手却一阵酸麻使不上力。睁眼瞧去，见锦笙的脑袋正压在他手上，清秀的面庞已挤压到变形，她还酣睡着。

卢柏凌啼笑皆非，连和她赌气也不忍了，动作幅度很小地坐起来，抽掉自己的手，活动几下后，想把她抱到床上来，却惊醒了她。她瞳眸涣散，迷惘地看着他，右脸颊上还有他的手指痕迹，是一夜印压出来的。他疼惜又忍俊不禁，把她抱上床搂在怀里。他初晨的嗓音带些沙哑："你想守着我，就不能到床上来跟我躺一起吗？我睡那么沉，又不会对你做什么。胆小鬼！"

锦笙昨夜是赖着不想离开他，房间里太静，赖着赖着就趴着睡着了，听到卢柏凌如此直白地说守着他，霎时觉得很没面子，揉了揉眼睛，不答反问："你前天晚上去哪儿了？"

卢柏凌微怔，眸前又显出夜深风烈、枪弹追身的画面来。前天夜里在沪海被人追杀，若非失掉三个近身警卫且古琦又替他挡了一枪，此刻躺在医院里的就是他了。

古祯得了信儿匆匆赶到教会医院，卢柏凌只简略告知是偶遇两路黑道人火拼，古琦替他挡了一枪，详细的便不再多言。古祯虽怒极不信，但不晓事实真相，也不敢过于责怪他。待古琦做完手术，确定性命无忧后，古祯方记起卢柏凌和林五少关系要好，央求了好几遍让卢柏凌对林五少保密古琦受伤一事，也决意要把古琦受伤一事对外人隐瞒。自家妹妹和林五少只待林家的麻烦事解决后就要订婚了，他不想让林五少知晓自家妹妹替别的男人挡枪一事。林家家规守旧，此事若传到林老太爷和林老夫人那里，定然要认为自家妹妹作风不佳。纵然婚事作数，只怕自家妹妹入了林家宅院也要受流言蜚语。

古祯的顾虑卢柏凌明白，他虽知晓古祯是白顾虑了，却也准备对锦笙隐瞒此事。昨晚上赵立铭告知卢柏凌，穆峻潭曾无意间透露唐义哲可能要暗杀他。但卢柏凌认为，杀手是穆峻潭派去的，穆峻潭只是见暗杀失败，才推脱给了唐义哲。

仔细推敲之后，又认为敢做不敢当，并非穆峻潭的脾性。相反地，穆峻潭什么都不说不做，唐义哲才更能成为被怀疑的对象。穆峻潭之所以此地无银三百两，是故意暴露，是因为锦笙才有意挑衅他。

穆峻潭此地无银三百两，是在告诉卢柏凌，纵然痛下杀手，他也要定锦笙了。纵然这次暗杀的本来动机与锦笙不相关，但穆峻潭借此事暴露挑衅卢柏凌，也让卢柏凌忧心忡忡。卢柏凌原以为穆峻潭对锦笙是一时兴起，但穆峻潭却在逐步警告，他穆峻潭是认真了的。

卢柏凌虽想跟穆峻潭较量一番，给古琦讨个公道来，但南北形势如此微妙，且林家跟日本人的丝绸比赛在即，他不得不为锦笙考虑，隐忍着稳定局面。

锦笙得不到卢柏凌的回话，抬眸看他，他面上敛着怒气，连搂在她腰间的手也在用力，不免轻语叫了他几声。他方还神，脸上飘着一层薄薄的怒气回她："去沪海见了个老朋友，他有事需要我帮忙，就耽搁着没回来。"

锦笙知晓他没说实话，努了努嘴，低声问他："你，你还在生我气吗？"卢柏凌此时才全然回神，散尽脸上怒气，指腹摩挲着她被压出痕迹的脸颊，笑道："本想跟你气几日的，可我就是这么不争气，总是没法子真正生你气。"

闻言，锦笙温顺地主动靠到他怀里，脸埋在他胸前，隔着单薄睡衣，温热呼吸扑在他心室位置，低声说："卢柏凌，只有你，不管我是什么身份，在你眼中，我只是我。哪怕我是一个没有家族名分，没有姓氏名字的人，你也觉得我是应该存在的，是一个有存在意义的人。我怕有一天我不是我，可我也不知道我到底是谁。甚至，很多时候，我分不清我是男是女。大抵，我是个怪物吧，比太监还奇怪的怪物。我不知道我可以假扮哥哥多久不被揭穿，若有那么一日，家里已有了云笙，我将什么都不是。那时候，我不知道自己该何去何从。卢柏凌，我不知道自己在说些什么，可我认为你懂，你会懂我的……因为在你心里，我只是我，与姓名身份无关。可在我心里，我有一多半是林锦笙，是哥哥。还有一小半，我不知道自己是谁。可你知道！所以，你不能生气离开我，你离开了我，我若再假扮不了哥哥，我就彻底不知道自己是谁了。我好怕我会被赶出林家，届时我众叛亲离、无亲无故，死了以后，就被草草地扔在乱葬岗，被饿狼恶犬吃了尸身。"

卢柏凌见她主动靠在自己怀里，本笑意渐浓，及至她说下这番话，他神色便凝重起来，热热的气息萦绕心室之外，灼得发疼。拥着她微颤的身体，觉察到她双手冰凉，不免加重了力道，给她力量支撑，声音沉着道：“我懂你在说什么，我也知道你是谁，更不会离开你！”他抬起她下巴，俊美眉眼盈满笑意：“咱们以后会有孩子的，咱们俩百年以后，会有儿女安葬咱们，怎会被扔到乱葬岗呢！”

锦笙眸子里本浮着一层水光，听了这话，从卢柏凌怀里挣脱，红着脸道：“你别胡说八道！”卢柏凌捉住她手腕，预防她跑开，笑着说：“怎是胡说八道，你以为林大爷心里就没在盘算这事吗？他既然能费心设下这么大的一个局，就是想把林家大房一脉延续下去。就算你活一百岁，你没儿子管什么用？肯定得让你生儿子啊！”锦笙气羞至极，甩开他的手，急急地出了他房间。

卢柏凌是逗锦笙才随口说了这样的话，待锦笙离开，他脸上的笑意便戛然止住了。是，林肇聪肯定有这个打算，但林肇聪的打算里，那个男人又是谁？锦笙现在已不完全受林肇聪掌控了，林肇聪心里又是如何打算的？他眉心愈蹙愈紧，这一层，锦笙想不到，他须得替锦笙想到。否则，以锦笙的阅历手腕，是远远斗不过林肇聪的。

锦笙由卢柏凌房间出来，看到苏武正等在她房间门口，不觉一震，就停住了脚步。苏武神色也微诧，旋即就对锦笙低了低头，连自己要禀告什么都给忘了，只大步走回自己的房间给林肇聪打电话。

锦笙在自己房间接到林肇聪电话时，已是洗漱好更换了衣物准备要外出，听到父亲的声音，心立即悬在了嗓子眼。但父亲却并未责骂她，只语声缓和着说：“日本人临时要求签比赛协议，并且还提出如此苛刻的条件，是我疏忽了，商榷比赛地点时没能顾虑到比赛协议这一项。我昨儿想了一夜，你加的条件可以，不贪心、不激进。咱们的条件与日本人的条件摆在一起，观者自有公断。若渡边次郎等人同意，你也可同意他们的条件，把比赛协议签订下来。签完以后，立即把协议内容公布于众。你爷爷这边，我会尽力先瞒着，慢慢地再告诉他。泰潍那边有清菽在，铁定是瞒不住的。不过，有我应对，你只一心策划领导好与日本人的比赛即可！”

锦笙一面应着，一面心里忐忑父亲是否说完正事了就要责骂她，但父亲说完正事就把电话挂了，她便愈加忐忑不安。苏武必定已把她在卢柏凌房间过夜一事告知了父亲，父亲隐忍不发，她便想起卢柏凌说，父亲在盘算着让她生儿子一事。

生儿子这等事，她是从未想过的。她不想，不代表父亲没在谋划。可父亲谋划的人选又是谁？那她成什么了？随意与人结合只为生子？比书寓的姑娘还要低贱不如。可一旦父亲强行命令下来，她若违逆，就要与父亲彻底对立相抗了。

她外表端着哥哥的富贵少爷身份，内里却还是个女子，一个听任父亲摆布、毫无自身价值的女子。可她偏偏又不能只做个寻常女子，昨日被穆峻潭那般轻薄，她可以气怒离开，却不能耍女子脾气自此深居闺房再不跟他见面。今日，她还得恭恭敬敬地去见他，让他和赵立铭作公证人，在比赛协议上签字。

电话筒里早没了声音，锦笙却还攥着听筒，眸底泛起一层惶恐不安的泪光。泪水凝结，倔强着不肯滑落，却不知如何又与五指相连了，把整个手心都浸得湿滑，湿滑到攥不紧电话筒。她忽而怒怕交加，抱起电话机重重地砸在地上，把赤芍唬了一跳。她又伸脚对着电话机狠踹了几下，电话机裂开了锋利的口子，在地毯上划出长长一道。五彩缤纷的线崩开，她眸前一片混乱，愈加平复不了怒气。纵然气愤，也仍得出门去交涉比赛协议一事，还不能与穆峻潭怒脸相对。这般不敢惹怒穆峻潭的心境，当真是比书寓女子还不如。

渡边次郎等人也是抱着必胜之心谋划此次比赛，锦笙所加的条件，他们不屑也不想认可。但先前在徐之卿跟前已说定不在日租界内设比赛馆，这比赛馆要设在穆峻潭所掌控的地方。又是锦笙说服了穆峻潭延长比赛期限，他们为不横生事端，就同意在比赛协议上添加锦笙所提出的条件。

比赛协议签订好以后，锦笙即把内容告知于报馆，由柳苏城的报馆传至沪海，又由沪海传至北地。不消几日，纵然不热心于此事的，也偶尔提上几句。人们对于比赛，即使不关心比赛内容和过程，闲谈之下也会脱口问上一句："哪方赢了？咱中国还是日本？"被问者便故作深沉地思忖片刻，评议道："阵势是已经闹起来了，双方还把产业押了一部分。日本人来势汹汹，眼下还不好估计，等等看吧！"

比赛馆定在了天庆街尾的洋行旧址，那二层建筑是早期的中西结合样式，中式偏多，只门庭是拱形的，还有两根硕大的门柱。进门后，因里面的东西早已搬空，显得空间很大。

一楼并无其他杂物，除了正对偏右一点是楼梯，两侧各有两个小房间，一楼近乎全是大厅。原先洋行办公的地点多在二楼，故二楼皆是房间，唯有窄窄的长廊是公共的空间。

渡边次郎强硬地选了一楼，既因为一楼大厅空间充裕，摆起丝绸好看，又因为，去二楼须得经过一楼不是？锦笙把手一挥，道："远来是客，外公让着你。"于是，带着自己的人去了二楼。

比赛方式，做起来烦琐复杂，但说起来却简单明了：双方把丝绸的各个品种分开罗列，标上定价，任人观览购买。可现购，可订购，也可通过书信与电报订购。但比赛期间，订单所用纸张，皆要有赵立铭秘书的签字印章才能算数，且订单必须开诚布公，不得隐瞒对方。

起初，锦笙是想让赵立铭和穆峻潭在订单纸张上签字的，毕竟二人才是公证人。但穆峻潭身份特殊，有他签字印章的纸张恐被有心者拿去作其他用处，他便婉言拒绝了。此次比赛并非寻常小比赛，赵立铭怕将来再生出什么意外事，不愿被牵扯其中，就把签字印章一事推给了自己的秘书。体谅二人的不便之处，锦笙也就退而求其次了。

期限内，双方还要派两名人员，去监控对方的订单数额，以防作假虚报。

至于如何决定胜负，以期限内的所有交易额为主，参考订单数量及丝绸种类。

开馆前一日，卢柏凌本跟锦笙提议请乐队，但锦笙觉得西洋乐队不如舞狮子和炮仗响动大，就请了舞狮子和锣鼓。

开馆这一日，狮子队伍由天庆街街头锣鼓喧天地舞过来，又舞了回去，才点炮仗。摆了四五米远的炮仗，直炸得半条街余音缭绕了好一会儿。

炮仗声完，锦笙立于高台，并不多言，只说了一些感谢大家光临支持的官话，谦逊有礼地讲了比赛起因和用意，就把赵立铭请上了高台讲话。她知晓，林家再有人脉钱财，也只是商人。纵然她伶牙俐齿，此时此刻也是多说无益。赵立铭这个一省之长，代表江北内阁，代表名义上的民国政府，他的话才能加重这次比赛的意义。

人群里有许多记者拍照采访，赵立铭省长气派十足。他清了清嗓子，悠悠地说了许多中日贸易友好往来的官话，愈说愈觉得下面某些学生和记者对他不太友好，方借用起锦笙给他的稿子，拣了那几句背牢的，又加了自己的话，娓娓说来：

“各位，请静一静，听赵某人说几句真心话。我赵某人认为，中国的物产资源并不比欧美等国差，更是日本友邦所不能及的，只因中国工艺技术落后他国，才令商情涣散、洋货横行，侵占国货市场。

“起初，林五少怕给赵某人添麻烦，不愿把这次比赛办到如此规模，只想以十天为期，办一场小小的比赛。我说不行！既然要比，咱们就好好地比一场，公平公正地大规模比一场，输赢并非紧要的，促进国货发展才是最重要的。

“我赵某人认为，柳苏城也算得交通要津，丝绸又涉及农桑与实业，与日本友邦举办一次赛会，能激励我国的工、农、商发展，实乃利国利民之事。赵某人不才，任樟西省省长之际，能促成这样一件大事，实乃赵某人之荣幸。

“自然，常听商人说起，买卖不成仁义在。如今，咱这比赛成了，友好也得在。咱们中国乃大邦之国，与日本友人同办赛会，比赛是首要的，彼此双方友好也是重要的。咱们中国人是东道主，对待外邦友人，不能失了大国风范，各位说，是也不是？”

说完，对一旁的日本驻柳苏领事馆的领事伸出手，友好一握，互相假笑着合影。

至于是也不是，自然不是。在许多日本人看来，落后懦弱的中国人不算东道主，有朝一日，他们才是这广袤国土、丰富资源的主人；在爱国者看来，侵占了中国国土的日本不是友邦，实乃贼寇。

可即便不是，谁也没法公然反驳赵立铭这番话。日本人不能公然说，中国人不是中国的东道主，爱国者也不能公然反驳，在这种场合毫无缘由地激愤，那是失了大国礼仪风范，更落人口实。

终归还是在中国的国土上，中国人定然是东道主，东道主自然就要有东道主的风范。对赵立铭不太友好的单纯学生，还是被赵立铭给安抚住了。比起此时跟赵立铭和日本人较劲，他们更期待比赛结束那一日的胜利喜悦。

虽锦笙代表的只是林家，但在洋货大肆入侵、中国工艺落后欧美日本的时期，林家敢锣鼓喧天地跟日本人举办一场丝绸比赛，进步人士自然而然地认为林家代表的是中国，对林家寄予了厚望。

在赵立铭讲完话后，那些闻讯赶来柳苏城的各大报社的名记者也争着为锦笙拍照、做采访。这时候，锦笙的伶牙俐齿方显现出来，对记者的任何问题都能给出滴水不漏的回答。

次日开始，锦笙端正挺直的身姿、天之骄子的贵少爷气势、精灵傲气的笑容，出现在一张又一张报纸上，报道中更是频频提及她的年龄。虽胜负未分，但一个十八岁的少年敢独立应对中日丝绸比赛，勇气可嘉自不必说，胆识、魄力更是过人。

远在燕平城的林肇聪看到报纸，也不由欣慰一笑，他终于如愿以偿地把自己的儿子高高捧在了众人眼前。看着照片上锦笙的笑容，他不由怅然失神，痛声道：“我的儿子，若你还活着，你也一定做得这般好。不，你会比她做得更好，更不用为父操心。不像她，总让为父担忧会有纸包不住火的那一日。好儿子，她所做的一切都是替你做的，这一切的赞誉也都是属于你的，是她夺了你的命，这是她欠你的！”

纵然心存怨恨，他也得把锦笙高高地捧在众人眼前，让锦笙为他逝去的儿子争名夺誉。

自与洋人通商以来，丝绸一直是中国的主要出口商品，占中国出口商品总值的百分之二十左右，中国内销的丝绸占丝绸总生产量的百分之四十左右。故中国丝绸的主力销量还是靠出口。

而中国丝绸出口的地区，分直接和间接两类。直接地区由中国直接交货，间接地区则是经由直接到货国家或地区转口出售。直接到货国家有美国、法国、意大利、加拿大、瑞士、英国、印度、西班牙、墨西哥、朝鲜、日本、越南、菲律宾、马来西亚、暹罗等等。

尤其是南洋市场，同属亚洲，中国、日本都与其路程较近，中国丝绸与东洋丝绸的竞争尤为激烈。

故而丝绸世家燕平林氏与日本人在柳苏城比赛丝绸一事，引来的不仅是中国的丝绸商人，还有外国丝绸商人及各国洋行的人。

这亦是日本商会的目的之一，把比赛办大以后，不仅能在中国大肆销售东洋丝绸，还能抢夺中国丝绸的外国客商。

最初几日只是柳苏城本地的人来比赛馆观看，渐次外城、外省的人便多起来，外国丝绸商人及洋行大班也派人来观察价格行情，想要渔翁得利。

闲暇的文人雅士也常来比赛馆光顾，不为别的，只为个璀璨环身、琳琅满目。

初布置比赛馆时，二楼房间众多，锦笙便命人把丝绸分门别类，置于不同的房间里悬挂起来。灯盏换了琉璃盏，其流光溢彩照映在绚丽丝绸之上，把寻常花色的丝绸也映得瑰丽醉人。

方家丝绸是单独的一间屋子，推门进去，便恍如云消雨霁，蓝天现彩虹。朱砂红、水红、杏子红、石榴红、葱黄、月白、藕色、松绿、松香、孔雀蓝、品蓝、青莲、湖色、古月、皎月……

锦笙虽见惯了西洋染料染出的绚丽丝绸色彩，仍不觉赞叹一番，方家的染色技艺确是一绝。更绝的是，这染料萃取于植物，于肌肤滋养有益，润泽光滑。

各色各花样的丝绸在琉璃灯盏下，虽比不得霓裳锦，却也把方家工匠代代相传三百年的工艺和精神展现得淋漓尽致，色彩细腻，花样精致，气质璀璨。一丝一缕都显出匠人的那份考究劲儿来，当真是一丝不苟。

其余房间，便是寻常丝织厂的丝绸按类分列。有永亨丝织厂和广昌丝织厂所供的丝绸，有本就给秀林供货的南地小丝织厂及家庭作坊所供的丝绸，还有秀林的柞丝绸。皆织就着秀林字牌，挂着秀林商标。

前清许多丝绸品种的花样已不时兴，锦笙令人摆出来的都是新近的时兴花样。

长廊窄且狭长，但一门之隔，推开后，顷刻间就能转换天地。绫、绸、缎、纱、葛、纺分列各室。锦笙在长廊徘徊一圈，心中仍觉有憾，数千年的丝绸工艺，一朝一代地传承，这期间失传的工艺抛开不谈，光是如今传承下来的，又岂是这小小的一层楼就能完整展现的。

锦笙恰立在标有“缎”字的房间门前，抬眸望，就算不推门进去，亦能想象出，当观客和商人推门刹那，便是琳琅满目，及至走进，益发眼花缭乱。织锦缎、古香缎、羞花缎、真丝印花层云缎、提花缎、琳琅缎、素绉缎、花绉缎、新惠缎、桑波缎、玉叶缎、百花缎、花软缎……

其余房间，亦是这般琳琅满目，姹紫嫣红开遍，团花、满花、闪花、暗花、印花、堆花、撒花、缠枝、串枝、折枝……

若非每匹丝绸下有名字价格，怕是观客和商人也实在辨不清满目璀璨琳琅都为何名。

比赛馆一楼被日本商会布置得也很漂亮雅致，一匹匹多姿多彩的丝绸有规律地垂悬着，宛如雨初晴，云天清，日光照耀在澄澈水面，縠纹粼粼，美轮美奂。

大和民族特有的乐音飘荡在一层，身着华美典雅和服的柔情女子挥扇轻舞。

浮世绘屏风隔出一间小小的茶室，屏风上有日本雪景，皑皑白雪中的小木屋简单孤寂却令人神往。另几扇屏风上是日本樱花，粉色雪海热情而纯洁。有缕缕茶烟从屏风相接的空隙里飘散出，环绕着绚丽罗列的丝绸。

转眼间，比赛馆开馆已有十天。

锦笙靠着二楼的栏杆，拿金色小望远镜望日本人罗列的丝绸品种，又望那一间小小茶室。一面望，一面对程藕初道：“藕初，他们的标价是中国字，记账什么的，却都是日本字，还是你去看着。我再给你配两个掌柜，我父亲选的这几个掌柜，都在丝绸行里摸爬滚打几十年了，丝绸一看一上手，连丝是哪里产的都能说出个大概来。你们要留心，看看他们哪个品种用了人造丝。”程藕初点头应道：“好。”锦笙又扭头看向一个小伙计："眼皮灵泛点，腿脚麻利些，日本人的哪种丝绸价格变了，就立即上来告诉周掌柜。"小伙计忙不迭地点头。

自然，那浮世绘屏风围起来的茶室内也有人在说着相似的话。茶室一面缺了一扇屏风，便是出入口，身着和服的佐藤英武出来后，遥遥地对着拿望远镜的锦笙鞠躬微笑。锦笙孩子气地傲然抬高下巴，转身进了办公室内。

佐藤英武唇边浮起半缕无奈笑意，却在看到方少尘和穆峻潭进来时戛然而止。方少尘看到佐藤英武，向来温润的脸庞也骤起冷意，连一眼都不愿多看，就大步朝二楼走来。

临时小办公室里，锦笙坐在太师椅上正拿报纸遮脸惆怅着哼京戏。方少尘隔着桌案伸手把报纸给拿掉，笑问："都开馆十天了，你们卖了多少？"锦笙因他把穆峻潭也给领来了，没好气地瞥了他一眼。桌案对面没椅子，她也不礼让他们去沙发坐，看他们的意思，为了说话方便，索性也是要站着的。亦不愿仰看他们俩，垂着眸子，闷声道："你们方家的花缎卖了十匹，素纱卖了二十匹，我林家的柞丝绸卖了二十匹，其余的桑丝绸还一匹都没卖呢。"

方少尘又问："那他们呢？"锦笙冷哼道："他们那个佐藤织物会社的织物卖了不少，还抢了我一个暹罗的客商，卖了三百匹东洋葛！"说着就更来气了，"我昨天跟老周他们算了一下成本，他们那东洋葛原料税极低，出日本国又免税，到中国低税，只加一个漂洋过海的路费，比我们在国内纳完税的价格每匹还低了三块左右。更可气的是，他们接了外国的订单，就直接把订单派回日本国，不往中国来这一趟，若路程费低于咱中国的子口税，价就可以更低一些了。"

锦笙说着突然想起什么似的，拍了一下桌子："对了，你不来，我都把这茬给忘了。"随手从桌案的一沓文件里翻找出两张纸，是一模一样的契约。她早已签好字用了章，递给方少尘，说："韩国富、何树德那两个老滑头，我怕他们算计我，他们也怕我暗地里算计他们，两下里一合计，大家都觉得应该签个契约。契约内容是商定好的，他们还非得方家签了才跟我签。他们俩这两天要来看比赛馆，你先跟我签了吧，省得我到时候还得派人去沪海找他们签。"

方少尘接过合约细看着，锦笙在旁边又叹着气说："这强龙还压不过地头蛇呢，我真怕他们到时候不给我好好供货，暗地里摆我一道。"方少尘目光依旧在合约上，温和一笑回道："应该不会，再签了契约，有十倍违约金约束着，他们就更不会了。"

因永亨丝织厂和广昌丝织厂在参赛期间供货，不缀字牌和厂标，一律以秀林的名义卖货，锦笙与韩国富、何树德协商过后，把双方提的条件落实在了契约上。

契约亦简单，韩何二人要求在比赛结束后，还要买他们丝织厂货物的客商必须给他们，锦笙也要负责解释清楚，恢复他们的字牌和厂标。比赛期间的丝绸价格虽由锦笙决定，但若低于成本，锦笙不仅要按成本价把钱给他们，且一匹要加一块大洋当作工人津贴，并且，所卖丝绸的盈利必须全部给他们。

锦笙则要求，既然答应供货，就必须按订单数额且要在规定的时间内把货物备齐，若韩、何违约的话，就要按十倍的违约金赔给锦笙。

因前两条已保证韩、何二人不会赔钱，故二人也能接受第三条。但他们却在斟酌之后，非要拉着方家担保。在他们看来，林家和方家乃是世交，又曾是姻亲关系，定然不会坑骗方家。殊不知，此番正中锦笙下怀，锦笙跟他们签下十倍违约金的契约只为了把方少尘引进圈套里。

方家是在正大光明地给林家供货，已表明要跟林家荣辱与共，原不必签这个，但锦笙知晓，方少尘为了不让她为难，定然会签。

果不其然，方少尘看完，提起笔就要签，却被穆峻潭喝止："等一下！"

进门后，锦笙虽并不搭理穆峻潭，穆峻潭的眸光却从未离开过锦笙的脸庞。及至方少尘拿起钢笔，锦笙因内心愧疚，神色有异，这细微变化就被穆峻潭给捕捉到了。方少尘跟锦笙都不解地看着穆峻潭，穆峻潭对锦笙说："林家跟方家有上百年的交情往来，方老太爷和少尘的为人，你理应清楚，这份契约少尘不必签。"他虽不能知晓她究竟在搞什么鬼，却也知晓她的鬼心思太多，总令人防不胜防。少尘对她，又向来温和谦让。

锦笙脸上的异样早已一闪而过，此时她神色如常地看着穆峻潭和方少尘说："我自然知道方爷爷和少尘的为人，我也是被韩国富、何树德给逼的。北地听我林家指挥的丝织厂那般多，若不是为了少纳税，可以降低售价，我也不至于找沪海的丝织厂供货啊。你看看他们提的条件，赔了都是我林家的，赚了都是他们的，我林家跟别人签订的订单，但凡违约都是三倍违约金。跟他们签契约，我自然得在违约金上规定十倍喽。不然，客商催着要货，他们撂挑子不干了，我在南地人生地不熟，临时找哪家丝织厂给我大量供货，人丝织厂都得坐地起价啊。而且，这契约也不是我非要少尘签的，少尘不签，韩国富、何树德就不签，我这才让少尘起个头。少尘若疑心我，等我给他们俩看了，再撕了就是！”

锦笙见穆峻潭的眼神显然还在怀疑她，就把要给韩国富、何树德签的契约也翻找出来递给他，气吼吼道：“喏，你自己看。除了丝织厂名和人名不一样，再有一处不一样的，我林锦笙跟你姓！”

穆峻潭接过后，仔细对比了一番，确如锦笙所言。再次递给她的时候，意味深长地与她对视说：“不要急，你很快就会跟我姓了！”

锦笙恶狠狠地瞪他一眼，猛地把契约揪过来，冷着脸气恼地不再看他。

方少尘不想他俩再争执下去，怕吵翻了打架，锦笙那瘦身板又得吃亏，忙跟穆峻潭说：“竟天，你多虑了。就是个供货赔偿契约，理应要签。锦笙必然也知，就算不签契约，我方家也不会违约的。但韩叔与何叔二人疑心甚重，我不起这个头，锦笙会很为难的。”旋即，他就弯下腰，在两张契约的共同位置——“霓裳锦织造坊”之后，签下了“方少尘”三字，见桌案上还有印泥，就连手印也按了。

锦笙收契约的时候，方少尘问：“你昨天找我，我不在，以为你有什么大事呢，就是为了签这个？”锦笙摇头：“这个是顺带想起来的，我找你是有更重要的事。”她抬眸冷瞥一眼跟修竹似的穆峻潭，忽然压低了声音说：“少尘，咱俩单独说吧，这事儿特别重要。”

方少尘还未开口，穆峻潭就沉下脸来，双手撑住桌案，弯腰凑近她脑袋，学她的燕平口音说：“我才给你做完公证人，你就要过河拆桥！你要是支开我，那我也有很重要的事跟少尘说。那事儿，特别重要！”

热气随话语扑在脸颊上，锦笙脸庞却兜上一层寒气，她知“那事儿”是她的身份秘密，锦笙瞪着穆峻潭，眸光又冷又狠又无可奈何。她利落地起身离开太师椅，走到窗子跟前，怒得也不理睬穆峻潭。

方少尘察觉出二人间有些不对劲，又想不通是何处不对劲，抱着双臂打量他们俩片刻，笑意灿若日月：“我不在的这段时间，你们俩发生了什么？这兄弟不像兄弟，仇人也不像仇人了，都快成冤家了。你们俩怎么了？又结了什么冤案？”

第二十四章 穆林氏，犹困兽

锦笙见穆峻潭直起腰身，恐他再说出什么来，忙对方少尘说：“少尘，我找你，是想跟你商量，你们织造坊里留存的霓裳锦能不能搬出来？一楼摆了许多佐藤织物会社的织物，漂亮精致，手法考究，很是吸引人。霓裳锦放在库房里也是放着，我给你们卖了吧！保管能卖个好价钱！”

方少尘不经思索就摇头道：“肯定不行，坊里的织锦房早就关了。爷爷这次还说了狠话，我何时掌管织造坊，织锦房何时开锁。库房里仅存的霓裳锦，爷爷是想留传于后人的，不会同意拿出来卖的。”

锦笙眸光倏忽黯淡下来，说：“你看到佐藤织物会社的丝织物没有？听藕初说，以前也是深受日本国的皇族贵族喜爱，在西阵织也算得翘楚，只是后来被川岛、龙村这两家织物会社给赶超了。我瞧着跟霓裳锦是差不多的程序织出来的，佐藤英武也亲口告诉我说，日本丝绸技艺本就学师于中国，一楼摆的那些织物，也是因方爷爷曾教过他，技艺才精进了，只还是不及霓裳锦。”说着语调带了恳切，“少尘，霓裳锦要是失传了，中国就很难有比得过西阵织织物的了。届时，中国身为丝绸故乡，岂不蒙羞？”

五彩玻璃窗敞着，加之日光灼盛，照在方少尘灿若日月的脸上本应光芒万丈，可他脸色骤变，寒冻了日辉，他躲过锦笙的眸光，片刻后低声叹气，说：“你不是想去霓裳锦织造坊看看吗？我正好要过去，走吧，领你去看看。顺道问问爷爷，若是不卖只摆着当装饰，能不能搬出来一些霓裳锦。”他说着就转身了，虽身姿仍旧挺立，却微有颤动。

穆峻潭拍拍他肩膀，又在他肩膀用力按了按，见他点头苦笑示意没事，方说："少尘，你先走，我跟林五少有话说。"

锦笙正在仔细观察方少尘背影，心里估摸着方少尘重回霓裳锦织造坊的概率有多大。待见得方少尘抬脚离开，她才意识到穆峻潭说了什么，当下心里就咯噔一下，加快步子绕过书案，就要跟着方少尘跑出办公室。

穆峻潭腿长，虽落后她两步，但他抬脚就把门踹上了。他揪住锦笙衣领把她往后拉，冷声说："你跑什么？帮完你的忙，你就想方设法地躲着不见我，我能吃了你？"

关门刹那的一瞥，锦笙看到在走廊守着的盛吉祥等人，知道即便跑出去也逃不出穆峻潭的手掌心，认栽后又被揪着连连后退，不免咬着牙厉色道："你放开我！君子动口不动手！"穆峻潭放开她，绕到她面前，低头笑着说："自绣楼那日后，在你眼中，怕是我再如何规矩都算不得君子了。"声音低低，牵扯出那日绣楼上梨花纱帘兜罗红尘的回忆来。

锦笙气羞到脸庞耳根通红，迎着强盛日光，通透如红玉。穆峻潭垂眸凝看着她，强忍住，才没有抬手捏一捏她通透润泽的面颊。她垂眸理着自己脖颈处凌乱的翡翠玉扣装饰，侧身对他："有事请快些说，本少爷很忙！"穆峻潭气极，冷眯了眯眼："你以后不要跟少尘说那种话，方爷爷用了那样的法子逼他，他心里也不好受。"锦笙回道："这一切都是因你而起，若你当初不蛊惑着少尘去日本念军事学校，他怎会撇下霓裳锦织造坊不管不顾！"穆峻潭冷笑："一个身强体健的少年郎，不去扛枪打仗，天天坐在什么大花楼织机上织锦，成什么样子，岂不懦夫！"

锦笙虽张口就能反驳，但她谨记在芳漱园的教训，不敢与穆峻潭过多独处，就顺从道："好，我以后不会在少尘跟前提起了。我可以走了吧？"穆峻潭这才说到了正题上："老戴在，且我近日已没事，你需要我在日本那边帮你弄什么文件？详详细细地告诉我一番，若实在复杂，我也有时间到日本去一趟。那样的话，你就跟我去，我对丝绸方面的事情着实不懂。不过，咱们要尽快出发，从日本回来，我还有一件要紧事得办。"

这时，锦笙方想起，那日穆峻潭在丹鼎山答应过要帮忙的。后来卢柏凌帮她收拾妥了邓立耀，她却忘了告知穆峻潭不必再帮这个忙。她听穆峻潭语气还算诚恳，不免冷漠态度也改善了些。因知道外面有穆峻潭的人守着，便不忌讳提及此事，只把声音降低了回道："多谢，不用你帮忙了，我已经找了别人帮我。且用到用不到还得另说呢，不必麻烦你再跑一趟日本。"穆峻潭猛地捉住她手腕拉近，冷声道："找了别人帮你？那个别人是谁？卢柏凌？你也太没诚信了！说了让我帮你，又托给别人，言而无信！丹鼎山，我白跟你爬了！"

锦笙挣脱不开，怒看他："穆峻潭！丹鼎山是你逼着我去爬的，什么叫你跟我白爬了？再说了，我不找你帮忙，省得你跑一趟日本，这于你也是有利无害啊。以你现在的身份，日本岂是轻易去得的，你在日本出了事，我林家怎么跟穆大帅还有穆夫人交代。"穆峻潭硬声说："你无须顾虑我的安危！这个忙，只能我帮你，你不能找卢柏凌！"锦笙见他态度强硬，只得无奈地小声说："这个忙，不是卢柏凌帮我，我在日本人的洋行里买通了一个内线。你别再管这件事了！就算咱们俩去日本，也没有他行事方便，更没有他得来的消息准确。况且，订单不是一次就能完成的，你既不能常住日本，也不能次次都跑一趟日本啊。"

闻言，穆峻潭亦不再纠结此事，踌躇片刻，神色凝重地说："我母亲又在催我成亲。我若是向林家提亲，要提谁的名字才能娶到你？趁我父亲的眼睛还模模糊糊能看得见，我也想让他见见我未来的妻子，想让他能模模糊糊地看着我成亲。再迟，我怕他此生都无法知晓他的儿媳是怎样的精灵讨喜了。你放心，林家和日本人丝绸比赛期间，我不会莽撞行事的。只想先准备着，等你们林家赢了以后，便可立即再添一件喜事。"

从穆峻潭说要跟林家提亲娶锦笙，锦笙就瞠目结舌且惊恐万分地望着他，待他说完好半晌，她还是说不出话来。穆峻潭也是出奇地有耐心，凝看着她，静待回音。

穆峻潭说话的音调并不高，相反因郑重还有些低沉，可那一字一句钻进锦笙耳中，似擂鼓一般，轰鸣了她双耳以后，就在脑子里蛮横地搅动，直把她脸色都搅得煞白了，仍不罢休。

她想宽慰自己，穆峻潭或在整蛊她，或在开玩笑，可见穆峻潭这般认真的神色，她如何都说服不了自己。

穆峻潭严肃认真的神情里还带着一丝不自然，第一次郑重地对女孩子说出这样的话，他的确是深思熟虑了的。

窗子照进来的日光，把锦笙面前的浮尘照得清晰缥缈，她觉得自己也变成了一粒浮尘。散似浮尘无觅处，她忽然也不知身在何处，飘飘浮浮，散掉了半身的力气。迟了好半晌，她攒了攒力气，说:“你是留洋回来的新派人物，你们不都是讲什么自由恋爱吗？我又不喜欢你，你凭什么跟我家里提亲！”

穆峻潭脸色瞬间难看到了极点，“是自由恋爱！你跟我结婚以后，我不会强迫你爱上我，你可以自由选择什么时候爱上我，不论时间长短，我都可以等。”锦笙气结:“你是好脾气的人吗？你是有耐心的人吗？一辈子几十年你等得了吗？”穆峻潭也气恼道:“我要是对你没耐心，我早就……我要对你没耐心，你现在已经是我的女人了！我若对你没耐心，就不会人前人后帮你隐藏身份。我若对你没好脾气，想提亲就派人去提亲了，根本就不会在这里跟你浪费时间！对你，我耐心还不够足吗？脾气还不够好吗？”

锦笙与他说不通，就掰他手指，要把自己的手腕揪出来。可他一用力，就把她揽在了怀里，怒着低语道:“你听好！我以前没爱过人，既然爱了，我爱的人就必须是我的！你这辈子，只能嫁给我穆峻潭！你要是敢嫁给别人，你出嫁当天，就是那个男人的忌日！别跟我说什么‘得到你人，得不到你心’的鬼话，你的心就长在你的身子里，你的身子跟了我，心也就跟着我了！”

锦笙挣不开他怀抱，冷笑连连，眸光锐利地看向他:“那我要是死了呢？”穆峻潭认真回看她:“那我就为你设灵堂，抬你的棺椁进京陵帅府！再把你风光大葬，入我穆家坟地！记住，你生也好，死也好，都只能是穆林氏！”

锦笙哑然望着大步离开的穆峻潭，万分无奈到气结，她曾忧心的尸骨被喂饿狼恶犬这事倒被穆峻潭给解决了。可她宁愿饱狼犬之腹，也不愿埋在穆家坟地里！一瞬间，她竟再不忧心被扔在乱葬岗，因为有比无人收尸更恐怖的选择在等待她。

穆峻潭临时有事走了，只有锦笙和方少尘去霓裳锦织造坊，因走水路不用绕路，二人就搭乘了乌篷船。

方少尘心事重重，锦笙被穆峻潭给安排好了后事，也是闷闷地心事重重。故二人虽并排坐着，却一直无言。船桨激起水花，流水淙淙，不知何处漂流来的纷纷落英，被船桨搅了个稀乱，四散的刹那，宛如一整匹丝绸猛然由高处悬坠，花簇旖旎四散。

柳苏这座城池的历史和韵味，须得由绫罗绸缎霓裳锦娓娓道来，山水园林、小桥流水、粉墙黛瓦，这种精致婉约的韵味，无处不缠绕着柔软丝滑、轻盈飘逸的丝绸。

东北半城，万户机声。

日出万绸，衣被天下。

柳苏城是丝绸之府，东北半城的万户机声仍在，可一些大规模的丝织厂都建在了沪海，柳苏“衣被天下”的盛誉已不复当初。更令人惋惜的是，柳苏霓裳也沉寂于世。

方少尘生于霓裳锦世家，出生后耳濡目染都与丝绸相关，那一丝一缕早已融化在他骨血里。只因国弱遭洋人欺辱，他才弃锦从戎。学成归来后，虽也打过不少仗，但都是打内仗。他跟着穆峻潭收拾了五省的土匪，又跟着穆峻潭解散、收编了西北那些小军阀，还跟着穆峻潭驱赶威慑了西南那两个大军阀，把他们逼得偏安一省，却也弄巧成拙，把他们逼得在名义上归顺了南广军政府。

他虽没有军事天赋，但跟着穆峻潭，又岂会打败仗。胜利之后，也会喜悦。喜悦之后，心里被霓裳锦掏去的那个黑洞就会肆意扩大，完全吞噬掉他打胜仗的喜悦。连他自己也愈来愈迷惘，丢弃霓裳锦，就只为中国人打中国人吗？这样做，当真值得吗？

最初离开织锦房远赴日本念军校，是为了学成以后保家卫国驱逐洋人。可现在，莫说驱逐洋人，中国人自己都内斗不止，把大好河山给折腾散了。他隐约也觉得为打这样的仗而舍弃霓裳锦，实在不值。

锦笙曾劝他说：“天公赋予世人的天赋各有不同，中国缺一个你这样的军人，毫无影响，可霓裳锦缺了你，却有可能要绝迹于世。孰轻孰重，你怎能掂量不清呢？”

他当时冷笑回道：“若中国男人都觉得缺自己一个军人不缺，谁还去当兵打仗？”

少尘知道锦笙巧言善辩，便没给锦笙机会再说下去。今日，他却忽地想听听锦笙要如何巧言令色，便问锦笙：“锦笙，我上次说‘若中国男人都觉得缺自己一个军人不缺，谁还去当兵打仗’，你想跟我说什么来着？我那时急着有事，没顾上听。”

闻言，锦笙立即从被穆峻潭笼罩的阴影里跳出来，片刻后，心里已忖度出方少尘话意。他上次摆明了是不想听她说话才走的，今日想听，不过是因为日本国宝级的织物都卖到柳苏城了，他的心已在动摇，才想让自己说服他。

锦笙垂眸，快速地组织辞令，让方少尘等了一会儿，才缓缓地语气沉重道：“那日想跟你说的，是景翁告知我的一番话，真的很有道理。景翁说，救国之道，并不唯一，有军事救国、外交救国、教育救国、实业救国等等，种种方法并不相悖。各界应尽各界的责任，只要你有救国的心，总能找到法子为救国尽一份力。”

这的确是景翁所言，再往下就是锦笙所言：“景翁还说，外寇欺辱，同胞相杀，战祸绵延，七尺男儿，凡有血气，谁不渴望挎枪上阵，以平定战火，保家国安康。可战场的稳定靠的是军人，后方的稳定，靠的便是各行各业的人。种粮的粮农、种桑的桑农、养蚕的蚕农、丝织厂的工人、面粉厂的工人、棉纱厂的工人，诸如此类，他们都有一身力气，不去从军，就是懦夫吗？少尘，你曾跟我说过，于国家而言，每个人都同等重要，既然各行各业都重要，你只要好好发挥自己的天赋才干，从另一条道路为国家尽心，就不算懦夫。霓裳锦虽不能助你保家卫国，但你能用霓裳锦为中国丝绸赢得荣誉啊。等哪国再举办万国博览会时，你就带上霓裳锦去参赛，赢个奖回来！好好地给咱中国丝绸争口气！”

她见方少尘神情里犹豫更重，便又低叹道：“少尘，卢柏凌从很小的时候就立志于带兵打仗，可四年前那场军阀大混战，他手下的兵死的死伤的伤，都是遭难于中国人自己之手，我现在还忘不了他手下卫兵的死状。都是平素一起吃、一起睡、一起训练的兄弟们，那般惨死，卢柏凌消极颓废了很久才缓过劲来。你、卢柏凌，你们俩和穆峻潭不同。穆峻潭他自己就是个冷兵器，血肉心肝肺，连肠子都是冷的，他要武力统一，他就能狠得下心去做，双手沾满鲜血，也能压得住内心的痛苦煎熬。但是穆峻潭这人也有短板，他军事谋略天赋极高，可他政治谋略欠缺，一直以来都是穆大帅和戴参谋长在他背后指点着。他这样的人，要是拿前人作比，顶多也就是西楚霸王那类的角色，早晚得自刎在乌江！你别跟着他了，回霓裳锦织造坊吧。”

方少尘听到这里，才看向她勉强一笑：“你这话要是让竟天听到了，他自刎不自刎在乌江，我是猜不到。但我知道，他会先把你扔到柳苏河里。”

闻言，锦笙双手捂住脸，下巴颏抵在膝盖上，闷声道：“等我被淹死了，他还会给我设个灵堂，让我死都不得安生。”

方少尘牵强一笑不再接话，他低头望着水面被船身挤开的水花。日光下，水波荡漾，船身摇曳，似他一颗摇摆不定的心。

霓裳锦织造坊在柳苏城东北方位，占地面积很广，白粉墙，黑瓦，朱红门，门前有两个威风凛凛的石狮子。建筑一切如初，只是被风雨洗刷掉了昔日的鼎盛喧哗，再不见身为皇家贡品的辉煌荣耀。

庭院深深，杨柳依依，风声兮兮。院内有织锦房六十间，染作房十间，织绸房十间，验锦厅五间，厨房四间，先蚕祠一间，祠内供奉着先蚕娘娘嫘祖。

院内横平竖直，房屋林立，种植了少许杨柳翠竹，没有假山堆砌，没有小桥流水，只有一方水池，三口水井，既为吃水用水，也为走水救火。

方家风头最盛时，曾有工匠八百六十人，个个是能工巧匠。及至树倒猢狲散，如今只余了八十多个家生匠人，其他的都改行讨生活去了。

方少尘领着锦笙在织造坊闲走时，锦笙故意问了许多关于霓裳锦的问题，以进一步刺痛他，唤醒他对霓裳锦的感情。

锦笙也生于丝绸世家，如何会对霓裳锦一点不通，但方少尘来不忍拂她意，也就苦笑着回答她。

织就霓裳锦，并非一人之力就能为之。工匠种类繁多，程序也极其烦琐复杂。

霓裳锦的主要原料是桑蚕丝，除了织物大量使用的贵重珍宝及金银线外，又因是皇家贡品，所用经纬线皆是上等桑蚕丝。

仅甄选真丝原料这一项，就要经过选茧、缫丝、拼股、熟练、染色、锤炼、上油、绷光等几十道工序，按照不同霓裳锦品种的要求，加工成一定规格、颜色的经纬线原料，供上机织造。

霓裳锦属于熟织提花丝织物，即织成后不需要染色、印花。

织锦时，大花楼织机高四米，需要两个织工相互配合全然手工操作才能织就。一个拽花工坐于花楼上，织工坐于下面，拽花工提线，织工踩障引纬打纬，二人密切配合方能织出图案。

织就一件霓裳锦的丝线不止千丝万缕，颜色亦糅杂，缠上织机，五彩缤纷的丝线更是错综复杂，稍有差池，丝线一乱，便前功尽弃。故而熟练的拽花工和织工需要经过多年的培养，才能自如操作织机。这些手艺也多为世代相传，精深工艺向来秘不外传。

或工艺复杂不好简述，或保密习惯了，方少尘所告知锦笙的，也只是表面上外人能知的，更深一层的精深工艺，一句都未提及。然而，这些表面上外人可知的，锦笙也早已知晓。

恰行至一棵柳树下，锦笙走得累了，就坐在石头上歇着，一面捶腿，一面问方少尘："染匠、车匠、绣匠、缝匠、绘匠、织匠……既然需要这般多的匠人，当初放他们归去的时候，岂不怕他们把技艺传给了别家去？佐藤英武直接把这些匠人都组织了去，零零散散，不就能知道更多关于霓裳锦的精深工艺？”

方少尘站在她身旁回道：“若图案复杂，两个织匠合作，一天还织不到两寸。一件霓裳锦织下来，少说也得五月半载的。靠织霓裳锦还能养家糊口的话，也不必放他们离去自讨活路了。而且，程序虽多，很多技艺靠的都是长久磨炼、熟能生巧。方家一直以来用的织匠，多是家生织匠。最核心的挑花结本和染料配制这两样，一直是我方家子孙世代相传。挑花结本技艺，最初曾教授过佐藤英武，幸得只教了一点，就发现他是日本人了。若没发现他是日本人，爷爷是打算把染料配制也秘传给他的。幸好，幸好。”

锦笙也曾听周掌柜说起过，挑花结本这项工艺能难倒一大片能工巧匠，正欲再问些什么，暂时替代方少尘管理织造坊的家生管家方鹤领着一些工匠朝这边走来了。

方少尘远远地问道：“怎么了？”方鹤疾走了两步过来，微微躬身道：“老太爷说，这两天日头好，要把祖本和丝绸样本都拿出来整理整理，若有破损，要及时修复。再过一段时日，就到梅雨季了。怕整月潮气不散，破损更甚，难以修复留存。”

存放祖本和丝绸样本的房间就在柳树后，方少尘颔首完，方鹤却眸光看着锦笙，不愿再向房间行进。锦笙不解，站起身看向方少尘。方少尘对方鹤说：“去搬出来吧，林五少不是外人。”方鹤回道：“当初的林安和也不是外人，不也想盗窃祖本和丝绸样本吗？”

霓裳锦织造坊的人岂会轻易忘记佐藤英武。一个偷师学艺的日本人，又堂而皇之地回柳苏城了不说，竟还把由霓裳锦织造坊学来的工艺用在了佐藤织物会社的织物上，售价不菲，购买者也甚多。此等场面，霓裳锦织造坊里的人如何咽得下这口气？纵然咽不下，却又什么都做不得，仅存的霓裳锦卖不得，织锦房又不许开锁开工。

一切都如锦笙最初所料想的一般，这根刺，她算是扎进方家人心里了。

方少尘因想起佐藤英武，脸色也不太好，锦笙不想被人疑心自己对祖本和丝绸样本感兴趣，忙说：“少尘，出来这么久，也不知比赛馆那边是什么情况，我得回去了。那事儿，你记得跟方爷爷说。”方少尘温和地点了点头，就送她朝外走。

锦笙如何不知，样品可以供人传阅观看，但是祖本和样本，是轻易不给同行看的。霓裳锦纹样由图画过渡到织物的桥梁工序，便是挑花结本，是霓裳锦生产工艺中最重要的环节，而挑花结本的成果就是这些祖本和丝绸样本。且这些祖本和样本，是方家三百余年，一代一代传承下来的，工艺上一代更比一代精进，集明清两朝工艺于大成。本该愈加辉煌璀璨，现在却如流星一般，随着皇朝末路而陨落。

独自坐乌篷船回去的时候，锦笙心中感慨万千，只因想象中的霓裳锦织造坊应是鼎盛辉煌的模样。如今这般萧索冷凄，使她忽而产生了另一种想法，若少尘能回霓裳锦织造坊重振昔日辉煌，那她夺不夺得霓裳锦，都是无妨的。

然而，她也只有半日的愧疚恻隐。晚上回到美新饭店重新忖度一番后，她又否定了自己的想法，就算她不想夺，父亲也会要她夺的。遂，只得又把计划细细地捋了一遍，确定一切还在她的掌控中，就去找卢柏凌，想一块到餐厅吃晚餐。但卢柏凌外出未归，便衣警卫也一个都不在，显然是卢柏凌又离开柳苏城了。

锦笙从卢柏凌房间出来，就看到穆峻潭倚在她房间门上，穿着松香色长衫，像是要跟门比个头似的。他也未有大拨卫戍随行，只带着盛吉祥。穆峻潭为她推开门，做了个请的手势，她冷声说："我要去吃饭了。"穆峻潭说："你不好奇卢二公子最近几天总是早出晚归，或者彻夜不归，都在忙什么吗？"锦笙回道："一个大男人要是整天不忙些什么，我才好奇呢。"她说着就要朝一楼餐厅走，却被穆峻潭一把捉住手臂。穆峻潭把她朝她房间拽，边拽边说："你不好奇，我也得告诉你！你不用浪费时间吃饭，我保你听完看完吃不下饭！"锦笙挣扎不过，被推搡着进了房间，跌进沙发里。刚稳住要起身，穆峻潭扔了一沓相片在她腿上。

相片，一沓的相片，上面全是卢柏凌和古琦。

确如穆峻潭所言，锦笙听完看完，心里胃里很堵。

一沓相片，二人不是抱就是扶，要么就是笑着对看。

卢柏凌把古琦从轮椅抱上长椅，古琦如瀑的长发从卢柏凌臂弯上悬下来。卢柏凌陪古琦坐在长椅上，二人笑着对看。古琦拄着拐杖，卢柏凌扶着她在花园小道上散步。

锦笙细细地看着照片上的一景一物与二人，慢慢地翻到下一张，又细细地看着一景一物与二人。卢柏凌俊美的容颜，在古琦长发垂悬于他臂弯时，笑意盈盈。他面容似花团锦簇，甚至像不满意这相片是黑白色调似的，要用笑容把黑白相片染个万紫千红、春光满园。他做到了，他的笑容刺痛锦笙双眸，锦笙眼前泪光模糊，相片折射了屋内灯光，似乎也变得春光旖旎。尽管已是暮春时节，瞧卢柏凌的笑容，却恰似春风得意正当时。

锦笙心境何似？心里没有尖刀猝然剜下的痛意，唯木木的，痛痛的，像是有一把钝刀，一下一下地砍着，砍不碎烂，便一次又一次地反复砍着，誓要剁个稀碎才罢休。钝钝的痛意，渐渐遍及全身，让她把相片看第二次的力气都没有。

她把相片在手中合拢整齐，翻过面去，凝看着洁白反面，好一会儿才抬眸看向坐于对面的穆峻潭。锦笙的脸早已失了血色，在灯光的映衬下，苍白里透着青灰。她只唇边挂起浅淡笑意："卢柏凌与古琦本是旧相识，古琦受伤住院，他去照看她很正常。我十三岁起就跟着卢柏凌逛妓院书寓，他有多少女人，我清楚得很。此等画面，已是司空见惯了，我并不引以为奇。"

卢柏凌和古琦已相熟到这般地步，她竟一无所知。她是当真不好奇卢柏凌和古琦之间是什么情况吗？怎会不好奇，怎会不心生怨怒？

穆峻潭挑高了眉梢回她："希望咱们俩结婚了，你对我也能如此大方，不介意我跟其他女人搂搂抱抱、卿卿我我。"

事情到了这地步，锦笙也无心无力细想穆峻潭对她是什么心思、什么情感。只觉他这般对待她，应也是猜到些什么，故而告不告诉他身份秘密，已不用等到要离开南地时再抉择。她双手攥紧了相片，望向穆峻潭："竞天，咱们俩结不了婚，你跟林家提亲，提谁的名字都娶不到我。我只是替身，是一个没有姓名身份的人。"

虽隐约猜到锦笙的真实身份，但她突然告知，穆峻潭仍下意识地脱口问道："谁的替身？"

钝刀砍的痛意蔓延全身，锦笙连声音也带了痛意："我哥哥的替身，我跟哥哥六岁那年，也就是你说我缠着你打鸟那一年，哥哥染天花夭折了。林家先祖里有一辈曾因过继儿子，家产继承有纠纷导致了血案，于是族中便定下规矩，不能过继宗室他人之子。你应当听闻过，家父患有隐疾，无望再得子嗣。家父不想大房一脉香火断绝，也不忍偷买外来子乱林家血脉，又因我与哥哥长相相似，就让我假扮哥哥，另买一女童顶替了我。自此，家父家母膝下，仍是儿女双全。"

曾猜对了一些，但锦笙亲口告知，穆峻潭仍微诧了一阵，一时间不知要开口问些什么、说些什么，竟随口问了个蠢问题："所以，我在燕平城见到的林五少都是你？"

锦笙望他一眼，却也老实答道：“是。你从白公馆赶出来的是我，你绑在月洞门上的是我，在天乐坊让你下不了台面的是我，追你追到火车站的仍然是我。自六岁以后，所有的林五少都是我。而我，只是哥哥的替身。”说着，对他勉强一笑，“若你真的要去林家提亲，也不必费劲抬我的棺椁回京陵，我会把自己烧成一坛灰等着你。”

纵然猜测有九分把握，也总有不确定性，如今被锦笙亲口证实，自己没法光明正大地娶她做妻子，穆峻潭辨不清心里是何滋味。若揭穿她的身份要强娶，以她的性格，怕是真的会让他抱一坛子骨灰回家拜堂。踌躇间，穆峻潭竟不知该如何回应她的真实身份，便随她强笑道：“那样，男女无从分辨。且死者为大，就算我再如何说你是女子，别人也只当我造谣生事，故意辱蔑林家长房嫡孙。”

锦笙略微一笑，也不答话，穆峻潭却眸光坚定地望着她：“你不是任何人的替身，你只是你，是我穆峻潭想娶回家相伴一生的人。你不用担心，我既说了要娶你，就不会负你。咱们结婚一事，等把唐义哲这个麻烦解决了，我来想办法。”

锦笙嘴巴张合几次，却心绪紊乱到不知该如何跟他争辩歪缠下去，颓然后倚在沙发上，闭了眼懒得回他一字。但于穆峻潭而言，锦笙不反驳，那便是默许了他的话意。

赤芍和杜衡几个在餐厅等了许久，都不见锦笙下去。赤芍上来寻锦笙时，恰遇穆峻潭神色凝重地下楼，不免心里咯噔了好几下。

待到了锦笙房间，房间大灯已灭，唯有一盏小壁灯开着，罩着簇新葵黄纱灯罩，把里面的小灯球也蒙衬得昏昏黄黄。由明亮长廊到黯淡室内，赤芍眼睛不太适应，一时间没找准锦笙在何处。只听得屋子内有轻微的“咔吧咔吧”声响，料想是小猴子在嗑瓜子呢。

赤芍进到屋子里，浴室的小灯亮着，锦笙正站在有镜子的那一面墙壁前。赤芍走过去，见锦笙正揪起自己的一缕头发，便笑着说：“您这段时间太忙，都顾不上给您剪头发，瞧，都快遮住耳朵尖了。五少明儿有空吗？我给您剪剪。”她立在门口，看着锦笙侧影，并不能清楚看到锦笙脸上神情。

迟了一会儿，锦笙才缓缓地点了点头，“不用明儿了，就现在吧。”赤芍已觉察出锦笙情绪不太对，小声道：“要不，吃完饭再剪吧，剪完洗洗头发茬子，就该歇着了。”锦笙并不答话，神色平静地走出来，拎了把椅子到洗浴室里坐着，脊背挺直，双手搁在双腿上。灯辉下，她稚嫩脸庞上的神色依旧平静，只平静得有些吓人。赤芍连忙去拿了剪头发的家什，把丝巾在锦笙脖子围了一圈，用水把她头发打湿，细致地剪起来。

剪刀声在耳边咔嚓咔嚓，锦笙忽然想起哥哥夭折那一晚，外婆拿剃刀给她剃光半个脑袋，也是这般的灯黯辉浅。

算来已有十二年了，她一年比一年懂得多，也一年比一年更觉艰辛。她细细地回想自己这十二年的生活，除了听从父亲命令要学的东西外，其余的，竟都影影绰绰、模糊记不清，再仔细辨认，记忆里只有一个金镶玉的囚笼。这笼子里只有她自己，起先有外婆在笼子外陪着她，外婆去世了，再有蝴蝶和卢柏凌在笼子外陪着她。现在，蝴蝶去了京陵帅府，卢柏凌也到古琦身边去了。再没人陪着她了，只有她一个人孤零零地待在笼子里，像困兽一般。时间久了，她与这笼子早已骨肉相连，若有朝一日，笼子零散了，她也就没了存在下去的意义。

她生古琦的气，也生卢柏凌的气，可她知道自己没资格生气，因为没资格生气，就更加生气！气得五脏六腑都烧起来，烧完以后，便是寒冰似的骤冷，冷到一脸僵硬，连嘴角都扯不动一下。

她本就不太懂恋人究竟是个什么身份，此刻更觉得恋人这个身份毫无意义。她不能仅仅担着恋人的身份，就要求卢柏凌一辈子不娶妻生子，就这样以发小兄弟的身份陪着她。

即使不是古琦，也终将会有其他女子。卢柏凌虽嘴上说不娶，可以后的事情又如何说得准？他早晚都要有妻子的，要有他的一生一世一双人，要有能和他光明正大相依相伴的恋人。

那她呢？卢柏凌有了妻子以后，她该怎么办？任凭外表再如何风光无限，内里，她只是个不算女子又算不得男子的怪物罢了。卢柏凌离开她这个怪物，再没有人能够知道她是谁了，她也将彻底不知道自己是谁，只会愈来愈觉得自己是个怪物。

卢柏凌有妻子之后，也再没有人会在纸包不住火时带她离开，带她去游览世界，卢柏凌会带他的妻子去游览世界。而她将被烧成一坛灰，散似浮尘无觅处。灵堂将会是为哥哥设的，她没有灵堂，也没有自己的身份，死后到了阎王殿都是一个无姓名无身份的人。地府名册上的林锦笙，哥哥六岁那年就占了去。这些也令她心痛惶恐，可她更痛的是卢柏凌要跟其他女子结婚。

来柳苏城以前，她没有认清也没有承认过对卢柏凌的感情。尽管误会卢柏凌爱他三庶母，她也能做到跟他如常相处，一起胡闹闯祸，一起去逛妓院书寓。

认清也承认对卢柏凌的感情之后，卢柏凌再跟其他女子结婚，她不知自己还能不能跟卢柏凌如常相处。可是，纵然卢柏凌不结婚，她这个怪物能如何？能嫁给他做妻子吗？自然是不能的。正因不能，她觉得自己连生气心痛的资格都没有。即使知道没有资格，她还是心痛生气。

待收拾妥了躺在床上，她仍是一脸僵硬平静。夜深还不能寐，帘影灯昏，她以为自己没有哭，可总有冰凉的泪珠由耳侧滑过，滴滴答答地落在枕头上。她不知自己是何时睡着的，只觉睡梦里枕头被凉水浸得湿湿的，连她后脑勺也冰凉不已。

第二十五章 藏刀计，鸿鹄谋

一番风雨，晨起由窗子里望向河道，有落红暗粉随流水去。阴沉沉的天色，落在锦笙的小圆墨镜中愈加昏暗。她眼睛所能看到的天地，皆灰蒙蒙暗沉沉，残花败柳，一片狼藉。

到比赛馆后，绚丽丝绸看在锦笙眼中亦失色。她黯然低叹，有时候真的不能太相信眼睛所看到的，眼睛一着了色，看什么都是自带底色的。

她戴着小圆墨镜，看什么都是小圆墨镜让她看到的颜色。小圆墨镜后面的眼睛，肿得只剩一条缝，别人只能看到她的小圆墨镜，而看不到她的眼睛。所以，她和任何人、任何事物之间，都有一层灰蒙蒙暗沉沉的屏障。

晌午的时候，法国人所办的信孚洋行的华人经理易征在观望了十天后，走进了比赛馆，当然是先到了一楼，找佐藤英武商谈过后，又到二楼找到锦笙。他要绸二千匹，缎二千匹。

日本的丝绸没有中国这般多的花样品种，只要是一个品种的丝绸，价格基本统一。但中国的丝绸工艺传承到了民国这时候，已是集前人工艺于大成，花样品种甚多，价格也不好统一。

方家所织的丝绸，皆是一丈为一匹，各种花缎成本价平均下来为二十块大洋一匹。其余丝织厂的丝绸大多是四丈为一匹，不同花样的缎价格不一，成本价平均下来为六十块大洋一匹。纵然是四丈的普通素绸，成本价均下来也要四十块大洋一匹。

但锦笙猜测，一楼应该没给易征价格，纵然给了，一楼的价格也会变。他们只需比二楼的价格低上五毛或者一块大洋，甚至低上两块大洋，也不会亏损。

可若往深一层想，四千匹丝绸虽不算小订单，但运回法国四千匹丝绸，对信孚洋行这般的大洋行而言，量太少，不值当费这个劲。洋行买了中国的丝绸在中国卖？也不太可能。那只能是运到香港、澳门这些邻近港口了。

再往深一层想，这也可能是日本商会暗中操作的。他们想试探她，看她什么时候，面对多大量的订单才会开始降价。

比赛馆一直没有大订单，就是因为一楼、二楼在价格上还有利润保留。这些观望的丝绸商人，都在等着一楼二楼互斗把价格降下来，才开始大量入手。

锦笙唇角噙了一抹笑意，的确是该降价了，要不然就来不及了。她吩咐周掌柜，除了方家丝绸的售价不变，其余的丝绸品种，只需比成本价高上一块五即可。

周掌柜有些不解，问："五少，别的丝绸降这么厉害，为何方家的不变？其实，方家丝绸若降点价格，销量会更好。"

锦笙把小圆墨镜抬高，来回揉着酸疼的眼皮和眉心，回道："老周，这场比赛，虽说是打着丝绸的名义，可真正较起劲儿来，拼的是金钱资本。说不准等比赛结束那一日，还有可能是谁赔钱少谁就赢。日本人是带着恶意来比的，我也是带着恶意相迎的。日本人暗中用手段，我也会暗中用手段，少不得要乌烟瘴气。爷爷说过，就算要商业争斗，人的心中，也不能不留一片干净地，若没有那片干净地，人就会在物欲横流之中迷失道路，就会失掉做人做事的原则和底线。方家丝绸那间屋子，就是我给咱们留的干净地。我要让丝绸工匠都知道，比赛是比赛，我为了求胜，恶意降价销售有我的迫不得已。但是，他们在织丝绸时，赋予其中的工艺精神和心血，我都知道。我也想让他们看看，用心织出的好丝绸，纵然价高，也会有购买者。并非只有工艺粗糙的廉价品，才会受人欢迎。"

周掌柜欣然地应命而去，着伙计更换物价牌。锦笙这一骤然降价，虽突兀却也在日本商会的预料之中，但其他丝织厂老板听闻后即刻坐立不安，三三两两联络在一处，商议对策。

柳苏城日租界，日本人侵占了约合五百亩的土地，道路早已修建好了，侵占地却一直没能繁荣兴盛起来。柳苏城的人是如何都不愿到日租界内去进行商业活动的，租界内只有数家小商店和一家肥皂店，日本侨民也仅有二十余人。只面向柳苏河有一片房屋住宅，其余四分之三的侵占地都荒芜着。

佐藤信长随着人流悄然而至柳苏城，虽然已来过这租界数次，但此次的心境却与昔日大不相同。

他早已跟领事馆租赁下五分之二的土地，租期三十年。他要在这片土地上建造缫丝厂、丝织厂，以帝国为后盾低价购进中国的原料，招募廉价的中国人当工人，还要建造房屋租赁给将来的侨民。终有一日，他会成为这租界内最大的企业家、地产商。

他并不在意此时租界还没有兴盛发展起来，相反，正因如此，他才能低价租下这些土地，成为这租界的开拓者。他要在这租界内开拓出自己的一片领地来。届时，不管在这租界内，还是本国国土，他都会成为像林家这般以丝绸为商业网的资本财阀家族，他自己的领地才是他真正的帝国。他要为日本争夺荣誉，更要为自己的商业帝国争夺金钱利益。

诚然，他这些计划短时间内又怎么敢让关东州铁道株式会社的人知晓，更不敢让三井洋行的人知晓。

房屋建筑的周围栽有樱花和柳树，三五成群点缀在草坪上。此时已是暮春时节，樱花虽美却易落，早没了繁花似海的美景。

因柳苏城有比赛馆，租界内近日的人流量比之前要多许多，甚至有侨民想在租界内建厂了。佐藤信长自然认为这都要归功于他，是他把比赛馆选在了柳苏城。

踏着落英走回暂时居住的屋子，佐藤英武、渡边次郎及几个在华有工厂的日本商人已在等着他。

渡边次郎已令人把锦笙最新让周掌柜标出的售价整理出来，待佐藤信长坐定，寒暄几句后，就把文件递给他看。佐藤信长在看的时候，笑着点了点头："到底是少年心性，急躁，太过急躁。才十天，一见咱们卖得比他多，为了揽住这四千匹的生意就狠降了这么多。"

他看完沉思一会儿，才说道："咱们的售价也跟着降，就算降到跟他们一样，咱们也还是有利润的。我听说这个林锦笙脾性急躁且年少骄纵。林肇聪想让他的儿子好好出风头，是不会亲到柳苏城的，也就无法完全管束林锦笙。你们一定要好好利用林锦笙的性格弱点，要把他们的价格逼到成本价以下！"渡边次郎问："咱们这次降了，若他们再降也还跟着降吗？"佐藤信长回："降！"

渡边次郎立即摇头道："老师，怕是不行。这场比赛，咱们虽是主要负责人，可还要保证三井洋行、伊藤洋行、片仓集团等参与者的利益。若咱们只赢了这场比赛，而不能保证他们的利益，也是要有麻烦的。”佐藤信长道：“你是关东州铁道株式会社的人，你可以假借军部支持来做这件事。”渡边次郎怔了怔，问：“老师的意思，是让我假借军部的名义，再以帝国荣誉要挟，威逼那些工厂低价或无偿供货？”见佐藤信长点头，渡边次郎沉默下来。

佐藤信长知他犹豫，便循循教导道：“咱们以日本商会的名义在中国进行生意活动，在中国人看来，咱们是代表大日本帝国的，但咱们的身份地位和金钱力量不够，帝国政府和帝国的商人对咱们的重视度也不高。任何决策，咱们都要受那几个财阀家族的影响。

“所以，这次比赛，咱们宁可损失掉几家工厂，也一定要降低价格，扩大交易量。只有交易数量大了，牵连的工厂企业多了，帝国政府和帝国的其他商人才能重视咱们，才会为咱们在中国的生意活动提供支持。有了帝国政府的大力支持，咱们在中国的生意才能扩大规模，咱们才够资格跟中国这些财阀家族相较量。

“中国地大物博，人口众多，是一个很好的原料供给国，也能提供大量廉价劳动力，同时又是很大的消费市场。一直以来，帝国的商人都想把商品卖到中国，占据中国市场，可是找不到很好的代理机构。

“如今，有了这场比赛，咱们可以以丝绸为切入口。若这次比赛能够获胜，咱们就是帝国商品进驻中国市场的领头者。届时，帝国政府会更重视咱们，咱们就是帝国的功臣。

“而且，在比赛期间，我们还可以拦截中国丝绸商人的出口客源，扩大帝国丝绸的出口量。在比赛期间，相争相斗，咱们有损失是一定的，但是等赢了这场比赛之后，咱们也就有了市场，损失是可以后补的。

“既然无法保证全部参与者都有利益，就只能舍小保大。自然，你假借军部名义，能威慑到的，也只是一些中小型工厂。这样的工厂，在商业战争中，注定是要牺牲的。为了帝国荣誉牺牲，也是他们的荣耀。”

听了这番话，渡边次郎仍是犹豫着，若无法保证财阀集团的利益，就算他背后有军部人脉，怕是也保不住他。况且，以军部力量去威逼那些工厂低价或无偿供货，这与直接抢劫他人财物有何两样。老师这样做，当真是为了帝国荣誉吗？

佐藤信长眸光混浊，静望了一会儿渡边次郎，又温和笑道：“三井君他们不知道我有多大的抱负和能力，你身为我的学生，难道还不知道吗？中国是丝绸的故乡，累积了几千年的丝绸文化底蕴，曾几度辉煌闻名于全世界。中国丝绸于国际丝绸行业烙下的印记是无法轻易抹去的。丝绸虽然是帝国的功勋产业，但帝国丝绸要想代替中国丝绸垄断国际市场，完全殖民中国的丝绸行业，过程必然漫长艰辛。这次的丝绸比赛，是一个很好的契机。我曾经告诉过你们，帝国丝绸行业想要殖民中国丝绸行业，要走稳四步两计。于这次丝绸比赛，也同样适用。”他说着看向佐藤英武，“你再告诉他一遍，要如何走这四步两计。”

佐藤英武应了一声“是”，便看向渡边次郎道：“帝国丝绸与中国丝绸竞争，第一，价格要低于中国丝绸，以期增加交易数量，抢占市场；第二，与中国丝绸同价，质量则要更优异；第三，高于中国丝绸价格，且质量仍然优于中国丝绸，力争多销，完全垄断国际丝绸市场；第四，等中国丝绸行业奄奄一息了，帝国资本大量投入中国，中国丝绸行业就会完全被帝国所掌控。这四步所伴随的两计则是，其一，贵买贱卖。借中国商品出口要依赖外商洋行之机，帝国的收购价格要高于其他国洋行，引诱部分中国丝绸商人与帝国洋行交易。如此，不仅减少了中国丝绸在国际市场与帝国丝绸的竞争，还可导致中国丝绸行业善价而沽，继而桑价、茧价、丝价皆会跟着上涨，其他生产费用也将跟着上涨，中国丝绸行业的市场秩序就会紊乱。彼时，帝国洋行再把高价购进的中国丝绸低价抛售，那么市场紊乱下的高价中国丝绸就更不好出口了。中国丝绸若舍弃出口转而内销于中国，成本价高，售价就高，帝国的廉价丝绸占领中国市场也就有机可乘了。其二，改头换面。我们购进的中国丝绸，可用帝国的劣质丝绸替换，仍以中国丝绸的名义卖出去，破坏中国丝绸在国际丝绸市场上的声誉。中国在国际上国弱言轻，中国的丝绸商人就算知道真相也是申诉无门，只能吃闷亏。这两计用下来，虽然帝国丝绸商人会有所损失，但如此反复几次，其他国家对中国丝绸就会失去信心，帝国也就能获得更大的国际市场。等帝国丝绸垄断国际丝绸市场，利益多少，就都由帝国丝绸商人做主了。”

佐藤信长接话道：“只有咱们有资本成为帝国丝绸行业巨头，那些工厂才会跟随咱们的脚步。当领着他们走完这四步，咱们就是帝国功勋产业的功臣！大大的功臣！”

渡边次郎双手撑在双膝上，沉思一会儿后，重重地点了点头：“是，我听老师的。”

佐藤信长满意地微笑颔首，又问道：“林五少是怎么对待这次订单的？”渡边次郎得意一笑：“此时，应该还在为了保住这订单，被易征灌酒。”

锦笙的确被灌了不少酒，但也是心甘情愿的。她以为香辣辣的酒入腹，能浇灭那股子愁绪。可那千丝万缕的愁绪经酒一浸泡，却一根根膨胀起来，变得益发沉甸甸了，直把她的步子都坠得踉跄不稳。

酒量被父亲练出来了，她轻易醉不了，可今夜，她不愿清醒冷静。喝退了汽车夫，她轻一脚重一脚地朝美新饭店走，苏叶、杜衡也左一步右一步地跟在她身后。

斜月半挂在天上，点点月光，照在湿润润的青石板道路上。稍有不慎，踩在不牢固的石板上，就溅起积水，打湿锦笙鞋袜，使她总感到有凄凉之意。途经二层小楼，红黄灯笼高悬，丝竹唱吟声由门窗飘出。锦笙停住脚步，看向那些倚门笑着挥帕引人的女子。苏叶一看势头不对，连忙上前道：“五少，咱们赶快回去吧。您喝醉了，那些女人太难缠，会出事的。”

锦笙回头看向苏叶，脸颊梨涡晕了一零星的月光，冲他俏皮一笑：“少爷我是海量，就易征那孙子还想灌醉我，他再练两年吧。”说着抬脚就走，可她重心不稳，绊住一块凸起的石板，被苏叶半扶住才没有磕在地上。锦笙站稳后，脚步有些踉跄地跟着那个在门前勾引她的女子进了去。

自比赛馆开馆以来，锦笙也算是出尽了风头，秦楼楚馆的妈妈们认富家子弟认得最真，当即就认出了锦笙，一口一个“林五少”叫得热络。锦笙环顾一圈这月华吐艳烛火明明的大厅堂，就随意选了一处坐着，让杜衡和苏叶把要围上来的姑娘们隔开，也不理会那妈妈的恭维话，直接问：“你们这的姑娘卖不卖头发？”那妈妈一怔，随即就“哎哟”了一声：“林五少这话问得可真文雅，姑娘们卖艺卖身。那头发不就在身子上嘛，林五少把身子买了去，想把她们如何就把她们如何，这头发自然也归林五少啊。”

锦笙见她要偎到自己跟前，冷冽看她一眼，待她退后一步，方说道：“我只要头发，十块大洋一个，我要五个人的头发。卖，你就给我剪下来，装好我带走。不卖，我到别家去！”

这只是寻常的秦楼楚馆，比不得幽谧书寓那般有花魁三甲撑名气，寻常色艺俱全的女子也少见。这里的姑娘们挣的多是皮肉费，头牌接一次客才十二块大洋，待钱由妈妈那里一转手，到姑娘们手里，差不多也就剩一块、两块。

十块大洋，不买皮肉买头发，那妈妈可是头一遭听闻。虽说价钱高，但姑娘们剪了头发，不好梳妆打扮，卖相不好，也就不大好挣皮肉钱了。

那妈妈见锦笙不像开玩笑，思忖过后，就笑着应允下来。她唤了五个十三四岁的雏妓，就算剪去头发，还能换了学生的衣裙，赶时髦装女学生。其中有一个瘦小女孩，看着不过十一二岁，双瞳剪水，泪盈盈望着锦笙。锦笙在她清澈澄净的眸子里仿若能看到自己的脸庞，不由心下一震，生出惭愧，觉得自己是个恶少。

杜衡交了钱，从那妈妈手里接过装头发的布袋子，锦笙正要起身离去，那女孩猝然跪下抓住锦笙长衫一角，大哭着道："少爷，您救救我吧！我愿意给您当丫鬟，给您当牛做马，求您救救我吧！少爷……"

不待这女孩再哭说，那妈妈已把手中圆扇柄狠狠打在她背上，又唤了两个粗汉上来要架她下去。锦笙给了那妈妈一记窝心脚，把她踢开，冷喝道："这姑娘我买了，你敢打坏了她，我就打残你！"这话出口，不觉惊了自己一跳，但她旋即弯身扶起那小女孩，护在自己身后。

那妈妈爬起站稳，连忙挥手让两个粗汉下去，浓浓地堆起满脸笑要同锦笙好好缠磨一下赎身的费用。锦笙却冷笑道："刚刚买她头发已经付过十块，我再添四十块。"那妈妈的一脸浓笑冻住："林五少怕是在说笑吧，你们大户人家买个活契的丫鬟都不止这些银钱吧？从我这里买了去，可就是死契。不论是做妾还是做丫鬟，可就任由林五少了。五百块大洋，她就是少爷您的人了。我卖给您，也是好心为她打算，好歹不辜负我跟她母女一场。眼见着她跟了林五少这样人中龙凤的人物，从此锦衣玉食享福，我也真心替她高兴。若我强拿着不卖，凭这丫头的姿色，还愁挣不来五百大洋吗？"说着，又拿眼睛瞄了一下锦笙。

锦笙回头望了一眼那小女孩，五官清秀，盈盈的一双水眸子，以这样的姿色，若被逼着大量接客，的确能给那妈妈挣来不止五百块大洋。秦楼楚馆亦有秦楼楚馆的规矩，锦笙也懂得一些，但她今日心情出奇地不好，凡事不想按规矩来，且也不想给那妈妈那么多钱。给了那妈妈五百大洋，她就可以再去买更多的八九岁、十一二岁的小女孩，养到十三四岁就开始逼着她们接客敛财。

娉娉袅袅十三余，豆蔻梢头二月初。十三四岁，这般美好的年岁，却不知已遭了多少磨难摧残。

可这是在南地，那妈妈既已开了口，锦笙知道，若不给够五百块，是带不走人的，谁晓得后院里还有多少壮汉打手。她忽而眸光一转，带着精灵傲气笑容对那妈妈说："我这可是给穆少帅买的丫鬟，你要么现在拿了四十块，让我把人领走。要么，我打电话让穆少帅的卫戍队长来领人。到时候，你这妓院合不合法，有没有私下给客人抽大烟，也得让叶队长带兵好好查一查！嗯？"

虽明令禁烟，能禁得了的也都是明面上的烟馆。像妓院这种地方，私下里给客人烧上一泡，却是屡禁不止。层层疏通下来，政府也就睁一只眼闭一只眼了。但若是拿枪杆子的卫兵较起真来，那只眼也就闭不住了。那妈妈是万万不想惹上此等麻烦事的，秀才遇上兵，有理尚且说不清。妓女都排在了下九流之列，怕是连说的机会都没有。

因带着小女孩，锦笙一行人就临时找了黄包车回去。途中锦笙问及小女孩名字年龄，觉得她名字不太好听，况且又是那妈妈给起的花名。锦笙想让小女孩彻底脱离以前的日子，重新开始生活，就给小女孩取了新名字叫瞳儿，就是那双剪水似的瞳眸才让锦笙一时冲动买了她回来。

回到美新饭店，赤芍把瞳儿领去了她房间洗澡换衣裳，锦笙本说让瞳儿直接睡下，瞳儿却执意要去锦笙房间磕头谢恩。

赤芍只得又带着瞳儿到锦笙房间，拦她不住，锦笙便受了她一拜。拜后才问了几句话，卢柏凌就说着话推门进来："我听说你大晚上从妓院买了个丫鬟，你这抽的哪门子疯？"一抬眸，见赤芍身侧站了个小女孩，不免觉得有些失言，就站住了脚。赤芍忙对瞳儿说："这是卢二公子，咱五少的好兄弟。"瞳儿对卢柏凌行了个旧式万福礼，软声道："见过卢二公子。"她穿着赤芍的衣裳，上穿中长水绿绸衣，下面是月白绸裤，很是松松垮垮。身躯瘦小，衣摆微拂，越发衬得她宛如枝头含苞待放的花骨朵，又像是穿了戏服，举手投足，淑静里带些俏丽娇媚。

卢柏凌笑着抬了抬手示意她起身，就走到锦笙旁边坐下。锦笙心里一阵又一阵抽搐的疼意，热辣辣的酒水也在灼烧着她一天未进食的胃。纵然痛楚翻江倒海直把额头疼出一层细汗，她仍强行清冷着脸庞看也不看与自己并肩而坐的卢柏凌。

因瞳儿已无亲人去处，且想要跟着锦笙伺候，锦笙就安排赤芍道："你明天带她去街市逛逛，置办些合身的衣裳鞋袜。看看还缺什么，也一并给她买齐了。月钱，就跟小樱桃她们一样。等回燕平了，再决定是让她去老宅还是留在一水间。领她回去休息吧，等会你也不必过来了，我自己洗漱即可。"赤芍应着就领瞳儿离开了。

待门被关好，一直观察瞳儿的卢柏凌扭过了头，对锦笙说："这丫头可聪明呢，且不安分。你这不是给赤芍找了个帮手，是给赤芍添了个麻烦，赤芍的心眼看着就没她多。你在柳苏城这段时间，事务繁忙，且日常接触的人员杂乱，近身伺候的不要再有新人，若人手不够，就从燕平调些人过来。趁早打发了这丫头，别给自己惹麻烦。"

锦笙依旧清冷着脸庞，端起茶几上的玫瑰清露，拿小银匙慢慢搅动着，递送一小匙到唇齿间，细品着甘甜香醇，并不理他。跟瞳儿的这段缘分，还都是他牵出来的呢。她只是突发奇想，才去妓院买妓女头发的，本想趁他睡着，撒他一脸，再撒满他的床，看他以后见到长头发的女人会不会心里硌硬。

但她一时冲动买了瞳儿，也就冷静了许多。

她不能那般做，她要牢牢管束住自己，纵然再痛，只要面上不显露出来，旁人就不知她痛；旁人不知她痛，她还可欺骗自己，一旦旁人都知她痛了，她就骗不住自己了。

若能欺骗住自己，纵然卢柏凌娶妻了，她还能跟他做兄弟不是吗？蝴蝶为了能有机会见到穆峻潭，甘愿做丫鬟，她倒是比蝴蝶幸运很多。

不过是欺骗自己而已，好在，她从六岁起，就开始活在一个又一个谎言里。不就是做戏嘛，自六岁登台扮哥哥开始，至今时今日，她早已习惯了。

可一见到卢柏凌对谁都笑得花枝乱颤，她胸口就疼得发窒，不觉开始幻想着，卢柏凌对他未来的妻子更要笑得花枝乱颤，仿佛全天下就数他最美。

卢柏凌见锦笙只顾喝玫瑰清露而不搭理人，就握住她的手，朝自己嘴巴里送了一银匙的玫瑰清露，品了品，夸赞道："赤芍的手艺越来越好了。"他的手仍抓着锦笙的手，熟悉的温度和触觉传递到锦笙手背上。锦笙眼睫颤了颤，瞳眸里竟不争气地泛起一层薄薄水光来。她挣脱开，把珐琅小金碗重重地放到茶几上，欲起身坐到对面沙发去，卢柏凌猛地伸手把她圈进怀里，笑着问："我最近几天可是忙到没工夫惹你生气，你怎么又跟我生气？"

锦笙掰不开他的手，别过脸去不看他俊美倜傥的面庞，冷声道："我也没工夫生你气。"卢柏凌温和笑着说："可你有工夫为了一些没影子的事哭肿眼睛，小时候总倔着不爱哭，怎么越长大越爱哭鼻子了？"说着抽回右手，从口袋里掏出一沓相片递到锦笙眸前，是锦笙昨晚压在枕头下的相片。

锦笙气羞到语噎，趁卢柏凌臂弯松懈之际起身，卢柏凌也随即跟着起身，从后面环抱住她，柔声怪责道：“你那般冰雪聪明，怎么就是记不住我对你说的话。我是不是告诉过你，纵是山崩川竭，我亦不会再离你而去。我是不是还告诉过你，我是你的猎物，生死全在你手，你若远离我遗弃我，我的灵魂就会消亡，只剩一具皮肉。且我还告诉过你，此一生，你不嫁，我不娶！我卢柏凌的姓氏，只会冠在你名字之前。”

锦笙掰他手指的手僵硬住，怔然片刻，执拗着回道：“我就是记不住！”卢柏凌笑了笑：“好，你不用记住。我自己说过的话、许下的承诺，我自己谨记于心即可。可是，你得相信我。”锦笙回道：“我不用相信你，你自己相信你自己即可。”卢柏凌有些气噎，仍柔声道：“好，我相信我自己。那你告诉我，穆峻潭都跟你说什么了？”

赤芍早晨整理床铺时，发现锦笙的枕头是湿的，要换掉时，看见了被锦笙压在枕头下的相片。她猜想锦笙是不会问卢柏凌什么的，待下午卢柏凌回来，便把相片拿出来，替锦笙问了他。卢柏凌又得知穆峻潭来过，便知这相片是穆峻潭搞的鬼。

锦笙不回答卢柏凌，反而问：“那你告诉我，你是不是南广那边的人？你是不是又在掺和那些事？”卢柏凌把她拥得更紧了：“我哪边的人都不是，我是你的人。”锦笙双眸微颤，不免侧头看他。他唇角微挑，俊美倜傥的脸庞又在笑得花枝乱颤，她有些气闷：“我是在认真问你，没有和你开玩笑。”卢柏凌回道：“我也是在认真回答你，没有和你开玩笑。我虽厌倦了身份地位、职位的约束，却也不想独善其身。我只想尽自己所能为中国做些事情，不会把自己归在任何一方。人一旦有了职位、地位，为了顾全大局也好，为了对追随自己的人负责也罢，都会有不得已而为之的事情。现在，唯一能约束住我的，只有你。我只心甘情愿被你约束，其余的，没有任何一方势力能约束住我。”

锦笙憋在心里的气和痛都一点点融化掉，无意间抬眸望向前方，幽窗影出她与卢柏凌来，暗影相拥，莺啼燕蛙，却不及卢柏凌最后那两语动人心扉。她垂眸抿唇，密睫如扇，在眼下绘出俏皮暗影，脸颊也晕出梨花般的酒窝，虽心中欢喜，却仍倔着不发一语。

卢柏凌见她已不气，笑拥着她后退坐回沙发上，说：“我也不问穆峻潭都跟你说什么了，反正他说不出好话来。你别受他影响，事情不是你想的那般。古琦是《晨钟报》在沪海分社的副主编，我和她互相见过几次面，也算得相熟。她受伤住院，我受朋友所托去照看了她几次，不承想心怀不轨者派人跟踪我也就算了，竟还照了相！也真难为穆峻潭了，身处唐义哲的几万士兵堆里，椅子都放不稳，竟还有闲情逸致关心我。除了照看古琦，我也想替你看看她是个怎样的人。毕竟，你爷爷奶奶的命令，你是无法违背的。”料想穆峻潭不会跟锦笙说他派人暗杀一事，也怕锦笙冲动惹出麻烦，卢柏凌便不提古琦受伤的实情。

锦笙脸颊梨涡不见，忖度片刻，望向他质问道：“古家穷得连仆役丫鬟都雇不起了？需要你一个交情浅薄的大男人去照看他们家未出阁的小姐？古祯明知你我关系交好，岂会不避嫌！定然是古琦强硬着要见你，且你也想要见古琦，古祯碍于你父兄权势，不敢肆意阻拦。若你和古琦间有一人不是心甘情愿，古祯就能阻止你们见面。穆峻潭根本就没过多说你跟古琦的关系，只说了古琦住院，你日日探望相伴。你若行为光明磊落，何惧穆峻潭编排你。况且，是你哪个朋友？我怎不知你竟还有朋友跟古琦关系好。”

卢柏凌避重就轻地笑道：“我那么多朋友，你又不全都认识。”他见锦笙大有问到底的趋势，借口有事，就要起身离开她房间。她紧紧抓住他手腕，圆月般的双眸暗含警告：“别想三言两语就敷衍了事！你最近有太多事瞒着我了，见天儿地朝沪海跑，你到底在忙什么？你今天必须跟我说实话！不说不许走！”

卢柏凌身子本起了一半，听完这话就立即坐回原处，看着她狡黠一笑，说：“你的意思，是要留我在你房间过夜？小生我荣幸至极，不走了。”说着眸含情意，指腹在锦笙唇瓣和脸颊轻轻滑擦过，凑上来就要吻她。她面红耳赤地躲开，恼羞成怒后，连踢带踹地把他轰出了房间。

辨不清是喝酒的缘故，还是卢柏凌那番不清不楚的解释略宽了心，锦笙扑在床上沉沉睡去。卢柏凌却思虑一夜辗转难眠，不知该如何安排他与锦笙的未来。

他可以宠她、纵她，也一贯在她跟前低头收敛脾气，可他到底是个男人，又正在血气方刚的年纪。穆峻潭对她心怀不轨，带她去山上过夜，寻个由头就跟她独处，甚至，说不准什么时候就会在她跟前暴露强占本性。然而，她对外是林家长房嫡孙，要负责这次的丝绸比赛，少不得要跟穆峻潭见面。他没法强行阻止她不跟穆峻潭接触。他理解，许多事，她也是无可奈何。但是，理解不代表可以视若无睹、不闻不问。亦不代表，自己的女人被其他男人不怀好意地惦记着，他还能高枕无忧。

更有一层，锦笙身上背负的秘密太大了，一旦与古家的婚事确定，古琦那般的性格、学识也绝非好欺骗的。纸包不住火姑且不谈，林肇聪甚为看重林家血脉，又最喜未雨绸缪，心里应早已有了计划。怕是这次比赛完，就要实施了。纵然他暗中戒备再严密，保不齐会有一疏，那一疏，就会让锦笙遭了林肇聪的阴谋。以锦笙宁为玉碎不为瓦全的烈性子，一旦清白被强行玷污，就等同于杀了她。

且他自己已被人暗杀了两次未遂，事不过三，若有第三次，他还能侥幸活命吗？他已不在皞系任职，手下也无兵马权力，但父兄仍在把控内阁，连带着他的身份地位也举足轻重。战场上九死一生地过来了，他并非贪生怕死之徒，却不敢轻易死掉。父母白发人送黑发人固然是莫大的悲痛，但父亲母亲膝下还有一子一女，能抚慰丧子之痛。可锦笙呢？锦笙该怎么办？她藏着一个惊天秘密，担着林家长房嫡孙的担子，本就艰辛无比、如履薄冰。她敬仰遵从的父亲，却对她怀有深深憎恨，从来只把她当作工具。一旦她失去了可被利用的价值，林肇聪虽不至于狠绝到虎毒食子，却可能会把她囚禁起来终身不见天日。

昨夜，朦胧月不照琼楼绮户，穿透深深凤尾，临窗照着卢柏凌。卢柏凌一夜无眠，睁眼到天明。混沌乱愁之际，蓦然做了决定，他要带锦笙私奔。待这次比赛有结果之后，他不会让锦笙再回燕平，他要带着她直接由沪海坐船先去香港，到香港以后再决定去哪里。林肇聪为了保全他自己的面子，定然会对林家五少爷的突然失踪给出合理解释。决定完，他当即心中豁然开朗，合眸补觉之际，还在盘算着给锦笙一个怎样的婚礼仪式。

比赛馆内，看似瑰丽旖旎，实则暗流涌动。双方价格一降，待在丝路茶馆观望的丝绸商人多少都有些坐不稳了。

丝绸向来不是固定在本地产本地销的商品，一个地区的丝绸可销售到全国各地甚至国外市场。同时，一个地区的绸缎庄、估衣店，也会经销外地有名气的丝绸牌子。

比赛馆里的丝绸价格，已是批发价格，许多丝绸中间商大量买去，再零售或批发到各个小镇、小城，也是有丰厚利润可赚的。

故二楼虽没有拿下易征的那四千匹订单，却也迎来了不少订单。一楼、二楼，再无之前的闲适安逸状态。

暮春初夏，簌簌无风花自堕，气候逐渐湿热起来，锦笙却时常觉得有冷风吹向脊梁。她知道，自己跟日本商会互相恶意降价销售，算是捅了南地丝绸同业会这个马蜂窝。只这些“马蜂”，是不敢蜇日本人的，何时隐忍不下，就会一窝蜂地涌向她。

她闲暇时就开始忖度要如何应对与丝绸同业会的交锋，但率先袭来的一场暴风雨，却是卢柏淞带给她的。

她是骄阳正当空时接的卢柏淞电话，但闪电伴着雷声，接连由电话筒里传来，直把她击了个心神俱焚。

十分钟不到的通话时长，锦笙觉得已经走完了自己的一生，她内心深处的那个小女子也随之焦化成灰了。

第二十六章 梨花血，杜鹃啼

卢柏凌在沪海遭人暗杀一事，虽严令赵立铭保密，但迟了一些日子，还是传到了燕平卢公馆。卢兆祥跟卢夫人命他回燕平城，他不遵，命他出国，他也不遵。卢兆祥怒极拍案，权当这个儿子已经死了，再不准任何人提起他。卢夫人日夜忧心忡忡、寝食难安，终于想出了法子。

卢柏凌十八岁时也曾退过亲，对方是盐商巨贾张家的七小姐琳琅。两日前，锦笙突然想起，还问过卢柏凌，张琳琅知书达理、才貌俱佳，他当初为何要退亲。才勉强敷衍过去古琦的误会，卢柏凌如何敢说自己那时喜欢魏秀秀，但退了亲又发现喜欢魏秀秀的程度远不到要娶她。遂笑得花枝乱颤对她说，为了等你长大啊。锦笙白他一眼，心知听不到他说实话了，也就略过不提。

奈何这张琳琅也是痴情人儿，被退亲后，任凭媒婆踏破门槛，也不另嫁他人。父兄若不逼她，她只作未闻，父兄若逼得太甚，她便以死相胁。时间一久，她父兄恐惹人注意非议，只好杜绝提亲者登门。如今，张琳琅已然二十四岁，仍是不提婚嫁一事，在津城一所女子中学当音乐教员，终日以乐器为伴。

卢夫人找到她，言辞诚恳地说，卢柏凌当初退亲不久就后悔了，只嘴硬碍于情面，不肯再登张家门提出复合。但他若非仍心中有她，如何会形单影只到如今。

张琳琅亦是冰雪聪明的女子，并不全然相信卢夫人的话，但能有机会和卢柏凌再续缘分，她亦想一试。她父兄对她婚嫁一事，早已不过分干预，听得有卢夫人相伴着同去美国，不算轻蔑张家门第，也就同意卢夫人的提议，让她和卢柏凌去美国结婚。

然而，卢兆祥认可卢夫人的法子，是有另一番打算的。

不知情者以为南广军政府仍是革命党做主，殊不知唐、陆两个大军阀早已掌控军政府大权，更把革命党逼退到闽南之地。他们却仍借着孙先生的名望，变相地不遵守民主共和制度，不归顺江北内阁，在南广明目张胆地实行军阀独裁。

卢兆祥如何会不知卢柏凌在暗中和革命党联系，但屡次教训责问，卢柏凌都语气淡漠地说自己不是革命党，除此之外，再不多言一句。可此次逗留南地，他却充当中间人竭力促成了郴系与闽南革命党方面的和平协议，让闽南的革命党有了机会发展壮大军队。

内阁本就分歧严重，郴系一派恐自己地盘不保，一直干扰皞系的武力统一决策。卢兆祥正苦于没有堂而皇之的借口起干戈，逆子之行，无疑是又在拦路石上添了巨石。他怎会不气逆子的吃里爬外，但身为父亲，纵然话说得再决绝，他能当真不管儿子死活吗?

此番把卢柏凌送去美国，既想切断卢柏凌跟革命党的往来，也想改改他那放浪子的秉性。卢兆祥觉得，男人嘛，成家后方能立业。待卢柏凌有妻有儿，就不会再这般跅弛不羁、任性妄为了。等他心性稳定以后，再让他回国，依旧到军中任职。卢兆祥遂联系了驻美使馆的人，找好住所，安排好军校，只待卢夫人亲自陪送着卢柏凌和张琳琅到达。

为防卢柏凌违逆不遵导致计划有变，卢兆祥并不让卢夫人与卢柏凌透露一句。自己要办成此事，既不想伤了卢柏凌，也不想在柳苏闹出动静惹穆峻潭和唐义哲注意。他思忖再三，便安排赵立铭寻个时机给卢柏凌偷下点药，趁其昏睡捆绑住再抬他上船，待邮轮已行在浩瀚大海里，纵然不再捆束他，他也已经游都游不回来了。

但卢柏凌因赵立铭把他遭暗杀一事禀告到了卢公馆，对赵立铭很是冷淡，把便衣警卫都赶了回去。赵立铭数次设宴邀约赔罪，他都果断拒绝。以至于中国轮船公司的船票都过期了，赵立铭也没能给卢柏凌下成药。

卢柏凇思量一番，找上了锦笙。

自然，话是很委婉中听的，删减去客套虚假的字词，更深一层的意思也传达到了:“卢林两家乃世交，柏凌为了帮林家的忙，一直逗留南地，也是理所应当的。但家父身份特殊，少不得有心怀不轨者想以柏凌的性命为要挟掣肘家父。此次因林家的事，柏凌在沪海曾命悬一线。虽幸得脱身，但家父、家母为了他日夜忧心忡忡、寝食难安。且柏凌二十有六，至今无妻儿家室。大丈夫不安家，便不足以立业。好在张家不计退亲之嫌，琳琅也愿陪同柏凌到美国成家立业。你与柏凌素来交好，若能成就这一段良缘，既是帮了柏凌，也算是解了家父、家母心中的一大忧虑，实乃帮了卢家一个大忙。前有卢林两家的世交情谊，后有你相助柏凌成家立业，卢家定然会感念林家大房。待来日，纵然此次丝绸比赛的结果不尽如人意，林家也不必忧心。卢家不会不顾旧情新恩，转而相助日本人欺凌林家的。”

锦笙岂会听不出卢柏淞的话外之音，他并非请她帮忙，而是在命令她。若她不服从或在卢柏凌跟前透露半点风声，不管比赛结果如何，林家都会麻烦不断。

卢柏淞并未给锦笙详细考虑的时间，说明意图之后，并不挂断电话，静默不言等她回复。锦笙费力牵动血色尽失的嘴唇，一口气压在喉咙里，压出了须生腔，音色苍凉，似生命已然走到了尽头：“请大公子放心，明日上午九时，我会准时把昏睡的二公子送到沪海码头。”

当听到卢柏凌前段时日在沪海命悬一线，锦笙霎时就心惊肉跳，又听得卢夫人要亲自陪送卢柏凌和张琳琅到美国结婚，转瞬之间，似着火油桶由嗓子眼一路熊熊烧下去，直烧得她喉咙血腥干哑，烧得她心神俱焚。

她并不惧卢家会找林家麻烦，依穆峻潭那日在绣楼说的话，安系和皞系之间早晚要有一场恶战，卢柏淞虽话意冷漠笃定，但时事发展由不得他操控。皞系自身都遭受了安系威胁，如何还顾得上为难林家。他们定然还要指着林家督促江北各个商会为其筹措军饷，又岂会在两军交战之际，开罪财力后盾。

但她不想手下无兵无权、一心要避开权势纷争的卢柏凌再成为刀俎上的鱼肉，由得这人那人随意暗杀残害。

去美国也好，避开国内乱局，不再被迫蹚进这一方那一方的浑水里，安安稳稳地娶妻生子，做一个新派的富贵公子哥。

初夏时节，柳苏城乍晴乍雨，湿热难散，屋内也总是闷气凝聚。锦笙穿着长衫马褂，本就细汗不断，在沙发上呆坐了一个多钟点，浑身由头发到袜子都汗津津湿滑滑的，唯有一双失了神采的眸子干涩无水，再无那股精灵澄澈，只余了灰暗，浓浓的灰暗，一层叠加一层，一缕缠绕一缕，似浓雾阴霾挥散不去，让迷乱在其中的人不知是否到了尽头，也看不到希望。

是的，锦笙心中的未来就如同这双眸子里的灰暗浓雾。她不知是否到了尽头，却已无任何希望。她内心深处的小女子焦化了，她也彻底迷失了，不知自己究竟是谁，不知未来要如何绕出这灰暗浓雾。

因锦笙一直想要把秀林丝织厂的手拉机改换成电力织机，卢柏凌也想在带她走之前，帮她安排好此事。所以他近日就在忙着研究德国、美国、法国、日本、意大利的电力织机，却觉得复杂难懂。又因从沪海几家大洋行那里拿来的机器图样册都是外文的，便放弃自己独立研究这个法子，转而跟着翻译一块将册子译成中文，便于让锦笙好好对比，以抉择最终要从哪一国购进新机器。然后锦笙再去说服林大爷和林老太爷，秀林丝织厂购进电力织机的事情也就敲定了。

锦笙不知卢柏凌心里打的小算盘，却觉得这件事迟早是要做的，也就随着他去忙活。让他有事缠身，总比被女人缠身的好。

卢柏凌在餐厅等着锦笙吃中饭，跟程藕初、秦达竑说起机器的事情来。程藕初觉得日本人虽气焰嚣张，行为可恨可耻，但机器无罪，仍觉得购买日本的机器比较合适。一来，路程近、机器价格也合算。二来，欧美好些个国家是不养蚕的，总体而言，缫丝织绸的工艺远不如中国、日本，只是革新制造机器的技术先进，但是他们的机器不像日本的机器是在实践里一代代改进的，实用性强。并且，织丝绸的提花机器远比织布机器操作复杂，日本的纹工意匠与中国接近，工人们学习操作起来也简单些。毕竟，工人们并非个个都识文断字。

秦达竑是留美的，他倾心美国机器，说美国最新出的并丝机、络丝机、打线机等功能都很不错。若要购进电机器，那就得换齐备了。电力织机对上机真丝的韧性、强度要求都很高，若换汤不换药，丝一上电机器就断，还不如不换电力织机。他林林总总地又说了不少美国机器的优点。

二人一时间争执不休，一个又一个的专业词汇朝外蹦跶，直把卢柏凌都听蒙了。然而，锦笙实际中意的是意大利机器。

索性，卢柏凌也等不及锦笙下来吃中饭了，带着程藕初和秦达竑上来找锦笙。敲开门之后，赤芍满脸晦涩复杂地看卢柏凌一眼便深深低下了头，卢柏凌眉心一皱，便自觉思忖着是何事又惹锦笙生气了。

卢柏凌想不管是不是自己的错，先认错把她哄住总没错，遂笑着朝沙发的方向迈了几步。一脸平静、双眼无神望着他的锦笙却突地站起朝他跑来，膝盖撞到了茶儿也浑然不顾，直冲冲地就扑到他怀里，紧紧抱住他的腰。卢柏凌怔住，立即回头看了一眼，他身后的秦达竑和程藕初也怔吓住了，面面相觑，一时不知进退。

赤芍连忙对秦达竑说：“秦经理，我上次从您那儿借的英文小说，有好些地方都看不明白，您给我讲讲吧。”说着也不待秦达竑回答，就一手推了一个，把秦达竑和程藕初都推了出去，又扭身关住门。

推着二人在长廊走了六七步，赤芍停住脚，因想起书在燕平根本没带过来，便歉意一笑：“瞧我都给忘了，正是中饭点，两位经理赶快去吃饭吧，吃完还得去比赛馆呢。我的事不急，晚些时候，等秦经理闲了，我再去讨教。”

秦达竑和程藕初立在锦笙房间门口，本就进退两难，幸得赤芍把他们推出来才化解了尴尬。此刻听得赤芍如此说，心下也明白赤芍并非是英文小说看不懂，不过是寻了个由头把二人请出来。二人一同笑着点点头，也忘记了是互相争执着上来的，转而友好地结伴回了餐厅。

实木茶几被撞得移动寸许，整齐归置的物件都移了位。卢柏凌眸中所望是凌乱的，他能察觉出怀里失常的锦笙也是万分凌乱的。房间里已没了别人，他把锦笙牢牢圈在怀里，手掌也被她湿润的衣物浸得黏湿，柔声问：“怎么了？发生了什么事？别怕，凡事都有我在。”

闻言，锦笙藏匿于他胸膛前的双眸恢复了半分神采，却转瞬即逝。她牵动木讷的嘴唇一笑：“卢柏凌，咱们下午去沪海照张相片吧。原本约定，我过十八岁生日时要一起照的，可我是在邮轮上过的生日，回来后麻烦事不断，也就没顾上。”

卢柏凌手掌覆在她湿滑滑的后脑勺上，不知她为何突然说起这话来，却也应着她笑道：“你还记得有这个约定啊！以为你又要跟十七岁生日那会儿似的不作数了呢。那一次明明都到照相馆门口了，你却又说十八岁生日时再照，扭头就跑了。正好杨灵均由照相馆出来，我以为你是因为看见他才跑的，还追到一水间跟你大吵了一架。这次可不许再跟上次一样了，咱们吃过中饭就去。不过，你得先告诉我，发生了何事？你竟有如此反常的举动。”

锦笙凄凉一笑，呢喃道：“不是不想作数。打小，每次见你跟关系亲密的女孩子在一起，你总喜欢碰她们的长头发，让头发在你手指头上绕来绕去。后来长大了些，我猜想，你大抵是很喜欢长头发。想跟你照相片，可心里又总想着等有机会把头发留长，换身打扮再一起照。我在你的相册子里见过你和你三庶母，还有你和张琳琅照的相片，她们都是长头发。有穿旗袍的，有穿洋裙子的，和你很般配。你照相片时一向都笑得花枝乱颤，像是要把相片染成五颜六色似的。”

卢柏凌把她由怀里移开，扶住她双肩凝看她脸庞。她神色里没有悲伤或醋意，唯有平静，只他在这平静里看出隐匿其中的绝望，令他很是惶恐不安：“怎么忽然提起她们俩了？我再混蛋，也不会对我父亲的女人心怀不敬啊！你几时见我跟张琳琅还有往来？好端端怎又想起相册子了？我从德国回来以后就没翻过了。你若介意，我这就打电话回去，让我院子里的仆役把我所有的相册子全烧了。以后，我不会再跟任何女人单独照相，只跟你照。我爱的是你这个人，与头发无关，就算你不长头发，是个秃子，是个光头，我也爱你。”

他着急惶恐地说了这般多的话表态，锦笙脸上终有半丝笑意，她浅笑着说：“那我把头发剃了，剃成光头再跟你去照相片。”卢柏凌松了一口气，笑着回道：“那我也把头发剃了，咱俩就是明晃晃的一对。”

二人没有去剃光头，也没有吃中饭，而是直接去了火车站。卢柏凌更没有问为何去沪海照相片，自觉地体谅了锦笙。锦笙近段时日在柳苏城出尽了风头，鲜少有人不认识燕平林五少。他已然都筹谋要带她私奔了，且又有穆峻潭在柳苏城虎视眈眈，他便不想在私奔前再闹出什么乱子来。

火车上，卢柏凌又追问了好几次她反常的原因，锦笙只回了一次，说是午觉做梦，梦到他带兵打回总理府，抢他三庶母去了。卢柏凌气得冷哼哼沉了沉唇角，他怎会相信，但锦笙再不回答第二次。

到沪海，二人找了一家客人不多的照相馆，两个大男人照相，也不过是并肩而站，并肩而坐。锦笙竭力想让自己显得神采奕奕一些，奈何心神俱焚，一双眼眸依旧黯淡无光。

照好后，卢柏凌本说要多加钱，令他们赶快洗出来。锦笙却说不急，他们不必着急回去，偷得浮生半日闲，待明日再回柳苏城。

出了照相馆，沿着街衢，锦笙领着卢柏凌漫无目的地闲逛，她不太懂得新式自由恋爱里的恋人都该做些什么。她也穿西服、喝咖啡、吃西餐、坐汽车、进出舞厅。洋派少爷做的，她有样学样，都会一些。可她没上过学堂，没留过洋，除了对丝绸行业门儿清，其他的很多东西都一知半解，对爱情、对男女间的关系也是一知半解，她懂得更多的是父母之命媒妁之言以及三媒六聘。但是，她此生都无法跟卢柏凌有三媒六聘了。

她回头望，卢柏凌单手插口袋，落后两三步，若即若离地跟着她，一身银灰色西服，剪裁得体，益发衬得身形瘦削、英挺潇洒，俊美倜傥的脸庞仅在唇角弯起邪魅笑意。与他擦肩而过的，脂粉香气萦身的太太小姐们，都不由止步侧目望他几眼，他却看不进一条长街的衣香鬓影，眸光只追随着那个穿长衫马褂的少年。

锦笙驻足回望他，他也驻足，含笑看着她，她扭头朝前走，他也就迈开步。他如何会察觉不出锦笙的反常和心事重重，但他如何都猜不透她反常的原因。卢柏凌也心知此时再如何追问，锦笙都不会实话相告，只好耐着性子跟下去。锦笙回头望，他便绽开笑意。锦笙不回头，他便连唇角都不扯动一下。

沿着一条繁华街道，伴着马车、汽车、人力车的声响以及鼎沸的话语声，二人路过了银行、大戏院、电影院、皮货店、时装店、咖啡馆、珠宝店，林林总总，大店小店，由黄昏走到夜幕降临，灯光乍现。

各种商铺的广告牌闪着，红的、黄的、绿的、橘的，一条条、一抹抹都倒在夜幕里，互相厮杀争夺着，凸显各自的光芒。

夜幕夹杂着雨雾，凄迷环绕着绮靡。

锦笙由饭店四层的窗子望出去，眸子里也映入了许多霓虹灯管的色彩，只眸底还是一片干涸无水。街上依旧是喧嚣的，是能用眼睛望得到的喧嚣。锦笙觉得自己像是被关进了玻璃罩子，四周封闭，潮乎乎、阴沉沉的。她胸膛内愈来愈发窒，不由得把手中玻璃酒瓶愈攥愈紧。

她收回目光，长长地喘息了几口，继续晃动着玻璃酒瓶。里面是苏格兰威士忌，橘黄色略透明的液体，有点像琥珀的色彩，美丽而诱惑，却是烈性的。

自入住饭店跟锦笙分开后，卢柏凌在房间里一直摇电话，先打给了自己院子里的仆役，让他们把自己的相册子还有什么信匣子都烧个片纸不留。

又打给了薛明喻，薛明喻回道，卢公馆一切安好，皞系内部也一切如常。如常练兵，如常在内阁跟郴系争斗个不休，并没有什么异常举措。卢家与林家关系一如既往地好，前几日，总理还到林宅，跟林老太爷下了半下午的围棋。

挂了薛明喻的电话，他又打到林宅三少爷的院子里。待林辛氏接了电话，他才暗笑自己是着急糊涂了，林清嘉还在监狱里住着呢，遂客气几句就挂了电话。他转而打给童逸勤，让童逸勤去打听一下林家大爷是否离开燕平了。若没有，就仔细查探一番，看林家大爷最近有没有什么异常举措。

他刚放下电话筒，又猛地拿起，让总机接了好一会儿，才接到宋泱澄在津城的新别院，卢柏凌跟他打听了张琳琅的近况。宋泱澄乐了："不是，二公子，你们俩都要结婚了，你跟我打听琳琅的近况，我能有你清楚吗？"卢柏凌没心情和宋泱澄开玩笑，冷声问："谁告诉你我要跟她结婚了？"宋泱澄困惑道："我前儿跟琳琅她四哥一块喝酒来着，他说卢夫人把琳琅接走了。这不是给你接的，那是给谁接的？你们卢家权势再大，张家小姐也不会给你们家做妾啊……"卢柏凌猛地撂下电话筒，也不再等童逸勤的电话，就急匆匆出门找锦笙。不用再胡乱猜测了，这就是锦笙反常的原因，定然是不知打哪儿听说了此事，才跟他生了这般大的闷气。

偌大的房间，锦笙只开了两盏水绿绸灯罩所罩的小灯。有雨雾遮掩着，只有少许几处高建筑的轮廓，借街道上的霓虹灯影映进房间来。

敲开两扇门之后，锦笙的瘦长身影以漆黑雨夜、淡绿灯光为背景，像是跌进了泛着淡淡幽绿的深渊。卢柏凌的心情也随之阴沉沉、幽凄凄，说不出是何感觉，只无比的烦躁暴怒。他很是厌恶南地这动不动就下雨的坏天气。

走到小会客厅，锦笙蜷在长沙发角落里，脑袋抵在膝盖上沉默不语，因脑袋隐了一小半在暗光里，益发显小。她心里很怪责自己，明明是善于做戏的，此刻却作不来了。明日就要跟他分开，经此一别，不知要几年才能相见，若再相见，他就是有妻儿家室的人了，再不与今时今日相同。她很想如常笑着哄他喝下有安眠药的酒，如此，他印象中最后看见的她也是笑着的，纵然算不得好看，可也不是这般愁绪满面、惹人心烦。

卢柏凌坐在她身侧，此刻已看不到她脸庞，但方才门口相对看的几秒钟，不知是灯光缘故还是她面色不佳，他已经瞧见锦笙血色尽失的脸隐隐透着青苍，显得憔悴苍凉。

他低声叹了一口气，自己都弄不清楚母亲的意图，也不知该如何跟锦笙解释清楚，只好把自己心里的小盘算说了出来："等比赛馆的结果出来，后续事宜安排妥了，咱们就不回燕平了，偷偷地由沪海坐船离开。先去香港，至于在哪儿定居，到了香港再说。你不用担心善后问题，你父亲为了他自己，一定能给林家五少爷的突然失踪编出合理解释。"

锦笙蜷缩着身子猛地一抖，抬起脑袋看向他，在震愕里方反应过来，他这是要带她私奔。他俊美容颜透出坚定神情，不像在与她商量，只是告知她一声而已。她双眸渐渐湿润，双手抓住膝盖，直抓得膝盖骨疼痒，万般心境也复杂纠缠，魂魄撼动，心向往之。故而她黯淡无光的双眸，忽而明亮，忽而又暗沉，如此反复几次，似流星划过夜空，渐渐地消散于岑寂黢黑之中。

她双手无力松开，苦笑着摇了摇头："我不能走，即使我父亲能编出合理解释，我也不能撇下父母独自远游不归。爷爷有六个孙子、两个重孙子。纵然我有麒麟传闻傍身，少我一个孙子，爷爷也不会如何，可奶奶只有我这一个假孙子。且我父亲母亲下半生的指望全在我身上，我岂能撇下奶奶、父亲、母亲、云笙一走了之。我是林家长房独子，是长房的顶梁柱。我一走，林家长房必定颓然倒塌。我不能走，不能走。"

卢柏凌早料想到她不会轻易遵从，便耐心十足地跟她解释道："锦笙，假的就是假的，成不了真，你扮得再像，也不是你哥哥。纵然你跟你父亲心思再缜密，掩饰得再万无一失，也终有纸包不住火的那一日。你以为你父亲往后还只需要你扮得像吗？他年纪越来越大，也心知掌控不了你几年了。他需要的是一个有林家血脉的孙子，一个真真正正的男孙儿。等咱们结婚有了儿女以后，女儿我们留在身边，我把儿子送回林家，保住你们林家大房这一脉。我相信，你父亲也会很珍视他的。"

锦笙的思绪凌乱到了极致，仓皇之下，竟伸胳膊拿起茶几上那瓶苏格兰威士忌。直到拧酒盖的手被卢柏凌握住，她才猝然记起这酒里有安眠药，也记起，明日上午九时，要把卢柏凌送到码头，送给张琳琅。大洋彼岸，他们可以在卢夫人和好友的见证祝福下，举行一个堂堂正正的婚礼，待再次回国，或许已是儿女双全、夫妻恩爱，那才是他卢二公子该拥有的。而不是带她私奔，不是为了保全她的假身份，既不能光明正大地娶妻，有儿子以后也不能承欢膝下。诚然，她心知，她不同意私奔，卢柏凌就会继续陪她待在这混乱局势里，殊不知何时又要遭人蓄意残害。

是她夺了哥哥的命，事到如今了，她如何能因一己之私，令尊长忧心操劳，令卢柏凌为她步步牺牲。

她虚弱无力地浅淡一笑，看向卢柏凌："还有一个多月的时间，你容我想一想。估计丝绸同业会的人也该找我喝茶了，等喝完他们的'五毒茶'，我再好好思量此事。好容易躲开比赛馆的压抑沉闷，你就不要再逼着我胡思乱想了。人生有酒须当醉，老规矩，你喝酒，我喝汽水。喝不醉，你不准走。"

卢柏凌无奈颔首，弯唇一笑回她："我若是喝醉，才不走了呢。"他心里已拿定主意，也并不在乎锦笙是否愿意。届时，若锦笙当真不愿意，他就哄骗她吃两片安眠药，待一觉醒来，他们已是在浩瀚大海中，任她游，她也游不回来。

夜幕被雨雾浸得几乎透明，淡绿色灯光，琥珀色酒液，鲜橘色汽水，都混在透明夜色里，环绕着锦笙和卢柏凌。

对饮至夜半，卢柏凌只觉醉意渐浓。因喝第一口之前，锦笙同他捣乱，把她喝的鲜橘水倾倒了一些在他酒杯中。再接下来的酒味有些不对劲，他总觉得带了鲜橘水的味道。

醉意困倦一同袭来，卢柏凌意识渐渐有些不支，躺卧在锦笙腿上，迷糊之时仍在和她说着以后的计划。

他说，待出国结婚以后，他不会管束她，不会让她做一个相夫教子的妇人，她依旧可以做丝绸生意，完成她要当丝绸大王的愿望。

锦笙笑着说，若真有做他妻子那一日，她便不想当什么丝绸大王了。他说，不当大王，那就当夫人，既是他卢柏凌的夫人，也是来自中国的神秘的丝绸夫人。

锦笙半抱着他，怔愣许久，才嗓音发颤着回道："好，我既是卢柏凌的夫人，也是神秘的丝绸夫人。"

卢柏凌又说："到时我就开一个医馆，或者建一个葡萄庄园，然后给你建造一座城堡，属于神秘丝绸夫人的城堡。就像欧洲那些有神秘传说的古老城堡一般，咱们的城堡或许也会有神秘传说流传于后世。"

锦笙笑他："你还是建葡萄庄园吧，你上次去德国学医，从离开中国到再回来中国，拢共一年半的时间还不到。那点子浅薄医术，在医院里给病人治出病来，还有其他医生救命。若你独自开医馆，医死了人可如何是好。"

她的笑语零散地飘在空旷房间里，孤独而残破，也渐渐消匿于沉寂。

卢柏凌似醉似困，半靠在她怀中睡着了，再没有回答她。

她拥着他，下巴抵在他颈窝处，眼泪扑簌簌地落下，无力地笑着低喃道："对不起。你没有背弃你的承诺，是我要离开你。或许我很早就喜欢你了，却直到最近才弄懂是爱你，可现在，我必须要放弃你，放你走。你在美国要好好生活，好好对待张琳琅，她等了你那么多年，一定比我更爱你。我的一生，从六岁登台唱这出戏时，大抵就如此了。而你的一生，是有很多选择的。你离开以后，我会假装你已经忘了我。

做戏嘛，欺骗自己嘛，我最擅长了。我会假装到连自己都相信，等你带着妻儿再次回来时，我还会如常待你，我们还是好兄弟。你最喜晴日，最喜艳阳高照了，我不愿你跟我过神神秘秘隐姓埋名的生活，宁愿你跟张琳琅光明正大地过着平凡生活。”

卢柏凌肩上衬衣被泪水浸了个湿透，锦笙将自己的面颊贴上去，触肌生凉，直凉透骨血。她由马褂内侧的小口袋里取出一条银链子，是在珠宝店给卢柏凌买新婚贺礼时一块买的，细细的银链子，泛着浅淡的光。她把自己的麒麟戒指取下一枚，由银链子串好，给卢柏凌戴在脖颈上。链子长度恰好，麒麟戒指悬垂在他心室位置，在衬衣里隐约透出钻石麒麟的轮廓来。

黎明前的黑暗来袭了，迷离恍惚之中，锦笙不由惧怕，是否经此一别，就再也无缘分相见了。

晨曦初现，依旧是凄风苦雨的天气。

锦笙此行没有带小厮，又不想唤来饭店西崽惹人注意，只好打电话给卢夫人，让她派人把昏睡的卢柏凌接走。

半个钟点不到，范志贤领着人过来把卢柏凌背走了。他们齐整整地都身穿便衣，锦笙猜想，此次随行卫兵一定不少。她本说要去给卢夫人请安，但范志贤说夫人和琳琅小姐已去往码头了，她便让范志贤把新婚贺礼转交给琳琅小姐。

码头上，赶着乘船的人愈来愈多，人群渐渐拥挤，雨丝也渐渐粗厚。

锦笙由照相馆取回相片，没有去火车站，而是坐人力车来了码头。码头外数米远都挤满了人，车马不通。锦笙下车行了几步，瘦弱身躯即刻融入人群中。撑伞送行的亲友，举着行李箱笼乘船的乘客，密密集集地把她拥在里面，夹着她朝入闸口涌去。

伴着喷出的浓烟，邮轮汽笛声响起，轰隆隆地绕在阴晦天空里，人群涌动得愈加快了，直把她扑带到入闸铁栏外。她侧身躲开登船的道路，目送着一个又一个乘船者进入闸口，走上舷梯，唯独没有她想看到的那个人。

她明知看不到，被雨雾遮掩的眼眸仍然费力朝邮轮望着。他们应该是最早登船的，那时安安静静，未有这般吵闹喧嚣。

入闸口关闭，前来送别的亲友或收了雨伞大力挥手，或直接挥伞，奋力地与邮轮栏杆边的人告别。邮轮栏杆边的人也争抢着挥手、挥手杖、挥帽子，与岸上的亲友告别。

锦笙没有要挥手的人，邮轮上也没有人对她挥手，她孑然一身地立于凄风苦雨里。又一声悠长的邮轮汽笛声划破雨雾，未几，轮船徐徐离岸，在海面劈开风雨急浪，浪翻得起伏不定，锦笙胸腔中的气流也起伏不定，搅得整个胸腔疼痛难忍。

她抬手用手背抹去眼里、脸上的水珠，望了望晦暗不明的天空。她不知美国是个怎样的国家，只期望着要晴日不断，常常艳阳高照，那般，卢柏凌才能心生欢喜。

邮轮驶离港口，岸上送别人脸上的离别悲痛也渐散，若身侧有相陪的人，便转身互相说笑着离开了。

唯有锦笙还立在铁栏杆处，眸光盯着那艘邮轮，所有的心神魂魄都随着邮轮劈开的一个急浪，翻滚在寥廓海水里。

邮轮内，卢夫人待仆役们归置好行李，就把他们撵出了卢柏凌的舱室，自己又与张琳琅闲说了几句，便托故出去，独留她一人照看卢柏凌。

张琳琅拧了手帕替卢柏凌揩脸和脖颈，瞥见他白色衬衣的胸襟处有一小点血迹，嫣红唇瓣微抿，略犹豫片刻，便红着脸解开了他衬衣纽扣，一瞧端倪。

他脖颈上戴了一条项链，张琳琅拿起项链坠子细看，原是枚戒指，戒指上是麒麟图样，镶嵌着许多粒碎小钻石，弄伤他的便是钻石。许是卫兵背他的时候，压在肌肤上过深刺伤了他。恐那戒指再伤了他，张琳琅把链子解开取下，连同戒指一块用手绢包裹好收起。

卢柏凌依旧昏睡着，如画眉眼舒展，像是睡前的愉悦延续在梦境里。雾雨凄迷，舱室内光线昏暗，张琳琅纤细修长的手轻轻描绘过卢柏凌的面庞轮廓。等了这么多年，岁月对她身旁的人都曾大刀阔斧，却独独眷顾他。他如初相见那般，仍旧是个俊美如画的少年。俊美却不娇媚，下巴线条冷峭，微抿的唇线隐隐带丝不羁。

张琳琅弯身，缓缓趴在他胸膛前，低喃问道："柏凌，你梦见了什么？"又轻声叹说："我已经等了你八年。从十六岁到二十四岁，一个女子最美好的年岁，我都心甘情愿等着你。再多等几年，我又有何惧怕的。我等你，不管等不等得到，我这一辈子都等你。"从十八岁起，父兄就彻底禁止她与卢柏凌见面。纵然见不得面，她也能心如止水地等着。可如今，他稳健的心跳声就在耳畔，她却隐有一丝贪心，想把自己的身影融化在他的心跳声中，成为他心室的一部分。

天与海，早已把邮轮和岸口远远隔开，邮轮融在天与海的背景里愈远愈淡。雨雾斜斜地坠落，码头上空旷静谧，却仍有一人执拗倔强地立在铁栏杆旁。

起初不显眼，待喧嚣归于宁静，人群散去，码头不远处停留已久的黑色汽车就凸显出来。

穆峻潭用指腹掐灭燃了一半的烟，又烦躁地踹上驾驶座椅背，叶执信身子一震，皱眉道："少帅，您还是过去吧。我瞧着您是等不到林五少自己转身过来了。这林五少也真是奇了，急脾气里最倔的，倔脾气里最急的，两样最坏的脾气全被他占全了……"

"砰！"

巨响的关门声惊得叶执信失语，由车窗望出去，穆峻潭已拎着把伞朝入闸口走去。风衣款式的黑色雨衣把他的身形衬得挺拔修长，在风雨中疾步前行。

入闸口外，一把雨伞替锦笙挡去了急雨，她眸光无神地望向穆峻潭，纵然好奇他为何出现，可双眸仍无半丝神采，也倦懒着不愿开口费唇舌，便又转回脑袋看向了寥廓海面。

穆峻潭狠看一眼湿淋淋的她，冷笑道："船都走一个多钟点了，你再守着，卢柏凌也游不回来了。"锦笙这才略回神，淋了太久的雨，吹了太久的风，不免嗓子干哑发疼："你怎么知道卢柏凌在船上？"

穆峻潭冷声说："卢柏凌暗中促成郴系和闽南革命党签和平协议，我不能即刻知晓也就算了。可卢夫人跟卢二少奶奶在沪海住了那般多的时日，又由此登船，我还不能知晓，沪海的护军府就不用留着了！"

他见锦笙急切张了嘴，却没发出声音，不由眉头皱得更紧了："你放心，我巴不得卢柏凌离你远远的，不会从中作梗的。现在相信了吧，卢柏凌不是因为你到的南地，此番说走也就走了。"锦笙急切地为卢柏凌辩解道："不是他说走就走的，是我在威士忌里给他加了安眠药，他昏睡过去，才由得旁人把他背走的！"

穆峻潭冷冽双眸细看她，她浑身湿淋淋仿佛是刚从海里捞出来一般，一双眸子却干涩黯淡，没了最初吸引他的精灵之气，不讨喜、不傲气。她活生生地站在他跟前，他却感受不到鲜活气息。

穆峻潭心室内憋闷烦躁至极，蓦然生出莫大痛意，暗暗嘲笑自己竟如此荒唐。她痴痴地望着卢柏凌，他痴痴地望着她，希望她一转身回头，就可以朝他走来。可她执拗地把自己浸泡在风雨里这般久，都不愿转身回头。他更暗气自己竟如此不争气，拗不过她，主动来找她。

他心里疼痛烦躁，却也不想她以胜利者的姿态好过，便冷笑道:“威士忌配安眠药，谁给你出了这么狠的招？你是自己得不到，也不让他跟其他女人在一起吗？”锦笙皱眉:“你什么意思？”穆峻潭回道:“卢柏凌他自己就是西医，没告诉过你，威士忌送服安眠药，极有可能致命吗？这邮轮是东洋汽船株式会社的，停留的最近港口是日本长崎，那时再就医，怕是回天乏术了。”

他冷笑着说完，好整以暇地望着锦笙。

锦笙面色早已惨白冷灰到了极致，由面色瞧不出她有任何异样。可她眸子散乱动着，浑身亦战栗着，胸腔内那股跌宕起伏已久的气流也直冲冲地冲破喉咙，掺杂着惶恐悔恨，带出一大口鲜血喷在穆峻潭风衣上。

穆峻潭迎着那鲜血丢了雨伞，把她揽住抱紧，可她仿佛是一瞬间被抽走了骨血魂灵，软似丝绸，轻飘飘地让他抓不住她的生命。

他的风衣是英国军用防水布制的，血液无法浸透，大大小小的血珠子滚滑在上面。他搂抱住锦笙时，血沾染在锦笙的天青色梨花暗纹马褂上，两三簇血色梨花盛开。

梨花雪，不胜凄断，杜鹃啼血。他也跟着她不胜惶恐，却又迷惘着，究竟是多大的哀怨思念，又是多深的依赖爱恋，才能令杜鹃啼血染红梨花。

丝绸美人

汀洲 著

江苏凤凰文艺出版社
JIANGSU PHOENIX LITERATURE AND ART PUBLISHING, LTD

卷三

丝绸美人

自君去，尘不断，离愁又引千丝乱

这场戏终了，她亦退台。不是锦笙，不是云笙，不知自己醒来会在何处，亦不知自己是谁。

第二十七章 家国志，儿女情

海天相接，迷雾亦蒙蒙笼着云日，人眼辨不清前路，锦笙掌心紧握一枚小小的船票朝沪海码头入闸口疾行。雾甚是浓厚，根本看不见入闸口，可她遵循心中的指引，坚定地朝某个方向走着。前方闪烁的浅淡光芒，是她熟悉的图样轮廓，是麒麟，是悬挂于卢柏凌心室外的麒麟戒指。麒麟戒指指引着她，卢柏凌的心也在指引着她，那是她的未来，让她心神撼动，殷切向往的未来。

倏忽之间，那麒麟的浅淡光芒似乎被人遮住藏起，烟雾也疯狂地益发浓厚，一层堆叠一层，一缕纠缠一缕，相互间拉扯着，变得无比绵长，似乎要学蚕，把天地都结在茧里包裹起来。邮轮的汽笛声突然响起，尖锐地刺破岑寂幽静的空间，锦笙身子随之一哆嗦，环顾四周，烟雾迷离，她原是孑然一人。她摊开手掌，那枚小小的船票黏黏地横躺在手心，她的未来仿若就攥在那里，又仿若湿漉漉地要与浓雾融为一体。

邮轮在海面劈开急浪的声响愈来愈弱，卢柏凌的心亦与她渐离渐远，她迷路了，掌心攥着自己的未来迷路了。

她不甘心，自己撇下父母尊长握起这一枚船票，如何能迷失在浓雾里寻不到卢柏凌的身影。她要拨开云雾见天日，在奋力睁开双眸的一瞬，眼前没有了遮天蔽日的浓雾，只一撇月影跌进眸子里来。

雕花幽窗横斜着树影，弯月挂在枝头，月辉凄迷，锦笙益发不知身在何处。她侧头望去，穆峻潭正阖目坐于床畔椅子上，虽只穿着军衬衣，但脊背昂然直挺，将军气势亦凛然。冷月光映着他冷峻轮廓，他仿若睡着了，又仿若是阖目小憩。锦笙双唇动了动，喉咙一阵干痛，未能发出任何声音，欲抬手，才发现手被穆峻潭轻攥在手心。

他手掌很大，攥着她的手，仿若她攥着船票一般。

锦笙要抽回手，刚一动，穆峻潭就睁开了双眼，急切俯身看向她。他与锦笙四目相对，深邃略泛红的眼眸浮上一层掩不住的欣喜。但随即察觉到她眸带厌恶，他唇角牵动几下，却什么话都没说出，眼中欣喜亦隐去。

锦笙无心细看穆峻潭，抽回手，背对他侧卧。她还未分清现实与梦境，仅意识到一点，无论现实或梦境，她都不想看见穆峻潭。

穆峻潭的掌心空了，微怔片刻方紧握成拳，冷月光折进他眸子里，混着红血丝，把双眸衬得阴晴莫测。

凄风苦雨的码头上，锦笙吐血昏厥，把他心神理智悉数打乱，带着她急急冲进医院。正逢王子仪来看沈惠莉，他才恢复少许理智，想到若贸然暴露锦笙身份于外人跟前，大抵救活她，她也会再把自己烧成灰。一想到她性子里那股狠劲儿，他横抱着她不由加了些力道，牢牢把她圈护在怀抱里，驱逐迎面围靠过来的医生护士，仅由王子仪夫妇为她诊治，又由护军府调了卫兵，把一条长廊清空且严守。

他并不心细，握着锦笙发烫的手，绞尽脑汁，把能替她想到的都做了。唯独没去思忖，她醒来后第一眼想看见的是谁。自然，锦笙第一眼想看到的不会是他，可她想看到的人已经撇下她漂洋过海离去，当下她也只能看到他。

不转身，锦笙亦知穆峻潭仍是那副坐姿，她理智渐次恢复，由空气里的味道猜想是在医院。心中一蓬一蓬地浮起太多疑问，可她却不想同穆峻潭言语，宁愿自己猜测。她不知威士忌送服安眠药是不是真的会致命，但邮轮上定然有医生随行，且邮轮又是日本公司的，卢夫人和范师长自然比她有能力救治卢柏凌。

若威士忌配安眠药是砒霜那般的毒性，酒入腹中，救治也得送到医院开膛破肚吧？待邮轮到达长崎，当真回天乏术。

抬眸迎上月辉，她分不清自己是真的不愿同穆峻潭言语，还是不敢询问详情。

倘若世上没了卢柏凌，数十载凄风苦雨的黯淡生活，她不知要如何度过。倒情愿他与张琳琅夫妻恩爱、子女承欢膝下，那般，她也有个盼头，盼着有一天会与他再相见。

活着，她是哥哥的替身，需要替哥哥承担林家长房嫡孙的责任，无法听凭内心所求与卢柏凌私奔，却可以选择与卢柏凌同死；死了，她便什么都不是，更何谈替身的责任。她攥紧掌心，仿若还攥着梦里的船票，暗暗发着同死的誓言。

然而，等理智全然恢复，她亦记起曾亲眼见过三哥用红酒送服安眠药，次日醒来，身体并无甚异样，遂开始怀疑穆峻潭在码头所言。但为今的状况，只能等待消息。若卢柏凌死于她手，不必旁人告知，卢家就绝不会轻饶她。

既然穆峻潭把她送来医院，勿管诊治医生是谁，都应知晓她的真实身份了。她并无先前那般惶恐不安，反而松了一口气。身份秘密是围困她的枷锁，若这个枷锁被穆峻潭拆除，卢柏凌又安然无恙，她便可以去找卢柏凌。

千思百转，锦笙无比矛盾，既要尽心尽力守牢这个枷锁，同时心里还暗藏着一丝不安分，期望这个枷锁可以被拿去。

胡思乱想间，推门关门声微响，旋即有人走近，跟穆峻潭说话："烧可完全退了？"并未听到穆峻潭声音，男子复又低笑道："这边的烧是退了，帅府那边的大火才刚烧起。桑宜今天下午给惠莉打了三次电话，问到底是怎样的女子能让你撇下柳苏城，在这里守三天两夜。"穆峻潭冷言："惠莉向来不喜闲话扰人，桑宜又在京陵，如何能这么快得知沪海的事情，这把火是你点的吧？"男子反击道："我跟卓娅小姐也就跳个舞喝杯酒，你还不是夸大其词地告诉了惠莉。"穆峻潭冷笑道："跟一个白俄女人跑去饭店房间跳舞喝酒……"男子打断穆峻潭："近墨者黑，你现在是越发说不出好话来了。等着吧，日后有你说不出话的时候！方家这边还好解决，你二人并无婚约。我倒要看你来日跟林家提亲，要娶人府上麒麟五少爷的时候，该怎么跟林老太爷开口。"穆峻潭笃定回复三字："照实说！"

听了这话，锦笙从病床上一跃坐起。王子仪被她猛骇一跳，伸手捻开了灯。

瞬息，灯光充盈室内，锦笙这才把穆峻潭看仔细，只见他双眼带着红血丝，不知是着急上火还是熬夜疲倦，胡楂泛青，稍显凌乱。她的心一片贫瘠苍凉，他的面容一片肃穆沧桑；她双眸气怒昭然，他双眸气定漠然。

四目相对片刻，锦笙恨恨咬牙："穆峻潭，你不要欺人太甚！"她昏睡许久未开嗓，喉咙处又有炎症，突然一发声，音色异常粗哑，连她自己都觉陌生。穆峻潭勾唇回以冷笑："看你方才那副模样，还以为你这辈子都不愿跟我说话了。幸好，还能听到你喊我名字。"

他利落起身离开，锦笙气有余、力不足，心知追他不及。王子仪瞧着苗头不对，朝锦笙耸肩一笑，也赶紧躲出了病房。

锦笙这一场病，如同她的性子一般，来得急且倔，风寒内郁，连着两日两夜高烧不退，有感冒转肺炎的征兆。幸得她身体底子壮实，烧渐退，病也渐消，但风寒易消，内郁难除。

昏睡冗长一觉，仿佛过了一年半载那般久，她不知柳苏城比赛馆是何种情况，亦不知失踪这几日要如何跟父亲解释。锦笙攥着门把手，脑袋探出病房门，环顾左右，男医生和穆峻潭都已不见踪影。灯光昏昏，长廊幽静，门外卫兵却是五步一岗地在严守，挎枪刺刀割裂灯光，泛出冷寒，在深夜的医院长廊聚起一束束肃杀之气。门一侧是盛吉祥，见到锦笙从门缝里探出脑袋转向他时，便“啪”一声叩响靴跟，敬了个军礼。

锦笙掩住脖颈，冷抬眸望向盛吉祥。盛吉祥端着十分的恭敬与她对看，却不开口称呼她“林五少”。她念及曾在林宅议事厅误会爷爷话语，对盛吉祥的态度也不好下定论。此刻锦笙有些后悔，方才不应与穆峻潭冷脸相峙，好歹得问明白这几日的情况再跟他翻脸。

她怒气难消，胸中也异常疼痛，一咳嗽就像是有一大把尖针在刺，纵然强撑着思忖事情，但她精力不济，只能躺回病床上，在疼痛中又昏昏沉沉睡了过去。她仿佛听到推门关门声，又仿佛是在梦中，病痛引着她，抛下梦魂顾及不暇。

早在锦笙病倒那日下午，叶执信奉穆峻潭之命回到柳苏城，跟赤芍说明锦笙在沪海的情况，赤芍当即明了。她一直伺候在锦笙身旁，对比赛馆和锦笙的情况知之甚详，遂隐瞒程藕初等人实情，只道五少与二公子去了沪海看机器，临时有事要耽搁几日。她心中担忧五少，却不得不听从穆峻潭之令，留在柳苏城应对突发状况。她心知，比起性命，五少更在意身份秘密，故恳求叶执信，定要照顾好五少，她会留在柳苏城应付好其他人。

赤芍的话，骗得了程藕初等人，却骗不了苏武和林肇聪。因不得实情，林肇聪做了最坏的猜测——锦笙是与卢柏凌私奔了。他想到这儿，一阵阵恶寒直冲脑门，黑发也给寒霜扑白了不少。勃然大怒之余，他立即安排好身边事，隐瞒行程，坐火车南下至柳苏城。

锦笙再次醒来，已是次日上午，日光柔澈，她的心境也随之明亮少许。昨夜未辨认仔细，那窗棂原不是中国样式的雕花，而是西洋式镂空的许多个图案连缀在一起，拼拼凑凑成花纹，把日光一朵朵地切开。

床尾不远处有两张沙发、一张茶几，穆峻潭侧躺在长沙发上，长沙发不及他一半长，一双长腿简直无处安放。

锦笙放轻脚步行至他身侧，见他胡楂没了，显然是洗漱一番又新换了衣物在补觉。他安静睡着，日光洒下，俊朗面目略带温和，倒不怎么招她厌烦了。锦笙有事急着要询问他，又忽而记起男医生说他守了她三天两夜的话，心中不免有些动容，犹豫着要不要喊醒他。他虽不是好相处的脾性，待她却是不错的。现在她有些相信他对自己的喜欢，只是这份喜欢，她不想接受，也不知该如何处理。

半分钟后，穆峻潭在睡眠中觉出异样，迎着锦笙的眸光睁开眼。锦笙灵玉般的面容即刻跌进他眼底，因病态浓浓，面色益发白皙怜人。一场病像是洗去了红尘覆着在她身上的尘嚣，她本就自带天然灵气，现下连素日里的冷傲贵气都摒去了。不由自主地，他的眸底漾起浓挚柔情。

锦笙的神情没了昨日的厌恶，穆峻潭在完全清醒后，神色也出奇的柔和。若非是在医院，若非锦笙在病中，此番睡醒即可看见她的情形，实在令他心向往之。他起身让开位置，锦笙却坐于另一张沙发上，他尽量柔和下嗓音，说："王军医说你现下需要忌口，饮食要尤为清淡。昨夜让他们预备了粥和小菜来，你已睡下。可有什么想吃的清淡小菜？我令人去预备。"

病中被打了营养针，此刻又内郁堆积，锦笙感觉不到饥饿，轻摇头，哑着嗓子说："竞天，沪海至日本长崎之间有海缆，邮轮通信舱室是可以收发电报的。你有很多日本朋友，你们安系又与美国人来往密切，你能不能想法子帮我打听一下卢柏凌的情况，我不相信那瓶酒能要了他的命。"

原来，她压住心中对他的厌恶，展现片刻柔和，只为打听卢柏凌的消息。尘嚣又笼回她身上，她仍旧是那个"林五少"，表面精灵稚气，实则聪明机智，行事说话惯爱耍心思、使手段。

穆峻潭有心与锦笙争个清楚、说个明白，在今日此时，立即把二人的恋爱关系确定下来。他从没爱过，但既然爱了，便不想连吃醋生气都名不正言不顺。穆峻潭瞬间情绪冲动，旋即又冷静下来，怕辩说起来，二人言语上起冲突，她脾气坏，连带着把他的坏脾气也激起来就不好了。她大病初醒，肺炎病患又不易动气。

挣扎思忖片刻，穆峻潭面目冷若冰霜，仿若没听到锦笙的话，起身出门，吩咐盛吉祥去预备清淡饭食。因他昨夜里已从王子仪那里听说肺炎病患吃什么最适宜，此刻就细细吩咐盛吉祥记牢，且要盯着医院的厨子，以防他们随性惯了，做得不干不净。

锦笙不知穆峻潭不理会自己且又出门是何意，在他出门后也轻轻走到门口，凑巧把他的吩咐偷听了个大概，心下益发不好受起来，不知该如何处理他附加在自己身上的情感。

忽听得一声娇滴滴的“哎哟”，随即是女子高跟鞋声响，很有节奏地响着，想来来人身段定是纤柔袅袅的。那人说话声音也清晰起来：“清汤寡水的，我可不爱吃这些。”

从门缝里朦朦胧胧望出去，一个身姿丰腴穿旗袍的女子立在穆峻潭身侧，那旗袍的腰身极小，小到一点点空闲都没有，宽肩窄腰，胸前又高高耸起，把芽绿色薄月缎的秀美精致完好地展现了出来。薄月缎是方家的素缎产品之一，因其又亮又薄而取名“薄月”。若是在电灯照耀下，缎面上隐隐约约会现出一层雾白色，仿若月光笼罩。这样的显色技艺，非化学染料所能及，唯方家自配的植物染料才能调出来。

朱潇潇见穆峻潭吩咐完盛吉祥仍不理会自己，便双手拉住穆峻潭的一只手摇着。穆峻潭也不甩开她，冷漠地说：“你若平时多吃素，肠胃就不会害病了。”又看向盛吉祥，“你愣着干什么，赶快去。”

门后面，锦笙由薄月缎的纳罕里回神，窥得人家妾有情郎有意，无力闭了闭眼。枉她方才心里有愧疚感，差点忘记穆少帅是何等的风流作风。

朱潇潇一歪头靠在穆峻潭的胳膊上，侧目打量着被卫兵严守的病房门，娇声啧啧道：“为防着方小姐找麻烦，就把老相好逼着住院给新相好作掩护。我倒真好奇是什么样的美人儿，竟勾得穆少帅如此费心费力保护她。”这话绊住了锦笙要回病床上的脚步，门缝外是芽绿青青的一团，她只得侧耳细听。

穆峻潭朝前跨几步，远离朱潇潇：“你不是跟医生护士打听了吗？还有什么可好奇的。”朱潇潇身子没了依靠，腰肢似弱柳迎风，右手托左肘，左手绕着右耳上的耳坠子，身姿扭出魅人曲线，眸光在穆峻潭与病房门之间曲曲折折游走着：“见过她的医生跟护士都问我是不是病糊涂了，穆少帅那日不是抱着我来医院的吗？竟天，当真是这样吗？”穆峻潭双手抄在军裤口袋里，眸底冷厉，唇角却勾着似有似无的笑意，反问：“不是这样吗？”

朱潇潇雪白双臂蓦然垂下，腰肢轻扭，耳坠子上的钻石粒明晃晃地逼近穆峻潭，她拔高声音说：“竟天，朱家虽家道中落，但我跟你的时候，到底也是个清清白白的官家小姐。你厌了、散了，我从未纠缠于你。你明知我忘不掉你，现在又何苦来招我？”

如何不知朱潇潇是故意说给病房里的人听，穆峻潭顾念自己在锦笙心中所剩无几的好名声好作风，很是不耐烦：“你又何苦为了个老男人，与我的部下厮混纠缠？我当时给你的钱，除了做嫁妆，另外安置一份家业也好，出国念书也罢，都绰绰有余了。”朱潇潇腾地红了脸颊，旋即眸含柔情：“竟天，你吃醋了？你还在意我，对不对？”穆峻潭面无表情，声音更是冷漠：“身子是你自己的，你爱如何便如何。你自己都不在意，旁人又岂会在意。”

朱潇潇怔住片刻，眸中柔情化为两串泪水落下，她冷冷一笑：“旁人？原来，在你心中，你于我而言，早已成了旁人。竟天，我就知道你会看轻我。终有一日，你会对我刮目相看的。你听着，若你沦为阶下囚，我绝不会对你心慈手软！”穆峻潭满不在乎地点点头：“那就提前恭喜你了，唐总司令夫人。”说着打了个响指，两个挎枪卫兵上前，听他吩咐道：“送朱小姐回病房，她身体虚弱，别让她再出房门一步。”

门后的锦笙虽只听见这些话，也大致猜出朱潇潇是个什么情况。她顶着林五少的身份，自是游走过许多交际场子，各式各样的女子虽未见全，也差不多听全了。像朱潇潇这样的官家小姐，北地亦有之。自民国以来，家道中落的官家小姐，父亲在新政府担着小差事的小姐，比比皆是。若是行为作风保守规矩些，倒也不拘穷富，都能上得学堂，当一个清纯女学生，过得闲适富足。

一旦卷入交际旋涡里，又都争强好胜想做交际场的名媛明星，各种排场讲究下来，已是一笔不小的费用。汽车费、首饰衣裳费，进出跳舞场，聚在一处打打小牌、包厢听听戏、咖啡馆里坐坐，今日受邀去宴席，明日做东还宴席，你来我往，银钱花得似流水。家底殷实的倒还受得住，这月零用钱不够，闹了亏空，下月少出去几次也就能补上来。四姐未出嫁时，她还帮四姐补过两次大亏空。

像朱氏姐妹这样家道中落的，怕是每月的零用钱连首饰衣裳费都不够，在交际场应酬的银钱也绝不会出自家中。女子若自甘轻贱，私下自有一种不可言说的筹钱方式。外表端得高贵靓丽，私下里，什么“老举”“咸水妹”的名声早在交际场里不绝于耳了。

清清白白的朱潇潇无名无分地跟了穆峻潭，他皮囊英武俊朗是一说，富贵身家又是另一说。如今朱潇潇跟着唐义哲，更是无关乎情爱。

因穆峻潭对朱潇潇是此等态度，锦笙有些担忧白蝴蝶。那是交际场里最耀眼的明星，江北第一美人，燕平名妓，有这些名声在外，穆峻潭到底会不会懂得蝴蝶的清高和洁身自爱？蝴蝶从根本上就与朱潇潇不同，蝴蝶是被生父卖进了妓院，而朱潇潇本可以做一个本本分分的新学堂女学生，知书达理、洁身自好，嫁一新式青年，自此恩爱两不疑。偏偏她自己朝堕落路子走，跟了穆峻潭这个风流名声在外的少帅。

锦笙愈想愈气，气自己当初不该贸然莽撞地把蝴蝶送进京陵帅府。一生大气，胸腔内异常疼痛，忍了许久的咳嗽，一窝针似的扎起，她拽着门把手蹲地咳嗽，疼得面红耳赤，心神恍惚。门被人推开，她受力倒地之时，又被来人一把抱起，挣脱不开，疼痛里觑了穆峻潭一眼，哑着嗓子咒骂道：“浪荡子！登徒子！始乱终弃，拈花惹草，喜新厌旧，朝三暮四！”她胸腔内又闷又疼，咳嗽也一声紧赶着一声，要骂他已连不成话语，只把紧要的几个词骂了出来。

穆峻潭知晓她在门后偷听，一推门把她推倒在地，心里本就愧疚，此刻被她连骂一串，他不仅不恼，反而喜上眉梢。自古风流不全是花心，还因没遇到真心爱的。他知之甚详的是男欢女爱、暖帐春宵，对两情相悦的真爱却是朦朦胧胧的，偶尔还会有少不更事的偏执。

从少年起，穆峻潭看上的女人就没有不爱上他、顺服于他的。对锦笙，除了天生的强势霸道脾性，他还像没经过男欢女爱的少年般，有盲目的憧憬和自信。他以为锦笙只是与卢柏凌青梅竹马般长大，她身份又特殊，没有被其他男子追求过，没得选择才在情窦初开的年纪喜欢了卢柏凌。现下卢柏凌撇她而去，不假时日，她就会忘记卢柏凌。而且，她如此骂他，显然是吃了朱潇潇的醋，表明她心里是有些喜欢他的。

如此一想，穆峻潭就不生锦笙的气了，低头耐心地跟她说：“风寒加重转轻微肺炎，你不知几时才能好，不要再生气了。我向你保证，以前没有你，有你后就不会再有其他女人！不要吃这些没影子的醋，我把朱潇潇困在这里，既为掩护你，也不想她跟唐义哲接触，坏我的事。”

锦笙咳嗽时，已分不清哪里疼，只觉胸腔内一阵乱疼，她攀住穆峻潭，靠在他肩膀上，直咳得眼泪横流，手亦在他衬衣上抓出许多道褶。

她咳完，身子虚弱微颤，耳边又听得穆峻潭说："威士忌加少量安眠药要不了卢柏凌的命。他是行伍出身，身体底子强，最坏的结果也不过是让他昏睡的时间久些，醒来头晕头昏一阵子，无碍健康。"她心神一喜，霎时又狠咳了几声，没气力抬头对穆峻潭言谢，反而在他肩膀上靠得更紧了。

她疼着，心神俱乱，耳边轰鸣，右手抓紧穆峻潭左肩，仿若这是病痛深渊里唯一的依附，稍微抓不牢稳，就会坠落深渊。

穆峻潭望着她的半边脸颊，白皙泛红，逐渐红透了，忽令他想起年少要东赴日本时，母亲亲手佩戴在他脖颈上的血玉平安扣。

赴东洋的前一夜，父亲只对他说了一句话：

"吾儿当忍辱负重，融敌夷之群，师敌夷之精深技能，以图大业。"

他谨遵父命，活得愈来愈像个日本少年，心却愈来愈冷硬。

学校、军营、坂西公馆内，他与日本人一起轻蔑中国人，一起热血激昂地筹划要如何殖民吞并中国；他辱骂过在日的中国留学生，亦说过忠于天皇陛下的话。

但那枚血玉平安扣一直垂在穆峻潭心室之外，那是来自国、来自家的平安扣。平安扣终年冰冷，他的心也终年冷硬无比。在日本的几年里，他没有暖热过平安扣，日本的水土也没有暖热过他的心。

他表明中国人的身份后，田中周明曾追到德国劝说他："中国国弱民愚，被他国瓜分吞噬只在朝夕之间。渡部君日后以忠于中国之心回中国，志向与才能皆无处施展，若以忠于大日本帝国之心回中国，天皇陛下……"穆峻潭不待他说完，就冷厉地看向他，用中国话一字一句坚定地说："在下穆峻潭，字竞天，生于中国，长于中国，志向只在家国！"田中周明怒声质问："渡部君是老师最得意的学生，曾受老师倾囊相授，赴德国之前，又与我妹妹订婚。敢问，渡部君志在家国，情又在何处？"穆峻潭回道："军人的天职是保家卫国，心中只需有家国！儿女情长，英雄气短，我向来是过口不留心的。"

早在去德国的第一年，穆峻潭在电报里让戴希闵给他邮寄了两件长衫。归国时，他是由柏林坐火车到巴黎，再由巴黎转马赛，而后才由马赛坐邮轮到沪海。两件长衫交替换洗，丝绸娇贵，根本不堪四十余天的归程。邮轮驶近沪海码头时，他的长衫早已破洞，却壮志满酬。

立于邮轮甲板，穆峻潭凝神而望，前方海面浪涛峻急，益发激起他要乘长风破巨浪，以雪国耻的家国志向。

然而，归国后经历过的战争，除却剿匪是造福了一方民众，其余军阀间的战争，把偌大的中国愈打愈散，与他在学校所想的保家卫国，根本就是两种性质的战争。

锦笙用饭的时候，穆峻潭立在长廊一角抽烟，烟雾把他熏得有些迷惘。自他接替父亲对穆军上下负责，诸多事身不由己，也不敢细想深究。烟蒂在他脚下聚了一圈，他方回神，站在通风窗户口，散着周身烟味。烟雾如愁，轻易不肯散去，他遂换了一件衬衫才去锦笙病房。

锦笙虽已不担忧卢柏凌安危，食欲却仍然不佳。一茶几的清淡食物和羹汤，她只选了一碗炖梨吃。梨已被削掉皮，掏去核，放入了川贝粉，隔水而炖。川贝的苦，掺杂着梨的甜，炖出一股子怪味。她素来讨厌吃中药，也讨厌苦味，却怕自己会风寒转肺炎，肺炎转痨病，便逼着自己吃下半只，能压一压咳嗽也好。

穆峻潭进来时，手上拿着一套长衫马褂。锦笙忧心比赛馆，不愿再住在沪海的医院里。他问过王子仪，王子仪说，回柳苏静养，有红花绿树小桥流水，自然要比医院的白墙病房消毒水好。

接过衣衫，锦笙才意识到自己穿的是医院病人服，猛地攥住了领口，望向穆峻潭。沈惠莉虽与穆峻潭也是朋友，但与方桑宜的关系更为亲密。她知晓锦笙身份秘密事关重大，又被穆峻潭和王子仪都要求着保密，思虑一番，便答应了要替锦笙保密身份。锦笙发烧昏迷时，是沈惠莉替她换了湿透的衣物。并且，相比擅长枪伤的王子仪，沈惠莉更有医治感冒、肺炎的经验。但锦笙醒来以后，为了减少背叛友情的愧疚感，沈惠莉不愿再进到锦笙的病房里。所以锦笙并不知医治自己的是沈惠莉。

衣衫离手，穆峻潭本要转身离开，见锦笙握着衣领子怒看自己，笼在心上的烟愁渐散，却依旧严肃着面孔说：“你是我要娶的女人，我能让王子仪给你换衣服吗？放心，我会负责的！”随即，也不待锦笙恼羞成怒，转身走出了病房。锁门声在耳后响起，他眉目间漾起浓浓笑意。

志在家国，情在何处？

志在家国，情在锦笙。

为了不引起有心人的注意，此次由沪海到柳苏城，穆峻潭与锦笙是坐汽车回的。

他们没有让随扈卫兵的军车跟随，而是让一辆普通汽车跟随，所载是卫兵里挑出的精锐，且一律便衣。其余的卫兵仍严守在医院，继续着未演完的戏码。

这边戏未了，锦笙的戏却要再次登台了。四日前的下午才离开柳苏城，因心被剜去一大块，她在身心病痛里，恍若经冬复春，又至夏日，中间已隔了许多年。

一路上，车内只有王子仪偶尔与充当司机的盛吉祥谈笑两句。穆峻潭沉默不语，锦笙满腹心事又介怀气恼被穆峻潭换衣裳一事，气闷地阖目后倚，佯装小憩，却蒙蒙胧胧睡去。汽车道路虽是修建过的，却时有颠簸，穆峻潭见她脑袋慢慢倒向车窗，动作极轻极快地把她揽在了怀里。

进到柳苏城后，已是黄昏渐浓，灯光幽微。花河上有画舫行过，舫上琵琶调琤琤，曲声亦缭绕。

“春色将阑，莺声渐老，红英落尽青梅小。画堂人静雨蒙蒙，屏山半掩余香袅。密约沉沉，离情杳杳……”

锦笙在唱词声里浅睡着，汽车在行，画舫也在行，后面的曲词已听不清，唯记住了“青梅”二字。忽地，卢柏凌闲倚青梅树，把手与她共摘青梅果子的画面浮现在锦笙脑海。她未睁眸，却以为自己已经完全醒了，笑对卢柏凌说：“卢柏凌，天庆观的青梅应该不苦涩了吧？这时候摘下来酿酒，酸甜正适宜。不如咱们去摘青梅？”

她的软丽音色还带着嘶哑，在静悄悄的汽车内骤然响起。虚虚实实，实实虚虚，她的欢愉轻快终归只在梦里。她人还靠在穆峻潭怀抱里，贴得如此近，穆峻潭却窥不见她梦境。在王子仪带着调侃的一望中，穆峻潭手指骨节僵硬，寒霜亦凝结脸庞。

第二十八章 梅子青，梅子黄

一个半月前。

正值梅子青青待黄时节，杨柳堆烟，欲晴还雨。

天庆街的邻巷有一处天庆观，初建于晋朝，后续朝代相继修葺扩建，以宋朝建造的主殿阁为中轴线，至清朝时已然形成一片巍峨壮观的道观建筑群。香火极盛时期，周边几城的佛教寺庙都不能及。

但遭遇太平军战火后，此观渐趋衰落，观内最大的宝阁也失火焚毁于民国元年，至此，天庆观香火不复如初，如今更有凄落之景。

是日，天朗气清，上午九时许，锦笙至天庆观烧香祈福。

在三清殿敬完香，锦笙闲逛了一会子，才由关帝殿绕行至后院香工家眷所居的房舍，程藕初及常在丝路茶馆做买卖的六个丝绸商人已等候了半个钟点。

此六人虽说是丝绸商人，但称呼他们为“大丝绸贩子”更为准确。他们先是由丝织厂或绸缎庄批发丝绸，然后沿着私下分配好的贩卖区域零售或批发。若批发给小城小镇的绸缎庄、估衣铺或者小丝绸贩子，便赚取中间差价。若要零售到偏僻村子里，带上几样时新丝绸料子，再捎带一个城里的裁缝，到地主家里转上一圈，专门伺候地主老爷、太太、姨太太、小姐、少爷们，由丝绸料子到成衣，价格至少能翻上两番。倘或碰上人傻钱多的，口齿再伶俐些，利润能翻上好几倍。

利润翻几番的事并不常遇，丝绸贩子的稳定利润来源主要还是靠划分好的贩卖区域。同样的货物，批发给小店、小贩所得到的中间利润都是相互约定好的，有一人的价高，那他的地盘便会被其他人的货物冲击。

故而，大丝绸贩子得到货源的批发价格于利润而言极为重要。所以，当杜衡与苏叶悄然找上此六人，说林五少请他们秘密到天庆观有要事相商时，他们便积极地依照约定前来，即便等了林五少半个钟点，也并无怨言。他们有商人的身份地位，更有自知之明，与林家相比，自己只是个小丝绸商人，靠的是多跑多干，忙活几个辛苦钱。林家五少爷松松手指缝，就够他们半年甚至于一年的营生了。

江北丝绸市场的大局一向都由林家把控着，南地的丝织厂老板虽气愤却也无奈。南地的丝绸同业会虽没有明文规定，但入会者皆心照不宣、各尽其力地阻止秀林牌丝绸流入南地丝绸市场。

然而，林家与日本人丝绸比赛一事，江北内阁卢总理默许办在柳苏城，京陵帅府的穆少帅是比赛公证人之一。《晨钟报》的几大主笔，更多次在报上宣扬此次比赛有关中国丝绸荣誉，引起国内进步人士和热血青年的热切关注。

有两大军阀势力和《晨钟报》参与其中，南地丝绸同业会虽有心阻止这场比赛，却无力也无胆干涉。

不似南地丝织厂老板的忧心忡忡，丝绸贩子们倒是很希望这场比赛快点开始。耳聪目明者早已揣摩出林家与日本人的这场丝绸比赛，其实是林家丝绸与东洋丝绸的价格战。自古对立商家打价格战，于自身都有损无益。这次林家和日本人打价格战，南地丝织厂老板也祸连其中。所谓“鹬蚌相争，渔翁得利”，除却外国洋行的渔翁，中国的渔翁自然是他们这些丝绸贩子，他们借由低价批发大量货物，转手再卖到小城小镇，利润甚为可观。

屋舍内，沾了污渍灰尘的黑色布窗帘半垂悬着，锦笙乍一进来，视线在黯淡中模糊了几秒。宝阁失火后的断壁残垣又晃在眼前，却也转瞬即逝。

很狭小的一间屋子，方桌与床铺仅隔两三步。七人或坐或站，把屋内占了大多半。见到锦笙，那三人也立起来，腾出方桌给锦笙独坐。

锦笙对众人弯唇一笑，走近，却并不坐下，只单手背后立在壁橱边上。壁橱里放置着上香的香品，香味浓郁冲鼻，她虚掩鼻息，笑着说：“大家不必拘礼，在神仙的地盘上与诸位见面，咱们就尊个众生平等吧。”

有两位年长、资历老的人顺着锦笙的手势坐了下来，锦笙对程藕初点头，示意由他讲明此次秘密会面的用意，自己只管把各色香品观摩个遍。

说是众生平等，但待程藕初说完，六人都没觉出平等在何处。

原来，锦笙是要借他们之手，待林家与东洋丝绸互斗价格降到极低时，由他们出面代买东洋丝绸。买得的东洋丝绸，再秘密运到锦笙指定的货仓，运费由林家负责，他们只需出面买上一大批东洋丝绸即可，不用发愁如何售卖，转手之际，便是一匹丝绸得一块大洋的利润差价。

毫不费力，一匹丝绸即得一块大洋的利润，已是不薄。南地丝织厂的工人，一月最多也不过是十五块大洋的工资。

但六人是贩子里的老油条，如何会只谨遵命令行事，而不去忖度锦笙此举的用意。这场丝绸比赛是林家与日本人的旧恩怨引起的，如今林家表面上与日本人打价格战，私下里却大量购进东洋丝绸，意欲何为？

林氏一族家大业大，背后深意远非他们所能揣测，可他们知道，林五少既然要大量购进东洋丝绸，势必会引逼日本商会把东洋丝绸价格降到最低。届时，一匹丝绸的利润，又岂止是一块大洋？

六人两两相对看了一圈，又低声议论一番，方由资历最老者开了口：“林家既然要买东洋丝绸，又何须费这么大的周折，办出一场国人瞩目的丝绸比赛来？以林家在江北丝绸市场的地位，就算把价格压到极低，日本人为了打开东洋丝绸在中国的市场，应该也会欣然同意的。”

锦笙的眸光还在香品上，只眼梢循着声音源头瞥了一下，是一个穿黑绸衫的胖子，她惭愧一笑，回道：“我林家有家规，林家子孙是不能和日本人有生意往来的。这批东洋丝绸，权当各位帮在下一个小忙，在下实在是私账亏空过甚，不得不如此。”

这些富家少爷的私账向来是一塌糊涂，黑绸衫胖子了然一笑，眸光与众人对视一番，互相交谈声断断续续地扩散开来。

众人讨论的主题无外乎是帮林家五少爷这么大的忙，一匹丝绸只得一块大洋的利润实在太少。

锦笙微垂眼皮，把麒麟戒指对向窗牖把玩，两枚戒指上各有一颗大主钻，窗牖缝隙里透进一束细光，折射了白金钻石光辉，经由锦笙转动戒指，光芒在略暗的屋舍内游移着。

六人交涉一番后，依旧由黑绸衫胖子开口：“既是林五少的私账，我等不便过问详情。但购进大批东洋丝绸的利润远不止这一块大洋，我等为林五少效力，要在日本人的眼皮子底下瞒住他们，实非易事。我等有心要放下其他营生，只专心为林五少效力，但又得顾虑到养家糊口。”

锦笙听得出黑绸衫胖子在以向日本人泄露这个秘密为要挟，钻石光芒在他的黑绸衫上停留了一会儿，她抬眼向他望去，眸中冷光乍现。黑绸衫胖子脸上的和善笑意也瞬间不见：“林五少零零散散地找些小丝绸商人购进东洋丝绸，人数一多，保不齐谁就泄密了。一旦日本人知道，林家的百年招牌受损不说，卢总理和穆少帅那里，林家也不好交代圆说。而且，经此一事，林老太爷是绝不会再把耆德印传给林五少的。林五少找上我六人，不外乎是因为我六人一直做的大宗批发，人少，泄密的可能性就小。并且，日本人疑心最重，大宗订单，肯定要调查客商来历。林五少找人冒充丝绸客商，是瞒不过日本人的，反而会打草惊蛇。林五少是为财，我等也是为财，尊个众生平等，林五少和我们才皆不会竹篮打水一场空。”

尊个众生平等？这是要与她均分利润呢！言外之意，若他们捞不到满意的利润，就会令此事败露，彼此间皆是竹篮打水一场空。锦笙眸光扫过六人，狡黠一笑：“你们考虑得很周全，替我考虑到了所有后果。可你们为何不想想，比你们更大宗的客商也有，我为何找上你们？”她略顿了顿，继续说道，“因为我手上有你们私贩烟土的证据！”

六人面色一怔，旋即又释然，一着灰绸对襟短褂的壮年男子不屑地笑道：“私贩烟土的证据？西南、西北不少军阀都强制农民种罂粟，沪海有数千个地下烟馆，哪个达官显贵的府上没人抽大烟？杜江城贩卖烟土都走了明路子，也没见有人把他怎么着。”

黑绸衫胖子也点头道：“对，我们私下运的都是‘杂膏’‘劣土’，根本算不上烟土，价格和烟卷差不多，轿夫、脚夫、人力车夫，甚至于乞丐都抽得起，实在算不上烟土！”

锦笙道：“你们在贩卖丝绸的同时，在杜大哥的眼皮子底下私贩‘劣土’，既抢了‘洋土’的生意，也逃过了关卡税收。虽然你们只是小鱼，但杜大哥和那些关卡背后的军阀肯定都想由你们揪出更大的鱼来。并且，‘洋土’‘西土’只不过是祸害有钱人，也是那些有钱人自找的。可你们的‘劣土’‘杂膏’连车夫、乞丐都不放过，想让中国人人都变成大烟鬼，沪海禁烟局的官员虽不甚有所作为，但与你们较起真来，也够你们进监牢了。”

黑绸衫胖子刚要说话，灰绸对襟短褂男子冷冷一笑：“杜大哥？各位，听出来没有，林五少这是在暗示咱们，他找上咱们，还有一个原因，咱们的家眷可都在沪海呢。若咱们这一次不为林五少效力，林五少的杜大哥可不会轻易放过咱们！说不准，还会祸及咱们的父母妻儿！”

锦笙心中惊诧，自己的话语并无此意，更不会卑劣到以他们父母妻儿的性命作要挟。她面上不动声色地望了那壮年男子一眼，这次仔细看了，瘦高个，三十岁左右，面容黝黑，益发衬得一双眸子炯炯有神。壮年男子复又说了许多不为锦笙效力的后果，皆指向他们的软肋，引得其余五人虽对锦笙不满，却顾忌种种后果，只得一一应下此事。

锦笙隐约觉察出，灰绸短褂男子虽一直在激起其余五人的不满，实际上却是在帮她，以他对其余五人的了解，引着那五人同意此事。

待六人走后，锦笙有事交代程藕初出来得晚，候在外面的，除守门的苏叶，还有那灰绸短褂男子，立在庭院内远远等着。见锦笙出来，男子立即走上前，锦笙冷傲看向他，他微躬了躬身，说：“我有事想跟林五少单独谈。”

锦笙不言语，又退回到屋舍里，程藕初去准备比赛的事宜了，外面仍旧由苏叶守门。灰绸短褂男子跟随锦笙进来后，直报名讳：“我叫金鑫，名字加起来，一共有四个金。”锦笙神情冷傲，揶揄道：“看来私贩烟土赚了不少钱啊，连名字都镶了金。”

金鑫笑着回道：“我私贩的烟土，只卖给日本人，从不祸害中国人。”锦笙不在意地点点头：“你要跟本少爷谈什么？”金鑫直言道：“林五少暗地里购进大量东洋丝绸，总要卖出去。既然是掩人耳目偷偷购进的，在中国售卖，终会纸包不住火。不如，走私到朝鲜？”

锦笙本是冷傲闲适模样，闻金鑫最后一言，眸中骤显惊愕。待敛尽眸中异样，她才淡淡抬眼看向金鑫，嘴上说着：“哦？走私到朝鲜？”目光却仔细打量着他，想推测出他是何来头，又是何目的。

是的，锦笙的确要把大量购进的低价东洋丝绸走私到朝鲜。

朝鲜曾是中国丝绸重要的传统出口市场之一。中国丝绸质地上乘、经久耐用，且花样款式繁多，很受朝鲜人喜爱。

十九世纪末的几年内，朝鲜平均每年从中国进口十三万余匹的丝绸。在朝鲜每年的丝绸进口额里，东洋丝绸仅占百分之七左右。

然而，自日本在朝鲜设置朝鲜总督府对朝鲜实行殖民统治以来，为了霸占朝鲜的丝绸市场，在日本定的关税法里，把中国丝绸的进口税率由百分之七点五提高至百分之四十，远远超过了正规关税法。锦笙听闻，近期日本有意颁布实施《奢侈品等进口税法》，要将中国丝绸的进口税率提高至从价的百分之一百。

接连提高的关税令中国丝绸商人获利微薄，大多数中国丝绸商人早已放弃了朝鲜丝绸市场。

此次林家与东洋丝绸的价格战，日本商会为了赢得比赛，定然会跟着林家降价。彼时，他们在中国损失的利益，一定会在自己的殖民地找回来，朝鲜丝绸市场的价格一定会上升。锦笙把低价购进的东洋丝绸走私到朝鲜，再低价售卖出去，虽说没有完全的把握能大幅度扰乱朝鲜丝绸市场，但一定能冲击到一些日资丝织厂。首当其冲的，就是在中国的日资丝织厂和缫丝厂。

金鑫颔首：“对，走私到朝鲜。林五少应该很清楚如今的朝鲜丝绸市场的状况，在朝的日本政府对中国丝绸的管控很严，中国丝绸几乎已退出朝鲜市场。五少既然只为补私账亏空，那就无关乎卖到何处。既然都是要出手，为何不以东洋丝绸去冲击东洋人所把控的朝鲜丝绸市场？”

锦笙问：“走私到朝鲜？这可不是普通的出口，需要找一家洋行负责，把该缴纳的款项交付了方可。你既知道日本政府对于丝绸贸易的把控很严格，那你说说，该如何走私？”

金鑫道：“比赛馆一开，待引逼日本人降价销售，林五少私下购进的就是日本人威逼耆德堂林记绸缎庄卖的那一批货。这批现货数量太大，来来回回地折腾，日本人肯定会在私下里注意这批货。我没能力、没人脉，更没资本能悄无声息地把它们运出沪海，但是林五少有林家的人脉和资本做后盾，可以悄无声息地把它们运出沪海。林家曾在朝鲜设过绸缎外庄，定然结交了不少朝鲜商人，只要能让这批货过了日本政府所控制的朝鲜海关，接下来的事由我负责。我一直在往朝鲜走私小宗货物，结交了不少朝鲜的走私小贩。小商小贩不懂什么商人大义，只要能赚钱，这批货他们就能卖遍整个朝鲜。自然，如此一来，曲折费事，林五少就会少赚很多钱。”

被殖民后，朝鲜已彻底沦为日本的资本输出地、商品倾销地、原料供应地。日本根据其侵略与掠夺的需求，开展朝鲜与中国的贸易往来，其间以海上贸易为主，陆路贸易甚微。

日本统治朝鲜后，大量掠夺朝鲜农产品，尤其是大米，运回国内供本国人食用，致使可供朝鲜人食用的大米数量骤减。同时，日本又管控着朝鲜的贸易往来，从中国大量进口小米、高粱，供朝鲜人食用。

而中国从朝鲜进口的商品，主要是红参，其次是海参、海带、海菜之类，但进口量远远不及朝鲜进口小米、高粱等粮食的数额。

林家早先在朝鲜设过绸缎外庄，专门负责林家丝绸出口朝鲜事宜，与不少朝鲜商人结为了世交。近几年，林记粮食铺也经常帮着朝鲜友人的贸易行收购大米、小米、高粱等农产品。他们捎来红参卖给林记药材铺，再运走大米、小米、高粱等粮食，若行情不错，也会带走一些丝绸或者其他货物。有时，他们还会从中国转出口一些欧美工业商品到朝鲜。

届时，锦笙要走私的这批货物，还是按照朝鲜贸易行友人的运货线路，由沪海港口直达仁川港口。

沪海这边，海关关员是林家相交多年的熟人，且租界有杜江城，护军使亦是林肇聪的老相识。只要不出大意外，这批货物装在运粮食的船里悄无声息地就能出沪海。

仁川港口那边，亦有朝鲜友人相助。自被殖民以后，朝鲜就冒出了许多走私商人，他们私下里走私的种类很多，如鸦片、粮食、欧美工业品、枪支弹药等，有他们协助，要过仁川海关不成问题。当初林肇聪与朝鲜友人商议此计划时，朝鲜友人应允后，却不免自嘲："以前，你们是宗主国，我们是藩属国。在贸易上，虽然清国给予我国朝贡的回赐两者价值相等，可这属于纳贡与回赐，算不得什么贸易。我父亲与林老太爷还曾在言语上有过不快，现在我们倒是不对中国朝贡了，可在自己国做生意，得不到日本人的批准，惹急了他们，随随便便就能给你安个'走私'的罪名。走私？呵！我在自己的国家正正经经做生意，竟然是走私，这算怎么回事啊！"

这批东洋丝绸，锦笙根本不在意能不能赚钱，只要朝鲜商人能把它们卖掉冲击东洋丝绸在朝鲜的垄断地位，就如她所愿了。当然，她的底线是不能倒贴钱。

她仔细思虑过，这次丝绸比赛，渡边次郎等人决计不敢把损失附加给关东州铁道株式会社、三井洋行、伊藤洋行、片仓集团。那么，倒霉的只是那些中小型丝织厂。

这些中小型丝织厂，若背后有资金支撑倒还好，挺过这一关，还能慢慢回春。

若没有资金支撑，它们就是在中国丝绸市场吃了亏，货物在朝鲜也失掉了市场。流动资金变为货物，货物堆积，就把活钱压成了死钱。对工厂而言，有活钱才能养活工厂，没了活钱，危机一环扣一环，根本挺不过这一关，只能宣布破产倒闭。

锦笙不知日本工厂的劳作、赏罚方式是如何的，但日本人在中国建的缫丝厂和丝织厂，强令中国工人由上午五点劳作到下午七点半，中间只休息一次，劳作时间长达十三个半小时。工资由管车间的人扣扣减减，到工人手里的数额只够他们勉强糊口。而且，他们对工人动辄打骂，工人挨完打依旧得去劳作。

林家几位爷以及少爷从小受的教育便是不能苛待做工的人，故皆看不惯苛待工人的厂子。

走私东洋丝绸到朝鲜一事，是整个丝绸比赛的第二个重要环节，一旦此事败露或不成，林家大房将要损失两百多万大洋。并且，日本商会定会借机给林家泼一盆脏水，说林家表面上是为中国丝绸荣誉而比赛，其实是以诈骗手段谋求巨额金钱利益。

金鑫虽然是中国人，但是锦笙不知他的底细，谁知是不是日本人突然想到这一招，特意派奸细来试探她呢？只要进出海关做得隐秘，她并不担忧被日本人知晓她私下购进东洋丝绸一事，只不过被日本人知道了会添许多麻烦而已。

她不敢在金鑫眼皮子底下表露出任何异样，仔细忖度半分钟，皱眉对金鑫摇摇头："走私到朝鲜，费钱又费事，我是为了填补私账亏空，自然哪种法子赚得多，就按哪种法子来。"

霎时，金鑫面上显出怒气，又竭力压下去："前清嘉庆年间，耆德硕老德高望重，曾得朝廷数次嘉奖，有耆德印传承于林家子孙后世。列强联军攻入燕平时，烧杀抢掠，林家多处店铺遭难，账簿亦焚于大火之中。但林老太爷不愧是耆德硕老，张贴告示，寻觅债主，把林家未结的款项一一登记，并悉数结清。而燕平人所欠林家债务，一概不予登记，一笔销去，留下资金给欠债人修复生息。那些想要恢复买卖，而家财毁于列强联军之手的，林记钱庄更是免息借钱，是借钱而非施舍，保留他人尊严且助以恢复生息。有不少商铺正因林老太爷此举，才没有举家饿死。林家诸如此类德望之举数不胜数，想必林五少比我更清楚。其他大义商人经商最看重'诚信'二字，而林家人经商最看重'耆德'二字。耆德硕老有《耆德堂鉴》传世，尽显儒商精神风范，重于大义，重于诚信。'耆德'二字更是林家生意的招牌，为诸多大义商人所钦佩。拥有如此家世，林五少还能只为赚钱，而不顾其他吗？”

待他义愤说完，锦笙方慢悠悠问道：“你既如此了解我林家，怎还可大言不惭地劝我走私？走私这种事，是不入流之举，坏我林家名声。你觉得，本少爷会做吗？”

金鑫脸色骤变，随即反驳道：“林五少私下购进东洋丝绸，也是不入流之举，就不怕坏林家名声吗？冲击朝鲜丝绸市场，给日本人点颜色瞧瞧，两者相抵，不算坏林家名声。”锦笙笑着调侃道：“真是强词夺理！你如此恨日本人，你跟日本人有杀父之仇啊？”金鑫老实答道：“我父亲和两个叔叔皆死于甲午年那场海战。”锦笙脸上调侃笑意立即收去，咳嗽一声，严肃了面容：“事关重大，你容本少爷想一想，待本少爷吩咐你们收东洋丝绸的时候，你们先收着，尽量多收。至于怎么处理，以后再说吧。”金鑫心中拿定了主意，到时，林五少若不运往朝鲜，他便把这件事捅出去，让林五少来个竹篮打水一场空。遂，他也不再多言其他。

金鑫先出去，锦笙因忖度利害关系，晚了一会子才出。出门之前，她决定冒险信任金鑫一次，他不失为一个得力助手，只还不到时候，待货物准备着朝仁川港口运时再告知他。

正在晌午头，烈日当空，日光碎金子般倾泻而下。小庭院游廊外种着一棵青梅树，枝叶茵茵，卢柏凌一袭白色西服闲倚在树干上。衣披翠影，眸如点漆，唇角弯起，笑得花枝乱颤。

对视瞬间，锦笙脸颊浮起深深酒窝，疾步走向他，与他有两步距离，连忙止住脚步，扭头对身后的苏叶说：“苏叶，你先回去吧，帮杜衡把舞狮子的队伍弄好。鼓挑大的给我搬，什么碰铃、大钹、炮仗，都给我挑响的预备！记住，怎么热闹怎么来！”

苏叶点头说“是”，极别扭地看了卢柏凌一眼才穿过游廊，打小门出去。但卢柏凌的眼里只有锦笙，并未注意到苏叶的眼神。

待苏叶走后，卢柏凌把锦笙拉到绿荫下避日，跟她提议说：“明日还有很多西洋人过来，有报人、公使馆职员、洋行职员、商人等等此类人物，其中有不少身份显赫的，要不要再请一班西洋乐队？”锦笙回道：“虽然西洋乐队奏乐跳舞还行，但我又不是给他们办舞会。再说了，明日大家都各怀心思地过来，谁有心思听音乐啊。舞狮子和炮仗响动大，又热闹喜庆，十里以外的人说不准都能引来。”

锦笙说话时，伸手摘了一颗青梅，嫌果子太小又抛掉了。卢柏凌抬胳膊扯压下一根高枝，二人都瞅见最大的那一颗，他出手略慢，抓住了锦笙的手。锦笙回眸看他，日光被茂密枝叶筛了一遍，化为数点零星，细碎地浮在卢柏凌脸庞上。她忽然觉得昨夜星辰恰似他，于天地而言，是那般渺小幽微，于她而言，却是璀璨星光。

卢柏凌也静望着锦笙，她的两只眼睛映入他眸底，化为两颗耀眼明星，让他再也看不进其他。他的眼中唯有她，她璀璨了他的整个人生。

观外春草萋萋，桑叶冉冉，观内青梅绿枝正低时，恰逢意中人。锦笙的手被卢柏凌愈握愈紧，手中青梅亦慢慢被濡湿，她眼睫微颤，迟了好一会子才回神，手一动，摘下青梅。卢柏凌掏出手帕递给她，她擦擦青梅，咬一小口，极酸极苦，知道卢柏凌不爱吃酸，强忍着吞咽下去，把剩余的递向他，说："甜的。"卢柏凌接过，整个吃进嘴巴里，只眉头微皱，就把酸苦的青梅果子吃完了。锦笙诧异："不酸苦吗？"卢柏凌笑着说："甜的。"

情伤处，灯火黄昏。天庆观依旧不复昔年香火，隔绝在十里花河之外，幽静冷凄。夜里的青梅树依旧是绿的，只绿到深处，涌出墨来，浓浓墨绿透不进幽微灯火。

锦笙嘴里的青梅一如上次酸涩，她望向青梅树干，仿若卢柏凌还闲倚在那里，于是对他酸涩呢声道："不酸苦，是甜的。"

斜月里，两三星火。穆峻潭远远立在游廊上，把一根廊柱踢踏来踢踏去。陪自己心爱的女人思念其他男人，如此憋屈气怒的事，五分钟已耗尽他所有耐心。偏偏他还不能发火，恐惹她生气加重病情。他处在半暗半明中，脸上怒气也显得变幻莫测。

盛吉祥立在一旁，挠了好几次脑袋，眼瞧着道观里给廊柱新刷的朱漆被穆峻潭踢踏个乱七八糟。忽听得少帅低声吩咐："等她走了，你带人过来，把这棵青梅树给我砍了！砍到与地面平齐！"

盛吉祥连忙立正答一声"是"，穆峻潭已大步朝树下人走去，恶声恶气地说："担心比赛馆的事，着急回来的是你，现下回来跑到天庆观摘青梅的还是你。你知不知道什么是以大局为重，一心只顾儿女情长！你不务正业也就罢了，我还有军务要回军营处理。快走！"

这话像极了父亲的口吻，锦笙心中生出厌烦，很生气地问："若我现在心中想的是你，你还会假惺惺地说什么只顾儿女情长吗？"穆峻潭回道："若真如你所说，情有可原，自然另当别论！"锦笙气得瞥他一眼，把他推搡开，快步朝游廊走去。

她本想着走出天庆观，自己喊辆黄包车回美新饭店，以后能不理就不理穆峻潭，踏上游廊，她却忽又想起，藏在货仓里的货物马上要由沪海运往仁川港口。

一般情况下的货物出口，各海关税务司及所属相关人员只是负责验货，开出税单，然后由商人持单向属于海关监督的银行缴纳税款即可。自清朝晚期始，中国海关的管理权多半都把控于洋人之手。林家与海关外籍税务司的交集由赫德时期过渡到安格烈时期，争争吵吵、磕磕绊绊，也生出了不浅的交情。林肇聪早已私下运作，关员验货这项程序出不了差池，唯一能横生枝节的，只剩下护军府的护军使。

本来护军府不在枝节之内，但十天前，不知为着什么缘由，穆大帅突然把沪海的护军使给换了。锦笙并不关心安系内部的尔虞我诈，也无心忖度穆大帅此举的背后用意。只俗语道，新官上任三把火，沪海又历来是军阀捞油水的好地方。锦笙唯恐新任护军使无缘由地干涉货物出口，但凡生出一丝乱子来，她的计划极有可能会前功尽弃。

为防万一，锦笙骤然停下脚步对身后的穆峻潭说："竞天，三天后，我有批货物必须安安全全地出沪海港口。你能不能跟新护军使先打好招呼，我怕他一时兴起，在那天派人去码头找碴生事。"穆峻潭立住，质问："这么怕被稽查？你在干什么见不得人的勾当？"

锦笙不愿告知实情，又很生气他的质问，没好气道："贩卖人口到其他国家当苦力！够见不得人吧？"穆峻潭厉声道："你要是敢把中国人当货物一样卖来卖去，我就挑断你的手脚筋！"锦笙道："那你还不如一枪崩了我！倒还痛快些！"穆峻潭道："杀你？我自然是舍不得的！我宁可废了你，抱你扛你一辈子，也不让你往大奸大恶的道路上蹦跶！"锦笙冷笑反驳："说得大义凛然，你们这些军阀头子每每打仗，死的卫兵不都是中国人！"她只顾嘴上痛快，全然不顾穆峻潭神色里浮现的羞愧和痛意。穆峻潭扭过头，默然片刻才认真说："战争有伤亡是再正常不过了。但是，会有中国人不和中国人打仗那一天的，相信我！"

是痛吗？锦笙仔细看向穆峻潭的脸庞，他的鬓角青发影里有三四许星光。青年少帅，气度自是威赫凛然，那层微薄痛色瞬间逝去，令人捕捉不到。记起卢柏凌曾评议穆峻潭，说他虽居庙堂之高，看似显赫，却被重重枷锁拘着，且高处不胜寒；说他也有很多身不由己的时候，与在军校时的理想背道而驰，渐行渐远。

走神片刻，锦笙两侧脸颊都被穆峻潭揉捏住，他低头看她，眼底因她脸庞变形显出柔情笑意，面容却十分冷漠严肃:“说，你又在搞什么鬼？你要是不跟我说实话，我就派人到码头严查！凡是跟你们林家有关的货物，一艘货船、一个货箱都不放过！”

这还当着盛吉祥的面呢，我堂堂林家五少爷的颜面何存？锦笙扯不开穆峻潭的手，气得对他拳打脚踢，结果被他半扛半抱着给运上了汽车。果不其然，穆峻潭的血肉心肝肺，甚至连肠子都是冷的。这样的人，不惧刀伤枪伤，肉不会痛，心又怎会痛！

第二十九章 红尘里，烟霄外

美新饭店一切如初，波澜不惊地迎来送往，把相见离别当作家常便饭。唯有不同的，是锦笙房间对过的房间，便衣警卫不在，亦不会再回来。

锦笙没有开大灯，借着月光走到沙发坐定。她暗自怅然失神一会儿，隐约觉出不对劲来，立即拉开沙发旁那盏橘黄色台灯。茶几上，没了走时的物什，干干净净的几面上，仅摆着峻峻已经僵硬的尸体，龇牙咧嘴，猴脸扭曲到没了猴样。只见它眼睛半开眼珠歪斜，怪异地瞪向凶手的方向。临死前的痛苦挣扎，在它的脸上全部呈现出来。

锦笙骇得瘫软后靠，想喊赤芍，却一口气岔住，化为连串的咳嗽。

赤芍得知锦笙回来，急匆匆跑来，却在房门口遇上苏武，旋即低头让开道路，紧随其后进门。

水晶灯盏乍亮，锦笙压住咳嗽，看向赤芍和苏武，冷厉眸光定在苏武的面容上："谁杀的？"苏武身姿恭敬，神情肃然地说："大爷说，猴子极具灵性，又历来不受管教，极爱惹是生非，留着它，容易带坏五少。"锦笙怒声说："苏武，你少拿大爷压我！宅院里上下叫你一声'武爷'，你还真当自己是爷了！你算我林家哪门子的爷！不过是我大房养的一条狗，如今竟敢横到我头上！"她怒极起身，浑身哆嗦到立不稳，刚被赤芍扶住，就要赤芍去杜衡那里拿枪。赤芍面带惶恐地连连摇头，苏武依旧神情肃然着开了口："明日上午八时，大爷在罗汉斋的莲花室见五少。"

锦笙仿若迎头挨了一记天星锤，满眼金星缭绕。她本就虚弱未复原，刚才一番动气，现下立即腿软到立不住，跌坐回沙发上。

依旧是荷叶翩翩的两扇门，莲花向着两边盛开。推门进入，有落地锦屏遮影，屏上鹤瘦松青，与芝兰红日相辉映。屏后，林肇聪的修长身形立在半扇窗后，黑薄绸长衫的一角被风微微吹起。风起，数万点雨滴如约而至。

“儿子给父亲请安！”

林肇聪随着锦笙嘶哑不安的话语转身，锦笙发现，不过两月余未见，父亲的双鬓竟已生了浓浓华发，眉目间也显出老态来。外婆曾说，当年为母亲一掷千金的达官显贵，并非只有父亲，隔三岔五送到幽谧书寓的奇珍异宝简直要把人的眼睛看花掉。父亲在幽谧书寓花的钱最少，不承想，却是父亲抱得美人归。

外婆又说，那时的父亲，沉稳睿智，儒雅俊朗，痴守着疯妻，从不踏足风月之地。父亲为母亲破了原则，母亲亦赠了真心给父亲。

然而，外婆说的那样的父亲，锦笙从没有亲眼见到过。或许哥哥在世时，父亲是外婆说的那般温润翩翩且细心，但那时的父亲，眼中只有哥哥而已。对她，唯有六岁前的漠视，以及六岁后的严厉。

父亲带着慈爱笑意走近，锦笙有些恍惚。父亲亦如她所期盼的那般，一开口并非责骂，而是关心她的身体：“身体如何？有无大碍？”锦笙仿若见到一个温暖踏实的依靠，心中欣喜，却不忍父亲为自己忧心，连忙摇头：“已经完全好了。”说完，却不争气地咳嗽几声，涨红了脸。

林肇聪示意锦笙坐下，倒一盏茶递给她，说：“前日到了柳苏城，赤芍告知我，你生病了，在沪海住院。我派人打听到的风声却是朱五小姐害了肠胃病在住院，穆峻潭又调兵严守整个医院。我不清楚究竟发生了什么，便不好去医院看你。”

茶水入喉，锦笙从晃神中走出，她不知父亲此行的真实目的是什么。自懂事后，在她记忆中，父亲的温和平静向来都卷藏着云谲波诡。相比期待，她更惧怕父亲的温和慈爱，遂沉默不语，想以不变应万变。

“卢兆祥、穆炯明曾因你母亲往幽谧书寓送了不少钱财珍宝，他们曾爱慕我的女人，今时今日，他们的儿子竟又同时爱慕我的女儿。此等啼笑皆非之事，唉，当真是世事难料啊……”

“咳咳咳……”

锦笙呛了一口茶水，惊愕地望向父亲，待她确定父亲是在开玩笑，便更加错愕不安。生母出身幽谧书寓，是麒麟五少爷身上唯一的污点，“幽谧书寓”四字，向来是林宅禁忌。奶奶曾重罚过一个口无遮拦的小厮，自此再没有人敢明目张胆地提幽谧书寓。为着幽谧书寓，当初给白蝴蝶赎身时，奶奶第一次跟她发怒，最后还是父亲需要白蝴蝶为她做戏，才竭力周旋此事。

听完父亲的玩笑话，锦笙不知该惊还是该羞，表情别扭至极地叫了一声“父亲”。

林肇聪见她如此，脸上笑意愈加温和慈爱，还颇宠溺地摸了摸她的脑袋：“你是为父唯一的骨肉，你的终身大事，为父岂能不为你考虑周全？若论眼下，穆峻潭重权在握又仪表俊朗不凡，锋芒太盛，女孩子被他吸引也实属正常。但他风流成性，脾气乖戾，绝非你的良人！把你交给他，为父与你母亲皆不能放心。论家世，卢柏凌也是人中龙凤，只是过于看淡名利，才无心谋得一官半职。柏凌待你之心，这许多年，为父也是目睹了的。你切不可因一时迷惑，错择穆峻潭。你身份与方家小姐不同，一旦摘掉你哥哥的身份，林家与你再无半分关联，你必须秘密嫁于穆家！穆峻潭喜新厌旧成性，若来日薄情于你，又岂会维护咱们大房的名声？一旦你的身份秘密败露，你让我与你母亲死后的尸身葬于何处？况且，你打小就跟在我身边学做生意，如今年纪又小，对此等儿女情长肯定不善处理，你心中到底属意谁？你二人又是如何打算未来的？你且告诉父亲，父亲到底比你见多识广，看得长远。择婿不是做生意，生意这次不成，还有下一次。你若择不好夫婿，日后可有得委屈和苦楚给你受。”

这是第一次，林肇聪把锦笙当女儿看待，语重心长地跟她说话。

锦笙揣摩父亲话风，竟是同意了她和卢柏凌的事。霎时，她心中涌出无限委屈，忘却要以不变应万变，双眸湿润，把自己对卢柏凌的心意，及卢柏淞给自己说了什么，卢柏凌又是如何登上前往美国的邮轮，一一告知父亲；又把自己与穆峻潭的纠葛，拣能说得出口的说了。

听毕，林肇聪沉默十余分钟。风卷雨斜，直把他内心的沉稳打了个稀乱。确如他所料，穆峻潭已成既定的威胁。纸包不住火，这场大火就快要来临了。纵江南有梅雨季，也浇不灭这场要焚烧大房的熊熊烈火。事到临头懊悔迟，他仍要赌上一把，赌眼前这张与赵丹蔻相似的脸庞能魅惑穆峻潭到一切结束。他敛稳神色，对垂首默然的锦笙说：“如此大事，你事前竟半句都不告知为父，你太任性妄为了！”

虽父亲满是责怪，但锦笙心中却涌出许多暖意，觉得父亲是可以护她周全、为她做主的依靠。忽听得父亲又说："比赛馆的事很快要有个结果，待夺得霓裳锦，你去美国找柏凌吧。届时，为父会对外宣称，林家五少爷在美国染病过世。为了我与你母亲能有个名义上的儿子，你离开中国以后，也不要再用你哥哥的身份名讳了。最好，你此生都不要再回中国！"

锦笙愕然看向林肇聪，林肇聪却起身背手立在窗前，不再与她相对。她眼眶里有待悬的泪珠，霎时碎裂在睫毛上，模糊了眼前的一切。她想笑，喉咙里却似有异物堵塞，堵到发噎。半月前，她已明确向父亲表明不会再夺霓裳锦。那时，父亲虽气怒却回复她，待比赛馆有结果以后，再说霓裳锦的事。

今时今刻，父亲竟给她这样一个选择：若她夺得霓裳锦，就可以去找卢柏凌；若她不夺锦，父亲怕是不会允准她和卢柏凌在一起。

锦笙心室猝然被剜了数刀，疼到浑身血肉冰凉。她想象中可以依靠的父亲与她真实的父亲，原是两个人。父亲为她做主，不过是要与她做一场交易，仅此而已。

江南细雨熟黄梅，梅子黄，酸涩却依旧。青梅的酸涩味道，伴着父亲的话语涌上她的心头喉间。

"为了迷惑日本商会，短短一个多月，林家丢失了很多客商，包括南地很多丝织厂的一些客商也丢了。族里早已为此事商议争吵过几次，南地丝绸同业会也已经对林家愤懑不平，只是敢怒不敢言，但私下里，他们敢不敢做些什么就不得不防范着了。走私到朝鲜的货物尚不知能不能顺利卖掉，若霓裳锦再得不到，咱们大房的私产会全赔在这场比赛里。你既要远嫁，为父跟你母亲总要为你备些嫁妆。你一走，大房连个假儿子都没了，你二哥又岂能放过大房的产业？为父已经老了，你母亲身体又不好，为父与你母亲总要留些薄产度日。

"假的就是假的，别说十二年，就算二十四年，也依旧是假的。为父也悔不当初，当时若狠心偷偷买来外姓男童，咱们大房也不用为了你的身份秘密终日处在水深火热之中。就在柳苏城结束这一切吧！等你手上的事情办好以后，你也不必再回燕平，直接由沪海坐船离开。不要觉得撇下父母远行乃不孝，你离开，带走大房的忧患，已算对我与你母亲尽了大孝。"

一场梅雨后，半河萍风起。

锦笙坐于石桥下的石块上，柳条纷纷披垂在她身上。她隐在柳条后，望向风起波澜的河面。心似縠纹，褶皱连连，她更捉摸不定自己的心思。她觉得自己错了，最初谋划夺锦时便错了。父亲也错了，以不义手段夺得昔日皇家贡品霓裳锦，根本不能为林家增添荣耀，爷爷、泰滩的族公们和林家的列祖列宗皆不会原谅她“父子”二人。

在柳苏城的两个多月里，与进步学生、《晨钟报》的主编们以及景翁的接触往来，她像历经许多年似的，忽然懂得了很多事情。她似乎也明白了，为何爷爷总说她不晓大义，只顾利益。

她觉得父亲的心被仇恨怨世蒙蔽住，迷失了，连带着把她也教育到了歪路上。

但是，只要夺得霓裳锦，她就可以去美国找卢柏凌，就可以和卢柏凌在一起了。卢柏凌可以开医馆或者建葡萄庄园，她可以在外国建一个丝织厂，继续做丝绸生意。

在卢柏凌和张琳琅登船的第二日，卢家、张家同时登报发表了娶媳、嫁女的启事，对外宣布结为姻亲。报文里也未谈及婚礼，只提了一句二人在蜜月期间如何。有人跟着登报评议说，这是西方国家新时兴的文明法子，新人不举办隆重的婚礼，只宴请至亲好友，好给新婚夫妇留下更多的时间去蜜月旅行。

事已至此，不论卢柏凌愿不愿意，张琳琅都已是他的正妻。锦笙也心知，她即便跟过去也只能做妾。

苏叶从棺材铺里抱着峻峻的小棺椁走出来，临近石桥时立住脚步，古铜色的面庞显出复杂不安。他攥紧包小棺椁的黑缎，耳边重重回响着大爷的话。

“待她把这件事情解决好，你就带着她去暹罗。我已经为你们在曼谷置办了一处绸缎店，伙计掌柜早已雇好，你无须操心店铺的事，只需看牢她。你若想跟她安安生生过日子，就要一直囚禁着她！记住，别对她心软，以你这点心眼，是斗不过她的！”

他虽觉自己配不上锦笙，但会一辈子对她好的，任她骂，任她打，他皆心甘情愿。

锦笙瞥见苏叶僵立不动，站起身向他走过来，检查一番，黑缎里的小棺椁和墓碑都是照她的意思赶制出来的。她接抱过黑缎包裹，低声对苏叶说：“军营我自己雇车去，你去货仓帮金鑫一块盯着，以防哪里出纰漏被人瞧出端倪。还有，这批货量虽大，但你让金鑫谨记一条：人比货重要！走私东洋丝绸到朝鲜，日本人抓住他们，心一黑，说杀他们就杀了。告诉金鑫，一旦被发现，不可自作聪明地与日本人斡旋，让他带着弟兄们立即躲到都先生开的贸易行避难，都先生会安排他们回中国。切记，人比货重要！此计不成，少爷我再想其他的计策。我林锦笙派出去的人决不能横尸异国他乡！”

苏叶的头半点不点，踌躇着说：“五少，军营那种地方，还是我陪您去吧。大爷走之前下过命令，让我寸步不离地保护您。不然我，我没法跟大爷交差。”锦笙挑眉横他一眼：“苏叶，你爹仗着有大爷撑腰，横在我头上。你如今也要横在我头上不成？大爷的命令是命令，那本少爷的命令是废话？”

锦笙知晓，杀峻峻一事苏叶阻止不了。但苏武是父亲的人，她不能把苏武如何，只能把气撒在苏叶身上。

锦笙在军营外等着卫兵层层通传时，恰逢唐义哲和宋连杰坐着汽车出来。锦笙并未看见汽车里坐的何人，只是避灰尘避到一旁。

唐义哲问宋连杰：“那是不是林家五小子？”宋连杰说：“是，据我观察，他与穆峻潭交情不浅，那日在廖师长府上，肯定是帮穆峻潭做戏呢。”唐义哲冷哼：“林肇聪父子俩也他奶奶的不是省油的灯。等老子收拾了穆峻潭，把林家这五小子也一块拾掇了，给林家的麒麟少爷放放麒麟血，榨干林肇聪那个老太监！”又问宋连杰，“那批从美国来的军火什么时候能到？有了这批军火，老子就不用怕卢兆祥那带着东洋味的三万军队了。”宋连杰说：“应该快到了，不然穆大帅也不会强硬地把沪海的护军使给换掉。”

唐义哲说：“行，你密切注意着。穆峻潭这小子也奇怪得很，来柳苏城就酒色不沾身了，一头闷在军营里练兵。这要是给他个半载八月，老子这些兵崽子非得跟他练出感情来不可。”宋连杰说：“穆峻潭想得太简单了，也是上那么多年军事学校害了他。打仗练兵他是一把好手，可他是五省少帅，光会打仗练兵哪儿成啊。半载八月，那也得督军给他才行啊。”唐义哲说：“不对劲，不对劲。这小子头脑简单，戴希闵没那么简单。这几天老子的眼皮轮换着跳，一会儿他奶奶的财，一会儿他奶奶的灾，跳得老子都想跟着跳！本不该来柳苏城一趟，可不来亲眼瞧一瞧，老子真是坐卧不安！你说，咱们准备兵变抓穆峻潭的时候，得到消息有军火从美国运来，别再是戴希闵搞的鬼。”

宋连杰说：“咱们安插在帅府侍从室的眼线很可靠，应该不会有错。并且，穆大帅既然要北上跟卢兆祥打，这批军火就假不了。即使是假的，那也是戴希闵想给穆峻潭练兵拖延时间。若真有假，最迟半个月就能露出马脚，咱们等这半个月也无妨。穆峻潭练兵再起劲，半月的工夫樟西省还是姓唐，他身边只有一些卫戍亲兵，好对付！”

唐义哲点点头，按住跳着的右眼皮：“他奶奶的！又开始跳了！穆峻潭把潇潇囚禁在医院里，是不是她打探到了什么重要消息？”宋连杰迟疑片刻，说：“怕是旧情复燃吧？也极有可能，跟着督军时，朱五小姐就是身在曹营心在汉。穆峻潭此举并非囚禁而是在明着告知督军，那是他穆峻潭的女人。听闻，他为了朱五小姐还跟方小姐好吵了一架，也挨了穆大帅、穆夫人的训斥。督军可有跟朱五小姐透露过什么机密事？”唐义哲神情阴冷，恨恨咬牙道：“得！戏子无义，婊子无情，老子这次算栽在阴沟里了！这娘们儿绝不能留！”

因被汽车扬起的灰尘呛到，待汽车行出好远，锦笙还蹲在墙下咳嗽着。穆峻潭由军营急匆匆出来时，锦笙虽不再咳嗽，但眼里呛出的泪花还在，她拿手背擦擦泪花，把峻峻的小棺椁捧高，对穆峻潭说：“峻峻死了，我想把它送到陈伯那里安葬，毕竟它的亲朋都在那里。但是我跟陈伯不熟，也没脸独自见陈伯。陈伯当时就不太信任我，我也没能照顾好、保护好峻峻。”

各式各样的死人，穆峻潭也算是见全了，一颗冷硬的心早已把生死看淡。第一次畏惧尸体，是锦笙高烧昏迷不醒时，他是真的怕，怕她躺在他怀抱里，慢慢变成一具冰冷的尸体，恨不能拿自己的命与她替换。

这次不过是死只猴子，于以前的他，眼皮是动都懒得动的。但锦笙泪花盈盈地望着他，嘶哑哽咽地说话，他心中竟激起一丝悲痛，与她相同的悲痛，仿佛死的不是猴子，倒像是孩子。

走了一里的山路，锦笙已汗流浃背体力不支。她撑住膝盖眺望前方杳杳山道，绝望地对穆峻潭说：“你能不能让你的卫兵去抬顶山轿，我真的走不动了。”不到半里山路时，穆峻潭说要背她，被她冷言拒绝。又强走半里多山路，她当真撑不住了。

穆峻潭面无表情地冲她动下巴，示意她自己跟盛吉祥和叶执信说。她朝后扭头，跟在后面的盛吉祥和叶执信也连忙朝后转身，二人携手看绿树、看飞鸟，佯装不知情。叶执信还指着一只杜鹃鸟跟盛吉祥说：“这黄鹂叫得还挺好听的啊。”盛吉祥很认真地点点头：“布谷……布谷，真好听。”

锦笙厌弃地瞥了瞥二人，再转头，穆峻潭已在她跟前蹲下。她迟疑片刻，咬牙趴了上去。

行一会儿，锦笙气消了，又忖度起夺锦一事，小声问穆峻潭：“竞天，你是不是喜欢我？”穆峻潭冷声纠正她：“比喜欢更加郑重认真！”锦笙怔愣片刻，才问：“假如，你要做一件很伤害方家和少尘的事才能跟我在一起，你会做吗？”穆峻潭回：“那要看是怎样的在一起了，光是拉拉你的小手可没必要。”锦笙在他肩膀狠捶一下，不悦道：“成亲，做夫妻。”

穆峻潭冷眸一亮，旋即又觉察出异样，他停下来看向锦笙：“你是不是想让我帮你得到霓裳锦？趁早打消这个念头！我穆峻潭虽不是什么正人君子，可也不是你所认为的沉溺酒色之徒！我能接受你心不甘情不愿地嫁给我，但你若想以成亲这件事利用我，我丑话可说在前头，你那是赔了人也不能达成所愿。”

锦笙神色微变，反驳的话语脱口而出：“你别冤枉人，我没觊觎霓裳锦！我只是好奇你嘴里说出来的感情到底可不可信。我父亲看人最准了，他说你喜新厌旧成性，脾气乖戾，绝非良人！再说，谁要嫁给你这样一个始乱终弃的登徒子！你我既非两情相悦，又无婚约，这辈子都成不了亲！本少爷双手打算盘的时候，你兴许还没学会算数呢！让本少爷做赔本的买卖，下辈子吧！下辈子也休想！”说完，她意识到后几句话有些不对劲，却气恼地不愿再多想。

盛吉祥和叶执信在后面听得面面相觑，非礼勿听，不免后退跟慢了几步。

锦笙趴在穆峻潭背上，话语更是贴着他耳根子刮过去，被她呛一顿，他静然凝视她半分钟，并无怒色，反而郑重有力地说道：“我知道最初和少尘有婚约的是你，但你们方林两家已退亲了。至于我之前的名声，已经那般狼藉，我不想为之辩解什么。锦笙，认定你之前的我，与你并无相关，你无须在意，就算在意也改变不了什么。你只需在意认定你之后的我，如果你觉得这样的我还不足以成为你的夫君，那我继续改。只要我活着，我就会改。我没法子许你一生一世白头到老，从我正式穿上军装那一刻起，死亡就注定是在意料之中。我也不会要求你能有多爱我，我足够爱你即可。若真有那么一日，我死在你之前，你亦无须悲痛，潇洒放下，继续快快乐乐地生活就好！我不信生生世世与轮回，我只认这一世！这一世我穆峻潭爱了你、认定了你，我活着，你就必须是我的！你若妄想跟其他男人在一起，先练出本事来杀了我！”

除在军事会议上，穆峻潭鲜少一口气说这么多话，此番也是情至深处才说出肺腑之言。待他说完，锦笙还怔怔与他对看，他双眸似两汪深潭，把她的脸庞清冽冽地映出来。她仿若跌进深潭，心神俱乱，不知该作何表情，亦不知该说些什么。她知晓，自己是说谎惯了的，着急情况下，谎话总是张口就来。显然，穆峻潭把她刚才的谎话当真了。她一偏头靠在他肩背上不再与之对视，悄声说："穆峻潭，我是顶爱说谎的一个人。很多时候，我说的话你不必当真。"

风把她的话语吹得零零散散，穆峻潭也不知有没有听到，只管沉默着背她再次前行。穆峻潭的背很宽很齐整，步履行在山道上也很稳健踏实。她安安稳稳地趴在他背上，悄悄瞥看一眼，穆峻潭侧颜已恢复认真冷峭。承认自己是一个顶爱说谎又爱要小心思的人，她突然没勇气再对他说第二遍。因为她也分不清情急之下反呛穆峻潭的那番话，有几句真几句假。

穆峻潭把她负担在背上，仿若把她肩上的重担也一并扛了去，她依稀感受到他的保护庇佑，对他的厌恶排斥亦在缓缓抽离。分不清是权势还是脾气作祟，他总有法子让她软弱屈服，不与之对抗。

柳苏城日租界自比赛开馆以来，繁华喧嚣一日胜似一日。然而，梅雨季来了，成日雨珠连绵，一遍又一遍地冲洗着，势要洗去割地租赁给日本的屈辱。日租界内的盛景也浮游在梅雨中，毫无根基地繁芜着，仿佛雨势再大一些，它们就会被柳苏河冲走，给冲到浩瀚无边的大海，不由自主地漂流向它们的国家。

五百台缫丝车逆着雨雾运进日租界的第一家缫丝厂，厂房用的是上个日商建造好的。也是一样的梅雨季，那日商在萧条的日租界内嗅不到金钱的气味，惶惶然地舍下崭新厂房离去归国。

缫丝车间内有些潮湿，顶壁上悬着惨黄的电灯，把佐藤信长、佐藤英武、渡边次郎三人的脸也映得凄黄一片。缫丝车并未转动，佐藤信长却由记忆里听到了丝车飞转的声音。他摸着崭新的缫丝车，仿佛能预见蚕丝飞绕，在潮湿的空气里缠出银圆的味道。这是由日本运来的最新款式缫丝车，中国任何一家缫丝厂的机器都不能与之相比。

"中国是天然的蚕丝产地，条件不知比日本要好上多少倍，可大多数中国人因循守旧、墨守成规，不知改良促进发展，白白浪费了如此好的自然条件。"

佐藤信长感叹完，双手扶上跟前的缫丝机，憧憬道："等着瞧吧！用不了几年，电力织机就会大幅度地替代手拉机、木织机。那时候，整个世界的绸厂、丝织厂都会大大地发展，欧美等国对生丝的需求量也会增大。中国人手工缫出来的丝虽也有质量顶级好的，但粗细不匀，不太符合电力织机的上机标准。咱们守着这样大的蚕桑产地，中国工人又如此廉价，要不了五年，咱们就可以开出十个这样的工厂来。以最有利润前景的缫丝厂起步，渐渐地，桑园、蚕园、缫丝厂、丝织厂……咱们就能拥有一个像林家那般完整的丝绸集团。到那时候，别说南地丝绸同业会这些人，即使林家实力不减，也无法跟咱们相抗衡！”

渡边次郎预见不了那么遥远的盛景，他眼前心中都是近忧：“老师，比赛之初咱们跟着林锦笙降价时，他不降方家丝绸的价格，咱们也没有降佐藤织物会社织物的价格。截止到今日，咱们所有的订单，只最初盈利了几笔，其后，除了佐藤织物会社的织物是盈利的，其余的都在赔钱。咱们的账目上虽然有盈利、有持平、有亏损，但林锦笙不是傻瓜，日本生丝什么价格，他肯定已经调查得一清二楚，也一定会派人查咱们的货物成本价。”

佐藤信长逆着一盏黄灯看向他，沉声道：“若是以人造丝为原料报成本价呢？据我所知，国内有些品种的人造丝价格已经比蚕丝低了近五倍。不必担忧亏损，这一个多月，咱们在亏损，林家也在亏损，到最后，就要看哪一方亏得最少。哼！大多数中国人都挨打惯了，被欺负惯了，林家人虽然有骨气有志气，但他们忘记了，并非反抗就不会受伤，挨打时反抗更能伤筋动骨！”

渡边次郎一时怔住，仿佛已经有些不认识自己的老师，后面的话也并未听进去：“人造丝？老师，如果再把人造丝牵扯进来，情况会更复杂、更难以收拾。国内的蚕农和缫丝厂，包括中国的蚕农、蚕丝同业会的人都在抵制人造丝。国内有些丝织厂用人造丝也都是偷偷地用，成品仍以全真丝丝绸的名义卖出去。把咱们的全真丝丝绸打出人造丝的名义，这不是给人造丝做免费的广告吗？这不仅无法跟三井君、片仓君、伊藤君他们交代，也对咱们缫丝厂的发展有影响啊！您明知道，以帝国现在的技术，很多品种的人造丝连木织机都上不了。而且，用人造丝织出来的那还算是丝绸吗？”佐藤英武接话道：“把人造丝牵扯进来，咱们这不是在给帝国丝绸打开中国市场，而是在给人造丝打开中国市场！”

佐藤信长笑望着二人：“用人造丝作幌子只是权宜之计，先赢了这场比赛再谈以后！买丝绸的人，有几个会去探究其原材料呢？只要丝绸料子看起来摸起来是好的，价格也合理，无论原材料是人造丝、柞蚕丝、桑蚕丝，对购买者来说都是一样的。有哪个购买者能拒绝物美价廉的商品？你说是人造丝，他们就会相信是人造丝，你说是真丝，他们也会认为是真丝。同行之间才互相轻贱，真正较真较劲的，往往都是同行。”又问，“南地这些丝织厂是什么情况？”

渡边次郎压住面上的不悦，回答说：“秀林牌最初降价时，有几个大厂的老板私下指使人购进了不少低价秀林牌丝绸，预备以秀林牌丝绸去冲击江北市场，砸在手里以后再没有什么大作为了。”佐藤信长冷哼道：“拙劣！他们也不想想，林家敢到南地跟咱们打价格战，江北市场会一点准备措施都没有？这一次，林家也损失了不少钱。与林家相比，咱们国家牺牲的那些小丝织厂又算得了什么？”

他轻拍着渡边次郎的肩膀：“好好想想，若当年不凝聚国人力量增强舰队实力，如何能战胜清国那么强大的海洋舰队？只有把零散的力量凝聚起来，才能战胜强大的敌人！当年亚洲第一的清国舰队都赢不了帝国，咱们怎能输给一个商人家族？我们无论如何要赢了这场比赛！得到林家部分产业后，以这部分产业为突破口，等咱们完全控制林家，也就等同于控制了整个江北市场。这不光是我个人的私心，也是三井君、片仓君、伊藤君他们所乐意看到的！帝国的国土太小，已没有咱们能施展抱负的场地。你想在中国成为王者，奴役中国人，脚下所踏的不仅有中国人的血肉，还会有自己人的血肉！”

渡边次郎默然一会儿，长吁一口气，点头说：“咱们的人查出来，两天前的上午，林锦笙包了罗汉斋一整层，见的人叫陈庆恒。我发电报问林清菽，林清菽却说不认识此人。但咱们的人调查到，林肇聪父子俩所掌管的出口，多是靠着陈庆恒。这个新加坡商人，祖上是闽南人，靠橡胶发家，主要产业在南洋，但与美国、欧洲的很多商人都有贸易往来。这么多年，不论帝国的洋行如何扰乱中国丝绸出口，林家都不受影响。林家主营柞丝绸是一个原因，最大的原因还是这个陈庆恒！”

佐藤信长眸中骤起亮光：“哦？也就是说，林家大部分的外国客商都与此人有关联？”渡边次郎点头：“对！陈庆恒若非对林家重要至极，林清菽怎会说不认识他。只要笼络住此人，就可以截掉林家大部分客商。这一个多月，林家在比赛馆没签多少大订单，林锦笙看着急出了病，咳个不停，原来都是装出来的！真是小瞧了他，身为徐叔岩的弟子，唱腔不行，装模作样的功夫倒是一流！”

佐藤信长道：“这件事没那么简单，既然是林家的老朋友，单单只为订单，陈庆恒根本没必要亲自来一趟柳苏城。”佐藤英武道：“的确没那么简单！林锦笙想帮霓裳锦重振皇家贡品的辉煌荣耀，想帮着方家改良霓裳锦，像昔年中国丝绸惊艳于罗马王室贵族一般，把霓裳锦和方家丝绸专供于欧美上流阶层。陈庆恒此次亲自来柳苏城，就是要看看霓裳锦和方家丝绸究竟如何，他这两天都去了霓裳锦织造坊。”佐藤信长急问：“陈庆恒现在在哪儿？”佐藤英武道：“就住在美新饭店。”

安葬好峻峻已是半黄昏，穆峻潭背锦笙下山时，锦笙还在犹豫不决，一面想要抛却仁义、情谊去夺得霓裳锦，好脱离这种不男不女的怪物生活，去美国找卢柏凌；一面又觉得这样做，就算能跟卢柏凌在一起，她也要一直活在后悔内疚之中。所以，她脑子里有两个小人不时在打架，想得过于投入，脑袋便一会儿靠在穆峻潭右边，一会儿靠在穆峻潭左边。

穆峻潭不晓得锦笙是为卢柏凌动来动去，误以为是上山时自己的肺腑之言拉近了二人的距离。锦笙有同他做夫妻的想法，却顾忌他是个喜新厌旧的脾性，恐来日薄情于她，他对她说了心里话，这就算确定恋爱关系了吗？背后女孩已是他的小恋人，以后，他也有了正当吃醋的身份了。

这是穆峻潭第一份融于心室的恋爱，太过珍重，他反有些不知如何是好。锦笙又趴在他后背反复玩闹，令他心中漾起无限柔情，步子亦缓慢许多。

忖度了十余分钟，锦笙方意识到，夺不夺锦都是后话，当务之急是如何让方少尘回去继承霓裳锦织造坊，一代又一代地把霓裳锦传承下去。

早前法国信孚洋行、美国美信洋行、英国怡和洋行、意大利开利洋行、瑞士达昌洋行的大班皆说，方家丝绸虽精美，但幅宽和长度不够，不符合欧美人对服饰面料的要求。方少尘一直在想法子改良方家丝绸的幅宽和长度，已经足不出织造坊好些日子。

锦笙猜测，方少尘心中已有八分心思想回到霓裳锦织造坊。剩余的两分，便是军人职责和穆峻潭那句“一个身强体健的少年郎，不去扛枪打仗，天天坐在什么大花楼织机上织锦，成什么样子，岂不懦夫”！

当初是穆峻潭把方少尘蛊惑走的，也唯有他亲自劝说，才能让方少尘下定决心去继承霓裳锦织造坊。遂锦笙停止动来动去，开始对穆峻潭晓之以理动之以情，要他去劝说方少尘。

锦笙一直在说，软丽音色贴在穆峻潭耳畔，他偶尔“嗯”“唔”一两声表示在听，再没有一次说过两个字。从中国丝绸惊艳于罗马到霓裳锦专供罗马皇室数百年，从恺撒大帝到中国皇帝，锦笙虽不用走路，但由丹鼎山一路说下来，口干舌燥，瞧着比穆峻潭还累。

坐上汽车，穆峻潭见她懒洋洋地抿唇不语，把水壶递给她，眉梢微扬道："不说了？还少了个埃及艳后呢。据说，她也很喜欢中国丝绸。"锦笙顿觉是对牛弹了一山路的琴，气恼道："登徒子！你也就知道个埃及艳后！"他满不在乎地付之一笑，替她擦拭下巴的水珠。

锦笙偏头躲他手，汽车行在河边，可见河面上点水蜻蜓款款而飞，野花从深处亦翩翩飞出许多蝴蝶。

蝴蝶，锦笙忽然记起身在帅府的蝴蝶。她以前并不怎么把穆峻潭的感情当回事，想起蝴蝶也无愧疚感。不知为何，她此刻想起蝴蝶，心中竟涌出浓浓愧疚。水壶由她手中脱落，穆峻潭极快地接住，还是倾洒了不少水在他们二人身上。锦笙不敢看穆峻潭，低头拂着素纱上的水珠，轻喊了一声"蝴蝶"。

穆峻潭问："想去捉蝴蝶？"锦笙摇头："帅府的蝴蝶。"穆峻潭语声骤起凉意："那还是你给我送的麻烦！白小姐在帅府也不是很安分，等我回京陵后，会给她一笔款子送她离开。"他语气平缓，并无与锦笙商议的意思，只是在告知她这个安排。

锦笙猛然抬头道："就像你对朱潇潇一样？朱潇潇是自甘堕落才跟了你，可蝴蝶与朱潇潇不同，她为了你，宁愿去你们帅府当丫鬟。这份情，是你一笔款子就能偿还的吗？"穆峻潭仍是满不在乎的态度："对我有情的女人那么多，难不成我每个都得偿还？燕平一别，我与白小姐本可以再无交集，是你强行把我和她牵连到一起。诚然，我得还她一份人情，若非你送她到帅府，也牵不出我与你的缘分。"

锦笙气噎到发怔，江北第一美人对他深情款款，他却仅还一份人情，只为他与自己的缘分。一念之间，穆峻潭郑重认真的情感在她心中澄明起来。越是澄明，她越是无法直面他。以前是厌恶不想与之面对，现在不知晓是否还厌恶，只觉不知该如何面对。

与她相关的感情，她一向辨认不好，也处理不好。连对卢柏凌的感情，都跌跌撞撞地认了许久，穆峻潭的感情更是令她愕然无措。她唯有逃避，再无商场上那股迎利刃而上的狠绝果断，只能惶惶然地躲避穆峻潭。若不夺锦，待丝绸比赛有结果后，她就立即回燕平，不与穆峻潭再会晤。若能狠心夺得霓裳锦，她就立即去找卢柏凌。不论如何，在柳苏城期间，她不想横生感情枝节。

后座忽地静寂，叶执信与盛吉祥眼尾不约而同地朝后瞥看。林小姐望向窗外，少帅静望着林小姐。摇曳的黄昏光影透进车内，少帅眉宇间的英气晕着几抹柔情。诚然，林小姐算不得美若天仙，在少帅眼中也应是遗世独立的吧？绑带的军用水壶握在林小姐手中，青黛色的带子勾缠了一半在少帅指头上。看似无意的拉扯，却把他与她勾连在一个世界里，其他人都是多余的。叶执信和盛吉祥忽然半敛呼吸，觉得吐纳声都是滋扰。收回眼尾余光，一个专心开车，一个心中却慢慢浮起赤芍的音容笑貌。

夜深沉，戏院捆束了帷幕，乐器拉开了腔弦。王陶杨一双眼睛在江楼月身上，由上及下，又由下及上，戏服加身，真真假假，虚虚实实，难辨男女。他眸光盯在她鬓口上，口中跟着她哼唱起来："平生志气运未通，似蛟龙困在浅水中，有朝一日春雷动，得会风云上九层……"

这方上了九层，副官急急跑进包厢内，附在王陶杨耳畔说："护军，那批丝绸已经截下来运到大帅安排的仓库里了，林五少派的伙计也押到护军府看管了起来。朝鲜商人很配合，全都办妥了，没走漏一丝风声。"王陶杨道："那还不赶紧给大帅发电报去！"副官迟疑地说："护军，要不要告知少帅一声？少帅都提前说了不让动这批货，咱们还私下里截了。虽然有大帅的命令，但少帅那脾气也不是好惹的。"

王陶杨道："你真以为没走漏风声？唐义哲是吃素的吗？现在咱安系是什么关头？大帅答应帮林老太爷这个忙，自有大帅的打算。少帅若找咱们麻烦，除非他不想要总司令的位子了。这批货表面上是朝鲜商人要运的粮食，走的是正经海关程序，可暗中夹带了那么多丝绸，也不知道林五少要搞什么鬼，搞鬼也没搞过他爷爷。咱们那位爷跟林五少的关系也不咋的，估计他也不知道运的啥，肯定只是客气地吩咐两句，不用当回事。赶快给大帅发电报去！这唱哪儿了，我都跟不上了。"

其实，他也只会哼唱那几句而已。

平生志气运未通，似蛟龙困在浅水中，有朝一日春雷动，得会风云上九层。

遇雷电暴雨，蛟扶摇直上，腾跃九霄，渡劫化为真龙。

京陵帅府，西路后花园的客舍内，穆炯明望不清电闪，连眼前的林老太爷都是模糊的。林老太爷眼睛花了，也不大看得清穆炯明。二人彼此相望，映着雪亮的电灯光，在一片模糊中交谈着，连昔日的交情亦有些记不清了。

林老太爷说："铁铮，如此大的事，多谢你给我这张老脸面子。孙儿不争气，也怨我教导无方，给你添了这么大的麻烦。"最初他抱着微薄希望相托，穆炯明竟爽快答应，岂会是看在往日交情上那般简单。

穆炯明说："林老此话言重了，让铁铮这张脸往何处安放。小事一件，您发个电报，或者派个仆役来传话即可，这么远的路程，您亲自登门，这不是折杀铁铮吗？"林老太爷笑道："我家这五猴儿不安分，性子又古怪执拗，旁人压不住他，我得亲自去柳苏城一趟。到时候，还得叨扰你一段日子。"旁人真正压不住的是林肇聪，但是他岂能在外人跟前损伤长子脸面？只得拉出五猴儿，况且五猴儿不安分也是真的，须得敲打敲打。

穆炯明说："铁铮求之不得呢，林老尽管住着。心里总惦记着想去看您，可您也知道，我这眼疾越来越严重，北地是不大好去的。府上的五少爷机灵着呢，上次弄个女人摆我家小子一道，连我家门都没敢进就跑到柳苏城去了。我家臭小子脾气随我，这不，二人在柳苏城好闹了一场。年轻人嘛，火气盛，不打不相识，没几日二人就好起来了。竟天前不久回来还夸锦笙呢，说锦笙长得精灵讨喜又聪明机智，性格也讨人喜欢，还说要带回来给我和内人瞧瞧，说我俩肯定会喜欢他。我还真想亲眼见见锦笙，这可是头次听我家小子夸谁呢，锦笙定然优秀过人，林老也不必过于忧心他。"

林老太爷双眼微眯，已记不清穆峻潭的身高样貌。那时他还在病中，穆峻潭与方少尘一起探望他，他也没留意是个怎样的年轻人。现下细想，只记得那年轻人身上有模模糊糊的凛然气势，孤傲冷漠，并不是个好相处的人，能和五猴儿那古怪脾气相处到一块去，想必另有一番原因。

林老太爷心中忖度着穆峻潭，穆炯明又闲话道："洋人往咱们这里走私了多少鸦片，毒害了多少中国人啊！说来亦惭愧，前清时，咱们的海关就把控在洋人手里，到如今，他们往中国走私的货物已是不计其数。如今关税紊乱、走私成风，林五少把东洋丝绸走私到东洋人的市场里，根本算不得什么卑劣手段，更不失为一个好计谋。我虽不懂经商，但知晓商场如同战场，也是要讲计策谋略的。林老，您就是太在意光明磊落四个字了。这世道，都没有光明，何谈磊落？处在这个位置，我也真是惭愧啊！南北不统一，互相虎视眈眈，有兵有枪也不敢跟洋人打，你这边刚调走兵，立马有人过来占你地盘断你后路，恨不得把你人都放血割肉、吃干抹净！"

林老太爷笑道："我人老了，很多事情也看不懂了。世道大局，我林家是左右不了的，但能做好我林家的本分。光明磊落终究是个虚名，俗话说，慈不掌兵，义不养财。且《论语》上言，‘大德不逾闲，小德出入可也’。我林家世代经商，自是不敢说小节无亏。但迄今为止，我林家先祖包括经我手积累的每一分家业都是干干净净的。走私这等手段，西洋人使得，东洋人使得，我林家人使不得！若让这猴儿办成了，既有损国体，也有辱我林家家风。我这五孙儿虽本性纯良，却贪玩胆大，也没进过学堂，不甚懂道义，又打小跟着他父亲天南地北地跑，学了太多计谋手段，懂也不甚懂，倒惯会用。若他是个地痞流氓，也惹不出多大的祸患，随他偷奸耍滑，道高一尺魔高一丈，自有能人收拾他。但世家子弟一旦学坏，可比地痞流氓祸害大。他是我林家长房的独苗，我不能让他长成一棵小歪脖树。趁我还能给他收拾烂摊子，先让他自己历练历练。我也不要求他这辈子能有多大出息，只要求他能够经商有道，道不弃义，再把林家大房的香火延续下去就成了。”他一面说，一面心里还在琢磨锦笙和穆峻潭之间究竟是个什么情况。

林老太爷感慨了这么多话，穆炯明已听出，林老太爷虽嘴上不言，心里是愧对长子林肇聪的。当年林肇聪被绑，林老太爷过于刚强，坚持报官剿匪，方酿成林肇聪无法再生育子嗣的后患。看来，林老太爷宠惯林家五小子，除了他是长房麒麟儿，也是把对林肇聪的愧疚补给了那五小子。咦，那我家小子为何夸赞林家五小子？两个祖宗脾气的人还能处一块？

第三十章 血玉扣，最关情

自中国对外通商以后，生丝和丝绸的出口贸易完全为外国洋行所垄断，中国商人不仅不能将蚕丝和丝绸直接运往国外，而且市场价格和产品规格、质量等方面，也完全听命于洋行。中国商人依赖洋行出口，在交易时也只有任凭洋行操纵。

丝绸是成品，洋行控制度小，尤其是蚕丝，因丝织品品种不一，市场上也向来没有所谓的标准丝，洋行便按照自己的经验和意愿随时设定某种标准，中国商人为了自己的产品能够合格，不得不受洋行的指导。故而，蚕丝、丝绸市场的供求状况和价格变动趋势，中国商人都只能从洋行处得知。如此，洋行就能控制蚕丝检验权，垄断蚕丝出口权，操控丝厂价格变动，强行压低蚕丝等级，降低收购的蚕丝价格，再从中牟取暴利。

在众多外国洋行之中，日本洋行对中国打压最甚。日本洋行经常恶意抢购蚕茧，搅乱茧市、刺激茧价上涨。如此一来，一方面令中国商人的丝厂成本加大，继而丝织厂的成本也会跟着加大，即可同时削弱中国蚕丝和丝绸在国际市场的竞争力；另一方面也会把低价收购的蚕茧运回日本国内，降低日本蚕丝和丝绸的成本，令日本蚕丝和丝绸在国际市场的价格低于中国，也可削弱中国蚕丝和丝绸在国际市场上的竞争力。

这些，还只是能为人所知的手段。

最近几年来，日本洋行在中国丝绸市场上的拙劣手段层出不穷，中国丝绸商人多数都吃过日本人的暗亏。

一大早，锦笙依照请柬上的晨会时间来丝绸同业会公所喝五毒茶。与会的同行皆是厂资雄厚，在商界有一定地位的，他们轮番讲个喋喋不休。这些人皆自认为是从业长者，比锦笙见多识广，端着长辈姿态讲些锦笙烂熟于心的事情。其实他们说的不外乎是要由当前中国丝绸市场的局势过渡到这次丝绸比赛上，逼迫锦笙把比赛馆的价格提上去。

前辈们训起话来，并不给锦笙插话的机会。她慵懒斜靠在椅子上打了好几个哈欠，端茶时，冰凉血玉平安扣贴在肌肤上，冰得她一阵激灵，瞬间清醒。

昨夜到了美新饭店，她要下车时，穆峻潭从口袋里掏出一条血玉平安扣项链。月光下，玉上血似要流溢出来，把锦笙猛骇一跳。饶是她出身富贵之家，览阅珍宝无数，如此鲜艳欲滴的血玉还是首次见。血玉本就是玉中极其罕见的珍品，这枚血玉平安扣算得上血玉中的珍品。美中不足的是，这血玉应裂过，方用金箔金丝重新嵌固在一起。

稀薄月光下，穆峻潭垂着眼皮，声音里辨不出情绪：“它对我而言，意义非凡。而且，它曾救过我的命，而你等同于我的命。我想把它交给你……”至于为何要交给锦笙，他自己都讲不清楚。在日本那段日子，他煎熬、迷惘、疯魔，心神整日都处在被撕裂的痛苦中。有时候，他都不认得那样的自己，而这血玉的冰凉，是他对于国、对于家的唯一寄托。那段日子已不复存在，他并不期望锦笙能懂他的心境。他只希望她能懂得，她于他亦是意义非凡的。志在家国，情在锦笙，他的志与情在一起，才是完整的一颗心。

撼动他心神的锦笙望着他，等他继续说下去，明明她惯爱说谎要心思，偏偏生得精灵稚气，双眸澄净地凝望着他。

不由自主地，穆峻潭把锦笙牢牢拥在怀里，铁一般的臂膀令锦笙动弹不得，又附在她耳畔沉声说：“戴上它，什么都不要问。”锦笙挣脱不开，却觉得穆峻潭像是一个缴械俘虏。他控制着她，禁锢着她。

若穆峻潭以强硬姿态给她系上血玉平安扣，她定然不会顺从。然而当下穆峻潭像一个脱去军服放下武器的将军，身上的杀伐戾气皆不见。

锦笙从未见过如此的穆峻潭，一瞬心软，待回到房间冷静下来，已是追悔莫及。不想戴在明面上，又怕穆峻潭责难她，于是她让赤芍把链子弄短，贴着肌肤戴在了衣裳内。

曾听闻，血玉是贴近女子肌肤，陪葬在陵墓中几百年才养成的。那般强盛的阴气，又混着穆峻潭的杀伐戾气，这血玉倒成了消暑灵器，任热汗润浸，一直冰凉如初。

锦笙心中忖度着穆峻潭的奇异之举，话语奇怪，神情奇怪，昨夜欲细问血玉意义为何，他却恢复冷傲姿态，关上汽车门扬长而去。

蓦地一瞥，会议桌上的人都在望着自己，锦笙立即敛回心神，坐正身体。至于他们废话到了何处，竟半句都未入耳。隐约记得，会场上话语最刺耳的是方少泉，他与日本人合资建了兴亚丝织厂。兴亚丝织厂一直在给日本商会供货，他也挨了不少骂。最后拿出兴亚丝织厂是比赛筹码作盾牌，骂声才少了些。今日他能参加丝绸同业会的晨会，锦笙猜想，众人应是为着穆峻潭。虽方桑宜的少帅夫人有实无名，方少泉总算得上穆峻潭的半个大舅子，必要时候，兴许能在穆峻潭那里派上用场。

面对一群同业前辈，又是在南地，打起架来都要被群殴，说不生怯是假的。于是锦笙挑了最年轻的一个下口：“方大少今日怎有闲情逸致来柳苏城喝茶？兴亚丝织厂不忙吗？昨儿刚由比赛馆签下一笔大订单，不得加急赶出来吗？”眼尾瞥过与会的十余人，对方少泉的神色各有千秋。

被骂那么多次，方少泉应对此事早已得心应手：“忙是忙了些，不过一想到等林五少赢了比赛，林五少就有八成的股份，我这心里还是希望少忙些。和日本人合资开厂，倒真不如和你们林家一块干。日本人忙日本人的，我到柳苏城躲个闲。昨晚去看竞天的路上，正巧碰上秦会长，说是今早同仁有晨会，让我一块来听听，我就来了。”

锦笙猜想方少泉是特意拿穆峻潭出来显摆，也跟着笑道：“说起竞天啊，他实在太能喝了。昨晚上竞天因朱五小姐闹不愉快呢，我与朱二少爷陪他喝了一场酒，早起喝好几碗醒酒汤都不顶用，到现在脑袋还疼呢。咦？昨晚怎么没见到方大少？”方少泉冷笑着说：“竞天最近有些胡闹，穆夫人来柳苏城看他。昨晚，竞天在别院挨了半晚上的训，瞧着并未喝酒。林五少这酒是同谁喝的？”

锦笙端起茶盏，轻挥着茶盖笑道：“喝得人都傻了，我原是记错，错把下午当晚上了。”慢饮茶水时，眼梢瞥见与会人对自己的神情各有千秋。瞬间，觉得靠人不如靠己，就算搬出穆峻潭，到时候穆峻潭偏向谁还不一定呢。她放下茶盏，环顾众人说：“晚侄知道，有几位叔伯的厂子不在柳苏城，今儿在柳苏城开这场会是冲晚侄来的。各位叔叔伯伯有话请直说，晚侄年纪小，肚子里油水少，听不懂叔伯们打的哑谜。”

秦会长略皱了皱眉，说：“锦笙贤侄，你是燕平人，你们林家的生意又都在江北，对我们南地的情况不熟知。光是我们丝绸同业会的会员就有几百个家庭作坊，全家人一年到头的吃食仅靠着十几匹、几十匹的丝绸生意。你们林家与日本人有私仇，弄了比赛在我们南地。按理说都是同行，业界同仁应当同仇敌忾。但你不该跟日本人比着降价，你可算过，有些东洋丝绸折合下来，都是三四毛一尺了，连上等花布价格都比不上。你们比赛馆一天签的单子，能断了我们丝绸同业会好几家会员的活路。你林家根本不是为了中国丝绸荣誉，而是为虎作伥，帮着日本人一块欺负中国丝绸商人！这一个多月，我们看在眼里急在心里，为了不泄你们林家的士气，也一直没找你。同样地，你林家五少爷到了南地，也没把我们看在眼里，不曾登门打过招呼。”

锦笙笑道：“我林家的周掌柜腿都跑细了，也没得着好脸色，明知我林锦笙高攀不得各位前辈，何苦上门讨人嫌。这一个多月，怕是几家大厂的叔伯也没闲着吧？不也在等着我林家降价，好暗中大量购进秀林牌丝绸去冲击江北市场吗？好在我爷爷久经风雨，这等手段年轻时遭遇过呢。”

郑副会长说：“比赛馆的订单都是走了明路的，外行人瞧不出端倪，但林家赔多少大洋，我们心里跟林五少一样清楚呢。林老太爷到底是年老了，这点子账都算不过来。即使我们不冲击你们林家的市场，照你林五少这败家速度，你们林家也挺不了多久。何苦呢？杀敌八百，自损一千，就算最后你们林家赢了，元气也不知几时才能恢复。林五少是含着金汤匙出世的，我等奉劝林五少一句，家业积攒不容易，林家人多，你别一个人任性妄为地给败完了。现在收手还来得及！”

锦笙眸光乍现冷厉：“何苦呢？前年春茧未开市时，三井洋行明知道国际丝绸市场是稳定的，却故意将每包生丝价格提高了几十块大洋，还只订购少量生丝。当时很多南地商人不知底细，却以为得了什么了不起的风声，也纷纷跟着提价订购，把价格一路哄抬。结果，桑市、茧市、丝市、绸缎市等的价格全跟着乱了。有些丝商自作聪明，想囤丝等好行情，可前年的秋茧，去年的春茧、秋茧质优量多，出口走不了那么大的量，内销也销不完。洋行那里，更是按着他们自己的检测标准降低生丝质量，压低生丝出口价格。南地有多少人因为前年春季囤丝家破人亡，你们比晚侄清楚。”

在座多数人脸色为之一变，锦笙换了笑面孔，又说道：“说起洋行，在座的各位叔叔伯伯哪个没吃过洋行的暗亏？生丝和丝织品出口，不说全部，大多数都依赖洋行吧？航运、保险权、国际汇兑，全都掌控在别人手里。谁提起洋行不恨得牙痒痒，可是自己的上牙咬咬下牙也就算了，还得接着忍。何苦呢？反正咬咬牙也就忍过去了，我林家卖不卖东洋丝绸，是我林家一家的事，碍着你们南地什么事了？南地人咬牙忍惯了，给人欺负惯了，郑伯伯是这意思吗？”

锦笙脸上带着精灵讨喜的笑容看向郑副会长，郑副会长待要同她生气，又觉得到底是个十八岁的后生，真要发起火来，反而会显得自己比她气量小。他气得脸都变了色，只得饮茶不语。

一旁瞧好戏的方少泉冷笑道：“我早说过这个江北小赤佬牙尖嘴利，各位还不信。别说咱们十五个人，就是三十五个人加一块，也说不过小赤佬一张嘴。前辈们讲规矩，非要跟个小赤佬白话，小赤佬却没有把各位前辈放在眼里。何须与小赤佬废话！”

听见此话，锦笙彻底清醒过来。

这丝绸同业会公所原是一家茧行，进门是大厅，左右两间房，重新修葺过后充作了公所。其实这些商会会员并不常来柳苏城开会，一般都在沪海。公所门临大街，方才一路走来，锦笙瞥见街上闲立着许多壮汉。当时她还想，早市未开就有那般多闲人，绝非善类。

只那时未及细想，此刻细细想来，应是这些有头脸的商人不好做野蛮事，又怕威吓不住她，才叫了那些家庭作坊的家主来此，怕是早已被灌输很多于她不利的言论，积了一肚子愤恨之火，只待这边下个什么暗号，那闲在大街上的十余人便即刻涌上来围困她。

听了方少泉的话，与会十余人三三两两地窃窃私语，想来又要发起一轮攻势，令她率先提价，引着日本商会也把价格提上去。这些有头脸的人物顾忌身份，倒不足为惧，反而是外面那些家主，不知情急下会做出什么糊涂事。虽苏叶和杜衡都等在外面，却也架不住他们人多势众。昨夜，锦笙为以防万一给赵立铭打过招呼，但是赵立铭最不愿惹事上身，谙熟明哲保身之道。如今卢柏凌不在，赵立铭对她的态度也转了弯，嘴上应得利索，怕只是打了官腔。

锦笙大而圆的双眸滴溜转动在他们脸上，肌肤感到血玉的冰冷，连她脸上笑意亦给冰住。她冷笑道："我不光牙尖嘴利，还心狠手辣呢。欺我者，不管中国人还是洋人，阴招、阳招我都会使。谁若是敢阴到我头上，就别怪我林锦笙不留情面十倍奉还！"

这话是看着方少泉说的，旋即看向秦会长和郑副会长，脸上笑意转为精灵讨喜，话风亦转，恭谨道："赵省长和穆少帅是比赛馆的公证人，《晨钟报》的主编也一直很关注比赛馆的情况，晚侄肩负重担，就不陪各位叔伯在这里喝茶了。晚侄口无遮拦，方才言语上多有得罪，今日仅以茶代酒，先敬叔伯们一杯。待比赛馆有结果后，晚侄亲自登门奉酒赔罪！"寡不敌众，锦笙只得脚底抹油快快跑路。待回去给赵立铭施压，借了警察壮威，再与这些人歪缠。

方少泉从范岳那里听说是锦笙想的招，把与日本人合资建厂的中国人发表在报纸上。他被夹枪带棒地骂那么多次，早已对锦笙非常恼怒。他银钱来源并不全靠丝绸，因此对丝绸行业的动荡历来不予关心，今儿来参加晨会的目的也与旁人不同，只是想找机会在南地有头脸的丝绸商人跟前羞辱林家五少爷。此番抓住锦笙话语，在锦笙饮茶时，慢悠悠阴笑道："阴阳人教养出来的儿子，自然阴招阳招都会使。"

锦笙口含茶水微怔，强压下怒气，厉色看向方少泉："我不与汉奸一般见识！各位叔伯，晚侄先行一步。"说完也不理秦会长的挽留之词，起身就走。

方少泉冲着锦笙的背影高声道："汉奸比太监全乎，什么时候想回头，又是铁骨铮铮的汉子一条。就算是半个太监，那玩意坏了也回不了头当汉子！"锦笙停住脚步，回头喝道："方少泉，就事论事！别阴阳怪气地骂来骂去！"方少泉道："我阴阳怪气？你林五少在燕平捧杨灵均，杨灵均半点好脸色都不给你，你还巴巴地往上凑，咱们俩谁更阴阳怪气？你们爷俩是不是都没那玩意儿？男不男女不女的阴阳怪物……"他痛快话还没说完，锦笙操起近手的茶盏狠狠掷了过来，水没几滴，茶叶子扑他一脸，眼角也给茶盖砸裂个口子，随着瓷器的碎裂声汩汩流血。

方少泉捂着伤口，益发恼羞成怒："林锦笙，你爹娶妻那么多年都不生养，找了妓女就生龙凤胎，我看是借种吧！被土匪绑票就不能生养了，自己缺玩意儿还他娘的赖土匪！你们爷俩算什么东西，还敢找人在报纸上骂老子！老子再是汉奸，也他娘的比太监强！"

锦笙扔完茶盏就要冲上去打方少泉，被就近座位的丝织厂老板拉住胳膊，多听这几句浑话，气得眼睛通红。秦会长一面让人拉牢锦笙，一面低声劝方少泉，这是在商议正事，就事论事，不可说些辱人父母的话。

然而，方少泉恼羞成怒，又见锦笙被人拉住不得近身，言语上更腌臜了许多。锦笙瞧得出，这些南地人表面上是在宽慰自己，哪个心里不是与方少泉一样的想法。父亲的名声，母亲的清白，令她已顾不得全身而退，近不得方少泉跟前，便冲门外高喊："苏叶、杜衡！"她晨起吊过嗓子，这一声喊混着气怒咳嗽，支离破碎地飘散到了屋舍外。

苏叶、杜衡本就担忧南地人欺负自家五少，模模糊糊地听到一嗓子，立即踢门而入，锦笙吩咐道："打方少泉！往死里打！"苏叶顾忌对方人多势众，怕闹大了吃亏，迟疑片刻，杜衡却撩着袖子，推搡开挡路人，跳到方少泉跟前左勾拳、右勾拳地一顿捶，外加脚踢。

方少泉带的两个随从又岂是省油灯，无故都要欺压人，听到方少泉喊叫，即刻冲进来与杜衡苏叶混打在一处。只听不断的哗啦啦声，会议室内桌椅翻倒，杯碎茶流。

秦会长等人拉谁都拉不住，面面相觑着懊悔，悔不该让方少泉参与其中，正事未谈妥，反让事情闹到无法收场。

大街上的织户家主听见里面打起，也不明就里地冲进来，因是秦会长喊来的，以为有秦会长撑腰，便寻着那三个江北小赤佬打。遂愈打愈乱，秦会长等人的喝止劝架声也淹没在此起彼伏的打骂声里。

苏叶护着锦笙跑到大街上时，锦笙的一只胳膊已不知何时被何人扯脱臼，身上有好几处疼，脸上也见了血。杜衡殿后也拦不住十余壮汉，方少泉从门外拎根粗棍子在手，一棍子追着锦笙挥下去，苏叶护住锦笙挨下那一棍子，却把锦笙扑倒在街道上。

凭空里三声枪响，追出来的人霎时呆立住，惶惶然四顾。昏厥的苏叶压在锦笙身上，锦笙脱臼的胳膊使不上力，一时间推不开苏叶起不了身。疼痛里，模糊望见汽车军车行来，汽车未停妥就有人下来，其后的军车也跳下好些持枪卫兵。

锦笙盯着那双疾跑来的军靴，军靴扬起微微细尘，穆峻潭在一片细尘里扶起她。她灰头土脸地望着穆峻潭，因不知他为何而来，眸光神情满是倔强戒备。不管方少泉是谁的大舅子，她打就打了，绝不会对任何人低头服软！

方少泉见穆峻潭领兵而来，虽已鼻青脸肿，气焰却嚣张了数倍。拎着棍子擦着血要凑到锦笙和穆峻潭跟前，被叶执信伸臂拦住。

方才一阵混乱，现在众人还保持着奇异阵列，心怀忐忑、不明就里地望着近身的持枪卫兵。

穆峻潭神情漠然，双眸却充斥着怒气，帮锦笙托胳膊时见她痛到眸泛水光，瞬间怒气更甚了。锦笙不明他何意，与之四目相对，仍旧满是敌意戒备。

鼻青脸肿的杜衡半扛着昏厥的苏叶立在锦笙一旁，也是满脸戒备地望着穆军。

穆峻潭凝看着锦笙，那灵玉一般的脸庞上有灰土，有血痕，有对他的戒备与敌意。他心疼情动，手不由自主地抬至她脸颊旁，方顾忌到在场有数十人，于是背手转身，把她护在身后。

“秦先生，你在咱们南地商界也是举足轻重的人物，纵着这些人打林五少，传至北地，岂不要说咱们南地商人仗着人多势众欺负江北人？况且，打的还是个十八岁的少年郎，倚老欺小，更要令南地商人蒙羞！”

穆峻潭虽勾了唇角，秦会长却由他眼神里感到彻骨恶寒，更因“倚老欺小”四字脸上也有些挂不住，极力稳住神色笑着回道：“穆少帅误会了，丝绸同业会的宗旨之一是要整顿市价、矫正弊害、谋工商互利、维持公义，我等把林五少请过来，是想商榷一下各丝织品的价格。近日，南地的丝绸市场紊乱，只有控制好价格起伏才能稳定市场。不然，我丝绸同业会的几百家家庭作坊都有可能家破人亡。刚开始谈得好好的，少泉和林五少年轻气盛，言语上起了冲突，小厮们不明是非混打在一处，就闹成了这种局面。”

锦笙揣摩穆峻潭的话风，他莫不是为她来的？遂手指钩了钩穆峻潭的军腰带，小声问他：“穆峻潭，你是来帮我的？”穆峻潭被她气到在心中发笑，侧头，眼梢横她半寸却并不理她，转而对秦会长说：“丝绸业商友的商会实在太多，峻潭辨认不清。请秦先生代为一一转告，林家和日本商会在柳苏城设比赛馆一事，公证人是峻潭和赵省长。以后，诸位商友如有需要与林五少商榷的事宜，烦请知会峻潭一声。今日两方纠纷斗殴，其中缘由，峻潭自会调查清楚，逐一追究责任！”

方少泉咂摸出话味，不满道：“竟天，你怎么胳膊肘往外拐。你可知道东南五省，有成千上万的家庭作坊和小织户，你是他们的少帅，如此偏心江北小赤佬，让他们怎么活？”穆峻潭冷声问：“你与日本人合资建厂的时候，可有考虑过他们怎么活？”方少泉龇牙咧嘴捂着脸：“你不了解丝绸业的事，你别掺和了，把这小赤佬交给我，我今儿非把他收拾服了！敢再给老子牙尖嘴利，老子就拔光他的牙，扒他一层皮，给他挂城门上！”他话音未落，穆峻潭手抬枪声起，子弹蹭着他耳朵飞过。

他身子一哆嗦，丢了木棍，惊骇地望向穆峻潭。穆峻潭收起枪，冷厉地说：“你敢再碰林锦笙一下，我绝不再顾及少尘和桑宜的面子，先让你尝尝被拔牙剥皮的滋味！明的，暗的，谁若胆敢再动林锦笙丝毫，那就是找死！”语毕，又看向秦会长，“秦先生，打架斗殴解决不了问题。丝绸业的市场稳定及家庭织户问题，待峻潭与赵省长商榷过后，会给丝绸业商友一个说法！诸位商友不必再找林五少！”

秦会长岂会瞧不出方才一枪还有杀鸡儆猴的意思，那后一句话也是对所有人言明的，于是颔首道：“那就劳烦少帅了，我等静候少帅佳音！”

苏叶、杜衡上了军车，由盛吉祥陪着去医院。待坐上汽车，锦笙心有余悸地对穆峻潭说：“竞天，谢谢你来帮我解围。你时间赶得真好，再晚个几分钟，我、苏叶、杜衡非得被方少泉他们打死不可。”穆峻潭因锦笙态度转变之快，心中隐约好笑，方才是谁一脸戒备来着。然而，他心中更多的是愧疚，遂抬手帮她擦着脸上灰尘，低声说：“我来迟了。”

锦笙摇头躲开他的手：“不迟。乍一见是你，我以为你是来帮方少泉的，心里还有些害怕呢。”穆峻潭不悦道：“若来的是卢柏凌呢？”锦笙道：“你与他自然不同。”穆峻潭问：“有何不同？”

锦笙见他眉宇间似散未散的怒气又重新聚起，忖度着说：“首先，我俩都是燕平人，他自然不会帮着外地人。其次，他也不是五省少帅，对南地丝绸商人没有责任。然后……”穆峻潭打断她：“无须费心找借口！不管我说什么做什么，你认定我是喜新厌旧的脾性，把我对你的感情当作儿戏，满不在乎，也对我不存信任。你不是相信燕平人吗？下次再遇到这等事，你还尽管只告诉赵立铭。”他眸光扫过锦笙脖颈，未见血玉平安扣，冷冷一笑，再不与锦笙对看。锦笙能想到，肯定是赵立铭那个躲事鬼自己不愿来，又怕林家会记仇，于是推给穆峻潭。若她吃了南地人的亏，赵立铭也只管推在穆峻潭头上。

到了美新饭店，赤芍要伺候锦笙换衣物、清理伤处，穆峻潭避开，闲走到了卢柏凌住过的房间。明知卢柏凌再不会回来住，锦笙仍租赁着这间房。窗外凤尾深深，一阵风过，纤细的叶子零零落落颤动着。好风如水，带来丝丝凉意，凉风吹进穆峻潭眸子里，加重了眸底寒冽。

叶执信把事情经过了解一番，回来禀告完，语气还颇有不满："听丝绸同业会的人说，林小姐本准备要脚底抹油溜掉，但方大少说了些腌臜话，侮辱林小姐父母。父母受辱，搁谁都忍不了，况且林小姐还是那脾气。"穆峻潭问："丝绸同业会的人为何现在才找她？"

叶执信道："这次晨会虽是秦会长组织的，却是方大少怂恿的。方大少早就对林小姐怨恨不已，但卢柏凌在时，美新饭店及周围总守着许多便衣警察。方大少不知从何处得知卢柏凌已离开，且比赛馆外以及美新饭店的便衣警察也都已撤掉，于是怂恿着秦会长开了这次晨会。丝绸同业会的人先前也是顾忌卢柏凌，都知道卢林两家关系好，且谁不知卢二公子和林五少是穿一条裤子长大的，赵立铭就算再喜欢躲事，也得看卢柏凌面子……"

"卢柏凌，卢柏凌，卢柏凌！为什么你们所有人都把她和卢柏凌牵扯到一块！卢柏凌算她什么人！我才是她的恋人！我穆峻潭无权，还是无兵？就保护不了自己的女人吗！"

叶执信猛地被吼一通，连忙吞掉唇边话语，又化为另一番腹语："每次在林小姐跟前憋气忍火，背过脸只会拿我们撒气。您现在的确是林小姐的恋人，可敢不经林小姐同意就对外人说吗？还不是要偷偷摸摸、躲躲藏藏、避人耳目……"这厢未腹语完，少帅已气冲冲地走出房间，叶执信连忙小跑跟上，恐少帅一气之下把与林小姐的关系闹僵，后悔莫及之后还得拿他和盛吉祥开大火。谁知，几步之内，少帅戏法变脸似的，温和地敲着对面的门。叶执信整理军帽之际，冲天翻翻眼皮，少帅这辈子算是栽林小姐手心里了。

赤芍出来时，叶执信忙又整理一番军装，拘谨地看着赤芍，赤芍对他莞尔一笑："叶队长，我去厨房盯着他们给五少做些饭食，五少早起到现在还没用饭呢。待会儿，杜衡回来了，你应付不了他，让他去厨房找我。"叶执信有些晕乎，也没太听清赤芍的话，只连连点头。待反应过来口袋里有要送给赤芍的红宝石耳坠时，赤芍已迎面撞上了杜衡。

杜衡左胳膊吊着，满脸伤痕也未处理，气没喘匀就着急问赤芍："五少的伤严不严重？我眼瞅着方少泉那王八蛋狠拽完五少胳膊，又在五少腿上踢一脚，也没能及时挤过去。"杜衡的脸已红肿到变形，赤芍心疼地看着他："五少只有几处擦伤和瘀青，不太严重。你既然已到医院，怎不把脸上的伤口处理一下？”杜衡瞥一眼叶执信，小声说：“医生给苏叶缝好脑袋，武爷正好过去，我担心五少，就赶紧回来了。我跟你讲，方少泉是穆峻潭的大舅子，也不知穆峻潭为何帮咱五少，指不定有什么阴谋呢。”赤芍笑着说：“有什么阴谋等你觉察出来也变阳谋了。走吧，我先给你处理一下伤口，再去盯着厨房给五少做饭食。”

叶执信眼瞧着赤芍把杜衡拉走，手帕里包裹的红宝石耳坠在他掌心微扎着，扎到心室，他落寞一笑，赤芍对杜衡的低眸浅笑印在脑子里，久久不散。

房间内，锦笙已后退到沙发角落里，倒被穆峻潭的臂膀给圈禁起来。锦笙不大敢看他，方才在路上，他生了气，一句话都不跟她说。

到底是被穆峻潭所救，锦笙不好再惹他生气。当时乱到那步田地，若非穆峻潭，她还真不知要如何收拾残局呢。对方少泉低头，是万万做不到的。若不低头，方少泉定然不会轻易罢休，还会怂恿着丝绸同业会与她为难。

穆峻潭的习性与寻常贵公子有所不同，不喜用香水，也不喜给衣物熏香，一年四季多数时间与卫兵武器待在一处，身上总笼着硝烟味，或淡或浓。锦笙闻着他身上的硝烟味，于乱世之中，莫名地很有安全感，仿佛他身上的硝烟味可凝聚起金钟罩，把她罩护于内。她又想起在公所外，他高大的身躯立于她前面，替她挡住一切麻烦。

穆峻潭与锦笙愈贴愈近，锦笙后背抵住沙发又被他臂膀圈禁，无处可逃，只好深深低头。他探头看她，神情冷冷，猫捉弄老鼠似的，捕捉她眼神，与之四目相对。肢体也较劲似的，比着谁扭得更厉害。

锦笙已低出双下巴，穆峻潭脑袋也快要贴在她身上，她难堪一笑，讪讪开口：“竞天，你打枪时还挺英气的。”穆峻潭掏枪的动作很迅速，同时躺在她腿上，枪口抵住她脖颈冷声道：“我杀人更英气！”锦笙有些错愕地看他，他问：“我给你的平安扣呢？”锦笙一副我早料到你会问的神气，拍拍衣裳：“我摸着它很冰凉，可消暑，就戴在里面了。”穆峻潭收了枪，神色有异，从前他也是贴着肌肤戴的，现下不免有些胡思乱想。忽想起撞破她女儿身那日的画面，腰肢纤细到不堪一握，肌肤白皙通透，触之柔滑。他胡想着把枪顺手放在茶几上，却不起身。

锦笙推他，反被他单手揽住腰肢，局促气恼到双手半举着，无处可安放：“穆峻潭，你给我起来！这成什么样子呀！”穆峻潭却不顾，拉住她曾脱臼的胳膊问：“还疼吗？可记得是谁弄的？”

穆峻潭虽已背过她三次，但那是不得已，又在外间，天地广阔，清清爽爽。现在一室之内，二人独处，又闷热窒息，穆峻潭亲昵地躺在她身上，揽她腰肢，她以前也经常如此躺靠在蝴蝶身上，风流亲昵。穆峻潭对她如此，她只觉浑身汗津津，腿脚也僵硬不已。

穆峻潭拉住她的小手，很稀罕的神情仔细瞧着——指甲修剪得短且整齐，手指细长，指缝没有隙，一看就是个能守好家业的主。未几，眸光停在她未戴麒麟戒指的食指上，又拉住她另一只手，眸底漾起的柔情瞬间不见，与之十指交握，指腹压在坚硬钻石上。锦笙如何都推不开他，这姿势像是环抱着他似的，着急地说：“你快起来，我腿上有伤。”

穆峻潭立即起来问：“怎么伤的？严重吗？你老实告诉我，他们都伤了你哪里？”锦笙趁机挣脱跑开，腿撞上茶几也不顾，穆峻潭觉出上当，眼看锦笙跑出房间也未追她。在她的手挣脱之际，麒麟戒指掉落。穆峻潭把戒指收在口袋里，知道锦笙会为这个找他，拿走也是为了让她主动找他，心里却微有窒痛。

锦笙跑出去，到餐厅随便用了些点心就预备去医院看苏叶。穆峻潭已经离开美新饭店，盛吉祥领来十个穿便服的卫兵，一一介绍给锦笙认识，也是要让卫兵认清锦笙，好时刻警惕护卫着。

锦笙不太愿意与穆峻潭过多牵扯，却没法子拒绝。美新饭店倒是同住着几个林家伙计，也都是好打手。然而，方家人脉势力在南地根深蒂固，方少泉又是方桑宜的亲大哥；且方少泉此人最喜记仇，难保不会因今日之事对她怨恨更深。除了待定的夺锦一事，锦笙无意与其他南地人结私仇，却不得不防范着。

其中有一个卫兵叫盛安康，是盛吉祥的弟弟，锦笙知道后，哈哈大笑，对盛吉祥说：“打我听说你叫吉祥后，心里就想着你应当有个兄弟姊妹叫安康。”盛安康虽是个新兵蛋子，身手却一等一的好，跟锦笙同岁，与杜衡同脾气，身上有一股虎劲。

打医院回来，已近黄昏，锦笙在门口恰遇见陈庆恒，他是坐日本人汽车由日租界回来的。汽车里除了渡边次郎，还坐着一个上年纪的日本人，瞧着与父亲年岁相仿。但父亲因病态显老，看着比实际年岁大。

锦笙今日刚经一场恶战，对着日本人作不出戏来，只冷哼着看了下车恭送陈庆恒的渡边次郎一眼，与陈庆恒恭谨点头算作招呼，转而走进饭店大门。佐藤信长在汽车里窥见锦笙样态，更觉商人重利，对手又是一个沉不住气、未经过风浪的少年郎，陈庆恒此人，他是可以笼络住的，遂命令佐藤英武也住到美新饭店，好与陈庆恒进一步接触交流。

锦笙到房间后，与赤芍一起翻来翻去地找麒麟戒指，赤芍清楚记得给五少换衣裳时见过戒指。

锦笙来回坐的汽车上也没有，遂想着莫不是和穆峻潭纠缠时掉了？于是在沙发缝里和沙发周围的地毯上仔细寻了一遍，还是没找见，顿时心觉不妙，气呼呼地给穆峻潭摇电话，摇到别院才听到穆峻潭的声音，他听完质问，不紧不慢地说："好像是在我这里，你要不要亲自来看看？"

这是一定在他手上呢！

如何敢大晚上去见一个登徒子，且还是个有枪有兵的军阀头子。她自认为拆穿了他的阴谋，说："林某身有疾患，夜深露重，不易外出，明日可以吗？"暑气凝聚，何来露重？穆峻潭知她顾虑什么，气得砰一声把电话挂了。

因与方少尘约定了上午去霓裳锦织造坊看新样品，锦笙怕从霓裳锦织造坊回来，还得出城去军营找穆峻潭。于是，她一早起来，就匆匆忙忙地往他的别院赶。

晨曦有卿云，若烟非烟，若云非云，郁郁纷纷，萧索凄离。锦笙立于别院门口，记起上次来此，又跟着穆峻潭去了丹鼎山，才惹得卢柏凌生气。卫兵通传后，盛吉祥军步快而不乱地跑出来。锦笙立即压制好凌乱的心神，跟着盛吉祥进到了客厅，盛吉祥说："您在这里稍坐一会儿，我上去喊少帅。昨夜里临时有公事，少帅四点钟才忙完。"

锦笙连忙问："他还睡着呢？"盛吉祥点头："睡之前吩咐过，您来了就喊醒他。"锦笙连忙摆手："他这般辛苦，不用喊醒他，你把我领到他卧房吧。"盛吉祥一副很了解的模样笑着点点头，她心虚着回以尴尬一笑。

穆夫人晨起吩咐厨子给穆峻潭熬滋补汤，亲自看完汤色，由客厅路过时，见盛吉祥领着一男子上楼，知晓是要去穆峻潭卧室，以为又有公事扰他，也并未过多注意。想着这一扰，他也该起床正式办公事了，于是又吩咐厨子把早饭做起。一来二去，穆夫人觉得穆峻潭身边没个主母，连个丫鬟也没有，光靠几个仆役跟副官如何能照顾好他，不免又开始心急他的婚事。

第三十一章 青石路，画桥畔

到卧室门口，锦笙微笑挥手让盛吉祥离开，盛吉祥自然识趣地走开。她知道许多军人即便睡着也警觉性高，怕门声再次响动会惊扰穆峻潭，只把门虚掩住，皮鞋也脱在门后，轻轻朝里走。

穆峻潭平日里鲜少回别院住，多宿在军营。这两日穆夫人在，住军营不方便，他才陪着回来住。

卧室摆设很简单，一个置物架充当半壁屏风，上面放着些中国的或西洋的玩意儿。一张西洋床床头靠墙，对过摆着沙发茶几。墨绿绣金菊窗幔半开，有微弱光亮照进，转瞬间的欲雨之光，覆着了半层灰纱。卧室内的一切，都笼着淡淡灰色，悄寂而扣人心弦。

床尾有一沙发椅，穆峻潭的军装随意扔在上面。锦笙得知他四点才睡，便猜想他随身的军服有可能还是昨日穿过的，或许麒麟戒指还在口袋里。以穆峻潭的恶劣脾性，绝不会轻易还她，还不如自己偷偷拿走来得简单。

她望了一眼熟睡的穆峻潭，他穿着银白绸睡衣，对襟短汗衫，大短裤，长胳膊长腿都露出一多半，皮肤还挺白。暑气浓了，夜里热了，好在他穿得还算规矩。否则羞涩加紧张，她更加不好下手。

锦笙一只眼瞟着穆峻潭的动静，一只眼帮着手掏口袋，军裤口袋没有，锦笙掏下面的军服口袋时，牵扯到皮带扣磕在铁椅背上。沉闷尖锐的一声响，在悄寂的卧室里格外惊人心魄。瞬时，穆峻潭已由枕下拿枪坐起，起身时枪已上了膛，循着声音源头指向锦笙。

锦笙惊恐地望向穆峻潭冷冽肃杀的脸庞，穆峻潭看清是她，倒怔住了。反应过来她手里正抓着军服，不免又气又好笑，无奈地瞪她一眼收了枪。穆峻潭把她由地毯上抱到怀里，她奋力挣扎令他抱不牢，他便翻身把她压倒在床，捧住她的脸颊厉色教育道：“小小年纪不学好，竟还做起贼了！”

锦笙何曾受过这等轻薄之举，脸腾地红透，挣脱不开，开始对穆峻潭拳打脚踢加头撞嘴咬。穆峻潭顾忌她身上可能真有伤且大病初愈，不敢用重力制服她，二人一时纠缠在床上，翻来滚去。

穆夫人正在客厅剪六月雪盆景，见盛吉祥下楼，顺口问了一句来者何人。得知来者是林五少，不辨缘由地心里“咯噔”一声。想起叶执信半个多月前曾秘密告知她说，少帅和林五少走得过近，那林五少又历来有捧男戏子的喜好，与卢二公子也有些那方面的腻歪事，恐少帅跟林五少纠纠缠缠地被带坏就不好了。

林锦笙把白蝴蝶送到帅府，瞧着并非竞天心中所愿，竞天本应与其水火不往来，不想却在她与大帅跟前夸赞林锦笙。此前种种不曾在意，此刻联系在一处细想，穆夫人不由泛起一身冷汗。

剪刀剪动着，六月雪的扶疏枝叶稀拉拉地落在茶几地毯上，那宛如雪花满树的花簇也被剪了个七零八落。

穆夫人顾不上看，一颗心只装着忧虑惶恐。穆家唯有一个独子，不说全是因她，其中有两个确是她所为。老四小产后咒骂她、诅咒竞天时，被穆炯明扬手扇了两个大嘴巴子还罚跪半日。她知道，穆炯明不是为她，是为当时的独子。若不是为这独根，穆炯明怕是早与她绝情翻脸。常说有报应，她也祈愿着要报应就报应在她身上，不要伤到儿子分毫。如今竞天一直俄延着不愿成亲，莫非不喜女人喜男人，就是竞天遭遇的报应？

穆夫人心惊肉跳地行至穆峻潭卧室门口，门虚掩着，她放轻脚步走进来，看见蚕丝凉被、枕头都散落在地，床尾沙发椅也翻倒在地，衣裳凌乱着。

床榻上，穆峻潭扳回一局，压住与他腻缠的男子质问：“你是我的恋人，也想要跟我做夫妻，为何还如此在意这个麒麟戒指？自我注意你之后，这两枚戒指你就没换下来过，另外一个戒指是不是给了卢柏凌？这是不是你们的定情信物？说！”

锦笙气愤，自己是卢柏凌的恋人，穆峻潭怎可霸道武断地说她是他的恋人？还未开口，就听得一声厉吼“穆峻潭”，锦笙被骇得一哆嗦且噤了声，朝厉吼源头望去。

穆峻潭也给唬得愣了一下，侧头见得母亲立在不远处，正浑身微颤地指着他与锦笙。他不免有些尴尬，放开锦笙坐起，也把锦笙扶起，一面神情漠然地低声说“这是家母”，一面替她擦去唇角脸颊沾染的血迹，又瞥见她脖颈配饰歪斜，顺手给她扶正，最后替她理了理凌乱不整的衣裳。

穆夫人双手紧扣在身前，极力镇定住，双眸怒视锦笙，仿佛要用眼刀把锦笙凌迟。锦笙有点知晓穆夫人误会了什么，却也说不上来穆夫人究竟误会了什么。她脑子里更是一片混沌，不知该如何辩解，呆望着穆夫人，嘴巴张合几次，愣是半点声音都未发出。她又羞又恼气息不定，一连咳嗽好几声，站起在床上给穆夫人弯了个腰，跳下来就赶紧跑。

穆峻潭见锦笙这一气呵成的落荒而逃，眸光追随着她，不由带些宠溺神情。他略微一笑，唇上血口子即刻涌出大颗鲜血，再一抬眸，脸颊便挨了穆夫人一巴掌。

这一巴掌倒把穆峻潭给打清醒了，他立在盥洗室里，眉眼深锁着从盛吉祥手上接过牙刷、牙粉。

他没有婚娶经验，又遇上锦笙这样特殊的身份，本想着把锦笙的身份告诉母亲，林家那边由母亲替他斡旋。此番仔细忖度，是决计不能让母亲知道的。母亲事事以他为先，凡事绝不会站在锦笙的立场上替锦笙考虑，且锦笙背后还有林家和林老夫人娘家在江北的人脉势力。此事一经母亲之手，定然会变得更加复杂。为了他，母亲能把锦笙利用到再找不出一丝可利用之处。

穆夫人坐在客厅里，她这一类的容貌，双颧丰满，面不露骨，富态圆润，搁在当年，据算命的说是旺夫相，很是时兴过一阵儿的。只现今，时兴鼻小高挺，唇瓣丰润，深目削颊，要露点骨相才算美，倒不管算命的那一套了。

穆夫人身上的黑底金缠枝莲纹缎旗袍并不时兴，却透着威严高贵，脖颈里的珍珠项链，每一颗珠子都是顶好的，绕了三匝垂在胸前。手腕的翡翠玉镯、手上的三枚戒指、贵妇髻的簪佩皆是大内之物，她出身前清名门，自然衬得起这份贵气。

穆夫人喝下两盅凉茶，已无先前失态的痕迹，依旧端得高雅富态，静待穆峻潭下来。

周妈跟带过来的两个丫鬟正在收拾茶几和地毯上的六月雪狼藉，见穆峻潭军装整齐地下楼，且一脸的彻骨寒，连忙低头噤若寒蝉。

穆峻潭行至客厅，托着军帽对穆夫人躬了躬身，就要外出，穆夫人道："今日我会跟方家商议婚期，待咱们安系大局一定，你就和桑宜成亲！"穆峻潭道："我若逃婚，父亲也拦不住。您若不怕丢人，请便吧。"穆夫人道："那你告诉母亲，你究竟看上了谁家的小姐？不管穷富，不管地位高低，母亲都认可。就是白蝴蝶，待你娶妻之后，母亲也可以给她一个如夫人的名分。"穆峻潭道："您已看到听到，无须再试探儿子。"

穆夫人手微颤着接过周妈递的凉茶，竭力平稳怒气，言语上也妥协着："竞天，你总得为咱们穆家的香火考虑。你先娶妻，给穆家留个后，其他的行为，母亲不管你，随你如何。林锦笙不也在跟古家的女儿商谈婚事吗？"穆峻潭道："您此行若仅是为我的婚事，我这就去请示父亲，派卫兵护送您回京陵。"说毕转身大步走了出去。

回军营的路上，盛吉祥问他："少帅，为何不告知夫人实情？以往，不管遇到何事，夫人都很镇定，方才夫人下楼时，我还是头次见夫人脸色苍白、惶恐不安呢。以后，夫人怕是整日都要担心您。"穆峻潭道："我要娶她，是想尽我所能护她爱她，而不是让别人利用她。"盛吉祥不懂此话何意，见少帅疲倦阖目，也不敢再问详细。

方少尘用过早饭，就在霓裳锦织造坊门口等锦笙。待汽车行来，看见是盛安康由副座下来给锦笙开门，不免有些诧异。还未及细想，看见锦笙只穿着袜子下车，朗声笑问："你现在脾气急起来连鞋子也不穿了吗？"

锦笙这才意识到，自己的皮鞋还在穆峻潭卧室门后呢。当时给穆夫人骇得不轻，连蹭带跑，楼梯都是两脚并一步。她跑上汽车就吩咐往这里赶，一路上惊魂未定，把咳嗽都勾起了。

锦笙红着脸不愿搭理方少尘，扭头吩咐盛安康回美新饭店找赤芍取鞋子。这边她跟方少尘进织造坊没多久，绕着水池子还未走到验锦厅，叶执信就追了过来给她送皮鞋。方少尘满心困惑，自己在织绸间里不辨日夜二十多天，乍一出来，时光仿若过了好几年似的，穆峻潭和锦笙的关系他已捉摸不透。

水池岸砌着一圈整齐石块，锦笙坐在上面拍袜子穿鞋子。方少尘刚才见叶执信是微瘸着走过来的，趁这个空当问他："你这是又被竞天踹了？"叶执信揉着臀部，苦笑道："上次回帅府，我对夫人胡说八道，今天给少帅知道了，简直是触了天雷。若不是我主动要给五少送鞋子，少帅那脾气上来，真能把我腿踩断。"见方少尘要细问，他自觉失言，忙又说："少帅今晚上要请赵省长吃饭，商榷着如何给丝绸业商友一个说法，让方师长跟五少也过去呢。"

方少尘点头应允，丝绸同业会公所打架大闹一事，他也有所耳闻，只还未了解详情。他望向锦笙，只见锦笙还在低头认真穿鞋，手指在鞋带子上绕来缠去总系不好，耳朵映着旁边翠柳，益发显得玲珑红彤。

好容易系个死结，锦笙脸颊红扑扑地抬头，问叶执信："叶队长，穆夫人那里？"她没问下去，也不知该如何问。叶执信倒是个通透人，况且少帅嘱咐过，忙回道："五少不必担忧，夫人那里没出任何差池，少帅能解决。"鉴于心中有愧，他自己又添了句，"少帅虽心粗，有关五少的事却想得细，替五少想得周全呢。"

闻言，锦笙转身就朝验锦厅走去，方少尘受了叶执信一个军礼，也连忙追上锦笙。

验锦厅与织绸间隔得不远，可听见那边的响动。每间织绸间安放二十台织机，有三间是手拉机，其余都是木织机。起先只开着两间，比赛开馆后为赶订单，方家把一些老匠人请了回来，也有一些不愿回来的，于是又请了些其他匠人，开了六间织绸间。

验锦厅已许久不开，今日也只开了一间，大厅广阔无物，只摆着一堂红木几椅，是给验锦的官员稍作歇息用的。

锦笙对霓裳锦一直存着敬畏之心，方少尘笑着请她，她也未敢坐在主位。

上次为刺激方家人，趁方老太爷在霓裳锦织造坊的时候，她带着两吨多的人造丝苦兮兮寻来，想让方家匠人尝试着把人造丝掺进去，如此可降低方家丝绸的成本价。当时，方老太爷沉默一会儿，令方鹤把两吨多人造丝买下来，一沓钞票交于锦笙手心，又把人造丝堆在水池子跟前烧成了灰烬。

火光初燃之时，方老太爷脸庞上的褶皱映着红光，他对锦笙说："孩子，你们林家是生意人，我们方家是手艺人。虽然外人总说我们匠人、手艺人有股别人没有的精气神儿，但于我们而言，遵守的不是那股精气神儿，我们遵的是自己的良心，守的是老祖先代代相传的工艺。我们方家的匠人可以穿粗衣布衫，可以吃粗茶淡饭，但绝不会弄虚作假。不管是霓裳锦，还是普通的丝绸，每一道工序，我们都会认真对待、雕琢技艺、精益求精。人活一世，我们不能有愧于心！不能拿着一些粗制滥造的丝绸去欺骗别人，再蒙蔽自己的良心！你们所说的那股匠人精气神儿，不是说说就能粘身上的，而是要长年累月地身体力行，才能由骨气、由血肉里滋长出来！

“孩子，我看到现在为止，这场丝绸比赛与丝绸工艺没多大相关。日本商会在搞阴谋诡计，依你这孩子的脾气，应该也在还击。当初你既然把方家丝绸作为干净地了，方爷爷就给你守好这片干净地。你且谨记，虽然咱们两家婚约已解，但你们林家代表着中国丝绸，我方家依然会与你林家齐心协力、荣辱与共、同进同退。当初为了守好桑蚕园和霓裳锦织造坊，家财都分给了少泉的爷爷，我是没多少家财留给少尘的，少尘也不需要。这次为你们林家供货，我们不为赚钱，你想降价就尽管降，方家匠人只要给窝窝头吃个半饱就能上织机。原料上，我方家祖宅还值些钱，不用你们林家担忧。”

锦笙本是为夺锦来做戏铺路的，却因方老太爷的作为和这番话，羞愧到面红耳赤，把夺锦念头几乎烧化。方少尘也给方老太爷治得，一头闷在织造坊二十余天。

伙计们鱼贯出入，在红木几案上摆了十五匹丝绸样品，皆尚未取名。

锦笙曾和方少尘研究过洋丝绸里卖得最好的两种——巴黎缎和塔夫绸，它们本来自法国，中国丝绸商人给重新起了名。很多丝织厂为了跟时兴风，也都把自家厂子里的丝绸品种定名为自家品牌加塔夫绸、巴黎缎，就像永亨丝织厂和广昌丝织厂的塔夫绸，就叫永亨牌塔夫绸、广昌牌塔夫绸，林家也有秀林牌塔夫绸。及至后来，各丝织厂售出的塔夫绸跟正经的舶来品塔夫绸已无甚相关。

市面上现时兴的好质量塔夫绸是平纹织为地，但密度比其他绸类大，瞧着质地十分紧密。巴黎缎是缎纹组织，看似光滑平亮，其实暗藏纹缕。

方少尘是为着出口才研究的这两种丝绸，然而方家匠人的技艺手法太具特色，即便仿着别人的织物织，也织出了自己的特点，反倒寻不见半点仿织的痕迹。其实绸类织物的地纹多是平纹织，也就业内人区分得开各样种类，外人看来，只有花样色彩及触感的不同。

锦笙把几案上的塔夫绸拿起细看，整体质地缜密硬朗，挺括滑爽，轻薄光亮，富有弹性，且经纬密度比市面上正经的舶来品还要高，用作衣物面料、伞面、刺绣底料、西式婚纱、衬胆等都是可以的。

单色塔夫绸摸起来的感觉与市面上质量优等的料子难分伯仲，但胜在方家的染色技艺非同一般。锦笙手上正拿着一匹墨绿塔夫绸，因梅雨季节总是雾沉沉的，验锦厅里开着电灯，此刻灯光洒下，锦笙仿佛拿了一整块绿油油的翡翠。她惊奇赞叹之余，眸前忽地显出穆夫人手腕上的翡翠玉镯，颜色简直一模一样，由冷翡翠想到穆夫人似要把她凌迟的眼刀，猛骇得丢下墨绿塔夫绸。

方少尘忙问："可是有什么问题？"锦笙摇头："一点问题都没有，颜色跟翡翠似的，真……真好看。"说完，也不管方少尘诧异的神色，又低头去看其他丝绸。方家还利用经纬线颜色不同，织出了闪色塔夫绸，两样色彩交织，新颖且鲜丽。

提花塔夫绸里的提花技艺更是方家匠人最拿手的，在素塔夫绸的平纹地上提织缎纹花样，花纹鲜丽而不扎眼，细致柔熟，此绸一出，简直能横扫市面所有塔夫绸。

再看巴黎缎，也同塔夫绸一样令锦笙心生赞叹。时间太紧，方少尘与方家匠人只改良了四类丝绸的幅宽长度，已能达到欧美人对服饰面料的要求。

锦笙抱着一绸一缎，心里溢满惊奇赞叹，脊梁骨挺得直直的，问方少尘："少尘，你是怎么说服方爷爷的？这改动了你们方家好多工艺呢！"方少尘略背过身说："答应了爷爷一件事情。"锦笙猜想是回来继承霓裳锦织造坊，却不多问，省得把他问烦了再改变主意，连忙笑着说："这下子，我终于能堂堂正正给那些支持我林家的人一个交代，要不然，赢了我也心里不安得很。"

方少尘坐在几案上，笑看她："你又不是稳赢，不要太掉以轻心了。你私底下都用了什么计策？"锦笙笑道："你们方家给我守好干净地就行了，反正事是我干的，挨骂挨罚遭报应都算我一人身上。"方少尘笑问："这么严重，你杀人了？"

锦笙撇嘴道："我有那么坏吗？这是商战又不是打仗，怎会牵扯到杀人。"说笑着又把话题引到了丝绸工艺上。

六和饭店内，穆峻潭的近身卫戍封锁严守着二层整条走廊，不许闲杂人等接近。六和饭店在柳苏城颇具盛名，素日里贵客如云，此等阵势，自然传了不少闲话出去。

闲话由一层用餐的宾客传到外界。中间知晓缘由的人，会闲谈上几句："穆少帅自从来了柳苏城，还没摆过如此大的架子，此番看来是很重视丝绸业的事。昨日说要给丝绸业一个交代，今天就宴请赵省长和林五少，还请了霓裳锦织造坊的少东家方师长和方家大少爷。"

一听者问："既是如此，为何不请秦先生和郑先生，他二人不是丝绸同业会的会长和副会长吗？"有人答："哎哟，哪能够啊！昨日秦会长以开晨会的名义把林五少请过去，却纵着织户家主把林五少和两个小厮打出大街。今日把双方请在一处，那林家五少爷是多大的脾气啊，肯依吗？回头正事谈不了，又得打起来。另有一层，我估摸着，穆少帅这也是恼了秦郑二人，明摆着告诉秦郑二人，我要谈丝绸业的事，却不令你二人到场。现在，秦郑二人脸上也够无光的，落了个仗势欺人的名声，欺的还是个十八岁后生。”

另一听者道：“听在场的人说，穆少帅昨日就恼了，虽未大发脾气，说的话却字字够分量。明面上对方少泉说狠话，可也没给秦会长好脸色。”那人道：“能不恼吗？方少泉只带了两个小厮，秦会长请了十好几个织户壮汉，给江北那三人大打一通后，却把事情都推给方少泉。这不是给穆少帅出难题吗？偏方少泉道理上说不过去，不偏方少泉，回头跟方小姐如何交代？枕边风醉人，刮起人来也厉害呢！”

“哈哈……”

枕边风一吹，刮着，刮着，把话题刮到了别处。温柔乡逸闻醉人心，闲话也顾不得正经谈。

二层最大的包厢内，圆桌上只摆着几样简单小菜，大菜都在等着穆峻潭。主位空着，赵立铭坐在主位的下位，一身浅灰绸长衫，不像政客，倒像个儒雅富商。锦笙不愿挨着赵立铭，入座时，选了方少尘的下位。

中间隔着一个柳苏城少爷，赵立铭也不好说南地人的不是，只借口事务忙且乱，临时找不到空闲警察去维持秩序，但他特意告知了穆少帅，毕竟军营兵多嘛。其实，赵立铭也没想到穆峻潭会去。南地人找林五少麻烦是预料之中的，这事，他不管，穆峻潭不管，军政界谁都沾不上。两方无论谁吃亏，那都是商界的事，扯破丝绸业的天也扯不到军政界。如今，穆峻潭管了，也把他牵扯了进来，反倒弄得他里外不是人。

锦笙点了一支香烟夹在手上，神情冷傲，仅似有似无地点头应和赵立铭。穆峻潭进来时，她脸颊腾地红起，浑身不自在，也不站起迎他，把两只手都捧住太阳穴伏在桌上做沉思状。

穆峻潭不到主位，反在她下位坐定，拿走她指上的香烟，一面摁灭在瓷碟里，一面对方少尘说：“你哥在后面，两只胳膊掉了，给他托上去吧。”锦笙从手指缝里溜他一眼，恰被捕捉住。早晨同他打一架，见了他本该气怒的，但二人以那样的姿态被穆夫人捉在床上，锦笙说不出原因来，一想到他就脸红，此刻看见他，脸颊更似火烧般。

赵立铭和穆峻潭正说着客套话语时，方少尘跟方少泉先后走了进来。方少泉被穆峻潭亲手修理一番，哎哟声连天，心里百思不得其解，见到方少尘才解惑，方少尘是站江北小赤佬那边的啊。

主、客皆到齐，大菜陆续而上，戏也徐徐开锣。

穆峻潭已从方少尘那里得知，事情没有秦会长说的那般严重，家庭作坊产量小，多是内销或依附绸缎庄，不受这次比赛的影响。真正受影响的是那些大厂子，这次打锦笙，织户们怕也是不明缘由为人所利用。

实情如此，穆峻潭到底是五省少帅，还得给丝绸业一个说法。他心中已有应对之策，却问赵立铭："赵省长认为该如何给丝绸业商友一个说法？"赵立铭呷一口茶，缓声说来："此事，赵某已派人去调查了解一番，也请示过大公子和唐督军。他二人皆说，那公告于报纸上的比赛契约是儿戏不成？变来变去，岂不令洋人笑话。契约上先已言明一条，价格不定，亏损自负。赵某认为，此次纠纷若是因订单被比赛馆抢走，林家在最初可是四处奔走请过他们的，他们不予理睬，现又闹这一出，于情于理都立不住。比赛馆也开一个多月了，日本商会背后少说有十几家工厂供货，林家正是因为供货数量跟不上，很多大订单的交货日期不如日本商会短，才丢失客商的。赵某虽不才，也略知道些丝绸业的弯弯，丝绸同业会也分个三六九等呢。一等的大厂气不过，拿九等的家庭织户出来说事，惹了乱子既能推脱个干净，又能让林家落个欺弱的名声。当初比赛是由穆少帅与赵某作公证人，赵某与林五少是同乡，穆少帅也莫要觉得赵某偏同乡，于情于理，赵某都要保证这场比赛的公正，不能由着丝绸同业会这些商人唯自身利益是图。如此，置穆少帅与赵某于何处呢？"

穆峻潭道："哦？请示过大公子和唐督军？"赵立铭笑道："江北、南地有头脸的商人互殴闹事，若不南北同时请示，岂不又令南北加一层隔阂？赵某职责所在，望承见谅。"穆峻潭道："赵省长言重，此事本就是穆某多管了。穆某任师长一职，专管柳苏城军营驻戍，商务政务，穆某是不通的。赵省长既已请示过大公子和唐督军，自然要依赵省长处理。"

赵立铭笑道："这件事说大不大，说小却也不小，知者甚多，总要公开发表，给众人一个说法。穆少帅既与赵某意见相投，那赵某便令人去拟报文？"穆峻潭眸中无笑意，只唇角略弯着点了头。

赵立铭脚步很利索，至门口吩咐秘书去拟报文。锦笙算着，也就如厕的工夫，秘书就敲响了门，拿着长篇累牍的报文底稿交于赵立铭。赵立铭恭敬地请穆峻潭先览，穆峻潭并不接，只淡淡扫一眼便点了头。

赵立铭略怔，心中诧异穆峻潭妥协之快，手上把报文底稿翻了两下，笑道："那以唐督军的名义发表吗？赵某是江北人，以赵某的名义发表，恐起不到发表效果。穆少帅又只有师长之衔，不好公开发表关于商务方面的决议。"穆峻潭闲靠椅背不言，只是噙抹笑意看向赵立铭，眸光深寒。赵立铭笑着哈腰欠身，指尖飞快，写下"依樟西省督军唐义哲电令"字样修改了报文头，随后递于秘书。

报文一出，自然会评议纷纷。穆少帅亲自坐镇的柳苏城出事，穆少帅亲口许诺的交代，却由唐督军起头公开发表声明，那樟西省姓唐，自是不言而喻。

并且，唐义哲岂会不腹诽。出自六和饭店的报文，出自穆峻潭眼皮子底下的报文，以唐义哲名义发表，自己在林家和江北内阁跟前做了好人，坏人却由唐义哲做。丝绸同业会的势力说大不大，但蚂蚁咬人不也叮到皮了吗？唐义哲虽皮糙肉厚耐得蚂蚁叮，却耐不得被穆峻潭摆一道。

这些可预见的评议纷纷，在座的人自然都能预见。圆桌上，端得酒宴笙歌，暗地里，却是尔虞我诈。连方少泉都正襟危坐，一双眼睛在赵立铭和穆峻潭之间溜来溜去，不敢生乱子惹是非上身。

电灯初亮，锦笙脸颊红霞渐退，映着一圈雾晶晶的灯光，她眼梢望向穆峻潭。他侧颜剪影冷气森森，眼皮微垂，睫毛垂落下密影，密影叠叠，窥不见他的一腔心事。赵立铭如此行事，穆峻潭倒成了里外不是人。这场为丝绸同业会所设的宴席，不过是给皞系、安系之间的斗争搭了桥。

商战再云谲波诡，在这些有实权的军人政客跟前，向来都是小巫见大巫，前者有枪，后者有权。军政界的动荡，锦笙即便看破亦很少理会。

此事这般处理，赵立铭也算是给了林家交代，其余的，便是皞系、安系的事。依之前，只要不危害林家生意，不牵扯卢柏凌，锦笙就不会再多想。

可今日，她瞧着赵立铭起初的架势，是准备了八十一招要与穆峻潭过的。穆峻潭一招妥协，速度之快，连赵立铭都有些手忙脚乱。

锦笙猜，穆峻潭是为了她。若他不妥协，赵立铭及其背后的内阁势力还会借着此事想其他法子生乱子，或者俄延不予解决。赵立铭自然不晓得穆峻潭心中为她，她和丝绸业在政客眼里根本无足轻重，赵立铭也只是深陷麻烦中，不得不借机为皞系与安系相斗。

她以前觉得钩心斗角很好玩，自卢柏凌一走，她又大病一场，忽然间觉得很累。一颗心兜兜转转，漂洋过海也追不上卢柏凌，心没有栖息之地，也把她整个人都兜转到无所依附。

“父子情”，父亲要利用她夺锦。

同乡情，赵立铭嘴上说同乡，其实也在遵内阁命令行事。

圆桌上，赵立铭与其余三人推杯换盏，看似笑语晏晏，真真撕破脸，谁又肯放过谁。

胡思间，搁在膝盖上的左手被穆峻潭抓住，锦笙浑身僵硬，连挣扎动弹都不敢，侧头看向穆峻潭。穆峻潭与她对视时，眸光里带着真挚笑意，却似流星短暂划过，他手上微用力，示意她宽心。

锦笙脸颊飞丹霞，端起酒盅敬向他：“穆少帅，昨日之事，多谢了。”她声音有些颤抖，找不准昔日音调，但“谢”字乃心室真语。穆峻潭并不举自己的酒盅，拿过她的酒泼洒掉，且直接收了她的酒盅。自始至终，他都面覆寒霜，手掌温和有力。

圆桌上，哪个人的眼睛不是忙来忙去。拢共五个人，恨不能变二十只眼睛出来，还嫌不够使。正与方少尘闲聊的赵立铭瞥见穆峻潭此举，恐锦笙脾气上来生事，忙笑道：“听说你前几日感冒伤了肺，穆少帅是怕你饮酒过多再引起肺病。”其实，酒过好几巡，锦笙一直神游在外，才陪饮了两盅。

锦笙点头不语，倒是坐在穆峻潭旁边的方少泉，嘴含一口酒，弯腰拍腿上伤口时，恰窥得穆峻潭正抓着锦笙的手。酒猛地吞咽下去，他把两只眼睛撑得圆鼓鼓似牛蛙，心里直接扯开胡琴，拉了个“梯格隆地咚”。直到酒阑人散，方少泉还惊在那一幕桌下拉手戏里。

走出来，已是细叶舞雨烟。月色隐，几盏纱灯摇曳在雨幕里，照着黑瓦白粉墙。七里青石路依傍河道，流水声雨声和鸣。

赵立铭一出门就与众人告辞。方少尘觉得穆峻潭与锦笙已相交甚熟，不再担忧锦笙被他暴揍，遂也在门口与二人道别，要回方宅看爷爷。

方少泉想跟穆峻潭一块坐汽车回别院，穆峻潭给他个眼神，让他自己体会，他立马转身追方少尘：“少尘，你等等我，我跟你回去看二爷爷！”

穆峻潭由盛吉祥手里接过油纸伞撑开，对锦笙说：“走一走吧，难得你对我不气不踢不打不咬。”锦笙尴尬一笑，顺从地跟在他旁边，走上七里青石路。卫戍兵保持着若即若离的距离跟在后面，她低声说："穆峻潭，谢谢你。昨日谢谢你，今日也谢谢你。"

穆峻潭知道，若是卢柏凌为她如此做，她不会客气地说谢。所以，此刻哪怕是她真心地谢，他也不愿受，遂问道："没吃饱吧？"锦笙点头又摇头，笑着说："习惯了，这样的宴席，谁能吃得饱啊。眼睛滴溜来滴溜去，简直不够用。这次人少，若人多些，耳朵也要忙不过来了。一桌子人一门心思扑在交际和算计上，纵然吃几口，也是食不知味。"

穆峻潭说："看见前面那座石桥没？走过桥，桥岸边有一家面馆，是地道的老柳苏面。"锦笙忙说："竞天，我不饿……"穆峻潭打断她说："我饿。"锦笙哑言片刻，回了声"哦"，其实她压根就没看见石桥。

穆峻潭撑着伞，风细细，把他身上的酒味淡淡吹来，锦笙嗅着，好像他身上的硝烟味也给冲淡许多。风雨夜里，他步履稳健地领着她前行，她便也无所顾虑，就这样信任他、跟随他朝前走去。

锦笙早已觉出，穆峻潭说起话来也会不饶人，但大多时候都惜字如金，矛盾奇怪的性格。就像他较真起来，固执得不可理喻，看得随意时，连眼皮都不会抬。

灯影断在青石路尽头，密影重重遮画桥。锦笙背离光影，深一脚浅一脚，差点跌一跤，随即被穆峻潭揽住腰。锦笙别扭至极又挣脱不开，连路都不会走了，与穆峻潭纠缠推搡了几步，反倒被他愈揽愈紧，锦笙很生气："竞天，我要回去了。你自己去吃面吧，我又不饿。"穆峻潭问："你耍懒，想我抱你上桥？那你拿着伞。"锦笙扭身望望石桥，黑咕隆咚的，也看不太清。锦笙想趁他不备推开他，却一脚踩空在石阶上，倒被他拦腰抱起。油纸伞离手，经风一吹，由他们跟前飘过，悠悠落在河水里。

锦笙挣扎着也觉出来了，七里风雨路，背离光影，愈走愈黑，微醉的穆峻潭就是在逞强，他自己走道也靠感觉摸索。平道还好，上了石桥，又横抱着不老实的她，好几次差点绊倒把她抛出去。颠簸几次，锦笙不敢再挣扎，反而把穆峻潭越抱越紧，真怕被他隔空抛到河水里去，她又不会游水。

桥这边倒还好，远远望出去有几盏灯亮着，也给雨雾缠绵住，不肯肆意发光。面馆还未上板，店铺也不算小，里面有六副桌椅。锦笙挑了一处临窗的，坐定后掸拂着身上雨珠，迎着油灯一看，穆峻潭的大半个身子都是湿漉漉的。衬衣黏黏地贴在肌肤上，他一副并不知觉的模样。

这家面馆最考究的是汤，汤清而不油，味鲜而食后有余香。汤色如琥珀，毫无杂质，鲜香扑鼻。柳苏城有十余家面馆，皆各有特色，但各家面馆皆把汤料配方视作传家宝，秘不外传。六和饭店曾想买这家老面馆的汤料配方，也是久登门而不得。

锦笙本不是很饿，但一想黑灯瞎火地跟穆峻潭走那么久，只为吃碗面，不吃就亏了，所以吃了两碗。穆峻潭只吃了一碗，大多数时间他都在看锦笙。小窗外，风斜雨漫，趁着一盏油灯，她认真安静地吃面，细嚼慢咽，举止贵气十足。

次日，锦笙从方少尘那里听说，昨日是穆峻潭二十六岁生辰，但穆峻潭生辰与他奶奶忌辰同日，热孝三年，穆峻潭无法过生辰。又因与奶奶感情笃厚，自八岁起，穆峻潭便不再过生辰，也从不令人提及他的生辰。然而，他无法忘记，念着奶奶忌辰，也就想起了自己的生辰。

第三十二章 江山锦，花影纱

燕平人最讲究礼尚往来，锦笙既已知晓是穆峻潭生辰，且又吃了人家两碗长寿面，便不好装作不知。

思来想去，自己拿下那批东洋丝绸后手头紧巴巴的，也没多余的钱给他买贵重物件，寻常物件，估计他连眼皮都懒得翻动。忽想起那些留洋派少爷过生辰，总要弄个蛋糕，估摸着穆峻潭从八岁起就不过生辰，怕是已很久没吃过自己的生辰蛋糕。这样一想，锦笙遂让饭店的糕点师傅做了个生辰蛋糕算是给穆峻潭的回礼，随他爱吃不吃。最后，还学着洋派作风写张卡片，让盛安康一块都送到军营去。

军营办公室里，穆峻潭把卡片看了好几遍。其实，拢共就九个字：“竞天，生辰快乐，林锦笙。”

穆奶奶那一代人，大都觉得照相机会摄人魂魄，所以从不敢照相。穆奶奶过世时，穆峻潭才八岁，十八年过去了，他早已记不清奶奶的样貌。父亲也曾劝他，奶奶逝去多年，不必再忌讳她忌辰。他长大后把生死看得很淡，并不忌讳那些，只是独自在异国生活那么多年，早已不习惯别人给他过生辰。昨夜里有些微醉，忽觉得，或许一起吃过长寿面，他和锦笙就能走得更长久些。他并不曾告知锦笙生辰一事，估计是少尘一时无意提及的。

穆峻潭让卫兵把逮着机会就对他冷嘲热讽的王子仪找来，一手举卡片，一手托蛋糕给王子仪看，向来少年老成的他竟挑眉露出些许孩子气，像得了珍宝似的炫耀。

王子仪惊奇的不是锦笙送穆峻潭生辰蛋糕，而是穆峻潭竟然能接受别人给他过生辰。三年前，方桑宜费了好些心思布置了一个舞会给他过生辰，还特意提前两日，不敢与穆奶奶忌辰撞在一日。然而，依旧是贴了穆峻潭的冷脸。小爷一字不说，转身就走了。

蛋糕是赤芍吩咐做的，大师傅自然地认为是锦笙要吃，就依她的口味着意增加了奶油和果酱比例。蛋糕很小，穆峻潭强撑着吃掉半个，甜腻噎喉，阵阵恶心，捏着插在蛋糕上的勺子，再也下不去口。被叫来在一旁干看着的王子仪嘲讽道："甜着了吧？腻着了吧？还不让帮忙吃。不就是饭店大师傅做的吗？有什么可稀罕的？有本事让那位少爷为你洗手做羹汤！"穆峻潭脸色极不好地瞥他一眼："我穆家有的是丫鬟跟厨子，不用她劳累！"

王子仪待要反击，方少尘敲门走进来，坐下时，瞥见几案上的卡片，又望了望残缺的蛋糕，笑道："我是越发看不懂你和锦笙的关系了。不过，那小家伙脾气虽大，相处久了却招人喜欢呢。"王子仪说："山伯兄，你若是能看懂他俩的关系，也不会至今还未娶妻。"方少尘笑道："山伯兄？莫非你是我的英台弟？那我还是这辈子都不娶得好，您这副尊荣，山伯可观赏不来。"王子仪摸着自己下巴才蓄的胡楂，瞪方少尘一眼，对穆峻潭道："尊贵的少帅，您若是没其他吩咐，在下要请假进城——去美新饭店吃蛋糕。"穆峻潭甜腻到恶心难抑，眼皮也懒得抬给他，冷声道："滚！"

方少尘帮穆峻潭冲了一壶酽茶，三盏苦味才冲淡蛋糕的甜腻，方少尘笑他："你不爱吃甜腻，干吗非要吃？那小家伙整蛊人的手段总令人防不胜防，许是整你也未可知呢。"穆峻潭不答，反问："丝绸的事忙完了？你什么时候可以回军中？"方少尘旋着茶盏，犹豫一会子才说："竞天，我想辞掉军中的职务。"

穆峻潭揉胸口的手顿住，冷看他一眼："别胡闹！锦笙是从小掌管丝绸生意，才觉得丝绸业大于天。她年小不懂事，你怎么也跟着糊涂！仅凭丝绸业能撑起中国的天吗？你若忙完，赶快回军中，我正是用人之际。等咱们稳定好安系，也就不怕北上时后院失火，南广乘虚而入。你以前爱看的报纸上，不经常有打倒军阀的激烈言论吗？等咱们打倒其他军阀，再整饬掉安系内部的军阀风气，组建一个真正为国为民做事的内阁。这才是咱们应该做的，而不是年轻力壮地坐在大花楼织机上织锦。"

方少尘勉强一笑，虽依旧灿若日月，却如上弦月，"竞天，到了那一日，你觉得安系真的会为国为民重组内阁吗？"穆峻潭双眸冷光乍现，冷声问："方少尘，你觉得我穆峻潭想要倒行逆施做君主？"方少尘道："我知道你的家国抱负，可大帅和老戴最擅长的就是帝王权术。打到燕平后，以他二人的手段，即使不倒行逆施，那时的内阁也只是你穆家的内阁，而不是国家的内阁。你拦不住大帅，以你我的心思手腕也玩不过老戴。你心里比我更清楚，只要内阁为一方势力独断把控，干戈便不会平息。你是无往而不胜，但是安系只有一个穆峻潭，你打得了南，就顾不了北。况且，你也不能事事都靠武力去解决啊。”

穆峻潭冷笑：“你这是何意？让我抛下对安系、对穆军的责任，跟你去织锦？然后由唐义哲掌控五省，设下重重关卡加重赋税，强逼着五省百姓种大烟，领着五省百姓当洋奴，由着他把这五省搅个天翻地覆？”方少尘道：“你有对安系、对穆军、对这五省的责任，可我没有，我肩上有的是对方家、对霓裳锦织造坊的责任！”穆峻潭冷笑道：“连家国志向都抛掉了，锦笙没少劝你吧？方少尘你也是二十好几的人了，就耐不住她的伶牙俐齿？”方少尘瞥一眼几案上的蛋糕，闷声说：“你这个二十好几的人倒是耐得住他的手段，向来不喜吃甜，竟然吃奶油果酱蛋糕。好吃吗？”

一抬眸，见穆峻潭怒到哑言，忙又说：“不是我耐不住他的伶牙俐齿，这场丝绸比赛从最初到现在，中国丝绸业的现状、洋丝绸的发展势头、日本人对中国丝绸打压的野心和手段，我都一路看过来了。比赛最开始，方家给林家供了一批丝绸到香港，可在香港验货的时候，说是不小心沾了水，发现染色牢度差，有掉色和沾色问题。不小心沾了水就会掉色和沾色，这种问题方家绝不会出。锦笙一连发了好几封电报，托了很多关系，赔了三倍钱，才把那批丝绸又转运回来。结果，那些根本就不是方家的丝绸。佐藤织物会社的织物都摆到柳苏城来了，一件又一件地卖出去，我爷爷虽不言语，却气得整宿整宿睡不好觉。竞天，你想担负起你的责任，我也想担负起我的责任。当初和大爷爷分家时，我爷爷舍弃了其他家财，只单单要了霓裳锦织造坊和桑蚕园，我不能不保住它们……”

“无须再多言，你走吧！”

穆峻潭语声寒，面容更寒，寒如湖水结冰，看不见湖下光景。

方少尘心绪复杂难辨，凝看穆峻潭两分钟，站起身对他行了自己此生最后一个军礼。走至门口时，穆峻潭冷幽幽的话语沉甸甸地由后面传来：“想回来就回来，只要我穆峻潭活着，安系穆军中就有你的位子！”

方少尘眼眶微湿，双眉蹙起，不回头也知穆峻潭面容冷若冰霜。他走出军营办公楼，梅雨润，抬眼望便是水幕青山。水幕上，依稀能看到八年前的画面，穆峻潭立在大花楼织机下，沉声说：“少尘，跟我走！你正值年轻力壮，应当挎枪上战场保家卫国。国家内忧外患不息，更需要的是军事人才，不是织锦匠人！”

他跳下大花楼织机是第一次违逆爷爷，不承想，开了先河，便再也止不住。若非当初去日本念军事学校，他大抵早已继承霓裳锦织造坊，早已娶云笙为妻。

命运是最令人捉摸不透的，他那般决绝地离开霓裳锦织造坊，兜兜转转八年，又回到了最初。

喃喃腹语，随着离开军营的步子，一字一句地敲击在方少尘的脑海、心间。

“竞天，你我理想不同，我虽不能再陪你行军打仗，却会谨记我们的志向抱负。你曾说，在危机四伏的当下，唯有把自己铸造成利器才能劈开黑暗混沌，寻到一条日月荣灿的道路。竞天，军政界、教育界、工农商界都需要无数把利器，众心凝聚一处，方能将整个中国的黑暗混沌劈开，走向光明日月，国家亦能恢复完整如初，且强大到不再遭人侵犯欺辱。竞天，望珍重，望铭记最初志向抱负，你我各自成器吧！”

雨织帘幕，他一身玉色长衫行走其间，雨丝柔软披拂宛如上等绸料，他似载着徐徐东风，唇边笑意拢住皎皎日月。方少尘彻底告别了青黛色戎装，杀伐硝烟亦一缕缕地由骨血灵魂里抽离，心灵渐次靠近匠人的纯净无瑕。他依旧是那个有着谢庭兰玉姿态的江南少爷，动辄泼墨丹青，在心间织出一匹江山美如画的霓裳锦。

两扇木窗推开，玉色身影在雨幕中穿行，渐渐远离穆峻潭的清冷瞳眸。他虽气怒少尘的离开，但兄弟间最重要的是理解和尊重。他了解少尘在此时做出离开军中的决定，定然也经过一番痛苦挣扎。

兄弟情依旧会如常，日后二人也还会见面，心境却不会相同了。兄弟间因理想不同的生离，原来也这般撼动情绪。

“少尘，望珍重，望铭记最初志向抱负，把自己铸造成丝绸业的一把利器！”

穆峻潭腹语完，却无奈一笑，他以前并不觉得丝绸业与他有什么相关，因着身份和地位，历来对五省的工商各行平等看待。如今，兄弟、恋人都一心扑到丝绸业，那一丝一缕竟把他缠缠绕绕。

潇潇梅雨断人行，锦笙身边只带着盛安康，在柳苏日租界里一路走走停停看看。

日租界第一家缫丝厂门口，佐藤英武走出就望见锦笙，笑道：“林五少说来看机器，竟当真敢来。”锦笙笑道：“英法两国本少爷都敢去，中国的土地上更没本少爷不敢去的。走吧，让我开开眼，瞧瞧你们的新机器。”说着请了一下，佐藤英武把道路让开来，她也不客气，大大方方地先走进去。

厂子里的道路皆铺着青石板，雨滴敲打在上面，竟也十分悦耳。锦笙与佐藤英武一人撑一把油纸伞，并肩而行，雨滴落在绚丽伞面上，应和着青石板的敲击声。

锦笙边走边笑着问佐藤英武：“小鹦鹉，方家丝绸是你们给掉换的吧？”佐藤英武笑问：“当初日本商会要让林家卖的那一大批现货，不说全部，大部分都是林五少的人买走了吧？”锦笙笑问：“永亨、广昌在暗中给我林家供货，给他们供丝的是大华、裕丰缫丝厂，你们应该知道吧？大华、裕丰买的蚕茧里，掺了不少烂茧、薄皮茧、穿头茧，是你们干的吧？我派人到其他厂子里帮永亨、广昌买丝，一直有人哄抬价格，也是你们派去的吧？说实话，你们玩阴招可真厉害，总让我防不胜防。这还只是大麻烦，快两个月了，我什么事都没干成，整日净处理你们给添的乱子。”佐藤英武笑问：“陈庆恒先生表面上对我们的织物很感兴趣，应是林家特意请来做戏的。不知是设了什么圈套给我们日本商会钻？”锦笙笑道：“这种蠢问题也问，若是提前告诉你们，我还怎么套你们。”

此时，两人已走到厂房门口，佐藤英武请锦笙进去，锦笙停住收了伞，笑道：“不进去了，你们厂子里的这款机器，我跟我们的程经理连零件都研究过了。电力织机的丝以匀为主要要求，或粗或细，必须始终如一。这款缫丝车呢，缫出来的丝很匀，也不白瞎茧子。”佐藤英武笑道：“林五少年纪虽轻，倒是很好学。”锦笙笑着回：“没办法，你们日本人都逼到我们家门口了，再不好学些，就保不住我们老祖宗的手艺了。”佐藤英武问：“那林五少此次是为什么而来？”

锦笙从西服口袋里掏出一个信封，上面写着“挑战书”，她递给佐藤英武，佐藤英武笑着打开，里面是两张满是字迹的纸。

锦笙说：“虽然你们中国话说得溜，但还是怕你们不太认识中国字，特意让程经理给你们写成了日本国的字。你拿回去给佐藤老先生看看，你们若是应战，按上面的方式准备样品，流程也在上面。届时，咱们在沪海永新百货公司仅凭丝绸工艺一较高下！”佐藤英武看后问：“咱们设的比赛馆不就是在一较高下吗？何须再折腾到沪海。”

至于为何折腾到沪海，锦笙也很诧异，向来温润的方少尘为何强硬地把地点定在沪海。她猜测，方少尘是安系军中的人，大概安系有大事要发生。但凡军中大事，无不是枪炮声惊天、硝烟弥漫的，定然要有一场混乱。

面上，锦笙神色如常道："咱们那个比赛馆乌烟瘴气到了何种地步，你比我更清楚。你们这机器缫丝厂一半的钱不都来自比赛馆吗？没少害你们日本的商人吧？你和佐藤老先生口口声声说是为了东洋丝绸，想成为日本丝绸商人的领路人，但你们的真实面目，不过是怀揣私欲的投机者。为了给你们的人一个交代也好，还是为了你们自己也好，你们都会费尽手段赢，也不在乎赢得光不光彩。但我不能不给支持我林家的人一个堂堂正正的交代，他们可以承受失败，却不会接受我林锦笙不择手段赢得的胜利。"

佐藤英武心中诧异锦笙对他们这方面的内情如此清楚，思虑着内奸到底是何人，嘴上却立即回道："中国的那些激进人士和学生或许没有林五少想的那般看重气节，有些人只是道貌岸然敛虚名而已。林五少无须顾虑他们，在下倒是很想见识见识林家的不择手段究竟是什么样的。"

锦笙笑道："佐藤先生不必非议他们，我是中国人，自然比你更了解他们。我瞧着，你是日本商会里对丝绸最有感情的一个。当初你们的织物不降价，敛财是一方面，另一方面也应是想给东洋丝绸留一片净土。中国是丝绸故乡，丝绸又是日本的功勋产业，咱们锣鼓喧天地办场丝绸比赛，总不能阴招来阴招去，与丝绸工艺无半点相关。在沪海永新百货公司，抛开咱们的个人恩怨，以丝绸工艺一较高下，给两国丝绸业一份尊重！挑战书我是送到了，就看你们敢不敢应了。"

佐藤英武笑道："林五少一向诡计多端又伶牙俐齿，现在一切都在我们的掌控内，就没有必要再去沪海陪林五少作一场戏了。"

"林安和，方爷爷也想看看你这个徒弟有没有青出于蓝而胜于蓝呢。"锦笙说着撑开伞朝厂子大门走去，其间回头望一眼，佐藤英武还怅然失神在厂房门外。

其实，她心中又何尝不是百感交集。

日本商会为赢比赛、为揽客商，已将丝绸价格降到了极致。日本人心里也清楚，南地这些商人在憋着一口气等比赛馆两败俱伤。待比赛结束后，为恢复生息，日本商人肯定要涨价，南地丝绸商人定然也要薄利抢回市场，日本商会在比赛馆相交的客商，百分之七十是留不住的。他们唯有赢了林家，才能真正打开东洋丝绸在江北的市场。唯有一步步掌控了林家，才能夺走林家客商，进而瓜分林家产业。

日本商会的阴招怕是还要翻新，她为赢得胜利守好林家产业，也必须阴招相迎。

在沪海永新百货公司的那场丝绸工艺较量，或输或赢，都是对同胞们的一份清白交代，也能对得起方家匠人为中国丝绸荣誉的呕心沥血。

未来时，她犹豫万分，只方少尘那笨瓜竟还催促她快来下战书，还让她发挥自己的伶牙俐齿说服日本人一定要应战。殊不知，战书一下，方家接手的订单一多，就算是彻底掉进她最初织的夺锦大网里了。

方少尘已辞掉军中职务，正式成为霓裳锦织造坊的东家，昔日签的供货赔偿契约也更具威信力。苏武把契约偷走了，夺锦大网的网口已掌控在父亲手里，具体事情也安排给了秦达竑。何时要收这张大网，已半分都由不得她。

然而，她推脱不掉半点责任。

谋划夺锦的是她，罪魁祸首是她，一步步算计方少尘直令他继承霓裳锦织造坊、重振昔日辉煌荣耀的也是她。于霓裳锦织造坊而言，她有功亦有过，只这功过是无法相抵的。

回美新饭店时，锦笙坐在汽车里心绪混乱，却无意瞥见有三个穿蓑衣戴笠帽的小男孩在一同对天跪拜，猜想他们是在学桃园三结义。继而她眸光倏地一亮，有了法子解决她和穆峻潭之间的感情枝节。

她可以和穆峻潭结为异姓兄弟呀，在关二爷跟前交换金兰谱、歃血为盟后，她就是穆峻潭的二弟了，穆峻潭总不能再强硬地说她是他的恋人了吧？她吩咐完汽车夫朝城外军营开，却又思忖着，穆峻潭那人最不信牛鬼蛇神，关二爷压得住他吗？

然而，她白跑一趟，穆峻潭领着士兵进山实战演练去了。

回城时，锦笙对盛安康说："你家少帅是我见过的军阀头子中，最喜欢待在军营里的。他这样哪行啊，唐督军整日笼络你们安系的督军跟师长，你们少帅却整天跟士兵混在一处。愚蠢，擒贼先擒王的道理都不懂。"孰料，盛安康怒着回瞪她："不许你污蔑少帅，我们少帅是有大智慧的人！少帅跟兵混在一处怎么了？少帅把我们这些兵崽子当宝，你凭什么瞧不起我们这些兵！"

锦笙被洪亮的回呛声给震慑住，旋即才意识到他误会自己的话意了，正准备发火，但顾忌到盛安康与杜衡是一路的脾气性格，只得气恼地作罢。大人有大量，她林五少才不与一个十八岁的小兵崽子计较呢。

京陵帅府后花园的客舍里，林老太爷正戴着花镜看卫兵送来的报纸，上面的头版新闻是林家要与日本商会共同举办一场以"丝绸之美"为主题的酒会，展览中日丝绸工艺。附带的，还有一篇介绍详情的文章。

看毕，林老太爷把报纸和花镜都摘下置于案几上，对吴松笑着说："咱们的五少爷也还行，没让咱们在帅府一直住到比赛结束。咱们不去柳苏了，收拾收拾，直接去沪海。"

林老太爷最先去了泰潍，观察几日林清菽，又令林清菽对外隐瞒着，自己领着吴松等几个仆役到了京陵帅府。

林清菽虽不知林老太爷的真实用意，却乐得林老太爷隐匿行程，好给大房一个措手不及。由他对外造出假象，林肇聪与锦笙倒是都没怀疑林老太爷究竟在不在泰潍。

原来，林肇聪在与都先生商定走私到朝鲜时，声称是替陈庆恒作中间人，但都先生深思熟虑一番后觉得此事大有蹊跷。林家正在和日本商会比赛，货物怎会是陈庆恒的？且，此事若是其他朋友所托，他冒着风险能帮这个忙也就帮了，但此事牵扯到林家，自己与林家生意往来数十年，林家家风与做生意的原则他是知道的。思虑再三，都先生把事情的前前后后告知了林老太爷，由林老太爷去判断此事与林家有无相关。林老太爷听完，当即便知林肇聪在拿陈庆恒作盾牌呢，万一出事，就由陈庆恒出面顶着，好欺瞒他这个父亲与同宗。

林肇聪这许多年的变化，林老太爷亦是看在眼里的，但他心怀愧疚，也就装作不见，总想着以前那般仁孝睿智的孩子，又几十岁的人了，还能变化到哪里去呢？没想到，儿子竟变化到觍着一张几十岁的脸与朝鲜友人商议走私，这着实令林老太爷大吃一惊。无论法子是儿子想的还是孙子想的，儿子都有罪责，儿子没有教导好孙子，父子俩一起朝歪路上乱蹦跶，他还能睁一只眼闭一只眼吗！

林老太爷年轻时闯祸也是一把好手，脾气计谋一上来，连几个打小一块长大的王爷和贝勒都惧。倏忽间，年少的得意跃上白眉，他捋着白胡须冷冷一笑：儿子，孙子，等好吧！真以为爹、爷爷是老糊涂了，我这把老骨头非给你俩紧紧散骨头不可！

吴松吩咐完下人，过来伺候林老太爷喝茶，佯装无意闲话道："老太爷，看报纸上的酒会就办一晚，如此推算，穆少帅当初给十天时间绰绰有余。您为何还同意让五少跟日本人折腾三个月呢？折腾来折腾去，我心里算着大爷房里的私财都快折腾个底儿掉了。"

林老太爷道："你以为那几个日本人是满心为了丝绸工艺才跟林家较量的？他们是为着中国丝绸市场和林家产业来的，他们是为着更好地祸祸中国丝绸业来的。不管时间是长还是短，日本商会为了赢，肯定会下暗手出阴招。若以十天为期，仅日本人恶意降价倾销这一招，别说五猴儿，连我都挡不住。日本商会这次能同意仅仅较量丝绸工艺，也是胜券在握了，想赢得体面些。"

吴松道："哟，日本人都胜券在握了，那咱林家可怎么办啊？"林老太爷端起的茶盏复又放下，缓声分析道："五猴儿走私的目的一多半是冲击朝鲜市场，想要借此削弱在中国的日资缫丝厂、丝织厂的实力。周掌柜在电报上说，除了走私，五猴儿也没做其他出格的事情，日本商会虽然搞了那么多阴招，最后要赢，也就一招，虚报成本。既然如此的话，锦笙应当是对得到日本商会的真实成本价文件很有把握。锦笙的行事习惯随老大年轻的时候，应当还有一重保证。只我对日本商会那边的情况不甚了解，猜不到那一重保证是什么。日本商会也是鱼龙混杂，不乏怀揣私欲的投机者。"

一盏茶香，烟气霏霏，林老太爷眉须被茶雾湿润着，他心中清明如镜，只因在帅府恐隔墙有耳不好言说。国不宁，军阀割据四方，在很多军政要员眼中，丝绸业又算得了什么，比不得银行、铁路和煤矿。五猴儿此时能挺直脊梁骨不惧输赢与东洋丝绸较量一番，很令他欣慰。若那孩子还活着，凭其柔弱性格怕是做不到五猴儿这般。

安系即将要大变天，五猴儿把地点定在沪海，背后应有安系军中要人指点，这要人极有可能是穆峻潭。五猴儿能把沪海英商总会大楼借来做活动场地，应也是穆峻潭在背后帮了忙。若当真皆是穆峻潭，那五猴儿与他的关系，已不是不打不相识那般简单。

林老太爷思忖着，一盏茶水见了底，茶叶碧筋分明，帅府的茶到底是好茶，掺了军政界的尔虞我诈却是不好喝的。林老太爷心里便又期望着，五猴儿不要与穆峻潭有其他牵扯才好。

金陵城督军府，最受宠的八姨太过生辰，比起前几位姨太的生辰，实在过于喧闹非凡。一重重的院落走进，连廊迂回，戏音渺渺。步入戏楼，金鼓鸣，胡琴奏，戏台上唱得福寿双全，戏台下品出趋炎附势。

督军府上没有大夫人，自是谁得宠，谁就够资格与督军并坐。八姨太余光瞥了瞥后座失宠的七姨太，脂粉厚重也遮不住眼睛红肿，旧人是哭了，新人也未笑。八姨太心知自己是督军一气之下纳的，督军本要续弦娶燕平林家六小姐做大夫人，然而林家大爷同意，林家老太爷却不同意，此事也只得作罢。

八姨太眸光回转，督军座位已空。唐义哲托故唱的不是武戏，且醉酒头晕回房歇息了，说是唱到武戏，再派人去请他。贵客的席位是由雕花屏风围拢与常人隔开的。即便望不见，八姨太也知几位远道而来的督军、师长，座位早已空。

粉墨场是写戏人粉饰过的，不沾半点血腥，杀人的刀枪也都是假的，远不及现实里的戏精彩。

今日，压根就不是她的生辰。

未夜黑云昏，无风浪自起，终归是暗流涌动太厉害，连空气里都带点子腥味。曹谦自唐督军府上出来时，身侧依旧只有自己的护卫。南北权势显赫的老军阀里，长相憨厚的曹谦亦算得上奇人一个，此人的发迹甚为与众不同。

他待人宽厚，喜怒不形于色，且对有能力的部下言听计从。年轻初从军时，在军中的好处都让给了别人，自己则吃苦耐劳，常年如一日，面上从无怨色。与他同时期的人物都权倾一方了，他才磨磨蹭蹭地升到督军。

他行事说话处处冒着一股傻劲儿，却是唯一一个能同时游刃南北且又脚踩穆唐两只船的督军，是南北公认的老好人。

在这个有兵有枪就能割据一方的时代，过于聪明、自作聪明的人总令上级、下级担忧，唯其这种有自知之明的傻子才让人放心。

蛰伏也好，韬光养晦也罢，曹谦傻气了二十多年，也预备着有生之年都傻气下去。乱世之中，他要的很简单，有吃有喝有钱、有名有地位，不被人骂祖宗不被人挖祖坟即可，他并不在乎有没有实权。这世间真正有才能的人太多，总要给他们施展的机会。

在下榻的房间里见到戴希闵时，曹谦傻气一笑。戴希闵悄然来访，定然知晓他是由唐督军府邸回来的。表面上是八姨太过生辰，明眼人一看便知，不过是个会晤缘由。南北人才济济且各方眼线密布，避人耳目是避不过的，只不想落舆论口实罢了。

曹谦并不因在金陵城与戴希闵会面而拘谨尴尬，依然心怀坦荡。

戴希闵把三份要发电到江北内阁的公文呈递给曹谦，只见第一张公文上面写着：

"督军李冠霖，第八师师长张国祥，第十四师师长孙耀，第二十四旅旅长章霖……呈请辞职。督军李冠霖，第八师师长张国祥，第十四师师长孙耀，第二十四旅旅长章霖……准免本职。此令。"

第二张公文，是穆炯明的呈请辞职。

第三张公文，是穆炯明对曹谦的举荐。

其中两张，只待送到内阁由大总统签发通电，走个形式即可。

唐义哲许诺给曹谦两省及沪海，相比之下，这笔账一眼就能算出。南北军阀中，有认为他是大智若愚的，有认为他在韬光养晦的，也有认为他是傻人有傻福的。此刻看来，最了解他的人是戴希闵。

穆峻潭年方二十六，曾在德国特种部队的训练里以优异成绩毕业，军事才能如何，众军阀将领皆心知肚明。然南北有实权的军阀都是由前清一路打过来的，穆峻潭于年龄资历上实在有所欠缺。他年轻无法服众，便会给皞系、郴系以机会编派安系的是非，不安分者也会借机滋生祸乱。且子承父业，很容易令人疑心穆家父子是否会倒行逆施做君主。

由曹谦接替穆炯明，年龄资历名义都兼具不言，况且他的一省地盘又卡在樟西和京陵之间，左可攻穆炯明，右可攻唐义哲，若他不借道，二人也没法子由他的地盘过。

得到自己想要的，曹谦自然也要投桃报李，待任职后，军权给穆峻潭，政权给戴希闵，他依旧是南北军阀口中所叫的那个"曹傻子"。

柳苏城，赵公馆后庭院，暗风吹雨，电灯无焰，依旧光影幢幢。徐之卿一身浅灰长衫，对二十余换了学生服的打手吩咐任务，炯炯有神的眸子里闪烁着狠戾。

赵立铭虽喜躲事，然上蹿下跳的小徐已隐秘行程蹦跶到柳苏城来了，他躲也躲不过去。诚如小徐所言，先前二公子在，无论计划如何周密，总要在二公子这里出意外。黄雀在后不成，反引火烧身。最初若不是二公子牵线搭桥，弄成和平协议，小徐也不至于费劲地隐秘行程跑上这一趟。

小徐嘴上不说，心里埋怨得紧呢。经二公子一捣乱，已很难在南地掀起大风浪来。想掀小风浪，赵立铭却怕事俄延不定，气得他亲自跑来柳苏城。

赵立铭站在门边朝里望着商议计划的一干人，雨夜里带风，雨丝经风一吹，似许多条纤细小蛇掉落在他脖颈里，游滑出满身阴冷。他总有一种不祥预感，佛珠也几乎要捏碎掉。

东南五省，一瞬间太多蛇舒展开盘缩的身体。因为酝酿、投喂了一个多月，肥滋滋地快长成大蟒了，在黑暗中上下四周游爬着。尖利的牙齿，血红的信子，自己也不知道会咬到谁。有人要临时倒戈，有人想黄雀在后，有人想趁乱摸鱼，有人想不劳而获，蟒蛇给指挥得凌乱了，连主人也已经认不得。

穆峻潭回到军营，已是夜半。听闻锦笙来过，随扈她的卫兵也并未有不好的消息传来，她安危无恙，他也就安下心待明日再问她有何事。

办公桌案上放着安系内部将要被密捕革职的军官名单，有旧唐党及这两个月内被唐义哲笼络住的人。他无奈一笑，自己当初只想到兵变，老戴却凭空捏造出一批数量巨大的军火。说是安系内部的许多军官并未受过多少思想教育，亦没有思想准则，能同时抵得住军火诱惑和旁人怂恿，纵然不是十分忠心，也不会成为近忧。铲除唐义哲这一个庞大的异己须费些工夫，防患那些表面追随却暗藏异心的人则更费工夫。

老戴用一批莫须有的军火吊着唐义哲，唐义哲用莫须有的军火引诱着不安分者。旅长、师长、督军，平时看着与唐义哲水火不相容的人也上了名单，着实令穆峻潭有些惊诧。

老戴把这批人分为三等，一等是要暗中杀掉斩草除根的，二等只需革职，三等是还可再用的。毕竟不能大换血，否则极容易激起另一场兵变。除唐义哲外，还有一个师长要斩草除根。这二人有一定的威望，留得青山在，说不准何时就会烧出一片熊熊大火。

纵然知道，穆峻潭也无法接受老戴的良苦用心。事实上，也由不得他接受与否，父亲已经秘密下达了指令。他早已觉出，父亲很后悔送他去学这么多年的军事。

穆峻潭放文件时瞥见锦笙写的卡片，顺手拿起，后靠细看着。淡青色笺纸，洇墨的九个字，只有“林锦笙”书得行云流水。猜想锦笙与他一样，是耐不住性子练字的，所有字里，唯有自己名字书得最潇洒。

蓦地，一件不合时宜的事情兜上心头。安系的事、林家的事都快要有个结果了，紧连着的大麻烦，是他和锦笙的亲事。

霓裳锦织造坊里，草草吃过晚饭，匠人们立即坐上了织机。转瞬之间，织机声连连，木织机和手拉机一同作业。从起初的不愿纳新改动，到现在，每一点进步，每一次改良成功，都令他们心潮澎湃。

今日下午，要与东洋丝绸较量的丝织品种已全部剪裁成七尺见方的样品送去了沪海永新百货公司。由虞景廉与日方理事长亲自监督着把中国丝绸和东洋丝绸全部打乱混在一起，没有字牌，没有任何标识，仅编列号次以区分。

方鹤对锦笙的警戒心减弱，锦笙与匠人们一同吃过晚饭，趁机跟着方少尘见识了好多霓裳锦祖本、样本，直到夜半，还沉浸在一幅幅祖本的瑰丽中不舍离去。

伙计把新染好的胭脂红花影纱捧了五匹到验锦厅，又请方少尘去过目。锦笙跟着到验锦厅，满眼繁花似锦，尚不及夸赞，方少尘瞧出些问题，匆匆去了染作房。

锦笙坐在几案上，把一匹花影纱打开举起细看，灯光透过细密沙孔照进她眸子里，花簇鲜活亮丽起来。方少尘说是月季，她瞧着倒有点像西洋玫瑰。胭脂红玫瑰，一小朵一小朵地盛开在眼前，像极了卢柏凌在一水间设计布置的两个玫瑰花床。花种有些水土不服，从花骨朵时就很像月季。锦笙最喜的是梨花，可庭院里不允许种梨树。当时，她颇有些瞧不上卢柏凌种的法国玫瑰，嘲笑他被法国朋友欺骗了。

现在她认为是玫瑰了，却没法子告知卢柏凌。

花影纱拂在她面上，她心不在焉地手一抖，那一匹纱由木芯子坠带着，水泄般蜿蜒开，把她缠箍在月季花影里。心如明镜，明镜里模糊出一幕幕淡白的戏。

锦笙曾参加过一些新派人士的婚礼，不似老礼，望来望去一片红海，耀眼刺目。但燕平人惯爱守旧礼，规矩大过天，轻易不肯改。陆哲峰的新娘子大胆穿了白色西洋婚服，怕老祖母要责难说穿丧服跪拜跟拜祖母灵堂似的，新娘子头戴的纱改成了红色的。露面喜纱由发髻垂至腰际，新派新娘子并不害羞忸怩，也不惧人看，离家的悲痛，新婚的喜悦，令新娘子脸上晕着温煦的悲哀笑意。

其实，二人孩子都已半岁，对外宣称在法国时举行了西式婚礼，今日只是补礼。浩浩荡荡的仪仗队伍，终究也逃不过人言可畏。“未婚生子”似一张淡色符咒，紧紧贴在新娘子带点悲哀笑意的面容上。

倏然，锦笙记忆里的新娘子换成了张琳琅的面容，一身笔挺西服的陆哲峰也换成了卢柏凌。新房里，林清嘉、童逸勤、薛明喻、宋泱澄闹得最凶，逼问新婚夫妇的恋爱经过。

四人的正妻都是家里给选的，族里的老亲，家世枝枝连连，讲究个门户相当。四人结婚时也谈不上喜欢或厌恶，更像是给家里长辈娶回来，给家族交差完事。自已成完家也算是大人了，潇洒起来更不受拘束。

婚床是新款式的四柱铁床，帷幔钩束在床柱上，四根铁柱上各自用金链条吊着一只珐琅金丝小花篮，里面装着玫瑰花。

几个男宾闹完新郎闹新娘，新娘子到底还是害羞了，映着玫瑰花色，脸颊绯红。新郎官把新娘子护在身后，以看孩子为由扯开话题。奶妈把半岁大的男婴抱来，大红软绸包裹着一个小人儿。新郎官接过来，俊美面容绽开花枝乱颤的笑意，把新房渲染到花团锦簇，恰似春风得意正当时。

锦笙的心室被恐惧悲痛浸泡到膨胀起来，挤压得她喘不过气，整个身子都似给人深深箍住，动弹不得。

方少尘缓步走进验锦厅，柔软的胭脂红花影纱遮掩着，灯光下，花影绕身，锦笙清丽高贵且迷幻，忽令他有些辨不清男女。

走近细观，花影纱下，锦笙灵玉通透的侧面带着悲哀无助，仿佛给悲痛定住了。方少尘心头一软，骤然想起王子仪说的梁山伯祝英台，鬼使神差地唤了一声“云笙”。

锦笙一惊，旋即由自己幻化的戏里走出，把脑袋上的胭脂红花影纱胡乱扯下来，左右环顾一圈，问：“我六妹来柳苏城了？”方少尘脸色一窘，连忙摇头：“没有，没有。”

锦笙收敛着自己不安分的想法，也有些恼方少尘：“方少尘，你织丝绸织魔怔了！对你说了多少好话都不跟我六妹重修婚约，这时候又神神道道地喊我六妹。我警告你，你若对我六妹无意，就别去招惹我六妹！”说着就气鼓鼓地走出验锦厅，离开了霓裳锦织造坊。

方少尘把那匹胭脂红花影纱重新卷着，无奈一笑：“我可不是魔怔了！怎会有那种想法。”

翌日，出梅乍晴，日光亮得有些惊人。白云蒸腾，浓绿的树顶透出模糊圆日。锦笙双眼微肿，那点女子心思充盈在眼皮上，给晴日照得无处可藏。

赤芍收拾床铺时摸到温湿的枕头，心中升起一阵儿疼惜。她在枕头里填充了野菊花叶子，为着五少眼目清凉。拿起枕头时，往日的沙沙响声带些沉闷，也不知沾了多少泪水。回头望，五少已戴着小圆墨镜坐在沙发上，举止间仍是她最熟悉的那个贵少爷，正拿起报纸要看呢。她默然低叹几声，把丝帕包裹的相片收起，换了床单枕头后，又重新放回枕头下面压好。

自卢柏凌走后，锦笙的餐饭都是叫到房间里吃，今晨她没有食欲，只把重要的几份报纸一一拿起来看。

几份重要的报纸上皆有朱二少爷的寻妹启事，报文内容却并非寻妹，而是把朱潇潇现下被囚禁的洋房地址详细到哪条大街、多少门牌号都给登了出来，这是直接管穆峻潭要人呢。最善阿谀奉承的朱老二，敢底气这么足地惹穆峻潭，显然背后有人撑腰。

报文已连登三天，今日还附带着几篇对穆峻潭的评议，长篇累牍，全是贬低讥讽话语。

穆峻潭的风流债，锦笙本不会关心。但第一天登出来时，叶执信苦着脸找到霓裳锦织造坊，跟锦笙解释："林小姐，您千万别多想，千万别生气。少帅只单单为了朱五小姐的安危着想，过段时日就会放了朱五小姐。少帅人在柳苏，要是真对朱五小姐还有旧情，也没必要把朱五小姐关在沪海不是？"

韩国富、何树德听说方家新出了塔夫绸、巴黎缎，亲自过来一探究竟，锦笙想要顺便与二人商榷和日本商会较量丝绸工艺一事，省得再跑一趟沪海了。

话还没说几句，就被叶执信神秘兮兮地叫出验锦厅，又听了这番莫名其妙的低声话，锦笙很生气。避着旁人时，叶执信跟盛吉祥总是叫她"林小姐"，她可是林家五少爷，不是什么林小姐！

她一心要和韩国富、何树德斗法，故也没工夫细想叶执信为何莫名其妙地说那番话。知道韩国富、何树德虽站在门后离得远，耳朵却伸得长在偷听呢，她灵机一动，叶执信声音低，二人定然猜不透叶执信为何对她低眉顺眼，于是拍着叶执信肩膀高声道："叶队长，在下不过凑巧救了少帅一命。少帅高义薄云天，在下着实钦佩。若有需要找少帅帮忙之处，我林锦笙一定会开口的。"丝绸同业会公所外的事，一传十，十传百，早传走了样。事情的本来面目复杂混乱，连三十余当事人都讲不清楚。除却方少泉是穆峻潭半个大舅子，外界也有传闻说林锦笙与穆峻潭交情过深。

过命的交情，够深吧？

听了锦笙的答复，叶执信有点儿蒙。锦笙递了两次眼色催促他快走，他犹豫着，又听锦笙低声说："你快走，我不生气。不就个朱五小姐，本少爷压根没把她放在眼里！"其实，她还没顾得上看报纸，根本不知发生了何事。

第三次看到朱二少爷的寻妹启事，又正逢心情不佳，锦笙很惆怅。同时，又很费解，穆峻潭这个在风月场里游走的新派人物，怎么比她这个旧派少爷还不了解自由恋爱。新派人的自由恋爱不是讲个两相情愿吗？怎么到穆峻潭这里，就变成了她可以自由地选择何时爱上他？

穆峻潭进了城直接朝比赛馆而来，比赛馆近段时日熙熙攘攘，来往人员杂乱，他恐引起不必要的注意，特地穿了长衫。长衫衣料是从比赛馆买的，手艺也和锦笙新添的长衫出自同一个裁缝。

比赛馆楼上楼下挤了许多人，他好不容易挤进方家丝绸那间屋子，要走近锦笙尚有些困难。隔着几个人望去，锦笙戴着小圆墨镜，正把一匹绸子裹在身上比给两个女子看。

穆峻潭听力很好，依稀听见她说："妹妹你肤色白净，穿这个芽绿色，就像是夏日里荷叶托出来的白莲花一般。清水出芙蓉，天然去雕饰，谁也比不上你白净可人。"说完把芽绿绸搭在左胳膊上，拿起另一匹墨绿绸半裹在身上，又对另一个女子说："妹妹你肤色虽算不得白，可你瞧那些外国的电影明星，肤色也不白。你这样的肤色在外洋很时兴呢，这不马上也要时兴到咱们这里了。这墨绿色不挑皮肤，也衬肤色。日光、月光、电灯光一照，绿汪汪的翡翠一般。何须赛西施赛貂蝉，你自己就是个珍宝美人。"而后看向二人，说："这料子有一种略硬的，秋冬里夹一层棉，做斗篷、做外衣皆可。也有一种软绸，做旗袍最好，软软地贴在身上，方家的蚕丝和染料都滋养肌肤，穿久了，肌肤也跟绸料一般光滑细腻。"

两个女子由锦笙陪着，面颊带笑地选了八匹现有的丝绸料子，因家住柳苏城，于是由伙计专门送到府上去。二人从穆峻潭身旁走过时，穆峻潭还特意看了一眼，呃，样貌气质有些差强人意，无法赛西施赛貂蝉，更算不得珍宝美人。瞧着比锦笙都年长几岁，却被锦笙那声"妹妹"及夸赞给哄得眉眼漾笑。他这才惊觉，锦笙不仅伶牙俐齿，还舌灿莲花。

凑巧了，穆峻潭选的长衫与锦笙所穿的长衫都是蟹壳青。方家的蟹壳青，在光亮照耀下，总覆着一层淡淡的碧玉色彩，光彩中又透着古雅。锦笙在外面搭了一件香雪纱马褂，愈加幻影空灵。

锦笙没有看见穆峻潭，亲自示范后，转身教新招来的两个小伙计要如何伺候主顾。她简略说完，心中又不免一笑，瞧着老周虽是古板迂腐，但是伺候起客人来，燕平四九城里没一个掌柜能比得上他。她说甜话的功夫，还是从老周那里学来的呢。

两个穿着干净整齐、长相白净的小伙计立马现学现用，一开口自然不敢叫“妹妹”，欠身哈腰地叫着“小姐”“太太”。

锦笙再转身，穆峻潭已行至她跟前，黑色盆式帽半遮脸庞也掩不去他的独特气质。与穆峻潭牵扯不清这几个月，由厌恶到躲避，锦笙对他倒是愈来愈熟悉了。同样的蟹壳青薄绸长衫，穿在他身上衬得气宇轩昂，穿在她身上却显得小巧别致。一室的璀璨拥挤，穆峻潭眼中也只看得进锦笙，抬了抬胳膊，把由沪海买来的点心拎给她看。卫兵坐最早一班火车送来的，里面有西餐厅大师傅新做的果子面包和奶油卷酥，还有几样沪海的特色糕点和一盒朱古力。

锦笙没有吃早饭，方才一直忙着不觉，这时候闻见面包糕点的甜香，便觉着很饿。穆峻潭捕捉到她抿唇咽口水的小动作，帽檐遮盖的眉眼徐徐漾开笑意。她在他心里就是如此精灵古怪，世故圆滑是真的，天真稚气也是真的，两样凑在她身上，偏偏起不了冲突。

第三十三章 喜同喜，悲同悲

比赛馆内，一楼右面的两个房间放着日本商会由日本运过来的木织机，一间屋子里有四台，织工也是由日本来的。锦笙拿不准日本商会此举的真实目的有几重，这两间房倒成了一景。纵使有不少人涌进来看，八个织工也能安静宁和地低头织物。他们对自己织物的那份认真考究劲儿，锦笙也是看在眼里的。且听周掌柜说，有三个与他同岁的老织工，为了研究方家丝绸，时常通宵不眠。

电力织机的样板、花样翻来覆去就那么几种，优势主要是速度快、产量大，适合薄利多销。若论花样翻新，电力织机远远比不得手工织机。可手工织机的花样创新，最难的是挑花结本，图案画得再精美，没法子挑花结本过渡到一丝一线上，也只能当幅画看，再手巧的匠人也无法对画织丝绸。

锦笙闲来无事，也到日本织工那里观看过几次。日本的木织机与中国的普通木织机大致无异，但织机各种零件的复杂程度远比不上大花楼织机，自然，织出的丝绸花样也没有霓裳锦那般复杂，当寻常丝绸、寻常织物看，也算得精美高档。

锦笙跟穆峻潭走出来时，顺手拿了门后悬挂的望远镜。这是穆峻潭给她的军用望远镜，比市面上的普通望远镜望得清晰。一楼的丝绸常常变着方阵顺序，满眼锦绣，位置一换，外行人就有些辨不清了，还当是新出的品种呢。一楼的小茶室早已随着屏风撤掉，人员拥挤来往之间，日本商会的伙计正在更换物价牌，引得人声窸窸窣窣。二楼也在更换物价牌，南地丝织厂老板安排过来侦察情况的小伙计接连跑回去禀告。

日本商会确定应战的当晚，锦笙念及穆峻潭连连帮她忙，顺道替他攒了个人情。她告知秦会长说，比赛协议是一早签订的，报文上不得不那样写。然而，穆少帅很重视五省家庭织户的生计，已暗中命令她提高价格。秦会长半信半疑，但背后实情如何，与结果不相关，他也没必要一探究竟。

锦笙把一楼各处望得很清楚，订单飞跃而进的房间门紧闭着。不知是否昨夜未睡好，脑袋昏沉胀痛，她隐约有一种不好的预感。她盯着那扇门凝看，抿唇宽慰自己，日本人既然答应了较量丝绸工艺，没必要再下暗手。并且，到了沪海，有景翁、恒叔、日方理事长一同监督，日本商会也不好再下暗手。

待要收望远镜时，听得一声“哎哟”，锦笙本能地往穆峻潭这边撤了两步。走廊上不算挤，却人来人往不断，穆峻潭拎着零食立在锦笙身侧，也正跟着她朝一楼望呢。她猛地靠过来，他便单手虚护在她腰间，朝“哎哟”源头看去。

菁菁用双面绣金丝雀的团扇半遮面，吃吃笑着埋怨道：“新手帕都给你踩脏了，你可赔人家？”说话间，娇滴滴的眸子溜了锦笙跟穆峻潭一趟。锦笙和穆峻潭茫然对望几秒，皆不确定菁菁在撩拨谁，同时低头一看，原是锦笙的皮鞋踩着手帕呢。

锦笙旋即笑道：“进了我这丝绸比赛馆，还怕一年四季没有冬暖夏凉的丝绸裹着你吗？一方手帕也值得你委屈巴巴的，带着你的小姐妹进去选丝绸料子，有中意的，回头让伙计给你们送过去。”

“林五少也太小瞧人了，我们既然敢进来，难不成连匹好料子都买不起吗？”菁菁说着上前两步，高耸的胸脯直逼近锦笙。锦笙被骇得后退，奈何穆峻潭不退，她直接撞在了他怀里。

他的胸膛可真硬啊，腹部也跟石头块似的。锦笙回头瞪他，昏蒙蒙的景象里，他正居高临下，唇角带着戏谑，一副要瞧好戏的样子。她的眼睛被小圆墨镜遮着，瞪他也是白瞪。

锦笙抬手摸上团扇，虚挡着菁菁，笑着说：“我怎敢小瞧菁菁小姐！柳苏城里，哪家的小姐太太不是学着菁菁小姐穿衣打扮，我这是想请你做个广告呢。你若肯赏脸，回头咱们学电影明星拍个大相片，当广告牌挂在外面。”说着下巴微扬，朝走廊尽头高声道：“藕初，你干什么去了？我找你半天了。”指头弹了弹菁菁的团扇，带着歉意笑道：“我还有事，先失陪了。你们尽管选，有瞧得上的，吩咐一声，让伙计给你们送过去。”说毕，后脚跟狠踩一下穆峻潭，就朝小办公室疾步走去。

穆峻潭方才已瞧见程藕初在一楼看物价牌，此时见菁菁于小姐妹跟前失了面子，气得娇嗔薄怒，不免好笑到挑高了唇角。瞬间，他微抬帽檐，冷冽双眸一一扫过她们，眸底含着警告，心中又有些郁闷，以后，他不仅得防着其他男人，还得防这些花蝴蝶似的女人勾引锦笙。真担忧锦笙被她们带坏，万一喜欢起女人来，他对她岂不更要无计可施。

四个女子早已认出穆峻潭，少帅与少爷，自然少爷好缠磨些，哪个不开眼的敢无端端招惹这位军阀太子爷。

穆峻潭跟锦笙前后脚进了小办公室，室内并无其他人，他走到办公桌案旁，冷声命令："以后不准再去游花河喝花酒！不准再招蜂引蝶！"锦笙略抬高小圆墨镜，揉着酸疼的眼睛，不假思索地回呛他一句："我再招蜂引蝶，也没人登报管我要妹妹！"

殊不知，这话听到穆峻潭耳中，却带了满满醋味。他解开捆束纸袋的纤绳，边把糕点一一朝外拿，边温和笑道："你林五少不是压根就没把朱五小姐放在眼里吗？怎么还吃醋？"

锦笙怔住，眼睛酸涩无力地望向穆峻潭，昏沉沉的色泽，衬得他的举止也变得十分文雅。

纸袋里盛装着盘碟，酥脆娇嫩的点心才不至于碎屑零零。饶是包装细致，也逃不过穆峻潭的大手，掏玫瑰糕时，拇指压碎了一块。他不由笑一下自己，撣拂掉拇指碎屑，方把瓷碟递向锦笙。

沪海的大师傅手艺很好，一块晶莹剔透的糕点绽放着一朵玫瑰花，花朵近乎完整。锦笙红肿眼睛里溢出泪水，她站起，远离桌案几步，擦掉泪珠，才转过身对穆峻潭说："竞天，你误会了。"由恋人到做夫妻，她不想穆峻潭对她产生更多的误会。

穆峻潭放下瓷碟，笑问："误会了什么？"锦笙说："从恋人到做夫妻都误会了，我从没有答应过要做你的恋人。我爱的人是卢柏淩，我以后的身份也只会有两种：要么是林家五少爷，要么是卢柏淩的夫人。就算只是如夫人，我也心甘情愿。我从没有想过要跟你做夫妻，即使你权势大过天，成亲一事，我活着，你就胁迫不了我！"

纵然隔着小圆墨镜，她也能察觉到穆峻潭的眸光一瞬之间清冷透骨，唇角温和笑意亦散尽。他双眸直直锁定她，寒冽穿透墨镜，声音亦彻骨寒："你是在告诉我，你宁愿给卢柏凌做妾，也不愿嫁我为妻？”

锦笙被问住，她接下来是何身份，都系在霓裳锦之上，这根本不是妾与妻的问题。然而，她无法逼迫自己不仁不义地夺得霓裳锦，不仅不能夺，她这个罪魁祸首还要暗中设法阻止父亲。

穆峻潭眸光愈来愈冷冽，锦笙的缄默于他看来是默认，是挑衅。她在挑战他的耐心，他也跟着她一块挑战自己的耐心。他一步步退让，已说了愿意等她，她却执拗一步步把他逼到绝处才肯罢休。不知何时，她已成为他的软肋。他不惧刀枪，却越来越怕她偶尔的三言两语，真真比刀枪更尖利，不伤皮肉，直接由心室刺出。

一有闲暇就想看见她，哪怕是占用休息时间，哪怕只能看她一会儿。明知五次见面，有三次都要气怒而散，却还是管不住自己。况且，今日上午短暂见面之后，她就要去沪海，随即就是数日的烽火连天。待处理完安系内部的事情，不知要到何时才能与她相见。于他而言甚为珍贵的见面时间，在她眼里简直一钱不值。

穆峻潭竭力控制住嫉妒与怒气，面容如湖水结冰，窥不见湖下光景，他一步步把锦笙逼迫到墙角里。既然她要把他逼到绝处，他也可以把她逼到无处躲藏。

锦笙的下巴被穆峻潭捏到疼痛不已，愈是疼，她唇角愈紧抿出浓浓倔强，抬头望他，显不出丝毫妥协的迹象。他眸光冷冽瘆人，小圆墨镜遮挡着她的眸光，饶是四目相对，也有一层隔阂。

仅半分钟，穆峻潭松开她的下巴，妥协道：“现在不是说这些的时候，等过段时日，咱们再细谈。吃点心吧。”锦笙道：“我已经跟你说清楚了，你以后不要再误会即可！你我没有细谈的必要！”顷刻间，穆峻潭手掌托住她整个下巴颏，怒道：“林锦笙，你不要逼我太甚！”

旋即，穆峻潭不发怒反而冷笑：“卢柏凌不走，你是有机会跟卢柏凌私奔的，可你选择替你哥哥承担责任，亲手把卢柏凌送给了其他女人。既然你已经作出了选择，就好好担负你哥哥的责任。不要为了吓退我，而以死相要挟。林家少爷虽多，却只有五少爷是林老夫人的亲孙，烟城吴家乃六代名门望族，阖族人数众多，你的身份一旦被揭穿，林老夫人颜面何存？吴家女儿的亲子亲孙闹了如此丑闻，吴家的颜面又何存？你年纪小，考虑得少，以为自己不怕死就可以。你可以一死了之，我管你是活人还是骨灰，我穆峻潭都照娶不误！其他的烂摊子，只能由林老夫人、林大爷、丹姨奶奶替你收拾！你死得有多痛快，他们就会活得有多痛苦！”

他不是没察觉到锦笙已气得发抖，快要把自己的嘴唇咬破流血，他始终不敢摘下她的小圆墨镜，反而替她戴好。他也不敢揣测小圆墨镜下的眸子是什么样的，愤怒？灰暗？绝望？不管哪一种，他都不敢与之对视。

终究，他语气里还是带了妥协："我的五庶母和六庶母最初都不是心甘情愿跟着我父亲的，至今虽心念情郎，却也心甘情愿留在帅府。你聪明机灵，不要把我逼到那一步！"随后他赌气似的，在她嘴唇上狠狠吻咬一下，淡淡的血腥味入口，血甜且痛心。

转身还未行到门口，他的硬朗后背已接连被砸，瓷碟碎地，面包糕点和朱古力在后背粘黏又落下，他皆不理不睬。

坐上汽车，穆峻潭合目皱眉，按压着突突跳动的太阳穴，心里有些懊悔。他若是嫉妒生气了，直接走人即可，何苦还要说那些威胁话语让她气恼无助。他清楚地意识到，自己有生之年算是栽在她手心里了。好容易有了心爱的女人，王子仪口中的热恋滋味半点没尝到不说，五次见面，有三次都要被气到心室窒疼。

叶执信、盛吉祥是特意换了便服跟着来比赛馆的，却成对儿地被丢在比赛馆外晒日光。两人见自家少帅正面冷漠潇洒，心想这次见面还算合少帅心意，及至看到少帅背后脏乱不堪，不由暗松一口气，幸亏还没笑呢，否则又要挨踢了。

叶执信没事就揣着私心找赤芍聊天，表面上是替穆峻潭了解锦笙的生活习惯和喜好，在穆峻潭那里算是要紧任务，其实也为多与赤芍见面。

盛吉祥开着汽车，叶执信眼梢观察了两分钟穆峻潭的冷脸，小心翼翼地说："少帅，我听赤芍说了许多林小姐和卢柏凌的事情，也忖度出一些和林小姐相处的经验。卢柏凌和林小姐在一起分分钟面带笑，有错没错都先认错，时不时还装柔弱。林小姐那脾气，是吃软不吃硬的。看着她有一股狠劲儿，其实狠劲儿全在性子里，心里半分狠劲儿都没有。您可以适当地不那么霸道强势，时不时装个柔弱，林小姐肯定会心软的……"话未说完，后背隔着车座挨了一狠脚。

他看见少帅依旧微垂眼皮，铁青着脸庞不言语，突然意识到，少帅这次虽然没被咬破嘴巴，心情却比被咬的时候暴怒好多。他当即也不敢再胡乱出主意，坐正身体时，忽见街头一家店铺门前聚集着许多学生，正在拉扯横幅、分发彩色小旗子，显然是要游行，连忙提醒少帅看过去。

方少尘到比赛馆时，穆峻潭已离开了好一会儿。方少尘一早去和赵立铭商谈比赛馆由方家接着租赁一事，待比赛结束后，他想把比赛馆重新修葺一番开一家绸缎庄，专门卖方家丝绸和秀林牌丝绸。

商谈很是顺利，他眉眼带笑地敲门，听见一声“滚进来”，无奈地皱了皱眉。他推门走进去，只见地面上一片狼藉，简直无处可落脚。锦笙也正跟桌子过不去呢，一张实木桌子被踩得“咣当、咣当”闷声响。

她是真的被穆峻潭的威胁提醒到了，她的身份一旦暴露，奶奶即使不被气得过世，也会无颜再活在人世。奶奶一生要强，临近晚年，如何经得住这等事。

锦笙看清来者是方少尘，气吼吼地坐在桌子上跟他说穆峻潭的坏话，诅咒穆峻潭英年早逝。穆峻潭敢用奶奶要挟她，她也给穆峻潭安排了好几种死法：在战场被乱枪打死，座驾被炸弹轰烂……

方少尘见锦笙气成这样子，料想她定是又被竞天狠狠地收拾了，笑着要开口宽慰，不知为何想起竞天在燕平六国饭店说的那番玩笑话，瞬间走神。他困惑着云笙是不是也长这样的面貌，精灵稚气，古怪活泼？不，听闻林家六小姐温柔娴静，怎会像锦笙一样精灵古怪。

街道上的喧嚣声渐渐清晰入耳，锦笙顾不得再诅咒穆峻潭，与方少尘同站在窗前朝下看。右侧街道率先涌出二十余名男学生，其后还有学生高擎着横幅，横幅上粘贴着白纸黑字。乌泱泱的数十名男女学生，举着各色小旗游行呐喊。

街面上，学生们的胳膊晃晃悠悠之际，锦笙粗略看了看横幅上的字，“维护国货，驱逐洋货”“严禁与日商狼狈为奸”“严惩汉奸商人林锦笙”。

学生们也齐齐呐喊着：

“维护国货，驱逐洋货！”

“严禁与日商狼狈为奸！”

“严惩汉奸商人林锦笙！”

声浪一阵儿高过一阵儿。

锦笙眸光盯在昏沉灰暗的“汉奸商人”四字上，横幅抖抖索索，她也气到身体抖抖索索站立不稳，白皙脸颊怒到潮红。

名讳前冠以汉奸，这种气怒与穆峻潭给她的气怒截然不同，她只觉一把又一把尖刀朝脸颊和心室插来。委屈愤怒皆哽咽在喉，伶俐牙齿打着战，却只在心中委屈辩解道：“我不是，我不是汉奸。丝绸业的事没有你们看到的那般简单，我不是，不是……”

几个嗓门粗野的男学生又领头高声喊道：“整顿市价，矫正弊害，谋工商互利，维持丝绸业公益公平！”学生们整齐的高喊声也随即跟着响起。

这话是丝绸同业会的宗旨之一，方少尘初步断定，这伙游行的学生是丝绸同业会、唐义哲、皞系三股势力之一挑唆的。

锦笙对秦会长的为人有所了解，立即断定不是秦会长挑唆的学生，却拿不准到底是谁。二人还未来得及交谈，有一个男学生抬眼看见他们，手中砖头立刻扔向了二楼玻璃窗。

方少尘见有物体飞来，立即护住锦笙转了两圈躲在墙壁后。猝然之间，锦笙不解方少尘何意，刚要生气，耳边就听得“哐啷啷”的玻璃碎声。她后背贴住墙壁才看向方少尘，他脸颊上有玻璃碎片划伤的两道痕，她却安然无恙。

情势紧急，方少尘也未察觉到什么，护着锦笙到了走廊上。“男学生”早已把大门玻璃砸碎，门口的装饰锦带已被扯掉，高大盆景也被砸碎了。

前来观看购买丝绸的人，有趁乱要朝外走的，也有些见学生们并不进来，于是避着大厅里零碎的玻璃碴，三三两两聚在一起低声交谈。

锦笙跟方少尘疾步跑到大门口，学生们只围聚在门口，并不进来，有几个高大的“男学生”从要出去的客人手里夺过东洋丝绸一把撕烂，高声喊道：“中国人不能买洋货！把这些日本奸商赶出中国！”

学生们随即也跟着喊：“中国人不能买洋货！把这些日本奸商赶出中国！”

还有几个女学生，瞥见四个丝绸商人手上拿着订单底单，虽不知那是刚刚物价牌未换完时趁机订的大批量低价东洋丝绸，却也围住了他们四人。继而引来更多的学生围住他们四人，苦口婆心地要他们取消东洋丝绸的订单。由他们四人的订单开始，凡是由比赛馆门里踏出来的，都被围住规劝。哪怕对方表明自己是某某报社的记者，学生们也不信，礼貌地要求把西服口袋翻出查看，看是否把底单藏起来了，弄得几个记者啼笑皆非。

方少尘冷眼看向那几个撕扯东洋丝绸的“男学生”，方才由玻璃窗望出去没细观，这时候近看，学生服根本压不住他们身上的痞气戾气。丝绸虽娇贵，但整匹一起撕扯损坏，且出手利落凶狠，哪是毛孩子学生能做得到的。显然，真学生是被欺骗蛊惑来的，这群“男学生”的目的尚无法判定。

渡边次郎见惯了热血激愤的中国学生，阻拦要出门的佐藤英武和日本伙计，示意他们无须与学生费劲，自有领事馆为他们做主。

其实，气势汹汹的那二十余个“男学生”受过密令，不得动日本人，只象征性地撕扯几匹东洋丝绸即可。

自民国以来，学生聚众游行已不是罕事。学生们激动愤怒起来，多是游行、演讲、呐喊、发传单，向来不会无故伤同胞。民众也有涌来瞧热闹的，在天庆街街尾越聚越多。有接到学生递过来的传单又丢掉的，也有根本不接的，注意力全在学生的呐喊和事态发展中，顾不得其他。

“维护国货，驱逐洋货！”

“严禁与日商狼狈为奸！”

“严惩汉奸商人林锦笙！”

“整顿市价，矫正弊害，谋工商互利，维持丝绸业公益公平！”

锦笙知晓学生们是好心，是为了国货，却被有心之人利用了。她唯恐学生们一激动会冲进比赛馆里，一楼有好些个日本人，若学生们情急愤怒之下伤了他们，渡边次郎那孙子定然又要把日本领事馆搬出来撑腰杆子挑事。虽然她现在恨穆峻潭恨得牙根痒，却也不愿给京陵帅府添外交上的麻烦，穆峻潭要处理麻烦，她又得跟穆峻潭牵扯纠缠到一块去。

锦笙铆足劲儿，把对穆峻潭的愤怒也一并化作嗓音力量高声喊出来：

“同学们，请你们不要冲动，请再给我五天的时间，我林锦笙一定会给大家一个堂堂正正的交代。

“请你们不要冲动，一时的冲动解决不了问题，咱们的丝绸、东洋丝绸都已经换了物价牌了。我会跟秦会长一起维持丝绸业的公益公平！请你们不要冲动！

“同学们，维护国货最重要的是发展改进国货，暂时的损坏洋货并不能真正地维护国货。方家丝绸、广昌牌丝绸、永亨牌丝绸、秀林牌丝绸在短短的两个月里都有所改进，相信我，国货并不比洋货差劲！咱们不用暴力驱赶，好坏自会有分晓！同学们，五天之后，我林锦笙会给大家一个交代，也会给南地丝绸同业会一个交代！”

她一个人的声音如何能盖得过五十余个学生叠加的声浪。情急之下，她站在了大门外的高台上，这次身高是过人了，声高却仍不及众人。

比赛馆外愈来愈嘈杂熙攘，穿着伙计衣服的盛安康等卫兵在比赛馆门口排成一堵人墙拦路。二十余个“男学生”为了激发事态，已预备要对拦路伙计动手，冲到比赛馆内。

跌宕刺耳的哨声传来，方少尘远远望去，来维持秩序的不是警察，竟是身着安系军装的卫兵。城内的秩序一向由警察厅负责，没有特殊情况，卫兵是不干预的。

登时，方少尘就明白了，今日的学生游行明显是为陷害竞天而组织的。竞天是柳苏城的师长，掌管着五万名义上归属安系、实则姓唐的卫兵，这时候卫兵出面武力镇压学生，就算这群卫兵不伤及学生性命，竞天怕是也得被舆论骂翻天去。

“血腥军阀穆峻潭残暴镇压爱国学生”，大抵就是明日的特大新闻了。

宋连杰之所以答应配合徐之卿演这一幕戏，也是为了给穆峻潭泼一缸脏水。因穆峻潭是新派留学生军官，很多思想都与学生和进步人士相契合，除却风流薄情、喜新厌旧的名声外，军务上的口碑倒是很好。又因暗中支持《晨钟报》，他算是挨骂最少的一个军阀军官。

饶是穆峻潭这个新派军阀有点好名声，今日残暴镇压维护国货的爱国学生，那点好名声怕也要灰飞烟灭。民众目光再重新聚敛至爱国学生和残暴军阀穆峻潭之间的矛盾上。

锦笙站在高台上，日光晒着她，她却浑身生出恶寒。一个与她年龄相仿的女学生被卫兵用枪打中了大腿，“哎哟”声里仍不放手中传单。锦笙跳下来时，方少尘已放倒那个卫兵，观望人群也在几声对天的枪声中后退，空出了一片舞台，那是属于“残暴”军阀与爱国学生的舞台。像是由人安排好的戏，军阀“残暴”，学生激烈，一幕幕记录在记者的相机里。

为首的小军官说是奉了穆师长手令，要把这些学生全部抓到军营的监狱里。锦笙护了两个女学生在身后，自己也被卫兵推搡得踉踉跄跄。混乱的惊涛骇浪里，拉扯她的卫兵被踢开，穆峻潭高大身形似定海神针般把她揽住。她抬手就给了穆峻潭一耳光，厉色道：“穆峻潭，你下令把枪口对向无辜学生，你还是人吗！”

穆峻潭与她愤怒的双眸对看时，冷冽眸子里显出一抹复杂痛色。他心爱的人不了解他，也并不信任他。只是一瞬，穆峻潭恢复冷傲神情，把锦笙和另外两个女学生护在了身后。

小军官和卫兵自然认得穆峻潭，在他出现后，也不再推搡，只把黑洞洞的枪口对准学生们，等他示下。徐之卿和宋连杰也预料过穆峻潭可能会出现，只是他出现与否，并不影响那缸脏水泼向他。

方少尘在穆峻潭耳畔低语了几句，穆峻潭冷冷地扫看一眼，高声道："有逃兵伪装成学生闹事，把男学生全部抓起来，不准动女学生！"他已被人架在矛盾刃上，说什么、做什么都逃不过惺惺作态和残暴的评议。

卫兵在小军官的眼神示意下抓捕男学生，方少尘仔细看去，有问题的"男学生"早已趁乱逃走了几个。真正的男学生因与卫兵争执推打时激起了青年血性，一时间也都带着戾气，肉眼难辨真假，只能带回去审问。

有穆峻潭的口令和小军官的示下，卫兵们也不再推搡拖延，动起真格来，学堂里待久的男学生根本不是他们的对手，五分钟就把男学生全抓到了军车上。叶执信接收到穆峻潭递的眼色，强行跟着小军官坐上军车。他们怕小军官阳奉阴违，把这群男学生拉到别处残害或者放走可疑人。

一阵激烈的抓捕，民众渐散，女学生们也慌乱跑开，有门路的跑去求救，无门路的跑回家或旅馆。穆峻潭在余下人敢怒不敢言的注视里，把被同伴搀扶的受伤女学生一把横抱起来。女学生因受伤疼到苍白的脸颊瞬间红通通，攀住穆峻潭的肩膀，垂着眼皮不敢看他。

锦笙阻拦住穆峻潭的去路："你这个衣冠禽兽预备把她如何？你放下她！"穆峻潭生她气了，不愿与她多言，正欲绕开，对面酒馆一声枪响，一颗子弹朝她飞射而来。穆峻潭双手抱着受伤的女学生，子弹飞射的短暂时间里，他行动受阻，理智也被恐惧吞噬，竟一个大步急跨过来，用后背替锦笙挡住了子弹。

疼在自己的皮肉上，穆峻潭心中恐惧渐散。锦笙看向他狠狠皱眉的脸庞，左脸上还有指痕，她愣怔着，大脑嗡嗡作响。前一瞬，她恨极、厌恶极了他，这一瞬，他用身体为她挡子弹。他和她之间的牵扯，连着救命恩情，已愈来愈算不清。

正在收拾狼藉的盛安康等卫兵已立即冲向酒馆，酒馆内聚集了许多瞧热闹的人，见状要往外跑，被盛安康一声枪响逼退回去。

盛吉祥和方少尘护卫着穆峻潭、锦笙和受伤女学生坐汽车回军营，汽车颠颠簸簸，锦笙亦恍恍惚惚。

穆峻潭左后背中枪，血流不止，方少尘无法确定有没有伤及他内脏，只对伤处作了简易处理。他强撑端坐着，脸色渐渐苍白，锦笙由前座朝后看时，他苍白的神情漾了沉静温柔，凝看着她轻声说：“我没事。”

锦笙并不相信，到军营后，王子仪与另外一个军医紧急安排了手术，锦笙虽要求陪在旁边，穆峻潭却恐她血腥场面见多了会做噩梦，严厉拒绝。王子仪对她耸耸肩，立即关上了手术室的门。

另有一个军医给女学生诊治后，告知锦笙说，女学生没有中弹，只是被子弹擦伤。锦笙让盛吉祥安排了卫兵护送女学生回家，路费和养伤所需费用去美新饭店找赤芍要。

军营里的医院规模不大，只一层楼里有两间手术室、两间储药室和一间问诊室，一般卫兵受伤治疗后，依旧回营房住着。

盛吉祥给锦笙搬了把椅子，锦笙坐在手术室外思绪纷杂，从学生游行的激愤喧嚣里走出，她忽然有点意识到穆峻潭应该是被人陷害了。可她脑子里一片混乱，想不通为何有人要对她打枪。

煎熬等待的时间里，她觉得自己想了很多事情，可到头来，大脑仍旧一片混沌，什么都没有想明白。手表已丢，也不知过了多久，王子仪才从里面出来，告知她和盛吉祥，少帅虽未伤及内脏，但是子弹太深，取子弹时造成的创伤很严重。

穆峻潭现下不宜牵动伤口，盛吉祥领着几个卫戍近侍把手术室收拾成了临时病房，让他好好休息。情势紧迫，穆峻潭怕影响后续计划，也不再逞强。

锦笙一直贴着门边墙壁看卫兵轻手轻脚地忙来忙去，偶尔与穆峻潭隔着人远远对视片刻，脑发昏、心乱跳，连忙又低下头。王子仪悄声对她说的话似施了法术，萦绕在耳畔不肯散。

“问世间情为何物，直教人生死相许。海誓山盟不变心，赌咒发誓同生死，哪个男人都会说。然而，真到了生死攸关之际，有几个男人会毫不犹豫地舍命保护心爱之人。况且，他还是这等手握重权的身份，在他眼里，你的命可真是比他自己的命金贵。且不论权势，就凭他那身臭皮囊，若真是个登徒子，想要多少女人得不到？他是真的还不错，你的心也不要急着把他拒在千里之外，给他个机会吧！”

病房里已无其他人，穆峻潭看向锦笙，她的香雪纱马褂被撕扯得毛毛的，一缕一缕的蚕丝垂悬飘荡在蟹壳青长衫上。

“到我跟前来！”

他虽有强势命令的意思，却中气不足，更像在虚弱请求。

锦笙擦了擦额头被刘海儿遮住的汗珠，慢吞吞地移到他跟前。他伤口在左后背，趴累了就侧卧着了。锦笙居高临下，正好可见血淋淋的纱布，且他上半身不着一缕，肌肤上的汗也给日光晒到亮晶晶。

锦笙有点不敢看，别过红脸僵立在他跟前。窗外栽种着几株落白杨，树干傲然挺立，树冠昂扬勃勃，穆峻潭先前也是如此挺拔威武，却为她面色苍白，血染纱布。

穆峻潭抬眼皮见锦笙脸颊红透，知她害羞又内疚，略吃痛地抓住她右手问："就是它打的我？"锦笙已意识到当时过于冲动了，现下也不敢挣脱，怕扯着他伤口，不回答反而问他："穆峻潭，你为什么帮我挡子弹？"穆峻潭虚弱一笑，说："你背着墙壁思忖了半天，一开口就问这么个蠢问题？枪响子弹飞也就一瞬，我哪有时间去思考为什么？只是恐惧下的一种本能反应。"锦笙问："恐惧不应该你自己躲吗？你怎么还用身体往上凑？"穆峻潭说："我是怕你疼，怕你死。"

锦笙心神被震撼，王子仪的话又在耳畔响起，可她不想把感情和恩情搅在一起。她半蹲下和穆峻潭平视："竞天，今日救命之恩，我林锦笙会铭记于心的。以后我这条命，一半属于家父家母，一半是你救下的，应当归你。咱俩结为异姓兄弟吧？歃血为盟，交换金兰谱，日后，你我二人喜同喜，悲同悲。我虽不能保证我会有勇气替你挡子弹，但日后你若有需要我帮忙之处，我定当竭尽全力……"她察觉到穆峻潭眸中柔情消弭，连忙闭了嘴，不敢再说下去。

穆峻潭脸色苍白，整个人处在欲昏睡又强撑的状态，锦笙与他对看几秒，嗫嚅道："竞天，你若不愿意就不结，你别生气啊。你才刚做完手术，生气伤身。"

穆峻潭攒了攒气力，冷笑道："我视你为恋人，你竟想跟我当兄弟。兄弟情好，不是说女人如衣裳，兄弟如手足。你果真冰雪聪明，不想做我的衣裳，想做我的手足，你的心意我明白了。喜同喜、悲同悲的'兄弟情'，好得很呢！"

锦笙知他生气了在胡搅蛮缠，刚想辩解，他又说："我是自愿救你的，不需要你当作恩情铭记。身体发肤受之父母，你有一半命理应属于你父母，另外一半是属于你自己的，无须依附在旁人身上。"

从受伤到取子弹，穆峻潭元气很受了一番损耗，纵然强撑着未昏睡过去，声音也是虚飘飘的："锦笙，我在比赛馆最后跟你说的都是气话。即使咱们俩成亲了，除非你愿意，我绝不会强行碰你的。你纵使豆蔻年华就对卢柏凌有情，到现在也不过四五年而已。我只是遇见你太晚了，就应当错过、失去你吗？我不甘心，也不会接受！五年，你给我五年时间，如果五年后你还不想跟我在一起，你求我，我也一眼都不多看你。”

锦笙听出他最后一句有赌气意思，满脸窘态，有些哭笑不得，亦不知该作何回答。正好方少尘和叶执信进来探望且禀告公务，她借机起身，贴着窗户边的墙壁听他们汇报。

原来，这群学生虽人数不多，但地域混乱，有金陵城的，有渭州城的，还有沪海的。学生过于热血冲动，轻信了别人的蛊惑之言，又有人给掏路费、膳宿费，便跟着来了柳苏城。问及发起者，其实并不相识，听口音是江北津城人，拿的学生身份证明也都是北地学校的。

被抓到的五个江北人自然受过调教训练，短时间也无法从他们口中得知详情。纵他们嘴硬，无须多问，也能把背后主谋猜个大概，无外乎是皞系某人和宋连杰联手排了一出戏。

盛安康把酒馆里刺杀的凶手抓住了，是方少泉派来杀锦笙的。那凶手以前当过兵，被遣散后混迹在帮派里。那人也算个懂得辨是非的汉子，拿了方少泉的钱，没有急于下手。经了解一番，他觉得事情并不是方少泉片面之词所讲的那般。因知道中日丝绸正在较量，虽不太了解丝绸业的事情，却隐约觉得林五少在做一件关乎中国丝绸荣誉的大事。那人在酒馆里观察了三日，今日见有学生说林五少是汉奸商人才决定下手。

因不想占用穆峻潭太多休息的时间，二人皆是简单地报告了审问结果。方少尘略迟疑了一下，巡看一番锦笙和穆峻潭，勉强笑道：“我堂哥想杀的是锦笙，结果却伤了竟天。至于你们想如何，我……我不参与，也不干涉。”

穆峻潭看向锦笙，锦笙说：“方大少虽与我有过节，却不是血海深仇。这次去沪海，我会想法子跟他和解的，虽不能保证成为好友，但愿能冰释前嫌，依旧井水不犯河水。他伤的是你，由你决定吧。”穆峻潭见方少尘一脸为难，低声笑道：“看在你和桑宜的面子上，我放过他一次。你要跟他说清楚，明里暗里，他若敢再动锦笙，天南地北，西洋东洋，我穆峻潭都能把他抓回来杀掉！”

他虽语气带笑，然眸中并无笑意，方少尘感激一笑，点了点头。

随着一句“今日的东风送得恰好，已不必待明晚”，戴希闵推门疾步走进来，见锦笙也在这里，连忙止住了话语。他回来后，听说了事情经过，又得知穆峻潭的伤势，顿时也喜也忧。

锦笙很识相地告辞，回城到美新饭店匆匆换了衣裳就赶去比赛馆，看程藕初几人是如何收拾残局的。

病房内一番秘密商议后，计划临时变更，穆峻潭又刚受伤，戴希闵自然愈加忙碌。方少尘跟着卫兵送穆峻潭回别院休息，穆峻潭怕方少泉歹心不泯再对锦笙下狠手，于是把叶执信派给了锦笙当护卫。

叶执信和方少尘一路前往比赛馆。比赛馆里，锦笙半小时已换了好几副面孔，嬉笑怒骂，好言加恶语，把渡边次郎唬得一怔一愣。她又命二楼林家的伙计代日本伙计收拾了一楼狼藉，钱财损失皆由林家负责，这才把此事压了下去。

方少尘几个先去了沪海，锦笙因要去别院看穆峻潭，预备坐最晚一班火车。

别院客厅内，穆夫人手上的剪刀修剪着花枝，眼睛化刀修剪着锦笙。锦笙面红耳赤地赔笑，腮帮子都笑酸了，穆夫人也不开口准她上楼。幸得叶执信不顾夫人威严，跑上去把少帅喊醒又带了口令下楼，方把锦笙领进卧室。

卧室里放了两台电风扇，呼哧呼哧的很吵，穆峻潭从不喜用这个洋玩意。今日，是穆夫人担忧他出汗浸泡伤口，强令仆役搬来的。锦笙倒是很喜欢电风扇，特意让人从沪海租赁来，给自己手下人的房间里都配了一台。

墨绿绣金菊帷幔舒展垂悬，把黄昏光影隔绝在外，室内益发暗暗幽幽。锦笙着一袭石竹红长衫白玉色纱褂伫立床前，轻声细语地同穆峻潭说话。他先前趴着睡着了，被叶执信叫醒后侧卧着，不睡则已，一睡松懈下来，疲倦痛意就整个裹住了他。他听见锦笙话语，眼皮似睁不睁，懒声道："那玩意儿吵得很，你靠近些，我听不见你说什么。"

锦笙本居于高处，可见他后背染血纱布外还有血痕，脸色却苍白未复血色，听了他的话，很顺从地坐在床前地毯上，凑到他脑袋跟前说："我奶奶前不久派人给我送了根老山参，我一根须子都没动呢，给你拿过来了。我体寒，夏日也受得住人参之温，夏补三伏，倒也有效。你回头找个中医给你诊诊脉，若你夏日能进补人参，你就先吃着。我爷爷奶奶那里的补品药材都是上好的，有些你们帅府肯定都没有呢，我回头讨了来再给你送。这段日子，你不要再逞强去军营了，可得好好补身体，不然日后会落病根的。阴天下雨，伤处就会折磨你。"在军营病房时，她已注意到他上半身有好几处旧年伤痕，她也辨不清是刀伤还是枪伤，只觉疤痕有点狰狞。

穆峻潭在疼痛里看着她近在咫尺的脸庞，软丽音色绕耳，她还能这样活生生地与他说话，令他从痛意里生出些欣喜。他走神了一会子，才笑着回她：“好，你不用担忧我的身体，我会好好进补的。”他唇角笑意有点坏，锦笙起先未意识到，待他心动摸上她脸颊，她才气红了脸躲开。

自打进卧室，锦笙眸光就时不时地落在穆峻潭的脖子上。他戴的银链，坠子可是她的麒麟戒指呢。明明这时候能抢过来，可她不忍争抢时扯动穆峻潭的伤口，只得作罢。穆峻潭难受到气力不足，还眉带得意一挑，举起戒指跟她炫耀，“你这指环太小，我戴不上。怎么样，我这法子够新颖吧？”

锦笙恶狠狠地看他几眼，此次来见他，还有一个目的是想跟他说清楚，怕他再误会自己跟他有五年之约。眼见他比刚做完手术时还虚弱，便不忍惹他气怒难过，只得过段时日再说。

锦笙又嘱咐了几句让他好好休息就告辞离开，出门碰见穆夫人，立马欠身赔笑告辞，三步并两步地朝外跑。

第三十四章 险象生，须臾别

翌日清晨，锦笙由饭店前往永新百货公司的路上买了一大沓报纸。有两份报纸上醒目的标题皆为“残暴军阀穆峻潭血腥镇压爱国学生”。有几份不敢公然惹怒安系的，没有如此醒目的标题，但有相片，有文章。这下子，穆峻潭就是跳到柳苏河也难以洗清。奇怪的是，穆峻潭受伤一事没有见报，不知是当时记者已跑完，还是有人故意压了下来。

有一篇文章的言辞过于激烈，连锦笙这个局外人都有些看不下去。不过，她发觉，穆峻潭好像并不在意别人如何评议他，看得很是风轻云淡，当即也不再往下看，把报纸全收了起来。她坐的黄包车，前头有人，车夫暂时跑不开，旁边两个西服男子的谈论声就听在了耳中。

“柳苏城昨晚上出大事了，也不知道谁跟谁打，城门也被封锁。今早起，火车也不让进了。”

“城内警察是皞系的，城外驻防军是安系的，肯定是皞系跟安系打啊。我听昨晚跑出来的亲戚说，穆少帅的别院、赵省长的府邸都被炸了，电报局、电话局也给炮火轰了。”

“既然是安系跟皞系打，穆少帅的别院怎会出事？”

“安系里别的小军阀不说，仅是大军阀就分穆兵、唐兵、曹兵，穆少帅虽在城内，但城外驻防军是唐督军的兵啊。”

“唐督军同时对皞系和穆兵发难，莫非要自成一派系……”

锦笙的心怦地蹿到嗓子眼，还未反应过来，车夫猛然跑起，一群人也蜂拥着上了电车，瞬间，她已找不见说话的男子。她立即问随行的叶执信，可有听见别人说柳苏城打仗那些话。叶执信分明听见了，却摇头。锦笙给他复述一遍，他宽慰道：“若当真出事，我肯定比他们先知晓啊。”

穆峻潭曾交代过，尽量瞒着她实情，毕竟她和卢柏凌的关系曾那般亲密，极有可能会偏向皞系，生事捣乱。

当时交代完叶执信，穆峻潭隐有难过，情感上想信任锦笙，理智和事实却由不得他完全信任她。连方少尘都要求极力隐瞒锦笙，认为她和卢柏凌是“穿一条裤子还嫌肥，谁也离不开谁”的发小关系，肯定偏向皞系一派。

锦笙对叶执信的话半疑半信，心里七上八下地把一大沓报纸卷来叠去。到永新百货公司后，她着急问方少尘，方少尘也是对柳苏城一无所知的神态，还宽慰说若出事，他和叶执信会提前知晓。一个是穆峻潭的卫戍队长，一个是穆峻潭的发小兄弟，且他二人都与穆军关系匪浅，锦笙当即也安下心来。旋即，心思被其他事情占据，方搁下此事不想。

一间闲置的屋子里，七尺见方的丝绸样品一一整齐摆放于上锁的长方形玻璃匣子里。没有字牌、厂标，亦不像比赛馆那般品种繁杂、琳琅满目，种类上只有绫、纱、绸、缎，且是双方认为最上佳的花色品种才拿了出来作较量。

中日双方各有二十个品种，混放在八个玻璃匣子里。锦笙乍一看，花色相近的那几样，连她也不能迅速辨出哪个号码牌代表的是中国丝绸，哪个号码牌代表的是东洋丝绸。

衡量输赢的方式和柳苏城比赛馆相同，依旧是展览结束后统计所有订单，依据订单总金额判定输赢。

最大的不同在于，此次丝绸价格是由双方商榷后统一的，宾客在购买丝绸时，无须对比考虑价格，仅考虑丝绸的工艺质量即可。

且在这场以“丝绸之美”为主题的酒会结束后，林家会把在酒会上的盈利不减成本地捐赠给沪海贫儿院。

锦笙和日本商会的人再次验看过匣子里的丝绸后，各自派了五个伙计送往英商沪海总会大楼，交给那里的西崽接手看管。锦笙担忧日本商会在途中动手脚，特意派了程藕初陪护着。

日本商会当时应战的唯一条件，是要把地点由永新百货公司改换到外侨在沪的四大总会之一，即英商沪海总会。

英商沪海总会大楼是专为洋人提供娱乐消遣的场地，洋人称之为“俱乐部”，国人却多习惯称之为“总会”。总会之“总”，自是无所不包揽，内设餐厅、住宿、酒吧、舞池、弹子房、击剑室、图书室、桥牌室等，以供寓沪外侨社交消遣。洋人赚钱之余可在此设宴狂欢，彼此炫耀由中国得来的财富。

这里虽名义上是寓沪洋人的俱乐部，但并非对所有洋人都开放。总会大楼举办活动时受邀宾客可凭请柬入内，其余时间，唯有会员可随意出入。洋人想要拥有会员籍，也并非有钱就能办得。故而，一旦成为英商沪海总会的会员，便标志着此人在寓沪洋人中有了尊贵的社会地位。

入总会的条件除了苛刻之外，另有一条，即非中国籍。锦笙所认识的住沪中国富商里，无一人有会员籍，凭借名望和地位之高可经常出入总会大楼的，一只手就能数得过来。

在华日商能进者，亦是少之又少。锦笙知晓，渡边次郎在中国人跟前趾高气扬，横到不能行，却连一次都没进去过英商沪海总会大楼。他把地点强行要求改在英商沪海总会大楼，只因不想应战，又不想担惧输之名，遂给锦笙出了个难题。

难题是真的，难堪也是真的。洋人在租界弄的那些俱乐部，洋贵妇的狗可以随意进入，然而，除雇用的西崽外，轻易不准其他中国人进入。锦笙虽没到过沪海几次，也略知沪海最繁华的四个外侨俱乐部，分别把控于美英法侨之手。

听了渡边次郎的要求，锦笙霎时气恼到要讥讽渡边次郎是怕输，方少尘却胸有成竹地应承下来，渡边次郎带着瞧好的模样离开了比赛馆二楼的小办公室。锦笙刚想怪责方少尘不懂此事有多难，但见他脸上笑容灿烂，也随即反应过来，此事于穆峻潭不算难事啊。

英国驻沪总领事法磊斯爵士时任英商公会的名誉会长，由他出面作人情，锦笙得以暂借总会大楼举办一场以“丝绸之美”为主题的酒会。

伙计们把玻璃匣子运走后，锦笙和方少尘到了古祯办公室，商议明晚上的详细安排。茶几上摊放着今日的报纸，锦笙刚坐上沙发，就瞥见穆峻潭的半身军装相片。相片不清晰，又有军帽半遮，瞧不真切穆峻潭的面庞。盯着那棱角分明的轮廓，她愈来愈听不清旁边人在讨论什么，心思游游离离，全系在穆峻潭身上。感情、人情、恩情……穆峻潭对她所有的情似一张密不透风的大网，由四周把她兜围住，逼迫得她无处可逃。她的手刚触到穆峻潭的半身相片，就听得方少尘急声问："锦笙，咱们怎么办？"

锦笙伸出去的手连忙转为端咖啡，她一面慢喝，一面看向对过，佯装思考。其实，锦笙压根不知道他们说了些什么，只是想缓一缓自己的心神。

古祯坐在对过，锦笙本是无意看向他，他以为锦笙在问他，于是回答说："沪海第一美人要穿东洋纱替日本人跳脱衣舞吸引宾客，这么香艳的噱头，咱们必须找一个与兰泽名气相当或者大过她的，才能与其争艳。"

锦笙现下脑子转得有点慢，咂摸片刻脱衣舞，一口咖啡全喷在了穆峻潭的半身像上，呛的音也不稳："兰泽要在酒会上跳脱衣舞？"

方少尘和古祯还未作答，宋泱澄一手推门进来，问："哪位美人要跳脱衣舞，我也得去瞧瞧。"他与方少尘不熟，只笑着点头算是打招呼，两手握拳同时和锦笙、古祯相撞打招呼。陪伴他的贺青青，笑容灿烂地打了一圈招呼后，在他所坐的沙发扶手上略坐靠住，穿着旗袍的曼妙身躯一经扭凸，愈加风情万种。

锦笙唇角含笑，对宋泱澄略挑了挑眉，眼神从贺青青身上半溜而过，宋泱澄冲她得意一笑。古祯把情况说与宋泱澄听时，锦笙的心思也回到丝绸展览上。

早在策划较量丝绸工艺之初，她想着光是展览丝绸，于一众中洋富商贵族而言，实在没什么趣味。所以，她想了三个可以较量绫纱绸工艺的节目，增添趣味。

首个较量的是纱，灵感起源于中国流传很久的一个小故事。

据说唐朝时期，一个阿拉伯商人拜见一位中国官员，透过官员所穿的丝绸衣裳看见了官员胸前的黑痣，惊奇道："你胸前的痣，隔着两层衣服我还能看得见。"官员心觉失礼，却机智应对，哈哈大笑两声，请阿拉伯商人近身察看。原来，他穿了七层丝绸衣裳。

这故事悠悠长长地传至民国，虽有杜撰误传之嫌，但略知晓中国丝绸的，便知故事里面的丝绸是纱类。上等薄纱如蝉翼，穿一层蝉翼纱，肌肤通透仿佛未穿，区区七层，自然盖不住官员胸前的黑痣。

锦笙早已令人找好了一对双胞胎兄弟，在其后背粘黏一颗西瓜子作痣。二人分别穿上东洋纱和中国纱，一层层地穿，直到完全遮盖住西瓜子痣便停止。然后把二人领到宴会之上，让宴会众人猜测二人分别穿了几层纱衣，还设了两样物品作竞猜奖品，以添乐趣。

待各个小节目揭晓结果以后，随客人心意购丝绸，若不愿购的，就把入场时所馈赠的玫瑰花送给自己心仪的丝绸。统计结果时，一枝玫瑰花等同于二十块大洋。

本来和日本商会已经商议确定好所有节目计划，现在他们找了沪海第一美人跳脱衣舞，如此香艳的噱头，定然会令一些宾客忽略丝绸工艺而把手中玫瑰花赠向兰泽，从而增加东洋丝绸的销售金额。

锦笙很生气，之前明明说好以较量丝绸工艺为主，到跟前了，日本人还是要耍阴招。若非古祯从与兰泽不和的舞小姐那里得知这个消息，明晚还真要被日本商会打个措手不及。洋人素来讲究绅士风度，兰泽一曲脱衣舞跳完，还不得揽去在场宾客大半的玫瑰花。她又不能临时变卦，说玫瑰花不计算在内。

北蝴蝶，南兰泽。目前盛传的美人里，唯有白蝴蝶能强势压住兰泽。

沪海第一美人换了好几茬，蝴蝶都稳坐“江北第一美人”的宝座。蝴蝶的长相倒是招洋人喜欢，可锦笙想也不必想，她是绝不会让蝴蝶做这等香艳事献媚于男人的。

兰泽在沪海名气虽盛，但也只在中国人圈子里。在洋人圈，大抵是洋人审美跟中国人不一样，兰泽仅算是略有姿色的中国女人。

锦笙知晓，除了定期上岸进城的各国水手和水兵追捧兰泽，她轻易接触不到洋人权贵。这次甘愿为日本人所用，也是想借此机会勾搭几个租界的洋人权贵。沪海第一美人，不过是恩客大爷们抬举她才捧的，眼见自己年龄渐大，容颜渐衰，且新人辈出，只能舍下颜面香艳一搏。她若能搏个洋人权贵作靠山，在这十里洋场，那些嫁于老富商作小妾的姐妹不还得高看她吗？

宋泱澄听了古祯说的详情，不免哈哈大笑：“这女人有点意思，小金花的名气马上要盖过她，她这是最后一搏吗？哈哈……你们说，她预备脱成什么样？”见锦笙气怒地睨住他，连忙收起了不正经，严肃道：“丝绸又不会说话勾人，日本人搞个活色生香吸引人，你们不弄，就算蝉翼纱的工艺比东洋纱再强，没有噱头，也引不起人注意啊！男人嘛，醇酒、美人，一样都少不得的。这几个月，小金花的名气虽时而盖过兰泽，可小金花已做了李三爷的金丝雀，如何肯做这等事？”旋即看向了贺青青，笑道：“这不，现成就有一位曾名震江南的俏舞娘，眼下还是电影界的新明星。你们无须愁，青青一出场，兰泽那只会扭腰的舞技简直上不得台面。”

闻言，锦笙、古祯、方少尘都惊诧地看向了宋泱澄。李三爷的金丝雀不肯做那等事，他宋二少却把自己的金丝雀捧出来，情意凉薄至此，怕是已预备要甩手。

锦笙见贺青青骤然变了脸色，连忙说："泱澄，你别胡乱出主意！方家的蝉翼纱在轻薄透上均远胜过东洋纱，就算日本商会想以香艳诱人，双方的丝绸工艺在那儿摆着的。这次说好了只单纯较量丝绸工艺，我不想陪他们玩花样。"宋泱澄说："你是骗我还是骗你自己？现在是什么世道？若中国丝绸工艺摆在那儿就能得到尊重，丝绸业也不至于让洋商欺压到如此地步！由比赛馆到英商沪海总会大楼，日本商会没少玩暗手吧？呵，随你，别人这次把花样放在明面上玩，你林五少就看好吧！"

他语气里虽带有事不关己的意思，却不能真正置身事外，毕竟和林三少交情颇深。于是又看向贺青青，笑道："青青一向冰雪聪明，知道这件事的利害，也算得清在英商沪海总会一舞的利益。"

锦笙一时间也猜不准宋泱澄是何心思，贺青青面色早已复了娇媚，对宋泱澄粲然一笑："不就跳个舞，我当头牌的时候，兰泽还是小舞厅的伴舞娘呢！"她说话时钩住了宋泱澄的领带，钩扯着以舞步缓缓后退，直到领带由她指缝间脱落，她与宋泱澄之间的勾连这才断开了。

锦笙看向她，她娇媚一笑转身离开。自始至终，宋泱澄眼梢唇角都挂着冷漠疏离笑意。这副冷漠样态让锦笙想起了穆峻潭提及蝴蝶的神情，垂眸看去，穆峻潭的军装半身像已被咖啡渍整个浸没。

锦笙看不清他，也看不透他，徐缓地，已看不见他。

他们居住的饭店餐厅有一整面的落地窗，似乎要把江景悉数镶嵌进相框里。灯光外，月光下，江面滚滚，波涛踊跃。用晚餐的客人时不时谈论英商沪海总会大楼那场"丝绸之美"的酒会晚宴，也时不时谈论柳苏城的事情。

虽还未见报，但能确定柳苏城已出事。唐义哲兵变挑起战端，想要独占山头自立为王。穆峻潭被炸死，赵立铭被枪杀，穆大帅痛失独子，怒然之下兵围金陵城。事发突然，毫无征兆，外间政客们分析起来也没有线索，一时间说什么的都有，无从辨别真假。

交通封锁，通信断绝，记者也无法及时报道柳苏城的真实情况。

餐桌上，方少尘和叶执信仍没有半点忧心样态，锦笙猜测可能是那个鬼才谋士戴希闵搞的鬼。戴希闵昨日进病房前说过"冬风好、明月晚"什么的，显然是密谋了何事。

锦笙知晓询问二人，二人也是不肯说实话的。她草草用过晚餐就回房间摇电话，但是电话通信最靠不住，素日里平安无事电话局也要出很多差错，再碰上战火，同城电话都摇不过去。柳苏城的火车的确已不通，听闻铁路被抢占运兵，至于哪一方运兵，也暂时不明。

她既忧心穆峻潭安危，也担心在柳苏城照看比赛馆的掌柜和伙计。一夜未安眠，只待天亮后，看看报纸上是如何说的。然，报纸上猜测纷纷，依旧没个准信。她是诅咒过穆峻潭被炸死，可那是气话呀。

真真应了那句话，求神拜佛，往往都是真话不灵气话灵。

方少尘和叶执信昨日不怎么担心，今日还得不到准确消息，便有些担心。计划提前，穆峻潭前日又刚中枪受伤，好几万的唐兵，人心叵测，难保不出纰漏。

他二人一愁眉苦脸，锦笙愈加惴惴不安。且不说她很内疚难过，穆峻潭若真被炸死，岂不做鬼也要来找她？谁让她恶狠狠诅咒他来着。

辨不清是心怀愧疚还是害怕恶鬼索命，锦笙前往虞公馆的路上，默声祈祷了好几遍，希望穆峻潭不要被炸死。他于她有救命恩情，就算给炸得四肢不全，她也不嫌不弃，愿意锦衣玉食地养他一辈子。

今日的报纸上依旧有穆峻潭的军装半身相片，没了军帽，容貌也很是模糊。锦笙熟悉他的五官，依稀能由相片里辨认出他倨傲冷冽的眸光，面庞轮廓依旧带着跅弛不羁。报上相片不是一般的模糊，却难掩他贵气凛然的少帅英姿。

锦笙坐在黄包车上看着看着，车子微颠，把半身像颠得鲜活起来。穆峻潭的不苟言笑、冷漠霸道、偶尔柔情都一一从锦笙脑海中掠过。

当初方少尘强硬地把地点选在沪海，应是穆峻潭在背后指点。若柳苏、金陵两城的战火不是穆军策划引起的，穆峻潭也应该预测到了。他把自己陷在战乱中，却把她和方少尘送出烽火。他知道，不论穆军输赢，唐军都不敢打到租界来。

她从小对过耳的话都记得很牢，颠颠簸簸，耳畔回响起那日王子仪和穆峻潭说的话。

穆峻潭凉凉的语声灌耳，话却是暖的。锦笙突然意识到，她怪责穆峻潭不在意蝴蝶的感情，好像她自己也从未尊重、在意过穆峻潭对她的感情。于她而言，卢柏凌对她的感情值得尊重珍惜，穆峻潭对她的感情只是困扰。

倏然间，她觉得很愧对穆峻潭。他若身体康健，凭他的身手，有危险也能躲得开，偏偏他为她受了伤。如果他真的遭遇不测，她纵然不爱他，这辈子又如何忘得了他？

锦笙很生气，她不想一辈子都怀着对穆峻潭的愧疚过活，不想一辈子都对他念念不忘！她曾经那么讨厌他，五次见面有三次都要被他气个半死，她不愿意记他一辈子！

她把有穆峻潭半身像的报纸扔在黄包车上，气咻咻地进了虞公馆小铁门。到虞景廉书房里，趁父亲还未来时，她先跟虞景廉打听了一番安系的消息，听他推测穆峻潭是否安好。

虞景廉在租界有许多相熟的洋人朋友，他们消息甚为灵通，推测出的结论却是模棱两可。虞景廉以为锦笙是小孩子害怕打仗，只慈爱地宽慰她，租界不会有事的。

眼瞧着景翁关心的只是南地政治大局势，锦笙也不好再追问穆峻潭个人安危。景翁书房的摆设未变，她坐在单人沙发椅上，一抬头正好望见那幅梨花白燕图和两旁的诗句。许久不见爷爷奶奶，瞧见爷爷的字她觉得尤为亲切。

惆怅东栏一株雪，人生看得几清明。她惆怅倒是真的，人生半点都没有看清明，自从到柳苏城跟穆峻潭纠缠不清后，反而越过越糊涂。

父亲比她早一日到沪海，住在早些年置办的花园洋楼里，也不准她过去请安问礼。那花园洋楼在租界内也算得好地段，与林家老四房的一个堂哥比邻。若是正大光明的行程到沪海，林肇聪就住在那里。为着卢柏凌的缘故，锦笙曾在洋楼里受过父亲打罚，若非父亲要求或久留，她几乎不去住。

自柳苏城一番叙谈，锦笙觉得父亲变了个人，又觉得终于认识了真实的父亲。大抵父亲也觉得见面很尴尬，彼此能不见便不见。

“父子”间各忙各的，只把苏武当作传话筒。

未几，林肇聪和陈庆恒、秦会长、郑副会长前后脚进来，他们四人今日跟两家中国商人开办的轮船公司商谈跨洋运输的事情。

因此事还未决定发表时间，只有南北丝绸业几位重要人物知晓，和轮船公司也只是略谈，结果并不理想。虞景廉见四人客套寒暄后，彼此间只沉默饮茶，皆是心事重重的模样，于是笑着宽慰道：“万事开头难，出口贸易整个流程走下来异常复杂，且从开阜通商就把控在洋商手里。江北内阁不作为，连个海关都控制不了，咱们想凭自己的力量从洋商那里夺回主动权，岂是容易的？如今勇于跨出这一步，已是难得。就算咱们这些老家伙做不成，开了这个头，后来者也定然有能做成的。后生可期嘛！”说话间，还朝锦笙这边笑看了几眼。

南广作为最早的通商口岸，最早也发生过华商与洋商争夺出口贸易控制权的事情，但最后皆以华商失败告终。锦笙在归国邮轮上心中愤慨，跟林肇聪提过想在沪海开办由中国商人自己掌控的出口贸易行，当即就被林肇聪横眉责骂她年轻无知。

在南地这一段时间，她了解了很多这方面的情况，也觉得那时的自己实在过于年轻无知。莫说洋商难对付，中国丝绸商人内部都像散沙似的。这事代价大，风险大，多半会像南广商人一般鸡飞蛋打，甚至于连家底都折进去。昔年起头办出口贸易行的那几个丝绸富商，家产全赔进去不说，还被洋商陷害着欠了许多债务，连累子孙成了债奴。港口的商人，哪个不引以为鉴。

此次南地丝绸同业会的几位富商同意一块开办贸易行，也是被中日丝绸比赛刺激到了。洋丝绸已是来势汹汹，出口贸易又控制在洋商手里，再不怒起做些什么，天长日久，中国丝绸商人还有活路吗？

经由虞景廉一番话，大人们已是谈笑风生。锦笙作为晚辈，仅是个聆听者，静坐着眼珠子滴溜乱转，从这些谈笑风生的话语里品味各人所怀的私心。

无意间望向父亲，日光正照着他鬓角隐匿的白发。他是最烦见日光的，躲避遮挡了十几年，皮肤有着病态般的白，白发又添几许，无一不在昭示，父亲已经老了。可偏她命硬克死了哥哥，如今连个正经养老送终的儿子都没有。

她既憎恨自己，也心疼父亲，不愿怀疑父亲口中的民族大义，事实却由不得她。父亲以犬子年少无知跟景翁提起了中国商人自己办出口贸易行一事，景翁那般纯粹的爱国企业家，定然是十分支持的，以沪海总商会会长的身份成为父亲的第一位支持者。但她了解自己的父亲，他行事目的极少心口一致。

林肇聪与秦会长、郑副会长交谈时，无意透露犬子与穆峻潭有金兰之谊。秦郑二人早已亲见过穆峻潭待锦笙的态度，知晓英商沪海总会大楼能让锦笙办酒会展览丝绸，必是穆峻潭在背后帮的忙。又知林肇聪素来与唐义哲交好，掂量一番，便鄙夷林氏父子二人实在诡诈得很呢，生意都在江北，却分别与穆唐两股军阀势力交好。眼下穆唐之争，无论谁输谁赢，林氏父子皆有军阀势力作靠山。

秦郑二人不免有所忌惮，不敢有欺生之心。但二人又如何不知，除掉那些为丝绸业长期发展冠冕堂皇的理由，林肇聪也有为林家沽名钓誉之意。林家派了个小毛头如此扰乱南地丝绸市场，待有了输赢结果后，烂摊子丢给南地丝绸商人，小毛头自己拍拍屁股回江北，那林氏一族的脸朝哪放？林家身为江北丝绸业巨头的名声威望何存？

林肇聪此次来沪海，明确表示，只要南地丝绸商人愿意，林家不论输赢，都会出面作发起者成立华商贸易行，暂时主营生丝和丝织品出口，还主动把自家生意出口的重要中间人陈庆恒介绍给大家。

林家要为市场紊乱善后的态度已摆了出来，假使南地丝绸商人不配合、不同意开办这个贸易行，等丝绸比赛有结果后，小毛头就算拍拍屁股回江北，林家也能维持住江北丝绸业巨头的颜面和威望。

丝绸同业会紧急开了一天一夜的会议，最后之所以决定与林肇聪合作，也是各有各的打算。现下，各处港口已日趋繁荣，经商不仅需要看清国内局势，更需要看清国际大局势。假如林家在丝绸工艺较量和丝绸比赛中都能赢过日本商会，那再没有比这更好的时机了。趁着中国丝绸赢过东洋丝绸，趁着这道荣誉之光，公布要开办由中国商人自己掌控的贸易行，一鼓作气，说不准真的能办成。

还真如林五少说的那般，中国商人之间再明争暗斗，那也是一个炎黄祖宗，保不齐咱的远祖还拜过兄弟、睡过一张炕呢。把出口贸易的控制权由洋商那里夺回来，自己人如何争夺，那都是家事了，总好过一直被洋商牵着鼻子遛来遛去。

虞景廉书房里不时传出笑声，待大家说笑过后，又仔细商谈了一番。

用过午饭，锦笙跟秦会长、郑副会长一块到了英商沪海总会大楼，为晚上的酒会做准备工作。

汽车一拐进总会大楼所在街道，锦笙便望见了那幢四层建筑，听说初建成时是沪海第一座钢筋水泥建筑。楼外观是典型的不列颠式，英国文艺复兴时期的古典主义风格，但顶部的窗台和屋顶是法国建筑风格。这些，锦笙是不懂的，后座的秦会长和郑副会长交谈时，她听见了几句。秦郑二人也是首次能进总会大楼，不免要议论一番。

宽阔的大理石台阶通向大厅，厅内铺设着黑白分明的大理石地板，廊柱环绕，玻璃拱顶覆盖。酒吧、桌球房、保龄球馆、多米诺骨牌室、桥牌室等，皆在一楼。

此次酒会设在二楼的大宴会厅，富丽堂皇的大厅已超过三百平方米，却没有一根廊柱，四面环绕着英国维多利亚时代的暖红色调柚木护壁和浅黄墙身，东面有一排法式落地长窗，框出寥廓江景。天花板是西洋的几何式花纹，点缀着金色，至夜晚，经由水晶灯照耀，把金灿灿的光芒洒向整个宴会厅。十里洋场的种种繁华，皆倒映在金碧辉煌的光芒中。

为着统计结果在华商、洋商、日商间的权威性，此次酒会的受邀宾客并不杂乱。

沪海有三十二家洋行从事中国丝绸的大宗出口，贸易路线延伸向世界一多半的国家和城市。由虞景廉、陈庆恒亲自登门送请帖，越过中国买办，邀请的全是洋人大班。

沪海万国生丝检验所、沪海外侨丝绸协会接到请帖后皆选派了可靠人员前来，有影响力的几家报社亦应邀派了得力记者前来。

其他受邀者，有南地丝绸界非常重要的人物，还有居于沪海的政商、金融界名流及外侨贵族，其中也不乏尚有一定威望的前清贵胄，粗略估计参与者有一百五十人。

有一些宾客好奇总会大楼内里到底是何光景，早早执请帖而至，在一楼消遣。未到落日时分，总会大楼院门前已是车水马龙，熙攘热闹非凡。

待黄昏时刻，宾客陆续而至。楼内金光照到楼外，与楼外彩灯汇在一处，把走来的每位宾客都映得光彩照人。

因宾客皆是名流权贵，虞景廉、陈庆恒、秦会长、郑副会长和日本商会的人在厅内应酬，锦笙和古祯、方少尘、宋泱澄则到了门口迎接。门厅两侧还有穿侍者服的白净西崽，监管着大花篮，篮子里盛放着江南巧手娘子用绸缎做的胭脂红玫瑰花。许多娘子以前是做宫廷绒花的，手艺实在精巧至极，栩栩如生的绸缎玫瑰喷洒了香水，可以假乱真。

宾客踏上大理石台阶，西崽们便鞠躬呈递上胭脂红玫瑰，花底有纤长的纱带，可捆束在手腕上。玫瑰花戴在腕上作装饰甚为好看，男宾们不觉怪异，女宾们也十分喜欢。也有些女宾不想戴于腕上，或簪在发髻上，或束于脖颈上，别有一番风姿。

锦笙站在左侧，无意间望向对过，有一位洋妇人把玫瑰花绑在黄发髻上侧头望着丈夫说了几句话。丈夫仔细看她一眼，又在她被霓虹灯映红的脸颊上亲吻一下，二人方挽着走进灯光璀璨的大厅。

锦笙望向他二人背影，忽地想起曾看过的一首词，记不全了，只隐约记得有这么几句，“怕郎猜道，奴面不如花面好，云鬓斜簪，徒要教郎比并看”。

锦笙不由觉得洋妇人和中国女子也有相同之处呢，她打小不甚喜洋人，此时对这个白皮肤琥珀色眼珠的洋妇人却有一分喜欢。但她那个身为法国信孚洋行大班的丈夫，锦笙是十分厌恶的。

法国信孚洋行有两个大班，刚来到沪海时，外人叫他们马迪尔兄弟，后来二人在沪海商界有了一定地位，为区分开，竟被传叫成大麦田、小麦田。兄弟二人已来沪海近二十年，在法国里昂和巴黎皆有贸易行。现在，兄弟俩也都是法租界公董局的董事，大麦田更是法商总会长。

明明恭送了两张请帖，但今日来的只有小麦田。叫着小麦田，其实他也四十多岁了。大、小麦田都是中国通，不仅中文说得溜，中国商界的弯弯道道也了解得透彻，清楚知道如何压榨更能戳到中国商人的痛处，再加以抽筋剥骨获取金钱利益。

今日参加酒会的中国商人多数都吃过马迪尔兄弟的亏，就连林肇聪也曾掉进过马迪尔兄弟的契约陷阱。

锦笙正想着将来一定要找机会抽抽马迪尔兄弟的筋，苏武疾走到她身旁，耳语道：“大爷要见五少，请五少跟我来！”

锦笙颔首，与方少尘道了一声，跟着苏武走出了庭院。

汽车行的汽车是按点来接的，一些宾客家里自买汽车的，还要开回去为家眷所用，也就定了点再来接。故而宾客陆续进去后，街道上等候的汽车并不多。汽车夫坐在车里闷热，都在道旁树荫下乘凉。包了月的黄包车车夫不管熟与不熟，反正都是同行，三三两两聚在一起抽小烟，说闲话。

锦笙今晚穿了一套黑缎西服，白衬衣领口佩戴着丝绸与宝石缠绕的西式领结，经由街道散光一照，宝石光闪，挺括光滑的缎面也熠熠生辉。汽车夫、黄包车车夫见她贵气十足，又都想趁酒会的空当多挣点钱，刚要围上来问少爷去哪儿，就被苏武厉色驱赶开。锦笙压低礼帽时，瞥见一个匆匆而过的总会大楼西崽很像寿延斋里贴身随从爷爷的小厮。她刚要细看，却被苏武护着疾走了几步。再回头，那西崽已走进庭院，她转念一想，觉得是自己看错了。

走过这一片熙攘，在街拐角处，锦笙看见一辆玻璃窗都悬着幔子的汽车。里面充斥着林肇聪抽惯的烟草味，烟雾缭绕，湿气凝珠，他仿佛端坐在佛龛里，严肃而无情感地问着锦笙：

“法国信孚洋行、美国美信洋行、英国怡和洋行、意大利开利洋行、瑞士达昌洋行、美国美鹰洋行、瑞士联纳洋行，这几家的大班可亲自来了？”

“不仅这几家，送过请帖的都亲自来了。但是，怡和洋行的大班还没有从香港回来，就把请帖送给了他们的丝绸部经理派脱纳。另外，信孚洋行只来了小麦田。”

“租界里还就真的是洋人脸面好使，若是在永新百货公司，他们不见得皆亲来。至于大麦田，他现在身份不一般了，英商总会的面子如何肯轻易给。这老东西的鼻子是属狗的，肯定能嗅到些什么，他躲在暗处等着看好戏呢。酒会上，各方关系和势力，你都要照顾周全。日本商会要求把地点改在英商沪海总会大楼，为难你是一方面，另一方面也有让你得罪美商、法商的意图。经商讲究个和气生财，得罪同行那是不可避免的，但其他的人脉势力，能不得罪就不得罪。”

“是，儿子谨遵父亲教诲！父亲，您既然来了，为何不进去？”

“为父不去，酒会上，大家会重视你的一言一行。为父一去，他们就不会把你这个少爷看在眼里。你方爷爷在南地丝绸业的威望可比我高，他不来，不也是想让大家把注意力都放在霓裳锦织造坊少东家身上吗？”

“请父亲放心，儿子定不负父亲所望。”

林肇聪看锦笙一眼，点了点头，说：“如何应酬，你跟在我身边也见过学过不少，我就不临时啰唆了。虽然你日后不一定能得到耆德印，成为林家真正的少东家，但这次酒会上，你所代表的就是秀林丝织厂的少东家，也是耆德堂林记绸缎庄的少东家。你自己机灵着点，不可有损害林家颜面的言行举止。这次酒会上多是你的长辈，你要跟在你景伯和恒叔身旁，多看多听少说，切记祸从口出。与那些洋行大班交际时，你不可盲目骄纵，亦无须妄自菲薄，进退皆要有度。还有，派人密切注意日本商会和三井洋行的一举一动，不要再着了他们的道！”

汽车里空间小，锦笙只微微欠身道：“是，儿子谨遵父亲教诲！”抬眸见林肇聪摆手，于是说，“那儿子先去了。”

下了汽车，要关车门之际，锦笙弯腰小心翼翼道：“父亲，您身体不好，还是少抽些烟吧！儿子不离开您跟母亲了，日后您有什么烦心事都交给儿子处理，您可以清清闲闲地做些自己喜欢的事……”

烟雾里射出两道阴冷眸光，把锦笙骇得噤了声，林肇聪冷笑：“怎么，你翅膀还没硬呢，就想架空我、管着我？大房的事，以后是不是都得你做主？离不离开你说了算？夺不夺锦你说了算？说吧，你还想管什么？是否日后我与你两位母亲的一日三餐都要看你脸色？”

锦笙连连摇头说“儿子不敢”，经苏武眼神暗示才赶紧走开。路上她懊恼到直皱眉头，明知父亲存着许多火呢，怎还能多说话惹父亲不快。

进到总会大楼，恰碰上西崽来请在一楼消遣玩乐的宾客，锦笙见兰泽挽着一个洋人的臂膀从桥牌室里走出，不觉笑了笑，神态也恢复为精灵傲气的麒麟少爷。

宴会厅内飘散着舒缓悠扬的音乐，把各个小交际圈子的交谈声也映衬出袅绕乐韵，低沉婉转。

先前锦笙去见林肇聪，没有让叶执信跟随。叶执信担忧穆峻潭，不免有些走神，待从众多宾客里找见锦笙时，锦笙正被三个华丽贵气的女宾客环绕着。他忽然想起少帅特意叮嘱过，要防着那些花蝴蝶似的女人勾引林小姐，不由苦着脸笑了笑。

锦笙看见叶执信面色极其复杂地走过来，因他知道自己的身份秘密，不免很别扭，再对身旁女宾说笑时，那俏皮话就有些说不出来了。

这时，古祯急急走了过来，对锦笙低声道：“景翁找咱们。”锦笙笑着道几声“失陪”，就跟着古祯坐电梯到了三楼。

旋即，方少尘、宋泱澄也跟到了客房，虞景廉背手站在客室的沙发旁，一向慈和的面容带着怒气，厉声道：“酒会流程你们不让我过问，我想着你们都是见惯大场面的少爷，也就没过问。可你们找了两个舞小姐来跳脱衣舞，为什么不告知我！”

四人中古祯年纪最大，又和虞景廉来往最多，主动笑着回道：“景翁，是日本人先找了兰泽，我们才找了贺青青，只是为个噱头。现在讲新思想、新文明，都不大顾旧礼了，再说她二人吃的就是风月饭，我们觉得没多大问题，就没告诉您。可是有什么不妥？”

虞景廉怒声道：“吃风月饭她们就不是中国女人了？让中国女人当众脱衣就是你们从西洋学来的新文明？你们家里都有钱，平日里在舞厅、书寓怎么胡来怎么玩风月，我都没有资格干涉过问。可今天是什么场合？日本人找了个中国舞小姐，你们也跟风，到时候这些洋人起哄，那脱的是衣吗？脱的是中国人的脸！舞小姐不懂什么是国家脸面，你们也不懂吗？”他眸光盯住锦笙，神色更严厉了些：“横竖都是丢中国人的脸，这场酒会办他作何！”

锦笙方才被叶执信一刺激，意识到了自己是女子，此刻被虞景廉训得心里又乱又刺又羞，只红着脸说不出话来。虞景廉实在气坏了："我知道，你们个个家里有钱有势，我没资格对你们说教。你林五少更是家财万贯，江北的麒麟少爷，我一向觉得你年少有为，可你今日之举，让我跟你爷爷他老人家……"锦笙黑白分明的大眼睛望着他，他立即止住了话语，旋即道："你们赶快去把这件事解决好！"

宋泱澄道："景翁，青青是咱们这边的，一切好说。兰泽是日本人找来的，也不听咱们的啊。她这一脱，还不得抱个玫瑰满怀。"锦笙眸光环顾一圈，闷声道："或许我有法子。"她前面在宴会厅看见贺青青落寞喝酒时，曾动了不让贺青青与兰泽争奇斗艳的念头，但法子并非十拿九稳，贺青青又自愿，她也就没拦着。眼下景翁一番教训，她心里难受得很，已顾不得其他了。

第三十五章 满堂彩，千娇媚

英商沪海总会大楼一楼桥牌室内，因一张桥牌桌上有三人母语不同，三人说得流利的中国话反倒成了通用语。

小麦田一面把雪茄摁灭在水晶烟灰缸里，一面对桥牌桌上的另外三人说：“咱们都被这小小利益蒙蔽了，以为中日丝绸打价格战，咱们是从旁获利的人。当时还觉得林家愚蠢至极，日本商会背后势力复杂，光是一个三井洋行，林家就对付不了。真是小看了林家！”

瑞士联纳洋行的大班联纳说：“那个中国职员只说林肇聪和陈庆恒去询问了几句，一切都还不确定。”

小麦田说：“不，不。柳苏城的比赛馆已经开馆两个月，你们没有觉察出什么吗？”

美鹰洋行大班汤麦斯和联纳皆摇了摇头，英国怡和洋行丝绸部经理派脱纳冷笑道：“希望晨曦的钟声，能唤醒在危难里昏睡的中国人。林家和日本商会弄一场丝绸赛会，《晨钟报》又借着丝绸赛会大肆刊登各式各样的文章，今日宣扬贸易平等，明日要求中国商人应该拥有和洋商相同的权益，后日又夸赞国货、驱逐洋货。闹这么久，其他中国人唤醒没唤醒我还不知，但丝绸业的中国商人已有觉醒要反抗的。今年春茧下来后，我与另外五家洋行暗中联合施压，生丝价格也没压下来多少，我们洋行的生丝业务比上次茧季少赚了十五万。”

小麦田打了个响指：“对！丝绸在中国人心中的地位很不一般，虽然咱们的国家也有丝绸，有一些品种在中国卖得还不错。但目前，还是比不过中国丝绸在欧美很多国家曾创造下的辉煌成绩。不管林家和日本商会闹出这场比赛的原因和目的究竟是什么，目前已经对咱们的洋行造成了影响。往长远看，还不仅仅影响了丝绸一种商品。在中国市场，很多洋货受部分中国人钟爱的原因之一，是他们觉得洋货比国货质量好。一旦林家赢了，中国报界再加以宣扬中国货比洋货好，其他行业要是也跟着模仿，那咱们的商品会更难以占据中国市场。像中国报纸上说的，很多中国人只是昏睡未醒，一旦醒了，他们的力量凝聚起来，就算在租界里，咱们也会控制不住他们。我有一种预感，以后咱们在中国挣钱会越来越难，中国人也会越来越难对付。”

汤麦斯说：“醒了又能怎么样，越清醒才越不会忘记那些和洋商抗争的华商是什么下场。”

派脱纳说：“很多情况和咱们刚来中国时不一样了，就像林锦笙这一代的中国富少，光我知道的，十有四五都是欧美留学回来的，受过欧美教育。就算在中国学校念书的学生，也不似以前的中国人那般愚昧无知。咱们这些外国人在他们眼里，就算有法外治权、有特权，也已经不是可怕可敬不可得罪的了。现在，很多中国青年把平等和国权看得很重要。”

联纳说：“看来，绝不能让林家赢。一旦中国货有了这层荣耀，给了中国人信心，一定会刺激到中国商人和中国的工厂企业。”

小麦田摇头说：“不，不。如果林家输了，日本人依据比赛协议上那些规定，就会一步步地吞掉林家产业。林家在江北的势力牵连太广，极有可能连咱们在中国的利益都会被日本人大量分割走。”

汤麦斯说：“我曾听一个中国商人说过，许多中国商人在所有外国商人里最讨厌日本商人，是因为日本商人背后总牵扯着日本政府，企图政府和商界联合，实行对中国经济的侵略。加之甲午年那场海战之后，越来越多的中国人意识到日本有大肆侵略中国的意图，才会抵制反感日本的人和货。和日本人相比，中国商人应该更喜欢跟欧美商人合作。”

联纳问：“你的意思，咱们要帮林家赢？”

汤麦斯和小麦田、派脱纳对看一眼，又凝看着手中的绸缎玫瑰花，笑着说：“不，林家这次既然想要公平竞争，不想再玷污中国丝绸，我们也公平对待。日本人赢了，我们也要逼迫着林家分出利益给我们，林家的银行产业和整个柞丝产业，日本商会胃口再大，毕竟是在中国，他们短时间内一口吞不下。若林家赢了，真要借势和南地商人成立他们中国人自己的对外出口贸易行，也没那么容易。既然他们要凝聚力量，我们也就联合其他洋行，先前那些中国商人吃过的苦果，就是这群中国商人不安分的下场。这场比赛，我们只是旁观者，结果是什么，对中国人和日本人很重要，对我们没有那么重要。不管是哪种结果，对我们都没有即时性的危害，我们只需要作好准备应对这种结果所带来的后续影响。”

小麦田从酒柜取出一瓶伏特加倒了四杯，挑眉笑道：“今晚还有俏舞娘跳脱衣舞，咱们需要点热情。”

很不绅士，亦不合餐饮礼节，四个酒杯里的酒并不一样多。汤麦斯手疾眼快端了最多的一杯，小麦田主动端了最少的一杯。饮酒时，玻璃酒杯折射着四人的冷漠眸光，达成默契的联合在夏日里也异常冰冷。

近几年，中国商人也有一些参与对外出口的，但所能参与的商品都是利润微薄的。在出口总额里占大比例的商品，依旧控制在洋商手中，中国对外贸易的竞争主要还是各个洋行之间的竞争。

洋行间明争暗斗到只差你死我活，唯有对付中国人时才偶尔联合。然而，这种联合，欧美商人也甚有默契，是绝不允许日本洋行参与的。

欧美商人各自心里也很清楚，他们之间，合作是合作，永远不会均分利益！

西崽又来恭请一次，四人才走出桥牌室。

进到二楼宴会厅，小麦田远远瞧见林五少和开利洋行的大班、南地航运商会会长家的少爷在谈笑，旁边聚着的四个，全是沪海金融界有名号的青年才俊。小麦田刚要朝这个小交谈圈子走过去，忽地厅内水晶灯全灭，音乐亦骤停。

宾客茫然四顾时，一束灯光打在古祯身上。他今日作司仪，站在四层台阶高的小舞台上，高过众宾客，很是瞩目。

随着古祯的开场白，宴会厅内的灯光重新亮起，他身后大红绸幕布也缓缓降下酒会主题——丝绸之美。

“诸位贵宾，晚上好，感谢大家能把如此美丽的夜晚赠予丝绸。相信在场贵宾对中国丝绸都不陌生，我曾听外国朋友说，在古罗马时代，只有皇室才能穿中国丝绸。在欧洲很多国家，中国丝绸一直是贵族王室的专属。毫不夸张地说，我们中国的丝绸曾几度引领了世界风尚。后来，很多外国友邦学会了缫丝织绸的技艺，现在，又把各自国家的丝绸销售到中国来。这种平等的、自愿的、不存恶意的商品贸易往来，中国人历来就很欢迎，也相信，彼此间技艺的交流能更好地促进丝绸业的发展……"

古祯的英语说得很流利，用中国话说完，又用英语讲了一遍。

宾客里有不懂中国话和英语的洋人，懂中国话的同胞低声把古祯的话翻译给他们听，宴会厅内低语声不断，酒会流程也慢慢展开。

许多外侨听懂古祯的话之后，心里也认可，从中国丝绸作为商品流入欧洲以后，一直都位列高等面料，属于奢侈品。中国的丝绸曾赚取了欧洲各国大量的白银，直到近几十年才渐渐走下神坛。但是，中国丝绸曾作为欧洲通认的奢侈品，即使辉煌不复往昔，也拥有不可替代的特殊地位。

因听闻方家曾长期给中国皇室提供丝绸面料，相比言称有上等丝织品未在比赛馆销售的东洋丝绸，外侨们更期待改良后的方家丝绸。

西崽搬来八条长案放玻璃匣子，当宾客们看到匣子里的丝绸后，都有点蒙。水晶灯照耀下，满眼绚丽，价格统一，且没有任何标识，很难立即辨认出哪些是方家丝绸。

锦笙望向日侨圈子，佐藤信长和佐藤英武、渡边次郎还有三个日侨贵族都众星捧月地围着一个日本青年。锦笙询问了程藕初，程藕初并不认识那青年，但日本的等级制度严格，那青年的身份应该很尊贵。

瞥见渡边次郎苦着脸暗暗擦汗，锦笙心中嗤笑了一下，渡边次郎给她出难题的时候，大抵深信她办不成。没想到她真的办成了，沪海的中外名流权贵云集于此，把他们日本的大人物也招了过来。

笑完渡边次郎，锦笙也掏出手帕擦了擦汗。今晚到场的宾客，虽不全是经营丝绸、从事丝绸贸易的，但个个身家富足、身份尊贵，各种高等丝绸面料皆是司空见惯了的。比起那些趁着比赛馆打价格战想从中大赚一笔的丝绸商人，今晚宾客的选择，更能体现丝绸工艺的高低。

锦笙表面风轻云淡，胜券在握，心中却并未有十足把握。她长吁一口气时，看到法磊斯爵士悄声进宴会厅，忽然想起，穆峻潭和法磊斯爵士说定后，还遗憾地对她说了句："军务繁忙，恕我不能陪你同去，倒真想多看看你精灵傲气的小模样。"

这事本来是方少尘拍胸脯包揽的，结果穆峻潭还非要跟她面谈。她当时对穆峻潭面容带笑，心中气炸，巴不得他不掺和呢。

因换了剪裁得体的西服，锦笙把血玉平安扣取下放在了口袋里，小心握住时，掌心冰凉。她面庞浮起精灵傲气的笑容，眼底却缭绕着浓郁惆怅。穆峻潭置身烽火硝烟中，她处在十里洋场内，他生死未卜，她笙歌燕舞。

她愈来愈不懂，穆峻潭到底是个怎样的人。

远远地，古祯的话语由麦克风里散出来："我们还为各位贵宾准备了三个小节目，待节目表演完，相信各位贵宾一定能选出自己心仪的丝绸。"

酒会主题虽是"丝绸之美"，但宾客中，有欲借机扩充人脉的，也有想谈成其他交易合作的。与人方便，就是与己方便。一匹丝绸最贵也不过几十大洋，于他们而言这点子小钱不算什么。光是酒会主题下的人脉价值已远超过几十匹丝绸。纵使不关注丝绸业的宾客，也乐得公平公正地选出几匹质量优异的丝绸，或送太太小妾，或送儿子女儿，或自己用。丝绸面料嘛，衣裳、帷幔、被褥，上等的、普通的，一年到头，家里总缺不了。且人靠衣装佛要金装，上等丝绸穿出去交际，已是一份无须言说的体面，是身份富贵的象征。

乐音奏响，佐藤信长暗暗握紧拳头，望向螺旋楼梯上缓缓走下的两个女子，只要今晚酒会赢了林家，他就可名利双收。

踏着地板上的零星金光，兰泽和贺青青着白纱款款而下，兰泽内里的小衣物仿照泳装裁制，外面纱衣是睡袍款式，中间由银带系着。走动之时，白纱行云流水，玉腿若隐若现。

贺青青的纱衣是中国衫裙款式，裙长曳地，内里小衣物，上身是月白色肚兜，下身是青绫长裤。她曾听林三少说，唐朝女子最喜穿罗与纱，层层叠叠，飘逸灵透，胸部也是半遮半掩，有诗云"胸前如雪脸如花"，唐朝女子的思想开放远比现在更甚。当时以为林三少说浑话，她还与另外两个小姐妹把林三少推打了一番。今晨试纱衣时忽想起问林五少，林五少却说，的确如此。

当两个娇俏女子站在高台背对宾客时，古祯告诉众宾客，二人后背同样的位置都有红漆书的一个"纱"字。有宾客好奇凑到跟前看，兰泽后背的"纱"字已全部看不见，贺青青后背隐约有红色痕迹。

古祯又请众宾客猜测二人各自穿了几层纱，若能同时猜中二人所穿纱衣层数，会赠送两份小礼物作奖品。

第一份，是日本的浮世绘屏风。屏风上的风景，为日本最著名的浮世绘画家所绘。

第二份，是霓裳锦小枕屏。尺素锦屏，织出皓月悬空、皑皑白雪、傲骨寒梅、花下佳人，极尽丝绸瑰丽之韵。

一个绘，一个织，虽同样精美无比，但宾客皆为见多识广者，一看便知，哪一份礼物的工艺更为复杂，哪一份礼物更具有珍藏价值。

佐藤织物会社的织物也有织锦屏风，但像霓裳锦这样好几面景物意境连贯的，他们织不出，遂拿出了引以为豪的浮世绘。

宾客本以为是一个瑰丽的枯燥夜晚，可这突如其来的小竞猜游戏，却为酒会增添了些许乐趣。像派脱纳这样与中国丝绸打过多年交道的洋商，也曾听闻过阿拉伯商人与唐朝官员的小故事。

轻纱薄如空，举之若无，穿之透明。传闻中国古代一层女子纱衣，轻如空气，薄如蝉翼，仅为一根羽毛的重量。

方少尘跟锦笙说，或许以前有过那等异常轻薄的纱，可现在的蚕宝宝是胖体质，吐出的丝不如古代轻、细，织不出传闻中的纱。

酒会上一时声浪起伏，有人猜五层，有人猜八层，有人猜十层。小麦田和身旁女伴玩笑着，由一层、二层开始往上加，有几个犹太商人和瑞士商人也跟着如此。酒会上总有语言不通者，笑声迟缓，导致笑声不断，把酒会气氛带得益发热闹。

古祯忙笑着止住，连说："不行，不行。"

最后由一个英法德文皆通的翻译，把愿意竞猜的人和竞猜层数都一一登记下来。

有几个年轻贵族把锦笙围住，要她给点提示，她笑说自己也不知，其实几个年轻人更好奇到底有没有香艳节目可看。一本正经下的小不正经，比风月场合的寻常香艳更为刺激诱人。

叶执信疾走过来，附在锦笙耳旁低语一番。她隔了五六人与渡边次郎对看，精灵傲气地对他眨了眨左眼。他身旁也站着一个刚传完话的属下，见得锦笙眨眼，气怒地咬了咬牙。

渡边次郎找兰泽跳脱衣舞本是秘密事，欲给林家来个出其不意。到酒会才知，秘密已泄露，林家也找了电影新星贺青青与兰泽争奇斗艳。渡边次郎派了浪人扮作西崽，意图绑走贺青青让兰泽一枝独秀，好为东洋丝绸抱个满怀玫瑰。

今晚酒会的西洋乐师是锦笙花重金由沪海大剧院请来的，曲目也是事前与日本商会商定好的，日本商会则秘密请了四个乐师为兰泽单独伴乐。

锦笙让叶执信领了三个穿西崽服的卫兵把那四个乐师绑到三楼的客房关起来，却恰巧遇见日本浪人绑架贺青青，两个日本浪人又岂能敌得过叶执信等人。被救后，贺青青已给迷得半昏半醒，从叶执信腰间拔了匕首割伤大腿，才清醒了七分。

翻译登记好，给古祯打了个手势，古祯一招手，有两个西崽立即搬了四扇屏风上来。

日侨簇拥的日本青年低语问了渡边次郎两句，渡边次郎弯腰的同时，他的下属已朝着高台走去，欲告诉兰泽，不必再以音乐为跳舞信号。锦笙给叶执信递个眼神，叶执信与日本浪人同时到达高台下，二人拳拳相握，手上、脖颈青筋暴起，推搡着退了场。

渡边次郎很生气，当初林五少坚决不让，必须要由中国人做酒会司仪，他也提了要求，日侨这边宾客由他们定，且一半侍者要由他们的人担任。

酒会上不能有失礼仪，漂亮的计划又被破坏，渡边次郎觉得自己被支那猪和英国佬联合欺负了，屈辱愤恨油然而生。

锦笙深知马迪尔兄弟不仅在中国法侨中的名望地位很高，在巴黎、里昂的商界也很有地位。待叶执信把日本浪人推搡出去，她立即走到小麦田夫妇跟前，要请小麦田夫人上去揭晓谜底。小麦田抬眸细看，已有屏风把两位女子的倩影遮住，显然是没有了传闻中的脱衣舞节目，不免对锦笙皱眉做鬼脸道：“我伏特加都喝过了，你竟然只让我太太去看。”

“什么？”

锦笙不懂他的意思，他哈哈笑了两声，摆手说：“可以，可以。”旋即，用法语对妻子说了几句话。小麦田夫人听完愉快地点点头，与锦笙对看的琥珀色眼珠里满是笑意，把黄发髻上的玫瑰花也映衬得别样娇丽。另外一位是英侨贵族太太，此二人在屏风后查看过，由各自的丈夫宣布了结果。

兰泽所穿东洋纱是十二层，贺青青所穿中国蝉翼纱是十七层。自然，无一人同时猜中，浮世绘和霓裳锦屏风虽珍贵精美，却带了遗憾的美，随之被遗忘在醇香美酒里。

锦笙想这个小节目前曾买日本纱做过实验，但买到的不是日本的上等纱，遮八层就已看不见西瓜子。今日穿到十二层，也着实令锦笙有些惊讶佐藤织物会社的工艺。看来，日本商会在往比赛馆摆丝绸的时候留了一手，猜想是准备到最后连佐藤织物会社的织物也降价销售，故而把最得意的品种款式皆保留着，以便日后尽快恢复生息。

渡边次郎和佐藤英武也暗中买了方家的纱实验过，差距根本没有如此之大。他们猜测，贺青青今晚所穿纱是方家早已不售的库存纱——上等贡品蝉翼纱，轻薄透，空灵至极。且林家摆明是要羞辱他们，贺青青穿了十七层，背后“纱”字还隐隐透红。

纱的工艺贵在轻薄透，这局胜负如何，酒会上不谈输赢，记者们也会公平报道。有相片，有文章，有满堂见证人，无须锦笙等人在言语上过多证明。

今儿下午有宾客早至，西崽在几位宾客的见证下把两份七尺见方的青绫浸泡在水盆里。一小时后，西崽把两块青绫洗出来，悬挂在庭院里晾晒。洗出来时，洗东洋绫的水就已染了色。

丝绸历来娇贵，富贵人家的上等丝绸衣物向来不会水浸后再暴晒晾干，多是阴干。况且绫类比缎类光滑柔软轻薄，经过一番水洗和暴晒，再亮相酒会厅堂时，两份青绫在色泽和手感上都受了损伤。

因东洋绫褪色严重，懂行的人一细看就知，东洋绫并非绫类，织法比绫类质地密且结实。锦笙和方少尘也瞧出来了，但东洋丝绸与中国丝绸还是有很大差别的，日本有自己的一套命名方法，日本商会最初拿出来时，说这等同于中国丝绸的绫类，锦笙也无法与他们较真。

早在比这一项之前，佐藤英武已预料到输赢结果。在中国丝绸最繁荣的明清两朝，方家丝绸就是靠染色、染料秘方才独树一帜的。跟方家丝绸比色泽亮度及牢度，必输无疑。

宾客里有出去透气的，有聚在一处谈论其他的，只有部分宾客陆续看了两份青绫。欧美人在工作之外的生活崇尚自由散漫，锦笙知晓宾客们对这一环节不甚感兴趣，只要记者们都围过来如实报道即可，这满堂宾客只是无形却有力量的见证人。

中国丝绸走下世界神坛已是既定事实，锦笙和那些对丝绸倾注情感心血的丝绸商人、丝绸匠人也不知该如何挽回老祖宗赠予的这份荣誉，只能在国不宁、外敌环伺的当下依靠自己的力量，想到一点就去做一点。

《蓝色多瑙河圆舞曲》响起，陆离灯光闪烁不定，宴会大厅空出一片舞台，有意共舞的宾客两两携手滑入舞池。

伴着乐曲，灯光也渐次平和温煦，仿若黎明曙光拨开河面晨雾，水波轻柔翻动。女士裙摆飞扬，蹁跹起舞，宾客们仿佛在多瑙河旁共舞，陶醉于大自然中。

锦笙不如那些新式少爷懂得分析西洋乐曲，她之所以选这首圆舞曲，也是因每每听它，总有一种春意盎然之感，觉得这是大自然的馈赠。同样的，丝绸也是大自然的馈赠。舞池中，一位女士的衣裙大约需要一千五百只蚕吐出约六斤的蚕茧方能制成。或纱，或纺，或绫罗绸缎，都是自然的气息在滋养着女子肌肤。

文人墨客经常用形容女子的字词形容丝绸，丝绸与女子，珠联玉映，应是世间最美好的遇见。

锦笙立在黯淡落地窗前望向舞池，暗处看亮处格外分明。迄今为止，她唯有过蝴蝶一个女舞伴，从不敢和其他女子共舞。她对着窗外浅光轻晃着玻璃杯中的酒，琥珀般的色泽，令她不由神往寥廓江面。

《新闻报》的美国籍记者和《沪报》的中国记者在自然音律中低声交谈着朝锦笙走来，他二人对丝绸不了解，看完两份青绫后，很好奇方家丝绸为什么色泽保持度那么高。

《新闻报》是清末时中外商人合资办的报馆，几经改革转折，现在以经济新闻和商业新闻为主，工商业者为其主要读者。

《沪报》是一家由英国人出资、中国人主笔的报社，除刊登国内外重大新闻、通讯，发表著名人士文章、宣言之外，还增添了副刊，登些经济专刊、商业新闻、教育消息、电影专讯等。

这两家报社在很多城市都有分社，锦笙神游的心思立马收了回来，忖度着要如何回答他们。

某一日闲话探讨时，锦笙也很费解植物染料与化学染料究竟有何不同，方家配出来的植物染料怎么就染得这么牢固好看呢。方少尘心里清楚，跟她却解释不清。倒是穆峻潭听明白方少尘的话，以科学分析的方式跟她解释：

“各种染料均有其着色原理，化学染料着色是通过黏合剂使其黏附在织物表面，颜色遇水自然易脱落。植物染料则不然，染制时，其色素分子是通过与织物纤维亲和、融合而改变纤维的色彩，所着之色就算经日晒水洗，也不易脱落甚至于不脱落。”

这段话锦笙倒是记住了，但她没学过学堂里教的化学、物理，也不知什么叫原理，更不懂什么叫分子。

现在想起来，还不免抓脑袋瓜呢。当时她赌气不愿和穆峻潭多言，也就没问详细。此时想把这话复述一遍，又怕两个记者问她什么叫原理，什么叫分子。她礼貌微笑着，佯装在思考，眸光落在了舞池里。古祯、方少尘、宋泱澄，包括景翁都正搂着别人的洋太太跳舞呢，她身旁没有一个可圆话的留学生熟人。

中国记者等了半分钟，善解人意地问：“是否因涉及行业秘密，所以不方便告知？”

也不是配色秘方，没有什么不可告人的。锦笙笑着摆手，把从穆峻潭那里听来的话大概复述了一遍。中国记者翻译给美国人听时，锦笙怕二人详细追问，暗中捏了一把汗，没想到，二人说声“谢谢”就走了。

锦笙这才意识到自己因走神变笨，记者虽然不懂丝绸的相关知识，可对于西洋科学懂得比她多，何须她过多解释。

因两个记者的询问，锦笙不由想起了穆峻潭，血玉平安扣的冰冷被掌心包围着。忽地，她觉得自己很奇怪，穆峻潭健康无事时，别说看见他，想起他五次有三次都得生气，觉得他哪儿哪都是缺点，除了一身臭皮囊好看，简直一无是处。现在他生死不明，她反倒念起他的好来。他虽国文不好，也不会吟诗作赋，连字也写得跟她一样丑，但他懂得很多西洋科学，军事天赋更是异禀，实在算是优异青年军官。

她望向舞池，依稀记起穆峻潭和方桑宜在天乐坊共舞的画面。她和穆峻潭偶尔对视，他眸光冷冽挑衅。她踩着华尔兹的拍子一步步地移到他跟前，圆舞曲完，宾客四散，一束荧光打在她和他身上。

他面容依旧冷峻倨傲，双眸却因她的走近浮起一层柔情。她簇起精灵讨喜的笑容，抓住他胳膊欲开口说：“穆峻潭，你安然无恙，太好了。”

谁知，她刚欢喜地叫了声“穆峻潭”，宴会厅的几盏大水晶灯骤然全亮，她眼睛猛地闭住两秒，再睁开，眼前与穆峻潭一样高的男子原是航运商会会长的儿子贺慕杭。锦笙连忙松开他胳膊，尴尬笑道：“贺少爷玩得可开心？”

贺慕杭的女伴有心与他欲拒还迎，舞曲尚有好几拍，忽然水蛇般游离开。他刚要去追，就被锦笙拉住，这时凝看锦笙两秒，唇角勾了笑：“今晚的酒不错，林五少都喝醉了。”锦笙揉揉红扑扑的脸颊，尴尬笑上两声，佯装与其他宾客交谈着远离了贺慕杭。

古祯方才离贺慕杭较近，把锦笙醉酒失态的举止收入眼底。待锦笙走远，他忙到她跟前低声提醒道：“锦笙，你以后跟贺慕杭接触的时候注意些。他从英国回来后，不知打哪儿学的坏习惯，总喜跟男子过于亲密。”

听完这话，锦笙差点被一口红酒呛背气，古祯拍拍她肩膀，继续去负责自己的司仪事务。

锦笙由宾客群里去找贺慕杭，不想贺慕杭也正含笑观察着她，一股豺狼气息盖过美酒猛烈飘散来。她背过身，又悔又恼，不由把穆峻潭怪责一通，都是因为他，她才失神失礼抓了贺慕杭的胳膊。

宾客在休息时，林家和日本商会开始了第三次较量。有两个绣娘分别拿着相同的绣花针登上高台子，分管东洋红绸、方家红绸的两个西崽各自剪裁一块一尺见方的红绸递向两个绣娘。两个绣娘努力想把红绸完全穿过绣花针，稍后却都对西崽摇摇头。

两个西崽又剪裁几次，最后，东洋红绸以三寸、方家红绸以两寸有余穿过了绣花针。

绸的工艺贵在软、滑，东洋丝绸在失利两局后，终于扳回一局。日本侨民脸庞上的十二层灰纱一瞬剥落，神气亦不同先前。佐藤英武表面上与日本同胞一起眉眼舒展，心中却觉这种比试方法并不完全公平。日本商会这次选的红绸，包括现在很多丝织厂制作的丝绸都会用化学药剂润滑，造出丝滑假象。简单一过水，那种丝滑感就会立即锐减。然而，方家丝绸只要不是刻意浸水损坏，简单水洗后，丝滑度并不会锐减。

佐藤英武早就了解到，广昌牌塔夫绸私下里用化学药剂增加了光滑度，若锦笙用广昌丝织厂的绸，绸类较量的结果就不一定了。

酒会不宜过长，锦笙也只想出了这三个小节目，既增添些许乐趣，又与东洋丝绸在工艺质量上直接一较高下。林家三局两胜，宾客最后的订单变得尤为重要。

当西崽把四十份丝绸样品由玻璃匣子里拿出时，宾客心中已大致有数，要如何分辨丝绸工艺优劣。

绫、纱、绸、缎中，唯有缎的工艺高低最为直观。上等缎料富丽堂皇、光彩熠熠，宛如富贵端庄的女士，高贵而不失典雅，华丽中犹含庄重。

宴会西崽出动大半，不到一个小时便把订单登记完毕，又交由负责人统计结果。

宾客里自然没有带现款的，都是要由仆役补送过来。充作二十大洋的绸缎玫瑰，除掉林家这边的朋友宾客和日本商会的朋友宾客，只有一百朵计算在订单金额里。

最后的统计结果，林家比日本商会多了四千块大洋，加之丝绸工艺上的三局两胜，虽今晚酒会不谈胜负，但结果已自在人心。且今晚酒会为出席的记者提供了许多新闻素材，酒会的种种情况，明日就会印在报纸上被更多人知晓。

《假面舞会》圆舞曲奏响，轻快华丽的乐调带动舞池宾客旋转，几位洋太太的大裙摆上下翻动蹁跹，裙摆尾部的大簇花朵似被风吹动。

花动一厅春色，魅惑、绚烂，花簇盛开鲜艳至极。春日狂欢之后便是凋零，宾客亦戴着各自假面从酒会上渐次退场。

送宾客出庭院时，锦笙看见那日本青年挨个把佐藤信长、佐藤英武、渡边次郎狠狠扇了一巴掌，旋即怒气冲冲地上了汽车。他大约在宴会厅憋狠了，一出总会大楼就再也忍耐不住。

锦笙再次回到宴会大厅，交接好班次的西崽们正在收拾器具做清洁。

锦笙望着那巨型水晶吊灯，强烈灯光刺得她睁不开眼，只能阖目感受租界里洋人俱乐部的奢靡璀璨。洋乐师们都已不在，假面舞曲却还萦绕在她耳畔。

租界的种种奢靡繁华，是畸形的，靡靡之音掩盖了中国人内心深处的悲乐。

在这块属于中国却又名为租界的区域，并非每个中国人都是洋奴，也并非每个中国人都敢于跟洋人抗衡。与洋人较量的每一次小胜利，都足以令爱国人士感到欢欣鼓舞。

于那些洋人而言，这算不得一个很特别的夜晚。丝绸的瑰丽会在睡梦里忘却，醇酒的香甜会伴着日光升起淡去。

洋行的大班们更是不屑于中国丝绸这小小的胜利，中国丝绸就算拥有再多名誉上的胜利，转过头，出口贸易还是控制在洋行手里。大多数丝绸商人为了利益，还是会向他们屈服。

日本商会今晚输掉荣誉又如何，他们背后的三井洋行控制着很多中国丝商和绸商的利益。赢得荣誉的中国丝绸商人为了得到一个公允的出口价格，仍旧会有人向三井洋行屈服。

中国的土地被叫作租界，中国商人在自己的国家做生意，却要看洋人脸色，跟着他们的喜怒哀乐谋生存。

锦笙低头，好容易睁开眼睛，瞧着大理石地板上的细碎金光，有一种恍如梦醒之感。

法磊斯最后宣布结果时说了什么？

她记不清了。

可，终究是胜利了，终究是达成所愿了。

不是吗？

对于中国丝绸如今的处境而言，这是一场盛大而悲哀的胜利。在寓沪洋人视为身份象征的俱乐部大楼，没有任何暗中操作，仅凭丝绸工艺获得了一笔笔订单。

方家丝绸在工艺上三局两胜，订单金额又高出东洋丝绸四千块大洋。而这样的结果，是由大批西洋人选出的。

明日的报纸上不会仅提及林家、方家，自然还会以中国丝绸统一称之。西洋人在中国丝绸和东洋丝绸中更青睐中国丝绸，那便证明连西洋人也认为中国丝绸工艺上乘。国人纵然喜欢舶来品，又何须再过多崇媚洋丝绸？

报纸上自然还要刊登中国丝绸的种种荣耀过去，以令更多中外人士知晓。中国那般多的工艺瑰宝，至今还能拿出来与洋货一较高下为国争光的，已少之又少。

在万国商人汇聚的沪海，依托于英商沪海总会大楼的地位，酒会宾客又为各大洋行大班及中外富商贵族，“丝绸之美”这一事件，定然要占据各大报社头条，为其他城市的人所知晓。

文字游戏，向来是胜利者最后的武器。

锦笙梨花似的酒窝浮起，酒窝里晕着一抹浅浅的悲哀，短暂的胜利消除不掉中国丝绸所面临的根本忧患。景翁临离开前特意告知她，生于忧患死于安乐，不要因一时的胜利而忘记更大的忧患。日本人在这么大的酒会上颜面尽失，日本商会一定会倾尽全力在比赛馆扳回来。

回到林公馆，锦笙在客厅向父亲禀告今晚酒会的情况，林肇聪听完沉思片刻，替换着新烟草道：“你景伯说得很有道理，大的忧患还在后面呢，你万不可掉以轻心。出口贸易行办不办得成还要另说，反正林家善后的态度是摆出来了。这些事情暂时不用你插手，你仍全力顾好柳苏城比赛馆。现下，尚不知柳苏城究竟是个什么情况，日后南地的格局又将会变成什么样。”新烟草劲道足，林肇聪微呛着问：“你离开柳苏城之前，就没有从穆峻潭那里听说穆军有什么秘密计划？他把自己的卫戍队长都派给了你，不应该会瞒着你。”

锦笙吸着陌生的烟草气味，心也惶惶然，想解释自己和穆峻潭的关系并未到互相说秘密计划的那一步，但是叶执信还守在公馆外呢，跟父亲解释也成了此地无银三百两。锦笙眉头紧紧蹙起，她与穆峻潭的纠葛，连她自己都辨不清，也不知该如何与父亲说清，说不好，反而会引起新的误会，索性只摇头不语。

林肇聪隔着烟雾观察她两秒，温和道：“也是，你与柏凌情深义重，穆峻潭自然会顾忌你与皞系的这层关系，就算有什么秘密计划，也不会让你知晓的。早些回去歇着吧，待明后日报纸刊登出来，看一看今晚酒会的舆论影响如何，再决定其他的事情。”

自罗汉斋一番详谈后，锦笙最怕从父亲口中听到“柏凌”二字。这二字紧连着霓裳锦，似两座大山压在她肩膀上。她不敢多言，立即行礼转身离开。

坐上汽车，锦笙长长吁了一口气，对副座的叶执信说：“叶队长，方大少已不会再伤害到我。我知道你担心竞天安危，想去哪儿就去哪儿吧。你若能得到准确的消息，想法子通知我一声。”叶执信犹豫片刻回答说：“保护您是少帅下的军令，少帅不令属下离开，属下便不能擅离职守！”

锦笙听他语声坚决，亦不再多言。

回到饭店，锦笙松懈下心神，疲倦至极竟难以安睡。有关丝绸业的事，她虽忧愁，却因方方面面都了解，还不至于愁到辗转反侧。

夏日夜短，窗外愈来愈亮，令人分不清是月光还是晨曦，迷迷糊糊之际，她看见穆峻潭朝她走来。走来的躯体虽已被炸到血肉模糊，她却认得他军服上的肩章，认得他脖颈里的麒麟戒指。

锦笙猛然坐起，惊慌四顾，房间里只有她自己。她擦了擦脸上汗珠，封闭、静寂的房间里，她清楚听到自己剧烈的心跳声，扑通，扑通，穆峻潭血肉模糊的样子烙印在心室中，挥也挥不去。

眼见天已大亮，锦笙不敢再躺着，洗漱好到餐厅，一边等报纸，一边听客人们的早间闲谈。

她一杯咖啡刚喝完，被安排在饭店大门口等报童的杜衡就着急忙慌地跑进餐厅，手上是从报童那里抓来的好几份报纸，厚厚的一沓递向锦笙：“五少，新出的报纸，有好多关于穆少帅的消息。”他气息不定，身后追着要钱的小报童更是一脸苦相，气喘吁吁。

第三十六章 忧难表，梦无痕

两分钟的工夫，小报童挎包里的报纸就被客人买光了。待西崽捧着一大沓报纸进餐厅，厅内客人已在边阅边议论。

锦笙顾不得看有关“丝绸之美”的报道，只一张张地寻找有关穆峻潭的消息。

有一篇报道的大致意思是：唐义哲白日刺杀穆峻潭不成，夜间趁势发动兵变，轰炸穆峻潭养伤所居别院，围攻赵立铭府邸。唐义哲依仗所屯重兵，一夜之间，轰炸安系军官，枪杀江北内阁要员，其行为枉顾安系治军宗旨，藐视江北内阁，弃民主共和于不顾，暴露了他一心想要做土皇帝的野心。

报纸上有穆峻潭在比赛馆外中枪受伤的相片，有穆峻潭别院的废墟相片，还有赵立铭府邸的狼藉相片，再配上文章，看着像是记者写的。可这语气，这措辞，锦笙愈看愈像是帅府幕僚冒充记者写的。

南北许多大家族私下里都贴补着报社、通讯社，就连手头富足的交际花私下里也要贴补两三个小报记者专门给她们写稿。除了那几家大报社会以新闻的准确性和真实性为报道原则，其他报社的报道最多只能信一半。但两个对头分别贴补的通讯社一起报道，迎头撞上，分别撞出对方实情也是常有的。

锦笙认得穆峻潭别院的周遭环境，他的别院被炸这条消息的确是真的。穆峻潭的别院傍河，虽已被炸成废墟，外间却猜测他有生还的可能性。

这下子，也不会再有人骂穆峻潭是血腥军阀，曾公然以武力镇压学生游行了。很明显，柳苏城外的重兵姓唐不姓穆，他遭唐义哲构陷谋害，名声受损不说，现下生死亦未卜。

倏然吹进一阵儿晨风，蕾丝窗幔轻舞，飞掠过西崽新端给锦笙的咖啡，黑色咖啡珠滚落在穆峻潭受伤的那张相片上。锦笙立即掸拂掉咖啡珠，相片却已浸了一小片。她用小匙切了小半块方糖含在嘴里，顺手把脏掉的咖啡推开，又拿起报纸细看。

这张相片应是那日有记者无意间拍摄下的，却压至今日才发出以证那日真相，解释之间又给唐义哲加了一重干涉新闻界报道事实真相的罪状。她多少知道些那日的真实情况，此刻也能忖度出，这是帅府幕僚在以文字攻击唐义哲。

赵立铭被枪杀已是既定事实，她方才从燕平同乡那里听说，赵宫铭已在黑道上悬赏两万大洋要买唐义哲的人头。

再由报纸上看到赵立铭府邸相片时，她有种说不上来的难过。赵立铭最喜躲事，最喜明哲保身，最后却命丧异乡。他明明出身富贵之家，何苦为了省长的官位涉足军阀之间的争斗。那日在六和饭店，赵立铭怕是也不想明目张胆地算计穆峻潭。

转念一想，她益发觉得爷爷很睿智。从前朝卖官鬻爵风气盛行始，爷爷就禁止林家子孙买官做官，直到民国，也不准子孙从政从军。然而，也只能管得了燕平老大房这一脉，泰潍老二房、老三房、老四房那三脉就有好些个做官从军的。

锦笙只顾认真看报纸，全然不知对面桌子上，贺慕杭拿报纸半遮面，把她无意识下一匙一匙吃掉方糖的小动作尽收眼底。贺慕杭喝咖啡素来不喜加糖，这时候想起王子仪背地里调侃穆峻潭，说他为林五少吃了大半个奶油蛋糕，直甜腻到脸发白。于是，贺慕杭也搁了一块方糖，再品时，一股苦甜滋味在唇齿间蔓延开，于唇角绘出一抹浓笑。

锦笙把报纸翻了一遍，关于穆峻潭的情况，能确定的仅是穆峻潭的别院被炸。穆峻潭虽有生还可能，却凶多吉少。

穆大帅手下一名虎将贺允鹏带兵从曹谦地盘借道，且与部分曹兵分为两路大军，由水路、铁路已到了柳苏城。柳苏城的唐兵，但凡反抗、不归顺、不接受整编的，已直接就地缴械遣散。

不少军官将领临时倒戈，穆唐双方没怎么动炮火就胜负已分。但双方还未有通电传出，也不知结果究竟如何。锦笙忖度，若这个贺督军是真心跟随穆大帅的，进到柳苏城后，一定会紧急寻找自家少帅下落。

乱世之中，军政鼎革动荡是大人物的游戏。锦笙自知，在大人和穆峻潭这等大人物眼里，她只是个有点小聪明的小毛头。

她期盼着穆峻潭早在别院被炸之前就已经逃脱，此时正躲避在某处养伤呢，也盼望着贺督军马上就要找到他了。她以往对安系的情况关注甚少，眼下报纸上没有确定穆峻潭的生死，她也猜不准他是死是活。昨晚回到饭店，叶执信被王陶杨派来的便衣卫兵传话喊走，现在还未回。

锦笙和旁边几个等着证券物品交易所开门的金融人士闲聊，聊了几句就觉得，她好歹还算和穆军少帅相熟，知晓些真实情况，这几个人比她还一头雾水呢。无奈之下，她只得跑去敲方少尘的房间门。

昨晚有三家报社为了新闻报道的即时性和真实性，记者离开酒会后要连夜写稿子赶在今早发表，有关丝绸方面的知识需要专业人士校对，所以方少尘和程藕初、秦达竑分别去了那三家报社帮忙校对稿子。

锦笙不是不知方少尘忙了一夜刚回来，可她顾不得了，敲不开，她就抬脚踹了好几下。门开时，一阵好闻的香皂味飘散出，方少尘原是在洗澡，还未补觉呢。他周身水雾气环绕，连笑意都似被清水浸润过，粼粼泛光。锦笙见他上半身袒露着，蓦地脸颊一红，旋即把一沓报纸丢给他遮肉。

贺慕杭由走廊拐角处窥见锦笙进方少尘的房间，唇角笑意愈加坏了几分。

房间里，方少尘坐到沙发上一张张地翻看报纸，表面瞧着镇定无事，心中却愈来愈不安。那晚别院的情况究竟如何，竞天现在安危如何，他皆未确切得知。有消息说金陵城已被曹谦的兵攻破，唐义哲也逃窜在外。金陵城易守难攻，且唐义哲在多方失援、大势已定后，肯定铁了心紧关城门做土皇帝。曹兵能在这么短的时间内进城，他猜想临阵指挥攻城的人是竞天。

戴希闵不会完全信任曹谦的下属，只能由竞天亲自上阵指挥，以防曹谦生出其他变故。若真是他指挥，他并非头次带伤亲临战场，反而不必担忧他的安危。

然凡事都有万一，曹谦手下向来能人辈出，不乏得力将才。此次领兵攻进金陵城的，也有可能是曹谦下属。

竞天别院外一直有唐兵监视，宋连杰但凡察觉到一丝风声，都极有可能会将计就计，把竞天围困在别院。别院的炸药虽是竞天自己安排的，若不能及时逃出去，那便不是生死未卜，而是粉身碎骨。

种种计划是他请辞之前定下的，他对计划细节很清楚，却不清楚计划真正实施起来的实际情况。且从他请辞那一日，戴希闵心里就把他从自己人队伍里剔除了，不该他知道的事情是决计不会透露给他的。

锦笙见方少尘一脸镇静地沉思，以为他会分析个所以然来，纵然心急如焚，也逼着自己耐心等待。然而，等了十多分钟，方少尘把看完的报纸搁在茶几上，语气淡淡地说："我也不知道真实情况，看报纸的后续报道吧。"报纸是给外人看的，他真正要等的，是叶执信传回来的消息。

锦笙登时就恼了，这两天也不是瞧不出，方少尘和叶执信谈及穆峻潭时总避讳着她。可她也不想知道什么军事秘密，只想确定穆峻潭有没有死。以穆峻潭中枪的位置估测，那颗子弹就算打不中她脑袋，也会打到她脖子上。她若中弹，必死无疑。

"少尘，你们安系若真的有什么秘密计划，我发誓绝不给你们捣乱！我只想知道穆峻潭到底有没有事？这是不是你们计划好做戏的？穆大帅是不是就想找个由头打唐义哲？"

方少尘暂时无法确定穆峻潭的安危如何，仍旧对锦笙摇头："我这段时间都在忙丝绸的事，军中的事，我一概不知，也没参与过。"

锦笙生气辩解道："方少尘，纵然我是燕平人，理应与皞系走得近些。可是穆峻潭救了我一命，我林锦笙就算再坏，也不会不顾及救命恩情啊。"

方少尘见她很忧心着急，可是现下安系大局未定，他实在不能告知秘密计划，于是敷衍道："好，那我问你，一面是你穿一条裤子的兄弟卢柏凌，一面是于你有救命恩情的竟天，先不说有关他二人的利害了，直接假设与性命攸关，他们二人同时遇险，你只能救一人的性命，你会救谁？你老老实实回答，我再决定相不相信你。"

这还需要问吗？生死攸关，她自然要救卢柏凌啊！

若如此说，假使穆军有秘密计划，方少尘也断然不会告知她。稍一犹豫，就算说要救穆峻潭，方少尘也不相信了。

待方少尘拍拍她肩膀走向铜床补觉，她才反应过来自己被方少尘给耍了。她气咻咻地冲过去，拿枕头盖住方少尘的脑袋，把他捶打几拳出气。

报纸上虽经常指责军阀乱战，其实乱战的多是小军阀。大军阀地盘多，有实权，身份光鲜亮丽，自然也要顾忌身份。他们轻易不敢动武，怕落舆论口实，给其他军阀讨伐镇压的借口。卢兆祥跟穆炯明都想要武力统一南北，但没有个正当由头，一直不敢轻举妄动。最多就是指挥幕僚，引经据典、夹枪带棒地进行骂战，双方电文你来我往，文采斐然、铿铿锵锵，骂不出个打仗的理由来，也就渐渐息鼓了。

这次安系内斗，正儿八经地打了一场大仗，倒把局外人都打蒙了。

锦笙出完气，眸子滴溜转了两下，把压在方少尘脑袋上的枕头拿开，开始套他话：“少尘，报纸上评议说，唐义哲是因曹谦的临时倒戈，得不到柳苏城唐兵的救援才迅速溃败的。曹谦为何会临时倒戈呢？”方少尘喘过气望了她一眼，不准备回答，背过身装睡。

锦笙又问：“少尘，柳苏城的皞系卫兵也出事了。按理说，皞系可以趁机派兵南下的。然而江北内阁半点动静都没有，最喜上蹿下跳的小徐竟会高贵到冷眼观看。皞系若不是想黄雀在后，那便是穆大帅做了某种决定很合卢总理的心意。皞系任由穆大帅清理门户，半点都不干预，是不是穆大帅私下里给江北内阁发了什么电文？”

方少尘知晓，锦笙若是对何事较了真，是不容易被敷衍过去的，于是坐起来，郑重地对她说：“锦笙，你不用套我话。凭你这点阅历和见识是猜不准他们的目的和图谋的，你不要再妄加猜测了。政治局势和你做生意不同，你心眼玩尽，也不过是以一买一卖为基础。政治利益和格局很复杂，不是简简单单的非此即彼，一方的决定往往能牵扯到好几方的利益。我可以跟你保证，竟天百分之九十是安全的。另外百分之十，就是替你挡了一枪，就算有幸能从别院逃脱，战火连天的，根本没有医治的时间，又是夏日，那么严重的伤口不得溃烂发炎吗？”那另外百分之十，是要隐瞒锦笙的秘密，他不便告知，只好拿穆峻潭受伤一事作借口。

锦笙瞧着方少尘说话的神气是在安慰她，可她没得到任何安慰，反而面容很窘，心里微疼。她心神散乱地走出房间，在走廊拐角处遇见贺慕杭，竟鬼使神差地听信了他有穆少帅消息这等话，还把他带回房间密聊。

锦笙坐在沙发上，一脸戒备地望着非要喝上茶才开口的贺慕杭。

贺慕杭偶尔垂眸把手上报纸来回翻折，只把穆峻潭的半身像和穆峻潭别院废墟的相片对着锦笙视线范围。待喝了一口赤芍奉的茶，才慢悠悠开口道：“燕平林五少和卢二公子的感情，南北的五陵年少谁人不知，谁人不晓。叶执信和少尘是不会告诉你实情的。你若想知道竟天是死是活，只有我可以帮你。”

竟天？

穆峻潭的表字向来只许亲朋叫，他自己与外人交际时都自称“峻潭”。锦笙困惑地看着贺慕杭，贺慕杭也笑看着她。她意识到，贺慕杭大抵与穆峻潭、王子仪、少尘他们都是好兄弟。可能贺慕杭才从香港回来，穆峻潭也没有契机提到过他。

虽是如此，锦笙还是警戒地看着他，他一双狐狸似的眸子直直迎向锦笙，解她疑心:“贺允鹏是我的堂叔，又是这场战事的前敌指挥司令之一，我可以通过穆军现在设的各个军事关卡。你准备一下，咱们今天下午去金陵城，看看竞天到底是死是活。”

锦笙问:“竞天是在柳苏城出事的，为何要去金陵城？”贺慕杭说:“我堂叔正在柳苏城翻天覆地搜寻竞天下落呢，我也不知他是不是做戏。我猜测，这次领兵攻金陵城的前敌指挥是竞天。咱们直接去金陵城一探究竟，柳苏城这边，我可以跟我叔叔打探消息。”

锦笙也认可他的猜想和主意，急声问:“现在出发不行？”贺慕杭笑道:“你着什么急，若竞天真的出事，你现在也是无力回天了，去见尸体或早或晚有什么区别？”见锦笙眸中冷厉乍现，他又笑道:“托你林五少的光，我昨晚结识了宋二少，今天上午有生意上的事情要和他商谈。再说了，竞天既然是对外保密生死的，肯定轻易寻他不得。战事刚结束，一片硝烟狼藉，队伍也乱七八糟，先让他们打扫打扫战场，咱们赶在今天城门关闭之前到达即可。进城后，我们直接去督军府，竞天若平安无事，一定会把那里作为临时办公场地。”

锦笙对贺慕杭并不了解，忖度片刻说:“我考虑考虑。”贺慕杭说:“随你，竞天帮你挡子弹的时候，若是也考虑考虑，不知你现在还能不能坐在这里。”

方才在报纸上看到穆峻潭的废墟别院，锦笙的心智又被方少尘说的那百分之十所影响，渐渐陷在贺慕杭一双狐狸般的眼眸里，不由自主地点了头。

夏日清晨的阳光带有温和魔力，亦充盈着盎然生机。大小麦田的花园洋楼比邻而造，洋楼离得远，花园仅隔了一堵铁栅栏围墙。铁栅栏两面各放着一张躺椅，大小麦田一壁躺晒着清晨阳光，一壁聊着天。他二人很喜欢隔着铁栅栏聊天的感觉。在中国人远远多于法国人的租界里，同样的血脉令他们彼此相依，又有各自的生活空间，互相帮助，亦互不相扰。

断断续续地在中国生活了将近二十年，他们的生活习惯早已半中半西，法国于他们而言，更多的是流淌在血液里的国家情感，扎根在记忆里的祖国轮廓，是回去却不一定能很快适应的家园。

大麦田端着甜品瓷碟，把女佣新做的可颂递向小麦田。小麦田拿过一个，说了一声“谢谢”，转手把妻子做的小贝壳蛋糕递到铁栅栏边上，大麦田由栅栏缝隙里伸手拿过一块，也道了一声“谢谢”。

随着阅读报纸，二人话题渐渐转到了“丝绸”上，小麦田笑着说：“咱们被小少年玩弄了。”大麦田说：“不包括我，我没有参加酒会。”小麦田说：“不，不。外人可不这样认为，他们会认为，小麦田去了，就完全代表了信孚洋行马迪尔兄弟的态度。”

大麦田觑小麦田一眼，不悦道：“告诉过你，虞景廉亲自登门送请帖，事情不会那么简单。舆论和广告对商业有很强的影响力，这下好了，以后的几天，会有更多的新闻报道为“丝绸之美”酒会造舆论，为中国丝绸打出无形的广告。一直以来，为了压下中国丝和绸的出口价格，很多洋行都不愿意承认中国丝和绸的特殊地位，还要挑剔出一些不存在的缺点。现在，沪海的中外贵族和上流阶层都承认了中国丝绸的地位。不出几日，方家丝绸就会由皇室贡品变成当下的贵族奢侈品。听说林肇聪和陈庆恒提供了许多珍藏美酒，你们昨晚喝的酒应该很醇美。一场精心设计的酒会办下来，比中国学生满大街发传单呼吁中国人‘支持国货，驱逐洋货’更具实际效果。天哪，看看这报纸上的宾客名字，随便挑出来一个都是有名望的。酒会只是戏剧的开幕仪式，等着吧，最精彩的还在后面呢。”

小麦田收起报纸，喝咖啡时回想起昨晚上那个中国贵族小少爷，单纯稚气，无法想象这一切都是他策划的，于是推翻听来的说法，认为这一切都是林肇聪和虞景廉策划的。他笑着问：“咱们要做些什么？”

大麦田放下报纸说：“暂时不必，出口一事，短时间内中国商人办不好，不够资格成为咱们的竞争对手。近忧是属于日本人的，日本商会和三井洋行会比咱们更头疼。你昨晚带回来的方家丝绸样品我看了，你准备一下，和方少尘商谈独家销售代理权的事情。”

昨晚酒会，小麦田选购好丝绸后特意询问了一遍，十四丝绸各是哪一方的。出奇地，他竟全选了方家丝绸，于是从锦笙那里要了两匹丝绸样品拿回来给大麦田看。

听完大麦田的话，小麦田默想一分钟，回答道：“我认为，方家更愿意把独家销售代理权给林家。”

大麦田道：“不冲突，咱们只要符合欧美面料要求的，其他的，再精美也不要。而且，这部分的中国代理权也可以给林家的绸缎庄。林家在欧美没有一家贸易行，咱们能做到的，林家做不到。中国是丝绸故乡，现在也只是故乡而已。巴黎是世界时装中心，里昂是世界丝绸城，这些你不用说，林锦笙和方少尘心里也清楚。”

小麦田道：“林家在欧美没有贸易行，陈庆恒有。”大麦田轻蔑一笑：“那个靠橡胶发家的橡胶大王？他现在更感兴趣的是猪鬃。”小麦田道：“听咱们洋行的收购员说，林肇聪准备和陈庆恒一起做猪鬃生意，林肇聪所管理的丝绸生意以后应该就由林锦笙全权负责了。”大麦田道：“洋行的猪鬃生意我来负责，方家丝绸交由你负责，希望你不会输给一个中国少年。”

小麦田有些无奈地耸了耸肩：“林家和日本商会比赛结束之前，方家所有的货物订单都得以给林家供货的名义签订，目前肯定谈不成。咱们现在要订货，就得跟林家签订货契约。”大麦田道：“那就先订一批货物，也算帮了林家的忙。上次那个契约问题虽然不是咱们故意所为，但后来处理态度不好，也得罪了林肇聪。等这批货的销售情况出来后，再谈独家代理一事。”小麦田问：“你对方家丝绸很有信心？”大麦田点了点头：“中国丝绸的历史几乎跟中国一样古老，从中国丝绸里选出一家最好的，那它在国际丝绸市场肯定得算上等。不要忘记，咱们可是靠中国的丝和绸发的家。”

小麦田问：“若论等次，霓裳锦的价值不是更为上等？”大麦田道：“我很多年前买到过一架由中国皇宫里流落出的霓裳锦屏风，霓裳锦织起来太复杂、太慢，当艺术品还行，遇到真心喜爱的客人，也能卖个好价钱。若是当商品，别说中国织锦匠人要饿死，咱们这些商人也会赔掉面包钱的。不要太贪心，慢慢来。霓裳锦不适合批量售卖，收益也不会稳定的，它更适合成为一个独立的定制品牌。”

“好，好。”

小麦田点头放下咖啡杯，走回楼房换下睡袍，预备着去洋行开始新一天的财富积累。

烈日当空，灼灼笼罩着纵横阡陌的街衢。

三井洋行大班办公室的窗户临街，电车摇铃声、汽车喇叭声、人群嘈杂声，皆由窗户缝隙飘散进来，刺激着佐藤信长隐隐跳动的太阳穴。

“啪”的一声，佐藤信长把报纸狠拍在桌案上，又抬手狠扇了佐藤英武和渡边次郎各一巴掌，厉吼道：“你们被林锦笙耍了，那些西洋人也被林锦笙耍了！你们用西洋人的俱乐部为难羞辱林锦笙，他将计就计，抛掉广昌和永亨，只单单把方家丝绸捧了出来。一百余位名流权贵选出了中国丝绸，这不单是订单金额，更是工艺地位的荣耀。明明胜利在望，你们为什么要自作聪明比这一场工艺！”他气愤异常，仿佛自己没有点头同意，且昨晚也并没有去过酒会。

渡边次郎也不敢捂脸，恭谨地垂首道：“请老师不要生气，不过是四千块大洋的差距，证明不了什么。”佐藤信长怒声道：“在中国，榜眼能和状元相提并论？在运动会上，亚军能和冠军相比？这种荣耀上的高低是无法用差距衡量的！”

“丁零零……”的刺耳噪声愈来愈近，酷热的日光下，每一声都显得那么狂躁不安。

一阵狂躁过后，铃声渐渐远去，佐藤信长心中的狂躁也仿佛被电铃抽走。他颓然后靠在皮质椅子上，扶额低叹：“和我们最初的准备是一样的，林锦笙私下里肯定作好了胜负两种准备，林家也一定会趁机蛊惑人心。很快，沪海中国人开的百货公司、绸缎庄、估衣铺，就会把方家丝绸列为最上等的丝绸，咱们帝国的丝绸就要和花布地位相等了。高贵的丝绸，竟然和粗布等价，实在可笑！有多少门面还在销售咱们的低价丝绸？”

佐藤英武道：“因为沪海离柳苏城很近，很多低价丝绸最先流入的就是沪海市场。您不必过于担心，林家只是借此机会抬高了中国丝绸的荣誉，购买力比不过咱们的丝绸。您十三岁就到中国，还不了解这些中国人吗？中国学生再呼吁抵制日货，只要咱们价格足够低，大多数中国人还是会购买的。爱国？呵！中日两国之间并没有血海深仇，他们不会认可抵制日货是爱国行为。对那些贪图便宜的中国人而言，花极少的钱买到好商品才是最实际的。”

佐藤信长道：“那也只是暂时，等这批低价货物一卖完，南地丝绸商人一定会反扑咱们的。并且，降价销售虽然能打开市场，可商品定位很难由低走到高了。昨晚酒会的工艺较量，不说全部的中国丝绸，方家丝绸是一定压在帝国丝绸上面了。”

渡边次郎宽慰老师道：“只要咱们赢了这场比赛，有林家的绸缎庄做代销，既不用担心这些南地商人反扑，又有耆德堂林记的招牌加持，过不了多久，商品地位便能由低到高。并且，咱们很快就能拥有林家的蚕园、缫丝厂和丝织厂。”

喝了一盏凉茶，佐藤信长也恢复些许精气神，点头道：“林甫鄞这个老东西的确是有能力的，以前，柞丝绸根本无法和桑丝绸相提并论。由他接手家业经营到现在，秀林牌柞丝绸在国际上竟是出了名的物美价廉，更是人人口耳相传其‘轻薄如纸，柔软如棉，不折不皱，离皮离汗，坚固耐穿’。能逐渐把林家所有的缫丝厂、丝织厂掌控在咱们手中，一个茧季的出口货物，就能几倍地抵过咱们这次的损失。中国人历来爱说‘有失才有得’，吃小亏，占大便宜，这才是聪明人。”

渡边次郎很有信心地笑道：“昨晚的酒会，我和万国生丝检验所的负责员闲谈，他说，林家的柞丝在中国柞丝出口商中，品质是最好的。他们的柞丝光泽柔和，手感柔软，吸湿性、透气性都是最好的。并且他还透露，柞丝耐酸耐碱，有良好的电绝缘性能，抑菌防腐，可以做耐酸工作服、带电工作服，还可以做炸弹药囊。由此看来，柞丝不仅有丝织衣物的用途，还有待发掘的工业和军事用途。”

佐藤英武听了，脸上浮起一层恍然大悟的笑意。

春茧季林家第一批柞丝还未打包好的时候，林老太爷突然出现在泰滩，林清菽不敢再把那批货给日本人。但是，大批量货物一般都是客人预订好才会整齐打包，眼瞧着林老太爷已经起疑心，美鹰洋行的汤麦斯凑巧找到林清菽要购买大批量柞丝。

事后，佐藤英武一直奇怪林清菽如何在急于脱手的情况下，还能把那批柞丝卖高价。看来，是美国佬无意间帮了林清菽一个大忙。

佐藤信长连连点了两次头，道：“北柞蚕，南桑蚕，如今竟还发现工业和军事用途，中国可真是个地大物博且遍地黄金的宝地啊。”

念及要不了一个月，林家的部分蚕园、缫丝厂、丝织厂都是属于他们的，昨晚酒会失掉的颜面亦无须再耿耿于怀。佐藤信长的心才刚舒缓些，派遣出去打探消息的中国籍伙计敲响了门。

伙计进来后，摘下帽子哈了一圈腰，仍旧弓着身说：“大班，我们兄弟几个把生意最好的百货公司、绸缎庄、估衣铺都逛了一遍。这一夜之间，不知打哪儿冒出好些个富人家的男女佣，小汽车送着，风风光光地到门面铺子里买丝绸。挑挑拣拣，说是一分价钱一分货，日本丝绸卖得跟花布一个价，他们的有钱主子买了日本丝绸回去，也只做袜子、坐垫、马桶垫，再不然，就给小孩子做尿布。还有两家布铺，门口贴着一幅大字，说是买一丈花布，送五片东洋丝绸尿布。那布铺都剪裁好了，可着尿布大小剪的。我使了好几个大钱，才跟布铺掌柜的问出来，是前天有个壮小伙找的他们，只待今日报纸上说东洋丝绸在酒会上输了，他们就开始这样送。掌柜的说，不仅东洋丝绸尿布由壮小伙提供，那壮小伙一天还给他两块大洋，若送的主顾多，另加辛苦钱。”

伙计见三位日本主子都生气了，想好好表现一次，于是就忧心忡忡道：“大班，沪海可是万国商人会聚的地方，昨夜里咱们又刚输给林家，这等现象要是在整个沪海传遍，到时候满世界不都知道沪海有钱人拿日本丝绸做马桶垫和尿布了吗？臊气烘烘的，那以后谁还愿意把别人垫屁股的东西穿在自己身上？不过，大班您也别过于担心，我听说，这有些人就喜欢把屁股蛋看得比脸娇贵……”

“滚！”

“滚蛋！”

“滚出去！”

伙计见佐藤信长三人气得跟奓毛乌眼鸡似的，也不好再强行表现下去，赔笑着弯腰出了门。待门被渡边次郎关上，他直起腰回头狠啐一口：“呸！有本事斗过林家！在老子跟前装大爷算什么本事！狗屁大日本帝国丝绸，都给人擦屁股接屎尿了！”恰有一个日本籍职员走过，他立马哈腰赔笑地下了楼。

办公室内，渡边次郎怒到眼珠子朝外凸，厉吼道：“这一定是林锦笙在背后搞的鬼，这个‘小支那猪’太欺负人了！在燕平就是他找了一群乞丐侮辱帝国丝绸，现在又要用这种招数，他以为我们会被同样的招数欺辱两次吗！不，绝不会的！”

佐藤英武道：“上次造成影响靠的是学生和新闻界的自发力量，这次比上次的情况严重很多。这场比赛已吸引太多目光，比赛中，咱们降价倾销在先，酒会上，咱们输掉工艺在后。说到底，这是在中国，帝国政府的力量不能完全帮助到咱们，咱们稍有不慎，就会陷入被动。当初把比赛馆选在南地，原因之一就是不想受林家在江北的人脉势力左右。到了南地，方家爷孙俩、穆峻潭、虞景廉这些人却全都心甘情愿地给林家帮忙，丝绸同业会的人只闹了一场也不再为难林锦笙。中国人不是最喜欢互相算计吗？怎么会联合起来！”

佐藤信长阖目缓神了好几分钟，方沉声道：“林家这块铁板不好凿，咱们需要加大力量。比赛馆的订单你们心里应该有大概的账目，现在是什么情况？”渡边次郎道：“以低于蚕丝五倍的人造丝伪造成本账目之后，咱们目前的交易总金额远远超过了林家。”

佐藤信长点了点头：“好，比赛协议的两个见证人，一个死了，一个下落不明，这场比赛也不用再遵守契约上规定的时间。如果不能立即赢一场压过昨晚酒会上的失败，事情会变得无可挽回。凭林锦笙那股张狂劲，他一定会借机在沪海大肆侮辱诋毁大日本帝国的丝绸，若真的由这些西洋人传出去，咱们就成了国际丝绸市场上的大笑话。帝国名誉受损的话，咱们还有什么脸面再回到帝国。”

他愈说不免愈愤恨，咬了咬牙道：“林锦笙到底是不是林甫鄞的孙子？这种孩童闹翻脸互相侮辱的把戏也拿到场面上用！”

佐藤英武望了他一眼道：“咱们不遵守契约上的规定时间，岂不是连孩童都不如？这样做，即使赢了，也是会遭人恶意评议的。”佐藤信长并不理会佐藤英武，问渡边次郎道：“跟林家秘密接触的李木可关起来了？”渡边次郎点点头，愤恨道：“这些文件资料咱们连邓立耀都不相信，选择相信他，他却收林家的钱暗中搞鬼。要不是他在中国买办中地位很高，学生真想杀了他泄恨！”

佐藤信长抬手拍拍空气，示意他冷静，又问：“你们说那批现货大多数都是林锦笙私下买走了，可知道他怎么处理的那批货？”渡边次郎道：“咱们派出去的人打探到，现在还跟林家的柞丝绸一块放在盛湖镇的货仓里。”

佐藤信长一壁沉思，一壁分析：“林家父子的私财在整个林家宗族里都排在前三位，林家父子不会为了赚钱而冒惹怒林甫鄞的风险。不为赚钱，那就是为了进一步对付咱们。表面增加了咱们的订单量，害了他们自己，那暗地里会用什么法子对付咱们呢？”

渡边次郎以为自己的老师会直接分析出答案来，听着老师的分析，和老师对看着等下文。佐藤信长手上端着一杯茶，心里忖度着，无意识地和渡边次郎对看着。

佐藤英武知晓舅父心生了不快，有意冷落自己。他听了一会子二人的一对一答，此刻又见二人四目凝望，不由倍感冷落。分针如此走动五下，他忽然有了思路，急声道：“朝鲜！林家一直跟朝鲜商人有生意往来，交了不少挚友。那批货，林家父子极有可能是要秘密卖到朝鲜去。”

“哐啷”一声，佐藤信长手中的茶杯掉在办公桌案上，整个人亦瘫软在椅背上。他凝望着由桌子边缘坠落的茶汤，一滴一滴掉落在满是恐惧的心室里。

那批现货近十万匹，结款时，他以军部的名义在中间克扣了许多私钱，几个大厂老板知道实情后也是敢怒不敢言。然而，他却让扣了私钱的货物流入到朝鲜市场，低价扰乱朝鲜丝绸市场。这种事情一旦被揭发出来，不光在中国有利益牵扯的几大财阀家族不会放过他，朝鲜总督府那边也不会放过他。就算走私的是林家，他牵连其中，与他有旧怨者也一定不会放过这次置他于死地的机会。

原来，性命攸关之际，一切名利都是虚无的，更何谈帝国荣誉。

因被陈庆恒分散了大量精力和注意力，他们很晚才知道林锦笙私下所为，且第二天，林锦笙就送来了挑战书，他们只派人监视着仓库，还未及好好商讨。此刻意识到事情的严重性，三人不由得骇出一身冷汗。一旦林家父子把这件事情做成，造成的种种后果，光拎出来一件，就不堪设想。

包括佐藤英武，先是不赞成提前结束比赛，现在却要尽快结束比赛，起码要赶在林家把这批货物运到朝鲜之前结束比赛。如果没有这场比赛，林家如何走私、如何扰乱朝鲜丝绸市场皆与他们无关。然而，此批货物是从他们手中售出的，与他们有着密切关联。

佐藤信长手指颤抖着，指向渡边次郎说："发，发电报，给朝鲜发电报，动用你所有的人脉关系，尽量说服海关严查近日由中国发过去的所有货船。一旦货物秘密流入市场到了小商贩手上，就会无法控制。还有，立即派人去林家放货的货仓查看，要亲眼见证那批货还在不在。如果在，即刻暗中放火烧掉。"

佐藤英武满额汗珠地拦住渡边次郎："你昨晚说林锦笙身旁的随从有一个是穆峻潭的卫戍队长，能确定吗？"渡边次郎说："看见的那两次都是军装，也没有认真注意过，这次穿的又是西服，我不确定。听下属回禀说，那人身手出奇的好。我今早派人去林锦笙住的饭店查探，林锦笙的随从虽一个不少，那个人却不在。"佐藤信长厉色道："不管穆峻潭这个公证人是死是活，这场比赛都必须要提前结束。"他既如此说，渡边次郎也不再和佐藤英武多言，急忙跑出去发电报。

林公馆书房内，锦笙把邓立耀最新秘密送来的成本账目呈递给林肇聪看，皆是直接由供货厂子里流出来的账目，详细到了桑叶成本价格。有些无法拿过来的，拍了相片，厂子老板的公章和签字断然作不得假。送到日方理事长那边，他们想赖也赖不掉。

书房窗户镶嵌着孔雀蓝彩色玻璃，半开半合，那孔雀蓝的光芒折射进来，锦笙眸光也随着看向林肇聪的右手。林肇聪食指上戴着一枚银环蓝宝石戒指，很有些年头了。

锦笙清楚记得，戒指是哥哥拿自己的零用钱给父亲买的寿辰礼物。那时候，哥哥已经有自己的小存款折子和小印章了，但她一点零用钱也没有，好在哥哥愿意把寿辰礼物算她半份功劳。他们俩偷偷溜出宅院，跑到洋货公司，因为很矮，只能踮着脚趴在玻璃柜上。哥哥说她不出钱，也不让她出主意。他自己选的，指环上雕刻着吉祥纹，嵌着一大颗蓝宝石。戒指蓝莹莹的很好看，哥哥却不知那是宝石粉制成的，在父亲眼里连个把玩物件都算不得。母亲最喜珠宝首饰，给她讲过很多呢。她知道这是宝石粉制的，却不告诉哥哥，想让哥哥在父亲面前出丑丢脸。

父亲让仆役找遍了四九城，待找到他俩，哥哥身体弱，骂不得打不得，挨骂挨罚的又是她。更令她生气的是，父亲不仅不嫌弃那个宝石粉戒指，还夸赞哥哥眼光好，也不顾还未到正日子，当即就戴在了指头上。

这一戴，便是十三年。

戒指衔接处开了口，这两日接口银片总是翘起，林肇聪未得空去珠宝店修，放资料时，在纸面划了一道。他一壁按压着银环片，一壁训斥立在书桌对面的锦笙："你现在是不论时间地点，想发怔就发怔，半点警戒心都没有！"

锦笙立即敛好心神，说："父亲，儿子在想邓立耀到底靠不靠得住。"林肇聪撩起眼皮看她一眼，虽不信她的话，却也回道："我派人调查过，邓立耀和上任大班大场实仁的关系很好。佐藤信长那群人在日本提出'四步两计'的计划对付中国丝绸，颇有成效。藕初和达竑各方面收集资料统计了一下，前五年平均下来，仅是美国一国的生丝进口，日本丝已占了百分之六十的份额，咱们中国的丝才占了百分之三十的份额。佐藤信长也借此计划顶替大场实仁到中国任洋行大班，大场实仁被解职回日本，岂会不怨恨佐藤信长？邓立耀也不会冒险从佐藤信长管理的三井洋行中盗窃资料，这份资料，应是从大场实仁那里得来的。"

"如此，儿子就放心了。"

锦笙说着话，眸光却时不时地从那蓝宝石戒指上掠过。时间久了，戒指已没有了当初的宝石光芒，变得幽蓝而陈旧，像是时间的见证者，一点一点地吸收着悲欢离合与历史尘埃。

锦笙不敢再把注意力放在蓝宝石戒指上，低头道："父亲，运出去的那批货，虽然都先生电报里说一切都在照计划进行，但我总感觉有些不对劲。我从未去过朝鲜，也不知那边的市场是什么情况，但是日本商会和我派人盯着的那几家日资厂皆无反应，这是否不太正常？或者是时间太短，他们卖得慢的缘故？"

锦笙这话提醒了林肇聪，他拿烟斗的手顿住，说："我派去的人也说一切正常，你派着同去的伙计没有给你发电报？”锦笙说：“给是给了，可那电报见不着人儿，听不到声儿的，我哪知道到底是不是他发的啊，别再被日本人挟持了。”

林肇聪猛地把象牙烟斗攥紧，沉声说：“早些年南北各地都不太平，派伙计外出办事时，我和你爷爷都会跟伙计约定好通信的记号或者密令。”锦笙问：“那这伙计发的电报可有？”林肇聪说：“有是有，不过这个是老伙计，用的是把报文按约定好的规律打乱次序。这种规律，你爷爷也知道。”锦笙安了心：“爷爷不是在泰潍跟四爷爷、十太公他们商量扩建墓园的事吗？”

林肇聪眉心拧出几道沟壑，他狠抽了一口烟，待烟入肺，心也稍安：“还是时间太短的缘故，走私不是降价倾销，几日就能看到效果。他们本就要东躲西藏，私下里进行。先少安毋躁，再等等吧。切记，一旦出了纰漏，你爷爷问起你，你绝不能承认，你恒叔会出面承担下来的。”

锦笙点了点头，说：“父亲，咱们破不了日本人的‘四步两计’吗？虽然咱们的柞丝和柞丝绸还未受影响，可是日本人已在侵占地大举开辟柞树园，放养柞蚕。假以时日，一定会波及咱们林家的柞蚕业。”

林肇聪手撑额头闭了双眼，露出一副很疲倦的样子，慢声说：“我不是告诉过你，买卖是简单的你来我往，市场环境和形势却不是。日本国小地少，蚕业发展和农业粮食本就有生产矛盾，且桑粮矛盾越来越尖锐。为确保蚕茧原料的提供，日本国内各丝绸业大资本之间的地域分割竞争早已激烈无比。那些资本雄厚的集团，不早就把中国当作低廉的原料产地了吗？他们已经对中国起贼心，凭咱们林家一己之力是应对不了的。就算这次林家赢了，那几个日本人把脸丢在中国，回国换几个人换几张脸，还是会野心勃勃地回来的。走一步看一步，先抵挡住这一次的攻势，日后再与南地丝绸同业会从长计议。”

自从被锦笙和卢柏凌惊吓一场后，林肇聪总是睡不安稳，白日里处理事情也常常力不从心。他不愿意承认自己老了，身体却频频在提醒他。再次睁眼看向锦笙，锦笙一副恭谨听从教诲的孝子模样，不由得令他心生凄凉。

到了他这个年岁，身边没有一个可以依靠且能托以重任的儿子，自然而然地就会在心里生出莫大的恐慌。别人有时候骂生意人，说生意人除了认钱就只认儿子。他没了生儿子的资本，也没了继承财产的儿子，一想到下午还要跟陈庆恒商谈猪鬃生意，突然没了兴致。

林肇聪把烟斗磕了几下，温声道："我预备在南地多待几日，这边有什么突发状况，我来应对，你回燕平看看你奶奶。自你爷爷病一场后，你奶奶担心过度也累着了，身体已不如从前。你是她的心头宝，你在南地这段时间，她整日记挂着你。你回去陪她两日，宽宽她的心。火车班次不稳定，我让苏武给你买了下午到津城的船票。"话出口，连他自己都有一刹那的惊讶酸苦。原先买票让她回去，只是想在送她走之前，以慰老母念孙之心。

这时候，他心里泛出一味悲戚，又添了句："再回来的时候，把你母亲接上吧。她以前最喜欢到南地来玩，十多年没来过了。沪海和柳苏变化这般大，你可以抽空陪她各处转转。"

在父亲说让她回去看奶奶的时候，锦笙看了眼手表，已快要到她与贺慕杭约定的时间。她原打算在金陵城耽搁一晚，明早赶回来，还未思忖出如何跟父亲说想拖延一日，又听见父亲让她接母亲。

她一时间也忖度不出父亲究竟是何意，垂眸片刻，小心翼翼道："父亲，儿子下午有事要去金陵城一趟，只耽搁一夜，明日一早就从金陵城动身回燕平看奶奶、接母亲，可以吗？"

第三十七章 海棠雨，愁万缕

芭蕉冉冉，烈日炎炎，一阵闷热风袭面，钩出了林肇聪一腔怒火。他把烟斗拍在桌案上，怒道：“疼爱你的奶奶、生养你的母亲竟都不如穆峻潭的下落重要？”

锦笙惊诧地望向林肇聪，又很快想明白，父亲人脉错综复杂，她所能知道的，父亲必定早已知晓，只觉没必要告知她罢了。她解释道：“父亲，儿子只耽搁一晚，明日就……”

话未说完，脸颊就挨了父亲狠狠一掌，翘立的银片划过肌肤，留下一道纤细血痕，先是浅浅红，旋即垂落点滴血珠。她睁着黑白分明的大眼睛望向父亲，有半分钟的错愕迷惘，然后才觉到火辣辣的疼，竟不知这一巴掌到底算父亲打的，还是算哥哥打的。

林肇聪见锦笙脸上血珠涌出，微有惊愕，不觉低眼看向自己的手，银片上沾染的血珠已顺流在掌心。他坐回来，不去看她，威严命令道：“燕平你也不必回了！搬回来住，从现在起，没有我的允许不得出公馆大门一步！”

锦笙顾不得擦脸上血珠，想极力争取，书桌上的电话机却响起，林肇聪不愿与她多言，立即接起电话：“是我，你说。”

听了两句，他抬眼看向锦笙，锦笙明白电话内容不预备让她知晓，遂恭谨着出了书房。她心有不甘，就在走廊上等候，想待父亲接完电话，再央求一番。穆峻潭当时为她挡子弹，既没犹豫也没后悔，她虽做不到他那般，却也不能任其生死未卜，而不理不顾。

锦笙向来不随身带粉镜，故也不知脸颊伤势，只觉半面脸都疼起来。她嘴里轻微发出“咝咝”声，掏出手帕擦拭，反复几次，血珠在白色手帕上徐徐洇开几朵红花。她垂眸看见血花，又想起穆峻潭背后伤处，心隐隐作痛。

静候了十余分钟，林肇聪开门走出来，看见她也并不惊讶，未等她开口，满面不悦道：“你既如此固执，就去吧，明日必须动身回燕平！把你的印章留下来，比赛馆的文件皆是你签署的，恐有什么紧要事用得到你的印章。”锦笙一听此言，感恩道谢的同时，乖顺地微掀起马褂，由内侧口袋掏出一个小荷包。

小荷包是奶奶给她的，江南绣娘绣的吉祥图案，里面还叠藏着一张寺庙里求来的平安符。印章凸着，支撑起荷包上一朵祥云。林肇聪的手捏住祥云，吩咐道：“日本商会那边一直都有人跟踪你，你不要再回饭店，直接由这里走。需要带着的东西，让赤芍给你收拾好送过来。”

锦笙原本预备明早回来，本无须携带什么，现在又要回燕平，遂让赤芍收拾了两套换洗衣裳和洗漱用品送过来。

待上了贺家的小火轮，贺慕杭见她身后的便衣卫兵还给她拎着个小皮箱，不免咯咯笑道：“你还带行李啊，是预备在金陵给竞天守丧，还是预备陪他？”

锦笙不愿理会他，也不想牵动脸颊上的伤口，冷冷睨他一眼，并不答话，径直走到甲板上的藤椅坐下。她知晓父亲误会她了，贺慕杭也误以为她这个林家五少爷喜好男风，与穆峻潭是那种关系。

可是她心里清楚，她之所以对穆峻潭是否安好如此在意，只因穆峻潭救过她一命。否则，穆峻潭的生死与她有何相关？没有那一子弹的救命恩情，她纵然听到穆峻潭的死讯，也不过像听到赵立铭的死讯那般心里“咯噔”难过一阵儿、叹息一阵儿罢了。对赵立铭，她是同乡情分；对穆峻潭，则是她对生命逝去的敬畏和悲悯。

从贺慕杭一连串的言行举止，锦笙不是察觉不出穆峻潭十有八九性命无忧。贺慕杭让隐瞒少尘，大抵是怕少尘分析出穆峻潭还活着，破坏他的计划。她情愿给贺慕杭欺骗着，也想亲眼看看穆峻潭伤势如何，是否真像少尘说的那般伤口溃烂发炎。除非亲眼见证，别人说他被炸得尸首不全也好，说他健康无恙也罢，她皆无法全然相信。异常固执的脾性作怪，她一定要亲眼见到他方可。

按照贺慕杭的安排，他们要先坐小火轮到他家乡浔湖镇，镇中贺府有汽车，他们再开汽车到金陵城，如此这般，方能赶在城门关闭前到达。

贺慕杭极善交际辞令，且与想要交好的人一向自来熟。贺林两家偶有生意往来，他与锦笙还通过两次电话互相客气道谢，也在报纸上瞧见过锦笙的相片，只昨夜才初见真人。但是，他借贾宝玉的口吻说："这个林弟弟我虽然未曾见过，然而我看着他面善，心里就算是旧相识，昨晚只作远别重逢，亦未为不可。"于是，先管锦笙叫"林弟弟"，后又觉矫情，便叫她"笙笙"，然又觉生分，于是便"林弟弟""笙笙"换着叫。

锦笙自上了小火轮，被贺慕杭烦到直犯恶心，她那般爱讲话的人，拢共与他应了不到十个字，只趴着把有血痕的一面脸颊掩藏起来，看向寥廓江面。小火轮接连地冲破光滑水面，不时威风凛凛地叫上几声，和沪海的工业中心愈来愈远，直到看不见工厂烟囱。渐次，太阳的笑脸融化在水里，被雄赳赳气昂昂的小火轮给冲散掉了。

小火轮的轮机声咔嚓咔嚓的，载着锦笙，离穆峻潭愈来愈近。

江面被小火轮欺负到掀风播浪，沪海内，也涌动着浪花。

林肇聪中午所接电话是秦达竑由饭店打来的，信孚洋行和联纳洋行都派了职员到饭店相约林五少，说他们的大班想要和林五少商谈订购方家丝绸的事情。锦笙不在，他们找到了方少尘。但方少尘觉得方家现在还处于给林家供货阶段，一切订单理应由林家负责接洽，于是让秦达竑联系寻找锦笙，他还得赶去报社帮忙校对稿子。

经与林肇聪一番秘密计划，订单交由秦达竑负责。

一个下午的时间，秦达竑和小麦田商议好了契约细节，又和方少尘商定好了丝绸的花色样式。及至落日黄昏，小麦田的订货契约已签订好，定金也如数交付。待明日上午与联纳交涉好细节、签订好契约，不管后续还有没有洋行想要订方家丝绸，仅这两家的订单已价值八十六万大洋，霓裳锦织造坊一旦违约，就要十倍赔付林家。

时值黄昏醉晚霞，汽车载着锦笙驶进金陵城，金陵城已经满城皆是金日余晖。城中居民建筑和商铺几乎未遭遇劫难，在一通通安民告示发出后，商业街衢虽未大肆恢复繁荣，城中居民倒也有敢出来走动者。只随着余晖渐散，街衢上仅剩了巡逻的卫兵和警察。

沿途，锦笙由玻璃窗望出去，道路边还有残坏的路障和杂物，卫兵正在用骡子车运着堆积在一块，待日后以作他用。

往城中心方向走了一段，益发瞧不出战火痕迹，锦笙猜想，战场只在城门楼那一块。她年纪小，家里又保护得好，总是听人说打仗，却没亲眼见过。真正意识到战争残酷，是陪同卢柏凌去皞系军营那次。战争把那么多鲜活的生命变成了尸体，把那般潇洒不羁的卢柏凌变得颓废荒唐。关于战争，她既憎恨，又畏惧，却也无可奈何。

没有进金陵城时，锦笙觉得穆峻潭一定是安好的，可瞧着四下里的光景，心中不免又敲起急鼓。

贺府只有一辆小汽车，锦笙又不确定金陵城的情况，恐连累了赤芍，便令赤芍和另外一些随从都留在贺府等候着。锦笙一行三人前往金陵城，一个会开汽车的便衣卫兵充当汽车夫，贺慕杭坐在副座，他本来要坐后座的，被锦笙一脚踢了进去。

锦笙坐在后座，此刻想到穆峻潭，不由得朝自己左侧望去。穆峻潭中枪后，送他回军营时，他就坐在自己的左侧位置，脸庞血色尽失，还笑着宽慰她。

她眸中浮出一缕惊痛，手刚抬起伸向穆峻潭，眸光就透过虚无影像望向了车窗外。战事初定，金陵城条条街衢都有卫兵巡逻，戒备很是森严。督军府所在街巷更是岗哨密布，对外宣称前敌指挥司令是曹谦手下一位师长。安系军服都是统一的青黛色，从城门一路行来，锦笙无法由军服分辨出这些兵崽子到底是谁的。但汽车刚在府院门口停稳，盛吉祥忽地由大门里跑出来，他已迎过好几次未果，现在听说锦笙来了，还以为王军医诓骗他呢。

贺慕杭下车，锦笙也跟着急急下车，刚要问盛吉祥有关穆峻潭的情况，却听见贺慕杭低声对盛吉祥说："好不容易给你们少帅骗来了，让他找时间好好谢谢我。"

霎时间，锦笙的手紧攥住车门，指甲在黑漆上留下四道印记。她没深想过贺慕杭骗她的目的为何，她能达到见穆峻潭的目的即可。但她没想到，主谋竟是穆峻潭。

听了贺慕杭的话，盛吉祥笑嘻嘻地看向锦笙，锦笙已是抿着嘴，眸子喷火，拳头紧握，像一头发怒的小豹子。他不由心里"咯噔"一声，这计划是王军医跟贺少爷秘密进行的，直到王军医给少帅清理伤口之前才悄悄告知他，还说差不多快要到了，让他出来迎迎，若被卫兵阻拦在门口闹出动静来，便无法给少帅惊喜。

盛吉祥瞧着锦笙怒然冲进督军府那股劲头，心觉，惊是惊，怕是喜不了了。他引着锦笙朝督军办公院而行，江南的院子多有穿山游廊，又曲径通幽，冷不防地就由假山后面或者绿荫小径里冒出几个穿青黛色军服的挎枪卫兵。锦笙满腔怒气，也顾不上害怕。

办公院的黑瓦白粉墙外岗哨密布，锦笙抬眸看去，院内有一栋中式小二楼，楼栏杆上也站有荷枪实弹的卫兵，门前卫兵更是神情严肃。饶是如此，她也怒气不减。待进了院门，里面四周由走廊连接，房屋众多，她跟着盛吉祥踏上左侧游廊。王子仪和助手正好从一个房间里走出，行了两步望见锦笙，凝重的面庞勉强笑了笑。锦笙看见助手去处理医用托盘里的染血纱布，眼睛刺痛一下，心里也隐隐作痛，不知为何，怒气全消了。

穆军攻进城后，戴希闵领一队人马占据了紧要的军政机构，好尽快安定民心恢复民生。另有一队人马火速赶到督军府抓唐义哲，唐义哲极有可能逃跑掉是预料之内的，预料之外的是府里女眷真是多。

穆峻潭听说过唐义哲好色，以前只觉他有七八个姨太太也算不得多。然而，这次闯进督军府后院，眼瞅着一大后院子的女人尖叫着四处乱撞乱跑。穆峻潭的嫡系兵崽子端着枪都惊住了，只觉跟闯进妓院似的，满眼胭脂红翠，满耳听得“军爷饶命”“大爷饶命”。女人抓了好几打，却无一人知道唐义哲的下落。想来大难临头各自飞，唐义哲也顾不得这些美妾爱姬了。

唐义哲丢下一院子的女眷，有名分的、无名分的，丫鬟姨太、戏子妓女，倒着实让穆峻潭不知所措了一会儿。

穆峻潭本不愿住在督军府，但是唐义哲办公居住都在一个府院内，这里通信设备甚为完善，通信线路错综复杂，一时间也不便迁移别处。他便令卫兵搬来一张木床放在前任督军参谋长办公室里，当作临时卧房。

室内并没有硬木家具，皆是缎面沙发椅榻。靠窗摆着一张写字台，一把紫绒靠转椅。

许是因为加了一张床，黄昏光影又慢慢填充进来，一眼看去，房间里简直一点余闲也没有。越是如此，锦笙心中越是惶恐愧疚。她进来时，穆峻潭已经昏昏睡了过去，她听从王子仪的话，每隔一会儿就用凉湿却拧不出水的毛巾帮穆峻潭擦拭一遍后背，防止他后背出汗浸到伤处。

怕开了大灯会扰到穆峻潭睡觉，锦笙只开了写字台上的台灯，她趁着微弱光亮，一遍又一遍地小心绕开穆峻潭的伤处，反而把那血淋淋的一片伤看了个仔细。这是为她受的伤，微光里看，血凝固泛着紫红，她盯得久了，不免觉得整间屋子里都飘拂着一卷暗紫红愁纱，幽幽地兜卷着她。她先前整颗心都为“丝绸之美”酒会悬着，酒会一过，心落到实处，现下望着触目惊心的伤口，只觉得那一颗子弹仿佛是直接打到了她心里，身体安好，唯有心会痛。穆峻潭竟以这样的方式，在他二人之间拴了一条铁链，一条有生之年都打不开的铁链。她欠他的是救命恩情，只要她活着，就无法与他划清界限。

房间里有穆峻潭重重的呼吸声，听着像打鼾，锦笙因去他卧房偷过东西，知道他是不打鼾的，这次大概是趴着睡不舒服，才有微微鼾声。她托腮看着他半露的面庞，苍白憔悴，忽想起他那日听见一点响动就起身拿枪的凛冽气势。现在，她已经替他擦拭过好几次身子，他都沉沉睡着。

穆峻潭并非睡得沉，而是受伤后一直未能好好休息，先前强撑了几日，待精神一松懈，病痛压着他，昏睡里微有昏厥。

夜里九点多钟，他迷糊醒来一次，看见锦笙正在帮他擦额头汗珠，只以为在梦里，于是就在梦里抓住锦笙的手，换了侧卧位也不松开，贴在脸颊旁又睡了过去。锦笙轻声喊他几次，他都没反应。她一动，他反而握得更紧，唇角轻挑，咕哝了句什么，她也没听清，只好席地而坐，强忍着不舒服的姿势，任由他握着，另一只手拿过芭蕉扇给他扇风。

穆峻潭彻底清醒，已是夜里十二点，淅淅沥沥的雨声里夹带着风声。锦笙趴在床边睡着了，穆峻潭怔怔地看她许久才彻底清醒，有一股欣喜由心里开了花，他却讲不出喜的所以然。

他趴到她脑袋前才看见她脸上伤痕，止血药粉斑斑驳驳散在她整个脸颊上。他缓缓起身下床，把她抱到床上，虽然她很轻，但是他怕弄醒她，小心翼翼地很费了一番力气。大概是打扰到她梦境，她脚上踢了踢，怒声说："小狼，你外公我……"余下的，穆峻潭没听明白，却也哑然失笑，她连在梦里都要和日本商人斗来斗去。知道林家的事情到了最紧要的关头，从没有期望过会在金陵见到她，午夜醒来看见她，他益发不相信她心里当真一点都没有他。

穆峻潭凝看着锦笙，大概是睡姿舒服了，她唇角微微上扬，像是转头就做了一个美梦。她脸颊白皙通透，仿若上好的羊脂玉，因为如此，那纤细的伤痕益发刺目。他终究没能忍住，在她伤痕周围吻了吻，方才应着轻微敲门声走向门口。

战事初定，大局却未安，发出去、接收到的各种密电皆要给穆峻潭过目，戴希闵手上捏着几份急电在廊下踱步，雨声遮掩了他的脚步，却浇不灭他心里的急火。

穆峻潭走出来，直接跟他去了电报室。待电文发往燕平后，戴希闵说："他们肯定还要开会讨论各种利弊，不会那么快给咱们回复的，你先去休息吧。"穆峻潭略一顿，点头的同时慢慢站了起来，送参茶进来的卫兵也随着他朝临时办公室走去。

行了一半，戴希闵忽然疾步追上，穆峻潭还以为燕平内阁回复得如此之快，倒有些怔住了，戴希闵笑道："我只是突然想起来一件有关林家的事要告诉你。"

值得戴希闵记挂于心的事向来不是小事，穆峻潭脱口急问："什么事？"戴希闵把他往旁边空闲的办公室里请了请，待关上门之后才说："方小姐不是跟你说过帅府后花园的客舍住了一位贵客吗？是燕平林家的老太爷。"穆峻潭把端起的参茶又放回茶几上，问："林老太爷？他那么大年纪又刚病了一场，怎么秘密到帅府去了？"

穆峻潭坐在沙发榻上，戴希闵自觉地离他远了几步，说："上次你问我凭空捏造出的军火是如何让唐义哲相信的……"他抬起眼皮与穆峻潭微眯的眸光交集两秒，旋即笑道："林家给朝鲜商人准备的粮食要运出沪海港口的那晚，有一艘从美国开来的货轮将要到达沪海码头。距离码头三十里处，王陶杨带人截了朝鲜商人的货物，盖上了美国商船的货物标志，把那批货运到了商团的仓库里，跟少量的军火混在一处。你先别着急发火，听我说完。那根本不全是粮食，货箱上下有隔层，上面是粮食，下面是丝绸。听王陶杨说，约莫有八九万匹的东洋丝绸。林五少也骗了你，看来，你们俩是谁都不信任谁。"

穆峻潭冷笑："你到现在才告诉我，是怕我告诉她，她一旦动那批货就会坏了你的计划，是吗？"戴希闵笑道："我是为你着想，眼下尘埃落定，你也不必左右为难，不是挺好的？你不用发愁没法跟她交代，她那批货是林老太爷亲自到帅府请托大帅秘密截下的。"穆峻潭问："林老太爷为何如此做？"戴希闵道："情理之中，林家'父子俩'把上上下下都打点疏通得一丝不漏，就是不敢给人知道他们在走私。除却瞒着日本人，应也是林家的家风和做生意的规矩不允许吧。我不清楚他们的家规，不过，南地丝绸商人也多有真心敬重林老太爷的，你可知为何？"

穆峻潭摇头，戴希闵忽操起老成的口吻说："还没有你的时候，秀林牌的柞丝、柞丝绸就在国际丝绸市场上小有名气了。欧美的贵族、有钱人能有多少，还是中层低层的人多，别的国家我不知道，我拖着长辫子在美国念书时，林家的柞丝绸虽然比上等桑丝绸价格低，但质量很好，销量也很好，地位仅次于上等桑丝绸面料。很多不太富裕的美国学生，一边骂着我们这些中国留学生，说我们什么都不如他们，一边私下里攒钱要买上一件秀林牌柞丝绸制成的衬衣去参加舞会。”穆峻潭听戴希闵掺和着讲他自己的往事，面上露出不耐烦，却因有关林家，也没有开口打断。

戴希闵察觉到了，心中笑他一笑，停止回忆美国往事：“许多西洋人还真的就认秀林牌，那时候很多人劝林老太爷再把秀林牌桑丝绸做起，也一并出口，但林老太爷并不那样做。自己绸缎庄卖的丝绸倒是柞蚕、桑蚕都有，出口的货物一直讲究着个‘北柞蚕，南桑蚕’的规矩。林家到现在的出口还是以柞丝、柞丝绸为主，偶尔会帮客户捎带一些桑丝绸，却从不遮掩别人的字牌。所以，南地这些以桑蚕为主的丝绸商人虽然心里不满林家在北地的种种行径，却也不好和林家发生正面冲突。若非卢兆祥帮着日本人给林家施压，南北依旧遵着‘北柞蚕、南桑蚕’的规矩，也能相安无事地发展下去。经由日本人这样一闹，怕是丝绸业以后也有得乱呢。”

穆峻潭冷冷看向他：“所以呢？你说了这么多，我该怎么跟锦笙解释？”戴希闵笑道：“我又不了解丝绸业的详情，猜不准林五少走私的真正目的是什么，且有林肇聪参与其中，应该是很重要的一个环节。我这不是把我知道的都告诉你，你好忖度如何开口嘛。实在不行，就把林老太爷搬出来，小鬼再难缠，也有阎王爷管着呢。说到底，这是林家内部的事，与你并无多少相关。”

穆峻潭厉色看戴希闵一眼，猛地把参茶全倒在口里，闭目咀嚼着，每咀嚼一下，太阳穴也跟着突跳，跳到脑袋欲炸裂。

战事虽然暂时结束，然而安系将领尚有人心浮动者，北边内阁也需要给出圆满的说法，对外更要给各界民众一个合理交代。先前这些公务都是穆炯明处理，现在穆炯明有意全然退出军政界，许多电文公函就都转到了穆峻潭这里。

他虽然想守着锦笙，却恐吵了她睡觉，在隔壁小会客室忙到清早，方来到临时卧房。然而又有几封急电，他放轻脚步出去了两次，锦笙倒是一直呼呼大睡，全然无知无觉。

锦笙自从离开柳苏城，因为紧张酒会又担忧穆峻潭，一直没睡过安稳觉，这一觉睡下去，先是不舒服，待肢体都舒展后，益发不愿醒。她睡到半晌午，睡了个透彻，睡意方渐浅，耳中听得窗牖外鸟鸣声，又察觉到有人轻脚走来坐上床铺。她猛地睁眼，看见穆峻潭正要往床上躺，惊得一滚滚下了床。

穆峻潭脸色苍白，凸显了双眼里少量的血丝，他神情疲倦，好笑地看着她：“你平日里睡觉也都是滚上床再滚下去吗？”锦笙站起，不太相信地看着他：“我自己上去的？”穆峻潭躺下时牵动了背上伤口，皱眉轻声说：“不然呢，你那么重，我现在可抱不动你。”锦笙虽不相信，但见他那样痛苦难受，也对自己做不了什么，于是就不再计较这件事。

穆峻潭一早把贺慕杭赶走，又让叶执信顺便接了赤芍过来，要待明日火车通行以后，让锦笙坐火车回去，不想她与贺慕杭再有牵扯。若贺慕杭知道林五少是个女子倒也无妨，但又不能让贺慕杭知道。贺慕杭一口林弟弟，一口笙笙，相处久了，难保不会对锦笙动歪心思。

卫兵依照吩咐清理了唐义哲八姨太的院子，赤芍又带来了锦笙的换洗衣物，锦笙就在八姨太院子里洗了个澡。

穆军不敢用唐义哲府上的厨子，饭菜都是随军厨子所做，只为个管熟管饱。锦笙不想吃卫兵送来的饭菜，于是带着赤芍上了街，预备找个馆子吃一顿大菜，再去街市逛一逛，买些金陵城本地的玩意儿，带回去给小侄子小侄女玩。

沪海的事情有父亲管着，穆峻潭也性命无忧，锦笙身心皆轻松，又因为第一次来金陵城，不知不觉玩到了日落西山。金陵河一带的繁盛夜景比之柳苏城更甚，内城河一带画舫挤挤，锦笙许久没有听过姑娘唱曲儿，本要去游花河，但随行的叶执信拼命拦着不让。

戴希闵恐叶执信在沪海给人认出来坏事，以穆峻潭的名义把他传了回来。昨日上午见到叶执信，穆峻潭大怒，要以军法处置他，戴希闵连忙给他派了个任务让他躲出去，直到今早才忙完回来，他又身累心乐地赶去接赤芍。穆峻潭因为见到锦笙，气早就消了，依旧让他随护着锦笙。

因上次去沪海之前，少帅特意交代过要防着那些花蝴蝶似的女人勾引林小姐，叶执信犯了军法在先，这一次如何敢再惹怒少帅。

锦笙意兴阑珊地回到督军府，府内陆续到达了一些军官将领，卫兵正在给他们安排临时休息室，办公院里的戒备无形之中又森严了许多。许多卫兵虽不知晓锦笙和少帅是什么关系，因见少帅和一众近侍长官都特别礼遇她，故而也待她十分客气有礼，她一路畅通无阻地到了前参谋长办公室。

门正半敞着过风，锦笙到门口时，听见戴希闵说：“这一次的东风一多半都是林小姐送给你的，若不是她那批货，卢兆祥也不会如此忌惮唐义哲。”穆峻潭没有接话，她一下子没反应过来戴希闵说的是哪一批货，下一秒脑中轰然，嘴里含的一颗糖球突然由喉咙滑入，硕大的一颗糖球，哽得她喘不过气来。

锦笙捶了几下胸膛，饶是有糖球阻挡，也挡不住那怒气和恐惧由心室上蹿，她猛然推门走进，躺在床上的穆峻潭和坐在床边椅子上的戴希闵看见她，都不由怔了一下。戴希闵素来镇定，待她走近，站起如常微笑，客气有礼地问道："金陵各商铺差不多都已复业，林小姐玩得可开心？"锦笙冷冷地看向他："戴参谋长，在下是林家五少爷，不是林小姐！请问戴参谋长方才所言货物是哪一批货物？从何处运出，又运往何处？"

戴希闵在锦笙眸光里看见一种寒冰似的冷厉，直觉此事不容易罢休，于是微微笑道："这是林小姐和少帅之间的事，戴某就不参与了，少帅会跟林小姐解释清楚的。"穆峻潭微有震怒地看戴希闵："老戴，你方才可不是这么说的，你说你会……"戴希闵笑着打断他："我还要去安排会议，少帅若没有其他吩咐，我就不打扰你和林小姐了。"他微笑着行了礼，走出房间，还好心地给他们把门关好。

锦笙回来时，已是落日熔金，暮云合璧，此刻到了掌灯时分，方才戴希闵进来时穆峻潭在休息，他只开了门口一盏壁灯。昏暗的光线里，穆峻潭虽坐起，也看不太清锦笙的神情，她厉色叱问他："发往哪里的货？"

穆峻潭半撩起眼皮望了望她，说："你指天发誓跟我说是朝鲜商人的粮食，可是暗中夹带了好几万匹的丝绸。就是那批货，你爷爷找了我父亲，秘密地给你拦截下来，放到了沪海的商团仓库里，我也是昨日才知道的。而且，你爷爷在你到沪海之前就已经在沪海了。"

锦笙心中虽猜想到了，却抱有微弱希望不是那批货。现在她得到准确答复，顿时怒气冲头，有些站立不住，想要抡起近旁椅子对穆峻潭挥下去，强拼着最后力气扬起椅子，浑身彻底一酸软，椅子由脑袋后掉落。穆峻潭顺势把她往怀里一拉，她也没有了力气反抗，凝看着穆峻潭，声音带着哭腔，话语颤抖到不成样子："你……你真的确定吗？是我爷爷截……截了我的货？他老人家早就在沪海？"

穆峻潭点了点头，这时候近在咫尺，他方看清锦笙脸色刷白，仿若一瞬间被抽走了浑身血液，身子亦颤颤巍巍的，双手冰凉，额头汗珠由细密到大颗。她双眼无神地和他对看，嘴巴张合着，他却听不到她说了什么，凑近才知，她并未发出声音。她双眸黯淡到一片死灰，身子亦软绵绵地倒在了他怀中。

锦笙只觉天旋地转起来，直转得她耳鸣目眩，强撑着眼眸微睁了几下，所见皆是白光环绕，她在一片白光里似清醒似昏厥。她知道穆峻潭把她扶到床上，她不想躺下，仿佛一旦躺下就再也无法起来。可是有千丝万缕的蚕丝缠绕到她身上，她浑身被束缚，想起了一水间金蚕室里的蚕宝宝，那样柔软由人摆弄的身体，她觉得自己也无比软弱，没有勇气去面对爷爷。

吊灯折射在她模糊的眸光里，像是上等白蚕丝，铺天盖地袭来，包裹住她。她惊惶不安，昏昏沉沉，待彻底缓过精气神，已是夜里十点钟。

陪护在一旁的赤芍见她醒了，连忙伺候茶水，她喝了两盏凉茶，眩晕迷蒙才渐次散去。随后，守在门外的叶执信进来告知她说，少帅在对过的会议室里开会，她有需要吩咐自己即可。

锦笙大惊初醒又很生穆峻潭的气，并不理会叶执信，叶执信对赤芍尴尬地笑了笑，关门依旧守在外面。

锦笙心情烦躁，背了手在屋子里来回踱步子，心里骂了穆峻潭一会子，又觉骂他也是无可挽回。她找了穆峻潭，爷爷这块老辣姜找了大帅，两块老姜一起对付他们这两块嫩姜，其实也怪不得穆峻潭。

忽而，她似乎有点明白皞系为何不帮唐义哲。

穆大帅帮爷爷，不见得是全念旧情。是了，那晚还有一艘到港的美国大货轮，穆军把那批货运到商团仓库，一定是以那批货为诱饵，让唐义哲和卢总理相信那是军火。戴希闵一定私下里还做了什么，令卢总理觉得唐义哲对那批军火志在必得，唐义哲又一直想搭上日本人的援助，卢总理心里定然忌讳着他。

柳苏城那场战事事发突然，先得到讯息时，穆峻潭被炸死，赵立铭被枪杀，皞系大概也以为是唐义哲挑起的。待皞系反应过来，安系这场内战已有了定局。

其他的事情，锦笙就不得而知了，若迷惑唐义哲和卢兆祥的真是商团仓库那批货物，那这阵儿东风的确是她送给穆峻潭的。

现下，唐义哲败局已定，穆峻潭不久就是总司令。锦笙虽气怒，却更不能得罪他。别的不说，当初比赛时的两个公证人已死了一个，剩下的这个，再如何讨人厌，那也是个香饽饽。

于是，锦笙压下对穆峻潭的气怒，一心思考要如何应对此事。都先生应是在与父亲商定后把此事告知了爷爷，可爷爷为何要如此做？此时，她就算再想其他法子，也已经来不及了。时机已失，日本商会也知道是她买走了他们的丝绸，爷爷这个老顽固老古董简直是把她逼迫到了绝境里。

锦笙猜测爷爷是住在景翁那里，可她短时间里联系不上父亲，她须得亲回沪海一趟。思虑万千，她暗暗做了决定。事已至此，她必须要独自把此事扛下来，不能牵扯到父亲。她年纪小，还能顶着年少无知，厚着脸皮求爷爷原谅。

夜半，疏疏落落下起雨来。锦笙今晚本来要和赤芍暂住在八姨太的院子里，但是她得问问穆峻潭详情，于是就让叶执信把赤芍送回了院子里歇息。她心里急躁，也跟着走至廊下观雨。

檐上雨淅淅沥沥，廊下悬着灯盏，把近前雨雾照得透薄迷蒙。院子天井里种着两株海棠，因花期已过，唯有绿油油的叶子，远远地，锦笙也瞧不见有没有海棠果，只见雨珠从层层海棠叶上徐徐倾落于青石板，点点滴滴，惊惶得似敲击在她心间。

她站腻坐烦了，遂蹲在廊下听雨，眸光散乱地看着。

对面廊下本就警戒森严，加之树木山石半遮半掩，灯盏幽幽蒙蒙，益发显得诡谲肃穆。忽而有人离开，渐次愈来愈多的人出来朝院门走去，卫兵擎伞紧随，锦笙模模糊糊地看见了两人的军服肩章，职位不低，想来与会者都是安系重要将领。有许多擎伞卫兵簇拥着，她也辨不清究竟有几人参与会议。

穆峻潭最后才出来，沿着游廊过来，有两个侍从为他擎了两把大伞，恐廊下飘雨斜飞到他身上。他虽未穿军外套，却把衬衣穿得很规矩，背后伤口隐有牵痛，他双手抄着军裤口袋走得很慢，故而把锦笙蹲成一团的身影多看了一会儿。

锦笙托腮仰头，近距离迎着一盏灯看，穆峻潭眉眼间因公务凝聚不散的焦虑烦躁已不见，于是揶揄他："这么春风得意，以后，我是不是得管你叫大帅或者总司令了？"穆峻潭居高临下地看她，见她虽愁眉紧锁，脸色却好了很多，轻笑道："让你失望了，不过你可以叫我将军。我并不喜总司令这个称呼，最喜'将军'二字，意义深重。"他伸出右手想把她拉起，她却不理，自顾地站起进到了办公室里。

经锦笙要求，穆峻潭把戴希闵喊来，让他详细说了林老太爷到帅府的时间，并让他把所知道的详情都告知锦笙。

戴希闵所说的都是外情，锦笙无法确定二哥有没有参与其中，若走私一事已被二哥知晓，爷爷就算想给大房留面子也留不住了。

一整晚，锦笙思虑万千，辗转反侧到失眠，预备坐明晚上的火车回沪海。

穆峻潭恐长辈担忧，既瞒下了受伤实情，也把伤势隐瞒了，故而京陵那边并不知他受了如此严重的枪伤。他因强撑着临阵指挥，奔波劳顿，背后炎症益发严重。王子仪如何劝说他休息将养，穆峻潭都逞强不听。恐他的伤持续恶化下去，王子仪只得把伤势实情上报给了穆大帅和穆夫人。

穆炯明立即派遣了一个老将过来接替穆峻潭处理军务，下军令让穆峻潭回帅府养伤。但穆峻潭想着丝绸比赛未结束，锦笙还得在柳苏城待一阵子，就坚持要去柳苏城养伤，又顺便借了父亲的秘书长。他欲让李秘书长到沪海去，关键时刻替锦笙周旋一番，希望有父亲的面子在，林老太爷不至于打罚锦笙过甚。恰好戴希闵有事去沪海，锦笙又走得急，等不及李秘书长，穆峻潭就让戴希闵途中照顾锦笙，再陪她去见林老太爷。

锦笙虽不知戴希闵到沪海究竟有何公干，但他于紧要时节离开穆峻潭，应是与唐义哲有关。锦笙顾忌戴希闵知晓了她的身份秘密，不愿让他陪同见爷爷。穆峻潭宽她心，戴希闵才没有闲暇精力顾及她的秘密呢。并且，比起揭穿她的身份秘密，戴希闵更愿意帮她维护好“林五少”这一身份。毕竟“林五少”乃是林家嫡孙和吴家外孙，身份地位之尊贵，莫说林家的小姐，就是那几位少爷也比不了。

锦笙思量一番，心觉能把京陵帅府扯进来，多了垫背的也好。并且，她知道安系这次战事出自鬼才谋士戴希闵之手，故而也高看了戴希闵几眼，希望他那一肚子的谋略在爷爷跟前能派得上用场。

锦笙一行一早到达沪海，戴希闵去了护军府，锦笙则先去了下榻饭店，预备派杜衡去打探消息。孰料，杜衡正急着不知该如何联系她，已经让苏叶去了金陵城。杜衡也不待她询问，着急忙慌地说：“昨日上午，老太爷突然到了林宅。日本人又要求提前结束比赛，大爷昨下午去沪海总商会开了半日的会，今儿一大早又去开会了。”锦笙心中早有准备，并未惊诧爷爷的突然出现。

因为杜衡爱冲动，许多事情锦笙虽吩咐他去做，却很少告知他缘由。这时候问了他一些问题，他讲也讲不到点子上。故而，锦笙也不知日本人要求提前结束比赛跟沪海总商会开会有何关联。

林肇聪还留下话，若是锦笙回到沪海，让她尽快去烟城大舅公那里，大舅公春日里身体便不太好，若是有必要，就把大舅公接到沪海来看病。

锦笙并未听说大舅公身体不好，听完杜衡传达的话，立即明白了父亲的意思。一来，怕她年纪小，被爷爷三两句就套出实话来；二来，父亲是想让爷爷顾忌奶奶和大舅公的面子，尽量不要把这件事摆到明面上来处理。

锦笙又询问方少尘到哪里去了，杜衡说，好几家洋行都跟方家订了货，方少爷已经回了霓裳锦织造坊。锦笙顿悟，那一日父亲同意她去金陵城，且要求留下印章，原是打了这个主意。但她早已有法子应对，暂时也不去管这件事。

杜衡去总商会通知林肇聪，锦笙则负手在房间里踱步，拿不定是该坚持己见，还是该听父亲的话去烟城。戴希闵处理完事情给她打了一通电话，询问她拜访林老太爷的时间，一瞬之间，她有了决断。爷爷很看不惯没有担当的男子，若她不能勇于认错，爷爷只会更生气。况且，这只是有违家规旧礼，有损名声，她又不是为了利益才走私的，遂也不认为自己就大错特错了。

挂了电话，她和戴希闵分别赶往林公馆，戴希闵路程远，她又在院门外等了许久。其实，到了此刻，戴希闵不来也没有多大关系。但是，她隐隐认可戴希闵是代表穆峻潭来的，所以，看见戴希闵就仿佛看见了穆峻潭，心里会更踏实。

戴希闵率先登门拜访，在客厅与林老太爷略叙寒温后，言称有事找林大爷。吴松告知说，大爷有急事去了总商会，也不知何时才能回来。

说话间，仆役禀告一句“五少爷回来了”，林老太爷眼睛微眯了眯，问戴希闵：“不知戴参谋长此行是从何处过来的？”戴希闵知道穆峻潭假死一事瞒不过林老太爷，实话相告：“晚生此次由金陵城而来。”林老太爷略笑着点点头，这时锦笙也走了进来，隔着几步远就对林老太爷弯眼嘻嘻一笑，近前，抱拳深深地行了个礼，说：“五孙儿给爷爷请安，爷爷吉祥，爷爷安康，爷爷万福。”

林老太爷从鼻子尖哼了一声，客气地示意戴希闵喝茶，却并不理锦笙，锦笙又笑嘻嘻地说：“爷爷，我本来都要回去看您和奶奶呢，您怎么突然就到沪海来了？舟车劳顿的，累到您老可如何是好？”林老太爷慢悠悠地说：“你把后台都搬来了，我为什么来，你会不知道？”锦笙一怔，刚预备继续装傻，想探探林老太爷是有多生气，林老太爷却放下茶盏说：“那我就叫你知道知道。吴松，搬家法，先打五猴儿二十板子。”

戴希闵想不到林老太爷做事如此雷厉风行，正忖度着如何开口劝阻，吴松已笑道：“老太爷，有您跟老夫人疼着宠着，五少爷打小就娇惯，这养得细皮嫩肉的，哪儿受得住二十板子呀。哎哟，五少爷的脸怎么了？这要是给老夫人看到，还不得剜心尖儿肉似的疼。”手指藏匿着对锦笙划了划，锦笙立即动了动，漫不经心地把带伤脸颊对向爷爷。

林老太爷看了锦笙脸颊一眼，冷哼道："老夫人若是知道五猴儿做了什么，今儿我就是把五猴儿打死，老夫人也说不出个'不'字来。"

被父亲如何打罚都成，锦笙实在怕当众被小厮打屁股，气吼吼道："您打死我，绝了大房的后，奶奶直接被您吓死、气死过去了，如何说得'不'字。反正您有六只猴儿，少我一只也不少。可奶奶就我一个孙儿！"说完便听得门口传来一声"孽障"，林肇聪急匆匆进来，对锦笙厉色道："胆敢胡说，跟爷爷顶嘴，还不跪下！林家所有的孙儿，那都是你奶奶的亲孙儿。你奶奶一视同仁，何曾厚此薄彼过，岂由得你胡言乱语，坏你奶奶的名声！"

锦笙听命立即跪了下来，林肇聪对林老太爷行完礼道："父亲，不知锦笙犯了何错？竟令父亲气到动用家法。"林老太爷道："你问我？我还想要问问你这个做父亲的！"林肇聪道："父亲，锦笙年幼无知又历来被宠溺过甚，他纵然言语有失，求您看在母亲连日身体抱恙的分上，别跟他一般见识。养不教父之过，他若真的犯了什么错，儿子来担着。儿子没把他教好，这板子应该儿子挨。"林老太爷冷哼："养不教父之过？你言下之意，你儿子犯了错，你担着。我儿子犯了错，理应我给我儿子担着？我儿子没把我孙子教好，那是我儿子的错，这笔账，推来算去，倒成了我这个爷爷的过错。这板子得我这个做爷爷的挨，好儿子，你是这个意思吗？"

戴希闵强忍住笑，原来，林五少的伶牙俐齿和炮仗脾气皆是有家族渊源的。

林肇聪亦被林老太爷给绕笑了，无奈道："父亲，儿子岂敢，儿子绝不是这个意思。只是儿子仅有他一子，又是他六岁那年好不容易从阎王殿抢回来的，儿子不忍损他半分，望父亲体谅。"林老太爷攥紧了虎头拐杖，沉声道："聪儿，你知道你这个儿子留得不容易，竟还纵着他往邪门歪路上走，你这是要毁了他啊。"林肇聪神色平静地直视林老太爷："锦笙所作所为虽担不起少年英才四字，但一直谨遵家规家风，儿子不解父亲此话何意。"

林老太爷稳住情绪，看向对过沙发榻上的戴希闵："戴参谋长，孙子不懂事，让你见笑了。我知道，你不是为了见我大儿子来的，是受人所托，为了我的五孙儿来的。我小老儿要教训孙子，今儿就算你们的老帅少帅都在此，也是不能加以干涉的！请回吧！"他话语虽和气，但细长眸子里却射出两道威赫光芒，不容人转圜。

戴希闵把那眸光尽收眼底，他虽受了少帅的千叮咛万嘱咐，但爷爷教训孙子实乃别人的家务事，自己在这里实在不便。且有林肇聪在此，锦笙的板子是挨不上了，遂歉意告辞离开。从林肇聪身旁行过时，戴希闵看向他，眸光带着探究意味一笑。林肇聪猜出戴希闵为何而来，仅瞬间，便敛稳神色，继续看向林老太爷。

外人已走，林老太爷不必再维护儿子颜面，面容立即阴沉下来，看着林肇聪和锦笙道："我的儿子把橡胶大王拉来当盾牌，我的孙子把京陵帅府的老帅少帅拉来做靠山，听起来多么厉害的人脉关系，为的竟是走私。"

锦笙是跪在地毯与地板边缘的，那种不舒适感加之爷爷威严的神情，令她心中惶然且不知所措。林肇聪双手交握垂在身前，平静笑道："父亲，我早已解释过，我与锦笙只不过是帮了阿恒一个忙。"

第三十八章 怯流光，锁思魂

林公馆内，主人所住的洋楼是三层半，一楼没有客房，林老太爷不便登高爬下，就把小会客室收拾一番作了临时卧房。

林老太爷不想锦笙受林肇聪的影响，遂把锦笙拎到小会客室单独教训审问。

小会客室和大会客厅之间尚有一段距离，且隔着楼梯，吴松坐在大会客厅亲手清洗修剪着两盆薄荷和一盆茉莉花，欲放在林老太爷的临时卧房内，既为添些香味，又为驱蚊虫。林肇聪立于吴松所坐的沙发榻背后，摆弄着烟斗。

这幢花园洋楼主家鲜少住，故而下人并不多，大会客厅更是一个下人也没有，但吴松和林肇聪低语惯了，交谈声依旧仅二人可闻。

吴松道："大爷不必担心，我瞧着老太爷方才是做戏给戴参谋长看的。他无奈之下找了帅府，却也不想帅府的人在背后非议林家大房。老太爷也是想保全大爷的脸面呢。五少年纪小，犯下大错，别人顶多说他年少轻狂无知。唯有保全大爷的颜面，才是保全了大房。"

林肇聪隔着楼梯望一眼，也看不见小会客室，自嘲道："我原做了被父亲发现端倪的准备，却不曾料想到父亲竟找穆炯明悄无声息地拦截下这批货。我跟我儿子明里暗里地忙了这般久，倒给他穆家父子做了嫁衣。这下子好了！父亲他老人家心里明镜似的，又把锦笙单独拎进去，要不了两句，锦笙就得点头承认，锦笙孝顺，不会牵连我，自然要称是他一人所为。我认与不认，父亲他老人家心里都得记大房一个错。"吴松道："所以，大爷现在最重要的就是拿到二少和日本人生意往来的证据，才能给五少扳回一局。老太爷心里清楚，大房走私并非为赚钱，而是在对付日资工厂上急于求成了。二少的所作所为，才是犯了林家大忌。”

待见了面有机会交谈时，二人方知，吴松在泰滩给林肇聪发的两份电报，林肇聪一份都未收到，显然是林清菽搞了鬼。京陵帅府守卫森严，林老太爷自住进去，终日在客舍院子里，连院门都不出。当吴松得知货物已被穆大帅派人拦截下，一时猜不透，到底是大爷没得到信，还是另有打算，只苦于没法子与大房的人联系。

要从泰滩动身前往京陵时，吴松才从林老太爷那里知道是为着大房走私一事。他那时才觉察到，老太爷已有些疑心自己与大房的关系，故而轻易不敢有所举动。待到了沪海，木早已成舟，吴松更觉若在这时候因传递消息暴露自己与大房的关系，实在没必要。

他在泰滩发现林清菽私下里和日本人有生意往来，只林老太爷被林清菽蒙混过去了，又急着赶往京陵，他无法再查探下去。一和林肇聪见面，就把此事告诉了林肇聪。

林肇聪沉思着吸了两口烟斗，冷笑道：“清菽这孩子，一次两次多次的不老实，就不能怪我这个做大伯的抓他小辫子了。林家现在正逢内忧外患，内忧须得慢治，外患才是当务之急。”

吴松道：“唯其如此，只要和日本商会这场比赛五少赢得漂亮，大房走私这笔账也就勾销了。老太爷偏疼五少那是明眼人都看得见的，且还曾叹说，他这些孙儿里，大猴儿痴心教育救国；二猴儿虽管理丝绸生意是一把好手，但只有钱心；三猴儿更是管理也管理不好，只有顽心；八猴儿、九猴儿看着也是对丝绸没半分情感。唯有五猴儿，是真心爱丝绸，对丝绸有情，也能管理得好丝绸家业。”

林肇聪点头道：“看来，父亲心里是满意锦笙的。”吴松道：“五少本就是长房嫡孙，只是年纪小，掌管家业比二少、三少晚了几年。大爷教得好，五少又聪颖持重，他在厂子里和绸缎庄的种种作为，老太爷也是看在眼里的。只要二少犯了林家大忌，他还有什么资格能跟五少相提并论。”

是啊，林家孙辈虽多，有谁能和他林肇聪的儿子相提并论。假如他有一个真儿子，吴松所言，实在中听。林肇聪心有不甘，靠在靠背上，握紧了烟斗，烫感直灼到他心里去。

他耗费心血培养了十二年，就是想让锦笙光耀他林肇聪的门楣。但他不敢再赌下去，锦笙是一颗炸弹，会把整个大房都炸成废墟。他内心欲望翻涌，狂乱到快要握断象牙烟斗，又连忙止住乱想，对吴松道："我还得回总商会，这边若情况有变，立即通知我。待五少爷出来了，让他也赶快去总商会。"吴松点头瞬间，林肇聪已疾步走了出去。

吴松捧着一盆清洗好叶子的薄荷轻脚走向小会客室，贴上门，勉强可听见锦笙正悲痛地问："爷爷，您为何要如此做呢？您当初知道了，直接教训五孙儿一通不就成了，何必如此大费周折。"

林老太爷冷笑："直接教训你？我跟你讲的道理规矩还少吗？你何曾记在心里过？你背后可有一位好师傅教着呢，学堂也不让你进。我让你多看圣贤之书，你却只听他的话，仅通读了《孙子兵法》。先人之书，你能懂得其中真意倒也是好的，偏偏学个一知半解，只懂得个'计无常形，以诡诈为道'。我但凡抓不住你们的现行，你只会伶牙俐齿地推脱干净，说你没有此意，然后再想其他法子。非要伤你筋动你骨，你才能长记性。我要让你以后想做坏事的时候，都得想起砸手里的这批东洋丝绸！"

锦笙声带哭腔："爷爷，您这是直接把我挫骨扬灰了。日本人这批现货是机器货，按咱们的算法，一匹东洋丝绸可有七丈多呢。您这一截，可是截掉了我两百多万大洋。我该拿那批货怎么办啊？"林老太爷道："这谎话啊，兜兜转转早晚能遇见实话。你方才一力承担下来，说此事与你父亲无关，凭你那枚小印章，你能从你四爷爷家的银行里取出两百万？"

锦笙猛地看向爷爷，爷爷是背窗坐于罗汉床上的，半光半影间，爷爷细长眼眸微眯，因眼窝深陷，神情益发显得高深莫测。锦笙咧嘴一笑，又立即严肃道："爷爷，如今，各港口都乌烟瘴气的。洋人往咱们中国走私了那么多东西，还走私鸦片、军火。若说走私是损害国家体面的下三烂招数，那也是他们先下三烂的。有能力走私的，不都是他们自己国家的富有者吗？他们都不怕损国家颜面，就您老古董老顽固，背地里害自己的亲孙子……"

锦笙的胳膊被林老太爷拿虎头拐杖打了一棒，揉着疼也要把话说完，不想气鼓鼓地憋在心里："爷爷，您不是说过，从您年轻的时候起，日本就不断地派官方和民间的视察团到咱们中国考察丝绸业。那时候日本就已经在觊觎中国的丝绸业，您又不是不知那些日资工厂是如何苛待中国工人的。您瞧瞧日本商会那小狼崽子都嚣张成什么样子了，我这也是被他们逼的。我只是走私丝绸，又不是走私鸦片，走私军火。我承认我走私，但我不觉得我做错了。我这是利而诱之，乱而取之，是计谋。”

林老太爷虎头拐杖上的虎口直戳到锦笙完好的脸颊上，怒斥道：“我就知道，我就算抓你个现行，你这张小嘴巴也能颠倒是非黑白。给你一部书，你字都认不全，伶牙俐齿却谁也比不过你。你给我记住，人活在世，没有那么多被逼无奈，被逼无奈不是你破坏规矩、做坏事的理由。勿以恶小而为之！走私本就是错的，不论你走私丝绸，还是走私鸦片、走私军火，你今儿就是走私一包绣花针，那也是走私！那也是做错了！这是现在世道乱，帅府管不了江北，内阁管不了南地，咱们的海关又有洋人掺和着，私下里还不知有多少人钻空子走私货物，只觉把各方面打点好了即可。彼此沆瀣一气，互相牟利！但若有一日，南北局势稳定，你走私就和杀人越货一样，是犯罪犯法的！你连经商最基本的准则都抛却不顾，还敢说你没错！”

林老太爷这一气把连日来上火淤积在内的火气化为咳嗽顶了出来，强忍训斥完锦笙，猛地咳了几声，不由得双颧红赤，气息不匀，身体也极大不支。锦笙连忙轻拍着林老太爷的背帮他顺气，而后扶着他靠住软枕，才递了茶水给他。

锦笙跪坐在罗汉床旁低声道：“爷爷，您别生气了，我知道错了。我知道，我是林家子孙，要守好耆德堂林记绸缎庄的招牌，若行差踏错一步极可能会毁掉几代先人的心血。身处丝绸业，我更要负起传承丝绸的责任，保护好老祖宗留下的这项缫丝织绸的技艺。爷爷，我只是太着急了，想走捷径。其实，我也有私心呢，想着若逼得几家日本人的工厂破产，我再开办机器丝织厂的时候，就少一些竞争，咱们的机器丝织厂就能更快地发展起来。”

林老太爷面露疲倦，再无方才的气势，声音也低弱下去：“锦笙，记住，有些捷径能走，有些捷径走不得。不管你有没有心怀不轨，一旦走了某些捷径，沾上污点，日后就会需要走更多的弯路来洗刷自己。”

锦笙点点头，林老太爷又说：“好孙儿，爷爷希望你以后能踏踏实实做事，堂堂正正做人，而不是靠这些诡诈手段。经商自然是利字当头，就像你景伯，若他的工厂没有利润，他开它作甚，又拿什么去捐资助学呢？虽说是为了利，你也要掂量清楚，你的利是如何得来的，又将用到何处。且要谨记知礼守德，小财靠勤，大财靠德，德不厚，无以载物。经商要有道，但道绝不能弃义。”

锦笙乖顺地说：“五孙儿谨记爷爷教诲！”她见爷爷气怒减了些，才敢冲爷爷讨喜一笑，脸颊浮起梨花般的酒窝，荡漾了零星日光。

林老太爷微眯起眼睛看她，对于这个孩子，他心里也十分的喜欢，精灵古怪，很能惹人疼爱。以前他只觉有聪儿教着，自己不必太过费心，不承想，一闯祸就闯出这么大的祸事来。他这时候有心要亲自教，却深感力不从心，只余了啰唆，唯愿她能多听进去几句。

“咱们中国是丝绸的发源地，日本、法国、意大利这些国家把咱们这门技艺学了去，转回头，别人能造出机器缫丝车、手拉机、电力织机，咱们还不该好好反省吗？我这一辈儿的人大多因循守旧、墨守成规，即使有勇气改良也没真正改多少，中国的丝绸业到了今日这等地位，除了国弱政府不作为之外，我们也是难辞其咎的。”

林老太爷有些眩晕，欲睡一阵儿，却强撑着打起精神继续说：“好在我还有孙子，你想办机器丝织厂，爷爷不反对。洋人能用机器织出丝绸，咱们就先买他们的机器办厂子，不能再因机器技术落在洋人后面发展。可是，你心里得有个数，自打咱们中国兴起办实业浪潮，几乎都是向外国订购机器，工厂办不办得成还不一定，真金白银倒都先让外国人赚走了，这不是长久之计。你景伯预备筹资办一个高等工业学校，再选派优秀的学生到西洋各国的机器制造厂去学习。日后，他预备再筹资为这些学业有成的学生办一个机器母厂，大机器或许一下子造不出来，但可以从小零件做起。你要尽量帮助你景伯，也要跟他多学如何做人做事。这条路走下来会慢很多，也极有可能遇见各种麻烦和失败，但这才是正道，这才能从根本上解决咱们在办实业、办工厂时和洋人相比较的劣势。咱们终归还是要有自己造的机器，且说不准，将来极有可能比洋人造的机器还要好，爷爷大概是看不到这一天了……”

林老太爷脑袋一歪，睡了过去，锦笙也趴在罗汉床上陷入了沉思。她把整件事和爷爷的话思来想去好几遍，大抵有些明白了，都先生宁愿得罪父亲，也要与爷爷合作设下这个圈套，景翁一面与父亲来往，一面遵从爷爷请托隐瞒他在沪海一事，这些并不是金钱利益所驱动的，而是爷爷数十年坚守积攒的德行与品格。她忽又想起方爷爷曾说过的话：“你们所说的那股匠人精气神，不是说说就能粘身上的，而是要长年累月地身体力行，才能由骨气、由血肉里滋长出来！”

许多原则，许多规矩，数十年如一日地坚守着，锦笙不知自己能不能做得到。她托腮看着林老太爷，日光把他的白胡须白眉毛照得银光闪闪，想着若自己到了爷爷和方爷爷这般岁数，不知该会是什么模样。她轻轻揪了揪爷爷的胡子，见爷爷已睡熟，预备扶他躺好，刚要为他脱下黑花缎双脸鞋，他却又醒了过来。

林老太爷清清嗓子，极力睁大细长眼，问锦笙："咱们说到哪儿了？"锦笙笑着说："机器，说到机器了。"林老太爷皱眉想了片刻，咕哝道："你走私，关机器什么事？对了，以后尽量少和穆家那小子来往！你以前总和卢家二小子走得近，我虽不赞同，可柏凌到底是我看着长大的，作风荒唐过一阵儿，本性却不坏。穆炯明自己都一股兵匪气，养不出什么斯文好性的儿子来。以后离穆家小子远着些！你们大房可再也经不住你瞎折腾了！"

锦笙虽也讨厌穆峻潭，但爷爷如此不待见他，倒忽然有些心疼他："爷爷，穆峻潭救了我一命，我这辈子都欠他一份大恩情，少不得要和他牵牵扯扯的。"随即把方少泉要杀自己，穆峻潭救自己一事拣能说的跟爷爷说了。

一楼摆了许多盆茉莉花，小会客室的门一开，花香兜了锦笙一脸，她走到大会客厅问吴松："爷爷最近是不是进食不太好？"吴松站起回道："是的。先前在京陵，穆大帅虽十分客气周到，但那边厨子做的菜不合老太爷的口味，吃得还有些上火了。没想到了沪海，更是不合口味。上了年纪的人，纵然补品吃着，可也怕饮食不够。今儿早，老太爷只喝了半碗白粥，身子骨如何受得住啊。"

锦笙心知，爷爷此次亲来，原因之一是想在教育儿孙的同时又竭力维护住大房的脸面，故而不敢事事假手于人。说到底，还是因她犯错才劳累爷爷奔波了南地一趟，不免很是自责愧疚，沉思片刻道："沪海这里住着好些个遗老遗少，不知当初有没有带厨子南下的，我问问看，若能借个由燕平来的厨子最好。若借不到，古大少爷对沪海熟，让他给找一个好的北地厨子。"吴松"哎"了一声，又道："大爷让您也赶快去总商会。"锦笙站起来说："我安排好厨子就去。"随即，去了二楼父亲的书房摇电话借厨子。

是晚，锦笙和林肇聪皆在外忙着，未回林公馆。锦笙借来的厨子曾在大内伺候，做得一手宫廷菜，但是林老太爷照旧用得不多。吴松瞧着，老太爷自打和五少单独谈话后，就有些不大对劲儿，但他偷听到的那些，似乎并无不妥。故而，他也猜不准老太爷心里别扭在何处。

小会客室内的窗子是铁窗，由细长条的缝隙里可望见薄云与弯月，林老太爷站在窗子前望月，吴松垂手立在他侧后方望他。

“吴松，当年若我死了，小三儿是不是就不会死？”

吴松给林老太爷突然间的怆然发问给问怔住了，老三姨太太出事时，他不过是个未满二十岁的小伙子，又没跟着去奉城，只后来才碎言碎语地听说了。那时候，林家下人都还管老太爷叫大老爷，燕平府里和泰滩府里都接到奉城来的信，三老爷、四老爷与几个同宗立刻动身赶往奉城，替大老爷料理妾室的后事和官府的事。

同行的仆役在私下里说，大老爷虽被日本浪人打得浑身是伤，却还要强撑着上公堂。四老爷没办法，骗大老爷服了一剂安神汤，把他强行带回了燕平。

大老爷被抬回府里时，肋骨已断了三根，身上里里外外好些地方受了伤。如此内忧外伤，养了近一年才完全好。那时候太老夫人尚在，规矩极大，管理府院也很是严苛，姨太太被玷污这般不光彩的事情，谁人敢乱嚼舌头根。忍不住私下里说上几句嘴，那也得夜深背人，还恐被管家和管事老妈子听了去。

事情已过去几十年，吴松再想起，亦有些唏嘘时光，叹息着回道：“老太爷，就算您拼了命也打不过那两个日本武夫，阻拦不了他们的禽兽之行啊。当年，若是您遭遇不测，咱们这一大家子可怎么活啊。”

“是啊，小三儿也给我留下信，让我好好照顾自己，好好照顾泰儿。她去了，我活着，我有那么多理由应该活着。”林老太爷自嘲地笑了好几声，扶着吴松的手躺回罗汉床上。

他看不见月亮，脑海里想着的，还是三十多年前的月亮，又大又圆又白。不似远隔了三十多年看见如今的月亮，总带着斯人已逝的悲凉。

泰儿总是埋怨他，怨他把小三儿孤零零地留在奉城，可是迁回来又能怎样？按家族规矩，不洁的女人是入不得林家祖坟的。若强行迁坟，少不得在祠堂里闹出一番风雨，依旧入不了。小三儿心里也清楚，宁愿孤身葬在奉城，想以此明志明洁，保泰儿一房的清白名声。泰儿是怨在嘴上，自己有了三个儿子，又做了爷爷，倒也不再怨他。

他心里清楚，聪儿和妻子嘴上不言，却都在心里怨他。他逼聪儿娶了个疯女子，聪儿懂事，为了不有损他的脸面，娶妻后连自己院子里伺候的丫鬟都换成容貌丑陋的，恐桂芬娘家人背过脸说林家的半句不是。娶妻至今，聪儿也就纳了一个妾，那也是桂芬不能生养，吴家舅爷愧疚劝聪儿纳的。

若他当初不逼聪儿娶个疯女子，或许聪儿能早生多生几子。若他当年能及时救下聪儿，聪儿也不至于绝后。

他自责内疚，难言于口，聪儿做下以女代儿的糊涂事，他也只能帮着聪儿把这件荒唐事掩饰好。

林老太爷缓缓睁开眼眸望去，花光月影照在白粉墙上，月影下移，寥寥勾勒几笔，浮动出联翩幻影。

似锦笙还走动在屋子里，脸颊时而浮起酒窝，忽闪着大而圆的眼眸说："爷爷，当时可乱了，一声枪响，我都吓怔住了。穆峻潭就这样子，一下跨过来用后背帮我挡子弹，连他自己的命都不顾了。王军医说，穆峻潭虽未伤及内脏，可子弹很深。我也看见他后背有一个血窟窿呢，血淋淋的，看着就很疼。"

月影再下移，似小三儿幽幽地从暗光里走来，双手绞着手帕子，露出一小颗俏皮虎牙，柔情笑着。

月影淡了，陈旧而模糊，往事无法细思量。仿若小三儿的黑白相片上滴了眼泪，黑白泛了黄，相貌陈旧而模糊。

凤尾扶疏，趁着月色，递来阵阵夏风。穆峻潭住在卢柏淩曾住过的房间里，待电话局的人把电话线路弄好，便立即给沪海护军府摇了电话。

此时，王陶杨的家眷正在收拾箱笼和金银细软，预备给薛明喻腾府邸，卫兵跟着忙忙碌碌，王陶杨坐在书房里跟戴希闵怨言重重。

"戴参谋长，我老王枪林弹雨跟了大帅那么久，这次好容易得了沪海这块肥肉，到现在连点腥味都没尝到呢。前不久抓了林家这条大鱼，大帅还不让动他们。不动就不动，那林家也不是好惹的。可我老王这屁股还没坐热乎就得给薛明喻那小子腾地方，我老王心里不服啊！他爹是卢兆祥的左膀右臂不假，打仗的本事我老王也能对他爹挑个大拇指！可他薛明喻算个什么东西！不过就是个二十八岁的毛头小子，像样的仗，他打过几次？要资历没资历，要军功没军功！"

戴希闵眸光带有穿透力地看向他，淡淡笑着："按你这种说法，少帅也才满二十六岁，那几场像样的仗都没赶上，少帅在你眼里又算个什么东西呢？"王陶杨嘴巴张着怔住了，嘴角抽动两下，连声说："薛明喻那小子怎能和咱的小爷相提并论，和咱的小爷比不了，比不了。"

恰好电话铃响起，王陶杨歉意一笑，立即走向写字桌拿起电话"喂"了一声，听到穆峻潭的声音，他瞬间腿有些发软，脑袋转圈地看着，心里直叫苦，耳报神也报不了这么快呀。听说找老戴，他连忙把电话递给了戴希闵。

戴希闵凝神听了两句，礼貌挥手把王陶杨请了出去，才开始回答：“林肇聪可舍不得他的‘独子’挨打，现在日本商会要提前结束这场比赛，林家也是忙得很，诸多事还得由她出面，林老太爷要罚她也不会在这个节骨眼上。不过……”

戴希闵停顿了四五秒，穆峻潭急着问：“不过什么？”戴希闵回道：“由我今早看见的情况判定，走私这件事，林肇聪并不知情。别看她年纪小，胆子魄力倒不小，手腕且硬且狠呢。”

穆峻潭猜想林肇聪是知情的，且参与了，这时装作不知情，定是为了维护他林大爷在帅府的颜面。父亲和林老太爷相互利用了一次，自然不会把林家走私这件事传扬出去，心里却会有想法。林老太爷借戴希闵之口，帮林肇聪在帅府知情人跟前撇清，帅府这边定以为是锦笙一人所为，不会觉得林肇聪此人如何如何，林肇聪依旧能维持他在外人跟前设立已久的形象。

然而，戴希闵的语气，穆峻潭也听出异样了，遂问道：“你什么意思？”戴希闵笑道：“她虽是个女儿身，却有一颗争强好胜的男儿心。并且，她要钱财有钱财，要手腕有手腕，要人脉有人脉。有些事必须要防患于未然，我希望她不会有机会干涉咱们内部的事情。”穆峻潭声音骤冷：“我有分寸！”戴希闵笑道：“希望如此。”电话筒里立即传来挂断音，戴希闵却凝想半分钟才撂下听筒。

锦笙临天亮才回到下榻饭店，睡下没多久，杜衡拍门说，有伙计禀告，三天前盛湖镇仓库着大火，现下烧得就只剩墙了。自那批货运出去以后，仓库里只余了一些做样子的柞丝绸和石头块。锦笙并不是很着急，盛湖镇是柳苏城外的一个小镇，离得不远，她下午要回柳苏城比赛馆，那时再去盛湖镇看详情也不迟。

随即，电报局送来了好几份电报，是私下盯着日资工厂的人发来的，锦笙本困乏不已，看完便牙疼到难以安睡。

自允许日本在中国投资设厂以后，日资工厂便犹如雨后春笋般冒将出来了。这些日资工厂除拥有与中国国民同等的实业待遇之外，还享有特权，即中国产品需要交纳的厘金等内地税他们一概不交，导致中国产品在出厂时已经失去了竞争的平等。

锦笙一直称他们这些工厂享受的是老太爷待遇，临了，却还是自家老太爷免了他们遭这一难。

锦笙捂着腮帮子看电报上的厂名：三井丝厂、大元制丝厂、瑞力丝织厂、三元织绸厂……心室里一阵儿抽搐的疼。

大元的缫丝车已经停了，对外说是修机器，锦笙冷冷一笑，刚买了半年不到的机器用得着全停全修？他们按现在的市价买了蚕茧，缫出来的丝到日本走一趟亲戚就成了人造丝。渡边次郎捧着“帝国荣誉”的大帽子按人造丝结款，一月来的入不敷出，他们也只能归罪于机器，以求保命保厂。

锦笙冷笑完，牙更疼了。

这边还没疼完，程藕初拿着由日本发来的电报寻她。

因日本人一直暗地里用“四步两计”对付中国丝绸业，早在计划比赛之初，锦笙便决定要学日本人这一招。她和程藕初秘密计划，由程藕初尚在日本待着的朋友帮忙，待茧季时大量收购鲜茧、订购干茧，尽可能地把日本某些地区的茧价哄抬起来，扰乱日本部分市场。后来，和穆峻潭不打不相识，待认为穆峻潭可用后，她本以为有穆峻潭帮忙，这件事就够有把握的了。不承想，日本今年蚕汛不好，茧价开市就高，再经他们暗地里哄抬，茧价、丝价嗖嗖地升了上去。锦笙为此还吃了一周的素，感谢日本的老天爷。其实她也不知道是不是日本人对中国作孽搞鬼太多，他们的东洋菩萨看不下去了。

日本的茧价、丝价都在上涨，但东洋丝绸在比赛馆的售价却一路下跌，那些给日本商会供货的厂子都暗地叫苦。有两家中等资本的厂子顶不住帝国荣誉和军部的双重压力，可也不敢表现出不爱自己的大日本帝国，只能宣告由于经营不善而破产，不再给日本商会供货。想着暂时休养生息，待这一阵儿“为帝国荣誉而战”的风过了，再重整旗鼓为自己而战。

程藕初的朋友讲明日本市场的紊乱情况后，还特意在电报尾添了一句：一切事情皆是预料之外的完美。

锦笙哭笑不得地把电报放在了茶几上，程藕初知道她为何苦笑，也无奈笑了笑：“老太爷的确是宝刀未老，一出手就令咱们没有还击的余地。”锦笙叹气道：“是啊，咱们当初计划时，还没有穆少帅和东洋菩萨相助，都觉得法子甚为可行。若老太爷不同意，只单单把我教训一通，我还是要想其他法子把货弄到朝鲜去。这下子倒好，货被老太爷扣在商团仓库里，我是再没法子了。”

程藕初感慨道：“方老太爷烧人造丝，咱们的老太爷扣走私货物，虽然觉得他们过于较真了，可还是会由衷地钦佩他们。如此想想，我怕是这辈子都成不了德高望重之人。”

锦笙道：“我虽上火上得牙疼，但冷静下来想想，心里也有点庆幸爷爷这样做了，耆德堂林记绸缎庄的招牌和林家的名声威望是万万不能折损的。咱们做得再谨慎，纸终究包不住火，若被人发现宣扬出去，纵然我不是为赚钱，那也是玷污了林家的招牌和名声。内里实情哪能全都被外人知晓，定然有人会胡乱猜测，说林家表面不卖东洋丝绸，办了一场为国争光的比赛，暗中却用东洋丝绸大赚一笔。紧随着，累累骂名会跟洪水决堤似的。”

程藕初苦笑：“名声和招牌是保住了，那批东洋丝绸，五少预备把它们如何？”锦笙捂着腮帮子说：“爷爷让我自己想办法，我也不敢多问，生怕他老人家再一生气，会跟方爷爷似的，一把火给烧掉。他老人家上了年纪，整日参禅悟道，觉得钱财都是身外之物，可我还没参悟透呢。趁着低价这阵儿风，能抛出去一点是一点吧。别让咱们的人插手，悄悄地找外人去卖，省得日本商会那小狼崽子知道了乐掉牙。”

程藕初说：“咱们不好卖，渡边次郎也乐不掉牙。你不在的这几日，‘丝绸之美’酒会的报道愈来愈多。加之你想的那个买花布送东洋丝绸尿布的点子，现在，东洋丝绸在沪海不好卖，其他地方暂时还不知道。”

锦笙微窘着看向程藕初，一时不知该高兴还是该愁闷，脸颊忽而浮起精灵酒窝，笑问：“藕初，你说咱们有没有可能让日本商会再把这批货买回去？”程藕初眸带不可能地看着她，她回道：“他们日本人总是通过挑拨离间让中国人互相厮杀，他们获利。咱们也可以利用他们之间的恩怨，让他们互相厮杀。”程藕初道：“佐藤英武是佐藤信长的儿子，渡边次郎是佐藤信长的学生，他们商会的其他成员要么没有用处，要么也是佐藤信长的学生。你也知道，比赛馆开馆没多久，渡边次郎就不以燕平日本商会会长自居了，俨然一副日本商会总代表的气势。”锦笙玩味一笑：“渡边是吃狼的，咱们找个食人的。”程藕初凝想片刻，惊诧一笑：“大场实仁？”

锦笙挑眉一笑，把想法说出后，二人合计一番却都拿不定主意可不可行，于是就到总商会找林肇聪请示。

这几日正逢沪海总商会的会董们聚在一起开大会，锦笙昨日跟着林肇聪参与到下午，又商议事情晚了，今儿上午倦懒着不想参加，林肇聪倒也没有生她气。

锦笙和程藕初立在会议室门口，等着听差悄声传话给父亲，只听虞景廉在里面说道：

"如今，咱们中国面临着既要扩展对外贸易又要实现工业化的双重经济任务，这些虽是政府主管部门需要考虑规划的事情，但国之盛衰，人人有责。沪海算得上对外窗口，也算是中国工商业的中心，咱们沪海总商会身处中国工商业的中心，所担负的责任不同于普通商会。大家应该也清楚，这一年来，外资工厂又多了九家，不光有日本人的，还有美国和英国的。那些帝国主义国家工业生产迅猛，资本过剩就要商品输出，咱们充当了他们那么多年的工业产品销售市场和原料供给地，现在，又成了他们的投资场所。长此以往，咱们的工商界岂不要尽由洋商掌控？若真到了那种地步，咱们国家的经济命脉也会握于外国人之手。

"鄙人虽致力于教育救国，但也认可，实业为国家之命脉，人民之生命。实业不发达，则商界无由振兴，国家无由富强。咱们的实业，咱们中国自己的工厂一定要办好办强，减少外国商品的进口，增加本国商品的输出，扭转我们与欧美、日本的贸易逆差……"

这时，听差轻手打开门，低声道："林大爷让林五少进来。"锦笙和程藕初取下帽子，放轻脚步，一路面带得体微笑，不断点着头走到了林肇聪身后。

林肇聪虽不是会董，但以他的身份和地位，仅屈居于总商会会长之下。他的位子在虞景廉下首，锦笙和程藕初立于他身后，在三十余人的会场上很是引人注目。旋即，听差搬了两把椅子过来，锦笙坐定，才看见贺慕杭竟也在。

林肇聪回头看向锦笙，锦笙懂他的意思，立马唇语道"不着急"，他便又转过了头。

会议上话语声一直未断，锦笙分神了一会儿，也未听清他们说到哪里了，这时只听见火柴厂老板周子园道："景翁，您说的我们心里都清楚，可事实是什么呢？这穿绫罗绸缎的十个人里或许有五个知道支持国货有什么意义。那用火柴的呢？平均来算，十有八九都不知啊。老百姓用火柴点蜡烛烧火烧饭，他们自然是哪种火柴便宜好用买哪种，你跟他们讲爱国，让他们多花点钱用国货，别用日货瑞典货，那不等同于不让他们好好烧火煮饭吗？我们有心想比日本火柴卖得低，可原料成本和一重重的税在那儿卡着呢，若稍微减料，质量又跟不上了。哎，在中国市场上，我们连日本和瑞典的那两个牌子都卖不过，何谈出口卖给洋人！我们造火柴的跟丝绸业可比不了，不然，我也想跟日本火柴办个比赛，踩日本火柴一脚，把它们按在地上摩擦摩擦火气。"

周子园一壁说一壁摩擦着火柴，火星四溅，引得旁边几人笑了一笑，他又指了一下中华电器制造厂的老板祝友才道：“景翁，友才兄他们电器厂的中华牌电风扇虽现在质量不如美国佬的奇异牌过硬，可价格比他们低了近一半，再运转实验两年，保管能比美国佬的电风扇质量好。”

祝友才摆手道：“子园兄过誉了，我们厂子里的电风扇质量再过硬，也就只能抵挡住洋货往中国输入。把我们厂子里的电风扇运到欧美去，怕是也没几个人会买。若说能挽回金钱外溢又给咱们中国长脸的，只有咱们中国自己的民族实业，比如咱们的丝、咱们的绸、咱们的棉纱……”他说着，礼貌地伸手把林肇聪和秦会长等人虚比了一下。

林肇聪、秦会长及另外一位棉纱大王连连摆手致了谦逊之词，旋即，烟草公司和五金厂的老板也发表了有关对外贸易和民族实业的想法。

锦笙一面听，一面漫不经心地接过听差奉的茶，听差却趁机在她手心放了一张折了几叠的小纸条。她拿茶杯掩饰着，单手捻开纸条看，起初觉得字迹陌生，待看完也就知是谁给的了，旋即揉搓一团，揣进口袋不予理会。

第三十九章 遥相闻，战鼓惊

待会议结束，林肇聪就近择了锦笙所居的饭店作谈话地点，告知锦笙三人："同意日本商会的要求！"锦笙这才反应过来，父亲暂时不理会日本商会，反跟着沪海总商会的会董开了两日的会，是想从会议交谈中判定沪海工商界对此次比赛持有的看法和意见。

待程藕初和秦达竑各自去忙时，锦笙把如何解决那批东洋丝绸的想法跟林肇聪详细说了。林肇聪正从茶几上端盖碗，听完即放下，沉思片刻说："你是真的没领悟到你爷爷的意思，小财靠勤，大财靠德，德不厚，无以载物。经商有道，道不弃义。"

林肇聪是背光而坐的，面孔神情在强烈日光的反衬下暗影森森，锦笙愈加茫然："儿子愚钝，请父亲指点，爷爷是何意？"林肇聪道："虽然你当初有要私下哄抬日本茧价丝价的计划，但我也没料想到生丝价格能一路哄抬到高了近六成。你爷爷虽然老了，心里的算盘却算得清呢。这批货是机器货，机器更新花样慢。以目前的生丝行情来算，咱们什么价格买的，这些厂老板出同样的价钱从咱们手上买回去，比他们另买生丝重新织绸还要划算。如果他们有法子的话，还可以稍微弥补给日本商会供货这一阵子的损失。以日本商会为首的这些日本人是不会管那些工厂死活的，他们一心只想谋求自己的利益。许多工厂只要能挺过这一阵儿，倒也不至于破产关厂。"

锦笙立即领悟："爷爷是想让我设法联系那些日本人，看他们愿不愿意把这些强制低价提供的货物买回去？"林肇聪点头端起盖碗，锦笙望着一缕茶雾苦笑："爷爷一点提示都不给，我怎么想得到啊！”林肇聪道：“你爷爷虽然很看重‘德、义’二字，但更看重你是不是发乎心。”

大抵是茶烫，林肇聪又把盖碗放回了茶几上，茶雾逸散，他的面容有一瞬的清晰，锦笙心室泛起惶恐，问：“父亲，那您为何不提点我一下？爷爷本就对我存了失望，我这次又犯愚钝，岂不更要令他老人家失望了。”林肇聪拿烟斗的手微顿住：“我这两日一直在想日本商会要提前结束比赛的事，给忘了。”

锦笙并不信，猜测自己快要成为父亲废弃的棋子了，却不敢往深里想，竭力稳住了声腔问：“那儿子该如何做？”林肇聪道：“那些日本人愿不愿意、敢不敢尚且不确定，一面让藕初在日本的朋友帮忙联系，一面按你的法子办，两边不冲突。并且，你这个法子是对佐藤信长的致命一击，可防备他们临时再要花招。邓立耀此人心思复杂，极其诡诈，你见他时，不要提及大场实仁，否则极有可能会弄巧成拙。你不提，他也自会想到大场实仁的。”

锦笙点头道：“是，儿子知道了。”林肇聪又吩咐道：“你见完邓立耀立刻回柳苏城，把各项都清点好，让老周他们算账的时候把日本商会的账目也算清，咱们心里好有个准确数目。后日下午，带着所有的账目和订单契约去证券物品交易所！”

锦笙应声离开，恰与苏武、苏叶在门口碰见，苏叶一看见她，立即低头喊“五少”。她点头略一笑，快步走开了。

房间内，林肇聪只把船票看一眼，知晓是半月后的，便还给了苏叶，悲笑道：“若我的真儿子还活着，我一定会为他争夺耆德印，能争抢过来的家产都给他争抢过来。老二、老三、清菽加在一起，我也不惧他们。只是，现在没必要了。”他揉揉酸疼的脑袋，缓了一会儿才又对苏叶说：“苏叶，待上了船，她就是你的人了。到了暹罗，有些事不可过于逼迫她，她性子太烈，是宁为玉碎不为瓦全的。无论如何，要让她好好活下去。她，她毕竟是我在这世上唯一的骨肉。”

苏叶立即点了点头，自上次大爷说让他带锦笙去暹罗，他心里一直为难，若逼迫锦笙太甚，那等同于杀了她。若不逼迫她，生子一事就没法子跟大爷交差。现下大爷松了口风，他便一心看护着锦笙。他打心底里知道，自己配不上锦笙，唯有卢柏凌、穆峻潭这等人中龙凤才配得上她。到了暹罗，她依旧是主子，他一辈子都是她的小厮。

待苏叶离开后，林肇聪方问苏武：“那孩子的母亲可有合适人选了？”苏武道：

"柳苏城有个头牌妓女叫菁菁，五少有几次游花河喝花酒都找了她作陪。有一次游花河时，五少为了抢菁菁，差点跟一位姓钱的少爷打起来。这件事，柳苏城有很多人都知道。"林肇聪道："好，就是她了。以五少爷的名义给她赎身，让李顺秘密把她带回津城，看牢了她。"

他由窗户朝外看，周身冒出一股蒸腾热气，膨胀着，把眼睛里看到的一切都膨胀了。车辆、行人、建筑、邮筒、电车线……连那依偎在母亲腿边的小男孩都变胖了，欲要挤占掉他呼吸的空间，他喘了几口粗气，不敢再看那个小男孩。包括苏叶娘正在养育的男婴，待确认买下后，他也未再多看一眼。

晚了十二载，他终于还是偷买了外姓血脉，只不过是儿子与孙子的差别。盖碗离了手，他才发觉，那股蒸腾热气是新添的茶水，眸中一切，又缩回到原来的大小。街衢上，锦笙拿着折扇蔽日，坐上一辆黄包车，渐渐消失在他眸光里。收回目光，他对苏武道："把唐义哲派来联系我的人交给戴希闵！这次我是真的押错宝了，也幸好有她，否则穆家父子非得记我一笔不可！"然，若不是横生了穆峻潭这个枝节，锦笙把卢柏凌送走实乃快事一件，他又何须急着把锦笙送走。

夜幕浓，百乐门舞厅门前闪烁着赤红青橙黄混杂的光芒，踢踢踏踏的乐音亦从开开合合的大门里传出。

酒酣人醉，邓立耀搂着红牡丹绿牡丹朝外走，还回头给黄牡丹打了个呼哨。早有门童打开汽车门，俩牡丹把邓立耀扶进汽车，一面冲汽车尾巴挥手，一面撇着嘴巴拿帕子擦脸上的口水。

邓立耀虽未大醉，却也迷醉了，浑浑噩噩地任由汽车夫拐了一条街，他才蓦然惊问："这不是回邓公馆的路，你是谁？我的汽车夫呢？"

锦笙弹掉汽车夫帽子，笑声清冽："只许邓买办搂牡丹，就不许汽车夫偷懒抱玫瑰吗？"邓立耀逐渐镇定下来："林五少给邓某做汽车夫可是使不得。"锦笙道："使得使不得，邓买办都让我白等了三个多钟头。我林锦笙活到现在这个岁数，等一个钟头以上的，只有大总统、卢总理、穆少帅。你邓立耀算个什么东西！"她最后一语骤然怒意满满，手上方向盘一打转，疾驰到了另一条街道上。

汽车颠簸，邓立耀竭力稳住身子，话语亦有些凌乱："邓某当初和程经理说好了，只需要提供真实的成本账目和文件即可。一直以来，和邓某接触的都是程经理，程经理和二公子也都承诺过，只要有了结果，就把银行保险柜的钥匙给邓某，邓某觉得没必要再见林五少。一旦横生枝节，对你我都不利。”程藕初暗中约他和林五少见面，他答应完却听说比赛要提前结束了，犹豫一番后，实在不知林锦笙闷葫芦里是何毒药，便爽约未至。

锦笙把汽车停在三井洋行对过道路边，紧挨着一家名为摩登夫人的时装店，敞亮的玻璃窗里，可见里面作样子的西式婚服。锦笙把保险柜钥匙丢给邓立耀：“现在就给你，不靠这些证据，本少爷照旧能要你命。”邓立耀握紧钥匙，提了两个多月的那口气松下半口：“我劝林五少不必浪费时间把我弄成本价一事告知佐藤大班，我为三井洋行效力二十多年，岂会连这点麻烦都解决不掉！”

锦笙唇角挂着冷峭笑意，递给他两份契约，内容皆是有关走私八万匹东洋丝绸的分账契约。不同的是，一份的利益划分是林锦笙三，邓立耀七；另一份的利益划分是邓立耀二，佐藤信长八。

邓立耀借着服装店的窗外灯把契约看完，神色复杂难辨地看向锦笙。锦笙发动汽车，沿着三井洋行所在街衢朝前开：“我也不瞒邓买办了，比赛馆的东洋丝绸降价后，我派丝绸贩子私下里买了八万多匹东洋丝绸，预备走私到朝鲜去。可是，被我们家的老太爷给拦截了下来，那批货现在就放在商团的仓库里呢。”

邓立耀攥紧两份没有签字没有图章的契约，醉红面上浮出无力笑容。日本人也讲一朝天子一朝臣那一套，佐藤信长一直想换掉他，但他对三井洋行功绩累累，又是三井洋行侵占掌控中国产业的先锋和参谋，佐藤信长不敢无缘无故地驱逐他。

他费好些手段才陷害了李经理，以防李经理顺着佐藤爬到他头上去。

这时候，若林五少把分账契约递到三井洋行，又确实有那批货存在，纵然图章签字都是作假的，佐藤信长也会借机把他赶出三井洋行。但他明里暗里知道了三井洋行太多秘密，一旦不继续给三井洋行做奴才，佐藤信长极有可能会请示上面要他的命，以绝后患。

为了保命保职位，他可以把和佐藤信长分账的契约做到以假乱真。大场实仁之所以暗中帮助他，也是想寻机会赶走佐藤信长，重回中国任大班。若他再加一把力帮助大场实仁重回中国，届时，讲明事情原委，大场大班不仅不会把他赶出三井洋行，还得记他一功。

汽车再次从三井洋行门前行过，锦笙声音低了几倍，益发显得笑意浓：“看来，邓买办应该考虑清楚了。纵然盗不得三井洋行大班的印章，但我听说你伪造契约的功夫可是从爷爷辈儿传下来的。依你邓家父子对三井洋行大班印章的熟悉程度，造假一枚印章，还不是轻而易举。”

邓立耀扭头看向“三井洋行”四个大字，藏污纳垢的玻璃窗隔着，花红灯绿似覆盖了旧尘，他面上显出一抹酱红狞笑，主子能挑剔换掉奴才，奴才就不能挑剔换掉主子吗？再转回时，他的面庞已恢复以往的谦恭，对锦笙笑道：“那么，邓某就再为林五少效力一次！”手上却把两张契约攥成了一团，他暂时不知林锦笙有何具体打算。这件事，他们互相利用完各取所需，事后依然井河不相犯也就罢了。若林锦笙敢过河拆桥，待他握有林锦笙走私的证据，也就别怪他心狠手辣，势必要撕扯下江北丝绸业巨头的脸面来才肯罢休。

翌日一早，锦笙坐火车到柳苏城后，先雇车去了盛湖镇。果真如杜衡所言，仓库烧得只剩了黑黢黢的墙壁，好在并没有人受伤。她猜到是日本商会所为，但没有人证物证，也不能把渡边次郎等人如何。

回城后，锦笙和周掌柜他们一起算账整理订单契约直至深夜。待回美新饭店时，她特意让车夫绕行到赵府所在的那条街。赵府虽有所破损，却不似穆峻潭的别院一般成了废墟。

守门的警察已不在，门庭无灯，唯有庭前月，愈显冷落萧索。昨日，赵宫铭在处理好琐事后，带着赵立铭的灵柩及家眷回了燕平，是由贺允鹏派专列护送的。她因邓立耀耽搁了时间，未能亲往祭奠。

锦笙心中感慨着进了美新饭店，蓦然间抬头一望，卢柏凌的房间有微弱灯光。她先是脚下一顿，旋即一口气跑到了卢柏凌房间门口。

然而，并不是。

贺慕杭在沪海总商会会议上给她递纸条说，竟天没回帅府，是回柳苏城养伤了，问她要不要一起去看他。她没理会贺慕杭，却也没想到穆峻潭竟惹人厌到住在卢柏凌住过的房间里。

她很生气饭店经理在她还付着房费的时候把房间给了穆峻潭住，可转念一想，许是叶执信他们披着便衣皮也掏了枪，唬得刚经过一场战火的饭店经理不敢拒绝。

已过午夜，房间里只开着一盏小壁灯，光色橘黄，温馨而凄迷。锦笙走近几步，穆峻潭就醒了，只未起身。

夜阑人静，趁着渺渺微光，窗竹影摇在墙壁上，锦笙在与床有半丈远的距离时呆立住了。半墙竹影如画，画出昔日光景，她看见自己扑在卢柏凌怀里惶然哭诉，听见卢柏凌宽慰自己："我懂你在说什么，我也知道你是谁，更不会离开你！"他俊美眉眼里盈满了笑意，"咱们以后会有孩子的，咱们俩百年以后，会有儿女安葬咱们，怎会被扔到乱葬岗呢。"

那是她签比赛契约当日的早晨，卢柏凌告知她的话。

天亮后即将结束这场比赛，她也要成为父亲的弃子了，卢柏凌却已远赴大洋彼岸，做了张琳琅的丈夫。她不知自己成为弃子后面临的是什么，她已没有资格再做哥哥的替身，卢柏凌亦不在了，没人会真正知道她是谁，亦没人会带她离开。

"锦笙，你不要怕。若这个秘密隐藏不下去，不管你愿不愿意，我都要以我之姓冠你之名，带你远离这些纷扰杂事，带你去游览世界风景。等我们老了，走不动了，就选一处你最喜欢的地方定居。锦笙，我上次说错了，我不应该说你是我的猎物，其实我是你的猎物。我被你捕获了，这辈子都没法逃离你的掌心。"

上次被穆峻潭骇到惊慌无助时，卢柏凌与她说的话，她还清楚记得，可这个说要带她游览世界风景的猎物已经被她先送走了。

穆峻潭见锦笙呆站住久久不动，从床上缓慢起来，走近她笑着说："怎么隔这么远看我这般久，才几日没见就不认识了吗？"低下头才看见她脸庞上已挂了好几串泪珠，连忙替她擦拭，纵心生不悦，也极力耐下性子问："怎么哭了？"

锦笙打开他的手，敛好情绪，高声道："穆峻潭，我听说了，是那个曹傻子不是你，只是内阁还没有对外通电委任。你不是总司令，也不是安系少帅了，以后，我再也不用害怕你的身份了。"

穆峻潭被她气笑："所以，你是喜极而泣？那你可真是头发短，见识也短。虞景廉代表沪海总商会全体会员发电文请愿，希望战事不要再扩大，想要为实业发展争取和平净土。请愿书给内阁递送了一份，另外一份没有给曹谦，而是递送给了老戴。你父亲主动向穆军示好，把唐义哲的藏身线索告诉了戴希闵。你二哥林清菽送了五千匹特制加厚的柞丝绸和五吨柞丝给贺允鹏，说是听闻柞丝和柞丝绸有工业和军事用途，聊表敬意。日后若有所需，尽管跟他开口。"

锦笙惊问："我父亲？"穆峻潭点头："审问督军府账房时，账房说你父亲早些年在林家银行里给唐义哲存了一笔钱。唐义哲在失去卢兆祥这个靠山和援助后，若想东山再起，必然需要军费，也一定会派人暗中联系你父亲的。"她知道，唐义哲不信外国佬的银行，仗着自己有兵，明里暗里让别人孝敬，还有种鸦片弄的那些真金白银都藏在府里呢。跑的时候，任他带，也带不走多少。仅剩的金钱希望，就是父亲给他存的那一笔钱，可是那钱与唐义哲没有半分关系，全是他厚颜无耻讨去的。

锦笙一直有些不解：“你们仅凭把曹傻子推出去当幌子，就能让皞系全然袖手旁观，看着你穆家父子清理门户、稳固势力？”穆峻潭问：“你没听说你那个酒肉朋友薛明喻是新任护军使吗？”锦笙惊诧：“沪海如此重要的地方你们竟也舍得给薛明喻？这样，你们安系就算除掉唐义哲也不再是铁板一块了。”穆峻潭不想再继续谈这些事，皮笑肉不笑道：“见到薛明喻，你可以多打听打听卢柏凌的消息。”锦笙知他不愿再多言，也没心情探问更多，遂回以假笑：“我自然有此打算，不用你提醒。”

她说毕转身要走，却被穆峻潭猛地拉到了怀中：“张琳琅的丈夫就那么让你念念不忘？”贴近耳畔的发问，每一字都掷地有声。

锦笙挣脱不开，怒声道：“明明是你先提他的。”穆峻潭冷笑：“你在他住过的房间哭成泪人儿，我不提，你就没有想吗？”锦笙直直迎向他的冷眸：“我想了你又能拿我怎样！”穆峻潭的语声冷冽刺骨：“我自是不能把你如何，但你问问你的良心可安？人是你亲手灌晕送给张琳琅的，卢张两家长辈联合登报，证实了二人的夫妻之名，如今他二人应也有了夫妻之实。别人夫妻有名有实，你如此惦念别人的丈夫，若张琳琅知道了，你该情何以堪？”

锦笙给他一句一句地戳了心窝子，指甲陷在他皮肉里，咬牙看他许久，一句反驳话都说不出，竟抽泣两下，大声哭了起来。

穆峻潭从傍晚睡到现在，这一觉醒来本就脾气大，见锦笙为卢柏凌哭成泪人儿，愈加气怒。他浑浑噩噩地口不择言，也没想到会把她招得大哭起来，只得耐心哄了她许久。

锦笙哭累了，趴在沙发榻上睡着了。穆峻潭一直守在她旁边，眼瞧着窗外月半昏，日半明，晨曦前的时光最易令人情绪起波澜。他手上她的泪水已干，忽想起上一次如此治理决堤洪水，还是撞破她女儿身那日。他隐约感觉出，她心里除了莫大悲痛，还有莫大的惶恐，思来想去，仍认为是走私一事令她惶恐万分。

日高升，锦笙一行人去沪海时，穆峻潭身为幸存的公证人，也要与她同行。锦笙肿着眼泡、生着气很委婉地跟他说，双方都已同意了提前结束比赛，且有景翁和其他商友在，他这个生死不明的公证人出不出面毫无影响。以前他好歹还是个给唐义哲看管重兵的师长，但柳苏城那一个师的五万人已全被贺允鹏打乱收编，分了好几个师，师长也没他的份。且曹谦即将为总司令，他自然也不再是少帅，出席大场合也没有了以前的威信力。反正外界大多数人还不知道他活着，就不要去凑热闹了，好好待在柳苏城养伤吧。

穆峻潭叉腰看她，唇角勾了浓浓冷笑，都说买卖人市侩世故，今日今时他才真真地见识到了。

锦笙不愿再和他多言，因为今天有记者拍照，遂让赤芍帮忙在面上扑了一些粉，略遮一遮面颊的伤痕。穆峻潭还没有看够她粉雕玉琢的脸庞，她已戴上小圆墨镜，傲气凛凛地走了。

自内阁同意曹谦为总司令后，穆峻潭生还的消息便渐次传了出去。但他若要正式出面，还需有个过场。今晨报纸上刊登了有关他的消息，是以小道消息登在了社会新闻一栏。他自己写了个大概，又专门找到那个在报纸上连载小说最受欢迎的小说家润笔。

简而言之便是，万分危急之下，他带伤从别院跳河离开，昏迷不醒随河逐流时，恰被一个名叫笙笙的养蚕女救下。

小说家润完笔，便成了新文明风气下公子哥与贫家女一见钟情的罗曼蒂克故事。养蚕女笙笙芳心暗许，风流倜傥的少帅亦落花有意流水有情。言止于情，后续如何，小说家却没有再写。但穆峻潭风流之名在前，观者自然会在心里为他添一笔花前月下男欢女爱的风流债。

坊间逸闻和小道消息的受众可是比严肃枯燥的新闻通讯多，帅府虽并没有对外发表穆峻潭还活着的言论，风流债却不到半日就传开了，且愈传愈真。小报上只写了养蚕女笙笙，连哪里人士都未曾交代。

然，茶馆酒馆里有不少人拍着桌子、打着胸脯子保证："爷们亲眼见到过的，那还能有假！我大舅家和笙笙可是邻居，有时候供不上或是来不及，她养蚕的桑叶还跟我大舅家借呢。两日前，我去瞧我大舅，好家伙，笙笙家铿铿锵锵地来了好些个军爷，把少帅和笙笙一块接走了，那些军爷还跟我行礼呢。朝廷还有三门穷亲戚哩，况且远亲不如近邻，以后，爷们儿也算是跟帅府攀上亲了。"

问及兄台：大舅家住何处？

各个茶馆酒馆里的说法并不一，有盛湖镇的，有浔湖镇的，还有渭州人士……

仅一个上午的时间，笙笙就多了好些个远房表姐表哥表姨表姑，还有些远房亲戚和近邻没有听说消息，不过，也在认亲的路上了。

锦笙是在饭店咖啡厅看见的这篇消息，正生气时，听见旁边三个千金小姐钦羡养蚕女，还猜测着恩情爱情叠加，少帅说不准会娶了这个叫笙笙的养蚕女。就私心来说，她们自己得不到，也不想方桑宜如意，宁愿便宜了养蚕女。

锦笙心里对她们冷笑，等曹谦的委任令发表后，穆峻潭不是你们的少帅了，连个师长都不是，只剩副臭皮囊，看你们还会不会为他神魂颠倒到争风吃醋。扔掉报纸，气得她连方糖也忘记放了，端起咖啡杯两口饮尽，直到走出饭店大门才觉满嘴苦涩。

沪海烈日高悬，皛皛白云浮金光，却凭空里响了几声惊雷。雷声过后，整个沪海反倒开始寂静无风。

据老人的经验之谈，大雷雨之前，总是要有一段平静的时间，只今日静得半丝风都没有，静得人心湿闷烦躁。

锦笙在沪海所住的饭店，和证券物品交易所隔了一条马路错对着。下午一时，等在交易所门口的记者看见林五少和一众属下由对过走来。

锦笙穿着一件黑薄绸长衫，上绣金麒麟。她穿长衫一向要在里面套一件薄长衫作内衬，今日，白绸长衫微露卷边，有点戏服的意境。

许是出房间前听了几句《挑滑车》，她不由满耳灌着：

“只听得战鼓咚咚，只听得战鼓咚咚，明盔亮甲金光耀……哪怕他万马千军，哪怕他万马千军，怒一怒平川踏扫！”

日光照，麒麟瑞兽金光粼粼，衬得锦笙贵气难攀。小圆墨镜半遮面，衣裳前所佩戴的血玉平安扣把她唇角那丝若有若无的笑意也给冰寒住。她时而轻挥折扇，仿佛是画卷里走出的冷傲贵公子。

她身后所跟随的人也都是簇新整齐的西服、长衫，在巡警的哨音里，一行步履整齐地走来，招引了不少停驻的目光。

《晨钟报》由副主编古琦亲自带了一个女记者出席，远远地瞧见锦笙，女记者笑着对古琦说：“琦琦，你未婚夫虽个头不太高，气势上却不输穆峻潭、杜江城这等人物呢。”古琦瞥她一眼：“你再胡说八道，以后有什么重要场合的采访我绝不带着你。”说话间，已有其他报社的记者涌向了锦笙。古琦未及挤到跟前去，锦笙的随行小厮便拦开了道，锦笙礼貌地与要采访她的记者客气几句，快速走了进去。

交易所一层密密麻麻的人头攒动，呼喊声音如同战场上冲锋陷阵的卫兵，锦笙知道，这就是他们的战场，他们生死一线的战场。赢可赢得腰缠万贯，输能输掉万贯家财。整个沪海，没有人比买空卖空者更在意输赢。

即使到了二楼，锦笙也可听见一楼的人声鼎沸，方才见过的上百张紧张流汗的面孔亦从脑海中一一闪过。

二楼大会议厅的长条桌案上，虞景廉和日方理事长坐在一首一尾，林家和日本商会对立而坐。

因佐藤信长亲自到场，自然他坐着，佐藤英武和渡边次郎还有几个日本商人都站立着。

锦笙这边也只有锦笙坐着，长桌两边还分别坐了万国生丝检验所、沪海外侨丝绸协会、丝绸同业会和蚕丝同业会的人。另外加了二十余把椅子，记者和一楼上来的旁观者，或站，或坐，把整个会议厅挤占到不留余闲。

伴着记者拍照的灯闪，虞景廉一番官方话说毕，佐藤信长对锦笙笑道："这么重要的事情，我以为会有幸见到林老太爷。"

锦笙头次听佐藤信长说中国话，不免惊诧他竟有燕平口音，旋即合拢折扇摆了摆，酒窝微显："事情虽重要，可你不重要。"佐藤信长笑道："的确，林老太爷为了林五少走私才来的沪海，定然没有时间见我。"他又笑着看虞景廉，"虞先生应该不知道吧，由燕平日本商会组织，我们三井洋行经办的十万匹丝绸现货，最先是由比赛馆售出的。林五少私下里联合中国丝绸贩子由比赛馆低价买走了八万多匹，预备走私到朝鲜。若按朝鲜市场现在的丝绸价格，林五少这批货至少可赚得两百六十万净利润。两个多月的工夫，稳赚两百六十万，这在买空卖空的交易所也算是一笔大交易吧？各位如果不相信，可以去商团仓库一探究竟，那批货物已全部打包好，只待时机一到，林五少就会私运到朝鲜。"

瞬间，满厅哗然，报社来两个记者的，预备派遣一个记者去商团仓库一探究竟。但冷静者好意提醒，因沪海乃货物往来大港，商团是江北一些大商会为了进出口货物时不遭南地人欺负而自发组织的武装团体，他们贸然跑过去，根本进不去商团仓库。

于是，记者转为言辞尖锐地追问锦笙，虞景廉亦眸带震惊地看着锦笙。锦笙依旧戴着小圆墨镜，只把折扇轻轻拍在手上：“佐藤老先生，咱们开始算账吧。”佐藤信长问：“林五少不跟虞先生、秦先生、郑先生、邱先生和记者朋友们解释一下吗？”锦笙笑道：“一码归一码，算完这笔账，再说那笔账也不迟。”

锦笙此刻小圆墨镜半遮面，佐藤信长看不仔细她的神情，只见她唇边挂笑，双手却微有颤动，额上细汗也愈来愈密。佐藤信长遂回以一笑，道：“也好。”

锦笙侧身朝后看周掌柜时，摘下小圆墨镜给程藕初递了个眼神，程藕初虽无表情，却在周掌柜往桌子上摆放东西时，声音低了数倍吩咐苏叶：“赶紧去找邓立耀拿契约，要快！快！”苏叶早起已去过两趟，邓立耀皆说还没弄好，此时左右看看，见无人注意到他，便一阵儿风似的旋了出去。

彼时，周掌柜已经把五张厂契、五张买卖契约和耆德印都摆了出来，锦笙拿扇柄一一指着说：“这是我林家在泰滩产量最高的一处蚕园，这是泰滩和烟城的缫丝厂，这两个丝织厂，一个在燕平，一个在泰滩。都是按你们的要求来的，地理位置最佳，产量最多，年贸易量最高。厂契和买卖契约都在，等一会算完账，若是我林家输了，我当场用印！哦，还有这张，我爷爷亲自写的，十年为期，十六间耆德堂林记绸缎庄只要不关门倒闭，就会全力代售你们日本的丝绸。十年之后，若你们觉得还有必要再和林家合作，我们再续约。喏，这份承诺书也只差用印了！”

渡边次郎也在佐藤信长跟前摆了两张契约，佐藤信长一一指着道：“这是两百吨干茧的转卖契约，这是兴亚丝织厂八成股份的转让契约。只要我们输了，这些会全部归在林五少名下！”

锦笙点头，面含一缕笑意看向虞景廉，虞景廉眸光深沉地看她一眼，与日方理事长互相点了点头。

随后，交易所的十名算盘圣手在另外两张桌子上坐定，五五相对，各分管日本商会和林家的所有账目。

“啪！”

“啪！”

“啪！”

只听一串整齐震撼的算盘珠子归位声响，十位算盘圣手已准备就绪，待掌管人欲要分发成本账目和订单账目时，锦笙高声道：“且慢！”

“日本商会的账目，请按这个成本价算！”

程藕初随着锦笙的话声由公文皮包里掏出了一份文件，先呈递给虞景廉和日方理事长看，随后在长桌上传阅着。虽有一些文件是日本字，但虞景廉事先已知晓，只是面带微笑地看着日方理事长，等他发话。

日方理事长眸带惊诧怒意地看着佐藤信长，佐藤英武笑着代为回答："林五少提供的这些账目是蚕丝，我们刚开始的货物的确是蚕丝，林五少让丝绸贩子买走的那一批货全部是蚕丝，我们的成本账目也是以蚕丝记录的。后来换成了人造丝，顾客也都知道，大日本帝国的人造丝已与蚕丝同等优良。上次酒会上的丝绸是蚕丝，但那晚是另算的。今日汇总的账目上，先开始的蚕丝和后来的人造丝我们也已经区分开且标注了。如果林五少不放心，可以请程经理去检看一遍账目。"

锦笙朝后伸手，周掌柜放了由市面上最新买来的东洋丝绸在她手上，她托着问佐藤英武："佐藤先生可记得这几款花色的丝绸原料是蚕丝还是人造丝？"佐藤英武真挚回答道："人造丝。"她转手递向万国生丝检验所的负责员陶迪："陶迪先生，您每年检验生丝无数，请您看一看这丝绸的原料是蚕丝还是人造丝？"

身后检验员翻译完，陶迪的蓝色眼珠把那三份七尺见方的丝绸看了一眼，对检验员点点头，检验员由皮包里掏出一张纸推向锦笙："佐藤先生早已把他们的人造丝送到了生丝检验所检验，这是我们检验所出具的检验证书。"锦笙握着东洋丝绸一怔，眸光落在了万国生丝检验所出具的证书上，此种型号人造丝的色泽、匀度、条份等数据，以及质量都与优良蚕丝相同。她眸光冰寒，冷冷一笑："陶迪先生的意思是，你们万国生丝检验所可以担保我手上丝绸的原料是人造丝？"陶迪听完翻译，说了一串，检验员翻译成中国话道："我可以担保佐藤先生送到检验所进行检验的人造丝和你手上的丝绸原料相同。"

锦笙冷笑着把手上丝绸拍在桌案上，厉声道："藕初，老周，带人去三井洋行仓库长长见识，见识见识日本最新出的优良人造丝！"旋即又弯唇一笑，"可以吗？佐藤老先生！"

佐藤信长欣然点头，由渡边次郎亲自陪着程藕初、周掌柜和几个踊跃的记者去了三井洋行仓库察看人造丝。

情形如此，算账只得暂时停止，会议厅里议论声此起彼伏，与一楼的喧哗语声简直成了煮沸的二重奏。

奉了两轮凉茶，又等了好一会子还是没音信，虞景廉只得让下属安排了今日到场的重要人物和记者朋友们去稍作休息。

锦笙、秦会长、郑副会长和蚕丝同业会的邱会长则一块到了虞景廉的私人办公室内，门一关，郑副会长便幽幽说道："虞会长，日本人既然底气这么足，敢让人当场去仓库查，该不会真的是人造丝吧？都这时候了，林老太爷和林大爷竟也不出面。"锦笙讥讽道："日本人还斩钉截铁地说，他们到中国来是为了中日商业共荣，英国佬、美国佬、法国佬到中国来，也说是为了帮中国发展贸易和经济。郑伯伯要不要也都信了？"

郑副会长冷笑道："看来是我多管闲事了，方才摆了半桌子的家产，横竖都不姓郑。"锦笙道："既然不姓郑，就无须姓郑的假惺惺！"

虞景廉横看他二人一眼："这都什么时候了！"他虽知晓郑副会长有瞧好戏的心态，但也不好说他不是，只能说教锦笙这个晚辈："锦笙，不可无礼，郑副会长是你的长辈。你还是给你父亲或者你爷爷摇个电话，今日一事可儿戏不得！"

锦笙眼梢瞥了瞥郑副会长，闷声道："不必惊扰我爷爷和我父亲，有人怕日本人，我不怕！我一个人对付得了！"

虞景廉刚欲开口，程藕初和周掌柜敲门进来，紧随着，苏叶也进来了。程藕初一开口，气息尚有些不匀："货虽然多，我们也尽量仔细抽查了，不说全部吧，但十有八九，他们在仓库里放的人造丝和他们摆出来的人造丝样品，还有送去万国生丝检验所检验的人造丝，一模一样，都是蚕丝。他们做事情简直细致到可怕！若不是周掌柜经验足，看得我满眼白花花的，都有点相信了，觉得这就是他们日本新出的人造丝。现在，日本人仍是斩钉截铁地说这是人造丝，那几个跟去的记者也都相信了。"

郑副会长道："我看啊，是林家的掌柜老眼昏花了。"受了锦笙冷冽一瞥，他提高声音继续说了下去，"我说什么来着，压根就不是蚕丝，那就是日本的人造丝。日本人虽然讨厌，可人家厉害着呢，什么都能造得出来。咱们中国这些工厂，大多数缫丝机和手拉机不都是买的日本的吗？还有纺织行业的织布机，好些也都是买的日本机器。日本人能把人造丝造得跟蚕丝一样，这也不是不可能的啊。况且，那美国佬陶迪不也说了是人造丝吗？"

锦笙冷声驳道："郑副会长，美国佬管着的那个万国生丝检验所平日是如何检验中国生丝的，您是装傻还是装不知道！邱伯伯今日也在这里，依您话意，日后您是要鼓动你们南地丝绸同业会的人全部都用日本的人造丝喽？既然有此打算，就明明白白地告诉邱伯伯一声，也让他回去告诉蚕丝同业会的人，赶紧地另谋生路吧！”

郑副会长欲与锦笙争辩，蓦地被虞景廉一道锐利眸光给骇得噤了声。虞景廉对锦笙道：“若是以日本商会提供的账目算账，你们林家那些产业就都保不住了。林家产业一保不住，接下来，整个江北丝绸业也就岌岌可危了。此事非同小可，你不可再逞强！赶紧让你爷爷和你父亲想办法！我出去，尽量给你们拖延时间。”

方才与苏叶眼神交汇刹那，锦笙知道假契约已拿到手，忙对虞景廉摇摇头：“景翁，您不必费心了，只需把您的办公室借我即可，我想和佐藤信长单独谈一谈。”

虞景廉不信任地皱了皱眉头，锦笙脸颊浮起梨花般的酒窝，眼眸清澈无杂尘，可望见满满自信。

第四十章 心凄迷，百事非

窗外金光已渐淡，天空里灰色云块愈聚愈多，淡黄色的太阳偶尔露一露脸庞，倒显得灰暗云块呆滞地不肯移动。

仿若佐藤信长呆滞在沙发榻上，身子许久不曾动，唯有眸光从惊诧到愤怒再到惶恐，现在，一如灰暗云块。

锦笙坐在他对面慢条斯理擦着自己的小圆墨镜，只用了眼尾打量他。

他笑了几声，一双眼眸锐利似秃鹰，神情阴鸷地看着锦笙：“你让邓立耀告诉我那批货在商团仓库，是想让我主动在这么多记者和见证人跟前提起来，对吗？”锦笙笑道：“我想归我想，自作聪明还得你作，不是吗？”

佐藤信长道：“这一切一定是林甫鄞策划的，只有输给他我才甘心！”锦笙道：“随你如何认为，但我想提醒你，你输给的不是外人，是你自己的私心和欲望。你口口声声为了你们的帝国荣誉，实际呢，你不过是个金钱利益至上的投机者。这五年来，你们的‘四步两计’的确让我们中国丝绸业吃了大亏，你也的确是有功，理应不该害怕这区区八万匹丝绸，可你害怕，你害怕由这八万匹丝绸，你的对头会牵扯出你更多的事情来。届时，你不仅保不了财，连一家老小的命都保不了！”

佐藤信长颓然道：“实话相告，两百吨干茧我可以做主，兴亚丝织厂的八成股份我做不了主。请你也退让一步！”

“两百吨干茧，我是早已许诺出去了，现在茧价又上涨，我不能倒贴钱给他们买。至于兴亚丝织厂的股份，我可以不要。”

锦笙挑眉看向契约上的印章和签字，虽然她不太认识三井洋行大班的印章和佐藤信长的印章签字，但从佐藤信长面如纸灰判定，邓家造假的手段倒是没失传在邓立耀这一辈。

几声惊雷响过，窗外的大雨稀里哗啦，大会议室内算盘声噼里啪啦。

林家的经理和掌柜察看归来，三井洋行与日本商会又密谈了一番，竟对外承认职员失误，弄混了燕平日本商会订购的蚕丝和人造丝，后续一系列的失误都推给了燕平日本商会。包括误会林五少私下贱买东洋丝绸一事，也当场道歉。

记者们在等待的时间里一直低声交谈，议论日本人的话可信度有多高。

众人都隔了一定距离围住两桌的算盘圣手，算盘圣手的空间是足够了，但围观者摩肩接踵，愈加拥挤不堪。渡边次郎亦呼吸愈来愈急促，擦汗已擦湿了两方手帕。

珠声错杂，急雨嘈嘈，人语切切，渡边次郎忽而感到一阵眩晕，天花板上五颜六色的电灯都在旋转，且愈转愈快。他快要站立不住了，耳边却清晰回响着布铺伙计的吆喝声："买一丈花布送五片东洋丝绸尿布咧！东洋丝绸柔顺滑，小孩屁股不烂花！"

他擦汗的手上夹着一片湿淋淋的帝国丝绸手帕，耳畔响着吆喝声："买一丈花布送五片东洋丝绸尿布咧！东洋丝绸柔顺滑，小孩屁股不烂花！"

他竭力辨认着手上夹的帝国丝绸手帕，湿淋淋的手帕……湿淋淋的，湿淋淋的，湿淋淋的——尿布。忽而，他一口血喷将出，分洒在两个算盘圣手后背上。

眩晕里，他听得几声"小狼""小狼崽""狼崽""小狼，你可别装死讹诈外公"的呼喊。

超乎一切的憎恨、愤怒，令他双眼瞪得出奇得大，眼珠子朝外凸着，直挺挺地看着旋转的一切。林五少脸庞上漾起酒窝，一双大而圆的眸子正古灵精怪地转动着，藏匿不住的嚣张和得意，这些，不过都是他记忆里的。

有人把他扶到了椅子上，他双眼直挺挺地凸着，什么都看不清，只听见有算盘圣手报，亏损，燕平日本商会亏损了，林家也一样亏损了。

又有算盘圣手报，利润，佐藤织物会社的织物赚得了许多利润，林家所售的方家丝绸也赚得了利润。

盘算圣手最后一次报出了结果，燕平日本商会还是亏损了一百万大洋。他想告诉所有人，燕平日本商会没有亏损，以一百万大洋的亏损得到林家近一半的丝绸产业，这不是亏损，这是吃小亏得大利。

他早前已算过林家的账，亏损了近三十万大洋，可为何听到的结果是有利润的？惊叫声、嘈杂声、雷雨声都似倒在交易所这个巨大的桶里，有外来力量下死劲搅动着，直搅了个天崩地裂。

崩裂后，他在白茫茫的云雾中看见了自己的家乡，樱花一簇一簇地开了漫山遍野。

暮春时节，绯红的樱花雨落了满怀，美丽，亦带着离别的忧愁。

母亲亲手做的红豆馅大福，浑圆有致，直甜腻到心里。

他怀抱着家乡的樱花和红豆大福，壮志满酬地来到中国，誓要成为一个对帝国有贡献的人。他要为帝国开拓拥有广袤原料供给地和商品市场的中国，要为帝国的经济侵略当好先锋，要成为帝国的功臣。

耳畔有人说燕平日本商会，他想说话，说自己现在是日本商会总代表，不单单是燕平日本商会会长。

可他说不出来，什么都说不出来了。燕平日本商会代表不了大日本帝国，输掉荣誉解散消失即可，日本商会总代表才能代表大日本帝国。

他为帝国丢脸了，帝国也即将抛弃他。

他在中国苦心经营了十余年，从职员到会长，他是真心想要为帝国荣誉而战的。

他还能为帝国的经济侵略做战斗先锋，只要他还能站起来。

只要把他扶起来，他就能继续战斗。

虞景廉眉眼舒展地宣布结果后，会议室绝大多数中国人都不由惊叹低呼着，中国籍记者手上的镁光灯闪得益发厉害了。

佐藤英武握着渡边次郎的手签字认输后，让日本伙计把他抬了回去。未几，因日本人和其他外侨的悉数退场，交易所二楼的会议室里，喧闹一丝丝抽离，拥挤亦在一点点空余。

锦笙被记者团团围住，回答了好些问题才被放过。交易所外大雨瓢泼，因有一些女记者离开，锦笙连忙派人雇车，务必要把她们安全送回去。

老周几个先回了林公馆给老太爷和大爷禀告详情，锦笙和程藕初留下与业内同仁及其他行业的人闲谈客套。

待出来时，外间天地已是乌云压轻雷兼风驰雨急，像是云层上有人拿大铁桶哗啦啦地朝下倒苦水。

借着雨雾下的霓虹灯彩，锦笙和程藕初拿着伞逆着风走到对过饭店大厅里，锦笙的伞骨给吹断几根，亦散了半身力气。她腿脚不大听使唤，强撑着才走到靠墙的沙发坐下，不免想起了渡边次郎，感叹地跟程藕初说：“这小狼看着凶神恶煞挺壮实，怎么突然就给吓中风了，难不成真怕切肚子？”程藕初拧着身上的水，回道：“他这一中风，佐藤父子俩倒是可以把所有脏水都泼到他身上了。”

锦笙说：“怕是泼不成，邓立耀背后还有个大肠食人呢！食人，吃人，也不是个善茬。不过，与咱们无关，那是日本人自己的事了。邓立耀这王八蛋，事到临头才把东西给咱们，是觉得本少爷不吓出一身冷汗就记不住他的功劳吗！”程藕初对日本商会弄假人造丝一事还心有余悸，不免笑问：“若邓立耀不把契约给咱们，五少预备如何解决？”锦笙把嘴巴朝斜里咧了咧，笑道：“我真有想过装晕装中风，倒没想到小狼崽真给吓中风了。”

程藕初笑着回道：“若是那般，佐藤父子俩和渡边次郎也不会就此罢休的，只能我或者老周握着你的手签字印章了。”锦笙望向门厅外的狂风骤雨，眼见着黄包车车夫都给吹跑偏了，叹道：“是啊，他们不会就此罢休的，过段时日他们换个一郎二郎小太郎，咱们还是会麻烦不断。景翁方才又提醒了我一次，不可因眼前的胜利忘记更大的忧患。”程藕初说：“这种野心昭著的嚣张法子他们应该不会再用了……”

程藕初接下去的话锦笙并未入耳，她浑身湿透地瞧着凄风苦雨天，想起了送卢柏凌走时的情形。只那日的雨没有今日大，一想起来的痛意却是相同的，崭新如初。

接连几日天气虽阴沉，但报童满街奔跑的“号外……号外……”极其热闹。报界的生意再没有如此好过，一时间，锦笙精灵傲气的笑容，穆峻潭倨傲冷漠的神情，曹谦的憨态可掬，在不同的报纸上来回地刊印着。

《晨钟报》的总主编更是不吝啬赞美之词，亲自撰文登报，“……空口提倡国货无济于事，必国人多出其聪明才智，粉碎外敌阴谋，且研究创制各种质优于舶来品的商品，始有实效可言。耆德堂林记绸缎庄少东家林锦笙、霓裳锦织造坊少东家方少尘实乃国人民族实业者效仿之榜样……”

燕平林五少一时风光无限，被南地人谈及的次数竟与曹总司令、穆大督军不相伯仲。

然林肇聪一面想要把自己的儿子高捧在众人眼前，一面也谨记着不可锋芒过盛。自比赛结束次日起，锦笙再没有公开露面，也谢绝了所有报社的专访，仿佛被比赛结束那日的狂风暴雨卷冲走了一般，销声匿迹于公众前。

燕平日本商会宣布解散，佐藤信长引咎请辞，对外言称要带着渡边次郎一块回日本。

沪海总商会、丝绸同业会、蚕丝同业会都相继为林家举行了庆祝宴，林肇聪万般推辞不过。出席时，别人询问林五少，他便适时地对外宣称犬子已因生意之事回了燕平。

林老太爷不知林肇聪要秘密地把锦笙送到暹罗，听他说，要让锦笙躲避过这几日的锋芒，恐连日的庆祝宴和外人的恭维之词会把锦笙捧得益发心骄气傲。

林老太爷很赞同林肇聪此举，想五猴儿年仅十八就能令燕平日本商会当堂签字认输，还把人家的会长给吓中风了，外人恭维之词自如洪水势不可当。五猴儿又素来爱出风头，若被捧得高了，的确容易狂妄自大，更加不好管束。

泰潍墓园扩建乃阖族大事，林老太爷缓过了精气神，亦不得不再回泰潍。他想着聪儿与其关锦笙禁闭，倒不如让他把锦笙带走，从此由他亲自教习。但林肇聪说，关锦笙几日，等这阵儿风过了，还得让锦笙亲去日本处理那批丝绸现货，在日本收购的蚕茧也等着她处理呢。

林老太爷便决定，忙完这一阵儿，待自己和五猴儿都回燕平了，再把五猴儿带在身边，亲自教习几年。

薛明喻到沪海与王陶杨办军政务交接时，林家已与燕平日本商会决出胜负两日了。宋泱澄和古祯要给他举办欢迎宴会，联系不到锦笙，寻至林公馆，林公馆仆役却回禀五少已回燕平。

穆峻潭得知锦笙说也不与他说一声就回燕平了，虽是生气，却也没怀疑这是假话。他眼前浮起锦笙最后气恼地戴上小圆墨镜走的情形，想她大抵是真的生他气了，只能待枪伤再养好一些，悄悄去燕平找她。

绿草丛生的围墙，环绕着长满青苔的庭院。有双燕飞过，隐匿于黑瓦之外，唯留了蝴蝶，在及人身高的绿草丛林中迷了路，绕不出深深院墙。

这些，锦笙是站在桌子上透过蒙了绿纱的小窗子看见的。窗户已被封死，最顶端的木板短缺一块，这一小块的缺憾，却填补了她对外界和自由的向往。今日她才发现，狂芜绿草压制下有一株月季倔强孤独地生长着，正含苞待放，然而，靠近根部的花茎已经烂掉。她猜想，这株月季大抵开不了花了，很快，花骨朵就会掉落在草根下做泥土。

她有些头晕，扶着墙下来，坐回到床上。房间并不大，但只摆放了一床一桌，总有些空旷感。房间虽是仔细打扫清洁过的，却未及散去浓厚腐味就关住了她。

她对沪海不熟，猜不准这庭院坐落在何处，周围过于荒芜肃寂，很显然不在租界，也没有牵电灯线，大概是在老城厢的偏僻处吧。

没有了窗外碧绿，眼前唯有昏蒙蒙的一盏油灯，令她想起了比赛结束那日的凄风苦雨，雨雾下的霓虹灯也是这般暗淡。

她昏迷前最后的记忆是与藕初谈完回房间后，苏叶送来的一碗牛奶冻。在这张小床上悠悠醒来，她并不知自己昏睡了多久，连着几日的阴沉天气，让她益发辨不清时间。昨夜强撑着未睡，一直盯着那小绿纱窗口，知道现在是上午。但距离比赛结束那一日已过了几天，她浑然不知。外界的一切消息，苏叶皆不肯透露，仿佛与她无半点相关。

她攥住了胸前的血玉平安扣，心里满是凄凉悱恻，剥去哥哥替身那层皮，这才是属于她的生活，昏暗不见天日。当真如父亲所言那般，一旦失去林锦笙的身份，她将什么都不是。

可是，这十二年来，一直是她在替林锦笙活着，不是吗？

小房间门外有开锁声，她随着铁链的响动望向缓缓开动的门，苏叶拎了一打鲜橘水进来。她不敢再吃喝任何做好的东西，唯有自己开启瓶盖的鲜橘水才敢喝。她宁愿无气力地浑浑噩噩活着，也不愿昏睡过去任由别人摆布。

苏叶当她面打开一瓶鲜橘水递给她，她并不接："大爷是预备这样关我一辈子吗？"苏叶谨记着言多必失，这几日总不多说，但见她如此，也于心不忍了，回道："五少再忍耐几日，等咱们离开了中国，不用再躲避人，环境会比这里好很多。"因房间没有抽水马桶，须得用恭桶。他虽一日三次过来，见到恭桶有污秽便拎出去送新恭桶进来，可门是即开即关的，气味不容易散去。连他都觉心酸，五少打小还从未吃过这种苦呢。

她无力一笑："意思是离开了中国，仍旧要囚禁我一辈子，对吗？"隐约之中还抱有一丝幻想，"是让你带我去美国吗？"苏叶摇头，她心知，是要囚禁她一辈子，却不是去美国。

她凄然一笑："苏叶，很多时候，我都是怕死的。我虽怕死，但并不代表我愿意被囚禁着活一辈子。"

苏叶不敢再过多停留，由口袋里掏出一张相片递给她："我想，五少可能需要它，就偷偷拿过来了。"旋即，他就离开了房间。大爷总说以他的心眼斗不过五少，其实五少不用耍心眼，只稍微表露出生气不开心，他便会不知所措。

随着铁链锁响，花枝乱颤的笑意照亮了小房间。她趴在桌上凑近煤油灯，把卢柏凌的笑意看得很清晰。他站在她身边也是这种笑意，以前在他相册里看见他和张琳琅、魏秀秀照相时亦是如此笑意。

苏叶晚上再过来时，她管他要了纸和笔，预备写一封信。

煤油灯下，只写出"卢柏凌"三字，她便陷入了久久沉思。明明有很多话想和卢柏凌说，真到了笔尖上，却不知该从何处写起。许多话，她见了卢柏凌不一定说得出口，眼下，也写不出来。

酝酿许久，她鼓足勇气写下"卢柏凌，我想你"，却又想起穆峻潭说的那些话，怕身为正妻的张琳琅看见了心里会不舒服，于是凑了另一种意思的话："卢柏凌，我想你现在不怪我了吧？希望威士忌加安眠药不会给你身体留下后遗病痛。"

她抹抹眼泪，又凑了几句话。

"卢柏凌，我想你以后会成为一个很优秀的医生，救死扶伤，简单快乐。"

"卢柏凌，我想你以后一定会和张琳琅很恩爱的，你们真的很般配。"

"卢柏凌，我想你以后的儿子女儿一定跟你一样好看。"

"卢柏凌，我想你会和张琳琅健康平安到白头。"

"卢柏凌，我想你要不了几年就会忘掉我。"

"卢柏凌，我想你……"

凑了十句话，她心疼手抖得实在凑不下去了，便又强行使唤着右手写下两句作结尾："卢柏凌，我相信了，你在一水间种的那两个花床是法国玫瑰。如果还有机会见面的话，咱们再一块酿青梅酒，用不酸苦的、甜的青梅酿。"

犹豫很久，落款写了"卢林笙笙"。她终归是真的林云笙，又作了哥哥十二年的替身，叫笙笙也是可以的。她不愿贺慕杭和穆峻潭这样叫她，可她愿意听卢柏凌这样叫。卢林笙笙，是她的名字，和哥哥没有任何相关。但是，她貌似没有机会听卢柏凌叫她笙笙了。

旋即，又给薛明喻写了一封信，请他知道卢柏凌在美国的地址后，代为寄出去，或者，等卢柏凌回国后代为转交这封信。

苏叶次日过来，她让苏叶拿信封和蜡烛来，要把给卢柏凌的信密封好。苏叶原本以为她是无聊了想要写写画画，却没想到是给薛明喻送信又转交给卢柏凌，只好明说："五少，您别为难我了。您应当知道，大爷是不会让我帮您送任何信出去的，不管是书信还是口信。"

锦笙怔住，旋即自嘲一笑："是啊。"随后，在煤油灯上烧了给薛明喻的信。写给卢柏凌的百般不忍烧，便折成千纸鹤，与相片一起收在口袋里。

换洗了几次衣物，锦笙依旧会把血玉平安扣、千纸鹤、相片带在身上，这是仅属于她的物件。若有朝一日她这个替身不存在于世间，能够记她长久的人少之又少。这段时日再想起穆峻潭，竟不再生他气，亦不觉他讨厌至极。仔细回忆起他那日的气色，虽不知是不是被她气到面色红润，但枪伤好生休养一段时间定然无碍性命。无须她瞎操心，反正他未来的妻子会把他照顾得很好。

血玉平安扣的冰凉透过肌肤直凉到心室，她隔着衣物攥紧它，眸光看向了那一扇小窗。今日终于放晴，阳光强盛，窄小珍贵的光芒照进她大而圆的眸子里，可窥见深藏的不安分与不甘心。

她知晓，父亲已不需要她来光耀大房门楣，反而更希望她永久消失于公众前。父亲能办好她的后事，她带着父亲给的恰当理由消失，方是彻底安了父亲的心。百善孝为先，她头顶孝字，为了奶奶和父母的安稳无忧，不能自己设法逃出去，却希望有人来救她。可最了解她的卢柏凌已远赴重洋，余下知晓她身份，且有能力救她的，只有穆峻潭。但不知父亲对外作了什么声明，穆峻潭是否能意识到她被囚禁？又是否会想法子救她？

日升日落又三次，当苏武说让她到厅堂和大爷一起用晚餐时，她便知，这一餐是送行宴，也是令她昏睡上船的最后一餐。父亲做事终究不想有半点疏漏，定要亲眼见她昏厥才能安心。

厅堂只燃了两盏蜡烛，灯影跳跃在林肇聪平静无神情的面容上，悲凄瘆人。

锦笙在离林肇聪两步远的地方跪下，喝了十几日的鲜橘水，嗓子受损，再也拿捏不起假音，只嘶哑道："女儿拜别父亲，谢父母生养之恩，谢爷爷奶奶疼爱之情。此后若有机会，女儿定会尽心侍奉父母，以报赠命之恩。"

说者与听者皆心知，经此一别，纵有机会，也不过是她到灵前墓前磕头表孝。只那时，已然阴阳两隔，互不相通。

此一别，就算是生离死别了。

林肇聪略颔首，示意苏叶把锦笙扶起，亲自为她布菜。大而圆的餐桌上，全是她素日爱吃的。

锦笙纵然嘴里没味，仅凭色香也猜出是借的那个老太监做的。父亲所夹的菜在碟子上堆起了小山，吃得多了便也品出浅淡味道，那个老厨子的手艺并未随着皇朝宫廷而消减。

父亲来送她最后一程，亲自布菜，亲自斟酒，她唯有顺从。迷迷糊糊倒在餐桌上时，她已看不见父亲身影。

两扇镶嵌了五彩玻璃窗的门在开合晃悠一阵子后彻底关闭，似醉欲眠之时，她隐约记起和哥哥由麒麟堂庭院甬道跑向正房的欢喜雀跃，又隐约记起哥哥夭折那夜，父亲问她："准备好唱这一出戏了吗？锦笙，你要登台了。"

这场戏终了，她亦退台。不是锦笙，不是云笙，不知自己醒来会在何处，亦不知自己是谁。

而今才道当时错，她不明白，父亲的错误抉择，为何她要承担一半后果？做哥哥替身十二年，又折损掉余生，她不甘心。但父母生养之恩本就难报，用父亲的话讲，她的命是父母给的，又命硬克死了哥哥，万事自然由得父亲做主，她也只能在心里不甘而已。

被苏叶扶回房间时，锦笙眼睛强撑着留了一丝缝，模糊望见一丝水绿灯光。阴沉沉、幽凄凄的绿色深渊，卢柏凌一手晃着酒杯里的琥珀色液体，一手朝她伸来，姹紫嫣红的笑意亦徐徐绽开。

她浅笑着伸出手，以为自己抓住了卢柏凌的手，不过是抬起又落空，在漆黑的夜里划下落寞悲凉手势。

翌日上午九时，因只有一艘专跑沪海、香港、暹罗的小邮轮出发，故而乘客并不拥挤。

离入闸口很远的一辆黑色小汽车内，佐藤信长阴气森森地对佐藤英武说："你私自见完林甫鄞，竟还能忍了这几日才问我你是中国人还是日本人。怎么？他不准你认祖归宗吗？"

佐藤英武惨笑道："林甫鄞说，当年我母亲进林宅时，就哭着告知，她已有了爱人，是一个家境不好的日本青年，但她哥哥还是把她当作礼物送到了林宅。林甫鄞说，他知道日本商会给他送女人，不是为了表示中日丝绸业友好，而是那时的日本商会想要由他带领更好地考察中国丝绸业，再由他作桥梁得到中国最好的蚕种。林甫鄞一直都没有碰过我母亲，后来让她离开林家，也是因为她有了那日本青年的孩子。"

佐藤信长双手骤然在双膝上收紧，沉默片刻道："你怎么可以表现出难过！你现在应该高兴，高兴自己的体内没有支那人的血液，你是纯正的大和民族子民！是大日本帝国的子民！"佐藤英武冷冷一笑："您当时陪在母亲身边时年纪尚小，应该不知道林甫鄞和我母亲之间的事，以为可以骗过林甫鄞。您欺骗我这么久，是想利用我对林甫鄞进行最后一击，却在丝绸比赛中就输给了林甫鄞的孙子。既然计划已被破坏掉，请您告诉我，我的父亲到底是谁？现在又在哪里？"

佐藤信长厉色看向佐藤英武："那个下等贱民胆敢玷污我姐姐的清白，又带她私逃回日本，早已经横尸荒野。记住，你身体里只有佐藤家的血液，你是纯正的大和民族子民，是大日本帝国的子民！你留下来把事情处理好，私下里总要做些什么，不能让大场实仁太过得意！终有一天，我会重新回到中国！这次失去的一切，我一定会加倍从大场实仁和林家人身上讨回来！"

佐藤英武犹豫四五分钟追出了汽车，他想跟舅父请求不再参与商界的事，想要潜心研究织锦。

贺慕杭来送一个朋友，下船后在入闸口看见一个压低帽檐匆匆而过的男子很像林弟弟的贴身小厮，转身未及细看，被人狠狠撞了半个身子。他皱眉望去，待看清是佐藤英武，忽想起方才在船上与佐藤信长擦肩而过，于是笑问佐藤英武："佐藤先生来送佐藤大班？不过，这船好像不到日本。不知，佐藤大班是去香港，还是暹罗？"

佐藤英武看向贺慕杭的眼神十分陌生冰冷："家父行踪无须贺少爷关心！"贺慕杭漫不经心一笑，这时第一声汽笛声响起，船员已预备着要关闭入闸口。他望着邮轮，若方才那男子真是林弟弟的小厮，林弟弟此行不知是否和佐藤父子俩有关。

佐藤英武与和贺慕杭这一撞，倒也冷静了下来，决定要听从舅父的命令。

柳苏城芳漱园绣楼上，穆峻潭双手撑在窗台上朝下望，阁楼前紫藤鲜活，藤蔓纤结，缠绕游廊与假山，唯缺了紫藤花穗。

上次与锦笙共看的紫藤是让卫兵移栽的，只为博锦笙一时之笑。后来重新种植时寻了正经花匠，花匠说，移植便可，只要费心养护，成活率很高。他便又让卫兵四处搜罗，从别人家府院直接拔了来，由花匠栽培呵护。移植时节晚于时令，花匠很费了一番功夫，才养活了这些紫藤。

清风袭来，梨花白纱拂面，穆峻潭记起那日被纱帘兜罗一事，此时还有些心悸。第一次被女人咬破嘴唇舌头，那般滋味想来便化为笑意显在唇角。忽而，他又转为了对锦笙的怒气，她当真是一回燕平，仗着有皞系和卢家给她撑腰，就全然不理他了。

有军靴登楼声，穆峻潭游离的神思渐回，转身问叶执信："老戴怎么说？"叶执信回道："戴参谋长说，唐义哲应当是在租界受日本人帮助逃到日本去了，再抓他已非易事。"穆峻潭问："老戴可有说什么时候适宜北上？"叶执信笑道："戴参谋长去关外之前说，请督军不要着急，您一定赶得上去林五少的一水间赏菊花。"穆峻潭眼锋横他一横，知道他有自己的小心思却也不戳穿他。

这时，去霓裳锦织造坊取婚书的盛吉祥回来了，把织锦婚书呈给穆峻潭后，笑道："我听说林小姐给菁菁姑娘赎身了。"穆峻潭问："什么时候？"盛吉祥道："好像是十多天前，林家大房的老仆赎的。"穆峻潭不知锦笙又在搞什么鬼，皱眉仔细看织锦婚书时，卫兵禀告贺慕杭来探望他，他不及细看，立即让盛吉祥把婚书放了起来。

贺慕杭上了阁楼，看见穆峻潭气色已大好，于是放心地嘲笑他："林弟弟有时间跑去香港玩，也不抽时间来看你。"穆峻潭问："她去香港玩？她不是回燕平处理生意了吗？"贺慕杭说："我昨日下午送一个朋友时，好像看见他那个苏什么的贴身小厮上了去暹罗的邮轮。那邮轮中途只在香港停泊两日，若不是去香港玩，他就是去暹罗玩了。"他其实只是这样随口一说，连那个男子是不是林弟弟的小厮都不确定，并且，就算是小厮在船上，也不能说林弟弟就一定在船上。

忽而，穆峻潭面色凝重了许多，他侧靠住窗沿，心里有一丝恐惧弥漫上来。他想起那夜锦笙哭得似洪水决堤，隐约透出惶恐不安。明明听老戴说过她在林老太爷跟前嚣张气势不减，怎会一直误会她是害怕林老太爷呢。

那她害怕的是什么？比赛结束的翌日，她就完全消失于公众前，他在燕平的下属也一直见不到她，他还怪责下属办事不力。看来，她根本就不在燕平！一定是林肇聪，林肇聪忌惮他知晓笙笙的真实身份，才会把笙笙秘密送走，以绝后患，也唯有林肇聪能让笙笙心不甘地情愿就范。

“她不是跑去玩了，是被人挟持逼迫走了。”

贺慕杭正在倒凉茶，不觉一怔，凉茶洒了一手背，也顾不得擦拭，立即说：“我昨天看到林弟弟的对头佐藤信长也登了那班船，莫不是他们？”穆峻潭摇头：“若是日本人挟持了她，林肇聪不会对外说她回燕平了。”他虽然不能确定笙笙一定在邮轮上，但他不能让邮轮开到暹罗，再去大海里捞针似的找她。

他思忖再三，看向叶执信，沉声道：“给戴维斯小姐发电报，我要找的要犯在邮轮上，请她帮忙拦截住，不要漏放掉任何一个中国乘客，我会尽快赶过去。”

叶执信迟疑了几秒，穆峻潭突然提高了声音吼他：“快去！”贺慕杭无奈道：“关心则乱，你连邮轮公司和邮轮名字都不知道就下令，让叶队长怎么发这电报？”穆峻潭冷眸盯住他，意思是让他告知叶执信，他沉思片刻说：“你找戴维斯小姐的意思便是不想让港督和外界知晓你的行动，可你上次彻底把她惹不开心了，她岂不是要趁机给你使坏？你无须把事情弄得这般复杂，不必要的人牵扯进来反而打草惊蛇。我和这家邮轮公司的经理熟悉，也对香港那边熟。倘若林弟弟真被人挟持在这艘邮轮上，不必以你的名义去办，我保管把人给你找到。”

穆峻潭重重地点了点头，再看向紫藤花架，只觉那根根缠绕的藤蔓直带着惊慌缠锢心室。

卷四

丝绸美人

人间情，几千般，只应离合是悲欢

锦笙登船离国那一日傍晚，穆峻潭由办公院走回小院，一路上，发丝肩头落满飞絮，仿若，他一人走到了白首。

第四十一章 伤漂泊，念回程

贺慕杭在香港的宅子地处半山腰，穆峻潭立在三楼露台朝外望时，可见一片突出的山崖。他觉那片山崖突兀，殊不知自己在栏杆旁高高独立，一道黑影也显得很独特。

月弯星稀，他看不清崖上有些什么。日间下过雨，雨水把满山树木的青叶子味都冲泡开了，一呼一吸皆带有青叶子的味道，辨不清是芭蕉还是棕榈，抑或是淡巴菰。就为着想起淡巴菰，他才到露台抽烟，倚住栏杆点完烟，便借用余下的火柴光再次瞧那封由千纸鹤变来的信。

卢柏凌的名字，她竟也写得那般潇洒漂亮。

“卢林笙笙？我想你？呵！究竟有多想？”

火柴伴着嘲讽声熄灭，他把信凑到香烟上点燃，冷眸盯着渐渐化为灰烬的信纸，眸子先被映红，又随着指腹间的灼痛陷入灰暗。

他转身望向卧房，玻璃门后只有一盏小台灯亮着，一束绛色灯光，因他眼眸冰冷，光线也像是凉的，照不清昏迷不醒的锦笙。她躺在四角牵了珍珠纱帐的铜床上，离他几步之遥，这般近，又那般远，仿佛咫尺之间阻隔了万水千山。

背后山深处传来“唔呕……”的凄长呼叫，突然而来，突然而去，在清夜里带出他亲手暴揍苏叶时苏叶的凄吼：

“如果不是你百般纠缠五少，二公子一走，大爷何须再把五少送走。就算要把五少送走，也不用为了防备你而囚禁五少！五少吃苦生病都是因为你！你毁掉了大爷十二年的心血，毁掉了五少的一生！

“你杀了我吧，五少病成这样，即使她性命无忧，我也无脸再见她。可我要你知道，五少爱的是二公子。你不让我把她带到暹罗去，以为她醒来就愿意留在你身边吗？你是手握五省兵权的大督军，我是林家仆役，你我有着天差地别，只在囚禁她一辈子这件事上，你跟我一样可怜！你得不到她的心，就算用强权把她禁锢在身边一辈子也得不到！”

倏忽间，猫头鹰又叫起，凄惨两声翻过山崖那边去了，余音却尚存。似白日阴天里的两声枪响，带出低沉痛音，与乌云灰雾缭绕许久方散。

那日登船，苏叶使了钱，他们一行比船票时间早了很久登船。锦笙被两个随行仆役用小竹轿抬着，将将登上邮轮时，她浑浑噩噩醒来过一次，纱帘飘拂，仿佛在地面上看见穆峻潭由汽车里下来。她喉咙似有万千细针在扎，意识也异常浅薄，拼尽力气也只低声说了一句“苏叶，牛奶冻”。她知道，苏叶听见了一定会亲自去饭店给她买牛奶冻。她也只能赌这一次，穆峻潭就算没有看见她，苏叶多跑这一趟，穆峻潭或许能看见苏叶。至于穆峻潭会不会由苏叶想到她被囚禁着离国，并且会不会来救她，她都不及去想，就已彻底不省人事。

再次醒来，她意识半昏沉半明白，眼皮却睁不开。整个身子仿佛给钉在了某处，柔软平稳，没有波浪摇撼之感。因过于安稳静谧，她不由得怀疑自己已不在人世。

待嘴唇上有湿润感，她强行逼迫自己睁开眼，迎着强盛日光，穆峻潭的轮廓才渐渐清晰起来。四目相对，他一双眸子布满了红血丝，面容上辨不清是欣喜、关切、懊恼、爱怜、痛楚……复杂到连他自己都辨认不清，就这样愣怔住了。他不知锦笙这次醒来是否愿意看见他，千纸鹤虽化为灰烬，可它承载的浓浓思念仍在。他不能去想那封信，一想起，便有万千虫蚁在心间啃噬，疼痛与嫉妒交替着吞噬他的理智。

他守她九日，忧虑急躁，盼着她尽快醒来。可她醒来，他发现脆弱的原是他，她只需一个厌恶眼神，便可击溃他。

锦笙眸光下移，看见穆峻潭一手端着小茶盅，一手拿着小茶匙，大抵是在给她润唇。茶盅、茶匙那般小，在他宽大手掌里简直有些滑稽，她不由得牵动干裂唇瓣笑了笑，酒窝微露，梨花似开未开，眼眸亦带着晶亮笑意。

穆峻潭微舒一口气，见她嘴唇动了好几下，却没听见她说些什么，弯腰凑到她跟前，只听她声音微弱道：“我早就有意识了，只是睁不开眼，我猜想我大概已经死了。方才乍一看见你，还以为我做了鬼，你都要纠缠着我呢。”他强压着心痛，略挑了挑眉：“你生是我穆峻潭的人，死是我穆峻潭的鬼。”

她无力反驳，他继续一点点地喂她喝水。方才她昏睡着，小茶匙给她润唇正合适，此时她醒着，连他亦觉小茶匙有些滑稽，撑不住也笑了。

他换了大杯子给锦笙喂水，润嗓后，锦笙的声音虽可闻却依旧微弱，看着他说：“我在邮轮上仿佛看见你了，我跟自己打赌，赌你若是看见苏叶，或许能想到我在邮轮上，就会找我救我。若你瞧不见苏叶，或者不找我，我只好认命了。幸好，我赌赢了……”

然而，赌赢之后呢？

她当时只是潜意识里不想被父亲囚禁，却未想不被父亲囚禁该如何度过余生。不久，报纸上就会发表林五少的讣告启事，拥有她这样容貌的人理应睡在棺材里，不该直立行走于世间。假使不被囚禁，她也不能再随意抛头露面了。

这件事太复杂沉重，锦笙只清醒了一会儿，便又毫无头绪地沉沉睡去。穆峻潭望着她的睡颜，脸颊比活蹦乱跳时瘦了两圈，已远不及他的手掌大。日光把她的苍白脸色照得近乎透明，嘴唇上的每一小片干皮都无处可藏。她本就纤瘦，又只盖了一层绒毯，躺在偌大的铜床上，简直瘦小如孩童。

穆峻潭早已身心俱疲，却不敢轻易离开她身边，仿佛他一离开这间屋子就会有人把她偷走一般。他恼怒极了苏叶和林肇聪，但气头上也不敢真正伤他们性命。与她之间一旦有了人命官司，她决计不会再原谅他。

笙笙说，她在邮轮上看见了他，看来，她又把同等身高的贺慕杭认成了他。她在危难中想到向他求救，他心里既有欢喜也有自责。若他能再多了解她一些，及时救出她，她就不会生这一场大病。

翌日傍晚时分，锦笙精气神足了些，方从赤芍口中得知，苏叶欺骗了她。赤芍也被关在那个庭院里，只因父亲担忧她二人凑在一起横生枝节，才隔了很多房间分开关她们。

锦笙上了船一直昏睡不醒，船还未在香港停泊，她却连呼吸都弱了。林肇聪恐锦笙的舅舅坏事，谎称赵丹蔻旧疾复发，让杜衡随从着他回了燕平。

没有大夫随行，苏叶又顾全大局，不敢找邮轮上的西洋医生给锦笙诊治，随身带的西药用了几次无效果，也不敢再乱给她用。想着等邮轮在香港停靠时，他们上岸进城找大夫。但邮轮刚一靠岸，船长就亲自过来道歉说，中国乘客一律不准下邮轮进城，还有许多包着红头巾的印度巡捕专门在出闸口阻拦中国乘客出去。追问其原因，船长推辞说公司并未告知。

到暹罗的中国乘客有进城要玩两日的想法，还有几个到香港的中国乘客，大家凑在一处，只道是又遭遇了洋人的不公平待遇。这些人联合抗议无果，竟连原定的行船日期也推后了两日。

待穆峻潭与贺慕杭赶到时，锦笙已近乎奄奄一息。

听赤芍用了“奄奄一息”这个词形容自己当时的病情，锦笙不免轻笑道：“我身体哪有那样娇弱，只是连着喝了十几日鲜橘水，猛地吃多了油腥，又吃了安眠药不易醒来而已。”

赤芍眼泡肿鼓鼓地说：“才不是呢，您都昏迷十多日了。英国大夫和德国大夫说的话我虽听不懂，但后来穆督军和贺少爷说话时我听懂了些，好像您不只肠胃害病，肺炎也复发了，反正得了好些个病呢。”说了好久的话，床头柜上的粳米粥还是热气腾腾的，她又重新端起搅动着散热。

赤芍也清瘦了许多，上身的雪青绸衫已显宽松，长发松绾在一侧，映衬着露台倾洒的红霞与飘扬的蕾丝窗帘，益发娇柔俏丽。锦笙凝看赤芍片刻，心里暖意融融，幸好赤芍会一直陪着她。她微笑着问赤芍：“苏叶呢？”赤芍握勺子的手顿住，说：“本来穆督军就生他的气了，后面不知他又说了些什么，穆督军大怒之下打伤了他的腿，现在在二楼客房养伤呢。”

锦笙听赤芍的语气，显然是还在生苏叶的气。日后讣告一出，定然是赤芍和随行仆役都跟着林五少遭了难，赤芍此生再也无法见杜衡了。赤芍是林家的家生丫鬟，自然唯大爷命令是从，这一从，便从掉了自己的姻缘。锦笙轻声劝她：“赤芍，你要体谅苏叶，大爷不会顾及你跟杜衡的儿女情长，你跟杜衡的事不能怪苏叶。等咱们确定了安身之处，我替你想办法告知杜衡一声，杜衡若知道你还活着，就是让他上刀山下火海，他也会去找你的。”

赤芍摇头生气道：“五少，这件事我虽难过，但我也知道大爷的命令不可违，与苏叶无关。况且，我须得跟着五少伺候才安心，并没有因为这个怪苏叶。我是生气您在邮轮上昏迷不醒，邮轮上明明有洋大夫乘客，可他就是不敢让洋大夫给您瞧，也阻拦我去找洋大夫。若不是穆督军来了，我真不知道该怎么办，您大概再也醒不过来了。”锦笙见她掉眼泪，却没力气探身给她拭泪，轻轻笑道：“照你这样说，我岂不是又欠穆峻潭一个救命恩情？”赤芍点头时眼泪滑着碗壁坠落，锦笙笑道：“你仔细着些，眼泪掉在粥碗里，这碗粥就咸了，我可不爱喝咸的。”赤芍“扑哧”一声，渐渐收敛了哭容，专心喂她喝粥。虽是粥，却稀如汤，医生说锦笙还不能大量进食，少量进食也只能进流食，赤芍就用薏仁山药配着粳米熬了这米汤，可滋养肠胃。

大客房是一个套间，外间是起居室，里间也自成一个小天地，一应小家具齐全，还有盥洗室和露台。穆峻潭走进来的步伐虽重，踏在地毯上却静悄悄的。他的手刚触上通往里间的门，便听见锦笙说：“赤芍，以后不要再叫我五少了，我已不是哥哥的替身。”

赤芍扶起她，一壁在她后背放着枕头，一壁问：“那我该如何称呼您呢？”锦笙说：“我也不知道，老宅有六妹，待不久后就会有哥哥的讣告启事登报，我已经不知道我是谁，该到哪里去。被囚禁的时候，我也想明白了，我若是去美国找二公子，以二公子待我之心，势必不会让我受委屈，可我不能再连累得他与家族反目。并且，是我亲手把二公子送给张琳琅的，我再自己凑过去破坏他们的婚姻，张琳琅岂不得恨我到死。我不能，不能那样自私地毁掉一个女子一生的幸福。”

失去了卢柏凌，又失去哥哥的身份，她竟是这般无所依且无价值的一个人。现在的她，拍案要办机器丝织厂的气势没了，要做丝绸大王的那股野心也没了。

此时天已完全黑下来，卧房内一盏水晶小吊灯用微光环绕着锦笙。赤芍见她垂眸沉思，乌黑刘海儿遮着额头，浓密睫毛又投下一层暗影愁绪，薄薄嘴唇也抿成一条线，像极了她以前牙齿闹病时吃不到糖果的模样。赤芍年长她三岁，不由得被她引起一种近乎母爱的情感，抬手帮她把额前刘海儿理了理。赤芍又恐她忧虑过度再伤了身，连忙笑着说：“既然已不是五少爷，那您可以恢复小姐身份了。这边并未有多少人认识您，您可以穿女装了呢。等您身体再养好一些，咱们去买旗袍洋装。以后，我每月也不用再给您剪头发了，待头发养长，还可以烫成时兴样子。”锦笙暗沉沉的双眸倏地闪烁过期待，赤芍又接着说：“要不，以后我就直接称呼您小姐，不是五小姐，也不是六小姐，就像叶队长盛副官叫的‘林小姐’一样。”

穆峻潭突然在外间高声说“叫少奶奶”，把锦笙和赤芍唬了一大跳。锦笙怔住，大而圆的眼眸里渐渐现出穆峻潭的身影，蟹壳青长衫把他衬得欲与天花板齐，给人以顶天立地的强势感。

赤芍见锦笙并没有反应，于是扭过身子问穆峻潭：“少奶奶？那少爷是谁？”穆峻潭知她是故意的，横她一眼：“自然是我！”赤芍撇嘴道：“且不说我们家小姐不愿意，我可是林家家生的丫鬟，怎么叫都叫不到少奶奶去！”穆峻潭笑道：“日后你嫁给叶执信可就是穆家这边的人了，如何叫不得少奶奶。”赤芍给他一抹轻笑笑得脸上一阵红一阵白，生气瞪着他只说不出话来。锦笙连忙为赤芍解窘迫，说：“赤芍，你代我去看看苏叶，让他好生养伤，不要自责。”赤芍也不开口应，低头立即跑了出去。

穆峻潭挨着锦笙在床边坐下，把她脸色仔细瞧了一瞧，已比初醒来时好了一些，但病态犹浓。锦笙见他满面柔情关切被灯光镀得晶亮，又直勾勾地盯住自己，很是不自在，便低了头，问：“你待在这边这么久，那边没有紧要事情吗？”穆峻潭道：“有重要事却不是眼下紧要的，老戴已经秘密出关联系俸系，我们预备与俸系联盟对付皞系。若联盟不成，也要尽量让他们安守在关外，不要与我们为敌。”锦笙抬头看他，窘笑道：“我只是随口一问，你随便一答即可，不必告知我这么多。”穆峻潭道：“我们之间需要多一些信任。”锦笙心乱如麻，只是问：“那你为何还待在这边？你在这里通信要通过电报局，诸多事皆不方便联络。”穆峻潭眸光忽而炽烈起来，锁住她双眸，问：“我为何待在这边，我为何不顾那边守着你，你当真一点都不明白吗？”

锦笙无法把自己的目光由他眸光里移开，双手绞缠绒毯，渐渐体力不济，无力道：“竞天，我坐不住了，你扶我躺下好不好，我想休息了。”穆峻潭眸光里的强势炽烈渐散，化为一声低叹，扶着她躺好。他捻灭卧房灯却不离开，而是在黑暗里双手紧紧握住她的左手。安系里有曹兵，还有昔日的唐兵，行军之前他需得亲到跟随作战的军营里团结军心。加之，他还想亲自勘察地形，好细化作战计划，诸多大事须得尽快回去决断，战前会议也迫在眉睫。虽然老戴依据当前政治局势初步定的时间很充裕，但他喜欢诸事都完完全全在自己的预料掌控之中，锦笙就是他生命里的一个大意外，以至于他到现在还总是对她无计可施。

他过来其实是想问她有何打算，他从苏叶那里听说，不久后林肇聪就会收到林五少在日本游玩不慎坠海的电报讯息，由此宣告族人，再对外发表讣告启事，林五少离世一事便可广为人知。她也不必再做她哥哥的替身，是个自由人了。

然而，他所愿意给她的自由，也仅限于他所掌控范围内的自由。她大病两场，惊吓了他两次，这一世，他二人的身家性命早已紧紧锁在一起。他知道，他爱得很自私。她或许会怨他、会恨他，但只要他活着，她不论生与死，都只能留在他身边！

只不知，她是否愿意跟他尽早回去，若她想在香港游玩暂住，他给她安排妥善再离开。否则，战事一开，他是无暇顾及她的。念及她大病初醒，不忍在时间上给她紧迫感，便决定让她休养两日再谈此事。

锦笙被穆峻潭握住手，愈加不知所措，只得紧闭住眼装睡。穆峻潭手上有常年握枪磨出的茧，粗糙贴在她肌肤上，沧桑而有力。虽是夏日，山里夜间到底凉意浓，她手臂有毯子遮着，手被穆峻潭握着，露了一小截手腕在外感受山间凉意。对比之下，被握住的手暖意融融，渐渐抚平了她的局促不安。

穆峻潭离开前在她额头轻吻了一下，与他每次强行凑嘴唇过来跟她撕咬的感觉不同，一种奇异的感觉令她浑身僵硬住。她忽地想起来道士耍剑时贴在病人额头上的黄符，说是如此就能把鬼怪定住。

锦笙不知道士能不能把鬼怪定住，反正穆峻潭用无形的符咒把她定住了。直到穆峻潭离开好一会儿，她才回神睁眸望向天花板。那一盏水晶小吊灯偷借了月光，有几粒碎光亮着，好似一堆火柴将燃未燃时跳跃的零星火苗，下一瞬就会燃起熊熊烈火。

她摸着被穆峻潭握过的手，余温仍在。她清楚知晓，先前的不安不是为了逃避穆峻潭的感情，而是不安自己竟有要利用他的冲动。时至今日，她对新派人的爱情虽不十分了解，但她感觉得到，穆峻潭爱她，把她看得比性命和权势都重要。她若肯回应穆峻潭的感情，只要不与卢柏凌有关，她提十个要求，穆峻潭至少也会答应她八个。

她亦知晓，自己既已落在穆峻潭手里，如若不应他这份情，他也不会放她走。

若她回应了穆峻潭的感情，穆峻潭绝不会像父亲一样把她囚禁在深深庭院里。在他的权势范围内，她会是个半自由人。她相信，只要不触及他的行事底线，他一定会竭力如她意，护她周全。

她不想像庭院里的那株月季一样，只因没有了根茎，留在这世间最后的模样只是花骨朵。

纵然不想，她却觉得自己现在就是那株月季。身份是她的根茎，虽没有腐烂，却被父亲横刀切走了，她瞬间败落，零落泥土，化为尘世的一捧浮沙。

曾经惶恐不安地防着穆峻潭，做好了以死抵抗他的准备，到头来，却是父亲先把她弃往异国。

那十余日的囚禁生活已足够可怕，就算到了暹罗，生活条件再好，她也不能够忍受终年被禁足在一个庭院里，望着天空蹉跎余生。

她不过才十八岁，心心念念了好几年的机器丝织厂还没有建成，也没有帮助霓裳锦再次重新惊艳欧美国家。并且，她就那样送走了卢柏凌，还没有当面和他说一声对不起。她虽不能够破坏他的婚姻，但想再看见他，擦肩而过、点头之交也好过此生无法相见。

还有奶奶和母亲，离家数月，上次本要回去看奶奶和母亲也没有回成。届时，五少爷异国遇难的讯息传到林宅，宅院上下定要瞒着奶奶，父亲私下里也一定不会告知母亲真实原委。十二年前的丧子悲痛转为丧女悲痛，母亲如何承受得住。

父亲怕她女儿心性重会变得软弱娇气，一直干扰减弱母亲在她生命里的意义。她每次生病都会既想要母亲，却又不敢想，如此矛盾着，病也就好了。她已经十二年没有靠在母亲怀抱里诉说悲喜，早已忘记那种感觉，隐约记得像是温暖和依恋。

想到母亲，锦笙回去的欲望更加强烈了。可又挣扎着，她整蛊过许多人，也曾为达目的机关算尽，算不得好人，却也不能坏到假意迎合穆峻潭，利用穆峻潭的真挚感情达到自己的目的。

如此心力交瘁一番，锦笙直昏睡到了次日正午。意识里，她知晓护士给她量血压量体温，然后给她打针，也听见穆峻潭和医生的交谈，倦倦睡去又醒来，只睁不开眼皮。反复了几次，待勉强睁开眼皮，卧房里静悄悄的，正午时光的静谧总给人一种鸟惊心的空旷感。穆峻潭正坐在床前一把椅子上，犹自皱眉垂眸沉思，也未曾发觉她睁眼。黑绸衬衣把他身体线条衬得益发硬朗，因额前没有一丝碎发，眉宇间的凌人气势显露无遗，让人不敢轻易接近。

锦笙忽而有些怕他这副气势，看见他手上捏着两份译好的电报，凝眸望着他的阴沉脸色许久，才问道：“是不是在催你回去？”闻言，穆峻潭回神把电报折起，俯身看向她说：“不急，等你好些了再说。我听你睡梦里叫了好几声母亲，要不要我派人把她接过来陪你。”锦笙点头又摇头：“不要，我们老宅人多规矩多。我母亲曾出身书寓，擅自离府，若传了出去，人言可畏，于我母亲现在的清誉有损。”她说完便有些后悔，不该提起书寓的，父亲说穆大帅当年也曾对母亲有所示好，此刻再看穆峻潭不免有些尴尬，她连忙补了一句："虽然你父亲也曾爱慕我母亲，但我母亲进我林家老宅门的时候可是清清白白的！不然，我奶奶也不会给她姨太太的名分。"

穆峻潭本来没想到那回事，这时候便笑着说："我想起来了，我和你初次见面不是十二年前，是你刚出生没几天的时候。"锦笙面露困惑，他握住她的手，笑意更浓了些："那时候我父亲还在津城当统制，不过调遣命令下来了，马上就得去京陵赴任，我母亲带着我去林宅提前送贺礼。襁褓里，我看见你们兄妹俩小脸皱巴巴的很难看，可我母亲还一直很高兴地夸你们俩俊秀漂亮。"锦笙眸带审讯地看着他："你没说明白，你为何就想起来这件事了。"穆峻潭笑着说："你提起我父亲，我才忽然明白，那时候，我母亲心里的一块大石头终于落地，抱着你俩，她是真的高兴。"锦笙越挣扎越被他握得紧，只好放弃："以后，不许提你父亲认识我母亲这件事。"穆峻潭心里有些无奈，明明是她先提的，但仍点头回道："好，不提。"他忽然想起她出生几日便见过她，虽不记得她那时的容貌，心里却蔓延开一种奇妙与异样，眉宇里亦晕开一抹柔情，冲散了他的凌人气势。

经锦笙要求，穆峻潭让盛吉祥把自比赛结束次日起能买到的过期报纸都买了回来，在大铜床上铺摊了半边。

时间已过太久，日期并不全，且香港这边的报纸对安系重大变故的报道比较多，对丝绸比赛一事的报道并不如内地报社详尽。

锦笙在两家报社的报纸上看见林五少的相片占了两日头版，文章里对林五少不乏赞美之词。还有几家英文报纸，锦笙虽看不懂，但有她和穆峻潭、曹谦的相片。经此劫难，她早已没了那股年少张狂劲儿，也没了出风头的心，知道丝绸比赛的后续发展情况在她预料之内，也就安了心。

黄昏后，锦笙喝完米汤力气足了些，想要下床去看苏叶。穆峻潭不让她动，吩咐两个卫兵把苏叶抬到她这里。苏叶大腿中枪，幸好医生就在跟前，治得及时，方不至于成为瘸子。

锦笙已因苏叶怪责过穆峻潭，这时候见苏叶远远地斜躺在沙发上，心里不免又把穆峻潭怪责了一遍。苏叶原是没脸见她的，低着头，她问一个问题，他老实回答一个，其间也并不抬头看她。

这时，锦笙才从苏叶口中得知父亲的全盘计划，曼谷那边已置办好了房产以供囚禁她，绸缎庄的盈利可供他们的生活费用。苏武也早给菁菁赎了身，只待时机一到，就安排菁菁带着买来的外姓男童闹上林宅，说是林五少的遗腹子。菁菁大闹一场后，父亲的孙子只要父亲调查一番确定要认下，其他族人也不能不承认。

锦笙记起，父亲是两年前因生意事去的曼谷，也就是说，那时父亲已有要囚禁她的打算。只后来事务繁忙，加之从英法两国回来遇上了日本商会寻麻烦，才一直耽搁到比赛结束。更说不定，早在她成为哥哥替身那一刻，父亲就有待她长大生子再囚禁她的计划。

呢喃了两声“父亲”，锦笙周身泛起彻骨寒，背后靠着柔软枕头，身子也仿佛靠不到实处去。

苏叶久不听锦笙说话，抬头也看不清她的神态，低声道：“五少，您别怪大爷，大爷近来偶尔觉得肢体麻木，深怕自己寿命不久，才不得不尽快解决这件事。算着日子，咱们也该到暹罗了。不管是说明现下情况还是欺瞒大爷，五少总得给大爷发个电报，好对大爷有个交代。您是大爷唯一的骨肉，大爷还是很关心您的。”

锦笙心中空茫，眼泪犹自滑落，嘴角泛起冷笑：“是啊，父亲还是很关心我的，没有逼迫我跟你生子。是他身体等不到那时候，还是对我留了一丝父女之情，怕我会和你同归于尽？”

苏叶听了“生子”二字愈加不敢看锦笙，锦笙手足冰冷，胸腔里痛不可抑，欲让赤芍喊来盛吉祥把苏叶抬回房间，吸呛了一口气，竟勾连出无数声咳嗽。

赤芍拿了痰盂，锦笙趴在床上，黄昏喝的米汤和方才吃的药全都吐了出来，吐到胃里泛酸，浑身冰冷无力。从被囚禁，她便说服自己，是自己克死了哥哥，不该怨父亲。当得知父亲妥善安排了这一切，她终究还是对父亲生了怨意。

远在书房的穆峻潭听说这边情况，急冲进来让人把苏叶抬了出去。他抱住浑身瑟瑟发抖的锦笙，她已连咳嗽的力气都没有了，柔若无骨地靠在他怀里，眼泪不由她意地朝外涌着，他要贴近她唇边才能听清她在抽泣些什么。

“父亲不要我了，我没有家了。”

“我没身份回去见爷爷奶奶，更没法子回去见母亲、云笙。”

“我成了青天白日下的孤魂野鬼……”

穆峻潭一面抱稳她，一面沉声有力地告诉她：“我要你，我给你一个家，给你一个身份回去见林老太爷和林老夫人。”

“你想你母亲，等回去我就想法子把她接出来陪你。”

“你不是孤魂野鬼，你生是我穆峻潭的人，死是我穆峻潭的鬼。从此以后，穆氏就是你的姓氏！”

锦笙泪眼婆娑，在怔忪里望向穆峻潭，穆峻潭粗糙有力的手摸上她脸颊，帮她擦拭眼泪，把方才的话又一字一句地重复一遍。每一字都清楚有力，落在锦笙耳朵里就再也出不来了。

叶执信给赤芍递眼色，赤芍迟疑几分钟方跟他走了出去，又怕里间要端茶递水，就在外间待着不敢走远。

叶执信也陪她在外间沙发对坐着，以防督军随时要用人。这一坐，等得太久，二人皆靠住沙发睡了过去。起居室里没有窗户，望不见天色，但叶执信警觉性高、睡眠浅，假使不在作战和非常时期，他每隔一个小时也总要醒来一次。其间给赤芍拿了条绒毯，待五点钟的时候便不再睡，去客房梳洗后，回来等着里间喊人。平时打理穆峻潭生活起居的都是副官，盛吉祥不愿打扰叶执信和赤芍，便宁肯事后挨督军骂，也不过来搅乱。

锦笙病痛深缠身与心，昏睡过去也睡得不安稳。晨曦初亮醒来，她的视线最先投向了露台，玉石蓝落地窗帘垂着，只留了一丝缝隙透进晨光。

听赤芍说，这洋楼别墅建在半山腰，山外有浓蓝的大海。此时有风吹拂帘角，锦笙不知是海风，还是山风。扭过头才发现，穆峻潭竟与她同躺在大床上。只她脑袋靠在枕头上，穆峻潭脑袋靠在床头上，想来是睡姿极其不舒服，眉眼在睡梦里犹深敛着，唇角也难受得下抿。

穆峻潭一只胳膊揽在绒毯上，虽不沉，然锦笙觉得别扭，欲移开时，触到满手凉意，也把他惊醒了。他眉头紧皱，脸上蒙着一层浅薄怒气坐起来，身上骨骼传出几声“咔嚓”声。锦笙惊骇地望着他，他彻底清醒后看着她，笑道：“你不哭则已，每次一哭，都会让我想起去年汛情紧急时父亲派我去督办水务。我站在江边，看着暴雨下翻滚涌动的江水，一旦冲破江堤，堤后的百姓就完了。当时心里既害怕，又觉得自己的一副血肉之躯在洪水跟前实在无用，只能拿枪抵在水务处那些人脑袋后，好在水务处的人治理有方，才不至于出了大乱子。”锦笙也给他说笑了：“我哪有那么可怕？”

穆峻潭说：“你不可怕，是我怕你哭，我实在不善治理洪水。”他晨间的声音带着沙哑，让锦笙没由来地想起昨夜深种耳根的话语。手再次被攥住，她竟丝毫没有挣扎，只本能地想要有所依附，对他宽大手掌带来的温暖有几许贪恋。

因锦笙说饿了，穆峻潭走出去吩咐完，去了另外的客房洗漱。赤芍进来伺候锦笙在床上洗漱，过一会儿女佣送来了稀饭和小菜。贺公馆的用人有打沪海带来的，也有香港本地雇的，有几人知晓穆峻潭的真实身份，但都听从贺慕杭吩咐称呼穆峻潭为穆先生。待称呼锦笙时，就跟着医生护士喊了穆太太。

赤芍心有不满，但锦笙起先昏迷不醒，她不想格外生事。这时候等女佣出去了，怕锦笙听了心里不受用，于是轻声说："您要是不愿意被叫穆太太，我这就出去叮嘱他们以后喊您林小姐。"锦笙回道："随他们吧。不过也幸得他们有心跟着医生护士喊我穆太太，若是跟着叶执信、盛吉祥喊我林小姐，也定要腹诽我是穆先生背着家族养在外面的人，家里不承认，连姨太太的名分都没有。如今病倒在香港这些时日，也没个亲友上门探望，肯定不是什么好来历、好出身。穆峻潭这样待我，他们一定误会了我俩的关系，肯叫我一声穆太太，说明没把我视为来路不正。"

深宅大院的下人咀嚼在舌根的家务事，赤芍早已听多见惯，不由得吐了吐舌头："也是，起先您昏迷不醒时，穆督军几乎日夜不离这间房，外人瞧着，铁定误会你们是夫妻。"

夫妻？锦笙给赤芍这句直白话说得脸颊绯红，不似害羞，倒似被自己以前的话语掌掴红了。她曾不止一次斩钉截铁地表明宁死不嫁穆峻潭，方才竟那般贪恋他手掌的温暖。锦笙瞬间也分不清自己是对穆峻潭动情了，还是惶恐不安下的错乱。

第四十二章 暮天角，烟光薄

锦笙初恢复的饮食不是稀饭就是羹汤，穆峻潭也总是过来跟她一起用，汤汤水水，他倒吃得别有一番滋味。

这日早晨的一碗稀饭还未喝完，叶执信拿了三份电报进来，须得他的私人密码本重新译，他立即搁下餐碗去了下榻的客房。直到这边收了餐具，他也再未过来。

赤芍束起玉石蓝窗帘，外层蕾丝垂悬着，日光影影绰绰地照进，洒在一个白瓷花瓶上，偶尔的乳白色泽，总令锦笙想起她在沪海下榻的那家饭店大师傅做的牛奶冻，入口冰凉爽滑且甜腻。可医生现在还不让她吃蛋糕等甜腻食物，也禁止她贪凉。她嘴里只有羹汤和药片苦味，很难勾起往昔回忆，却能品味到现下的平淡与安宁。

昨日穆峻潭问赤芍会不会打络子，她说会，穆峻潭就让她有时间了费心给血玉平安扣打一个，把玉扣络上。餐后闲下来，锦笙又气色平和，赤芍拿着叶执信买来的彩线，坐在锦笙床边让她挑选颜色。因血玉颜色太鲜浓，锦笙选了茶白色，赤芍问："打个什么花样呢？"锦笙想了想，说："就打你最擅长的梨花吧，我也最喜欢你打的攒心梨花。"

赤芍应了一声"好"，垂眸打起了络子。锦笙摩挲着血玉，踌躇许久，把自己的心里话告知了赤芍。赤芍放下打了一小半的络子，瞧了瞧外间，又把门锁好，才折回来低声问："您真的想好了吗？您接受了穆督军，那二公子怎么办？您不能去找他，待有机会了只需要发一封电报，他绝对会回来的。"锦笙在病中，声音本就弱，赤芍须得弯腰凑近才能听清她说了什么。

"国内如此混乱，我怎能因一己之私再把他拖累回来。"她看向赤芍的笑意带了深深迷惘，"在我心里，他是一株名贵花簇，既珍贵无比，也漂亮耀目。并非他是总理府二公子才光芒耀目的，他的光芒是属于他自己的。我不想他再受外界干扰，此一生，他就光芒耀眼、潇潇洒洒做他的富贵公子哥即可。我这一辈子，只要脱掉男子外衣便是一个见不得光的女子。他素爱艳阳高照和自由不羁，我不能让他因为我而见不得光，且受困于家族琐事。他好不容易出了政局泥潭，也不能因为我再把他拖进来。我真的害怕他再经历一次四年前的那种生活，理想消弭，在失望愤懑中整日烂醉如泥，不问仕途，不理军务，躲在花红酒绿里非人非鬼。他现在的生活挺好的，有一个正大光明的美丽妻子，还从事着一份治病救命的职业，我不能够扰乱他的生活。"

她把各色彩线缠在指头上，线头凌乱，话语亦凌乱着。她对赤芍一番解释，更像是竭力说服自己，怕稍一犹豫，就会按捺管束不住自己的私心。

赤芍道："可是，我总觉得，即使您不发电报，二公子在美国也待不长，很快就会回来找您的。到时候，您就跟张七小姐说明白，您不图正妻名分，只跟着他们走即可。我相信，不管到了哪里，二公子都会待您极好的。"

锦笙眸子里忽闪着光亮，又转为黯淡，沉默良久，才凄清笑道："赤芍，张琳琅是受新式教育长大的，跟咱们的想法不同。就算张琳琅能接受她丈夫纳妾，一夫一妻一妾长期过下去，卢柏凌若是一味偏向我，我心里肯定要对张琳琅愧疚；若卢柏凌过多亲近张琳琅，我不知道我能不能受得住。以前只要见他和其他女孩子稍微亲近一点，我都很生气，总是找茬跟他大吵。若我们三个人一同生活，只怕到最后，卢柏凌在我心里也不再是什么名贵花了，我会生气他是一棵墙头草，我们早晚要闹翻脸的。"

赤芍心念一动，刚想问"那二公子就不能离婚吗"，旋即又反驳了自己个儿。张家并非小富小贵的人家，卢家把人家女儿带走，迟了几个月又带回来说不要了，卢总理如何跟张家人交代？卢总理是绝不会同意二公子离婚的。总理之子闹离婚，到时候闹到无法收场，再把小姐的身份闹出来，张家、卢家、林家都得成为坊间笑谈，甚至于名望不存，大爷这些计划也都白费了。

她心里想着，一生气，手上打的络子总也打不好，遂扔下不打，愤愤道："现在看来，什么公子少爷小姐的尊贵身份，不过是一把名贵锁，把一个活生生的人跟冰冷冷的家族名声锁在一块，动辄族里人的唾沫就先淹死人了。好好的人都被拆散了，当初四小姐都上了火车，还非要抓她回来。六小姐也是，差点就被嫁给了唐义哲。”

锦笙先前因把后背躺出了汗，于是侧卧着，背上汗珠皆变得凉涔涔，一滴一滴由肌肤上滚滑着。她又被赤芍的话勾出了一腔无奈幽怨，浑身都开始冷飕飕的，再开口时，连牙齿也微颤着。

“原是我抛不下，不能像四姐一样跟情郎约定私奔。四姐走了，二房还有大哥二哥三哥，可我不能抛下大房不顾。父亲派了藕初去日本处理那批蚕茧，藕初跟我说过，他想跟大爷商量，自己把那批蚕茧买下来，预备和从日本留学回来的朋友一块开缫丝厂。送走我，又失去藕初，在丝绸生意上，父亲便是一下子丢了一个半的胳膊。他年纪大了，近几个月来身体也不太好，外边有日本人虎视眈眈，二少又一直想击垮咱们大房。我回去，即使不能正大光明地露面，好歹也能私下里帮他一帮。且苏叶说，大爷最近偶感肢体麻木，一旦他病倒，我也不在，不知母亲和六妹带着一个幼童要如何过活。”

赤芍嗫嚅几次，终还是问出了口：“您是要利用穆督军吗？”锦笙平躺回去，闭了眼，在一片漆黑里说：“我不知道，我现在只觉得穆峻潭像一棵参天大树，可以帮我遮风挡雨，给我短暂的现世安稳。只有我有所依了，才能帮父亲，才能照顾母亲和云笙。虽然父亲不想我再帮他，但终归是我克死了哥哥，我须得对得起死去的哥哥。并且，我私自回去乃不孝，但我可以欺骗父亲，说我是被穆峻潭强行带回去的。父亲纵然不信，也不能奈穆峻潭如何，否则还是要想法子把我送到异国好绝后患。”

敲门声响起，锦笙止住了话语。赤芍打开门，穆峻潭走过来见锦笙正阖目沉睡，低声问赤芍：“什么时候睡着的？”赤芍回道：“刚刚看我打络子说是看得眼睛疼，就睡过去了。”穆峻潭知道锦笙是睡不是昏厥，方安了心。

粗糙的手掌覆在额头，锦笙猜想穆峻潭是在测自己的体温，只装睡不理。她起先只是装睡，待闭一会儿眼，果真睡了过去。她心中本来惶恐似浮萍无所依，打定了这个主意，竟渐渐有所依起来。临沉睡之前还在想，做戏吗？她这十二年来最擅长的便是做戏。

锦笙既有了接纳穆峻潭的意思，待晚上一块用饭时，神态之间便流露出些许不一样来。穆峻潭立即觉察到了，心里悲喜交集，面上仍如常相处。

穆峻潭在这边除了接到电报要忙上一阵子，其余并无多少公务烦扰，大多时间都陪在锦笙床边。以前终日昏沉贪睡倒也不觉尴尬，晚饭过后，穆峻潭仍坐在床边椅子上看她。她是知晓穆峻潭习惯的，没有什么话说，他便觉得人待在一起没有非说话不可的必要。静静待着，静静看着，就是顶要紧的事。

锦笙不同，她受不了这般窒迫的静谧，只觉穆峻潭一双炽烈深沉的眸子快要把她烧红了，于是就让穆峻潭说些留洋的事好打发时间。

穆峻潭费劲想了几件趣事说与锦笙听，锦笙忽想起问他："你多是拿枪，除了虎口，怎么手掌和指头上也有老茧？"穆峻潭回："以前在学校时不光要学用武器，还有很多体能训练，就都磨出茧了。"锦笙不想听那些刀枪战争的惊骇事，便问道："我熟悉的留洋少爷都有罗曼蒂克的故事，你呢？有没有跟女同学发展浪漫故事？"穆峻潭笑道："我待的学校同学都是男人，没有罗曼蒂克的机会。"锦笙撇嘴："骗人！你不是还跟田中周明的妹妹有个儿子吗？你可有把你儿子接到中国来？"

听见这话，穆峻潭忽想起把锦笙吊在月洞门上那件事，脸上笑意益发浓了些，竟忽略了她的问题，只是问她："少尘跟我说，你听说日语的能力很差，是这样吗？"锦笙见他避重就轻，也不好再追问，尴尬笑了笑："的确听不大懂，也说不了几句，但我认得好多日本字呢。日本人调查中国丝绸业出的报告册和书，我差不多都能看得懂。"

穆峻潭拉住她的手，仔细看她手腕，问："当时疼不疼？我隐约记得像是破皮流血了。"锦笙怔了一下，才反应过来他是在讲拿皮带把她吊在月洞门上的事，遂没好气道："当时只是很生气，也顾不得疼，我那时可是头次遇见脾气比我还恶的人。你怎么那样坏？吊了我两个多钟点，我还瘸着脚呢。"穆峻潭啼笑皆非道："直到在廖府揍你那一顿，我是根本没想到我们会走到这一步。"

锦笙失神怔住，幽谧书寓的记忆已有些模糊，挨揍的痛也记不太清了，她亦是再也想不到会和穆峻潭纠缠出这一段缘分来。

穆峻潭坐到床边，捧住她出神的脸庞问："愿意跟着我吗？"她迟疑片刻点了点头，他又细致问了一句："我给你的家，你要吗？"

锦笙与他炽烈双眸凝看，他眸光那么深，似乎要把她囚困在里面。她忽而觉得对不住他的深情，心弦紧绷着，连戏也做得不太自然。点完头之后，她想，自己大抵笑得很是勉强难看，因为穆峻潭带了一抹悲哀笑意，沉声说："好，起码不算是我逼迫你。"

他低下头慢慢吻她，由额头开始，锦笙紧闭双眼，又攥紧双手，在心里告诉自己：忍住不要推他咬他……忍住不要推他咬他……直到他撬开她唇齿，她已整个僵硬似木头，只觉连牙齿都已不是自己的了。

穆峻潭情动辗转得不到半点回应，他们之间竟连以前的奋力撕咬也没了，他的心室愈来愈凉，松开锦笙，抵住她额头，粗重呼吸了两声，说："休息吧。"他扶她躺下，捻灭灯，径直走出了房间。锦笙木头似的躺着，远远听见廊上卫兵立正行礼的鞋跟声，很微弱，却有些惊心。

翌日早饭时候，穆峻潭仍旧过来跟锦笙一起用，他没有显露出一丝尴尬，也没有生气，锦笙才宽了心。二人相处之间，比昨日又添一份自然。

相敬如宾地相处两日，锦笙对穆峻潭的戒备和担忧皆渐渐放弱了。赤芍已把络子打好，络了玉一起递送给穆峻潭。这日吃过早饭，穆峻潭又亲手交给锦笙，顺便告诉她："我要下山会一个朋友，不能和你一起吃午饭了，但我会赶回来跟你一起吃晚饭。"他像丈夫出门前和妻子交代似的，锦笙指腹摩挲在茶白梨花上，神色凝滞几秒，才抬头看着他笑道："你可以在外面和朋友吃了饭再回来，在家里和我吃饭就只是吃稀饭或羹汤。"他听她顺口说了"家里"，益发固执地说："我会回来和你一起吃晚饭的。"锦笙只得说："好，我等你回来。"他方心满意足地离开了。

到中午，天空忽飘起缠绵小雨。锦笙本来拿不定主意如何处理与穆峻潭的关系，才长时间装睡不面对他，现下拿定了，这两日饮食也足，身体也恢复得快了起来。五点钟的时候，她实在耐不住性子待在屋子里，就到一楼廊下观雨。

这幢洋楼的一层四周都绕着宽绰游廊，地上铺着红瓷砖，游廊最外边缘有规律地点缀着几根白石圆柱，与绿色窗子和楼顶的碧色琉璃瓦遥遥相衬着。

锦笙撑了一把伞穿行过花园子，花园子紧挨着铁栅栏，栅栏外是荒山，雨雾下，一汪汪的翠绿直流到山坡下面去。山底的翠绿之外便是大海，雨雾遮着，浓蓝变成了烟蓝。锦笙眼眸可见几艘白色大船停泊着，摇曳在烟蓝的海水中。她虽不记得在邮轮上的事情，却觉得以前的自己连同哥哥替身的那层皮都溺毙在了大海里。

她在这一场病里忘掉了许多往事，心却异常宁静。

以前，父亲吩咐她要学的东西学完，铺子厂子里的事情料理完，她也可偷得浮生半日闲。然而，也不过是消遣在书寓舞厅，或是听戏听曲儿听大鼓书；再不然洋派一些，去瞧瞧电影喝喝咖啡，纸醉金迷里游走着，一混便不知不觉地把时间混了过去。

自成为哥哥替身以后，她从没有这般清闲过，由心室到肩膀，清闲到仿佛有大把的时间抓在掌心，却不知如何用。所以，现在她脑子里一阵儿一阵儿地空白，身子也轻飘飘的。

烟雨湿青山，山外有大海，像极了外人难以寻来的世外桃源，一切凡尘俗事轻易到不了这里。她忽想起丹鼎山，穆峻潭背着她行在参天碧树里，有莺燕虫鸣为乐。只那时她肩上担负着太多责任，心境并不似现在这般宁静澄明。

她以前从未预料过，没有了哥哥替身的价值，自己的余生竟要依附某个外族男子而活。

从此以后，她的身份，她的自由，竟都要依靠穆峻潭。

她忽而意识到，自己从未剥掉哥哥替身以完整的女子心境等待过某个人归来，且一等就是近乎一整天。她想象着，以后，大抵会有很多这样的情形，他外出办公，她在内院等着他回来。四姐在学校时也曾有过一个恋人，她还给四姐送过几次信，打过几次幌子呢。后来四姐被二叔逼迫着另嫁他人，倒也和四姐夫处得相敬如宾。

她相信，她也可以和穆峻潭相敬如宾的，只要他能保她和她的家人现世安稳。

香港地气潮湿，贺慕杭这洋楼和其他富豪宅邸一样，都是建筑在三四丈高的石基上，因此，铁门之外，还要爬下许多级螺旋式台阶，方是马路。

锦笙远远地听见有汽车喇叭声，猜想是穆峻潭回来了，于是横穿过草地走出小铁门等他。身后两个便衣卫兵给他擎着伞，穆峻潭本是优雅从容地登着台阶，到了最后十级，蓦地瞧仔细了铁门外擎伞而立的其中一人，海棠红长衫松垮垮地挂在她纤瘦的身躯上，像是偷穿了兄长的长衫。许是知道他已瞧见自己，她还高高地挥了挥手，他心中一急，三四步来到了她身旁。身后卫兵不明情况，追着为他撑伞护卫，皮鞋在石阶上一阵噼里啪啦地响。

锦笙先前咳嗽过一阵儿，脸颊微泛潮红地望着穆峻潭。穆峻潭与她目光相对，恍如梦寐，只觉她病了一场，他陪着惊心动魄了一次，许多事情已不与旧时同。譬如，他清晨离开时，她笑着说会等他回来。

雨幕烟绯，把黄昏提前引了出来，似淡灰似浅黄的光线里，微雨滴落于油纸伞上，青叶子味道在空气里静静地流淌着，沁入心脾，把心境洗涤得分外澄净。

凝眸对看一会儿，二人先是不知说什么，而后又同时开了口。

“我回来了。”

“你回来了。”

相视一笑，他执伞牵她走进盘花小铁门。

锦笙虽觉别扭，却也没有反抗，并且，因和穆峻潭挨得近了，又顺风，他身上的茉莉花香伴着自然气息飘到了她鼻子下。她望一眼他的齐整西服和发型，又仔细嗅了嗅，猜想他今日会的朋友是位美丽小姐。

待上了游廊，游廊正面的玻璃门进去便是客厅，穆峻潭却指着远处的苍茫暮色说要和锦笙看一会儿雨景再进去。

叶执信、盛吉祥和另外三名侍从拎抱着东西鬼鬼祟祟地跑进了客厅。随之，赤芍也跟着回避了。

锦笙无意选的油纸伞是荷叶图案，她撑在红瓷砖上晾着，荷叶上的雨珠顺着伞骨倾落。雨打新荷，点点滴滴也才到黄昏，但暮色浓厚，把夜色提前勾兑了出来。她趁着廊下灯，低头看荷叶伞，心知穆峻潭大抵是没料想到她会在大门口迎他，连外面女人带回来的东西都来不及藏呢。可她没想过要管束他，于是仰脸看他：“竞天，你不用对我遮遮掩掩，我不会管你和其他女人的事的。你爱玩，你也有资本去玩，我不会横加干涉的。”

穆峻潭揽她入怀，笑着说：“我和其他女人没有需要遮遮掩掩的事情！我早已说过，那是遇见你之前的事了，之后不会再有其他女人。”他察觉到锦笙身子一僵，却也没有推开他，有清浅笑意挑在唇边，贴近她鬓发间，问：“今天我不在，你都干什么了？是不是又贪睡了一整日？”锦笙微侧了侧头，回道：“你说等我身体再好一些咱们就回去，我跟赤芍先收拾了一下东西。”穆峻潭笑她：“我一天接好几封电报都不急，你倒先着急起来了。”

锦笙也跟着笑了笑，见他今日这样高兴，遂装作漫不经心地说：“竞天，我昏迷时口袋里一直装着几样东西，赤芍说都被你拿走了。你把血玉平安扣给了我，其他的东西能不能也还给我？”穆峻潭松开她，唇角笑意凝固住，眸子里冷光乍现，阴沉发问：“你是指相片还是信？”锦笙觉出不对劲儿，退让说：“信随你如何处置，请把相片还给我。”

转瞬之间，雨已下得急切起来，雨珠打到红瓷砖上，提溜住一点灯光只是溜溜地转，似打翻了水晶珠，大珠小珠落了千万斛。穆峻潭的声音在急雨里格外镇定：“我烧了。”锦笙惊问：“信还是相片？”穆峻潭说：“都烧了！我想，那应当是最后一张相片了。”

锦笙似有所悟，冷笑道：“上次我住院不见了相片，后来派人去照相馆要新相片和底片，照相馆老板只给了一张相片，说是底片已找不见，幸好洗多了一张。我是否要谢谢你，还给了我一张。”穆峻潭看着她生气的模样，声音益发冷静平淡：“我本来一张都不想给你，可我怕你伤心欲绝，妨碍身体恢复。”锦笙攥紧双拳，强忍怒气：“天庆观的道长说青梅树妨碍观里风水，怕不是碍风水，而是碍了你穆大督军的眼。穆峻潭，你竟是这样幼稚自私小心眼的一个小人！你……”她狠狠咬了咬牙齿，最终忍住没有说出其他厉害字眼。

雨天灯下，穆峻潭的脸上瞧不出什么，声音却无比冷漠：“你盘来算去既然盘算到我头上了，理应知晓我穆峻潭不是好招惹的。多少女人都盯着我夫人这个位子，我既然允了你，那便是允了一辈子，不是卢柏凌不在的时候，我才能算是你夫君。我不奢求我的枕边人能有多爱我，最起码，你做戏要作得像一些。知道自己的夫君在外面见了其他女人不吃醋，我就权当你信任我。你现在为了和其他男人的合影跟我发脾气，我已经骗不了自己了。”

他大步走下游廊，一瞬间，锦笙听见雨珠打在他身上的响声，瘦高的身影渐渐湮没在肥绿树荫里。

隔着一道门，叶执信和盛吉祥并不知发生了什么，连忙拿伞追将出来，随从在穆峻潭身后。

哗哗的雨声愈来愈急，锦笙听了只是心里烦乱，蹲下去，环着双腿，脑袋伏在膝盖上，仿佛这样的姿势可以抵御风雨侵袭。她知道穆峻潭生气了，可她也很生气。这张相片是她在见不到卢柏凌时最好的念想，他笑得那样好看，花枝乱颤到能把黑白相片渲染成姹紫嫣红。

她明明有许多事情需要想清楚，却推延倦怠着不去想，只是这样蜷缩着，直到赤芍把她搀扶回房间。她着了凉，却无力咳出来，躺在床上，胸腔里震动起伏着，像是有可怖物什要穿透出来。

赤芍一直在卧房忙着摆设东西，不知一楼廊下发生的事。此时为引锦笙一笑，把叶执信他们抱回来的东西一一指给她瞧。先推拉开衣橱，衣橱是镶嵌在墙壁里的，里面牵了一排电灯胆，照耀着每一件衣裳。

洋装、旗袍、哔叽斗篷、外套披肩、酒宴礼服、舞会晚礼服、睡袍浴衣、喝下午茶的礼服……家常的、外出的，一应俱全。纱的绸的、花缎织锦、呢绒纺葛，再不是长衫马褂，而是女子衣裳，一壁橱都是她的女子衣裳。

锦笙无力起身，躺在床上望向衣橱，趁着那几道银光，只觉恍惚不真实。赤芍一面把茶几上的东西都抱到床边，一面笑着说："今儿早督军问我您的衣裳尺寸，我还猜想是不是要帮您买新衣裳，真给我猜着了。我方才放的时候用手量了一下尺寸，简直与定做的差不了多少，没想到香港的百货公司和估衣铺竟这样全。"

随即，赤芍把精致的小盒子一一拿给锦笙看，并告诉她名称："眉笔、嫩面霜、白玉香粉、蝴蝶红胭脂、指甲上光液，还有这个丹祺点唇膏是今年才有的，沪海那边的洋货公司早就买不到了，听说是可以跟着人的嘴唇颜色变色呢。想不到督军看着粗心，竟能买这么全……"她手上拿着一瓶栀子花香水忽然顿住不说，打量着锦笙的脸色："我猜想，督军今天会的这个朋友应该是位美丽小姐。不然，他怎会懂这么多，肯定是由女子引领着他买的。"

锦笙压着胸腔勉强一笑："我说了，我不管他和其他女人的事。"赤芍道："您预备就像四小姐和四姑爷一样吗？四姑爷是顾忌林家才不敢明着纳妾的，督军可没什么需要顾忌的。"

锦笙并不搭这个话茬，拿过那一管点唇膏，拧了一拧，黑漆色的金属管推出来一小节浅褐圆棍子，她问赤芍："这个要如何用？"赤芍接过，把圆棍在她唇上涂抹开，拿过一柄小妆镜给她看，她"咦"了一声，笑道："怎么到嘴唇上就变成红色了，红色还真是喜庆，把病态都冲淡了。"赤芍见她喜欢，便又替她施一层薄粉，在两腮上淡淡地晕了一点胭脂。

锦笙拿小镜子看了两眼，笑着说："气色这样好，我瞧着我已经不是病人了。"她虽在笑，赤芍却发现她眼底无笑意，兴致并不高，欢喜也是很勉强的，于是用净肤膏替她都擦了去。

夜雨绵长，一点芭蕉一点愁，庭院里有那般多的芭蕉和棕榈，直隐匿了穆峻潭的身影，锦笙的愁绪也随着夜雨声难断。夜半三更，她还醒着，穆峻潭冷漠离开的背影在她脑子里挥之不去，真身却一夜未归。

雨停了，她迷糊睡去，听见外间有人说话，便立即醒了，问："赤芍，是谁在外面？"赤芍答道："是叶队长，回来替督军拿东西。"她心念一动，说："你让他进来，我有话问他。"

叶执信跟着赤芍走进来，锦笙看见他手上拎着一个带密码锁的箱子，猜想里面是穆峻潭的密码本。她知道这个对他很重要，于是问：“竞天要回去了？”叶执信说：“四天后的船票，您不必担心，到时候康纳大夫会随行照料您。”锦笙知晓他没有抛下她独自离开，遂放心回了一声“好”。叶执信很着急，行完礼便匆匆离开了。

晴光滟滟，锦笙伏在阳台栏杆上朝外望，望见一片突兀山崖，崖上绿树长得有些疯狂，很是杀气腾腾。漫山遍野，碧绿幽静里透着肃穆，她待在陌生异乡这样清闲，简直有些忍受不下去。

穆峻潭三天三夜未归，她知道康纳大夫会和他通电话，他知道她的情况，她却不知道他的情况。甚至连他住在哪里，陪在谁的身边，她都不知道。

赤芍虽没有再说过，但锦笙记得那句话，“督军可没什么需要顾忌的”。她是一个被父亲弃往异国的人，没有母家，所依附的只有穆峻潭的感情。然而，穆峻潭倾付在她身上的感情并非坚固不可破。

穆峻潭虽留了一些卫戍兵在贺公馆护卫，但兵崽子们抓耳挠腮，也讲不清督军在哪儿。锦笙踌躇到了晚上，方找到客房里麻烦康纳大夫。康纳大夫只能听说一些简单的中国话，好在锦笙只说了“穆先生、电话”几样字词，他便明白得眉飞色舞，引着锦笙到客厅摇了电话号出去，接通后叽里呱啦地说了几句才递给锦笙。

锦笙握住电话筒突然间想不起要说什么，遂先唤了一声“竞天”，听筒里传出一句“嗯，是我”。

锦笙沉默，听筒也沉默，于是，锦笙说：“竞天，你砍我的青梅树，烧我的相片和信，我已经不那么生你气了，你不用太自责。只要你把我的麒麟戒指还给我，以后不再这么幼稚小心眼，我可以原谅你。”听筒那边沉默两秒，未说一字就传出了挂断音。锦笙气闷地盯着电话筒，其实，她真的很生穆峻潭的气，一想起来就生他的气。现在，她更气了。

她本来气得难受，但晚上吃的西药里有安眠成分，也就昏沉睡去。到夜半，万籁俱寂里突然掠过几声猫头鹰叫，她惶然被惊醒，随即，“唔呕”远去，只有风吹动树叶的微响，几乎不可闻。

她眼里迷蒙散尽，忽看清床边坐着一个黑影，猛骇一跳，迟了半分钟，才嗅着酒气问：“竞天？”那黑影带着浓浓醉意，回答说：“嗯，是我。”

锦笙稍微安了心，却有些生气他这样吓人。她半坐起伸胳膊去拉床前小台灯的灯绳，穆峻潭却捉住她手腕，她下意识地甩了两下，他便整个身子欺压过来。

锦笙跌回床上，她是再也想不到，穆峻潭看着那样瘦，原来这样重。他劈头盖脸地吻下来，浓浓酒气直侵袭得她躲避不及。她一面推他，一面扭头躲着说：“穆峻潭，你起开！”“穆峻潭，你给我起来！”“穆峻潭……”

她愈反抗，穆峻潭的动作愈添了几分蛮力，愈发地，连她话语的气息也被吞噬掉。脸颊、下巴、脖颈……她愈来愈惊慌失措地推他打他，他愈来愈狂乱而蛮横。她身上的薄绸睡衫根本经不起他撕扯，只一下便蚕丝缕缕，她肌肤上的冷汗在凉如水的夜里益发冰冷。

她浑身哆嗦着，仿佛坠入万丈深渊，攀不到求救边缘。廊上是他的卫戍队长和副官，别墅四周皆是他的卫兵侍从。她所以为的参天大树，原来，可免她风雨愁苦，也可置她于狂风暴雨之中。

深沉清冷的夜里，锦笙眼泪晶亮，似两颗水润的星星，一滴又一滴，不论穆峻潭擦得如何快，总也止不住那洪水。

他将头埋在她脖颈里，颓声说：“我应该不会太快死掉，总会等到你心甘情愿。”

锦笙惊惶地点了点头，眼泪仍是止不住。她模糊地望向露台，暮夏初秋，自此天寒夜长，雾凝烟愁。

第四十三章 秋风清，秋月明

船票是这日下午的，赤芍早早起来，先把自己的东西收拾好，才来到锦笙住的客房。叶执信正在走廊上哈欠连天，看见赤芍迎了她几步，说："这客房里有铃，咱们去门房等着吧。"他本来应该换班去睡觉的，但是督军醉酒睡在这里，他怕赤芍贸然进去，会撞了督军晨起的坏脾气。

先前锦笙昏迷，穆峻潭也曾彻夜守在这里，只今日，赤芍盯住那两扇镶嵌着宝石蓝玻璃的门，不由自主地，心里一阵疼惜叹惋。她以前觉得大爷和五少是天和主心骨，现下大爷把她们弃往异国，五少又失掉身份惶恐无依，她的天便整个坍塌下来，主心骨也随着折断了。她跟着五少，五少如今依附着督军，以后，她怕是真的要成为穆家的丫鬟了。

这时，锦笙开门走出来，她立即近前，锦笙垂着红肿眼皮吩咐她："你去让厨房熬份醒酒汤。"却又拉住她耳语了两句，她点点头，眼睛不动声色地从锦笙的着装上掠过去，仍旧是男子长衫，仿佛还是她熟悉的五少，却没了五少以前的嚣张傲气。

叶执信是不敢贸然看锦笙的，低头行完礼，追着赤芍离开了。赤芍吩咐完厨子，一直走出来，立在游廊的白石栏杆旁，园子里有两棵修剪整齐的常青树，常青不变，她盯着，益发悲从中来。叶执信早已睡意全无，站在她身旁问："你怎么了？好像很难过。"赤芍捋着手帕，手指由金线绣的梨花蕊上抚过，慢声说："当真是世事无常，早春到初秋，半年多的时间，就什么都变了。我家五少和二公子，这一世的缘分怕是真的要断了。"

叶执信嘘了她一声："你绝不要在督军跟前提起卢柏凌，闹这一场，全是因为卢柏凌。"赤芍瞥他一眼，说："是你们督军心眼小脾气坏，我家五少和二公子之间清清白白，你们督军又是什么洁身自好的好人？现在高兴了就千好万好，不高兴了，甩脸一走就几天几夜。那以后呢？五少连个娘家都没有，岂不要说被抛弃就被抛弃了？"叶执信笑道："你怎么这样悲秋伤春，到如今，你还瞧不出来吗？只有你们五少抛弃我们督军的份，我们督军是逃不出你们五少掌心的。"他这样说，赤芍一时间也反驳不了，却还是重重地叹了口气。

穆峻潭昨夜虽又醉又怒，但自己做过何事还是有印象的，晨起略清醒，他便意识到把锦笙得罪了，深怕加深和她之间的裂痕，一时也不知该如何面对她。奈何他昨夜昏昏沉沉睡在了她这里，他眯眼由纱帐窥见她坐在对过沙发榻上看报纸，只好继续装睡。

赤芍送醒酒汤进来，锦笙放下报纸，端过汤碗坐在床边唤了一声"竞天"。几秒后，穆峻潭眼皮微动，顺势坐了起来。饶是他的意识早已清醒，此刻乍一睁眼起身，面容依旧带着慵懒惺忪，额头上垂着些许碎发，凌人气势被削减，全然一个温和的英俊男子。锦笙本在他身上搭了一层绒毯，这时滑落，紧实胸膛便再也遮盖不住，赤芍早背转身出了里间门。

锦笙把汤碗递向他，说："下午还要坐船，喝碗醒酒汤吧。"穆峻潭仅闻味道就皱起眉毛来，但锦笙能主动和他说话，他如何能不喝，答了一声"好"，顺从地接过汤碗。

浓浓的酸、辣、咸、甜、苦，五味杂陈，灌到肠胃里，直引得他浑身肌肤浮起一层疙瘩，什么宿醉都全消了，只余了极度的不适。穆峻潭强喝下几口，欲放在床头柜上，锦笙笑道："你得喝完才有效，不然下午坐船要难受的。"他胳膊半伸半僵着，半抬眼皮看了看锦笙皮笑肉不笑的面庞，心底叹了口气，这一关总得过，一碗怪味醒酒汤总好过她的不理不睬。他木着脸答一声"好"，旋即一口气喝完了剩下的醒酒汤。

锦笙递了手巾给他擦嘴，笑问："记住这个味道了吗？"穆峻潭不明所以，冷眸瞧着她给自己擦嘴，遂点了点头，旋即听得她冷声说："那就好，你以后要是再敢晚上跑到我房间对我耍酒疯，你就一日三餐给我喝这个！"瞬间，穆峻潭晨起的坏脾气也给激出来了，他扔掉手巾就预备和她理论，那不是耍酒疯："咱们可是夫妻！

夫妻！你到底懂不懂什么是夫妻！你昨晚不愿意，我也没有强行把你怎么样。可你以后要一直和我生分下去，把夫妻过成分房而居的兄弟吗？”

穆峻潭的怒气都到唇边了，却见锦笙脸上笑意转为精灵讨喜，脸颊梨花酒窝慢慢绽开，难掩天真稚气，又因眼皮肿鼓鼓的，很是惹人怜惜。瞬间，他对她发不出脾气来，甩掉绒毯走了出去。

预备前往码头时，锦笙有些拿不定主意穿什么衣裳。她这次回去见父亲已不能再以儿子的身份见，也怕穿长衫马褂坐邮轮会给相识的人一眼认出来，遂穿了好几次长衫马褂，最后还是换成了女子衣裳。

穆峻潭坐在外间等锦笙换衣裳，一颗心踊跃着按捺不下，自从给她买回来女子衣物，他就赌气走了，直到现在也未能一观她的女装模样。

里间门打开，那一边的日光也倾泻进来，零星浮散着。半分钟后，锦笙才慢吞吞地走出来，她穿了一件西式的樱桃红连衣裙，衬得凝脂肌肤分外娇嫩，走动之时，波纹形裙摆缀着细碎日光蹁跹，洋裙的腰身完美地衬托出了她的纤纤细腰，裙摆半掩着脚上的一双银白色平跟小皮鞋。因她头发现在长不长短不短，当女人看尴尬，当男人看更尴尬，便戴了一顶可着脑袋的小帽子。窄窄的帽檐，檐边缀着几朵假花，香港的太太小姐之间，很时兴这种小帽子。

她见穆峻潭那样坐着呆看她，感觉浑身都不自在起来，裙子是半袖的，袖边带子系着花结，她搓着光溜溜的半臂肉，对穆峻潭羞涩地笑道：“是不是好奇怪？昨儿我试了一件旗袍，没戴小帽子，赤芍说我像男扮女装，她看着好别扭，我自己瞧着也挺别扭的。”

穆峻潭依旧发怔不语，她又尴尬地笑道：“旗袍太紧了，我走路喜欢迈大步，旗袍迈不开。看别的女子穿旗袍好看，可穿身上才知道那么贴皮肤，我穿着感觉跟没穿衣裳似的。”说完这话，她懊恼到恨不能咬碎自己的舌头。

穆峻潭这时才回过神来，站起拥她在怀，嘴唇贴在她帽檐旁说：“笙笙，我是何等幸运，才能遇见你、拥有你。”他发怔时并未意识到锦笙这一身衣裳好不好看，只是惊叹震撼，当初那个穿着一身长衫马褂还动不动就跳脚发脾气的林五少，竟这样出现在他眼前。整齐刘海儿遮住额头，微肿的眼皮下转动着乌溜溜的眼珠，神态拘谨娇羞，身材纤瘦娇弱，她似脱胎换骨般走进他的世界，此刻他只觉，拥有她，此生何等幸运。

锦笙本来极度不自信，当穆峻潭说出这句话来，她的扭捏不安才消减。想穆大督军是何等的风流人物，什么样的绝色女子也算是见识全了，此刻能对她说出这句话来，那便表明，她没有自己想象中那般差劲。

她微一侧脸，壁橱玻璃上映出他们二人的身影，只见自己像是融在了穆峻潭怀抱里，已分不清二人轮廓。

惊叹震撼完，穆峻潭才注意到锦笙脖颈里缠了一方鹅黄丝巾，抬手替她取下来说："丝巾完全是画蛇添足，这款连衣裙露出雪白脖颈才好看。"锦笙阻拦不及，那洋裙又是桃心花边领，他一眼看见了她脖颈上的瘀痕，于是又替她缠上去，虽未言语，唇角笑意却慢慢漾开。锦笙气他瞪他，红透了脸，一时间也说不出话来。

行李是卫兵早已拎放在汽车里的，穆峻潭最后才拉着锦笙的手走下盘旋石阶。待上了汽车，锦笙由后面玻璃回望，洋楼渐次隐匿，只有屋顶的绿色琉璃瓦在日光下闪烁。过几分钟，琉璃瓦也看不见了，苍翠的山上烟树迷离，把一切化为了锦笙的一场纯粹梦境。尘嚣又一粒一粒地环绕回她身上，跨越过大海的距离，还有许多事情等着她去面对、去解决。

她突然想，是不是自己胆小逃避，才幻想出香港的贺公馆得了这般久的安逸清闲。她抓住穆峻潭的手，仿佛唯有他手掌里的粗糙才能证实她在贺公馆的一切不是梦境。穆峻潭回握住她的手，说："不要害怕，回去一切有我在。"她点了点头，挣扎一下，也就顺着他另一只手掌的力道靠到他的肩膀上。原来，他的肩膀这样宽厚踏实。

他们一行坐的是贺家直达沪海的小邮轮，订了数间头等舱。因邮轮头等舱上的乘客皆是非富即贵，穆峻潭和锦笙轻易不出船舱。

穆峻潭固执地认为，夫妻就得住一个套间，他宁愿在锦笙所住的套间里睡沙发，也不另住丢颜面。

锦笙赶不走他，他不又准她去和赤芍一起住，她不能公然地因为这个与他发脾气，遂只是挑剔手下人一些小事发脾气，暗暗挤对他。她疼爱自己的丫鬟，那小脾气自然全撒给了他的卫戍队长和副官。

穆峻潭心里有气，受气的一向是盛吉祥和叶执信。于是乎，在邮轮上一日一夜的时间，叶盛二人已夹在中间受了十几次气。

这日在船舱里吃午饭时，盛吉祥顶着两个乌青眼圈，忍不住跟同样死气沉沉的叶执信抱怨："将来，督军跟少奶奶若有了孩子，不知该是什么脾气？父亲是机关枪脾气，母亲是炮仗脾气，孩子在娘胎里大抵都要自带二斤火药了吧？”叶执信叹了一口气，说：“小小姐脾气再坏，也不会坏过督军的脾气去。小少爷的脾气若真坏起来，怎么着也得是个迫击炮脾气。”盛吉祥不解地看向他，他说：“迫击炮体积小、重量轻，对无防护的目标杀伤效果好，还能射击有遮蔽物和反斜面上的目标。总而言之，发起火来，只要距离不是特别远，几乎不存在杀伤死角。”

菜叶呛到盛吉祥的喉咙里，他不敢大声咳嗽，脸都涨紫了。叶执信帮他拍着后背，旋即，二人赶紧收敛了胡言乱语和失态。私下议论这等事，若给督军知道了，他俩便是无死角地被杀伤。

下午，穆峻潭去了邮轮的通信室，锦笙百无聊赖地坐在沙发上望向窗外海面，只见层层浓蓝海水堆叠起白浪花又倾泻而下。她本就怏怏不乐，随着邮轮离沪海愈来愈近，一颗心更似波浪般起伏不定。待穆峻潭回来，她已无心再与他置气。

赤芍不知叶执信从哪里弄来了两个石榴，给了她，她又顺手放在了果盘里。锦笙本来没注意到，和穆峻潭闲坐着无话可说，就顺手拿起石榴剥着抠着。穆峻潭帮她托着白瓷盘，她把石榴籽一颗颗放在盘子里，却总也不吃。叶执信和赤芍见两个急性子的人突然一起剥石榴，匪夷所思地对看一眼，同时悄声退了出去。

窗明几净，海上斜阳由玻璃窗照进来，在锦笙身上环绕了一圈绯色光芒。穆峻潭认真凝看着她，她正在留长头发，总是喜欢戴一顶小帽子遮住长不长短不短的发型，益发显得脸小，衬得一双乌溜溜的眼睛尤其大。穆峻潭眉眼间聚着浓浓柔情，曾经不知该把她如何是好，现在她就坐在他旁边低眸剥石榴，真实的她，真实的石榴籽呈递在白瓷盘上。再寻常不过的一件小事，他却看得移不开目光。

这石榴并不太熟，少有红灿似宝石的，多是透明莹润，或者微红，聚拢在一起，给海上斜阳一照，衬着白瓷背景，似小幅风景画卷，玲珑剔透又灿若烟霞。

他们都没有开口说话，仿佛把石榴剥完是他们现在最紧要的事。穆峻潭哑然失笑，这莫非就是王子仪说的热恋滋味吗？和她待在一起，连剥石榴这样的琐碎事都变得要紧又有意义起来。

太阳融在海水里，夕照晚霞染红了远方海天相接处，锦笙无意间朝窗外一瞥，不由想起早春坐邮轮到沪海时的心境，那时的自己与此时的自己，简直算是往生与今世。庆幸的是，她已不会被囚禁在异国他乡。

穆峻潭见锦笙不抠石榴了，顺着她的眸光和她一起朝外看了几秒，说：“咱们掩饰得严一些，去甲板上散步看夕阳。”锦笙略一迟疑，摇了摇头：“我看乘客名单里有三个沪海总商会的会董，上次总商会开大会时我们见过两面，若撞见不小心被认出来，我就真的没脸回去见父亲了。并且，你比我更容易被人认出来。”穆峻潭想了想，说：“那咱们等晚上再出去。”锦笙犹豫几秒，抿唇笑着点点头。

晚上起了海风，小邮轮有些颠簸，锦笙险些被海风吹倒，傍着栏杆又被穆峻潭吓唬了两次，她还有些怕跌进大海里去，她又不会游水。她紧紧拉住穆峻潭的胳膊，突然问：“上次你带我去吃面，上石桥时是不是故意绊了几脚？”他们正站在灯光照不到的角落里，她也看不清穆峻潭的笑而不语。

许是海风把海雾吹散了，月亮渐渐露出一撇影儿来，锦笙趴在栏杆上看月亮落在海水里的光。穆峻潭的长胳膊撑在两侧护着她，她想起曾在相似的海水里看见过杨灵均和卢柏凌。那时的她，此时的她，隔了半年多的时光同样望着海水，海水是奔腾不息的，她不知此海水是否为彼海水，因为现在的她已不是那时的她。她胡乱想着，触动了某些记忆，本能地把自己缩得更小，躲开与穆峻潭的身体接触。

穆峻潭看着她蹬住栏杆蜷缩的身体，正有些失神，一阵疾风吹来，锦笙的小帽子给吹飞，她下意识地探到栏杆外伸手去抓，邮轮忽而一颠簸，她整个人立即被穆峻潭腾空抱了回去，紧搂在怀里。

穆峻潭一手握紧栏杆稳住身体，另一只胳膊把锦笙越搂越紧，他扑通扑通的心跳声在她耳畔，她差点被他闷得背过气去。早在锦笙抖落的一瞬间，叶执信和另外三个卫兵便急速冲了过来，待穆峻潭平复好心境，挥手让他们走远，也就把锦笙放开了。叶执信四人继续去把守着，防止有乘客转悠过来打扰到他们。

锦笙大口喘着气怪穆峻潭：“我淹不死也被你闷死了。”穆峻潭恶声说：“那我宁可闷死你，也不想跟你命丧海底。”锦笙趁着浅薄月光略看清了他脸上的怒意，笑嘻嘻地问：“若我掉进大海里，难不成你也要跟着跳下去吗？”穆峻潭也不搭理她，拉住她就要回舱室里。锦笙拉住栏杆不愿走，央求道：“这会子人少，咱们再待一会儿好不好？”穆峻潭耳根一软，折转回来，牢牢把她圈禁在双臂范围内。

锦笙在一片月光里想起自己最初要夺霓裳锦、建机器丝织厂当丝绸大王的种种想法，于是就问穆峻潭：“竞天，我听卢柏凌说起过，说你在和你的理想背道而驰，你的理想到底是什么啊？”穆峻潭听见“卢柏凌”三字，眸光倏地浮起一层寒冰，恶声恶气地说：“跟你做一对有名有实的夫妻，再生一个班的孩子，气死卢柏凌！”

锦笙胳膊肘狠狠地捣他一捣，气恼地看着他，冷声说：“你让开，我要回去了。”却怎么都推不动他身体，只听他在她脑袋上沉声说：“在学校的时候，我以为把洋人那一套活学活用了，我就能保家卫国。回来以后，我才觉得那种想法很幼稚讽刺。现在我想要以战止战，扫除各个军阀势力，重组一个能真正为国为民做事的内阁。”锦笙仰脸看他，他俯看她，自嘲一笑：“我一个大军阀头子说这些话，是不是很虚伪很讽刺？”未及锦笙想好措辞回答他，他语气益发沉重了许多，“现在外交失败，内政不修，国事危急，可内阁那群人还是醉生梦死，媚外误国，为图一己私利，抵押国家利益，损害国土，丧失国权，这无异于引狼入室，为虎作伥。试想，若是国将垂亡，家将曷寄；皮且不存，毛将焉附？我只是个武夫，所能想到的，唯有兵以制兵、战以止战，待扫除四方割据的军阀势力，再交由有能力的人去恢复组织真正为国为民的内阁。”

锦笙仰脸怔怔地看着穆峻潭，只觉移不开目光。冷月光照在他冷峻面庞上，五官棱角分明，衬得他似一尊毫无感情的英俊雕塑，可她听得出他话音里的激越，连心室都跳得快速起来，似有热血在体内激烈涌动。她意识到，自己虽与他认识许久，却并不了解他的内心。此刻一种无法言传的光耀把他照亮，她才知晓，他并非她所看见的那般只有声色犬马和巧取豪夺，抛开家族身份，他是一个有自己理想抱负的青年军官。

穆峻潭提起这些事来，内心的确有些激越澎湃，平和良久，他才发觉锦笙在发怔地看着自己，不免尴尬一笑：“没想过和你说这些事的。”锦笙回神，精灵讨喜一笑：“我很愿意听呢，你可以再多说些，我嘴巴很严密的。”他宠溺一笑，理着她被海风吹乱的头发：“多说无益，这些不是说说就能行，是要去做的。”锦笙问：“那之后呢？你会像现在的总理一样，把内阁把控在自己手里吗？”穆峻潭笑道：“什么政治经济我都不懂，我把控着它是等着别人再来讨伐我吗？再兵戈四起，再军阀割据吗？民国不就是人民的国家吗？岂能再掌控于个人之手。”

锦笙又问了一句：“再然后呢？”穆峻潭微怔，想了想说：“再然后呢？如果我真的能做成这些事还活着的话，就从军界退出来。有可能去军校教书，把我毕生所学都交给那些热血少年，也有可能去监管兵工厂。总之，假使不掌兵权了，我也想为中国军事发展再尽心力。”锦笙笑着回了一声“嗯”，心里却有些失落。他强势地要她懂得什么是夫妻，然而，他所计划的以后，都是和大事、军事有关的，他的未来仿佛不需要她过多参与。或许，那个时候他已经不爱她了也未可知。

她忽然有些生气，不免抿嘴瞥了他一眼，心里告诉自己，管他呢，反正等她能自力更生稳住脚跟，她也就不需要他了。她欲远离穆峻潭，穆峻潭因她抿嘴一撇以为她又在和自己生分，遂把她拥得更紧了些。初秋的海风凉意甚浓，锦笙虽穿了大衣，仍觉风寒，穆峻潭怀里的温暖让她渐渐不再疏离他。她想起早春乘邮轮到沪海那一日做的噩梦，耳边又研磨出父亲曾耳提面命的话语来。

“你要时刻谨记，你现在所拥有的一切，都是锦笙，也就是林家五少爷的身份赋予你的，一旦失去这个身份，家里已有云笙，你便什么都不是！你若失掉林锦笙这个身份，天地虽大，你以何身份立足？家族父母，你无名无分又以何颜面相见？若你生前无姓名宗族，死后又该魂归何处？为父母也好，为你自己也罢，你此一生都必须守住林家五少爷——林锦笙这个身份。”

倏忽间，她一想到要面对父亲很是惊惶不安，抓住穆峻潭的胳膊，唤了一声“竞天”。穆峻潭说：“嗯，我在。”清冷海风吹面，她不知要说什么，却又想说些什么好缓解心中惊惶，于是手微颤着指向圆起来的海上月亮给穆峻潭看：“竞天，谢谢你，我才不用去暹罗看月亮。我以前在英国法国看过他们的月亮，觉得还是咱们中国的月亮好看，并且，中国的月亮里有嫦娥仙子和玉兔。”

穆峻潭见她一脸认真地说傻话，不由得宠溺一笑，不管哪个国家，月亮都是同一个，并且没有嫦娥和玉兔。忽想起林清慕说她从没有进过学堂，于是心里计划着回家后给她请几位家庭教师补补课，嘴上却顺着她“嗯”了一声，说：“中国的月亮最好看，里面有嫦娥仙子和玉兔。”她又喃声说：“竞天，我认真想过了，我的父母在中国，我的根在中国，不管父亲认不认我，我都不能离开，不能在异国他乡度过余生。”穆峻潭说：“我不会让你在异国他乡度余生的。”锦笙看向他点头，海上月光在她精灵俏皮的笑意里静静淌着，微有粼粼。

甲板另一处有两个乘客走过来，远远地，叶执信朝前走了几步，伸臂阻拦住：“请先生太太止步，我家先生和太太不希望被打扰。”甲板上灯光不太亮，郑副会长瞧不真切叶执信面庞，冷笑道：“大家都是花钱买了头等舱，甲板是公共区域，没有谁打扰谁一说。”说着就要携娇妾硬要走过去，叶执信紧捏住他胳膊，冷冷道：“明早船就靠岸了，我奉劝先生不要徒惹事端！”凄冷的风声里，郑副会长听见枪上膛的声响，随即枪抵在了他腹部。然他新纳娇宠，不想丢面子，依旧冷笑道：“你是谁的随从？

对我动枪之前最好先去沪海打听打听郑建是谁，省得给你主人惹了麻烦！”叶执信正欲开口，一个便衣卫兵跑过来耳语了两句，他回头一望，栏杆旁的一对璧人已由那边通道走回船舱。他松开郑副会长的胳膊，也急忙不远不近地跟上去随从着。

叶执信的脸庞由灯光里一闪而过，郑副会长不由低声纳罕：“怎么会是他？”娇妾娇滴滴地问：“是谁呀？”郑副会长说：“穆峻潭的卫戍队长，莫非方才栏杆旁有穆峻潭？”又自言自语说：“不可能是穆峻潭，他这时候岂会由香港回来。”想起方才还自报了姓名，不免又低语说：“可千万不要是穆峻潭啊！”娇妾听他只管自己嘀嘀咕咕个不停，早没了耐心，撇开他独自走向栏杆看海水。两分钟后，娇妾又嚷着冷，一根烟的工夫也不肯给他，闹着要回舱室里。

清晨，邮轮到达沪海码头，穆峻潭一行虽是最后下船的，却早有汽车在等候。叶执信带领的卫戍兵依旧穿着便服，戒备比之往昔在沪海要森严许多。锦笙知晓，此时的沪海华界已是薛明喻的势力范围。

他们本要开汽车回柳苏城，再由柳苏城坐专列回京陵。等穆峻潭处理完帅府的事情，再陪着锦笙回燕平。当得知林肇聪还在沪海，就临时更改了计划。

锦笙恐父亲心里毫无准备会气坏身体，于是先让苏叶回林公馆说明情况，至于父亲何时见她，由父亲做主。他们一行在穆峻潭的小公馆里等待，自进门后，穆峻潭一直在书房摇电话、听电话，抽空告知锦笙，他们最晚明日一早就得出发回京陵。

苏叶上午回了林公馆，直到下午还没有消息传过来。穆峻潭纵然脾气再坏再急，如今要尊林肇聪一声岳父，也只得带着敬意耐心等待，不能贸然闯上门去。到晚间，苏叶方打电话来，说是大爷请他二人过去。

林公馆书房内，林肇聪坐在墨绿沙发榻上，一手拿着烟斗，一手搁在扶手所罩的抽纱蕾丝上，两只手都微抖着。

苏武立在一旁说：“若是五少自己回来，再万分谨慎地送她一次即可，如今她被穆峻潭带回来，以后咱们也不好再动她了。”林肇聪阴冷一笑，说：“她和卢柏凌青梅竹马，不见得对穆峻潭有真情，此番和穆峻潭一块回来，也是怕我再囚禁她。我教出来的‘好儿子’，不敢明着反抗我，却在背地里跟我耍心机。苏叶到底是怎么看守她的！”苏武立即回道：“我已百般呵斥过苏叶，苏叶说在那个庭院期间没有任何异样，他也不知究竟是哪里出错了。”

林肇聪抬眼皮看了看苏武，说：“好了，不要苛责苏叶，他也带着伤呢。但是现在事情本来就多，又是穆峻潭打的他，也只能委屈他了。”苏武说：“小人知道，治得及时，且苏叶并无大碍，就请大爷一心先顾好大事吧。五少爷遇难的电报讯息还发吗？”林肇聪轻轻摆了摆手：“暂时不发，观望一阵子情况再说。女儿大了，到底是别人家的。只是，别的人，咱们费些心思手段还能拿捏得住，偏偏她惹回来的是穆峻潭。”苏武问：“苏叶说穆峻潭此番登门是有求娶五少之意，大爷预备如何回应？”他叫惯了“五少”，一时改不过口，看向大爷脸色，似乎也是习惯了这个称呼，并未有异色。

林肇聪冷笑道：“求娶？说得好听，穆峻潭和穆炯明是一个性子，我不应，他会把她送回来就此撇开手吗？我林家从不允许女儿私订终身、从二夫，老太爷就是因四姑奶奶改嫁跟了那个英国男人才与其断绝关系的。她不清不楚地跟穆峻潭在香港住那么久，再把她留下来配给苏叶，我都丢不起这个人。”苏武连忙说：“是苏叶没有福分，配不上五少。”

林肇聪止住自己的情绪，冷静地说：“这件事是我有亏于苏叶，又害他中枪受伤。以后，他不必再做随行小厮。燕平总店铺里有老周，老周一心想提拔自己的儿子，苏叶的能力的确不及他，留在燕平，难有出头之日。待苏叶养好了伤，让他在津城分店铺作二掌柜，好好干，再等个一年半载，我找个由头升他作大掌柜。历练两年，大房各方面的生意都得让他插一手，好给你们苏家积攒一份家业。以后，让你家里那一位操操心，给苏叶找一门亲事。以林家的名义去找，丫鬟不要，要有门有户有头脸的，并且，女方家的门户不能太低。聘礼和婚事的一应费用，都由我来出。”

大爷一口气安排了这么多的事情，且都和苏家有关，苏武向来心实嘴笨，只点头称是，最后又连说了两遍“谢谢大爷”。

林肇聪望向窗外秋月默然良久，怅然低叹道：“听苏叶说，她昏迷不醒十几日，都奄奄一息了，还是挺了过来。这孩子的命可真硬啊！难不成，是上苍觉得我已失掉一子，不忍再夺我唯一的骨肉？我是否真的错了？从十二年前就做错了，错，错，错，呵！”这番话苏武不知该如何接上，只好低头默然不语，等候其他吩咐。

林肇聪一番扪心自问，也并未想听到旁人的回答。他含着烟斗出神，早秋惊落叶，因沙发榻紧挨着窗户，一阵晚西风，吹进几片黄绿叶子。门声起，林肇聪都未曾意识到自己开口，锦笙已与穆峻潭先后走进。

锦笙在沙发榻扶手旁跪下，小心翼翼喊了一声“父亲”，林肇聪双手都平放下来，竭力抑制那不由自主的颤抖。穆峻潭立在锦笙身后，朗声道：“林先生，此番登门求娶令爱实在仓促，一应聘礼，峻潭回京陵后会备齐送往贵府。”林肇聪神色平静地“哦”了一声，问：“穆督军是有意娶我林宅六小姐？”穆峻潭说：“是六小姐，但并非林宅闺阁里的六小姐。”林肇聪微微一笑，说：“可我林宅只有一个六小姐，此时正安守府邸，待字闺中。”穆峻潭皱了皱眉，说：“峻潭求娶的，是跪在林先生跟前的令爱。”林肇聪说：“我并不认识此人，既然是穆督军要娶之人，那林某势必要遵她一声‘督军夫人’。督军夫人快请起，林某受不起这一跪。”

锦笙朝前跪行一步，再无了昔日的伶牙俐齿，声带哭腔道：“父亲，我知道我不遵父命私自回来乃不孝。请父亲放心，我绝不会随意抛头露面为父亲惹麻烦的，我只是不想待在异国他乡被禁足一生。父亲，您和母亲都在中国，我不能够待在暹罗离你们那么远，我也不能够对你们不管不顾。父亲，我此次违背您的命令，您可以罚我打我，求您不要不认我。我……我到底是您的亲生女儿啊。”

林肇聪神情毫无变化，异常冷静地看着锦笙：“我林肇聪仅有一子一女，儿子林锦笙聪明乖顺，此时正在日本处理生意之事，不会违背父命私自回国。女儿林云笙温柔娴静安守闺中，绝不会与别的男子私订终身。林某实在没有福分消受督军夫人这几声‘父亲’！”

父亲的一字一句似穿心箭狠狠射向锦笙的心室，她望着林肇聪的鬓边白发，手指勾住抽纱蕾丝，身子颤抖着瘫下去，再说不出话来，只眼眶盈泪地望着他严肃冷静的脸庞。

“林先生！”

穆峻潭终是忍耐不下，把锦笙拉扶起，极力平和语气道：“林先生，笙笙并没有不遵您的命令，当时她病情严重，是我强行把她拦在香港又带了回来。林先生不必有忧虑，此后，笙笙会待在我身边，不会给林先生造成任何困扰。峻潭此番登门，既为请林先生成全我们二人的婚事，也是想告知林先生，以后林家大房的事情，也是我的事情，我会尽全力护林家大房周全。”

林肇聪攥紧烟斗，仍旧微微一笑：“穆督军言重了，此女与我林家无半点关系，无须林某成不成全。日后我林家虽有需要仰赖穆督军之处，那也是林某与穆督军之间的事情，与此女不相关。此女既是穆督军由香港带回来的，那便是穆督军的人，林某作为外人，只能祝一声‘连枝相依，永不相弃’！”说着起身离开书房，吩咐道：“苏武，代我送客！”

第四十四章 结新缘，断旧缘

煤气路灯旁，梧桐树影下，两束汽车灯光在街道上缓缓前移着。西风被阻在车窗玻璃外，温暖环绕着锦笙，寒冷却由心生。穆峻潭握紧她的手，坚定地告诉她："此事急不得，你父亲慢慢会原谅你的。"锦笙在半明半暗中看向他，凄清一笑："你可当真是个武夫，完全没有听懂我父亲最后的话意。"穆峻潭略怔，问："你父亲何意？"

锦笙悲声说："我父亲现在的确是生气不认我，可待气消了，他也不会认我的。他只有一子一女，儿子远在日本，女儿待嫁闺阁，而我，与林家无半点相关。他最后的话意是告知你，日后他若有求于你，那也是你们之间的事情，与咱们俩的感情无关，我不用欠你丝毫。他还告诉你，既然是你带我回来的，我就是你的人了，你必须要对我负责，此生连枝相依，永不相弃。假使有一天你不要我了，我也不能回归林家，只是青天白日下的一缕孤魂而已，因为是我自作聪明违了父命回来的。"

汽车路过一盏煤气路灯，穆峻潭有几秒的时间看见锦笙唇角微抖，那样子仿佛是在微笑，又仿佛是跌落在悲痛里的瑟瑟发抖。穆峻潭郑重地对她说："我和你一定会连枝相依，永不相弃。"然而他也知道，此刻能安慰到她的，不是他的承诺，而是她父亲的承认。

灯光暗淡，她的声音又坠入半明半暗里："竟天，我现在明白了，从我哥哥死之后，我父亲就恨我，同时也恨不得我，他那么在意骨血，而我是他此生唯一的骨血。他方才一定恼怒极了我，却还是不愿你们来日的接触交易会牵扯到我。竟天，你想得到我，我就跟你，从一而终地跟着你。可我要你永远记得你对我父亲说的话，以后我们林家大房的事情就是你的事情，你必须要护我林家大房周全！”

忽明忽暗里，穆峻潭一手攥紧锦笙的手，一手按压在他的心室位置，回道：“好，我记得！”他伸胳膊把锦笙搂在怀抱里，只有真实的拥有感才能让他不去想她对他有没有感情，又听锦笙很难过地说：“父亲不认我，像是从来没有过我一般，把我的姓氏名字全都收走了。我现在觉得，我已经快要和孙悟空一样，是凭空从石头里蹦出来的。”

穆峻潭怔住几秒，心里又疼又好笑，回她道：“等有机会了，咱们再去陈伯那里要几只小猴子，你就是齐天大圣了。”正好汽车已停在洋楼前，锦笙嫌弃地白他一眼，推开他，率先下了车。

翌日清晨，锦笙洗漱时，口齿不清地问赤芍：“赤芍，苏叶带着咱们去暹罗时，钱是谁管着的？”赤芍回答说：“苏叶管着的，但他昨日把行李拿回林公馆，也就把现款、本票都拿回去了。”锦笙接过茶缸，说：“唉，现在再去管苏叶要也不合适了。你真笨，明知道咱们俩都不自由，也不趁机留些钱在身边。”赤芍委屈地说：“您一直昏迷不醒，我哪有心思想着管钱的事啊。后来督军又来了，什么事都是他安排好的，我更想不起来了。”锦笙咕噜咕噜几声，预备实施昨夜想的法子。

穆峻潭昨夜忙到夜深，怕扰到锦笙，就没有到卧房休息。晨起听说锦笙病得起不了床，连忙来看她，只见她额头贴着毛巾，病态不浓，眼圈乌青倒是挺浓，显然是一夜没怎么睡。他坐在床边还未开口，锦笙咳嗽了两声，虚弱地说：“竞天，你着急回京陵，我在邮轮上吹完海风一直不太舒服，今日实在是起不来了。你给我留一笔钱吧，我在这小公馆住一段时日。等我好利索了，再去京陵找你。”

穆峻潭冷眸睨着她：“笙笙，我才把你带回来一天，你就要跟我过河拆桥了。你想留在这里可以，但我好意提醒你，这小公馆要是再亮几晚上的灯，薛明喻可就会好奇里面住了何人，一定会派人私下调查的。薛明喻要是知道你住在这里，你们正好可以叙叙旧，你也不必留在这里伺机打探卢柏凌的消息了，直接问他即可。”

两双冷眸相对片刻，锦笙拿掉额头上的毛巾坐起来，先兴师问罪：“我不过是那么一说，你还当真了。我才不要住在这里呢，我在报纸上看见过朱二少的寻妹启事，那时候朱潇潇就是被你关在这里的。听说你还曾把兰泽金屋藏娇，说不准也是在这小公馆里。”穆峻潭弯腰凑到她脸庞前：“夫人，你一大早赖床不起，不是想着怎么跟我过河拆桥，就是想着跟我翻旧账，等咱们回家了再说，行吗？嗯？”锦笙听见“回家”二字，又看见穆峻潭黑曜石般的双眸里溢满柔情，不知为何，心底一暖，旋即两颊浮出浅浅酡色来。

金陵路是沪海开阜后建立最早的一条商业街，发展至今，街道两侧的高楼已鳞次栉比。整条街道云集着数百家商铺，沪人常言金陵路万商云集，虽有夸张，却言出了金陵路的繁华盛景。

穆峻潭他们坐的汽车经过金陵路时，正碰上利华贸易行举行开业典礼。沪海的商界、金融界要人皆有不少到场祝贺的，未能亲自到场的，也专门派人送来了贺礼，加之记者，人群簇拥，车辆挤挤，占了半条街道。

因利华贸易行主营出口业务，故而也学了洋人的剪彩仪式，再配上炮仗，一时间，喧闹非凡。

汽车缓慢驶过，因观者一层又一层，锦笙未能看见剪彩仪式，猜想应是父亲、景翁和另外几位董事一起手执金剪，剪下那缀着大红花的红绸，中国商人的出口贸易也即将迎来一个崭新的开始。此处地理位置夹于英国、美国、法国、瑞士、日本等国的洋行之间，虽前路困难清晰可见，但终归是有了开始。

锦笙一直扭头朝后望，穆峻潭把她的脑袋扳正，说：“不要再看了，那些已与你无关。”前面道路堵塞，锦笙又转过头看后面，双眸被锦幅彩旗映得流光溢彩，开口却闷闷地：“若不是父亲比赛结束就囚禁我，现在跟景翁他们站在一起拿小剪子剪红绸的就是我。等典礼结束，肯定好多记者围着我，要给我做专访呢。那些女记者可喜欢采访我了，还总有几个想勾搭我。”

穆峻潭给她气笑了，捏捏她脸颊，说：“你才多大，就算你是林家五少爷，以你的年龄资历，岂能跟景翁他们站在一起剪彩？”锦笙反驳道：“我虽不够资格，说不准父亲会把机会让给我啊！我从管大生意开始独自办过好几次大事呢，也都办得很好，父亲虽几乎不夸赞我，也很少对我露出赞许神色，可旁人每次夸赞我，父亲表面上不赞同，心里都高兴呢。这样露脸的机会，父亲应该会让我去的，他最喜欢把我高高地捧在人前。”说着，她眸子精怪地溜了穆峻潭一下，抿唇一笑：“我也最喜欢做这种出风头的事，高高地受人瞩目，回头还能在我二哥跟前显摆。省得他老觉得我跟他出身一样，不该受家里长辈疼爱。呵！我跟他才不一样呢，我可是麒麟转世，长房嫡孙，再往远了说，我是吴家外孙……”她脸上笑意忽而被惊散，片刻间荡然无存，强撑着苦笑：“我都忘了，那是哥哥，不再是我。”

穆峻潭把她揽到怀里，说："以后你就是穆督军的夫人，同样可以高高地受人瞩目。"锦笙把呢帽上的遮面网纱垂悬下，不满意地说："一个神秘的、不能露脸又不能外出做生意的督军夫人，再受人瞩目钦羡又有什么意思？并且，我才不喜躲在你背后蹭你的光耀呢。"

穆峻潭未及回答她，不经意间由她那面的车玻璃窗看见卢柏凌和薛明喻立在一家商铺门前，正在一边左右张望，一边低语。旁边随从的几人一身戾气，显然是身着便服的皞系卫兵，且选出的是身手矫健者。

道路仍在堵塞，汽车无法前行，穆峻潭立即把锦笙揽倒，恐她看见卢柏凌。锦笙被迫猝然趴倒，挣扎着怒声道："你做什么啊！"穆峻潭一面拉着车窗帘，一面低声说："你别说话，我看见古祯和宋泱澄在对面。"锦笙霎时也不敢再吭声，乖顺地趴在穆峻潭腿上，直到汽车转上另外一条街道，穆峻潭才放开了她。她理着呢帽上的遮面网纱，说："咱们俩太紧张了，你瞧，这帽檐有网纱，模模糊糊的，我又坐在汽车里，他们看不清是我。"穆峻潭笑着点头："是我太紧张了。"随之沉着脸吩咐汽车夫，"再开快些！"锦笙以为他是着急回京陵，并未多作他想。

进到柳苏城，锦笙无意看见穆峻潭肃穆深沉的神情略有松弛，不免笑他："你是怕薛明喻追杀你吗？一路都紧张兮兮的。"穆峻潭冷哼："那也得他薛明喻有那个本事和胆量。"他虽语气不善，看向锦笙的眸光里却闪过一重担忧。

锦笙并未瞧见，她到底大病初愈，坐船颠簸几日，见完父亲心力交瘁，也不曾好好睡上一觉，今日又一连受了几小时的汽车颠簸，这时候身体支撑不住，浑身酸乏地靠在穆峻潭肩膀上，懒怠着不愿睁眼。

不过才午后光景，因初秋天气凉爽，景致明朗清丽，河上已有画舫缓行。画舫在行，汽车也在行，丝竹声乱耳，穆峻潭不由得记起那夜锦笙在他怀里梦中唤卢柏凌。他问锦笙："笙笙，你昨晚说会跟我，会从一而终地跟着我，可还记得？"锦笙闭着眼说："我自然记得。"穆峻潭说："你睁开眼看着我的眼睛再说一遍。"锦笙仍旧闭着眼说："我这个人容易睁眼说瞎话，还是闭着眼说吧，我会跟你，从一而终地跟着你。"穆峻潭见她脸色苍白带有倦意，知她不太舒服，也就作罢。她人都在他身边了，他还过分在意那些虚飘飘的话作什么。跟不跟他，岂能由得她做主。

充当汽车夫的卫兵在黄绿柳条披垂的渡口看见了方少尘，嘴上说着"督军，是方师长"，脚上就把汽车慢行了下来。穆峻潭未及说让他开过去，方少尘已由前车窗玻璃看见叶执信，与船夫和小麦田说了一声，不待汽车停，先朝汽车走了过来。他看不见穆峻潭在后座的位置，恰走在锦笙坐的这边。

秋日午后的阳光里，一袭织锦灰长衫的方少尘面带灿烂笑意走来，锦笙先是被他身上的丝绸颜色给惊艳了一下，旋即猛地双手捂住脸，却再没有手去拉车窗帘，只能任由方少尘近前看着。

方少尘看见一位穿月白斗篷、戴呢帽的捂脸小姐，既是竟天的女伴，他怎好盯着看，只因这位小姐的反应奇怪，他不免微笑着多看了几眼。也就半分钟的时间，穆峻潭已由那边车门下来走到他跟前，不经意地用身子挡住了车窗，问他："你怎么有时间出来？织造坊不是忙得很吗？"

穆峻潭身边有女人于方少尘而言并不算稀奇事，但他与这位小姐如此遮遮掩掩，方少尘顿时起了好奇，心里猜测这位小姐是谁，嘴上回道："小麦田先生想调整货物花样，对着空气三言两语说不清，索性约在了织造坊。他不熟悉路，我去了火车站接他。你不是回京陵了吗？怎么又回来了？"穆峻潭说："三言两语说不清，等回头有时间和你细聊。"方少尘笑问："里面这位小姐是？"穆峻潭笑道："等过阵子你忙完了，去京陵我再告知你。"

方少尘心里有一种想法转瞬即逝，笑问道："这位小姐不会是燕平人吧？"穆峻潭眸显惊诧，旋即散尽，笑道："好像是吧，贺督军还在等我，我得先走了。"方少尘点头，突然想起来说："对了，我最近总也没机会见到锦笙，听说他回燕平又去了日本，也不知道什么时候回来。若你有法子联系日本那边，替我告知他一声，让他小心他二哥。林清菽找了贺督军，最近一直在调查他，也不知这小家伙私下里又搞了什么鬼。"

穆峻潭点头应允，方少尘退后几步让开，里面那位小姐早已坐到了另一边去。他亲眼看着穆峻潭上汽车，在微尘里怔住良久，想起那夜胭脂花影纱兜罗锦笙的画面来，又想起长大后未曾谋面的云笙，心里有几丝捉摸不定的情愫，总也抓不住，直到小麦田喊他，他方回神上了乌篷船。

锦笙被方少尘吓出一身虚汗，身子虚得坐也坐不直，好几分钟后才敢扭头看，黄绿柳条盈盈随秋风而动，已不见了那一袭织锦灰身影。这还只是在南地，出门一路碰见了三个熟人，若是在燕平和津城，她简直无处可躲藏，亦难怪父亲会送她离开中国。她素日里太爱出风头，又太过张扬，做不成男子，如今连做寻常女子的资格也没有了。细思量，果真只有穆峻潭身边才最安全，起码他能吓得他身边人都装聋作哑，不敢议论她身份一句，更加不敢外传一字。

穆峻潭见她一副劫后余生的模样，笑着问："你可听见少尘让我转告你的话了？"锦笙掩住心口，没好气道："肯定是比赛结束那日佐藤信长说我私下买了八万多匹东洋丝绸闹的，后面解释清楚了，记者和外人虽有半信半疑者却并不予深究。但我二哥不一样，他定然得私下调查我。这件事爷爷已经知道了也没把我如何，二哥若拿到我意图走私的证据肯定要闹大。哼，等着吧！他以为他用假名字我就弄不到他跟日本人合资建兴亚丝织厂的证据吗？等我想法子帮我父亲弄到他跟日本人生意往来的证据，到时候，四爷爷也保不了他！"

穆峻潭按了按眉心，颇有些无奈："夫人，从此以后那些都与你无关了。比起你帮你父亲，他应该更希望你从今往后安居内院不理外事，不要破坏他的整个计划才好。相比林二少，你才是能摧毁你们大房的那一颗炸弹。"锦笙双眸里的两簇小火苗瞬间熄灭，自嘲一笑说："是啊。那你能不能跟贺督军说一声，让他给我二哥捣捣乱，让我二哥别调查到什么，却有得忙。我父亲今年刚入手猪鬃生意，本就忙乱，丝绸生意上，我不在了，藕初又预备单干，我二哥要是再给我父亲捣乱，我怕他忙不过来，身体也会吃不消。"

穆峻潭颔首答应，锦笙眸光似无意地由他身上掠了一掠，也辨不清自己心里的滋味。莫非以后自己什么都做不了，只能依靠着他，当个露不得脸的督军夫人？这岂不是由一个小囚笼钻进了更大的囚笼？到了专列上，她因疲倦乏困至极，也不及细想以后，耳边听着隆隆的火车声沉沉睡去。

穆峻潭掩好卧室门，在车厢门口吩咐叶执信："让留守在沪海的人调查一下卢柏凌这时候怎么会出现在沪海，绝不能让少奶奶知道卢柏凌回来了。派人监视住卢柏凌，他太了解林家和笙笙了，很快就能想到是我把笙笙带回了京陵城。"隆隆声，呼啸声，即刻淹没了他的话语。他背过风点烟，火柴亦在他眸子里燃起两簇火苗，熊熊烈火，直烧到心室里去。锦笙既然跟了他，他就绝不会再放手。将来随她怨他、恨他，他都不能够让卢柏凌再来破坏他们。

火车上又岂能睡得安稳，行车声音连续不断，锦笙得不到片刻安宁，连梦里都是哐当哐当的声响，像是柳苏城老街上的糖铺伙计一直在拿大锤砸花生酥糖。她迷糊醒来又迷糊睡过去，总吃不到酥糖也睁不开眼，反而越睡越累。

也不知睡了多久，她下意识地觉得安静了许久，蓦然睁开眼，卧室里一片暗淡，反衬得外面灯火通明。她起来，由窗户望出去，肃穆的秋夜里，站台上立着许多挎枪卫兵，笔直似一根根灯柱。专列四周也是岗哨密布，只穆峻潭并不在车厢。

她看了看表，将将才过四点半。秋夜长，半轮明月仍高悬，月寒珠露滴，想来外面寒凉冻人，因为她瞧见一个卫兵偷偷地擦了擦鼻子，又连忙笔挺地摆正了身姿。她不由得把身上斗篷拢了拢，仍觉寒凉，便钻回被窝里。左等右等，总也不见穆峻潭回来。他的专用车厢改得像一间卧房，有小会客厅、盥洗室、卫生间、卧室，并且整节车厢里只有一张床。锦笙猜想他是不是不耐烦睡沙发，到其他车厢去睡了。

专列一直不发动，锦笙迎着清晨朝霞探出车厢门一望，望见站台牌上面写着“西岳站”。她对南地并不了解，地名也仅知道那几个常去常听说的。她依稀记得仿佛听谁说过，西岳是曹谦地盘与郴系的交界处，但郴系的地盘差不多都被皞系吞并完了，故而她也不知那边到底是郴系还是皞系，也没准再过几日，就是安系了。毕竟安系现在除掉了唐义哲，穆曹正似一家亲呢，曹谦和穆峻潭的关系还处在融洽期，兵力也能集合到一起。她自己胡乱猜测着，待日高升时，盛吉祥敲门进来，她问后方知，不到凌晨四点钟的时候，穆峻潭已经离开车站去驻防司令部开会了。

盛吉祥虽未言其他，但锦笙想起穆峻潭在香港说的话，猜想极有可能是真的要打仗了，不像以前大军阀在电文上骂骂架、吵吵嘴那般简单。穆大帅年老世故圆滑，顾虑也多，但如今兵权尽交付于穆峻潭，他年轻气盛，又有一腔热血，定然不会看着双方的门客幕僚发发电文、打打嘴仗就算了。

锦笙注意到落地衣架上的军服军帽已被衬衫西服替代，车窗外的卫兵也是清一色的青黛色军服，在凉爽秋日里晕染出江南的水墨丹青来。然因在寂寥秋日，水墨之色又透出一股肃杀和苍凉。

专列不行，锦笙白日睡了安静一觉，夜间睡得并不沉。午夜时分，她恍惚听见一阵急踏整齐的步伐声，不像站台岗哨巡逻的动静，于是下床凑到车窗前朝外看去。在一群军官卫兵的簇拥之下，穆峻潭的身高尤显卓越，身躯在站台地面上拖曳出长长的影子，朝车厢门走去。

锦笙隐约听见车厢门响，旋即，一直护卫在列车四周的卫戍兵也有序地上了各自的车厢。未几，火车鸣笛，铁轨震动，前来送行的几个军官皆退后肃立，与身后及站台上的卫兵一起立正行礼。

火车启动前行，没几分钟，站台的灯火通明以及军官卫兵的恭敬身姿都湮没在沉沉黑夜里。锦笙眸中所见，尽是漆黑荒野。仿若苍茫大地沉寂着，小城小镇的居住人家沉睡着，唯有这专列醒着，孤独朝前行驶，震得铁轨哐当哐当，划破幽静秋夜。

锦笙披上斗篷走了出去，穆峻潭正坐在沙发上对着一盏昏黄小灯看公文，顺声抬眸看她一眼，问："吵醒你了？"锦笙摇摇头，坐到他旁边说："我白日睡了好久，本就不太困。"穆峻潭的眸光依旧在电文上，轻声说："没想到会耽搁这么久，一忙起来也忘记让他们送你去城里旅馆休息，委屈你了。不过，再有两日，咱们就到家了。"锦笙这时才听出他声音里的嘶哑和疲倦，遂问他："竞天，是真的要打仗了吗？"穆峻潭"唔"了一声，又添一句："不一定，也不是我说打就能打起来的，有些老油条乐得霸占一城关起城门来做土皇帝，不会为了眼睛看不见的利益冒险。"

锦笙听出他的语气中带些无奈，犹豫片刻提醒他说："竞天，若跟皞系打起来，你们安系是不是胜算不大？别的不说，皞系可有好几万的卫兵全是日本军官训练的，那个田中周明和另外几个日本军官简直跟疯子一样。并且，那些卫兵配的武器全是日本的新式武器。"闻言，穆峻潭眸也不抬，冷冷一哼："那几个人在日本都赢不了我，到了中国就能赢过我？武器好、枪支弹药足才更容易轻敌。"锦笙忽记起他以前在日本军事学校待过，听他语气，显然已有计策，无须她瞎担心、瞎掺和。

锦笙望着穆峻潭脸部硬朗的轮廓，心里有点不得劲儿。她待在他身边，除了利用他、麻烦他，惹他生气，其余的，好像一点用处都没有，简直就是个累赘。

穆峻潭看完几封电文，放下的时候见茶几上的饭菜几乎未动，抬眸问她："是不是他们准备的晚饭不合胃口？"锦笙连忙摇头："我最近除了躺就是坐，也觉不到饿。"穆峻潭说："我倒饿了。"然后顺手端起她只喝了几勺的紫米粥，她连忙拦住，说："这粥已经放了好几个钟头，你吃了凉粥会伤胃的。"穆峻潭笑道："没事，我不怕凉。"锦笙仍旧拦着粥碗："我让盛吉祥再给你端碗热粥来。"穆峻潭无奈地说："夫人，我是真的很饿了，要热的还得等很久。"锦笙问："司令部的人不给你饭吃吗？"穆峻潭笑道："我不饿，也就没有放他们去吃饭。不过，中午许师长的女儿送了些点心。待开完会已经这么晚，我若一说饿，便饭是吃不成的，也不知他们要折腾出什么花样来呢，索性直接回了车站。"

秋寒渐浓，锦笙恐穆峻潭饥饿难忍之下空腹喝了凉粥伤胃，一直把粥碗捧着不撒手，笑说："正好我也饿了，让他们煮上稀饭，先热几个馒头，再把这菜热一热，我跟你一起吃。"

穆峻潭本意是不想再去折腾手下人，听见锦笙也饿了，遂立即到下面车厢吩咐了盛吉祥去办。他转回来的时候把茶几上的食盒指给锦笙看："许小姐做的玫瑰糕还不错，我特意让她做了一份带回来给你尝尝，方才忘了，咱们先垫一垫吧。"

锦笙并没有很想吃，只尝了半块。穆峻潭倒是真饿了，一连津津有味地吃下三块。锦笙咀嚼着无糖的玫瑰酥糕，见穆峻潭伸手去拿第四块，昏黄灯光下，他的侧颜线条太过冷硬，肩章也散着金属冷光，把他整个人衬得很是冷漠无情。

锦笙默念着"许小姐"三字，忽想起方桑宜。如此凄清暗淡的夜，夜里有火车的哐当哐当声，她一颗心总是安定不下。穆峻潭面对的诱惑和选择实在太多，而她现在只有他可以依靠。她以前有很多计划和目标，倏忽间都已随着哥哥的身份消逝。她没有那些新女性的思想和知识，也不懂得她们口中的女性独立和女权，更不敢给父亲造成困扰。她成了青天白日下见不得人的一缕孤魂，只是本能地依附着曾经以命救她，又抛下诸多大事在香港陪她养病的穆峻潭。并且，只要穆峻潭不倒，他就可以保护她和她的家人。

锦笙掩住心口位置，对穆峻潭说："竞天，我跟着你只愿做妻，不愿做妾。你要是让我做妾，那我还不如被父亲囚禁在暹罗呢。"穆峻潭拿玫瑰糕的手一顿，回她道："我知道你担心我跟桑宜的事，等咱们回去了，我会跟母亲说明白的。"锦笙的头似点不点，她也清楚，现在的自己于家族人脉上，对穆峻潭一点价值都没有。

盛吉祥和卫兵端来热饭热菜，锦笙并无食欲，仅象征性地陪着穆峻潭吃了几口。

穆峻潭要休息时，锦笙抱着薄被，看看双人沙发，又瞧了瞧穆峻潭的大长胳膊大长腿，简直缩一缩也安放不下，遂提议说："竞天，你去其他车厢睡吧，你在这里凑合不了。"穆峻潭不高兴地说："整个列车上的兵崽子都知道我带着夫人，你让我去其他车厢睡，我颜面何存？"锦笙又气又笑："颜面重要还是身体重要？"穆峻潭固执地说："在这种事情上，面子重要。"锦笙气得把薄被往他身上一丢，转身进了卧室门，顺手还扭上了锁。穆峻潭仿佛听见锁响，又生气又得意："就知道你是防着我，不是关心我！"

他们中途又耽搁了一次，第三日下午才到达帅府。因西门离自己住的院子路程近，穆峻潭带着锦笙由西门进了西院，交代院子里的老妈子和丫鬟替她安置，自己立即去了东路办公院见父亲。

第四十五章 忍相问，双泪娑

穆峻潭的小院比邻花园，又在西偏角，四周山石绿树掩映，很是僻静。院子四周有青砖围着，院子里面是一幢二层小楼。穆峻潭走之前吩咐蓉妈等下人喊锦笙少奶奶，且暂时不让叨扰到上房去。蓉妈本是个眼亮心明的，虽不认识锦笙，却也猜到这位小姐的到来，少不得要在府里掀起一番风波。她并不多言，慈祥地笑着领锦笙把楼下楼上全都熟悉了一遍。

楼下是客厅、小餐厅及两间下人房、一间练功房，练功房里摆着一些锦笙喊不上名字的器具，楼上是两间睡房和一间书房，其余几个堆杂物的小房间，蓉妈也就没有领她看。最后带她进了穆峻潭的睡房，笑着说："少奶奶舟车劳顿也累了，若没有其他吩咐，我就不扰您休息了。"锦笙笑着回了一句："你先去忙吧。"

行李是盛吉祥一早拎进来的，赤芍也不及去理，笑着跟蓉妈一起走了出来，低声说："蓉妈，我们小姐年纪小，见得也少，还是头次进帅府这么大的宅院，也不知帅府里有什么规矩，劳您费心多给我讲讲。我家小姐脸皮儿薄，免得错了规矩惹人发笑。"赤芍虽如此说，但蓉妈一路瞧过来，看她们的举止气度并不像没见过大世面的小姐和丫鬟；且拉上赤芍的手，细嫩光滑，显然是个从不做粗活的丫鬟，也唯有大宅门里的一等贴身丫鬟才能养出这样一双小姐手。又听出她们主仆二人是燕平口音，蓉妈猜想，这位小姐应出身于燕平名门望族，保不齐是为了少爷私逃出来的。

穆峻潭的睡房没有里外间，只用半壁墙长度的格架阻拦着，不至于一开门就能看见铜床。那格架上摆着许多西洋武器模型和刀，刀的样式有锦笙从未见过的。外国的弯刀、短刀，中国的短刀、匕首，皆工艺精致，抽出刀鞘，刀身锐利泛寒光。穆峻潭的军礼服旁有两把专门用器具承托着的剑，锦笙在总理府见过，认得这是举行重大仪式时佩在军礼服旁的元帅剑和指挥剑。

锦笙在沙发榻上坐下，环顾房间，虽仍旧简单整洁，却比之柳苏城别院多了一些他喜欢的小物件。她倏然想起穆峻潭曾说了好几次回家，果真，这里才像他的家。

她知道，穆峻潭年少离国，回国后也几乎是居无定所。他在京陵的时候待在军营居多，再不然就是背着穆大帅偷跑到魔都沪海玩几日，或者悄悄去柳苏城他奶奶离世的别院住两日。即使这样，他仍然会把他喜欢的飞机大炮模型和刀具都摆放在这里，他心里认为这是他的家，一个在睡榻前也能摆上许多刀剑的安居之所。现在，他又带她回家了。

房间里弥漫着淡淡的桂花香气，锦笙巡看一圈，这才注意到落地窗是推拉门，通向外面露台。

锦笙立在露台，看见庭院中种植了三棵桂花树，有一棵离露台很近，香味顺风飘了过来。浅碧树叶里点缀着淡黄桂花，色淡香浓，风吹来，几点桂花体态轻盈地随风而落，像一簇簇精致的小黄伞。

她随着桂花落的方向朝下看，看见桂花树后有两个小丫鬟在窃窃私语地偷看她，被她发现，立即一扭身跑进了小楼。

赤芍寻她寻到露台，她和赤芍一起进去，听她讲些帅府的情况。

因着方小姐的母亲卧病在床，方小姐已回了家里住。穆大帅眼睛已完全看不见，肺病也愈来愈严重了，预备搬到城外虎泉山的别墅里养病。要随行的夫人和如夫人正在收拾东西，人多物件多，府上已经混乱了好几日。

因是向蓉妈打听，所能知晓的也仅是明面上的。蓉妈定然不会多说方桑宜的事情，至于府上的混乱，怕也不是收拾行李引起的。锦笙猜想，方少泉派杀手误伤穆峻潭一事，穆大帅和穆夫人不知晓，但方家人肯定知晓详情。不过，锦笙所了解的方家，只是霓裳锦织造坊那一脉的方家，对于方桑宜的家庭不太了解，也猜不准方家是不是故意找了借口把女儿接回家去。

十点钟的时候，穆峻潭回来，锦笙才得知府里的乱子是如何引起的。

城外虎泉山上的别墅虽造得富丽堂皇，却连电线都没有牵过去，夜晚照明还得靠灯烛，话匣子也听不了。并且，进一次城，下一趟山，艰难程度简直就像住进了和尚庙、尼姑庵。夏日里去避避暑气，或者偶尔度度假还可以，终月终年住在山里，五姨太和六姨太是百般地不愿意。二人在穆大帅的耳根下一吹风，又说她们每月都去看穆大帅几次，穆大帅就允许了她们留在帅府。但五姨太比穆峻潭年长两岁，六姨太与穆峻潭同岁，且穆峻潭还没有结婚，独留两个年轻庶母在府邸后院，传出去，给不怀好意的人知道了，自然是有损三人名声。

穆夫人如何肯让自己儿子的名声受连累，非要让五姨太、六姨太也陪着去虎泉山，如此一来，本来是死对头的五姨太六姨太反倒姐妹似的要好起来，在穆大帅左右耳朵里接连吹风，直把穆夫人给吹得气倒了。

穆峻潭由办公院回到西院，在上房陪了母亲一会儿，瞧着不是提锦笙一事的时机，也就回来了。

锦笙听说过，帅府的三姨太、四姨太都已经不在。二姨太沉静持重，年纪只比穆夫人小五岁，自然是愿意跟着进山的。后院留下两个年轻庶母，若穆峻潭光明正大办过婚礼，外人皆知他内院有妻还可，现下他独身未娶，定然会有好事且心怀不轨者满嘴嚼蛆，辱他名声。

穆峻潭说起父亲后院的事，不免揉了揉太阳穴，锦笙把不太烫的茶盏递给他，轻笑道："看你以后还要不要学穆大帅娶六房妻妾。"穆峻潭接过茶盏，隔着茶几捉住了她的手腕笑道："我父亲娶六个，都没我追你一个费心费事，差点得追你到暹罗去。然而到现在，我都只是担了个虚名。"锦笙躲闪过他灼热的双眸，要抽回自己的手，他却紧捉不放，问道："你为什么把行李放在客房？"锦笙抽不回自己的手，只得酸酸地抬着手臂："我想着我若睡在这里，你还得睡沙发，就拿到那个客房里了，正好和赤芍做个伴。"穆峻潭放开她的手腕，冷声说："搬回来！我说过了，我宁愿睡沙发也不能丢颜面！"他也不等锦笙再言语，转而吩咐盛吉祥去客房里把锦笙的东西拿了回来。

锦笙傍晚已经洗过澡，这时钻进羽绒被里，听着洗澡间传出的哗哗水声，想到这是穆峻潭的家，不免有一种深入龙潭虎穴的惊悚感。她摸着枕头下的匕首，一头闷在被窝里，直闷到穆峻潭关灯才敢露头。清冷月辉照进房间，穆峻潭在静静流淌的月光里跟她说："我派了个面生的副官跟随在你父亲身边，你父亲没有接受也没有反对，应该是知道反对没用，便生着气默许了。以后，你也不算和他断了联系，他的情况，你的情况，可以通过严副官传达。"

锦笙心里暖意融融，松开了紧握的匕首，唇畔不由得浮起一丝笑意，真挚地跟他说：“竞天，谢谢你。”良久，穆峻潭都没有回复她。她偷看缩胳膊缩腿把自己塞进沙发榻里的穆峻潭，猜想，他应该是不想听她客气地说“谢谢”。

没有火车的哐当哐当，静谧的夜，淡淡的桂花香，锦笙一觉睡到了半上午。其实，她醒来也闲暇无事。穆峻潭晨起就去忙了，晚上很晚才回。他父亲的后院风波未平，他不好在这时候添乱。锦笙待在小院里，连门都不敢出，生怕给别的下人瞧见少爷院子里有女人，传到穆夫人那里去。穆夫人又曾经见过她两面，如今她由男变女，再把穆夫人吓出其他病来，可如何是好。

京陵城警察厅的厅长办公室内，李希昌由帅府领命回来，把半张相片交给画师：“按这张相片画个十幅来。”画师接过被剪了一半的相片，一眼看去，画上男子俊美无双，笑容实在惊为天人。画师并不认识此男子，却不自觉地多看了一会子，李希昌抬眸横他，他才回神领命而去。

趁着写字桌上的小台灯，李希昌旋开钢笔在记事簿上写写画画，因督军交代此事要秘密进行，他费了好些心思才规划出十个小队。一队分派了十个精锐警察，水运码头、火车站、各个城门，水路、陆路、铁路都给它监视上。他就不信了，卢柏凌难不成能从天上掉在京陵城。就算卢柏凌有能耐飞进京陵城，为了警察厅厅长的位置，他也得广撒网把卢柏凌抓住秘密丢到大牢里去！

沪海护军府花厅，水晶灯把一色的碧青丝绒沙发照得青翠欲滴，寸厚地毯上盛开着几朵芙蓉花，仿若簇在水灵灵的荷叶里。卢柏凌的皮鞋在那芙蓉上踏来踏去，薛明喻划开细长火柴点烟，在雾霭里撩起眼皮无奈地看了看他：“我的小爷，林家人都说林五少在日本，偏你说不在。”卢柏凌说：“明明都是去日本办事，她为什么跟程藕初分开去？”薛明喻愈加无奈道：“程藕初不是说了吗？他是去办蚕茧的事，锦笙是去办丝绸的事，锦笙还从京都给他发过电报，让他去京都玩。只他忙着回来建厂子，没有和五少在日本会面，但五少一定在日本。”

卢柏凌又说：“程藕初都办完事回来好些日子了，锦笙还留在日本做什么？”薛明喻笑道：“做什么？他林五少忙完丝绸生意，还能做什么？保不齐是被哪个日本女人迷得找不到回来的路了，才继续拿生意作幌子。林家大爷无奈，只能替他兜着。”卢柏凌听他说不到点子上，坐回来端起水晶杯一饮而尽，冰凌化在唇齿间，焦躁的心也冷静了下来。他放下酒杯，沉声说：“我要去一趟京陵。”

薛明喻惊问："你去京陵做什么？"卢柏凌说："我猜想锦笙是被穆峻潭秘密掳走，囚禁在帅府了。"薛明喻刚吸入的烟被笑冲了一下，咳嗽着说："不是，你这样想，是你有病，还是穆峻潭有病？那牙尖嘴利到能把铁链子咬断的小家伙是什么美娇娘吗？还掳走囚禁！且不说穆峻潭为何把锦笙秘密掳走囚禁在他府上，锦笙可是林大爷的命根子，他能任由自己的儿子被掳走囚禁而不管不顾？"

他见卢柏凌沉默不语，显然是已拿定主意的样子，遂收起玩笑模样，摁灭烟，沉声说："柏凌，你别胡闹了！穆峻潭把贺允鹏调到樟西，就是为了防压着我，皞系安系之间早晚有一场仗要打。你偷跑回来又和那群革命党搅和在一起，我虽不赞同你和他们来往，却也不会阻止你，因为我知道他们不会伤你性命。你和他们往来，那是你自己的选择，我不会告诉总理你的行踪。你若到京陵去，我无法保证你的安危，只能往上禀告了。"卢柏凌不在乎地笑笑："我一个无兵无权又从没有在报纸上露过正脸的人，京陵城谁认识我？若真不凑巧被穆峻潭抓了，他也不会无耻到抓我去要挟我父亲。我只怕……"

他坐直身体时麒麟戒指触到肌肤，按压下去有刺肉的疼痛，让他不敢去确定那一丝猜测。薛明喻划着火柴，抬眸问他："你只怕什么？"他喃声说："我只怕锦笙是自愿跟穆峻潭去的京陵，自愿被他掩藏囚禁，自愿自此跟着他。"薛明喻吹灭火柴，冷笑一声："我看出来了，你们仨都有病。在天乐坊那一次，你就不该纵着锦笙让穆峻潭下不了台面，他也就不会跟穆峻潭结下那么深的恩怨。"卢柏凌晃着水晶杯里的琥珀色液体，灯影绰约，遗憾的是没有人捣乱给他倒鲜橘水。他苦涩一笑："我更不应该趁机利用蝴蝶和锦笙。"

一切思忖来，是后悔也后悔不得。当初是他想趁机给安系制造乱子，提前激发唐军、穆军的矛盾，好让安系无暇顾及郴系和革命党，如此，他就可以促成和平协议的签订。如果不是因为这个，他一定会阻止锦笙送蝴蝶去京陵，然后再慢慢想其他法子帮蝴蝶达成心愿。那么，锦笙就不必去京陵招惹上穆峻潭，也就不会被穆峻潭识破身份秘密，然后又被他纠缠上。他促成了和平协议，丢掉了锦笙，这样的代价，简直是剜心蚀骨。

燕平林宅，麒麟堂书房暗室内，高几上的灯盏昏冥冥地照着林肇聪苍白的面容，他端药的手微颤，药入口却觉不到苦，想及今晚的饭菜，也是无味的。他喝了一半药突然烦躁起来，欲把药碗搁在几案上，手臂却一瞬间协调不好，苏武连忙把药碗接了过去。

那一阵儿烦躁在林肇聪脑袋里掀起剧痛，他按住太阳穴，痛声问：“清菽和日本人生意往来的证据可有消息了？”苏武点头：“四老太爷年纪大了，好诓骗，二少在很多事情上做得都不严密，只是要私下收集有些费时费力。”林肇聪说：“不急，这些证据要等到我‘孙子’出面的时候才用得着。到时候不给二房找点麻烦，他们就会一心找大房的麻烦。”苏武说：“大爷，属下觉得卢柏凌也是个大麻烦。那日典礼完毕，他追问五少下落，您说了五少在日本，他也并不相信。要不要通知京陵那方一声？我怕到时候会生出大乱子来。”

林肇聪冷笑道：“你以为穆峻潭派过来的严副官是做什么的？他一定早就知道卢柏凌回来了。保护我？传递消息？呵！更有一层是要监视我，怕我做出什么不利于他的事来。不论是位高权重的男人，还是睿智、果断、有算计的男人，都有过不去的红颜劫。”他拿笔预备批示文件，旋着钢笔叹道：“当真是红颜祸水啊！”可手指却如何都控制不了那小小的圆笔，好容易打开了，一个简简单单的“林”字要写出以往字迹都费了很大的劲儿。

他停下笔，竭力牵扯着面部对苏武说：“发给家里的电报上说五少爷是游玩坠海，尸骨无存，日后却是可以幸存归来的。如果我的身体当真治不好，像舅爷说的不知何时就会瘫倒不起，你立即去京陵把她请回来，有老夫人和吴家的几位舅爷在，她要重新在林家立足也并非不可。告诉她，必须要保住大房在族里的地位，且要延续大房香火！其余的，都随她吧！”

昏冥冥的灯照不清壁上的黄山奇松画，那黑陈浓厚的墨韵，那苍劲挺拔的枝干，依旧带着荫翳神秘。

京陵帅府，墙头上铁丝网绕着锋锐铁刺，墙下警卫岗哨层层密布。庭院深深，院落重重，挎枪卫兵巡逻的脚步声却是错落有致的。

满天星斗照下帅府来，风吹过，花园碧树掩映，疏落落的几缕星辉，为秋思更添了几分凄楚意。

锦笙连日不出院门，懒得动，懒得吃，身子清减下去，心里亦清闲到有些狂躁。这夜，她直到凌晨两点还睡不着，穆峻潭也还没有回来。她起床穿了大衣在庭院闲走，虽院中有梧桐、芭蕉、凤尾，穆峻潭又令人搬进了许多秋季盆景添热闹，但桂花香气浓郁，引得她不由自主地立在一盏庭院灯下看桂花树。

麒麟堂也有一棵桂花树，因不忍采摘，母亲总是由外面采摘桂花，给她和云笙做桂花糕、桂花蜜。桂花酒饮之寿千岁，每年回泰潍祠堂敬神祭祖，祭祀完毕向长辈敬的酒便是桂花酒。

然而，这些都与她无关了。

她如今能做的，只是等名义上的夫君忙完公务回来。等他忙完这一阵子，再给她更大范围的自由。她能做的，只有等，尽管等得心里狂躁，她也只能安慰自己，这样总比禁足在异国他乡要好。

门声响，锦笙连忙擦掉眼泪，回头见蓉妈披着衣裳走了出来："少奶奶是有什么吩咐吗？"锦笙摇摇头："蓉妈，我没有事要吩咐。竞天还没有回来，我出来等等他，你去休息吧。"她这样说了，但蓉妈见她眼圈红红的，想她年纪这么小独自离家跟着少爷，来了这些日子，一直被藏在小院里不能见人，心中自然是万分委屈的。

蓉妈没有听吩咐回去，反而留下宽慰锦笙说："少奶奶不必这样熬着等少爷，虽然办公院就在东路，可素日里大帅忙起来，一连好几日都顾不得到西院来。一出去打仗，更说不准回来的时间了，一走走三五个月都有呢。如今，大帅的事情都交给少爷去办了。以后，少爷应该也是忙得如此。"

锦笙知她误会，又是好意，勉强回她一笑。她又说道："以前啊，少爷就算在京陵，半月一月都难得回来住一晚，多是到上房见见夫人就走了。这段时日，您住在这儿，少爷不论忙到多晚都回来。虽白日不在，回来却要跟我们打听少奶奶的情况呢。少爷对少奶奶有心，其他的事情，总也不过是时间上或早或晚。等咱们府上这一阵子乱过去了，少爷定然不愿再委屈您。"

锦笙还没有接话，整齐有力的军靴声就传来了。旋即，院门被卫兵打开，穆峻潭大步走了进来，蓉妈老远就笑道："少爷可回来了，这么冷的天，少奶奶熬着不睡，在外面等您很长时间了。"穆峻潭疾走过来握住锦笙的手，果然冰凉不已，他横抱起锦笙，吩咐蓉妈："给少奶奶煮一碗姜茶来。"锦笙一面挣扎着要下来，一面怪责他："你一回来就折腾人，这么晚让蓉妈赶快去睡吧，我不想喝什么姜茶，手焐一焐就热了。"穆峻潭搂紧她笑道："好，那我给你焐。"朝小楼走时，又吩咐蓉妈不必煮了。

穆峻潭把锦笙放回床上，又拿羽绒被把她裹紧，说："我给你看一样东西，保管你心里一暖就不冷了。"锦笙仰起泪痕未干的小脸看他，他心一软，也不忍卖关子，立即从军外衣口袋里掏出一张相片，举到锦笙眼前，是她十七岁生辰时，父亲带着她和母亲、云笙去照相馆拍的全家照。每一年她和哥哥的生辰，他们都要去拍一张的，只有十八岁生辰时没有机会拍。父亲说是回国补上，恰碰上日本商会寻麻烦，也一直没有心情和机会去拍。

果真，锦笙看见父母和云笙心底一暖，两行热泪涌了出来，她伸手拿过，问穆峻潭："你怎么得来的？"穆峻潭虽面无表情，却不自觉地抓了抓后脑勺，他如何能说自己安排人去林五少的一水间偷了林五少的相册加急送了过来，遂默然几秒，说出早已打好的腹稿："你父亲托严副官转交给你的。我想，你父亲大约知道你思念家人，所以给你个物件好念想。"他在锦笙旁边坐下，替她擦眼泪，尽量柔和了声音说："笙笙，给你父亲一些时间，他会明白过来的。你对他而言，不是一颗炸弹，是一个贴心女儿，你不会危害到他一丝一毫。说不准，他还会想明白，你哥哥的死与你无关，他不应该把罪过强加给你。等他彻底想通了，那时你也已经是另外一个身份，只要避开外人耳目，你就可以和你父母偷偷见面了。你虽不能再做他们的儿子，但是可以做他们出嫁在外的女儿。"

锦笙哭着、笑着点点头，连日来积累的抑郁狂躁都不见了，她垂眸看着父亲给自己的相片，心里憧憬着穆峻潭所说的那些。

穆峻潭见她虽又哭又笑，脸上聚拢多日的阴郁愁云却散了些。

锦笙拿羽绒被把照片上的泪水擦掉，又拿了小手帕包裹起来欲放在枕头下。枕头一掀，她连忙放下，拿眼梢偷瞄了一瞄穆峻潭。穆峻潭却早已瞥见那把由德国带回来的军用匕首，抬眸只装作未瞧见，起身走到了茶几旁。几口凉茶入腹，他对锦笙真是又生气又好笑，他格架上的兵器少一件，他会不知道吗？

锦笙趁他转身之际把相片放好，走过来，坐在沙发榻上问他："我父亲最近还好吗？"穆峻潭点了点头，却说："你大哥不太好，他被燕平警察厅给抓了。"锦笙叹气道："是不是因为他和朋友一起办的那份报刊？他又惹到小徐跟卢总理了吧？"穆峻潭立即问："你怎么知道？谁告诉你的？"他也是今日才知道，她一直待在小院里，怎会比他先知道。卢柏凌三字缠绕在他脑袋里，一时间挥之不去。

锦笙见穆峻潭神色紧张，虽不知为何，却把猜测依据解释得详细了一些："我大哥等闲不惹麻烦，真惹起麻烦来惹的全是大麻烦、大人物。他和他朋友办的报刊不是披露一些贪污官员的丑行，就是公然抨击那些喜欢逛花街柳巷的议员和内阁官员。去年他们报纸上公然发表文章说总理不顾国民生计，只顾练兵打仗、荼毒百姓，根本就不懂得安民利民，实行的是愚政暴政。还写了好些我看不太懂的话，惹得小徐大怒，寻了个罪名把他和他朋友抓到监狱里，他们的报刊也被勒令停掉了。最后我爷爷出面周旋，小徐跟童厅长才放了他。我从国外回来时，发现他又在和朋友秘密办报纸。说什么他们要教育救国、新闻救国，可他每次在外得罪了人，都得林家给他善后。不过，等闲官员不敢抓我大哥，卢总理抹不开面子，唯有小徐仗着总理的百般宠信，敢下令抓他。”

穆峻潭容色里的紧张略散："你差不多都猜中了，只这次跟以前不同，他们的报纸这次发表了皞系跟日本人秘密借款时签署的文件，你大哥保护报社主编和同事逃走，自己断后时被抓，现在皞系的人要逼他承认报道是假的，他少不得要吃些苦头。”锦笙吃了一大惊："皞系真的跟日本人秘密借款了？”穆峻潭皱眉："你不知道？卢柏凌从没跟你提过吗？”锦笙摇头："我只是听我大哥和他朋友说起过，可我不太相信，卢柏凌又不喜欢跟我谈军国大事，我也就没问他。”

穆峻潭很不喜欢她说起卢柏凌时的语气，明明她总是叫卢柏凌全名，可那种感觉简直比她叫“竞天”时要亲近数百倍。并且，那种语气是她说“卢柏凌”三字时独有的。他不预备再与她说这些事，匆匆作了结语："你不必担心，林家正在全力救林清慕，我也会暗中尽全力帮忙的。”锦笙张口想说“谢谢你”，到唇边立即忍住了，转为真挚一笑。

躺在床上，锦笙愈加难以安眠。一会子想想大哥，一会子想想卢柏凌，他应该早知道皞系和日本人秘密借款一事，可卢总理是他父亲，他心里一定煎熬极了。那他现在在美国过得开心吗？不开心吗？或许他尝试着逃跑，却被囚禁起来了。那她把他迷晕送走，到底是害了他，还是为他好呢？

床侧高几的青瓷花瓶里插着几根桂花枝，散发着浓郁甜香，她迷迷糊糊睡过去，霎时间一睁眼，来到了一个空荡荡的大厅。厅堂四周弥漫着黑黢神秘，唯有一间小牢房处在溟泠光线里。铁栅栏内，卢柏凌一身白色西服潇洒伫立，单手插口袋，闲适优雅地对她微笑。她拍着牢房门一直喊“卢柏凌”，可卢柏凌并不言语，只是对她微笑，黯淡光影压盖着他笑意里的姹紫嫣红。那暗沉沉的微笑，似乎在怨她，怨她诓骗他喝了安眠药酒，怨她问也不问他一声，独自作了决断。

没有钥匙，她急切间不知该如何打开牢房门上的锁，黑黢浓烟涌动，缠绕上整个牢房。渐次地，黑黢浓烟滚滚，她再也看不见卢柏凌那一袭白色身影，只能拍着锁大喊“卢柏凌”。

极致的绝望，卢柏凌近在眼前，她却只能眼望着浓烟淹没他。锦笙突然失声痛哭，反倒把自己给哭醒了。她惊惶坐起，泪眼婆娑着四顾。穆峻潭坐在床侧椅子上，她知道他或许在盯着她，然她眼里有一层水雾，不能立即看清他的神情，只是嗓音发颤叫了一声“竞天”。

好几分钟，穆峻潭默声不语，她眸中的水雾渐渐消弭。秋日的黎明，晓色未蔓延开，天是森冷淡薄的蟹壳青。青玉一般的色泽，环绕在穆峻潭周身，把他的森冷面容衬得无一丝人情味，只见他薄唇轻启，声音也是寒凉彻骨：“拢共睡了不到三个钟头，你却叫了十五声卢柏凌。你说对我从一而终，就是这么个从法？”

锦笙心慌神乱，又不敢看他咄咄逼人的眸光，遂低了头沉默不语。穆峻潭托握住她下巴，沉声发问：“忘掉卢柏凌，爱上我，有那么难吗？”他虽穿着绒睡袍，但手掌冰冷，锦笙想，他应该已经坐很久了。

穆峻潭的问题她回答不了，从六岁成为哥哥的替身时起，父亲一直在教她如何做好林家五少爷，她也一直在努力学着做好林家五少爷。六岁认字，八岁学算盘学看账本，随之，蚕园、缫丝厂、丝织厂、绸缎庄，父亲总能安排很多东西给她学。十二岁，她开始跟着师父学须生腔。十三岁，她跟着老周学管理绸缎庄总店，后来又跟着三哥一起管理丝织厂，更是连睡觉时间都不足。

也就是十三岁那年，卢柏凌开始闯入她的生活，他偷偷带她玩，他总是知道那么多好玩的事情，给她灰暗枯燥的生活带来花枝乱颤、姹紫嫣红的笑意。

其实，她也并没有多少闲余时间和卢柏凌在一起玩耍，唯其如此，那些极少的回忆才变得那么珍贵。现在细细想来，两人相处时每一幕的欢笑和偶尔发出的小脾气都令人记忆犹新。

忘掉卢柏凌，忘掉那些带有色彩的回忆，真的很难。

至于她对穆峻潭到底是什么感情，她完全糊涂了。他舍命救她，追她到香港，抛下军务一心陪她养病，他明知道她目的不纯，仍把正妻的位置允诺给她，还在暗中护她家人周全。他的情，他的命，都这样毫无保留地交付给她。他对她的好，她就算是个聋子瞎子也该有所知觉了。

也不过三四分钟，穆峻潭煎熬备至，锦笙水润晶莹的眸子闪烁不定，他丝毫看不出她在想什么，于是颓然一笑松了手。锦笙却双手捧握住他的手："竞天，我不想欺骗你。但是，我既然说了要从一而终地跟着你，自然不会中途变卦的。"她勉强一笑："我以前总是学着如何做好林家五少爷，从来没有学过如何做一个女子，也不知道如何为人妻，可是我愿意为了你去学。我想，我大概没有当女子的天赋，学得慢，你不要嫌弃我笨才好。"穆峻潭心底一软，声音却仍带着气恼："我看你是在学如何手刃亲夫才能不喷自己一身血。"

锦笙知道他这是大气消了，小气尚存，心里舒一口气，脸颊酒窝一浮，那股精灵讨喜劲儿便显露了出来。穆峻潭最爱看她精灵讨喜的小模样，心中情动，霎时气全消了。他抚上她脸颊，固执地说："笙笙，那个问题你慢慢想，有了答案一定要告诉我。"锦笙澄澈无杂尘的瞳眸显现他清冷的轮廓，小声问他："若我想到咱们像我爷爷奶奶那么大年纪了，怎么办？"他语声含糊轻飘，似在憧憬中梦呓："若真到了那时，我想我已经知道答案，不必再由你告诉我。"

第四十六章 一灯影，两愁人

暮色起，朦朦胧胧的晚霞照在泛黄枝叶上，那种光泽，叫人看了无端生出一种惆怅来。锦笙不忍再近看，眸光渐渐放远了朝外看，还是有许多树木正值郁郁葱葱。暮色间杂着微弱的汽车喇叭声，却也望不见汽车在何处。穆峻潭今日不忙，正在小院里跟叶执信他们一起给她搭秋千架，所以，她对这汽车喇叭声没有丝毫的好奇和期待。

未几，穆峻潭对趴在露台栏杆上的锦笙说："好了，你下来试试。"锦笙踩着小皮鞋一路跑下去，穆峻潭含笑把那缠绕着假藤花的白漆秋千朝她推了一推，她躲一下绕过来，见他仅穿着军衬衣，额头还是聚了细密汗珠，从齐整鬓角缓慢滑落下来。她方才看见，他事事都是亲手而为，侍从只是在一旁递递器具而已。

锦笙从大衣口袋里掏出青绫手帕递向穆峻潭，穆峻潭背了手弯腰凑脑袋过来，黑曜石般的瞳仁里浮着浅笑。她拘谨地环顾左右，下人和卫兵早已背身侧目不朝他俩看，她咬唇笑了笑，踮起脚尖替他擦拭脸上的汗珠。汗珠晕开，拂下几缕晚霞，映得他的面庞润泽剔透。西风过，金屑一般的桂花落在他的面庞和青绫手帕上。桂花香掩着他身上的硝烟味，她在他瞳仁里看见自己的轮廓，恍恍惚惚看不清，正如看不清自己的心一般，微一愣怔，脚尖撑不住整个身体的重量，她已朝前倒去。穆峻潭顺势抱住了她，笑着说："这可是你自己投怀送抱的。"他不给她挣扎的时间，在她唇上轻轻一啄，把她抱到了秋千上。

秋千在西风里晃动，锦笙双手缠绞着青绫手帕，上面有汗水，有桂花，有方才一刹那的岁月静好，她忽然说：“竞天，你不要去打仗好不好？”虽然报纸上最近并无战事报道，可她感觉得到，穆峻潭前一阵子那般忙，肯定是皞系、安系都在暗中排兵布阵。

穆峻潭稳住秋千，从后面环住她，贴在她帽檐的假花旁说：“那你给我生个女儿好不好？等咱们有了女儿，什么大督军、兵权我都不要了，就留在你和女儿身边相妻教女。”锦笙本沉浸在一刹那的岁月静好里，听他又在胡说，遂气恼地瞪他一眼，却忍不住问：“为什么是女儿啊？你们穆家的香火不往下传了吗？”穆峻潭笑道：“传香火只能靠儿子吗？女儿也是我的血脉。我喜欢女儿，并且，咱们俩这脾气生个儿子，保不齐得是个迫击炮脾气，我怕我一闲下来就忍不住要收拾他。女儿惹人疼，精灵古怪也好，温柔娴静也好，只用好好宠着即可。”

盛吉祥听说迫击炮，不觉瞄向了叶执信，叶执信心领神会，忍笑时呛了一声。锦笙羞得低了头，埋怨穆峻潭：“你胡说八道什么呢，也不怕给人听见难堪。”穆峻潭的心情出奇的好，有些不嫌事大，问了一句：“你们听见了吗？”仆人和其他卫兵还未及有所反应，叶执信、盛吉祥整齐叩响军靴，军姿直挺，异口同声地回答：“报告督军，我们没有听见督军想要女儿！”穆峻潭看向锦笙说：“别害羞，他们没有听见。”锦笙连脖子都红透了，打开他的胳膊，一溜小跑跑进了洋楼，好远还听见穆峻潭的爽朗笑声。

过了一会子，穆峻潭到卧房寻锦笙，告知她：“我让厨子准备了涮羊肉，也不知像不像你在燕平吃惯的。不过，我不能陪你一起吃了。今晚，我要跟母亲说清楚咱们的事。东西已经搬运了过去，三日后，父亲就要去虎泉山养病了。”

秋寒渐浓，搬进山里别墅，于养病也无多少益处。锦笙忽想起“丝绸之美”酒会那晚，父亲执意不出席，是怕他一出场，外人看来，子借父光，林五少就成了林大爷的陪衬，显不出独当一面的能力。大帅应也是如此，不想别人再说穆峻潭诸事都是靠父亲。尽管穆峻潭本身能力过人，但穆大帅戎马半生，光耀太盛，别人很容易就会忽略穆峻潭，认为他是仰仗依赖父亲的光环。唯有穆大帅彻底离开帅府，穆峻潭打了胜仗才全然算他自己的能力，也才能渐渐取信于安系将领。不然，一个瞎眼大帅即使以往的战绩再辉煌，又能在军阀乱世里震慑属下多久？穆峻潭必须得树立起完全属于他自己的威信来。

并且，穆大帅离开帅府去养病，曹谦坐在总司令位置上才能安心。

老帅离府，那些在战场上吃过穆炯明亏的皞系将领，也少不得有人要轻视曹傻子和穆小子所率领的安系军队。

此等种种，只是锦笙自己的猜想，她最近也从蓉妈那里知道了许多帅府的规矩，西院的女人不得干涉过问中路、东路办公院的事情，除非是男人们愿意讲给她听。显然，穆峻潭不太愿意她过问这些事，连她每日看的报纸都是由他的秘书挑选后送过来的。遂，锦笙把手上剥开的橘子掰了一半递给穆峻潭，只是问些家事："你两位姨娘也跟着去吗？"穆峻潭不喜橘子，接过拿了片刻又转手放在水果盘子里，笑着回锦笙："她们若不去，母亲这场病不白生了！"

锦笙猜测穆夫人是装病，却不好对穆峻潭言说，她心里也有些紧张穆夫人对他们的事是什么态度。穆峻潭如今子担父任，算是了了穆大帅最大的心事，穆大帅对他的婚姻问题完全是放任态度，没别的要求，是个女子就成。故而，穆夫人的态度显得尤为重要。

她由露台看着穆峻潭离开，随之厨子及卫兵鱼贯而入小楼，分别拎着安放锅子及各样涮锅菜品的食盒。

上房饭厅，仆役和丫鬟在默声撤餐具。起居室里，有一面垂着帷幔的落地罩与卧室隔开，这边放着三面墨玉缎沙发，短沙发旁边是一架紫檀雕花格架，架上放着些珍贵的古玩玉器。

穆夫人穿着黑底金寿字织锦旗袍，坐在大沙发榻上，榻上有素绸绣花的靠枕，她一面听穆峻潭简而又简的原因说明，一面将靠枕上的绣花一次次揪紧，直把花蕊揪得褶皱堆叠。

穆峻潭说完，穆夫人呷了几口茶，又默然良久，才稳住心神说："我活到这个岁数，还能遇见这样的奇事，那么小的孩子就有这样的骗人功夫，可真是……"她实在有些措不好辞，遂直接问穆峻潭："照你这样说，林肇聪是不预备再认她这个女儿了？一旦报纸上发表林五少的讣告启事，她和林家再没有关系了？"

穆峻潭点头，穆夫人强忍怒气："那你还把她捡回来！丢下一大摊子事跑去香港，就为了这么一个无家可归的女人，我看你简直是被迷晕了头！她父亲都不要她了，她日后还得躲躲藏藏，你还想娶她？婚礼你怎么办？"

穆峻潭神色平静地说："笙笙不要盛大的婚礼仪式，我对外发一则通告的电文，再在报纸上登个结婚启事，我们有个名分即可。若父亲母亲接受她，办个进门礼，喝她一盏茶，那是最好不过了。”穆夫人立即说：“我不喝她敬的茶，这个无身份、地位的儿媳妇我也不认！”穆峻潭说：“母亲只有我一个儿子，若不认她，那可就没有儿媳妇可认了。”

穆夫人咬了咬牙，说：“你简直是色迷心窍！我想起来了，那一年我在燕平正赶上总理府办赏牡丹宴会。卢夫人邀我去赏花，我为着‘林锦笙’是赵丹蔻的儿子多注意了她几眼，她跟着卢柏凌转来转去，两个人嬉笑打闹谁都没离开过谁。或许她心仪的是卢柏凌，只因卢柏凌不在，她无处可去，才利用你呢？又或许是她身份的秘密实在保不住了，和林肇聪合起伙来利用你呢？我的糊涂儿子！”

穆峻潭笑道：“就算如此，她想利用我，我情愿被她利用，这不刚刚好。”穆夫人气结：“你……”琉璃灯盏下，她忽而看清穆峻潭坚定不移的神气，顿时怔了一怔。自己的儿子，她自然是了解的，若他拿定了主意，轻易变不得。她指向他的手指立即收了回来，说：“她已经是你的女人了，你又把她带回家里来，我也不能叫你赶走她。但是，我认她，也只认她做妾，你的正室夫人不能是一个见不得外人的女人。等你和桑宜办过婚礼，再给她二姨太的身份！”

穆峻潭坚定地说：“我不娶桑宜，我也不委屈笙笙！”穆夫人冷笑：“委屈？若她是林家六小姐，那自然是万分委屈的。可她现在算什么？她父亲办了那样荒唐的事，现在把她一丢不认，她简直就是青天白日下的一个野鬼！”穆峻潭清冷着眉眼，站起说：“若母亲执意不肯同意，那我去跟父亲说。”穆夫人怒看着他：“你们父子俩简直一模一样，动不动就被狐媚子迷得不顾大局！我知道你心里怎么想的，你别给我打什么糊涂混账主意！容我想一想，明日让她来见我。我亲眼见了她，再说其他的。”

穆峻潭略一思忖，行礼离开了。他既已回禀上房，也就不再瞒着，一夜之间，西院皆知少爷的小院住了一位尚未被夫人认可的少奶奶。锦笙到上房来时所戴帽子有面纱半遮，更引起沿途下人的好奇，只碍于少爷的脾气不敢私下议论。

起居室里，穆峻潭握着锦笙的手坐在穆夫人对面的沙发榻上。锦笙心里紧张不安，对他手掌的粗糙温暖有些贪恋，便任由他如此。

穆夫人和周妈的眼睛管也管不住地总往锦笙身上溜，虽还不到烧暖气管子的时候，因穆夫人病在秋寒，她卧房里早早燃起了暖炉。锦笙脱了大衣，只穿着一件瓷青软缎小旗袍，还是穆峻潭在香港给她置办的。她一直没有机会自己去选购衣裳，来京陵后只是由副官帮忙买了几件哔叽斗篷和大衣。

她现在头发养长了许多，却还绾不起来，也不能烫鬈。赤芍用发夹把她的刘海儿夹起，露出饱满的额头，免得遮了额头益发显脸小，看在穆夫人眼里会有些小家子气。上一代人喜欢富态圆润的面相，显得多福多寿。

穆峻潭本担心锦笙会冷，但十指交握处竟慢慢汗腻腻起来，他不由向锦笙看去。她今日着意打扮了一下，扑了一层粉，黛眉绘得纤长，腮上和唇上都淡淡地施了一点胭脂。近处高几上的白瓷花瓶里插着几株多瓣金花茶，影影绰绰的琼枝玉叶衬着锦笙的侧颜，穆峻潭不免多看了好几眼，心觉这样的她是如此特别，与先前的林五少全然不同。若非母亲曾见过林五少，若非笙笙不想欺骗完他父母再去编造更多谎言来圆谎，他倒真想给她胡乱编个出身。

他们二人由进门到被招呼着坐下，也不过两三分钟，一时间，大家都不知该说些什么，起居室里竟能清楚听见暖炉的炭火燃烧声。锦笙知晓穆夫人和周妈此刻的心情，她在香港听穆峻潭说起过贺慕杭的反应。那时的她还在昏迷中，贺慕杭就嚷着一定是眼睛害病了，要去看眼科医生，幸得他生意忙赶回了沪海，在沪海时又未能谋面，她才躲过了他的盯看研究和追问。这时候，她以女子装扮出现在穆夫人和周妈跟前，她们又曾在柳苏城别院死死打量过她许久，此刻心里定然觉得自己是害了眼病。

她没去成暹罗，重新回来却由男变女，这种事于以前认识她的人而言，的确有些匪夷所思、别扭至极。就连她见到穆夫人，一开口也差点不自觉地拿捏起须生腔来。

穆夫人端着茶盏，本意是想用沉默和威严先把锦笙镇住，可透过烟雾窥她，总是不自觉地露出复杂而难以言喻的神情。

穆峻潭对锦笙笑道：“母亲很喜欢你，总是偷偷打量你。”穆夫人把茶盏递给周妈，狠狠看了穆峻潭一眼，正欲说话，门外的丫鬟回禀，说是六姨太来探病。她唇角浮出一丝冷笑，探病是假，探个新奇倒是真的。仅是瞬间思忖，她便点头允许六姨太进来。

西院一夜间出了这样大的事，一直说穆夫人装病的六姨太此番登门，确实只为一观新少奶奶。五姨太不敢亲来，只令贴身丫鬟到夫人院外打听消息。

丫鬟打起门帘，六姨太的高跟鞋轻踢着滚镶了金边的长旗袍下摆走进来。穆峻潭站了起来，锦笙也连忙站起立在穆峻潭身侧打量这位年轻姨娘，容貌艳丽是在想象之中的，只那弯眉下一双摄魂眼更是勾人。她身上穿了一件墨绿斗篷，行走之间，泛着翡翠玉光。她脱下斗篷，递由身后的老妈子拿着，轻晃着雪白胳膊走近。穆峻潭喊了一声“六姨娘”，锦笙因为被穆夫人看得很紧张，一开口也跟着他叫成了“六姨娘”。

六姨太笑道：“哟，不敢当，不敢当，我空手而来可是不敢当这一声‘姨娘’。”说着一把抓住了锦笙的手，对穆夫人娇滴滴地笑道：“大姐好福气，瞧这水仙花似的一个佳人，少爷竟藏了这么些日子。院子大了有什么好处，凭空里多了一位少奶奶咱们都不知。”穆夫人笑道：“竞天院子里藏一个人有什么紧要，若是六妹强留下来，哪一日兴起在院子里藏一个人，那可是要出人命的。”

六姨太听了这话，猛地松开锦笙的手，径直坐在穆夫人对面的沙发榻上，冷笑道：“我虽出身低贱，却也知道廉耻。青天白日的，大姐如此血口喷人，我念在大姐大病初愈，也就不去告诉大帅了。可是，府里既然有了少奶奶，大姐再强逼着我跟五姐去虎泉山别墅，就不太合适了吧？”

锦笙看向穆峻潭，他神情里已有了浓浓的不耐，显然是很厌烦这种妻妾相争的场面。穆峻潭在穆夫人和六姨太的唇枪舌剑里扶着锦笙坐在单人沙发上，自己虚坐住扶手，冷着脸等自己的母亲和庶母争执完。

稍倾，叶执信禀告说，戴希闵有急事要见督军，穆峻潭一面不放心锦笙独自在此，一面又有些着急去见戴希闵。锦笙看出他有紧要事，眼神示意他，自己应付得来。他想着锦笙到底出身于大宅院，也就先离开了。

穆峻潭一走，穆夫人三言两语把六姨太打发走，唤过锦笙坐在自己旁边，全然没了面对自己夫君娇妾的那副气势，仿佛她只是一个寻常的慈母。她拉住锦笙的手，似家常闲话一般，细声软语地问她有关穆峻潭的喜好，他爱吃什么、不爱吃什么，生活习惯又是如何的。

然而，锦笙一句也答不完整。她很是愧疚，眸光躲闪着穆夫人，不敢与之对看。她忽记起昨天傍晚，自己递给穆峻潭半个橘子，穆峻潭没有吃，大抵他是不喜欢吃酸吧。甜的，倒是听他说过，上次送他的生辰蛋糕他很喜欢。

穆夫人自在柳苏城见过锦笙一面便觉得，锦笙一双沉甸甸的大眼睛里不知兜了多少鬼心思，这时候见她连连躲闪自己，却依旧温声细语地问她：“以竞天现在的身份，他有男人的战场，他的夫人也有衣香鬓影的战场。各国公使夫人、督军师长们的女眷以及工商各界有身份地位的太太，他们的夫人少不得都要去应酬。来日，说不准你还得去燕平、津城走动，结交燕平、津城那些望族的小姐和太太们，你能出面吗？”锦笙连连摇头，穆夫人又问：“遇上战事，伤员和死去卫兵的家属，竞天的夫人是必须要去慰问的，也少不得有报社记者到场，那时，你能出面吗？”

锦笙仍旧摇头，穆夫人又问：“就像上一次，是我亲自去做人质，让郴系的姚督军相信穆军不会打到他的地盘去，他才没有受旁人的蛊惑发兵相助唐义哲。你会为了竞天而不顾自己的安危吗？”锦笙点头又摇头：“我可以不顾自己的安危，可我不能出面，我不能拖累我父亲，不能连累林家。”

穆夫人敛尽了温声细语，转为冷冷一笑：“我就知道，你是在利用竞天。竞天的性子我了解，他既然说要娶你为正妻，那是绝不会对你食言的。现下你把他迷得非你不可，也唯有你不问他要正妻名分，他才肯罢休。你若还有一丝良心，就放过我儿子。我不会不准你进穆家的门，也不会以你林家大房的秘密去多生事端，但你不能阻挠竞天娶正妻。你的‘如夫人’名分，等竞天办过婚礼，我再给你。以后，你老老实实地留在竞天身边，好好伺候他，也免得他再为你跑来跑去分心费事。”

锦笙本是低头不敢直视穆夫人的样态，待听完这段话沉思半分钟，抬起了头。她面容仍是那副精灵稚气，让穆夫人毫无戒备之心，浮起酒窝笑了笑，说：“穆夫人是预备与我做交易吗？你点头准许我进穆家门，但只给我姨太太的名分，还要我自己主动跟竞天说放弃正妻名分。这样算来，我吃亏了。我做买卖至今，从不做吃亏的交易，我还有其他的条件。”穆夫人怔了片刻，看着她冷笑连连：“交易？买卖？我是竞天的母亲，我不准，你就进不了穆家的门。你有什么资格跟我谈交易买卖！”

锦笙坐正身体，差点双腿叠加端起麒麟少爷的气势，又连忙老实并拢了双腿，按住旗袍下摆，双眸却闪过一丝凌厉，对穆夫人笑道：“我有和穆夫人做交易的资本，竞天对我的感情就是我和穆夫人交易的资本。您今日费工夫说服我，不外乎是拿竞天没法子，才想要斩断我的念头，好由我去说服竞天。穆大帅对竞天的婚姻是放任态度，一旦竞天不顾您的反对，强行对外通电自己的结婚启事，江北内阁，还有大江南北这些军阀将领，甚至于包括各国公使馆，自然会认那份通电公文。等各方贺电纷纷而至，就算您公开对记者说您不同意这门婚事，也只会让外人看竞天和穆家的笑话而已。”

锦笙竭力压制住心室泛起的尖锐愧疚和疼痛，是的，她又利用穆峻潭了，这次还利用得如此彻底，以他对她的感情和承诺去对付他的母亲。

周妈渐渐目瞪口呆地看着和夫人讨价还价的小女孩，精灵傲气，条理清晰，立场坚定，且进退有度，最后得偿所愿，客客气气地离开，让人恨也恨不起来。比起方才跟着少爷进来时的唯唯诺诺，她简直是扮猪吃老虎。

锦笙拿着帅府账房开的五万大洋本票，心里有些五味杂陈，若论唇枪舌剑，她还真没输给过谁。尽管有失有得，她也算赢了穆夫人，虽然赢得并不光彩。她手上的交易资本是穆夫人的软肋，穆夫人这大半辈子，筹谋、作孽都是为了自己唯一的儿子，如今眼看着唯一的儿子被别的女人拿捏在手心里，那种感觉……是锦笙想象不到的。很快，近忧冲散了她小小的胜利喜悦，因为她极有可能会面对穆峻潭的如雷暴怒。

穆峻潭回到小院，已是晚上十点半。他先去的上房，他母亲只是语带嘲讽地笑道："我们聊得很顺利，她也很高兴。你千挑万选，选了个聪明女人，就算一无所有，自己什么都不是了，她也能够空手套白狼，不枉出身于商人世家。"

他听出母亲的嘲讽之意，有些云里雾里，母亲却不再多言。他走进卧房时，见锦笙哼着《游龙戏凤》里正德皇帝的唱词，正伏在茶几上写东西，显然是心情很好的模样。不知为何，他只觉脖颈后一阵冷风吹。

锦笙蓦然瞥见他，停下笔"咦"了一声，笑问："你怎么这么早就回来了？吃饭了吗？"他走过来说："今天事不多，我想着你应该吃过晚饭了，就和老戴一起吃过饭才回来的。"他一壁说着，一壁去把军帽挂在衣架上，顺手脱了军服，又掏出口袋里一张叠了几叠的文件纸，走回来看锦笙写什么呢。大致一望，只是些机器丝织厂的计划和构思。他在她旁边坐下，说："你想在幕后指挥几个得力帮手建机器丝织厂的事，我还没顾得上和母亲说。"

穆家的规矩，女人是不能外出做事赚钱的，林家也有这么个规矩。其他的原因且不表，单就一条，女人出去做事赚钱，会显得男人无能，会让夫君面上无光。但是穆家的女人又和林家不同，首先安危上就得卫兵和侍从层层护卫，这样的出行阵势哪里还能出去做事呢。就算是穆峻潭亲自跟穆夫人说，穆夫人也一准儿不许。

锦笙指尖轻敲着建厂计划和下面藏的五万块本票，用眼梢打量穆峻潭，他正打开文件纸，她也瞄不见文件纸上写的什么，只是轻声说："竟天，我已经和你母亲说好了，她同意我外出做事，还给我五万块大洋做生意本呢。”穆峻潭很是不相信地问：“这事我跟她说，她都会直接不同意，你怎么跟她说的？”锦笙说：“所以呀，我就用了点小手段。”

穆峻潭眉头一皱，感觉很不好。果然，锦笙小心翼翼地说：“我把你允诺给我的督军夫人位置交易给你母亲了。”穆峻潭面无表情，只是瞬间眸光冰冷地凝看她，她的心怦怦跳着，弯眼一笑：“你母亲跟我说了好多督军夫人需要做的事情，我发现我都做不来，与其辛辛苦苦抢占一个位置，还不如交换点实际的。不过我没有很贪心，仅提了两个条件，希望你母亲同意我外出做事，并且再借给我五万块大洋。”

穆峻潭神情里瞧不出情绪，眸光依旧冰冷地说：“你从我这里要了承诺，转过头以此作为和我母亲交易的资本。你是早就计划好了？”锦笙连忙摇头：“我没有，是你母亲说的那些我的确做不来。我想着，她毕竟是你母亲，你若要一意孤行，把她气病了该如何是好。所以，我就耍了个小心思。这样，她也如意，我也能得到我想要的东西，你更不必夹在中间为难，简直是一举三得。”穆峻潭把手上纸张攥成一团扔进烟灰缸里，笑问：“那我是不是该谢谢你？”

锦笙惶恐地望着他，他唇角冷冽勾着，眸底并无笑意，反而阴冷得可怖。她瞥了瞥烟灰缸里的纸团，不自觉地把本票抽出要揣在口袋里。穆峻潭察觉出来，自嘲一笑，猛地握住了她的手腕，按在他的心室位置。他眸中隐有痛怒，只是笑着说：“笙笙，我这里也会痛，会比受了枪伤更难忍受。或许，你丝毫都不在意。”他甩掉锦笙的手腕，拿起茶几上的火柴盒划着一根，点燃了烟灰缸里的纸团，语气寡淡着说：“我想着母亲不会那么容易接受你，老戴文采好，我让他帮咱们拟了对外公开的电文。我以为，即使你现在对我没有感情，起码在结婚这件事上咱们是一致的。看来，并不是。”他起身拿了军服军帽，利落地走出卧房。

锦笙仿佛被人迎头泼了一盆冰水，寒凉刺骨，她也由小兴奋里彻底清醒了过来。她攥紧本票，望着烟灰缸里渐渐熄灭的火团，双眸也随之陷入了一片灰暗。

许久，她低头看着本票，似乎自言自语，又似乎把本票当作了穆峻潭的影子，告诉他：“我没有很贪心，五万大洋，厂子租金加上工人，加上生丝成本，除掉一切的可能预算，最后要从洋行订购织机，也仅够一台电力织机，两台手拉机，规模顶多算个家庭作坊。我跟穆夫人说的是借，她还让账房先生算着我利息呢。其实我知道，比起你母亲，你更不想让我自由，你不想让我有机会知道卢柏凌的消息。可是，我想建丝织厂不单单是因为卢柏凌。”她抱住膝盖，头埋下去，声音亦低了下去，“尽管如此，我好像还是真的做错了，我不该肆意利用你交付给我的感情和承诺。”

穆峻潭一离开再也没有回来，锦笙在他睡了许多晚的沙发榻上睡了一夜，缩胳膊缩腿，好几次她踢被子差点滚下来磕在茶几上。挨到天亮，她觉得自己简直像受了一夜的刑罚。

半晌午的时候，她由蓉妈陪同着到上房归还本票。

明日是穆大帅的送别宴，曹大帅亲来，安系的诸多将领也都亲来，江北内阁也特别派了要员来参加。

锦笙一路行来，府邸各处都呈现着忙碌景象。穆夫人百忙之中抽了时间单独见她，收了本票递给周妈，笑着对她说：“这是你自己不借了，但是咱们说好的条件是不能更改的。”

锦笙抿着唇角，也不吭声，知道自己是赔了夫人又折兵。姜到底是老的辣，保不齐一切都在穆夫人的预料之中，保不齐穆峻潭昨夜里是听穆夫人说了什么，才那般生气的。她正要弯腰行礼离开，穆夫人看向蓉妈，威声说：“蓉妈，告诉少爷院子里的人，不许乱了规矩。少爷还没有光明正大地娶妻，哪里就有了少奶奶。笙笙小姐如今无家可归，穆家好心收留了她，她到底是少爷的身边人，即使我不在府上，你们也不能怠慢了她。”

闻言，蓉妈看向锦笙，她脸庞稚气满满，瞳仁黝黑晶亮，也瞧不出情绪，只是唇角紧抿，像是要牢牢抿住仅有的倔强和尊严。锦笙规规矩矩地给穆夫人弯了个腰，旋即扭头大步走了出去。蓉妈连忙答了一声“是”，穆夫人没有其他吩咐，也就示意她离开。

翌日傍晚时分，帅府便热闹了起来，即使女宾、男宾是分开的，锦笙也无法出席送别宴。到底是去养病，而不是府上有人做寿，所以没有请戏班子和名角，只是请了几位唱小曲儿的以助酒兴。

穆峻潭的小院处在西偏角，宴席的喧闹传不到锦笙耳朵里，她坐在秋千上，只能听见风吹黄绿叶子的声音。赤芍陪着她，也有些郁郁难舒，轻易不敢开口，怕一说话，引出来的只是秋思。

盛吉祥方才送晚餐时，顺便告诉锦笙，严副官传来消息，林大爷身体不宜出远门，林三少已经去了日本，若找不到林五少，大抵就要回来报丧了。林大少已经被人秘密救出来，但他不能再待在燕平了，预备去南广。

锦笙望着草地上的月影、树影、秋千影，不知为何，就是没有她自己个儿的影子。假使没有她的影子，月依旧明着，风依旧吹着。正如，没了她，外界的一切都像是机器一般照常运转。

林宅的人都有各自的生活，叔叔哥哥们或有正经事可忙，或逛一逛娱乐场所；婶婶嫂嫂们依旧打小牌、逛戏园子……在一场场亮珠宝首饰、亮华美衣裳的场合里旖旎游走着。她仅是猜测，也大抵能猜准家里人此刻正在做什么。

林五少在日本游玩遇难，林三少代替其大伯前往日本，其余的林家人或悲痛忧心，或照常生活，与她没有半点相关。就连家人的悲伤眼泪，也都是属于林五少的。

利华贸易行有景翁几位前辈照看着，中国丝绸业或前景可喜，或前景可忧，也与她无半点相关了。

她竟是这样的可有可无，连影子都被大树遮掉的一个鬼。所以，在穆夫人看来，她这样一个野鬼，穆家好心收留，她应当万分感激，自此心甘情愿地成为穆峻潭的贴身小妾，伺候他饮食起居，伺候他睡觉，以他为天，为他生儿育女，了此残生。

她若要如此度过余生，倒还不如被囚禁在暹罗！可她又怨不得穆峻潭，他在出小院前宽她心，若母亲实在不同意，他只好做出大不孝的举措，直接把他们结婚一事当公文通电全国。届时，各方贺电一到，母亲是绝不会公开出面令他难堪的，名义上不认也得认。结果，她等他一走，把他利用了个彻底。他昨天晚上回来，大概是要把电文提前跟她分享阅览，她却告知他，她已经完成跟穆夫人的交易，把他的感情当资本，把他的承诺当货物交易了出去。

她忽而意识到，穆夫人答应她的条件，不见得是说不过她，一定是太了解自己儿子，才顺手摆了她一道。

这时，锦笙也知道自己是太过性急了。她想，穆峻潭虽嘴上不说，但心里一定怕她离开他去找卢柏凌，他这阵子又实在太忙，才把她等同于囚禁。若她不自作聪明，再耐心等一段时间，好好缠磨一下穆峻潭，穆峻潭或许会同意她出去做事。

然而，她这样狠狠地伤了穆峻潭的心，再后悔，也是追悔莫及。

第四十七章 结夫妇，订终身

沪海码头，林清慕行在最后一批登船乘客里，他一袭灰绸长衫，戴着黑色盆式帽，身边仅拎着一个皮箱，皮箱很轻，沉甸甸的是一腔热血。他驻足在入闸口，摘下盆式帽与送他的卢柏凌告别，卢柏凌的面容满是疲倦，弯唇一笑，沉声说："对不起了，但我想，南广一定很适合你。那里有很多和你志同道合的朋友，并且，他们不会控制你的言论，更不会暗中迫害你。"

林清慕真挚一笑，唇角延长至腮帮的结痂伤口立即涌出几滴血珠："谢谢你，这正是我期盼已久的。"他洒脱转身，作为最后一位登船乘客走进入闸口。待最后一声汽笛响过，邮轮徐徐离港，乘风破浪，朝南广驶去。

卢柏凌在入闸口伫立许久，晴空万里，秋日的太阳即使抬头看也不很刺眼，他望着那日光，心里的抑郁稍微舒缓了一些。果然还是晴日好，他一想起和锦笙在沪海照完相片喝酒那夜的大雨，就挤压得心室几乎窒息。

他摸上垂悬在心室外的麒麟戒指，连日来他早已身心俱疲，但是耳畔回响着苏叶那些话，便又强撑起精神来，转身朝等候在外的汽车走去。

"二公子，五少没有办法，她不能够违背大爷的命令。被囚禁的时候，她很希望去的是美国，可大爷让我带她去暹罗。后来是我有罪，差点害死她，你没有看见，她一上船就昏迷不醒，脸色苍白到仿佛是纸片人，可我没有法子。穆峻潭把她救了，她想要回来又不被大爷囚禁，也只能跟穆峻潭回来。

"我……我也不知道事情为何变成了这个样子。五少如今也没有法子回林家了，大爷已经默许了她和穆峻潭的婚姻。但我想，她一定过得不开心，她太贪玩太爱动了，让她没有自由、没有事情可做，她就会不开心的……”

卢柏凌脑袋里混乱地想着，汽车已经停在了他和古琦约定好的咖啡馆门前，那是路拐角的一家小店，有些偏僻，只有寥寥的几个卡座。他到底还顶着总理之子的虚名，如今又担了外交次长的职务，若在繁华地段碰见熟人，还得费心交际或者寻借口。然，他已应付得极其疲倦。

古琦已经等在靠窗户的卡座上，正在略背着人，拿了粉扑小镜子照着补妆。他笑了笑，没有立即走过去打扰，而是站在对门的玻璃柜子旁，看着里面的西洋点心。他选了两样锦笙爱吃的，亲手端着朝补好粉的古琦走过来。

未几，西崽把卢柏凌的咖啡送了过来。待西崽走远，古琦才从手提袋里掏出一张相片和几张文件纸，推向卢柏凌：“喏，这个就是京陵警察厅厅长李希昌的女儿，还有她详细的资料。她每个月都会回京陵城一趟，不过，日期没有规律。”卢柏凌捏起来看了几分钟，用文件卷着照片叠起收在口袋，说：“为了感谢你的帮助，我告诉你一个好消息。你呢，应该不用再嫁到林家去了。”古琦本来拿起小匙预备吃卢柏凌递给她的小蛋糕，听他这么一说，却捏着小匙怔住了，问：“我听我哥哥说了，说是林锦笙在日本游玩不慎坠海。莫非，他真的回不来了吗？”

卢柏凌抿了口咖啡，语气游离：“林三少还没有拍电报回来。不过，我见林家大爷那种伤心程度，林五少大约是真的回不来了，我们的琦琦副主编也不用再计划着逃婚了。”古琦气得在洁白桌布下跺了跺小皮鞋，孰料却踩住了卢柏凌的脚。卢柏凌略皱眉挪了挪脚，她嗔怪道：“你这人真是的！我在你眼里就那样坏吗？为了不嫁他，就要盼着他死吗？他才十八岁啊！你是没看见，他们林家和日本商会结束比赛那一日，日本人气焰那么嚣张，还有一些美国人在一旁装腔作势，可他应付起来游刃有余，毫不畏惧，还把燕平日本商会的会长气到嘴歪眼斜。他终归不是个不学无术的浪荡子，怎会如此不幸呢？”卢柏凌挑眉看她，问：“琦琦，你该不是喜欢上那个小家伙了吧？”

古琦把小匙扔在碟子里怒看他一眼，却红了脸：“我那一枪是白挨了吗？我知道你已经和张小姐成了婚，何须这样揶揄我。我到底也是受过新教育的人，是不会再越过朋友那条原则线的，但是我偷偷喜欢你的权利，总不能被剥夺吧？”

卢柏凌懒懒倚了卡座，说：“琦琦，把你的喜欢珍藏起来，留给值得的人，不要浪费在我身上。除了她，喜欢我的女孩子都不会有好结果的。仔细算来，四年前，我就是个有主儿的人了。”古琦只当他说的是妻子张琳琅，遂皱眉责问他：“那你还去招惹李小姐作什么？徒惹人家为你伤心吗？”卢柏凌调侃着自己，无奈地说：“若李希昌有个儿子，我是绝不会去惹这位李小姐的，谁让京陵城的军警合起伙来堵我、防备我，差一点我就被李希昌抓进监狱关起来了。”古琦从受他所托就很不解：“你跟竟天哥哥是怎么了？惹得他这样对你。”

卢柏凌懒懒一笑，那花枝乱颤便莹然跃在了面庞上：“你的竟天哥哥大概是嫉妒我长得比他英俊、比他招女孩子喜欢，怕我一去了京陵城，京陵城的女孩子就不为他痴狂了。”古琦又气又笑，瞥他一眼：“你为何非要去京陵？”

卢柏凌虽倚着卡座，可整个人都在一种极深的疲倦里，总觉靠不到实处去。他闻到淡淡的栀子花香，虚幻的香味，也不知是从思念里飘散出来的，还是对面古琦身上的香水味。他隔着西服按住麒麟戒指，倦声回答：“去京陵帅府找我的猎人。”

回到京陵城这夜的会议，开到将近一点钟才散，穆峻潭坐在主位上也不离开，整个人身心俱疲，后靠住椅背，抬手按压住衬衫里的麒麟戒指。开会时，有好几次，他因为麒麟戒指走神，又赶紧敛住。现在大家都散了，他把戒指上的钻石按在皮肉里，唯有痛意让他清醒，可脑子里却什么都不愿意去想。叶执信替他整理好了桌上文件，抬头看见他脸色很差，于是说：“督军，您晚饭就没有吃，要不要让厨园预备消夜送过来？”穆峻潭仍旧垂着眼皮，倦声说：“我不饿。”叶执信犹豫了片刻说：“要不让厨子预备了，送到小院去？您正好可以回去看看笙笙小姐，我听蓉妈说，笙笙小姐最近也不怎么下床吃饭。”

穆峻潭有些恍惚，自那晚离开小院，十余日了，他都没有再见过她。他默想半分钟，点了点头，起身时却说：“不用预备消夜，去买一份糖炒栗子。”他脑袋里混乱乱的，也未及多想锦笙是否睡下，只隐约记得她爱吃糖炒栗子。

叶执信虽回了一声“是”，心里却犯了难，都这个点了，到哪里去买糖炒栗子啊。

待自鸣钟响表示已经夜里一点钟，锦笙躺在床上仍是睡不着。她有问过盛吉祥办公院的事情，但盛吉祥总是说督军很忙。她回想，他先前没离开京陵城的那几日，即使再忙，也不会抽不出一点时间由东路走到小院，遂猜想，他只是不想看见自己而已。

她最近每天都看报纸，小院冷冷清清，报纸上却热闹非凡。皞系、安系在江北各自控制的小军阀先交了火，随之双方都打出正义招牌，唯恐大战事一起，即使获胜，也会招致国民铺天盖地的舆论谴责。

报道变来变去，重要内容却是差不多的。穆峻潭、曹谦的幕僚在电文里指责皞系卖国媚外，实乃汉奸；皞系幕僚在电文里指责穆峻潭暗中勾结南广，背叛内阁，破坏南北统一。

一时间，双方电文互相指责得有理有据，都坚定地认为自己是正义之师。

一封封电文、一则则报道似暴风雨来袭之前的乌云，在天空里层层积压，只待一声响雷，暴雨便轰隆隆地倾泻而至。

锦笙心里正猜测着一旦安系皞系真打起来，穆峻潭会不会去前线督战，听见开门声，不觉给惊了一跳。虽地毯寸厚，但屋子里过于静谧，她也听见了轻微的脚步声。敢直接开门进她房间的，唯有穆峻潭，她半坐起，唤了一声“竞天”。那道瘦长黑影一怔，回答说：“嗯，是我。”

穆峻潭顺手打开了灯，看向半坐着的她，觉得眼前人很陌生。她脸颊消瘦，脸色蜡黄，看着比在香港生病时还憔悴。许是过于清瘦，她大而圆的眼睛显得益发大了，却无往昔的精灵古怪，灰暗暗的毫无神采。他走过来坐在床边，见她要后靠，替她拿枕头作靠垫时又看见了那把军用匕首，也仅是一瞥便深敛不悦，装作未见。

锦笙察觉到了，把匕首朝里面藏了藏，勉强堆起笑容说：“我今天上午还听吉祥说你不在京陵，什么时候回来的？”穆峻潭说：“今天下午。”锦笙见他似乎没话了，便自己找话说：“我看报纸，局势像是很紧张的样子。你再忙，也要注意身体。”穆峻潭“嗯”了一声，心里涌出许多疼惜，却不知该说些什么，犹豫几秒，只是说：“我让人去买糖炒栗子了。”锦笙扑哧一笑：“你是不是都忙傻了，这么晚去哪里买糖炒栗子，你不是难为别人吗？”

穆峻潭看着她蜡黄消瘦的脸庞，说：“蓉妈说你午饭晚饭都没吃几口，赖床赖了一整天。你想吃什么？我立刻叫人去给你办。”锦笙最近食欲的确不佳，然而不忍拂他心意，又怕他大半夜折腾属下，于是说：“那么劳你驾给我削个梨，躺太久也没睡着，我有些口干。”

穆峻潭说“好”，走过来见茶几果盘里有梨，果然洗了手认真削起梨来。锦笙披了一件哔叽斗篷坐过来，瞧出穆峻潭虽是用惯军刀的人，却不擅长削水果，那果皮断断续续的很厚实，大梨也被他削成了小梨。他递给锦笙时，锦笙说：“我吃不完，咱们俩一人一半吧。”他想着毕竟是深夜，她不宜吃太多凉水果，于是就分开了手上的梨，与她一人一半。

锦笙接梨时，他无意间看见她斗篷领口有一个大蝴蝶结，忽而意识到，她在他身边这么些日子，从未与他提过白蝴蝶。他咬了口梨，觉得此事不太正常，于是问：“你为什么不问我白小姐的事？”锦笙咬着梨一怔，迟了半分钟，说：“我想着你既然不喜欢蝴蝶，我们家老七把她救走不是正好吗？”穆峻潭皱眉问：“她被救走？”锦笙皱眉问：“你不知道她不在帅府了？”穆峻潭说：“母亲告诉我，她不愿意在帅府做丫鬟了，跟着陈师长去陈府做姨太太享清福去了，我也就再没理会。”

锦笙立即咽下梨，说：“才不是呢！是蝴蝶生了重病，你母亲把她丢在下人房里不准人照顾也不找大夫给她治病。我七弟买通了你们帅府的护卫岗哨，把蝴蝶偷偷救走了。我从金陵回到沪海，看见我七弟给我送的一封信，说是如果京陵帅府管我要人，让我帮忙挡回去，不可以再让你们找到蝴蝶，她已经快要被帅府的人折腾死了。只我那时候忙着丝绸比赛的事，没有机会去问老七详情，也没有时间去看蝴蝶。然后，比赛结束当晚我就被父亲囚禁起来了，回来也成了个野鬼，再没法子联系老七。”

她对穆夫人存着怨气呢，语气也有些激动，然而穆峻潭听完比她还激动，厉声问：“你七弟清楚知道白小姐在帅府生病，还清楚知道我母亲把她丢在下人房里不管不顾不给找大夫，然后还把一个大活人从帅府偷偷救出去了？”

锦笙点头：“我以为我七弟只是怕我不给他挡着帅府，才把蝴蝶说得那般惨。后来问了蓉妈，才知道真的是这样。”说着，语声里带了些调侃意味，“你们帅府那些军警岗哨，整天挎个枪走来走去，瞧着怪唬人的，原来都是花架子。”她笑意未收，穆峻潭就按铃把叶执信招了进来，厉色吩咐道：“查清楚，是谁收了钱把帅府的消息往外传？又是谁收了钱，帮外人把白小姐偷了出去！”

叶执信立即领命而去，穆峻潭垂眸看见自己的半个梨，又瞥了瞥锦笙手上的半个梨。他本来并不信什么分梨会分离，这时心里一怒，劈手夺过锦笙的梨，和自己咬过的梨却总也合拢不到一起去。于是，他直接用水果刀插在了一起，扔在果盘里，咕哝道：“大晚上的，分什么梨！”偏偏那梨掉进果盘就四分五裂，他怒气中烧，非要固执地把它们拼凑在一起。

锦笙见他如此幼稚，也不阻止他，只是缩在沙发角落里，环住双膝，冷冷地说：

“你不用这么兴师动众地查，也不用这么费心地防着我，我说了要从一而终地跟着你，不会中途变卦的。”穆峻潭并不看她，拿手帕揩着手上的梨汁，说：“不为防着你，我也不允许帅府里有人传消息出去。现在只是传西院的消息，将来，胆子养肥了，中路、东路的消息他们也敢拿着往外卖钱。”

锦笙觉他说得在理，忍不住问：“那你还追查蝴蝶的下落吗？你若真的想要蝴蝶回来，就好好请她回来，不要再让她做丫鬟了。我也好想她，我相信，我和她一定可以相处得很好。”

穆峻潭奇怪地看她一眼：“我无心顾她，为何要追她回来？既然林七少冒着风险费心把她偷出去，那她跟着林七少肯定会比跟着我过得更好。”锦笙闷声说：“那也不一定，跟在自己喜欢的人身边，总是开心幸福的。跟在自己不喜欢的人身边，就算七弟对她再好，她也会不开心的。”

穆峻潭托握住她的下巴，冷冷地问：“你跟在我身边，开不开心？”锦笙一怔，打也打不掉他的手，被迫与他对看，不悦地说：“不管和谁在一起，都会有开心和不开心的时候。”穆峻潭冷哼：“你这一口伶牙俐齿倒是怎么都不会变。”他把她抱在怀里，握住她冰冷的双手，不由得想起，因为自己的院子太偏，又不常住，是没有暖气管子的。他捂住她双手，说：“我明日让人把六姨娘的院子收拾出来，你搬去那里住。”她挣脱开，离他远了一些，倦声说：“不必了，我挺喜欢这个小院的。”冷冷清清，冻冻飕飕，把什么不安分的心思都给冻倦懒了。

她睫毛垂着把一双眼睛半遮，无意呈给穆峻潭看的只是一副逆来顺受的委屈样态，他心室猛地一搐。上人离府，按理说她算是半个帅府主母，可他还是由着下人称呼她“笙笙小姐”，也默许了她是“如夫人”的可能。除了对付母亲，他也想要叫她知道，有些东西，他能给她，也能不给她，不是她可以肆意利用的。

即使阖府上下都知道她的存在，他的所有部下也都知道他有这么一个女人，大抵整个京陵城的人也都知道他把养蚕女笙笙接入帅府了，可他还是不让她出帅府，甚至于连小院都不让她出。他知道她跟他回来是为了更大范围的自由，所以，他尽可能地夺走她最喜欢的自由，然而，她过得不开心，他似乎比她更难受。

穆峻潭扶住锦笙瘦窄的肩膀，说：“笙笙，我知道你的心思，等我把局势稳定下来，我会从实业部和财政厅选几个人派给你，你有什么事情都可以交由他们出面去办。”

锦笙看向他疲倦的面容，因可以预想到结果，眸子依旧有些灰暗："我想办的机器丝织厂建在沪海最合适了，沪海邻近好几个桑蚕产地，交通方便，对外出口也方便。缫丝厂有几家质量极好的，染丝坊也齐全。在沪海建厂，可以免去许多麻烦，还可以省下不少费用。我办厂子，不是要以督军如夫人的身份拿钱消磨时间，去为你穆大督军揽一个关心中国实业发展、关心中国民族工业的虚名，而是要考虑好各个方面的条件，确定这个厂子有必要办才去办。"

穆峻潭松开她肩膀："若是以前我可以叫你去，但现在不行。我当初小瞧了薛明喻，他在南地立足立得太快了，并且已经私下和衢江省的督军勾结一气。若不是我早已把贺允鹏调到樟西去，怕是他的脚就要伸到樟西了。薛明喻吞不了樟西，卢兆祥就控制着内阁下令，要裁撤沪海护军使，改设镇守使。然后把沪海并入樟西，由薛明喻任樟西副督军，帮贺允鹏管理一省军政。如此一来，别的不说，卢兆祥便可以正大光明地派兵到樟西省保境安民。今天，我已经接到了两封急电。"

锦笙难得听他讲公务上的事，正起了兴头，他忽然又不说了，只是问她："我若真跟卢兆祥打起来了，你希望谁赢？"锦笙有些意兴阑珊，一壁朝床上走去，一壁说："卢柏凌说了，军阀是中国的毒瘤。军阀不除，则国无宁日，何言发展，何言其他？即使你赢了，待皞系重新修整、养精蓄锐以后，还不是要再找你打，打打停停，没完没了。"她语出又立即后悔，果然，穆峻潭听见卢柏凌的名字，在她背后气呼呼地冷哼："那我这一次就打到卢兆祥再无法还击！"她并不理他，刚躺好，他凑了过来，问："好了，我们不说这些事了。你还生我气吗？"

锦笙闭了眼不看他："是你还生我气吗？你若是再生气不让我出小院、出帅府，吉祥、安康可就找不到好的借口了。我这两日瞧着，吉祥都快把自己的脑袋抓秃了。"穆峻潭无声笑了笑，抬手要替她掖被角，却见她因生气微微努着嘴，隐约透着一股孩子气。回到帅府，回到小院就能看见她，他心中总觉不太真实，然而她的确真实地待在他身边，伸手可及。他终究忍耐不住，俯身吻了下去。

香烟味混着硝烟味侵袭过来，锦笙睁开眼狠狠地推穆峻潭，穆峻潭只是一怔，旋即一只手钳制住她双臂，吻得急切而热烈。锦笙眼前忽明忽暗，连日来的身体虚弱加上呼吸窒迫，让她一阵头晕目眩，亦恍恍惚惚。

她曾经披着哥哥外衣拥有世间大多数男子所钦羡的一切，江北丝绸业巨头、燕平首富的长房嫡孙，出生即含着金汤匙，带着麒麟转世的传闻。外人眼中，她拥有富贵家世、俊秀仪表，又聪明睿智，父亲高高地把她捧在众人眼前，高在云端，受人仰看。

忽然间，她从云端跌入谷底，失去哥哥的身份，曾经拥有的一切都失去了，她也差点摔得粉身碎骨。她现在所拥有的，唯余了眼前的男子，他是她在乱世里唯一的依靠。她伤他，他恼她，却仍固执地想要与她生而相依不分离。她想，或许自己完全接纳他，他的防备和不安就会消除，他们之间也能慢慢趋于平常夫妻。她无意碰到了他后背的伤疤，隔着一层丝绸衬衫，也能令她想起那血淋淋的伤口。他毫不犹豫为她挡下那一枪，她的命，早在那一刻，就有一半是属于他的了。

背过光影，穆峻潭看见锦笙双眸有一层水汽，迷离而凌乱，她没有再抗拒排斥他，他捧住她的脸温柔地吻了下去。许久许久，他能感觉她的脸颈在发烫，抓住他衬衫的手亦在颤抖。

忽而有轻轻的敲门声，随之，叶执信拘谨地喊了一声“督军”。穆峻潭微怔，锦笙猛然回神把他推开。他稳了稳神起来，很是不悦地吼问：“什么事？”隐隐约约，锦笙听见叶执信在门外回道：“糖炒栗子都卖完了，只能现炒，他们把炒栗子的人和家伙什都拉来了。就在庭院里现炒吧？”

叶执信心里庆幸着，得亏有一个卫兵知道卖糖炒栗子的住哪儿，还机灵地连人带小推车和炒锅都拉了来。隔着好远，只听里面甩出来一句“不用了”，音调平平，显然那满满怒气是给门板挡住了，他一激灵扣齐军靴，应了一声“是”，转身下了楼去安排小贩离开。

晨起，锦笙悄然掀起落地窗帘，由玻璃窗望出去，秋霜露重，天地间夹杂着鱼肚白，一片冷清皓素。她放下窗帘，走至沙发榻旁蹲下看穆峻潭，他一只胳膊攀着沙发靠背，脸掩了一半，额前碎发垂着，只见唇角紧抿。锦笙在沙发榻上睡过一夜，知道这种滋味，此时不免有些心疼穆峻潭，轻手拍了拍他：“竞天，去床上睡吧。”迟了几秒，穆峻潭迷糊睁眼，透过窗帘隐约看见天已大亮，于是又埋下头去，气呼呼地说：“我喜欢睡沙发！”话虽如此，锦笙走出卧房门，他也就到了床上去睡。

昨夜里，侍从室和卫戍司令部的负责长官领命调查西路消息外露一事，先调出了白蝴蝶被救走前后几日的当值记录。但是，那一段时日秘密来往开会的军官将领颇多，护卫警戒重心一直在东路和中路。西院因有穆夫人坐镇，一直相安无事，连当值记录都记得并不详尽。

前不久穆大帅搬去虎泉山别墅带走了一大批卫戍近侍，新旧侍从早已交接完毕，调查起来更加烦琐。还有西院的仆役、厨子、丫鬟这些人，也必须要列入调查范畴。纵然任务烦琐复杂，几个在穆峻潭眼皮子底下做事的军官也不敢有丝毫的敷衍和怠慢。

穆夫人不放心穆大帅，跟着同去了虎泉山别墅，同时也不放心一个年轻妇人独居后院，便让二姨太留了下来。二姨太常年吃斋且信佛，是最适宜去山里别墅居住的，但她痛失爱女之后，夫人怜她悲痛，准许她从穆家同宗那里过继了一个女儿，今年十岁，正是上学的年纪，她虽知道穆夫人让她留下何意，却也感激穆夫人此举让她可以照顾幼女。

半上午的时候，叶执信过来歉意请示，把二姨太院子里的下人都带去了盘查。二姨太素喜看报纸，那日一近观便觉得家里这位新妇有问题，却半点都未显露出来。穆峻潭不准锦笙出小院，她恐叨扰到了惹嫌烦，也没有去过小院。今日如此阵势，她不知出了何事，恐到时没有办法跟大太太交代，于是以拿刺绣花样子为由让小丫鬟把蓉妈唤到了自己院子里。

起居室里只有二姨太和蓉妈，然而交谈声还是很低，隔墙有耳，两人都唯恐给搬弄是非的人听了去。蓉妈说明情况后，猜测说："大太太当时容不得白蝴蝶，说她那张脸太勾男人，会惹得府里乱子横生，也不知是不是大太太故意放走了。"蓉妈是穆家的老人，一开口还是习惯称呼穆夫人为大太太，不习惯大帅任总司令后外界对大太太的称呼。

二姨太认可地点了点头，问她道："你伺候笙笙小姐这么长时间了，可瞧得出来竞天对她是认真的还是一时兴起？"俩人以前都是老夫人跟前的丫鬟，关系要好，谈起话来，总不用藏着掖着怕落人口实。穆峻潭在外面做的那些事，她自然是有所耳闻的，只还从未见过他主动把外面的女人带回家里来，且一进门就让蓉妈她们喊"少奶奶"。这一位虽特别，能特别多久却也未可知。

蓉妈回道："我瞧着，少爷对她比对方小姐还要上心许多呢。"二姨太说："方小姐是嫁不到咱们府上了，前几日竞天特意托我去方府提点了几句，方太太那么聪明的人，一听就知道是怎么回事。以前是大太太在中间牵着线，竞天又没有明确表态，方家实在是想攀这门亲，也就跟着稀里糊涂的。如今都知道咱府里有这么一位新妇，竞天又表了态，方太太如何肯再耽搁自己的女儿，眼瞅着二十四岁了。我受竞天恳托不好不去一趟，回头给大太太知道，还指不定如何责骂我多事呢。”

蓉妈问：“俪姐，你可知道这笙笙小姐的来历和底细？我看她年纪虽小，人却鬼灵精着呢，言行举止都不像是小门小户出来的。连她的丫鬟都像是大宅院里的一等丫鬟，俩人啊，还都是燕平口音。”二姨太又把声音压低了一些：“我猜着，她应该是燕平林家的人。”蓉妈问：“可是做丝绸生意的那个林家？”二姨太点点头，蓉妈惊道：“哎哟，燕平林家的小姐，少爷这藏藏掖掖的为哪般？”

但是报纸上的照片模模糊糊，与真人还是有差距的，二姨太也仅是猜测。于是回蓉妈道：“他们俩如此做，必然有他们不便明说的原因，不是外人能干预的。大帅去了虎泉山，我也不能一直留在府里。早晚啊，苒苒还得跟着她哥嫂生活。竟天对苒苒是没得说，可他那般忙，苒苒少不了什么事都得靠着她嫂嫂。我也一直没能跟笙笙小姐接触，你觉得她可有容人的雅量，可好相处？苒苒实在是被大帅惯坏了。”蓉妈点点头：“笙笙小姐虽然有小姐脾气，可待人心眼实在，也不像是小家子气的人。你啊，别总是怕惹麻烦躲着那边，以后，也让苒苒小姐多跟她相处相处，俩人也差不了几岁。慢慢地，就有感情了，兴许还能相处得像亲姐妹呢。”

俩人又叽叽咕咕了一会子，因蓉妈出来时穆峻潭还没有离开小院，她不好耽搁太久。她进到小楼，正碰巧盛吉祥也进小楼，不经意地一瞥，瞧见盛吉祥手里拿了一卷丝绸，像是很恭敬的模样。

穆峻潭在卧房门口接了东西，背手藏着走进来。锦笙趁他出去，也连忙从床头柜子里拿出丝绸包裹的绒线衫，她坐着拿在背后。蓦然间，两人一对看，一起开了口：“我有东西给你看。”

二人相视笑着，互相推让了几句，还是穆峻潭性子最急，先把东西拿了出来。他坐在她旁边，将两份织锦婚书摊开给她看。

锦笙垂眸，眼前是两幅一模一样的大红底喜字并蒂莲织锦婚书，一朵双色并蒂莲托出一个喜字，数不清的金莲缠枝，数不清的喜字。

婚书上还书有端端正正的几行墨字，有他和她的姓名、生辰、籍贯，介绍人、证婚人、主婚人的名字处有戴希闵和虞景廉的签字印章，还有一个锦笙未能有幸相识的有威望的老学者。再往下，余了一处空白。他拥着她，柔声说：“留着一处，将来或许咱们能得到你们林家一位长辈的认可，那于你才算是完全合乎心意的。”

锦笙偎在他怀里，说不上来心里是什么感觉，只觉心脑都一片空白。她盯着织锦婚书，耳朵也没有听进穆峻潭的话，只是盯着它。

她不是没有见过旁人的婚书，大都是由专门的地方买回带有政府官方编号的婚纸。纸上的话也几乎都差不多，不过是由古人诗词里择几句吉祥的海誓山盟。婚纸上的证婚人、介绍人、主婚人一个都不能少，然后再贴上印花税票，证明已经向国家纳过税，新婚夫妇也就属于合法的婚姻关系了。

她眼前的织锦婚书却没有那种晦涩难懂的古诗词，只是简简单单的数语。

“穆峻潭与笙笙，签订终身，结为夫妇。唯愿，余生相依，白首永偕。此证。”

锦笙知晓这几句话是穆峻潭亲手写的，虽然看得出他在极力写端正，但是和老戴、景翁、老学者甚至于他秘书的字一比，就相形见绌了。

然而，锦笙的眸光还是盯着这两行不好看的字。大红的底，金色的莲，玄黑的墨，托出穆峻潭对她一世的承诺。她知晓，穆峻潭的白首永偕是这一世的携手不弃，他不信轮回与生生世世，他只要这一世不留遗憾。

穆峻潭早已签好字，用了章，他握住她冰凉的手指，指向女方名字的空白处，柔情话语贴在她耳畔：“笙笙，只要你一签字，咱们就算是签订终身了。我仔细想了想，我好不容易才把你追到身边，我们不能不办婚礼。等局势稳定了，我要给你一个盛大的婚礼，通电各省，布告中外，让能看见的人都看见，我们是多么幸福的‘天笙一对’。”她仰脸看他，双眸里的水光不知是震撼、喜悦还是悲戚，只是颤声说：“竞天，我不能签字，我已经跟你母亲承诺过了，我不做你的正妻，只是……只是个妾室。”

穆峻潭柔情一笑：“母亲那里你无须担心，由我来应对。你看，我把印花税票都贴好了，咱们已经跟国家纳过税，中国法律承认咱们的婚姻关系。快签字。”他按铃让蓉妈拿来了笔墨，锦笙伏在茶几上犹犹豫豫，终究还是签不下去，扭头看向穆峻潭：“竞天，我说了十二年的谎，简直就是个大坏蛋。这样的美好大事，我不想让它再沾上违反承诺的污点。等你不忙了，咱们去趟虎泉山别墅吧。好歹等穆夫人骂过我以后，我再签，起码心里会舒坦些。”

穆峻潭很不高兴，锦笙很坚持，他只得皱眉点了点头，问：“你前面说要给我看什么东西？”锦笙一扫脸庞上的黯淡愁云，带点欢喜地拉着他到床边，把丝绸包裹的绒线衫马甲摊开给他看：“这是我给你织的！”穆峻潭怔怔地看着面前的浅灰桃心领的绒线衫，唇角牵动了几下，表情很奇怪地问：“你……你怎么会织这种东西？”

锦笙笑道:“整天待在小院里太无聊了呀!正好蓉妈给她儿子织绒线衫，我就跟她学着打发时间。许是我太聪明，一学就学会了。”她眼帘半遮，脸颊绯红，不好意思说其他的，只是催促他试一试。

这卧房原本满满都是冷兵器的气氛，自锦笙住进来以后，一点点地添置，倒有了女子闺阁的气韵。格物架后垂下了青幔与轻纱，那些冰冷骇人的刀具和武器模型移了许多到书房里去，替换了一些柔和雅致的摆件。穆峻潭的军礼服和指挥剑、元帅剑也移了出去，腾出位置，给锦笙添了一个梳妆台，西式带一面椭圆镜子的黑胡桃木梳妆台。

穆峻潭眼中所见皆是闺阁气韵，眸光细细向锦笙看去，她穿着一件烟蓝软缎旗袍，提织了几簇海棠花，那颜色和花簇于光耀下别有一番宁静动人。她头发随意绾着，有些碎发拂在鬓角和耳畔，在日光里显得那么轻盈灵动。穆峻潭唇角含了一抹笑看她，喜悦冲击得他有些晕晕乎乎，抬手帮她把碎发捋到耳后，那碎发衬着她笑意又俏皮地滑了下来，拂在她消瘦的颧颊上。

她又在催促他快些试一试，自己做了这样的事情，也是抱有万分激动与期待，不知衣服穿在他身上是什么模样。

穆峻潭神魂离体，顺着锦笙的手，不由自主地把绒线衫套在衬衫外。锦笙在后背帮他理衣服，郁闷道:“我特意跟吉祥问了你的尺寸，怎么还是长了。你那么高，上身怎么这样短?”他顺口接了句:“我腿长。”锦笙“哦”了一声，脑袋从他胳膊旁探过来，问他:“你穿着感觉还行吗?要是不行，我不会改，只能让蓉妈和赤芍给你改。”穆峻潭立即说:“我穿着很行。”

锦笙双手被穆峻潭拉住，她被迫环住穆峻潭的腰，脸颊贴在他为她受伤的那侧背上，听见他问:“笙笙，你怎么想起来为我做这样的事?”锦笙主动把他的腰搂紧了些，说:“竞天，你生我气，不见我，也不让我去见你，我一直没有机会当面跟你说声‘谢谢’和‘对不起’。你救出我大哥，给了我林家人一个很大的宽慰。不然，五猴儿出事，大猴儿再出事，我爷爷奶奶的身体怕是很难挺过这一关，我大嫂和两个孩子也要陷入莫大的悲痛里走不出。一句‘谢谢’太轻，我想亲手为你做些什么。顺便，再给你道歉，和你母亲交易是我做错了。以后，我不会再肆意利用你了。”

她察觉到穆峻潭身躯一僵，因自己一口气说了这么多的心里话，也不敢绕到他前面看他，只是脸颊绯红地贴在他后背上。静静的日光流淌在他和她身上，她拥着他，依附着他。空气里的桂花香已淡，室内散着景泰蓝花瓶里的冷冷菊香。风声从推拉玻璃门缝隙里穿入，遮掩了二人的心跳和呼吸声，但二人又能真实感受到彼此的存在。这一刻的时光那么长，长到他们像是寻常夫妻，成亲已数年，彼此熟悉，秋寒正浓，妻子为夫君织了暖身的绒线衫。

过了两分钟，穆峻潭慢声说："笙笙，虽然我很讨厌卢柏凌，但我不会贪他的功劳。不是我救的你大哥，是卢柏凌救的。徐之卿和很多官员恨透了你大哥，是非要借机除掉他的，我的人多是在总统府那边有职权，总理府这边的事情完全由徐之卿把控着，他们没能帮上你爷爷和你二叔的忙。"他察觉到锦笙身体一僵，声音却发着颤："卢柏凌？他……他回来了？"

缠在穆峻潭腰际的手一下子滑落，他转身看向瘫坐在床边的锦笙，日光正盛，把方才他们之间的柔情相依照成了美丽泡沫，一惊即碎。锦笙抬头问他："那你可知，救我大哥的人和给我大哥文件的人，是同一个吗？"穆峻潭颔首，她悲戚地冷冷一笑："卢柏凌还是这个样子，最善让别人心甘情愿地为他所利用。他自己不能发表，就找我大哥。难道他心里不清楚吗？这一次的事情这般严重，若小徐当真起了杀心，我爷爷也救不了我大哥。"

穆峻潭心里满是苦涩，沉默了半分钟，坐在她旁边叹气道："你不要这样想卢柏凌，他给的文件虽只是极少的部分，却也是大义灭亲了。并且，那份文件，燕平没有几家报社敢刊登，你大哥所在的报社是最合适的。卢柏凌给文件，又救你大哥，他是两面都受煎熬，却两面都非人。"锦笙奇怪地看他一眼："你怎么还帮卢柏凌说话？你这时候要是说他几句坏话，说不准我就彻底讨厌他了呢。"穆峻潭冷冷地说："我关着你，不让你知道他的消息，不让你去找他，那是我的本事，可我不会恶意污蔑诋毁他。"锦笙攥紧了身下被褥，垂眸问："那他……他父亲……有没有把他怎么样？他还好吗？他相不相信我已经死了？有没有找过我？"

穆峻潭脸色一沉，也不理她，站起就要走，她连忙抓住了他的胳膊，央求道："竞天，求求你。求你告诉我，他怎么样了？有没有受罚、受伤？他过得好不好？你告诉我，我愿意一年都不出这个小院。"穆峻潭甩开她，生气地说："卢兆祥本要一枪崩了他，后来因为卢二少奶奶有身孕就饶了他，又给他在外交部谋了个次长的职务。他已经是要做父亲的人了，有妻有儿，无须你多操心！"他见她眸光散乱，脸色变化在蜡黄苍白之间，整个身子都有些颤抖。他既生气又心疼，赌气拍了两下绒线衫衣角，真的不舍得扔给她，于是就穿着走了。

下午，锦笙和赤芍见到了杜衡，原来严副官早已通知他，并派人跟着他来了京陵城。穆峻潭怕杜衡给锦笙透露卢柏凌的消息，便一直关押着他，现下自己亲口说了，也就放他来了小院。

锦笙终究是不太信任穆峻潭，询问杜衡才知，穆峻潭竟一字都未骗她。若连杜衡也听说卢二少奶奶有身孕，那此事必定是真的了。杜衡还说，为了对外显示卢林两家世交情谊未变，卢夫人和新婚蜜月归来的卢二少奶奶一起做东办了赏花宴，除了二太太和大少奶奶，还特意请了衙门各部总长、次长家的太太和小姐们。

通往露台的玻璃上浮出夜幕，锦笙倚着它，无意听着留声机里的唱片，喧嚣的大戏像开了闸的洪水淹没她。窗内明，窗外暗，她处在半明半暗里，心飘飘悠悠，不知落向何处，她仿佛已死，又重新活过。

林锦笙是她的往生，笙笙是她的今世。她明知自己还未到十九岁，却觉自己已经老了一个轮回。

第四十八章 惊初见，忆旧容

沉沉霞光垂落在小院，苒苒在庭院里作西洋画，锦笙立在她背后看着。只见画架上撑着一张画纸，已被苒苒涂画到流光溢彩，颜色丰富鲜艳得像打翻了颜料碟子，锦笙全然看不懂苒苒画的是什么。她喜欢中国的丹青水墨，就像穆峻潭青黛色的军服一样，蕴藉着雅致。

然而，穆峻潭自那日生气一走，已经五日没有回来小院。锦笙知晓，穆峻潭除了生她气之外，也是真的很忙。

大总统虽在安系和皞系之间尽力调停，纷争仍旧愈来愈激烈。一些中等军力的军阀想趁安系、皞系自顾不暇之时扩充地盘，故而大战还没有开始，一些中小军阀已趁势打了起来。

她听吉祥说，督军就要去前线督战了。她不知道，他会不会来跟她作别，听她说一声“珍重”。

寒凉甚浓，房间里燃了暖炉，烘着一室菊香，冷香变暖香。夜里两点钟，锦笙在暖香里沉沉睡去，忽然手指上一凉，她蓦然惊醒，一道黑影已转身离开。她立即唤了一声“竞天”，那道瘦长黑影没有吭声，只是默然立住。她坐起问：“你是不是要走了？”黑影说：“是。”

锦笙心绪紊乱，绞缠着羽绒被，垂眸见自己左手无名指上戴着一枚鸽血红宝石戒指，借着窗外幽光，手一动，那偌大的一颗宝石似缓缓流动的一大注鲜血。她猛然心惊不已，急声说：“竞天，你一定要平安回来，我等你！”穆峻潭笔挺身躯略一动，沉声说：“笙笙，我是说如果，如果我回不来，你离开帅府即可。我已经吩咐了盛吉祥，他会护送你到你想去的地方，帮你安排好一切。”

她忽然想起，他们去丹鼎山安葬峻峻时，穆峻潭与她说过的话：

“……我没法子许你一生一世白头到老，从我正式穿上军装那一刻起，已将生死置之度外。我也不会要求你能有多爱我，我足够爱你即可。若真有那么一日，我死在你之前，你亦无须悲痛，潇洒放下，继续快快乐乐地生活……”

锦笙心里生出莫大的惊惶，似被人骤然徒手撕裂了一个黑洞。她赤脚下床由后背拥住穆峻潭，手腕贴在他那般冰凉的军腰带上，连语气都有些凝固哽咽：“我哪儿也不去，就在这里等着你。你不能这样自私，活着不放我走，让我陪着你，死了就把我一丢。你如果那样自私，我会恨你一辈子的。你在婚书上写了，我们要余生相依，白首永偕。”穆峻潭僵直的身躯注入一股暖流，他把她横抱回床上，隔着羽绒被拥住她，说：“好，你就在这里等我，我一定会平安回来的。”他察觉到她的身子在发抖，眉宇间的冷漠渐渐被柔情驱散，轻拍着脊背哄她。

她想起曾在皞系军营见过的尸体，一排排一列列各种凄惨模样的尸体，心里浮起的惊惶不安如何都压不下去。她知道，穆峻潭不用到战壕杀敌，他只是战场的指挥官，他身边有卫戍、有亲兵。可她还是怕，怕炸弹，怕不分方向扫射的乱枪。

原来，她竟是这样怕他出事。

锦笙的头发紧贴着穆峻潭的下巴，穆峻潭清晰闻见她身上的栀子花香，这一点点的香气越过满室菊香侵袭进鼻息，深扎在他的心室与记忆里。他说：“笙笙，等我回来，咱们生个女儿。最好一半像你，一半像我。”他的声音很轻微，仿佛带着商量，又仿佛不容商量。许久，锦笙念着他说的相妻教女，在他胸前点了点头。

穆峻潭一走数日，安系皞系之间的战事才开始。他临走之前没有再对锦笙禁足，然而他征战在外，锦笙也没有心思出帅府。

战事报道并非即时的，等锦笙看见安系一日两捷的报道，皞系的檄文也已经布告中外，称曹穆二人“目无内阁，兵胁元首，围困都城，别有阴谋”，将战争责任全部推到了曹谦和穆峻潭身上。同一日，曹谦也通电各省，说战事全由皞系一方恶意挑起，称皞系把持内阁、卖国媚外、祸国殃民……

前线兵戈，后方笔舌，两系各执一词，互争曲直。

锦笙的心跟着穆峻潭飘到了战场上，终日恍恍惚惚、浑浑噩噩。苒苒与她已经十分相熟了，对她这个小嫂嫂也颇有好感，偶尔放学到小院里找她玩，她的心神才略回来些。

福泽饭店二层舞厅，幽妙舞曲在半空中旋转，卢柏凌双手插在裤袋里，目光穿透金红粲然的光，远望着舞池里的男男女女。今日是假面舞会，他戴着半遮面的面具，防备心理减弱。忽而手腕被人拉住，他被迫跟着走了几步才发现魔女面具下是李蓁蓁，她一身电光绸长裙飘逸着，被舞池光映得璀璨不已。

福泽饭店的饮品室和舞厅隔得很远，这时人都在舞池子里，饮品室连值班西崽也没有，但李蓁蓁还是把卢柏凌拉到了靠窗的角落里。卢柏凌甩开她的手，摘下面具，一向俊美温润的面容带着不耐烦。到京陵城许多日了，帅府因消息泄露一事，军警戒备比之以前森严了数倍，他毫无办法进到帅府；又听说那位笙笙小姐自进去帅府后，从未外出过。他从没有这样着急过，急得整颗心焦灼着疼。

李蓁蓁抱着胳膊，质问他："利用我进到城内，就把我丢开，还百般躲着我。今晚，你又在寻找新猎物吗？"卢柏凌坐在位子上，眼睛望着她，无力一笑："傻瓜，我不躲开你，难不成还继续利用你吗？那样做，我当真是坏到无可救药了。"李蓁蓁别过脸不看他，说："你知不知道，喜欢上一个人或许只需要几分钟的时间。"

卢柏凌望着窗外街灯，与锦笙的种种过往，她脸颊酒窝里常常晕着的一点光与笑，都似流星一般从眼前划过，他心神缥缈地答了一句："我不知道，我只知道爱一个人需要用一辈子的时间去爱。"

李蓁蓁心里一震，看向卢柏凌的侧颜，他的五官轮廓笼着淡淡阴影，忧郁俊美，她逼着自己不去看他这张脸、这副神情，生气地说："我今天在我父亲那里看见了你的相片。原来，穆督军从没有下过密令要抓捕革命党，根本没有什么密捕名单。你也不是革命党林清泽，你是内阁总理的二公子卢柏凌。你告诉我说，你的妹妹被穆督军巧取豪夺在帅府，可你二公子哪来的妹妹？"卢柏凌的眼睛望着她，微微一笑："那就是爱人。"李蓁蓁在得知他是卢柏凌以后，打听了许多二公子的事情，这时益发有些生气："穆督军又岂会不顾外界舆论把你二公子的夫人囚禁在帅府？"

卢柏凌眼神一冷，并不预备作答，起身要离开，道路却被李蓁蓁阻拦，她将脸一扬道："我料想你是没法子进到帅府的，我现在是帅府苒苒小姐的家庭音乐教师。"卢柏凌眼中冷漠散去，几秒过后，只是用一种期盼忧郁的眼神望着李蓁蓁："我不能再以感情欺骗你、利用你，你若是帮我这个忙，那就算我欠你一个大人情。日后若有需要我帮忙之时，我必定全力以赴。”

李蓁蓁撇嘴一笑：“我不需要你欠我人情，你好好地给我赔个礼、道个歉。再告诉我，你和笙笙小姐是什么关系，穆督军为什么要耗费那么多的军警防备你、抓你？”

卢柏凌略一愣，便正正式式地给她鞠了一躬，认真地说：“李小姐，很抱歉欺骗了你。这位笙笙小姐是我在燕平的青梅竹马，穆督军在燕平时，曾与我有过节，故而夺我爱妻。”李蓁蓁挑眉道：“又骗我，卢家二少奶奶是张七小姐，不是吗？”卢柏凌无奈一笑：“我若能做主自己的婚姻，我的妻子只能是她。”

李蓁蓁见他双眸有幽怨悲伤，似乎不想再继续说下去，她能理解像他和穆督军那样的身份，婚姻一向是另一种交易资本，轻易由不得自己的心意。她与他对视，在他疲倦憔悴的面容里瞧出隐隐的固执与坚定，她心室微微收紧，责怪自己莫不是疯了，嘴上却愈加疯狂地说着疯话：“我也很好奇那位笙笙小姐，曾提出拜访她，但她似乎很不喜欢与外人接触，直接回辞了我。你拿个信物什么的，能让她见我，我才好帮你忙啊。若她真的是被穆督军巧取豪夺在帅府，我一定帮你把她救出来。”

闻言，卢柏凌摘下脖颈里的麒麟戒指递交给李蓁蓁，叮嘱说：“穆峻潭这次离开，一定留了他的近身卫戍看守她，若有卫戍知道她的戒指曾经少了一枚，极有可能会坏事，这个戒指最好由帅府的丫鬟或者老妈子交给她。”

李蓁蓁把戒指和银链托在手心，上面还有余温，他的体温贴在她手心。她攥紧了麒麟戒指，让那股余温留存得更久，却脸颈通红，不敢去看卢柏凌，只是顺着他的细心叮嘱点了点头。卢柏凌望向窗外一弯浅月，心室外的垂悬物已空，心室内却满满都是激越的情感。

很快，两个麒麟戒指就要相聚了。

这日上午，二姨太给锦笙送来两匹丝绸料子。锦笙一看一摸，就知道是方家丝绸的新品，她昨日听说方少尘和虞景廉去了办公院，因戴希闵随军离开，他们便见了穆峻潭的机要秘书，后来方少尘又到西院拜望二姨太。她对外的身份仅是穆家新妇，至于这新妇是何名分，外界都还存着好奇心呢。她是不敢见方少尘的，竟天不在府里，方少尘又如何能开口说探望新妇。

锦笙的手一边摸上丝绸料子，一边似无意地问正在喝茶的二姨太：“二姨娘，我听说霓裳锦织造坊正在赶货，不知方家少爷怎会有时间来京陵城？”二姨太的眼神由茶雾遮挡着，待放下盖碗，只是笑着说：“他跟虞会长一块来的，说是要替沪海和樟西省的商民递送请愿书，希望沪海和樟西不要再起战乱。不过，男人们的事情我也不懂。以前都是夫人去应酬这些到西院拜望的男客，若不是少尘经常到帅府，就像自家侄儿一般，我定是婉拒不见的。”

薛明喻私下里集结了几股小军阀，要趁势袭击、围攻贺允鹏，两方刚交上火，但各界团体都号召同仁维护和平。这两地外国侨民甚多，外交团要保护侨民的财产和性命，竭力调解，电文不断送至薛明喻和贺允鹏处。安系、皞系的大军决战于北地都城外，战事已经十分紧急，顾及北地战场才是重中之重，双方的卫兵只是列阵相持、摩拳擦掌，只待军官一声令下，即可投入战斗。

锦笙走神时，二姨太已过来替她扯开了丝绸料子，笑着说：“少尘说，这是特意给你备的一份薄礼，竟天不在，他也不好亲自送过来。”锦笙笑道：“我也只能等竟天回来，再谢谢方家少爷了。”她方才并未看仔细，这时扯开细看，其中一匹绸料的上半面是纯青色，颜色愈往下愈淡，仿佛是雨过天将晴的色泽，浅淡处绽开着一朵朵国色天香的牡丹。若是做一身旗袍，那牡丹花倒像是刻意绣在旗袍下摆一样。

另一匹是缎料，月白底提织了龙须菊，远处白瓷瓶里插着几株白菊花、黄菊花，再看这匹缎料，若裁成衣裙，穿在秋日里很适宜。

二姨太细看完，也略有些惊叹道：“我以前买方家丝绸，就爱它这个精致劲儿。不过，他们家丝绸许多年都不出新花样了，也只有我和夫人爱那些旧花样，老五老六她们都不喜欢。前半年林家和日本人办了一个丝绸比赛，方家丝绸倒是没少出新花样，但是订单一多，也就不好买了。幸亏少尘顾念着帅府这边，每次都会送过来几匹新料子。”

她顺嘴提及了林家，连忙用眼梢打量锦笙的面色，幸亏没有发现异样，连忙又笑着说：“我瞧着这两匹料子裁成旗袍穿在秋日里很适宜。你也别尽是待在府里，还是裁几身新衣裳，多出去逛一逛，闷久了，可是要闹病的。”

锦笙知晓，穆峻潭虽不在京陵，但偶尔会在电报里问她的情况。他那样小气，幼稚起来又那样固执，锦笙自知帮不上他什么忙，只能做到尽量不分他的心。况且，她也没有心思去逛。面上，她却只是对二姨太笑着说：“我在京陵城也没有朋友，自己个儿出去逛怪没趣儿的。我等竟天回来，让他带我去逛。”二姨太听她如此说，又想起前段日子竟天那般关着她，许是二人间有什么矛盾和隐情，也就不再劝她。

下午的时候，锦笙在下人房里看赤芍给杜衡滴眼药水，自打杜衡知道她的身份实情，总说自己害了眼病，还去诊所里拿了许多眼药水给自己治病。待杜衡一睁眼，锦笙笑嘻嘻的面容出现在他跟前，骇得他立即从椅子上弹起来，躲在赤芍背后，苦笑着说："五……五少，你这样子好看是好看，可跟男扮女装似的。我看着，眼睛疼……"

锦笙正抬脚追着他踹，蓉妈进来说："笙笙小姐，李厅长家的小姐又递了名片来。"锦笙收了脚，语气有些不耐："蓉妈，我根本就不认识她，没有会面的必要。我念她是苒苒的家庭老师才一直礼貌婉拒，若她当真不识趣，下次她再来，你让小院门口的卫兵直接拦下来。"蓉妈有些为难，说："我本来也直接回拒了李小姐，但李小姐说跟您的四姐有过同学情谊，还让我把这个转交给您。说您见了，就会见她。"她说着打开了一个红绒盒。

瞬间，秋日似凉似温的阳光透过西窗照在红绒盒里，麒麟戒指上的钻石熠熠生辉，银链一圈一圈地勾缠着，似百转千回。

"笙笙今日又出府了？"

"是的，说是跟李小姐先去逛街，然后再去看电影，连晚饭都要在外面吃。"

二姨太坐在西晒的窗子下，拿小锤捶着腿，那神思便跟着小锤一下一下地重了起来，她低声问蓉妈："你可有觉察出什么不对劲？那日上午她还跟我说没有朋友不愿意出府，怎么第二日就跟李小姐去了裁缝铺？"蓉妈说："好像李小姐是她四姐的同学，到底还是个孩子心气儿，哪里耐得住闷。"二姨太说："这么久了，总也没见她有什么亲戚朋友，怎么会突然出现一个四姐的同学。这孩子的身份太复杂，跟竞天不知道能不能成。"

蓉妈说："准能成，那一日少爷按铃让我送了笔墨进去，我瞧着是婚书，两人既然已经签了婚书，怕是大太太也拦不住。"二姨太笑道："竞天一直让人小姐长小姐短地称呼她，原是在和大太太玩心眼呢。大太太虽是他生母，他不见得不知道大太太的为人。届时等他摆脱掉大帅儿子的身份自己稳住脚跟，只需通电各省，布告中外，大太太就算不喜欢笙笙，她那些招儿也全然没法使。"蓉妈笑道："没想到，大太太倒能被少爷给克住。"

二姨太收了小锤放在匣子里，拜托蓉妈说："笙笙这孩子的确有些鬼精灵，你可得注意好她。她来了之后，竞天不仅加强了府里的军警防卫，还总是忌讳她出门，他们小两口之间肯定有什么秘密矛盾。李小姐现在是苒苒的家庭教师，若新妇出了什么事，我没法子跟大太太交代，简直就是害死了我跟苒苒。大太太拿自己儿子没辙，不等于拿我跟苒苒没辙。”蓉妈皱眉一忖，重重地点了点头。

锦笙和李蓁蓁从电影院出来，吉祥、安康也紧随着跟了出来，锦笙朝后望了望他二人，年轻蓬勃的面孔上满是尽忠职守。尤其是安康，穆峻潭升他作了副官，专门随从锦笙，制服官衔和他哥哥吉祥一模一样，大家都管他叫小盛副官。小盛副官以前有多讨厌林五少，现在对笙笙小姐就有多忠心耿耿。那日锦笙和李蓁蓁去裁缝铺，他派人提前清了场，还亲自检查好几遍，角角落落，除了老裁缝，其余会喘气儿的，连只猫都没留下。裁缝铺门外面，卫兵分散左右两边，直把旁边的两家铺子吓得上了板子。

故而，锦笙选好款式、量好尺寸，就回了帅府。老裁缝几乎是管全了帅府女眷的衣裳，多是去府上听吩咐，如今见了五姨太、六姨太都没有过的大阵仗，次日一早，便派小裁缝把旗袍恭送到了帅府。

今日，电影院门口的卫兵得了小盛副官一个手势，立刻在人群里疏散出一条通道来。通道尽头，一个卫兵已经把汽车门打开候着了。锦笙本就心神散乱、急躁不安，见到小盛副官如此尽职，待坐上了汽车，皮笑肉不笑地跟他说：“安康，等你们督军回来，我会让他嘉奖你的。”小盛副官立即声音洪亮地说：“不用督军嘉奖，这是属下应该做的！”锦笙在面网下蹙了蹙眉，也不再理他。

因锦笙提前说了要去福泽饭店李蓁蓁住的房间，看她由沪海带来的衣裳款式，帅府的三辆汽车先后停在了饭店门口。

饭店的经理、西崽和客人有听闻帅府笙笙小姐来此者，皆觑了时机想要一窥她模样，传闻是个美若天仙的佳人，才把穆督军迷得接她进了帅府。又有传闻，说她容貌平平近乎丑陋，只因对穆督军有救命之恩，才被接进了帅府。

李蓁蓁的房间在四楼，一行卫兵随护着她们径直穿过大厅进了电梯。旁人只隐约看见一位身穿玫瑰锦高领风衣的纤瘦女子款款行过，所戴帽子垂有半面白色面网。观者看不清她容貌，只见与身旁李小姐交谈时，白皙小巧脸庞时而浮起酒窝，似两朵梨花骨朵，精灵而俏皮。

电梯轰隆隆上去，穆大督军深藏于帅府的笙笙小姐惊鸿一现，话题也随着轰隆隆声传开了。

并非锦笙想要如此招摇，然而她出帅府，盛吉祥是必须要为她安排重重护卫的。他们若穿了便衣，就是在暗处，卢柏凌不好防备他们，她也只好如此招摇过市。

卫兵自然不能随意进李蓁蓁房间，待锦笙进去后，盛吉祥吩咐盛安康把门守好，自己就近找了个房间给李希昌打电话，问他李蓁蓁为何会住在福泽饭店里。李希昌支支吾吾，迟疑到盛吉祥发脾气才说了实话。原来李希昌新纳了个小妾，李蓁蓁和李希昌的小妾吵架，赌气离家出走了。

盛吉祥得到了解释，仍然放心不下。当初跟踪监视卢柏凌的人没几天就被卢柏凌发觉给甩掉了。战事未起时，燕平的眼线回禀说二公子虽担了外交部次长的职务，却从没有去过衙门，人仿佛也不在燕平。

笙笙小姐这几日的行为确实透着奇怪，但他怎敢过问，也有点不信邪。军警防备如此严密，卢柏凌当真能悄无声息地进京陵城？

李蓁蓁的房间是一个套间，她待在小会客厅，那二人在卧房里。然而卧房出奇地静，连一点点交谈声都没有，仿佛空无一人。她趴在沙发靠背上，心绪却沉静不下。准确地说，自从见到神秘的笙笙小姐，她的心就沉在震撼中，久久无法平静。她曾在沪海交易所门口远望过那个冷傲的贵少爷，衣绣麒麟，被属下簇拥着走来，俨然天之骄子，就是在会议桌上也依旧精灵傲气，应对自如。

未见面时，她以为笙笙小姐会是一个绝世大美人，才引得总理府的二公子和穆大督军如此爱慕、争抢。待见到后，笙笙小姐虽容貌确实美丽过人，但她更好奇笙笙小姐的身份。她逼问了卢柏凌有关笙笙小姐的身世，才知，原来笙笙小姐竟是这样一个特别的女子。特别到，她对笙笙小姐有好奇、有嫉妒，亦有疼惜。

静谧沉寂的卧房里，卢柏凌一身西服立在窗台前，身躯笔挺，气势凌人。隔了许多步远，锦笙伫立着，不敢走近他。他眉眼亦笼着怒气与寒霜看向锦笙，似挺立在寒冬里的一束名贵花簇，憔悴而傲骨。他只是这样几步之遥地望着她，他曾经想象过她作起女子打扮会是什么模样，现在看来竟比他想象之中还要令他心潮澎湃，为之深深痴迷。然而，此刻的澎湃和痴迷里又带着刺痛，剧烈的刺痛，带有深深嫉妒的刺痛，她是为穆峻潭才作起了这样的装扮，不是为他。

锦笙透过面网看向卢柏凌，总带着模糊、缥缈，许久，她才攒足力气掀起面网与他四目相对，却见他目光冷冽而嘲讽。她一步一步走向他，每一步都缓慢而迟疑，直到最后一步，她抛下所有顾虑，扑在他怀里，紧紧地抱住他。

浓郁的栀子花香侵袭在卢柏凌的鼻息里，他双手攥拳，用了极大的力道遏制自己不去拥她，沉声问："锦笙，你在我酒里放安眠药让我离开，有没有一丝一毫是因为穆峻潭？"锦笙在他襟前摇头："没有，没有！我那时并没有猜想到父亲会把我囚禁，我才觉得我不能跟你一走了之。大公子说你在沪海被人刺杀，我不希望你再受伤。卢柏凌，对不起，我擅自替你作了决断，对不起。"卢柏凌重重地叹息一声，抬胳膊把她搂住，力道之大，仿佛要就此把她固在臂弯里，永远不放手。

即使坐在床上，他仍旧紧紧揽着她。她声音里笼着一层悲凉，说："卢柏凌，我赢了丝绸比赛，可是父亲不要我了。"卢柏凌说："我知道。"她又说了许多，想把他走以后，她生活里能告知他的事情都告知了，可他总是说："我知道。"她有些疑心他根本就没有走，他笑道："我见过苏叶了，苏叶担心你，把什么都告诉我了。"他揽在她肩膀上的手逐渐收紧，心也在逐渐收紧，紧到泛起窒疼。她说了许多话，他能清楚体会到她面对这一切时的无助和惊惶。

然而，她却很少提及穆峻潭。她在香港的事情，除却生病，其余一字未提。依她以前的习惯，她在穆峻潭那里受了气，肯定要怒气满满地咒骂穆峻潭，可是她没有。他不知是穆峻潭没有给她气受，还是她已不觉在受气。

锦笙闻着卢柏凌身上的淡淡菊香，问他："我的事情你都知道，但你的事情我知道的很少。又是给我大哥文件，又是差点被李厅长抓到，又是去救我大哥，你是不是没有去美国？"卢柏凌说："是，我在日本逃下了邮轮，躲躲藏藏时遇见一位朋友，便和他一起回了南广。正碰上南广和闽南打仗，如此一耽搁，等我回来，就什么都晚了。"

锦笙听他语气很是风轻云淡，她知道，他总是把自己的事情简之又简地告诉她，省略去一切艰辛和危险。

他说什么都晚了，她忽然惊觉，的确是什么都晚了。她坐直身体，离开他的怀抱，问他："那夫人和二少奶奶呢？"卢柏凌带些无奈地说："琳琅太执拗了，一直跟着我，我怕她一个弱女子遇见危险，也只能带着她。我母亲由日本回到中国，怕张家责问、外界猜测，也一直没有露面，直到我跟琳琅回去，她才敢公开露面。"

锦笙见他唇角带些苦涩笑意，他忽而握紧她的手，不容拒绝地说："锦笙，跟我走。"锦笙看着他俊美至极却又满是疲倦的面容，虽深刻记着自己对穆峻潭从一而终的承诺，也记得说过要等他平安回来，然而，她心里仍旧蠢蠢欲动着。要带她走的不是别人，是那个她从十三岁起就喜欢的卢柏凌，是那个给她枯燥暗淡的替身生活带来色彩的卢柏凌。

她开口，声音已经完全不是她自己的了：“你要带我去哪儿？我已经不能再回燕平了。”她以为自己没有点头，但卢柏凌见她点头，紧锁的眉眼略微舒展，说：“那你暂时住在沪海，我让明喻派人保护你。”锦笙问：“你呢？”卢柏凌说：“我在京陵耽搁太久了，要先回燕平处理一些事情。起码，我和琳琅的婚姻问题要有个决断。”

锦笙忽然想起怀有身孕的张琳琅，似被人当头泼了一盆冷水，脑子清醒起来，那蠢蠢欲动的念头也立刻打消了。她跟他离开，让他抛妻弃子，岂不是把他拖进泥潭里？如果一早决定拖累他，那她在香港又为什么要接受穆峻潭呢？既然接受了穆峻潭，穆峻潭知道后又岂会轻易放过他们？她丢掉哥哥的身份已经是跌落谷底，现在若是跟卢柏凌一起走，简直就是拖着卢柏凌坠入万丈深渊，此生都不得翻身。

卢家、穆家、林家、张家，两家财阀，两家军阀，她不能想象自己和卢柏凌会面对什么样的后果。

锦笙耳畔回响起李蓁蓁与她说过的话：“如果你愿意跟卢柏凌走，请好好爱他！你待在帅府，所见所感受的只是穆督军对你的保护、穆督军对你的情意。京陵城的军警四处密捕卢柏凌，他为了见你所做的努力与艰辛，你怕是一点都感受不到。如果你不愿意跟他走，请果断对他狠心，不要让他再对你存有希望！”

她愿意跟他走，她愿意再一次狠狠地伤了穆峻潭跟他走，但她不能跟他走。她猛地甩开卢柏凌的手，起身扶住窗台，背对他说：“你自己走吧，我不跟你走。”卢柏凌早已经计划好如何带锦笙出城，这时正在思忖锦笙要如何甩掉门外那些卫兵脱身，蓦然间听了锦笙的话，他先是一怔，随即怒然发问：“为什么？”

那姜汁黄的窗帘上缀有小绒球，一个连一个似流苏，锦笙一下一下地揪着小绒球，冷漠地说：“我爱上了穆峻潭，我们早已经签了婚书，我现在是他的妻子。我们说好了要余生相依，白首永偕。”卢柏凌握住她的手腕，把她拉扯到身边时，她满手的绒球散开滑落，卢柏凌灼痛的目光由绒球望到她眼睛里：“锦笙，我不相信你这么快就会变心。”锦笙眼睛水润，梨花笑绽在脸颊：“不是变心，我以前喜欢杨灵均，现在爱穆峻潭，从来只把你当作发小兄弟。咱们之间，一向都只有兄弟情，没有男女之情。”

卢柏凌痛声说：“这不是问题，你跟我走，咱们可以日久生情。这世上除非我卢柏凌不想要，还没有我得不到的女人心。”他力道逐渐收紧，锦笙觉得自己的手腕快要被他弄得筋断骨折，反而由痛意里生出一股狠绝，笑着回他：“二公子，我但凡有一丝不情愿，你带得走我吗？你这时候跨出房间门一步，我夫君的卫兵就会把你抓起来。”

她的手腕骤然被他松开，重重掉落之时，似打碎了卢柏凌面庞上的嘲讽笑意，旋即，浓浓寒霜笼回他的面庞，他的呼吸逼近她：“夫君？督军夫人好大的口气，你以为我不光明正大地行动是怕你的督军吗！”他自嘲一笑，“我只是顾虑你，是不是很可笑？明明心里猜想过，你或许是自愿跟着穆峻潭，可我还是不能抛下你不管不顾，不能不亲眼见到你。我以为你仍把林家大房的声誉视若生命，宁愿在京陵城躲藏你夫君的密捕，找时机与你秘密见面，也没有用其他法子逼你出面！”

自在邮轮上醒来，他便陷入了极深的恐惧和愤怒，她利用他的信任以那样的方式送走了他，可他从没恼过她、恨过她。他只怕自己回来太晚，来不及阻止林肇聪把她如何，结果他还是回来晚了。

他捕捉到锦笙的水润眸子里藏着疼痛，猝然伸手揽住她的腰，低头吻了下去。他不相信，他与她那么多年的感情能够被穆峻潭轻易取代。

锦笙惊慌错乱，躲他不及，陌生又熟悉的接触，她身不由己地被他拥在怀里，像一件轻飘的蝉翼纱衣。她想起在一水间砸伤他脑袋那一晚的情形，月光下，他白皙的面庞上有一道道鲜血流下。那时，还是春日，她还是哥哥的替身，还能看见一水间的满园碧色嫣红。今时今日，在帅府，她是笙笙小姐，在卢柏凌跟前，他仍旧唤她锦笙，她却不知道自己应该是谁。

卢柏凌吻得急切而迷乱，锦笙的心也迷乱而慌张。与他过往的点点滴滴都一一浮现出来，姹紫嫣红的记忆，在哥哥替身的岁月里是那么容易捕捉。他们吵过的架，动过的手，一起看过的月光，一起喝过的花酒，一起……

他说，纵是山崩川竭，我亦不会再离你而去。

他说，我是你的猎物，生死全在你手；你若遗弃我、远离我，我的灵魂就会消亡，只剩一具皮肉。

他说，此一生，你不嫁，我不娶！我卢柏凌的姓氏，只会冠在你名字之前。

……

他说过的话，其实她都记得。然而，她以一瓶安眠药酒葬送了这一切，她亲手毁了他对她的承诺，亦亲手毁了他和她的未来。她不能再把他拖入万劫不复，毁掉他和张琳琅的未来。

她眼中的水润化为连串泪珠落下，卢柏凌在察觉到热泪后放开她，她隔着大衣抓在心室位置，像是抓着自己快要碎裂动摇的心，轻声告诉他："卢柏凌，我有身孕了，是我和竟天的孩子。他一直对我礼遇有加，没有强迫我，是我自愿的。他喜欢女儿，我们都希望是个女儿，最好一半像他，一半像我……"

卢柏凌的神情迷离而脆弱，宛如一朵名花标本，稍一经风吹就会分裂成数瓣。锦笙的声音那么轻，却一字一字地在他心上割下纵横交错的伤痕，令他一呼一吸之间都带着窒息的疼意。

他苦苦追寻她的下落，为她的身份秘密着想而在京陵城东躲西藏，费尽心思地想要见到她。然而与此同时呢？她却在和穆峻潭享受闺房之乐，希冀腹中孩子是个女儿。

卢柏凌整个人都石化了，连呼吸都窒疼到减缓。许久，他眼睫微垂，看向锦笙腹部，玫瑰锦大衣，遮挡着她和穆峻潭的孩子，那个会一半像她，一半像穆峻潭的孩子。

锦笙双眼泪光模糊，她看不清卢柏凌的神情，只能看见一道冷峭孤傲挺立的身影。那道身影在静止不动许久之后，突然愤然转身离开了卧房。她先是愣怔，随之一惊，待她追出卧房，卢柏凌已经完全打开了房门。

小盛副官本是背手在走廊里踱步，待门一打开，立即转身过来要听吩咐，却愣住了。他怎么也想不到，这间他们不能进的屋子里竟然藏着一个长得比督军还英俊的男人。

小盛副官不认识卢柏凌，盛吉祥却是一眼认出，大惊到面容失色，瞠目结舌地看着卢柏凌，心里一阵哆嗦，脑子一阵空白。随之，笙笙小姐也追了出来，头发毛躁，唇上胭脂晕染到唇外，大衣领口也凌乱翻折着。他立即低了头不敢看，却又不得不看向卢柏凌。卢柏凌沾染了胭脂的薄唇微勾，挑衅一笑："你们督军不是要密捕我吗？我人就在这里，你们敢抓吗？"盛吉祥被他阴冷俊美的笑意激怒，刚一抬手，预备招呼左右卫兵，锦笙厉色吼道："盛吉祥，你若胆敢动他，我绝不放过你！"

盛吉祥早已怒火中烧，督军远在战场，他放在心尖上的人却在饭店房间跟卢柏凌偷情。督军的感情，督军的颜面，都被狠狠践踏了。盛吉祥咬了咬牙，狠狠地说：

“抓卢柏凌是督军下的命令，笙笙小姐若不放过我，请便！”他一挥手，早有两个卫兵上来挟持住卢柏凌，他亦上前把锦笙堵回房间里。他以前听说过有军阀姨太太偷小白脸，可帅府从没有出过这样的事。那般年轻的五太太、六太太跟着大帅都没有这样的行径，督军那么爱她，也和她签了织锦婚书，她竟敢这样对督军。

有卫兵拿来绳子捆绑住卢柏凌，他被推走前对锦笙弯唇一笑，那俊美笑容里有阴冷，有绝望，有嘲讽，却没有了锦笙最喜欢的花枝乱颤。

第四十九章 少年意，羁网断

盛吉祥生死关头见得多了，却从未遇见过这样的事情。从看见卢柏凌的那一刻，他心里就慌乱到不知如何应对。这并非军政大事，乃督军家务事，万不能惊动东路和中路的那些长官。饶是他尽力悄然处理，坊间还是有传闻传了出去，说帅府的笙笙小姐与人偷情私奔被发现，奸夫也被绑出福泽饭店秘密关押。

盛吉祥无权也不敢询问锦笙事实真相，前方战事紧要，他也不能给穆峻潭发电报说明此事。把锦笙送回小院后，他只得把事情告知了二姨太。二姨太赶去询问锦笙，锦笙只说自己和卢柏凌是清白的，再不言其他。到底不是自己的儿媳妇，出了这样的丑闻，二姨太也不知该把锦笙如何是好，且卫兵们抓回来的“奸夫”还是总理府的二公子。

因苒苒的家庭教师李蓁蓁涉及其中，二姨太更是深感惶恐。加之，不到两日，种种风言风语便传得街头巷尾尽知，她只好亲自去虎泉山别墅把穆夫人请了回来。

二姨太让人把赤芍和杜衡都关押了起来，瞧着锦笙神色不对，生怕她寻短见，于是让蓉妈和两个小丫鬟日夜陪着她。

蓉妈把通往露台的玻璃门锁死了，锦笙倚着它望向天空，雾霭很浓，星光在里面时隐时现。然而，她的黝黑瞳仁空洞无神，什么都看不进。没有哥哥替身那层外衣，她原来是这样的软弱、糟糕，一次次地糊涂做傻事，把自己陷入如此不堪的地步。

她伤了卢柏凌，即将要伤了穆峻潭，还要背负与人偷情的名声。

蓉妈说，穆夫人两日前已回府，但不知穆夫人为何还不来问罪于她。大抵穆夫人觉得根本没必要听她解释，连吉祥、安康都认为她和卢柏凌之间不清不白，给他们督军戴了一顶大绿帽，安康更是一看见她就怒目相瞪。待穆峻潭回来，即使不信穆夫人的调查结果，应该也会相信两个忠心耿耿的副官。

青幔轻纱被人掀开，蓉妈来不及唤一声“夫人”，穆夫人已气势汹汹地逼近锦笙，锦笙略回神看向她，她冷冷喝道：“你们都给我出去！”

蓉妈和两个小丫鬟立即应了一声走出去，青幔轻纱尚轻舞，锦笙脸上已狠狠挨了一巴掌。她毫无防备地朝一侧倒去，扑翻了一个高几，高几上的花瓶碰在墙壁上，“哐啷”一声，碎白瓷片飞溅，残花落地。

锦笙缓缓站起，并不抬手去摸脸庞上浮起的指痕，只是倔强傲气地看着穆夫人：“我和卢柏凌清清白白，我会跟竞天解释清楚的。”穆夫人冷笑：“你长了这样一张面孔，又伶牙俐齿，我那个糊涂儿子自然会信你。”锦笙问：“那么，穆夫人想要如何处置我，是想在竞天回来之前杀了我吗？”穆夫人老练深沉的目光直看进她澄净的眸子里，冷声说：“我杀了你，你就成了我儿子心里一辈子都愈合不了的伤疤，他更会疑心是我不喜你，才布局陷害你。”

锦笙看向在沙发落座的穆夫人，穆夫人侧对着她说：“我给你两条路，你若要跟卢柏凌走，我可以做主放你们走。你放心，我不会让外人知道‘奸夫’是卢二公子。并且，只要你离开我儿子，你的秘密我也不会对外泄露一字。自此，你和卢柏凌的事情要如何解决，那便是林家、卢家、张家的事情，与我穆家无半分相关。”锦笙说：“我不走，我一走，就等于告诉竞天，我真的和卢柏凌有……”她唇瓣微颤，没能说出那等字眼。

穆夫人冷冷地瞥她一眼，说：“你既然不愿意走，就留下来亲口告诉竞天你是如何私通苟且卢柏凌的。在竞天回来之前，我可以做主放卢柏凌走。我顾全大局不把这位燕平的公子爷如何，不代表竞天回来能压住怒气不杀他。李家父女，我也可以保他们性命无忧。”锦笙愕然看着她，她本已走至青幔跟前，却微微转过脸，接着说：“你年纪虽小，到底经过那么多大事，理应比其他女子多几分世故和通透。你要怪，只能怪你们做了丑事不遮遮掩掩倒罢了，还那么嚣张！真当这是你们燕平，竟敢如此损害我穆家颜面！”

锦笙攥拳的手微颤，望向隐去穆夫人身影的青幔轻纱。她想着，若自己的母亲也是这样强势且手腕雷厉，当初是不是会阻止父亲做下以女代儿的错事？

事发前一日，卢柏凌怕与锦笙的见面会被穆峻潭的卫戍发现，于是把能够联系到薛明喻的办法教给了李蓁蓁。他当时绝想不到，锦笙会这样对他，亦没有想到自己会做出这种举措。

事发当日，李蓁蓁出了福泽饭店就按照卢柏凌说的地址去找人，那人连忙给沪海护军府发了急电。

薛明喻接到电报，立即联系了京陵城的省长办公厅。公文上说，外交部次长卢柏凌前往京陵，本意与帅府的李秘书长商议如何处理商民的频频请愿，却被帅府的卫戍误捕。现下，各大使馆外交紧迫，他要立即把卢次长接回沪海，处理外交团的外交事宜。

与此同时，薛明喻亲率一队精锐卫兵赶到了离京陵城不远的平城。平城里有一个小军阀，虽接受了安系授予的师长之衔，却一向谁强势就归顺谁，四面迎风地倒，故而城里少有纷争，勉强算是太平之地。当地官员早已得到薛护军要来的消息，北地战事未有明确定局，他们自然也不敢怠慢薛明喻。薛明喻让卫兵在平城驻扎，自己仅带了几个近身警卫开汽车到京陵城。

这边接到公文的朱省长本就心明耳聪，传言帅府卫戍抓了一个奸夫，薛明喻又立即与他交涉，要求帅府释放卢次长，两样事岂会如此凑巧。他没有与帅府办公院的文官幕僚通气，只是私下里报告给了刚回府的穆夫人。

穆夫人答复朱省长的当日，薛明喻也到了京陵，他找到李蓁蓁了解详情。李蓁蓁为了把事情讲清楚，不小心连笙笙小姐的身份也说了出来。

薛明喻最近战事扰心，又担忧卢柏凌安危，倒是没太惊讶锦笙的身份。只是想着，他一定得在穆峻潭回来之前把卢柏凌带走，否则，整个京陵城谁能拦得住穆峻潭不冲动行事。

次日一早，他得到朱省长的答复，声称的确误抓了卢次长，帅府卫戍已经立即把卢次长由监狱里请了出来。但是，帅府会派人把卢次长送到城外，请薛护军在城外接人。薛明喻亦了解，京陵城城防空虚，他们必定担心他是带有其他目的而来。只他应对贺允鹏，已有些应对不暇，此行又只为把卢柏凌安全带走，并不想徒惹战事，当即应了朱省长的要求。

经穆夫人允许，李蓁蓁在帅府的一间杂物室里见到了被关押的卢柏凌，两个卫兵正左右看守着他，要往外押送。

盛吉祥眼神示意了一下，卫兵便跟随他走出去等在门口。李蓁蓁细看向卢柏凌，他衣物整齐，胡子未刮，遮掩了俊美之气，益发显得有些放浪不羁。这只是外形，李蓁蓁在他神情里看不见一点鲜活气息，他仿佛一个没有灵魂的躯壳，双眸空洞到可怖。

她心里一窒，又看了看他拖着铁链的手脚，仍是忍不下那一股愤恨，抬手狠狠掴了他一巴掌。

卢柏凌连日来水食不进，憔悴的面容隐有一丝病态白皙，指痕迟了好一会子才慢慢浮起。他终于回转情绪，眸带愧疚地望着李蓁蓁："李小姐，对不起，我当时太冲动，没有考虑到会拖累你，继而拖累你父亲。"

李蓁蓁怒看着他："我以为你是一个足够冷静睿智的人，处理的方式那么多，你却选了最愚蠢的一种。你自己不想活了，为何要拖累别人！"他并不顾忌门外有帅府卫兵，只是毫无情绪地说："穆峻潭不在京陵，并且京陵城防空虚，军警内部都不易有任何变动。短时间内，他们不会对你父亲这位警察厅厅长如何。你父亲也是刀枪里走过来的，自然不会坐以待捕。你一介弱女子，穆峻潭不会把你怎样。锦笙……锦笙肚子里有孩子，穆峻潭更不会动她。"他说到最后，音调里终于有了痛意。

李蓁蓁怒声问："那你呢？你就这么想死？"卢柏凌弯唇一笑，仿若盛开在浓雾里的栀子花："整个京陵城敢脑子一热，不顾后果杀掉我的，只有穆峻潭。如果他杀了我，我就可以永远活在锦笙心里，成为他们之间拔不掉的一根刺。"

他筋疲力尽、绝望至极的笑意刺痛着李蓁蓁。她垂了眸，掏出麒麟戒指的项链，说："笙笙小姐不方便来送你，她让我把这个还给你。她说，虽然是你送给她的，但她也一直戴了很久，你若想留，就留着，就当作是发小兄弟情的念想。"

卢柏凌迟疑良久，眼睫微颤了颤，拖动着沉重的铁链子把纤细的银链子接了过来，麒麟戒指垂悬，折射数道霞光，在他空洞眼眸里一闪即逝。

锦笙由城门远望，远处山是琉璃碧，天边霞是琥珀红，秋日的寂寥气氛是那么浅薄，可她登在高处，秋风扑面，仍旧满眼寒凉。她看见盛吉祥把卢柏凌交给了薛明喻，城门楼上的卫兵端着已经打开保险的枪，满脸戒备。她看见三辆黑色汽车渐渐消失在尘土树木之中。

犹记得，她最初南下时，卢柏凌率皞系卫兵逼停火车的地方，也生长着及人腰高的野草。野草丛里有一块废弃的界石，他一身银灰色西服，戴着盆式帽，扶着手杖立在界石上，时髦张扬，俊美到花枝乱颤。

他说，这一次换他等她，他会在燕平等着她回去。

可是，他们再也回不去那时候了。

一个寻常却又不寻常的秋日黄昏，吉祥、安康及所有城楼上的卫兵，就这样背过身侧过目，听督军的女人伏在城门的石砖上低声啜泣。那细软悲恸的哭声击在左右卫兵的心里，令他们不由得心生怜惜。唯独吉祥、安康，听着她为奸夫悲痛到了这种地步，心里噌噌地冒着滚滚怒火。

薛明喻到了平城才算是稍微舒了一口气，他们在饭店刚住下，卢柏凌却突然又要回京陵城，卫兵拦他不住，只得把薛明喻请了过来。卢柏凌认真地和薛明喻说："我不能这样害锦笙，我必须要等穆峻潭回来了和他讲清楚。我不和穆峻潭说清楚，穆峻潭有可能会疑心她肚子里的孩子。"

顿时，薛明喻也觉得自己的肚子里有一个火孩子，他把卫兵吼了出去，才对卢柏凌低吼道："柏凌，你别胡闹了！她跟了穆峻潭那么久，穆峻潭能连自己的种都分不清吗？你现在应该担心的不是穆峻潭的女人和孩子，你应该担心你的父亲，咱们皞系输定了！你知不知道安系这次打得有多猛，穆峻潭只接受投降，不接受讲和！你知道这意味着什么吗？你父亲要下台，皞系在内阁的高层人物也会一律被免职。整个皞系都即将溃散！"卢柏凌冷冷地说："穆炯明和我父亲是一个门系出来的，穆峻潭不会把他的性命如何，我无须担心他。他输是必然的，我早劝过他，如果他一直只用拳头和武力说话，早晚会有人比他的拳头硬，比他更能打。"

薛明喻一拳打了过去，对倒在沙发上的卢柏凌怒声道："你不就是那一年见多了死人吗？打仗哪有不死人的！你看看你这几年都在干什么，再看看穆峻潭都干了什么。锦笙不跟你，你活该！我他娘的要是去趟暹罗就能把自己从男的变成个女的，我也跟穆峻潭不跟你。我要不是看在咱们俩一起从小玩到大的分上，我他娘的绝不巴巴地赶到京陵城救你！"

卢柏凌的火气也噌地上来了，反手一拳把薛明喻挥倒，薛明喻未完全起身就朝卢柏凌扑了过来。二人倒在地毯上打到筋疲力尽，各自心里的乱糟愁绪都挥散了一些，冷静下来，一起喝完酒，倒在一块睡了冗长一觉。

京陵帅府小院内，即使晴日拂照，也笼着浓浓的阴冷。蓉妈每日给锦笙送饭菜，她偶尔才吃上几口，多是看也不看，或躺或坐，总是倦懒发怔的时候多。

蓉妈深知大太太的手段，若非此事是盛吉祥他们先发现，蓉妈也要疑心锦笙是遭了大太太的计。因心疼少爷，蓉妈对锦笙的态度也不比以前，言辞神态里总是流露出厌弃和蔑视，锦笙察觉到了，只当未见。

穆峻潭的秘书偶尔也会派人给她送报纸，仅是穆夫人想要她看见的那几份报纸。一份京陵本地通讯社刊印的报纸，上面登载了一个小新闻，说是穆督军金屋藏娇的爱姬笙笙小姐为了和情郎私奔，竟狠心杀掉腹中孩子。虽然这家通讯社第二日就被警察查封，坏事依旧传了千里。

还有几家大报社的驻京陵分社报道了战事，皞系溃败，安军已经进城，战事初定，各地报社一通气，便有不羁又不满军阀战争的文人发表评议说，穆峻潭战场得意，情场失意，燕平戴了大礼帽，京陵戴了大绿帽。一路绿光通往燕平，无人能与之匹敌。许多外地人并不知晓京陵的事情，只当是那些倒军阀的人故意嘲讽穆峻潭而造谣的。

但是锦笙知道，这一次，她把穆峻潭变成了京陵第一大王八，穆峻潭不可能轻易原谅她。一怒之下，他一枪崩了她也是有可能的。

锦笙的活动空间只有一间卧房，连露台都不能去。她每天有大把的时间用来胡思乱想，时间多余到她几乎能从最初的记忆开始想。

哥哥不爱动，又经常生病，她总是黏在三哥屁股后面，三哥多是和卢柏凌、童逸勤、薛明喻、陆哲峰他们凑在一起玩，津城的那几个少爷也时常过来。其实三哥最厌烦带她，实在甩不掉了，就扔给卢柏凌，卢柏凌也总是不情不愿地带着她。

她跟着他们出去打猎，被卢柏凌打伤后住在医院里，卢柏凌因为内疚自责，一直守她到出院。其间，少尘和方爷爷来医院看她，她第一次知道自己已经许了人家，却不知道许过人家是什么意思。

已记不清是哪一日，她在花园里缠着穆峻潭用枪打鸟，穆峻潭神情冰冷，大约顾及她是林家六小姐才不好不理她。他们俩一起望天等鸟，鸟没等来，却等来一场天花，天花夺走了哥哥，她成了哥哥的替身。

她想象着，如果哥哥没有死，她还是云笙，又会是什么样的生活。大概不会与卢柏凌那么相熟吧？长成大姑娘以后，一年到头与卢柏凌根本见不到几面。那么，被少尘退婚又差点被嫁给唐义哲的便是她，她更不会遇见穆峻潭。

她学了那么多年，分得清各样的茧、丝、丝绸，懂得铺子、厂子里的事情，在南下柳苏之前，她差不多都可以独当一面了。

然而，父亲唯独没教过她要如何分辨感情，如何处理感情纠葛。她本以为自己可以和穆峻潭长久相处，平淡如水地度过余生。原来，他们之间的关系竟脆弱如薄冰，一旦卢柏凌出现，那薄冰便会显出道道冰纹，不待融化就要碎裂。穆峻潭心里应该也清楚，不然不会耗费那么多军警力量对付卢柏凌。

这日下午，蓉妈无意说了一嘴，“少爷明早就回来了”，顿时似有重重的石块沉落在锦笙心室里，坠得她窒疼不已。

天色将明，雾依旧浓密到飘散不开，穆督军的专列在萧寒大地间缓缓驶进京陵车站。前来迎接的官员和卫兵队列整齐肃穆，众人的身躯在灯光下显出一道道规整的影子。

穆峻潭步履匆匆地由行礼的属下跟前走过，站台上早有汽车在等候，自始至终，他眸光幽冷，脸色平静到阴沉可怖，一声都不发。叶执信并不知道详情，一路上也不敢和盛吉祥有任何的眼神交流。

穆峻潭办公室外的岗哨见到督军回来，立即嗅到气氛不对，不免个个心怀忐忑地敛气收神。

盛副官、小盛副官和朱省长进去十余分钟，走廊上的卫戍虽隔着门墙，也听见了物件被掼摔的声响，随之是督军的怒吼：

“谁给你们的胆子放走卢柏凌！让贺允鹏去抓，把卢柏凌、李希昌都给我抓回来！”

办公室里的电话被砸坏，叶执信领了命令出来，李秘书长也立即跟出来，在离门好几步远的地方悄声嘱咐他：“不要去联系贺督军，大帅急着见督军，我们这就去虎泉山别墅了。”叶执信迟疑着，李秘书长又压低声音说：“前方战场打别人老子那是走了明路的，后方密捕杀别人小子，若传出去，咱们安系有理也会变没理。皞系四路大军已经全部战败，大总统出面调停，督军把老戴丢下应对战后会议，自己回来处理家事，已是不智。眼下，咱们双方的条件都还没有协商好，卢柏凌一旦出事，卢兆祥岂能忍？届时，坊间传闻和舆论都闹得沸沸扬扬，难不成帅府要对外发一份电文，说卢柏凌勾引、私通督军宠妾，督军才杀卢柏凌的吗？”叶执信苦着脸说：“那……那我这……”李秘书长说：“男人遇见这等事，总是面子上过不去心里窝火，怒火发出来，等他见了大帅就会彻底冷静，不会问责你的。说到底，这件事是笙笙小姐的错，与咱们又有何干。”

他话刚说完，穆峻潭吼了几个人进去把盛氏兄弟和朱省长都给绑了出来，要关到监狱里去。叶执信惴惴不安地到通信室溜达一趟，全当已经联系过贺允鹏，疾走着回来复了命。

穆峻潭稍作休整，连早饭也没用，匆匆去了虎泉山别墅见父亲，禀告北地战事详情。晚上回来，他也不去西院。父亲办公的地方已经腾挪给了他，数间相通的套房，有办公室，有小书房，有小卧房，既可以办公事，也可以休息。他回来许久，只是面无表情地坐在小书房的沙发上。他不回西院见穆夫人，穆夫人也不主动与他说，她知道，两个亲信副官的话会比她更可信。她说得多了，穆峻潭反而会疑心她。

穆峻潭一整天水米未进，叶执信小心翼翼地在茶几上摆了几样饭菜，轻声说：“督军，您一整天都没吃东西了，多少还是吃点吧。”穆峻潭仍旧纹丝不动地坐着，连眼皮都不曾抬一下。叶执信独自愣怔一会子，握紧托盘走了出去，因担心督军，关门时留了一条缝隙。

穆峻潭弯腰拿烟时，瞥见了那盘做工精致的大白菜，他手一顿，回忆似洪水，踊跃着翻滚了出来。这道菜应该是叫佛手观音莲吧？他丢下烟，拿筷子夹起一片大白菜，在六和饭店看见的种种情形也浮现在眼前。那时的锦笙，还是一身长衫马褂，戴着小圆墨镜，精灵俏皮，傲气十足。与她的点点滴滴都飘浮在脑海里，随意拎出来一件，他都记得很清楚，他从没有对一个女人这样用心、用情过。她原先那么排斥他，他不服气，一腔孤勇地走向她，尽力在强势占有和等她心甘情愿之间把握着一个度。他把对恋爱、对婚姻的美好期许都寄予了她，贺慕杭与王子仪嘲笑他是陷在热恋里的傻子，但他愿意为她傻乐在其中。

然而，她竟敢这样对他，和卢柏凌幽会，衣衫不整出来；送卢柏凌离开，伏在城门楼上恸哭。也唯有她敢如此对他，她仗着他爱她，利用他对她的感情和耐心把他玩弄在手掌里。尽管李蓁蓁也在房间里，卢柏凌和她断不能不知羞耻到那一步。可是，还有区别吗？她的心里全然没有他半分，她对他从来只有利用，她不顾惜他的感情，不在乎他的颜面。她吃定了他，才敢如此肆无忌惮。

叶执信见督军拿筷，本是舒口气垂了眼皮，未几，却听见“哐啷”“砰啪”的几声响。他阻拦要冲进去的卫兵，自己由门缝里望进去，只见灯光不再，茶几、沙发、矮几上的台灯都已七横八斜，地毯上一片狼藉。月光里，督军高高地孤站着，隐约能看见双肩的轻微颤动。

锦笙听说穆峻潭回来，心情起伏不定地等了他一整天，待看见他，已是黎明将至，窗外的黑暗中弥漫着萧瑟枯寒。

青幔轻纱在穆峻潭背后徐徐垂落，他面容疲倦阴沉地走过来。锦笙由沙发上起身，张了嘴，可是嗓子封闭太久，一点声音都未发出。穆峻潭托握住她的下巴，冷漠地问："母亲说你和卢柏凌私通，还意图私奔，你有什么要解释的吗？"锦笙闭眼沉声说："没有。"他冷冷一笑："可是，你有法子证明你是清白的，对吗？"锦笙惊愕地睁眼看他，他笑意里多了几分轻蔑："还是，你在跟我之前就和卢柏凌偷行过男女之事？早听闻你在一水间的作风私乱不堪，大概是真的了。"

穆峻潭的冰寒目光居高临下地盯着锦笙，她穿了一件月白素绸旗袍，清瘦圆小的面庞根本禁不起电灯光的当头照射，看起来苍白孱弱，仿佛风雨里的高枝梨花，下一刻就会凋落。灯光跌进她的双眸里，化作两颗水润小星星，小星星里有他，可他心里眼里只有愤怒。

锦笙的唇角颤动了许久，方攒足力气说："穆峻潭，我没有必要向你和你母亲证明我的清白。我对你没有一点喜欢，根本不在乎你误不误会我。卢柏凌已走，我的心已死。你若是觉得我损了你的名声和脸面，随你要如何处置我，关我一辈子也行，一枪崩了我也行。我绝不可能用那种方式跟你证明我的清白！"

穆峻潭压住心中剧痛，唇角轻弯，看似笑意，眼神却无比阴冷："你摆出这副一心向死的模样给我看，我偏偏叫你的心死不了。"锦笙竭力作出风轻云淡的姿态，想维持自己在他跟前最后的骄傲，却随着他的话语再也站立不住。

"你父亲中风瘫痪在床。现在，你的生母和六妹哭得死去活来，不知道该如何是好。你爷爷接连受到林五少和林大少出事的打击，早已重病在床，你二哥也已经趁乱回府。以后，你的瘫痪父亲、疯子嫡母、生母和待字闺中的六妹，怕是都要依靠林家二房过活了。"

锦笙瘫坐在沙发上，冰冷枪口抵在她的眉心，穆峻潭的话语带着冷漠嘲讽："我现在一枪崩了你，如何？"他还没有进燕平城的时候得到这些消息，当时还忖度过要怎样委婉地和她说。又想着，林肇聪既然已病，他就把她心心念念的家人都接到她身边，从此以后也免得她总有牵挂。

然而，他却是以这样的方式告知了她。

连日来的复杂情绪化作逆头热血，锦笙尚来不及细问，便心中一搐，脑子一空，昏厥了过去。穆峻潭立即收了枪把她抱回床上，绸料光滑，他搂着她的纤瘦身体，仿若抱着一匹上好的丝绸，轻盈柔软却了无生气。

由昏厥到昏睡，锦笙又走进了那个跪在泰潍祠堂的梦境。父亲不在，唯有她一人跪在祖宗画像和族中长辈跟前。她想起穆峻潭说过，传香火非得靠儿子吗？女儿也是他的血脉。她虽然不能给林家传香火，可她到底是林家血脉，即使族人不承认她，也抽不干她身体内流淌着的林家血脉。

她的身份秘密掩藏了十二年，自此以后，她若不说出这个秘密，还得躲藏许多年不能见人，直到世人忘掉那个年少轻狂的林五少。若父亲无恙，母亲和妹妹有依靠，她做一个野鬼也无妨。如今父亲病倒，妹妹尚未婚配，两位母亲晚年亦堪忧，她如何还能再躲藏下去。

她潜意识里挣扎着由祠堂梦境里醒来，眼皮未及睁开，依稀听见穆夫人的冷声质问:“你什么时候把这个女人赶出去？”

“她是我的女人，我活着她就得跟着我！”

“你的女人？你一看见她就犯糊涂，你分得清她是你的女人还是卢柏凌的女人？你在外面有什么样的女人，我都不管你，可你不能把一个和其他男人纠纠缠缠的女人留在家里！这件事，你父亲也绝不容你！”

“我说过要给她一个家，绝不食言！您若当真容不得她住在家里，我就和她搬出去，我们另外成一个新家。”

随之，一阵轻微急乱的脚步声渐远，想来是穆夫人气极而去。她睁眼，原已是黄昏后，新月初升，卧房内静谧无声，穆峻潭应该在露台。有温热的泪不自觉地由眼角涌出，她说不出是什么感觉，只是在心里一直念叨“穆峻潭是个大笨瓜”。她摸上空空的左手，起初怕卢柏凌看见那枚戒指心里会不舒服，于是就把它摘了下来，后来一直没有想起来戴，但穆峻潭一定看见了她没有戴。

露台上传来几声咳嗽，她一惊，连忙擦了擦眼泪，闭眼装睡。过了一会儿，她露在外面的胳膊被轻轻地放在羽绒被里，穆峻潭又给她掖了掖被角才离开。

她有想过穆峻潭会怎么对她，甚至预想过，他一气之下会杀了她。若他还像昨晚上那么凶狠冷漠，或许她不会如此愧疚。

穆峻潭离开就再没过来，锦笙恰好也不知要如何面对他。次日下午，她见到了严副官，她本就相信穆峻潭不会拿这种事情欺骗她，于是只询问了一些详情，丝毫没有怀疑。

其实昨晚上，她心里已有了决断。她的身份不能再隐藏，与穆峻潭的感情也不能再稀里糊涂。

假使有一天，她真的接纳穆峻潭，那也是因为爱他，并且有一个与他相配的身份地位。而不是像现在这种鬼样子，为了有所依附才跟着他、利用他。如今这样稀里糊涂地维持着脆弱如薄冰的关系，一旦有外力影响，他们的关系就会冰纹纵横，惶惶欲碎。

她既然打定了这个主意，穆峻潭生气不来小院，又不准她去办公院那边，她便有些着急，只得连连催促卫兵去报告她有急事要见督军。

饶是如此，三日后的下午，穆峻潭才至小院。他一掀开纱幔，阳光亮得正耀眼。锦笙由露台往里走，米色披肩下，一身雨过天晴的旗袍旖旎垂悬，把纤瘦的她衬得婀娜又纯净，他不免怔住了。那旗袍长及脚面，她每向他走来一步，下摆都绽开了国色天香的牡丹花，仿若黄金蕊红玉萼折腰争舞簇拥着她。还有两步距离，锦笙停住脚，勉强对他笑了笑，“我知道你忙，可是我家里出了那样大的事情，我有些想法着急跟你说。”穆峻潭逼着自己侧了头，温声道：“你说吧。”母亲说得没错，他一看见她就容易犯糊涂。

锦笙道：“你坐吧。”穆峻潭点了点头，在沙发坐定也微垂着眼皮不朝锦笙看，然后不自觉地掏了烟盒出来，想到她最近有些咳嗽，遂只把玩着烟盒，并不取烟。锦笙缓声说着自己的想法，穆峻潭垂着眼皮，神情是惯有的冷漠。她看着他那副漠然的样子，说话的声音也不免愈来愈小。

穆峻潭听完沉默良久，抬眸凝看她半分钟，目光像是淌过千言万语，最后仅是点了点头，又说：“你做了那种准备回去，看来聘礼我是不能省了。我很快也要去燕平，咱们正好一路。”锦笙怔怔地望着他，他终究还是不放她，尽管她把他变成了京陵第一大王八。

穆峻潭心里也微微震撼着，与自己较了几天的劲，最终还是原谅了她，尽管她把他的感情和颜面都狠狠踩踏。可是如此婀娜纯净、俏皮精灵的她，他再怎么狠心也丢不开。他知道，她若当真愿意跟卢柏凌走，卢柏凌是有能力带走她藏起她的。

然而她仍旧在他身边，至于她为何留在他身边，他猜想，他猜想……算了，终归只是猜想。只他不能和她毫无联系地等她去理清楚，他错过了她十八年，他不可能再与她两不相扰，由得其他男人乘虚而入陪在她身边。

他要定她了，除非她不嫁人，要嫁只能嫁给他！

第五十章 秋兴逸，秋兴悲

锦笙没有和穆峻潭一起走，她担心家里，一日都耐不住等，遂让杜衡买了最近班次的火车票。跟穆夫人和二姨太辞别后，她剪掉了中长的头发，恐怕如此出现会吓坏爷爷和父亲。

次日清晨，她穿上海棠红长衫、银白缎马褂，好容易习惯了女子发式和衣裳，穿回以前的衣裳倒有些不习惯。衣橱里，许多新置办的秋冬衣裳，只是试过，还没有机会穿呢。她仅是走神几秒，便猛力合上了衣橱门，果断离开这间闺房气息浓郁的屋子。

这一段时间，她又清减了许多，走起来，那长衫马褂总兜着晚秋风，剪了短发的脑袋也觉得凉意浓浓。

穆峻潭没有时间送她去车站，只是让她坐汽车由正门走，他在办公厅大楼前与她说几句话。因为很快要在燕平见面，两人并没有太多离别情绪，他只是说："笙笙，你还是等一等我吧。"锦笙自然是不愿意等的，他弯唇笑了笑，也没有强留她。

盛安康和两个卫兵穿了便衣充作小厮跟着同行，一路上，锦笙很少出包厢，也没有引人注意。只是他们坐的是普通列车，中途乘客上上下下，停了许多站，其间在一个站停了许久，茶房说是有专列要过来。锦笙猜想是穆峻潭的，顿时很生气。

她比穆峻潭晚了大半日到燕平，彼时的燕平早已不是皞系的天下。战后，卢兆祥反躬自责，情愿辞官。然而，鼓破众人捶，戴希闵私下联合耸动十余省的督军愤怒通电，细数皞系把控内阁的种种罪状，让调停条件偏向于安系。最后，除却卢兆祥下台，另有徐之卿等十名要犯被褫夺官职、勋位及勋章，并由燕平警察厅缉拿。燕津一带的保卫已由安系、俸系的军队接管驻扎，燕平城内的卫戍总司令一职也已由穆峻潭的嫡系下属接管。

新总理是个没有军队作后盾的文人，由安系、俸系的总司令联合推举，大总统特别任命。初上任，新总理想趁战后收揽时誉，于是力谋和平，特请大总统召了能威震一方的军阀总司令和督军到燕平商议时局。

锦笙到了燕平才知道，穆峻潭此行，便是为着与那些总司令和督军商议时局而来。她出了火车站，坐上黄包车，不时看见穿着青黛色军服的卫兵，误以为自己还穿行在南地街巷里。

城头变幻大王旗，燕平城的大王旗终究还是被换掉了。

未到黄昏光景，天空飘起寒丝丝的小雨，纤细雨丝就像晚秋里的寒气，令人轻易觉不出来是下雨了；仅是织就一幅朦胧雨雾帘，落在车篷上也没有扰耳的声响。

路过万梨园，锦笙让车夫停了下来。戏未完，一门之隔，里面咿咿呀呀，唱了，笑了，叫好了。门口冷冷清清，唯有巨幅的贵妃相片，杨灵均的扮相在莹白的电灯光下，仅是轻撩水袖半垂眸便引得锦笙朝相片走去。

依稀记得追杨灵均是在一个雨线密集的夜晚，与穆峻潭的恩怨也自那晚起始。被囚禁时，在香港时，甚至于在帅府时，她都有奢望过，若自己还是那个逢着机会就到万梨园找碴的林五少，该有多好。那时，她尚不知道自己爱的是卢柏凌，父亲也没有要囚禁她。

这一次回来，她却不再这样想了。老天爷和父亲越是要从她这里夺走林锦笙这个名字，她越是要夺回来。用了十二年，林锦笙这个名字早已与她融为一体。她可以不做林家五少爷，可以不要林家的任何家产，但她一定得是林锦笙。不论林锦笙是男子还是女子，她都是林锦笙。她不想做什么巾帼不让须眉的女子，也不懂古琦口中的女权；她林锦笙有自己存在的价值，并不应该以男女来区别体现。

锦笙垂眸，果断转身，四五步的距离，一身青黛长衫的穆峻潭早已立在她身后，她不免脚下一顿。轻盈雨帘悬在二人之间，她像是行了万水千山，又漂过浩瀚海洋，如今脚踏在实处，穆峻潭却还陪在她身旁。她微微一笑，压低帽檐朝他走去，与之并肩，走向不远处的汽车。

她对穆峻潭有一丝眷恋，穆峻潭对她有万分的守护，她在许多事情上都可以做到果断利落甚至于狠绝，却无法拒绝他对她的守护。

锦笙不清楚自己对穆峻潭有没有爱意，眼下却有比这个更重要的事情去解决。

穆峻潭在燕平没有宅邸，以前多是住在六国饭店，他的军队既已驻扎进燕津一带，此后必然要经常来燕平。于是，他派人跟林二少说想要买林五少的一水间，价钱就按燕平现在的房产市价。

林清菽岂敢收穆峻潭的钱，言明作为小礼相送，来人说督军吩咐必得是买。林清菽言，林家大房变故连连，尚不知房契在何处，遂只能请穆督军先入住，日后寻到房契再谈买卖。

因来人言明了，里面不能有任何一点改动，林清菽便只把一水间的仆役丫鬟遣回了老宅。

到了一水间，锦笙看见几个卫兵正在曾经的下人房里装通信设备，她有些恍惚，觉得回到一水间和在帅府没有区别。依旧是层层岗哨守卫，穆峻潭也依旧与她相隔不远。

她不免有一种奇异的感觉，穆峻潭说要给她的家，仿佛并不能具体到哪一座城池，也无法落实到哪一处院子，仅仅是他的身边而已。

锦笙怕自己晚上诈尸吓坏家里人，翌日上午才回了老宅。她由日本偷偷跑去暹罗玩耍的事情，虽由苏叶提前告知了家里，但她一进宅邸，仍旧掀起了不小的波动。

今日天气阴冷，北风萧索，寒鸦由庭院上空呱呱飞过。并且，锦笙最近在穆峻潭身边待久了，没了以前那种“我是府上小老太爷”的小祖宗气势，益发不像他们的五少爷了。她每前进一步，都有下人后退，青砖地上一直没有她的影子。其实，谁的影子都没有，但丫鬟仆役们却不管自己的影子，只觉五少爷是个没影子的……物什。

最后锦笙不耐了，厉吼道：“少爷我是鬼吗？一大早的，你们都没活干吗？”她一顿吼，下人没吓跑，倒把在议事厅等到不耐的林清嘉招来了。林清嘉主动要求前往日本时，还想着老五肯定是被哪个日本女人迷住才给家里闹了误会。待找到老五，兄弟俩大玩一场再回国，住了几个月的牢房，可把他憋闷坏了。然他在京都人生地不熟，刊登了好几日的报纸寻人都未果，最后见到那两个日本目击者，纵然不想信，也只能相信老五是真的被鱼吃了。他哭着、念着老五由日本回来时，还在海上祈祷，若老五能安全回家，他愿意跟老五一起五年不喝酒且不去书寓和妓院那等地方。

因为不敢给老夫人知道五少爷去世，家里人也不敢在燕平林宅给五少爷穿孝办丧，预备在泰潍给五少爷设灵堂办葬礼，再建一个衣冠冢。林清嘉都已经肿着眼泡用私房钱给自己的五弟买好了棺椁，却得知老五是偷偷由日本跑去暹罗玩，才给府里撒谎闹出这一场大乌龙。

眼泪白掉捡不回来，可那上好的棺椁不能白买。他拎根粗木棍在手，又怒又笑地迎接锦笙，非逼着她去睡一睡棺椁。两人由前院一直追打到后院，跑过了好几重院子，锦笙许久没练了，这几个月又一直病恹恹的，好几次差点给林清嘉捉住。无论她怎样求饶都不好使，林清嘉非逼着她去那花了大价钱的棺椁里睡一晚。

林清葳、林肇泰、林肇德还有几个由泰潍过来探望林老太爷的宗族长辈本在议事厅等着见锦笙，久等不至，便被仆役引着到了花园里，却看见锦笙正和林清嘉围着凉亭绕圈圈呢。二人皆是气喘吁吁，满脸汗珠。

林清葳冷嗤一声，环住双臂冷眼看着二人的滑稽相，林肇德本来很生锦笙的气，见了这一幕，倒被他们兄弟俩逗得不怎么气了。他走过去，夺下林清嘉手中的棍子，微怒道："清嘉，不要再胡闹了，你爷爷和大伯都病着呢，锦笙得赶紧去给他们报平安。"林清嘉此时已没有气力，毫无威胁意味地威胁道："老五，你小子给哥等着，哥以后再跟你算账。"锦笙趴在凉亭的朱漆矮栏杆上，颤着音说："行，五哥，等我见过爷爷和父亲，咱晚上天乐坊去。"林清嘉说："不去了，从今以后，咱兄弟俩五年不能喝酒，并且不能去书寓和妓院那种地方找女人。"林肇德听他们兄弟俩愈说愈胡扯，生怕几个族里人见笑，连忙催促锦笙去见爷爷。

锦笙自有一番计划，与几位长辈正式请安后没有去见爷爷，而是先回了麒麟堂看父亲。赵丹蔻和云笙看见她回来，顿时有了主心骨，也不再惊惶。林肇聪躺在正房床上，已经吐字不清，且肢体僵硬，动弹不得。他看向锦笙的眼神复杂且难以言喻，锦笙猜想，那里面应该有悲愤，有希冀，有哀求……

然而，锦笙还是没有改变主意，既然大房的一切都由她来做主，那么天塌了，她也会顶着。

锦笙步履果断地朝外走，苏武把她拦在麒麟堂院门口，神色恭谨，却不退让："五少，大爷吩咐过，让您守好大房在族里的地位，且要延续大房的香火！"锦笙冷冷地问："武爷，我此番回来，总不能不去给爷爷奶奶请安吧？莫非，你还能把我囚禁在麒麟堂不成？"苏武看着她长大，自然清楚她的性格，胳膊徒然僵持许久，最终颓废地滑落下来。事情到了这一步，他也只能由她去。

锦笙到了寿延斋，在请罪问安之后，提出要和爷爷单独说话，林清葭很介怀她与林老太爷独处，托故不离开。林老太爷虽卧病在床，却还没有病糊涂，知晓锦笙此番死而复生是聪儿搞的鬼，也有许多话想要质问、吩咐她，于是挥手命令林老夫人和林清葭都离开。

林清葭不情不愿地出了房间，却在庭院里徘徊着不走。其间，锦笙出来，把吴松唤了进去。吴松又进出两次，最后林肇德也进去了许久，又摇头叹息、愁眉苦脸地出来。直到正午过，锦笙才眼圈红红地出来，林清葭益发猜不透里面发生了什么。他把锦笙拦在寿延斋门口，质问她："老五，你都跟爷爷说什么了？"

锦笙敛起愁容，低声笑道："说你把咱们林家的优质柞丝高价卖给日本人，你怕不怕？"林清葭咬牙道："你以为你意图把东洋丝绸走私到朝鲜，爷爷给你遮着掩着，贺允鹏又阻挠我调查，我就当真拿不到证据吗？"门口偶有下人进出路过，锦笙蹙了蹙眉，说："请二哥移步跟我去麒麟堂。"她率先走了几步，回头对不动脚的林清葭说："你来呀，我给你看我走私的证据。"

林清葭想看她到底搞什么鬼，也就跟着她一直到了麒麟堂书房的暗室里。昏冥冥的灯光下，锦笙立在桌案后拿文件，她的瘦弱身躯撑着宽大的衣裳，露出一个又小又圆的脑袋，那脸色也是病恹恹的苍白，林清葭看了她半分钟，不免有些心颤。他从不知麒麟堂还有这么一处地方，不见天日，阴森鬼魅，像是装饰贵气的墓室，压抑得令人窒息。

锦笙把文件递给林清葭的时候，顺便抬头环顾了一圈自己总被父亲教训的暗室。林清葭接过对着灯翻了几下，一份是他和日本人生意往来的证据，还有一份是他当初和方少泉、佐藤英武签订的身份声明。当时唯恐那二人一块利用假名字算计他的股份，便以此证明兴亚丝织厂在商务部注册时的那个假名字是他。

锦笙坐在林肇聪经常坐的太师椅上，双手搁置在扶手上，扬起脸说："我父亲的人只调查搜寻到了这些，我一样都没有留。爷爷曾教导咱们说，就算咱们兄弟内部再不和，也要兄弟阋于墙外御其侮，绝不能引狼入室。我想了很久，这件事，咱们还是私下解决吧。我希望二哥以后能够谨遵家规行事，不要再和日本人有生意往来。普天下的金钱是赚不完的，林家的客户也不缺日本这一国。"

林清葭捏紧文件，冷声说："你又何曾遵规守矩，竟敢来教训我！老五，我明确告诉你，这件事，即便你告诉爷爷，我也不怕。”锦笙说：“正因为我不遵规守矩，所以我被赶出林家了。”林清菽一怔，问：“你什么意思？”锦笙微有叹意：“过几日，三叔会带着我跟几个账房先生把我和我父亲管的厂子铺子都交接一下，我大房的私产也悉数交付公中账房。等一切账目清算清楚，我会带着大房所有人搬往南地。”

林清菽很是警觉：“老五，你这话什么意思？你又想搞什么鬼？”锦笙有些无奈：“意思是，以后林家的生意无论赚多少钱，年底了，我和父亲一分钱都分不到。将来，就算爷爷不在了，我和父亲也不能分到任何家产，我林锦笙的儿子也分不到。我们大房自此只能在族谱里留个族籍，而没有继承财产的资格。”林清菽问：“老五，你到底在外面闯了多大的祸怕给族里知道，爷爷要用这种方式保护你。”锦笙冷冷地说：“你别得了便宜还不知足，三哥和老八、老九是斗不过你的，我们大房交出去的产业，来日有一多半都得落在你手里。”

林清菽亦冷冷地说：“我得便宜？怕你也不是空手走人！你一直缠着爷爷要建机器丝织厂，怎么可能一分钱不要乖乖地去南地！爷爷私下里肯定给你钱了！不论多少钱，你不能私下拿走，一定要从账房过明路。”锦笙气吼吼地说：“林家的家业能有今天，我父亲没有功劳也有苦劳，爷爷给我钱怎么了！我该拿的！林清菽，你别把事情做得太绝！”林清菽冷哼一声：“林锦笙，你也别把话说得太好听，你不知私下里带走多少钱，大房却落得个净身出户的名声，回头让族里和外人怎么看我们二房和三房，说我们合起伙来欺负你们大房人少？这罪名我可担不起。”

因还要明摆着算账，林清菽现下不预备和锦笙有过多争执。他今日和童逸勤一起做东，在天乐坊给穆峻潭办了接风晚宴，诸多事情要忙，他不敢再有所耽搁。

反正有爷爷呢，锦笙也不预备和林清菽多纠缠。林清菽再猖狂，也不敢去查爷爷的账。

林清嘉本来忘了给穆峻潭接风这个茬，临黄昏才忽然想起，就把锦笙也拖到了天乐坊。

一群政要名流为穆峻潭接风的晚宴早在军队进城时就办过了，但传闻穆峻潭要处理家事，他本人并未现身，只由参谋长代为出席。

此次晚宴的宾客皆是燕平、津城两地的五陵年少，看见锦笙诈尸回来，显然比看见穆峻潭还匪夷所思。锦笙给围住一阵子，最后和林清嘉躲到了台球室里，宾客几乎都在大舞厅，台球桌也都闲置着。二人上午一阵子追跑，不免有些肌肉酸疼，随意找了一处坐着喝咖啡。

林清嘉果真滴酒不沾，锦笙心里暖融融的，和他闲话道："三哥，你知道卢柏凌的情况吗？"林清嘉说："卢家举家搬去津城前，我去卢家探望，顺口问了一句卢家二房的情况，连卢二少奶奶都不在了。说是夫妻俩一起出洋，至于去哪儿，卢家人也没说。"他说着，语调带了浓浓的惆怅："跟我极要好的，都快走完了。明喻到了沪海，哲峰也被外派出国，逸勤倒是接了他父亲的职位，看来，穆峻潭喜欢少壮派军官。赵老大最惨，连命都丢在柳苏了。三哥日盼夜盼，可算是把你盼活了。老五，别怪爷爷，你这次忒胡闹了，我都不敢这么玩。你先找个地方老实待着，等过阵子爷爷气消了，三哥去把十太公他老人家拉过来给你求情。"

锦笙看向林清嘉，乖顺地笑着点点头。这时候有仆役过来说，穆督军已经到了。锦笙跟着林清嘉走进宴会厅，琉璃灯盏璀璨，人影交错，一身纯黑色西式礼服的穆峻潭正被几个富家少爷和军政新贵围着，身高尤其显眼，冷峻倜傥之风采也是旁边贵少们所不及的。他没有带女伴，只左右几步远的距离随从着几个便衣卫戍。锦笙瞧得出，他的军队虽然驻扎进来了，但他对北地人的戒备心仍旧很重。远远地，他隔着许多人看见她，举了举手中的酒杯，冲她柔情一笑。

锦笙本就有些脚腕发软，又见许多人跟着穆峻潭的眼光，齐齐地朝自己和三哥这边看来，脚下一软，差点把三哥也给拽倒。她低声对林清嘉说："三哥，我这两日得准备算账的事，先走了。"说毕一转身，踉踉跄跄地跑了出去。

林清嘉和许多宾客都知道锦笙和穆峻潭之间的恩怨，见她落荒而逃，并不觉得奇怪。加之今晚宴会的主角是穆峻潭，大家也并不在意林五少的去留。

锦笙回到麒麟堂，看见母亲和云笙已经在收拾一应随身物品，于是在父亲的书房里拿了私财账目，预备算账时用。如今二哥住在家里，她唯恐他一闲又来琢磨她，故而也不敢在老宅住。

穆峻潭很晚才回一水间，又很早出去，锦笙晨起也没有看见他。下午，她正伏案疾书，想要尽快整理好去跟账房先生算账，拖一日，她的心就不安一日。

门突然给人猛地推开，她手一抖，笔一划，刚要发怒，才发现推门的是穆峻潭，身后还跟着戴希闵。穆峻潭把军帽放在桌案上，对她说："笙笙，你先出去，我和老戴有事要谈。"

锦笙见他满面寒霜，显然是已经极力对她用了温和语调，于是立即乖顺地"嗯"

一声，抱着整理了一半的账目朝外走。戴希闵恭谨地对她微笑颔首，她知晓，这微笑礼是行给穆峻潭的女人的，不是给林五少的。

锦笙的卧房和书房相邻，她犹豫了一会子，还是攀在了栏杆上朝外探身子，听那边窗子里传出不太清晰的争吵声。听了许久，她大致也明白了二人争执的原因。穆峻潭坚持要由国民自己层层推选出国民代表，最后在官员主持的国民大会上决议时局纠纷，官僚政客不应过分操纵把持权力……

然而，戴希闵主张，军国大事自有军政官员权衡决议，无须国民参与，绝不能分权于民……

她听见穆峻潭厉吼了一句："你们如今要行的还是卢兆祥那一套，那咱们倒皞系，进燕平，是为了什么？"戴希闵毫不避讳，直言道："为了权势，为了更大、更多、更名正言顺的权势！"

"哐啷"几声断续的响动，锦笙看见一个洋铁盒由半开的窗子飞出，里面五彩缤纷的糖纸飘飘洒洒。午后日光粼粼，洋糖纸也变得瑰丽多姿，缓缓落在石板地上。

锦笙虽不太懂军政，但平常听得、见得多了，也知道些弯弯绕绕。她猜想，此次开会连戴希闵都已经与穆峻潭相对立，其他的总司令或督军定然也不认可穆峻潭的想法。都是一些拿枪捧着脑袋打出来的地盘和权力，分权于国民，哪个军阀头子会愿意？虽然倖系在战时只是持观望态度，意图顺风势而倒，几乎未加入战场，但皞系倒台的时候，他们的总司令不也强据战功，以求在内阁争夺到更多权势吗？

并且，西南、西北的军阀派系忽分忽合，大小军阀都想扩充地盘、把持权力，此外，各省督军、师长表面上虽没有争扰，暗地里难保不怀揣私谋。

虽然穆峻潭一战成名，此刻已手握多于五省的军权，为南北各势力深深忌惮，但是到了政坛里，就连老戴都与他想法相悖，他更是要被一些政客老油条所掣肘。

锦笙虽然不爱看书，但是她听戏、听说书，很喜欢听三国、隋唐英雄的故事，遂也懂得再英勇神武、所向披靡的大将军，也极有可能会折在政客的几招权术里。

戴希闵走后，锦笙迟了好一会子才敢进书房。她看见穆峻潭微垂眼皮，怒气盈面，于是只默然捡着掉在地上的小物件。许久，穆峻潭才压着怒气对她说："对不起，我忘记了这是你的书房。"锦笙把他的军帽戴在脑袋上，脸颊浮起酒窝笑道："这以后就是穆大督军的书房了，我的许多东西在这里拿着顺手，今日只是临时借用。"她精灵讨喜地笑着，还学卫兵对他行了一个军礼。

穆峻潭望她片刻，眼中冰寒散了一些，伸手把她抱在怀里，勉强笑了笑，问：“你和家里说得怎么样了？我什么时候可以上门提亲？”

锦笙把回家后的情况简略告知他，语气似惊叹又似羞愧，说：“原来爷爷早就知道我的身份，他说事已至此，覆水难收，不让我主动对外说明，让我能瞒多久就瞒多久。即使瞒不住了，也不要主动说，真真假假，由得外人去猜测吧。一旦我承认，被外人议论纷纷，吴家那几位舅爷舅公一定会过来找我奶奶的。就算不为其他，为了奶奶和嫡母的面子，也为了奶奶的身体，我也必须得尽量隐瞒住。爷爷让我认景翁作师父好好学为人处世之道，还叮嘱了好几遍，让我以后低调做人，悄悄做事，不可以像以前那么轻狂且爱出风头。我这几日会跟公中清算我大房掌管的产业，并且，不论是私攒的存款还是在外私开的铺子一律都得交付公中。唯有如此，族里的人才会彻底不惦记大房。爷爷还吩咐，我带着大房搬家到沪海以后，尽量少来北地，来了也不能乱跑，看看家里人，就赶快离开。只要我不再瞎掺和林家的事，富家宅门外的穷亲戚，渐渐地，也没人会在意我们这一房了。”

锦笙见穆峻潭面上寒霜又重新凝聚，连忙说：“不是我主动要去沪海的。其实啊，我也挺不愿意去的。是我爷爷悄悄给了我三十万大洋，非要让我以景翁的名义去建机器丝织厂。”

穆峻潭也不搭腔，只是神情冷漠地望着她，她心虚地堆起一脸浓笑，见他眉心紧紧皱着，不觉抬手替他抚平。他神色一僵，顺着她冰凉的指腹，眉心渐渐平整。他忽而肩颈疲倦至极，遂埋首在她肩颈之间，任由栀子花香缭绕着他。

锦笙见惯了穆峻潭的霸道强势和凌人气魄，他突然露出小小的疲倦和对她的依靠、依赖，让她心底蓦然无比柔软。他脑袋那样沉，她撑着他，隐隐能感受到他的无奈和压力，不由自主地，她心里泛起一种莫名其妙的情感，像哄小猴子峻峻似的，摸着他的后脑勺，轻声说：“竞天，你还这样年轻就身居高位且手握数省兵权，他们一大把年纪了才好不容易到今日的地位，自然想法与你不同。有些事，你不要操之过急。如今，你打了这一仗，大家已经不说你是穆大帅的儿子了，我昨儿在天乐坊还听见许多人私下里管你叫穆帅呢……”他听着她的细软小嗓音，操着老气横秋的口吻宽慰他，心中又好笑又温暖，也不去打断她，只是唇角上挑出笑意，把她抱得更紧了。

锦笙半拥着穆峻潭宽慰他，无意间由窗子远望出去，满眸里的树木叶子有点红，有点黄，又有点绿。她忽然想起一句诗，“自古逢秋悲寂寥，我言秋日胜春朝”。从哪里听来的，谁的诗，讲的什么，她已记不清楚了，却觉得自己现在的心境当真比春日要别样许多。

这样一个英武有为的男子把她视为挚爱，与他的家国情怀一并放在心室里，即使他心里的天平是重重倾斜到家国那边的，她也有些小骄傲呢。

午后阳光由五彩玻璃窗照进来，覆着一层晚秋气息的流光溢彩在书房内倾洒开。他抱着她、靠着她，她也拥着他。

锦笙想，正因为他们肩膀上的责任不相同，才可以如此不掺杂任何纷争地相互依赖着。她知晓，穆峻潭有一份沉重宏大的家国志向与责任，在那份志向与责任跟前，她是那样渺小。可是，爷爷让她尽自己所能保护好老祖宗留下的这门缫丝织绸的手艺，不能让洋丝绸毁灭掉中国丝绸，她林锦笙也有自己的责任和价值呢。

第五十一章 望雪晴，千万重

这一次算账，因有林清菽在场，盘算了大房近半个月，他才罢休。

其间，林清菽盘查大房的账目和财产，锦笙也没闲着，她从爷爷奶奶那里讨要了不少宝贝物件儿。钱没了可以再赚，这些古董珍宝可是极其难得的，此时不多搬一些，以后再没机会搬了。她没法子一下都光明正大地搬到南边去，于是全悄悄藏到了一水间。

燕平、津城的报馆和通讯社更是异常忙碌，“林五少死而复生”“林五少被赶出林家”“林五少如何死而复生”“林五少为何被赶出林家”，主题一模一样，内容全靠胡编乱造。

林五少怕是也想不到自己还能给新闻界揽这么好的生意。

锦笙这个当事人也跟读小说似的，都说她伶牙俐齿、舌灿莲花，但和文人墨客那杆笔一比简直差远了。

仅仅看报纸，燕平、津城的人愈来愈猜不透林家这些爷、少爷之间发生了什么。文人杜撰那些兄弟相争、骨肉相残的故事简直比戏园子的重头戏还精彩。看见几篇报文把过责全推给林清菽，锦笙偷偷乐了好久。

因为她要带着嫡母南迁，林家须得跟吴家说明情况且有所交代。燕平这边了结完，三叔又带着她去烟城吴家走了一趟亲戚。吴家舅舅素知她对嫡母孝顺敬重，又为着林老夫人的缘故，也一直把她当亲外甥对待，而且此番变故到底是林家的家务事，吴家舅舅也只叮嘱她照料好嫡母，并未对她加以追问斥责。

如此多番忙碌，待锦笙带着大房的人从燕平离开，已是冬寒凛凛。早在半个多月前，穆峻潭因与那些老油条谈得不称心，提拔了几个少壮派进内阁，又调了一个嫡系师部稳固城防，自己则冷脸回了军队大本营京陵。他被掣肘，政令不能下达，同时，他更能威慑那些老油条。

锦笙到沪海联系了穆峻潭，感觉他并没有很生气，顿觉她以后要常住在沪海的问题不大。

薛明喻归顺了穆峻潭才得以安居护军使的位子。但锦笙瞧得出来，他不仅和穆峻潭离心离德，还会阳奉阴违，得了时机更会暗下狠手。对于她的身份，他表明说，即便不因柏凌的叮嘱，也因他看她从小长大，不会对外多言的。这毕竟是林家家事，他就算与穆峻潭再不和，也不会牵连她。

薛明喻表明了态度，锦笙的一颗心才算安定下来。

然而，当她派人拿着存折去取钱时，银行经理却报了巡捕房。原来，林清菽早跟银行打过招呼，说这是偷盗的林家财产。林家族人的钱财多是存在四老太爷那一脉所掌管的林家银行里，然而这笔款子，因为林老太爷不预备让族人知道，特意让林肇德取出又给锦笙存到了南地人所办的银行里。

当锦笙得知派去的人被抓到了巡捕房，连存折也被银行扣下了，便立即反应过来。算账时，二哥问都没问爷爷给没给她钱，原来是打了这个主意。爷爷在报纸上已经登了与她脱离关系的启事，声明她不可以沾手林家产业，众人也都知林家大房是净身出老宅。现在追根溯源，追到这笔钱的主人是她，那不是偷还是什么？自然，银行经理如此听二哥的话，肯定是因为二哥背后有个京陵大王八。并且，她只给大王八看过存款折子。若没有大王八，二哥必然不会知道得如此清楚。

二哥以林公馆是林家地产为由，限她十天内搬出去，不然也要去报官。她答应搬家，才免去一场牢狱之灾。她心里清楚，二哥已经被贺督军提点过，此番穆峻潭不发话，二哥岂会把大房逼迫到无家可归。就为个小公馆，他林清菽还得担个对亲大伯、亲堂弟狠绝无情的坏名声，显然，他也有些无可奈何。

在燕平，她蚂蚁搬家似的把古董珍玩全搬进了穆峻潭的贼窝，在沪海又钱屋两空，亦知晓，穆峻潭不言不语，只为了逼她主动投靠他。她若不联系穆峻潭，怕是以后还有得折腾呢。她向穆峻潭求助，但坚持不愿去京陵，穆峻潭勉强同意她去柳苏。

次日，贺允鹏派人过来，两日就帮她搬好了家，搬去柳苏城芳漱园。

锦笙很生气，在心里翻着花样骂穆峻潭，由沪海一路骂到柳苏城。但见母亲和云笙一到柳苏城就很欢喜，心里一暖，便不生气了。她到底还是沾染了父亲的独断习性，觉得自己是母亲和云笙的天，家里的一切都应该由她做主，她想要在沪海，她俩也须得跟着住在沪海。她从没有问过母亲和云笙，离开了燕平，她们想要去哪儿。

母亲幼年被卖到柳苏，早已忘了自己籍贯，而后又被卖到燕平，便一直视柳苏城为家乡。云笙一进柳苏便脸颊绯红，她欢喜的原因，锦笙如何还能不明白。

园子里的老管家早已得到吩咐把一切收拾妥当，绣楼作锦笙的卧房是穆峻潭定的。柳苏城与燕平城那些方方正正的宅子不同，一园之内，建筑被山景石桥流水隔开藏匿，两个建筑之间有时隔着许多山水与树木。云笙独住一处有些害怕，依旧跟着母亲住一个小院，也好帮着母亲照顾父亲。她已知道锦笙身份，却仍称呼锦笙“五哥”，在她心里，锦笙现在是顶梁柱，只能是五哥。

园内诸多绿植叶子凋零，攀在墙壁屋檐的藤木也仅剩了枯枝，配着黑瓦白粉墙，有一股古朴萧瑟气息。

然而，在这素灰的冬日里，锦笙在母亲脸庞上看见了久未有过的笑意，那笑意中带着娴静安逸，还有一丝孩子气的轻松俏皮。在这园子里，只有他们一家五口，不用担心隔墙有耳，也不用时刻担心言行举止出错给其他房的人嘲笑，更不用担心大房秘密被人发现，须得时刻压抑警觉着。

锦笙见母亲和云笙都十分喜欢柳苏城，喜欢这个园林，遂作了常住的打算。林宅的下人里只有苏武一家、赤芍、杜衡、两个老妈子和云笙的一个贴身小丫鬟跟随他们南下，虽然园子里的下人很勤快知礼，她们一时间也用不惯。

方少尘到芳漱园看望时，她们还没有安置妥当。锦笙正在母亲院子帮着看还缺什么，虽说是院子，却没有麒麟堂那样的院门围墙，只是游廊和假山丛木环绕出了面阔三间外加两间耳房的屋子。

云笙正在屋外石阶下看景，忽见管家领着方少尘由假山转出，连忙拿团扇半遮面，缓缓施了一个万福礼。方少尘一怔，凝眸望向云笙。云笙微垂眼睫，那紫罗兰为底的轻纱团扇上绣有几只彩色蝴蝶，振翅于她眼睫之下。她发髻整齐，眉眼弯弯，方少尘忽惊觉，内敛含蓄的旧式女子竟有一份独特的美丽气韵。

他心知眼前女子是云笙，便不好装作不知不理，于是问了些寒暄话语。云笙虽面对他害羞，但到底成长于林宅，对答起来也落落大方且知礼有度。

锦笙听见云笙与人说话，由雕花窗格里望见方少尘，眯眼细观，对赵丹蔻俏皮一笑，也不让下人出去扰了方少尘和云笙。讲了几句，云笙缓步引着方少尘进来探望林肇聪和赵丹蔻。

待方少尘告辞时，锦笙特意亲自送他出来。过了一个石桥，行在游廊上时，她低声笑问他："少尘，家妹如何？不是我这个做哥哥的自夸，我这妹子，就是搁你们江南这些千金小姐里面，那也是拔尖儿的。"

方少尘看她一眼，只是无语笑着摇了摇头，锦笙又说："少尘，虽说我家现在一无所有了，嫁妆我可以给你打欠条，等我将来挣了大钱，还你们方家的嫁妆保管比我四姐出阁时还多。咱两家的婚约再续上，如何？嗯？"方少尘啼笑皆非地看她："你听过谁家嫁女儿嫁妆打欠条的？"锦笙说："你们方家彩礼我一分不要，也还给你打一张嫁妆欠条。若这样也不行，只要你点头娶家妹，我这个做哥哥的借也得给她把嫁妆借齐全！"方少尘从口袋里掏出一封信，在她眸前晃了晃，说："你曾经这样对我，我如何敢娶令妹？"

锦笙一眼认出了那封信，立即惊道："我不是告诉你，什么时候你气得想杀我了，再去银行保险柜里取东西吗？我最近几个月又没气着你，你怎么把它取出来了！"她最近一直没有机会找方少尘要回保险柜钥匙，给方少尘知道了她的所作所为，心里很是羞愧，不免脸颊通红。

冬阳下，方少尘温煦笑道："在渡口看见你和竟天的第二日，我顺道跟小麦田先生到沪海，把它取出来了。"锦笙望着那温煦灿若骄阳的笑容一怔，方少尘已收好信，对她摇摇手，下了游廊，拐进月亮门离开了。

锦笙既震撼，又羞愧，根本无法再去送他，只是怔在原地，对他话语传递的每一分信息都有些不知所措。

早在锦笙策划丝绸比赛之初，就给方家织了一张"大网"夺霓裳锦。她带着蝴蝶到沪海时，开了一家绸缎店和丝织厂，名叫霓裳锦绸缎庄、霓裳锦丝织厂。

虽一直没有悬挂招牌开张，但锦笙早已在杜江城的帮助下以霓裳锦为名，以霓裳锦织造坊的字牌为商标在商务部注册。因为方家的普通丝绸和霓裳锦是同一个字牌，方家又一直认为霓裳锦为皇家贡品，是织锦匠人共有的品牌，无须注册什么商标。况且，这么多年，霓裳锦织造坊发展得磕磕绊绊，方老太爷也没有心思去管商标不商标。另有一层，当大批织锦匠人转行后，在大家的认知里，霓裳锦的字牌就是属于方家的。

然而，锦笙抢先一步注册，在法律层面上，霓裳锦的名字和字牌就是她林锦笙的了。

假若事情发展下去，方少尘交货之日，就是锦笙收网之时。方少尘手上这批货物，因是在比赛期间签订的，要经由林家交给客商，必然要附上霓裳锦丝织厂的商标。

此后，若方少尘同意，凡是霓裳锦织造坊出去的所有货物都用她所注册的霓裳锦商标，她就转让霓裳锦丝织厂的四成股份给他，与他一起经营霓裳锦丝织厂，把霓裳锦这个牌子做大做好。

不然，方家若不经霓裳锦丝织厂许可而以霓裳锦字牌出货，商务部就可以查封霓裳锦织造坊。

锦笙当时拿捏不准方少尘会作何选择，却也不惧他，因为他签过一份供货赔偿契约。近一百万的货物，一旦他拒交手上那批货物，需要赔付她近一千万。

她还曾想过，若方少尘当真与她翻脸，她就与方少泉合股。方少泉与二哥是一类人，向来不与钱财为难为仇。并且，于外人眼中，方少泉也算是半个方家霓裳锦传人，霓裳锦丝织厂与方家霓裳锦是有莫大关联的，外人也不能过于指责非议她。

此刻想起当初的种种谋划，锦笙觉得自己那时简直是鬼迷心窍了。如此不仁不义之事幸好没有实行，若真给爷爷知晓了，她就算是个真孙儿，也一定会被赶出林家。

与日本人结束比赛那日早晨，锦笙交给方少尘一把银行保险柜的钥匙，里面是她把沪海的霓裳锦绸缎庄和霓裳锦丝织厂都转让给方少尘的契约书，已经签字印章。计划始于她，也该终于她，纵然会引得父亲勃然大怒，她也不能做那种不仁不义之事。方少尘有了这些，最后交货时，父亲和秦达竑想要夺锦，也没有了正当法子。

那是她背着父亲偷偷签印的，直到秦达竑跟几个洋行签订单契约的时候，父亲都不知道这件事。她被囚禁时还有过忐忑，在生意上，她第一次算计父亲。

方少尘出了芳漱园坐上黄包车，不由再次细看那封信——并不好看且有些幼稚的字体。

"少尘兄，当你看见这封信时，我已因生意之事远行他国。对于你所面对的一切，请你看在我曾经年少无知的分上，原谅我的所作所为。这一切，皆是我个人所做，与家严无半分相关。日后，若有机会再见面，我定当负荆请罪。望珍重，弟锦笙。"

方少尘猜测，她那时候一定是预测到了什么危险，才会写下这封信。如果自己没有那么听她话，早早取回这封信，是否能在竞天之前救下她？他在冬阳下闭了眼，隐去痛意和悔意。他不能跟竞天争抢，不是吗？因为根本抢不过他。

芳漱园各处的窗格花样尤其精致，午后，冬阳由并排莲花窗斑斑驳驳照进屋内，鎏金暖炉发出轻微的炭火声。矮几上放着一壶茶，五个杯，以及几盘果子点心。

林肇聪被搬到躺椅上晒冬阳，锦笙和云笙围坐在他旁边。他眸光所见，云笙正在安静地做着婴孩小棉袄，锦笙在逗买来的那个婴孩。到底已经买来了，锦笙也不能把这小东西扔掉不管，于是认他作了儿子。林肇聪早已给他取好名字，从族里奕字辈，唤作林奕赫。

林肇聪的眸光再动了动，远处，赵丹蔻安排好了大太太，正在款款朝他走来，他老了，不能动了，然她依旧那么白净美丽。

奕赫睡着后被奶妈抱走了，锦笙有些无聊，就把果子点心挑来吃。蓦然一瞥，刚闲下来的母亲正不厌其烦地帮父亲按摩僵硬的肢体。舅舅说若是照顾得好，也有恢复到下地走动的可能。整间屋子里时而浮着母亲对父亲的细声软语，锦笙惊觉母亲不怕父亲之后，话原来这样多，也终于知道自己话多是随了谁。偶尔，她也能看见父亲的眸光追随着母亲，母亲一看向他，他便闭眼表示不满。母亲脸颊酒窝微浮，也不拆穿他。

她望多了母亲和父亲，总是不免想起穆峻潭，自从她搬来柳苏城，他一直没有时间过来看她，仅是派了一个账房过来替她们管钱记账。穆峻潭原想不给她钱，但怕她们有想私下置办的东西不好交代给卫兵仆役，可给了她钱，又怕她跑到沪海瞎折腾。

派来的账房大概受过穆峻潭叮嘱，每次防锦笙像防大烟鬼似的。饶是如此，趁着穆峻潭没时间过来，她坑坑骗骗也存了快一千块的私房钱。等开春，她就以这笔钱为本，跟金鑫一块去做丝绸贩子。先从小本买卖做起，只要攒够租厂子、买机器的钱，她就能办一个小作坊。小产量的生丝嘛，她去求求裕丰缫丝厂和大华缫丝厂，应该可以先赊账。渐渐地，她可以从小作坊办成一个小工厂，再慢慢做成大厂。

当初林家先祖能从一个丝绸贩子起步发家，她林锦笙在丝绸行业里摸爬滚打十二年了，自然也能从丝绸贩子起步发家。

锦笙再见穆峻潭，公历新年已过。

一夜雪声簌簌，锦笙推开绣楼的窗棂朝外望，紫藤缀满了洁白花簇，假山上也铺了一层白絮。冬日绿植披雪，隐隐透着缥缈碧色，仿若春日梨花繁盛压满枝条。

虽是雪晴云淡，日光依旧透着清寒。由高处远望，她依稀看见几抹青黛色穿行在山石缝隙和游廊之上，于是穿了大衣，趴在窗台等着俯视穆峻潭。整齐有力的军靴声由青石路上传来，她看见，他穿着军大衣的挺拔身躯被雪晴光芒映得别样长。

穆峻潭循着异样仰头看去，锦笙正笑嘻嘻地托腮看着他和他身后的十余卫戍兵，说:“你这副气势像是领着兵跑到别人家绣楼抢女儿的军阀头子。”

穆峻潭负手而立，军帽下露出一个傲气笑容:“这绣楼上的美丽小姐已是我妻，何须我抢？”锦笙挑眉问:“你说是你的就是你的了？你如何证明这绣楼上的美丽小姐是你的妻？”

穆峻潭微侧身与盛吉祥说了几句，盛吉祥立即由穆峻潭的随身行李箱子里取出那两幅织锦婚书。穆峻潭接过，大步进了绣楼。

锦笙目视他走来，几步远的距离，接过他递给的织锦，摊开来看，婚书上已有她爷爷的签字印章，表明她爷爷同意了二人婚事。原来，他前不久说来看她，最后又有事要去燕平城，为的就是这件事。

穆峻潭由后背环抱住她，又握住她双手稳稳地托着那两幅织锦婚书，与她一起看。

经皑皑白雪折射过的光芒总是那样雪亮，照在织锦婚书上，把每一朵并蒂莲都点缀得金光璀璨，每一个喜字都红光滟滟。

大红的底，金色的莲，玄黑的墨。

织锦婚书上写:“穆峻潭与笙笙，签订终身，结为夫妇。唯愿，余生相依，白首永偕。此证。”

穆峻潭说:“即使你现在做回林锦笙了，可你依旧是我的笙笙，天生要和我在一起的笙笙。”

第五十二章 故年心，今时意

四年后。

早春午夜，京陵帅府上空黑云蔽月，万里凝寒。

穆峻潭本来睡眠极清浅，听见锦笙痛苦啜泣，他即刻醒了，把她抱在怀里，沙哑着嗓音低声说："笙笙，只是梦，只是梦。"

锦笙在他怀中，渐渐也由那场枪林弹雨、漫天血光的噩梦里醒来。他右胸伤口初复原，锦笙醒来后只是虚靠在他怀里，不敢压到他伤处。

然而，伤口慢慢还能复原，他们失去的孩子却再也回不来了。

良久，穆峻潭以为锦笙已睡着，轻轻起身到了露台抽烟。锦笙看见一零星光亮转瞬即逝，眼泪亦由耳畔滑过，啪嗒啪嗒地碎裂在柔软枕头上。

她到现在都没明白那场战事是为什么。军阀之间的战争，似乎总有正当的理由，那理由又无法真正令人信服。赢，可赢得一时威名与权势。正如穆峻潭，两年前俸系和皞系残部联手对付他，他仍旧赢了漂亮一仗。虽然失去了参谋长戴希闵，无法再制衡曹谦那熏天的权势欲望；大家却开始称呼他穆大帅，甚至有一些人顺着他的表字，称呼他天帅。

去年，他权势极其鼎盛，军威可震南北。北有燕平的总司令部，南有京陵帅府这个军队大本营，几个军事重镇也尽掌控在他手，一封电文，能撼动十二省的督军，已是曾经的穆大帅远不能及。

尽管表象如此，但穆峻潭心里清楚，唯有那五省的嫡系军队是忠心于他的。其余归附他和内阁的军阀，不过是为着利益四面迎风倒的墙头草。诸多军阀在地方，依旧保持着独立的军事武装，做着土皇帝。

五个月前，倖系整军重来，穆峻潭料想到早晚还要有这一仗，却没料到如此之快。主战场在关东通往中原的要道，倖军主攻，安军主防，一时间，天上飞的，海里行的，两方积攒多年的家底子全掏了出来。枪声、炮声、炸弹、火光、血光、硝烟，除了兵崽子，损失的那些进口重武器也令两方主将心疼不已。

战事初起时，锦笙已怀有一个多月的身孕。因为穆老夫人仍不准她进穆家门，她对身孕又什么都不懂，穆峻潭要亲临战场也顾她不及，于是就派人把她护送回了柳苏城她母亲身边。

穆峻潭这些年一直是个常胜将军，锦笙并未过于担心此次战事。可这场战争打了将近两个月，因穆峻潭新提拔的战将冯严叙叛变且兵据燕平，安军阵线被突破，主力也败下阵来。穆峻潭边战边退，要退回南地大本营。

两年前那场战事，息战以后，穆峻潭也没有把倖系将领如何。按理说，战场上牺牲是不可避免的，战后，倖系也不会把穆峻潭如何。然而，冯严叙恐穆峻潭回到京陵或者贺允鹏那里，一旦东山再起，自己性命势必不保，于是对他一路追杀。

穆峻潭身旁仅跟随了数千人的嫡系残部，一路退到津城，由津城上了军舰南下。冯严叙无法在海上把穆峻潭如何，但穆峻潭总要登陆。于是，冯严叙联合已投靠倖系的唐义哲，又联合了薛明喻，对沿途各个码头港口严加查探，明杀不行，改为暗害。

贺慕杭不在国内，锦笙在得到穆峻潭战败的电报后，心知穆峻潭这四年树敌不少，暗中不知有多少人想趁此取他性命。她立即亲到沪海，以沪海总商会的名义运了一船货物北上，军舰依旧南下，穆峻潭则在途中领了几个卫戍兵改乘货船。

依锦笙和贺允鹏的计划，她和穆峻潭会在岚山码头下船，此码头离樟西省最近，贺允鹏在此接应他们最为适宜。岚山城虽小，却因为有一个海码头，历来为三个小军阀共同割据，彼此间只求个均分的微薄利益，倒也一直相安无事。中等军阀都从不把岚山城看在眼里，穆峻潭与贺允鹏更是从未在意过岚山城。此次，乃是首次注意到岚山城。

货船到达岚山码头已入夜，码头上因还有货物要装卸，灯火通明。彼时年关将至，并不只有一艘货船到港，穆峻潭和随从卫戍也早已换了便服。金鑫对岚山码头最熟悉，连接货老板都是他安排的。那老板已领着雇用来的工人在等候，待把货物装上马车，穆峻潭他们也跟着货物和工人一起上了马车。熙熙攘攘的码头，并未有人注意他们这边。

贺允鹏要守好樟西省，为穆峻潭保存南地的家底子，并未亲到，只是派了几个得力军官领着一小批卫兵乔装进了岚山城迎接穆峻潭。

饶是锦笙没有用自己振国丝织厂的名义，饶是她谨慎细微隐瞒自己的行程躲避着薛明喻，消息还是泄露了。一出码头，等待他们的，不仅有迎接的便衣卫兵，还有要置穆峻潭于死地的城内警察。

枪弹漫天扫射过来，卫兵护着穆峻潭和锦笙被迫退回码头，想要再次乘货船离开，警察步步紧逼地追进码头，显然是不愿意留一个活口。正值寒冬，公历新年已过，码头上未及运走的货物里有烟花爆竹，双方交火之下，引爆了那一箱箱的烟花爆竹。

炮声轰鸣，夜空绽开绚丽璀璨的烟花，锦笙由摇摇晃晃的登船搭板上掉落。一瞬之间，穆峻潭拉她不及，也跟她一起跳了下来。她虚弱无力地靠在穆峻潭怀中，最后的记忆唯余了枪炮声、火光、血光和海水的刺骨冰冷。

她在昏迷中失去了孩子，在病痛昏睡中到了京陵家中。穆老夫人盼得他们死里逃生归来，也终于接受了她，她却已经不在意这些。

锦笙在沪海医院清醒过一次，知道是卢柏凌帮了他们，可她身心皆沉浸在蚀骨剜肉的悲痛里，根本听不进去那些。她只知道，竟天没事，在自己肚子里长了三个多月的孩子没有了，其他的什么都不知道。

在小院休养一月，她近几日心情转好些，才知晓，世间早已没了那个江北第一美男子卢柏凌，帮她和穆峻潭的是南广政坛新贵——林清泽。

林清泽因公务悄然到了沪海，本意是看望薛明喻，顺便探取收集各个大军阀之间的情报，却得知薛明喻正和冯严叙联合暗害穆峻潭。冯严叙的卫兵装扮成岚山城的警察，事后正好可以嫁祸给岚山城那三个小军阀。不论是守卫京陵大本营的叶执信、王陶杨，还是死忠于穆峻潭的贺允鹏、孙孟仁，即使他们知道是谁下的手，也没理由光明正大地寻仇。

林清泽既已在南广政坛立足，眼见军阀内斗互相残杀，于他们这些倒军阀的人自然是最有利的。他有一千个正当理由不救在海上漂泊急需登陆的穆峻潭，可内心还是被一个需要救的理由完全占据了——他不能不顾锦笙。

薛明喻无意中透露说锦笙不顾腹中孩子，孤勇前往去救穆峻潭，经岚山城一战，此刻还和穆峻潭漂泊在海上，不知生死。薛明喻本意是想说锦笙现在一定后悔跟了穆峻潭，却不知林清泽心里还爱她如初。

南广那个大港，穆峻潭是绝不会去的。于是，薛明喻、冯严叙、唐义哲三人早已商议好，冯唐二人负责在北地码头港口堵杀穆峻潭，沪海这个大港，则由薛明喻独自负责。

林清泽把薛明喻带出去灌晕，绑在饭店房间里，伪造了他的手令，领着他的手下去接了穆峻潭一行人登陆。薛明喻醒来后，虽然大骂林清泽，却也清醒了许多。穆峻潭的家底子还有，被逼急了，若要对付他一个小护军不是难事。这些年，他以皞系残部自居，跟樟西的贺允鹏、衢江的孙孟仁小打小闹，给穆峻潭穿小鞋，穆峻潭也没有把他如何。他如今落井下石，又不想跟冯严叙似的觍着脸投靠俸系，军阀间的起起落落谁能说得准，穆峻潭整军以后一举灭了他也是有可能的。况且，没有穆峻潭在前面抵挡着，下一步，那些依附俸系的中小军阀，定然有觊觎沪海这块肥肉的。

薛明喻先是要杀穆峻潭，而后又客气有礼地到医院探望穆峻潭，还派人护送他们到贺允鹏那里。锦笙能想到，这中间的转变，不是因为林清泽，而是薛明喻料定穆峻潭会重整旗鼓，东山再起。

是啊，依穆峻潭的性子，他一定不会就此沉寂于世。他未及三十岁就拥有那等军权和地位，又打了许多胜仗，这几年的确是有些狂傲，却也不会输不起。但这一次不同，冯严叙、唐义哲、薛明喻联合追杀暗害他，他心里最大的痛，是他未出世的孩子。他真正觉得难堪的，是在那般狼狈紧急的情况下，只能接受昔日情敌的帮助才可以救自己的妻子。

露台门响，穆峻潭眼梢瞥见锦笙，扔下烟，把被寒风吹得猛一哆嗦的她抱回房间里。他一身寒气，于是隔着厚厚的被子拥住她。暗淡光线里，她眼睛里仿佛闪着小星星，对他笑道："竟天，咱们那个孩子一定是个儿子，因为他坏脾气的父亲喜欢女儿，一闲下来就要收拾儿子，所以他吓得让老天爷把他收了回去。"穆峻潭的心室猛地窒疼，明明身心更痛的是她，她身体受了那么大的创伤又失去孩子，现在却反过来宽慰他。他冰凉双唇贴在她脸颊，沉声说："笙笙，等你身体养好了，咱们再要一个孩子，不论是儿子还是女儿我都喜欢。到时候，我会一直守在你身边，等着咱们的孩子出生。”锦笙并不信他这话，届时战事一急，他还是会离开她身边。这一次是她救夫心切，没有想到亲自跟船会成为累赘，也害他受伤。

初知有孕时，锦笙曾想过，自此抛下沪海的丝织厂，一心追随夫君，陪他辗转于他的天地间。然而，经此一劫，她不愿他再做个军人，总有练不完的兵，打不完的仗。他到底是个凡人，并非钢铁铸成的，怎可能次次都性命无忧？

锦笙心里有了想法，这时也不理会穆峻潭那话，把他拉进暖和的被子里，说：“快睡吧，你总是起那么早。”穆峻潭“嗯”了一声，揽住她却临到天明才将将睡着。

晨曦微亮，锦笙睁眼，朦胧里也看清了穆峻潭鬓角的几根白发。他眼睫动了动，她便立即闭了眼，随后，胳膊被轻轻移开，被角被掖好，额头承接轻轻一吻，她知晓穆峻潭要走了，漆黑湿润的眼前只是晃动着那几根白发，心里一阵揣疼。

自皞系倒台，安系军队驻防燕津一带，内阁大权虽不全由安系掌控，却倾向于安系。穆峻潭尽揽军权，曹谦便一心只捞地位，他不甘居总司令一位，前年曾意图通过贿选当总统。曹谦门下有一群以依附为荣的门客，都竭其所能拍曹谦马屁，想要把曹谦捧上最高位子，自己好从中谋利。穆峻潭当时在洛城军镇练兵，连发数封电文仍劝不住曹谦，便吩咐自己门下政客一律不得参与。经由曹谦门客一挑拨，二人也彻底面合心离。然而，贿选丑闻一出，舆论谴责呈铺天盖地之势来袭，安系名声被尽数败坏，穆峻潭也祸连其中。

锦笙这几年很忙，鲜少长伴穆峻潭身侧，听吉祥说，督军即使不在作战期间，也几乎要伏案至深夜。她知晓，穆峻潭少年离国，经历、眼界都与别的军阀不同，他很想利用自己的地位权力做些真正于国民有益的事情。新任的靳总理是个没有军队作后盾的文人，身居其位，也想依靠一股军阀势力做出一番事业名垂青史，与穆峻潭时常能谈到一块去。

然而，各部衙门裙带关系复杂。许多总长次长的儿子分别在好几个衙门挂名职务领薪水，却是三五个月都难得去一次办公地。有时上面下达一个政令公函，总会多出几个虚职需要发薪水，领薪水的人不少，想要在衙门里找个能做事的，却极其难得。

这还只是内阁所能管辖到的地方，某些地方军阀把控的地盘，军政权力都由最高军官一手抓揽。什么内阁不内阁、总理不总理的，每每中央政令和利于民生的措施颁布下来，他们表面糊弄完就完了，只要自己的地盘不被打不被占，他们就是天王老子。若能造福地方倒也算个好天王，偏偏油水刮尽，惹得商民怨气连连。

穆军嫡系将领的管辖地，军警商民和睦共处，在保证社会秩序稳定的前提下，经济与工业的发展进步，锦笙也是目睹了的。这说明许多政令措施若要推行起来，于国于民是有利的，但实际上总是遇到地方军阀的层层阻挠。

锦笙最近一年陪在穆峻潭身边的时间比较多，发现他愈来愈喜欢动武，若是对方说不听，换不掉，就派人打！细忖度，锦笙觉得军阀打军阀简直就是一个糟糕透顶的循环往复，她不能让穆峻潭再深陷其中。

穆老夫人把穆家内院的财务大权交给了锦笙，她正在查看家里现有的资产，蓉妈禀告说林先生来辞行。锦笙放下笔，就连忙朝外走。

虽然凝寒未消，小院里却已有芽绿浓浓。林清泽一袭白衣立在秋千旁，清瘦冷峻，气质一如昔年，贵气凌人里更多的是潇洒不羁。锦笙在门后凝看他片刻才走出小楼。他听见脚步声，蓦然回首，俊美面庞略侧向日照，神情迷离。锦笙迎上他的笑容，脚步不由放缓，十几步远的距离，仿佛走过了他们之间所有的回忆。

锦笙立在他跟前，仰脸看他，勉强撑起一丝笑意："我一直病着，都没能跟你好好说话，你怎么突然就要走了？"林清泽笑着说："你身体已无大碍，我也放心了。并且，那边堆积了很多事情要忙。"锦笙微微颔首，因出来得急，没有穿大衣，猛一吹冷风，不免抱住夹棉长衫，说："咱们去书房吧，外面怪冷的。"她知道，卢柏凌能进到小院跟她辞别，一定是穆峻潭允许了，卫兵才能放行。林清泽本不欲多言，恐引得她心里不快，待对上她水润殷切的眸光，不由自主地点了点头。

他们在书房的沙发榻上坐定，锦笙接过小丫鬟奉的热茶焐手，问对过的林清泽："你最近几年过得好吗？我跟明喻打听过你，但他总是不跟我说。"林清泽微怔，热茶烫着他手掌，把心里旧伤也烫得疼起来。书房只有他和锦笙，他忽而无所顾忌，抬眼凝看锦笙："第一年很不好，第二年还是不好，第三年稍微好了些，第四年，我想我应该可以忘掉你。可是，咱们又相遇了。"他眸光里痛与悔掺杂，"那时候为什么骗我？我一直以为奕赫是你和穆峻潭的孩子。"

锦笙略一笑，垂了眼皮，说："都过去了不是吗？你太太和孩子都还好吗？"林清泽温润声音从对面飘来："我和琳琅到南广没多久就离婚了，她又去了法国，去年和一个法国人结婚了，给我寄的信中夹着结婚相片，看得出，她过得很幸福。孩子……我和她根本就没有孩子，那时候我做了那样的事情，父亲没有法子跟对他忠心耿耿的下属交代，又不能真的杀了我，琳琅才说自己怀有身孕，好给我父亲一个不杀我的台阶。”

锦笙手里的茶盏几乎要掉落，她死死捂住，脸色由红到苍白，眼睫微颤，始终不敢抬眸看林清泽。她听见林清泽问：“锦笙，当年我是不是只差一句解释，若我能够想起来跟你解释这件事，是不是，我们是不是就……”他语调被痛意淹没，没能再说下去。

几分钟后，锦笙抬眸看他，脸颊梨涡微露，她平静地说：“卢柏凌，都已经过去了。”可她心里清楚，他不知道又要几年才能过得去。

林清泽下意识地抬手隔着西服按压住麒麟戒指，那里有常年无法愈合的伤口，他在痛意里清醒过来，对她笑着说：“是的，都已经过去了。他对你很好，你们也很幸福。”

锦笙与他对看，他面庞上有着虚幻凌乱的笑意，似打乱了一株花簇，花瓣纷纷扬扬，落不到实处。他瞳眸黑亮，锦笙在那黝黑的瞳仁里望见了无尽的痛意。痛意淹没卷袭了他，愧疚与不知所措卷袭了她。

她只是怔怔地坐着，不敢多说多做，怕再伤了他，怕再给他一丝希冀的错觉，他便更难以走出。

林清泽离开后，锦笙仍旧怔怔地坐着，书房外由霞红转昏黄，再到黢黑夜晚。倏忽，房间里的灯被打开，她眼睛受刺闭了起来。再睁开，穆峻潭已经走到她旁边坐下，替她擦着眼泪，无奈笑道：“他又不是去赴死，你怎么哭成这副鬼样子。”锦笙垂着眼眸，痛声说：“我不想他不开心。”穆峻潭说：“那你哭早了，得不到你，他这辈子都会不开心，你等后半辈子再哭他吧。”

锦笙打开他的手，自己擦干眼泪，问：“他现在为什么是林清泽啊？”穆峻潭说：“虽然以前并未有多少人认识这位二公子，但南广的政治势力错综复杂，他若用以前的身份待在那边会引来不必要的麻烦，纵然新身份瞒不过对他有心之人，也能免去不少麻烦。至于他为什么姓林，你这个姓林的不比我清楚？嗯？”她自然清楚，最终，他还是和她有了共同的姓氏。

她顺着穆峻潭的臂弯力量靠在他怀里，听见他胸膛有力的跳动，心也渐安。她语气里带了浓浓怅然：“竞天，我还没有把卢柏凌灌晕送走之前，我们每次见面，我一看见他笑，仿佛都能看见他周围开满了花，连我身边都是姹紫嫣红的。我总以为，他会一直游离在时局之外，洒脱不羁，不被任何一方势力所约束，就那样逍遥自在地做他自己。”穆峻潭说：“那你是一直都小瞧了他，你那时候又小又贪玩，还一门心思扑在你的丝绸大业上，他能跟你讲多少他做的正经事。别的不说，光是你熟知的《晨钟报》就是他在幕后一手办起来的。那一年你在柳苏城忙着跟日本人较劲时，你以为他只是去陪陪你吗？”锦笙“咦”了一声，他顿住不说，垂眸望她，她笑问：“我听吉祥说，前几天，你和卢柏凌经常在一块喝酒到深夜，你们俩已经是好兄弟了吗？”穆峻潭冷哼：“只要他还惦记着你，我和他就做不成兄弟。”

锦笙正欲驳他，他却语带一丝不自信地问：“笙笙，如今我只是个战败将军，林清泽却已是政要新贵，你跟我在一起，后悔吗？”锦笙回抱住他：“竟天，我心里虽然对卢柏凌有愧疚有难过，可我和你在一起不后悔。即使有一天你解甲归田，成了种地翁，我也不后悔。”她完全接纳他，和他有孩子，都是因为足够爱他，再没有掺杂其他因素。

柔和灯光下，他紧紧箍着她，她将脸靠在他胸膛前，听一声声的有力心跳。

一时间，二人都有些奇异的沉默。原来已经过了这般久，距离初结恩怨已五年，这中间，隔了许多人，隔了许多事。他们曾经互相折磨伤害，又一起有过孩子，如今失去了孩子，他们仍旧在一起，竟连林清泽的出现都无法把他们分开。

穆峻潭仿佛在梦境里，想起曾问过她的那个问题，于是呢喃着“笙笙”，锦笙“嗯”了一声，但穆峻潭不忍打破溢到空气里的甜腻与喜悦，没有再说下去。

忽而，叶执信报告说田中周明来访，锦笙很是惊诧：“他怎么来了？”穆峻潭神情由甜蜜喜悦到冷峻凌厉：“他比我预计的晚了很多天。”锦笙由他神情也猜不出什么，他本是一身戎装回来的，先到卧房换了一件玄色长衫，方去了办公院见田中周明。

穆峻潭虽不喜和锦笙谈军政大事，但锦笙外出和政要名流应酬，听来的也不少，偶尔问他，他也会与她说上几句。近许多年，日本人总是想方设法掺和中国内部军政，先在背后支持过皞系，现在又支持倖系，显然是想在中国扶植一个完全由日本控制，且足够强大的傀儡政权。

田中周明此番找上穆峻潭，定是来者不善，锦笙抱着穆峻潭的军帽倚住衣橱发怔，踌躇一时半刻，也去了办公院。

因为穆峻潭的办公室是几间相通的套间，他在小办公室见田中周明，锦笙悄然进了隔壁小书房。

隔了五年的时间再次偷听他和田中周明的对话，锦笙还是有些云里雾里。因为对日本话里的量词敏感，所以也基本猜到了田中周明的目的。他是代表日本方面来资助穆峻潭东山再起的。锦笙稀里糊涂听着，仅是军火他们就要奉送步枪十万支、机枪两千挺、大炮五百门、炮弹若干，此外，还有款项一百万大洋。这还仅仅是初步合作奉送的，若穆峻潭愿意与日本方面合作，凭他以前和日本的那层关系，以后的军火军费军需，田中周明和坂西直次皆会尽力替他筹措周全。

穆军进口武器损失惨重，田中周明此番送来日式新装备堪比雪中送炭。锦笙自以为很了解穆峻潭了，认为他会果断拒绝，把田中周明赶走。然而，穆峻潭竟然和田中周明聊了起来，问老师，问同学，问田中百惠，问他的儿子……

锦笙不能全然听懂，一急一气，就更听不明白他们谈那些有关日本参谋本部的事。

待田中周明走后，锦笙由书房套间门进到办公室，房内亮着几盏橘黄色的灯，本应温煦，此刻却冰寒沉沉。穆峻潭负手立在窗前，玄色长衫在灯光下别样暗淡肃然，他修长的身躯笔直立着，威赫不言而生。锦笙走近他，声音发颤着问："竞天，你收没收田中周明那份大礼？你是不是要跟日本人合作？"

穆峻潭微侧头，冷睨她一眼："收了田中周明的礼，与日本人狼狈为奸去打中国人，那我成什么了？"锦笙欢喜地抱住他，仰起脸看他："竞天，我就知道你不会收的！"穆峻潭垂眸看见她一脑袋长不长短不短、乱七八糟的头发，活似一只小兽，不由松手搂住她笑着说："笙笙，都五年了，你这听说能力怎么一点长进都没有？听不懂还非要偷听。"

锦笙惭愧一笑，见他面上笼了凝重愁绪，于是问："一下子拒绝了那么多新式武器装备，你现在是不是很心疼？"穆峻潭说："我是很心疼，但不是因为这个。"锦笙追问："那是因为什么？"穆峻潭垂眸与她对看，可她看得出，他深深的眸光里没有她，只有他最看重的家国："日本对中国的野心已不仅仅是扶植一个傀儡政权那么简单了，他们想要的更多，行动也足够快。而我们止步不前不说，还在内斗不止。"锦笙惊叹："日本人的野心变大，是田中周明告诉你的吗？"穆峻潭笑她："他怎么会告诉我这个，是我猜测的。"他虽然抱着她，眸光却若有所思地看向了窗外皎皎圆月。

锦笙用力往他心室位置贴了贴，想要在他心里挤占一些位置，却又笑自己是徒劳。在她病恹恹卧床不起的这段时间，外间早已风云变幻。俸系一直待在关外，不似曾经倒皞系的安系，于关内的北地、南地都有影响力，且有戴希闵那个鬼才谋士多方斡旋。俸系总司令虽进驻燕平，但名声和威望皆不能服众地方军阀，于是就把在地方军阀中尚有名望的老军阀卢兆祥又重新请出了山。

卢兆祥的旧部早已所剩无几，他自然清楚，此次重回风云诡谲的军政界，只是虚有执政者之名，而无多少实权。为了制衡俸系，他不能让俸系完全打败安系，于是提出的出山条件之一，就是俸安之间完全停战。他要给穆峻潭时间重新整军，恢复势力，好帮他压制俸系。

除穆军嫡系部队之外的安系将领，虽不见得完全忠心于穆峻潭，却认为穆峻潭不倒，安系这杆大旗就不会倒，他们也不用眼看俸系掌权内阁，听俸系命令过活。

或忠心，或私心，出于各种目的，穆峻潭已经接到安系门下其他地方军阀的多封电报，大都是慰问电报，并一致表示，我等誓死永随穆大帅身后。

锦笙犹记得战前不久，尚在洛城军镇时，她午夜梦醒，穆峻潭还未由书房回来，她到书房寻他，他神情和音调都有些激越。他告知她，待收拾了俸系，北地的军阀割据局面总算要有个了结，他就可以腾出手来全力铲除军阀这个毒瘤，不能再任由军阀压制着地方官员总揽军政大事，致中央政令不能达，全由军人独裁。

锦笙笑他，在那些倒军阀的人眼中，你现在已是最大的军阀毒瘤，难不成要先铲除自己？

穆峻潭鬓角几根白发闪着银光，他对锦笙挑眉笑道，自然要先从我这里开刀。他把桌案上摊开的几份密函和计划书给锦笙看，锦笙看完，惶然心惊不已。穆峻潭此番把军刀挥向所有军阀，要切掉那些好战武夫的利益。别的不言，军队裁员、编制整改、大权旁落等，就是安系门下那些地方军阀也不会完全听之任之。一旦他要站出来做这些事情，各方军阀万般容不得他，倒军阀的人轻易不会信他，不论做得成做不成，他都是站在了风口浪尖上，都会成为众矢之的。

此番穆峻潭战败回到南地大本营，靳总理和一些燕平官员因素来依靠他，也被迫下台，那几份令锦笙心惊不已的密函和计划也会暂时搁浅。锦笙辨不清心里是什么想法，只觉，她和穆峻潭虽然在岚山城经历了一场生死劫难，却躲过了军界更大的狂风暴雨。穆峻潭没有成为众矢之的，她也没有他那么大的眼界和家国胸怀，她所求的，只是现世安稳，将来能和他有一两个孩子，余生相依，白首永偕，足矣。

然而，穆峻潭早在伤未好之时，已预备着招贤纳士，筹饷练兵。锦笙亦知，只要穆峻潭不死，仅凭他的名字就是一股无须言说的号召力。她一想到穆峻潭又要再次扩充实力，又要卷进战争里，就很是惴惴不安。

回到小院用晚饭时，锦笙看着满桌精致菜肴，并无食欲。穆峻潭帮她盛了一碗鸽子汤，她摸着那描金瓷碗，感受着碗上花纹，也不拿勺。穆峻潭满腹心事，也无食欲，却强作欢颜，想哄锦笙多用些饭食。他端住她的汤碗，说："怎么？又要懒，想要我喂你吗？"

锦笙勉强弯唇一笑，却不去喝他舀起的那一勺鸽子汤，只是眸光楚楚地望着他。穆峻潭与她对视，心里不由一撼，她大而圆的眼眸依旧纯净无杂尘，却藏不住眸底的惊惶不安。他放下汤碗，不顾蓉妈等下人还在餐厅，直接把她抱在双膝上，语调柔和地说道："笙笙，我向你保证，岚山城那样的事情，我绝不会再叫你经历。"锦笙趴在他肩头，语声有些悲戚："竞天，你退出军界好不好？母亲把穆家的财产账目明细都交给了我，我算过咱们家的产业，这些年你一直把家产填在军火军饷里，父亲攒的家底子都快叫你花完了。剩下的那些，咱们置办一份稳定的产业，照顾好家里老人，再养几个孩子，平平淡淡也能过一生。"

穆峻潭挥手让下人离开餐厅，问锦笙："笙笙，你还记不记得有一年你让少尘调查过日本人在中国侵占地的丝绸产业？"锦笙点头："我记得，少尘还跟我说，洋人对中国发动的商业战争能让中国在不知不觉中衰败，进而沦落外敌之手。若有朝一日，中国经济命脉尽掌控在外敌之手，后果不堪设想。师父也是这样想的，所以，沪海总商会在对待外贸和外国工厂的问题上格外谨慎。"

穆峻潭似点头又似摇头："我那次只是觉得有些不对劲儿，后来特意派人一直在调查。我发现，日本人对中国的资本投入，在日本对海外的资本投入中占了很大的比重，如此一来，日本的经济发展就会依赖在中国的利润和中国资源。田中周明虽然竭力不想在我跟前显露什么，但我感觉得出来，日本对中国的野心已经和曾经的列强不同了。笙笙，外敌环伺，内乱不止，不管我在不在军界，咱们都无法安稳平淡地过一生。"

锦笙伏在他肩膀上低叹："说来说去，你还是要做回大军阀，和那些军阀打来打去。”穆峻潭道：“那也不一定，我前段时间和林清泽谈了很多，以前总觉得南广聚集了各路人马，混乱复杂难成气候，看来是我没有花时间去了解他们。此次田中周明找来，倒是无意点醒了我，日本觊觎中国的野心……”他忽然顿住不说，审视着锦笙，不满地问，“笙笙，你为什么一听见林清泽就两眼发光？”锦笙立即垂下眼皮，揉着眼睛说：“我哪有？我只是奇怪你提起卢柏凌，语气里怎会有相见恨晚之感？”穆峻潭提醒她：“他现在是林清泽，不是你那个青梅竹马卢柏凌。”

锦笙偷瞄着他，小声咕哝：“不都一样嘛，都是同一个人。”穆峻潭一气，把她放回她自己的椅子上，极其不悦道：“吃饭！”

草草吃过晚饭，锦笙试探着问了好几次林清泽和他都谈了些什么，他只是冷睨她几眼，也不搭理她。

凌晨时分，锦笙睡得正沉，手突然被攥住，那力道令她直接疼醒。她嗓子未通，仅低低地喊了一声“疼”。然而，穆峻潭恍若未闻，力道反而又大了许多，锦笙只觉骨头都快要被他攥碎，她摸上他脸颊，触到满面汗珠，才意识到他是做噩梦了。她使劲捶打他胳膊好几下，他方惊觉醒来，虽放开了她，却仍沉浸在迷离痛楚之中。锦笙问他好几遍梦到了什么，他都不语，摸着她脖颈里的血玉平安扣，漆黑眸子里的痛意渐渐弥漫在黑夜里。

下午，锦笙擦药酒时，突然想通了穆峻潭为何会做噩梦。自同床共枕以来，从未见他那般过，一定是田中周明的到来让他想起了在日本的事情。她把脖颈里的血玉解下来。血玉上的几道纹路被日光照得很清晰，像是时间的裂痕。她把血玉握在手心，闭了眼，漆黑眸子前闪现出穆峻潭鬓角本不该有的几根银丝。他还未至三十一岁，已有两鬓斑白之兆，那看似铜墙般的身体里到底藏了多少不可言说的痛楚？

某日，他曾无意中提及，他还在德国上学时，根本不懂少帅是什么意思，回来之后，也从没有想过要打江山、霸江山。父亲总是自责不应让他去念那么久的军事学校，把脑壳都念坏掉了。

他在日本的生活，与她提及不多，只解释过他没有儿子。锦笙很好奇那个叫田中百惠的日本女子，他却不愿多提。

她也不知，他不愿回忆的，到底是那个日本女子，还是那一段做日本人的时光。

第五十三章 梨花笑，天伦乐

年前，燕平下达政令要废督裁兵，地方军阀最高长官由督军改为军务善后督办，看似军阀职权有所变动，但由督军到督办，不过是称号变了而已。俸系更是趁机把樟西督办、衢江督办、沪海护军使都换成了本系门下将领，虽京陵城没有变动，但明显是对准了穆峻潭的家底子而来。

贺允鹏等人并不离省，反而加强了本地驻防，新督办有不敢入省的，也有入省以后形同虚设的。俸系总司令也明白，这几块地盘，想要得到，还得靠打。只年前刚打过一仗，贸然间不好再起战乱惹民众不满，只得静候时机。

锦笙瞧得出，对于军阀之间的战争，穆峻潭已心生厌倦，但他身负安系存亡，也须得对嫡系下属负责，不得不积极备战。贺允鹏把锦笙一家人护送到了沪海租界，锦笙心才安了些。

穆峻潭依旧很忙，不能常陪在锦笙身旁。锦笙在人前尚好，背着人时，还是不能释怀孩子的事情，始终有些郁郁寡欢。穆峻潭派人把奕赫接了过来，在以前，穆夫人是坚决不让锦笙和奕赫踏进穆家门的，这一次倒是睁一只眼闭一只眼，也不再说奕赫是个野孩子。

穆峻潭的本意是让奕赫陪着锦笙，缓她忧郁，然而奕赫更黏他，男孩子仿佛天生就对戎装、军械、军营有深厚感情。锦笙让裁缝给奕赫做了一身青黛色小军服，又配了小军帽小军靴小黑披风，一个曾当过木匠的卫兵还给他雕刻了一把小木元帅佩剑，一把木手枪。他一身戎装，站在卫兵旁边，将将才一杆枪高。

穆峻潭腿长走路快，奕赫跟在后面跑着追时常摔倒，穆峻潭不扶他，也不等他。奕赫一骨碌爬起，连疼都意识不到，就赶紧追上去。

奕赫偶尔被穆峻潭带出去一次，回来身上总有瘀青，锦笙很心疼。穆峻潭很不满，奕赫到底算他们俩的儿子，却被她母亲娇惯出一身的富贵少爷病，都快五岁了，吃个饭还得老妈子和丫鬟满屋子追着哄着喂。

一看见奕赫连筷子都不会用，还要少爷脾气，穆峻潭也跟着来气。他不太忙，或者军营不打枪炮时，就把奕赫拎到军营里交给副官带，跟着卫兵一起吃大锅饭。有枪炮声时，就会派人把奕赫送回来，他还小，耳朵嫩，恐给枪炮声震坏了。

陈妈一直照顾奕赫少爷，心疼得很，对穆峻潭不满，又不敢在穆峻潭跟前显露，于是跟锦笙唠叨："到底不是穆大帅亲生的儿子，若是自己的亲儿子，怎么舍得这样，保不齐在军营如何虐待小少爷呢。"

锦笙回她一笑，也不听进耳中，谁给穆峻潭当儿子都是这样的遭遇。若穆峻潭对奕赫当真不好，奕赫也不会那么黏他。

春意渐浓，天气日暖。这天上午，锦笙让绸缎庄把花样册子送了过来选衣料，预备给穆峻潭和奕赫做上几身春长衫。奕赫自己挑选了两匹绸料，对锦笙重复好几遍："母亲，我要穿和父亲一模一样的长衫。"陈妈在旁边逗他："小少爷长大要不要做大帅？"奕赫黝黑纯净的眸子耀出光芒来，又小又圆的脑袋点了好几下，高声说："我要做大帅！我要做像父亲一样的大帅！"蓉妈脸上却显露出不赞同，林奕赫又不是穆家的亲子亲孙，岂能由他做大帅。锦笙连忙把花样册子交给蓉妈，让她安排人取了衣料送到裁缝铺去。

待卧房里只剩了锦笙和陈妈，锦笙便低声吩咐她以后不可以再说那样的话，传到上房去，老夫人又要容不得奕赫了。陈妈点头，却重重叹息一声。

锦笙望向骑在木战马上的奕赫，正板起稚气的脸庞挥动元帅佩剑呢。她唇角不由微微上扬，也说不清自己对这个孩子是什么感觉。云笙和少尘成亲以后，因为离得近，她三五日就会回娘家一趟，少尘也欣然同意，奕赫和爷爷、奶奶、姑姑比较亲。他起初会说话时，管锦笙叫"父亲"，管穆峻潭叫"大伯"，是奶奶和姑姑教的。然而，穆峻潭虽然没有弟弟，却也很郁闷妻子的儿子管自己叫大伯。他冲锦笙发了好几次小脾气，锦笙不想总因为这个与他置气，于是就让家里教着给奕赫改了口。

振国丝织厂建成以后，锦笙虽不算只居幕后，却不再事事抛头露面。故而也没有对外说破身份，偶尔出来应酬，仍以男装示人。

纵然沪海比其他地方开化文明许多，她以女子身份和几个男人合股建工厂，总有要出面应酬的时候，届时恐会传出风言风语，反而不如林五少这个身份省事得多。

三年前林老太爷仙逝，外人眼里的林家只剩了二房、三房。被赶出家门的大房，起初还有人好奇，渐渐年头长了，值得好奇的事情月月翻新，外人也不再盯着这件陈年旧事。提及林五少，言语间的态度也表明，此林五少已非当年有燕平林家作靠山的那个林五少。

合股伙伴虽知晓锦笙是女子，但她一身长衫马褂做起事情来，总令人想不起她的女子身份，见到她，只下意识地认为这是林锦笙。他们几个留学生带着振兴民族工业的理想从西洋、东洋回来，至于林锦笙是男是女，于他们而言并不重要。他们只看见，这是一个能力和头脑都很不错的董事长。林董事长和他们共同建了一个机器丝织厂，创建了振国牌，寓意振兴国货，终日忙着研发新样品，忙着推销商品，忙着打响振国牌的名气……

忙忙碌碌，直到怀有身孕，锦笙才做出了抉择，厂子里的事情尽量交付出去，要多陪在穆峻潭身旁。当时还想着，若腹中孩子是个女儿，那她和穆峻潭就有一儿一女，可凑成一好。

穆峻潭把奕赫带出去骑真马，锦笙在奕赫卧房里看陈妈收拾他的小衣物，陈妈要把冬日里的虎头帽虎头鞋都收起来。锦笙随意拿了一件小马甲托在手上，看着绣就的吉祥图案，不由想起云笙给她腹中孩子绣的红软绸肚兜，说是男孩子女孩子都可以穿。

锦笙泪珠盈眶，放下小马甲一面擦拭泪珠，一面朝外走。在走廊上遇见盛吉祥，盛吉祥报告说虞会长来探望她。她连忙迎出小院外，问礼寒暄之间，察觉到师父像是有重要事讲，于是就一路引着师父到了书房。

虞景廉眼见锦笙气色已恢复如常，遂直接说明了来意。利华贸易行要在美国纽约开设分行，虞景廉希望锦笙去担任经理。

四年前，中国丝绸由方家丝绸掀起过短暂的中兴，之后随着欧美等国的机器技术发展，仅是美国这一大劲敌的丝织业发展速度就比中国快了很多。

欧美等国本土的丝织业要发展，自然就要扼制别国丝绸的进口。欧美国家对于中国丝绸已普遍达成了“引丝抑绸”政策，提高丝织物的进口税率，对生丝实行特别的免税政策。中国本土的关税多数掌控于洋人之手，外交方面，更是无法抗议欧美国家的关税政策改变。

尤其是美国丝绸业，几乎所有织绸厂的机器都替换成了电力织机，生丝需求量增加，年用丝量高达三万多吨。虞景廉对于英法不甚了解，但对美国市场还是有所了解的，由生丝到丝绸细细换算了一下，美国丝绸的生产额已达一亿多美元。这仅是虞景廉能力范围内所调查到的，尚不知真实金额到底为多少。

如此一来，美国的机织绸定然要转销到中国。目前，中国上等蚕丝原料已经大量外流，丝织品外销量则呈锐减之势。

因机器印花绸的兴起，中国的印花技术又比不过西洋，南地许多丝织厂老板已转头去做缫丝厂，专供出口欧美。如此环境下，上等蚕丝原料流失，中国本土的丝织品质量就更难以和洋货竞争。不管是养家糊口，还是利欲熏心，诸多中国丝绸商人都不去管这样长期恶性循环对中国丝绸业造成的严重后果。

中国丝织厂老板的日子不好过，中国缫丝厂老板的日子也不好过，在国际丝绸市场屡屡被日货排挤打压。

国际市场上，生丝的主要出口国为日本和中国，主要进口国则为美国、法国、英国、意大利。

并且，日本早已把丝绸业的发展立为国家经济政策，无论如何必尽力研究，以制胜于中国。丝绸业是日本的出口王牌产业，也是日本的摇钱树产业，其对内一直致力于提高产品质量，对外则加强出口贸易的掌控权。

就三井洋行而言，不仅在中国拥有多家分行，在美国纽约、英国伦敦、印度孟买、意大利、瑞士等诸多地方都有分行。

四年多前，虽然中国几位富商一块成立了利华贸易行，但洋商在资本、航运、通信联络设备等方面的优势依然是中国商人难以相较量的。且洋商与欧美市场的客户有着牢固的关系，由中国到外国的出口贸易经验也比中国人丰富。利华贸易行在生丝这一块都竞争不过洋商洋行，更别提其他的出口商品了。

锦笙听完虞景廉的计划也明白了，此番在纽约设立分行，最大的劲敌是日商。美国本土不养蚕缫丝，又是用丝大国，其生丝全从日本和中国进口。虞景廉通过各方人脉关系调查到，美国去年三万多吨的生丝进口量，日丝已占了近百分之八十，中国丝还不到百分之十八。

如此之大的差距，令锦笙不由想起田中周明送穆峻潭的初合作礼物，那些军费军械里，应该也有日本丝绸业出口的盈利吧？

锦笙沉思一番后，面露纠结，抬眸对虞景廉说：“师父，我上次去洛城军镇之前已经跟您说了，以后不想再过多参与商界的事情。我虽然没能留住那个孩子，但是奕赫还小，竟天最近也是变故连连，我若是去了美国，竟天又要分心在我身上。再说，我一人没法子挽住丝绸界的狂澜，中国丝绸业也不是少了我林锦笙就会衰亡。”

虞景廉说：“孩子，虽然你无法力挽狂澜，但你的振国牌能够在南洋卖过洋丝绸已属难得，你又是日商的老对手了，多你这份力量，总是好的。”锦笙勉强一笑：“师父，我把振国牌卖到南洋去也是无奈之举。振国牌若是往北地卖，就得和秀林牌竞争。在南地，除了不想和方家竞争，也因我那时候年纪小，没少给广昌牌和永亨牌使绊子，不好再明着跟韩叔、何叔夺市场。中国大江南北的市场都抹不开面子去抢，我只能去抢东洋人和西洋人在南洋的市场了。”

虞景廉对于丝绸业的了解远不及锦笙，他把该说的已说，便觉无须深劝锦笙。纵然她能力过人，到底是个女子，离开丈夫孩子远赴美国，但凡她有一丝不情愿，那便是强人所难。

锦笙虽然拒绝了虞景廉，但虞景廉离开后，她心绪烦乱，整个下午都坐站不住。这些年，她从师父身上学到了很多东西，就如利华贸易行，并不是师父独资成立的，但出力没好处的事情全让他一人做了。

其他几位合伙人认为贸易行利润微薄，反倒不如依赖洋商洋行省事，早有关门放弃之意，是师父坚持，才一直开设至今。远赴重洋，在纽约开设分行，也是师父坚持的，他认为，只有完全了解美国那边的市场情况并且融入，才能应对解决美商的压榨和日商的竞争，仅躲在国内完全依赖洋商，再抱怨被欺压也是没用的。

虞景廉自己有工厂，还身担沪海总商会会长一职，近几年又兼管利华贸易行，日常忙碌到筋疲力尽，却一样都不愿弃而不顾，锦笙再没看见过他闲暇下来练字。

傍晚时分，到郊外骑马的父子俩还没回来，锦笙便坐在秋千上静待着汽车声音。她无意中抬首望向天空，彩霞滟滟地漾在天青色泽里，那图样瑰丽不可方物，若向世间寻，唯有霓裳锦可比。

天上霓裳，人间丝绸，此锦只应天上有。

的确，人间已经少有了。

她既然已经意识到中国丝绸所面临的忧患，岂可不顾爷爷临终所托，岂可不怜师父亲自登门的苦心？纵不能力挽衰亡狂澜，难道要眼睁睁地看着，连一份微薄之力都不愿奉上吗？

她顷刻间做出了决断，起身到书房摇了电话，接到虞景廉下榻的福泽饭店。

虞景廉很欣慰，同时也很歉意，让锦笙安心再在京陵住一阵子，前往美国的一切手续和翻译、秘书，他皆会为她安排好。

待锦笙双眸水润，手微颤着放下电话，门口隐约传来了汽车声音。她擦干眼泪，敛好情绪出门去，穆峻潭已驮着奕赫进了小院门，身后跟着替他们父子俩拿外套和杂物的副官。

奕赫骑在穆峻潭脖颈上，看见锦笙立即挥了挥手中的两根梨花枝，稚嫩声音充满欢快："母亲最喜欢的梨花，父亲抱着奕赫摘的。"

锦笙伫立在台阶下，甬道那端，天地间最后几缕霞光笼罩着父子俩，他们逆光走来，脸上笑意有些流光溢彩。父子俩一模一样的军衬衣、军裤、军靴，出门前一模一样的发型也都一样地微乱，不同的是，奕赫偏稚嫩秀气，没有穆峻潭身上的英武倨傲气势。

走至锦笙跟前，穆峻潭把奕赫抱在怀里，奕赫脏兮兮的小手摘了几朵梨花插在锦笙的发夹上，锦笙脸颊绽开梨花似的酒窝，双眸含着水灵灵的笑意问奕赫："母亲好看吗？"穆峻潭双眸沉醉地看着她，抢在奕赫前面回答道："好看！"锦笙无奈地笑看他一眼，他闲着的胳膊把她半揽在怀里。奕赫搂住父亲脖子，对母亲说："母亲最好看。"

穆峻潭搂抱着母子俩，心室里暖流不断翻滚，直逆流到脸庞上。锦笙在穆峻潭神情里看见了从未有过的柔情，额头承接了他轻轻一吻。瞥见奕赫在一旁笑嘻嘻地看着，她脸颊微红，因为快要吃晚饭了，便催促他们俩去洗澡换衣裳。

穆峻潭和奕赫在一起洗澡，照顾奕赫的陈妈和小丫鬟不便伺候，锦笙就在洗浴室外等着给他俩作丫鬟。洗浴室里偶尔有奕赫的笑声和叫声，锦笙不知为何也会跟着抿唇笑，笑着笑着，眼泪啪嗒啪嗒地再也止不住。

用晚饭时，穆峻潭觉察到锦笙仿佛有心事，奕赫玩得很累，饭没吃几口就睡着了。穆峻潭因为有两封急电需要处理，也没吃几口就匆匆去了办公院。

锦笙自己根本吃不下去，于是早早睡下了。先是胡思乱想睡不着，后来睡得迷迷糊糊时，有冰凉的吻印在唇上，她睁开惺忪睡眼，因为哭过，眼皮有些酸涩，躲开穆峻潭揉了好几下眼睛。

穆峻潭见她醒了，撑着身子，在浅浅的壁灯光里看她，问："你有心事？景翁来看你，跟你说了什么？"锦笙别过脸，说了部分实话："师父说，让我代为请求你，一定要守好江南这几省，不能让那几个臭名昭著的大军阀来祸害百姓。"燕平下达的政令里，有两个督办简直是混世魔王、五毒将军，除了正事不做，坏事几乎做绝，搜刮来的钱财全用来奢侈享乐或行兵作战，原本的管辖地被他们折腾到乌烟瘴气，商民苦不堪言。一提起军阀，许多百姓敢恨而不敢言，这两个老军阀"功不可没"。当得知新的电令时，南地民众多有惊惶不安。

穆峻潭无奈笑了一声躺下，将锦笙揽入怀中，锦笙不解地看向他，他笑着说："这几年，我已经收了好几份景翁作发起人的息战请愿书。他虽然面上不显露，但是我知道，他心里很不赞同你和我在一起。我这一败，倒是叫景翁知道了我的好处。"锦笙笑望他一眼，想着他白日心情很好，于是半撑起身子凝看他，说："竞天，我……我，我们……"话语到了唇边，却如何都吐露不出。

一日春风吹，夜间盖羽绒被已有些太暖了，远处暖煦的灯光映下来，锦笙脸颊被烘热得通红，只看着穆峻潭。穆峻潭单手垫在脑后认真看她，等她说下去，但是她眼波盈盈地由他脸庞上一闪，为难地咬了咬唇，就转过身背对着他说："我没有事情要讲，睡吧。"

穆峻潭被她一撩，微怔在她欲说还休的娇羞模样里，随即低低笑了一声。锦笙心里异常紧张，不由应着他笑声回头。他紧紧拥她入怀，温热呼吸扑在她颊颈间。锦笙身上一酥痒，知道他误会了自己的意思，反手去推，手由他光滑的丝绸睡衣上滑落，整个人都被他扳了过来。她低唤一声"竞天"，余下话语淹没在他灼热的吻里，唇齿呼吸间满是他的气息，淡淡的烟草，好闻的香皂香气……

俄延着，二十余天后，虞景廉把一切手续都替锦笙办好，船票也已买在十天后，锦笙便不得不告诉穆峻潭。

是晚，待穆峻潭回来，锦笙在沙发榻上语声低低地跟他把事情说了。他端茶的手顿住，隔着茶雾眼神凌厉地看她一眼，随即重重地把茶盏置在茶几上，脸色阴沉地盯着她："笙笙，我是你丈夫，这么大的事情，你连商量都不跟我商量，只现在通知我一声你十天后要去美国。"

锦笙双手紧张交握，眸光楚楚地看着他，语带愧疚：“竟天，对不起，我一直想跟你说的，可是，我一直开不了口。若非船票定下来，我仍旧……竟天，我只去一年，等把那边的事情都安排妥了就回来，加上来回航程，不会超过两年的，不，一年半，顶多一年半我就回来。”穆峻潭冷声说：“我不准你去！”锦笙指甲陷在掌心，痛苦地闭了闭眼，旋即，目光坚定地看向穆峻潭：“我主意已定，非去不可！”

瞬间，“哐啷”一声，茶盏在穆峻潭掌心碎裂，瓷片四飞，热水迸溅。锦笙低呼着要看他手上的伤，他起身一把甩开她，也不理会掌心涌出的鲜血，只眼神锐利地盯着她，嘴角冷漠上扬，冷笑道：“林锦笙，我于你而言，到底算什么？你既然主意已定，要走便走，不用通知我！”他虽露出笑意，眼底却是失望至极的寒意，她既已说出那样的话，强留下她，又是一场无休止的互相折磨。心室传来剧痛，痛得他一秒都不想多看见她。

穆峻潭的笑容由锦笙眼前一闪，便随着他人消失了，锦笙还未能辨出那笑意里是失望、悲愤，还是痛心。

穆峻潭这一走，直到后日锦笙带着奕赫离开，他都未与他们母子见面。

杨花落，漫天作飞雪，燕子横掠过深深帅府。

锦笙登船离国那一日傍晚，穆峻潭由办公院走回小院，一路上，发丝肩头落满飞絮，仿若，他一人走到了白首。

穆峻潭望着深棕色的小院门，只是止步不前。犹记得那两枝梨花带来的天伦之乐，然而，他所爱的女人，最善给他短暂幸福，再给以重重痛苦。

第五十四章 桂花落，柳深青

冬月至，又是一年桂花落。

小院里冷冷清清数月，蓉妈年纪已大，自然有些倦懒，是夜睡得早，夜半醒来，听见有汽车声音，连忙披了厚衣裳出来。她立在小楼前，听见有军靴声走近院门，等了许久，都不见院门开，反而是军靴声再次响起，旋即，汽车声音远去。

数月来，如此情形，蓉妈早已习以为常。自夫人一走，大帅也再没有进过小院门。多次来小院，仅是在院门口站许久。

办公院也种了几棵桂花树，冷露无声湿桂花。秋思浓，冬思近，穆峻潭嗅着那冷冷甜香，脑海里的人影如何都挥之不去。

他到小办公室时，林清泽等待已久，端起水晶杯冲他晃了晃那琥珀色酒酿，弯唇一笑："祝贺穆帅凯旋！"

穆峻潭这次离开京陵已有月余，亲自督战，打败了俸系，南下攻打沪海、樟西、衢江的精锐部队，连那凶残的白俄士兵雇佣军都折在了他手里。此番重创俸系，令那两个五毒军阀督办再也无法入南地，也算是没有辜负江南百姓寄予在他身上的希冀。他接过林清泽递来的酒杯，一饮而尽："不知此番前来，有何指教？"林清泽替他倒着酒笑道："听闻穆帅有意下野退出军界，可是要加入林清慕他们的组织？"

穆峻潭半撩眼皮望向林清泽，笑问："知道我见林清慕，又知道我有下野之意，林主任上次在京陵小住，到底收买了我多少人？"林清泽说："收买你穆大帅身边的人可是要用大钱的，我没那么多闲钱。"穆峻潭已无意深究，认真看向他："你们那边又是军界，又是政界，又是党部，我实在是弄不清楚，无意入你们任何一方。”

林清泽不动声色地审视着他：“你意欲何为？”穆峻潭饮尽杯中酒，嘴角微扬，不想与林清泽多言，修长手指解着军服纽扣，起身到衣帽架上挂起。待临窗冷风一袭，酒劲涌上头，他顺着凉意望向皎洁秋月，沉声说：“你若没来这一趟，恐怕得到的只是我身亡的消息。以后，世间再无穆峻潭此人了。”

林清泽神情微顿，旋即笑道：“在与安系那一战之前，家父也曾下野数次，去掉的只是职衔，丝毫不影响他手中实权。穆帅何须以这样的方式彻底出局，你尚年轻，凭你的能力，再重新打下半壁山河也并非难事。”穆峻潭眼梢带了一抹月影瞥了瞥林清泽，知他不信，再进一步探问，于是实话相告：“我打够了内战，参与这一场战事是不想那两个五毒军阀再祸害商民。以后，若再作战杀敌，那么，我的枪口对向的，一定是祸国殃民的恶徒，或者是侵犯中国的外敌外寇，而不是与我派系不同的同胞。”

然而，他只要还活着，就不得不打。南广革命形势一片大好，一直在酝酿北上打倒军阀的战事计划。他无意入南广阵营，在其位谋其职，总有和他们枪炮相见的时候。他空有救国报国志向，回国便走了一条错误道路，也不能准确预见林清泽、林清慕他们走的路究竟是对是错。这条崎岖的救国强国道路，他走得弯弯转转，愈来愈压不住内心深处积聚的愧疚自责。明知那群日本人的野心日益膨胀，他再与同胞相杀，那真成坂西公馆的弟子渡部治和了。林清泽说他凯旋，他倒觉得自己是一个战败者，即将彻底离开战场。

穆峻潭由壁橱里拿了两瓶酒，递给林清泽一瓶，林清泽接过，二人倒是连酒杯都省了。林清泽说：“这样做，也彻底避免了田中周明那群人在你身上下一盘大棋。并且，以你和坂西公馆那群人的关系，一旦手中失去了兵力权力，少不得有人要以这个生事对你发难。既然想彻底出局，这样的方式是最好的！”穆峻潭隔空对他举举酒瓶，心知，许多话，不必多言，林清泽能够懂。他唇角扬起一抹嘲讽弧度，这个惦记他妻子的男人比他的妻子更懂他。

林清泽自嘲说：“若我父亲当年能看透至此，我也不会和他争执到决裂了。我看似浪荡不羁，什么大事都做不了，只能当个兄弟玩伴，让锦笙觉得我不仅不是她的依靠，还须得她来照顾保全。”然而，世间的事情当真是无法用对错来判断，打倒军阀，不也得靠武力靠打仗吗？他总言父亲是错的，那他现在走的道路就一定是正确的吗？后世人又将如何评议他们这群人呢？

林清泽心中竟有些赞许穆峻潭，凭他现在的实力，不见得打不下半壁山河。然他能割舍掉权势兵力抽身而退，令自己彻底出局，是勇者，亦是智者。

穆峻潭听见林清泽提锦笙，不满地望他一眼，却也随着他自嘲道：“我年少离国，由日本辗转德国，空有保家卫国的志向，回国以后，要么无仗打，要么就是打中国人。由少帅到督军再到大帅，我于国未有大的建树，于家未能完成父亲让我打下穆家江山的遗愿，也未能有一亲孙承欢母亲膝下。如今，竟连妻子生产在即，我也不能陪伴在侧。”

林清泽的酒瓶口本已递送至唇边，心室猛一窒疼，就那样皱眉怔着看对过的穆峻潭。穆峻潭苦笑着说：“两个月前我接到笙笙的电报，当时俸系私下已有所行动，我无法去美国陪她，又不能让她受海上颠簸回来。待我处理好这边的事情赶过去，孩子大概都要出满月了，我又要对她食言了。”

锦笙走得那样决绝，穆峻潭也的确是气极了。他不愿意就这样被吃定，当真以为他不会找其他女人吗？那他就娶给她看看！然而，他还没有时间去挑选新妻子，她手中鱼钩又多了一个，像最初把他由六和饭店钩至美新饭店一样，让他总是心甘情愿地顺着痛楚，顺着鱼线接近她。

林清泽的心情复杂到难以言喻，一连猛饮了好几口酒，酒珠由弯起的薄唇滚落，先是惆怅苦涩的笑意蔓延了整个脸庞，随即深深敛住，换了严肃认真，对穆峻潭说：“你把你家里人安抚好，你在外界的身后事，我和李秘书长会替你料理好的。你尽快赶过去，锦笙是以林经理的身份去的，诸多事情不便。她性子又倔，嘴上不说，但这一次怀有身孕，心里肯定惶恐不安极了，很需要你陪在身边。”

穆峻潭看着他，眉梢略挑：“你突然这么为我们夫妻俩着想，我倒有点受宠若惊。”林清泽冷冷一笑：“那你当我是爱屋及乌好了。”他重重地把酒瓶置在茶几上，起身走至门边，狠狠咬了咬牙，一腔愤怒痛意如何都压制不下，抬手把门由里面反锁上，转身冲穆峻潭疾步走了过来。

穆峻潭觉察到林清泽神情里有杀气，然而自己酒量没有他好，行动微滞，脸上已受了他一拳。林清泽揪住穆峻潭衣领把他揪起，厉色说：“穆峻潭，我忍你很久了！上一次因为你受伤，我才没有动你。当年，如果不是你对锦笙死缠烂打，林肇聪就不会送她走，她也能安然等我回来！如果不是你把锦笙囚禁在帅府，我和她之间也不会有那么多误会！锦笙本该是我的妻子，是被你抢去了！你他妈的在我跟前得意什么！”穆峻潭反手扣住林清泽手腕，一拳把他挥倒在沙发上，酒劲有些冲头，厉吼道：“卢柏凌，就因为你，你知道我睡了多少年的沙发吗！我和笙笙都有孩子了，你竟然还敢惦记她！你要惦记她到什么时候！”夺妻之恨令林清泽已怒红了眼，也未及听穆峻潭吼些什么，起身与他缠打在一起。

拳打脚踢之间，二人打翻踢飞了许多物件。走廊卫戍听见里面打架，先是喊了几声“大帅”，正欲撞门时，听见大帅厉吼：“都他妈的给我滚开！”他自己的情敌一定得自己亲手往死里打！

夜深月光明，照向屋内白的墙，黑的影，影上有钻石光亮，微弱的，璀璨的。

月光照不全屋内狼藉，林清泽靠着翻了个的沙发，看向靠在不远处墙壁上的穆峻潭，眸光盯在他脖颈里的麒麟戒指上，再抬手摸住自己佩戴多年的戒指，神情聚了深深厌弃。穆峻潭察觉到他眸光，抬手摸住自己戴的戒指，先是有些难以置信，然后回他咧唇一笑，鲜血顺着下巴颏滴落在洁白衬衣上。

穆峻潭仅是自己厌倦了内战，要彻底由军阀战争里出局，至于嫡系部下的将领想要走什么样的道路，他并不想以强权干涉，由得他们自己去抉择就好。

自穆峻潭由北地败退回南地后，军界已无督军军衔，穆峻潭未曾获得内阁新的任命，虽有实权却无职衔，一众将领仍称他穆大帅。

是日，穆大帅麾下四位主将贺允鹏、叶执信、王陶杨、孙孟仁联合发表声明，公布了穆峻潭旧疾突发身亡的死讯。

死者为大，北地政府也特意通电致哀，地方大小军阀，或亲到吊唁，或派遣代表前来吊唁。大约都给了死者面子，一群武夫互相横眉瞪眼，倒也没有在帅府打起来。各国驻华公使馆有亲到者，未能亲至者，也派遣了官员前来。

真相唯有穆老夫人和几位忠心下属知晓，故而，曾在军政界叱咤一时的京陵帅府，于穆家父子相继离世后，衰败在满城缟素之中。灵柩出殡当天，寒日高悬，诸多京陵民众自发涌上街头送丧。别的地方军阀看见此等场面，不由得心头一撼。扪心自问，若有那一日，自己管辖地的百姓会如此吗？

梨花淡白柳深青时节，方少尘接到锦笙由美国发来的电报，恳求他一定要带着方家的霓裳锦和普通丝绸参加此次在美国费城举办的万国博览会。

两年前，振国丝织厂是沪海所有丝织厂中最先购进丝绸印花机器的厂子。那时候，厂子里的人对印花机器都不太懂，又因为印花的丝绸须得生织，不知为何，后印染的花色总也不牢固，褪色问题很严重，入水即褪。印染出来是花团锦簇，女子穿上那旗袍，若在风雨里走一遭，再见人便显出暮春花残的景象。花了大价钱买回来的机器，简直成了无甚用的废铁。

锦笙抓掉许多头发，自己实在没招了，又打起了方少尘的主意。这次没有用阴招，拎了礼物，亲自登门，光明正大、客客气气地跟他说："妹夫啊，你们霓裳锦的工艺是好，可全得匠人手工织就，织起来太慢了，花样更新也慢。这出货一慢，客人跟你预定了货物，都等到不喜欢那个花样子了，你们才能织出来，客户就很难留得住嘛。你跟我们振国丝织厂合作，方家的染料配方我算你一大股，咱们把方家的染料用到丝绸印花那上头，一定能赚大钱。"方少尘听完，二话没说，把她和礼物一起扛起来，扔到了霓裳锦织造坊大门外。看在云笙刚生完孩子的分上，才没有跟她林锦笙绝交。

接到电报的翌日清晨，进霓裳锦织造坊之前，方少尘不觉朝门外道路上望了一望。霎时间一恍惚，仿佛看见锦笙不穿鞋子走下汽车，又仿佛看见她又气又无奈抱起礼物走人的背影。待目光空空，方少尘不免落寞一笑。

美国政府在费城举办的万国博览会于美国意义非凡，并向世界各国发出了邀请。

其实，早在去年年初，中国政府已经接到了美国政府的照会，但是，内阁正值新旧势力交替，内部混乱不堪，无暇顾及此事。

待今年年初接到正式邀请以后，政府仍是置若罔闻，既没有拨出专款，也没有派出专门官员负责筹备参展，更没有向全国征集参展的商品。

虞景廉早已从锦笙那里得知消息，召集了总商会会董开会。他在会议上说，参加此次万国博览会，虽然费事费时费钱，却可以扩大中国产品在世界的影响，中国不应该放弃这一次机会。

经虞景廉号召，商界诸多人士投入到了博览会的筹备中，由沪海总商会发起，向全国征选参赛品。然而，邀请是由美国政府正式发出的，仅有商界的力量无法参加博览会。虞景廉又亲自登门邀请时任东南五省总司令的孙总司令作沪海赛品管理委员会的名誉会长，由他出面和北地政府交涉。

北地政府鉴于商界的参赛热情，发表电文称，由农商部提出并经国务会议议决，

“由商家自由赴赛，政府监管”。农商部部长通知虞景廉，由沪海赛品管理委员会具体负责参赛筹备工作。很明显，政府既不想出钱筹备，也不想出力忙碌，把事情全部推给了商界。

虞景廉只好全力应承下来，此次参赛到底要以“中华民国”为招牌，若没有北地政府与美国政府照会，中国产品也没法子参加赛会。那些军阀和北地官员可以不管，但他身为沪海总商会会长，如何能任由良机错过。

锦笙虽远在美国，却也知道这件大事的重担又要落在师父的肩膀上。于是发电报给师父说，驻纽约领事陆哲峰早已向国内政府请任费城博览会中国代表团总代表，负责中国在美参展的筹备事宜。中国在博览会的展馆，她和陆哲峰会负责弄好，让师父只一心负责国内的筹备即可。她还建议，参展商品贵精不贵多，且要以适合欧美销路为要。中国产品如果能够在万国博览会上大放异彩，那效果比她在美国开五个利华贸易行还要管用。

虞景廉接到电报后，仔细忖度了一番，念及筹备时间仓促，政府不愿给予支持，且中国对外贸易根基浅，遂在筹办会议上与众人商议定下了两个筹备宗旨。

其一为扩展对外贸易，凡产品在欧美已有大宗销路以及日后有望推销者，可得以参展陈列；其二为展示中国近年工业进步，凡著名国产以及最近自制工业精品，不必定能畅销外国，亦可得以参展陈列。

是年五月底，万国博览会于费城开幕。中国馆亦于七月中旬开馆，建筑外观采用中国宫殿样式，颇具中国特色。馆内陈列，除了中国传统的丝茶绣瓷等产品，也有化妆品、电器、革制品、铜钢制品，还有印刷工艺以及像味精这等化学工艺类商品，等等。

远赴重洋并非易事，虽然展品众多，但亲自前来的，加上政府官员也仅有四十余位负责人。

故而，方少尘虽随同前来，却无时间与锦笙长聊，先是忙着布置展馆，然后是忙着接待参观者。

国内几大报社的记者们早在园区开幕时即到，偶尔，有中国籍记者和中国留学生会来中国馆帮忙，人手却仍是不够。

锦笙所忙事务并不全是展馆，她待在美国一年多，如今即便翻译不在身边，也能与说英语的人做简单交涉。待她跟着陆哲峰与博览会管委会的负责人核对好中国参展商品后，一进中国馆，眸光即被方少尘和方鹤摊开悬挂的织锦吸引了过去。

方少尘此次带来参展的，除却传统的素绸花绸、素缎花缎，还有他改良创新出来的新织锦——五彩织锦和黑白像景。

黑白像景仅由黑白二色蚕丝织就，若非锦笙提前知道展品是织锦，还以为方少尘是在中国拍了照，冲洗出几张巨幅黑白风景相片来参赛呢。

五彩织锦则是在黑白像景的基础上着了色彩，所悬是具有江南特色的风景织锦，画卷细腻逼真，丝丝缕缕，织就了中国影像。

悬挂的还有两幅中国古画和两幅西洋名画，也是由缕缕蚕丝织就。

一个留学生正在给参观者翻译，锦笙听见他语气里带着浓浓自豪告诉那些美国人，对，这就是我们中国的丝绸，这织锦上的是我们中国的风景。

锦笙虽然才在美国待了一年多，却已理解师父为何会那么致力于救国强国，此刻也能理解那个留学生语气里为何会有浓浓自豪。

锦笙看见几个洋人毫不掩饰地表示难以置信，不由得唇角微微上扬。自然，许多美国人眼里的丝绸，还是他们那些花样重复批量生产的机织绸，对于这种中国匠人一丝一缕手工织出来的织锦，他们怕是从未见过。即使以前在某些场合无意中见过，应也是毫不在意，没有像在这等场合感到如此惊奇震撼。

此次参展，所有产品都由中国人自主挑选，中国能够引人注意的产品，再不是洋人赫德控制时期那些供西方人哈哈嘲笑的小脚妇女、娼妓、大烟鬼、乞丐等的泥塑和木雕。

锦笙眼睛被织锦吸引，身体也被观客挤到了方少尘跟前。待回神，见方少尘对自己视而不见，连忙堆起浓浓的一脸笑，语带讨好地说："妹夫，还生我气呢？都是做父亲的人了，怎么还如此小气！"方少尘先是冷眼相看，待垂眸，笑意便显露了出来。她精灵讨喜的笑模样看得多了，他早已不生她气，于是问道："我带来的参赛品，可对得起你那三封越洋电报的花费？"

锦笙点头，拍拍方少尘肩膀，认真地说："简直是物超所值！这下子，也让洋人见识见识，什么才是真正的丝绸，什么才是中国织锦！不是他们弄个印花机器印上些花样就叫锦缎的。让他们知道知道，中国还是丝绸的祖宗！"方少尘看她一眼，啼笑皆非地摇了摇头。二人未及长聊，秘书把锦笙喊了出去，方少尘也继续和方鹤整理摆放所带来的中国丝绸。

有学者把万国博览会称为“网罗世界各国文化之集合体”，是一场“文化盛宴”，商人则更觉得博览会是一场“贸易盛会”。

园区内不仅有美国本国建造的五大展馆，还有一些国家在园区内建造了国家馆。此外，还有礼堂、体育场、邮局、电站、新闻发布室、游戏场等建筑物，堪比一个华丽小城区。

博览会每日游人成千上万，甚至可达十几万人次，然而大多数都为普通观客，并没有明确的目的和研究展品的精心。园内展馆众多，且游戏场地也众多，若不能引起游者兴趣，则人或不来，或来也未必注意。为了招揽贸易，亦为了展示中国文化与产品，锦笙和中国代表团的几位主要负责人每日都在冥思苦想，要如何招揽游客。

在园区租赁土地太迟，中国馆地理位置并不好，距离入口很远，也较为偏僻。又因时间有限，经费也有限，远看似宫殿一般华丽，近观则有许多粗糙之处，幸得各样精美展品摆放其中，方不失雅致。

锦笙忙碌之中也抽时间到日本馆看了看那些“老朋友”。与日本人斗这么多年，她也发现了，大多数日本人但凡做什么，都会一心一意较着劲儿往最好去做。

因有日本政府资助，日本馆结构颇完备，两旁小店无数，皆仿造日本市场样式，尤以半赌博的赠彩生意居多，还有艺伎场、力士相扑场等处，吸引观者数量众多。

锦笙把日本馆逛了一逛，才知道为何许多欧美人分不清中国馆和日本馆，日本这边除了科学、工业上追及欧美的产品外，也有大量的丝茶绣瓷货物。内行人看门道，外行人看热闹，更何况是欧美这些外行人。一眼看去，满眼精美华丽，自然很难分得清。利华贸易行里有美国雇员，他们曾跟锦笙说，自从中国人剪掉辫子，他们有时候根本分不清眼睛所见的亚洲面孔到底是哪个国家的人。锦笙猜想，这种分不清怕是也延续到了丝茶绣瓷上。日本馆的人心里很不舒服，不想被一些欧美人误认为是中国馆。

逛完日本馆，锦笙心里也很不舒服，心里一直想着师父说的话，中国若再不急图振兴，想要自立自强于当今世界，会异常艰难。

然而，一出日本馆行了没多远，她看见两个北地派遣随行的官员，用着商界筹措的公费携带着本不应随行的家眷在逛博览会园区。锦笙在名册上见了五个官员名字，然而和管委会办手续、布置展馆时，都只见了两个，这还是第一次看见另外两个。还有一个，至今未碰面，不知带着什么娇妻娇妾去了哪里。

若按锦笙以前的脾气，肯定要上去呛呛一通，但她自从生过女儿以后，脾气比以前略沉稳了些，不愿跟没必要的人多费口舌。于是乎，只找到这次赛会的经费负责人，让他通知那三位官员大爷，远在异国他乡，经费紧张，不养闲人，以后的衣食住行请自费。

因此次博览会不同于锦笙年少时跟日本人办的那场比赛，故而，锦笙也不担心日本人会频频下暗手使阴招之类的。吸引观客、招揽生意、荣获奖章，都得全凭各自本事。于是，她可以满心用在中国馆里，不必多费心思应对外扰。

中国馆开馆半个多月后，因锦笙过几日有急事要回纽约，方少尘把霓裳锦的事情都交付给了方鹤，预备和锦笙在园区里一边看看其他国家的展馆，一边问她些近况。

此次博览会，美国政府在广发邀请时，宣称是为了展示美国和其他国家在艺术、科学、工业和商贸方面的进步。方少尘和锦笙逛了一会儿，发现主展馆里大部分展品都是美国本国的工商产品，百货汇集，争奇斗艳，包罗甚广。

看来，美国此次的目的，只是向全世界展示美国而已。

然而，方少尘和锦笙不得不承认，美国在科学工业方面的确有展示的资本。再回想中国此次参展的物品，真正优胜于外国的，还是传统产品居多，比如丝绸和瓷器。

方少尘和锦笙在艺术展馆外一个露天咖啡店坐定，因为这园区的设计师不唯一，所以区内建筑有古希腊风格、罗马式、西班牙式、意大利式……穷工匠之能，不拘一格。然锦笙对这些并不懂，只托腮望着眼前似教堂一般的建筑，叹息道："真不知咱们中国何年也能办一场这么大的博览会，跟洋人展示展示中国。"方少尘说："你是没有看见国内为了这次参赛闹的那些事情，仅是筹备参加赛会，北地那些官员都不想管，恨不能都推给景翁。"

锦笙酸涩一笑，方少尘问她："竞天呢？还好吗？"锦笙神情里的酸涩退却，有一股气恼涌了上来："他呀，好着呢！还是脱不掉那个武夫脾性，说什么一个国家只有军事力量足够强大，才不会被人肆意欺负，也不怕有人来欺负。中国虽然有自己的军工厂，但生产的军械和洋人的军械一比，简直都不能带上战场。他说待他回国后想为加强军械装备尽一份心力。糖糖一出满月，他不知从哪儿交了几个军工厂的朋友，还跟着别人去研究飞机，说飞机打仗可是个厉害武器。我原本可以在这边多待一段时间的，但是他急着去一个军工厂看战机，家里用人又语言不通，我有些不放心糖糖，才着急赶回去。”锦笙无奈地蹙了蹙眉，不愿意再说穆峻潭。

方少尘笑着说：“我就知道，他即使不做大帅，也不会是一个于国完全无用的人。”锦笙闷声说：“我倒希望他是一个于国完全无用的人。”她是先在报纸上看见穆峻潭旧疾复发身亡的消息，才接到的电报，那几日仿若天塌地陷的感觉至今还记忆犹新。本以为他抛下权力地位，会和军界彻底断了关联，然而他还是放不下，终日沉迷在军械里。

锦笙气恼地微侧首，不经意间看到，透过建筑圆顶的阳光把方少尘鬓角白发耀得熠熠生辉。他自弃戎重回霓裳锦织造坊以后，长年累月地致力于改良创新，如今终于能够把那些烦琐复杂的图样应用于手拉机上，在保证丝绸质量的前提下加快了织锦速度，还创新织出了像照片一样的像景织锦。

不知为何，锦笙心里对穆峻潭的气恼也散了。是啊，就算离开了男儿抛洒热血的战场，少尘和竞天又岂会甘于做一个于国完全无用的人。

第五十五章 荣归故里，一半春休

博览会由五月底开幕，要到十一月底才结束。

因为许多商品的主家未随同，博览会期间，中国产品的订单多数都由利华贸易行负责。锦笙要常留在费城，穆峻潭去的圣塔芭芭拉市又很远，且归期未知，她只得把糖糖带到费城，在离博览会较近处租了一套公寓。右邻是意大利人，左邻是黑人。虽然在纽约的邻居里也有意大利人和黑人，但是这边有几个男人出入总带着枪，糖糖又闹夜，哭得锦笙不免有些害怕，遂给穆峻潭拍电报，让他赶快回来。穆峻潭倒也没有留恋战机，匆匆赶了过来。

锦笙租公寓时回避了那些由国内来的人，公寓距离中国代表团所住饭店尚有一段距离。方少尘不太忙时，会绕道去公寓看一看糖糖，那个坏脾气的小天使。

入了十一月份，天气有些乍暖乍凉，锦笙得了重风寒，不小心又传给了糖糖。方少尘从锦笙秘书那里听说后，赶来看她们。盛安康开门把他迎进去，因为穆峻潭在给锦笙和糖糖煲鸡汤，他看完锦笙和糖糖以后，就到了厨房里与穆峻潭说话。

厨房油烟痕迹不浓，清爽整洁，整只鸡已经弄好，穆峻潭正在切辅料。他仍旧穿着一件简单款式的黑色衬衣，此刻却很难捕捉到那股威风凛凛的大帅气势。窗明几净，霞光照射进来，他谈笑间，周身只散着璀璨柔和。方少尘与他谈话时，眸光总是不由自主地停驻在他身上。因为见过他风流薄情且荒唐的那几年，他至今仍难以相信小小的锦笙能够把他收拾得如此服帖。

待吃晚饭时，方少尘才知道穆峻潭为何会亲自下厨，锦笙看着一桌子食物也食欲不佳，但听说汤是穆峻潭煲的，遂勉强喝了两小碗。其实方少尘喝着并不好喝，锦笙却笑着说很好喝。然而，她头有些昏沉，仅喝完汤便回了睡房休息。

门只是虚掩着的，她听见穆峻潭和少尘一起哄逗糖糖吃饭，过了半个多钟头，又哄逗糖糖吃药。其间少尘跟穆峻潭开了一句玩笑说，锦笙真的只适合做父亲。

锦笙听见了，有些气不过，穆峻潭在军械堆里一扎扎半月一月的时候也有，现在照顾糖糖的功劳全给穆峻潭贪去了。然而，听见糖糖咳嗽了几声，她立马又不气了，因为她对糖糖也确有愧疚。

在美国开设一个贸易行，比她想象中困难了数十倍。她怀着糖糖时一直心焦气躁、奔波忙碌，也曾经万般纠结过孩子留不留。最后虽决定留了下来，但是直到临生产，肚子都只是鼓了个大包似的。她想着见过别的孕妇的肚子那样大，自己的肚子这样小，便一直担心会生出来一个不健全的孩子，待听得哭声又看见是一个肢体全乎的孩子才松了一口气。

然而，她因为奶水少，又急着满月后出来做事，索性没有自己喂糖糖。若是在中国还可以找乳母，但是在美国，中国乳母不好找，她又坚持不找洋人乳母，故而一直给糖糖喝代乳粉或者牛奶。因为乳母这件事，穆峻潭跟她吵了好几次大架，直到糖糖身体硬朗起来，与正常孩子无异，穆峻潭才跟她罢休。

她这样胡思乱想着，方少尘什么时候走了，她也不知，只听见穆峻潭在客厅走来走去哄糖糖睡觉。睡房窗户临街，是一条小街巷，路中央布满了鹅卵石。她因为走得多了，深夜里听见有人走过街巷，也能听出是踏在平整道路上还是鹅卵石上。寂静夜里，街巷里偶尔传来几声粗犷男音，因为穆峻潭在，她也没了初住进来时的惊惶不安。

借着窗外路灯，她模糊望见五彩玻璃窗上凝结的霜花，不由想起了麒麟堂的五彩玻璃。她和穆峻潭已有一儿一女，果真凑了一个好字。穆峻潭再没有了缠身军务，待回到中国，他们可以避开喧闹纷扰，置办一份稳定产业，自此安稳平淡地度过余生。但她不免又想起了穆峻潭说过的外敌忧患，然而，有穆峻潭在身边是如此安心，她根本预见不了那么远，也宁可认为穆峻潭只是杞人忧天。

颁布奖项这一日，方少尘到主展馆的礼堂时，已是多国人济济一堂。语言会杂，各国记者的镁光灯也闪烁不定。他伫立在一个僻静角落，让锦笙一阵子找，她单臂拎着大衣，满额汗珠，扶着廊柱，蹙眉看他好几眼，才捋顺气息说话。方少尘望着她一身黑缎西服，尚能清晰记起她在“丝绸之美”酒会上的贵少爷风采。如今，她已真正做了母亲，纤瘦身板、小巧脸庞仍旧稚气不减，只是眉目间平添了几分柔和气韵。锦笙对方少尘说：“哲峰一直在尽力和博览会管理委员会交涉，希望这一次评奖，那些洋人不会歧视中国人、歧视中国产品，中国产品能够被公平对待。”

方少尘虽笑着点了点头，对于拿奖一事，却不抱有希冀。在此次博览会上，中国丝绸也不再受“引丝扼绸”的影响，订单纷纷而至，继六年前的中兴之后，再次呈兴盛之势。然而奖章，不仅仅由订单和口碑来评判。

依照此次赛会的章程，评奖委员会里六成的会员都由美国人担任，其余四成，依照各类赛品的种类和重要程度，按类均摊。丝绸类是一个大项，此次参赛的中国丝绸、日本丝绸、意大利丝绸、法国丝绸、美国丝绸、印度丝绸等赛品种类多样，还有一些在国际丝绸市场上名气不大的国家也有丝绸参赛。中国丝绸本是一大类项，然评奖委员会里竟无一个中国成员，反倒是锦笙的老对头佐藤父子俩都被选为了丝绸类的评奖委员。

方少尘眸光在厅堂环顾一圈，问锦笙：“竞天呢？他不是说要过来吗？”锦笙说：“因为闭幕仪式和晚会很盛大，机会难得，竞天给家里下人都放了假，只能他自己带着糖糖。园区人多，糖糖风寒又刚好，我没让竞天带她来，他说在公寓里等着给你庆祝。”

方少尘略微一笑，问：“等撤完展，我就要回国了。你们什么时候回？”锦笙说：“其实师父也是病急乱投医，高估了我的能力，贸易行这边的事情已有刚毕业的留学生能接手管理。我不能让奕赫总跟着奶奶和姑姑生活，本来计划的是明年春天回去，但是竞天放不下没弄懂的那几架飞机。最迟明年秋天，我们就回去了。”

话虽如此讲，但她好像从未真正懂得过自己丈夫的心思，他似孩童沉迷玩具般沉迷在军械里，从不与人谈论中国国内的军政。他最近接到过两封林清泽发来的电报，待她问他内容，他只是扯出来脖颈里的麒麟戒指，气呼呼地说是关心她和糖糖的。她便猜到，那电报里应有他不想谈及的事情。然而，揣测他的神气，那些事情于他而言，仿佛并不是坏事。

这半年来，博览会每日买票入场的人数都很多，最多一日曾达十一万人，纵然中国展馆处于弱势，却因人手不够，也很忙碌。方少尘没有认真关注国内的事情，仅听旁的华人提起过，国民革命风起云涌，地方军阀和北地政府都已摇摇欲散。民心所向，这一次，军阀应该要被彻底打倒了，中国亦即将有一个新的面貌。但此刻国内具体是什么局势，在美国的华人也无法确切知晓。方少尘隐约猜到穆峻潭不愿过早回去的原因，只是对锦笙笑笑，问道："你们回去以后预备安定在哪里？"

锦笙倚着廊柱，垂眸时，脸颊显出两抹红晕，带着温暖笑意，声音低低地说："听竞天的，他在哪里，哪里就是我和两个孩子的家。他再不用练兵打仗了，跟着他去哪儿我都安心。"

方少尘看着她脸上的神气，心里不免想着，这世上，大抵也唯有竞天能给她如此大的安全感了。还未及回她什么，秘书找到她说穆先生在外面等她，她连忙出了礼堂。

博览会园区是买票即可入的，但今日的颁奖礼堂却需要特殊的入场券才能进。锦笙出了门，下了台阶，见偌大的广场上，穆峻潭把穿得似个包裹的糖糖举起来当飞机模型跟着园区上空的飞机绕小圈，糖糖在冷风里嘎嘎笑着。

锦笙咬了咬牙，步履嗒嗒地朝父女俩走过来，抬脚踹了一下穆峻潭的腿，把糖糖夺过来拿自己的大衣裹住抱在怀里，怒目瞪他。穆峻潭摸了摸后脑勺，面无表情地望着她，只是眼底涌出柔情，好声说："我把她裹得只留了眼睛，不碍事的。"锦笙也不理他，抱着糖糖走向暖和的礼堂，行了几步，身上被披了一件翻领镶毛的皮夹克外套，她悄然弯了弯唇角，仍旧不理他。

糖糖受了冷风，又开始有些咳嗽，锦笙借用了一间安静的贵宾室给她喂热牛奶。待颁奖典礼开始，锦笙不愿咳嗽的糖糖去人群里，只好放弃一观那盛景的机会。穆峻潭已经受了她几记眼刀，并且，她本就伶牙俐齿，生了糖糖以后，唠叨起他来更是没完没了。他趁机躲了出去，美其名曰："你好好照顾糖糖，我替你去看看霓裳锦获没获奖。"

穆峻潭挤到厅堂里，颁奖台上已经上去下来两拨获奖者，全是欧美人。外国人掌声阵阵，他站在一排欧美记者里，占着身高优势也找不见方少尘，于是就抱着很大的希冀望着颁奖台，希望能在那里看见方少尘。

待英文播报出霓裳锦荣获金奖，穆峻潭神情一怔，旋即又了然一笑，那感觉，有些意外惊喜，又似情理之中。因为要尊重外国的礼仪风俗，方少尘是一身西式礼服走上了颁奖台，那张中国面孔仍是让欧美记者眼前一诧。

现下的丝绸业不仅于亚洲有着重要意义，于欧美几个强国而言也都是大型产业。在此次万国博览会上，丝绸算是一个工艺大类，而丝绸工艺最高的奖项是此次赛会的金质奖章。中国丝绸能够打败其他国家同类产品获得最高奖项，说明中国丝绸赢得了在世界丝绸市场的荣誉地位。

方少尘站在领奖台上，于一片相机灯闪中，看见了穆峻潭，他粘着络腮胡子，面容变了，却仍带有冷冽倨傲气势。方少尘自少年起，一直跟在穆峻潭的光芒后，从未想过自己有一天会在他的注目下登上一个光芒万丈的舞台。

四目交汇刹那，他与他默契一笑。

他曾说，在危机四伏的当下，唯有把自己铸造成利器才能劈开黑暗混沌寻到一条日月荣灿的道路。

他曾说，军政界、教育界、工农商界都需要无数把利器，众心凝聚一处，方能将中国整个的黑暗混沌劈开，走向光明，国家亦能恢复完整如初，且强大到不再遭人侵犯欺辱。

颁奖典礼结束，方少尘接连被中外记者围住作采访，远远望去，人群外，糖糖被穆峻潭驮在肩膀上，又短又小的双臂伸开作飞机机翼状，锦笙在一旁笑望着自己的丈夫和女儿。方少尘脸上下意识绽开的笑容，被呈现在各大报社所用的相片中。

采访结束，他走向等待的穆峻潭一家，锦笙和糖糖对他弯眼一笑，在他双眸中盛开了四朵梨花，他不由想起了初春时柳苏城万梨苑盛开的梨花海。

待荣归故里，应已是杨柳丝丝弄轻柔，江南烟雨织成愁，梨花胜雪，一半春休。

FONGHONG
凤凰联动出品